田村俊子全集

第2巻

明治44年〜明治45・大正元年

【監修】黒澤亜里子
長谷川　啓

ゆまに書房

刊行にあたって

本全集は、田村俊子（一八八四～一九四五）の全作品を初出復刻の形で集成する。大正初期に活躍した田村俊子は、一葉没後の明治三〇年代に文壇に登場し、昭和の「女流輩出時代」への道を切り拓いた、先駆的かつ重要な存在である。平塚らいてうが主宰した『青鞜』にも参加、文壇という男性中心の市場に、本格的な職業作家として参入した初めての女性作家でもある。

ただし、大正七（一九一八）年にその経歴を中断、恋人鈴木悦を追ってカナダに渡った後、一時帰国をはさんで中国で客死したこともあって、文学史的には長い間忘れられた存在だった。戦後、瀬戸内晴美（寂聴）の伝記小説『田村俊子』（文藝春秋新社、一九六一年四月）によって改めてその人生に光が当てられたが、肝心の作品を読むことが難しい状態が続いていた。

『田村俊子作品集』（全三巻、オリジン出版センター、一九八七～八八年）の刊行により、主要作品だけは容易に読めるようになったが、作家としての全盛期である大正前期に発表した「暗い空」「女優」などの長編をはじめ、多くの短編が刊本に未収録のままであり、加えて、露伴門下の佐藤露英時代の初期作品や、カナダ時代および帰国した後の昭和期の作品は、わずかな例外を除き、いまだまとまった形で刊行されたことがなかった。前述の作品集や、生前に刊行された単行本を集めても、彼女が発表した小説全体の三割程度に過ぎない。

本企画は、エッセイ、韻文等を含む全作品を調査収集し、編年体・初出復刻の形態で刊行する初の全集となる。詳細は各巻の解題、および別巻の著作年譜等にゆずるが、これまでの年譜等でも知られていなかった七〇編余の新出作品（小説、韻文、その他）を収録する。また、別巻『田村俊子研究』においては、晩年の俊子が上海で主宰・刊行していた華字女性誌『女声』の一部を資料として紹介する。

凡例

一、本全集は田村俊子の多岐にわたる著作を、編年体で纏め刊行するものである。
一、田村俊子の他、佐藤露英、露英、花房露子、俊子、田村とし子、田村露英、田村とし、田村としこ、鳥の子、とりのこ、鈴木俊子、優香里、佐藤俊子等の署名（＊上海時代を除く）がある作品を収録の対象とした。
一、復刻原本には原則として初出紙誌を使用した。
一、配列は原則として発表順とした。
一、収録にあたって、各原本を本書の判形に納めるために適宜縮小した。また、新聞連載は、三段組へのレイアウト調整を行った。
一、執筆者が複数となる雑文などについては、レイアウトの調整を行っている場合がある。
一、原則として、底本の修正は行わない。
一、アンケート回答など、著者の付した題名がない雑文に関しては、その記事名を〔　〕で括り表記した。
一、各巻には監修者による解題を付す。
一、単行本等に収録される際に、初出との異同が生じた場合には、その主な一覧を巻末に付した。
一、文中には、身体的差別、社会的差別にかかわる当時の言葉が用いられているが、歴史的資料であることを考慮し、原文のまま掲載した。
一、「子育地蔵」は初出誌紙を確定できなかったため、『紅』（桑弓堂、明治四五年一月）に掲載のものを収録した。
一、「あきらめ」の挿絵（野田九浦・作）は、一括し「あきらめ挿絵」として、巻末に収録した。

明治44年

「あきらめ」『大阪朝日新聞』（第10363～10442号）明治44年1月1日～3月21日 3
「静岡の友」『新小説』（第16年第2巻）明治44年2月3日 126
「帝国座出勤女優の予評」『新小説』（第16年第3巻）明治44年3月1日 146
「私の女優を志した動機」『新婦人』（第1年第1号）明治44年4月1日 153
〔我が好む演劇と音楽〕『女子文壇』（第7年第6号）明治44年5月1日 158
「美佐枝」『早稲田文学』（第66号）明治44年5月1日 159
「浮気」『美藝画報』（第2巻第6号）明治44年6月1日 179
「私どもの夫婦間」『新婦人』（第1年第4号）明治44年7月1日 207
〔尤も涼しき演劇〕『美藝画報』（第2巻第7号）明治44年7月1日 211
「本門寺のさくら」『文章世界』（第6巻第10号）明治44年7月15日 212
〔明治文学界天才観〕『成功』（第21巻第2号）明治44年8月1日 222
「生血」『青鞜』（第1巻第1号）明治44年9月1日 223
「かなしかった日」『少女の友』（第4巻第11号）明治44年9月5日 238
「秋海棠」『美藝画報』（第2巻第10号）明治44年10月1日 250
「一体に欲が熾んになる」『婦人乃鑑』（第1年第10号）明治44年10月1日 261

「文藝の影響を受けたる恋愛は崇高なり」『女子文壇』（第7年第14号）明治44年11月1日 263
「幸子の夫」『婦女界』（第4巻第5号）明治44年11月1日 265
「匂ひ」『新日本』（第1巻第10号）明治44年12月1日 275

●明治45・大正元年

「『ね』話」『演藝画報』（第6年第1号）明治45・大正元年1月1日 281
「紫いろの唇」『女子文壇』（第8年第1号）明治45・大正元年1月1日 284
「男は可愛らしいもの」『新婦人』（第2年第1号）明治45・大正元年1月1日 293
「その日」『青鞜』（第2巻第1号）明治45・大正元年1月1日 298
「二三日」『早稲田文学』（第74号）明治45・大正元年1月1日 302
「新富座」『演藝画報』（第6年第2号）明治45・大正元年2月1日 307
「上方役者」『三越』（第2巻第2号）明治45・大正元年2月1日 311
「魔」『早稲田文学』（第75号）明治45・大正元年2月1日 318
「おとづれ」『淑女かゞみ』（第2年3月之巻）明治45・大正元年3月1日 339
「『黴』のお銀」『新潮』（第16巻第3号）明治45・大正元年3月1日 350
「左団次、猿之助、松蔦、勘弥、栄三郎、喜多村録郎、鈴木徳子」『演藝画報』（第6年第4号）明治45・

大正元年4月1日　356
「色彩の美しいものは旨しさう」『女子文壇』（第8年第4号）明治45・大正元年4月1日　358
「美人脈の二大典型」『新公論』（第27年第4号）明治45・大正元年4月1日　360
「あねの恋」『流行』（第9年第4号）明治45・大正元年4月1日　362
〔文藝に現はれたる好きな女と嫌ひな女〕『読売新聞』（第12562号）明治45・大正元年4月28日　365
「誓言」『新潮』（第16巻第5号）明治45・大正元年5月1日　366
「臭趣味」『新婦人』（第2年第5号）明治45・大正元年5月1日　393
「離魂」『中央公論』（第27年第5号）明治45・大正元年5月1日　397
「自由劇場と文藝協会（四十五年四月-五月）『故郷』（文藝協会第三回公演）」『シバヰ』（第1巻第6号〈第一次〉）明治45年6月1日　415
「晶子夫人」『中央公論』（第27年第6号）明治45・大正元年6月1日　418
「環さんと須磨子さん」『中央公論』（第27年第7号）明治45・大正元年7月1日　422
「わからない手紙」『趣味』（第6巻第2号）明治45・大正元年7月15日　424
「簾の蔭から」『女学世界』（第12巻第11号）明治45・大正元年8月1日　428
「おわかさんの話」『新日本』（第2巻第8号）明治45・大正元年8月1日　434
「さよより」『淑女かゝみ』（第2年9月之巻）明治45・大正元年9月1日　438

「お使ひの帰つた後」『青鞜』（第2巻第9号）明治45・大正元年9月1日　449
「微弱な権力」『文章世界』（第7巻第12号）明治45・大正元年9月1日　454
「女の好む女」『婦人評論』（第1年第1号）明治45・大正元年9月15日　459
「悪寒」『文章世界』（第7巻第13号）明治45・大正元年10月1日　464
〔名家の読書時間〕『読書之友』（第6号）明治45・大正元年10月5日　477
「本郷座見物」『演藝画報』（第6年第11号）明治45・大正元年11月1日　479
「私の考へた一葉女史」『新潮』（第17巻第5号）明治45・大正元年11月1日　483
「劇団では団十郎」『新潮』（第17巻第5号）明治45・大正元年11月1日　499
「留守宅」『淑女画報』（第1巻第8号）明治45・大正元年11月1日　500
「嘲弄」『中央公論』（第27年第11号）明治45・大正元年11月1日　512
「子育地蔵」『紅』（桑弓堂）明治45年・大正元年1月5日　531
「あきらめ」挿絵　野田九浦　589

異同　605
解題　長谷川啓　675

田村俊子全集

第2巻

懸賞文藝當選

あきらめ

田村とし子

一

富枝《とみえ》は歸《かへ》らうとして校舍《かうしや》の裏手《うらて》へ出《で》て見《み》た。生徒《せいと》は大抵《たいてい》散《さん》じ盡《つく》したあとで、遙《はる》か寮舍《れうしや》の方《はう》で水《みづ》を使《つか》ふ音《おと》が聞《きこ》えてゐた。園藝好《ゑんげいず》きの古井《ふるゐ》が、花鋏《はなばさみ》を持《も》つて坂《さか》を下《お》りてゆくのが見《み》えた。何《なん》と云《い》ふでもなく呼《よ》んで見《み》ると彼方は近《ちか》くを探《さが》しながらくるりと振向《ふりむ》いて、富枝《とみえ》を見附《みつ》けると莞爾《にこり》として又歩《またある》き出《だ》した。

オリーブ色《いろ》の袴《はかま》が蹴上《けあが》る。餘《あま》り白《しろ》くない脛《すね》が白足袋《しろたび》の上《うへ》を一寸《すん》ばかり露《あら》はれるのが遠目《とほめ》に分《わか》る。

自分《じぶん》の培養《ばいやう》した花《はな》を自慢《じまん》に寮舍《れうしや》の各室《へやへや》へ挿《さ》して廻《まは》つて、皆《みんな》から嬉《うれ》しさうな挨拶《あいさつ》を聞《き》いてそれで滿足《まんぞく》してゐる。いまに理想《りさう》の園《ガーデン》を作《つく》つて一生《しやう》を花《はな》の中《なか》に埋沒《まいぼつ》して終《しま》ふのだと云《い》つて樂《たの》しんでゐる。

絕對《ぜつたい》に世《よ》に出《で》るな。甘《あま》んじて犧牲《ぎせい》になれ。隱《かく》れて獨開せよ。と敎《をし》へる校長《かうちやう》を戴《いたゞ》く人《ひと》として、あの人《ひと》はその主義《しゆぎ》に背向《そむ》かない方《はう》か何《ど》うだらうと富枝《とみえ》は考《かんが》へた。自分《じぶん》の、虛名《きよめい》に心《こゝろ》を腐《くさ》らせたと云《い》つて學監《がくかん》から訓された今《いま》の自分《じぶん》の立場《たちば》から比較《くらべ》て、平常《ふだん》注意《ちうい》を向《む》けなかつた同級《どうきふ》の一人《ひとり》の上《うへ》にふと趣味《しゆみ》深《ふか》く立入《たちい》つて見《み》た。「――まづ根柢《こんてい》を作《つく》つて。立派《りつぱ》な美《うつく》しい花《はな》を將來《しやうらい》に咲《さ》かせやうと勉《つと》めるのが校《かう》の主義《しゆぎ》。その根《ね》が功名《こうみやう》を急《いそ》いでは花《はな》の咲《さ》くべき期がない。――」と云《い》つた淺見學監《あさみがくかん》の低《ひく》い聲《こゑ》が、校庭《かうてい》の凉《すゞ》しい風《かぜ》に新《あら》たにされた囁《さゝや》きになつて、富枝《とみえ》の耳《みゝ》の奥《おく》に再《ふたゝ》び響《ひゞ》き起《おこ》つたやうに思《おも》はれた。

立並《たちなら》んだ寮《れう》の二階《にかい》で赤《あか》い色白《いろしろ》い色《いろ》が消《き》えたり現《あらは》れたりする。前掛《エプロン》をかけた生徒《せいと》が料理場《れうりば》へ入《はい》つてゆく。小學部《せうがくぶ》の小《ちひ》さい生徒《せいと》が三人《にん》手《て》を組《く》んで寮《れう》の門《もん》を出《で》て來《く》る。

青《あを》だの桃色《もゝいろ》だの、兵兒帶《へこおび》を下《さ》げてゐる。彼樣《あんな》に幼稚《をさな》くて寄宿舍生活《きしゆくしやせいくわつ》をしてゐる、どんなに寂《さび》しいことであらうと富枝《とみえ》は例《れい》になく不憫《あはれ》な氣《き》がおこつた。自分《じぶん》は明日《あした》から此校《こゝ》の土《つち》を踏《ふ》まぬことになるかも知《し》れない。二年馴染《なじ》んだこの櫻《さくら》も春《はる》を謠《うた》ふ三度目《さんどめ》には逢《あ》はずに、葉《は》の黄《き》ばみかゝつた今《いま》を別《わか》れの最期《さいご》とすると思《おも》ふと、學校《がくかう》を捨《す》つるに未練《みれん》はないが、校舍《かうしや》を取《と》り繞《めぐ》つた四邊《あたり》の風物《ふうぶつ》に名殘《なごり》が惜《をし》まれる。例《いつ》も讀《よ》むものを抱《かゝ》へては寄《よ》り掛《かゝ》つた圖書《としよ》室前《しつまへ》の桐《きり》の木《き》の許《もと》へ行《い》つて見《み》た。圖書室《としよしつ》の窓《まど》が白《しろ》い窓掛《まどかけ》に鎖《とざ》されてゐた。丁度《ちやうど》同級《どうきふ》の上田《うへだ》が、富枝《とみえ》を探《さが》しながら此所《こゝ》へ來《き》た。

「もうお歸《かへ》りかと思《おも》つてましたら。」

上田《うへだ》はアイボリー石鹼《せきけん》のやうな顏生地《かほきぢ》をしてゐる。毛《け》が赤《あか》く生際《はえぎは》の邊《あた》りは縮《ちゞ》れてゐる。本郷通《ほんがうどほり》の洋品店《やうひんてん》の看板人形《かんばんにんぎやう》と云《い》ふ評《ひやう》があつた。

「どんなてと仰有《おつしや》つて。」と聞《き》いた。

富枝《とみえ》は答《こた》へずにゐた。今《いま》の場合《ばあひ》、校長《かうちやう》に代《かは》つて學監《がくかん》が云《い》つたことを、然《さ》まで親交《しんかう》のない上田《うへだ》に明《あきら》かに告《つ》げるのが何《なん》となく子《こ》供《ども》らしい氣《き》がされるやうで、富枝《とみえ》は自分《じぶん》の威《ゐ》を保《たも》つと云《い》ふ迄《まで》でもないが、返事《へんじ》することを避《さ》けるやうな風《ふう》であつた。上田《うへだ》は押《お》して、

「主義《しゆぎ》の下《もと》に何《ど》う斯《か》うと仰有《おつしや》りはしませんでしたか。」

と好奇《かうき》らしくその眼《め》を瞬《またゝ》かした。

富枝《とみえ》は學校《がくかう》さへ廢《や》めればいゝのだと考《かんが》へてゐた。脚本《きやくほん》などを書《か》いた爲《ため》に學監《がくかん》から注意《ちうい》を受《う》けた。學校《がくかう》の籍《せき》を除《のぞ》かないうちは斯《か》う干渉《かんせふ》されるのも當然《たうぜん》のことではあつた。主張《しゆちやう》したいことがあつても女性《ぢよせい》と云《い》ふ點《てん》に省《かへり》みて、この校門《かうもん》を毎日《まいにち》潜《くゞ》る以《い》上學監《がくかん》へ對《たい》してそんなことも出來《でき》なかつた。上田《うへだ》は若《も》し貴女《あなた》が學校《がくかう》を廢《や》めるやうな事《こと》でもあると文藝會《ぶんげいくわい》が寂《さ》びしくなる。スターを失《うしな》ふのは惜《を》しい。と云《い》つた。富枝《とみえ》は友人《ともだち》の言葉《ことば》は兎《と》に角《かく》、自分《じぶん》の荻生野《の》富枝《とみえ》と云《い》ふ名《な》が明治《めいぢ》の文藝史上《ぶんげいしじやう》の一端《たん》を染《そ》めかけてゐると云《い》ふ事《こと》に就《つ》いて誇《ほこ》りの影《かげ》が射《さ》さないでもなかつた。そして其《そ》の名《な》が、廣《ひろ》い天下《てんか》に戸《こ》の節孔《ふしあな》を漏《も》る日光《につくわう》のやうに細《ほそ》い一道《だう》の光線《くわうせん》となつて現《あらは》れたのを奇異《ふしぎ》にも考《かんが》へた。

懸賞文藝當選

あきらめ

田村とし子

二

白手袋《しろてぶくろ》を箝《は》めながら、英語《えいご》の教師《けうし》のミッセス、スミスが正面《しやうめん》の石段《いしだん》を下《お》りて來《き》た。自轉車《じてんしや》を曳《ひ》き出《だ》すのを待《ま》つて、その後《あと》から兩人《ふたり》は並《なら》んで歩《ある》きながら門《もん》を出《で》た。水色《みづいろ》のスカートが、帆《ほ》に膨《ふく》らんで走《はし》つてゆく。砂《すな》が僅《わづ》づゝ尾《を》をひく。襟《えり》を廻《めぐ》つた飾《かざ》りがきら〳〵する。金髪《きんぱつ》の髷《まげ》が帽《ぼう》の下《した》から食《は》み出《だ》して、眞《ま》つ白《しろ》な頸筋《くびすぢ》が白玉《しらたま》のやうに綺麗《きれい》だ。富《とみ》枝《え》は後《うしろ》から、その姿《すがた》を眺《なが》めてゐた。校門《かうもん》の傍《そば》の洋品店《やうひんてん》の女《をんな》が二人《ふたり》を見《み》て店《みせ》から挨拶《あいさつ》した。その笑《ゑ》顔《がほ》を見《み》るとこの女《をんな》にも逢《あ》へなくなるかも

知《し》れないと富枝《とみえ》は一寸《ちよつと》振向《ふりむ》いた。美術函《びじゆつばこ》の硝子《ガラス》戸《ど》に上田《うへだ》の姿《すがた》が映《うつ》つてゐた。

「大學《だいがく》創《はじ》まつてからの功名者《こうみやうしや》。實《じつ》に誇《ほこ》るに足《た》りるわ。」

と上田《うへだ》は言《い》つた。

富枝《とみえ》は横《よこ》に上田《うへだ》を見《み》た。肩《かた》を丸《まる》くして、脊《せ》を屈《かゞ》めて、伊勢崎《いせさき》絣《がすり》の單衣《ひとへ》を皺《しわ》だらけにした袴《はかま》の腰板《こしいた》の上《うへ》へも序《ついで》に目《め》をやつた。

「けれど、これは模倣《なら》はうと云《い》つたつて凡力《ぼんりよく》のものには出來《でき》ない事《こと》なんですもの、天才《ジニアス》でなくつちや駄目《だめ》ですわ貴女《あなた》は學校生活《がくかうせいくわつ》をして、學校制度《がくかうせいど》の型《かた》に箝《はま》つて遣《や》ると云《い》ふ樣《やう》な小《ちひ》さな器《うつは》ぢやないんです。お遣《や》りになつた方《はう》がいゝわ。飽《あ》くまで努力《どりよく》なさいよね、荻生野《をぎふの》さん！」痩《や》せた、萎縮《いぢ》けた樣《やう》な身體《からだ》を伸《の》して、上田《うへだ》は熱心《ねつしん》に云《い》ふ。熱《ねつ》が餘《あま》つて、思《おも》はず包《つゝ》みを抱《かゝ》へた手《て》に蝙蝠《かうもり》傘《がさ》を一所《いつしよ》にして、明《あ》いた片手《かたて》に荻生野《をぎふの》の片手《かたて》を握《にぎ》り占《し》める。

「有難《ありがた》う。」

さすがに富枝《とみえ》も感謝《かんしや》を籠《こ》めた眼《め》に、上田《うへだ》の面《おもて》を見返《みかへ》す。平生《ふだん》は、餘《あま》り好《す》いた友《とも》とも思《おも》つてゐなかつたが、今日《けふ》、こんな場合《ばあひ》に、この人《ひと》の口《くち》から斯《か》う云《い》つた言葉《ことば》を聞《き》かうとは思《おも》ひもかけなかつた。他《ほか》の友は、今日《けふ》の新聞記事《しんぶんきじ》を見《み》てから、妙《めう》に隔《へだ》て、近附《ちかづ》くものさへ無《な》かつた。一種《しゆ》の墮《だ》落《らく》だと識つて、憎《にく》いのは敬遠主義《けいゑんしゆぎ》さへ取《と》るのがある。だのに、この人《ひと》の好意《かうい》は意外《いぐわい》だと思《おも》ふ程《ほど》、嬉《うれ》しかつた。

「學校《がくかう》をお廢《や》めになつても、妾《わたくし》だけは交際《つきあ》はして下《くだ》さい。妾《わたくし》は貴女《あなた》を師《し》と仰《あふ》ぐわ。妾《わたくし》だけはあなたの成功《せいこう》を祈《いの》ります。心《しん》から。」

富枝《とみえ》は默《だま》つてゐた。こんな時《とき》、自分《じぶん》とよく話《はなし》の合《あ》ふ昔《むかし》の友人《ともだち》を思《おも》ひ出《だ》して、その友人《ともだち》に自分《じぶん》の思《おも》ひを吐《は》いて見《み》たいと考《かんが》へてゐた。

「上田《うへだ》さんは、三輪《みわ》さんを訪《たづ》ねて在《ゐ》らつしやいますか。」

上田《うへだ》は考《かんが》へるやうに首《くび》をまげた時《とき》、耳《みゝ》の後《うしろ》の垢《あか》が富枝《とみえ》の眼《め》の前《まへ》を遮《さへぎ》つた。富枝《とみえ》は少《すこ》し横《よこ》に離《はな》れて歩《あし》を早《はや》める。

「えゝ、僅《わづ》か半學期《はんがつき》ばかりで、退學《たいがく》なすつた方《かた》でせう。矢張《やつぱ》り天才肌《てんさいはだ》でしたわね。」

「然《さ》うでしたね。」

眉《まゆ》の迫《せま》つた、眼《め》の美《うつく》しい三輪《みわ》の面影《おもかげ》を忍《しの》んで、富枝《とみえ》は恍惚《うつとり》する程《ほど》戀《こひ》しくなつてくる。

二人《ふたり》は何時《いつ》か町《まち》へ出《で》てゐた。派出所《はしゆつしよ》の前《まへ》を通《とほ》つて電車《でんしや》の線路《せんろ》の方《はう》へと向《む》きを取《と》る。

場末《ばすゑ》の寄席《よせ》の淋《さび》し氣《げ》なのが、例《れい》ながら富枝《とみえ》の胸《むね》を滅入《めい》らせるので、今日《けふ》も其《そ》れを振返《ふりかへ》つて不愉快《ふゆくわい》な思《おも》ひで眺《なが》める。眞赤《まつか》な毒々しい色《いろ》で縁《ふち》を取《と》つた看板《かんばん》に、眞黒《まつくろ》く浪花亭《なにはてい》何々《なに〳〵》と認《しる》められてある。その看板《かんばん》を後《うしろ》にして、汚《よご》れた白《しろ》い法被《はつぴ》を着《き》て、毛臑《けずね》を出《で》した男《をとこ》が、息潰だ聲《こゑ》で「いらつしやあい。」と叫《さけ》んでゐる。この煌々《きら〳〵》とした眞晝間《まひるま》、こんな煤《すゝ》けた樣《やう》な薄暗《うすぐら》い席亭《せきてい》の内《うち》に入《はい》つて、浪花節《なにはぶし》を聞《き》いてゐる客《きやく》の感《かん》じと云《い》ふものは、何樣《どんな》ものだらうかと富枝《とみえ》は考《かんが》へる。上田《うへだ》は氣《き》が附《つ》かずに、平生《ふだん》踏《ふ》み馴《な》れた右側《みぎがは》の軒《のき》の下《した》を、拾《ひろ》ふ樣《やう》にして歩《ある》いて行《ゆ》く。

懸賞文藝當選

あきらめ

田村とし子

三

路次《ろじ》を入《はい》らうとした富枝《とみえ》は、角《かど》の八百屋《やほや》の前《まへ》に見馴《みな》れた女《をんな》が後向《うしろむ》きになつて立《た》つてゐるのを見附《みつ》けて、ふいと立止《たちど》まつた。女《をんな》は草色《くさいろ》の風呂敷《ふろしき》を、マツフをする様《やう》にぐる／＼と両手《りやうて》に捲《ま》き附《つ》けて、巻《ま》く擦《す》れ上《あ》がつた浴衣《ゆかた》の裾《すそ》から赤黒《あかぐろ》い太《ふと》い足頸《あしくび》を見《み》せてゐる、八百屋《やほや》の店頭《みせさき》は青《あを》い色《いろ》が皆《みな》濡《ぬ》れてゐた。

「おきそ。おきそ。」

と、富枝《とみえ》は塗骨《ぬりぼね》の扇子《せんす》を口《くち》に當《あ》て支《が》ひながら呼《よ》んだ。女《をんな》は仰山《ぎやうさん》に振返《ふりかへ》つて日和下《ひよりげ》駄《た》を履《は》いた足《あし》を飛《と》ばし／＼駆《か》けて來《き》て、

「お歸《かへ》りなさいまし。今日《こんち》は御《ご》ゆつくりで在《ゐ》らつしやいましたね。」

とお辭儀《じぎ》を爲《し》ながら笑《わら》つた。

「いゝから早《はや》くお爲《し》よ。」

富枝《とみえ》は斯《か》く云《い》ひながら、おきそ其横顔《よこがほ》に挿《さ》してゐる、自分《じぶん》のお古《ふる》の海老茶色《えびちやいろ》の簪《かんざし》の花《はな》を見《み》た。おきそは又下駄《またげた》の齒裏《はうら》を見《み》せて八百屋《やほや》の店《みせ》へ馳《は》せ戻《もど》つた。紫《むらさき》メリンスの小《ちひ》さな帯《おび》の結《むす》び目《め》が吸《す》ひ附《つ》くやうに脊中《せなか》の中央《まんなか》にとまつてゐる。八百屋《やほや》の女房《かみさん》は葱《ねぎ》とキヤベツを揃《そろ》へて待《ま》つてゐた。立並《たちなら》んだ店《みせ》の内《うち》で一軒《けん》で日除《ひよ》けをとると彼方《あつち》でも此方《こつち》でも日除《ひよ》けを外《はづ》し始《はじ》める、又何處《またどこ》かで水《みづ》を撒《ま》き出《だ》すと、隣家《となり》でも向《むか》ふ側《がは》でも撒《ま》き始《はじ》める。箪笥町《たんすまち》の廣《ひろ》い通《とほ》りには小《ちひ》さな商店《しやうてん》が同《おな》じ程《ほど》な間數の間口《まぐち》を揃《そろ》へて並《なら》んでゐる。夕方《ゆふがた》のその道路《みち》は、富枝《とみえ》の重《かさ》ね草履《ぞうり》を濕《しめ》らせるほど其方此方《そちこち》が濘《ぬか》つてゐた。富枝《とみえ》はおきその袂《たもと》を捉《とら》へながら飛《と》び／＼歩《ある》いた。

「お包《つゝ》みを持《も》つてまゐりませうか。」

おきそは、蝙蝠傘《かうもりがさ》と本《ほん》の包《つゝ》みとを一所《しよ》にして抱《かゝ》へた富枝《とみえ》の片手《かたて》を覗《のぞ》いて聞《き》いた。富枝《とみえ》は點頭をふつた。通《とほ》り過《す》がつた理髪床《りはつどこ》で、客《きやく》の頭髪《かみ》の上《うへ》にバルカンを手《て》にした職人《しよくにん》が人《ひと》の通《とほ》る通《とほ》りを振返《ふりかへ》つた、白《しろ》い上衣《うはぎ》の裾《すそ》が捲《まく》れたまゝその尖《さき》だけがひら／＼と動《うご》いてゐる、道《みち》がよくなると富枝《とみえ》はおきそを捉《とら》へた手《て》を放《はな》して、又扇子《またせんす》を唇《くちびる》に當《あ》て支《が》つて歩《ある》いた。おきそは片手《かたて》にぶら提《さ》げた風呂敷《ふろしき》包《づゝ》みを、自分《じぶん》と富枝《とみえ》の間《あひだ》へ提《さ》げ直《なほ》した。ぶら／＼させるおきその手《て》の波動《はどう》に風呂敷《ふろしき》包《づゝ》みは富枝《とみえ》の膝《ひざ》へ時折《ときをり》打突《ぶつ》かつた。自分《じぶん》の膝《ひざ》へもその餘波《よは》を打《う》ち突《つ》ける。富枝《とみえ》は風呂敷《ふろしき》包《づゝ》みへ目《め》を落《おと》して、その風呂敷《ふろしき》包《づゝ》みがおきその膝《ひざ》に當《あた》るとき更《さら》に目《め》を上《あ》げておきその顔《かほ》を眺《なが》めた。おきそは知《し》らずにゐた。富枝《とみえ》は默《だま》つて笑《わら》つてゐた。路次《ろじ》のなかは風《かぜ》が涼《すゞ》しかつた。富枝《とみえ》は襟止を外《はづ》して少《すこ》しばかり白絽《しろろ》の襟《えり》の肌襦袢《はだじゆばん》の合《あは》せ目《め》を寛《ゆる》くした。突當《つきあた》りの自宅《うち》の二階《にかい》で、簾《すだれ》を捲《ま》いた人《ひと》が座敷《ざしき》へ入《はい》らうとした後姿《うしろすがた》が柳《やなぎ》がくれに見《み》えた。

「兄《にい》さんはゐるの。」

と富枝《とみえ》は聞《き》いた。おきそは在宅《ざいたく》だと云《い》つて勝手《かつて》の方《はう》へまはつて行《い》つた。

懸賞文藝當選

あきらめ

田村とし子

四

家《うち》の前《まへ》には綺麗《きれい》に水《みづ》が撒《ま》いてあつた。牛乳受函《ぎうにうつけばこ》に淡黄色《あさぎいろ》の雫《しづく》が、溜《たま》つては落《お》ち、溜《たま》つては落《お》ちしてゐる。三寸程《さんずんほど》閉き殘《のこ》した潜り戸《ど》には、もう半分通《はんぶんどほ》り打水《うちみづ》が乾《かは》きかけゐて、敷居《しきゐ》に流《なが》れてゐる水《みづ》の溜《たま》りが、涼《すゞ》し氣《げ》に戰《そよ》いでゐた。

庭《には》と區劃《しきり》の木戸《きど》が開《あ》いてゐたので、富枝《とみえ》は其處《そこ》から入《はい》つて庭《には》の方《はう》へ廻《まは》つた。鏡臺《きやうだい》を前《まへ》に据《す》ゑて、お化粧《つくり》をしてゐた姉《あね》の都滿子《つまこ》は、富枝《とみえ》を見《み》ると微笑《びせう》した。

「遲《おそ》かつたでせう。」

と富枝《とみえ》も笑《わら》ふ。垣根《かきね》の傍《そば》の萩《はぎ》に袴《はかま》を濡《ぬ》らしたので、ぐいと裾《すそ》を引上《ひきあ》げながら、茶《ちや》の間《ま》の方《はう》の縁側《えんがは》へ向《む》いて歩《ある》いた。

「もう、お湯《ゆ》へ入《はい》つて？」

とその艶《つや》やかな姉《あね》の顔《かほ》を見《み》て富枝《とみえ》は聞《き》いた。姉《あね》はポットで粉白粉《こなおしろい》を叩《たゝ》き込《こ》んでゐた、粉《こな》が浴衣《ゆかた》の襟《えり》にかゝつて散《ち》つた。

都滿子《つまこ》は自分《じぶん》の濃《こ》い、長《なが》い、下《さが》り眉《まゆ》をもう一《ひ》と際《きは》黛《まゆずみ》に濃《こ》くしてゐる。要《い》らない事《こと》をすると富枝《とみえ》に例《いつ》も笑《わら》はれるけれども癖《くせ》になつてるので、何《ど》うしても一《ひ》と筆《ふで》染《そ》めなければ、何《なん》となく顔面《がんめん》が引立《ひきた》たぬ樣《やう》に思《おも》つて了《しま》つてゐる。自然《しぜん》、眉《まゆ》の配合《つりあひ》を取《と》る爲《ため》に、白粉《おしろい》も濃《こ》くなる。眞《ま》つ黑《くろ》な髮《かみ》を大《おほ》きな丸髷《まるまげ》にして、幅《はゞ》を廣《ひろ》くとつた前髮《まへがみ》を、額《ひたひ》へぴたりと潰《つぶ》してゐる。來年《らいねん》、三十《さんじふ》歳《さい》となる人《ひと》にしては、隨分《ずゐぶん》若作《わかづく》りだと、富枝《とみえ》は例《いつ》も然《さ》う思《おも》つてゐた。

眉筆《まゆふで》を取《と》つて、一寸《ちよつと》、縁側《えんがは》の富枝《とみえ》を見《み》た都滿子《つまこ》は、

「お祝《いは》ひに兄《にい》さんが何處《どこ》かへ連《つ》れて行《い》つて上《あ》げるんですとさ。」

と云《い》つた。富枝《とみえ》は縁側《えんがは》へ腰《こし》をかけて、靴《くつ》を穿《は》いた兩足《りやうあし》を、宙《ちう》に浮《う》かせてばたばたさせながら、上《あ》がらうとも爲《し》ずに、

「姉《ねえ》さんも一所《しよ》ですか。」

と聞《き》いて見《み》た。

晝寢《ひるね》から覺《さ》めた樣《やう》な顔《かほ》をして、隣家《となり》の百日紅《ひやくじつこう》が塀越《へいご》しに突《つ》き出《で》てゐた。薄《うす》い夕日《ゆふひ》が其《そ》の頭《あたま》を掠《かす》めて、横《よこ》に此方《こつち》の庭《には》の松《まつ》の木《き》へと日射《ひざ》しが流《なが》れてゐる。摩り芋を水《みづ》に浮《う》かした樣《やう》に、白《しろ》い雲《くも》が漂《たゞよ》つて行《ゆ》く。飛石《とびいし》の如露《じよろ》の上《うへ》へ、髭《ひげ》を長《なが》くして蟋蟀《こほろぎ》が飛《と》びついた。

そんな庭《には》の緑色を眺《なが》めて、秋《あき》になつた事《こと》

を富枝《とみえ》は知《し》つた。

木《こ》の葉《は》は落《お》ちなくとも、其邊等《そこいら》の景物《けいぶつ》が秋《あき》を含《ふく》んで見《み》ゑる。繊の金魚鉢《きんぎよばち》に、唯《たゞ》一尾命《ひめい》を保《たも》つてゐる金魚《きんぎよ》も、逝《い》つた夏《なつ》の殘《ざん》物《ぶつ》であると思《おも》つた。

「何《なに》を茫然《ぼんやり》してゐるの？」

都滿子《つまこ》は化粧《けしよう》を終《をは》つて、立《た》ち上《あが》つた。棒《ぼう》縞《じま》の浴衣《ゆかた》が足《あし》に絡《から》む。帯《おび》無《な》しでゐたので、着物《きもの》の前《まへ》が露肌《はだ》かる。脂肪《あぶら》ぎつた薄赤《うすあか》い踵《かゝと》が返《かへ》つて、一寸嫣《ちよつとなま》めく。

「姉《ねえ》さん。校長大反對《かうちやうだいはんたい》。」

急《きふ》に、富枝《とみえ》は斯《か》う云《い》つて、忙《いそが》しさうに足《あし》をあげて靴《くつ》を脱《ぬ》いだ。長火鉢《ながひばち》の横《よこ》に、葛饅頭《くずまんぢう》を盛《も》つた菓子皿《くわしざら》が出《で》てゐるのを見《み》ると、富枝《とみえ》は中腰《ちうごし》になつて、一《ひと》つ摘《つま》んだ。富枝《とみえ》はお客《きやく》のお初《はつ》をとつたと云《い》つて叱《しか》つた。

「然《さ》う失禮《しつれい》したわね。」

斯《か》う云《い》ひながら悉皆《みんな》口《くち》の中《なか》へ入《い》れて了《しま》ふと袴《はかま》をとる。鞘形《さやがた》の縮《ちゞ》み一《ひと》つになつて足《あし》を投《な》げ出《だ》しながら、靴下《くつした》の上《うへ》から兩手《りやうて》で爪先《つまさき》を揉《も》んでゐた。

懸賞文藝當選 あきらめ

田村とし子

五

二階《にかい》から兄《あに》の呼《よ》ぶ聲《こゑ》がした。

「はあい。」

と、甲走《かんばし》つた長《なが》い返事《へんじ》を、姉《あね》が代《かは》つて爲《し》てやつて、

「行途《ゆきした》に、これを持《も》つて行《い》つて頂戴《ちやうだい》。」

と菓子皿《くわしざら》を渡《わた》す。富枝《とみえ》は引結《きつむす》びにした、草色博多《くさいろはかた》の帶《おび》の後《うしろ》を一寸《ちよつと》觸《さわ》つて見《み》て、二《に》階《かい》へ上《あが》つて行《ゆ》く。

扇風器《せんぷうき》を横手《よこて》に置《お》いて、兄《あに》の緑紫《ろくし》は床柱《とこばしら》に寄《よ》り掛《かゝ》つてゐた。客《きやく》の高瀬梅雨《たかせばいう》は、其《そ》の前《まへ》に畏《かしこま》つてゐる。尻《しり》の下《した》へ高《たか》く重《かさ》ねてゐる紺足袋《こんたび》の上《うへ》へ、白縮緬《しろちりめん》の地薄《ちうす》の結《むす》び目《め》がたらりと長《なが》く垂《た》れてゐる。その間《あひだ》を通《とほ》つて、白薩摩《しろさつま》の醤油色になつた裾《すそ》が裏返《うらがへ》つてゐる。

先《ま》づその後方《うしろ》に片膝突《かたひざつ》いて、富枝《とみえ》は高瀬《たかせ》に挨拶《あいさつ》する。高瀬《たかせ》は、持《も》つた團扇《うちは》を前《まへ》へ突出《つきだ》して低頭《おじぎ》する。灰皿《はひざら》の灰《はひ》がふわりと、其《そ》の小《ちい》さな干燥《ひしや》げた樣《やう》に耳《みゝ》に飛《と》ぶ。辭儀《じぎ》がすむと團扇《うちは》は依然《やつぱり》持《も》つた儘《まゝ》で、柄《え》の方《はう》で自分《じぶん》の膝頭《ひざがしら》を叩《たゝ》いてゐる。主人《しゆじん》も客《きやく》も欄干《らんかん》の下《した》に擴《ひろ》がつてゐる無花果《いちじく》の葉《は》の色《いろ》を受《う》けて蒼《あを》ずんだ顔《かほ》をしてゐた。

「何《なに》か氣焔《きえん》でも吐《は》いてきたか。」

富枝《とみえ》の言葉《ことば》を耳《みゝ》に挾《はさ》んだ緑紫《ろくし》は調戯《じやうだん》のやうに聞《き》いた。富枝《とみえ》は眞面目《まじめ》に何《なん》とも云《い》はずに歸《かへ》つて來《き》たと答《こた》へた。

「意氣地《いくぢ》がないなあ。」

と兄《あに》は笑《わら》つた。それで富枝《とみえ》はもう學校《がくかう》を廢《や》めやうかと思《おも》ふと云《い》ふことを相談《さうだん》した。緑紫《ろくし》は惜《を》しいこともないから止《よ》して了《しま》つて文學《ぶんがく》のことを專念《せんねん》にやつたら宜《よ》からうと云《い》つた。

「學校《がくかう》ぐらゐ癪《しやく》にさはるものはない。」

と緑紫《ろくし》も云《い》つた。富枝《とみえ》は自分《じぶん》ももう校門《かうもん》を潜《くゞ》らないつもりで今日《けふ》歸《かへ》つて來《き》たと云《い》つた。

「作物《さくぶつ》のことが問題《もんだい》にでもなりましたか。」

客《きやく》は斯《か》う口《くち》を挾《はさ》んで二人《ふたり》の顔《かほ》を見比《みくら》べた。

來年《らいねん》、卒業《そつげふ》が出來《でき》るのにと思《おも》ふと、女《をんな》の

9　「あきらめ」『大阪朝日新聞』 明治44（1911）年1月6日

情で何《なん》となく惜《を》しい氣《き》がした。彼《あ》の儘《まゝ》匿名《とくめい》で通《とほ》して置《お》いて、學校《がくかう》の方《はう》へは知《し》らさずに置《お》いて、卒業《そつげふ》してから新《あらた》に文界《ぶんかい》へ名《な》乗《の》りを上《あ》げた方《はう》が宜《よ》かつた、と未練《みれん》らしく富枝《とみえ》は思《おも》つた。

富枝《とみえ》には兩親《りやうしん》がない。故國《くに》に居《ゐ》る祖母《そは》と、姉《あね》の都滿子《つまこ》と、妹《いもうと》の貴枝《きえ》の三人《にん》があるばかりである。それも妹《いもうと》は志野《しの》と云《い》ふ家《うち》へ養女《やうぢよ》に遣《や》つて了《しま》つたので他人《たにん》も同《おな》じである。姉《あね》は父《ちゝ》の在世《ざいせい》の間《うち》に染谷《そめや》へ嫁《か》したので、中《なか》の富枝《とみえ》に荻生野《なぎふの》の家《いへ》を續《つ》がせる心算《つもり》で父《ちゝ》は死亡《なくな》つたのである。富枝《とみえ》は故國《くに》の岐阜《ぎふ》へ歸《かへ》つて——自分《じぶん》は東京《とうきやう》で產《うま》れた限《ぎ》り、未《ま》だ一度《ど》もその地《ち》を踏《ふ》んだ事《こと》がない。其國《そこ》には實の祖母《そは》も居《ゐ》るし、後妻《ごさい》であつた繼母《はゝ》のお伊豫《いよ》も、父《ちゝ》が死亡《なくな》つてから、父《ちゝ》の遺志《ゐし》を受《う》けて祖母《そは》の介抱《かいはう》に故國《くに》へ歸《かへ》つてゐる。——荻生野《なぎふの》の家《いへ》を續《つ》いで、義理《ぎり》を辨《わきま》へた繼母《けいぼ》や、老衰《らうすゐ》した祖《そ》母《は》に安心《あんしん》をさせなければならない義務《ぎむ》がある。

富枝《とみえ》姉妹《きやうだい》の父《ちゝ》は、土地《とち》の豪家《がうか》の息《むすこ》であつた。母《はゝ》は土地《とち》の藝妓《げいしや》であつた、家《いへ》を捨《す》てゝ祖母《そは》を殘《のこ》し、東京《とうきやう》へ出《で》て了《しま》つたのも、皆藝妓《みなげいしや》であつたその母《はく》が煽動《せんどう》した爲《ため》であると祖母《そは》は恨《うら》み切《き》つてゐた。母《はゝ》は貴枝《きえ》を生《う》んだ年《とし》に死亡《なくな》つたので、その時《とき》、姉妹《きやうだい》三人《にん》の中《うち》、何方《いづれ》か一人《ひとり》故郷《くに》へ歸《かへ》して、祖母《そは》に孝行《かうかう》をさせて吳《く》れと云《い》つて死《し》んだ、その一人《ひとり》に富枝《とみえ》が當《あた》つたのである。

繼母《はゝ》の伊豫《いよ》が故郷《くに》へ赴《おもむ》いた時《とき》に、既《すで》に富《とみ》枝《え》も岐阜《ぎふ》の人《ひと》とならなければならなかつたのであるが、姉《あね》の都滿子《つまこ》も富枝《とみえ》を手放《てばな》すのは厭《いや》だと云《い》ふし、富枝《とみえ》も見《み》も知《し》らない田舎《ゐなか》へ埋《うも》れに行《ゆ》くのが辛《つら》いので、もう二三年《ねん》勉強《べんきやう》する、と云《い》つて、繼母《はゝ》に無理《むり》を云《い》つて、とう〳〵殘《のこ》る事《こと》に爲《し》て了《しま》つた。繼母《はゝ》は染谷《そめや》夫婦《ふうふ》に、富枝《とみえ》の上《うへ》を賴《たの》んで、一人《ひとり》岐阜《ぎふ》へ行《い》つたのである。

懸賞文藝當選

あきらめ

田村とし子

六

財産《ざいさん》は大方《おほかた》父《ちゝ》が蕩盡《たうじん》したあとである。知《し》つた人《ひと》もない田舎《ゐなか》に、老衰《らうすゐ》した姑《しうとめ》を介抱《かいはう》して、朝夕《てうせき》淋《さび》しい生活《せいくわつ》を續《つゞ》けてゐる繼母《はゝ》は、富枝《とみえ》を何處《どこ》までも自分《じぶん》の眞實《まこと》の子《こ》として力《ちから》にしてゐる。さうして行末《ゆくすゑ》を樂《たの》しんでゐる。早《はや》く勉強《べんきやう》を爲遂《しと》げて、一日《にち》も早《はや》く歸郷《ききやう》して、祖母《おばあ》さんに安心《あんしん》をさせて吳《く》れ、と云《い》つて屢次《しばしば》手紙《てがみ》をよこす。富枝《とみえ》はそれを等閑《おろそか》に思《おも》ふ氣《き》は毫末《つゆ》もおてらぬ、繼母《はゝ》の志《こゝろざし》を一分時《じ》なりとも忘《わす》れては濟《す》まぬと思《おも》ひ染《し》みてゐる。況《ま》して長《なが》い間《あひだ》捨《す》てゝ顧《かへり》みなかつた祖母《そば》に、自分《じぶん》に代《かは》つて孝行《かうかう》をして吳《く》れとは、亡《な》くなつた母《はゝ》の遺《のこ》して行《い》つた言葉《ことば》である。富枝《とみえ》は其責《そのせめ》を思《おも》ふ毎《ごと》に、繼母《はゝ》への同情《どうじやう》の湧《わ》く毎《ごと》に、自分《じぶん》の身體《からだ》が重《おも》い鎖《くさり》で岐阜《ぎふ》の方《はう》へ結《むす》び附《つ》けられてある様《やう》な氣《き》がして、唯々鬱陶《うつたう》しくなつてくる事《こと》がある。

自分《じぶん》は、自分《じぶん》の力《ちから》で繼母《はゝ》や祖《そ》母《ぼ》を養《やしな》つてゆかねばならぬのだ。田舍《ゐなか》へ歸《かへ》つて、土地《とち》から養子《やうし》などを迎《むか》へるのは嫌《いや》だと思《おも》ふ限《かぎ》り、自分《じぶん》の力《ちから》で一家《か》を養《やしな》つてゆかねばならぬ。夫《それ》には何日《いつ》何時《なんどき》にも自活《じくわつ》の途《みち》の取《と》れる地位《ちゐ》、確固《かくこ》した根據《こんきよ》を作《つく》つて置《お》かなければならない。

大學《だいがく》を卒業《で》て、地方《ちはう》の女學校《ぢよがくかう》の教師《けうし》になる……其《そ》れが自分《じぶん》の目的《もくてき》ぢやないが、自《じ》分《ぶん》の自然《しぜん》の境遇《きやうぐう》が、其様《そんな》ことでも望《のぞ》まなければ、自分《じぶん》だけの人生《じんせい》に對《たい》する道《みち》が築《つく》かせないことになる。

故郷《くに》へ行《い》つてるのが生《う》みの母《はゝ》であつたら自分《じぶん》は深《ふか》く何《なに》も思《おも》ふ事《こと》はないであらう。繼母《はゝ》は、自分《じぶん》の他《ほか》には子《こ》もなく、故郷《くに》の祖母《ばゞ》の他《ほか》には親《おや》もないと思《おも》つてゐる。繼母《はゝ》は當世《たうせい》の教育《けういく》のある人《ひと》ではない。書物《しよもつ》に由《よ》つて人《ひと》の道《みち》を考《かんが》へる人《ひと》ではない。其《そ》點《こ》に貴《たつと》い所《ところ》が見《み》ゑるのだ、と富枝《とみえ》は考《かんが》へる。其《そ》の母《はゝ》に對《たい》して、自分《じぶん》も必《かなら》ず何物《なにもの》か犧牲《ぎせい》にしなければならないに定《きま》つてゐると觀念《くわんねん》する。

都《みやこ》の風《かぜ》は面白《おもしろ》い。華手《はで》な氣《き》に觸《ふ》れて、其《そ》れを識《し》る様《やう》な富枝《とみえ》でもない。捨《す》てずに濟《す》むものなら、都《みやこ》を捨《す》てやうとは思《おも》はぬ。けれども、然《さ》うは成《な》らない自身《じしん》である。

自活《じくわつ》の出來《でき》得《う》る様《やう》に大學《だいがく》を卒業《で》て、それが三年間《ねんかん》勉強《べんきやう》した證《しるし》だと云《い》つて卒業證書《そつげふしようしよ》を見《み》せて、憎《にく》いと思《おも》つた女《をんな》の腹《はら》から、此《こ》様《な》殊勝《しゆしよう》らしい娘《むすめ》が出來《でき》たかと、平凡《へいぼん》に祖《そ》母《ぼ》を驚《おどろ》かせて、これが自分《じぶん》の娘《むすめ》だと威張《ゐば》り度《た》いと云《い》つた繼母《はゝ》にも、自慢《じまん》の種《たね》を供《きよう》給《きふ》する。然《さ》うしなければならない自分《じぶん》だ、其《そ》れを無意義《むいぎ》だなぞ、、悲觀《ひくわん》するのを我《わが》儘《まゝ》だと自覺《じかく》する程《ほど》、自分《じぶん》は利口《りこう》に生《うま》れ附《つ》いてゐるのだと、富枝《とみえ》は悲《かな》しく斷念《あきら》めてゐた。

筆馴らしに富枝《とみえ》は脚本《きやくほん》を書《か》いて見《み》た。文《ぶん》士《し》の家《うち》に寄宿《きしゆく》してゐた富枝《とみえ》はこんな事《こと》が好《す》きであつた。ある新聞《しんぶん》で懸賞《けんしやう》の脚本《きやくほん》を募《つの》つた時《とき》に試《ため》しにそれを投《とう》じておいた。それが圖《はか》らずも當選《たうせん》する事《こと》になつて今年《ことし》はある雜誌《ざつし》へかけられると云《い》ふ事《こと》にまでなつた。

かうして當《あた》つて見《み》るとそれが不思議《ふしぎ》であつた。

それに厭《えん》じた譯《わけ》ではなかつたが、富枝《とみえ》は自然《しぜん》好《す》きな道《みち》に心《こゝろ》を入《い》れ勝《が》ちになつて學《がく》校《かう》もよく怠《おこた》つた。學課《がくくわ》の暗誦《あんしよう》もうるさかつた。けれ共《ども》今《いま》のやうな境遇《きやうぐう》を考《かんが》へると學校《がくかう》を廢《や》めるのも殘念《ざんねん》で、氣《き》が乘《の》らぬながらも捨《す》てずにゐた。それが今度《こんど》新聞《しんぶん》によつて紹介《せうかい》されると一所《しよ》に自分《じぶん》の名《な》も學《がく》校《かう》の人等《ひとたち》に見出《みいだ》された。それを虚名《きよめい》を望《のぞ》むと云《い》つて學監《がくかん》は學校《がくかう》の主義《しゆぎ》を說《と》いて富枝《とみえ》の反省《はんせい》を促《うなが》したのであつた。

今《いま》は何《ど》うしても廢《や》めるより他《ほか》はない。廢《や》めて覺《おぼ》束《つか》ないながらも名《な》を得《え》た文藝《ぶんげい》によつて名《な》を立《た》て樣《やう》かとも考《かんが》へた。

欄干《らんかん》に吊《つ》るした絽《ろ》の長襦袢《ながじゆばん》がぐる〳〵風《かぜ》に吹《ふ》きまはされてゐた。模樣《もやう》の觀世水《くわんぜすゐ》がちよろ〳〵とうごくやうにも見《み》ゑた。主《しゆ》人《じん》も客《きやく》も頻《しき》にサイダーを飲《の》んでゐた。

田村とし子

七

來合《きあ》はせたばかりに、梅雨《ばいう》も隨行《ずゐかう》の一人《ひとり》に加《くは》へられた。

梅雨《ばいう》と兄《あに》の並《なら》んで行《ゆ》く後《うしろ》から、富枝《とみえ》は姉《あね》と並《なら》んでゆく。姉《あね》の頸元《えりもと》から香水《かうすゐ》の匂《にほ》ひや、白粉《おしろい》の匂《にほ》ひが富枝《とみえ》の頰《ほゝ》の邊《あた》りを襲《おそ》つてくる。涼《すゞ》しい風《かぜ》が姉《あね》の額髮《ひたひがみ》をそよがせた。

緑紫《ろくし》は洋杖《ステツキ》を擔《かつ》いだ梅雨《ばいう》に、何《なん》か云《い》つて笑《わら》ひながら歩《ある》いた。縞絽《しまろ》の羽織《はおり》が風《かぜ》に流《なが》れて漂《たゞよ》つてゐる。麥藁帽子《むぎわらばうし》とパナマの帽子《ばうし》が、右《みぎ》から左《ひだり》からと傾《かし》ぎ合《あ》つて、離《はな》れたり附着《くつゝ》いたりしてゐる。

「この頃《ごろ》ね、貴枝《きえ》ちやんの許《とこ》へ、ちよい〳〵出掛《でか》けるんだつて！」

と姉《あね》は聲《こゑ》を潜《ひそ》ませた。外輪《そとわ》にして歩《ある》くのが都滿子《つまこ》の癖《くせ》だ、少《すこ》し身體《からだ》を乘《の》り出《だ》すやうな恰好《かつかう》をする。紺大名《こんだいみやう》のお召《めし》の袖《そで》が、輕《かろ》く富枝《とみえ》の腰《こし》に觸《さわ》る。

「貴枝《きえ》ちやんの許《とこ》へ？、何《なに》しに？、遊《あそ》びに行《ゆ》くの？」

「何《なに》しに行《ゆ》くんだか、分《わか》りやしないわ。」

「だつて、眞逆《まさか》！」

姉《あね》が見上《みあ》げた眼《め》に意味《いみ》が含《ふく》まれる。

もう暮《く》れて了《しま》つて、町並《まちなみ》の店《みせ》に燈《ひ》が綺麗《きれい》に輝《かゞや》き出《だ》す。兄《あに》と梅雨《ばいう》の後姿《うしろすがた》が明《あか》るくなつたり、暗《くら》くなつたりしてゐる。

「彼樣《あゝ》云《い》ふんだから、妹《いもうと》だつて手《て》を出《だ》し兼《か》ねやしないわ。」

云つた時《とき》に、藤鼠地《ふぢねずち》の絽縮緬《ろちりめん》の襦袢《じゆばん》の襟《えり》から、襟止《ブローチ》の玉《たま》がきらりと光《ひかり》を投《な》げた。

「富枝《とみえ》さんは大丈夫《だいぢやうぶ》だけれど……」

聲《こゑ》はしないが笑《わら》つてゐる樣《やう》だつた。

三輪《みわ》さんも、繁々《しげ〳〵》妾《わたし》の許《とこ》へ來《く》る間《うち》に、兄《にい》さんと怪《あや》しいと姉《ねえ》さんが騷《さわ》ぎ出《だ》したので、其《そ》れが原因《もと》で來《こ》なくなつて了《しま》つた。彼《あ》れは事實《じじつ》ぢやないに定《き》まつてるわ、信《しん》じさせない樣《やう》にした兄《にい》さんも惡《わる》いけれど、姉《ねえ》さんも直《ぢき》によく人《ひと》を疑《うたが》ふ。貴枝《きえ》ちやんだつて、まだ子供《こども》だわ、兄《にい》さんが何《ど》う仕《し》樣《やう》もないのに。と心《こゝろ》の中《うち》で考《かんが》へる。

「今度《こんど》ね、貴枝《きえ》ちやんの許《とこ》へ行《い》つたら、其《そ》れとなしに樣子《やうす》を聞《き》いておいて頂戴《ちやうだい》。」

「え、。」

と返事《へんじ》だけ爲《し》て置《お》く。自分《じぶん》の噂《うはさ》をされてるとも知《し》らないで、兄《あに》の緑紫《ろくし》が停留場《ていりうぢやう》の柱《はしら》の傍《わき》から、

「京橋《きやうばし》の方《はう》へ行《ゆ》くかな。」

と聲《こゑ》をかけた。梅雨《ばいう》は洋杖《ステツキ》で、こつ〳〵土《つち》の上《うへ》を叩《たゝ》いてゐた。都滿子《つまこ》は、

「然《さ》うしませう。」

と云《い》ひながら、少《すこ》し急《いそ》ぎ足《あし》になる。白《しろ》つぽい長襦袢《ながじゆばん》の裾《すそ》がはら〳〵と翻《こぼ》れる。丁度其處《ちやうどそこ》へ來《き》た電車《でんしや》に、後《あと》になり前《さき》になりして、四人《にん》ながら乘《の》つて了《しま》ふ。乘客《じやうかく》の視線《しせん》が、一時《じ》集注《しふちう》する。梅雨《ばいう》は得意《とくい》さうな顏《かほ》をして、緑紫《ろくし》の隣席《となり》に肩《かた》を聳《そび》やかしてゐる。腰《こし》をかけながら吊《つ》し革《かは》に手《て》をかけてゐる。對《むか》ひ合《あ》つた都滿子《つまこ》が、其《そ》れを見《み》て、

「實《じつ》に高《たか》の字《じ》は嫌《きら》いよ。彼《あ》れが半田《はんだ》さんだと好《い》いけれども、一所《しよ》に歩《ある》くのもい

やね。」

と蓮葉《はすは》な態《しな》をする。半田《はんだ》さんも厭《いや》な人《ひと》だ。と云《い》はうとして、富枝《とみえ》は口《くち》を噤《つぐ》んで唯笑《たゞわら》つただけにする。姉《あね》はすぐ、

「何《なん》だか、お前《まい》さんと一所《しよ》に歩《ある》いて、今夜《こんや》はひどく肩身《かたみ》が廣《ひろ》い氣《き》がするわ。」

と云《い》つた。梅雨《ばいう》が向《むか》ふから上眼《うはめ》で兩人《ふたり》を見《み》た。然《さ》うして襟元《えりもと》を掻《か》き合《あ》はせて、ぐるりと緑紫《ろくし》の方《はう》へ身體《からだ》を捻《ね》ぢ向《む》ける。電車《でんしや》が動《うご》く途端《とたん》に、中《なか》へ入《はい》つた女《をんな》が、蹌《よろ》跟《け》て緑紫《ろくし》の肩《かた》に手《て》を支《つ》いた。

「御免《ごめん》……」

と云《い》つた聲《こゑ》が、餘《あんま》り綺麗《きれい》だつたので、富枝《とみえ》は顔《かほ》を上《あ》げて見《み》ると、女《をんな》はずつと運轉手臺《うんてんしゆだい》の傍《わき》まで行《い》つて了《しま》ふ。地色《ぢいろ》は白《しろ》く、羽二重《はぶたへ》に浴衣《ゆかた》柄《がら》を置《お》かせた品《もの》のやうに見《み》える。帶《おび》は白《しろ》つぽく艶《つや》をもつてゐたやうだ、引詰《ひつつ》めた銀杏返《いてふがへ》しに結《ゆ》つてる。

富枝《とみえ》は兄《あに》の顔《かほ》を見《み》る。果《はた》して兄《あに》の眼《め》は運轉手臺《うんてんしゆだい》の傍《わき》に放《はな》たれる。

「美《い》い女《をんな》？」

と姉《あね》は聞《き》いた。

富枝《とみえ》は其方《そつち》を見《み》たが、同《おな》じ腰掛《こしかけ》の列《れつ》なので其《そ》の間《あひだ》の人《ひと》に遮《さへぎ》られて能《よ》く見《み》えない。目的外《もくてきぐわい》の人《ひと》の丸《まる》い横顔《よこがほ》が眼《め》に入《はい》つたばかりだ。

「兄《にい》さんが彼樣《あんな》顔《かほ》をして見《み》てらつしやるから、必定《きつと》美《い》いんでせう。」

それを聞《き》いて緑紫《ろくし》を視《み》た都滿子《つまこ》の眼《め》にはもう嫉妬《しつと》らしい色《いろ》が浮《うか》んでゐた。

懸賞文藝當選

あきらめ

田村とし子

八

僅《はつ》か次《つ》ぎの停留場《ていりうぢやう》までゞ、其《そ》の女《をんな》は降車《おり》て了《しま》ふ。女《をんな》の姿《すがた》が運轉手臺《うんてんしゆだい》から消《き》えると、緑紫《ろくし》は富枝《とみえ》の前《まへ》に顔《かほ》を差出《さしだ》して、

「三輪《みわ》！」と云《い》ひながら片手《かたて》を組《く》んで、片手《かたて》の拇指《おやゆび》で一寸《ちよつと》其《そ》の方向《むき》を示《しめ》した。

「嘘《うそ》。」

殆《ほと》ど無意識《むいしき》に窓《まど》の方《はう》へ振向《ふりむ》いて、眞暗《まつくら》な外面《そと》を見《み》る。辻待《つじまち》の車夫《しやふ》の提燈《かんばん》が一《ひと》つ、悠然《ゆつたり》と點《とも》つてゐるのが見《み》えた。

「嘘《うそ》。彼樣風《あんなふう》なんぞ爲《し》てるもんですか。」

然《しか》し、然《さ》う云《い》はれると何點《どこ》か

13　「あきらめ」『大阪朝日新聞』　明治44（1911）年1月8日

姿《すがた》の中《なか》に似《に》た様《やう》なところが有《あ》つた様《やう》にも思《おも》はれる。と富枝《とみえ》は一《ひ》と目《め》見《み》た今《いま》の女《をんな》の姿《すがた》を、新奇《しんき》に思《おも》ひ浮《うか》べて見《み》る。

「誰《たれ》だつて？」

と心《こゝろ》ならぬ様《さま》に、都満子《つまこ》は富《とみ》枝《え》に顔《かほ》をよせる。

「今《いま》の女《ひと》ね。三輪《みわ》さんだつて―」

「似《に》てやしないぢやないか。」

都満子《つまこ》も同感《どうかん》だ。緑紫《ろくし》は身體《からだ》を舊《もと》の位置《ゐち》に直《なほ》して眞《ま》つ白《しろ》な細《こま》かい齒《は》を出《だ》して笑《わら》つてゐる。

「第《だい》一、三輪《みわ》さんなら默《だま》つてゐるもんですか。妾《わたし》がゐるんですもの。」

富枝《とみえ》は少《すこ》し聲《こゑ》を高《たか》くして、兄《あに》に向《むか》つて云《い》ふ。

「ところが大違《おほちが》ひ。三輪《みわ》だよ。」

と一人《ひとり》で呑込《のみこ》んでゐる。

「然《さ》うぢやないとも。似《に》てやしないわ。」

と都満子《つまこ》も爭《あらそ》つてゐる。

「お前等《まへたち》は顔《かほ》を見《み》ないんぢやないか。僕《ぼく》は確然《ちやん》と、顔《かほ》と顔《かほ》を合《あ》はしてるさ。」

「何様《どんな》顔《かほ》をしてました！」

電車《でんしや》が動《うご》き出《だ》したので、聲《こゑ》が聞《き》き取《と》れなくなる。緑紫《ろくし》は默《だま》つた限《ぎ》りで笑《わら》つてゐる。

「兄《にい》さんが嘘《うそ》ばつかり。」

富枝《とみえ》は信《しん》じずにゐる。興《きやう》にあんな事《こと》を云《い》ふのだと思《おも》ふ。けれど、三輪《みわ》と聞《き》いてから、心《こゝろ》が鬱《ふさ》ぐ程《ほど》その人《ひと》に逢《あ》ひ度《た》くなつてくる。今《いま》のが實際《まつたく》その人《ひと》なら、兄《にい》さんがゐやうが、姉《ねえ》さんがゐやうが、妾《わたし》を見《み》て知《し》らぬ顔《かほ》をして了《しま》ふ筈《はず》がない。然《しか》し、斯《か》うして事實《じじつ》電車《でんしや》の中《なか》でなど遇然《ひよつこ》出《で》逢《あ》つたら何様《どんな》に嬉《うれ》しからう。益《つま》らぬ姉《ねえ》さんの嫉《しつ》妬《と》から、貴女《あなた》が姉《ねえ》さんの手許《てもと》を離《はな》れるまで決《けつ》して貴女《あなた》にも逢《あ》はぬ。と云《い》つて別《わか》れて了《しま》つた限《ぎ》り、移《う》轉《つ》つた先《さき》さへ知《し》らして寄越《よこ》して呉《く》れないけれ共、何處《どこ》に何《なに》をしてゐるのだか。女優《ぢよいう》になるの、繪師《ゑし》になるの、と云《い》つてたが、何様《どんな》ことをしてゐるのだらうと、富枝《とみえ》は頻《しき》に戀《こ》ひしくなつてくる。

「誰《だれ》の顔《かほ》を見《み》ても、然《さ》う見《み》ゑるんでせう。」

と云《い》つた姉《ねえ》の聲《こゑ》に驚《おどろ》かされて、富枝《とみえ》は自《じ》分《ぶん》に返《かへ》る。そして、此様《こんな》所《ところ》で、此様《こんな》端無《はしたな》いことを云《い》つてると、思《おも》はずひやりとする。

何時《なんじ》かしら、と廣告時計《くわうこくどけい》を見《み》ると、生憎《あいにく》乗換切符《のりかへきつぷ》が斜《なゝめ》に貼《は》られて、役《やく》に立《た》たないと云《い》ふ事《こと》を斷《ことわ》つてゐる。富枝《とみえ》の様子《やうす》を見《み》て取《と》つて、自分《じぶん》の銀側《ぎんがは》の懐中《くわいちう》を取出《とりだ》す。富枝《とみえ》は濟《す》ましてゐる。梅雨《ばいう》が隙《すか》さず、必要《ひつえう》があつて時間《じかん》を見《み》た譯《わけ》でもないので、敢《あへ》て聞《き》かうともせずにゐる。梅雨《ばいう》は少《すこ》しいてれて、ぱちりと蓋《ふた》をしながら、ぬうと顔《かほ》を外方《そつぽう》へ向《む》ける。

内幸町《うちさいはひちやう》で降《お》りて、銀座《ぎんざ》の方《はう》へと歩《ほ》を運《はこ》ぶ。

派出所《はしゆつしよ》の巡査《じゆんさ》が、赤《あか》い電燈《でんとう》の色《いろ》を浴《あ》びて、電氣《でんき》踊《をど》りの踊《をど》り子《こ》の様《やう》な色合《いろあひ》で立《た》つてゐる。日比谷公園《ひびやこうゑん》の門《もん》を目指《めざ》して、袴《はかま》を穿《は》いた女生《ぢよせい》が兩人《ふたり》行《ゆ》く。公園《こうゑん》に門《もん》のあるのは日比谷《ひびや》ばかりだと、富枝《とみえ》は振返《ふりかへ》つて見《み》る。

いやな公園《こうゑん》だと思《おも》ふ。公園《こうゑん》は上野《うへの》が一番《いちばん》だと遠《とほ》く懐《なつか》しんで見《み》る。何《なん》となく日比《ひび》谷《や》と云《い》ふとキンツル香水的《かうすゐてき》の香《か》がするやうだ、と一人《ひとり》して笑《わら》ふ。

「支那料理《しなれうり》にしやう。ね。」と緑紫《ろくし》は都満子《つまこ》に云《い》つてる。見《み》ると両人《ふたり》は並《なら》んで行《ゆ》く、梅雨《ばいう》が横《よこ》に離《はな》れて、相變《あひかは》らず洋杖《ステツキ》を擔《かつ》いでゐる。

「洋食《やうしよく》にしませうよ。ねえ富枝《とみえ》さん。」遅《おく》れた富枝《とみえ》を待《ま》ちながら、立止《たちどま》つて姉《あね》は甘《あま》へた様《やう》な聲《こゑ》を出《だ》してゐる。

「何方《どつち》だつていゝわ。」

「例《れい》の尾張町《をはりちやう》の支那料理《しなれうり》でせう。お馴染《なじ》染《み》のゐる……美人《びじん》がゐなけりや、御馳走《ごちそう》は食《た》べられないものと思《おも》つてるのねえ。」

其様《そんな》話《はなし》を避《さ》ける積《つも》りで、富枝《とみえ》は態《わざ》と遅《おく》れた儘《なり》で行《ゆ》く。

すつと、風《かぜ》が横顔《よこがほ》を切《き》つたので、見《み》ると車《くるま》が一臺《だい》、もう四五軒《けん》先《さき》を行《い》つてゐる。車《くるま》も音《おと》のしないのが價値《ねうち》があるのだ。と護謨輪《ゴムわ》の車《くるま》の影《かげ》を追《お》ふ。車上《しやじやう》の人《ひと》の眞《ま》つ白《しろ》な頸筋《くびすぢ》が水際立《みづぎはだ》つてゐる。ぐつと衣紋《えもん》を抜《ぬ》いた撫肩《なでがた》が浮《う》いてゐる。島田《しまだ》の髷《まげ》のぐらつくのも朧《おぼろ》に見《み》える。藝妓《げいしや》だ。と富枝《とみえ》は見直《みなほ》した。素人《しろうと》は、車《くるま》に乗《の》ると折角《せつかく》飾《かざ》つた姿《すがた》を丸々《まる／＼》と内《うち》へ没《ぼつ》して了《しま》ふ。賣女《ばいにん》は作《つく》らない姿《すがた》の時《とき》でも、作《つく》らない儘《まゝ》を形状《かたち》にして車《くるま》の上《うへ》へ乗《の》せる、浮《う》き出《だ》させてゐる。其點《そこ》が、一《ひ》と口《くち》に商賣人《しやうばいにん》だと人《ひと》の目《め》に映《うつ》る相違《さうゐ》なのだらうと感心《かんしん》をする。

懸賞文藝當選

あきらめ

田村とし子

八

暗い暗《くら》い通《とほ》りを出《で》ると数寄屋橋《すきやはし》にかゝる。

有楽座前《いうらくざまへ》のイルミチーションが目《め》を奪《うば》ふ。子供《こども》デーの看板《かんばん》が、四角《かく》く白《しろ》く勾配《こうばい》になつてゐる。橋《はし》から見《み》ると引《ひ》き込《こ》んでゐるだけに、一《ひ》とつの奇麗《きれい》な娯楽場《ごらくぢやう》の建物《たてもの》が、生《い》きて働《はたら》いてゐて四方《はう》を通《とほ》る群衆《ぐんしう》の足《あし》を引張《ひつぱ》つてゐる様《やう》に見《み》える。然《さ》う思《おも》ふと暗《くら》い三角《かく》な建物《たてもの》の尖《さ》きに、大《おほ》きな眼《め》がある様《やう》に見《み》える、両方《りやうはう》の横《よこ》から手《て》が出《で》る様《やう》に見《み》える。富枝《とみえ》は此様《こんな》ことを考《かんが》へて、遠《とほ》く周圍《しうゐ》の薄黒《うすぐろ》い有楽座《いうらくざ》を望《のぞ》みながら橋《はし》を渡《わた》つてゆく。

洋食《やうしよく》と一泓《きまつ》たと見《み》えて、富枝《とみえ》は風月《ふうげつ》に伴《ともな》

はれる。

俳優《はいう》は落着《おちつ》かない顏《かほ》をして、天井《てんじやう》を見上《みあ》げたり、食卓《しよくたく》の上《うへ》を眺《なが》めたりして、

「どうも窮《きう》いですな。矢《や》つ張《ぱ》り腰《こし》をかけてフオークを使《つか》ふのは天井《てんじやう》の高《たか》い方《はう》がいゝ樣《やう》ですな。」と云《い》つて居《ゐ》る。

「君《きみ》は初《はじ》めてかい。」

「初《はじ》めてゞす。」

と舌足《したた》らずの樣《やう》な調子《てうし》をする。

「此點《こゝ》がいゝのさ。」

と綠紫《ろくし》は獻立書を見《み》る。

西洋人《せいやうじん》が三人《にん》、卓《たく》を圍《かこ》んで頻《しき》りに話《はなし》をしてゐる。

金地《きんぢ》に模樣《もやう》を描《か》いた、床《とこ》の間《ま》の軸袋の戸《と》に、その赤髮《しやくはつ》の頭《あたま》が支《つか》へさうに見《み》える。

「ねえ。兄《にい》さん。學校《がくかう》は廢《よ》すとしませうか。」

この問題《もんだい》が、始終《しじう》頭腦《あたま》を去《さ》らずにゐると云《い》ふ樣《やう》な顏附《かほつき》で、富枝《とみえ》は兄《あに》の方《はう》へ椅子《いす》をよせる。

「廢《よ》して文學《ぶんがく》を專門《せんもん》にやるさ。下《くだ》らない學課《がくくわ》に腦《なう》を使《つか》ふだけを、文藝《ぶんげい》の方《はう》に注《そゝ》いで見《み》るさ。十分僕《ぼく》が扶助《ふじよ》して上《あ》げる。」

「そう〳〵、富枝《とみえ》さんも文學者《ぶんがくしや》になるんだわね。」

と都滿子《つまこ》は覺束《おぼつか》な氣《げ》な顏色《かほいろ》をする。

「女《をんな》が筆《ふで》で、獨立《どくりつ》して行《ゆ》けるでせうかね。」

「行《ゆ》けるとも。勉強次第《べんきやうしだい》さ。」

「取次大販賣《とりつぎたいはんばい》が兄《にい》さんの手《て》にあるから。」

と高瀬《たかせ》は無暗《むやみ》に笑《わら》つてゐる。綠紫《ろくし》も笑《わら》ふ。富枝《とみえ》は失敬《しつけい》だと云《い》ふ樣《やう》な顏《かほ》をしてゐる。丁度《ちやうど》、階子段《はしごだん》を靴《くつ》でとん〳〵と上《あが》つてくる音《おと》がする。洋杖《ステツキ》を傘入《かさい》れへすとんと挿《さ》した音《おと》と同時《どうじ》に、俯向《うつむ》いた綠紫《ろくし》と顏《かほ》を合《あ》はせて、

「やあ。」

と云《い》つた聲《こゑ》がする。

「何《ど》うですな。」

と、綠紫《ろくし》が近附《ちかづ》いた男《をとこ》に斯《か》う云《い》ふと、

「やア。」

と云《い》つたばかりで、其《そ》の人《ひと》は隣席《となり》の食卓《しよくたく》に席《せき》を占《し》める。

都滿子《つまこ》は凝視《ちつ》と眺《なが》めてゐる。樣子《やうす》の好《い》い人《ひと》だと云《い》ひ度《た》さうな眼《め》をする。富枝《とみえ》も男《をとこ》の姿《すがた》を視《み》たが、男《をとこ》の方《はう》は椅子《いす》に脊《せ》を凭《もた》せて、兩足《りやうあし》を食卓《しよくたく》の下《した》にやつと開《ひら》いて獻立《ビルフ》書《エア》を遠《とほ》くから見詰《みつ》めてゐる。

「大分《だいぶ》、御懇《ごこん》のやうですな。」

と重《かさ》ねて綠紫《ろくし》が云《い》ふ。指《ゆび》の頭《さき》で、てれ〳〵と註文《ちうもん》して了《しま》ふと、

「何《なん》ですか？」

と云《い》つて色《いろ》の淺黑《あさぐろ》い顏《かほ》を此方《こつち》へ向《む》ける。鼻眼鏡《はなめがね》が電燈《でんとう》の光《ひか》りに反射《はんしや》する。プラチナの鎖《くさり》が搖《ゆら》ぐ。小《ちひ》さい口許《くちもと》に笑《わら》ひを含《ふく》んで愛嬌《あいけう》を湛《たゝ》へる。食卓《しよくたく》に寄《よ》り掛《かゝ》つて斜《しや》に組《く》んだ腕《うで》に、カウスボタンの金剛石《ダイヤ》が光《ひか》りを潜《ひそ》める。橙《だい〳〵》色《いろ》のネクタイが白《しろ》く見《み》える。

「學校《がくかう》の方《はう》は御成功《ごせいこう》のやうですな。」

「はあ、俳優學校《はいいうがくかう》ですか。」

眼《め》を外《ほか》にして、一寸句《ちよつとく》を切《き》る。

「何《ど》うにか斯《か》うにか、やつてる樣《やう》です。」

其《そ》の時《とき》初《はじ》めて婦人《ふじん》の方《はう》に目《め》を配《くば》る。富枝《とみえ》を視《み》て注意深《ちういぶか》さうに其《そ》の眼《め》が動《うご》かなくなる。

「創立當初《さうりつたうしよ》だけに、何彼《なにか》に就《つ》けて御困難《ごこんなん》を感《かん》じられるでせうな。」

「然《さ》うです。」

と云《い》つて默《だま》つて了《しま》ふ。餘《あま》り親交《したしみ》のない人《ひと》なのかと都滿子《つまこ》は猶《なほ》見守《みまも》つてゐる。これが噂《うはさ》に聞《き》いた千早文學士《ちはやぶんがくし》ではないかと富枝《とみえ》も密《ひそか》に目《め》を放《はな》さずにゐる。

誂《あつら》へたものがくる。三十ばかりの、によきりと瘦た男《をとこ》がナイフやフォクを揃《そろ》へて行《ゆ》く。

「どうも、疊《たゝみ》の上《うへ》で胡坐《あぐら》でなけりやあ、調和《てうわ》が取《と》れませんな。」

と高瀬《たかせ》はまだ其《そ》れを云つてゐる。

中央《まんなか》の花瓶《くわびん》に挿《さ》してある夏菊《なつぎく》の花《はな》を、富枝《とみえ》は指《ゆび》で彈《はぢ》く。花片《はなびら》が都滿子《つまこ》の持《も》つた半巾《はんけち》の上《うへ》にかゝると、富枝《とみえ》は又《また》拾《ひろ》ひ上《あ》げて、ふうと吹《ふ》いて見《み》る。隣《となり》の男《をとこ》はそれを見《み》てゐた。

懸賞文藝當選

あきらめ

十

田村とし子

隙間と書《か》いた軒燈《けんとう》の硝子《ガラス》に、雨《あめ》の點滴《しづく》が傳《つた》はつて水玉《みづたま》を作《つく》へてゐる。出窓《でまど》の簾《すだれ》が澁色《しぶいろ》に濡《ぬ》れて、こと〳〵と風《かぜ》に音《おと》を立《た》てる。溝板《どぶいた》の上《うへ》に赤《あか》い丹波鬼灯《たんばほうづき》が踏《ふ》み潰《つぶ》されて、泥《どろ》に塗《まみ》れて、赤《あか》い根《ね》を吐《は》き出《だ》してゐる。

人《ひと》を威喝《ゐかつ》する様《やう》なパン屋《や》の聲《こゑ》が遠《とほ》ざかると、細《ほそ》い新道《しんみち》が又《また》街《まち》の雨《あめ》の音《おと》に閉ざゝれる。頭痛膏《づつうかう》を貼《は》つた半纏《はんてん》を着《き》た女《をんな》が風呂《ふろ》敷包《しきづつみ》を重《おも》さうに提《さ》げてゆく。立秋《あきぐち》の濕《しめ》つぽい薄寒《うすさむ》さが、その女《をんな》の半纏《はんてん》の襟先《えりさき》あたりから起《おこ》る。

「一所《いつしよ》に行《ゆ》きませう。」

と格子《かうし》のうちで云《い》つた聲《こゑ》が、

瀟々《しよう〳〵》とした雨《あめ》の音《おと》を掃《はら》つて、軒《のき》の下《した》に冴々《さえ〴〵》とした波動《はどう》を傳《つた》はらせる。

格子《かうし》ががらりと開《あ》く。前方《まへ》の反《そ》つた唐人髷《たうじんまげ》の頭髪《あたま》が出《で》る。長《なが》い中形《ちうがた》メリンスの單衣《ひとへ》の袂《たもと》が兩方《りやうはう》へだらりと垂《た》れる、櫻皮《さくらがは》の爪革《つまかは》が敷石《しきいし》の上《うへ》に揃《そろ》ふと、小《ちひ》さい蛇《じや》の目《め》の傘《かさ》がすぼんと上《うへ》で開《ひら》く。傘《かさ》を擔《かつ》ぎながら格子《かうし》を離《はな》れた時《とき》は後向《うしろむき》になつてゐる。朱塗《しゆぬり》の足駄《あしだ》の小《ちひ》さい歯《は》に、身體《からだ》を支《さゝ》へてゐるのが八字《はちじ》になつて見《み》ゑる。

「妾《あたし》は電車《でんしや》よ。」

と云《い》ひながら後《あと》から出《で》て來《き》たのが格子《かうし》を後手《うしろで》に閉《し》める。淺葱《あさぎ》の木目《もくめ》に、所々《ところ〴〵》牡丹《ぼたん》の花《はな》を散《ち》らした合羽《かつぱ》を着《き》てゐる、引詰《ひつつ》めた下地《したぢ》に結《い》つてるので濃《こ》い富士額《ふじびたひ》が殊《こと》に劃然《くつきり》としてゐる、目鼻立《めはなだち》は綺麗《きれい》だが色《いろ》が黑《くろ》い。生際《はえぎは》に白粉《おしろい》が凝結《かたま》つて殘《のこ》つてゐる。

「ぢや、電車《でんしや》へ乘《の》る所《とこ》まで。ね。」

17　「あきらめ」『大阪朝日新聞』 明治44（1911）年1月10日

唐人髷《たうじんまげ》が斯《か》う云《い》ふ。下地《したぢ》は奴《やつこ》の傘《かさ》を翳《さ》して兩人《ふたり》並《なら》んでゆく。姓名《なまへ》を書《か》いた字《じ》が薄《うす》くなつてゐる。時々《ときどき》傘《かさ》と傘《かさ》が衝突《ぶつ》かつては驚《おどろ》いた様《やう》に離《はな》れる。

「今日《けふ》のそこね、難《むつか》しくつていやになつちやつたわ。」

毛《け》は赤《あか》いが色《いろ》の眞《ま》つ白《しろ》い、クリームを溶《と》かした様《やう》な艶《つや》をしてゐる、腫《は》れぼつたい一重瞼《ひとへまぶた》を張《は》つて、受口《うけくち》をする。傘《かさ》の柄《え》を扇子《せんす》で叩《たゝ》きながら、

「春《はる》ーーと、夏《なつ》との、せ、狂人《きちがひ》ぢやわ。」

と身振《みぶ》りをする。墨《すみ》で陰《かげ》と陽《おもて》とに出《だ》した葡萄模様《ぶだうもやう》の袂《たもと》が揺《ゆ》れる。泥《どろ》が裾《すそ》に跳《は》ね上《あ》がる。

「ねね春《はる》ーーつてとき、此様《こんな》眼《め》をするのよ。ちよいと、ちよいと、御覧《ごらん》なさいつてば。」

兩人《ふたり》は往來《わうらい》の眞中《まんなか》へ立止《たちどま》る。唐人髷《たうじんまげ》は顔《かほ》を斜《なゝ》めにして、眼《め》を横《よこ》に使《つか》つて、眩《まぶ》しいと云《い》ふ様《やう》に瞬叩《しばたゝ》かせる。受口《うけぐち》が猶受口《なほうけぐち》になる。

「ねね。」

「うそだわ。其様《そんな》眼《め》をするんぢやないことよ。お師匠《しよ》さんと違《ちが》ふてことよ。」

又並《またなら》んで歩《ある》き出《だ》す。

「狂人《きちがひ》の眼《め》つて、どんなんでせう。見《み》た事《こと》あつて?」

雨《あめ》が横《よこ》に吹《ふ》きつけて、可愛《かはい》らしい態《なり》を濡《ぬ》らす。下地《したぢ》は傘《かさ》を横《よこ》にする。唐人髷《たうじんまげ》は雨《あめ》の來《く》る方《はう》へ傘《かさ》をやらずに、依然《やつぱり》後《うしろ》に擔《かつ》いでゐる。袖《そで》が半分通《はんぶんとほ》りもう濡《ぬ》れてしまつてゐる。

「矢張《やつぱ》し、眼《め》は開《あ》いてるわ。」

「そりや然《さ》うだわ、松風《まつかぜ》だつて盲目《めくら》ぢやないんですもの。……狂人《きちがひ》ぢや、狂人《きちがひ》ぢや。」

と急《きふ》に下地《したぢ》の肩《かた》へ嚙りつく。力《ちから》が餘《あま》つて奴《やつこ》の傘《かさ》が轉倒《さかさ》になる。

「あら。あら。濡《ぬ》れちやつてよ。巫山《ふざ》戯《け》ちや可《い》けないわよ。」

下地《したぢ》が澁面《じふめん》を作《つく》る。

「あなた妾《あたし》に惚《ほ》れてるんぢやありませんか。威張《ゐば》れないわよ。」

と扇子《せんす》でその肱《ひぢ》を突《つ》く、十五くらゐの口《くち》から濟《す》まして此様《こんな》ことを云《い》ふ。

「ふゝゝゝ。」

と下地《したぢ》は笑《わら》ひ出《だ》す。

「お頼申《たのまう》してよ。貴枝《きに》ちやんに惚《ほ》れるんぢやないんですからね。この兵衛《べゑ》さんが松風《まつかぜ》に惚《ほ》れるんだわ。」

「何方《どつち》だつて同《おんな》じよ。妾《あたし》の袖《そで》をもつて口説《くど》くくせに。」

「そんな事《こと》云《い》や、業平《なりひら》ん時《とき》はどうしたの。貴枝《きに》ちやんが妾《あたし》に惚《ほ》れるんだよ。」

「然《さ》うだつたわね。大《おほ》きに失敬《しつけい》。」

笑《わら》つた顔《かほ》が、角《かど》の白牡丹《はくぼたん》の硝子《ガラス》戸《ど》に映《うつ》る。中《なか》を覗《のぞ》くと番頭《ばんとう》が四角《かく》に坐《すわ》つて煙草《たばこ》を吸《す》つてゐる。金《きん》や銀《ぎん》の色《いろ》がきら〱と、一所《しよ》になつて眼《め》を射《い》る。毎日踊《まいにちをどり》の稽古《けいこ》に行《ゆ》く子《こ》が、今通《いまとほ》つて行《ゆ》かあ。と云《い》ふ様《やう》な顔《かほ》をして、筒袖《つゝそで》を着《き》た小僧《こぞう》が眺《なが》めてゐる。電車《でんしや》の音《おと》がぎいつと濡《ぬ》れた色《いろ》を出《だ》して通《とほ》る。兩人《ふたり》は大通《おほどほり》へ出《で》た。尾張町《をはりちやう》の交叉點《かうさてん》の所《ところ》で立止《たちどま》る。

「左様《さやう》なら。」

と下地《したぢ》は早々《さつさ》と向《むか》ふ側《かは》の赤《あか》い柱《はしら》の下《した》へゆく。合羽《かつは》の肩上《かたあ》げが四角《かく》に尖《とが》つてゐる。貴枝《きに》も線路《せんろ》を突切《つきき》らうとすると、大《おほ》きな番傘《ばんがさ》が眼《め》の前《まへ》に塞《ふさ》がつて、小倉《こくら》の帶《おび》の結《むす》び目《め》を振《ふ》りながら威張《ゐば》つてゆく。憎《にく》らしさ

うに見《ろ》ながら漸《やうや》く向《むか》ふ側《かは》へ轉《うつ》る。弓町《ゆみちやう》へ曲《まが》ると、

「貴枝《きえ》さん、おい。」

と男《をとこ》の聲《こゑ》で呼ばれた。

懸賞文藝當選

あきらめ

田村とし子

十一

「兄《にい》さん!、宅《うち》へ行《い》つて?」

懐愛《なつか》しさうな顔《かほ》をして、貴枝《きえ》は緑紫《ろくし》の半《イン》外套の傍《そば》へぴたりと寄《よ》りつく。緑紫《ろくし》の蛇《じや》の目《め》の傘《かさ》の半開《はんびら》きが風《かぜ》を傳《つた》はらせる。

「これから行《ゆ》くの。お前《まへ》は、今歸途《いまかへり》かい?」

「ゑ。兄《にい》さんはお店《みせ》へ行《ゆ》くの。」

「奥《おく》へ行《ゆ》くのさ。お前《まへ》の許《とこ》へ來《き》たんだもの。」

口尻《くちじり》の筋肉《きんにく》が弛《ゆる》んだ様《やう》な顔《かほ》をして暫時《しばらく》緑紫《ろくし》は貴枝《きえ》の顔《かほ》を眺《なが》める。

「おゝ厭《いや》な兄《にい》さん。妾《わたし》の許《とこ》へなんか來《き》たつてつまらないわ。」

と云《い》ひ捨《す》てに貴枝《きえ》は歩《あ》るき初《はじ》める。氷店《こほりみせ》の戸《と》が半分下《はんぶんお》りてゐて、「ミルクセーキ」と書《か》いた旗《はた》が寒《さむ》さうに震《ふる》へてゐる。何所《どこ》からか天麩羅《てんぷら》の匂《にほ》ひが流《なが》れてくる。

「然《さ》う急《いそ》ぐなよ。兄《にい》さんを嫌《きら》ふのかい。」

「だつて、彼様《あんな》ことを云《い》ふんですもの。」

「どんな事《こと》?」

緑紫《ろくし》は調戯《からか》ひながら後《あと》から尾《つ》いてゆく。眼尻《めじり》が皺《しわ》んで、始終《しじう》嬉《うれ》しさうに打笑《うちゑ》んでゐる。

「妾《わたし》の許《とこ》へ來《き》たんだなんて云《い》ふから……」

「それが惡《わる》いのかい。」

「可笑《をか》しいわ。」

笑《わら》ひ度《た》いのを我慢《がまん》してゐると云《い》ふ様《やう》に、貴枝《きえ》は頬《ほゝ》を膨《ふく》らまして、眼《め》を小《ちひ》さくする。緑紫《ろくし》は家内《うち》を覗《のぞ》いて貴枝《きえ》は辭儀《じぎ》をする。知《し》つた家《うち》だなと思《おも》ひながら緑紫《ろくし》は少《すこ》し離《はな》れて歩《あ》るく。

「兄《にい》さん。何故《なぜ》昨日《きのふ》來《こ》なかつたの。」

今度《こんど》は不平《ふへい》さうに拗《す》ねた顔《かほ》をして、貴枝《きえ》は緑紫《ろくし》に摺《す》りつく。

「用《よう》があつたから。何故《なぜ》?、待《ま》つてた

かい。」

「待《ま》つてたわ。」

眼《め》も濕《うる》んだかと思《おも》ふ樣《やう》な聲《こゑ》を出《だ》す。待《ま》つてゐたのでも何《なん》でもないのだ、寧《むし》ろ忘《わす》れてゐたのだらうのに、貴枝《きえ》は眞實《まこと》めかしく斯《か》う云《い》ふ。十五歳《さい》の幼稚《えうち》な頭腦《あたま》で、何《ど》うして斯樣《こんな》男《をとこ》を僞《いつは》る言葉《ことば》が出《で》るのだらうか、と綠紫《りよくし》は其《そ》れを面白《おもしろ》がる。

「兄《にい》さんが戀《こひ》しくつてかい。」

と綠紫《りよくし》は試《ため》しに斯《か》う聞《き》く。

「ゑ。」

と頷《うなづ》いて、通《とほ》りかゝつた餅菓子店《もちぐわしみせ》を覗《のぞ》きながら、

「兄《にい》さん。毎日《まいにち》入來《い》らつしやいな。毎《まい》日《にち》來《き》て頂戴《ちやうだい》よ。」

「兄《にい》さんなんかゞ、來《き》たつて仕樣《しやう》がないぢやないか。貴枝《きえ》さんは、市村座《いちむらざ》の花《くわ》雀《じやく》が好《す》きなんだらう。」

何《ど》う返事《へんじ》を爲《す》るだらう、と綠紫《りよくし》は貴枝《きえ》の肩《かた》に手《て》をやつて、その顏《かほ》を守《まも》る。

「花雀《くわじやく》さんは花雀《くわじやく》さんよ。兄《にい》さんは兄《にい》さんだわ。」

と濟《す》してゐる。何《ど》う違《ちが》ふのと聞《き》かうとすると、路次《ろじ》を潜《くゞ》つて貴枝《きえ》は早走《はやあし》に宅《うち》の前《さき》まで行《い》つて了《しま》ふ。其所《そこ》が料理店《れうりてん》あづま樓《ろう》の裏口《うらぐち》になつてゐる。

「兄《にい》さん、お先《さ》き！」

と聲《こゑ》を掛《か》けて置《お》いて貴枝《きえ》は格子《かうし》を這入《はい》る。

「お歸《かへ》ん成《な》さい。降《ふ》つて可《い》けませんでしたねゑ。」

と婆《ば》あやが葭戸《よしど》を開《あ》けて下《した》の方《はう》から顏《かほ》を出《だ》す。傘《かさ》を沓脱《くつぬ》ぎへ抛《はふ》り出《だ》して、室内《なか》へ入《はい》ると、婆《ば》あやは膝《ひざ》から下《した》へ拔綿《ぬきわた》を被《か》けて、肱枕《ひぢまくら》になつた儘《まゝ》で顏《かほ》だけを持上《もちあ》げてゐる、縫《ぬ》ひかけの洗《あら》ひ張《は》りしたメリンス友禪《いうぜん》の夜着《よぎ》が、煙草盆《たばこぼん》と一所《しよ》になつて散在《ちら》かつてゐる。

婆《ば》あやの行作《なり》を見《み》て、阿母《おつか》さんは不在《るす》だと貴枝《きえ》は直《す》ぐ察《さつ》する。

「何處《どこ》へ行《い》つたの？」

「阿母《おつか》さんですか。お店《みせ》ですよ。」

「然《さ》う。兄《にい》さんが在《い》らしつたのよ。婆《ば》あや！」肱《ひぢ》へ附《つ》けた頭髮《あたま》を再《ふたゝ》び上《あ》げて、齒《は》の拔《ぬ》けた窄《すぼ》んだ口《くち》をもぐ／＼爲《さ》せながら、萎《しな》びた顏《かほ》に釣《つ》り上《あが》つた眼《め》だけを働《はたら》かせて、何所《どこ》へと云《い》つたやうな顏《かほ》に貴枝《きえ》を視《み》る。

「今日《けふ》は涼《すゞ》しいね。」

と其所《そこ》へ綠紫《りよくし》がづかりと入《はい》る。

「おや。お在《い》で成《な》さいまし。」

流石《さすが》に、被《き》たものを刎《は》ねて婆《ば》あやは起《お》きる。

「能《よ》くこの降《ふ》るにねゑ。」

と婆《ば》あやは億劫《おつくう》さうに立《た》つて、雜《ざつ》と其邊《そこいら》を片附《かたづ》ける。忌々《いま／＼》しいと云《い》ふのを顏《かほ》に出《だ》す。婆《ば》あやは綠紫《りよくし》の來《き》た時《とき》は、何時《いつ》も斯《か》う云《い》ふ風《ふう》でゐる。愛想《あいさう》らしく振舞《ふるま》つた事《こと》がない。綠紫《りよくし》はその由《よ》て以《もつ》て起《おこ》る所《ところ》を知《し》りながら、態《わざ》と厭《いや》がらしておく。

「何《ど》うだね、漸次《だん／＼》老人《としより》には禁物《きんもつ》の時候《じこう》になるね。」

「さよですね。」

と云《い》つたばかりで、腰《こし》が痛《いた》いと云《い》ふ樣《やう》に足《あし》を歪《ゆが》めながら次《つ》ぎの室《ま》へゆく。

平生《ふだん》は兎《と》も角《かく》、始終《しじう》來《き》なさるんぢやないか。盆年末《ぼんくれ》だけは銀貨《ぎんくわ》の一《ひと》つぐらゐ呉《く》ん

なすつても宜《よ》かりさうなもんだ。小説《せうせつ》を書《か》くとか何《なん》とかつても、眼先《めさき》の見《み》えなさらない旦那《だんな》だね。と貴枝《よし》に取次《とりつ》げよかしに云《い》ふ。

緑紫《ろくし》は、あの婆《ばあ》やは嫌《きら》ひだとばかりで、煙草《たばこ》一服《ぷく》吸《す》はせやうともしない。婆《ば》あやは其《そ》れを含《ふく》むでと久《ひさ》しである。

懸賞文藝當選

あきらめ

田村とし子

十二

「お貴枝《よし》さんは、琴《こと》のお師匠《しよう》さんへ行《い》きなさるんでせう。遲《おそ》くなりますよ。」と婆《ば》あやが隣室《となり》の靜《しつ》かなのを怪《あや》しむ樣《やう》な言葉《ことば》附《つき》で、聲《こゑ》をかける。

「あゝ。」

大《おほ》きにお世話《せわ》よ。は口《くち》の中《うち》で消《け》して了《しま》ふ。貴枝《よし》は緑紫《ろくし》の傍《そば》で習《て》字をしてゐる。

簾《すだれ》が捲《ま》き上《あ》がつて、店《みせ》の庭續《にはつゞ》きを區劃《しき》つた小《ちい》さい庭《には》が見通《みとほ》される。

巖窟《いはや》の上《うへ》に安置《あんち》した稲荷《いなり》の祠《ほこら》が松《まつ》の蔭《かげ》になつてゐる。小《ち》さい階段《かいだん》の上《うへ》に乘《の》せた油《あぶら》揚《あ》げが、黄色《きいろ》く二枚《まい》重《かさ》なつてゐる。石《いし》の地藏像《ぢざう》が丸《まる》い玉子形《たまごなり》の石《いし》の上《うへ》に立《だ》つて、楓《かへで》の樹《き》の下《した》に雨宿《あまやど》りと云《い》ふ見得《みえ》でゐる。縁先《えんさき》に大《おほ》きな箱庭《はこには》が荒《あ》れた風情《ふぜい》で、插《さ》した小松《こまつ》も枯《か》れて了《しま》つたのが抛《ほう》り出《だ》されてゐる。點々、もう末《すゑ》になつた松葉牡丹《まつばぼたん》が、薄桃色《うすもゝいろ》に漸《やう》つと彩《いろ》を溢《こぼ》して、暗《くら》いやうな庭《には》の中《なか》に雨《あめ》に煙《けぶ》つてゐる。

「つれ〴〵ぐさ——」と斯《か》う一《ひ》と氣息《いき》にお讀《よ》みなさい。然《さ》う切《き》れ〴〵にしちや駄《だ》目《め》よ。」と緑紫《ろくし》が女性的《ぢよせいてき》な言《こと》

21　「あきらめ」『大阪朝日新聞』 明治44（1911）年1月12日

葉《は》を使《つか》ふ。

「だつて、上手《うま》く書《か》けないのよ。」と甘《あま》ゐる。筆《ふで》を持《も》つて下《した》を向《む》くと、薄《うす》い緑紫の髪《かみ》の毛《け》が、貴枝の唐人髷《たうじんまげ》に觸《さは》る。貴枝の手《て》を後《うしろ》から持《も》ち添《そ》へて書《か》き流《なが》してやる。

「お、痛《いた》つ。」と云《い》つた仰山《ぎやうさん》な聲《こゑ》に緑紫が手《て》を放《はな》すと、貴枝は四箇紅石《ルビー》の入《はい》つた指環《ゆびわ》の上《うへ》から自分《じぶん》の手《て》を撫《な》でゝ、顏《かほ》を顰《しか》める。

「其様《そんな》に強《きつ》く持《も》つちや痛《いた》いわ。亂暴《らんばう》だわよ。」

「痛《いた》かつたかい。何《ど》う……」と緑紫はその手《て》を取《と》つて撿《あらた》める。

「此様《こんな》になつちやつたわ。」と指環《ゆびわ》を抜《ぬ》いて見《み》せる。

「そりや、指環《ゆびわ》の痕《あと》だ。」緑紫は若《わか》い氣《き》になつてゐる。三十七の中《なか》から二十を減《へ》らして十七に返《かへ》つた心持《こゝろもち》でゐる。

戀《こひ》の手《て》習《なら》ひをしたお染久松《そめのきうまつ》は、何《ど》の位《くらゐ》の程度《ていど》まで幼稚《こども》らしい事《こと》を云《い》ひ合《あ》つて、埒《らち》もない事《こと》を興《きよう》じ合《あ》つたのだらう、と不圖《ふと》然《さ》う云《い》ふ事《こと》を考《かんが》へる。

「さあ、もう少《すこ》しお習《なら》ひなさい。」

「もう澤山《たくさん》、御遠慮《ごゑんりよ》はいたしません。」貴枝は高慢《かうまん》に憎《にく》い口《くち》を利《き》く。そしてころころと笑《わら》つてゐる。筆《ふで》も紙《かみ》も机《つくゑ》の上《うへ》へ投《な》げ出《だ》して、袂《たもと》を擔《かつ》いだ片手《かたて》を長《なが》く枕《まくら》にして、身體《からだ》半分《はんぶん》其《そ》の上《うへ》に横《よこ》にする。緋縮緬《ひぢりめん》の腰巻《こしまき》が片膝《かたひざ》毎《ごと》露出《むきだ》しになつて、その下《した》から、さすがに子供《こども》つぽい小《ちひ》さな足《あし》が食《は》み出《だ》してゐる。

緑紫は少《すこ》し興《きよう》を醒《さ》まされる。急《きふ》に二十を老《ふ》けて了《しま》ふ。そこで大島《おほしま》の袂《たもと》から敷島《しきしま》を取《と》り出《だ》す。

「ぢや、止《よ》すさ。」

「うそよ。うそよ。教《をし》へて頂戴《ちやうだい》よ、ね、兄《にい》さん。よう、ようつてばさ。」貴枝は慌てた聲、緑紫の袂を揺ぶる。そして、何《なに》かふつと見附《みつ》けた様《やう》な眼《め》をして、

「あら、あら、兄《にい》さんの此邊《ここ》に白髪《しらが》があつてよ。まあ。」

「何所《どこ》に？」

「此所《ここ》んとこ！」と依然《やつはり》凝れた儘《まゝ》、指《ゆび》で緑紫の鬢《びん》を指《さ》す。

「抜《ぬ》いて頂戴《ちやうだい》。」

若白髪《わかしらが》だと緑紫は氣《き》にしずにゐる。

「やつとで？」

「やつとて？何《なん》だい、そりやあ！」

「釘《くぎ》を抜《ぬ》くもんだわ。ありや然《さ》うぢやないわ、……毛《け》抜《ぬ》きよ。毛《け》抜《ぬ》きよ。ね。」

「釘《くぎ》抜《ぬ》きで抜《ぬ》かれて堪《たま》るもんか、坊主《ばうず》になつて了《しま》ふよ。」

貴枝は苦《くる》しがつて笑《わら》ふ。餘《あんま》り笑《わら》つて泣《な》いた様《やう》な眼《め》を爲《す》る。頬《ほゝ》を眞赤《まつか》にして白《しろ》い頸《くび》を汗瀅《あせじ》ませてゐる。小《ちひ》さい髱《たぼ》の後《おく》れ毛《げ》が、細《ほそ》い襟元《えりもと》へ掩《おほ》ひ被《かぶ》さつて、髷《まげ》ががくついてくる。眞赤《まつか》な緋《ひ》のちんてゐ掛《が》けの結《むす》び目《め》が彈《はぢ》けて髷《まげ》の中《うち》に下《さが》つて了《しま》ふ。

格子《かうし》の開《あ》いた音《おと》がする。

「お在《い》で成《な》さいまし。」と挨拶《あいさつ》してゐる婆《ばあ》やの聲《こゑ》も聞《きこ》ゐる。

「婆《ばあ》や、誰《だあ》れ？」

「姉《ねえ》さんが來なすつたんですよ、麻布《あざぶ》の……」と力《ちから》を入《い》れる。

「ね、富枝姉《とみえねえ》さん？、ね、？」

「然《さ》うよ。」

と富枝《とみえ》が返事《へんじ》を爲《す》る。

「構《かま》はないの？」

と小聲《こごゑ》で貴枝《きえ》は縁紫《ゑんし》に囁《さゝや》いた。その言葉《ことば》を聞《き》くと、返事《へんじ》の聲《こゑ》も直《すぐ》には出《で》ない程、縁紫《ゑんし》は恥《はづ》かしさを感《かん》じる。此樣《こんな》場合《ばあひ》に斯《か》う云《い》ふ言葉《ことば》が出《で》る、と云《い》ふのは、貴枝《きえ》が縁紫《ゑんし》の心情《こゝろ》を推知《すゐち》してゐるからだ、何故《なぜ》部滿子《つきこ》を憚《はゞか》り富枝《とみえ》を避《さ》けるかと云《い》ふその理由《わけ》をちやんと知《し》つてゐるからだ、さすがに、此樣《こんな》年端《としは》も經《ゆ》かない小女《こむすめ》に自分《じぶん》の胸《むね》を見透《みす》かされたやうな氣《き》がして、縁紫《ゑんし》は恥《はづ》かしく思《おも》つたのである。威《ゐ》嚴《りん》を損《そん》じない爲《ため》に、態《わざ》と、

「構《かま》はんさ。何故《なぜ》？」

と落着《おちつ》いて見《み》せる。

懸賞文藝當選

あきらめ

田村とし子

十三

婆《ばあ》やに愛想《あいそ》を云《い》ひながら富枝《とみえ》は入《はい》つて來《く》る。縁紫《ゑんし》を見《み》ると、

「まア、兄《にい》さん。」

と小《ち》さな聲《こゑ》をして驚《おどろ》く。

「其所《そこ》で貴枝《きえ》さんに逢《あ》つたものだからね、一寸《ちよつと》來て見《み》たのさ。珍《めづ》らしいだらう。」

「ほんとね。店《みせ》の方《はう》へなら何《な》んだけれど。」

と云《い》ひながらセルのコートを脱《ぬ》ぐ、風通《ふうつう》お召《めし》の單衣《ひとへ》の肩《かた》が露《あら》はれる。藥《やく》の花《はな》を染《そ》め抜《ぬ》いた柿梅色《かきうめいろ》の羽二重《はぶたへ》の帶《おび》を締《し》めてゐる帶《おび》の丹《たい》が皺《しわ》だらけになつてゐる。

「姉《ねえ》さん。少《ち》つとも來《こ》なかつたぢやありませんか。隨分《ずゐぶん》しばらくよ。」

「學校《がくかう》が始《はじ》まつたから。」

貴枝《きえ》は嬉《うれ》しさうに富枝《とみえ》の傍《そば》へ寄《よ》る。纒繞《まつは》り附《つ》いて其《そ》の手《て》を自分《じぶん》の肩《かた》にかける。

「ねエ姉《ねえ》さん。姉《ねえ》さんの作《さく》へたのをお芝居《しばゐ》でやるんだつてねエ、實《ほんと》に素《え》らいつて阿母《おつか》さんが然《さ》う云《い》つて賞《ほ》めて、よ、姉《ねえ》さん――」

と疊《たゝみ》をとん〳〵踏《ふ》んで、子供《こども》の跳《は》ねる樣《やう》な眞似《まね》をしてゐる。

「阿母《おつか》さんは？」

「お店《みせ》よ。もう歸《かへ》つてくるわ。」

壁際《かべぎは》の衣桁《いかう》へコートを持《も》つて行《ゆ》かうとすると、貴《き》枝《え》は引奪《ひつたく》つて、自分《じぶん》で掛《か》

23　「あきらめ」『大阪朝日新聞』　明治44（1911）年1月13日

けてくる。

「ねえ姉《ねえ》さん大和座《やまとざ》で演《や》るんだつてね妾《わたし》、嬉《うれ》しくつて仕様《しやう》がないのよ。」

坐《すわ》つた富枝《とみえ》の傍《そば》へ來《き》て、今度《こんど》は膝《ひざ》にもたれる。

「ほんとに貴枝《きえ》ちやんは、人《ひと》の身體《からだ》へ密着《くつつ》くのが好《す》きね。暑苦《あつくる》しいぢやありませんか。」

と云《い》つて緑紫《ろくし》の方《はう》を見《み》る。緑紫《ろくし》は默《だま》つて貴枝《きえ》の風《ふう》を眺《なが》めてゐる。兄《にい》さんにも、此様《こんな》にして貴枝《きえ》ちやんは纏ひ附《つ》くのだらうかと考《かんが》へる。兩人限《ふたりぎり》で、今何《いまなに》をしてゐたのだらうかと思《おも》ふと、何《なん》となく危險《きけん》が貴枝《きえ》の身體《からだ》を襲《おそ》つてゐる様《やう》で、富枝《とみえ》の胸《むね》は不安《ふあん》に充《み》たされる。

「何《なに》をしてゐたの。」

と思《おも》はず云《い》つた言葉《ことば》が、自分《じぶん》ながら極《きま》りの惡《わる》いと思《おも》ふ程尖《ほどとが》つてゐる。

「どれ、歸《かへ》らうかな。」

緑紫《ろくし》は綸子《りんず》の卷帶《まきおび》をぐいと締《し》め直《なほ》して立《たち》上《あが》る。貴枝《きえ》は、ほんとに厭《いや》な兄《にい》さんよ。と云《い》ふ眼遣《めづか》ひで下《した》から見上《みあ》げてゐる。そしてその眼《め》を姉《ねえ》さんが見《み》れば好《い》いと云《い》ふ様《やう》に、一寸《ちよい》々々姉《ねえ》の方《はう》にも眼《め》をやる。

「お歸《かへ》りになるんですか。兄《にい》さん。」

何處《どこ》か凛乎《りんこ》な態度《たいど》で、富枝《とみえ》ははつきりと爲《す》る。

「歸《かへ》るの。兄《にい》さん。」

貴枝《きえ》も姉《あね》に雷同《らいどう》して、意地惡《いぢわる》さうな聲《こゑ》を出《だ》す。兄《にい》さんより姉《ねえ》さんが大切《たいせつ》だと云《い》ふ様《やう》に、貴枝《きえ》は確固《しつかり》と富枝《とみえ》の膝《ひざ》に縋《すが》つてゐる。

例《いつ》も緑紫《ろくし》の歸《かへ》る時《とき》は、母親《はゝおや》が見《み》てゐないと、貴枝《きえ》はその手《て》に取着《とりつ》いて歸《かへ》さないと云《い》つては大騒《おほさわ》ぎをする。脊負《おぶさ》つたり抱《だ》かつたりして甘え放題《はうだい》もやる。今日《けふ》は母親《はゝおや》のゐる時《とき》と同《おな》じに、貴枝《きえ》は緑紫《ろくし》を送《おく》り出《だ》さうとも爲《し》ない。

十分戀《じふぶんこひ》を語《かた》る價値《ねうち》があるのだらうか、と緑紫《ろくし》はその間《なか》で研究問題《けんきうもんだい》を作《こしら》へる。

緑紫《ろくし》は、又來《またく》る、と云《い》つて歸《かへ》つて了《しま》ふ。

「兄《にい》さんはこの頃《ごろ》、毎々《まいく》入來《いら》つしやるの?」

と其《そ》の後《あと》で富枝《とみえ》は貴枝《きえ》に聞《き》く。

「ねえ。この頃《ごろ》は毎日《まいにち》のやうだわ。ほんとに厭《いや》な兄《にい》さんなのよ。」

云告口《いひつけぐち》をする句調《くてう》で貴枝《きえ》は云《い》ふ。

「何故《なぜ》?、可愛《かあい》がつて呉《くれ》るんでせう。」

「ねえ。だけど厭《いや》だわ、妾《わたし》の手《て》を引《ひ》つ張《ぱ》つたり何《なに》かするんですもの。」

泣面《べそ》をかく様《やう》な口附《くちつき》をして、貴枝《きえ》は富枝《とみえ》を仰《あふ》いでゐる。

「恐《こは》くつていやだわ。縁日《えんにち》や何《なに》か連《つ》れてつて呉《く》れるのよ、然《さ》うすると、必然《きつと》暗《くら》い所《とこ》を通《とほ》らせられるの、さうしてねえ……」

恥含《はにか》んだ様《やう》な顔《かほ》をして、富枝《とみえ》の指《ゆび》を彈《はぢ》いて見《み》る。

「さうして……」

富枝《とみえ》は貴枝《きえ》を疑《うたが》はずにゐる。今《いま》云《い》つてる事《こと》が貴枝《きえ》の底の情だと思《おも》うてゐる。此様《こんな》無邪氣《むじやき》なものを弄《もてあそ》ぶ兄《あに》の緑紫《ろくし》が、敵《かたき》とも思《おも》ふ程憎《ほどにく》く〱思《おも》はれてくる。

「さうしてね、頰邊《ほつぺた》を吸《す》つたりするの。だから何時《いつ》でも然《さ》うすると返《かへ》して頂戴《ちやうだい》つて云《い》つてやるの。先《せん》の様《やう》に綺麗《きれい》な頰邊《ほつぺた》にして頂戴《ちやうだい》よつて云《い》ふのよ。」

十歳《とを》ぐらゐの言葉附《ことばつき》になつてゐる。何《なん》て愛度氣《あどけ》ない事《こと》を云《い》ふのだらうと富枝《とみえ》は可《か》愛《あ》ゆくなる。後《うしろ》から抱《だ》き占《し》めてやると、弱々《よわく》と寄《よ》り掛《か》つて、口《くち》を結《むす》んで腮《あご》を膨《ふく》らせて、甘《あま》え顔《かほ》をして見《み》せる。

「兄《にい》さんが連《つ》れてつてやると仰有《おつしや》つても、貴枝《きえ》ちやんは成《な》るだけ行《い》かないやうに成《な》さい。兄《にい》さんだから構《かま》はないけれども、貴枝《きえ》ちやんも最《も》も妙齢《としごろ》の娘《むすめ》なんだから、自分《じぶん》で男《をとこ》の人《ひと》となんぞは外《そと》を歩《ある》かないやうにするんですよ。假令《たとひ》兄《にい》さんでもねえ。」

貴枝《きえ》は何《なん》と思《おも》つてるのか點頭《うなづ》いてゐる。その細《ほそ》い頸首を見詰《みつ》めてゐると、兩親《りやうしん》がなくつて他人《たにん》に養《やしな》はれて育《そだ》つてゆく孤兒《こじ》の憫《あは》れさが身《み》に染《し》みて、富枝《とみえ》は覺《おぼ》えず涙《なみだ》含《ぐ》まれる。

懸賞文藝當選

あきらめ

田村とし子

十四

東に向《む》いた切《き》り窓《まど》と料理場《れうりば》とが對《むか》ひ合《あ》つてゐる、料理番《れうりばん》の竹《たけ》さんの笑《わら》ふ聲《こゑ》が聞《きこ》えてる。水《みづ》を流《なが》す音《おと》が瀧《たき》の音《おと》のやうに騒々しく響《ひゞ》く。際立《きはだ》つて高《たか》いそれ等《ら》の音《おと》の下積《したづみ》になつて、女《をんな》の聲《こゑ》や瀬戸物《せともの》の音《おと》、鈴《べる》の音《ね》などが低《ひく》く流《なが》れてゐる。

橋廊下《はしらうか》傳《づた》ひに養母《はゝ》のお母が歸《かへ》つてくる。これも貰《もら》ひ子《ご》の九歳《こゝのつ》になるおむつちやんが、若《わか》い女《をんな》に手《て》を引《ひ》かれて後《あと》から尾《つ》いてくる。

女《をんな》は錆《さび》お納戸《なんど》の橋立縮緬《はしだてちりめん》の無地《むぢ》を素《す》で着《き》てゐる。黒地《くろぢ》へ白《しろ》く秋海棠《しうかいだう》を抜《ぬ》いた琥珀《こはく》の帯《おび》を、小さく結《むす》んでゐる。洗《あら》ひ髪《がみ》を大《おほ》きな銀杏返《いてふがへ》しに結《ゆ》つて、薙刀鬼灯《なぎなたほうづき》を鳴《な》らしてゐる。色《いろ》の白《しろ》いところへ口尻《くちじり》の黒子《ほくろ》が目立《めだ》つ。

「おや。富枝《とみえ》さん。久《ひさ》しく見《み》えなかつたのね。」

肥大《ふと》つた身體《からだ》を重《おも》さうにお母は坐《すわ》る。坐《すわ》ると其處《そこ》に抛《ほう》り出《で》てある貴枝《きよ》の團扇《うちは》を取《と》つてばた〳〵と扇《あふ》ぐ。藍鼠《あゐねずみ》の細縮みの袖《そで》がべら〳〵と動《うご》く。

浮世《うきよ》のあらゆる荒《あら》い風《かぜ》に吹曝《ふきさら》した眼《め》を、小《ちひ》さく瞼《まぶた》の内《うち》に滲《にじ》ませて容易《ようい》には光《ひか》らせもしない、赭《あか》ら顔《がほ》の頬《ほゝ》は悠然《ゆつたり》と常住笑を湛《たゝ》へてゐるやうに見《み》える。總髪の丸髷《まるまげ》の眞中《まんなか》が少《すこ》し禿《は》げて、蒔繪《まきゑ》の鬢櫛《びんぐし》が落《お》ちかゝつてゐる。

富枝《とみえ》は丁寧《ていねい》に辭儀《じぎ》をする。

「貴《き》いちやん。麻布《あざぶ》の姉《ねえ》さんに御馳走《ごちそう》をしないのかい。」

「何《なに》がよくつて?、ね、阿母《おつかあ》さん。」 おむつちやんは、富枝《とみえ》よりも一所に來《き》た女《をんな》の方《はう》が好《す》きと見《み》えて、遠《とほ》くからお叩頭《じぎ》をしたばかりで女《をんな》の傍《そば》を離《はな》れずにゐる。赤《あか》いリボンがお下《さ》げの毛《け》と同《おな》じ長《なが》さに垂《さ》がつてゐる。

25　「あきらめ」『大阪朝日新聞』　明治44（1911）年1月14日

「千萬次《ちまじ》さんは富枝《とみえ》さんと初《はじ》めてかい。」

長火鉢《ながひばち》の傍《そば》へ坐《すわ》り込《こ》んだ女《をんな》を振返《ふりかへ》ると、

「はあ。」

と云《い》つて黄金《きん》の延《の》べを火鉢《ひばち》の縁《ふち》で二三度《ど》叩《たゝ》く。長《なが》い鬂が其《そ》の度に揺《ゆ》れる。

「然《さ》うかい。御紹介《ごせうかい》を申《まを》しませうかね。」

「へえ、この度《たび》御紹介《ごせうかい》いたしますのは滑稽《こつけい》なるところの……」

と富枝が大《おほ》きな聲《こゑ》を出《だ》す。

「道化《だうけ》てるねえ。餘《よ》つ程《ぽど》……」

とお埒《らち》が云《い》つて一同《いちどう》大笑《おほわら》ひをする。

「お話《はなし》にや伺《うかゞ》つてましたけれど、妾《わたし》がひつの姉《あね》ですよ。」

と千萬次《ちまじ》は少《すこ》し首《くび》を下《さ》げる。

「矢《や》つ張《ぱ》り、繋《つな》がる縁《えん》で姉妹《きやうだい》見《み》たいなもんだからねえ。何彼《なにか》に附《つ》けてお互《たがひ》に力《ちから》にねえ。」

とお埒《らち》が口《くち》を挟《はさ》む。富枝《とみえ》は挨拶《あいさつ》をしたゞけで、何《なん》とも云《い》はずにゐる。

「それ、先日《こなひだ》の話《はなし》の、この女の作《つく》つたものを芝居《しばゐ》にするんだつて云《い》つたらう。この女《ひと》だよ。」

と自慢《じまん》さうな顔《かほ》をする。

「豪《えら》いわねえ。女《をんな》の方《かた》でねえ。」

と點頭《うなづ》きながら千萬次《ちまじ》は改《あらた》めて富枝《とみえ》を見《み》る。白粉《おしろい》つ氣《け》もなし、淡泊《たんぱく》した人《ひと》だと思《おも》ふ。當世《たうせ》の女學生《ぢよがくせい》なんぞとは異《ちが》つて、矢《や》つ張《ぱ》り何處《どこ》か勝《すぐ》れてゐる樣《やう》に見《み》えると心《こゝろ》の中《なか》で批評《ひひやう》する。

兩人《ふたり》の問答《もんだふ》を聞《き》いて、富枝《とみえ》は何《なん》となく侮《ぶ》辱《じよく》された樣《やう》な氣《き》になる。斯《か》う云《い》ふ人等《ひとたち》に、自分《じぶん》の書《か》いたものを何《ど》うの斯《か》うのと云《い》はれるのは、作物《さくぶつ》の價値《ねうち》がなくなる樣《やう》な氣《き》がする。と富枝《とみえ》は厭《いや》な氣《き》になる。そして、然《さ》う云《い》ふ事《こと》が何《ど》れ位《くらゐ》の豪《えら》さと云《い》ふのか分《わか》つて呉《く》れない以上《いじやう》、寧《むし》ろ知《し》つて呉《く》れない方《はう》が好《い》い。と考《かんが》へる。

「養母《おつか》さん。江戸《えど》やの花《はな》ちやんね、御前《ごぜん》に拵《こしら》へて貰《もら》つた洋服《やうふく》が三千圓《ゑん》だつて、さすがに羨《うらや》ましくなつちまつたの。」

千萬次《ちまじ》は、もう此樣《こんな》ことを云《い》ふ。

「何《なん》だね、弱《よわ》い音《ね》を吐《は》くぢやないか。お前《まへ》さんも拵《こしら》へて貰《もら》ふさ。」

「妾《うち》の御前《ごぜん》は、吝《りん》だから可《い》けないのよ。手腕《うで》にや寄《よ》らないよ、養母《おつか》さん、男《をとこ》に寄《よ》るわ。」

「然《さ》う云《い》ふ男《をとこ》を探《さが》すのが手腕《うで》ぢやないか。」

「これは、確《たしか》に一本《ぽん》……參《まゐ》つた。」

藝妓《げいしや》の笑《わら》ひやうは華《はな》やかだと富枝《とみえ》は見《み》てゐる。門《かど》で車《くるま》の留《と》まつた音《おと》がする。格子《かうし》が開《あ》いて、男《をとこ》の聲《こゑ》で何《なに》か云《い》つてる。

「舞鶴屋《まひづるや》さんですか。」

と取次《とりつぎ》に出《で》た下女《をんな》の聲《こゑ》が聞《きこ》える。

「内儀《おかみ》さんは？」

と高慢《かうまん》な男《をとこ》の子《こ》の聲《こゑ》がつゞく。

「あ、三之助《さんのすけ》さん！舞鶴屋《まひづるや》の……お入《はい》んなさいな。」

とお埒《らち》が反《そ》り返《かへ》つて大聲《おほごゑ》で云《い》ふ。

「今日《こんにち》は急《いそ》ぎますから、これで……」

とこれは大人《おとな》の男《をとこ》の聲《こゑ》。千萬次《ちまじ》が心得顔《こゝろえがほ》に出《で》て行《ゆ》く。

戸の陰《かげ》から白《しろ》つぽい博多平《はかたひら》の袴《はかま》がちらちらして。肩上《かたあ》げの深《ふか》い絽縮緬《ろちりめん》の黒《くろ》の紋《もん》附《つき》も見《み》える。

「先日《せんじつ》は、有難《ありがた》う存《ぞん》じました。」

と千萬次《ちまじ》の顔《かほ》を見《み》ると、男《をとこ》の子《こ》が云《い》ふ。

「まあお上《あ》がんなさい。阿父《おとつ》さんの代《だい》

理《り》?」

「へえ。まあ何分《なにぶん》とも……」

と男《をとこ》が扇子《せんす》の手《て》を前《まへ》で組《く》んで、頭《あたま》を下《さ》げたのが見《み》える。

「内儀《おかみ》さんへ宜《よろ》しく。」

「三《さん》ちやんはお化粧《つくり》もしないのね。」

「えゝ。この上粧《うへつく》ると、姫《ひめ》が惚《ほ》れますからね。」

「まあ、はゝゝゝ。」

腰《こし》を低《ひく》めたらしい男《をとこ》の調子合《てうしあ》ひで歸《かへ》つてゆく。千萬次《ちまじ》が薄《うす》い桐《きり》の箱《はこ》を持《も》つて笑顔《ゑがほ》で戻《もど》つてくる。

懸賞文藝當選

あきらめ

田村とし子

十五

葭戸《よしど》の傍《わき》から立《た》つて覗《のぞ》いてゐた貴枝も、千萬次《ちまじ》と一所《しよ》になつて戻《もど》つてくる。

「藝《げい》が巧者《うま》いだけあつて、高慢《かうまん》ちきねえ。」

と千萬次《ちまじ》が養母《はゝ》に云《い》ふ。

「お師匠《しよ》さんの許《とこ》へ遊《あそ》びに來てもね、そりやお高慢《かうまん》よ。小役者《こやくしや》つて一同《みんな》に嘲弄《からか》はれて、そりや面白《おもしろ》いの。」

「春彌《はるや》さんの許《とこ》へ行《ゆ》くの?」

「えゝ。」

「春彌《はるや》さんは、この節《せつ》どんな?」

「小言《こごと》ばかり云《い》つて、怖《こは》いのよ。」

「八《や》つ當《あた》りなのさ。」

「えゝ。立花《たちばな》の一件《けん》なのよ。」

と舌《した》を出《だ》す。富枝は貴枝の喧騒《はしや》ぎ出《だ》すに伴《つ》れて、漸次《だん〳〵》調子の賤《いや》しくなつてくるのが情《なさけ》ないやうで、凝視《じつ》とその顔《かほ》を見詰《みつ》める。此様《こんな》人等《ひとたち》の中《なか》に交《まじ》つてゐるから、知《し》らず〳〵蓮葉《はすは》になるのだと可哀想《かあいさう》になる。然し自然《しぜん》と浮《う》いた人《ひと》を擬《なら》つて其《それ》を佳《い》い事《こと》だと思《おも》ひ染《し》みて了《しま》つてゐるのだと、幼《をさな》い貴枝の前途《ゆくさき》を危《あや》ふんで、何《なん》となく自分《じぶん》に責任《せきにん》のある様《やう》な感《かん》じを有《も》つ。他人《たにん》と云《い》へば他人《たにん》だけれど、肉親《にくしん》の唯一人《たゞひとり》の妹《いもうと》を、蔑無にして了《しま》つては外《よそ》ながら斯《か》うして保護《ほご》してやる姉《あね》の甲斐《かひ》がなくなる。と富枝は律儀《りちぎ》に然《さ》う考《かんが》へる。貴枝《きえ》を眞面目《まじめ》な人《ひと》にしやうと何《ど》うしやうと、てれからだと思《おも》つてゐる。もう半《なか》ば白《しろ》の生地《きぢ》を失《うしな》つてゐるとは氣《き》が附《つ》かずにゐる。

「二十日《はつか》がお浚《さら》へなのよ。姉《ねえ》さん入《い》らつしやいな。」

と富枝《とみえ》に阿《おも》ねる樣《やう》な言葉《ことば》附《つき》で云《い》ふ。

「何處《どこ》で？」

と千萬次《ちまじ》が問《き》く。

「芝《しば》の演藝館《えんげいくわん》よ。お月浚《つきざら》へなんだけれど、今度《こんど》は大仕掛《おほじかけ》よ。立派《りつぱ》にやるんだつて。」

「二十日《はつか》？」

と富枝《とみえ》が聞《き》き直《なほ》す。

「えゝ。」

「貴《き》いちやんは何《なに》を演《や》るの？」

と千萬次《ちまじ》。

「いろ／＼なものを擔《かつ》ぎ出《だ》すんで、驚《おどろ》いたよ。兩面《ふたおもて》のお組をやる。近江《あふみ》のお兼《かね》をやる。小鍛冶《こかぢ》をやる。大織冠《たいしよくわん》さ。」

とお婢が茶器《ちやき》を揃《そろ》へながら、笑《わら》つて云《い》つてる。

「上手だから仕方《しかた》がないわね。衣裳《いしやう》は？」

「みんな古《ふる》いんで胡麻化《ごまくわ》しさ。小藤《こふぢ》だけわね、あとを長襦袢《ながじゆばん》にしても可《い》いと思《おも》つて、白縮緬《しろちりめん》へ…の剝身纐纈《むきみしぼり》を染《そ》めさせたんだよ。」

「可《い》いわねえ。」

千萬次《ちまじ》も浮《う》かれた樣《やう》な顏《かほ》をする。

「其《そ》れでね、切りがね、姉《ねえ》さん、お師《し》匠《よ》さんと三輪《みわ》さんの踊《をどり》の所なのよ。妾《あたし》に小町《こまち》をさせるつてねお止《や》めになつたの、もつと大《おほ》きくなけりや可《い》けないんですつて！」

「三輪《みわ》さんて、男《をとこ》？」

「役者《やくしや》。女役者《をんなやくしや》だつて！お師匠《ししよう》さんのお友達《ともだち》見《み》たいよ。」

「貴枝《きえ》ちやん、三輪《みわ》さんて名前《なまへ》なの。」

調子《てうし》に乘《の》つた貴枝《きえ》の言葉《ことば》を遮《さへぎ》つて、富枝《とみえ》は不意《ふい》に叫《さけ》ぶ樣《やう》な聲《こゑ》をする。

「えゝ。三輪《みわ》ね、三輪《みわ》……何《なん》だつけ……難《むつ》かしい名《な》よ。忘《わす》れたわ。堀越《ほりこし》の娘《むすめ》見《み》たいな名《な》よ、何擬つてた樣《やう》な名《な》よ。」

富枝《とみえ》は胸《むね》に何《なに》か冷《つ》めたいものが觸《さは》つた樣《やう》な氣《き》がする。

「どんな人《ひと》？」

「美《い》い女《をんな》よ。」

「どんな顏《かほ》？」

貴枝《きえ》は、その人《ひと》を描《ゑが》く樣《やう》な眼《め》をして、仰《あふ》向《む》いて天井《てんじやう》を見《み》る。

「云《い》へないわ。美《い》い女《をんな》よ。」

「姉《ねえ》さんは無理《むり》な事《こと》を云《い》ふわね。」

とお婢が大笑《おほわら》ひをする。

「能《よ》く彼樣云《い》つて聞《き》くものだけれど、全《まつた》く困《こま》るわね、はゝ。」

千萬次《ちまじ》が富枝《とみえ》を見《み》て笑《わら》つたので、富枝《とみえ》も其《そ》の顏《かほ》を見《み》て思《おも》はず笑《わら》ふ。女性《によせい》の優《やさ》しい點《ところ》がお互《たがひ》に一寸《ちよつと》發揮《はつき》する。

「貴枝《きえ》ちやん。」

「えゝ？」

「明日《あした》でも、其《そ》の人《ひと》の名前《なまへ》と住所《ところ》を聞《き》いて來《き》て呉《く》れなくつて。姉《ねえ》さんが斯《か》う云《い》つてたなんて云《い》はないで、ね。」

「えゝ、可《よ》くつてよ。聞《き》いてくるわ。脊《せい》の高《たか》い人《ひと》よ。妾《あたし》なんかにでも面白《おもしろ》いことを云《い》つてよ。」

と思《おも》ひ出《だ》した處《ところ》を添《そ》へる。

「幾歲《いくつ》ぐらゐ？」

「姉《ねえ》さんよりもつと年《とし》を老《と》つてるわ。」

「美《い》い眼《め》ぢやないの？」

「えゝ、美《い》い女《をんな》！お師匠《ししよう》さんが例《いつ》も賞《ほ》

めてるわ。はんとうよ。」

千萬次《ちまじ》は、その時《とき》お埒《らち》の傍《そば》へ行《い》つて何《なに》か小聲《こごゑ》に話《はなし》をしてゐる。話《はなし》をしながら指環《ゆびわ》を抜《ぬ》くと、お埒《らち》は、

「いゝよ、そんな事《こと》をしないでも！」

と云《い》つて、奥《おく》の座敷《ざしき》へ立《た》つてゆく。雨《あめ》が止《や》んで、暮《く》れ際《ぎは》の窓《まど》が、日光《ひ》を含《ふく》んだ様《やう》に薄明《うすあか》るくなつてゐる。

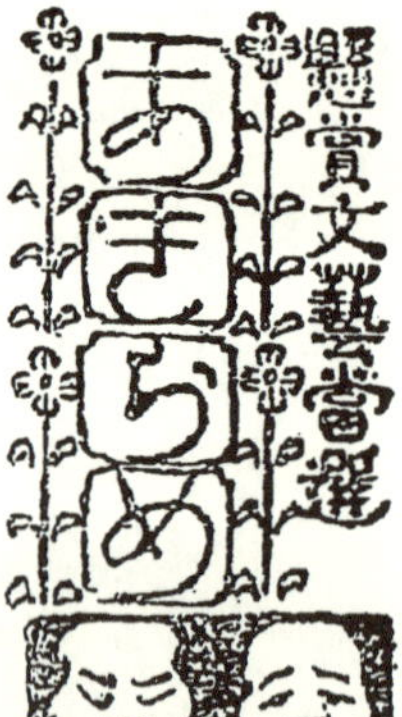

田村とし子

十六

「私《わたくし》は、皆様《みなさま》を御訪問《ごはうもん》申《まを》して、お話《はなし》を伺《うかゞ》うと云《い》ふ様《やう》な……柄《がら》ではない様《やう》で御座《ござ》いますす。」

婦女世界《ふぢよせかい》の訪問記者《はうもんきしや》だと云《い》つて、仲司八重子《なかつかさやへこ》と云ふ名刺《めいし》を通《つう》じさせた人《ひと》は、富枝《とみえ》の前《まへ》に俯向《うつむ》き勝《が》ちで、終《つひ》に此様《こんな》ことまで自分《じぶん》から云《い》ひ出《だ》してる。

斯《か》う云ふ職業婦人《しよくげふふじん》の風姿《スタイル》としては珍《めづ》らしく、品《ひん》の好《い》い銀杏返《いてふがへ》しに結《ゆ》つてる。悪《わる》く云《い》へば馬《うま》の尻尾《しつぽ》の様《やう》な毛《け》だが、艶《つや》のない毛《け》が濃《こ》いには非常《ひじやう》に濃《こ》い。少《すこ》し出額《でこ》で、色《いろ》の黒《くろ》い中窪《なかくぼ》みの顔《かほ》に眼鏡《めがね》をかけてゐる。何所《どこ》か儀式《ぎしき》めいた場所《ばしよ》へ出《で》るのだと見《み》えて、褪《さ》めた様《やう》な空色《そらいろ》の縮緬《ちりめん》の紋附《もんつき》を着《き》て、濃《こ》い栗梅《くりうめ》に花《はな》の模様《もやう》を織《お》り出《だ》した繻珍《しゆちん》の丸帯《まるおび》を高《たか》く締《し》めてゐる。白羅瀬《しろらせ》の半襟《はんえり》が、尖《と》がつた腮《あご》の下《した》にきちんと重《かさ》なつてゐる。

「随分《ずゐぶん》、お骨《ほね》がお折《を》れになるとで御座《ござ》いますわね。」

高《たか》い調子《てうし》では物《もの》さへ云《い》へない様子《やうす》を見《み》て、富枝《とみえ》は氣《き》の毒《どく》だと同情《どうじやう》する。

去年大學《きよねんだいがく》を卒業《で》てゐるので、富枝《とみえ》には先輩《せんぱい》に當《あた》つてゐる。上級《じやうきう》とは云《い》へ僅《ほん》の見知《みし》り越《こ》しと云《い》ふだけで、時《とき》には顔《かほ》と顔《かほ》を合《あ》はせても挨拶《あいさつ》さへ爲《し》ずに過《す》ぎした程《ほど》の間《あひだ》である。けれども、富枝《とみえ》は在學時代《ざいがくじだい》の慣《な》はしを忘《わす》れずに先輩《せんぱい》として敬意《けいい》を拂《はら》つてゐる。

仲司《なかつかさ》の方《はう》では富枝《とみえ》を社會《しやくわい》の人《ひと》として見《み》てゐる。新時代《しんじだい》に初《はじ》めて現《あらは》れた、最《もつと》も望《のぞ》み多《おほ》いところの女作家《ぢよさくか》として尊敬《そんけい》する。そして、劇作家《げきさくか》として婦人《ふじん》として立《た》つに就《つ》いての抱負《はうふ》を聞《き》か

して貰《もら》ひ度《た》い、と云《い》ふのが今日《けふ》の訪問《はうもん》の問題《もんだい》だと云ふ。

「何卒《どうぞ》、お聞《き》かせ下《くだ》さいませ。」と訥辯《とつべん》な口《くち》を滑《すべ》らせて、仲司《なかつかさ》は促《うなが》す。膝《ひざ》の上《うへ》に小《ちひ》さい手帳《ノート》が開《ひら》かれてゐる。

「抱負《はうふ》なんて……、困《こま》りますわ。實際《じつさい》お恥《はづ》かしう御座《ござ》いますけれど、妾《わたくし》、少《ち》つとも其樣《そんな》纏《まとま》つた思想《しさう》があつて、筆《ふで》を持《も》つて見《み》やうと思《おも》ひ附《つ》いた譯《わけ》ぢやないのですもの。お訪《たづ》ねして戴《いたゞ》いて、却《かへ》つて面目《めんぼく》がないのです。」

おきそが、狼狽《あわて》た風《ふう》で紅茶《こうちや》を二たつ、盆《ぼん》に乘《の》せてくる。朝起《あさおき》きた時《とき》、薄《うす》ら寒《さむ》いと思《おも》つて引《ひ》つ掛《か》けた羽織《はおり》を、富枝《とみえ》は脱《ぬ》いで、おきそに渡《わた》す、紅絹裏《もみうら》が窓《まど》へ射《さ》した朝《あさ》の日光を受《う》けて、赤《あか》く燃《も》え立《た》つ。ぢわ〳〵と鍋《なべ》の底《そこ》が漸次《だん〳〵》に熱《あつ》くならうと爲《す》る樣《やう》な朝《あさ》の氣候《きこう》が、晴《は》れ上《あ》がつた空《そら》のうちに仄《ほの》見《み》ゆる。庭《には》の隅《すみ》の鷄頭《けいとう》の花《はな》が、乾《かは》いた色《いろ》にそよいでゐる、

「母《かあ》ちやん。お人形《にんぎやう》にもマチマロをやつて頂戴《ちやうだい》な。しづちやんにもよう。」

「何《なん》ですね、お行儀《ぎやうぎ》の惡《わる》い。手々《てゝ》を出《だ》さないでも、おちやんとしてらつしやい……叔母《をば》さん、世話《せわ》が燒《や》けたでせう。」

「いゝゑ。温和《おとな》しかつたんですよ。」なぞと云《い》つてる聲《こゑ》が茶《ちや》の室《ま》の方《はう》から聞《きこ》ゑる。縫紫《ぬひし》の弟《おとうと》の家《うち》へ四五日宿《とま》りに行《い》つてゐた子供《こども》の紫都子《しづこ》が、今朝《けさ》弟嫁《おとうとよめ》に連《つ》れられて歸《かへ》つて來《き》たのだ。急《きふ》に一人《ひとり》の子供《こども》の爲《ため》に家《いへ》の内《うち》が騷々《さう〴〵》しくなつて了《しま》ふ。

「すつかり、お暑《あつ》さが冴《さ》ゑ返《かへ》りましたよ。」

と、おきそは汗《あせ》だらけになつてゐる。

紫都《しづ》ちやん。と富枝《とみえ》は呼《よ》んで見《み》度《た》くなる。此所《こゝ》へ呼《よ》んで、抱《だ》いてやり度《た》いと思《おも》ふ。おきそに然《さ》う云《い》はうかと考《かんが》へてる間《うち》に、おきそは忙《いそが》しさうに行《い》つて了《しま》ふ。

「で、學校《がくかう》の方《はう》は斷然《だんぜん》お捨《す》てになりましたんですか。」

と妙《めう》に斷然《だんぜん》に力《ちから》を入《い》れる。

「は。判然《はつきり》とも届《とゞ》けては御座《ござ》いませんが、休學でをります。ま、愚圖々々《ぐづ〳〵》に退《や》める樣《やう》にでもならうかと思《おも》つてますの。休暇《きうか》の後《のち》五日《いつか》ばかり出席《しゆつせき》しましたかしら?……いつそ休暇《きうか》に引續《ひきつゞ》いて廢《よ》して了《しま》へば宜《よ》うございましたつけ。」

と微笑《びせう》する。

「左樣《さやう》でございましたね。學校《がくかう》の方《はう》では別《べつ》に何《なん》とも申《まを》しますまい?校長《かうちやう》の意見《いけん》なぞは何《ど》うで御座《ござ》います。」

無論《むろん》問題《もんだい》になつてゐると知《し》りながら、態《わざ》と斯《か》う聞《き》く。さすがは職務《しよくむ》だ、自然談話《しぜんはなし》の中《うち》に氣焔《きえん》が交《ま》じるであらう、其《そ》れを物《もの》にしやうと待《ま》ち構《かま》へる。言葉《ことば》は拙劣《へた》だが、馴《な》れてゐるだけに此樣《こんな》作戰《さくせん》もする。

「あの主義《しゆぎ》ですから……」

と云《い》つたゞけで富枝《とみえ》は口《くち》を噤《つぐ》んで了《しま》ふ。迂濶《うつか》り順序《じゆんじよ》もない事《こと》でも云《い》つて、其《そ》れを仰山《ぎやうさん》に書《か》かれては困《こま》る。と用心《ようじん》をする。滔々《たう〳〵》と大氣焔《だいきえん》で吐《は》き飛《と》ばしてやれ。と云《い》つた縫紫《ぬひし》の言葉《ことば》を思《おも》ひ出《だ》して、勇氣《ゆうき》のない自分《じぶん》が可笑《をか》しくなる。

「折角《せつかく》參《まゐ》つたものですから、何《なに》か……それでは御作《ごさく》の苦心談《くしんだん》でもお聞《き》かせ下《くだ》さい。今日《こんにち》の問題《もんだい》は他日《たじつ》に伺《うかゞ》ふてと、爲《し》まして、せめて然《さ》う云ふお話《はなし》でも……」

と責《せ》め立《た》てる。

折角《せつかく》富枝《とみえ》に聞《き》かせても、一向《いつかう》不得要領《ふとくえうりやう》だつた三輪何某《みわなにがし》と云《い》ふ女《をんな》を、今日のお談へ外《よそ》ながら見《み》る積《つも》りでゐるので、富枝《とみえ》は

次第《しだい》に氣忙《きぜは》しくなつてくる。

懸賞文藝當選

あきらめ

田村とし子

十七

「苦心《くしん》て程《ほど》の苦心《くしん》もありません。唯《たゞ》一寸書《か》いて一寸《ちよいと》出《だ》しただけなんです。出《で》來《き》心《ごゝろ》とでも云《い》ふんでせうか。」

と少《すこ》し焦慮《じれ》出《だ》してくる。一寸《ちよいと》書《か》いて、一寸出《だ》したと云《い》ふ一寸《ちよいと》が、滑稽趣味《こつけいしゆみ》を帶《お》びる。自分《じぶん》の逢《あ》ひ度《た》いと思《おも》つてゐる三輪《みわ》さんだつたら何《ど》うしやう。――三輪初女《みわはつめ》さんだつたら何《なん》と云つて逢《あ》はうか。と宮枝《みやえ》はもう今《いま》から胸《むね》が騒《さわ》いでゐる。執拗《しつこ》く聞《き》かれる程《ほど》、仲司《なかつかさ》の眼鏡《めがね》が癪《さは》に觸《さは》つてくる。そして直《す》ぐと、「今日《こんにち》は……少《すこ》し急《いそ》ぎの用事《ようじ》がありますものですから、何《ど》うも落《お》着《ち》いてゐないものですから……」

と、自分《じぶん》の態度《たいど》に氣《き》が附《つ》いて、辯解《いひわけ》をする。

「いゝえ。飛《と》んだお妨《さまた》げを致《いた》しました。今度《こんど》お暇《ひま》のときに是非《ぜひ》伺《うかゞ》はせて戴《いたゞ》きませう。何日頃《いつごろ》がお樂《らく》で在《い》らつしやいますか。」

と先方《さき》も切《き》り上《あ》げにかゝる。

「何日《いつ》と申《まを》して……別《べつ》にお話致《はなしいた》す樣《やう》な事《こと》も御座《ござ》いませんから、もう是《こ》れで。」

と云《い》つたが、其《そ》の調子《てうし》が甚《ひど》く荒《あら》かつたので。何《なん》となく不遜《ふそん》のやうな氣《き》がされる。其《そ》れで、「折角《せつかく》、妾《わたし》の樣《やう》なもの、談話《たんわ》を、お裁《の》せ下《くだ》さいますのは、有難《ありがた》いんですけれど、他《ほか》に何《なん》ともお話《はなし》いたす事《こと》が御座《ござ》いませんから……又《また》この次《つ》ぎ、何《なに》かでお埋《う》め合《あ》はせを致《いた》します。」

と改《あらた》めて斷《ことわ》る。

仲司《なかつかさ》は默々《もく〳〵》として手帳《ノート》を片附《かたづ》ける。髮《かみ》に不調和《ふてうわ》な眼鏡《めがね》がきらりとする、丸々《まる〳〵》とした、手《て》の甲《かふ》に窪《くぼ》みを持《も》つた兩手《りやうて》が、黒《くろ》い毛繻子《けじゆす》の風呂敷《ふろしき》に絡《から》んで動《うご》いてゐる。

「少《すこ》し執念深《しふねんぶか》い樣《やう》ですけれ共《ども》、是非《ぜひ》伺《うかゞ》はせて戴《いたゞ》きます。御用事《ごようじ》のお閑《ひま》な時《とき》を見《み》計《はか》らつてお伺《うかゞ》ひ致《いた》しますから……宜《よろ》しう御座《ござ》いますか。」

と世馴《よな》れた笑《わら》い方《かた》をする。

31　「あきらめ」『大阪朝日新聞』 明治44（1911）年1月17日

其れをも富枝《とみえ》には断《ことわ》り得ない。其處《そこ》に、年齢《とし》の差《さ》も、多少《たせう》社會《しやくわい》に出《で》て奮鬪的《ふんとうてき》の活動《くわつどう》をしてゐる人《ひと》と、簞笥町《たんすまち》の兄《あに》の家《いへ》に平靜《へいせい》無事《ぶじ》な生活《せいくわつ》をしてゐる人《ひと》との懸隔《けんかく》が現《あら》はれる。

「お蒼蠅《うるさ》くとも、一《ひ》と言《こと》で結構《けつこう》で御座《ござ》います。是非《ぜひ》お願《ねが》ひ致《いた》しておきます。」

と云《い》ひ切《き》つて仲居《なかゐ》は暇《いとま》を告《つ》げる。送《おく》り出《だ》して了《しま》ふと富枝《とみえ》は茶《ちや》の室《ま》へ入《はい》つてくる。朝夕新聞記者《てうせきしんぶんきしや》の花澤《はなざは》が、主人《しゆじん》めかしく胡坐《あぐら》をかいて、紫都子《しづこ》を遊《あす》ばせてゐた。

「富枝《とみえ》さん。何故《なぜ》もつと氣焔《きえん》を吐《は》かないんです。弱《よわ》いなあ。」

と富枝《とみえ》の顏《かほ》を見《み》て笑《わら》ふ。鼻《はな》の大《おほ》きな眉毛《まゆげ》の濃《こ》い、細面《ほそおもて》の顏《かほ》を自棄《やけ》に仰向《あふむ》かして、まじ〳〵とする。分《わ》けた髮《かみ》の毛《け》がはらりと四角《かく》な額《ひたひ》にかゝる。

「妹《いもと》ちやん。何處《どこ》行《い》つてたの。」

と紫都子《しづこ》が母親似《はゝおやに》の眼《め》を丸《まる》くして、見上《みあ》げる。禿切《かぶき》りの髮《かみ》がふさ〳〵と、白《しろ》い胸《むね》掛《か》けの紐《ひも》の上《うへ》に搖《ゆ》れる。

「紫《し》いちやん。長《なが》く待《ま》つてたのねえ。阿母《かあ》ちやんが戀《こひ》しくはなかつたの。」

と頬摺《ほゝず》りして抱《だ》きよせる。

「お宅《うち》・歸《かへ》りたくなつたのよ。」

と紫都子《しづこ》は威張《ゐば》る。小《ち》さな指《ゆび》で、花澤《はなざは》に揃《そろ》へて貰《もら》つた卷煙草《まきたばこ》の箱《はこ》で出來《でき》た人形《にんぎやう》を弄《いら》つてゐる。花澤《はなざは》は紫都子《しづこ》のマシマローを、大概《たいがい》一人《ひとり》で平《たひ》らげて了《しま》ふ。

「其様《そんな》に弱《よわ》いところを見《み》ると、半田君《はんだくん》が氣《き》を揉《も》みますぜ。」

と小《ち》さく云《い》ふ。絹絲《レース》編《あ》みのチクタイがだらり〳〵と動《うご》く。勝手《かつて》の方《はう》でおきそを叱《しか》つてゐる都滿子《つまこ》の聲《こゑ》がぴんと響《ひゞ》く。

「あら。何故《なぜ》でせう。」

富枝《とみえ》は濟《す》ましてゐる。其所《そこ》へ弟嫁《おとうとよめ》のおきたが入《はい》つてくる。丸髷《まるまげ》に赤《あか》い手絡《てがら》をかけて、初々《うひ〳〵》しい姿《すがた》をしてゐる。細《こま》かい鼠《ねずみ》縞《じま》の絲織《いとおり》の着物《きもの》が光《ひか》つて見《み》える。兩女《ふたり》が挨拶《あいさつ》をしてゐる間《あひだ》、花澤《はなざは》は紫都子《しづこ》の髮《かみ》の毛《け》を引《ひ》つ張《は》つて、チウ〳〵と鼠《ねずみ》の鳴《な》き眞似《まね》をする。紫都子《しづこ》が小《ち》さい手《て》で、自分《じぶん》の頭《あたま》を撫《な》で廻《まは》す。

「花澤《はなざは》ちやんよう。」

と長《なが》い袖《そで》で花澤《はなざは》を打《ぶ》つ。

「ねえ。富枝《とみえ》さん。富枝《とみえ》さん。」

と花澤《はなざは》が小聲《こごゑ》で呼《よ》ぶ。

「何《なに》?」

「半田君《はんだくん》がね……」

「そんな話《はなし》なら御免《ごめん》を願《ねが》ふわ。さらひ……」

「さらひ?」

「ねゝ。さらひですとも。」

「失望落膽《しつばうらくたん》思《おも》ふべしだね。」

などゝ、矢《や》ッ張《ぱ》り小聲《こごゑ》で云《い》つてる。

「然《しか》し、實《じつ》に非常《ひじやう》なものですぜ。」

富枝《とみえ》は聞《き》かない振《ふり》をして、自分《じぶん》の室《へや》へ退《た》つて行《ゆ》く。

「僕《ぼく》にまで逃《に》げなくつてもいゝぢやありませんか。」

と後《うしろ》から大聲《おほごゑ》をする。そして、

「逃《に》げやちないわよう。」と紫都子《しづこ》が云《い》ふと、

「そうぢやないわよう。」

と紫都子《しづこ》の口眞似《くちまね》をしてゐる。

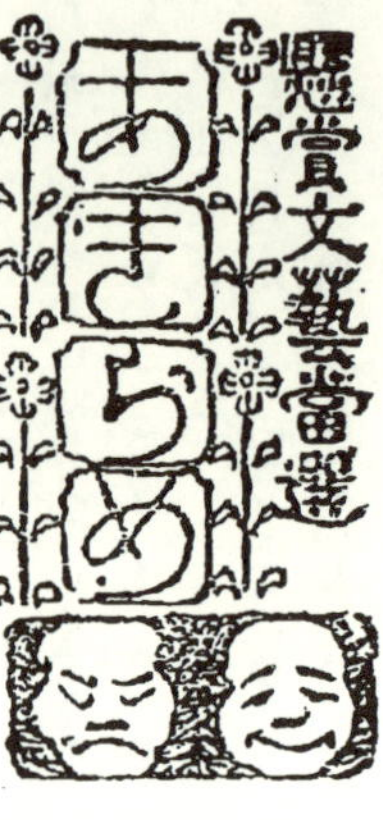

田村とし子

十八

富枝《とみえ》が書齋《しよさい》へ入《はい》つてくると、縁側《えんがは》から窓越《まどこ》しに机《つくゑ》の上《うへ》を覗《のぞ》いてゐた書生《しよせい》の美樹《みき》が周章《あわて》て雑巾《ざふきん》をバケットの中《なか》へ押《お》し込《こ》んでざぶ／＼と遣《や》り初《はじ》める。捲《まく》り上《あ》げた白絣《しろがすり》の袖口《そでぐち》が綻《ほころ》びてゐる。

机《つくゑ》の上《うへ》に何《なに》を乘《の》せて置《お》いたかしら、と前《まへ》へ來《き》て見《み》ると、上田《うへだ》りん子《こ》からの手紙《てがみ》が展《ひろ》げた儘《まゝ》になつてゐる。原稿《げんかう》でゞも在《あ》るかと思《おも》つて覗《のぞ》いてゐたんだわ。と可笑《をか》しく思《おも》ふ。

中腰《ちうごし》になつて、手紙《てがみ》の讀《よ》み掛《か》けを讀《よ》む。

「お話《はな》しの題《だい》は『虚名《きよめい》と實力《じつりよく》』と申《まを》すにて候。

畢竟《つまり》は貴女様《あなたさま》の『塵泥《ちんでい》』を含《ふく》んでのお　話《はな》しに候。

名《な》を外《そと》に誇《ほこ》らせんとするよりは、内《うち》に力《ちから》を養《やしな》へ……と申《まを》す様《やう》な、例《れい》の調子《てうし》の校　長《かうちやう》のお話《はな》しにて候ひき。

彼《か》の日《ひ》には陰《かげ》でいろ／＼と批評《ひひやう》をされし方々《かた／＼》も、彼《あ》れから缺席《けつせき》續《つゞ》きの貴女様《あなたさま》を急《きふ》に懐《なつ》かしがり出《だ》して、天才《てんさい》の歿生野《いくの》さんを失《うしな》つては、文藝會《ぶんげいくわい》が寂寞しくなると申《まを》して大騒《おほさわ》ぎに候、秋期《しうき》の文藝會《ぶんげいくわい》ももう直《ぢき》の事《こと》に候、平生《へいぜい》より校長《かうちやう》も貴女様《あなたさま》の文才《ぶんさい》は限《かぎ》りなく賞揚《しやうやう》され居り候ふ事《こと》なれば、半途《はんと》にて御退學《ごたいがく》なども成《な》され候ふ時《とき》は、御不本意《ごふほんい》の事《こと》と存《ぞん》じられ候、又《また》、或《あ》る方《かた》へ漏《も》らされ候校長《かうちやう》の語氣《ごき》のうちにも貴女様《あなたさま》を惜しむ様《やう》なるところ見《み》え候由《よし》、平氣《へいき》にて御登校《ごとうかう》遊《あそ》ばさるゝが宜《よろ》しきかと存《ぞん》じ候。

今度《こんど》の會《くわい》には、私《わたくし》の作詩《さくし》を二年生《ねんせい》の櫻川《さくらがは》よし子《こ》が朗讀《らうどく》する由《よし》に候。『星《ほし》の林《はやし》』の方《はう》に候。

繰返《くりかへ》し、御退學《ごたいがく》の意志《いし》に就《つい》て、御再考《ごさいかう》あそばさるゝやう祈《いの》り候。

菫色《すみれいろ》のインクで書《か》いてある。讀《よ》んで了《しま》ふと、もう一通《つう》を取《と》り上《あ》げる。白《しろ》の封筒《ふうとう》へ小野《をの》流《りう》で高等女學《かうとうぢよがく》の方《はう》の五年《ねん》の生徒《せいと》である。春《はる》の文藝會《ぶんげいくわい》の時《とき》、富枝《とみえ》の作《か》いた「早子姫《はやこひめ》」と云《い》ふの、その主人公《ヒロイン》に扮して演じた生徒《せいと》だ。奸臣《かんしん》の讒言《ざんげん》に由《よ》つて、遠《とほ》く逐《お》はれた生母《せいぼ》を尋《たづ》ね歩《ある》く、と云《い》ふお伽噺《おとぎばなし》の様《やう》なのである。

其《そ》の日《ひ》臨席《りんせき》して、染子《そめこ》の早子姫《はやこひめ》を觀《み》た生徒《せいと》の父兄《ふけい》や、校《かう》の生徒《せいと》は、誰一人《たれひとり》として動《うご》かされないものはなかつたのである。校長《かうちやう》までが涙《なみだ》を催《もよほ》したと云《い》ふので大評判《おほひやうばん》であつた。十分俳優《じふぶんはいいう》になる資格《しかく》があると云《い》つて、天才《てんさい》だと云《い》つて舌《した》を捲《ま》かせた。其《そ》れから富枝《とみえ》は染子《そめこ》を可愛《かあい》がり出《だ》したのである。

お懐愛《なつか》しいお姿《すがた》に憧《あこが》れて、圖書室前《としよしつまへ》の桐《きり》の木《き》に寄《よ》つてはぼんやりと致《いた》してをります。皆様《みなさま》が其《そ》の桐《きり》の木《き》へ渋桐《しぶぎり》とお名附《なつ》けなさいました。何故《なぜ》登校遊《とうこうあそ》ばさないのでせう。染子《そめこ》をお忘《わす》れあそばして？、いやでございますわ。お姉様《おねえさま》、せめてお手紙《てがみ》なりとお示《しめ》しあそばされてもお恨《うら》みに存《ぞん》じますお姉様《おねえさま》のお見《み》えにならぬ限《かぎ》り、泣《な》いて、泣《な》いて、泣《な》いてくらすもの、あるのをお忘《わす》れあそばしますな。

富枝《とみゑ》は思《おも》はず嫣然《にこり》とする。一寸手紙《ちよつとてがみ》に接吻《キス》すると、急《いそ》いで、小形《こがた》の用箋紙《ようせんし》を引延《ひきの》ばす。

「當分《たうぶん》、學校《がくかう》へは行《ゆ》かされませんから、わたくしの許《もと》へ遊《あそ》びにいらつしやい。待《ま》つてますよ。」

と走《はし》り書《がき》をする。上田《うへだ》へは返事《へんじ》を書《か》かないでおく。

「半田《はんだ》さんは何處《どこ》へ引附《ひつつ》けられてるんですか？、この頃《ころ》は顔《かほ》も出《だ》さないのね。」

と云《い》ふ都滿子《つまこ》の聲《こゑ》がした、男女《だんぢよ》の笑《わら》ひ聲《ごゑ》が交《ま》じつて、賑《にぎ》やかに聞《き》こえる。反對《はんたい》に、富枝《とみゑ》の心《こゝろ》の状態《じやうたい》が今《いま》靜《しづ》かになつてゐる。そして其《そ》の連中《れんぢう》の間《あひだ》へ自分《じぶん》の身體《からだ》を交《ま》じへ度《た》くないと思《おも》ふ程《ほど》超然《てうぜん》とする。花澤《はなざは》や半田《はんだ》を愚物視《ぐぶつし》するので斯《か》う思《おも》ふのではない。喧燥《はしや》いでゐる其《そ》の不眞面目《ふまじめ》な態度《たいど》が富枝《とみゑ》の現在《いま》の落着《おちつ》いた……愁《うれ》ひを含《ふく》んだ様《やう》な精神《こゝろ》と合致《がつち》しないからだけの事《こと》で一同《みんな》を厭《いと》ふのだ。戀人《こいびと》を思《おも》ふが如《ごと》くに富枝《とみゑ》は友《とも》の三輪《みわ》に憧《あこ》憬《が》れ切《き》つてゐる。

懸賞文藝當選

あきらめ

田村とし子

十九

演藝館《えんげいくわん》の樓上《ろうじやう》は、藤間春彌《ふぢまはるや》の弟子達《でしたち》の親類《しんるゐ》や知己《ちかづき》で滿員《まんゐん》になつてゐる。春彌《はるや》さんへ、と云《い》ふ幕《まく》が半分《はんぶん》も弛緩《たる》んで引《ひ》かれてゐる。祝《いはひ》だの目出度《めでたい》のと云《い》ふ比羅《びら》に交《ま》ぢつて、神技《しんぎ》など、書《か》いたハイカラなのが、窓《まど》から入《はい》つてくる風《かぜ》に揺《ゆ》られ立《た》つて、滿員《いつぱい》の入場者《にふぢやうしや》を煽《あふ》ぎ立《た》てゝゐる。人《ひと》と人《ひと》との間《あひだ》にすし皿《ざら》やサイダーの瓶《びん》が席《せき》を占《し》めてゐる。揃ひの印半纏《しるしばんてん》を着《き》た若《わか》い男《をとこ》が、白粉《おしろい》の斑點《まだら》になつた描《か》いた眉《まゆ》の下《さ》がつた七歳《なゝつ》ばかりの子《こ》を抱《かゝへ》て眞中《まんなか》へ割《わり》込《こ》んでくる。緋縮緬《ひぢりめん》の長襦袢《ながじゆばん》の袖《そで》が男《をとこ》の怒《いか》つた肩《かた》へ垂《た》れ下《さ》がつてる。

「おゝ。おゝ。結構《けつこう》でしたねえ。」

と丸髷《まるまげ》の作者が立《た》つて其子《そのこ》を抱《いだ》き取《と》る。

「よく出來《でき》たねヱ。」

と白髪《しらが》の女《をんな》が扇子《せんす》で煽《あふ》いでやる。若《わか》い女《をんな》や、年頃《としごろ》の男《をとこ》、凡《およ》そ十人《にん》ばかりの一族《ぞく》が顏《かほ》を寄《よ》せ合《あ》つて、其《そ》の子《こ》を代《かは》る〴〵賞《ほ》め立《た》てゝゐる。隣席《となり》の一組《ひとくみ》が、遠くから覗《のぞ》いて、何《なん》だらうと云《い》ひさうな顏《かほ》をしてゐる。彼樣《あんな》踊《をどり》振りでも嬉《うれ》しいのかしら。と云《い》ひさうだ。

千滿次《ちまじ》が、義理《ぎり》で連中《れんちう》を拵《こしら》へたと見《み》えて、商家《しやうか》の女房《にようばう》らしいの、待合《まちあひ》の女將《おかみ》らしいの、生眞面目《きまじめ》な素人風《しろうとふう》の娘《むすめ》など、十四五人《にん》もの組《くみ》の中《なか》へ入《はい》つて斡旋《あつせん》の勞《らう》を取《と》ると云《い》ふ風《ふう》で粹《いき》な姿《すがた》を泳《およ》つかせてゐる。宮枝《みやえ》は伴《つ》れもない一人《ひとり》の身體《からだ》を裏《うら》梯子《はしご》の上《あが》り口《くち》の柱《はしら》に凭《もた》せて背後《うしろ》の方《はう》から然《さ》うした種々《いろ〳〵》な光景《くわうけい》を眺《なが》めてゐる。

部屋《へや》鑑《かん》らしいのを持《も》つて、十三歳位《さいぐらゐ》な女《をんな》の子《こ》が通《とほ》る。派出《はで》な源氏車《げんじぐるま》を染拔《そめぬ》いた縮緬《ちりめん》の浴衣《ゆかた》を着《き》て、紫《むらさき》博多《はかた》の帶《おび》を貝《かひ》の口《くち》にしてゐる。後《うしろ》から母親《おつかさん》らしいのが腰《こし》を歪《ゆが》めて隨《つ》いてゆく。先刻《さつき》忠信《たゞのぶ》を踊《をど》つた子《こ》に似《に》てゐるを宮枝《みやえ》は見送《みおく》つてゐる。

「宮枝《みやえ》さん。ちよいと。」

直《すぐ》其《そ》の後《あと》から梯子《はしご》を登《のぼ》つて來《き》た女《をんな》が、首《くび》だけ出《だ》して宮枝《みやえ》を呼《よ》ぶ。振返《ふりかへ》ると、お母が手招《てまね》きをしてゐる。立《た》つて行《ゆ》くと、

「お辨當《べんたう》をね、樂屋《がくや》に何《なに》してあるから、一寸《ちよつと》今《いま》の間《うち》お濟《す》ませなさいな。」

と先《さき》へ下《お》りる。宮枝《みやえ》も伴《つ》いて下《お》りる。右《みぎ》の廣《ひろ》い廊下《らうか》に出《で》る。便所《べんじよ》を横《よこ》にして左《ひだり》へ入《はい》ると衣裳部屋《いしやうべや》にした室《へや》の前《まへ》になる。貴《き》枝《え》が浴衣《ゆかた》の上《うへ》へ桃色《もゝいろ》の扱帶《しごき》を締《し》めて、其《そ》室《こ》に立《た》つてゐる。傍《そば》に薄紅梅色《うすこうばいいろ》の狩衣《かりぎぬ》を着《き》て、島田《しまだ》の鬘《かづら》を被《き》たのが腰《こし》をかけてゐる。緋《ひ》へ縫《ぬひ》をした衣裳《いしやう》の裾《すそ》が白《しろ》と襲《かさ》なつて長《なが》く後《うしろ》へ曳《ひ》いてゐる。振袖《ふりそで》の袂《たもと》も重《おも》さうに兩膝《りやうひざ》へ曳《ひ》いてゐる。綺《き》の樣《やう》だと思《おも》つて宮枝は見《み》る。

足袋《たび》を穿《は》かずに衣裳《いしやう》を着《き》て了《しま》つたと云《い》ふので、腰《こし》をかけて穿《は》かせて貰《もら》つてゐる。

「足袋《たび》を穿かないで、衣裳《いしやう》を着《き》る馬鹿《ばか》があるかね。」

と後見《こうけん》らしいのが傍《そば》から叱《しか》つてゐる。其《そ》れに會釋《ゑしやく》してお母はこの室《へや》を通《とほ》り拔《ぬ》ける。宮枝《みやえ》も一所《いつしよ》に行《ゆ》く。貴枝《きえ》は聲《こゑ》もかけずにゐる。

「隨分《ずゐぶん》酷《ひど》いところだけれど、二階《にかい》で一人《ひとり》で食《た》べるよりはねヱ。」

とお母が宮枝《みやえ》に囁《さゝや》く。

「作《さく》さん一人《ひとり》ぢや顏《かほ》が間《ま》に合《あ》はないんですよ。お師匠《ししやう》さん、一寸《ちよいと》來《き》て下《くだ》さいな。」

と向《むか》ふの部屋《へや》の外《そと》から若《わか》い男《をとこ》が聲《こゑ》をかける。應《おう》じて一人《ひとり》が出《で》てくる。お師匠《ししやう》さんと云《い》つたので、春彌《や》と云《い》ふのかと思《おも》つて宮枝《みやえ》が注意《ちうい》をすると、脊《せい》の低《ひく》い色《いろ》の黑《くろ》い女《をんな》で、黑《くろ》の紋附《もんつき》に繻珍《しゆちん》の帶《おび》を矢《や》の字《じ》に結《むす》んでゐる。

大《おほ》きい廣間《ひろま》へ連《つ》れられてくる。仲間《なかま》々々が自然《しぜん》に一構《ひとかまへ》の域を作《つく》つて、方々《はう〳〵》に團結《かたま》

懸賞文藝當選

あきらめ

田村とし子

二十

自然《しぜん》眼《め》に入《はい》る儘《まゝ》に、富枝《とみえ》は其《そ》の後姿《うしろすがた》を眺《なが》めてゐる。洗《あら》ひ髮《がみ》を根《ね》で括《くゝ》つて、長《なが》く後《うしろ》へ下《さ》げてゐるのが重《おも》さうだ、長い耳前髮《もみあげ》に後毛《おくれげ》が密《みつ》着《つ》いて、白い頰《ほゝ》へ一《ひ》と刷毛《はけ》掠《かす》らした樣《やう》に見《み》える。白《しろ》つぽい絹布《きぬ》もの、浴衣《ゆかた》を着《き》てゐる。片布《きれ》らしい製《つく》りのスカラップバグを提《さ》げてゐる。見《み》た樣《やう》な着物《きもの》だと富枝《とみえ》は眼《め》を凝《こ》らす。廊下《らうか》を向《むか》へと拔《ぬ》け樣《やう》として、其女《そのをんな》は何《なに》か思《おも》ひ附《つ》いた樣《やう》に後方《うしろ》へ引返《ひきかへ》してくる。眞正面《まつしやうめん》になつたので、女《をんな》は座敷《ざしき》の中《うち》に富枝《とみえ》をふつと見《み》る、富枝《とみえ》も振向《ふりむ》いた女《をんな》の顏《かほ》に目《め》を向《む》ける。思《おも》はずはつとした色《いろ》が富《とみ》

つてゐる。電氣《でんき》が點《つ》いてゐて、白壁《しろかべ》がぱつと明《あ》かるく眼《め》に映《うつ》る。店《みせ》の女中《ぢよちう》が三人《にん》も來《き》て手傳《てつた》つてゐる。千《ち》代田袋《よだぶくろ》だの風呂敷包《ふろしきづゝみ》だの、何《なに》が入《はい》つてゐるのか其邊《そこいら》に充滿《いつぱい》散在《ちら》かつてゐる。果物《くだもの》の籠《かご》、菓子《くわし》の箱《はこ》、繩《なは》で縛《くゝ》つたシトロンなどが、錯雜の姿《なり》で並《なら》んでゐる。此所《こゝ》にも壽司《すし》の皿《さら》が平《ひら》たく威張《いば》り込《こ》んでゐる。

富枝《とみえ》は煙草箱を乘《の》せた膳《ぜん》の前《まへ》に坐《すわ》らせられる。女中《ぢよちう》の一人《ひとり》が茶《ちや》を注《つ》いでくれる。

「鰻《うなぎ》ですから、食《あ》がれるでせう。」

とお婢は愛想《あいそ》を云つて置《お》いて、

「今度《こんだ》お客だからね、盥だの座布だの揃《そろ》へておいて貰《もら》ひなよ。」

と女中に命令《いひつけ》る。女中は直《すぐ》立《た》つて行く。

「寫眞屋《しやしんや》さあん。寫眞屋《しやしんや》さあん。」

と呼《よ》んでる聲《こゑ》が廊下《らうか》を走《はし》る。

「開《あ》けても可《い》いぜ。ね、開《あ》けても可《い》いぜ。」

と云ふ男《をとこ》の聲《こゑ》が、其《そ》れに絡《から》む。

「阿母《おつか》さん、阿母《おつか》さん、頭髪《あたま》の根《ね》が痛《いた》くつて仕樣《しやう》がないよ、阿母《おつか》さん。」

と焦《じれ》てる聲《こゑ》も聞《きこ》える。富枝《とみえ》は箸《はし》を取《と》る勇氣《ゆうき》も出《で》ない。餘《あま》りの眼《め》眩《まぶ》しさに逆上《のぼせ》て了《しま》つて唯《たゞ》茫然《ぼんやり》と人《ひと》と人《ひと》とが衝突《しようとつ》する廊《らう》下《か》の方《はう》を眺《なが》めてゐる。

「はあ。何分《なにぶん》宜《よろ》しく。」

騷々《さう〴〵》しい音《おと》の集《あつ》まる中《なか》を、不意《ふい》に斜《はす》に裁《た》ち切《き》つた樣《やう》な涼《すゞ》しい聲《こゑ》が透《とほ》る。紫紺色《しこんいろ》の羽織《はおり》、白《しろ》い足袋《たび》が富枝《とみえ》の眼《め》に映《うつ》つた。

枝《え》の眼色《まなざし》に動《うご》いた時《とき》に、

「まあ、荻生野《なまふの》さんぢやありませんか。何《ど》うして此様《こんな》ところに？」

と逸早《いちはや》く先方《さき》では聲《こゑ》をかける。白《しろ》い手《て》を羽織《はおり》の紫紺《しこん》の色《いろ》が隈取《くまど》つてゐる。

「三輪《みわ》さん。」

と富枝《とみえ》は漸《やうや》く云《い》つたばかりで、三輪《みわ》を凝視《ぢつ》と見た儘《まゝ》身動《みうご》きも爲《し》ずにゐる。

「不思議《ふしぎ》な場所《ところ》でお目《め》に掛《か》るものね。」

と三輪《みわ》は入《い》り口《くち》へ寄《よ》つてくる。そして、懐《なつか》しいと云《い》ふ表情《へうじやう》が、見《み》る間《ま》にその彫《ほ》りつけた様《やう》な眼《め》の内《うち》に現《あらは》れてくる。笑《ゑ》まずに結《むす》んだ口《くち》が人《ひと》を和《やは》らげるだけの優《やさ》しみを含《ふく》んでゐる。長《なが》い睫毛《まつげ》が屢打《じだた》かれる。丁度《ちやうど》涙《なみだ》を含《ふく》んだ人《ひと》の様《やう》に。

富枝《とみえ》は其《そ》の手《て》に縋《すが》り度《た》いと思《おも》ふ程《ほど》情《じやう》が熱《ねつ》してくる。其《そ》の胸《むね》へ頬《ほゝ》を寄《よ》せて何《なに》かしら打解《うちと》けた調子《てうし》で物《もの》を語《かた》り度《た》いと思《おも》ふ程《ほど》、その胸《むね》が懐《なつ》かしさに躍《をど》つてくる。然《しか》しその顔色《かほいろ》は平然《へいぜん》としてゐる。何物《なにもの》か眼《め》に止《と》まるものを認《みと》めて猶《なほ》其《そ》れを熟視《じゆくし》してゐる様《やう》な顔《かほ》である。

三輪《みわ》は富枝《とみえ》の傍《そば》の人《ひと》を憚《はゞか》つて入《はい》らずにゐる。富枝《とみえ》の立《た》つてくるのを待《ま》つたが、富枝《とみえ》が恐《おそろ》しく濟《す》ました顔《かほ》で起《た》たうとも爲《し》ずにゐるので一寸《ちよつと》其胸《そのむね》の中《うち》を計《はか》り兼《か》ねる。

「後《あと》で妾《わたし》の許《とこ》へも在《い》らつしやい。」

と云《い》ひ捨《す》て丶、三輪《みわ》は通過《とほりす》ぎて了《しま》ふ。行《ゆ》く時《とき》に初《はじ》めて笑《ゑ》みを見《み》せた。

三輪《みわ》さん。三輪《みわ》さん。と富枝《とみえ》は胸《むね》の中《うち》で其《そ》の名《な》を繰《く》り返《かへ》して見《み》る。そして、三輪《みわ》さんと胸《むね》で呼《よ》ぶ時《とき》、戀《こひ》しいもの丶形《かたち》が判明《はつきり》と自分《じぶん》の心《こゝろ》の中《うち》に現《あらは》れる様《やう》で、樂《たの》しいと云《い》ふ氣《き》が身體《からだ》全身《いつぱい》に開《ひら》かれる思《おも》ひがされる。逢《あ》ひたいと思《おも》つてゐる人《ひと》に逢《あ》へたと云《い》ふ嬉《うれ》しさが、初《はじ》めて徐《じよ》に胸《むね》の底《そこ》へ湧《わ》き出《だ》してくる。

其《そ》の人《ひと》の前《まへ》では一言《ひとこと》の言葉《ことば》さへ漏《も》らし得《え》なかつたものが、行《い》つて了《しま》つた後《あと》になつてそわ〱した態度《たいど》になつてくる。欲《ほつ》する物《もの》を得《え》たと云《い》ふ様子《やうす》、非常《ひじやう》な滿足《まんぞく》の喜《よろこ》びが其《そ》の面《おもて》に浮《うか》んでくる。

「懇意《こんい》な人《ひと》？」

とお父《ちゝ》は聞《き》いた。

「一寸《ちよいと》、行《い》つて來《き》ますから。」

と富枝《とみえ》は其後《そのあと》から行《ゆ》かうと爲《す》ると、

「これを食《た》べてお在《い》でなさいなね。よ。」

とお父《ちゝ》が顔《かほ》を顰《しか》めて引留《ひきと》めた。

「後《あと》になると、此處《こゝ》が混雜《こたく》して可《い》けないから。」

と不機嫌《ふきげん》な顔《かほ》を爲《し》た。仕様《しやう》がないので箸《はし》を取《と》る、いやだと思《おも》ふ程《ほど》胸《むね》につかへる。瑠璃色《るりいろ》をした茄子《なすび》と、玉子色《たまごいろ》の澤庵《たくあん》が、小皿《こざら》の上《うへ》に美《うつく》しい色《いろ》を盛《も》つてゐる。

「いやだわ。宅《うち》のお料理《れうり》なんかぢや。」

と貴枝《きえ》が我儘《わがまゝ》を云《い》ひながら入《はい》つてくる。

「お前《まへ》さんも、今《いま》の間食《うちた》べてお了《しま》ひよ。」

「食《た》べたくないもの、そんな御膳《ごぜん》！」

と拗《す》ねてゐる。千萬次《ちまじ》がおむつを連《つ》れてくる。

「お骨折《ほねをり》だねえ。今度《こんど》は切符《きつぷ》だなんてんだから、骨《ほね》が折《を》れるねえ。」

とお父《ちゝ》がせか〱と物《もの》を云《い》ふ。

「富枝《とみえ》さんも此方《こつち》の連中《れんちう》の方《はう》に御入《おはい》んなさいな。一人法師《ひとりぼつち》であんな隅《すみ》にゐるんだもの。」

今日は潰島《つぶし》田の千萬次《ちまじ》が富枝《とみえ》に斯《か》う云《い》

ふ。千萬次《ちまじ》は何《なん》とも思《おも》つてゐないがお母《かあ》は富《とみ》枝《え》の千萬次《ちまじ》に對《たい》する擧動《しうち》を快《こゝろよ》からず思《おも》つてゐる。千萬次《ちまじ》が斯《か》うして連中《れんぢう》だの何《なん》だのと云《い》つて貴枝《きえ》には義理《ぎり》の姊妹《きやうだい》の好誼《よしみ》を盡《つく》してゐるのに、富枝《とみえ》は眞《まこと》の姊《あね》でゐながら其好意《そのかうい》を無視《むし》してゐる樣《やう》な樣子《やうす》合《あ》ひに見《み》えるのをお母《かあ》は不快《ふくわい》に思《おも》つてゐる。畢竟《つまり》富枝《とみえ》が千萬次《ちまじ》に打解《うちと》けて今日《けふ》の事《こと》なども感謝《かんしや》を表《あらは》せばいゝのだが、富枝《とみえ》には其《そ》れが不能《できない》のだ。貴枝《きえ》對《たい》千萬次《ちまじ》、千萬次《ちまじ》對《たい》自分《じぶん》、と其《そ》の邊《へん》の義理合《ぎりあひ》を知《し》らぬ程《ほど》の富枝《とみえ》でもない。貴《き》枝《え》の師匠《おしやう》のお浚《さら》へに見物人《けんぶつにん》を殖《ふ》やして呉《く》れたところで、其《そ》れが有難《ありがた》い事《こと》とも思《おも》へないが、然《しか》し斯《か》う云《い》つた社會《なかま》に入《い》つては、其《そ》れ等《ら》を唯一《ゆいいつ》の心盡《こゝろづく》しと此方《こつち》から買《か》つてやらねばならない位《くらゐ》は心得《こゝろえ》てゐる。心《こゝろ》では十分《じふぶん》に考《かんが》へてゐるのだが、性質《せいしつ》として富《とみ》枝《え》には其《そ》れを喋々《てふ/\》する事《こと》が出來《でき》ない。お母《かあ》の胸中《きやうちう》も、富枝《とみえ》には能《よ》く寫《うつ》つてゐる。

懸賞文藝當選

あきらめ

田村とし子

二十一

「妾《わたし》、もうお姊樣《ねえさま》にお目《め》に掛《かゝ》りたくつて。」

派出《はで》な調子《てうし》で、思《おも》ひ切《き》り聲高《こわだか》に物《もの》を云《い》ふ。染谷《そめや》の家《いへ》の人《ひと》は、その容姿《なり》の華麗《はで》なのにも眼《め》を丸《まる》くしてゐる。おきそは無暗《むやみ》とお辭儀《じぎ》をする。淺鼠羽二重《あさねずみはぶたへ》へ白《しろ》く勿忘草《わすれなぐさ》を裾《すそ》の方《はう》だけに散《ち》らしたマントを着《き》てゐる。其《そ》の眼馴《めな》れない姿を見《み》ただけで、おきそは富枝《とみえ》に取《と》り次《つ》ぐ時《とき》房川染子《ふさがはそめこ》と云《い》ふ名《な》を忘《わす》れて了《しま》つた程驚かされて了《しま》つた。マントを脫《ぬ》ぐと、濃紫《こむらさき》の琥珀《こはく》の袴《はかま》が高貴《かうき》の香《ね》を幽《ほのか》に響《ひゞ》かせる。同《おな》じ濃紫《こむらさき》の紋羽二重《もんはぶたへ》に、源氏五十四帖《げんじごじふよでふ》を地紙形《ぢがみがた》にして散《ち》らした總模樣《そうもやう》の二枚袷《にまいあはせ》を着《き》てゐる。その長《なが》い袂《たもと》を土間《どま》に引摺《ひきず》らして靴《くつ》を脫《ぬ》いでゐるのを、おきそははら〳〵した顏《かほ》で見《み》てゐる。頸《くび》へかけた黃金《きん》の鎖《くさり》が搖《ゆ》れて、銀《ぎん》のクロッスが氷《こほり》の樣《やう》に冷《つめ》たく其《そ》の胸《むね》を護《まも》つてゐる。車夫《しやふ》が後《うしろ》から差出《さしだ》した花束《はなたば》を採《と》つて、袴《はかま》の後《うしろ》を掻《か》い繰《ぐ》りながら上《あが》る。幅廣《はゞびろ》い袴《はかま》の紕《ひだ》に縮《し》めた狹《せま》い胸部《きやうぶ》が、展《ひら》いた袴《はかま》の裾《すそ》との調和《てうわ》を取《と》つて一段《だん》と姿《すがた》を美《うつく》しくさせる。マガレットに結《むす》んだ濃綠色《のうりよくしよく》のリボンが、孔雀《くじやく》の羽《はね》を展《ひろ》げた程《ほど》にも後《うしろ》から行《ゆ》くおきその眼《め》には見《み》える。

「よくいらしつたことねえ。」

富枝《とみえ》は部屋《へや》の前《まへ》の椽《えん》に立《た》つてゐる。染子《そめこ》はさつと驅《か》け寄《よ》つて其《そ》の胸《むね》に抱《だ》きつきながら、

「御機嫌《ごきげん》よう。」

と云《い》つたが、その語尾《ごび》が哀《あは》れに消《き》える。そして、默《だま》つて花束《はなたば》を富枝《とみえ》に渡《わた》す。

薔薇《ばら》にあしらつたメーデンヘーアやアスパラカスが、可憐《かれん》に戰《そよ》いて軟《やはら》かい風情《ふぜい》を見《み》せてゐる。西洋石竹《カーネーション》の桃色《もゝいろ》が贈《おく》り主《ぬし》の優美《やさしさ》を代表《だいへう》してゐる樣《やう》に見《み》える。受《う》けた富枝《とみえ》の手《て》に、銀色《ぎんいろ》の紙《かみ》から染子《そめこ》の手《て》の溫度《をんど》が觸《ふ》れる。

「有難《ありがた》う。妾《わたし》も逢《あ》ひたくつて仕方《しかた》がなかつたの。」

と其《そ》の肩《かた》に手《て》をかける。態々口《わざ〳〵くち》を窄《すぼ》めた様《やう》な顔容《かほだち》はしてゐるが、眼附鼻附《めつきはなつき》、眉毛《まゆげ》の長《なが》く眼《め》に近《ちか》い處《ところ》など、何所《どこ》となく西洋《せいやう》人化《じんくわ》したやうな俤《おもかげ》がある。輪廓《りんくわく》の氣《け》高《だか》い、氣品《きひん》に富《と》んだ風姿《ふうし》をもつてゐる。今《いま》の房田文部次官《ふさだもんぶじくわん》の令嬢《れいぢやう》だ。

「何故《なぜ》學校《がくかう》へお在《い》で遊《あそ》ばさないの。妾《わたし》實《じつ》につまらないわ。」

といつて縁《えん》に立《た》つた儘《まゝ》でゐる。

「取散《とりち》らしてあるけれど、此方《こつち》へ在《い》らつしやい。」

「ねえ、お姉様《ねえさま》、お姉様《ねえさま》は妾《わたくし》の夢《ゆめ》を御覧《ごらん》になつて?」

と取縋《とりすが》つた手《て》を、まだ弛《ゆる》めずにゐる。

「えゝ、毎晩《まいばん》。」

「ほんとうに?、え、お姉様《ねえさま》。」

「嘘《うそ》なんぞ。染子《そめこ》さんに嘘《うそ》は申《まを》しませんわ。」

「まあ嬉《うれ》しいことねえ。妾《わたくし》は毎晩毎晩《まいばんまいばん》お姉様《ねえさま》の夢《ゆめ》を見《み》たり、一《ひ》と晩中眠《ばんぢうねぶ》らなかつたりして。」

云《い》ひながら室内《なか》へ入《はい》ると富枝《とみえ》の机《つくゑ》の前《まへ》に坐《すわ》る。そして小《ちひ》さい手《て》で机《つくゑ》を撫《な》で丶見《み》て、

「おなつかしいわね。」

と兩袖《りやうそで》を抱《かゝ》へ込《こ》む。

「學校《がくかう》へ出《で》ても、お姉様《ねえさま》のお姿《すがた》がお見《み》えにならないと、一日《にちにち》寂《さび》しくつて、寂《さび》しくつて、……例《いつ》も車《くるま》の上《うへ》で泣《な》きながら歸《かへ》つて參《まゐ》るの。皆様《みなさま》に冷嘲《からか》はれてばかりゐるんですもの。荻生《をぎふ》野《の》熱《ねつ》がいよ〳〵猛烈《まうれつ》だなんて皆様《みなさま》仰有《おつしや》るのよ。」

富枝《とみえ》は默《だま》つて笑《わら》つてゐる。

「圖書室《としよしつ》の前《まへ》の桐《きり》の樹《き》の傍《そば》で、いつも妾《わたくし》が泣《な》いてゐるので、遂々染桐《とう〳〵そめぎり》と云《い》ふ名《な》がついてしまひましたの。」

「美的《びてき》な名《な》ね。貴女《あなた》のお蔭《かげ》で彼樣《あんな》桐《きり》の木《き》も、然《さ》う云《い》ふ美《うつく》しい名《な》を命名《めいめい》されて嘸《さぞ》嬉《うれ》しいでせう。」

「嬉《うれ》しいと思《おも》つて呉《く》れたら、最《も》う一度《ど》でも、あの木《き》の下《した》でお姉様《ねえさま》とお話《はなし》が出來《でき》るやうに爲《し》て呉《く》れゝば。」

「報恩的《はうおんてき》?」

と富枝《とみえ》は可笑《をかし》がる。染子《そめこ》は恨《うら》めしさうに、

「お姉様《ねえさま》は、眞實《ほんとう》にして妾《わたし》のことを聞《き》いて下《くだ》さらないのね。」

田村とし子

二十二

細《こま》かい雨《あめ》が斜《なな》めにばら／＼と降《ふ》る、もう末《すゑ》になつた萩《はぎ》が横《よこ》に俯《う》つ伏《ぶ》せになつてゐて、赤《あか》い小《ち》さい花《はな》が吹《ふ》けば飛《と》ぶやうに二《ふ》た所《ところ》ばかり咲《さ》き殘《のこ》つてゐる。閉《た》てた障子《しやうじ》にも秋深《あきふか》い思《おも》ひが爲《さ》れる。

「もう學校《がつかう》へは、お在《い》で遊《あそ》ばさないおつもり？」と染子《そめこ》は口說《くど》く。白《しろ》い半巾《ハンケチ》を口《くち》の邊《あたり》に當《あ》てゝゐる。其所《そこ》からミツノ香水《かうすゐ》の匂《にほ》ひが散《ち》つてゐる。題《だい》紅色《こうしよく》の繻袢《じゆばん》の袖《そで》の下《した》から、腕環《うでわ》の黄金《きん》が燦とする。」

「學校《がくかう》へ行《ゆ》かないでも、時々《ときどき》逢《あ》へればいゝでせう。其《そ》れでは可《い》けないの。」

「妾《わたし》、斯《か》うして毎日《まいにち》々々貴女《あなた》のお傍《そば》にゐる譯《わけ》には何《ど》うして參《まゐ》らないんでせう、何故《なぜ》眞《ほんと》の妹《いもうと》に生《うま》れて參《まゐ》らなかつたんでせう。」

と云《い》つて涙含《なみだぐ》んでゐる。

「妾《あたし》の妹《いもうと》になんぞ生《うま》れていらしつたら、貴女《あなた》は不幸《ふかう》な一生《いつしやう》を送《おく》らなけりやなりませんわ。馬鹿《ばか》なことを仰有《おつしや》るのね。」

半巾《ハンケチ》が眼《め》につく。紫《むらさき》の人《ひと》は机《つくゑ》に凭《もた》れて泣《な》いてゐる。

「ミランダ姬《ひめ》のお話《はなし》を途中《とちう》まで伺《うかゞ》つて彼《あ》れ限《ぎ》り突然《とつぜん》にお別《わか》れして了《しま》つたんですもの……暑中休暇《しよちうきうか》は、大磯《おほいそ》の邸《やしき》でお姉様《あねさま》の爲《ため》に妾《わたくし》病氣《びやうき》いたしましたのを、お姉樣《あねさま》よく御存《ごぞん》じでいらつしやるぢや御座《ござ》いませんの。其《そ》の時《とき》には母《はゝ》がお迎《むか》へしたばかりで、お姉樣《あねさま》は入來《いら》しつて下《くだ》さいました。たつた一日《にち》でしたけれど、其《そ》の時《とき》のお姉樣《あねさま》はお優《やさ》しかつたのに。」

云《い》ひながら泣《な》く。

夏期《かき》の休暇《やすみ》に、染子《そめこ》の母《はゝ》から貴女《あなた》をお慕《した》ひする餘《あま》りに健康《けんかう》が勝《すぐ》れずにゐる、是非《ぜひ》半日《はんにち》でもいゝから大磯《おほいそ》へ來《き》てくれと云《い》ふ懇《ねんごろ》な迎《むか》へを受《う》けて、一日大磯《にちおほいそ》へ行《い》つて、氷嚢《ひやうなう》を頭《つむり》に置《お》いて臥床《ふせ》んでゐた染子《そめこ》を訪《たづ》ねた事《こと》を思《おも》ひ出《だ》す。無理《むり》に染子《そめこ》の母《はゝ》に引留《ひきと》められて、其《そ》の晩《ばん》は染子《そめこ》と同《おな》じ床《とこ》の中《なか》に、沙翁《さをう》のテンペストの話《はなし》を爲《し》た。

「決《けつ》して其樣《そんな》わけで學校《がくかう》へ行《ゆ》かないと云《い》ふのぢやないんですもの。又《また》、解《わか》らないことを仰有《おつしや》るわ。」

「でもお姉樣《あねさま》は、先《せん》には每日《まいにち》の樣《やう》にお手紙《てがみ》下《くだ》さいましたのに、この頃《ごろ》は先日《せんじつ》の短《みじか》いお消息《たより》一通限《つうぎ》り……」

白繻子《しろじゆす》へ金絲《きんし》で刺繡《ぬひ》をした懷紙入《くわいしい》れを出《だ》して富枝《とみえ》の前《まへ》に置《お》く。

「今日《けふ》までの妾《わたくし》の生命《いのち》は、その中《なか》の短《みじか》いお姉樣《あねさま》のお消息《たより》一通《つう》だけ。」

富枝《とみえ》は當惑《たうわく》さうな顏《かほ》で、凝《ぢつ》と染子《そめこ》の麗《あて》やかな姿《すがた》を見守《みまも》る。そして、例《れい》の亂《みだ》れた調子《てうし》になつて來《き》たのを、兄《あに》などに見《み》せ度《た》ないと心《こゝろ》の中《うち》で煩《わづら》つてゐる。

懸賞文藝當選

あきらめ

田村とし子

二十三

奥《おく》で紫都子《しづこ》が泣《な》いてる。都満子《つまこ》が慳貪《けんどん》に何《なに》か云《い》つてる。二階《にかい》へ來客《きやく》が來《き》たやうな。何《なん》となく家内《かない》の忙《せは》しさうなのに氣《き》を兼《か》ねて、染子《そめこ》は思《おも》ふやうに心《こゝろ》の内《うち》を語《かた》れないのを、悶焦《もど》かしさうにしてゐたが、やがて歸《かへ》ると云《い》ひ出《だ》す。

富枝《とみえ》も自分《じぶん》を戀《こひ》しいと云《い》つて泣《な》いた人《ひと》を、この儘《まゝ》歸《かへ》して了《しま》ふのは本意《ほい》ない氣《き》がする。けれど、斯《か》うしてゐても、兩人《ふたり》の情趣《じやうしゆ》はやゝともすると沒《ぼつ》しかゝつて、却て手持《てもち》なくなる樣《やう》なのが辛《つら》いやうで、二三日内《ない》に遠《とほ》い所《ところ》へ二人《ふたり》伴《つ》れ立《だ》つて一日遊《あそ》ぶ約束《やくそく》をして歸《かへ》して了《しま》つた。車《くるま》の幌《ほろ》のうちに其《そ》の姿《すがた》が包《つゝ》まれた時《とき》、何《なん》となく掌《て》のものを失《うしな》つた樣《やう》な氣《き》もされた。

富枝《とみえ》の染子《そめこ》に對《たい》する注意《ちうい》の眼《め》で迎《むか》へる初《はじ》めだつた。其《そ》の次《つ》ぎに妹《いもうと》にして呉《く》れと云《い》つて艶麗《えんれい》な文章《ぶんしやう》で手紙《てがみ》を寄越《よこ》した。其《そ》れへ雜《ざつ》とした返事《へんじ》をやつてから四五日目《め》に、一人《ひとり》で圖書室《としよしつ》の前《まへ》の桐《きり》の木《き》に寄《よ》つてゐると、其《そ》の後《うしろ》へ何時《いつ》か染子《そめこ》が來《き》てゐて默《だま》つて立《た》つてゐた。富枝《とみえ》は其《そ》の手《て》を擁《よう》して、姉妹《きやうだい》になる約束《やくそく》をしながら校庭《かうてい》をそぞろ歩《ある》いたが、櫻《さくら》の盛《さか》りな頃《ころ》で、染子《そめこ》の藤鼠綸子《ふぢねずみりんず》の被布《ひふ》に花《はな》の散《ち》つたのを富枝《とみえ》は覺《おぼ》えてゐる。

文藝會《ぶんげいくわい》の時《とき》、自分《じぶん》の作《つく》つた早子姫《はやこひめ》を染子《そめこ》が演《えん》じてからは、富枝《とみえ》の方《はう》から染子《そめこ》の自分《じぶん》への熱《ねつ》の猶猛烈《なほまうれつ》に燃《も》えてくる樣《やう》なことを好《この》んで書《か》いて送《おく》つたこともあつた。

「上《あ》げますよ。上《あ》げますよ。」と仰有《おつしや》つて、少《ち》つともお懷愛《なつか》しい樣《やう》なお手紙《てがみ》戴《いたゞ》いた事《こと》も御座《ござ》いませんわ。何《ど》うして其樣《そんな》に冷淡《れいたん》におなりあそばして?、ね、お姉樣《ねえさま》。何《なに》か怒《おこ》つていらつしやるんでせうか。」

「いゝえ。」

「お姉樣《ねえさま》に優《やさ》しくして戴《いたゞ》いて、級《クラス》の中《うち》で誰樣《どなた》でも羨《うらや》ましがらない方《かた》はないんですもの。さうして、房田《ふさだ》さん程《ほど》の熱《ねつ》だから、あの方《かた》も可愛《かあい》がつて下《くだ》さるんでせうと仰有《おつしや》るのよ。妾《わたくし》、其《そ》れが嬉《うれ》しくて。」

此所《こゝ》まで云《い》つて顏《かほ》を眞《ま》つ赤《か》にする、其《そ》の羞《は》ぢらつた樣子《やうす》を見《み》ると、在學當時《ざいがくたうじ》の染《そめ》子の自分《じぶん》に對《たい》する擧動《やうす》が思《おも》ひ出《だ》される。圖書室《としよしつ》にゐる時《とき》、音樂室《おんがくしつ》にゐる時《とき》、ふと氣附《きづ》いて四邊《あたり》を見《み》ると、必然《きつと》自分《じぶん》の姿《すがた》の見《み》える所《ところ》に立《た》つて染子《そめこ》は此方《こつち》を眺《なが》めてゐる。會釋《ゑしやく》すると下《した》を向《む》いて急《きふ》に何處《どこ》へか行《い》つて了《しま》ふ。お友人《ともだち》と一緒《いつしよ》の時《とき》に行逢《ゆきあ》ひでもすると、染子《そめこ》は伴《つ》れ立《だ》つた誰《た》れ彼《か》れに袖《そで》を曳《ひ》かれたり肩《かた》を突《つ》かれたりする。そして驅《か》け出《だ》して何處《どこ》かへ行《ゆ》く。其《そ》れが

41　「あきらめ」『大阪朝日新聞』明治44（1911）年1月23日

「見《み》て頂戴《ちやうだい》。」

と云《い》つて、左手《ひだり》の腕環《ブレスレツト》を外《はづ》して見《み》せたが、其《そ》の飾《かざ》りにした小《ちひ》さな時計《とけい》の蓋《ふた》を剝《は》ねると、其《そ》の蓋《ふた》の裏《うら》にTとSとが組《く》み合《あ》はして彫《ほ》り附《つ》けてあつた。標止《ブローチ》の萩《はぎ》を彫《ほ》らした小判形《こばんがた》の金具《かなぐ》が蓋《ふた》に開《ひら》くやうになつてゐて、其《そ》の内《うち》には富枝《とみえ》の寫眞《しやしん》の顏《かほ》だけを縮寫《しゆくしや》したのが入《はい》つてゐた。

其樣《そんな》ことを思《おも》つて、富枝《とみえ》は恍惚《うつとり》としてゐる。小雨《こさめ》の降《ふ》る中《なか》を歸《かへ》つて行《い》つたが、今夜《こんや》も戀《こひ》しいと自分《じぶん》を思《おも》つて、寢《ね》られないと云《い》ふのだらうか。と唯哀《たゞあは》れに〳〵なつてくる。晩《ばん》に床《とこ》へ就《つ》くまでの時間《じかん》に間《ま》に合《あ》はせて、情《こゝろ》をこめた手紙《てがみ》を送《おく》つて喜《よろこ》ばしてやらう、と急《いそ》いで自分《じぶん》の室《へや》へゆく。

其人《そのひと》の移香《うつりが》の消《き》えずにゐる机《つくゑ》によつて、紫姫人《むらさきひめ》。と書《か》き出《だ》して、自分《じぶん》は今夜《こんや》紫《むらさき》色《いろ》の夢《ゆめ》を見度《みた》いと思《おも》ふ。濃《こ》い紫《むらさき》に包《つゝ》まれて、紫《むらさき》の中《なか》を彷徨《はうくわう》して、紫《むらさき》の色《いろ》に憧憬《あこが》れる夢《ゆめ》が見《み》たい。と書《か》いた。

「ねえ。ちよいと。」

と笑《わら》ひながら都滿子《つまこ》が其所《そこ》へ這入《はい》つてくる。


「今《いま》來《き》た人《ひと》は、お前《まへ》さんに惚《ほ》れてるの？」

と猶《なほ》笑《わら》ふ。

「をかしな事《こと》を云《い》ふわね。」

「でもね、兄《にい》さんがお前《まへ》さんに今《いま》の人《ひと》は惚《ほ》れてゐるんだと云《い》ふからさ。女《をんな》が女《をんな》に惚《ほ》れるつて有《あ》るかしら、ねえ？妾《あたし》生《うま》れて初《はじ》めて聞《き》いたわ。そんなこと。」

「いやな事《こと》を云《い》ふぢやありませんか。そんなのぢや無《な》いわ。」

と忌々《いま〳〵》しさうな顏《かほ》をする。

「そりやね、姉《ねえ》さんにしたいとか何《なん》とか云《い》ふのなら無理《むり》とも思《おも》はないけれど、眞逆《まさか》女《をんな》が女《をんな》に惚《ほ》れやう道理《だうり》がないぢやありませんか。兄《にい》さんも餘《よ》つ程《ぽど》變《へん》なことを云《い》ひ出《だ》すよ。」

「直《ぢか》に兄《にい》さんは然《さ》うした方《はう》へ解釋《かいしやく》するのね。實《じつ》に低趣味《ていしゆみ》よ。」

「戀《こひ》さ。戀《こひ》でなくつて何《なん》だ。」

と隣室《となり》の方《はう》で緑紫《りよくし》が云《い》ふ。

「あの人《ひと》の、お前《まへ》さんは戀人《こひびと》？」

と都滿子《つまこ》は口《くち》を開《あ》けて笑《わら》ふ。結《ゆ》ひ立《た》ての丸髷《まるまげ》が薄暗《うすぐら》い座敷《ざしき》に落着《おちつ》いた艶《つや》を見《み》せてゐる。


もう少《すこ》し、紫《むらさき》の色《いろ》の影《かげ》を有形《かたち》にしておきたかつたと富枝《とみえ》は口惜《くちを》しい氣《き》がする。騷々《さう〳〵》しい赤《あか》の色《いろ》だの汚《きた》らしい泥色《どろいろ》だのが流《なが》れて來《き》て、美《うつく》しい紫《むらさき》の色《いろ》を塗《ぬ》り潰《つぶ》して了《しま》つた、と氣《き》が苛々《いら〳〵》してくる。

「目《め》の覺《さ》める樣《やう》な人《ひと》ね、彼樣《あんな》人《ひと》に思《おも》はれるならいゝわね、思《おも》はれ甲《が》斐があつて。貴君《あなた》なんぞは、一時《いつとき》でもいゝから富枝《とみえ》さんに一寸《ちよつと》代《かは》りたいでせう。」

と冷《ひや》かす。

「顰《ひそ》むところだね。彼樣《あんな》ことを云《い》はれた富枝《とみえ》は何樣《どんな》顏《かほ》をしてゐたか、其《そ》れが見《み》たかつた。」

と笑《わら》つてゐる聲《こゑ》がする。

富枝《とみえ》は默《だま》つて、手紙《てがみ》を封《ふう》じて了《しま》ふと、姉《あね》に見《み》せない樣《やう》にして上書《うはがき》を走《はし》り書《が》きする。泥濘《ぬかるみ》を踏《ふ》む車夫《しやふ》の足音《あしおと》を現《うつゝ》なく聞《き》いて、紫《むらさき》の人《ひと》の思《おも》ひは此所《こゝ》に通《かよ》つてるのだらう、と富枝《とみえ》は薔薇《ばら》の匂《にほひ》をなつかしむ。

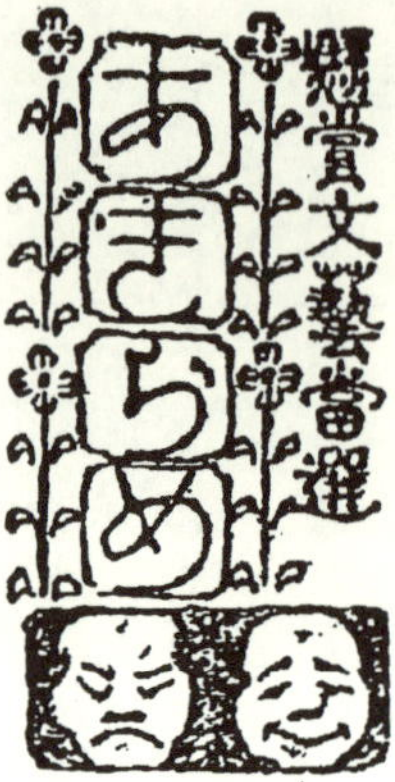

田村とし子

二十四

「今日《けふ》は、貴君《あなた》の所謂掘出物《いはゆるほりだしもの》の經歴《けいれき》を伺《うかゞ》ひに上《あが》つたんです。」

髮《かみ》のコスメが額際《ひたひぎは》まで滲染《にじ》み出《だ》した顔《かほ》を突《つ》き出《だ》して、半田《はんだ》は洋服《やうふく》の胸《むね》を反《そ》らす。男《をとこ》としては黒《くろ》い方《はう》ではないが、反齒《そつぱ》が折角《せつかく》の男振《をとこぶ》りを損《そこな》つてゐる。

「君《きみ》は抜目《ぬけめ》がないよ。實《じつ》に職務《しよくむ》に忠《ちう》だね。」

差對《さしむか》つてゐるのは文學士《ぶんがくし》千早梓《ちはやあづさ》だ。圍《かこ》んだ卓子《テーブル》の上《うへ》には新刊《しんかん》の雜誌《ざつし》が亂雜《らんざつ》になつてる。片手《かたて》を椅子《いす》からだらりと下《さ》げて、片手《かたて》は皿《さら》の上《うへ》の梨子《なし》を小楊枝《こやうじ》で突《つ》いてゐる。

「發表《はつぺう》しても可《い》いのでせう。」

「可《い》けないよ。」

「何故《なぜ》です？」

「まだ決定《けつてい》せんのだから。」

千早《ちはや》の笑《わら》つた影《かげ》が、後方《うしろ》の書戶棚《しよこだな》の硝子《ガラス》に映《うつ》つて、内《うち》に並《なら》んだ金文字《きんもじ》入《いり》の洋書《やうしよ》が主人《あるじ》の笑《わら》ひを手傳《てつだ》ふ樣《やう》に搖《ゆら》いで見《み》ゐる。解《げ》し兼《か》ねた半田《はんだ》の額《かほ》に、閘閤《はらはら》になつて頰杖《ほゝづゑ》を突《つ》いた洋裝《やうさう》の額《がく》の裸體美人《らたいびじん》が、上《うへ》の方《はう》から媚《なま》めいた笑《わら》ひを浴《あ》びせかける。

「君《きみ》が輕卒《けいそつ》に筆《ふで》を取《と》らんと云《い》ふ誓《ちか》ひを立《た》てたら……今夜《こんや》その掘出物《ほりだしもの》に逢《あ》はしてあげる。」

「其《そ》りやあ、貴君《あなた》が書《か》いちや可《い》かんと仰有《おつしや》れば書《か》きませんさ。ぢや逢《あ》はして下《くだ》さい。」

「必然《きつと》書《か》かないかい。ね？書《か》くよ。きつと書《か》くよ。可《い》かん。お託かりに爲《し》ちまはうよ。」

「必然《きつと》書《か》きません。書《か》きません。書《か》かんと云《い》つたら書《か》きません。」

巻煙草《まきたばこ》の箱《はこ》の、蒔繪《まきゑ》の鶴《つる》に小《ちい》さな蠅が飛ぶ。

緣《えん》の何所《どこ》かで松蟲《まつむし》が鳴《な》いてゐる。

「だから逢《あ》はして下《くだ》さい。」

「熱心《ねつしん》だね、頗《すこぶ》る！職務上《しよくむじやう》逢《あ》はうと云《い》ふんぢやないんだらう。」

「實《じつ》は其樣《そんな》ものかも知《し》れないですな。」

千早《ちはや》が笑《わら》ふと半田《はんだ》も笑《わら》ふ。

「然《さ》うなると、愈《いよ〳〵》容易《たやす》くは見《み》せられんね。」

例《れい》の鼻眼鏡《はなめがね》の内《うち》から笑《わら》ひの消《き》ゐ切《き》らない眼《め》をして、遠《とほ》く大森《おほもり》の海《うみ》を眺《なが》める。灰色《はひいろ》の海《うみ》が近《ちか》く自分等《じぶんたち》の膝《ひざ》の周邊《まはり》まで包《つゝ》んで了《しま》ふかと見《み》ゐる。薄《うす》い雲《くも》に掩《おほ》はれた空《そら》が、漸次《だん〳〵》と笠《かさ》になつて頭《あたま》の上《うへ》へ擴《ひろ》がつてくる樣《やう》に思《おも》はれる。片寄《かたよ》せた欄干《らんかん》の硝子戶《ガラスど》に風《かぜ》ががたんと當《あた》つて、卓子《テーブル》の上《うへ》の雜誌《ざつし》の表紙《へうし》が飜《ひるがへ》る。千早《ちはや》のセルの袂《たもと》が吸附《すひつ》いた樣《やう》に舞《ま》ひ上《あが》つて飜《ひら〳〵》する。

「一體《たい》、何樣《どんな》婦人《ふじん》です。」

「美《び》、極《きは》まるものさ。」

「其《そ》りや然《さ》うでせうけれども、學識《がくしき》のある何々女史的《なに〳〵ぢよしてき》の方《はう》なんですか。女學生《ぢよがくせい》上《あが》りのステーチストラックと云《い》つた樣《やう》なものぢやないんですか。」

「違《ちが》ふ。」

「まだ一度《ど》も舞臺《ぶたい》を踏《ふ》まないんですね。然《さ》う聞《き》くと、から價値《かち》がない樣《やう》に思《おも》はれる。」

懸賞文藝當選

あきらめ

田村とし子

二十五

二臺《だい》の人力車《くるま》が、朝菅艶彌《あさすけにんや》の門《もん》の前《まへ》で停止《とま》る。門前を掃《は》いてゐた車夫《しやふ》が、先《さき》の車上の千早《ちはや》を見《み》ると、急《きふ》に兩脚《りやうあし》を揃《そろ》へて頭《あたま》に手《て》を乗《の》せて、上《うへ》から壓《お》し潰《つぶ》された樣《やう》な叩頭《おじぎ》をする。そして後方《あと》から下車《お》りた半田《はんだ》を見《み》ると、

「半田《はんだ》さん。先日《このあひだ》は有難《ありがた》う。」と友達《ともだち》に何《なに》か云《い》ふ樣《やう》な事《こと》を云《い》つてる。

銀杏返《いてふがへ》しに結《ゆ》つて、帶《おび》を高《たか》く締《し》めた下女《げぢよ》が謹《つゝし》んで玄關《げんくわん》に迎《むか》へる。肥大《ふと》つた朝菅《あさすけ》の妻君《さいくん》が――昔は柳橋《やなぎばし》の藝妓《げいしや》だと云《い》ふが、――其樣《そんな》面影《おもかげ》が少《すこ》しも殘《のこ》つてゐない。――綺麗《きれい》に脂肪《あぶら》切つ

「おい。おい。誰《だれ》が掘出《ほりだ》したんだと思つてるんだい。僕《ぼく》が拾《ひろ》ひ出《だ》して朝菅《あさすけ》の一座へ加《くは》へやうと云《い》ふんぢやないか。如何《いか》にその凡《ぼん》ならざるかゞ推知《すいち》されさうなもんだね。」

「大《おほ》きに。」と半田《はんだ》は頭《あたま》を搔《か》く。恐縮《きようしゆく》した樣子《やうす》がその肩《かた》を窄《すぼ》めたところへ現《あらは》れる。

當時《たうじ》實業界《じつげふかい》でその名《な》を轟《ひゞ》かしてゐる千早《ちはや》阿一郎《あいちらう》は、千早文學士《ちはやぶんがくし》の父親《ちゝおや》である。劇評《げきひやう》もやる、創作《さうさく》もやる。脚本《きやくほん》も書《か》く。そして、富《とみ》の力《ちから》で藝人社會《げいにんしやくわい》を壓伏《あつぷく》してゐる。一度自分《じぶん》の作《さく》を演《えん》じると、直《す》ぐ其《そ》の座《ざ》の關係者《くわんけいしや》一同を招《まね》いて大饗應《だいきやうおう》をする。箱根《はこね》邊《あたり》へ伴《つ》れて行《い》つて遊山《ゆさん》もさせる。作者《さくしや》からは後强請《あとねだり》をされるものゝ樣《やう》に心《こゝろ》得《え》てゐる點《てん》は、千早《ちはや》のこの點《てん》ばかりに深《ふか》く隨喜《ずゐき》する。所謂《いはゆる》芝居《しばゐ》ものが眞底《しんそこ》から先生《せんせい》と尊稱《そんしよう》するのはこの學士《がくし》に對《むか》つてばかりと云《い》ふことである。

千早《ちはや》は新聞記者《しんぶんきしや》だけは嫌《きら》ひだと云《い》ひながら、朝夕新聞《てうせきしんぶん》の半田精吉《はんだせいきち》ばかりは親密《しんみつ》にしてゐる。

隔意《かくい》なく扱《あつか》ふて外《そと》にある時《とき》の千早《ちはや》の影《かげ》には例《れい》も半田《はんだ》が添《そ》つてゐると云《い》ふので、半田《はんだ》は梓學士《しがくし》の幇間《おたいこ》だと社内《しやない》のものから識《し》られてゐる。

「だから今夜《こんや》逢《あ》つて見《み》たまへ。君《きみ》なんぞの到底《たうてい》想像《サポーズ》の出來《でき》ない人間《にんげん》だね。」

「是非《ぜひ》伴《つ》れてつて下《くだ》さい。何時頃《いつごろ》出《で》ませう。」

「ずつと居《ゐ》て、僕《ぼく》と一所《しよ》するのさ。」

半田《はんだ》は禮《れい》のつもりで一寸《ちよつと》首《くび》を下《さ》げる。品《ひん》の好《い》い老婆が麥酒《ビール》を持《も》つて來《き》た。

「君《きみ》は染谷《そめや》の妹《いもうと》を知《し》つてると云《い》つたね。」

「知《し》つてます。」

「今度《こんど》、伴《つ》れて來《こ》ないか。」

「宜《い》いですとも。大分《だいぶ》女流《ぢよりう》の傑物《けつぶつ》をお集《あつ》めですね。」

「既《すで》になつて了《しま》つたものには、用《よう》は無《な》いんだよ。」

燕脂色《えんじいろ》の卓子掛《テーブルかけ》が、硝子盃《コツプ》を溢《あふ》れた麥酒《ビール》を受《う》けて濃《こ》い色《いろ》に濡《ぬ》れる。大森海岸《おほもりかいがん》を過《す》ぎる電車《でんしや》の音《おと》が、素通《すどほ》りを出來《でき》ないと云《い》つて聲《こゑ》を掛《か》けて行《ゆ》く樣《やう》に聞《きこ》ゐる。

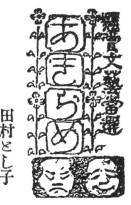

た顔《かほ》を莞爾《にこ》つかして膝《ひざ》を突《つ》いてゐる。

横手《よこて》の電話室《でんわしつ》で、セルの袴《はかま》を穿《は》いた主人《あるじ》の朝菅《あさすけ》が、皺枯《しわが》れた聲《こゑ》を上釣《うはづ》らして、

「ふん、ふん。」

と受《う》け答《こた》へをしてゐる。受話器《じゆわき》を耳にした儘《まゝ》千早《ちはや》の方《はう》を覗《のぞ》いて見《み》て、眼《め》に笑《ゑ》みを含たせて迎《むか》へる。そして、

「然《しか》しね君《きみ》。」

と電話《でんわ》に向《むか》つて調子《てうし》を張《は》り上《あ》げる。下女《をんな》が案内《あんない》する。兩人《ふたり》は汪曲《うね》つた廊下《らうか》を傳《つた》つて庭《には》へ出《で》る。庭《には》を廻《めぐ》つて離座敷《はなれ》へ飛石《とびいし》を飛《と》ぶ。

「直《す》ぐ、タオルを濡《ぬ》らして差上《さしあ》げておくれ。よちやん、お前《まい》さんはお茶《ちや》のお支度《したく》だよ。」と妻君《さいくん》が細《ほそ》い聲《こゑ》で命《めい》じるのが聞《きこ》える。千早文學士《ちはやぶんがくし》の待遇《たいぐう》は異《ちが》つたものだと半田《はんだ》は今更《いまさら》の如《やう》に感心《かんしん》をする。

離座敷《はなれ》の丸窓から三輪《みわ》が顔《かほ》を出《だ》す、そして、直《す》ぐ引込《ひつこ》める、半田《はんだ》は池《いけ》の傍《そば》の白《しろ》い芙蓉《ふよう》が窓際《まどぎは》へ散《ち》つたやうに思《おも》つた。布《し》いた松葉《まつば》が眞《ま》つ青《さを》に濡れて、人の塵埃《ほこり》を吸《す》ふやうに清爽《すが/\》としてゐる。

「早《はや》かつたですね。」

斯《か》う云《い》ひながら千早《ちはや》は座敷《ざしき》へ上《あ》がる。薄肉色《うすにくいろ》の紗《しや》に包《つゝ》まれて、電燈《でんとう》がほんのりと點《とも》つてゐる。燻物《たきもの》の香《か》りが半田《はんだ》の鼻《はな》を擽《こそ》る。月《つき》にならうとしてゐる石燈籠《いしどうろう》へ、潜《ひそ》やかに飛石《とびいし》を踏《ふ》んで誰《たれ》かゞ燈《ひ》を入《い》れに來《き》た。

抜いて、平常着《ふだんぎ》に下《おろ》して了《しま》つたと云《い》ふ樣《やう》な、着褶らしたお召絣《めしがすり》の單衣《ひとへ》の上《うへ》へ、桔梗色《ききやういろ》縮緬《ちりめん》の無地《むぢ》の袷羽織《あはせばおり》を引《ひ》つ掛《か》けた二十二の島田《しまだ》が、美《うつく》しく化粧《おつくり》した顔《かほ》で茶《ちや》を持《も》つてくる。取澄に、眞珠《しんじゆ》を鏤《ちりば》めた彫金の指環《ゆびわ》がちら/\する。

後《うしろ》から朝菅《あさすけ》が袷の儘で、高貴織の袷羽織をきう/\云はせながら、土耳其卷煙草《トルコまきたばこ》を指《ゆび》に挾《はさ》んで、忙《せわ》しさうに入《はい》つてくる。黄金《きん》の鎖《くさ》り紐《ひも》が游泳《およ》いでゐる、黄金《きん》を消《け》した指環《ゆびわ》のダイヤが、細《ほそ》い小指《こゆび》に重《おも》さうに止《と》まつてゐる。

一同《みんな》の身邊《しんぺん》から發散《で》る光《ひかり》に射《い》られて、三輪《みわ》の飾《かざ》らない姿《すがた》は片隅《かたすみ》に自若《じじやく》としてゐる。

お納戸地《なんどぢ》のチルに、手摺《てずれ》た白博多《しろはかた》の帶《おび》を締《し》めた三輪《みわ》の服裝《なり》を、島田《しまだ》はじろ/\見《み》ながら茶《ちや》を置《お》く。そして、其《そ》の美《うつく》しい顔《かほ》を嫉《ねた》ましさうに一瞥《べつ》する。

「稽古《けいこ》から歸《かへ》つて來《き》たところ?」

と半田《はんだ》が朝菅《あさすけ》に聞《き》く。

「然《さ》うです。半田《はんだ》さん。今度《こんど》ばかりは如何《いか》に皮肉《ひにく》る筆《ふで》に妙《めう》を得《え》た貴方《あなた》と雖《いへど》も、其《そ》れをお振《ふる》ひになる餘裕《よゆう》はありませんよ。」

「何《ど》う云《い》ふ意味《いみ》?、出來《でき》が結構《けつこう》と云ふの。」

「無論《むろん》でさね。」

愛敬《あいけう》を擦附《くつつ》けた口許《くちもと》が、不斷《ふだん》に笑《ゑ》みを湛《たゝ》へてゐる。この人《ひと》特徴《とくちやう》の大《おほ》きな木《こ》の葉形《はがた》をした眼《め》が、他人《たにん》の一顰《ぴん》をも見逃《のが》すまいとする樣《やう》に動《うご》いてゐる。

「誰《たれ》が儲《まう》けさうだね。」

と千早《ちはや》が云《い》ふ。

「植松《うゑまつ》の藤吉《とうきち》でせうね。隨分《ずゐぶん》苦心《くしん》もしてゐる樣《やう》ですけれど。」

此所《こゝ》で朝菅《あさすけ》は點檢《てんけん》する眼附《めつ》きで三輪《みわ》を視《み》る。

三輪《みわ》は興深《きようぶか》さうな顔《かほ》をして其樣話《そんなはなし》を聞《き》いてゐる。

燈《ひ》のある座敷《ざしき》を明《あか》るく殘《のこ》して、庭《には》は暮《く》れてしまふ。

田村とし子

二十六

「女優《ぢよいう》の養成《やうせい》ぢや、三度《ど》も失敗《しつぱい》してますよ。」

「其《そ》の筈《はず》さ。朝菅君《あさすけくん》のは直《す》ぐ提攜《ていけい》しちまふんだから。」と半田《はんだ》。

「懲《こ》りましたね。」

「相當《さうたう》に役者《やくしや》はしてるのかね。今《いま》ー」

「逆戻《ぎやくもど》りに藝妓《げいしや》をやつてるのもありますーーね、いろ〳〵ですよ。眞面目《まじめ》に藝道《げいだう》を研究《けんきう》するんぢやないんですからね。殊《こと》に素人衆《しろうとしう》は可《い》けない樣《やう》ですね。馬《うま》の足《あし》でも美男《びなん》に見《み》ゑるんださうですからね。」

「崇拜《すうはい》の度《ど》が強過《つよす》ぎちやんだね、畢竟《つまり》ー仕出《しだ》し諸君《しよくん》にまで敬意《けいい》を拂《はら》ふ結果《けつくわ》なんだらう。」と千早《ちはや》が、三輪《みわ》を見《み》ながら云《い》ふ。

「仰有《おつしや》る通《とほ》りですよ。役者《やくしや》珍《めづ》らしい樣《やう》な事《こと》ぢや、兎《と》ても成《な》せつこは無《な》いやうです。藝妓《げいしや》なんぞのは冗談《ぜうだん》半分《はんぶん》ですからね、素《もと》より意《い》を用《もち》ふる程《ほど》の事《こと》もありませんし、直《ぢき》小面倒《こめんだう》だで捨《す》てちまふが、比較的《ひかくてき》素人方《しろうとがた》の方《はう》が熱心《ねつしん》はある樣《やう》ですね。其《そ》の代《かは》りもう直《す》ぐ誘惑《いうわく》されちまひます。田舍廻《ゐなかまは》りの方《はう》へ引込《ひつこ》まれて墮落《だらく》してる女學生上《ぢよがくせいあが》りもありますがね。まあ、この社會《しやくわい》へ入《はい》つて誘惑《いうわく》にも克《か》ち、世間《せけん》の批難《ひなん》も顧《かへり》みずに藝《げい》を研《みが》くと云《い》ふのは薄弱《はくじやく》な婦人《ふじん》として出來《でき》難《がた》いことなんでせうよ。」

「誰《た》れしも、女優界《ぢよいうかい》の女王にはなりたいんだからねね。野心《やしん》も勃々とするんだらうけれど、辿《たど》り附《つ》くまでには随道へ入《はい》つてしまふんさ。女《をんな》ばかりの罪《つみ》でもないよ。」

斯《か》う云《い》つて、千早《ちはや》は又《また》三輪《みわ》を見《み》てゐる。

三輪《みわ》は何《なに》も云《い》はずにゐる。庭《には》と庭《には》とが脊《せ》中合《なかあは》せになつてゐる待合《まちあひ》の方《はう》から、二三挺の三味線《さみせん》の音《ね》が空間《あひだ》の空氣《くうき》に粉の部分《ぶぶん》を飾《かざ》ひ上《あ》げさせて、美《うつく》しいところだけを蠱かしてくる。電燈《てんとう》の花蓋《はながさ》が、其《そ》の音《ね》に戰《ふる》ひを帯《お》びてゐる樣《やう》で、幽遠《いうゑん》な趣《おもむき》に三輪《みわ》は一寸《ちよつと》引《ひ》き締《し》められる。掛軸《かけぢく》の祇王《ぎわう》祇女《ぎぢよ》が白《しろ》く隊平として、裾《すそ》の邊に香《かう》の煙《けむり》が棚引《たなび》いてゐる。千早《ちはや》は三輪《みわ》の品性《ひんせい》や、藝術《げいじゆつ》の爲《ため》に自身《じしん》を犠牲《ぎせい》にしてゐることなどを賞《ほ》めちぎる。朝菅《あさすけ》は少《すこ》し切《き》り口上《こうじやう》になつて恐《おそ》れ入《い》つた態度《たいど》を作《つく》る。

「一方《はう》に職業《しよくげふ》があるんだから。」

と千早《ちはや》が云《い》ふと兩人《ふたり》は不思議《ふしぎ》さうな顔《かほ》をした。

「繪師《ゑし》さ。」

「畫家《ぐわか》ですか。」

半田《はんだ》は敬意《けいい》を含つた言葉《ことば》に云《い》ひ代《か》へる。

「看板書《かんばんか》きさ。」

前髪《まへがみ》が眞中《まんなか》から二《ふた》つに割《わ》れて額《ひたひ》へ崩《くづ》れかかつてゐる三輪《みわ》の顔《かほ》を、何《なに》かの廣告《くわうこく》のモデル美人《びじん》にあつたやうな顔《かほ》だと朝菅《あさすけ》は眺《なが》める。然《しか》し美《うつく》しいものだと密《ひそか》に感歎《かんたん》の溜息《ためいき》を吐《つ》いてゐる。千早《ちはや》がこんなに力《ちから》を入《い》れるのは、何《なに》か其所《そこ》に結《むす》び附《つ》いた或物《あるもの》があるのだらうと合點《がてん》した。

「宜《よろ》しうございます。三輪《みわ》さんが舞臺《ぶたい》をお踏《ふ》みになるに就《つ》いて、出來《でき》るだけの御便宜《ごべんぎ》をお計ひしませう。」

「ペンキ屋《や》ですか。」

半田《はんだ》はまだ其《そ》れを疑いてゐる。そしてそれ丈《だけ》美《うつく》しい顔《かほ》を持《も》つて斯《か》う云《い》ふ質素《しつそ》の服装《なり》をしながら、女役者《をんなやくしや》にならうと望《のぞ》んでゐるその胸《むね》には時代相應《じだいさうおう》な虚榮《きよえい》の影《かげ》が少《すこ》しも襲ふてとなしにゐるのだらうかと疑《うたが》つて見《み》る。

「兎《と》に角《かく》眞面目《まじめ》なのが嬉《うれ》しいから。」

と千早《ちはや》が何方《どつち》附《つ》かずに言葉《ことば》を添《そ》へる。

「熱心《ねつしん》でさへありや。」

と朝菅《あさすけ》も斯《か》う云《い》つた。三輪《みわ》は格別《かくべつ》嬉《うれ》しさうな風《ふう》にも見《み》られなかつた。

懸賞文藝當選

あきらめ

田村とし子

二十六

「これが貴枝《きゑ》の字《じ》でなくつて、誰《たれ》の字《じ》だと云《い》ふの。子供《こども》の書《か》いた字《じ》ぢやないか。」

都蒲子《つきこ》の眼《め》は血走《ちばし》つて、顔色《かほいろ》が鈍蒼《にすあを》く、青黛《せいたい》に墨《すみ》を混《ま》ぜた繪《ゑ》の具《ぐ》を塗《ぬ》つた樣《やう》になつてゐる。丸髷《まげ》が崩《くづ》れて肉色《にくいろ》の絹絲編《レースあ》みの手柄《てがら》が毛《け》の中《うち》に埋《うづ》まつてゐる。洗《あら》ひ晒《ざ》らしたネルの寢衣《ねまき》の袖《そで》が縄《なは》に縒《よ》れて、淺《あさ》黄の扱帯《しごき》の解《と》けかゝつたのが、立《た》つた裾《すそ》に絡《から》んでゐる。

「然《さ》う一途《づ》に思《おも》ひ込《こ》むのが癖《くせ》なのよ。子供《こども》の字《じ》だつて貴枝《きゑ》ちやんとは極《きま》りやしませんよ。少《すこ》し沈靜《おちつ》いて下《くだ》さい。姉さん。」

「沈靜《おちつ》くとは何《なん》なの。妾《ひと》を狂人《きちがひ》にしてさ。妾や狂氣《きちがひ》ぢやないよ。お離《はな》しよ。東へ行《い》つてくるんだから。」

富枝《とみえ》に取《と》られた手《て》を振《ふ》り放《はな》さうとする。

富枝《とみえ》も浴衣《ゆかた》の寢衣《ねまき》の儘《まゝ》で姉《あね》に氣魂《けた》ましく呼《よ》び覺《さ》まされて飛《と》び起《お》きた、驚《おどろ》きがまだ全《まつた》く消《き》えないので息《いき》を弾《はず》ませながら眞蒼《まつさを》な顔《かほ》をしてゐる。

昨夕《ゆうべ》緑紫《ろくし》は歸《かへ》らなかつた。其《そ》の為《ため》の都満子《つまこ》の嫉《しつ》妬《と》なので、始《し》終《じう》習慣《なら》された富枝《とみえ》は、其《そ》れには驚《おどろ》きもしないのだが、今朝《けさ》緑紫《ろくし》の外套《ぐわいたう》の衣嚢《かくし》から探《さが》し出《だ》したと云《い》ふ、其《そ》の手紙《てがみ》を差《さ》しつけられて、其《そ》の字《じ》が貴枝《きゑ》の字《じ》だと思《おも》ふなり、貴枝《きゑ》に對《たい》する怒《いか》りと、姉《あね》に其《そ》れを悟《さと》らせまいとする苦心《くしん》とに、平常《いつも》の沈着《おちつ》いた態度《たいど》を富枝《とみえ》は姉《あね》にも勝《まさ》つて取亂《とりみだ》してゐる。

「東《ひがし》へなんか行《い》つて可《い》けませんよ。姉《ねえ》さん、其《そ》りや駄目《だめ》よ。」

「お前《まい》が、何《なん》だつて止《さ》め立《だ》てするの。東《ひがし》の阿母《おつか》さんに逢《あ》つてくるんだよ。阿母《おつか》さんに逢《あ》はなきや話《はなし》が解《わか》らないんだよ。退《ど》いておくれ。お離《はな》しよ。」

癇高《かんだか》く云《い》つて、富枝《とみえ》を睨《にら》み附《つ》ける。食《く》ひ占《し》めた唇《くちびる》が白《しろ》くなつて顫《ふる》へてゐる。

「行《ゆ》かないでも好《い》いわ。却《かへつ》て此方《こつち》が恥《はぢ》を掻《か》く。ね、姉《ねえ》さん。貴女《あなた》はこの手紙《てがみ》を貴枝《きゑ》ちやんの字《じ》だつて仰有《おつしや》るけれど……………」

息《いき》が切《き》れて聲《こゑ》が續《つゞ》かなくなる、姉《あね》の手《て》に一生懸命《いつしやうけんめい》に縋《すが》つた手《て》を弛《ゆる》めまいとぐいと姉《あね》の傍《そば》による。赤《あか》いメリンスで裾《すそ》を廻《まは》した搔巻《かいまき》が刎《は》ね返《かへ》つた儘《まゝ》になつてゐる。

「若《も》し然《さ》うでなかつた時《とき》は、取《と》り返《かへ》しが附《つ》かないわ。」

「然《さ》うでない事《こと》があるもんか。」

「よしんば然《さ》うにしつたつて、事實《じじつ》としたら猶《なほ》姉《ねえ》さんが直《ぢか》に東《ひがし》の家《うち》へ行《ゆ》かれますか。」

「事實《じじつ》だから行《い》つてくるんだよ、お前《まい》が何《なに》を云《い》つたつて可《い》けない。離《はな》してお呉《く》れ。お前《まい》までが兄《にい》さんや貴枝《きゑ》の肩《かた》を持《も》つんだね。宜《い》いとも。宜《い》いからお離《はな》し。」

片手《かたて》で強《つよ》く富枝《とみえ》の肩《かた》を拂《はら》ふ。富枝《とみえ》は横様《よこさま》に倒《たふ》れる。頭《あたま》を激《はげ》しく唐紙《からかみ》に打《う》ち附《つ》けたので、S巻《エスまき》が途端《とたん》に崩《くづ》れて頸筋《くびすぢ》へはらりとかゝる。

「可《い》けないわ。何《なん》て云《い》つたつて止《と》めますよ。事實《じじつ》だと思《おも》ふなら貴枝《きゑ》ちやんを此處《こゝ》へ呼《よ》んでお調《しら》べなさい。其樣事《そんなこと》を東《ひがし》の阿母《おつか》さんにまで聞《き》かすものぢやないわ。妹《いもうと》ぢやありませんか。姉《ねえ》さん。」

茶《ちや》の室《ま》の方《はう》へ駈《か》けて行《ゆ》く姉《あね》に追《お》ひ縋《すが》つて富枝《とみえ》は其所《そこ》へ坐《すわ》らせ様《やう》とする。おきそが眠《ねむ》さうな眼《め》をして玄關《げんくわん》の方《はう》から入《はい》つてくる。開《あ》いた襖《ふすま》の茶《ちや》の室《ま》の方《はう》から電氣《でんき》の光《ひかり》が黄色《きいろ》い色《いろ》に流《なが》れてくる。

「もう夜《よ》が明《あ》けたんたらう。其邊《そこいら》を開《あ》けてお了《しま》ひ。」

と富枝《とみえ》はおきそに吩咐《いひつ》ける。おきそは普《ふ》通《だ》でない都満子《つまこ》の姿《すがた》に、途方《とはう》に暮《く》れた顔《かほ》をしながら何《なん》と思《おも》つたか其所《そこ》へ坐《すわ》る。

「戸《と》を開《あ》けるんだよ。」

と怒鳴《どな》られて、又《また》起《た》つて玄關《げんくわん》の方《はう》へ行《ゆ》く。

「お前《まへ》が何《ど》うしやうと勝手《かつて》だよ。妹《いもうと》も何《なに》もあるものか。妹《いもうと》なら猶堪忍《なほかんにん》は出《で》來《き》ないんだよ。恥《はぢ》を掻《か》くのは一同《みんな》が掻《か》くんぢやないか。何故《なぜ》東京《とうきやう》へ行《い》つて惡《わる》いんだい。お前《まへ》までが妾《あたし》を馬鹿《ばか》にして、貴枝《たかえ》を毘譏《がな》つてるんだね。何《ど》うせ馬鹿《ばか》にされるんだわ。」

と云《い》つてはら〱涙《なみだ》を溢《こぼ》す。富枝《とみえ》も何《なに》がなし涙含《なみだぐ》んで了《しま》ふ。

懸賞文藝當選　あきらめ

田村とし子

二十八

「姉《ねえ》さんを馬鹿《ばか》にしていゝものですか姉《ねえ》さん。平生《ふだん》の心持《こゝろもち》に復《かへ》つて見《み》て下《くだ》さいよ。」

襟《えり》が亂《みだ》れて、胸《むね》を露現《はだけ》て、苦《くる》しさうに口《くち》を開《あ》けて息《いき》を吐《は》いて、蒼《あを》い頬《ほゝ》に涙《なみだ》の傳《つた》はつた、その姉《あね》の樣子《やうす》を見《み》ると富枝《とみえ》は唯可《たゞか》哀想《あいさう》になる。

「そんなら、妾《あたし》を東京《とうきやう》へ遣《や》つてお呉《く》れ。妾《あたし》や何《ど》うしても直《す》ぐ行《ゆ》くよ。」

と又《また》立《た》たうとする。其《そ》の膝《ひざ》を富《とみ》枝《え》は壓《お》し迫《つ》ける樣《やう》にする。

「姉《ねえ》さんの代《かは》りに妾《あたし》が行《ゆ》くから、姉《ねえ》さんは宅《うち》に落着《おちつ》いて、下《くだ》さいよ。姉《ねえ》さんが其樣《そんな》取《と》り亂《みだ》した風《ふう》をして、醜態《みつとも》ないから止《よ》して下《くだ》さい。妾《あたし》がきつと姉《ねえ》さんの心《こゝろ》の晴《は》れる樣《やう》にして上《あ》げますから。」

「取亂《とりみだ》してゐちや外見《みつとも》ない？誰《だれ》が取亂《とりみだ》す樣《やう》な事《こと》を爲《さ》せるんだよ。お前《まへ》は妾《ひと》の惡口《わるくち》ばかり利《き》いてるんだね、宜《い》いよ。もう蒼蠅《うるさ》い。お前《まへ》の云《い》ふ事《こと》なんぞは聞《き》かない。見外《みつとも》なくつてもお前《まへ》の世話《わ》にはならない。離《はな》してお呉《く》れよ。兄《にい》さんと同《おんな》じ樣《やう》なことを云《い》つて、妾《ひと》を苛責《いぢ》めて……お前《まへ》まで兄《にい》さんの肩《かた》を持《も》つんだから・…口惜《くや》しいよう。」

都満子《つまこ》は齒《は》を噛《か》んで泣《な》いてゐる。

「其樣《そんな》ことはありやしないわ姉《ねえ》さんの云《い》ふ事《こと》は妾《あたし》には解《わか》つてよ。兄《にい》さんが惡《わる》いんですとも。兄《にい》さんの肩《かた》を持《も》つたりして其樣《そんな》ことを妾《あたし》は云《い》ふんぢやないのねえ、姉《ねえ》さん、東京《とうきやう》へ行《い》つちや可《い》けませんよ。」

突伏《つゝぷ》して都満子《つまこ》は泣續《なきつゞ》ける。昨《ゆふ》

夜《べ》の白粉《おしろい》が冷《つ》めたい耳《みゝ》の根《ね》に浮《う》いてゐる。

今迄《いまゝで》の心の状態《じやうたい》が悲哀《ひあい》に傾《かし》いだので、餘《よ》つ程《ほど》姉《あね》は温和《おとな》しくなつてくる。其《そ》れ限《き》り何《なに》も云《い》はずにゐるので富枝《とみえ》は我《わ》れ知《し》らず安心《あんしん》の溜息《ためいき》がはつと漏《も》れる。朝寒《あささむ》の氣《き》が急《きふ》に身《み》に染《し》みる。富枝《とみえ》は羽織《はおり》を取《と》りに寢《ね》室《ま》へ行《ゆ》く。其室《そこ》では、

「紫《しい》ちやんも起《お》きよう。」

と目《め》を覺《さ》ました紫都子《しづこ》がおきそを困《こま》らせてゐる。

「もう少《すこ》し寢《ね》ん寢《ね》していらつしやい。」

括《くゝ》り枕《まくら》の上《うへ》に乘《の》つた禿切《かみき》り頭《あたま》を、富枝《とみえ》はそつと上《うへ》から撫《な》でゝやる。

「旦那樣《だんなさま》はお歸宅《かへり》がなかつたんでございますか。」

とおきそが餘計《よけい》な事《こと》を聞《き》く。富枝《とみえ》は嚴《きび》しい顔附《かほつき》をして默《だま》つてゐる。縞八丈《しまはちぢやう》の姉《あね》の羽織《はおり》を持《も》つて早速《さつそく》を行《ゆ》かうとして、自分《じぶん》の寒《さむ》いのに又氣《またき》が附《つ》く。

「妾《わたし》の羽織《はおり》を持《も》つて來《き》ておくれ。」

とおきそに云《い》ふ。おきそは急《いそ》いで取《と》りに行《ゆ》く。

「姉《ねえ》ちやん。此所《こゝ》お入《はい》んなちやい手。」

と紫都子《しづこ》がお世辭《せじ》を遣《つか》つてゐる。子供《こども》心《ごゝろ》にも、泣《な》き顔《がほ》を半分《はんぶん》した澁面《しかつめ》しい富枝《とみえ》の顔《かほ》を見《み》て、氣《き》をおくのだと見《み》える。富枝《とみえ》は默《だま》つて、傍《そば》に落《お》ちてゐる先刻《さつき》の手《て》紙《がみ》を拾《ひろ》ひ上《あ》げる。

今夜《こんや》はだめよ　おつかさんがゐてよ

あさつてなら　紺屋町《こんやちやう》のおばさんとて

ろへゆくから　ゐなくてよ

それでも　とまりなんかできないわ

と書《か》いたのを繰返《くりかへ》して見《み》る。確《たしか》に貴枝《きえ》の手跡《て》だ、姉《ねえ》さんは知《し》らないけれども妾《わたし》は手習《てならひ》した紙《かみ》を見《み》て能《よ》く知《し》つてる。何《ど》うして此樣《こんな》大膽《だいたん》なことを爲《す》るのだらう。封筒《ふうとう》がないから分《わか》らないけれど、山陽堂《さんやうだう》の編輯《へんしふ》へ宛《あ》てゝ出《だ》したに違《ちが》ひない。家内《うち》へは祕《かく》す事《こと》と、兄《にい》さんに敎《をし》へられてゐるのだらう。貴枝《きえ》の肩上《かたあ》げに魔《ま》の大《おほ》きな手《て》が掛《か》つてゐるのだ、と富枝《とみえ》は寸時《すんじ》も猶豫《いうよ》の出來《でき》難《がた》い程《ほど》、氣《き》が焦慮《あせ》つてくる。姉《あね》の嫉妬《しつと》に同情《どうじやう》するよりは、小《ちい》さい妹《いもうと》に迫《せま》つてゐる危險《きけん》を思《おも》つて、富枝《とみえ》は直《す》ぐ東《ひがし》へ行《い》つて來《こ》ようと決心《けつしん》する。おきそが紺の羽織《はおり》を持《も》つてくる。

其《そ》れを着《き》ながら姉《あね》の許《もと》へ行《ゆ》くと、都滿子《つまこ》はまだ其處《そこ》に突伏《つゝぷ》してゐる。羽織《はおり》を上《うへ》から掛《か》けてやつて、寢床《ねどこ》へ戻《もど》るやうに宥《なだ》めやう、と思《おも》つてゐると、誰《たれ》か徐《しづか》に門《もん》を叩《たゝ》く音《おと》がする。

田村とし子

二十九

主人《しゆじん》の緣紫《えんし》が歸《かへ》つて來《き》た。兩人《ふたり》を見《み》ると、

「此樣《こんな》ところで何《なに》をしてるんだ。」

と馬鹿《ばか》々々しいと云《い》ふ調子《てうし》をする。都滿子《つまこ》の樣子《やうす》を見《み》て、持病《ぢびやう》が發作《ほつさ》したな、と思《おも》つてゐながら、銘仙《めいせん》の袷《あはせ》の裾《すそ》を捲《まく》つて平然《へいぜん》と立《た》つてゐる。

「姉《ねえ》さんが怒《おこ》つてるぢやありやせんか昨夜《ゆうべ》歸《かへ》つていらつしやればいゝのに。」

富枝《とみえ》は強《し》ひて笑《わら》つてる。兎《と》に角《かく》、斯《か》うして明《あ》け來《き》らぬうちに務《つと》めて歸宅《きたく》した其《そ》の意《い》に酬《むく》ゆる積《つも》りで、姉《あね》の怒《いか》りをも冗談《じやうだん》にして了《しま》はうとする。

都滿子《つまこ》の妹《いもうと》たる富枝《とみえ》は、義兄《あに》の緣紫《えんし》に義理《ぎり》を立《た》てる。

「それが問題《もんだい》になつたのか。何所《どこ》へも行《い》つたのぢやないよ。飯島《いひじま》の許《とこ》にゐたんだ、逐《つい》飲《の》み過《す》ごしてね、其《そ》れ限《き》り倒《たふ》れて了《しま》つたものだから、遲《おそ》くなつて濟《す》まなかつた。」

無斷《むだん》で他家《よそ》へ宿《とま》つた時《とき》の緣紫《あに》の辯解《べんかい》は、例《いつ》も斯《か》うと型《かた》が極《きま》つてゐた。妻君《さいくん》の嫉妬《しつと》を恐《おそ》れながら、その目《め》を忍《しの》び〳〵遊《あそ》ぶにしては、も少《ち》つと巧妙《たくみ》な辯解《べんかい》の仕方《しかた》がありさうなものだと、富枝《とみえ》は寧《むし》ろ兄《あに》を氣《き》の毒《どく》に考《かんが》へる。

「又《また》、人《ひと》を欺《だま》す。噓《うそ》を仰有《おつしや》い。」

突如《いきなり》都滿子《つまこ》は顏《かほ》を振《ふ》り上《あ》げて、その聲《こゑ》を絞《しぼ》る。羽織《はおり》が辷《すべ》つて、富枝《とみえ》の膝《ひざ》の前《まへ》に固《かた》まる。

「何所《どこ》へ行《い》つたんです。貴枝《きえ》を伴《つ》れて何所《どこ》へいらしつた。」

富枝《とみえ》の眼《め》には、口《くち》の裂《さ》けた相《さう》に姉《あね》の顏《かほ》が映《うつ》つた。緣紫《えんし》は寢不足《ねぶそく》らしい蒼《あを》すんだ顏《かほ》を背向《そむ》ける。そして、

「邪推《じやすゐ》は可《い》かん。想像《さうぞう》の嫉妬《やきもち》は困《こま》る。」

と呟《つぶや》きながら奥《おく》へ行《ゆ》かうとする。

「貴君《あなた》。お待《ま》ちなさい。」

と都滿子《つまこ》は緣紫《えんし》に武者振《むしやぶ》りつく。

「富枝《とみえ》。手紙《てがみ》を持《も》つて來《き》ておくれ。よ、貴枝《きえ》の手紙《てがみ》を持《も》つておいでよ。」

と兩《りやう》の手《て》を震《ふる》はせる。

「外套《ぐわいたう》のお嚢《かくし》から何《なに》か出《だ》したな。」

直《す》ぐと思《おも》ひ當《あた》つた樣《やう》に、緣紫《えんし》は笑《わら》ふ。

「ねえ、貴枝《きえ》ぢやありませんね。」

と富枝《とみえ》は言葉《ことば》を押《お》つ被《かぶ》せて打《う》ち消《け》さうとする。

「あの手紙《てがみ》なら、貴枝《きえ》が寄越《よこ》したんだ。其《そ》れが何《ど》うしたと云《い》ふのか。」

態《わざ》と反問《はんもん》する。祕《ひ》すべき事《こと》だらうと思《おも》ふ事《こと》を、かく明《あきら》かにするには、其點《そこ》に自然《しぜん》潔白《けつぱく》な意《い》が潜《ひそ》んでゐると云《い》ふことを言外《げんぐわい》に漲《みなぎ》らせる。

「だから、兩人《ふたり》で何所《どこ》へ行《い》つたんですよ。」

斯《か》う云《い》つてる間《ま》も、良人《をつと》が貴枝《きえ》を伴《ともな》つてある樓上《ろうじやう》に酒《さけ》を飲《の》んでる圖《づ》が、判然《はつきり》と都滿子《つまこ》の頭腦《あたま》に浮《うか》んでくる。自分《じぶん》もその圖《づ》中《ちう》の人物《じんぶつ》になつて、良人《をつと》と貴枝《きえ》の笑《わら》ひ興《きよう》じてゐる座《ざ》の中《なか》へ躍《をど》り込《こ》んだ樣《やう》な心持《こゝろもち》になつてくる。現在《げんざい》緣紫《えんし》を視詰《みつ》めた眼《め》は、既《すで》に然《さ》う云《い》つた場合《ばあひ》に遭遇《さうぐう》して良人《をつと》を捉《とら》へた時《とき》の眼《め》になつてゐる。

懸賞文藝當選

あきらめ

田村とし子

三十

辯解《べんかい》を聞《き》かせずに、言葉《ことば》のうちに自然《しぜん》嫌《けん》疑《ぎ》の晴《は》れるやうに綠紫《ろくし》は云《い》ひ廻《まは》す。そして、貴枝《きえ》の驚《おどろ》くばかり淫奔《いんぽん》な事《こと》を、慨嘆《がいたん》する樣《やう》な調子《てうし》で、都滿子《つまこ》が興《きよう》を持つて聞《き》く度合《どあひ》までを語《かた》つて聞《き》かせる。踊《をど》りの稽古《けいこ》の歸途《かへり》に友達《ともだち》を作《つく》つてわざわざ山陽堂《さんやうだう》の前《まへ》を通《とほ》る事《こと》、益《くだ》らぬ手紙《てがみ》を增長になつて書《か》いてよこす事《こと》、用《よう》もないのに電話《でんわ》をかけてくる事《こと》、母親《はゝおや》がゐない時《とき》の綠紫《ろくし》に對《たい》する貴枝《きえ》の搖動《ようどう》なだを話《はな》する終《をは》りに、

「お前《まへ》の妹《いもうと》だけれど、困《こま》つたものだね。後《いま》に俳優狂《やくしやくる》ひでも始《はじ》めて母親《おつか》さんを泣《な》かせる方《はう》だ。」と云《い》ふ。貴枝《きえ》に對《たい》して斯《か》う云《い》ふ感情《かんじやう》を持《も》つてゐる以上《いじやう》、其《そ》のものに意《い》のないと云《い》ふ事《こと》は分《わか》り切《き》つてるぢやないか、と云ふ事《こと》がその言葉《ことば》の中《うち》に含《ふく》まれる。良人《をつと》が貴枝《きえ》を都滿子《つまこ》には夫《それ》が能《よ》く響《ひゞ》く。良人《をつと》が貴枝《きえ》を斯《か》う思《おも》つてゐるのでは、其者《そのもの》を愛《あい》する筈《はず》もないと、良人《をつと》に對《たい》する嫉妬《しつと》は消《き》える。然《しか》し、良人《をつと》を唆《そゝの》かす妹《いもうと》の憎《にく》さが勃然《ぼつぜん》として起《おこ》つてくる。年端《としは》も經《ゆ》かない癖《くせ》に呆《あき》れた子《こ》だと云《い》つて罵《のゝし》り散《ち》らす。そして、

「矢張《やつぱ》り踊《をどり》なんぞ習《なら》はせるから浮氣《うはきつ》ぽくなつて行《ゆ》くんだわ。死亡《なくな》つた母親《おつか》さんの氣質《きしつ》を受《う》けてるんだね、いくらか。」

と富枝《とみえ》に云《い》ふ。良人《をつと》に對《たい》した嫉妬《しつと》が貴枝《きえ》に向《むか》つて火焔《くわえん》の燃《も》え移《うつ》るやうに變《かは》つてゆく結果《けつくわ》、その腕《かひな》を燃《も》やす傍《かたはら》に、遂《つひ》に大切《たいせつ》の生《う》みの母《はゝ》を辱《はづか》しめてまでも憚《はゞか》らずにゐる。富枝《とみえ》は餘《あま》りの淺間《あさま》しさに言葉《ことば》も出《で》ずにゐる綠紫《ろくし》は紫都子《しづこ》を抱《だ》いて奥《おく》へ行《ゆ》く昨夜《ゆうべ》の宿《やど》り先《さき》は手紙《てがみ》に因《ちな》してゐる事《こと》を詐《いつは》り思《おも》ひ詰《つ》めてゐた臨《こゝろ》を、其手紙《そのてがみ》に對《たい》する疑《うたが》ひは晴《は》れ、貴枝《きえ》に對《たい》する良人《をつと》の愛《あい》がないと知《し》ると同時《どうじ》に、都滿子《つまこ》は昨夜《ゆうべ》良人《をつと》が飲島《なかじま》の家《いへ》に宿《と》まつたものと信《しん》じて了《しま》ふ。富枝《とみえ》はその姉《あね》の淺慮《あさはか》なのに泣《な》いた。

「もう起《お》きて了《しま》はうか。もう少《すこ》し寢《ね》やうかね。富枝《とみえ》さんも早《はや》く起《おき》して氣《き》の毒《どく》だつたから、もう少時《しばらくやす》寢むといゝわ。妾《あたし》に此樣《こんな》心配《しんぱい》をさせたから、晩《ばん》には何所《どこ》かへ

「あれは手紙《てがみ》ぢやないか。僕《ぼく》を招《よ》んだ手紙《てがみ》だ。其《そ》れが何《ど》うかと云《い》ふのか。」

「貴枝《きえ》なんぞと其樣《そんな》關係《くわんけい》をして、貴君《あなた》は一同《みんな》に顏《かほ》が合《あ》はされるんですか。」

都滿子《つまこ》は涙《なみだ》を振《ふ》り落《おと》しながら、綠紫《ろくし》の腕《うで》を掴《つか》んで小突《こづ》いてゐる。

「馬鹿《ばか》なことを云《い》ふもんぢやない。だらか邪推《じやすゐ》を爲《す》るなと云《い》ふのだ。何《なに》を云つてもお前《まへ》には今《いま》は解《わか》らん。後《あと》で話《はな》す。」

「妾《あたし》は貴女《あなた》は逆上《のぼせ》ちやゐません。」

稍《やゝ》冷靜《れいせい》になつたと見《み》えて、都滿子《つまこ》は良人《をつと》に嘲笑《てうせう》を與《あた》へる。何時《いつ》の間《ま》にか紫都子《しづこ》が母《はゝ》の後《うしろ》へ來《き》てゐて、目《め》を擦《こす》りながらしくしく泣《な》いてゐる。

「貴枝《きえ》は子供《こども》だと思《おも》つて心《こゝろ》を許《ゆる》してゐたが、中々《なかなか》發達《はつたつ》してゐるなあ。彼樣《あんな》手紙《てがみ》を樂々《らくらく》送つてくる。俺《おれ》も弱《よわ》つてゐるんだ。」

「釣《つ》るものがあるから、餌《ゑさ》に引《ひ》つかゝるんですよ。」

「決《けつ》して。俺《おれ》はそんな事《こと》を貴枝《きえ》に對《たい》しては決《けつ》して爲《せ》んよ。」

綠紫《ろくし》の調子《てうし》は事實《じじつ》に聞《きこ》える丈《だけ》に熱心《ねつしん》だ。都滿子《つまこ》の心《こゝろ》はもう解《と》けかゝつてる。

懸賞文藝當選 あきらめ

田村とし子

三十一

厳《きび》しく貴枝《きゑ》を戒《いまし》めなければならないと、富枝《とみえ》は朝飯《あさはん》を濟《す》ますと東へ行《ゆ》く事《こと》にして外《で》出仕度《じたく》をしてゐる。其處《そこ》へ半田《はんだ》が遣《や》つて來《き》て千早《ちはや》からの迎《むかひ》への意《い》を傳《つた》へる。

「是非《ぜひ》ね、今日《けふ》僕《ぼく》と同道《いつしよ》に行《い》らつしやい。行《い》つて見《み》ると又《また》富枝《とみえ》さんの學《まな》ぶ樣《やう》な事《こと》も無《な》いぢやないですよ。加之《それ》に一人《ひとり》で行《ゆ》くと云《い》ふものは億劫《おつくう》なもんです。」

と勸《すゝ》める。何《ど》うしやうかと迷《まよ》つてゐると、

「行《い》つて見《み》るが好《い》いぢやないか。これから文藝《ぶんげい》で立《た》たうと云《い》ふのには、出來《でき》る丈《だけ》その方面《はうめん》へ廣《ひろ》く交際《かうさい》をして置《お》いた方《はう》がいゝ。連《つ》れてつて貰《もら》ひませうよ。」

平生《へいぜい》の元氣《げんき》に復《かへ》つて、寧《むし》ろ喧噪いだ態度《たいど》で都滿子《つまこ》も良人《をつと》の後《あと》から行《ゆ》く。良人《をつと》が他《た》の女《をんな》を思《おも》はぬと知《し》つた時《とき》、其《そ》の良人《をつと》の愛《あい》は自分《じぶん》專有《せんいう》のものだと感《かん》じる。然《しか》しその感《かん》じは永久的《えいきうてき》ではない、事《こと》に觸《ふ》れると直《す》ぐ愛《あい》が他《た》にあるであらうと疑《うたが》ふのだが、自《じ》分《ぶん》が愛《あい》を受《う》けてゐると感《かん》じたその一瞬《いつしゆん》の間《ま》を喜《よろこ》んで、都滿子《つまこ》はもう何《なに》も彼《か》も忘《わす》れてゐる。

姉夫婦《あねふうふ》の後《うしろ》を見《み》てゐた富枝《とみえ》は留度《とめど》もなく涙《なみだ》が流《なが》れる。

貴枝《きゑ》は淫奔《いんぽん》なのだらう。其《そ》の淫奔《いんぽん》をある興味《きようみ》に解《かい》して兄自身《あにじしん》へ向《むか》つて發現《はつげん》させやうとした兄《あに》は慘酷《ざんこく》極《きは》まつてゐる。白痴《はくち》を捕《とら》へて、その白痴狀態《はくちじやうたい》を自分《じぶん》の前《まへ》に露骨《ろこつ》させて喜《よろこ》んでゐるのと差別《さべつ》はない。然《しか》も誘惑《いうわく》してその淫奔《いんぽん》なる特性《とくせい》を發揮《はつき》させておきながら、妻《つま》の嫉妬《しつと》を避《さ》ける爲《ため》に其《そ》の浮《うは》ついた樣子《やうす》を局外《きよくぐわい》から見《み》た目《め》のやうに話《はな》する。實《じつ》に卑劣《ひれつ》な兄《あに》だと富枝《とみえ》の胸《むね》には怒《いか》りが渦《うづ》を卷《ま》いておこる。

貴枝《きゑ》が妹《いもうと》でなくとも、他人《たにん》であつてもかゝる場合《ばあひ》の兄《あに》は許《ゆる》すことは出來《でき》ないと思《おも》ふ。

姉《あね》は何《ど》うだ、良人《をつと》の口《くち》から貴枝《きゑ》の性行《せいかう》を聞《き》いた時《とき》其《そ》の良人《をつと》の言葉《ことば》を信《しん》じるから、貴枝《きゑ》に對《たい》して憫《あは》れの情《じやう》が起《おこ》らなくちやならない。姉《あね》は肉身《にくしん》の情《じやう》も忘《わす》れて嫉妬《しつと》の爲《ため》に心《こゝろ》を狂《くる》はしてゐる。そして小《ちひ》さいものを罵《のゝし》つて腹癒せをする。

狹量《けふりやう》な姉《あね》は論外《ろんぐわい》として、かゝる兄《あに》に文藝《ぶんげい》の作《さく》に就《つ》いての意見《いけん》を聞《き》き、主義《しゆぎ》を倣《なら》はうとした自分《じぶん》までが卑《いや》しまれて、富枝《とみえ》は其《そ》の座《ざ》に自分《じぶん》の身體《からだ》を置《お》くさへ厭《いと》はしいと思《おも》つた。

感慨《かんがい》の涙《なみだ》に富枝《とみえ》は石《いし》の樣《やう》になつて、少時《しばらく》は坐《すわ》つた切《ぎ》りでゐる。奥《おく》からは、紫都子《しづこ》の笑《わら》ひ聲《ごゑ》に和《わ》して、綠紫《ろくし》と都滿子《つまこ》の笑《わら》ひ聲《ごゑ》が聞《きこ》えてゐる。

臺所《だいどころ》の引窓《ひきまど》から白《しろ》い光《ひかり》りが射《さ》し込《こ》んで、きその竈《へつゝい》を焚《た》き附《つ》ける煙《けむり》が室《へや》に侵入《しんにふ》して來《く》る。染谷《そめや》の家《いへ》の今朝《けさ》は平和《へいわ》になつたと富枝《とみえ》はやがて自分《じぶん》の室《へや》に行《い》つた。

と傍《はた》から綠紫《ろくし》も口《くち》を添《そ》へる。兄《あに》の云《い》ふことを、可否《かひ》に係《かゝ》はらず此際《このさい》富枝《とみえ》には用《もち》ふる氣《き》がしない。殊《こと》に半田《はんだ》に伴《ともな》はれるのも厭《いや》なので斷《ことわ》らうと思《おも》ふと、

「三輪《みわ》つてのを貴女《あなた》御存《ごぞん》だつてね。お友人間《ともだちかん》だつたと云《い》ふぢやありませんか。」

と半田《はんだ》に聞《き》かれる。

「知《し》つてますよ。あの三輪《みわ》さんなら。」

いゝあのと云《い》ふ言葉《ことば》は、半田《はんだ》に通《つう》じさうにも思《おも》はれぬが、半田《はんだ》は其《そ》のいゝあのを能《よ》く知《し》つてゐた。

「その三輪《みわ》さんです。」

と具體的《ぐたいてき》に現《あらは》したものと、見《み》た樣《やう》な顔《かほ》で卽座《そくざ》に答《こた》へる。

「今日《けふ》、矢張《やつぱ》り千早君《ちはやくん》の許《とこ》へ來《く》るんです。丁度《ちやうど》好《い》い機會《をり》だから荻生野女史《をぎふのぢよし》を呼《よ》んで呉《く》れつて、昨日《きのふ》社《しや》へ電話《でんわ》だつたの。あの人《ひと》もね、愈《いよ〳〵》朝菅《あさすげ》の一座《ざ》へ加《くは》はる事《こと》になつてね、次興行《つぎこうぎやう》あたりから大活動《だいくわつどう》をやるのさ。」

と半分《はんぶん》は綠紫《ろくし》へ話《はなし》をしてゐる。聞《き》かないでも綠紫《ろくし》も三輪《みわ》を知《し》つてゐるものと呑《の》み込《こ》んでゐる。

「然《さ》うかね。ふうん。」

と甚《ひど》く綠紫《ろくし》は感心《かんしん》をする。そして其《そ》一座《ざ》へ加《くは》はる事《こと》になつた順序《じゆんじよ》や、女優《ぢよいう》になれる經歷《けいれき》を何《ど》うして持《も》つてゐたかと不思議《ふしぎ》にも思《おも》ふ、富枝《とみえ》は三輪《みわ》が行《ゆ》くと聞《き》いて自分《じぶん》も行《い》つて見《み》たい樣《やう》な氣《き》がしてくる。

「其《そ》れぢや、お伴《とも》さしていたゞきませうか。」

と半田《はんだ》に云《い》ふ。

「いらつしやい。千早君《ちはやくん》は甚《ひど》く富枝《とみえ》さんに敬服《けいふく》してるんです。」

「兎《と》に角《かく》、これから賣出《うりだ》さなけりやならないのだから、千早《ちはや》さんの樣《やう》な人《ひと》に力《ちから》になつて貰《もら》ふのもいゝさ。其所《そこ》へ行《ゆ》くと、女《をんな》は得《とく》なところがあるね。」

と綠紫《ろくし》は滿足《まんぞく》さうに云《い》つてる。その顔《かほ》を見《み》ると富枝《とみえ》は不快《ふくわい》な氣《き》がする。

「直《す》ぐ出《で》かけませう。宅《うち》は大森《おほもり》だからね、一寸《ちよつと》遊《あそ》びながら行《ゆ》くにいゝのさ。」

半田《はんだ》は富枝《とみえ》と同行《どうかう》するのが嬉《うれ》しいので、そは〳〵してゐる。もう敷島《しきしま》の袋《ふくろ》を衣嚢《かくし》へ入《い》れて、立上《たちあが》つて了《しま》ふ。

「電車《でんしや》で行《ゆ》きませう。ね、富枝《とみえ》さん。」

「大森《おほもり》の何處《どこ》だ？」

と綠紫《ろくし》が聞《き》く。

「不入斗《いりやまず》さ。君《きみ》も行《い》つて見《み》たまへ。何時《いつ》か閑暇《ひま》な時《とき》。好《い》い住居《すまひ》だ。」

富枝《とみえ》が自分《じぶん》の室《へや》へ仕度《したく》をしに行《い》つて了《しま》ふと、綠紫《ろくし》は小《ちひ》さな聲《こゑ》で、

「三輪《みわ》つて美人《びじん》だらう。おい。」

「美《い》いね、中々《なか〳〵》意志《いし》の確固《しつかり》した女《をんな》だね。」

半田《はんだ》は座敷《ざしき》の内《うち》を行《い》つたり來《き》たりする。

「然《さ》うでもない。男《をとこ》に脆《もろ》い方《はう》だ、あれで中々《なか〳〵》ね。」

「男《をとこ》に脆《もろ》い？、君《きみ》はそんな經歷《りれき》を、彼《あ》

女《れ》に就《つ》いて知《し》つてるの？」

半田《はんだ》は驚《おどろ》いた顔《かほ》をして坐蒲團《ざぶとん》の上《うへ》に足《あし》を止める。

「僕《ぼく》はよく交際《つきあ》つて知《し》つてる。」

と意味《いみ》深《ふか》く云《い》ふ。

「驚《おどろ》いたねえ。」

緑紫《ろくし》の一言《ごん》で、折角《せつかく》提敬《けい》してゐた三輪《みわ》の人格《じんかく》を、半田《はんだ》は全然《すつかり》疑《うたが》ひの内《うち》に入《い》れてしまふ。千早《ちはや》に早速《さつそく》告《つ》げなけりやならない、と猶《なほ》深《ふか》く聞《き》かうとすると富枝《とみえ》が入《はい》つてくる。緑紫《ろくし》は口《くち》を噤《つぐ》んで三輪《みわ》の上《うへ》を語《かた》らうともしない。富枝《とみえ》は敏《さと》く其間《そのかん》の消息《せうそく》を直覺《ちよくかく》して、侮蔑《ぶべつ》した眼《め》で兄《あに》の顔《かほ》を見《み》た。

懸賞文藝當選

あきらめ

田村とし子

三十二

座敷《ざしき》に面《めん》した四十坪《つぼ》ばかりの庭《には》は、塡充《いつぱい》に稚松《わかまつ》が植《う》わつてゐる。稚松《わかまつ》の並木《なみき》の樣《やう》なものが形成《でき》つてゐる他《ほか》には、草《くさ》の葉《は》一《ひと》つ眼《め》に觸《ふ》れるものもない。

座敷《ざしき》の際《きは》には、主人《あるじ》の千早《ちはや》が作畫《さくぐわ》した現時《いま》の俳優《やくしや》の舞臺《ぶたい》の形《なり》をポンチ畫《ゑ》にしたのが、並《なら》んでかゝつてゐる。隣《となり》に三味線《さみせん》が一挺《ちやう》、鬱金《うこん》の片布《きれ》に胴《どう》を包《つゝ》んだのが引《ひ》つ掛《か》つてゐる。

其《そ》の中央《まんなか》に白綸子《しろりんず》の坐蒲團《ざぶとん》を敷《し》いて、三輪《みわ》はイプセンの「人形《ドール》の家《ハウス》」を拾《ひろ》ひ讀《よ》みしてゐる。富枝《とみえ》が來《く》る筈《はず》だと聞《き》いて、其《そ》れを待《ま》つ間《ま》の退屈凌《たいくつしの》ぎだ。

隣室《りんしつ》では、主人《あるじ》の千早《ちはや》が來客《きやく》と語《かた》つてゐる。

「君《きみ》も來年《らいねん》は博士《はくし》だね。」

と千早《ちはや》が云《い》つてる。

「不賛成《ふさんせい》だね、僕《ぼか》あ博士《はくし》廢止説《はいしせつ》を文部省《もんぶしやう》へ擔《かつ》ぎ出《だ》すつもりだ。」

「奇拔《きばつ》だねえ。」

「可《い》かん。博士《はくし》の稱號《しようがう》位《ぐらゐ》世人《せじん》を誤《あやま》るものは殆《ほとん》ど無《な》からう。博士《はくし》にさへなりや豪《えら》いものと世人《せじん》は思《おも》ふだらう。殊《こと》に醫科《いくわ》は可《い》かんね、博《はく》士《し》になると診察料《しんさつれう》を高《た》値《か》く取《と》る。正札附《しやうふだつき》の詐欺師《さぎし》だ。國家《こつか》が命令《めいれい》して國民《こくみん》を瞞着《まんちやく》させる樣《やう》なものだ。」

なぞ、氣焔《きえん》を吐《は》いてゐる。其處《そこ》へ半田《はんだ》が來《き》たと下婢《げぢよ》が取次《とりつ》いでゐる。他《よそ》の男《をとこ》の聲《こゑ》がする。女《をんな》の優《やさ》しい小《ちひ》さな聲《こゑ》がする。

「能《よ》く來《き》て下《くだ》さいました。隣室に玉齡さんが君等《きみたち》を待《ま》つてる。」

と千早《ちはや》が云《い》つてる。

荻生野《をぎふの》さんが來《き》たと思《おも》つて、三輪《みわ》は書物《しよもつ》から離《はな》れる。半田《はんだ》に伴《つ》れられて富枝《とみゑ》が入《はい》つてくる。

「先日《せんじつ》は失禮《しつれい》しましたね。」

と挨拶《あいさつ》した半田《はんだ》は、すぐ緑紫の言葉《ことは》を考《かんが》へて、然《さ》う云《い》つた性質《せいしつ》を其《そ》の風姿《ようし》の上《うへ》から見出《みい》ださうとする樣《やう》にまぢ／＼と三輪《みわ》を見《み》る。

三輪《みわ》は默禮《もくれい》したばかりで、突如《いきなり》富枝《とみゑ》に、

「塵泥《ちんでい》の女主人公《ヒーロン》は實《じつ》にい丶ぢやありませんか。」

と云《い》ふ。

「讀《よ》んで下《くだ》すつて。何《ど》う感《かん》じて？」、

富枝《とみゑ》は三輪《みわ》の傍《そば》に坐《すわ》つて頰《ほゝ》と頰《ほゝ》とを並《なら》べる。袷《あはせ》の胸《むね》が汗滲《あせば》んで少《すこ》しむつとする。白《しろ》い日覆《ひおほひ》の横《よこ》から硝子戸《ガラスど》に、乾《かは》いた日光《につくわう》の色《いろ》が半《なか》ば届《とゞ》いてゐる。

「實《じつ》に好《い》いと思《おも》ひました。一寸《ちよつと》、土橋《こはし》の累を當世《たうせい》で續《つゞ》く所《ところ》があるけれど。」

富枝《とみゑ》は三輪《みわ》の許《ところ》へ來《き》たやうな氣《き》がしてゐる。心《こゝろ》が靜《しづか》になつて、今朝《けさ》からの不快《ふくわい》が一時《じ》に晴《は》れる。半田《はんだ》は「塵泥《ちんでい》」を能《よ》く讀《よ》んでゐないので、少《すこ》し手持《ても》ちなくなる。煙草盆《たばこぼん》もないので千早《ちはや》の居《ゐ》た方《はう》へ引返《ひつかへ》して行《ゆ》く。

「何《なん》にも貴女《あなた》は聞《き》かして下《くだ》さらないのね。演藝館《えんげいくわん》で逢《あ》つた時《とき》も貴女《あなた》は默《だま》つていらしつたぢやありませんか。」

「何《なに》を？」

「來《く》る途《うち》で、悉皆《すつかり》半田《はんだ》さんから聞《き》いたわ。いよ／＼志望《しばう》が遂《と》げられるのね。」

三輪《みわ》は微笑《びせう》して、富枝《とみゑ》の古《ふる》つぽい縞《しま》お召《めし》の肩《かた》を見《み》てゐる。富枝《とみゑ》の濃《こ》い男性的《だんせいてき》な眉毛《まゆげ》と、三輪《みわ》の淡《うす》く長《なが》い下《さが》り尻《じり》の眉毛《まゆげ》とが、相對《あひたい》して互《たがひ》の性格《せいかく》を語《かた》つてゐる樣《やう》だ。

三輪《みわ》は總髮《そうはつ》にして髱《たぼ》で束《つか》ねたのを、更《さら》に白《しろ》いリボンで括《くゝ》つてマガレットの樣《やう》な恰好《かつかう》に結《ゆ》んでゐる。昔《むかし》の繪《ゑ》にある[illegible]時の女の髮《かみ》とマガレットを共通《いつしよ》にした樣《やう》な髮の形《かたち》だと富枝《とみゑ》は嗜好《しかう》の眼《め》で眺《なが》める。

「二階《にかい》へ行《ゆ》き給《たま》へ。」

と云《い》ひながら千早《ちはや》が來《く》る。兩人《ふたり》を見比《みくら》べて、

「態々《わざ／＼》來《き》て下《くだ》すつたお禮《れい》に、今日《けふ》は十分《たくさん》に御兩人《ごりやうにん》に御馳走《ごちそう》をしませう。」

と嬉《うれ》しさうな表情《へうじやう》を、露骨《ろこつ》に顏《かほ》へ出《だ》してゐる。富枝《とみゑ》は指《ゆび》を揃《そろ》へてお辭儀《じぎ》をする。

「戴《いたゞ》きますものよりは、お話《はなし》を伺《うかゞ》つた方《はう》が結構《けつこう》で御座《ござ》います。劇《げき》か文藝趣味《ぶんげいしゆみ》のお話《はなし》でも。」

富枝《とみゑ》は三輪《みわ》の其《そ》の言葉《ことば》を聞《き》いて、何《なん》となく三輪《みわ》が藝人的《げいにんてき》になつた樣《やう》に感《かん》じた。

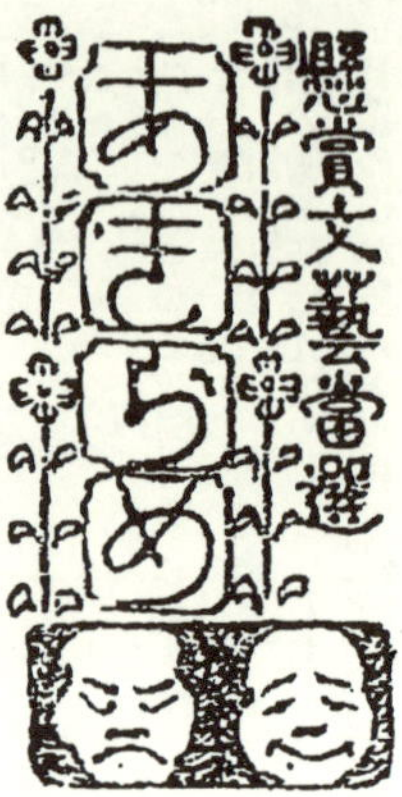

田村とし子

三十三

先《ま》づ富枝の「塵泥《ちんでい》」が話題《わだい》の最初《さいしよ》に上《のぼ》る。ある子爵《ししやく》の令嬢《れいぢやう》が、園遊會《えんいうくわい》の餘興《よきやう》に招《よ》んだ非常《ひぢやう》な美男《びなん》の奇術師《きじゆつし》に迷《まよ》つて、遂《つひ》に家《いへ》を出《で》て其《そ》の奇術師《きじゆつし》と共《とも》に海外《かいぐわい》へ行《ゆ》く、相《さう》應《おう》な女奇術師《をんなきじゆつし》になつて歸《かへ》つてくる。男《をとこ》は海外《かいぐわい》にある間《あひだ》でも女《をんな》の美貌《びばう》な爲《ため》に嫉妬《しつと》を起《おこ》しては女《をんな》を苦《くる》しめてゐたが、日本《につぽん》へ歸《かへ》つて來《き》てから愈《いよ〳〵》その嫉妬《しつと》が募《つの》つて遂《つひ》に刃物三昧《はものざんまい》して女《をんな》の顔《かほ》を傷《きず》つける。

女《をんな》は興行《こうぎやう》をする時《とき》、人《ひと》に顔《かほ》を見《み》られて子爵《ししやく》の令嬢《れいぢやう》だと噂《うはさ》されるのを厭《いと》つてゐた時《とき》なので、自分《じぶん》を愛《あい》するために然《さ》う云《い》ふ狂的《きやうてき》なことを行《や》つた男《をとこ》は恨《うら》まずに、疵《きず》を受《う》けた顔を幸《さいはひ》覆《ふく》面《めん》して舞臺《ぶたい》へ出《で》る。相變《あいかは》らず男《をとこ》と一所《いつしよ》に奇術《きじゆつ》をやつては喝采《かつさい》を受《う》けてゐる女《をんな》は最初《さいしよ》は男《をとこ》の愛《あい》の爲《ため》に自分《じぶん》の顔《かほ》の醜面なくなつたのを恨《うら》みもせず、寧《むし》ろ満足《まんぞく》に感《かん》じてゐたのが、次第々々《しだい〳〵》に良人《をつと》の愛情《あいじやう》の自分《じぶん》に對《たい》して薄《うす》らいでゆく様《やう》な氣《き》がして、唇《くちびる》の歪《ゆが》んだのや、眼瞼になつた自分《じぶん》の顔《かほ》を鏡《かゞみ》に映《うつ》して見《み》ては嘆《なげ》くやうになる。男《をとこ》は素《もと》より罪《つみ》は自分《じぶん》にあるので一層《いつそう》優《やさ》しく扱《あつか》ふが女《をんな》は漸次《だん〳〵》に邪推んでくる詰《つま》らぬ女弟子《をんなでし》なぞを相手《あひて》に嫉妬《しつと》を起《おこ》して良人《をつと》を苦《くる》しめる、丁度《ちやうど》男《をとこ》が藝妓《げいこ》に思《おも》はれて弱《よわ》つてる時《とき》なので愈《いよ〳〵》女《をんな》の嫉妬《しつと》は募《つの》つてゆく。

その女奇術師《をんなきじゆつし》を興行地《こうぎやうち》の小田原《をだはら》へ訪《たづ》ねた男《をとこ》が兩人《ふたり》ある。一人《ひとり》は兄《あに》で一人《ひとり》は許嫁《いひなづけ》の男爵《だんしやく》で、今《いま》までの行《おこな》ひを懺悔《ざんげ》して邸《やしき》へ歸《かへ》れと勧《すゝ》める、其《そ》の變《かは》つた面影《おもかげ》を見《み》ても、墮落《だらく》した境涯《きやうがい》を目撃《もくげき》しても自分《じぶん》は少《すこ》しもお前《まへ》に對《たい》する愛《あい》は褪《さ》めぬ。と男爵《だんしやく》には云《い》はれる。然《しか》し邸《やしき》へは歸《かへ》らない、捨《す》て、呉《く》れと云《い》ふ。兄《あに》の子爵《ししやく》は怒《いか》つて其處《そこ》で絶縁《ぜつえん》する。

旅宿《りよしゆく》へ歸《かへ》つて、一所《いつしよ》に伴立《つれだ》つて來《き》た妹《いもうと》の話《はなし》する。妹《いもうと》は甚《ひど》く一人《ひとり》の姉《あね》を失《うしな》ふことを悲《かな》しんで、兩人《ふたり》に内密《ないしよ》で姉《あね》に逢《あ》ひに行《ゆ》く。姉《あね》が不在《るす》だつたので男《をとこ》に逢《あ》つて、姉《あね》を離《はな》して邸宅《やしき》へ歸《かへ》して呉《く》れと頼《たの》む。昔女《をんな》を誘惑《いうわく》した自分《じぶん》の罪《つみ》を思《おも》ひ、女《をんな》の幸福《かうふく》を思《おも》つて其所《そこ》で承知《しようち》する。其《そ》れで妹《いもうと》は自分《じぶん》は獨身《ひとり》でなぞ此様所《こんなところ》へ來《く》る事《こと》が分《わか》ると兄《あに》の叱《しか》りを受《う》けるから、今夜《こんや》海岸《かいがん》の松原《まつばら》へ姉《あね》を連《つ》れて來《き》てくれと頼《たの》んで歸《かへ》る。男《をとこ》は妻《つま》が歸《かへ》つて來《く》ると、子爵家《ししやくけ》へ歸《かへ》る様《やう》に勧《すゝ》める。自分《じぶん》の罪《つみ》を償《つぐな》ふ爲《ため》にもお前《まへ》を邸宅《やしき》へ歸《かへ》さなければ濟《す》まぬと云《い》ふ。女《をんな》は今《いま》になつて男《をとこ》が自分《じぶん》を疎《うと》む爲《ため》に、お爲《ため》でかしに自分《じぶん》を逐《お》ひ拂《はら》ふのだと云《い》つて聞《き》かす、大酒《たいしゆ》を仰飲《あふ》つて宥《なだ》める男《をとこ》を弱《よわ》らせる。そして、留守《るす》に美《うつく》しい女《をんな》が來《き》たと女弟子《をんなでし》から聞《き》いて、良人《をつと》に責《せ》めると妹《いもうと》だと云《い》つて頼《たの》んで行《い》つた事《こと》を告《つ》げるけれども、其《そ》れは嘘言《うそ》だと云《い》つて承知《しようち》しない。直接《ちよくせつ》に姉《あね》に逢《あ》つて話《はなし》を爲《す》る樣《やう》、戯の誤解《ごかい》も解《と》けさせやうと、男《をとこ》は妹《いもうと》を伴《ともな》ひに松原《まつばら》へ行《ゆ》く。女《をんな》は良人《をつと》の擧動《きよどう》を怪《あや》しんでさつと情婦《じやうふ》に逢《あ》ひに行《ゆ》くに違《ちが》ひない。其《そ》の時《とき》は斯《か》うして威嚇《おど》してやると云《い》つて、自分《じぶん》の疵《きず》つけられた短刀《たんたう》を咽喉《のど》に擬《ぎ》して女弟子《をんなでし》に見《み》せながら、大笑《おほわら》ひをして蹌踉《さうらう》として男《をとこ》の後《あと》を追《お》つてゆく。松原《まつばら》で若《わか》い女《をんな》が泣《な》いてゐる。其《そ》の傍《そば》に立《た》つた男《をとこ》の姿《すがた》を一《ひ》と目見《めみ》ると、女《をんな》は忽《たちま》ち狂態《きやうたい》になつて突《いき》如《なり》松《まつ》の陰《かげ》から男《をとこ》を刺《さ》す。妹《いもうと》が男《をとこ》を庇護《かば》つて自分《じぶん》は貴女《あなた》の妹《いもうと》だと云《い》つても女《をんな》の耳《みゝ》に入《はい》らず、遂々《とう〳〵》殺《ころ》して了《しま》つてから妹《いもうと》の聲《こゑ》が始《はじ》めて耳《みゝ》に入《はい》つて精神《せいしん》が舊《もと》にかへる。心《こゝろ》が附《つ》くと同時《どうじ》に男《をとこ》の死骸《しがい》の顔《かほ》に接《せつ》吻《ぷん》した儘《まゝ》卒倒《そつたう》する。と云《い》ふ筋《すぢ》。千早《ちはや》が騒《さわ》

半田《はんだ》が讀まなかつたと云《い》ふので、千早《ちはや》が騒《さわ》筋《すぢ》を話《はなし》する。

「面白《おもしろ》い。實《じつ》に好《い》い。是非《ぜひ》、早速《さつそく》讀《よ》みませう。」筋《すぢ》を聞《き》いて了《しま》つてから、半田《はんだ》は此樣《こんな》ことを云《い》つてる。

「妹《いもうと》も好《い》い役《やく》ですね。お終《しま》ひの幕《まく》の妹《いもうと》は實《じつ》に難役《なんやく》ですよ。」

と三輪《みわ》が云《い》ふ。そして、

「サフオーだの、ザ、だの、この女主《ヒー》人公《ロン》の小滿名《こまな》だのを演《や》つて見《み》たいやうな氣《き》がしますよ。」

と富枝《とみゑ》に云《い》ふ。

「三輪《みわ》さんは必《かなら》ずそんな役《やく》で成功《せいこう》する方《はう》の人《ひと》だね。今《いま》の河波牡丹《かはなみぼたん》なんか、疾に角新派劇《かくしんぱげき》の方《はう》ぢやスターだとか何《なん》とか云《い》つてるけれど、アクチングに熱《ねつ》がなくつて駄目《だめ》だね。彼《あ》れはさ美《うつく》しい顔《かほ》を有《も》つてゐながら例《れい》も人形式《にんぎやうしき》だ。ちつとも魅する點《てん》がない。男《をとこ》を醉《ゑ》はす樣《やう》な可憐美《かれんび》なんて少《すこ》しもありやしない。三輪《みわ》さんが其樣《そんな》役《やく》にでも扮《ふん》して舞臺《ぶたい》へ上場《のぼ》つて見《み》たまへ。忽《たちま》ち鏖殺《みなごろし》にされちまふから。僕《ぼく》は堅《かた》く信《しん》じてる。」

三輪《みわ》は笑《わら》つた。半田《はんだ》は男《をとこ》に脆《もろ》いと總紫《ふさし》に云《い》はれたことを思《おも》ひ出《だ》して三輪《みわ》の顔《かほ》を見《み》た。其《そ》の眼《め》は始終《しじう》何《なに》か觸《ふ》れたいと願《ねが》つてるやうな眼《め》だと思《おも》ふ。多情《たじやう》な女《をんな》だなと一人《ひとり》で合點《うなづ》いてゐた。

田村とし子

三十四

大柄《おほがら》の紫矢絣《むらさきやがすり》の袷《あはせ》を引《ひ》つかけて、緋縮緬《ひぢりめん》の長襦袢《ながじゆばん》を露はした裾、横坐《よこずわ》りをして貴枝《きえ》は小倉通《こくらどほ》しを食《た》べてゐる。

「阿母《おつか》さんはお不在《るす》。」

と格子《かうし》を開《あ》けた人《ひと》が聲《こゑ》をかける。

「ねヽ、ゐませんよ。何誰《どなた》？」

と食《た》べながら貴枝《きえ》は出《で》てくる。他家《わき》から歸《かへ》つて來《き》たばかりの所《ところ》と見《み》え、白《しろ》い足袋《たび》を穿《は》いた儘《まゝ》でゐる、緋《ひ》の縮《ちゞみ》を返《かへ》して、紫《むらさき》の長《なが》い袂《たもと》をひらつかした姿《すがた》が、電燈《でんとう》の影《かげ》に暗《くら》くなつたり判然《はつきり》したりして美《うつく》しく見《み》ゑる。

「貴枝《きえ》ちやん。少《すこ》し用《よう》があるから此所《こゝ》まで來《き》て頂戴《ちやうだい》」

「姉《ねえ》さん？お上《あが》んなさいよ。」

貴枝《きえ》は裾《すそ》を褰《かゝ》げて下駄《げた》を突掛《つゝか》けながら土間《どま》へ下《お》りる。

富枝《とみえ》は大森《おほもり》の歸途《かへり》に、今朝《けさ》からの話《はなし》を三輪《みわ》に聞《き》かして、餘《あま》り氣《き》になるから東へ一寸寄《よ》つて行《ゆ》きたいと云《い》ふので、三輪《みわ》も連《つ》れ立《だ》つて來《き》て其處《そこ》で待《ま》つてゐる。

「お伴《つ》れがあるから、今夜《こんや》は悠然《ゆつくり》してゐられないの。」

と富枝《とみえ》は貴枝《きえ》の高髷《たかまげ》に結《ゆ》つた・水《みづ》の滴《た》れる樣《やう》な艶《えん》な姿《すがた》をぢつと見《み》る。

「昨夜《ゆふべ》、貴枝《きえ》ちやんは何處《どこ》かへ宿《と》まつて？」

「いゝえ、家《うち》にゐたは、何故《なぜ》？」

と不思議《ふしぎ》さうな顔《かほ》をする。食《た》べかけの小倉通《こくらどほ》しを指《ゆび》で捏《こ》ねてゐる。

「兄《にい》さんの前《そば》へ、貴枝《きえ》ちやんは手紙《てがみ》を出《だ》したでせう。」

これには羞《はづ》かしい素振《そぶり》もするかと思《おも》つたが、貴枝《きえ》は平氣《へいき》でゐる。

「出《だ》してよ。だつてねえ、姉《ねえ》さん。」

と格子《かうし》へ脊《せ》を凭《もた》せる。鈴《すゞ》がちりんと鳴《な》る。

「爽に……何《なん》とかつて待合《まちあひ》だか何《なん》んだか、其所《そこ》へ來《こ》い〳〵つて電話《でんわ》で呼《よ》ぶんですもの。さうして手紙《てがみ》で都合《つがふ》の好《い》い日《ひ》を云《い》つておよこしつて云《い》ふのよ。妾《あたし》そんな事《こと》したら阿母《おつか》さんに叱《しか》られて其《そ》れこそ大變《たいへん》だわ。だから斷《ことわ》りの手紙《てがみ》出《だ》したのよ。姉《ねえ》さん讀《よ》んで？」

「斷《ことわ》りの手紙《てがみ》ぢやないでせう。阿母《おつか》さんの不在《るす》の日《ひ》を云《い》つてやつたんぢやないの。」

貴枝《きえ》は默《だま》つて、捨《す》てた菓子《くわし》を下駄《げた》で踏《ふ》んでゐる。

「貴枝《きえ》ちやん。嘘《うそ》を云《い》つては駄目《だめ》よ。」

「姉《ねえ》さん。堪忍《かんにん》して頂戴《ちやうだい》。」

貴枝《きえ》は即座《そくざ》に詫罪《あやま》る。そして泣《な》きさうな顔《かほ》になつて、

「阿母《おつか》さんの不在《るす》の日《ひ》を知《し》らしてくれつて、兄《にい》さんに云《い》はれたもんだから、つい、書《か》いて出《だ》したのよ。惡《わる》い事《こと》して？」

「貴枝《きえ》ちやんは可《い》いも否《わる》いも全然解《まるきりわか》らないのねえ。兄《にい》さんの云《い》ふ事《こと》を聞《き》いちや可《い》けませんよ。彼《あ》れ程《ほど》姉《ねえ》さんが云《い》つてゐたんぢやありませんか。」

云《い》つてる間《うち》に富枝《とみえ》は涙含《なみだぐ》んでくる。

「怒《おこ》られると可《い》けないと思《おも》つて。」

と貴枝《きえ》は悄然てゐる。俯向《うつむ》いた襟《えり》に緋《ひ》の襦袢《じゆばん》が濃《こ》い色《いろ》を彩《いろど》る。

「怒《おこ》つても好《い》いから、決《けつ》して兄《にい》さんの云《い》ふ事《こと》を聞《き》いちや可《い》けないんですよ。眞《ほん》實《とう》に昨夜《ゆうべ》は何所《どこ》へも行《い》かなかつたのね。」

「行《い》かないのよ。兄《にい》さんが宵《よひ》の間《うち》に來《き》たけれど、阿母《おつか》さんがゐたもんだから歸《かへ》つちやつたの。」

富枝《とみえ》は初《はじ》めて安心《あんしん》する。外《そと》に待《ま》つてる三《み》輪《わ》を思《おも》ひ出《だ》す。

「貴枝《きえ》ちやんから、兄《にい》さんへ電話《でんわ》をかけたり、手紙《てがみ》で呼《よ》んだりすると聞《き》いたから、姉《ねえ》さんは甚《ひど》く心配《しんぱい》したの。其麼《そんな》ことはないのね。」

「えゝ。そんなこと。」

と莞爾《につこり》してゐる。

「兄《にい》さんも最う滅多《めつた》には來《こ》ないだらうけれど、來《き》ても餘《あんま》り懷愛《なつこ》くしちやいけないんですよ。」

「わかつてよ。」

と合點《うなづ》いてゐる。何故《なぜ》來《こ》ない様《やう》になるのだか、貴枝《きえ》は考《かんが》へやうともしてゐない。富枝《とみえ》は其《そ》れだけ云《い》つて歸《かへ》る。貴枝《きえ》も例《いつ》のやうに纏繞《まつは》りついて留《と》めやうともしなかつた。

懸賞文藝當選

あきらめ

田村とし子

三十五

「お貴枝《きえ》さんは子供《こども》ぢやありませんか。可哀想《かあいさう》に。」

「でも油斷《ゆだん》はならないと思《おも》つて。」

三輪《みわ》と富枝《とみえ》は銀座通《ぎんざどほり》を、ぶら〳〵歩《ある》きながら話《はな》して行《ゆ》く。

夜店《よみせ》の洋燈《ランプ》の光《ひか》りと、洋館建《やうくわんだ》ての大商店《おほしやうてん》の電燈瓦斯《でんとうガス》の光《ひか》りとが睨《にら》め合《あ》ひをしてゐる。位置《ゐち》が低《ひく》く光《ひか》りの薄微《はくび》な爲《ため》に、舊時《きうじ》代《だい》の代表者《だいへうしや》たる夜店《よみせ》の洋燈《ランプ》は、もう向《むか》ふ側《がは》に殘念《ざんねん》ながら敗《ま》けてゐる。其《そ》の上《うへ》の高《たか》い暗《くら》い所《ところ》で大《おほ》きな柳《やなぎ》の木《き》が、舊《ふる》い明《あか》りに加勢《かせい》をして頻《しき》と葉《は》の旗《はた》を振《ふ》つてゐる。間《あひだ》を通《とほ》つて行《ゆ》く人《ひと》は、右《みぎ》の袂《たもと》と左《ひだり》の袂《たもと》を新《あたら》しい明《あか》りと舊《ふる》い明《あか》りとに照《て》らされてゐる。そして傲《おご》つた星《ほし》の光《ひか》りを戴《いたゞ》いて行《ゆ》く。


「あなたも兄《あに》には困《こま》らせられたんでせう。」

富枝《とみえ》は斯《か》う聞《き》いたけれど、三輪《みわ》は默《だま》つてゐる。

「姉《あね》は彼様《あんな》だし、宅《うち》にゐても實《じつ》に面白《おもしろ》くないわ。」

と富枝《とみえ》に嘆《たん》じる。

「宅《うち》へ來《き》て在《い》らつしやいな。」

「だつて。」

と云《い》つて富枝《とみえ》は默《だま》つて了《しま》ふ。食客《ゐさふらふ》をする譯《わけ》には行《ゆ》かないと、ふと思《おも》つたのだ。

「貴女《あなた》さへ氣《き》が詰《つま》らないなら、母《はゝ》と啞《おし》が居《ゐ》る限《かぎ》りだから來《き》てゐても構《かま》はない。其《そ》の代《かは》り商業《しやうばい》の方《はう》は一寸《ちよい》々々手傳《てつだ》はせるかも知《し》れないけれど。」

「書《か》けもしないけれど、塗《ぬ》るくらゐはねゝ。けれども、妾《わたし》にはまだ自活《じくわつ》の道《みち》がついてゐない……」

「だから、宅《うち》へ來《き》て在《い》らつしやいと云《い》ふの。」

斯《か》う云《い》はれて、三輪《みわ》の心《こゝろ》のある點《てん》が分《わか》ると富枝《とみえ》は甚《ひど》く濟《す》まなくなる。

「妾《わたし》まで貴女《あなた》に養《やしな》はしちや。」

と云《い》つて聲《こゑ》がつまる。

「だから、然《さ》う云《い》ふ遠慮《ゑんりよ》が妾《わたし》に對《たい》して

貴女《あなた》にないと云ふのなら、在《い》らつしやいと云ふの。」

三輪《みわ》は其《そ》の儘何《まゝなん》とも云《い》はずにゐる。富枝《とみえ》は唯其《たゞそ》の情《なさけ》を身《み》に滲《し》まして胸《むね》の中《うち》で感謝《かんしや》する。

角《かど》の時計店《けいや》へ、女《をんな》が男《をとこ》に伴《つ》れて入《はい》つて行《ゆ》く。男《をとこ》は女《をんな》を悦《よろこ》ばし度《た》いと思《おも》つてゐるのだらう。悦《よろこ》ばして貰《もら》ふ女《をんな》の方《はう》では、買《か》つて貰《もら》ふ指環《ゆびわ》か時計《とけい》の方《はう》が男《をとこ》よりも貴《たつと》く思《おも》つてゐるに違《ちが》ひない。と三輪《みわ》はそんな事《こと》を思《おも》つてゐる。

「買《か》つて貰《もら》ふよりは、自分《じぶん》で買《か》つた方《はう》が好《よ》ささうなものねえ。」

三輪《みわ》は、店《みせ》を見《み》ながら唯斯《たゞか》う云つた。富枝《とみえ》も其所《そこ》を見《み》て、同《おな》じ感《かん》を述《の》べる。

「人《ひと》の恩《おん》で飾《かざ》るよりは、自分《じぶん》に力《ちから》が無《な》ければ裸體《はだか》でゐる。」

と三輪《みわ》は笑《わら》つた。富枝《とみえ》も然《さ》うと云《い》はうとしたが、自分《じぶん》は今兄《いまあに》の力《ちから》で生存《せいぞん》して行《ゆ》く事《こと》を思《おも》つて、言葉《ことば》が出《で》なくなつた。親《おや》の遺《のこ》したものは、僅少《わづか》なものだ。自分《じぶん》が今日《けふ》までの食《た》べる費用《ひよう》だけにも當《あた》つてゐない。今《いま》になつて兄《あに》を卑《いや》しむやうなもの丶、兄《あに》に依《よ》つて自分《じぶん》は今日《けふ》まで不足《ふそく》も感《かん》ぜずに、大學《だいがく》へも通《かよ》はして貰《もら》つてゐたのだと、然《さ》う思《おも》つて富枝《とみえ》は甚《ひど》く落膽《がつかり》する。一度《ど》は染谷綠紫《そめやりよくし》と云《い》ふ小說家《せうせつか》が自分《じぶん》の兄《あに》だと云《い》つて自慢《じまん》をした事《こと》もあつた、と富《とみ》枝《え》は冷《つめ》たい汗《あせ》を催《もよほ》した。

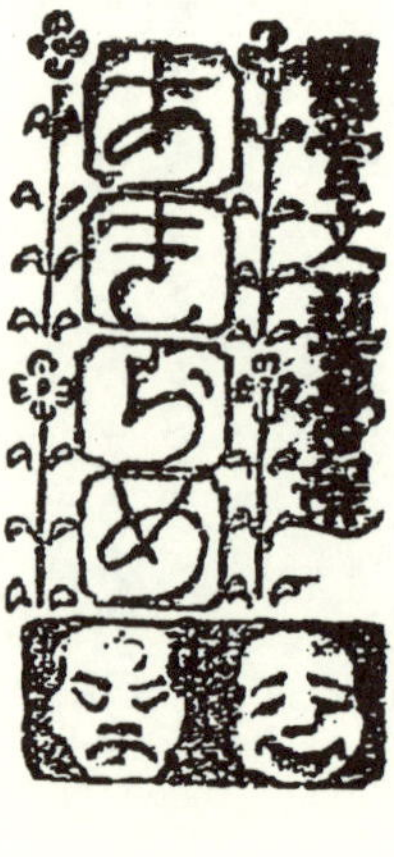

田村とし子

三十六

「何《ど》うしても自活《じくわつ》するわ。三輪《みわ》さん。」

富枝《とみえ》は突然《とつぜん》に云ふ。

「然《さ》うなさい。」

と三輪《みわ》は云《い》つただけだ。人形燒《にんぎやうやき》の匂《にほ》ひが二人《ふたり》を襲《おそ》ふと、三輪《みわ》は一寸《ちよつと》見返《みかへ》る。丸髷《まるまげ》の若《わか》い妻君《さいくん》が、犇《ひし》と良人《をつと》に寄《よ》り添《そ》つて行《ゆ》く。ハイカラの令孃《れいぢやう》が美《うつく》しい書生《しよせい》を隨《したが》へて行《ゆ》く。權威《けんゐ》ある横目《よこめ》が兩女《ふたり》を貫《つらぬ》く。コスメで頭髮《あたま》を光《ひか》らした番頭《ばんとう》が洋品店《やうひんてん》の前《まへ》に立《た》つてゐる。爲《し》かけた欠伸《あくび》を止《や》めて兩女《ふたり》を眺《なが》める。禿《は》げた頭《あたま》の男《をとこ》が中年增《ちうどしま》を伴《つ》れて來《く》る。兩人《ふたり》の間《あひだ》を割《わ》つてゆく。

富枝《とみえ》はこの時《とき》、大森《おほもり》の千早《ちはや》を思《おも》ひ浮《うか》べる。

「千早《ちはや》さんは、非常《ひじやう》に貴女《あなた》に望《のぞ》みを屬《ぞく》してゐるのね。貴女《あなた》もこれからは發展《はつてん》するばかりね。」

「餘《あま》り頼《たよ》りになりさうな人《ひと》でもないやうね。好《かう》奇《き》心《しん》で人《ひと》の世話《せわ》をしたがる人《ひと》らしいぢやありませんか。」

「妾《あたし》は行《ゆ》くところぢやなかつたの。半田《はんだ》さんが迎《むか》ひに來《き》て貴女《あなた》のことを話《はな》したのが動機《どうき》になつて行《ゆ》く氣《き》になつたの。」

「妾《あたし》も貴女《あなた》を待《ま》つ外《ほか》には、まあ用《よう》は無《な》かつた樣《やう》なものね。朝菅《あさすげ》の方《はう》へ入《はい》ることで少《すこ》しは自分《じぶん》の用《よう》もあつたけれども。」

「然《さ》う。千早《ちはや》さんと云《い》ふ人《ひと》を然《さ》う思《おも》つて。」


富枝《とみえ》は先刻《さつき》の三輪《みわ》の言葉《ことば》に、今返事《いまへんじ》をする。そして、千早《ちはや》の上《うへ》にゐてその人《ひと》を觀察《くわんさつ》してゐるらしい三輪《みわ》の心持《こゝろもち》を考《かんが》へて、ひそ〳〵安心《あんしん》する。

「弱《よわ》い女流《ぢよりう》を引上《ひきあ》げてやらうと云《い》ふ樣《やう》な、義俠《ぎけふ》を衒《てら》ふ點《てん》もあるやうだ。」

「まあ然《さ》うね、一時《じ》の氣紛《きまぐ》れで力《ちから》になつて呉《く》れるやうな人《ひと》では、有難《ありがた》くもないでせう。」

と富枝《とみえ》は注意《ちうい》を與《あた》へたつもりだ。

「半田《はんだ》さんとか云《い》ふのは、貴女《あなた》の御懇《こん》意《い》？」

と三輪《みわ》が尋《たづ》ねる。

「兄《あに》の許《ところ》へ來《く》る人《ひと》なの、いやな人《ひと》でせう。おつちよこ流《りう》を遺憾《ゐかん》なく發揮《はつき》してる人《ひと》と思《おも》ふでせう。」

「貴女《あなた》を自分《じぶん》のものゝ樣《やう》にしてゐたのが、一寸癪《ちよつとこしやく》にさわつたの。」

と笑《わら》つてゐる。

「實《じつ》にいやな人《ひと》ねえ。」

と富枝《とみえ》は力《ちから》を入《い》れる。

「思《おも》ふ樣《さま》、飜弄《ほんろう》してやればいゝのよ。」

「相人《あひて》にしないでゐるのだけれど、自《じ》分《ぶん》ばかり好《い》い氣《き》になつて、全《まつた》く癪《しやく》にさわるわね。」

「男《をとこ》に超然主義《てうぜんしゆぎ》を取《と》つても、一向利目《かうきゝめ》はなささうね。矢《や》つ張《ぱ》り女《をんな》よりは偉《えら》いつもりでゐるからなんでせう。相人《あひて》にしずにゐると自分《じぶん》を恐《おそ》れてゐるからだと思《おも》ふんだから一寸始末《ちよつとしまつ》がわるいのね。男《をとこ》には正面《まとも》を切《き》つて馬鹿《ばか》にしてやるのが一番感《ばんかん》じが早《はや》い。」

と云《い》つて笑《わら》ふ。兄《あに》の事《こと》が含《ふく》まれてゐると富枝《とみえ》は察《さつ》しる。

「默《もく》してゐると、半田《はんだ》と云《い》ふ人《ひと》見《み》たいに、貴女《あなた》を掌《て》の内《うち》に入《い》れてある樣《やう》な顔色《かほつき》を見《み》せるんですよ。」

「妾《あたし》には飜弄《ほんろう》は出來《でき》ないんですもの。」

繪葉書店《ゑはがきみせ》の横《よこ》を覗《のぞ》いて、

「お汁粉《しるこ》でも食《た》べませう。」

と三輪《みわ》が誘《さそ》ふ。二人《ふたり》は路次《ろじ》を入《はい》つてゆく。

「弱《よわ》くつて駄目《だめ》ね、妾《あたし》は！」

と富枝《とみえ》は闇《くら》い店《みせ》を見《み》ながら云《い》つてる。

二階《にかい》へ上《あが》る「養浩然之氣《やうかうぜんのき》」と云《い》ふ額《がく》がかゝつてゐる。ホルマリン石鹸《しやぼん》の廣告《くわうこく》の衝立《ついたて》が傍《そば》にある。辨慶草《べんけいさう》が籠《かご》に挿《さ》さつて壁《かべ》に添《そ》つてゐる。

「かに。いも。ねのあ。とは何《なん》でせう。」

と三輪《みわ》が衝立《ついたて》を見《み》て不思議《ふしぎ》がる。

「ホルマリンと入《い》れて御覧《ごらん》なさい。」

と富枝《とみえ》も興《けう》じる。

これで、劇界《げきかい》になり、文藝界《ぶんげいかい》になり、特《とく》殊《しゆ》の功績《こうせき》を殘《のこ》したいと云《い》ふ抱負《はうふ》があるのだから可笑《をか》しいと、話《はな》し合《あ》つてる。

懸賞文藝當選 あきらめ

田村とし子

三十七

「出雲《いづも》の阿國《おくに》ぢやないけれども、何《なに》か妾《わたし》だけに劇界《げきかい》の女優《ぢよいう》として、一時代《じだい》起《おこ》したいと思《おも》つてゐるの。」

「遣《や》つて頂戴《ちやうだい》。妾《わたし》もこれでも文學史《ぶんがくし》に何《なに》か留《とゞ》めなけりや措《お》かないつもり。」

互《たがひ》に見《み》た眼《め》が輝《かゞや》く。辷《すべ》りさうな梯子段《はしごだん》を踏《ふ》んで二人《ふたり》は汁粉屋《しるこや》を出《で》る。

冷々《ひやひや》と風《かぜ》が吹《ふ》いて、銀座《ぎんざ》の通《とほ》りが白《しろ》く寂《さび》しく見《み》ゑる。鼻眼鏡《はなめがね》をかけた、洋服《やうふく》の紳《しん》士《し》が行《ゆ》き過《す》ぎる。千早《ちはや》ぢやないかと富枝《とみえ》は目《め》を見張《みは》る。路次《ろじ》を出《で》て其《そ》の人《ひと》の後《あと》を追《お》ふと、直《す》ぐ傍《そば》の古道具店《ふるだうぐみせ》の前《まへ》に立《た》つてゐる。年《とし》を老《と》つた赤銅色《しやくどういろ》のその横顔《よこがほ》を見《み》て、惡《わる》い事《こと》をしたと可笑《をか》しくなる。

「今夜《こんや》は遲《おそ》いから、宅《うち》へ泊《とま》つては何《ど》う？。」

「泊《とま》りませうか。姉《ねえ》さんが心配《しんぱい》すると困《こま》るけれど。」

京橋《きやうはし》の停留場《ていりうぢやう》で、更《さら》に考《かんが》へ直《なほ》して、富枝《とみえ》は三輪《みわ》のところへ泊《とま》ることにする。三輪《みわ》の住居《すまひ》は淺草《あさくさ》の森下町《もりしたちやう》だ。家《うち》へ着《つ》くともう八時《じ》を過《す》ぎてゐる。

格子《かうし》の前《まへ》の生垣《いけがき》に美男葛《びなんかづら》が卷《ま》きついて風情《ふぜい》を見《み》せてゐる。格子《かうし》の内《うち》で鈴蟲《すゞむし》が鳴《な》いてゐる。隣家《となり》で明笛《みんてき》の稽古《けいこ》をしてゐるのが、哀《あは》れつぽく響《ひゞ》いてくる。

「阿母《おつか》さん。荻生野《をぎふの》さんが一所《しよ》ですよ。」と三輪《みわ》が云《い》ひながら入《はい》つて行《ゆ》く。

「おや。然《さ》うかい。お珍《めづ》らしいね。」

と太《ふと》い聲《こゑ》がする。障子《しやうじ》に小《ちひ》さい丸髷《まげ》の頭《あたま》の影《かげ》が搖《ゆら》ぐ。

仕事《しごと》が閑と見《み》ゑて、家《うち》の内《うち》は綺麗《きれい》に片附《かたづ》いてゐる。次《つ》ぎの座敷《ざしき》の床《とこ》の間《ま》に、清水寺《きよみづでら》の清玄《せいけん》と櫻姫《さくらひめ》を畫《か》いた繪看板《ゑかんばん》が立《た》てかかつてある。繪《ゑ》の具《ぐ》の匂《にほ》ひが何所《どこ》ともなく漂《たゞよ》つてゐる。

富枝《とみえ》は、櫻姫《さくらひめ》の着物《きもの》の色《いろ》の赤《あか》に眼《め》を眩《まぶ》しくさせながら、三輪《みわ》に續《つゞ》いて上《あが》る。

「よくお在《い》でしたなあ。少時《しばらく》お在《い》でん

懸賞文藝當選

ので此女《これ》が始終《しじう》お噂《うはさ》してました。」

御襷《おたすき》を外《はづ》しながら、落ち着《き》き込《こ》んだ挨拶《あいさつ》をする。

色《いろ》の白《しろ》い、髪《かみ》の毛《け》の白《しろ》い、艶々《つや〳〵》とした品《ひん》の好《い》い老人《としより》だ、立《た》つと腰《こし》が少《すこ》し曲《まが》つてゐる。

「御無沙汰《ごぶさた》いたしました。」

と富枝《とみえ》は其《そ》の後《あと》からお辭儀《じぎ》を送《おく》る。三輪《みわ》は笑《わら》つてゐる。

「今夜《こんや》はお泊《とま》りなさる積《つも》りなんですよ。阿母《おつか》さん。」

「然《さ》うかい。御都合《ごつがふ》がお宜《よろ》しいなら、毎日《まいにち》泊《とま》つて頂戴《ちやうだい》したらお前《まへ》も嬉《うれ》しからうに。」

お世辭《せじ》でなく聞《き》えるところが、嬉《うれ》しいと富枝《とみえ》は思《おも》ふ。

「例もお達者《たつしや》ねえ。」

と三輪《みわ》に云《い》ふ。

「一向健全でもありませんがな。漸次《だん〳〵》腰《こし》が斯うなつて來ます。」

と笑《わら》ひながら老人《としより》は、腰《こし》を叩《たゝ》いて見《み》せる。

「阿母《おつか》さんにも氣《き》の毒《どく》なの。妾《あたし》が餘《あま》り偉《えら》く生《うま》れ附《つ》いたばかりで、餘計《よけい》な苦勞《くらう》をさせるのねえ。阿母《おつか》さん。」

「いやもう偉《えら》すぎて、何《なに》が何《なに》やら薩張《さつぱ》り分《わか》らん。」

と笑《わら》ふ。絲切《いとき》り齒《ば》が鐵漿《かね》を含《ふく》んで黒《くろ》く現《あらは》れる。皺《しわ》の寄《よ》つた頬《ほゝ》が膨《ふく》れる。

「あんな事《こと》云《い》つて。偉《えら》いんですよ。ねえ荻生野《おぎふの》さん。」

「全《まつた》く偉過《えらす》ぎてゐるんですもの。」

と富枝《とみえ》は眞面目《まじめ》に云《い》つてる。三輪《みわ》は、

「道理《だうり》で暗《くら》いと思《おも》つたら。」

と云《い》ひながら、心《しん》を引《ひ》き込《こ》ました洋燈《ランプ》の捻《ねぢ》をひねる。長火鉢《ながひばち》の傍《わき》へ行《い》つた母《はゝ》の後《あと》へ行つて、

寛《くつろ》いだ顔《かほ》をして横坐《よこずわ》りをする。自分《じぶん》より二歳《ふたつ》上《うへ》の二十四とは見《み》えない程《ほど》、若《わか》く見《み》える、親《おや》の傍《そば》へ行《ゆ》くと何《なん》となく甘《あま》えた氣《き》が溢《あふ》れた爲《せい》なのだらう、と富枝《とみえ》は母《はゝ》のない身《み》が悲《かな》しくなる。

「御馳走《ごちそう》はないんですか。」

「あるよ。」

鼠入《ねずみい》らずから、里芋《さといも》の煮《に》たのを出《だ》す。茶《ちや》簞笥《だんす》から葡萄《ぶだう》を取《と》つて出《だ》す。盆《ぼん》へ乘《の》せ、皿《さら》へ盛《も》りしてゐるのを見《み》て、

「大變《たいへん》な御馳走《ごちそう》ねえ。」

と三輪《みわ》は富枝《とみえ》を見《み》て笑《わら》つてゐる。

あきらめ

田村とし子

三十八

「はそぐ〲と鳴《な》いてござるな。」

「鈴蟲《すゞむし》？斯《か》う寒《さむ》くちや可哀想《かあいさう》ね。」

三輪《みわ》の斯《か》う云《い》つたのを後《あと》にして、母親《はゝおや》のお雪《ゆき》が出《で》て行《ゆ》くらしい物音《ものおと》がする。淺草《あさくさ》の郵便局《いうびんきよく》まで、麻布《あざぶ》へ電報《でんぽう》を打《う》ちに行《い》つてくれるのだらう。氣《き》の毒《どく》な事《こと》をしたと富枝《とみえ》は二階《にかい》で濟《す》まなく思《おも》ふ。英國女優《えいこくぢよいう》のオルガ、ネザソールのカーメンに扮《ふん》した極彩色《ごくさいしき》の寫眞版《しやしんばん》が、白《しろ》い臺紙《だいし》に貼附《はりつ》けて机《つくゑ》の傍《わき》の壁際《かべぎは》に掛《か》けてある。其《そ》の隣《となり》にキヤミールに扮《ふん》した佛國女優《ふつこくぢよいう》の目《め》の覺めるやうな、これも寫眞版《しやしんばん》が同《おな》じ度合《あひ》の高《たか》さに押《お》し並《なら》んでゐる。

名《な》が無《な》いので富枝《とみえ》には誰《たれ》とも解《わか》らずに見《み》る。椿《つばき》の花《はな》に埋《うづ》まつてる點《てん》からキヤミールだらうと想像《さうざう》する。

鰐魚《わに》皮《がは》の化粧箱《けしやうばこ》が、机《つくゑ》の上《うへ》に硯箱《すゞりばこ》やインキ壺《つぼ》と雜《ざつ》居《きよ》してゐる。車輪梅《しやりんばい》が白《しろ》く萎《しな》れて一輪《りん》乘《のつ》てゐる。千早《ちはや》文學士《ぶんがくし》の著《あら》はした佛《ふつ》國演劇史《こくえんげきし》が讀《よ》みさしになつて、机《つくゑ》の中央《まんなか》を占《し》めてゐる。

机《つくゑ》の傍《わき》に鏡臺《きやうだい》が整然《せいぜん》として、メリンスの風呂敷《ふろしき》にその面《おもて》を包《つゝ》んでゐる。汚《よご》れた羽二重《はぶたへ》や牡丹《ぼたん》刷毛を乘《の》せた盥、朱塗《しゆぬり》の箱《はこ》がその傍《かたはら》に散在《ちらば》つてゐる。

富枝《とみえ》は机《つくゑ》に肱《ひぢ》を突《つ》いて、小皷《こつゞみ》の紐の鏽紅色になつたのを玩弄にしてゐる。打《う》つて見《み》たかつたが、如《い》何《かゞ》はしい音《ね》が響《ひゞ》きでもすると極《きま》りが惡《わる》いと思《おも》つて

唯其《たゞそ》の皮《かは》を撫《な》でゝゐる。

「お湯《ゆ》へ入浴《はい》りませんか。」

と下《した》から三輪《みわ》が呼《よ》ぶ。降りて行《ゆ》くと、鳴海絞《なるみしぼ》りの浴衣《ゆかた》を着《き》た三《み》輪《わ》が手拭《てぬぐひ》を提《さ》げて待《ま》つてゐる。

「一所《しよ》に入浴《はい》りませう。」

「阿母《おつか》さんにお氣《き》の毒《どく》なとしてね。」

「郵便局《いうびんきよく》？ 何《ど》うせ遠山《とほやま》へ咳嗽《せき》の藥《くすり》を買《か》ひに行《ゆ》く序《ついで》ですもの。」

三輪《みわ》の出《だ》してくれた瀧縞《たきじま》の浴衣《ゆかた》を着《き》て、兩人《ふたり》は臺所《だいどころ》つゞきの湯殿《ゆどの》へ行《ゆ》く。一坪《ひとつぼ》ばかりの土間《どま》へ、風呂《ふろ》を据《す》ゑたゞけで、風呂《ふろ》の前《まへ》に竈《へつゝひ》が後向《うしろむ》きに端坐《たんざ》してゐる。

窮屈《きうくつ》さうに流《なが》しへ蹲踞《しやが》んだ富枝《とみえ》を見《み》て、

「隨分《ずゐぶん》痩《や》せてるのね。」

と三《み》輪は覗《のぞ》いてゐる。

「千早《ちはや》さんが、荻生野《をぎふの》さんは虛弱《きよわ》さうだと云《い》つてたけれど、全《まつた》く健康《けんかう》な身體附《からだつき》ぢやありませんね。」

と云《い》つて、その富枝《とみえ》の羞《はぢ》を帶《お》びた風情《ふぜい》を床《ゆか》しく眺《なが》める。

風呂《ふろ》の上《うへ》の高《たか》い所《ところ》に、小《ちひ》さな臺洋燈《だいランプ》が乘《の》つてゐる。半分《はんぶん》漬《つ》けた三輪《みわ》の身體《からだ》が、眞《ま》

つ白《しろ》に脂肪《あぶら》を盛《も》つて、風呂《ふろ》の中《うち》から上半《かみはん》體《たい》だけが眞《ま》つ黑《くろ》に煤《すゝ》けた戸《と》の前《まへ》に彫刻《てうこく》された樣《やう》になつてゐる。風呂《ふろ》の下《した》から吐《は》いてゐる焚木《たきつけ》の炎《ほのほ》を半面《はんめん》に受《う》けて、流しの富枝《とみえ》は其《そ》の脊《せ》を屈《かゞ》めて手拭《てぬぐひ》に湯《ゆ》の音《おと》をさせてゐる。

「不思議《ふしぎ》だな。箱《はこ》は口《くち》を聞《き》くから不思議《ふしぎ》だな。」

と隣家《となり》の稽古所《けいこじよ》から、頓狂《とんきやう》な男《をとこ》の聲《こゑ》が聞《きこ》ゑる。調子《てうし》を合《あ》はせる胡琴《こきん》の音《おと》が添《そ》ふ。溝板《どぶいた》を日和下駄《ひよりげた》で踏《ふ》んで行《ゆ》く、水道《すゐだう》の水《みづ》がバケツの中《なか》へ爆發《ばくはつ》の音《おと》を立《た》てる。煙草《たばこ》を叩《はた》いた音《おと》がとんと一《ひと》つ遠《とほ》くから聞《きこ》ゑる。其間《そのあひだ》を木挽《こびき》の音《おと》が絶《た》えずぎいくと云《い》はせてる。何處《どこ》かで錢勘定《ぜにかんぢやう》をする音《おと》までが耳《みゝ》に入《はい》る。兩人《ふたり》は默《だま》つた限《ぎり》でゐる。

「不貞腐《ふてくさ》れ女《あま》め、好《い》い加減《かげん》にしろい。香々《かうかう》が無《な》けりやあ、漬物屋《つけものや》へ行《い》つて買《か》つて來《こ》い。」

「お錢《あし》が無《な》いやい。他《ひと》の分《ぶん》まで食《た》べちまやあがつて、自分《てめえ》ばかり食《く》やあ好《い》いかと思《おも》つてやがらあ。口惜い」

「何《なん》だと。澤庵《たくあん》の尻尾《しつぽ》を亭主《ていしゆ》に食《く》はせときやあがつて、勝手《かつて》な熱《ねつ》を吹《ふ》くない。」

裏《うら》の長家《ながや》の喧嘩《けんくわ》が聞《きこ》える。彼《あ》れも生活難《せいくわつなん》の状態《じやうたい》の一面《めん》かと富枝は思ふ。

「冷《ひ》えたでせう。お入浴んなさい。」

出《で》やうとした三輪《みわ》と、入浴らうとした富枝と、熱《ねつ》した肌《はだ》と冷《ひ》えた肌《はだ》とが、腕《うで》のところで邂逅れる。富枝は異様《いやう》に恥《はづ》かしさを感《かん》じた。

懸賞文藝當選

あきらめ

田村とし子

三十九

オルガ、チザツールの寫眞版《しやしんはん》を見《み》て、この女優《ぢよいう》はサフオーやカーメンを演《えん》じると、餘《あま》り妖艶人《ようえんじん》を魅《み》し過《す》ぎる爲《ため》、政府《せいふ》から沒《イン》道徳《モーラル》だと云《い》つて興行《こうぎやう》を差《さ》し止《と》められた程《ほど》だ、と云つて三輪《みわ》は富枝に語《かた》る。

然《さ》う云《い》つて語《かた》る三輪《みわ》も實《じつ》に艶麗《あでやか》だと富枝は恍惚してゐる。紡績絣《ぼうせきがすり》の袷を着《き》て、細《ほそ》い帶《おび》を卷《ま》き附《つ》けただけで、倦怠《だる》さうに湯《ゆ》に熱《ほて》つた手《て》を机の上《うへ》に投《な》げ出《だ》してゐる。

其《そ》の頸筋《くびすぢ》、顔、腕《うで》、人間《にんげん》の皮膚《ひふ》の色《いろ》ぢやない。

と富枝は見《み》てゐる。寶玉類《ほうぎよくるゐ》が自然《しぜん》の磨《さえ》を待《ま》つより他《ほか》はないのと同《おな》じに、人《ひと》の智恵《ちゑ》や手《て》の先《さき》で粧《つく》つたぐらゐで、こんな眞《しん》の美《び》は求《もと》められるものぢやないけれども。

「貴女《あなた》の肌《はだ》の色《いろ》は、夫《それ》でも人間界《にんげんかい》を吹《ふ》いてる風《かぜ》に朝夕當つてるのかと思《おも》ふと不思議《ふしぎ》よ。實《じつ》に。」

と富枝は云《い》ふ。

「天女《てんによ》でせう。」

と笑《わら》つてゐる。

「凡《すべ》て全體《ぜんたい》に、天女《てんによ》式《しき》ね。」

と恍然する。三輪《みわ》は、集《あつ》めた各國女優《かくこくぢよいう》の寫眞《しやしん》を本箱《ほんばこ》の抽斗《ひきだし》から拔《ぬ》いて來《き》て見《み》せる。

「外國《ぐわいこく》の女優《ぢよいう》は、姿《すがた》で人《ひと》を壓してしまふのね。」

「かうして裾《すそ》の擴《ひろ》がつてるところが、形《かたち》の上《うへ》に大變《たいへん》見榮《みば》えさせると思《おも》ひませんか。日本《につぽん》にも大時代《おほじだい》の女《をんな》の衣裳《いしやう》は隨分立派《ずゐぶんりつぱ》ね。曳《ひ》き裾《すそ》と同《おな》じ様《やう》な形《かた》に倣《ま》つてゆくところなんでせう。」

「新劇《しんげき》の衣裳《いしやう》ぐらゐ、舞臺《ぶたい》の上《うへ》に見窄《みすぼ》らしいものはないわね。」

など、話《はな》し合《あ》つてゐる。

「貴女《あなた》ね、近頃《ちかごろ》電車《でんしや》で兄《にい》さんに逢《あ》つたとあつて？」

富枝《とみえ》は思《おも》ひ出《だ》して、突然《とつぜん》にその事《こと》を聞《き》く。

「貴女《あなた》も、姉《ねえ》さんも一所《いつしよ》だつたでせう。」

「ぢや矢《や》つ張《ぱ》り然《さ》うだつたのね。」

「都滿子《つまこ》さんが疑《うたが》ひの眼《め》で妾《わたし》を見《み》ていらつしやる限《かぎ》り、彼《あ》の方《かた》の面前《めんぜん》へ立《だ》つのは自分《じぶん》を自分《じぶん》で辱《はずか》しめる様《やう》な氣《き》がして面白《おもしろ》くないと思《おも》つたから、默《だま》つて避《よ》けて了《しま》ひましたつけ。」

「實《じつ》にいやな姉《ねえ》さんね。」

と溜息《ためいき》を吐《つ》く。

「染谷《そめや》さんも悪《わる》いんですとも。以前《いぜん》の家《うち》へなんぞ毎日《まいにち》の様《やう》に來《き》たでせう。まだ妾《わたし》が飯田座《いひだざ》へ出掛《でか》けない頃《ころ》で始終宅《しじゆううち》にゐたものだから。」

「姉《ねえ》さんの騷《さわ》ぎのあつた後《のち》も？」

「ですから、貴女《あなた》ともお交際《つきあひ》も絶《た》やして了《しま》つたの。今度《こんど》又《また》斯《か》うしてお互《たがひ》に往來《ゆきき》する様《やう》になるのは實《じつ》に嬉《うれ》しいけれ共《ども》、何《なに》かの機會《はずみ》に姉《ねえ》さんの疑《うたが》ひが冴《さ》え返《かへ》る様《やう》なとでものると煩《うるさ》いと思《おも》つて、其《そ》れを大《たい》變恐《へんおそ》れてゐるんですよ。」

「構《かま》はないわ。何《なに》が姉《ねえ》さんらの心《こゝろ》に貴女《あなた》と云《い》ふ人《ひと》が了解《れうかい》されるもんですか。姉《ねえ》さんなんぞ何《なに》を云《い》つたつて氣《き》にしないでゐて頂戴《ちやうだい》。」

姉妹《きやうだい》だと思《おも》つて、三輪《みわ》は自分《じぶん》をまで疎《うと》みはしないかと富枝《とみえ》は面伏《おもぶせ》せになる。

「姉《ねえ》の爲《ため》に貴女《あなた》と疎遠《そえん》になるなら、妾《わたし》は姉《ねえ》を捨《す》てるわ。姉妹《きやうだい》としての姉《ねえ》より、友《とも》人《だち》としての貴女《あなた》が妾《わたし》には大切《たいせつ》ですもの。」

「まあ姉妹《きやうだい》は姉妹《きやうだい》ですよ。」

然《しか》し、心《こゝろ》の中《うち》では富枝《とみえ》の言葉《ことば》を嬉《うれ》しく思《おも》つてゐる。

誰《たれ》か、下《した》の方《はう》で梯子《はしご》をとん〳〵と静《しづか》に叩《たゝ》いてゐる。

「丹吾《たんご》かい。」

と三輪《みわ》はやをら立《た》つて上《あが》り口《ぐち》まで行《ゆ》くと下《した》を覗《のぞ》いて手招《てまね》きをして示《み》せる。手《て》に木屑《きくづ》を持《も》つた丹吾《たんご》は勢《いきほ》ひよく上《あが》つてくる。背《せい》の小《ちい》さい、色《いろ》の白《しろ》い眉毛《まゆげ》の濃《こ》い、一寸《ちよつと》見《み》ても綺麗《きれい》な男《をとこ》だ。これで物《もの》が云《い》へたらばと富枝《とみえ》は今夜《こんや》も哀《あは》れに感《かん》じながら顔《かほ》を向《む》ける、眞實《ほんたう》の年齢《とし》は三十六歳《さい》だと云ふけれ共《ども》、二十二三位《くらゐ》より他《ほか》見《み》えない。三輪《みわ》の父親《ちゝおや》の弟子《でし》だ。今《いま》のところも丹吾《たんご》の手《て》一《いつ》つで職業《しよくげふ》をしてゐる様《やう》なものである。畫《か》かせるには方法《はうはふ》があつて注文《ちうもん》の畫《ゑ》の下《した》圖《づ》をしてやらなければ丹吾《たんご》には筆《ふで》が下《くだ》せない。三輪《みわ》が父《ちゝ》に代《かは》つて今《いま》では下圖《したづ》をしてやる。忽《たちま》ち天性《てんせい》の畫才《ぐわさい》を振《ふる》つて丹吾《たんご》は仕上《しあ》げる。不具者《かたわ》でなければ、看板畫《かんばんか》きには惜《を》しいものだと三輪《みわ》は富枝《とみえ》に語《かた》る。

田村とし子

四十

翌日《あくるひ》の夕方《ゆふかた》富枝《とみえ》は簞笥町《たんすまち》の家《いへ》へ戻《もど》つて來《き》た。三輪《みわ》は途中《とちう》まで送《おく》つて行《い》つて、途々《みち〳〵》富枝《とみえ》が兄《あに》の手《て》を離《はな》れて自活《じくわつ》して行《ゆ》きたいと云《い》つた事《こと》に就《つ》いて、其《そ》れは貴女《あなた》の身《み》に取《と》つて却《かへつ》て不利《ふり》かも知《し》れないと云《い》つた。染谷《そめや》さんの文藝《ぶんげい》に於《お》ける主義《しゆぎ》を、今新《いまあらた》に貴女《あなた》が知《し》つた譯《わけ》でもなし、又《また》、姉《ねえ》さんの性癖《せいへき》を今日《けふ》になつてから發見《みいだ》した譯《わけ》でもないのだらうから、一時《じ》の感情《かんじやう》から急《きふ》に兄《にい》さんの許《もと》を去《さ》ると云《い》ふのは穩《おだ》かでないと思《おも》ふ。殊《こと》に今日《けふ》の事件《じけん》の第《だい》三者《しや》は貴女《あなた》ぢやないんでせう。お貴枝《きえ》さんの事《こと》から貴女《あなた》までが立腹《りつぷく》して見《み》た所《ところ》で、誰《たれ》も貴女《あなた》の行爲《かうゐ》に感服《かんぷく》するものもないだらうし、有難《ありがた》がるものもない、所詮《つまり》は誤解《ごかい》を受《う》けて姉《ねえ》さんや兄《にい》さんの——假令《たとひ》疎《うと》んじてゐる人等《ひとたち》にしろ、姉妹《きやうだい》の好誼《よしみ》は然《さ》う一朝《てう》一夕《せき》に遠《とほ》く相去《あひさ》つて了《しま》ふものではない、彼《あれ》が貴女《あなた》と交際《まじはり》を絶《た》つてまで染谷《そめや》さんと遠《とほ》ざかつたのとは、少《すこ》し事情《じじやう》が違《ちが》つてゐる。——感情《かんじやう》を阻害《そがい》するに止《とゞ》まつて了《しま》ふ。貴女《あなた》の意志《いし》は疎通《そつう》せずに、却《かへつ》て姉《ねえ》さんの猜《さい》疑《ぎ》の眼《め》から青《あを》い色《いろ》に取《と》られでもしたら、愈《いよ〳〵》貴女《あなた》と云《い》ふものは馬鹿《ばか》々々しい位置《ゐち》の人《ひと》になつて終《しま》ひはしないか。殊《こと》に文壇《ぶんだん》に廣《ひろ》く跨《またが》つて名聲《めいせい》のある兄《にい》さんに離《はな》れるのは、是《こ》れから文藝《ぶんげい》に由《よ》つて立《た》つて行《ゆ》かうと云《い》ふ貴女《あなた》の幸先《さいさき》に取《と》つて、餘《あま》り都合《つがふ》の好《い》い事《こと》ぢやない。と三輪《みわ》は云《い》つた。

兄《あに》の手《て》に縋《すが》つてゐて見《み》た所《ところ》で、雜誌《ざつし》文學《ぶんがく》に筆《ふで》を擴《ひろ》めるばかりでと富枝《とみえ》は云《い》ふ。兄《あに》の手《て》を離《はな》れて都合《つがふ》不都合《ふつがふ》を感《かん》じると云《い》ふのは、やがて書《か》いた物《もの》の賣捌《うりさば》きに差支《さしつか》へると云《い》ふ意味《いみ》になつてくる。自分《じぶん》は自分《じぶん》の理想《りさう》を展《なら》いてゆく。兄《あに》なんぞに指導《しだう》して貰《もら》ふには及《およ》ばない道理《だうり》だと思《おも》ふと威張《ゐば》つて見《み》る。

染谷《そめや》さんは自分《じぶん》は嫌《きら》ひだけれども、然《しか》し、文藝《ぶんげい》の人《ひと》として必ず貴女《あなた》の遥《はるか》に及《およ》ばない節《ふし》は幾許《いくら》もあるに違《ちが》ひない。傍《そば》に居《ゐ》て、好《い》い點《てん》を學《まな》ぶに差支《さしつか》へはなからうと思《おも》ふ。或《あ》る物《もの》を見《み》て嫌惡《けんを》の念《ねん》を起《おこ》した時《とき》、例《たと》へれば今度《こんど》のお貴枝《きえ》さんの事《こと》に就《つ》いても、夫《それ》を或《あ》る種《しゆ》の研究材料《けんきうざいれう》にしてゐる兄《にい》さんに對《たい》して、唯《たゞ》嫌惡《けんを》ばかりで其《そ》の眼《め》を瞑《つぶ》つて了《しま》はずに、飽《あ》くまで其《そ》の避けたい眼《め》を見開《みひら》いて、疎《うと》ましい狀態《じやうたい》を熟々《つく〴〵》と見《み》る樣《やう》になさい、何程《いくら》蛇《へび》が嫌《きら》いで、繪《ゑ》を見《み》ても氣絶《きぜつ》する程《ほど》の貴女《あなた》でも、その蛇《へび》が何《なに》かに捲《ま》きついた或《あ》る題材《だいざい》となるべきものを目《もく》擊《げき》した時《とき》、捲《ま》き附《つ》かれたもの、苦痛《くつう》の狀態《じやうたい》、又《また》捲《ま》き附《つ》いたもの、惡辣《あくらつ》な狀態《じやうたい》を、見《み》るに堪《た》へぬと云《い》つて顏《かほ》を背向《そむ》けて了《しま》ふ樣《やう》な事《こと》では、貴女《あなた》は文《ぶん》の人《ひと》とは云《い》はれまい。藝術《げいじゆつ》の爲《ため》には、自分《じぶん》が蛇《へび》になつて捲《ま》き附《つ》いても、捲《ま》き附《つ》かれたもの、苦痛《くつう》の狀態《じやうたい》を觀察《くわんさつ》しなければならない時《とき》があるかも知《し》れぬと三輪《みわ》は論《ろん》じる。

到底《たうてい》其樣《そんな》惱い事《こと》は自分《じぶん》には出來《でき》ない。其《そん》樣《な》苦痛《くつう》を忍《しの》んでまで、藝術《げいじゆつ》の爲《ため》に捧《さゝ》げるのは嫌《いや》だ。と富枝《とみえ》は一口《ひとくち》に却《しりぞ》けて了《しま》ふ。夫婦《ふうふ》のさうした心持《こゝろもち》が自分《じぶん》の眼《め》に映《うつ》つてくる限《かぎ》り、兄《あに》の傍《そば》にゐるのは何《ど》うしても厭《いや》だと云《い》ひ切《き》る。三輪《みわ》は

「何《ど》うしてそんなに、弱《よわ》くなつたので

せう。」と笑《わら》つた。富枝《とみえ》も、昨日今日《きのふけふ》の自《じ》分《ぶん》の心の雲母《きらゝ》の樣《やう》に薄《うす》くなつて了《しま》つたのに氣《き》が附《つ》いて、不思議《ふしぎ》に思《おも》つた。三輪《みわ》と別《わか》れる際《きは》には胸《むね》さへ塞《ふさ》がつてゐた。

「貴女《あなた》の思想《かんがへ》一《ひと》つで、家《うち》へ來《き》てゐる事《こと》は決《けつ》して可《い》けないとは云《い》ひませんよ。明《あし》日《た》にも來《き》ても構《かま》はないから能《よ》くお考《かんが》へなさい。生活《せいくわつ》の事《こと》なんぞは問題《もんだい》にする要《えう》はないんですよ。」

と云《い》つて淺草橋《あさくさばし》の停留場《ていりうぢやう》で別《わか》れた。富枝《とみえ》は三輪《みわ》の云《い》つたそんな言葉《ことば》を、繰返《くりかへ》し繰返《くりかへ》してゐる。さうして、三輪《みわ》が懷《なつか》しくて仕方《しかた》がなかつた。云《い》はれた儘《まゝ》に今日も一日三輪《みわ》の宅《うち》に宿ればよかつたと、今更《いまさら》後悔《こうくわい》される。

田村とし子

四十一

「幾許《いくら》電報《でんぱう》が來《き》たつて、昨日《きのふ》出《で》た限りだから何樣《どんな》に心配《しんぱい》したか知《し》れやしない。」

都滿子《つまこ》は小言《こごと》交《まじ》りに欣々《いそ/\》と富枝《とみえ》を迎《むか》へる。紫都子《しづこ》が剝《む》いた湯《う》煮《で》鷄卵《たまご》の樣《やう》な顏《かほ》をして姉《ねえ》ちやん/\と噪《はしや》ぎ廻《まは》る。おきそも飛《と》び出《だ》して來《き》て、

「お孃樣《ぢやうさま》がお不在《るす》だと淋《さび》しくつてはんとに厭《いや》になりますよ。」

と怨じ顏《がほ》をする。犬《いぬ》の丑も尾《を》を掉《ふ》つて飛《と》び附《つ》く。書生《しよせい》の三樹《みき》までが萎《しな》れた草《くさ》が一寸《ちよつと》水《みづ》に會《あ》つた樣《やう》な顏《かほ》をしてゐる。富枝《とみえ》のこのときの心持《こゝろもち》に些《さ》の不愉快《ふゆくわい》もない。

兄《あに》は二階《にかい》で原稿《げんかう》を書《か》いてゐると聞《き》いて、湯《ゆ》に入浴《はい》つて、紫都子《しづこ》と姉《あね》と三人《にん》で電燈《でんとう》の許《もと》に食卓《しよくたく》を圍《かこ》むまで、現在《げんざい》の、自分《じぶん》の宅《うち》に歸《かへ》つたと云《い》ふ悠々《のんびり》した氣分《きぶん》の他《ほか》には何《なに》も味《あぢ》はふても、てもなかつた。おきそに嘲弄《からか》つたり、紫都子《しづこ》に追《お》ひ廻《まは》されたり、庭《には》の七草《なゝくさ》の枯《か》れさうになつたのを見《み》に行《い》つたりしてゐる間《うち》に日《ひ》は暮《く》れて了《しま》つてゐた。

都滿子《つまこ》の手料理《てれうり》の胡瓜《きうり》サラダを、富枝《とみえ》は

「おしいわね。」

と云《い》ひながら食《た》べる。紫都子《しづこ》に鰺《あぢ》の煮《に》たのを拵《こしら》へてやる。おきそが臺所口《だいどころぐち》でお醬油《したじ》を顚倒《ひつくりかへ》したと云《い》つて大騷《おほさわ》ぎをしてゐる。物干場《ものほしば》へ干忘《ほしわす》れたものを三樹《みき》が取《と》りに行《い》つて二階《にかい》から下《お》りてくる。女《をんな》の白《しろ》い下帶《したおび》を仰々《ぎやう/\》しく兩手《りやうて》で捧《さゝ》げて來《き》たと云《い》つて都滿子《つまこ》が茶碗《ちやわん》と箸《はし》を持《も》つたなり笑《わら》ひ轉《ころ》がつてる。

姉妹《きやうだい》の好誼《よしみ》と云《い》ふものは一朝一夕《てうせき》に疎《うと》んじ合《あ》つて了《しま》ふものぢやない。と云《い》つた三輪《みわ》の言葉《ことば》を思《おも》ひ出《だ》して、姉妹《きやうだい》の味《あぢ》を知《し》らぬ三輪《みわ》さんが何《ど》うして彼樣《あんな》言《こと》を云《い》つたかと富枝《とみえ》は不思議《ふしぎ》なやうに考《かんが》へた。

今《いま》の富枝《とみえ》は姉《あね》に對《たい》して、自分《じぶん》の姉《あね》と思《おも》ふ

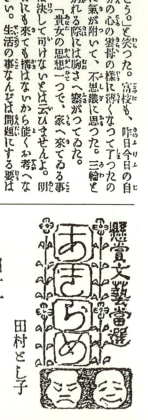

外《ほか》には何《なん》の感《かん》じも起《おこ》らずにゐる。自分《じぶん》の姉《あね》と思《おも》ふうちには、懐《なつか》しさも含《ふく》まれてゐる。親密《したし》さも含《ふく》まれてゐる。上《うへ》に立《た》つて萬事《ばんじ》を世話《せわ》される——自分《じぶん》よりは世馴《よな》れた、物《もの》を頼《たの》んでも危《あぶ》なげなくやつてくれると云《い》ふ樣《やう》な、頼母《たのも》しいと云《い》ふ意《い》も含《ふく》まれてゐる。

今《いま》のこの時《ごろ》、都蒲子《つまこ》の嫉妬《しつと》深《ぶか》い性質《せいしつ》を識《し》るものがあつたなら、富枝《とみえ》は必《かなら》ずその人《ひと》を敵《てき》に視《み》るに違《ちが》ひない。同《おな》じ血《ち》の通《かよ》つてゐる同士《どうし》は、一《ひ》と晩《ばん》を疎遠《そえん》にしたばかりで、百年《ねん》も離《はな》れてゐた樣《やう》にお互《たが》ひに懐《なつか》しんでゐる。

「何《ど》うして、三輪《みわ》の許《とこ》へなんか泊《とま》つたの。」

と姉《あね》の云《い》つた言葉《ことば》も、さして富枝《とみえ》の耳に觸《さは》らなかつた。

「話《はなし》のことで、いろ〳〵相談《さうだん》があつたものだから、つい宿《とま》つてしまつたの。」

「千早《ちはや》さんとか云《い》ふのに、贔屓《ひいき》にされてるんだわね。」

「贔屓《ひいき》つてこともないけれど、女優《ぢよいう》として前途《ぜんと》に望《のぞみ》を囑《ぞく》されてるんでせう。」

「男《をとこ》を引寄《ひきよ》せるのは巧《うま》いんだからね、俳優《やくしや》になんぞ成《な》つた方《はう》が却《かへ》つて人氣《にんき》が出《で》て、豪《えら》いものになるかも知《し》れないわ。運《うん》も好《い》いぢやないか、飯田座《いひだざ》なんかに出《で》てゐて、急《きふ》に朝菅《あさすげ》や何《なに》かと一座《ざ》する樣《やう》になるなんてね。俳優仲間《やくしやなかま》に其樣《そんな》のは無《な》いんでせう。」

「矢《や》つ張《ぱ》り德《とく》があるんだわ。」

「容貌《きりやう》も美《い》いけれど運《うん》も強《つよ》いんだね。」

今夜《こんや》は、單《たん》に富枝《とみえ》の親《した》しい友人《いうじん》と見《み》ただけで、良人《をつと》對《たい》三輪《みわ》としての惡罵《あくば》もやらずにゐる。富枝《とみえ》が夜《よ》を共《とも》にする程《ほど》の好《す》きな友人《いうじん》と云《い》ふ點《てん》へ自分《じぶん》も好意《かうい》を持《も》つ。其《そ》れ迄《まで》に都蒲子《つまこ》は、妹《いもうと》の爲《ため》に氣《き》が和《やわ》らいでゐる。

富枝《とみえ》も今夜《こんや》の姉《あね》を非常《ひじやう》に高《たか》く見《み》る。三輪《みわ》を識《し》らないのを德《とく》とする。寛大《くわんだい》な人《ひと》だと喜《よろこ》ぶ。そして姉妹《きやうだい》は姉妹《きやうだい》だと云《い》つた三輪《みわ》の言葉《ことば》が、痛切《つうせつ》に思《おも》はれる。

此家《こゝ》を去《さ》つて、的《あて》もなく放浪《はうらう》しやうと爲《し》た自分《じぶん》が、餘《あま》り思慮《かんがへ》の無《な》かつた樣《やう》に思《おも》はれる。然《さ》う放浪《はうらう》した自分《じぶん》は、嘸《さぞ》慰藉のない淋《さび》しいものだらうなど、考《かんが》へてゐた。

懸賞文藝當選

あきらめ

田村とし子

四十二

お姉樣戀《ねえさまこひ》しさに病氣《びやうき》して田端《たばた》の別邸《べつてい》の方《はう》に一人《ひとり》移《うつ》つてゐる。今日《けふ》にもお目《め》にかゝり度《た》いと、涙《なみだ》に染滲《にじ》んだ染子《そめこ》からの手紙《てがみ》が來《き》てゐる。又此夏《またこのなつ》の休課《きうくわ》の時《とき》の樣《やう》に、直《す》ぐ呼《よ》んで來《き》ておくれなんて云《い》つて、夜《よ》夜中騷《よなかさわ》いで阿母《おつか》さんや何《なに》かを困《こま》らしてゐるのだらう。一種《しゆ》の精神病《せいしんびやう》なのかも知《し》れない。午後《ひる》からでも行《い》つて見《み》やうかと思《おも》つてゐると吉櫻紛江と云《い》ふ大和座附《やまとざつき》の作者《さくしや》が訪《たづ》ねて來《き》た。

「魔泥」を次興行《つぎこうぎやう》に上場《じやうぢやう》するに就《つい》て種々《しゆ〴〵》打合《うちあ》はせも爲《し》たり、意見《いけん》も聞《き》き度《た》いと云《い》ふので、略内定《ほゞないてい》した役《やく》割《わり》なども話《はな》する。革新座《かくしんざ》の朝菅艶《あさすげえん》彌《や》と對抗《たいかう》して、これも新派側《しんぱがは》の一方《はう》の驍將《げうしやう》と云《い》はれる大和座《やまとざ》の加美《かみ》澤杜鵑《さはとけん》め一派《は》で演《えん》じられる事《こと》になつてゐるので、女主人公《ぢよしゆじんこう》の小蒲名《こまな》に扮《ふん》する田里有明《たざというめい》が、是非《ぜひ》一度《ど》お目《め》に掛《か》りたいと云《い》つてゐた、なども話《はな》する。

薄痘痕《うすあばた》のある、薄《うす》い毛《け》を撫《な》で上《あ》げた、着物《きもの》の前幅《まへはゞ》を廣《ひろ》く着《き》た、腰《こし》の低《ひく》い男《をとこ》だ。綠紫《ろくし》の小説《せうせつ》をこの男《をとこ》が脚色《きやくしよく》して、一二度舞臺《ぶたい》へ上《のぼ》したこともあるところから、綠紫《ろくし》はよく吉隈《よしくま》を知つてゐるのだが、態《わざ》と避《さ》けて此所《ここ》へは來《こ》ずにゐる。富枝《とみえ》はさすがにまだ不馴《ふな》れなので凡《すべ》てに就《つ》いての用意《ようい》がない。隨《したが》つて出《だ》したい樣《やう》な注文《ちうもん》も起《おこ》つてこない。

「皆《みな》さんのいゝ樣《やう》になすつて下《くだ》さい。」と逃《に》げてばかりゐる。

「染谷《そめや》さんに御相談《ごさうだん》を願《ねが》ひませうか。」

富枝《とみえ》を侮《あなど》つた譯《わけ》でなく、綠紫《ろくし》と云《い》ふ兄《あに》を立《た》てる積《つも》りで吉隈《よしくま》は云《い》ふ。

けれど、お前《まへ》の作《さく》はお前勝手《まへかつて》に處《しよ》置《ち》しろ、と意地《いぢ》の惡《わる》いことを云《い》はれてゐるので、兄《あに》なんぞに意見《いけん》を求《もと》めて自分《じぶん》の作《こしら》へた脚本《きやくほん》を持《も》て餘《あま》してゐるなどと云《い》はれるよりは、凡《すべ》て演技者《えんぎしや》任《まか》せに放任《はうにん》した方《はう》がいゝ。默《だま》つてた方《はう》が悧巧《りかう》だと考《かんが》へる。

「兄《あに》は面倒《めんだう》がつてゐますから。」

「其《そ》れぢや餘《あま》りお手數《てすう》を煩《わづら》はさない樣《やう》なことに致《いた》しませう。」

と云《い》つて歸《かへ》る。後《あと》で食事《しよくじ》の時《とき》、富枝《とみえ》は綠紫《ろくし》と顔《かほ》を合《あ》はせたが、綠紫《ろくし》は何《なに》も聞《き》かずにゐる。富枝《とみえ》も默《だま》つてゐる。都満子《つまこ》が一人《ひとり》で、

「田里《たざと》の小蒲名《こまな》は必然《きつと》いゝわね。喝采《うけ》るに定《きま》つてるわ。早《はや》く開場《あ》くやうになればいゝのに。妾《わたし》は貴君《あなた》の作《もの》を舞臺《ぶたい》へかけられたより嬉《うれ》しいわ。」

と云《い》つてた。綠紫《ろくし》は笑《わら》ひながら、

「四面《はうばう》から、作《さく》を非難《ひなん》されるに定《きま》つてゐるが怒《おこ》つちや可《い》けないよ。」

と富枝《とみえ》に云《い》つた。富枝《とみえ》は心《しん》で、三輪《みわ》さんが小蒲名《こまな》を演《や》つて呉《く》れたら、作物《さくぶつ》は何樣《どんな》に識《き》されやうと構《かま》はないと考《かんが》へてゐた。何《なん》となく、その日《ひ》も富枝《とみえ》は三輪《みわ》が懐愛《なつか》しくて仕方《しかた》がなかつた。其所《そこ》で三輪《みわ》へ手紙《てがみ》を書《か》く。

大和座《やまとざ》で「鹽泥《えんでい》」を演《や》ると、田里《たざと》が小蒲名《こまな》を演《や》ることも、貴女《あなた》が演《や》つてくれる樣《やう》な場合《ばあひ》があつたら何樣《どんな》に嬉《うれ》しいだらう。貴女《あなた》が小蒲名《こまな》を演《や》つて名聲《めいせい》一時《じ》に上《あ》がつた、と云《い》ふ樣《やう》なとだつたら、自分《じぶん》の生命《いのち》は祈《お》つたものへ捧《さゝ》げてもいゝ、自分《じぶん》は貴女《あなた》の技倆《ぎりやう》を信《しん》じてゐるけれども、自分《じぶん》の筆《ふで》は疑《うたが》つてゐる。其《そ》れが兩方《りやうほう》に平均《へいきん》して、自分《じぶん》の作《さく》は貴女《あなた》に由《よ》つて活《い》き、貴女《あなた》は自分《じぶん》の作《さく》に由《よ》つてその天才《てんさい》を發揮《はつき》することが出《で》來《き》るやうになつたら、實《じつ》に理想《りさう》だ。と書《か》いて見《み》る。

其《そ》れを懐《ふところ》にして外《そと》へ出《で》る。劇然《かつきり》と晴《は》れて、何萬丈《なんまんぢやう》の深《ふか》い〳〵底《そこ》の青《あを》さが空《そら》の面《おもて》へ透《す》いてゐる樣《やう》な色《いろ》をしてゐる。少時《しばらく》歩《ある》いてゐると絲織《いとおり》の袷《あはせ》の表《おもて》が燒《や》かれる樣《やう》に熱《あつ》くなつてくる。蝙蝠傘《かうもりがさ》に日除《ひよ》けをして行《ゆ》く人《ひと》の影《かげ》がそゞろ懐《なつ》かしまれる。乾燥《はしや》ぎ切《き》つた空氣《くうき》に呼吸《いき》の詰《つま》るを覺《おぼ》ゑるやうな小春日和《こはるびより》である。

田村とし子

四十三

砂利《じやり》の道《みち》の上《うへ》へ落《お》ちさうになつては高《たか》く飛《と》び上《あが》り〳〵して、黄色《きいろ》い蝶々《てふ〳〵》が彷徨《さまよ》いたやうな疲《つか》れた樣《やう》な風《ふう》でふら〳〵して行《ゆ》く。何處《どこ》までを的度《あてど》にして、一生懸命《いつしやうけんめい》に力《ちから》も無《な》い羽《はね》に勢《せい》をつけて飛《と》んでゆくのだらう。と富枝《とみえ》は其《そ》の後《あと》を追《お》ひながら田端《たばた》の街道《みち》を歩《あ》るいてゆく。

何《なに》も彼《か》もが覺醒《かくせい》された樣《やう》なこの時代《じだい》に、自分《じぶん》ばかりはまだ派出《はで》派出《はで》した美《うつく》しい昔《むかし》に憧《あこが》れて迷《まよ》つて歩《ある》いてるのだらうか。其《そ》れとも自分《じぶん》の驕《おご》つた時代《じだい》と共《とも》に其《そ》の艶《えん》な姿《すがた》を葬《ほうむ》らうとして、せめて殘骸《ざんがい》を曝《さら》すまい爲《ため》に、隠《かく》れた死《し》に場所《ばしよ》を探《さが》し廻《まは》つてゐるのぢやないかと、果敢《はか》なんでも見《み》る。紫《し》緋色《ひいろ》の蝙蝠傘《かうもりがさ》の尖端《さき》に其《そ》の翅《はね》が觸《ふれ》りさうになつた時《とき》、ふいと蝶々《てふ〳〵》は片側《かたかは》の篠藪《さゝやぶ》のうちへ入《はひ》つて了《しま》つた。

逢《あ》ひたい人《ひと》が有《あ》つて逢《あ》ひに行《ゆ》くのだと思《おも》ふと其所《そこ》に云《い》はれぬ興味《きようみ》を覺《おぼ》える。丁度《ちやうど》其《そ》の横《よこ》から、下女《げぢよ》を伴《つ》れて染子《そめこ》が門《かど》を出外《ではづ》れて富枝《とみえ》に聲《こゑ》をかける。濃《こ》い御《お》納《なう》地《ち》の細《こま》かい更紗縮緬《さらさちりめん》の羽織《はおり》の上《うへ》に、洗《あら》ひ髪《がみ》が其《そ》の着《き》こなし形《なり》に流《なが》れてゐる。

「氣分《きぶん》はどんな？」

と富枝《とみえ》は訊《たづ》ねる。

「昨晩《さくばん》もお寢《よ》られしませんで、隨分《ずゐぶん》心配《しんぱい》たしました。何《なに》を仰有《おつしや》るかと存《ぞん》じますとね、道々《みち〳〵》人形《にんぎやう》を持《も》つてらつしやいましてね、それをお姉樣《ねえさま》の御宅《おたく》へ染子《そめこ》の記念《かたみ》だと云《い》つて置《お》いてていと仰有《おつしや》るんで御座《ござ》いますよ。さうしてお泣《な》き遊《あそ》ばして實《じつ》に何《ど》うしやうもなくお困《こま》らせ遊《あそ》ばすんで御座《ござ》いますもの。」

と下女《ぢよちう》が笑《わら》ひながら富枝《とみえ》に云《い》つてる。

「矢張《やつぱ》り本郷《ほんがう》から、もう一人《ひとり》ぐらゐはお呼《よ》びよせして置《お》いた方《はう》がいゝのね。そんな事《こと》がないとも限《かぎ》りやしないから。」

「まあ、お姉樣《ねえさま》まで妾《わたくし》を狂人《きちがひ》に視《み》ていらつしやる。酷《ひど》うございますわ。」

「だつて、少《すこ》し可笑《をか》しいぢやありませんか。」

「いゝえ、全《まつた》く昨晩《さくばん》はね、あの道々人形《みち〳〵にんぎやう》が何《なに》か物《もの》を云《い》ひさうで仕方《しかた》がなかつたんですもの。さうしてね、妾《わたくし》の思《おも》つてる事《こと》を殘《のこ》らずあの人形《にんぎやう》が傳《つた》へてくれるやうに思《おも》はれて、思《おも》はれて仕方《しかた》がなかつたんですわっ。どうしたのでせう。」

「ですから妄想狂《まうざうきやう》に罹《かゝ》つてるんですよ。」

富枝《とみえ》が調戯《からか》ふと染子《そめこ》の眼《め》は恐《こは》くなつて、

「お姉樣《ねえさま》、きつと然《さ》う思《おも》つていらつし

懸賞文藝當選

やるんですわね。」

宮枝《こうえ》は默《だま》つて染子《そめこ》の肩《かた》を抱《だ》いてやる。

「おはまは氣味《きみ》を惡《わる》がつて……ゝおはは、昨晩《さくばん》よ。お姉樣《あねさま》。」

「餘《あんま》り氣持《きもち》のいゝ樣《やう》な事《こと》は仰有《おつしや》らないんで御座《ござ》いますもの。ほんとに昨晩《さくばん》は吃驚《びつくり》いたしました。」

てんな事《こと》を云《い》ひながら、三人《にん》は房田《ふさだ》控邸《ひかへてい》と書《か》いた標札《へうさつ》の下《した》を潜《くゞ》つてゆく。

染子《そめこ》は病氣《びやうき》に罹《かゝ》つてゐる。腦神經衰弱《なうしんけいすゐじやく》と云《い》ふのだ。勉强《べんきやう》は堅《かた》く醫師《いし》から止《と》められてゐる。一日《にち》でも宮枝《こうえ》の姿《すがた》を見《み》ないと夜《よる》も眠《ねむ》らずに泣《な》いて戀《こ》ひしがつてゐる。其《そ》れも病氣《びやうき》の故《せい》だと醫師《いし》が云《い》ふ。時々《ときどき》見舞《みまひ》に來《く》る母《はゝ》の房田夫人《ふさだふじん》も此事《これ》だけは持《も》て餘《あま》して宮枝《こうえ》に氣《き》の毒《どく》がつてゐる。畢竟《つまり》女《をんな》の同胞《きやうだい》がないから斯《か》うなのだらう、妹《いもうと》と思《おも》つてやつてくれと賴《たの》む。然《しか》し宮枝《こうえ》は貴《き》枝《し》を可愛《かあい》がつた心持《こゝろもち》で染子《そめこ》を可愛《かあい》がるやうには自身《じしん》も思《おも》はれなかつた。染子《そめこ》が戀《こ》ひしがつて泣《な》かない樣《やう》になつたら自分《じぶん》も染子《そめこ》の許《そこ》へは來《こ》ない樣《やう》になるだらうと思《おも》つてる。

「そんなに戀《こ》ひしがつても生涯《しやうがい》一所《しよ》にゐられる譯《わけ》ぢやなし、斯《か》うして毎日《まいにち》來《く》るのも今日限《けふかぎ》りですよ、貴女《あなた》何《ど》うするの。」

と云《い》ふと、染子《そめこ》はもう泣《な》いてゐる。

「そんな事《こと》を仰有《おつしや》らないで、妾《わたくし》の傍《そば》にゐらして頂戴《ちやうだい》。」

と云《い》つてる。

「居《ゐ》たいにはゐたいんですけれど、お互《たが》ひの事情《じじやう》が許《ゆる》さなきや仕樣《しやう》がないでせう。貴女《あなた》は何《ど》うでも妾《わたくし》が何日《いつ》まで此樣《こんな》暢氣《のんき》な日《ひ》を送《おく》つてゆくてとは出來《でき》ませんもの。」

「ですから阿母樣《おかあさん》の仰有《おつしや》る通《とほ》り、妾《わたくし》の傍《そば》にゐらしつて下《くだ》すつて種々《いろいろ》御勉强《ごべんきやう》を成《な》すつて下《くだ》されば宜《よ》しいんだわ。どんな御都合《ごつがふ》でもお計《はか》ひすると阿母樣《おかあさん》も仰有《おつしや》つていらつしやるのに……。」

絞《しぼ》つた窓掛《まどか》けの下《した》に顏《かほ》を埋《うづ》めて染子《そめこ》は泣《な》く。庭《には》の芝生《しばふ》の茂《しげ》つた邊《あたり》から秋寒《あきさむ》い風《かぜ》が肌《はだ》を冷々《ひやひや》させる夕方《ゆふかた》になつてゐる。後《うしろ》のピアノ臺《だい》から譜《ふ》の本《ほん》と一所《しよ》に黃金《きん》の留針《ピン》が辷《すべ》つて床《ゆか》の上《うへ》に爽《さはや》かな音《おと》を立《た》てた。宮枝《こうえ》は何《な》うと云《い》ふ氣《き》もなく、染子《そめこ》の洗《あら》ひ髮《がみ》を撫《な》で、其泣《そのな》く姿《すがた》を少時《しばらく》眺《なが》めてゐる。

四十四

あきらめ

田村とし子

宮枝《こうえ》は染子《そめこ》を伴《つ》れて裏庭《うらには》から外《そと》へ出《で》て見《み》る。玻璃器《はりき》へ空色《そらいろ》の水《みづ》を盛《も》つた樣《やう》だつた空《そら》に、漸《やうや》く暮《く》れやうとする夕闇《ゆふやみ》の薄黑《うすぐろ》い蔭《かげ》が射《さ》してゐる。房田《ふさだ》の洋館《やうくわん》の焦茶色《こげちやいろ》のペンキの塗色《いろ》が、杉《すぎ》の並木《なみき》の上《うへ》に朽《く》ちた色《いろ》を見《み》せる。其《そ》れと隣《となり》合《あ》つて小學校《せうがくかう》の空《くう》漠《ばく》とした運動場《うんどうば》が、板塀《いたべい》の圍《かこ》みの内《うち》に、書《か》いた圖面《づめん》のやうに擴《ひろ》がつてゐる。兩人《ふたり》は其《そ》の間《あひだ》を通《とほ》り拔《ぬ》ける。丘《をか》へ立《た》つと三河島《みかはしま》の田甫《たんぼ》が一面《めん》に見渡《みわた》される。

「寒《さむ》いようね。」

宮枝《こうえ》は染子《そめこ》の素足《すあし》の白々《しろしろ》と冷《つめ》たさうなのを見《み》ながら云《い》ふ。

（ひらりと乘《の》りは、乘《の》りしかど……）

と何所《どこ》からか琵琶唄《びはうた》を唄《うた》ふ聲《こゑ》が途切《とぎ》れて

聞《きこ》ゆる。其《そ》れが兩人《ふたり》並《なら》んで立《た》つてる足許《あしもと》の草叢《くさむら》に縋《ひや》く樣《やう》で、只《たつ》た一《ひと》つ咲《さ》いてる紫《し》苑《をん》の花《はな》が憂ひを帶《お》びたやうに思《おも》はれる。病氣《びやうき》の故《せゐ》で蒼《あを》くなつてる染子《そめこ》の顏《かほ》は。暮《ぼ》色《しよく》の中《うち》に猶蒼《なほあを》ずんでゐる。眼《め》が磨《ご》ぎすました刀物《はもの》のやうな光《ひかり》を含《ふく》む。白《しろ》いリボンで根《ね》を括《くゝ》つた洗《あら》ひ髮《がみ》が顏《かほ》に垂《た》れてはさばさと搖《ゆ》いでる。草叢《くさむら》の中《なか》の赤《あか》の飯《まんま》の花《はな》と、染子《そめこ》の襦袢《じゆばん》の袖《そで》の薄鴇色《うすときいろ》とが、僅《わづか》に其邊《そこいら》の景物《けいぶつ》の中《なか》で柔《やさ》しさを見《み》せてると富枝《とみえ》は眺《なが》める。

「寂《さび》しいのねえ。お姉樣《ねえさま》。妾《わたくし》お室《へや》へ歸《かへ》つて泣《な》き度《た》くなりましたわ。」

「貴女《あなた》ね、此樣《こんな》とこにゐないで、もつと賑《にぎや》かな所《ところ》にゐた方《はう》が宜《い》いでせう。却《かへ》つて病氣《びやうき》が重《おも》るばかりだと思《おも》ふのね。近頃《ちかごろ》は何所《どこ》へも出《で》ないんでせう。」

「詰《つま》りませんもの。阿女樣《おかあさま》も阿父樣《おとうさま》もお兄樣《にいさま》も、誰《だ》れも彼《か》れも厭《いや》で〳〵仕方《しかた》がないんですもの。毎日《まいにち》斯《か》うやつてお姉樣《ねえさま》が入《い》らしつてさへ下《くだ》されば誰《だ》れも來《こ》ない方《はう》が宜《い》いんですの、煩《うるさ》くて〳〵仕方《しかた》がないの。」

「其《そ》れが病氣《びやうき》なのね。」

「病氣《びやうき》で戀《こひ》しいんでせうか。」

云《い》つてるうちに涙《なみだ》が瞼《まぶた》を漏《も》れてくる。

「不思議《ふしぎ》ねえ。」

と富枝《とみえ》は溜息《ためいき》を吐《つ》いてる。

「阿母樣《おかあさま》を隨分《ずゐぶん》と困《こま》らせてばかりいらつしやるけれど……何樣《どんな》にか御心配《ごしんぱい》でせうねえ。」

「ですから阿母樣《おかあさま》がお姉樣《ねえさま》に、お家《うち》の御都合《ごつがふ》で田端《たばた》の方《はう》へでも赤坂《あかさか》の方《はう》へでも妾《わたくし》と一所《いつしよ》にゐらつしやる事《こと》はお出來《でき》にならないかつて聞《き》いてらつしやるぢや御座《ござ》いませんか。」

富枝《とみえ》は蹲踞《しやが》んで田甫《たんぼ》の方《はう》を眺《なが》める。土色《つちいろ》、黄色《きいろ》、草色《くさいろ》、鶸色《ひわいろ》なぞで引《ひ》き延《の》ばしたやうな田甫《たんぼ》の表面《おもて》は薄暮《はくぼ》の色《いろ》が淡《あは》くかゝつてゐる。松《まつ》の木《き》榛《はん》の木《き》なぞの所々《ところどころ》に團結《かたま》つてゐる間《あひだ》に、板葺屋《いたぶきや》根《ね》の家《うち》が遠《とほ》見《み》に摘《つ》まめば掌《てのひら》へでも乘《の》りさうな風《ふう》で置《お》かれてる。工場《こうば》の煙筒《えんとつ》が太《ふと》く、長《なが》く短《みじか》く煙《けむり》を吐《は》き出《だ》してゐるのも吐《は》き出《だ》してゐないのも、彼方此方《あちこち》に各《おの〳〵》の工場《こうば》の勢力《せいりよく》を爭《あらそ》ひ顏《がほ》に背向《そむ》ひたり對《むか》ひ合《あ》つたりして立《た》つてる。

空《そら》の際《きは》には濁浪《だくらう》を浴《あ》びてる斷岩《だんがん》のやうな雲《くも》がむら〳〵と湧《わ》いてくる。其《そ》の破《やぶ》れ目《め》から紅絞《べにしぼ》りのやうな紅《あか》い夕燒雲《ゆふやけぐも》が一片《ひとひら》見《み》えてゐたが、何所《どこ》かへ何時《いつ》の間《ま》にか押流《おしなが》されてしまつた。

富江《とみえ》はまだ見《み》た事《こと》のない故郷《こきやう》の地《ち》がふつと思《おも》はれる。そしてまだ逢《あ》つたてとのない祖母《そぼ》を思《おも》ひ浮《うか》べた。

嘗《かつ》て上野《うへの》の繪畫展覽會《くわいぐわてんらんくわい》で見《み》た『孤兒《こじ》』と云《い》ふのゝ、孫《まご》を抱《だ》いて夕暮《ゆふぐれ》の緣側《えんがは》にちよこんと坐《すわ》つて眼《め》を上《うへ》にしてゐた、腮《あご》の突《つ》き出《で》た頰《ほゝ》の落《お》ちた白髮《しらが》のばらついた、袖《そで》無《な》し半纏《はんてん》を着《き》て脊《せ》を屈《かゞ》めたお婆《ばあ》さんが鮮《あざや》かに描《えが》かれる。自分《じぶん》の祖母《そぼ》は其《そ》の通《とほ》りのお婆《ばあ》あさんの樣《やう》な氣《き》がしてならない。

自分《じぶん》が養《やしな》はなければならぬお祖母《ばあ》さんだと思《おも》ふと、其《そ》れをての頃《ころ》の氣候《きこう》にも端書《はがき》一片《いつぺん》消息《せうそく》せずにゐる事《こと》が甚《ひど》く不孝《ふかう》に感《かん》じられて富枝《とみえ》は繼母《はゝ》の上《うへ》も思《おも》つた。

「染子《そめこ》さん。紫《むらさき》つぽい着物《きもの》をお着《き》なさいな。」

思《おも》ひ切《き》り華麗《はで》な風《ふう》をして見《み》せて頂戴《ちやうだい》。」

染子《そめこ》はうなづいてゐる。そして羞《は》しさうにして、

「今晩《こんばん》は泊《とま》つて下《くだ》さるのね。」

と幽《かすか》に云《い》つた。寒《さむ》くなつて其所《そこ》に立《た》つてはゐられない樣《やう》になつてくる。半月《はんげつ》が薄《うす》く赤味《あかみ》がゝつて銀杏《いてふ》の樹《き》の頂上《ちやうじやう》にかゝつてゐた。

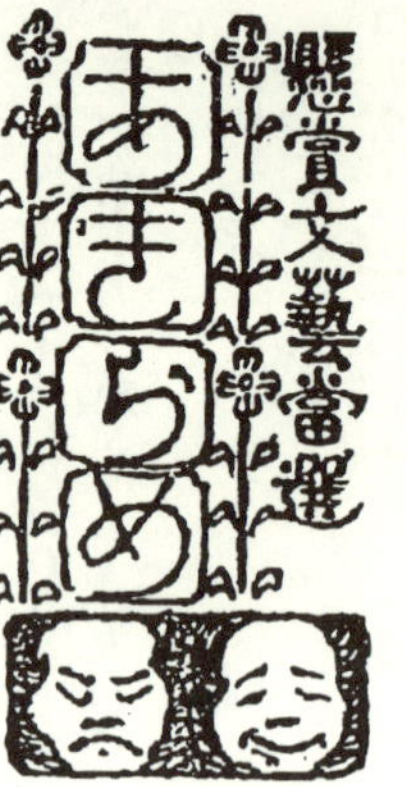

田村とし子

四十五

富枝《とみえ》は柱《はしら》に凭《もた》れて寝起《ねおき》の顔《かほ》を恍惚《うつとり》とさせてゐる。

お姉様《ねえさま》がお好《す》きだからと云《い》つて、染子《そめこ》はおはまの止《と》めるのも聞《き》かずに、昨夜《ゆうべ》江戸《えど》紫《むらさき》の二枚袷を着《き》て寝《ね》た。長《なが》い裾《すそ》を足《あし》に絡《から》まして、白《しろ》い敷布《シーツ》の上《うへ》に下白《したじろ》を乱《みだ》して寝《ね》てゐた姿《すがた》を、夜中《よなか》にふと眼《め》を覚《さ》まして眺《なが》めた時《とき》の感《かん》じを、今《いま》富枝《とみえ》は奇異《きい》な夢《ゆめ》のやうに繰返《くりかへ》してゐる。

空《そら》が曇《くも》つて庭《には》の色《いろ》が沈《しづ》んでゐる、赤《あか》や紫《むらさき》のダリヤの花《はな》を一と掴《つか》みにして持《も》つた染子《そめこ》が浮《う》き出《だ》した様《やう》に其所《そこ》へ現《あらは》れる。富枝《とみえ》は縁《えん》から懐愛《なつか》しさうな笑《ゑ》みを送《おく》る。染子《そめこ》は下《した》を向《む》いて立《た》つた儘《まゝ》、ダリヤの花瓣《はなびら》を指《ゆび》で弾《はじ》いてゐる。

富枝《とみえ》はふつと、その美《うつく》しい人一人《ひとひとり》を自分《じぶん》の思《おも》ひの儘《まゝ》にしたと云《い》ふ誇《ほこ》りが湧《わ》いた。

「此方《こつち》へいらつしやい。」

と呼《よ》んで見《み》た。染子《そめこ》は顔《かほ》を上《あ》げて富枝《とみえ》を見《み》たが、顔《かほ》を斜《はす》にしてついと垣根《かきね》の後《うしろ》へ入《はひ》つて了《しま》ふ。昨夜《ゆうべ》の着物《きもの》の紫《むらさき》の振袖《ふりそで》が冷《つめ》たい色《いろ》に揺《ゆら》いで残《のこ》る。

顔《かほ》を洗《あら》つて了《しま》つてからも染子《そめこ》は何所《どこ》に隠《かく》れてゐるのか顔《かほ》を見《み》せずにゐる、おはまが折角《せつかく》衒つて戴《いたゞ》くと平常《ふだん》の半分程《はんぶんほど》も大騒《おほさわ》ぎをなさらない、不思議《ふしぎ》で御座《ござ》いますねと云《い》つてゐる。富枝《とみえ》は黙《だま》つて笑《わら》つてゐた。

座敷《ざしき》へ行《ゆ》くと卓子《テーブル》の上《うへ》に其《そ》の日《ひ》の朝夕新聞《ちやうせきしんぶん》が乗《の》つてゐる。上《うへ》のを開《ひら》いて三面《めん》を見《み》ると直《す》ぐ二段目邊《だんめあたり》の「朝菅一座《あさすけいちざ》の新女優《しんぢよいう》」と云《い》ふ標題《みだし》が眼《め》についた。美《うつく》しい三輪《みわ》の寫眞版《しやしんはん》が挿入《いれ》てある。

千早阿一郎《ちはやあいちらう》氏《し》の贔屓だとある。梓學士《がくし》が女芝居《をんなしばゐ》の一座《ざ》から引抜《ひきぬ》いて朝菅一座《あさすけいちざ》へ出世《しゆつせ》させて遣《や》つたのも故《ゆゑ》ある哉《かな》と書《か》いてある。そして終《しま》ひに、舞臺《ぶたい》での表情《へうじやう》は嘸《さぞ》かし幾多《いくた》の阿一郎《あいちらう》氏《し》を悩殺《なうさつ》するであらうと冷《ひや》かしてあつた。三輪《みわ》の寫眞版《しやしんはん》は、その記事《きじ》を自慢《じまん》らしく公衆《こうしう》に示《しめ》してゐるかの様《やう》に、少《すこ》し笑《ゑ》んでる顔《かほ》が殊《こと》に鮮明《あざやか》に刷《す》られてある。

半田《はんだ》がゐながら不思議《ふしぎ》なことを書《か》いたものだと思《おも》つた。そして、富枝《とみえ》は全體《すつかり》を読《よ》み終《をは》らぬうちに、偽《いつ》はりの記事《きじ》だと思《おも》つた。定《さだ》めし三輪《みわ》はこの記事《きじ》に對《たい》して憤慨《ふんがい》してるだらうと同情《どうじやう》した。千早《ちはや》なんぞに贔屓《ひいき》にされて新俳優《しんはいいう》の一座《ざ》ぐらゐへ加《い》れて蹴《け》つた爲《ため》にこんな冤罪《ゑんざい》を蒙つた事《こと》を口《く》惜《や》しく思《おも》つてるに違《ちが》ひない。傷《きず》つけられた人格《じんかく》を悲《かな》しんでるに違《ちが》ひない。

と思《おも》つたが、又或《またある》ひは三輪《みわ》さんの人格《じんかく》が職人的《しよくにんてき》に卑《いや》しくなつたのではないかとも考《かんが》へる。

新聞《しんぶん》を持《も》つて立上《たちあが》ると、前《まへ》の姿見《すがたみ》に染子《そめこ》の姿《すがた》が映《うつ》つてゐる。富枝《とみえ》は振向《ふりむ》くと突如《いきなり》縁《えん》の柱《はしら》に立《た》つてゐる染子《そめこ》の傍《そば》へ行《い》つて其《そ》の手《て》を取《と》る。染子《そめこ》は眞《ま》つ赤《か》になつて富枝《とみえ》の顔《かほ》を仰《あふ》いでゐる。

「何《ど》うして？」

と富枝《とみえ》は其《そ》の赤《あか》い耳朶《みゝたぶ》に口《くち》をよせた。何所《どこ》かで遠《とほ》く銃《じう》の音《おと》がしてゐる。

「何故《なぜ》傍《そば》へ來《こ》ないの。」

懸賞文藝當選

あきらめ

田村とし子

四十六

翌日《あくるひ》の晝頃《ひるごろ》麻布《あざぶ》へ歸《かへ》ると、宅《うち》には兄《あに》も姉《あね》も誰《だれ》もゐなかつた。おきそが急《いそ》いだ言葉《ことは》附《つき》で、

「お孃樣《ぢやうさま》がお歸《かへ》りんなつたら、直《す》ぐ東へお在《い》でなすつて下《くだ》さる樣《やう》につて先刻《さつき》お使《つかひ》が參《まゐ》りましたよ。……奥樣《おくさま》が貴女《あなた》、大變《たいへん》お怒《おこ》んなすつて、そりやあ。」

と云《い》つた。大概《たいがい》は察《さつ》しられたが、

「昨夜《ゆうべ》何《ど》うかして？」

と聞《き》いて見《み》た。

「ねゝ、旦那樣《だんなさま》がお歸《かへ》りなかつたんです。」

「また始《はじ》まつたんだわ。」

「ねね。」

おきそは合點《がてん》らしく笑《わら》

斯《か》う聞《き》いた富枝《とみえ》も、自分《じぶん》の胸《むね》が騒《さわ》いでゐるのを知《し》つてゐた。富枝《とみえ》は牛乳《ちゝ》の滴《したゝ》つてゐるやうな染子《そめこ》の頰《ほゝ》を吸《す》つてやり度《た》いと思《おも》つた。さうして、染子《そめこ》の羞恥《しうち》を含《ふく》んだ同情を見度《みた》いと思《おも》つた。

「ね。」

と何《なに》がなし自分《じぶん》の望《のぞ》んでゐる事《こと》を求《もと》める樣《やう》に、其《そ》の肩《かた》を搖《ゆさ》ぶつたが、染子《そめこ》は默《だま》つて下《した》を向《む》いてゐる。

「何《なに》か仰有《おつしや》い。」

と富枝《とみえ》は再《ふたゝ》び其《そ》の肩《かた》を押《お》す。下《さ》げた髮《かみ》が脊《せ》と柱《はしら》の間《あひだ》から外《はづ》れて富枝《とみえ》の胸《むね》へばらりとかゝる。

「一生御一所《しよ》にゐたい。」

染子《そめこ》は急《きふ》に斯《か》う云《い》つて富枝《とみえ》を見上《みあ》げる。眼《め》の縁《ふち》に殘《のこ》つた薄《うす》い白粉《おしろい》が可憐《しを》らしく見《み》ゑる。息《いき》が機《はづ》んでゐるのか、赤《あか》い唇《くちびる》を半開《なかばあ》けてゐる。

「貴女《あなた》さへ變《かは》らなければ……。」

「ね。きつと。お姉樣《ねえさま》。」

強《つよ》く握《にぎ》つた富枝《とみえ》の手《て》を、感覺《かんかく》の失くなるほど染子《そめこ》も力《ちから》を入《い》れて握《にぎ》つてゐた。染子《そめこ》の眼《め》は、もう戀《こひ》を知《し》つた眼《め》の樣《やう》に、情《じやう》の動《うご》く儘《まゝ》に閃《ひらめ》いてゐる。富枝《とみえ》は其《そ》れを凝視《ぢつ》と見《み》てゐるうちに、何《なん》となく秋成《あきなり》の物語《ものがた》りを思《おも》ひ出《だ》してゐた。可愛《かあい》がり切《き》つてゐた美《うつく》しい小姓《こしやう》が死《し》んでから、その坊《ばう》さんは狂亂《きやうらん》になつて小姓《こしやう》の死骸《しがい》が腐《くさ》るまでも、その骨《ほね》を甜めたり肉《にく》を食《た》べたりして執着《しふちやく》してゐた凄《すご》い話《はなし》を思《おも》ひ出《だ》した。荒寺《あれでら》の内《うち》に夜《よる》も眠《ねぶ》らず、骨《ほね》と皮《かは》ばかり瘦《や》せ衰《おとろ》へた坊《ばう》さんが、着物《きもの》を剝《は》いで其《そ》の腐爛《ふらん》した肉《にく》を食《た》べる圖《づ》がありありと見《み》ゑる。富枝《とみえ》は何《なに》がなし慄然《ぞつ》としながら、染子《そめこ》を離《はな》して、染子《そめこ》を見《み》た。そして染子《そめこ》は自分《じぶん》を戀《こひ》し、その戀《こひ》が遂げられた樣《やう》な感《かん》じで今朝を過《す》ごしてゐるのだらうかと富枝《とみえ》は再《ふたゝ》び昨夜《ゆうべ》の不思議《ふしぎ》なことをしみ〴〵と考《かんが》へてゐた。

ん。少《すこ》しは主人《しゆじん》を冷笑《れいせう》した態《てい》も入《はい》る。

「行《い》つて來《こ》やうか。

爰迄《ここまで》なんか行《い》つたつて仕《し》樣《やう》がないぢやないか、ねえ。」

「全《まる》くで御座《ござ》いますよ。貴女《あなた》こそ何日《いつ》も好《い》い面《つら》の皮《かは》ですわね。お氣《き》の毒《どく》な。」

姉《あね》が自身《じしん》で東《ひがし》へ押掛《おしか》けて行《い》つて了《しま》つたんでは、もう自分《じぶん》が出《で》てゆく要《えう》もない。恥《はぢ》を曝《さら》しに睨《にら》み合《あ》つてくる方《はう》がいいと自棄《やけ》になる。

「行《い》つたつて仕《し》樣《やう》がないから。」

富枝《とみえ》は自分《じぶん》の室《へや》へ入《はい》る。染子《そめこ》が何日《いつ》か持《も》つて來《き》た薔薇《ばら》が萎《しを》れて、幹《みき》や葉《は》が棚曝《たなざら》しの簪花《かんざし》のやうにかさ〳〵になつてゐる。その傍《そば》に坐《すわ》つて不思議《ふしぎ》なこの二三日を繰《く》り返《かへ》した。

頭腦《あたま》の中《なか》の血《ち》が始終《しじう》動《うご》いてゐる樣《やう》で、物《もの》を觀《み》るとちら〳〵したものが間《あひだ》を遮《さへぎ》る。昨夜《ゆうべ》の事《こと》、一昨日《をとつひ》の事《こと》が幻《まぼろし》に夢《ゆめ》のやうに思《おも》はれる。丁度《ちやうど》頭《あたま》の疲《つか》れてゐる夜更《よふ》けになつてから觀《み》た演劇《しばゐ》を、翌日《あくるひ》の晴々《せい〳〵》した朝《あさ》になつてから繰返《くりかへ》して見《み》るやうな氣《き》がされる。一昨日《をとつひ》から今《いま》まで此處《ここ》に寢《ね》てゐて、よく自分《じぶん》が其樣風《そんなふう》に描《ゑが》く空想《くうさう》を、人《じん》物《ぶつ》だけは事實《じじつ》の人《ひと》を架《か》して矢《や》つ張《ぱ》り描《ゑが》いてゐたのかも知《し》れぬと思《おも》ふほど、富枝《とみえ》の頭腦《あたま》は病的《びやうてき》のやうになつてゐる。

曇《くも》つた空《そら》が窓《まど》の障子《しやうじ》に映《うつ》つて、室内《へや》が薄《うす》暗《くら》いと思《おも》ひながら、觸《さは》るとざらつとする机《つくゑ》の上《うへ》に凭《もた》れると昨夜《ゆうべ》の寢不足《ねぶそく》が出《で》て何時《いつ》からうつ〳〵とした。

見《み》ると染子《そめこ》が昨夜《ゆうべ》の姿《なり》で彼方《むかふ》から自分《じぶん》を目掛《めが》けて駈《か》けてくる。早《はや》く傍《そば》へ來《く》ればいいのにと思《おも》つて焦燥《あせ》つてゐても中々《なか〳〵》近附《ちかづ》かずにゐる、自分《じぶん》の方《はう》から近寄《ちかよ》らうとすると足《あし》が重《おも》く〳〵地《ち》に吸《す》ひついた樣《やう》で動《うご》く事《こと》が出來《でき》ない。染子《そめこ》は矢張《やつぱ》り自分《じぶん》の方《はう》を向《む》いて駈《か》けてゐる。と思《おも》つてゐるとおきそに起《おこ》された。御飯《ごはん》の仕度《したく》をしたと云《い》はれて立《た》たうとすると、眼《め》が眩《くら》んで足許《あしもと》が蹣跚《よろ〳〵》とする。肩《かた》先《さき》が壓《お》し附《つ》けられた樣《やう》で口中《こうちう》が乾《かは》きにかわいてゐた。

「まあ何《な》んて蒼《あを》いお顏《かほ》でせう。」

おきそは驚《おどろ》いて富枝《とみえ》を見《み》てゐる。

「お前《まへ》、紫《むらさき》の帶《おび》を締《し》めてるのねえ。」

「ねゝ。所縮《イリンス》緬ですよ。」

と、帶《おび》の前《まへ》を撫《な》でゝ見《み》せて、

「縮緬《ちりめん》のやうに見《み》えませう。」

「何《ど》うだか。」

富枝《とみえ》は億劫《おつくう》さうに視力《しりよく》を据《す》ゑて其帶《そのおび》を眺《なが》めてゐると、急《きふ》に車《くるま》の音《おと》が喧《さわが》しく起《おこ》つて都滿子《つまこ》が紫都子《しづこ》を伴《つ》れて歸《かへ》つて來《き》た。

姉《あね》は何處《どこ》へ行《い》つたとも、何《ど》うしたとも、何《なん》とも云《い》はずに鳩羽鼠《はとばねず》のコートを羽織《はお》つて、長火鉢《ながひばち》の前《まへ》で茶《ちや》をがぶり〳〵と音《おと》させて飲《の》んでゐる。逆上《のぼせ》てゐると見《み》えて眼《め》が血走《ちばし》つて、酒《さけ》に醉《よ》つてる人《ひと》の樣《やう》に頬《ほゝ》も眼《め》の端《はし》も、額《ひたひ》まで赤《あか》くなつてゐる。火鉢《ひばち》に翳《かざ》してゐる片手《かたて》だけは殊《こと》に痛《いた》んだ樣《やう》に青白《あをじろ》く凍《こゞ》えた樣《やう》な色《いろ》をしてゐた。

富枝《とみえ》はおきそに給仕《きふじ》をさせてその傍《そば》で食《しよく》事《じ》をしてゐたが、大方《おほかた》東京《とうきやう》へ行《い》つて阿母《おつか》さんに嫉突《こづ》かれて來《き》たのだらう、と姉《あね》の樣《やう》子《す》をそつと見《み》た。氣《き》の毒《どく》な樣《やう》な氣《き》がして姉《あね》に何《なに》か尋《たづ》ねるのが罪《つみ》に思《おも》はれるので此《こつ》方《ち》も無言《むごん》でゐる。

「今《いま》歸《かへ》つて來《き》たの。」

突然《だしぬけ》なので富枝《とみゑ》が返事《へんじ》も爲《せ》ずに其《そ》の顔《かほ》を見《み》てゐると、

「よくこの頃《ころ》は、無斷《だんまり》で宿《とま》つてくるのね。そんな事《こと》から品行《ひんかう》が段々《だん／＼》亂《みだ》らになつてゆくとは思《おも》はないのかしら。」

富枝《とみゑ》は八《や》つ當《あた》りだらうと氣《き》にもかけずにゐる。

「染谷《そめや》と一所《しよ》になつて家《うち》を開《あ》けられちや、妾《わたし》が世間《せけん》へ對《たい》して面目《めんぼく》ない。ほんとに何女《どれ》も此女《これ》も一人《ひとり》も碌《ろく》な姉妹《きやうだい》はありやしない。不品行《ふしだら》な女《もの》ばかりよくも揃《そろ》つたもんだわね。」

富枝《とみゑ》は呆氣《あつけ》にとられた樣《やう》に默《だま》つてゐる。

懸賞文藝當選

あきらめ

田村とし子

四十七

「急《きふ》に故郷《くに》へ然《さ》う云《い》つてやつて、お前《まへ》さんを迎《むか》へによこさせなくつちや。學校《がくかう》は止《や》めるし、ぶらり／＼女《をんな》の癖《くせ》に大膽《だいたん》な、どうせ其樣《そんな》ことをしてる間《うち》に碌《ろく》な事《こと》は仕出來《しでか》しやしない。墮落《だらく》して了《しま》ふんだよ。」

富枝《とみゑ》の眼《め》から、ほろりと涙《なみだ》が溢《こぼ》れた。

「姉《ねえ》さん、其《そ》りや何《なん》なの。妾《わたし》の不品行《ふひんかう》を改《あらた》めさせやうと云《い》ふ小言《こごと》なんですか。」

「何《な》んだか知《し》らないよ。斯《か》うさしておいちや爲《ため》にならないんだよ。お前《まへ》も妾《わたし》もさ。」

富枝《とみゑ》はついと立《た》つて、默《だま》つて家《うち》を出《で》やうとした。

「もう其《そ》の通《とほ》りだ。氣《き》ばかり強《つよ》くなつて……文學《ぶんがく》の研究《けんきう》が聞《き》いて呆《あき》れる。」

門《もん》の所《ところ》で雨《あめ》がぽつりと頰《ほゝ》に當《あた》つたが、富枝《とみゑ》は傘《かさ》を取《と》りに戻《もど》らうともしなかつた。

「もう歸《かへ》つて來《こ》ない方《はう》がいゝ。勝手《かつて》な所《ところ》へ姉《ねえ》さんを捨《す》てゝ行《い》つておしまひ。」

焦慮《じれ》て怒鳴《どな》つた聲《こゑ》が、窓越《まどこ》しに富枝《とみゑ》の後《あと》へ嚙《か》み附《つ》く樣《やう》に聞《きこ》ゆる。途端《とたん》に紫都子《しつこ》のわつと泣《な》き出《だ》した聲《こゑ》がした。

勝手口《かつてぐち》へ附《つ》いて廻《まは》つて裏《うら》へ出《で》ると、隣家《となり》の櫺子窓《れんじまど》の障子《しやうじ》が細目《ほそめ》に開《あ》いてゐて人影《ひとかげ》がちらりする。其《そ》の下《した》を通《とほ》り拔《ぬ》けると、後《うしろ》からおきそが追《お》つ駈《か》けて來《き》て、お孃樣《ぢやうさん》、と呼《よ》ぶ。

「なに？　騷々《さう／＼》しいね。」

「貴女《あなた》、お家《うち》にいらしつて下《くだ》さいよ、旦那樣《だんなさま》が歸《かへ》つていらしつてから又騷動《またさうどう》が始《はじ》まると、私《わたくし》や一人《ひとり》で困《こま》りますもの。」

おきそははら／＼した顏《かほ》をして泣《な》き聲《ごゑ》をする。少時《しばらく》其《そ》の顏《かほ》を富枝《とみゑ》はぢつと見《み》てゐたが、

「知《し》らない。」

と一《ひ》と言《こと》云《い》つて早々《さつさ》と歩《ある》き出《だ》す。

「ねえ、お孃樣《ぢやうさん》、お孃樣《ぢやうさん》つてば。」

言葉《ことば》まで粗略《ぞんざい》になつて、おきそは頻《しきり》と富枝《とみゑ》を呼《よ》んだが富枝《とみゑ》は振《ふ》り向《む》きもせずに通《とほ》りへ出《で》てしまつた。

懸賞文藝當選

あきらめ

田村とし子

四十八

新聞《しんぶん》記事《きじ》だけのことなら、千早《ちはや》が洋行費《やうかうひ》用《よう》を出《だ》してやるまでの弱點《じやくてん》とは思《おも》はれない。三輪《みわ》はあの記事《きじ》を利用《りよう》したのであらう。傷《きず》づけられた名譽《めいよ》の賠償金額《ばいしやうきんがく》が洋行《やうかう》費用《ひよう》なのかも知《し》れない。それか、然《さ》もなければ新聞《しんぶん》記事《きじ》が實《じつ》なのかも知《し》れない、と宮枝《みやえ》は疎《うと》ましく思《おも》つた。何《なん》となく三輪《みわ》とは遠《とほ》く離《はな》れて了《しま》つたやうな氣《き》がした。自分《じぶん》と對《むか》ひ合《あ》つた敵陣《てきぢん》のなかへ三輪《みわ》が立《た》つたやうに感《かん》じられた。切通《きりとほ》し上《うへ》で下車《おり》て、自分《じぶん》の「塵泥《ちんでい》」を舞臺《ぶたい》へかけやうと云《い》ふ劇場《げきぢやう》の前《まへ》へ行《い》つて見《み》た。雨《あめ》は止《や》んで、看板《かんばん》の枠《わく》だけが淋《さび》しく濡《ぬ》れてゐる。

電車《でんしや》に乗《の》つて三輪《みわ》の許《もと》へ行《い》つたが三輪《みわ》は不在《るす》だつた。行《ゆ》き着《つ》いた時《とき》には雨《あめ》は本降《ほんぶ》りになつてゐて、宮枝《みやえ》の着物《きもの》は彼方此方《あちこち》と濡《ぬ》れてゐる。其《そ》れを温《ぬく》めながら娘《むすめ》の歸《かへ》りをお待《ま》ちなすつた方《はう》が宜《い》いと母親《はゝおや》が勸《すゝ》めるので、宮枝《みやえ》は上《うへ》へ上《あが》つた。母親《はゝおや》は種《いろ》種《いろ》と世話《せわ》しながら、暫《しばら》く來《こ》なかつた事《こと》を尋《たづ》ねたりなぞする。新聞《しんぶん》の事《こと》は憚《はゞか》つて宮枝《みやえ》は聞《き》かずにゐたが、母親《はゝおや》の方《はう》から云《い》ひ出《だ》した。

「あんな事《こと》が新聞《しんぶん》に出《で》ましたでな、彼女《あれ》も怒《おこ》つとりますの。何《ど》うやらした御都合《おつがふ》で先方樣《さきさま》が洋行《やうかう》さしてやらうと云《い》ふかお話《はなし》で、もう整《そう》つたやうな事《こと》を申《まを》してをりますが。」

「先方《さき》つて、千早《ちはや》ですか。」

と宮枝《みやえ》は驚《おどろ》く。

「はあ。何《なに》やら分《わか》らんけど、年老《とし》つたものを置《お》いてゆかれますのが辛《つら》いでな。」

母親《はゝおや》はもう目《め》を濕《うる》ましてゐる。

「立派《りつぱ》になる事《こと》ですで、何《ど》うでも宜《えゝ》しいにや宜しいが、五日《いつか》や十日《とをか》で往復《わうふく》の出《で》來《き》ますことでもなし、なあ貴女《あなた》。」

宮枝《みやえ》は點頭《うなづ》いた。母親《はゝおや》も其《そ》れぎり口《くち》を噤《つぐ》んで了《しま》ふ。雨《あめ》が猶《なほ》強《つよ》くなつて近所《きんじよ》のトタン家根《やね》に喧《かしま》しい音《おと》を立《た》てゝゐる。

何《ど》うして洋行《やうかう》費用《ひよう》などを千早《ちはや》が出《だ》すのだらうと宮枝《みやえ》は不思議《ふしぎ》に思《おも》ふ。其《そ》れに就《つ》いて三輪《みわ》を疑《うたが》つて見《み》たり、千早《ちはや》と何《なに》か關係《くわんけい》があるのではなかつたかとも思《おも》つて見《み》たり、容易《ようい》に解釋《かいしやく》のつかぬ間《うち》に日《ひ》は暮《く》れかかつて來《き》た。

三輪《みわ》はまだ歸《かへ》つて來《こ》ない。千早《ちはや》と逢《あ》ふ約束《やくそく》があつたので行《い》つたのだから遲《おそ》くなるかも知《し》れないと母親《はゝおや》が云《い》ふ。自分《じぶん》の爲《ため》に手《て》を明《あ》けてゐられるのが氣《き》の毒《どく》なので、何時《いつ》まで待《ま》つても際限《はてし》がないからと雨傘《あまがさ》を借《か》りて宮枝《みやえ》は三輪《みわ》の家《うち》を出《で》た。途中《とちう》で逢《あ》ふ事《こと》もあらうかと注意《ちうい》したが、其《そ》れらしい人《ひと》にも出逢《であ》はなかつた。

入《い》り口《ぐち》を鎖《とざ》した鐵《てつ》の扉《とびら》が永久《とこしへ》開《ひら》かないもの、様《やう》に錆《さび》附《つ》いて見《み》ゐる。車《くるま》や馬車《ばしや》が此處《ここ》に群集《ぐんしふ》して、舞臺《ぶたい》へ現《あらは》されさうな扮裝《いでたち》をした令嬢《れいぢやう》等《ら》が、裾《すそ》を飜《ひるが》へして入《はい》つて行《ゆ》く開場中《かいぢやうちう》の面影《おもかげ》は想《おも》ひ得《え》られない千古《こ》の記念建築《きねんけんちく》の何《なに》かの形《かたち》のやうな、重《おも》く鬱陶《うつたう》しく眞《ま》つ黒《くろ》く見《み》ゐた。向《むか》ひ合《あ》つた芝居茶屋《しばゐぢやや》の、戸《と》を閉《し》め切《き》つた軒《のき》に花《はな》の暖簾《のれん》が薄《う》すりしてゐる。

富枝《とみえ》は少時《しばらく》立止《たちどま》つてゐたが、此所《ここ》で兎に角新派《しんぱ》の一流《りう》と云《い》はれる俳優達《やくしやたち》が自分《じぶん》の書《か》いたもの、ために心《こころ》を疲《つか》らしたり身體《からだ》を動《うご》かしたりするのかと考《かんが》へ、又《また》、それを多《おほ》くの人《ひと》が見物《けんぶつ》に來《き》たり、眞面目《まじめ》に批評《ひひやう》をしたりするのかと考《かんが》へて見《み》た。さして自分《じぶん》の心《こころ》の浮《う》くやうな誇《ほこ》りも味《あぢは》れなかつた。

顔が新派俳優《しんぱはいゆう》の一座《ざ》になど組《く》むのを自分《じぶん》で笑《わら》つて、今度《こんど》の記事《きじ》を好《い》い口實《こうじつ》に位置《ゐち》もない名《な》もない婦女《をんな》の身《み》で歐米《おうべい》へ飛《と》ぶ幸福《しあはせ》を作《つく》つた三輪《みわ》を、富枝《とみえ》は偉《えら》いと思《おも》つた。勃然と釣《つ》つて作《つく》つたその人《ひと》の眼《め》が薄暗《うすくら》い劇場《げきぢやう》の前《まへ》に浮《う》き出《だ》す。そして、幾年《いくねん》かの後《のち》に、女優學校《ぢよいうがくかう》から目差《めざ》される程《ほど》の女優《ぢよいう》も出《で》す、春《はる》の早蕨《さわらび》のやうに一列《れつ》一體《たい》によきよきと頭《あたま》を擡《もた》げた新《あたら》しい女優《ぢよいう》が、まだ身體《からだ》半分《はんぶん》も伸《の》し切《き》らぬうちに、何《なに》か西洋《あちら》での名聲《めいせい》を人氣《にんき》的《てき》に摑《つか》んだ三輪《みわ》が、大《おほ》評判《ひやうばん》で日本《につぽん》から迎《むか》へられる時《とき》の有様《ありさま》までが、富枝《とみえ》には見《み》ゐる。

富枝《とみえ》は舊《もと》の道《みち》へ引《ひ》つ返《かへ》して來《き》た。其所《そこ》から上野《うへの》まで歩《ある》いた。

大《おほ》きな手《て》に月《つき》を摑《つか》んだ雲《くも》が、その掌《たなそこ》を開《ひら》いたり窄《すぼ》めたりしてる樣《やう》な空《そら》である。

富枝《とみえ》は借《か》りた傘《かさ》を荷厄介《にやくかい》にしながら山《やま》の手線《てせん》の電車《でんしや》の停留場《ていりうぢやう》へ入《はい》つて行《ゆ》く。

電車《でんしや》の中《なか》でフロックを着《き》た男《をとこ》と、袴《はかま》を穿《は》いた男《をとこ》がお互《たがひ》に珍《めづ》らしさうな顔《かほ》を爲合《しあ》つて挨拶《あいさつ》をしてゐる。富枝《とみえ》はその傍《そば》に腰《こし》をかける。その男《をとこ》の話《はなし》の中《なか》に、

「彼方《あつち》の電車《でんしや》だつて、君《きみ》、汚《きたな》いさ。」

と云《い》つた言葉《ことば》が富枝《とみえ》の耳《みゝ》に入《はい》る。彼方《あつち》と云《い》つたのを西洋《せいやう》の事《こと》に解《かい》して聞《き》いて、妙《めう》にその胸《むね》が顫《ふる》へる。

車掌《しやしやう》が荷物《にもつ》の番號《ばんがう》を一々手帳《てちやう》に記《つ》けてゐる。破裂《はれつ》しやうとする火山脈《くわざんみやく》の上《うへ》にでも立《た》つてゐるやうな心持《こゝろもち》を起《おこ》させる音響《おんきやう》が、電車《でんしや》の床《ゆか》の下《した》で爲《し》てゐる。富枝《とみえ》は不安《ふあん》な眼《め》で自分《じぶん》の足下《あしもと》を眺《なが》めてゐる。

富枝《とみえ》は染子《そめこ》の許《そこ》へ行《ゆ》く積《つも》りで電車《でんしや》に乘《の》つたのだけれども、染子《そめこ》の家《いへ》に就《つ》くまで染子《そめこ》の事《こと》を思《おも》はなかつた。夜深《よるふか》い眞《ま》つ暗《くら》な四邊《あたり》に襲《おそ》はれながら、寂寞《ひつそり》した家《いへ》の内《うち》に染子《そめこ》の呼吸《こきふ》を考《かんが》へた時《とき》、急《きふ》にその人《ひと》が懷《なつか》しくなつて來《き》た。裏門《うらもん》を潜《くゞ》つて勝手口《かつてぐち》へ廻《まは》るまで、家《いへ》の人《ひと》は誰《だ》れも富枝《とみえ》の來《き》たことを氣附《きづ》かずにゐた。

「荻生野《をぎふの》さんでございますか。」

洋燈《ランプ》を先《さき》に突《つ》き出《だ》して、出《で》てきた老婆《ばあや》が斯《か》う云《い》つた。白髮《しらが》が燈火《あかり》の隈《くま》に搖《ゆ》られてゐる。

「お孃《ぢやう》さまはお邸《やしき》へお歸《かへ》りになりました。」

と斷《ことわ》るやうに又《また》云つた。

病氣《びやうき》が重《おも》つたので今日《けふ》の晝頃《ひるころ》、夫人《おくさま》が連《つ》れて赤坂《あかさか》の本邸《やしき》へ歸《かへ》つたのだと話《はな》する。

「頂るつて。今朝《けさ》何《な》んともなかつたのに。」

「急《きふ》に何《なん》でさ、晝頃《ひるころ》から工合《ぐあひ》の惡《わる》いところへ夫人《おくさま》が來《き》さしつてお醫者《いしや》の都合《つがふ》もあるからと云《い》ふてとで。」

富枝《とみえ》は落膽《がつかり》して、臺所《だいどころ》の踏板《ふみいた》に腰《こし》をかける。燈火《あかり》の點《つ》いてゐない奧《おく》の方《はう》から染子《そめこ》の聲《こゑ》が聞《きこ》えてくるやうな氣《き》がした。

懸賞文藝當選

あきらめ

田村とし子

四十九

親切《しんせつ》に老婆《ばあや》は提燈《ちやうちん》を點《つ》けて送《おく》つてくれた。田端《たばた》の停車場《ステーシヨン》へ引《ひ》つ返《かへ》した時《とき》はもう八時《じ》を過《す》ぎてゐた。

疲《つか》れた富枝《とみえ》は惡寒《さむけ》がして、頸筋《くびすぢ》の粟立《あはだ》つのが毛《け》孔《あな》の引釣《ひきつ》れる爲《ため》に自分《じぶん》でよく分《わか》るやうであつた。染子《そめこ》の容體《ようだい》を種々《いろいろ》と老婆《ばあや》に尋《たづ》ねても少《すこ》しも老婆《ばあや》の口《くち》からは得《え》るやうなこともなかつたが唯斯《たゞか》う云《い》つた。

「何《なん》でも貴方樣《あなたさま》のことで御座《ござ》いませうよ。是非《ぜひ》今日《けふ》はおいでなさるお約束《やくそく》だからお待《ま》ちしていらつしやいつて云《い》つてらしつたつけ。夫人《おくさん》は何處《どこ》へ來《き》さしつて下《くだ》さるも同《おな》じだなんて。」

電車《でんしや》がくると富枝《とみえ》は億劫《おくくふ》さうな足取《あしどり》をして其《そ》れへ乘《の》る。紅葉見歸《もみぢみがへ》りの人《ひと》が滿員《いつぱい》で濡《ぬ》れた襟《えり》が富枝《とみえ》の頬《ほゝ》に觸《ふ》れた時《とき》富枝《とみえ》は慄然《ぞく／＼》する。發熱《はつねつ》したのだらうと自分《じぶん》で自分《じぶん》の身體《からだ》を氣遣《きづか》つた。兄《あに》の家《いへ》へ歸《かへ》るのは厭《いや》だと思《おも》ひながら、外《ほか》に宿《とま》るやうな馴染《なじ》んだ家《うち》も持《も》たない富枝《とみえ》は、仕方《しかた》なしに又簞笥町《またたんすまち》へ歸《かへ》つた。家《いへ》へ入《はい》るとき門《もん》へ兩手《りやうて》をかけながら、借《か》りた傘《かさ》を他家《よそ》へ忘《わす》れて來《き》たことを思《おも》ひ出《だ》してゐた。

おさそに聞《き》くと都滿子《つまこ》は寢《ね》てゐると云《い》つた。おきそはポンチ繪《ゑ》の本《ほん》を紫都子《しづこ》に見《み》せて遊《あそ》ばしてゐる。

「未《ま》だ起《お》きてるの。」

「父《とう》さん歸《かへ》らないのよ。」

と心配《しんぱい》さうな顏《かほ》を叔母《をば》に向《む》けて紫都子《しづこ》は俯向《うつむ》く。

「もうお寢《ね》なさいよ。世話《せわ》を燒《や》かさないで。」

富枝《とみえ》は自分《じぶん》の部屋《へや》へ入《はい》つてほつと息《いき》を吐《つ》

懸賞文藝當選 あきらめ

田村とし子

五十

富枝《とみえ》は病氣《びやうき》であつた。朝飯《あさはん》も欲《ほ》しくなく床《とこ》を離《はな》れることは猶更《なほさら》出來《でき》なかつた。おきそは臺所《だいどころ》が忙《いそが》しいのか少《すこ》しも顏《かほ》を出《だ》さずにゐる。都滿子《つまこ》も見舞《みまひ》はなかつた。富枝《とみえ》は時々《ときどき》心地《ここち》惡《わる》く目《め》を醒《さま》しては又昏々《こんこん》と眠《ねむ》つた。

お晝頃《ひるごろ》鷄卵《たまご》をおきそが持《も》つてきた。何《なに》か食《た》べないと身體《からだ》が疲《つか》れるからと云《い》ふおきその注意《ちゆうい》であつた。富枝《とみえ》は欲《ほ》しなかつた。眼《め》の覺《さ》めた序《ついで》に便所《はゞかり》へ立《た》つた時《とき》、おきそは夜着《よぎ》の中《うち》の熱臭《ねつくさ》いのに驚《おどろ》かされた。

「除《よ》つ程《ぽど》お惡《わる》いやうぢやございませんか。」

とおきそは又熟々《またつく〴〵》富枝《とみえ》

いた。暗《くら》い中《なか》に茫然《ぼんやり》と立《た》つてゐるとおきそが怯《おび》えた樣子《やうす》で洋燈を持《も》つて來《き》た。臺《だい》へ据《す》ゑて心《しん》を捻《ね》ぢつてゐるおきその赤《あか》い太《ふと》い手《て》が、富枝《とみえ》の疲《つか》れた眼《め》に何《ど》うしたのか非常《ひじやう》に大《おほ》きく、氣味《きみ》の惡《わる》い程《ほど》明瞭《はつきり》と見《み》えた。そして其《そ》の手《て》に自分《じぶん》の眼《め》が段々《だん〴〵》と吸込《すひこ》まれるやうで富枝《とみえ》は驚《おどろ》いた樣《やう》に傍《わき》へ眼《め》を移《うつ》す。移《うつ》した場所《ばしよ》は薄暗《うすくら》だつた。何時《いつ》の間《ま》にかおきそは寢床《ねどこ》を設《し》いてくれた。茫然《ぼんやり》と壁《かべ》に寄《よ》り掛《かゝ》つてゐた富枝《とみえ》の傍《そば》へ來《き》て小《ちひ》さな聲《こゑ》で、

「お寢《やす》みなさいまし。」

と云《い》つて行《い》つて了《しま》ふ。富枝《とみえ》は着物《きもの》を脱《ぬ》ぎ代《か》へもしないで其《そ》の儘床の中《うち》へ入《はい》る。枕《まくら》へ頭《あたま》を押附《おしつ》けると、床《ゆか》の下地《したぢ》の中《なか》までも自分《じぶん》の身體《からだ》が沈《しづ》んで行《ゆ》く樣《やう》に思《おも》はれた。分《わ》けて頭《あたま》が動《うご》かすことの出來《でき》ない程《ほど》重《おも》くなつてゆく樣《やう》な氣《き》がされた。富枝《とみえ》は何《なに》も考《かんが》へずに、唯《たゞ》自分《じぶん》の頭腦《あたま》が端《はし》から眞中《まんなか》へと段々《だん〴〵》に痲痺《しび》れてゆくことだけを覺《おぼ》えながら眠《ねむ》つた。

ふつと、呻吟《うな》いたやうな男《をとこ》の聲《こゑ》に目《め》が覺《さ》めた。夢《ゆめ》から覺《さ》めたばかりの自分《じぶん》は、胸《むね》が破《やぶ》れさうに動悸《どうき》を打《う》つてゐた。男《をとこ》の呻吟《うめ》きが猶《なほ》耳《みゝ》の底《そこ》に纏繞《まつは》つてゐるやうに感《かん》じてゐた。

「ぢやあお前《まへ》の決いやうにするさ。」

これは明瞭《はつきり》聞《きこ》えた。それは兄《あに》の聲《こゑ》であつた。續《つゞ》いて姉《あね》の泣《な》く聲《こゑ》が聞《きこ》えた。立《た》つたのか何《ど》うしたのか疊《たゝみ》を強《つよ》く踏《ふ》んだ音《おと》もした。直《す》ぐとおきさつての、

「まあ。まあ。」

と云《い》ふ聲《こゑ》もした、富枝《とみえ》はぢつと夜着《よぎ》の中《うち》に身《み》を竦縮《すく》めて息《いき》をこらしてゐた。

其《そ》れ限《き》り茶《ちや》の間《ま》の方《はう》は靜《しづ》であつた。富枝《とみえ》は一寢入《ひとねい》りをすると同時《どうじ》に發熱《はつねつ》して總身《さうしん》が燒《や》くやうに熱《あつ》かつた。田畑《たはた》からの歸《かへ》り途《みち》が甚く困難《こんなん》だつた事《こと》が不意《ふい》と思《おも》はれて、今斯う して安《やす》らかに薄團《ふとん》の中《なか》に休《やす》んでゐる事《こと》が殊《こと》に選《えら》ばれがたい幸福《かうふく》に感《かん》じる程《ほど》嬉《うれ》しく思《おも》はれる。富枝《とみえ》は寢返《ねがへ》りして熱《ねつ》ばんだ片手《かたて》を夜着《よぎ》の冷《つめ》たい片袖《かたそで》の内《うち》に通《とほ》した。

の顔色《かほいろ》を覗《のぞ》つた。宮枝は足《あし》が浮《うつ》いて、繊《せん》に射《さ》した日が眼《め》に痛《いた》かつた。再《ふたゝ》び床《とこ》へ入《はい》るときおきそは昨夜《ゆうべ》の手紙《てがみ》を机《つくゑ》の上《うへ》から取《と》つて出《だ》した。染子《そめこ》からであつた。

「餘《よ》つ程《ぽど》お惡《わる》いんでせう、お苦《くる》しか御《ご》座《ざ》いませんか。」

とおきそは重《かさ》ねて尋《たづ》ねる。宮枝は唯《たゞ》、

「そんなでもない。」

と云《い》つた丈《だけ》で染子《そめこ》の手紙《てがみ》を讀《よ》み耽《ふけ》つてゐたが、大儀《たいぎ》さうに抛《はふ》り出《だ》して枕《まくら》にこわれた髮《かみ》を押附《おしつ》けると、おきそは宮枝の寢衣《ねまき》を持《も》ち出《だ》して來《き》て着更《きか》へるやうに强《し》ひて勸《すゝ》めた。宮枝は冷《つめ》たいものが肌《はだ》に觸《さは》ることを思《おも》つただけでも身内《みうち》が粟立《あはだ》つのでいやだと云《い》つた。それでは暖《あたゝ》めて來《き》て上《あ》げると云《い》つておきそは出《で》て行《い》つた。直《すぐ》と守田《もりた》の振出《ふりだ》しを熱《あつ》く振出《ふりだ》したのを湯呑《ゆのみ》に入《い》れておきそは持《も》つてきてくれた。宮枝は湯氣《ゆげ》に藥《くすり》の香《か》を嗅《か》ぎながら茶碗《ちやわん》の端《はし》と絲底《いとぞこ》に指《ゆび》をかけていや〳〵飲《の》んだ。おきそは直《す》ぐ又《また》立《た》つて行《い》つて、寢衣《ねまき》の温《ぬく》みの散《ち》らないやうに丸《まる》めて抱《かゝ》へながら持《も》つてきたのを、宮枝に着《き》せる、宮枝は一寸《ちよつと》着物《きもの》を脫《ぬ》いだ暇《ひま》にもう全身《ぜんしん》が冷《ひ》えて惡寒《さむけ》をもよほしてゐた。毛孔《けあな》に布《ぬの》の觸《さは》るのが針《はり》を刺《さ》されるやうに思《おも》はれたが、床《とこ》へ入《はい》ると直《す》ぐ氣息いはだに熱ばんできて、眠《ねむ》りが宮枝の身體《からだ》に吸《す》ひ込《こ》むかと思《おも》ふ樣《やう》によく寢入《ねい》つてしまつた。寢《ね》てゐる間《うち》も一寸《ちよい》〳〵人《ひと》の出入《ではい》りするのだけは、現《うつゝ》に覺《おぼ》えてゐた。いつもおきその樣《やう》であつた。一度《いちど》は自分《じぶん》がその名《な》を呼《よ》んだやうにも思《おも》つたが、入《はい》つて來《き》た人《ひと》は自分《じぶん》の寢顏《ねがほ》を見《み》るなり狼狽《あはて》て出《で》て行《い》つたやうであつた。

少時《しばらく》して目《め》が覺《さ》めた時《とき》は汗《あせ》に濡《ぬ》れた着物《きもの》がびつしよりと身體《からだ》を締《し》めつけてゐた。宮枝は低《ひく》い聲《こゑ》を出《だ》しておきそを呼《よ》んだ。おきそは氣《き》も苛《い》らさせず直《す》ぐ來《き》た。

「お湯《ゆ》をくれなくつて。」

おきそは湯《ゆ》を取《と》りに行《い》つた。それを持《も》つてくる時《とき》一所《いつしよ》にして藥《くすり》も添《そ》へて來《き》た。

「何《なに》か食《た》べないと可《い》けませんでせう。」

「欲《ほ》しくはないもの。」

宮枝は起《お》きて兩手《りやうて》をさすりながら身體《からだ》が痛《いた》いと云《い》つた。

「晩《ばん》に少《すこ》しお擦《さす》り申《まを》しませう。山崎《やまざき》さんをお呼《よ》びした方《はう》が宜《い》いだらうつて、旦那樣《だんなさま》が先刻《さつき》そんな事《こと》を仰有《おつしや》つていらつしやいました。」

「お醫者《いしや》なんぞ。」

斯《か》う云《い》つたから、姉《あね》は自分《じぶん》の病氣《びやうき》に何故《なぜ》少《すこ》しも構《かま》はないのかと不思議《ふしぎ》に感《かん》じた。誰《だれ》よりも大騷《おほさわ》ぎして仰山《ぎやうさん》に心配《しんぱい》をする人《ひと》が聲《こゑ》もかけてくれないのを可笑《をか》しく思《おも》つた。宮枝は昨日《きのふ》の晝《ひる》の爭論《いさかひ》が此樣《こんな》ことまでの根《ね》をしてゐるやうとは考《かんが》へられないのだつた。

「姉《ねえ》さんは何《ど》うしたの。」

宮枝の問《と》ひは輕《かる》かつたが、おきそは返事《へんじ》に困《こま》ると云《い》ふ顏附《かほつき》をして默《だま》つてゐる、おきそは宮枝の言葉《ことば》のうちに怒《いか》りが含《ふく》まれてゐると察《さつ》して恐《おそ》れたのであつた。都謙子《こ》は宮枝が寢《ね》てゐるのは、自分《じぶん》へ對《たい》して極《きま》りが惡《わる》いので假病《けびやう》を遣《つか》つてゐるのだと先刻《さつき》おきそに云《い》つた。おきそは夫《それ》を宮枝に告《つ》げて一所《しよ》に腹《はら》を立《た》ててやらうと思《おも》つてゐたが、宮枝の言葉《ことば》が何《なん》となく怒《おこ》つてゐるやうな調子《てうし》だつたと思《おも》ふと、話《はな》したい事《こと》は澁《しぶ》つてしまふ。この上《うへ》にも面白《おもしろ》くない事《こと》を聞《き》かせるのが氣《き》の毒《どく》のやうで何《なん》とも云《い》はずにゐる。宮枝も聞《き》き度《た》がらなかつた。

夜《よる》になるとおきそが昨夜《ゆうべ》の通《とほ》りの影《かげ》を作《つく》つて手洋燈《てランプ》を置《お》いて行《ゆ》く。富枝《とみえ》は昨夜《ゆうべ》その明《あか》りを見《み》た時《とき》の不快《ふくわい》だつた氣分《きぶん》を思《おも》ひ出《だ》して今夜《こんや》は其《そ》れより幾分《いくぶん》か氣《き》が引《ひ》き立《た》つてゐるやうに感《かん》じられた。

懸賞文藝當選

あきらめ

田村とし子

五十一

翌日《あくるひ》はもう富枝《とみえ》は起《お》きられた。空腹《から》のものにこれから物《もの》が滿《み》ちて行《ゆ》かうと云《い》ふ樣《やう》な希望《きばう》があつて、病《や》み上《あが》つて力《ちから》の拔《ぬ》けた身體《からだ》は、大儀《たいぎ》で力《ちから》のなかつた時《ころ》の身體《からだ》よりも樂《たの》しい狀態《ありさま》にある。一日《いちにち》寢《ね》て暮《く》らした翌日《よくじつ》の今日《けふ》は、一月《ひとつき》も二月《ふたつき》も經つてから漸《やうや》く起《お》きられた樣《やう》な樂《たの》しみを味《あぢ》はつた。茶《ちや》の間《ま》で姉《あね》に顏《かほ》を合《あは》せた時《とき》、都滿子《つまこ》は口《くち》を交《き》かなかつた、都滿子《つまこ》は鏡臺《きやうだい》に向《む》いて髮《かみ》をとかしてゐる。富枝《とみえ》はその後《うしろ》に立《た》つて少時《しばらく》默《だま》つて見《み》てゐた。

「姉《ねえ》ちやんは寢《ね》ん寢《ね》して。」

と紫都子《しつこ》が坐《すわ》つたまゝ仰向《あふむ》いて富枝《とみえ》に聞《き》く。

「紫都《しつ》ちやん、をとなね。」

富枝《とみえ》は首《くび》を曲《ま》げて微笑《ほゝゑ》んだ。其所《そこ》へ
「今朝《けさ》はお粥《かゆ》になさいますか。」

とおきそが聞《き》きに來《く》ると、

「いゝ病人《びやうにん》だね。」

と姉《あね》は冷笑《れいせう》しながら云《い》ふ。富枝《とみえ》は姉《あね》の肩《かた》越《こ》しに、鏡《かゞみ》の中《うち》の若《わか》い姉《あね》の顏《かほ》を眺《なが》める。

「お粥《かゆ》つてのも大仰《おほぎやう》ねえ。」

富枝《とみえ》は姉《あね》の言葉《ことば》を冗談《じやうだん》に取《と》つておいて自分《じぶん》の室《へや》へ行《い》つた。しぐれた空《そら》は軒《のき》の蔭《かげ》も寒《さむ》く思《おも》はせた、富枝《とみえ》は障子《しやうじ》を閉《た》て切《き》つて、その障子《しやうじ》に懷《ふところ》手《で》をしながら寄《よ》りかゝつてゐた。曇《くも》つた色《いろ》の映《うつ》つた障子《しやうじ》の紙《かみ》の色《いろ》のやうに富枝《とみえ》の心《こゝろ》は陰氣《いんき》で淋《さび》しい。斯《か》うして例《いつも》の自分《じぶん》の室《へや》に同《おな》じ疊《たゝみ》の色《いろ》を見詰《みつ》めてゐるのも苦《くる》しいほど、自分《じぶん》の周圍《しうゐ》のものが一切《さい》無興《むきよう》に飽《あ》き／＼して見《み》てもする。何《なに》か今《いま》の境遇《きやうぐう》から急轉化《きふてんくわ》するやうな事件《じけん》が實際《じつさい》に湧《わ》き起《おこ》つたらそれで自分《じぶん》は滿足《まんぞく》するやうにも思《おも》はれる。風《かぜ》に當《あた》つても惡寒《さむけ》を覺《おぼ》えなくなつた快《くわい》よさを喜《よろこ》んだのは朝《あさ》だけであつた。その時《とき》は見馴《みな》れ切《き》つたものまで新《あたら》しく珍《めづ》らしく、何《なに》を見《み》る目《め》も歡喜《くわんき》に滿《み》ちてゐたが、身體《からだ》が舊《もと》に復《かへ》ると共《とも》に一時《じ》花《はな》の咲《さ》いたやうな心持《こゝろもち》も舊《もと》に復《かへ》つて平常《つね》の淋《さび》しい氣分《きぶん》に塞《ふさ》がれて了《しま》ふ。富枝《とみえ》は唯《たゞ》ぢつと考《かんが》へ込《こ》んでゐた。例《いつも》なら何《なに》かしら菓子《くわし》を調《とゝの》へて姉《あね》の聲《こゑ》で呼《よ》ばれる時間《じかん》であつた。何《なん》の爲《ため》に姉妹《ふたり》は不和《ふわ》になつて言葉《ことば》一《ひと》つ交《まじ》へないのかと其《そ》れが忌々《いま〳〵》しく思はれた。富枝《とみえ》は茶《ちや》の間《ま》へ出《で》て行《い》つた。都滿子《つまこ》は新聞《しんぶん》を讀《よ》んでゐた。富枝《とみえ》は平生《いつも》の通《とほ》りの樣子《やうす》をして、

「もうお八《や》つの時分《じぶん》でせう。」

と態と笑《わら》つて聞《き》いて見《み》た。

「然《さ》う」

都滿子《つまこ》の返事《へんじ》はそれだけで、白粉《おしろい》をつけた頸《えり》を拔《ぬ》いて、柔《やはら》かい片手《かたて》は新聞《しんぶん》の上《うへ》に投《な》げ出《だ》してゐる。

「馬鹿《ばか》〳〵しいわ、喧嘩《けんくわ》したつてつまらないぢやありませんか。何《ど》うしたつて云《い》ふの。」

都滿子《つまこ》は默《だま》つてゐる。讀《よ》んでゆく記事《きじ》のうちに可笑《をか》しいことがあつたと云《い》ふ樣《やう》に新聞《しんぶん》を讀《よ》みさして獨《ひと》りで笑《わら》つてゐる。

「いやな顏《かほ》を爲《し》あつてゐて何《なに》が面白《おもしろ》いの。」

「ちつとも面白《おもしろ》くはありませんよ。」

都滿子《つまこ》は突然《だしぬけ》に然《さ》う云《い》つて身體《からだ》をおこした。

「ぢや普通《あたりまへ》にしてたら好《い》いぢやありませんか。姉《ねえ》さんは暢氣《のんき》よ。」

「暢氣《のんき》ですとも。暢氣《のんき》だからこそ一日《にち》でも生《い》きてゐられる。」

「嫉妬《やきもち》さへやいてりや其《そ》れで結構《けつかう》んだから暢氣《のんき》だわ。兄《にい》さんのためにお化粧《つくり》して、兄《にい》さんの爲《ため》に怒《おこ》つたり泣《な》いたりしてゐれば其《そ》れで濟《す》むんだから結構《けつこう》だわ。姉《ねえ》さんの眼《め》のうちに姉妹《きやうだい》なんぞはないんですもの。」

「世話《せわ》のやける姉妹《きやうだい》なんぞ欲《ほ》しくない。」

「欲《ほ》しくないつたつて捨《す》てる譯《わけ》にもゆかないでせう。」

兩人《ふたり》はこんな事《こと》を言《い》ひ諍《あらそ》つた。富枝に對するとは違《ちが》つて、都滿子《つまこ》は富枝《とみえ》に露骨《うちつけ》で自分《じぶん》の邪推《じやすゐ》を漏《も》らすことは出來《でき》ない。都滿子《つまこ》は自分《じぶん》の嫉念を晴《は》らす爲《ため》に、先日中《こなひだぢう》の泊り先《さ》きを尋《たづ》ねたかつたのだけれども自分《じぶん》の胸《むね》のうちを見透《みす》かされるやうな氣《き》がして其《そ》れすら聞《き》き得《な》なかつた。然《さ》うかと云《い》つて容易《ようい》に妹《いもうと》に打解《うちと》ける事《こと》も出來《でき》なかつた。唯何處《どこ》か濟《す》ましにくい語氣《ごき》を示《み》せて、機嫌《きげん》の直《なほ》らない體《てい》である。

別《べつ》になるからいゝと富枝《とみえ》は云《い》ひ出《だ》した。そんな小《ちひ》さな橋《はし》の杭《くひ》の下《した》に卷《ま》いてるやうな渦《うづ》の中《なか》に自分《じぶん》も捲込《まきこ》まれるのは厭《いや》だからと笑《わら》つた。

「それで宜《い》いわ、さうして何《なん》でも好《す》きな事《こと》をやるに限《かぎ》るわ。」

都滿子《つまこ》は然《さ》う云《い》つて、火鉢《ひばち》にかゝつてる鍋《なべ》の中《なか》の牛乳《ぎうにう》を攪《か》きまはしてゐた。

懸賞文藝當選

あきらめ

田村とし子

五十二

二三日富枝《とみえ》は自分《じぶん》の室《へや》に引《ひ》き籠《こも》つて暮《くら》した。

家《うち》にゐるのは厭《いや》でありながら、さて行先《ゆくさき》を考《かんが》へて見《み》ると何處《どこ》も此處《ここ》もつまらない場所《ばしよ》ばかりであつた。染子《そめこ》に逢《あ》つて見《み》たいのだけれ共《ども》、自分《じぶん》が其當人《そのたうにん》に逢《あ》はうとするまでに、然《さ》うする事《こと》を順序《じゆんじよ》づける他《ほか》の人々《ひと／″＼》の顔《かほ》に逢《あ》ふのが面倒《めんだう》であつた。その爲《ため》に染子《そめこ》の病氣《びやうき》を見舞《みま》つてやる氣《き》もしなくなつてゐた。

暮《く》れ際《ぎは》になつてから雨《あめ》がしよぼ／＼と降《ふ》り出《だ》した。家《うち》のものは皆《みな》綿入《わたい》れになつて猶《なほ》今日《けふ》の寒《さむ》さを話《はな》しあつてゐる。富枝《とみえ》の室《へや》へも火鉢《ひばち》が運《はこ》ばれて室々《へや／″＼》の障子《しやうじ》を閉《た》てさる音《おと》が冬籠《ふゆごも》りの用意《ようい》の一《ひと》とつらしく響《ひゞ》く。富枝《とみえ》はコートを着《き》て家《いへ》を出《で》た。

電車《でんしや》へ乗《の》ると、雨《あめ》に濡《ぬ》れた人《ひと》が隅々《すみずみ》にはちらりと腰《こし》かけて居《ゐ》るのも寒《さむ》かつた。風邪《かぜ》の癒《なほ》りきらない身體《からだ》に、冷《つめ》たい風《かぜ》が剛ない肌《はだ》に觸《さは》る樣《やう》でそれも快《こゝろ》よくなかつた。

富枝《とみえ》は東《ひがし》へ行《い》つた。店《みせ》の女中《ぢよちう》が二人《ふたり》ばかり遊《あそ》びに來《き》てゐて、一人《ひとり》は三味線《さみせん》を彈《ひ》いてゐた。富枝も結《ゆ》ひ立《た》ての唐人髷《たうじんまげ》を光《ひか》らして唄《うた》を歌《うた》つたりしてゐたが、富枝《とみえ》が來《く》ると女等《をんなたち》は直《す》ぐ止《や》めて店《みせ》へ歸《かへ》つて行《い》つた。

「お都滿《つま》さんにも呆《あき》れるのね。」

突然《いきなり》お拵《こしら》は富枝《とみえ》に斯《か》う云《い》ふ。お拵《こしら》は何《なに》か考《かんが》へながら彈《はぢ》いてゐた算盤《そろばん》を傍《わき》へ置《お》いて膝《ひざ》の上《うへ》の帳簿《ちやうぼ》を音《おと》さして閉《と》ぢる。

「困《こま》るのよ。」

富枝《とみえ》は久《ひさ》しく逢《あ》はない氣《き》がして家《うち》の人《ひと》たちが皆《みな》懐《なつか》しく思《おも》はれた。貴枝《きえ》を招《まね》いて、

「相變《あひかは》らず達者《たつしや》。」

と聞《き》く。

「この人《ひと》はもう家族中《ちう》一番《いちばん》の元氣《げんき》やさんだ。」

貴枝《きえ》は默《だま》して微笑《ほゝゑ》んでゐる、その微笑《ほゝゑ》んだ顔《かほ》が富枝《とみえ》には見違《みちが》へる程《ほど》小賢《こざか》しく大人《おとな》びて見《み》ゐる。

「富枝《とみえ》さんの好《す》きな金玉糖《きんぎよくたう》があつたらう。お出《だ》し。」

「はい。」

貴枝《きえ》は返事《へんじ》まで平生《ふだん》と異《ちが》つてゐる。菓子《くわし》簞笥《だんす》の傍《そば》へ坐《すわ》つて、温雅《しとやか》に物《もの》を出《だ》す風《ふう》を富枝《とみえ》は何《なに》かの實驗《じつけん》でも見究《みきは》める樣《やう》な眼《め》でしつかりと見《み》る。貴枝《きえ》の羽織《はおり》の袖《そで》は相變《あひかは》らず長《なが》く、細《ほそ》い頸《くび》には例《れい》の通《とほ》り白粉《おしろい》が濃《こ》くつけてある。けれど菓子《くわし》を大《おほ》きな器《うつは》から小《ちひ》さい物《もの》へ移《うつ》す器用《きよう》な手先《てさき》や、箸《はし》を揃《そろ》へてから簞笥《たんす》の中《うち》を舊《もと》の通《とほ》りに始末《しまつ》して硝子戸《ガラスど》をぴたりと締《し》めて、さて菓子器《くわしき》を盆《ぼん》ぐるみ持《も》つて立上《たちあが》つた樣子《やうす》合《あ》ひまで、いつもの貴枝《きえ》とは全《まつた》く變《かは》つてゐた。

「姉《ねえ》さん、お一《ひと》つ。」

貴枝《きえ》は又《また》斯《か》う云《い》つた。富枝《とみえ》は答《こた》への度《ど》を失《うしな》つてゐた。そして唯《たゞ》熟々《つく／″＼》貴枝《きえ》の顔《かほ》を打《う》ち見《み》てゐる。

「あれからお都滿《つま》さんは何《ど》んな樣子《やうす》。」

お拵《こしら》の尋《たづ》ねることに富枝《とみえ》は委《くは》しい返事《へんじ》をするのが辛《つら》かつたので、自分《じぶん》も病氣《びやうき》でゐたから姉《ねえ》さんの樣子《やうす》は能《よ》く知《し》らないし、姉《ねえ》さんの此處《ここ》へ來《き》たことも知《し》らないでゐたと云《い》つた限《ぎり》で、もつと貴枝《きえ》の變《かは》つた態度《たいど》を見出《みだ》さうとそればかりを氣《き》にしてゐる。

お杉《すぎ》は都満子《つまこ》が此所《こゝ》へ來《き》たときの樣子《やうす》を恐《おそ》らく富枝《とみえ》に語《かた》つた。富枝《とみえ》より以外《いぐわい》にそれを話《はな》して聞《き》いて貰《もら》ふやうな人《ひと》はお杉《すぎ》の知己《しりあひ》のうちになかつた。話《はな》したところで新聞《しんぶん》の三面記事《めんきじ》を面白《おもしろ》がつて讀《よ》むのと同《おな》じ感想《かんさう》を持《も》つやうな人《ひと》ばかりで、その場合《ばあひ》のお杉《すぎ》の立場《たちば》に同情《どうじやう》したり、貴枝《きえ》を憫《あはれ》んだりしてその事件《じけん》相當《さうたう》の分別《ふんべつ》を與《あた》へて答《こた》へる人《ひと》は一人《ひとり》もなかつた。富枝《とみえ》ならば自分《じぶん》の腹《はら》の癒《い》るだけの返事《へんじ》をして呉《く》れるばかりでなく、富枝《とみえ》は富枝《とみえ》だけに自分《じぶん》に聞《き》いて貰《もら》ひたい思想《しさう》もあらうと思《おも》つたのだが、富枝《とみえ》は別《べつ》にお杉《すぎ》が激《げき》するほど姉《あね》のことに就《つ》いて彼樣《あゝ》斯樣《かう》と云《い》ひもしずにゐる。まして其《そ》の事《こと》から自分《じぶん》までが妙《めう》な誤解《ごかい》を受《う》けて未《いま》だに不和《ふわ》でゐる事《こと》など少《すこ》しも聞《き》かさなかつた。富枝《とみえ》はお杉《すぎ》に限《かぎ》らず誰《だれ》にもそんな恥《は》づべきことは云《い》ひたくないと考《かんが》へてゐる。

田村とし子

五十三

貴枝《きえ》は行儀《ぎやうぎ》よく默《だま》つて兩人《ふたり》の話《はなし》を聞《き》いてゐる。

僅《わづ》の日數《にちすう》の間《うち》に斯《か》うまで態度《たいど》を變《かは》らせたその動機《どうき》が富枝《とみえ》は知《し》りたかつた。何《なに》かの事《こと》に就《つ》いて甚《ひど》い小言《こごと》でも云《い》はれたのかも知《し》れない、貴枝《きえ》は陊々ではあつたけれど、年《とし》には似合《にあ》はぬ老熟《ま》せた點《ところ》もある子《こ》である。貴枝《きえ》は烈《はげ》しい叱言《こゞと》の爲《ため》にいぢけて一概《がい》に子供《こども》つぽい點《ところ》を削《けづ》られて了《しま》つたのかも知《し》れぬと富枝《とみえ》は考《かんが》へる。この叱言《こゞと》も兄《にい》との關係《くわんけい》の事《こと》に就《つ》いてゞあらうと判斷《はんだん》する。

「貴枝《きえ》ちやんは大層《たいそう》おとなしくなつたぢやありませんか。何《なに》かお藥《くすり》が利《き》いたと見《み》えるわね。」

富枝《とみえ》は貴枝《きえ》の無邪氣ない風《ふう》の消《き》えたのが不平《ふへい》で、わざと皮肉《ひにく》に云《い》ふ。お杉《すぎ》は、

「さうでもない。富枝《とみえ》さんがお在《い》でだから一寸猫《ちよつとねこ》を被《かぶ》つたところなんさ。忽《たちま》ち尻尾《しつぽ》を現《あらは》しますよ。」

と云《い》つて綺麗《きれい》に笑《わら》ふ。貴枝《きえ》は羞《は》づかしさうにして腮《あご》を襟《えり》に擦《す》り附《つ》けて俯向《うつむ》く。それが如何《いか》にも苦々《にが/\》しいほど態《わざ》とらしく富枝《とみえ》に見《み》えた。

富枝《とみえ》は貴枝《きえ》によつて興《きよう》を醒《さ》まされながら其《そ》れでも今日《けふ》自分《じぶん》の來《き》たことの用《よう》をお杉《すぎ》に告《つ》げた。お杉《すぎ》は眉《まゆ》を寄《よ》せて容易《ようい》ならない事《こと》でも聞《き》き出《だ》してゐる樣《やう》な顔《かほ》をしてゐたが、

「何故《なぜ》また一人《ひとり》別《べつ》にならうと思《おも》ひ附《つ》きだしたのかしら。家《うち》がおもしろくない樣《やう》なことでも起《おこ》つたんですか。」

と、其《そ》の用《よう》を辨《べん》じてやるの諾否《だくひ》よりも、まづそれを聞《き》きたがる。

「別《べつ》に然《さ》うぢやないんです。唯《たゞ》一人《ひとり》になつた方《はう》が面白《おもしろ》いから。」

「面白《おもしろ》いつたつて若《わか》い女《をんな》が一人《ひとり》で世帯《しよたい》を持《も》つ譯《わけ》にもゆかないし、下宿《げしゆく》も出來《でき》ずそりやね、家《うち》なんぞは隨分《ずゐぶん》、世《よ》の中《なか》の落

ちてばれ人間《にんげん》が迷《まよ》ひ込《こ》んでくるから、貴《あな》女《た》を同居《どうきよ》させる様《やう》な都合《つがふ》の好《い》い家《うち》もないぢやないが、それだけは能《よ》く考《かんが》へた方《はう》がいゝよ富枝《とみえ》さん、何《なん》なら家《うち》へ来《き》てたらいいでせう。」

富枝《とみえ》はそれは好《この》まなかつた。

「家《うち》を有《も》つ位《くらゐ》のことなら妾《あたし》にも出来《でき》るんですから、唯《たゞ》家《うち》の事《こと》をやつて呉《く》れる様《やう》な老人《としより》はないでせうか。」

これが富枝《とみえ》の癖《くせ》だとお埒《らち》は一寸《ちよつと》癪にさわる。親切《しんせつ》にして云《い》つてやる事《こと》は頂《てん》から刎《は》ね附《つ》けて了《しま》つて、自分《じぶん》の云《い》ひ條《でう》ばかりを何處《どこ》までも好《い》いに定《き》めてかゝるのがお埒《らち》には生意氣《なまいき》に受取《うけと》られた。

「なくもありませんよ。然《さ》うして一人《ひとり》で生活《くら》して行《ゆ》かうと云《い》ふんですか。」

富枝《とみえ》は點頭《うなづ》いてゐる。斯《か》う云《い》ふ事情《じじやう》だから別居《べつきよ》したいとか、別居《べつきよ》するには何《ど》うしたら好《い》いだらうかとか、富枝《とみえ》に相談《さうだん》をかけられないのもお埒《らち》にはおもしろい返事《へんじ》の出来《でき》ない一《ひと》つであつた。そんな位《くらゐ》ならさつさと桂庵《けいあん》へでも頼《たの》んで人《ひと》を傭《やと》ふがいいとお埒《らち》の顔色《かほいろ》は直《すぐ》に變《かは》つてくる。けれど笑顔《ゑがほ》で、

「富枝《とみえ》さん見《み》たいに譯《わけ》も云《い》はないで、唯《たゞ》然《さ》う藪《やぶ》から棒《ぼう》ぢや相談《さうだん》にもなれないわね、何故《なぜ》一人《ひとり》になり度《た》いんだか、それが分《わか》りや妾《あたし》だつて力《ちから》の入《い》れやうもあるつてもんだけれどさ。」

と苦《にが》く云《い》つた。富枝《とみえ》はもう押《お》してその上《うへ》を頼《たの》まなかつた。それで話《はなし》は又《また》都満子《つまこ》の上《うへ》へ返《かへ》つて、

「ほんとに妾《あたし》は思《おも》ふさま毒突《どくづ》いてやつた。親戚同様《しんせきどうやう》だから好いやうなもの、、恥曝《はぢさら》しぢやないかね。貴枝《きゑ》も打たれたんですよ、お前《まへ》さんは氣狂《きちがひ》かつて云《い》つたら、氣《き》も狂《くる》つてゐるでせうと云《い》つた。氣狂《きちがひ》は相手《あひて》にならないから早々《さう〳〵》と歸《かへ》つて貰《もら》ひませうと云《い》ふとね泣《な》き出《だ》してさ。」

「持病《ぢびやう》で仕方《しかた》がないけれど困《こま》るわね。」

「富枝《とみえ》さんも何《なに》か姉《ねえ》さんと折合《をりあ》ひがつかないんで別《べつ》にならうとでも云《い》ふんぢやないか。」

富枝《とみえ》は其《そ》れは打明《うちあ》けなかつた。

其晩《そのばん》富枝《とみえ》は始《はじ》めてあづまの家《うち》へ泊《とま》つた。今《いま》まで何様《どんな》時《とき》にも泊《とま》つたことのない富枝《とみえ》が、お埒《らち》の勸《すゝ》める儘《まゝ》に泊《とま》ると云《い》ひ出《だ》したので、お埒《らち》はひどく喜《よろこ》んだ。お埒《らち》は富枝《とみえ》に馴《な》れられるほど満足《まんぞく》なので、今夜《こんや》も夜《よ》着《ぎ》の選擇《せんたく》にまで聲《こゑ》を嗄《か》らして家《うち》の人等《ひとたち》を忙《いそが》しがらせる程《ほど》大騒《おほさわ》ぎをした。

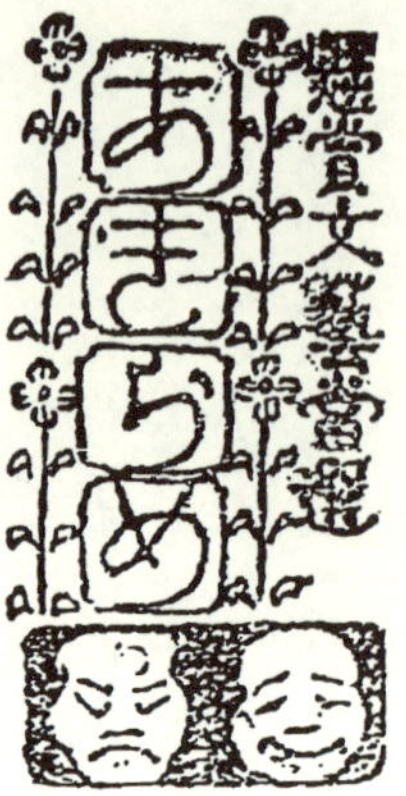

田村とし子

五十四

翌《よく》る日《ひ》になると、暫時《しばらく》斯《か》うして此處《こゝ》に寢《ね》起《お》きしたら何《ど》うかとお母《はゝ》は勸《すゝ》める。決《けつ》して勉強《べんきやう》や書《か》きものゝ邪魔《じやま》はさせない樣《やう》に大事《だいじ》にするから、氣《き》を措《お》かずに居《ゐ》て見《み》ては何《ど》うだらうと云《い》つてくれる。お母《はゝ》は富枝《とみえ》を引留《ひきと》めておいて、人《ひと》に自慢《じまん》も爲《し》たいのであつた。それだけにお母《はゝ》は富枝《とみえ》を欽《きん》敬《けい》もし、世間見《せけんみ》ずの擧動《きよどう》なんぞは、芝居《しばゐ》で知《し》つてる吃《ども》の又平《またへい》や左甚五郎《ひだりじんごらう》などの名人《めいじん》に限《かぎ》つて世間《せけん》に疎《うと》かつたことを手本《てほん》にして、

「何藝《なにげい》に限《かぎ》らず、他《ひと》のものより立勝《たちまさ》つた人《ひと》はみんな彼樣《あんな》ものだ。」

と却《かへつ》て感心《かんしん》する方《はう》であつた。其《そ》れだけに自分《じぶん》の家《いへ》を富枝《とみえ》の家《いへ》のやうにして、我《わ》が儘《まゝ》も、世話《せわ》も燒《や》かされて貰《もら》つた方《はう》が嬉《うれ》しいのだけれども、唯《たゞ》貴枝《きえ》を懷愛《なつか》しんで斯《か》うして時々《ときどき》來《く》るだけなのが飽《あ》き足《た》りなかつた。

姉《ねえ》さんの傍《そば》だけ離《はな》れやうと云《い》ふのなら、此家《こゝ》へ來《き》てゐた方《はう》がいゝ、それとも唯自分《たゞじぶん》だけ一人《ひとり》になりたいと云《い》ふのなら又相談《またさうだん》のしやうもあると云《い》はれても、其《そ》れに對《たい》して富枝《とみえ》は少《すこ》しも自分《じぶん》の考《かんが》へを云《い》はないのが煮《に》え切《き》らないで歯痒《はが》ゆかつた。朝《あさ》の話《はなし》はそんな事《こと》であつたが、午後《ひるすぎ》になると富枝《とみえ》はお母《はゝ》に駒下駄《こまげた》をかりて貴枝《きえ》を伴《つ》れて家《うち》を出《で》た。

銀座《ぎんざ》で買物《かひもの》をしやうと云《い》ふのである。買物《かひもの》も貴枝《きえ》に何《なに》か買《か》つてやらうと云《い》ふ注文《ちうもん》なので、兩人《ふたり》は遊《あそ》びながら、煉瓦《れんぐわ》の路《みち》を歩《ある》いた。

貴枝《きえ》は彼《あ》れも欲《ほ》しいこれも欲《ほ》しいと臆面《おくめん》もなく云《い》ひ出《だ》す。お母《はゝ》の傍《そば》とは違《ちが》つた何處《どこ》か餘裕の出來《でき》た顏《かほ》が美《うつく》しく見《み》ゑる。

「貴枝《きえ》ちやんは何《なん》だつて欲《ほ》しいものは阿母《おつか》さんが買《か》つてくれるからいゝ、ちやないの。」

「幾何《いくら》買《か》つてくれても、まだ欲《ほ》しいわよ。」

富枝《とみえ》はその云《い》ひ草《ぐさ》がをかしく思《おも》はれ。兩人《ふたり》は三枝《さえぐさ》へ入《はひ》つて簪花《かんざし》を買《か》つた、色《いろ》は白《しろ》いけれど大《おほ》きな花《はな》の簪花《かんざし》だつたので、まだ此樣《こんな》ものを揷《さ》したい氣《き》なのが可愛《かあい》らしかつた。雛妓《おしやく》が兩人《ふたり》で島田《しまだ》の辨天《べんてん》にするのだと云《い》つて、薄桃色《うすもゝいろ》の造花《ざうくわ》を同《おな》じ大《おほ》きさに作《つく》らしてゐるのを貴枝《きえ》は見《み》てゐたがその顏《かほ》を見《み》てから自分《じぶん》の容貌《きりやう》を誇《ほこ》つたやうな澄《す》ました顏《かほ》して傍《わき》の方《はう》を仰向《あふむ》いた、それを富枝《とみえ》はぢつと眺《なが》めた。其處《そこ》を出《で》ると富枝《とみえ》はぶら〳〵と新橋《しんばし》の方《はう》に向《む》く。貴枝《きえ》は博品館《はくひんくわん》へ入《はい》ると云《い》つてる、富枝《とみえ》は貴枝《きえ》の柔《やはら》かい手《て》を曳《ひ》いて、

「もつと遠《とほ》い所《ところ》へ遊《あそ》びに行《い》かう。」

と云《い》つた。

「遠《とほ》い所《とこ》つて何所《どこ》、上野《うへの》。」

と貴枝《きえ》が自分相應《じぶんさうおう》の遠《とほ》いところを聞《き》いて見《み》る。

「もつと。汽車《きしや》へ乘《の》つて行《ゆ》くやうなところ。」

富枝《とみえ》は商店《しやうてん》の硝子戸《ガラスど》に映《うつ》る姿《すがた》を見《み》ながら歩《ある》いてゆく。往來《わうらい》の女《をんな》はもうショールを爲《し》てゐるのもあつた。晴《は》れた日《ひ》は暖《あた》つてゐながら風《かぜ》が唇《くちびる》に冷《つめ》たい。

「汽車《きしや》で大變《たいへん》だわ。」

貴枝《きえ》はさも驚《おどろ》いた樣《やう》な聲《こゑ》を出《だ》す、富枝《とみえ》は默《だま》つて新橋《しんばし》の停車場《ステーシヨン》へ入《はひ》つた。

富枝《とみえ》は貴枝《きえ》を伴《つ》れて箱根《はこね》へ行《ゆ》かうと思《おも》ひ

懸賞文藝當選

あきらめ

田村とし子

五十五

汽車《きしや》の中《なか》でも貴枝《きえ》は家《いへ》を案《あん》じる様《やう》な言葉《ことは》は告《つ》げなかつた。唯《たゞ》、温泉《をんせん》へ行《い》つててんな着物《きもの》ぢや極《きま》りが惡《わる》いとそればかりを繰《く》り返《かへ》してゐる。手《て》に持《も》つてるのが面倒《めんだう》だと云《い》ふので、買《か》つた簪花《かんざし》を箱《はこ》から出《だ》して貴枝《きえ》は頭髪《つむり》に挿《さ》した。箱《はこ》を滑《すべ》して窓《まど》から外《そと》へ富枝《とみえ》は投《な》げた。丁度《ちやうど》大磯《おほいそ》附近《ふきん》の松原《まつばら》が過《す》ぎて見《み》ゐる。

貴枝《きえ》は夏冬《なつふゆ》の湯治《たうぢ》に伴《とも》はれ馴《な》れて、汽車《きしや》の旅《たび》を珍《めづ》らしがる風《ふう》はない。家《うち》にゐて臺所《だいどこ》へでも腰《こし》を掛《か》けてゐる樣《やう》な工合《ぐあひ》で、室《しつ》の腰掛《こしかけ》に身《み》を凭《もた》せてゐる。窓硝子《まどガラス》に一枝の挿《さ》した簪花《かんざし》が白《しろ》く映《うつ》つてちら／＼する。

附《つ》いた。國府津《こふづ》行《ゆき》の汽車《きしや》の發車《はつしや》するまでに、僅《わづか》十五分しきや間《ま》のないのが餘計《よけい》富枝の心を焦《いら》した。富枝《とみえ》は切符《きつぷ》を買《か》つてから愉快《おもしろ》さうに貴枝《きえ》を見《み》て笑《わら》ひ出《だ》す。貴枝《きえ》は氣味《きみ》を惡《わる》がつて汽車《きしや》へ乗《の》るのは嫌《いや》だと云《い》ひ張《は》る。

「てんな着物《きもの》でそんな所《ところ》まで行《ゆ》かれないわ。外聞《ぐわいぶん》がわるいわよ。」

貴枝《きえ》が斯《か》う云《い》つて、それでも引《ひ》つ掛《か》けて出《で》た友禪縮緬《いうぜんちりめん》の羽織《はおり》をいぢつて見《み》る。

「着物《きもの》で行《い》くんぢやないの。何《なん》だつて構《かま》はないぢやありませんか。」

「妾《あたし》いやだわ。連《つ》れてつて貰《もら》ふのは宜《い》いけれど、そんなら一旦《たん》家《うち》へ行《い》つて美《い》い衣服《きもの》を着《き》て來《こ》ないぢやゐ。」

昨日《きのふ》兄《あに》の家《うち》を出《で》た時《とき》から富枝《とみえ》は箱根《はこね》へでも行《い》かうと思《おも》つてゐた、貴枝《きえ》が嫌《いや》でなければ一人《ひとり》して行《ゆ》くつもりで改札口《かいさつぐち》へ行《い》つた時《とき》貴枝《きえ》は追《お》つかけて來《き》て、

「直《す》ぐ歸《かへ》れて。」

と聞《き》いた。

「そりや何日《いつ》歸《かへ》れるか分《わか》らない。」

と云《い》つたにも關《かゝ》はらず、貴枝《きえ》は富枝《とみえ》に從《つ》いて入《はい》つた。切符《きつぷ》を二枚《まい》切《き》らせて人《ひと》に押《お》されながらプラットフォームを走《はし》つた。

△五十二回中上段二十三行目富枝を結ひ……は貴枝を結ひ……の誤

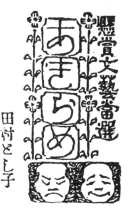

室の内《うち》には他《ほか》に客《きやく》の一《ひと》組《くみ》がある限《かぎ》りで靜《しづか》であつた。其《そ》の客《きやく》は窓《まど》によつた腰《こし》かけを殘《のこ》らず占《せん》領《りやう》して、毛布《まうふ》に包《くる》まつて寢《ね》てゐる病人《びやうにん》らしい男《をとこ》を、女《をんな》が二人《ふたり》男一人《をとこひとり》で取卷《とりま》いてゐる。丸髷《まるまげ》に結《い》つた年増《としま》の女《をんな》はいかにも水々《みづ〳〵》と意氣《いき》に見《み》えた。白《しろ》い袖《そで》の振《ふ》りが短《みぢか》く揃《そろ》つてゐる。足《あし》が痺《しび》れると見《み》ゑて時々《ときどき》坐《すわ》つた足《あし》を腰《こし》かけの下《した》へと延《の》ばす。眞《ま》つ白《しろ》な小《ちひ》さい足袋《たび》が下駄《げた》を探《さぐ》る度《たび》にお召《めし》の裾《すそ》がなだらかに絡《から》む。一服《いつぷく》吸《す》ふと、吸殼《すいがら》を茶碗《ちやわん》に受《う》けて、直《す》ぐ丁寧《ていねい》に煙管《きせる》を煙筒《きせるづゝ》にしまひ込《こ》みその兩手《りやうて》を膝《ひざ》に乘《の》せて少《すこ》し身體《からだ》を屈《かゞ》み加減《かげん》にさせてゐる。物《もの》を云《い》ふとき眉毛《まゆげ》を上《あ》げて、頸《くび》に筋を氣遣《きづか》ふあたりが素人《しろうと》の匂《にほ》ひはしなかつた。伴《つ》れのわかい女《をんな》はこれに比《くら》べて野暮《やぼ》な風《ふう》であつた。唯《たゞ》その指環《ゆびわ》なり衣服《きもの》なりに、年増《としま》の女《をんな》に讓《ゆづ》らぬほどの贅《ぜい》を見《み》せてゐた。男《をとこ》は二人《ふたり》に使《つか》はるゝ下僕《しもべ》の様《やう》な言葉《ことば》づかひをしてゐる。病人《びやうにん》は若《わか》い女《をんな》の良人《をつと》らしい様《やう》にも察《さつ》せられた。若《わか》い女《をんな》は伴《つ》れの方《はう》を姉《ねえ》さんと呼《よ》んでゐる。年増《としま》の女《をんな》は貴枝《きえ》の丁度《ちやうど》眞向《まむか》ひにゐたので貴枝《きえ》を好《す》きらしい眼《め》づかひで見《み》ながら、

「何所《どこ》へいらつしやるの。」

と尋《たづ》ねた。

「箱根《はこね》。かんざしを買《か》ひに出《で》た途中《とちう》から急《きふ》に行《ゆ》くことになつて了《しま》つたの。」

と臆面《おくめん》もなく甘《あま》い氣味《きみ》で貴枝《きえ》は答《こた》へる、彼方《むかふ》の女《をんな》は笑《わら》つてゐた。

「姉《ねえ》さんは斯《か》う云《い》ふ無暗《むやみ》な人《ひと》なのよ。」

と此様《こんな》ことまで饒舌《しやべ》つて、それでも富枝《とみえ》の袖《そで》に縋《すが》りついてゐる。女《をんな》は子供《こども》の云《い》ふ事《こと》は分《わか》らぬと云《い》ふ様《やう》な顔附《かほつき》で又笑《またわら》つた。兩人《ふたり》の身服装《みなり》がこんな旅行《りよかう》に不和應《ふさは》しくないと認《みと》めなかつたので、大方《おほかた》誰《たれ》か先《さき》に箱根《はこね》へ行《い》つてゞもゐて、姉妹《きやうだい》が不意《ふい》に其所《そこ》へ行《ゆ》く途中《とちう》なのでもあらうかと推《すゐ》した様《やう》な眼《め》で、再《ふたゝ》び二人《ふたり》を見《み》てゐる。

「彼方《あちら》へ行《い》つてから電報《でんぱう》を打《う》つの。今夜《こんや》は阿母《おつか》さんが大騒《おほさわ》ぎすることよ。」

貴枝《きえ》は寧《むし》ろこれを面白《おもしろ》さうにして斯《か》う云《い》ふ。

「電報《でんぱう》を見《み》るとね、妾《わたし》の衣服《きもの》を持《も》つて直《す》ぐやつてくるわ。」

貴枝《きえ》は幼《をさな》い心《こゝろ》にもこんな唐突《だしぬけ》のことが面白《おもしろ》く感《かん》じられる。そして人《ひと》を驚《おどろ》かし騒《さわ》がすのも嬉《うれ》しかつた。

「姉《ねえ》さんと一所《しよ》だから叱言《こごと》は云《い》はれないわねえ。」

と落着《おちつ》くと共《とも》に斯《か》う喜《よろこ》んだ。

國府津《こふづ》へ着《つ》くと二時《じ》過《す》ぎてゐる。此處《こゝ》で電報《でんぱう》を打《う》つて二人《ふたり》は直《すぐ》に電車《でんしや》へ乘《の》つた。小田原《をだはら》の町《まち》は寂《さび》しくて、砂塵《すなほこり》が立《た》つてゐた。貴枝《きえ》は汽車《きしや》から下《お》りた時《とき》始《はじ》めて東京《とうきやう》から遠《とほ》く離《はな》れた思《おも》ひが切《せま》つて心細《こゝろぼそ》く感《かん》じた。そして甚《ひど》く寒《さむ》かつた。

「もう東京《とうきやう》ぢやないのね。」

と寂《さび》しい顔《かほ》をする。それでも、これから旅行《りよかう》すると云《い》ふ區劃《くぎ》りがついてゐなかつたので、簪花《かんざし》を買《か》ひに出《で》た通《とほ》りの路《みち》を眞《ま》つ直《すぐ》に運《はこ》ばれてるやうにも感《かん》じてゐる。

「明日《あした》は歸《かへ》るんでせう。ねゑ。姉《ねえ》さん。」

富枝《とみえ》は貴枝《きえ》と二人限《ふたりぎ》り、斯《か》うして知《し》つた人等《ひとたち》の手《て》から離《はな》れて旅《たび》をすると云《い》ふ心持《こゝろもち》が、貴枝《きえ》を親《した》しませ馴染《なじ》ませる様《やう》に思《おも》はれて嬉《うれ》しかつたので、

「いつまでも遊《あそ》んでやうとは思《おも》はないの。姉《ねえ》さんと二人《ふたり》で。」

と云《い》つて貴枝《きえ》の脊中《せなか》に手《て》をまはした。貴枝《きえ》は、

「寒《さむ》いわね、箱根《はこね》は。」

と自分《じぶん》の小《ちひ》さい額《ひたひ》に迫《せま》つた山《やま》を窓《まど》から振《ふ》返《かへ》つて身《み》を固《かた》くした。

懸賞文藝當選

あきらめ

田村とし子

五十六

温泉宿《ゆやど》へ着《つ》いた時《とき》はもう電燈《あかり》が點《つ》いてゐた。部屋《へや》もなければ着代《きが》へもないのを、をかしいと云《い》つて貴枝《きえ》は床《とこ》の間《ま》の前《まへ》で笑《わら》つてゐる。此家《こゝ》では富枝《とみえ》にも貴枝《きえ》にも馴染《なじ》みであつた。廊下《らうか》に出《で》て貴枝《きえ》はまだ全《まつた》く暮《く》れ切《き》らない山《やま》と空《そら》を顔《かほ》を上《あ》げて眺《なが》めてゐる。

二人《ふたり》は湯《ゆ》に入《はい》つた。

貴枝《きえ》は素早《すばや》く衣服《きもの》を脱《ぬ》ぎすてゝ、穴《あな》の湯《ゆ》に入《はい》るやうな湯槽《ゆぶね》の中《うち》に飛《と》び込《こ》んできやつくと騒《さわ》いでゐる。そして富枝《とみえ》を野呂間《のろま》だと云《い》つて湯《ゆ》に入《はい》るの、遅《おそ》いのたをかしがる。

「紅葉《もみぢ》が赤《あか》かつたわねゑ。」

貴枝《きえ》の眼《め》に残《のこ》つた印象《いんしやう》は、來《く》るまでの山《やま》を通《とほ》して赤《あか》い楓《もみぢ》一《ひと》つであつた。

湯《ゆ》から上《あが》つた貴枝《きえ》の顔《かほ》は綺麗《きれい》であつた。荒《あら》い銘仙《めいせん》の袷《あはせ》に白《しろ》と紫《むらさき》の綸繻子の帯《おび》を貝《かひ》の口《くち》にして貴枝《きえ》は臺《だい》に向《むか》ふ。緋縮緬《ひぢりめん》の小《ちひ》さな襦袢《じゆばん》の襟《えり》が豐《ふつ》くりした圓《まる》い咽喉《のど》に食《く》ひ込《こ》んでゐる。眼《め》の端《はし》の紅《べに》を刷《さ》したやうに赤《あか》らんだのを瞬《しばたゝ》かしながら、貴枝《きえ》は頻《しき》りと今日《けふ》不意《ふい》にこんな遠《とほ》くまで來《き》た顛末《てんまつ》を給仕《きふじ》の下女《げぢよ》に話《はな》する。

「これを買《か》ひに出《で》たのよ。」

と云《い》つて挿《さ》してゐた簪《かんざし》挿を抜《ぬ》いて女《をんな》に見《み》せた。

「お宅《たく》ぢや御心配《ごしんぱい》なすつていらつしやいませうね。」

と富枝《とみえ》に女《をんな》は聞《き》いた。

「妾《わし》と一所《しよ》だから何《なん》とも

思《おも》やしないでせう。」

「明日《あした》は一番《ばん》で阿母《おつか》さんは飛《と》んで來《き》てよ、もうきつと、斯《か》う云《い》ふわ。富枝さんも富枝さんだ、何《なん》とか云《い》つて出《で》たら宜《よ》ささうなもんだのに。つて。」

聲《こゑ》まで太《ふと》くして云《い》つたのが可笑《をか》しかつたので、富枝も下女《をんな》も笑《わら》つた。

客《きやく》が少《すくな》いので何室《どこ》も森《しん》としてゐる溪流《けいりう》の音《おと》が時々《ときどき》貴枝のはしやいだ氣《き》を沈《しづ》み込《こ》ませた。

「お天氣《てんき》だと月《つき》があるんだけれど、曇《くも》つてるわね。」

下女《げぢよ》は膳《ぜん》を下《さ》げながら、曇《くも》つてゐると答《こた》へた。

「外《そと》へなんか出《で》るのはいやよ。妾《わたし》人形《にんぎやう》だけでも持《も》つて來《き》たかつたわ。」

「ぢや橋《はし》の邊《あた》りまでゆくのもいや。」

「明日《あした》がいゝわよ。」

貴枝は火鉢《ひばち》の横《よこ》に横坐《よこずわ》りして、猶今時分《いまじぶん》は電報《でんぱう》を見《み》て驚《おどろ》いて騷《さわ》いでるだらうの、明日《あした》出《で》てくる仕度《したく》を阿母《おつか》さんが眼《め》ばかりになつてやつてるだらうのとそんな事《こと》ばかり云《い》つてる。

「又《また》お湯《ゆ》へ入《はい》りませうか。」

と笑《わら》つて云《い》ふ。

「入《はい》りたきや入《はい》つていらつしやいな。」

貴枝は又入浴《ゆあみ》りに行《い》つた。後《あと》で富枝は茫《ぼん》然《やり》と額《がく》を眺《なが》めた。額は當時《たうじ》の名《な》の響《ひゞ》いた畫家《ぐわか》や文士等《ぶんしたち》が、絹地《きぬぢ》に一筆《ひとふで》づゝ揮《ふる》つたものだつた。中《なか》に綠紫の名《な》を署《しよ》したのを見出《みいだ》して珍《めづ》らしく眺《なが》める。

貴枝は女《をんな》に白粉《おしろい》を借《か》りたと云《い》つてお化粧《つくり》をして來《き》た。

「姉《ねえ》さん、妾《わたし》もう東京《とうきやう》へなんか歸《かへ》りたくないわ。」

「箱根《はこね》にゐるの。」

「箱根《はこね》つて此處《こゝ》にばかりもゐられないけれど。」

と云《い》つて貴枝は考《かんが》へる。

「ぢや何所《どこ》にゐたいの。」

「矢《や》つ張《ぱ》りまあ此樣《こんな》やうな所《ところ》でね、好《す》きなことして遊《あそ》んでゐたいの。」

富枝は自分《じぶん》も母《はゝ》の血《ち》を享《う》けてゐる。貴枝も自分《じぶん》と同《おな》じ母《はゝ》の血《ち》を受《う》けてゐると思《おも》つて少時《しばらく》その顏《かほ》を打守《うちまも》つた。

「妾《わたし》、阿母《おつか》さんは嫌《きら》ひぢやないけれど恐《こは》くつていやだわ。」

貴枝は又《また》こんな事《こと》を云《い》ひ出《だ》す。蒔繪《まきゑ》の食《じき》籠《ろう》の蓋《ふた》を取《と》つて貴枝は中《なか》を覗《のぞ》く。バナ、の菓子《くわし》の淡紅色に白《しろ》い粉《こな》をまぶしたのが重《かさ》なつてゐる。

廊下《らうか》の雨戸《あまど》一重《ひとへ》の外《そと》から山氣《さんき》の襲《おそ》ふのがよく富枝の肌《はだ》に知《し》れた。兩人《ふたり》は熱《あつ》い湯《ゆ》に漬《つ》かつた名殘《なごり》の暖《ぬく》みの去《さ》らない身體《からだ》を又《また》暖《あたゝ》かい夜着《よぎ》の内《うち》に入《い》れた。掌《てのひら》で足《あし》の裏《うら》に脂肪《あぶら》が浮《う》いて、溶《と》けさうな軟《やは》らかみを自分《じぶん》の肌《はだ》に感《かん》じた時快《こゝろ》よい氣持《きもち》に横臥《よこた》はつた。

田村とし子

五十七

貴枝は溪《たに》の水の音《おと》が耳《みゝ》に附《つ》いて寢《ね》られないで、蒲團《ふとん》の中《なか》で動《うご》き返《かへ》つてゐる。富枝も寢附《ねつ》かれなかつた。

「妾《わたし》、夢見《ゆめみ》だいよ。此樣《こんな》所《ところ》へ來《き》てから姉《ねえ》さんと寢《ね》てゐるのが。」

貴枝は姉《あね》の方《はう》を向《む》く。明《あか》るい電氣《でんき》の下《した》に貴枝の髮《かみ》が黒《くろ》い蔭《かげ》を作《つく》る。枕《まくら》の房《ふさ》が揺《ゆ》れる。

「何《なん》だかね、銀座《ぎんざ》の通《とほ》りを歩《ある》いてるやうな氣《き》ばかりしてるの。」

姉妹《ふたり》は生《う》みの母《はゝ》の話《はなし》を始《はじ》めた。

富枝は貴枝と別《わか》れてから斯《か》うして一《ひと》つ床《とこ》のうちに寢《ね》たのは初《はじ》めてであつた。

「貴枝ちやんと一所《いしよ》にゐた頃《ころ》は、始終《しじう》姉《ねえ》さんとばかり寢《ね》てゐたの。」

さすがに貴枝も其《そ》れを懐愛《なつか》しく思《おも》ひ出《だ》した。

「妾《わたし》は三人阿母《おつか》さんを持《も》つたんだわね。」

世《よ》にも珍《めづ》らしいと云《い》ふ風《ふう》で貴枝は云《い》ふ。

「どの阿母《おつか》さんが好《い》い。」

「さうね、眞《ほんと》の阿母《おつか》さんが一番《ばん》好《い》いに違《ちが》ひないけれどよく知《し》らないもの。」

貴枝は起《お》き上《あが》つて襟元《えりもと》を撫《な》でながら枕《まくら》が痛《いた》いと怒《おこ》る。富枝は起《お》きて坐蒲團《ざぶとん》に自分《じぶん》の帶上《おびあ》げの切《き》れを捲《ま》いて渡《わた》した。貴枝は木枕《きまくら》を傍《わき》に投《な》げ出《だ》して、姉《あね》の手《て》から渡《わた》された枕《まくら》に深《ふか》く頭《あたま》を落《おと》し込《こ》んで姉《あね》の方《はう》を向《む》いた。

「姉《ねえ》さんと二人《ふたり》つ切《き》り、何處《どこ》かへ行《い》つちまつたら何《ど》うするでせう。」

「姉《ねえ》さんと何處《どこ》へでも行《ゆ》く。貴枝ちやんは。」

貴枝は直《す》ぐに返事《へんじ》をしなかつた。富枝は染子《そめこ》を思《おも》つた。貴枝が染子《そめこ》であつたら、何故《なぜ》二人《ふたり》はかうして一生《いつしやう》一所《いしよ》にゐられないのかと泣《な》くであらうと考《かんが》へる。

貴枝が麻疹《はしか》に罹《かゝ》つた時熱《じねつ》に苦《くる》しめられてはいつも富枝を呼《よ》んだ、後妻《ごさい》であつたお伊豫《いよ》に少《すこ》しも馴《な》れないで父《ちゝ》も嫌《きら》つて唯《たゞ》姉《あね》ばかりを慕《した》つたことを富枝が話《はな》して聞《き》かせる。

「貴枝ちやんが五歳《いつつ》の時《とき》に。夜中《よなか》になるとね苦《くる》しい〳〵と云《い》つて泣《な》き出《だ》すの。然《さ》うすると妾《わたし》がもう三十分《ぷん》經《た》つと熱《ねつ》が失《な》くなるからもう少《すこ》しの我慢《がまん》だと云《い》ふとね妾《わたし》の袖《そで》を摑《つか》んでもう何時《なんじ》々々《く》つて聞《き》いたつけ。」

貴枝はくす〳〵笑《わら》つてる。

「覺《おぼ》ゑてるの。」

「ゑゝぼんやり覺《おぼ》ゑてるわ、其《そ》れより火傷《やけど》した時《とき》の方《はう》がまだ能《よ》く覺《おぼ》ゑてゝよ。」

友達《ともだち》と座敷《ざしき》の中《なか》で鬼《おに》ごつこをした時《とき》、煙草盆《たばこぼん》を蹴返《ひつくりかへ》して中《なか》の煙草火《たばこひ》の小《ちい》さなのが貴枝の膝《ひざ》の横《よこ》に焦着《くつつ》いて了《しま》つた。その火傷《やけど》の爲《ため》に、毎日繃帶《まいにちほうたい》した足《あし》を投《な》げ出《だ》して坐《すわ》つてゐた事《こと》も覺《おぼ》ゑてゐる。

「小《ちい》さい時《とき》はほんとに泣蟲《なきむし》だつたんだけれど、今《いま》ぢや可《い》けないわ。」

貴枝は高慢《かうまん》に、

「大人《おとな》になればもう泣《な》きやしないわ。」

と云《い》つて蒲團《ふとん》の中《なか》でころ〳〵と笑《わら》ふ。

「大人《おとな》になつても泣《な》く人《ひと》もあるの。」

「ぢや馬鹿《ばか》だわよ。」

貴枝は眠《ねむ》くなつた樣《やう》な眼附《めつ》きで富枝の顏《かほ》をぢつと見《み》てゐたが、次第《しだい》に瞼《まぶた》が重《かさ》なりかけて眼《め》をしば〳〵させると、

「眠《ねむ》くなつちやつたわ。」

と云《い》つてがつくり頭《あたま》を枕《まくら》に落《おと》して了《しま》つた。富枝《とみえ》は何《なん》にも云《い》はずに貴枝《きえ》の眠《ねむ》つてゆく顔《かほ》を眺《なが》めてゐる。前髪《まへがみ》の下方《したはう》への傾《か》斜《た》いで白《しろ》い簪花《かんざし》が抜《ぬ》けさうに疊《たゝみ》の上《うへ》を望《のぞ》んでゐる。富枝《とみえ》は手《て》を延《の》ばして簪花《かんざし》を抜《ぬ》いてやる。抜《ぬ》いた簪花《かんざし》を眼《め》の前《まへ》へ持つて來《き》て少時《しばらく》油《あぶら》の香《か》を嗅《か》いでゐた。山《やま》には鳥《とり》の聲《こゑ》もしなかつた。段々《だん〳〵》冬《ふゆ》に入《い》らうとする山《やま》の荒《すさ》んだ形《かたち》が胸《むね》に染《し》みて富枝《とみえ》は寂《さび》しい幻《まぼろし》を描《ゑが》いてゐた。

懸賞文藝當選

あきらめ

田村とし子

五十八

朝早《あさはや》く二人《ふたり》は湯本《ゆもと》の方《はう》へ下《くだ》つて行《ゆ》かうとした。宿《やど》の下女《をんな》も一所《しよ》に從《つ》いて來《き》た。寒《さむ》くはあつたけれども朝《あさ》の日《ひ》が山《やま》を照《て》らして快い心持《こゝろもち》であつた、宿《やど》は何處《どこ》も戸《と》が閉《し》ざしてあつて硝子《ガラス》障子《しやうじ》に落寞《らくばく》の影《かげ》を殘《のこ》してゐるやうな陰氣《いんき》の家《うち》も見《み》える。山《やま》の裾《すそ》には紫《むらさき》の野《の》菊《ぎく》が咲《さ》いてゐた。玉簾《たまだれ》の瀧《たき》まで來《く》ると顫《ふる》へる程《ほど》寒《さむ》かつた。夏場《なつば》だけよく都《みやこ》の人《ひと》が借《か》りて住《す》むと云《い》ふ貸家《かしや》が釘《くぎ》附《づ》けになつてゐて、垣根《かきね》に半《なか》ば枯《か》れた蔦《つた》が這《は》ひ落《お》ちてゐるのも淋《さび》しかつた。少時《しばらく》門《もん》を閉《さ》ざすと云《い》つた樣《やう》な山《やま》の形《かたち》が富枝《とみえ》の心《こゝろ》を傷《いた》ましくさせる。瀧《たき》の水《みづ》が灰色《はひいろ》に縮《ちゞ》れて見《み》えた。貴枝《きえ》は寒《さむ》いから歸《かへ》ると云《い》ひ出《だ》した。貴枝《きえ》の欲《ほ》しいと云《い》ふ菓子《くわし》を下女《をんな》に求《もと》めさせて二人《ふたり》は元《もと》の道《みち》に戻《もど》つてくると、太《ふと》つた女《をんな》が人力車《くるま》いつぱいになつて遲々《のろ〳〵》と途《みち》を上《のぼ》つて行《ゆ》くのが行先《ゆくさき》に見《み》えた。小《ちひ》さい丸髷《まげ》の頭《あたま》を頻《しき》りに右左《みぎひだり》に彼方《あち》此《こ》方《ち》と動《うご》かしてゐるやうであつた。

「阿母《おつか》さんだわ。」

貴枝《きえ》は斯《か》う叫《さけ》んで馳《か》け出《だ》した。然《しか》し車《くるま》は停まる筈なしに、今《いま》までよりは速力《そくりよく》を増《ま》して馳《か》けて行《い》つた、貴枝《きえ》が足《あし》を止《と》めて後《あと》からくる富枝《とみえ》を待《ま》つてゐた。

「何《なん》て早《はや》いんでせう、一番《ばん》で來《き》たんでせうか。」

「一番《ばん》だつて箱根《はこね》まではまだ來《こ》られやしやしない。」

二人《ふたり》は急《いそ》いで歩行《ある》いた。玉《たま》の緒橋《をばし》まで來《く》ると自分等《じぶんら》の宿《やど》の前《まへ》に今《いま》行《い》つた車《くるま》の停まつてゐるのが見《み》える。

「母親樣《おふくろさま》がお見《み》えになりました。」

宿《やど》の内儀《ないぎ》は二人《ふたり》を迎《むか》へて斯《か》う告《つ》げた。貴枝がすた〳〵と走《はし》つて二階《にかい》へ行《ゆ》くと、お埒は座敷《ざしき》に坐《すわ》つて半《はん》コートを脱《ぬ》ぎかけてゐるところだつた。

「早《はや》かつたわね。」

「早《はや》いつてお前《まへ》。」

お姆は斯《か》う云《い》つた限《き》りで吻《ほつ》と息《いき》を吐《つ》いてゐる。

「御心配《ごしんぱい》なすつて。」

富枝は笑《わら》ひながら後《うしろ》から入《はい》つて來《き》て中腰《ちうごし》になつてゐる。

「心配《しんぱい》もしないけれどもね。」

お姆は狼狽《あわて》た顔《かほ》を見《み》せるのも忌々《いまいま》しく思《おも》つた。昨日《きのふ》電報《でんぽう》を受取《うけと》つた時《とき》、女《をんな》の癖《くせ》に大膽《だいたん》だと呆《あき》れて腹《はら》を立《た》てたが、今《いま》斯《か》うして二人《ふたり》の樣子《やうす》を見《み》ると買物《かひもの》に出《で》た序《ついで》にお湯《ゆ》に入《はい》りに來《き》たと云ふ程《ほど》手輕《てがる》にしきや思《おも》はれなかつた。却《かへつ》て、昨夜《ゆうべ》の七時《じ》五十分《ぷん》の汽車《きしや》で國府津《こふづ》まで來《き》てゐた自分《じぶん》が、餘《あんま》り周章《あわて》すぎて馬鹿《ばか》々々しいやうに思《おも》ひ取《と》られた。

「何程《なんぼ》何《な》んだつて此女《これ》が平常《ふだん》のまゝだからと思《おも》つてね、着代《きが》へを持《も》つて來《き》ましたよ。」

貴枝は鞄《かばん》に寄《よ》つて直《す》ぐ着代《きか》へ樣《やう》とした。

「電報《でんぽう》を見《み》ると直《す》ぐ支度《したく》して昨夜《ゆうべ》の内《うち》に國府津《こふづ》へ來《き》てゐた。」

「其《そ》れで此樣《こんな》に早《はや》かつたんだわ。」

貴枝は鞄《かばん》を明《あ》ける。お姆は米琉《よねりう》の大絣《おほがすり》の着物《きもの》に緋縮緬《ひぢりめん》の帶《おび》を揃《そろ》へて貴枝に渡《わた》してから、長襦袢《ながじゆばん》に新《あたら》しい襷《たすき》までを用意《ようい》して次《つぎ》の室《へや》へ持《も》つて行《い》つてやる。

「富枝さんも寒《さむ》からうと思《おも》つて、コートも着《き》て出《で》なかつたから持《も》つて來《き》て上《あ》げた。」

と次《つぎ》の室《へや》からお姆は聲《こゑ》をかけた。富枝は手數《てすう》をかけて濟《す》まなかつたと謝罪《あやま》りながら其處《そこ》へ行《い》つて、

「今日《けふ》お歸《かへ》りなさるの。」

と聞《き》いて見《み》る。

「歸《かへ》らなくつちや妾《あたし》の手《て》は開《あ》けておかれないからね、女同士《をんなどうし》で此樣《こんな》ところに居《ゐ》るのは富枝さんも能《よ》くないから歸《かへ》つた方《はう》が宜《い》い。此樣《こんな》所《ところ》へ來《く》るなら來《く》る樣《やう》に家《うち》の整理《せいり》をつけてちやんとして置《お》いてからでなくちや出《で》られないから。」

お姆は貴枝の帶《おび》を結《むす》んでやらうとして、又《また》鞄《かばん》のある所《ところ》まで來《き》て中《なか》から桃色縮緬《もゝいろちりめん》の扱《しご》きを出《だ》した。

「それ。」

と云《い》つて貴枝に投《な》げてやると、貴枝が其《そ》れをはらりと解《ほご》いてくる〳〵と卷《ま》き附《つ》けた。

五十九

懸賞文藝當選
あきらめ
田村とし子

お姆は一《ひと》つ小《ちい》さい箱《はこ》から指環《ゆびわ》を出《だ》してそれを貴枝に渡《わた》した。貴枝は平生《ふだん》は紅石《ルビー》入《い》りのを一《ひと》つしきや箝《は》めてゐなかつた。お姆が渡《わた》したのは眞珠《しんじゆ》の三《みつ》つ入《はい》つたのと牡丹《ぼたん》を彫《ほ》つた厚味《あつみ》のあるのと二箇《ふたつ》であつた。貴枝はそれを兩方《りやうはう》の指《ゆび》へ適宜《てきぎ》に箝《は》める。下女《げぢよ》が二人《ふたり》も來《き》て着物《きもの》の始末《しまつ》などしてくれる。やがてお姆は貴枝を伴《つ》れて湯《ゆ》へ入《はい》りに行《い》つた。

富枝は茫然《ぼんやり》としてゐた。然《しか》しお姆に反抗《さから》つて一人《ひとり》此所《ここ》に殘《のこ》るのもつまらなく思《おも》はれた。東京《とうきやう》へ歸《かへ》るのもつまらないと思《おも》ひながら矢張《やは》り其所《そこ》へ歸《かへ》る他《ほか》はなかつた、東京《とうきやう》へ歸《かへ》つて兄《あに》の家《いへ》へ入《はい》るより他《ほか》には富枝の身體《からだ》を持《も》つてゆく所《ところ》もなかつた。富枝は落膽《がつかり》として坐《すわ》り込《こ》んだ。

「午後《おひるすぎ》だと何時《なんじ》の汽車《きしや》になりますね。」お母は下女《げぢよ》に聞《き》きながら廊下《らうか》を歸《かへ》つてくる。貴枝《きえ》は先《さ》きへ入《はい》つて鏡臺《きやうだい》の前《まへ》へ坐《すわ》る、お母は又鞄《またかばん》の中《なか》から化粧道具を出《だ》してやつた。貴枝《きえ》は浴衣《ゆかた》の肌《はだ》を脫《ぬ》いで器用《きよう》に化粧を仕上《しあ》げる。お母は傍《そば》から口《くち》を添《そ》へて髮《かみ》は自分《じぶん》が撫《な》で附《つ》けてやつた。女《をんな》は洗面器《せんめんき》に湯《ゆ》を汲《く》んできた。その時《とき》お母は寒《さむ》いと云《い》つて障子《しやうじ》を閉《た》てさせた。

「もう箱根《はこね》も有難《ありがた》くない時候《じこう》になりましたね。」とお母は女《をんな》に云ふ。

「左樣《さやう》でございます。もう冬枯《ふゆが》れで。」と女《をんな》は微笑《ほゝゑ》んだ。貴枝《きえ》は手《て》を洗《すゝ》いでから、一旦《たん》拔いた指環《ゆびわ》を又丁寧《またていねい》に一本《ぽん》づゝ箝《は》めた。女《をんな》は目《め》をそれに注《あつ》めてゐる。

四時半《じはん》の國府津發《こふづはつ》の汽車《きしや》で歸《かへ》ることに定《き》めてお母は晝飯《ひるはん》を命《めい》じる。富枝《とみえ》が默《だま》つてゐた。

「貴枝《きえ》ちやん箱根《はこね》へ來《き》て面白《おもしろ》かつたかい。」

お母は聞《き》いた。

「妾。夢中《むちゆう》よ。」

貴枝《きえ》は當《あた》り觸らぬ返事《へんじ》して鞄《かばん》の中《なか》を見《み》てゐたが、

「こんな甘味《おいし》いお菓子《くわし》があるのに。」と云《い》つて紙包《かみづゝ》みを出《だ》した。

「ほんにさ。國府津《こふづ》で貰《もら》つて來《き》たんだよ、お食《あが》りな。」

貴枝《きえ》は紙《かみ》を展《ひろ》げて姉《あね》の前《まへ》に置《お》いた。砂糖漬《さたうづ》けの菓子《くわし》を摘《つま》んで、貴枝《きえ》はその指《ゆび》を含《ふく》んだ。

「阿母《おつか》さん心配《しんぱい》して。」

「芝居《しばゐ》へでも入《はい》り込《こ》んでるんで遲《おそ》いのかと思《おも》つてゐたが其處《そこ》へ電報《でんぱう》が來《き》たんだよ。一度《ど》は度膽《どぎも》を拔《ぬ》かれた。餘《あま》り離《はな》れ業《わざ》を富枝《とみえ》さんがやつたから。」

富枝《とみえ》は苦笑《にがわら》ひした。然《しか》し其《そ》れに就《つ》いて謝《あやま》る筋《すぢ》はないと思《おも》つてゐるので何《なん》とも云《い》はずにゐる。お母も怒《おこ》りやうもなかつた。

「せめてね着物《きもの》でも着代《きか》へてゐればまだしも、此樣服裝《こんななり》で箱根《はこね》くんだりまで出《で》てくるなんて、汽車《きしや》は二等《とう》かい、三等《とう》かい。」

「二等《とう》よ。」

「よく恥《はづ》かしくなかつたね。」

貴枝《きえ》は何《なに》が可笑《をか》しかつたか突然笑《とつぜんわら》ひ出《だ》した。

「裸體《はだか》で道中《だうちう》がなるものかつて云《い》ふけれど、着物《きもの》着てゐるから大丈夫《だいぢやうぶ》よ。」

お母も笑《わら》はされた。貴枝《きえ》は飾《かざ》りのない昔《むかし》の貴枝《きえ》になつて母《はゝ》のまへでも巫山戲《ふざけ》だした。富枝《とみえ》はそれが滿足《まんぞく》に思《おも》はれて嬉《うれ》しかつた。

田村とし子

六十

三人《にん》は宿《やど》のものに送《おく》られて湯本《ゆもと》まで歩《ある》いた。貴枝《きえ》はお埒《らち》の注意《ちうい》で時計《とけい》まで附《つ》けてゐる。黒《くろ》と白《しろ》の矢羽根《やばね》のお召《めし》の半《はん》コートの下《した》から藤《ふぢ》と白《しろ》の市松紋《いちまつもん》羽二重《はぶたへ》に大《おほ》きな模様《もやう》の派出《はで》なのが現《あらは》れてゐた。所爲《しよざい》のない方々《はう〴〵》の宿屋《やどや》の人等《ひとたち》は美《うつく》しい貴枝《きえ》を外《そと》へ出《で》て見送《みおく》つて辭《じぎ》をしあつた。お埒《らち》は溜飲《りういん》の下《さが》つた様《やう》に自慢《じまん》の目《め》を輝《かゞや》かし〳〵して歩《ある》いて行《い》つた。

新橋《しんばし》へ着《つ》くと七時《じ》を過《す》ぎてゐた。停車場《ステーション》へは電報《でんぱう》に依《よ》つて迎《むか》へに來《き》た店《みせ》の若《わか》い者《もの》が待《ま》つてゐた。東京《とうきやう》は風《かぜ》が吹《ふ》いて眼《め》を向《む》けられない様《やう》な逛《ひど》い埃《ほこり》が夜《よる》の街《まち》に擴《ひろ》がつてゐた。

富枝《とみえ》はお埒《らち》に強《し》ひられてあづまへ一旦《たん》歸《かへ》る事《こと》にする。そしてお埒《らち》は今夜《こんや》悠《ゆつ》くり此《この》夜《よ》富枝《とみえ》の話《はな》した身《み》の移動《いどう》に就《つ》いて相談《さうだん》しやうと云《い》つたが、富枝《とみえ》は却《かへ》つてそれを迷惑《めいわく》に感《かん》じた。けれど伴《ともな》はれてあづまへ行《ゆ》く事《こと》は行《い》つた。

何時《いつ》の間《ま》に購《か》はせたかお埒《らち》は寄木細工《よせぎざいく》の土産物《みやげもの》を出《だ》して皆《みな》に分《わ》けてやつてゐる。

「富枝《とみえ》さんのお蔭《かげ》でいゝ保養《ほやう》をさせられた。」

と云《い》つてお埒《らち》は大笑《おほわら》ひした。店《みせ》の女中《ぢよちう》が代《かは》る〴〵お埒《らち》の許《もと》へ挨拶《あいさつ》に來《く》る。貴枝《きえ》は疲勞《くたび》れた顏《かほ》も爲《せ》ずに、鞄や自分《じぶん》の身《み》の廻《まは》りの物《もの》など一々奥《おく》へ入《はい》つて片附《かたづ》けてゐた。湯《ゆ》に入《はい》つてゐた婆《ばあ》やはこの時上《あが》つて來《き》て、

「お早《はや》うございました。お勞《くたび》れでございませう。」

とお埒《らち》に挨拶《あいさつ》してから、

「ほんとに貴女《あなた》は見掛《みか》けによらない無暗《むやみ》な方《かた》だね。妙齢《としごろ》の娘《むすめ》さんを箱根《はこね》くんだりまで連《つ》れ出《だ》すなんて、男《をとこ》だつて一寸《ちよつと》はやり得《え》ませんぜ。」

と富枝《とみえ》に云《い》つた。富枝《とみえ》は笑《わら》ふばかりであつた。

「御當人《ごたうにん》は平氣《へいき》でも傍《はた》が騒《さわ》ぎますからね、新橋《しんばし》の千萬《ちま》ちやんも大層《たいそう》心配《しんぱい》なすつてね。」

「然《さ》うかい。あの子《こ》は連《つ》れてゝも行《い》つたのかい。」

とお埒《らち》は煙草《たばこ》を飮《の》みながら口《くち》を挾《はさ》んだ。姉《ねえ》さんの許《とこ》へおむつちやんは伴《つ》れて行《い》きなすつたと云《い》つた婆《ばあ》やは富枝《とみえ》を熟々《つく〴〵》と眺《なが》めて、

「一體《たい》にこの姉妹衆《きやうだいしう》は變《かは》つてゐなさいますね。」

と眼《め》で笑《わら》ふ。

「富枝《とみえ》さんは別《べつ》さ。然《さ》う云《い》ふ點が又《また》好いのさ。」

とお埒《らち》は取合《とりあ》はなかつたが、富枝《とみえ》は强《きつ》い顏《かほ》して婆《ばあ》やの顏《かほ》を見返《みかへ》してゐた。富枝《とみえ》は直《す》ぐにあづまの家《いへ》を出《で》た。お埒《らち》はいろ〳〵と云《い》つて留《と》めたけれども、富枝《とみえ》は麻布《あざぶ》でも心配《しんぱい》するからと云《い》ふのを楯《たて》にして歸《かへ》つた。貴枝《きえ》は、

「左樣《さやう》なら。」

と云《い》つた限《ぎ》りで送《おく》つても出《で》ずにゐた。これは富枝《とみえ》の歸《かへ》つた後《あと》で、少《すこ》しでも昨日《きのふ》の叱言《こごと》を輕《かる》くする手段《てだて》として態《わざ》と富枝《とみえ》に疎《うと》く

して見《み》せるのだが、それが富枝《とみえ》には話《はな》して聞《き》かされる際《さい》によく見《み》え透《す》いて憐《あは》れに思《おも》つた。

今日《けふ》お持が迎《むか》へに來《き》た時《とき》、もつと自分《じぶん》と箱根《はこね》で遊《あそ》んで居《ゐ》たいと云《い》はれたら自分《じぶん》はどんなに嬉《うれ》しかつたらう。母《はゝ》へ附《つ》くものと姉《あね》へ附《つ》くものとの區別《くべつ》を明《あきら》かにしないで遊《あそ》んでゐたいとも歸《かへ》りたいとも自分《じぶん》の意志《いし》を露《あらは》にする事《こと》もなく、唯《たゞ》切々と化粧《おつくり》をして綺羅《きら》びやかな装《よそほ》ひを人《ひと》の前《まへ》に曝《さら》して貴枝《きえ》は姉《あね》に伴《つ》れられて行《い》つた通《とほ》りを又《また》母に伴《つ》れられて歸《かへ》つて來《き》た。富枝《とみえ》は貴枝《きえ》が憎《にく》くはなかつた。眺眼の前《まへ》に見《み》た貴枝《きえ》の動作《どうさ》の一《ひと》つ／＼が、不具者《かたわ》ものゝ動《うご》かす手足《てあし》のやうに富枝《とみえ》には不憫に悲《かな》しく思《おも》はれてならなかつた。

懸賞文藝當選

あきらめ

田村とし子

六十一

家《うち》へ歸《かへ》るとおきそは相《あひ》も變《かは》らず親切《しんせつ》な顔《かほ》をして富枝《とみえ》を勞《ねぎら》つてくれた。都満子《つまこ》は何《なん》とも云《い》はなかつた。富枝《とみえ》が室《へや》に入《はい》つて少《しば》時《らく》すると兄《あに》の緑紫《ろくし》に呼《よ》ばれた、富枝《とみえ》は二《に》階《かい》の書齋《しよさい》に行《い》つた。

「この頃《ごろ》はよく家《うち》を明《あ》けるつてね、何《ど》所《こ》へ出《で》かけるんだい、」

兄《あに》は笑《わら》ひながら斯《か》う尋《たづ》ねた。朱筆《しゆふで》を持《も》つた緑紫《ろくし》は机《つくゑ》に向《む》いて校正《かうせい》をしながらであつた。富枝《とみえ》は默《だま》つてゐる。

「ねぇ、何所《どこ》へ行《ゆ》くんだね。姉《ねえ》さんが心配《しんぱい》するから僕《ぼく》が聞《き》くんだけれど差支《さしつか》へない限《かぎ》り僕等《ぼくら》の耳《みゝ》へも入《い》れておくさ。」

兄《あに》は筆《ふで》を擱《お》いて煙草《たばこ》を喫《の》み初《はじ》める。無論《むろん》緑紫《ろくし》は富枝《とみえ》の行先《ゆくさき》を怪《あや》しんでゐるのではなかつた。姉《あね》の都満子《つまこ》よりも兄《あに》の方《はう》が富枝《とみえ》の性行《せいかう》をよく呑《の》み込《こ》んでゐる。何所《どこ》か山《やま》や水《みづ》のある邊《へん》まで出《で》て行《い》つたのだらうとは推《すゐ》してゐるが、自分《じぶん》は其爲《そのため》に都満子《つまこ》から面白《おもしろ》くない事《こと》を云《い》はれてゐるので、その疑《うたが》ひを解《と》く爲《ため》に緑紫《ろくし》自身《じしん》富枝《とみえ》の出《で》先《さき》を聞《き》いてやらうと云《い》ふのであつた。

「そんな事《こと》は僕等《ぼくたち》に聞《き》かして置《お》いてくれないと一寸《ちよつと》困《こま》ることがあるからね。」

と、兄《あに》はまた言《い》つた。

「惡《わる》うございました。」

富枝《とみえ》は綺麗《きれい》にあやまつてもう其様《そんな》御心配《ごしんぱい》はかけないと云《い》ふ。緑紫《ろくし》は笑《わら》ひ出《だ》

懸賞文藝當選

あきらめ

田村とし子

六十二

宮枝《みやえ》が駿河臺《するがだい》の病院《びやうゐん》に着《つ》いたのは丁度《ちやうど》十時頃《じごろ》だつた。染子《そめこ》は湯《ゆ》を使《つか》つてる最中《さいちゆう》で室《へや》にはゐなかつた。邸《やしき》から從《つ》いて來《き》てゐる老人《らうじん》の女《をんな》が嚴肅《げんしゆく》な顏《かほ》をして椅子《いす》に腰《こし》かけてゐた。

「お見舞《みま》ひの方《かた》でございますよ。」

と案内《あんない》の看護婦《かんごふ》が云つた時《とき》に、老女《らうぢよ》は恭《うやう》しく立《た》つて宮枝《みやえ》を迎《むか》へた。

「只今《たゞいま》お湯浴《ゆあ》み最中《さいちゆう》でございまして。まあ、おかけ遊《あそ》ばせ。」

老女《らうぢよ》は斯《か》う挨拶《あいさつ》する。白《しろ》の襦袢《じゆばん》の襟《えり》を挾《はさ》く襟元《えりもと》から出《だ》してゐるのが宮枝《みやえ》の目《め》につく。老女《らうぢよ》は立《た》つて次《つ》ぎの寢臺《ねだい》のある方《はう》の室《へや》に行《い》つたが、やがて珈琲《カヒー》を持《も》つて來《き》た。卓子《テーブル》の上《うへ》にはいろ〳〵な繪葉書《ゑはがき》たの、見《み》して、

「さう改《あらた》まられると此方《こつち》が極《きま》りが惡《わ》るい。あやまる必要《ひつえう》もないが姉《ねえ》さんだけには聞《き》かして置《お》きたまへ。苦勞性《くらうしやう》だから。」

終《をは》りの言葉《ことば》を妙《めう》に上《あ》げて縁紫《ゑんし》は云《い》つた。

「旅行《りよかう》でもして來《き》たか。」

「いゝえ。」

兩人《ふたり》の言葉《ことば》は其《そ》れ限《ぎ》りで切《き》れて了《しま》ふ。話《はなし》が切《き》れると宮枝《みやえ》は自分《じぶん》の室《へや》へ引取《ひきと》つた。

染子《そめこ》から手紙《てがみ》が來《き》てゐた。駿河臺《するがだい》の病院《びやうゐん》にゐるとしてあつた。明日《あした》は早《はや》く行《ゆ》くとにして宮枝《みやえ》は直《す》ぐ床《とこ》に入《はい》つた。

翌日《よくじつ》宮枝《みやえ》が病院《びやうゐん》へ行《ゆ》かうとして家《うち》を出《で》る時《とき》、兄《あに》の旅裝《りよさう》の支度《したく》を都滿子《つまこ》は手傳《てつだ》つてゐたが近頃《ちかごろ》にない機嫌《きげん》の好《い》い顏《かほ》で

「今日《けふ》も出《で》かけるの。」

と聞《き》いた。宮枝《みやえ》は姉《あね》の笑顏《ゑがほ》を珍《めづ》らしく眺《なが》めて、染子《そめこ》が入院《にふゐん》したと云《い》ふから病院《びやうゐん》まで行《い》つてくると何もなく答《こた》へておいで、

「兄《にい》さんは御旅行《ごりよかう》なさるんですか。」

と此方《こつち》からも聞《き》いた。

「當分《たうぶん》不在《るす》にするから、宜《よろ》しく頼《たの》みます。」

と笑《わら》つた縁紫《ゑんし》が其《そ》れに返事《へんじ》する。宮枝《みやえ》は旅行先《りよかうさき》を押《お》しても聞《き》かずに出《で》ると都滿子《つまこ》は

「早《はや》くお歸《かへ》んなさい。」

と云《い》つて玄關《げんくわん》まで送《おく》つて出《で》た。下駄《げた》の事《こと》まで心《こゝろ》を附《つ》けて、

「逢《あ》つたらよろしく。お大事《だいじ》に。」

と姉《あね》は調子《てうし》に乘《の》つた世辭《せじ》までを附《つ》け加《た》した。宮枝《みやえ》は病院《びやうゐん》の歸途《かへり》に何所《どこ》か小《ちひ》さな家《いへ》を見附《みつ》ける積《つも》りでゐた。それから桂庵《けいあん》へ頼《たの》んで老婆《らうば》を抱《かゝ》へやうとそれまで極《き》めてゐたが、今日《けふ》の姉《あね》の素振《そぶり》に又《また》釣《つ》られて、宮枝《みやえ》は家《いへ》を探《さが》して一人《ひとり》別《べつ》になると云《い》ふ氣《き》が失《な》くなりかけた。姉《あね》の云《い》ふ通《とほ》りに早《はや》く歸《かへ》つて、久《ひさ》し振《ぶり》で姉妹《きやうだい》らしい顏《かほ》を寄あつて話《はな》して見《み》たかつた。宮枝《みやえ》は外《そと》を歩《ある》いて頻《しき》りに都滿子《つまこ》を懷《なつ》かしく思《おも》ひ出《だ》してゐた。

舞状だの、見舞品だの名刺《めいし》だのが片附《かたづ》いて乗《の》つてゐる。

「御重態《ごぢうたい》でございますか。」

「い丶え、お動《うご》けになります位《くらゐ》でございます。さしたる事《こと》もお在《あ》りにはならない様《やう》でございます。」

「御病氣《ごびやうき》はなんで御座《ござ》いますの。」

老女《らうぢよ》は首《くび》を傾《かし》げて、一旦剃つた眉毛《まゆげ》が十日《とをか》ばかり生《は》えたと云ふ様《やう》なのを八字《じ》にして考《かんが》へてゐたが、

「委いま、忘《わす》れましてございますが。」

と云つて謎《なぞ》み深《ぶか》く笑《わら》つた。宮枝も思《おも》はず微笑《びせう》しながら脳神經衰弱《なうしんけいすゐじやく》ではないかと聞《き》くと、その通《とほ》りの名《な》だと答《こた》へる。

隣室《りんしつ》の扉《ドア》が開《あ》いて、二三人《にん》の足音《あしおと》が静《しづ》かに為《し》た。老女《らうぢよ》は直《す》ぐに隣《となり》へ行つた。間《あひだ》の扉《ドア》もきちりと閉《し》めて行つた。若《わか》やいだ聲《こゑ》が何《なに》か絹《きぬ》の表《おもて》の擦《す》れ合《あ》ふやうにさやさやと聞《き》かれる。又一人《またひとり》外《そと》から入《はい》つて來《き》たやうであつた。靴《くつ》の音《おと》も交《ま》じつてゐるやうであつた。老女《らうぢよ》は長《なが》い間《あひだ》出《で》て來なかつた。宮枝は不思議《ふしぎ》に思《おも》ふほど待《ま》たされた。迎《むか》ひに來《き》たのは看護婦《かんごふ》だつた。行つて見《み》ると染子《そめこ》は窶《やつ》れた顔《かほ》を上《あ》げて寢臺《ねだい》の上《うへ》に起《お》きてゐる。老女《らうぢよ》も傍《わき》に立《た》つてゐる。看護婦《かんごふ》が三人後方《うしろ》にゐる。盛装《せいさう》した令嬢《れいぢやう》が染子《そめこ》の身體《からだ》を後《うしろ》から支《さゝ》へてゐるところだつた。自分《じぶん》の入《はい》つた戸口《とぐち》の傍《わき》には洋裝《やうさう》の男《をとこ》と若《わか》い侍女《こしもと》らしい女《をんな》とが並《なら》んでゐた。宮枝は夥《おびたゞ》しい人《ひと》に興《きよう》を失《うしな》つて、入《い》り口《ぐち》に立《た》つた儘《まゝ》遠《とほ》く染子《そめこ》の方《はう》を見《み》ると、漸《やうや》つと笑《わら》ふと云《い》ふ様《やう》な顔《かほ》をして染子《そめこ》は丁寧《ていねい》に辭儀《じぎ》をする。宮枝が頭《あたま》を下《さ》げた時《とき》、室《へや》にゐた殘《のこ》らずの人《ひと》が云《い》ひ合《あは》せた様《やう》に一齊《せい》に頭《あたま》を下《さ》げた。宮枝は隣《となり》へ寄《よ》つても云《い》ふべき言葉《ことば》がなかつた。傍《はた》の人《ひと》に聞《き》かれても好《い》い様《やう》な飾《かざ》つた言葉《ことば》を用《もち》ふるのは宮枝にはこの場合《ばあひ》どうしても出來《でき》ない。仕方《しかた》なく宮枝は默《だま》つて眺《なが》めつと染子《そめこ》の顔《かほ》を見《み》ただけである。染子《そめこ》の眼《め》は涙含《なみだぐ》んでゐる。令嬢《れいぢやう》は細《ほそ》い指《ゆび》で染子《そめこ》の髪《かみ》を後《うしろ》へ撫《な》でゝゐる。その度《たび》に高貴《かうき》な匂《にほ》ひがそこらに流《なが》れる。誰《だれ》も一言《ごん》を云《い》ふものがないので室《へや》は唯《たゞ》人々《ひと〲》が位置《ゐち》づいた儘《まゝ》に立《た》つた限《き》りでゐる。其處《そこ》へ又《また》見舞《みまひ》の人《ひと》が來《き》た。親戚《しんせき》らしい夫人《ふじん》であつた。その人《ひと》は人々《ひと〲》に輕《かる》く會釋《ゑしやく》して、つかつかと染子《そめこ》の傍《わき》へ行くと、

「どんな。容態《ようだい》は變《かは》りませんか。」

と優《やさ》しく聞《き》いた。侍女《こしもと》が椅子《いす》を二《ふた》つ持《も》つて來《き》て寢臺《ねだい》の傍《わき》に置《お》く。夫人《ふじん》はそれに掛《か》ける時《とき》、

「どうぞ。」

と云《い》つて宮枝にも勸《すゝ》めた。

懸賞文藝當選

あきらめ

田村とし子

六十三

富枝《とみえ》は何《なに》も染子《そめこ》に語《かた》る機會《をり》がなくつて過《す》ぎた。夫人《ふじん》は快辯《くわいべん》で世間《せけん》の事《こと》なぞいろいろと話《はな》して聞《き》かしたが、來合《きあ》はせてゐる令孃《れいぢやう》や染子《そめこ》の親類《みうち》なぞに關係《くわんけい》のあるらしい話《はなし》が多《おほ》く交じつて富枝《とみえ》はまるで他《よそ》の人《ひと》であつた。染子《そめこ》は悲《かな》しさうな顏《かほ》に絶《た》えず笑《ゑ》みをもつてその話《はなし》に耳《みゝ》を傾《かたむ》けてゐるやうな樣子《やうす》を見せてゐたが、夫人《ふじん》が次《つ》ぎの室《しつ》へ行《い》つた時《とき》

「お姉樣《ねえさま》。」

と呼《よ》んだ。富枝《とみえ》が立《た》つて傍《そば》へ行《ゆ》くと、

「此樣《こんな》ところで失禮《しつれい》して。」

と云《い》つただけで默《だま》つた。富枝《とみえ》はたゞ、

「我が儘なさらずによく御養生《ごやうじやう》なさい。直《ぢ》きと御全快《ごぜんくわい》なさるでせう。」

と慰《なぐさ》めた。染子《そめこ》の後《うしろ》にゐた令孃《れいぢやう》は夫人《ふじん》の後《あと》に從《つ》いて隣室《りんしつ》へ行《い》つて了《しま》つたけれども二人《ふたり》はそれ以上《いじやう》聞《き》く人《ひと》のないこの時《とき》でも語《かた》る言葉《ことば》もないやうであつた。隣室《りんしつ》は賑《にぎや》かで夫人《ふじん》の笑《わら》ふ聲《こゑ》が一番《ばん》よく聞《きこ》える。白《しろ》い窓掛《まどかけ》にまだ朝《あさ》の日《ひ》が搖《ゆら》いでゐる。その時《とき》香水《かうすゐ》の匂《にほ》ひをさした看護婦《かんごふ》が入《はい》つて來《き》て、染子《そめこ》の脈搏《みやくはく》を數《かぞ》へた。衣嚢《かくし》から女《め》時計《どけい》を出《だ》したのが胸《むね》が張《は》つてゐるのでさも切《せつ》なさうに富枝《とみえ》に見《み》える。

「お寢《やす》みになつていらつしやらなければ可《い》けません。」

と看護婦《かんごふ》は嚴《きび》しい調子《てうし》で云《い》つて、附添《つきそ》ひの看護婦《かんごふ》に何《なに》か命《めい》じる。一人《ひとり》の看護婦《かんごふ》は寢臺《ねだい》の傍《わき》から表《へう》を取《と》つて渡《わた》した。染子《そめこ》は看護婦《かんごふ》の丁寧《ていねい》な手扱《てあつか》ひの許《もと》に寢《ね》かされた。そしてその枕元《まくらもと》に立《た》つて散藥《さんやく》をオブラートに包《つゝ》まうとするのを見《み》て、染《そめ》子《こ》はこの方《かた》にそれを爲《し》て戴《いたゞ》いてくれと頼《たの》んだ、看護婦《かんごふ》は笑《わら》ひながらそれを富枝《とみえ》に渡《わた》した。富枝《とみえ》はオブラートを水《みづ》に浮《う》かして中《なか》に粉藥《こぐすり》を落《おと》しは落《おと》したが、巧《たく》みにそれを包《つゝ》むことが出來《でき》ないので困《こま》つた顏《かほ》をする。染子《そめこ》はそれを見て禁め得《え》ないやうな笑顏《わらひがほ》を見《み》せた。看護婦《かんごふ》に包《くる》んで貰《もら》つたのを富枝《とみえ》は小楊枝《こやうじ》の先《さき》にかけて染子《そめこ》の口《くち》に入《い》れた。それから又看護婦《またかんごふ》から湯呑《ゆの》みを受取《うけと》つて染子《そめこ》の口《くち》の傍《そば》に持《も》つて行《い》つた。染子《そめこ》は起《お》き返《かへ》つてそれを手《て》に支《さゝ》へて二口《ふたくち》ほど呑《の》んだ。見舞《みま》ひの客《きやく》は追々《おひおひ》と來《き》た。中《なか》には老女《らうぢよ》が應接《おうせつ》しただけで歸《かへ》るのもあつた。先《さ》きに來《き》た夫人《ふじん》は今日《けふ》一日看病《にちかんびやう》するのだと云《い》つて新刊《しんかん》の小説《せうせつ》を持《も》つて來《き》て染子《そめこ》の枕元《まくらもと》に寄《よ》つた。それが好《よ》い遊《あそ》び所《どころ》にしてゐるやうに富枝《とみえ》には思《おも》はれた。

富枝《とみえ》は暫時《しばらく》して歸《かへ》らうとすると、染子《そめこ》はもう少《すこ》し居《ゐ》て欲《ほ》しいと云《い》つて歸《かへ》したがらなかつた。夫人《ふじん》は不審《ふしん》さうに染子《そめこ》の云《い》ふ事《こゝ》を聞《き》いてゐたが、

「御用《ごよう》のある方《かた》を何《なに》ですね。今日《けふ》は叔母さんがお相人《あひて》してますから我《わ》が儘《きま》を仰有《しや》つては可《い》けません。」

と染子《そめこ》をとめた。染子《そめこ》は富枝《とみえ》の歸《かへ》つて行《ゆ》く姿《すがた》を見送《みおく》つて、眼《め》に涙《なみだ》を溜《た》めてゐた。

富枝《とみえ》は歸《かへ》り際《ぎは》に送《おく》つてくれた看護婦《かんごふ》に染《その》子《こ》の病名《びやうめい》を尋《たづ》ねると、看護婦《かんごふ》は呼吸器病《こきふきびやう》

だと答《こた》へた。

懸賞文藝當選

あきらめ

田村とし子

六十四

富枝《とみえ》は少しも氣《き》が引立《ひきた》たなかつたのをその晩《ばん》都滿子《つまこ》に引《ひ》つ張《ぱ》り出《だ》されて新橋《しんばし》の演《えん》藝館《げいくわん》へ行《い》つた。一流《りう》の落語家《らくごか》ばかりが寄《よ》つて組織《そしき》した何會《なにくわい》とか云《い》ふのだつた。話《はなし》の最中《さいちう》時々《ときどき》都滿子《つまこ》は聲《こゑ》を上《あ》げて笑《わら》つた。一所《しよ》に來《き》たおきさそも擽《くす》ぐられる樣《やう》な笑《わら》ひ方《かた》をして落語《はなし》を面白《おもしろ》がつてゐる。富枝《とみえ》は二人《ふたり》の笑《わら》ふのに氣《き》を取《と》られて傍《はた》へ氣《き》をおいた。それから又二人《またふたり》が無心《むしん》に笑《わら》ひ崩《くづ》れて樂《たの》しさうなのが羨《うらや》ましくもあつた。

「妙《めう》な顏《かほ》だね、御覽《ごらん》よまあ。」

三人目《にんめ》かの若《わか》い落語家《はなしか》が出《で》た時《とき》であつた都滿子《つまこ》は斯《か》う云《い》つてもうくすり〳〵笑《わら》ひ始《はじ》めた。

「ほんとで御座《ござ》いますね。あれがほんとの散《ち》り蓮華《れんげ》に目鼻《めはな》つてんで御座《ござ》いませうね。」

富枝《とみえ》は二人《ふたり》のこの評《ひやう》が可笑《をか》しくて笑《わら》ひたい位《くらゐ》であつた。然《しか》し落語家《らくごか》は數馴《かずな》れてはゐない樣《やう》であつたけれ共上手《じやうず》だつた。いかにも話《はなし》らしく、對話《たいわ》のうちにも少《すこ》しも態《わざ》とらしい可笑味《をかしみ》を交《ま》ぜずに何所《どこ》までも眞面目《まじめ》に滑稽《こつけい》な出來事《できごと》を延《の》べてゆく所《ところ》が中々《なか〳〵》非凡《ひぼん》な腕前《うでまへ》を見《み》せてゐた。その話振《はなしぶり》丁度《ちやうど》今のある小説《せうせつ》の大家《たいか》の筆振《ふでぶり》に似《に》てゐる點《てん》があつた。事件《じけん》から事件《じけん》への聯絡《れんらく》を自然《しぜん》に持《も》つて行《い》つて、それで次《つぎ》に事件《じけん》の起《おこ》らうとする前《まへ》には飽《あ》くまで聽《き》く人《ひと》をして、次《つ》ぎの事件《じけん》に就《つい》ての興味《きやうみ》を起《おこ》させるだけの餘裕《よゆう》をもたして置《お》くところ、うまいものだと富枝《とみえ》は感心《かんしん》をして聞《き》いた。他《ほか》には輕妙《けいめう》なのもあつたし、隨分惡《ずいぶんあく》どく都滿子《つまこ》やおきさその樣《やう》な人《ひと》を笑《わら》はせるのもあつた。演藝館《えんげいくわん》を出《で》た時《とき》、おきさそも都滿子《つまこ》も眼《め》を眞赤《まつか》にして一泣《ひとな》きしたやうな顏《かほ》をしてゐる。紫都子《しづこ》は何《なに》が面白《おもしろ》かつたか母《はゝ》の膝《ひざ》に眠《ねぶ》りもしずにゐた。其處《そこ》から一同電車《でんしや》で麻布《あざぶ》へ歸《かへ》つた。歸《かへ》つてからも都滿子《つまこ》は落語《はなし》の筋《すぢ》を繰返《くりかへ》し

田村とし子

六十五

緣紫《ゆかし》の不在《るす》は寂《さ》びしくはあつたが平和《へいわ》なものだつた。都滿子《つまこ》に飾《かざ》り立《た》て、紫都子《しづこ》を伴《つ》れては出《で》て歩《ある》いてゐる。富枝《とみえ》は大概《たいがい》家《いへ》にゐた。一度病院《どびやうゐん》から迎《むか》ひを受《う》けて出《で》て行《い》つた限《ぎ》りである。その時《とき》の染子《そめこ》の容態《ようだい》は餘程《よほど》輕快《けいくわい》くなつてゐた。例《いつ》も染子《そめこ》の病室《びやうしつ》には華《はな》やかに着飾《きかざ》つた人等《ひとたち》が二三人《にん》はきつと出《で》たり入《はい》つたりしてゐる。女中《ぢよちう》や家扶《かふ》が禮儀《れいぎ》正《ただ》しく扉《ドア》の口《くち》を守《まも》つてゐる。富枝《とみえ》はそれが厭《いや》で染子《そめこ》を訪《たづ》ねてやる氣《き》が起《おこ》らなかつた。染子《そめこ》も其《そ》れを察《さつ》して強《し》ひてもと呼《よ》ばなかつた。其《そ》れが又《また》富枝《とみえ》には可哀想《かあいさう》の樣な氣《き》もされた。先日《このあひだ》病院《びやうゐん》へ富枝《とみえ》が行《い》つた時《とき》、

「早《はや》く退院《たいゐん》して大磯《おほいそ》へ

ておきそと散々《さんざん》笑《わら》つた。どうしたなら斯《か》う笑《わら》へるかと富枝《とみえ》は又《また》先刻《さつき》の羨《うらや》ましさを此處《ここ》に新《あらた》しくした。

「富枝《とみえ》さんは何《なん》だか陰氣《いんき》になつたのね。」

と都滿子《つまこ》は寢《ね》る時《とき》に富枝《とみえ》にたづねたが、おきそは、

「まだ御病氣《ごびやうき》が快《よ》くないんで御座《ござ》いませう。」

と富枝《とみえ》の顔《かほ》を見《み》た。その二人《ふたり》の顔《かほ》を富枝《とみえ》は見比《みくら》べて、

「だつて皆《みんな》の呑氣《のんき》にや叶《かな》はないわ。」

と云《い》つて笑《わら》つた。

「何《なに》か心配《しんぱい》なことでもあるんぢやありませんか。」

と都滿子《つまこ》は富枝《とみえ》の面《かほ》に注意《ちうい》をしたが、心配事《しんぱいこと》なら一人《ひとり》ぢや爲《し》ない、必《かなら》ず分配《ぶんぱい》するから安心《あんしん》していらつしやいと云《い》つて富枝《とみえ》は自分《じぶん》の座敷《ざしき》へ返《かへ》つた。

沈《しづ》んだ氣分《きぶん》を無理《むり》に掻《か》き廻《まは》された樣《やう》な心地《ここち》で、再《ふたた》び泥《どろ》の澱《よど》むまでが富枝《とみえ》には苦痛《くつう》であつた。逆上《のぼせ》た氣味《きみ》で富枝《とみえ》は僅《わづか》な頭痛《づつう》を感《かん》じる。おきそは何時《いつ》かの藥《くすり》の殘《のこ》りがまだ出《で》るからと云《い》つて探出《さがしだ》して來《き》てくれた。話《はなし》の序《ついで》に酉《とり》の市《いち》がもう直《ぢき》だとおきそは云《い》つた。富枝《とみえ》は年《とし》の經《た》つのが恐《おそ》ろしいほど早《はや》く思《おも》へた。

「一《いち》の酉《とり》にはきつと行《い》つて見《み》たいものね。」

と都滿子《つまこ》が此處《ここ》の話《はなし》を聞《き》いて茶《ちや》の間《ま》から云《い》つてる。

「姉《ねえ》さんは年《とし》が代《かは》つても赤《あか》い手柄《てがら》。」

と富枝《とみえ》は詞戯《からか》ひ半分《はんぶん》そんな惡《わ》る口《くち》を、自分《じぶん》の落着《おちつ》かない氣分《きぶん》から拾《ひろ》ひ出《だ》して云《い》つて見《み》た。

「紫都《しづ》の次《つ》ぎが出來《でき》るまで赤《あか》いのと極《き》めてあるんだもの。」

姉《あね》の調子《てうし》は怒《おこ》つてもゐなかつた。さうして明日《あした》は淺草《あさくさ》から上野《うへの》の方《はう》へ紫都《しづ》を連《つ》れてゆくから富枝《とみえ》さんも行《ゆ》かないかと誘《さそ》つた。緣紫《ゆかし》は今日《けふ》の晝《ひる》に出立《た》つて山陰山陽《さんいんさんやう》の方《はう》へ旅行《りよかう》をした。兄《あに》の不在《るす》と云《い》ふと都滿子《つまこ》は出步《である》くのが癖《くせ》だと富枝《とみえ》は密《ひそか》に考《かんが》へた。

行《ゆ》きますから、然《さ》うしたら少時《しばらくのあひだ》妾と一所《しよ》に在《ゐ》らしつて下《くだ》さいますか。」と染子《そめこ》は聞《き》いた。富枝《とみえ》は必然行《い》つて上《あ》げると約束《やくそく》した。又染子《またそめこ》は、

「私《わたし》が貴女《あなた》のほんとの妹《いもうと》で、それで貧乏《びんぼふ》で、それで私《わたし》が此様《こんな》病氣《びやうき》になつてゐて、貴女《あなた》がその苦《くろう》しい中《なか》からお藥《くすり》を買《か》つて下《くだ》すつたり、看病《かんびやう》して下《くだ》すつたりしたら、私《わたし》は悲《かな》しいでせうか嬉《うれ》しいでせうか。」と小説《せうせつ》のやうなことを云《い》つて喜《よろこ》んだりした。

「いつそ死《し》ぬなら、私《わたし》は然《さ》うして貧乏《びんぼふ》の中《なか》でお姉様《ねえさま》の傍《そば》で死《し》にたい。お姉様《ねえさま》、私《わたし》はこんなにして病院《びやうゐん》にゐて大勢《おほぜい》の人《ひと》たちにわやしく云《い》はれても矢《や》つ張《は》り死《し》なゝければなりませんわ。」と云《い》つた。その時《とき》は染子《そめこ》は泣《な》いてゐた。富枝《とみえ》は慰《なぐさ》めやうもないので何《なん》とも云《い》はなかつた。

その時傍《ときそば》に附《つ》いてゐた人等《ひとたち》が神經《しんけい》を興奮《こうふん》をさせ申《まを》すのは御病氣《ごびやうき》の爲《ため》に好《よ》くないからと云《い》つて富枝《とみえ》をそつと次《つ》ぎの室《へや》に呼《よ》んで、この次《つ》ぎ又御氣分《またごきぶん》の勝《すぐ》れてゐる時來《ときき》て戴《いたゞ》きたいと老女《らうぢよ》に話《はな》しさせた。

染子《そめこ》がお目《め》にかゝり度《た》いと云《い》ふから是非《ぜひ》來《き》てくれとの使《つかひ》で富枝《とみえ》はその日病院《ひびやうゐん》へ出《で》掛《か》けたのであつた。富枝《とみえ》は何《なん》となく氣色《きしよく》を惡《わる》くした。老女《らうぢよ》は又斯《またか》う云《い》つた。

「貴女樣《あなたさま》が御在《ゐ》で下《くだ》さいますと、お在《い》での間《あひだ》は非常《ひじやう》にお宜《よろ》しくお見受《みう》けいたしますが、お歸《かへ》りになつた後《あと》がげつそりと不斷《ふだん》の御容態《ごようだい》よりも惡《わ》るうお見受《みう》けする樣《やう》になりますので、これが非常《ひじやう》に御病氣《ごびやうき》の爲《ため》によろしくないのださうで御座《ござ》います。もう院長《ゐんちやう》の御注意《ごちゆうい》でお睦《むつ》まじいお友人《ともだち》の方々《かた〳〵》も成《な》る丈《た》けは御面會《ごめんくわい》をお避《さ》けいたしております。心《こゝろ》をお安靜《おちつけ》申《まを》すのが何《なに》よりなのださうで御座《ござ》いまして。」

富枝《とみえ》は染子《そめこ》に逢《あ》はずに老女《らうぢよ》の云《い》つた事《こと》を道理《だうり》と思《おも》つて歸《かへ》つて來《き》た。それからは手紙《てがみ》をやる事《こと》も止《や》めた。唯每日美《たゞまいにちうつく》しい繪葉書《ゑはがき》に何《なに》かしら一句《く》づゝを認《しる》めて送《おく》るのを日課《につくわ》の樣《やう》にした。染子《そめこ》からは時々字句《ときどきじく》の亂《みだ》れた手紙《てがみ》を受取《うけと》つた。

富枝《とみえ》の氣分《きぶん》は又落着《またおちつ》いて、每日《まいにち》の日和次第《ひよりしだい》に身體《からだ》も精神《こゝろ》も順當《じゆんたう》であつた。旅行中《りよかうちう》の兄《あに》に對《たい》しては時《とき》には懷《なつか》しく思《おも》ひやる事《こと》もあつた。この頃出版《ころしゆつぱん》された兄《あに》の作《さく》を讀《よ》んだ時《とき》、再《ふたゝ》び振《ふ》ふ見込《みこ》みのない稽古ばけた、見《み》え透《す》いた技巧《ぎかう》の筆《ふで》で作《つく》り上《あ》げられたのを見《み》て、富枝《とみえ》は遲《おく》れた人《ひと》に同情《どうじやう》して涙《なみだ》さへ浮《うか》んだ。

此處《こゝ》に、自分《じぶん》は已《すで》に遲《おく》れて了《しま》つたにも拘《かゝは》らずまだ〳〵時代相當《じだいさうたう》に步調《ほてう》を早《はや》める事《こと》が出來《でき》ると確信《かくしん》してゐる人《ひと》と、時代《じだい》は進步《しんぽ》したのではなく唯變遷《たゞへんせん》したゞけのもので、自分《じぶん》の時代《じだい》は唯一寸先《たゞちよつとさき》んじた瞳子《ひとみ》の後《うしろ》にゐる、直《す》ぐ又自分《またじぶん》の時代《じだい》に戻《もど》つてくる事《こと》があると平然《へいぜん》としてゐる人《ひと》がある。兄《あに》はその前者《ぜんしや》の方《はう》で遲《おく》れながら大手《おほで》を振《ふ》つてゐる。遲《おく》れて了《しま》つてゐる癖《くせ》に時代《じだい》と並《なら》んでゐる積《つも》りで出沙張《でしやば》つてゐるのも憎氣《にくげ》がなくて好《い》いと、富枝《とみえ》は大膽《だいたん》に兄《あに》へ對《たい》して此樣《こんな》評《ひやう》もした。

富枝《とみえ》はこんな事《こと》で相人《あひて》のない日《ひ》を過《す》ごし

てゐた。

懸賞文藝當選

あきらめ

田村とし子

六十六

塵泥《ちんでい》の芝居《しばゐ》が初《はじ》まつた。非常《ひじやう》の大入《おほい》りとの事《こと》だつた。初日《しよにち》に富枝《とみえ》は行《ゆ》かなかつたのに新聞《しんぶん》には女流脚本家《ぢよりうきやくほんか》の荻生野《をぎふの》女史《ぢよし》も來《き》てゐると、れい〳〵しく書《か》き立《た》てゝあつた。二三日《にち》すると評《ひやう》が新聞《しんぶん》に出《で》た。甘《あま》い作《さく》だが女《をんな》としては筆《ふで》を走《はし》らせたのもあつた。無理《むり》に悲愁《ペッソ》を帯《お》びさせやうとした様《やう》な所《ところ》があつて厭味《いやみ》だと云《い》ふのもあつた。然《さ》うかと思《おも》ふと場毎《ばごと》〳〵に變化《へんくわ》があつて非常《ひじやう》に面白《おもしろ》い、大詰《おほづめ》の松原《まつばら》などは役《やく》者《しや》の技術《ぎじゆつ》を相《あひ》まつて絶品《ぜつぴん》だなぞゝ賞《に》めたてゝるのもあつた。俳優《はいいう》はだれも大《だい》概《がい》は賞《ほ》めてあつた。評《ひやう》を見《み》てから富枝《とみえ》は姉《あね》と一所《しよ》に見物《けんぶつ》に行《い》つた。

その日《ひ》も滿員《まんゐん》であつた。富枝《とみえ》は棧敷《さじき》の姉《あね》の後《うしろ》に隱《かく》れるやうにして見《み》た。例《れい》の半田《はんだ》は富枝《とみえ》の見物《けんぶつ》に行《ゆ》く日《ひ》もよく聞《き》き合《あは》して寄越《よこ》した。富枝《とみえ》は何《なん》とも云《い》つてやらなかつたが今日何處《どこ》から聞《き》きだしたか直《す》ぐ半田《はんだ》はやつて來《き》て棧敷《さじき》へ顏《かほ》を出《だ》した。それから種々《いろ〳〵》の人《ひと》も連《つ》れて來《き》て富枝《とみえ》を紹介《せうかい》した。

自分《じぶん》の筆《ふで》の先《さき》一《ひと》つで、こんなに多《おほ》くの人《ひと》が熱心《ねつしん》に力《ちから》を勞《つか》らして動《うご》いてゐるかと思《おも》ふと富枝《とみえ》は寧《むし》ろ氣《き》の毒《どく》になつてくる。田里《たざと》と云《い》ふの、小蒲名《こまな》は元《もと》より、女弟子《をんなでし》に扮《ふん》する役《やく》者《しや》でも仕出《しだ》しでも、自分《じぶん》の書《か》いたもの以上《いじやう》巧《うま》い

巧者《うま》いと思《おも》ひつゞけて見《み》た。そしてこの演劇《しばゐ》を見《み》て一所《いつしよ》に泣《な》いたり笑《わら》つたり喜《よろこ》んだりしてる観客《けんぶつ》にも感謝《かんしや》した。今日《けふ》は役者《やくしや》の伎倆《ぎりやう》によつて喝采《かつさい》する人《ひと》とは思《おも》はれずに、自分《じぶん》の作《さく》を賞讃《しやうさん》して拍手《はくしゆ》してくれる様《やう》にしきや思《おも》はれなかつた。

半田《はんだ》は傍《そば》からこんな評《ひやう》をして聞《き》かせた。三幕目《まくめ》の小満名《こまな》が亭主《ていしゆ》に斬《き》られるところで、斬《き》りかけられながら良人《ていしゆ》に縋《すが》らうとする表情《へうじやう》がまだ足《た》りない。然《しか》し大詰《おほづめ》の酔《ゑ》つて亭主《ていしゆ》を追《お》つかけて行《ゆ》くところは田里《たざと》独特《どくとく》の伎倆《ぎりやう》を見《み》せて縦横無盡《じゆうわうむじん》だなど、評《ひやう》をした。都満子《つまこ》は聞《き》いて、

「全《まつた》くだわね。」

と感心《かんしん》した。けれど富枝《とみえ》は何《なに》が何《なん》でも俳優《やくしや》の伎倆《ぎりやう》は悉《こと〴〵》く凡でないと思《おも》ひ込《こ》んで嬉《うれ》しかつた。土間《どま》桟敷《さじき》に満《み》ちてる見物客《けんぶつきやく》は何《なに》か自分《じぶん》の誉《ほまれ》を現《あらは》してる花《はな》のやうに見えた。その花《はな》がこの自分《じぶん》一人《ひとり》を取《と》り巻《ま》いて爛漫《らんまん》としてゐるかのやうに目《め》を惑《まど》はした。富枝《とみえ》は得意《とくい》な氣《き》が湧《わ》かずにはゐられなかつた。

半田《はんだ》は桟敷《さじき》を出《で》たり入《はい》つたりしてゐたが幕間《まくあひ》の時袴の裾《すそ》を鳴《な》らして富枝《とみえ》を呼《よ》びに來《き》た。さうして、

「三輪《みわ》が來《き》てる。三輪《みわ》が來《き》てる。」

と或《あ》る方角《はうがく》を指《ゆび》さした。富枝《とみえ》は悦《よろこ》んだ、立《た》たうとすると、

「伴《つ》れがあるからお止《よ》しなさい。」と留《と》めて、

「田里君《たざとくん》が逢《あ》ひたいつて云《い》ふから一寸《ちよいと》行《い》きませんか。」

と自分《じぶん》の方《はう》へ半田《はんだ》は富枝《とみえ》を促《うなが》した。富枝《とみえ》はそれは厭《いや》だと云《い》つて断《ことわ》る。

「一寸《ちよつと》で好《い》いから。僕《ぼく》連《つ》れてくるつて云《い》つて來《き》たんだから。」

富枝《とみえ》は何《ど》うしても行《い》かなかつた。代《かは》りに行《ゆ》けるものなら妾《わたし》が行《ゆ》きたいと都満子《つまこ》は云《い》つた。

「ぢや一所《いつしよ》に來《く》ればいゝ。富枝《とみえ》さんも。」

と其處《そこ》で都満子《つまこ》は熱心《ねつしん》に富枝《とみえ》に勧《すゝ》めたけれ共《ども》、富枝《とみえ》は到頭《たうとう》行《い》かないで了《しま》つた。都満子《つまこ》は其《そ》れを甚《ひど》く口惜《くやし》がつてゐた。三輪《みわ》のゐる所《ところ》を半田《はんだ》に聞《き》いても伴《つ》れがあるから止《よ》した方《はう》がいゝと云《い》つて教《をし》へなかつた。富枝《とみえ》はその人《ひと》を探《さが》しに桟敷《さじき》を出《で》ると思《おも》ひがけない人《ひと》にばたりと逢《あ》つた。それは千葛次《ちかじ》だつた。新橋《しんばし》の連中《れんぢう》だとの事《こと》で窈艶《あでやか》な姿《なり》が富枝《とみえ》の眼《め》に染《し》み入《い》るやうであつた。

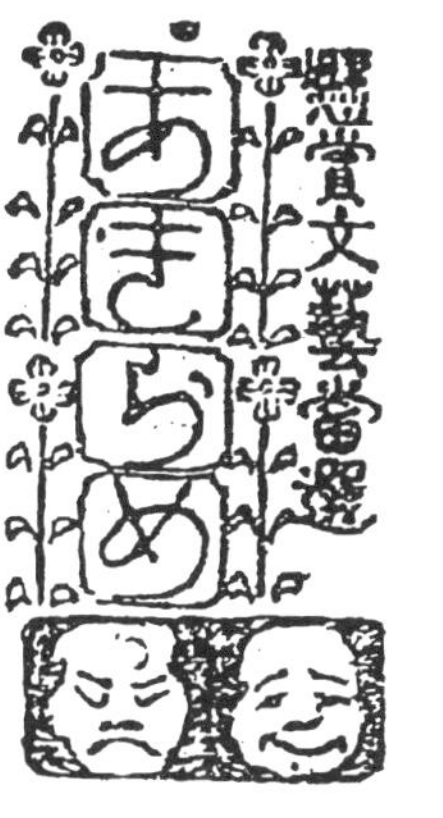

田村とし子

六十七

富枝《とみえ》は三輪《みわ》を探《さが》し得《え》ずに了《しま》つた。その晩《ばん》帰《かへ》ると三時頃《じごろ》までも富枝《とみえ》は都満子《つまこ》に捉《つかま》つて芝居《しばゐ》の話《はなし》、役者《やくしや》の噂《うはさ》を聞《き》かされた。

「兄《にい》さんの作《つく》つたものよりずつと上等《じやうとう》だわ。見栄《みえ》がするから御覧《ごらん》なさい。」

都満子《つまこ》はこの事《こと》を早速手紙《さつそくてがみ》にして縁紫の ところへ云《い》つてやると喜《よろこ》んでゐた。芝居《しばゐ》にゐるうち田里《たざと》から送《おく》つてよこした竹細《たけざい》工《く》の化粧籠《けしやうかご》も都満子《つまこ》は自分《じぶん》の手《て》で何処《どこ》かへ納《しま》つて了《しま》つた。富枝《とみえ》はそれが欲《ほ》しかつたので出《だ》しておいてくれと云《い》つたけれ共《ども》都満子《つまこ》は聞《き》かなかつた。富枝《とみえ》はその籠《かご》を貴枝の手《て》から千萬次《ちまじ》にやつて貰《もら》ふ積《つも》りに考《かんが》へてたので甚《ひど》く妹《いもと》に取《と》られたのが忌々《いまいま》しかつた。今日《けふ》芝居《しばゐ》で千萬次《ちまじ》が田里《たざと》の事《こと》を云《い》つて他《ほか》の藝妓《げいしや》に嘲弄《からか》はれたのを見《み》て知《し》つてゐた。千萬次《ちまじ》はその時真《ときま》つ赤《か》になつて、

「どうせ片思《かたおも》ひよ。」

と云《い》つた。どうしたのか富枝《とみえ》にはその聲《こゑ》が忘《わす》られなかつたら、又千萬次《またちまじ》の恥《はぢ》かしさうにした風《ふう》が一種《しゆ》の優《やさ》し味《み》を含《ふく》んでるやうに富枝《とみえ》の目先《めさき》を去《さ》らなかつた。それで富枝《とみえ》は其《そ》の籠《かご》を千萬次《ちまじ》に送《おく》らうと思《おも》ひ附《つ》いてゐたのだつた。籠《かご》は田里《たざと》の意匠《いしやう》とかで樂屋《がくや》で使用《つか》ふ爲《ため》に今度《こんど》二《ふた》つ作《つく》らせたその一《ひと》つだと云《い》つてよこした。其様《そんな》ものゝ、片割《かたわれ》を差上《さしあ》げては失禮《しつれい》だが、お役《やく》の小満名《こまな》の時《とき》に始《はじ》めて使用《しよう》したものだから記念《きねん》としてお贈《おく》りすると云《い》つた口上《こうじやう》が附《つ》いてゐた。細工者《さいくしや》がこの籠《かご》を作《つく》るに一年《ねん》かゝつたとか云《い》ふ程凡てが巧妙《かうめう》に出《で》来《き》てゐた。

翌日《よくじつ》の新聞《しんぶん》に半田《はんだ》の筆《ふで》でその化粧籠《けしやうかご》の事《こと》が掲《で》てゐた。図《づ》まで挟《はさ》んで、贈《おく》られた女《をんな》史《し》は有難《ありがた》くもないかも知《し》れないが、田里《たざと》は夫婦籠《めうとかご》の一《ひと》つを女流作家《ぢよりうさくか》の手《て》へ贈《おく》るような機會《きくわい》を作《つく》り得《え》たのを一生《しやう》の榮譽《めいよ》とすると云《い》つて喜《よろこ》んでゐるとしてあつた。富《と》枝《え》は誇大《こだい》な書《か》き振《ふ》りに呆《あき》れてゐた、都満《つま》子《こ》はそれを家《いへ》の寶《たから》にでもする積《つも》りで紙《かみ》に包《つゝ》むやら箱《はこ》に入《い》れるやら大騒《おほさわ》ぎであつた。

「そんなもの、家《うち》へ置《お》いたつて仕方《しかた》がないでせう。」

富枝《とみえ》は斯《か》う謎《なぞ》をかけたけれど、

「記念《きねん》だわ。」

と云《い》つて都満子《つまこ》は自分《じぶん》のものゝ様《やう》に大切《たいせつ》に保存《ほぞん》するらしい様子《やうす》を示《しめ》してゐる。

「ぢや納《しま》つておかないでお使《つか》ひなさいな。」

「勿體《もつたい》ないから。」

と云《い》つて都満子《つまこ》はそれも聞《き》かなかつた。富枝《とみえ》はその籠《かご》を白粉《おしろい》で汚《よご》したい様《やう》に思《おも》つた。どうかして都満子《つまこ》の手《て》から取《と》り上《あ》げて千萬次《ちまじ》に遣《や》る工夫《くふう》はないものだらうかと眼《め》を据《す》ゑて考《かんが》へて見《み》た。

その晩《ばん》あづまから思《おも》ひがけなく使《つかひ》が来《き》た。

名高《なだか》い化粧籠《けしやうかご》が拝見《はいけん》したいから是非《ぜひ》この使《つかひ》と同道《どうだう》で来《き》てくれとしてある、その籠《かご》の通《とほ》り注文《あつらへ》たいと云《い》ふ人《ひと》があるから是非《ぜひ》是非《ぜひ》拝見《はいけん》したいと繰《く》り返《かへ》してあつた。富《と》枝《え》は都満子《つまこ》にそれを見《み》せて化粧籠《けしやうかご》を求《もと》めると、あづまへなんか持《も》ち込《こ》んだ日《ひ》には取《と》られて了《しま》ふからと應《おう》じなかつた。

「折角《せつかく》見《み》たがつてるんだから貸《か》して上《あ》

けたらいゝでせう。」
と富枝《とみえ》は笑《わら》ひながら然《さ》う云《い》つて、所在《しよざい》を聞《き》いてから自分《じぶん》で出《だ》して使《つかひ》に持《も》たしてやつた。

その時《とき》手紙《てがみ》を附《つ》けて、これは、千萬次《ちまじ》さんに差上《さしあ》げる、その積《つも》りでお渡《わた》しの節《せつ》精《せい》精大切《せいたいじ》になさる様《やう》に仰有《おつしや》つて戴《いたゞ》きたいと云《い》つてやつた。

その日《ひ》は夜《よる》へかけて、知《し》らない人《ひと》からの手紙《てがみ》を幾通《いくつう》も受取《うけと》つた。女《をんな》からのものもあつた。是非返事《ぜひへんじ》がいたゞき度《た》いと云《い》ふのもあつた。夜遅《よるおそ》く半田《はんだ》が來《き》て芝居《しばゐ》の話《はなし》、三輪《みわ》の話《はなし》などをして行《い》つた。三輪《みわ》は全《まつた》く千早《ちはや》の親《おや》になる人《ひと》の姿《すがた》だと告《つ》げた。昨日《きのふ》もその人《ひと》と來《き》てゐたとの事《こと》だつた、半田《はんだ》が自分《じぶん》に三輪《みわ》の居《ゐ》る所《ところ》を敎《をし》へなかつた事《こと》をさすがに世馴《よな》れた人《ひと》の爲《す》る事《こと》だと感《かん》じた。

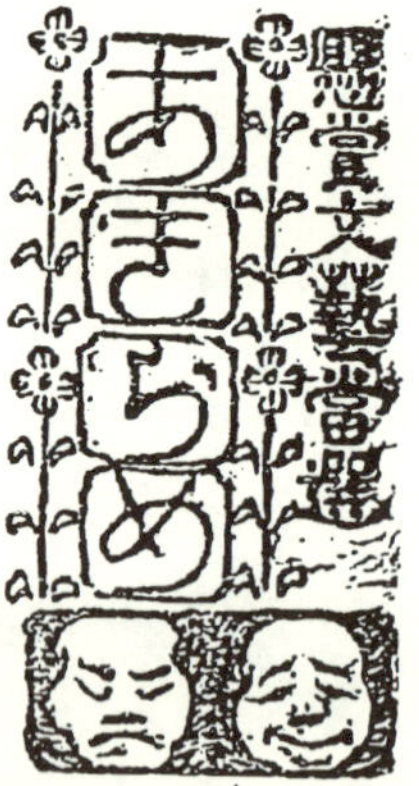

田村とし子

六十八

岐阜《ぎふ》の母《はゝ》が上京《じやうきやう》したのがもう十一月も終《をは》つた頃《ころ》であつた。丁度《ちやうど》染子《そのこ》が退院《たいゐん》して大磯《おほいそ》へ赴《おもむ》いたと云《い》ふ染子《そめこ》の母《はゝ》からの手紙《てがみ》を受取《うけと》つてから三日目《め》の夕方《ゆふがた》だつた。染谷《そめや》の家《いへ》では旅行《りよかう》から歸《かへ》つて間《ま》のない緑紫の許《もと》へ多《おほ》くの客《きやく》があつて臺所《だいどころ》ではおさそも都滿子《つまこ》も襷《たすき》がけで働《はたら》いてゐた。富枝《とみえ》は自分《じぶん》の座敷《ざしき》で書《か》きかけた一幕物《ひとまくもの》の脚本《きやくほん》を纒《まと》めやうと机《つくゑ》に向《むか》つたが、茶《ちや》の間《ま》が騷々《さう〴〵》しくて少《すこ》しも想《おもひ》が纒《まと》まらなかつた。茫然《ぼんやり》と空《そら》を見《み》てゐるうちに大磯《おほいそ》へ行《ゆ》きたい様《やう》な氣《き》も起《おこ》つてゐた。凍《こほ》り附《つ》いた様《やう》な曇《くも》つた空《そら》はもう山《やま》に降《ふ》る雪《ゆき》を聯想《れんさう》させる程《ほど》の寒《さむ》い夕方《ゆふがた》であつた。

お伊豫《いよ》は突然《とつぜん》にその夕方《ゆふがた》染谷《そめや》の家《いへ》に來《き》た。門前《もんぜん》で車《くるま》から荷物《にもつ》を下《お》ろさせてゐるのも、門《もん》の開《あ》かない爲《ため》に家《うち》の人等《ひとたち》は誰《だれ》も知《し》らなかつた。門《もん》が開《あ》いてからも來《き》た人《ひと》の姿《すがた》よりか荷物《にもつ》を運《はこ》び入《い》れる車夫《しやふ》の形《なり》ばかりが分《わか》つて、家《うち》の人《ひと》には誰《だれ》が來《き》たのか知《し》る事《こと》が出來《でき》なかつた、おさそに云《い》はれて飛《と》び出《だ》した都滿子《つまこ》も荷物《にもつ》に驚《おどろ》かされて車夫《しやふ》の爲《す》る儘《まゝ》を眺《なが》めてゐた。來《き》た人《ひと》は門《もん》の外《そと》で車夫《しやふ》に賃錢《ちんせん》を渡《わた》してから初《はじ》めて内《うち》に入《はひ》つた。それはお伊豫《いよ》だつた。室《へや》にゐた富枝《とみえ》は無論《むろん》呼《よ》ばれるまで知《し》らなかつた。

「前《まへ》もつて知《し》らせうとは思《おも》ひましたが。」
とお伊豫《いよ》は皆《みんな》に云《い》つた。別《わか》れた時《とき》より十歳ばかりも一時《じ》に老《ふ》けたとは誰《だれ》の眼《め》にも感《かん》じられた。

母《はゝ》の前《まへ》に出《で》ると、何時《いつ》も無沙汰《ぶさた》勝《が》ちに過《す》ごしてゐた事《こと》が甚《ひど》く富枝《とみえ》は面目《めんぼく》なかつた。貴枝《きえ》は二歳《ふたつ》から六歳《むつゝ》までこの人《ひと》の世話《せわ》になつた。都滿子《つまこ》は十四から十八までお伊豫《いよ》と同《おな》じ膳《ぜん》で朝夕《あさゆふ》を共《とも》にした。富枝《とみえ》は九歳《こゝのつ》から十七までで姉妹中《きやうだいちう》一番《ばん》年數《ねんすう》も長《なが》くその手《て》にかゝつただけに親《した》しみも最《もつと》も多《おほ》かつた。それだけにお伊豫《いよ》の眼《め》にも富《とみ》枝《え》の様子《やうす》が先《ま》づ氣《き》にと立《た》つた。

「えらい大《おほ》きくなつたもんなあ。」

お伊豫《いよ》は生《うま》れは矢張《やは》り岐阜《ぎふ》の人《ひと》であつた。長《なが》く東京《とうきやう》に住《す》んで大方《おほかた》訛《なまり》は取《と》れてゐたのが生國《おくに》の空氣《くうき》を少時《しばらく》吸《す》うてもう生地《きぢ》の國《くに》の言葉《ことば》が出《で》てゐた。富枝《とみえ》はその色《いろ》の淺黑《あさぐろ》い少《すこ》しも角《かど》のない平《ひら》つたいお伊豫《いよ》の平凡《へいぼん》な顏《かほ》が、自分《じぶん》には離《はな》れがたい緣《えん》を持《も》つた世界《せかい》に一人《ひとり》の人《ひと》の顏《かほ》だと云《い》ふことを態々《わざ／＼》意識《いしき》して、さうして見詰《みつ》めた。

「阿母《おつか》さんは年《とし》を老《と》りましたよ。」

何《なん》の挨拶《あいさつ》もないうちに都滿子《つまこ》は襷《たすき》も外《はづ》さずかう云《い》つた。おきそは一《ひ》と先《ま》づ書生《しよせい》に手傳《てつだ》はして荷物《にもつ》を茶《ちや》の間《ま》に運《はこ》び入《い》れた。客《きやく》に出《だ》すものを出《だ》して了《しま》ふまでは落着《おちつ》かないからと斷《ことわ》つて都滿子《つまこ》は遠來《ゑんらい》の客《きやく》を抛《はふ》つた儘《まゝ》又《また》臺所《だいどころ》へ行《い》つた。どの人《ひと》の顏《かほ》にも逢《あ》ひがたい人《ひと》に圖《はか》らずにめぐり逢《あ》つたと云《い》ふほどの喜悅《きえつ》の色《いろ》は認《みと》められなかつた。

お伊豫《いよ》は富枝《とみえ》の座敷《ざしき》に入《はい》つて漸《やうや》くその腰《こし》を落着《おちつ》かせると直又《すぐまた》立《た》つて荷物《にもつ》の方《はう》へ行《い》つた。土産物《みやげもの》を出《だ》して置《お》かうと云《い》ふのだつた。東京《とうきやう》に一所《いつしよ》にゐた頃《ころ》は何點《どこ》かきりつとして氣《き》の利《き》いた人《ひと》だつたのに、斯《か》うまご〳〵してる様子《やうす》は全《まる》で田舎者《ゐなかもの》の様《やう》だと、富枝《とみえ》は土地《とち》の感化《かんくわ》の烈《はげ》しい力《ちから》に驚《おどろ》かされる。

「そんなものは後《あと》だつて好《い》いぢやありませんか。」

と富枝《とみえ》は傍《そば》のそは〳〵した樣子《やうす》が氣《き》の毒《どく》らしさに止《と》めさしたが、

「直《す》ぐ妾《わたし》は山尾《やまを》の方《はう》へ行《ゆ》くで。」

とお伊豫《いよ》は猶《なほ》手荷物《てにもつ》の中《なか》から種々《いろ〳〵》なものを出《だ》しかけた。山尾《やまを》と云《い》ふのはお伊豫《いよ》の弟《おとうと》で深川《ふかがは》の方《はう》で料理店《れうりてん》を開《ひら》いてる人《ひと》だつた。盆正月《ぼんしやうぐわつ》の交際《つきあひ》だけで其《そ》れさへ此方《こつち》から出《で》て行《ゆ》くとも稀《まれ》であつた。お伊豫《いよ》は美濃紙《みのがみ》を二十帖《すぢやう》ばかりも新聞紙《しんぶんし》に包《つゝ》んだのに、岐阜團扇《ぎふうちは》を二本添《にほんそ》へて富枝《とみえ》に渡《わた》した。

「冬《ふゆ》のお土産《みやげ》に團扇《うちは》は可笑《をか》しいやうだけれど、名物《めいぶつ》だによつて。どうで夏《なつ》になれば要《い》るもんだに。」

と云《い》つて鐵漿《かね》をつけた齒《は》を見《み》せてお伊豫《いよ》は笑《わら》つた。

「美濃紙《みのがみ》も名物《めいぶつ》なんですか。」

と富枝《とみえ》は包《つゝ》んだ紙《かみ》を開《ひら》いて斯《か》う聞《き》いた。

田村とし子

六十九

その晩《ばん》お伊豫《いよ》は山尾《やまを》の方《はう》へ行《ゆ》くと云《い》ふのを、緑紫《ろくし》も共《とも》に勧《すゝ》めて染谷《そめや》へ宿《とま》ることにした。その晩《ばん》は湯《ゆ》をたてなかつたので富枝《とみえ》を附《つ》けて近所《きんじよ》の湯屋《ゆや》へ入浴《にふよく》にやつた。やがて二人《ふたり》は歸《かへ》つてくると富枝《とみえ》は坐《すわ》りもしないうちに、

「阿母《おつか》さんはすつかり田舎者《ゐなかもの》になつちまつた。何《ど》うしたんでせう。」

と云《い》つて噴《ふ》き出《だ》した。お伊豫《いよ》もそれを可笑《をか》しさうにして人好《ひとよ》く笑《わら》ひながら、掻《か》き上《あ》げた鬢際《びんぎは》の濡《ぬ》れてる下《した》から光《ひか》つた耳《みゝ》の頭を見《み》せて、其所《そこ》に辭義《じぎ》をした。

「何《ど》うも御馳走《ごちさう》さん。」

其《そ》れを聞《き》くと都満子《つまこ》も、

「ほんとに何所《どこ》へ出《だ》しても西國《さいこく》の人だわ。」

と云《い》つて笑《わら》ひだした。

國《くに》の方《はう》の商賣《しやうばい》の方《はう》の話《はなし》、祖母《そぼ》の話《はなし》で持《も》ち切《き》つた。商賣《しやうばい》は鏡商《かゞみや》であつた。今年《ことし》六十三になる先代《せんだい》からの番頭《ばんとう》が夫婦《ふうふ》して店《みせ》をやつてゐて呉《く》れるので、自分《じぶん》の身分《みぶん》は樂《らく》なものだとお伊豫《いよ》は氣樂《きらく》さうな顔《かほ》であつた。

「田舎《ゐなか》の人《ひと》は忠義《ちうぎ》なもんで、妾《わたし》をほんの主人《しゆじん》のやうにしてくれます。妾《わたし》も鏡《かゞみ》を研《みが》くでこの手《て》を見《み》て頂戴《ちやうだい》。まあこんなもんに。」

と云《い》つて兩方《りやうはう》の手《て》を出《だ》した。もう爪赤《つまあか》ぎれが切《き》れて湯《ゆ》から出《で》たばかりの指《ゆび》は皮膚《ひふ》が魚《さかな》の鱗《こけ》のやうにはぢけてゐた。祖母《そぼ》も最《も》う八十歳《さい》であつた。其《それ》でも達者《たつしや》で張物《はりもの》でも洗濯《せんたく》でもすると云《い》つて、話《はな》してゐるお伊豫《いよ》自身《じしん》も驚《おどろ》いた顔《かほ》をして云《い》つた。

「唯《たゞ》時々もうろくを爲《し》やはるので困《こま》る。先日《このあひだ》もせつせと煙草入《たばこい》れを片手《かたて》に持《も》つて、片手《かたて》に湯呑《ゆの》みを持《も》つて斯《か》う云《い》ふ事《こと》をしてる。」

と云《い》つてお伊豫《いよ》はその形《なり》をして見《み》せて、

「まあ湯《ゆ》を注《つ》ぐ眞似とはかは見ゐんで祖母《おばあ》さん何《なに》を爲《し》てゐなさるかと聞いたらこの土瓶《どびん》はちよつとも茶《ちや》が出《で》んで、お前《まへ》一寸《ちよつと》注《つ》いで見《み》てくれよと斯《か》う云《い》ひます。まあ土瓶《どびん》と煙草入《たばこい》れを間違《まちが》ふなんて、祖母《おばあ》さんはよほどこりや眼《め》が上《あ》がつて御座《ござ》るわいと大笑《おほわら》ひしましたに。」

と云《い》つた。この話《はなし》には皆笑《みんなわら》はされて、玄關《げんくわん》の書生《しよせい》までがぷつと笑《わら》ひ出《だ》したのが聞《きこ》えた。富枝《とみえ》は老衰《らうすゐ》し切《き》つた祖母《そぼ》が目《め》に見《み》ゐる樣《やう》で哀《あは》れであつた。小《ちい》さな皺《しわ》んだ眼《め》を瞬《しばた》かして凡《すべ》ての物《もの》の形《かたち》がもう明瞭《はつきり》とは映《うつ》つてないながら、茶《ちや》が飲《の》みたいと云《い》ふ意識《いしき》のもとに、八十年來《ねんらい》の因習《いんしふ》で唯《たゞ》手《て》だけは茶《ちや》を注《つ》ぐ形《かたち》をする。さうして飲《の》みたいと思《おも》ふ茶《ちや》が出《で》ないのは何《ど》う云《い》ふ譯《わけ》かと不思議《ふしぎ》にそれを見詰《みつ》めてゐるその木彫《きぼり》のやうな老婆《らうば》の顔《かほ》が富枝《とみえ》にははつきりと見《み》ゑた。

「其《そ》れぢや阿母《おつか》さんもお弱《よわ》りでせう。」

都満子《つまこ》は少《すこ》しも自分《じぶん》には痛《いた》さを感《かん》じない同情《どうじやう》の言葉《ことば》を表向《おもてむ》きにして、務《つと》めて斯《か》う云《い》つた。緑紫《ろくし》は當分《たうぶん》此方《こつち》で保養《ほやう》をする事《こと》にして、少《すこ》し氣《き》を抜《ぬ》いた方《はう》が宜《い》いと親切《しんせつ》

111　「あきらめ」『大阪朝日新聞』　明治44（1911）年3月11日

懸賞文藝當選

あきらめ

田村とし子

七十

富枝《とみえ》は平生《ふだん》から繼母《はゝ》の境遇《きやうぐう》に憐《あは》れみを持《も》つて自分《じぶん》の負《お》ふべき責《せ》めも心得《こゝろえ》てはゐたのだけれ共《ども》、さて斯《か》うして思《おも》ひがけなく出《で》京てきた母《はゝ》を見《み》ると、そこに急《きふ》に解決《かいけつ》しなければならない問題《もんだい》が起《おこ》つた樣《やう》で煩《わづ》累《ら》はしかつた。

その晩《ばん》富枝《とみえ》は眠《ねむ》れなかつた。自分《じぶん》が東京《とうきやう》に踏《ふ》み留《とゞま》つて好《す》きな事《こと》をやり度《た》いと思《おも》ふ限《かぎ》り、其《そ》れ等《ら》に就《つ》いての保護《ほご》は矢《や》つ張《ぱ》り兄《あに》に頼《たの》むより他《ほか》はなかつた、自分《じぶん》は男《をとこ》ではない。若《わか》い女《をんな》である。その晩《ばん》富枝《とみえ》は非《ひ》常く悲《かな》しかつた。

翌朝《よくあさ》富枝《とみえ》は輕《かる》い愁《うれ》ひを抱《だ》いて母《はゝ》に逢《あ》つた。母《はゝ》は富枝《とみえ》の居室《ゐま》へ入《はい》つて衣類《いるゐ》などの世話《せわ》を燒《や》いたり、羽織《はおり》に直《なほ》すもの下着《したぎ》の選《えら》りにおろす品《もの》などを區別《くべつ》して聞《き》かしたりした。さすがに親子《おやこ》となつて長《なが》い間《あひだ》を暮《く》らし合《あ》つた情《じやう》が僅《わづか》の事《こと》にも顯はれるやうに思《おも》はれた。富枝《とみえ》にもその和《やは》らいだ心持《こゝろもち》が嬉《うれ》しく受《う》けとれた。

懕泥《ちんてい》をやつてる劇場《しばゐ》はまだ開《あ》いてゐた。何《なに》よりの土産話《みやげばなし》になる積《つも》りで綠紫《ろくし》は態々《わざ〳〵》自身《じしん》お伊豫《いよ》を伴《ともな》つて出《で》かけた。不在《るす》の間《あひだ》富枝《とみえ》は唯《たゞ》屈託《くつたく》して日《ひ》を暮《くら》した。姉《あね》は富枝《とみえ》の考《かんが》へてゐる事《こと》に就《つ》いてはまるで交渉《かうせふ》がなかつた、夕飯《ゆふはん》の時《とき》、あづまへ貸《か》した化粧籠《けしやうかご》の事《こと》を富枝《とみえ》に聞《き》いた。今日《けふ》の芝居行《しばゐゆき》に就《つ》いて都滿子《つまこ》は忘《わす》れてゐた事《こと》を不圖《ふと》思《おも》ひ出《だ》したのだつた。

「どうしたか知《し》らないの。」

と都滿子《つまこ》は怒《おこ》つた氣色《けしき》を見《み》せた。

「あれは遣《や》つて了《しま》つたんです。」

「誰《だれ》に。」

「欲《ほ》しいつて人《ひと》があつたから。」

富枝《とみえ》は其《そ》れ限《き》り云《い》はなかつた。都滿子《つまこ》は人《ひと》になんぞ無《む》殘《ざ》々々やつて了《しま》ふ樣《やう》な品《しな》ぢやないと云《い》ふ事《こと》を、理窟《りくつ》つぽく長々《なが〳〵》と怒《おこ》つて云《い》つた。

に云《い》つた。

「私《わたし》も、遂《つひ》二三日前旅行《まへりよかう》から歸《かへ》つて來《き》ました。あなたもお疲《つか》れでせうから悠然《ゆつくり》お休《やす》みなすつた方《はう》がいゝ。」

と寢床《ねどこ》の工合《ぐあひ》なども都滿子《つまこ》に聞《き》いたりした。

「有難《ありがた》う。今度《こんど》出《で》京て來《き》ましたもこの女《ひと》が學校《がくかう》の方《はう》を廢《や》めたさうなで、一遍《いつぺん》よく又身《またみ》の末《すゑ》なぞ相談《さうだん》しておきませんと可《い》かんと思《おも》ひまして。」

お伊豫《いよ》はその話《はなし》も今夜《こんや》爲《し》たい風《ふう》であつたけれど、まだ〳〵日數《ひかず》もあるからと綠紫《ろくし》が話《はなし》の腰《こし》を折つて休《やす》ませる事《こと》にした。お伊豫《いよ》は二階《にかい》へ寢《ね》かされた。富枝《とみえ》はお伊豫《いよ》を二階《にかい》へ送《おく》ると直《す》ぐ自分《じぶん》も自分《じぶん》の座敷《ざしき》へ入《はい》つて了《しま》つた。

懸賞文藝當選

あきらめ

田村とし子

七十一

お伊豫《いよ》の富枝《とみえ》を責《せ》めないのが却《かへつ》て皆《みんな》には思《おも》ひがけなかつた。

「あれだけのものを作《つく》るなんて、萬人《まんにん》に一人《ひとり》の人《ひと》なんですよ。」

都満子《つまこ》が促《うなが》した言葉《ことば》もお伊豫《いよ》の暗《くら》い頭《あたま》の中《なか》へは納《をさ》まりやうがなかつた。都満子《つまこ》は先日《せんじつ》來《らい》の新聞《しんぶん》を探《さが》し出《だ》してお伊豫《いよ》に示《しめ》した。

「ね、肖像《せうざう》が出《で》てるでせう、荻生野《をぎふの》富《とみ》枝《え》つて、この人《ひと》の名《な》でせう。」

と一《ひ》とつ證據物件《しようこぶつけん》として役者《やくしや》から送《おく》られた化粧鑑を見《み》せやうとしたが、それは生憎なかつた。其《そ》れに就《つ》けても云《い》ひ度《た》さうに恨《うら》みを持《も》つた眼《め》が富枝《とみえ》をきつく見《み》た。

お伊豫《いよ》は幼少《ちひさ》い時《とき》から嚴《きび》しい親達《おやたち》の手《て》に育《そだ》つて芝居《しばゐ》と云《い》ふものは見《み》た事《こと》がなかつた。お伊豫《いよ》の親《おや》は身分《みぶん》は低《ひく》かつたが武士《ぶし》であつた爲《ため》に、その家庭《かてい》の武士《ぶし》的《てき》教育《けういく》が芝居《しばゐ》見物《けんぶつ》と云《い》ふ樣《やう》な惰弱《だじやく》を許《ゆる》さなかつた。それでも富枝《とみえ》姉妹《きやうだい》の母《はゝ》となるまでに一度《いちど》嫁入《よめい》つた先《さき》の良人《をつと》と云《い》ふのが芝居《しばゐ》好《ず》きであつた。よく芝居《しばゐ》の話《はなし》を爲《し》て嘗《かつ》て見《み》た事《こと》のないお伊豫《いよ》にその面白味《おもしろみ》を説明《せつめい》して聞《き》かしたもので、二度《ど》ばかりは同行《どうかう》もさせられた。その良人《をつと》と云《い》ふのは弟《おとうと》と同業《どうげふ》の酒屋《さかや》であつたが早《はや》く死亡《なくな》つたのでお伊豫《いよ》は又《また》富枝《とみえ》の父《ちゝ》の許《もと》へ再嫁《さいか》したのであつた。富枝《とみえ》の父《ちゝ》は芝居《しばゐ》の事《こと》に委《くは》しかつた。けれ共《ども》お伊豫《いよ》の來《き》た頃《ころ》は夫婦《ふうふ》して芝居《しばゐ》を見《み》にゆく丈《だけ》の餘裕《よゆう》もなかつたので、お伊豫《いよ》は全《まつた》く世《よ》の中《なか》に芝居《しばゐ》と云《い》ふものゝ存在《そんざい》する事《こと》さへ忘《わす》れ果《は》てゝゐた。富枝《とみえ》が何《なに》を作《つく》つたのかお伊豫《いよ》には少《すこ》しも呑《の》み込《こ》むことが出來《でき》なかつた。

「そんな事《こと》より、妾《わたし》の身體《からだ》の事《こと》でも考《かんが》へて下《くだ》さい。」

と富枝《とみえ》は吐息《といき》をしないばかりであつた。

「自分《じぶん》の事《こと》は自分《じぶん》で處置《しよち》するに限《かぎ》るわ。」

都満子《つまこ》は態《わざ》と冷淡《れいたん》に云《い》つた。化粧鑑の仇《かたき》を討《う》つたのだ。富枝《とみえ》はそのつんとした姉《あね》の顔《かほ》を眺《なが》めて默《だま》つてゐた。お伊豫《いよ》は又《また》綴紫《つゞし》に伴《つ》れられて歸《かへ》つて來《き》た。お伊豫《いよ》は斯《か》う云《い》つた。

「どれを富が拵へたのか。」

誰《だれ》もこの返事《へんじ》をする人《ひと》がなかつた。たゞ一同《いちどう》が顔《かほ》を見合《みあ》はせてその了解《れうかい》しがたい言葉《ことば》を互《たがひ》の眼《め》から知《し》り出《だ》さうとするかの樣《やう》であつた。

「すつかり富枝《とみえ》が作《つく》つたんですよ。」

綴紫《つゞし》は暫《しばら》くしてから疑《うたが》はしい調子《てうし》で云《い》つて見《み》た。

「この人《ひと》の手《て》一《ひと》つで作《つく》つたのかな。」

「然《さ》うですとも。誰《だれ》も手傳《てつだ》やしません。」

綴紫《つゞし》は又《また》斯《か》う返事《へんじ》してお伊豫《いよ》の顔色《かほいろ》を見《み》た。

お伊豫《いよ》は何故《なぜ》だか考《かんが》へてゐた。

「一體《たい》まあ、役者《やくしや》なんぞ云ふものは河《か》原乞食《はらこじき》だで、そんなものに貰《もら》つたところで有難《ありがた》いこともおりやせんが、然《しか》し新聞《しんぶん》にまで出《で》りやねらいもんですわな。」

お伊豫《いよ》はかう結末《けつまつ》をつけた。けれど何《さ》う云ふ意《い》いことを富枝《とみえ》が爲《し》たのかは更《さら》にお伊豫《いよ》の腑《ふ》に落《お》ちなかつた。從《したが》つてその功《こう》もお伊豫《いよ》には充分認《じうぶんみと》めることが出來《でき》なかつた。都滿子《つまこ》は河原乞食《かはらこじき》と云《い》つた言葉《ことば》に驚《おどろ》かされて啞然《あぜん》としてゐた。綠紫《ろくし》は無論《むろん》その上《うへ》を云つて聞《き》かすほどの勇氣《ゆうき》もなかつた。

芝居《しばゐ》で散々《さん／″＼》御馳走《ごちそう》になつたからとお伊豫《いよ》は斷《ことわ》つたけれ共、染谷《そめや》の家《いへ》では天蕎麥なぞを取《と》つて待遇《もてな》した。都滿子《つまこ》は執念《しうね》く芝居《しばゐ》の事《こと》を云《い》ひ出《だ》して、

「でも面白《おもしろ》うございましたか。」

と聞《き》いた。お伊豫《いよ》は大層面白《たいそうおもしろ》がつたと云《い》つた。あれ丈《だけ》の筋《すぢ》を富枝《とみえ》が拵《こしら》へたのだと根氣《こんき》よく都滿子《つまこ》は說《と》くと、お伊豫《いよ》は感心《かんしん》を爲《し》た顏《かほ》もせずに唯點頭《たゞうなづ》いてゐた。

その晩《ばん》も此樣《こんな》ことでお伊豫《いよ》の云ひ度《た》いことは云ふ暇《ひま》のない爲《ため》に空《むな》しく明日《あした》に讓《ゆづ》ることになつた。お伊豫《いよ》が二階《にかい》へゆくと、その後《あと》で、

「あんな分《わか》らない人《ひと》があるでせうか。山《やま》の中《なか》で一生暮《きうく》らしたつて眞逆《まさか》あゝでもあるまい。」

と都滿子《つまこ》は憤慨《ふんがい》して云つたが、

「無理《むり》はないさ。」

と綠紫《ろくし》は輕《かる》く受《う》けてゐた。豚に金剛石《ダイヤモンド》をやる樣《やう》なもので彼樣《あんな》人の娘《むすめ》だなんてこの人《ひと》を云はしたくないとまで都滿子《つまこ》は譏《そし》つた。

——あれが眞《ほん》の阿母《おつか》さんだつたら何樣《こんな》に喜《よろこ》ぶかしれやしない。富枝《とみえ》さんも可哀想《かはいさう》だ。」

と云《い》つた都滿子《つまこ》は、お伊豫《いよ》が繼母《まゝはゝ》だから富枝《とみえ》の功《てがら》に就《つ》いてもよく分《わか》らないのだと云ふのである。他人《たにん》の子《こ》よりも自分《じぶん》の子《こ》の方《はう》が能《よ》く見《み》ゐると云ふ樣《やう》な眞《しん》の母子《おやこ》の情味《じやうみ》がないから富枝《とみえ》の上《うへ》に就《つ》いても冷淡《れいたん》なのだと斯《か》う云ふのだつた。綠紫《ろくし》も富枝《とみえ》も其《そ》れに就《つ》いて論《ろん》じたり辯《べん》じたりするのも億劫《おつくう》であつた。殊《こと》に富枝《とみえ》は脚本《きやくほん》を拵《こしら》へたと云ふ事《こと》についての何《なん》の感《かん》じもないお伊豫《いよ》の態度《たいど》が、よく己《おのれ》に對《たい》する世間《せけん》一般《いつぱん》を代表《だいへう》してゐるやうに思《おも》はれて自《みづか》ら恥《は》ぢ入《い》つた。

都滿子《つまこ》は寝《ね》るまでも、あんな沒暁漢《わからずや》の人等《ひとたち》に富枝《とみえ》を一生《いつしやう》の相談相人《さうだんあひて》として暮《くら》させるのは厭《いや》だと云《い》つて獨《ひと》りで力《りき》んでゐた。お伊豫《いよ》は自分《じぶん》が藝の事《こと》に通《つう》じない爲《ため》に、そんなに逆して都滿子《つまこ》に疎《うと》まれやうとは少《すこ》しも知《し》らなかつた。富枝《とみえ》の何處《どこ》か犯《おか》し難《がた》い威嚴な樣子《やうす》を見《み》て、浮附《うはつ》かないその若《わか》い女《をんな》の賴母《たの》しさうなのに全《まつた》く眼《め》も、心《こゝろ》も失《な》くしてゐた。お伊豫《いよ》は久《ひさ》し振《ぶ》りに富枝《とみえ》に逢《あ》つて自分《じぶん》の肩《かた》の輕《かる》くなるほど富枝《とみえ》へ深《ふか》く望《のぞ》みをかけて喜《よろこ》んだ。

懸賞文藝當選

あきらめ

田村とし子

七十二

お伊豫《いよ》は山尾《やまを》の方《はう》へ行《ゆ》く前《まへ》に富枝《とみえ》の居室へ行つて、富枝《とみえ》のこの後《のち》の身《み》の始末《しまつ》などを其《そ》れとなく聞《き》いて見《み》た。富枝《とみえ》は仕方《しかた》なく何《なん》の考《かんが》へもない事《こと》だけを話《はな》した。

「考《かんが》へもなく斯《か》うしてゐるだけの事《こと》か。」

とお伊豫《いよ》は重《かさ》ねて訊《き》いた。

「勉強《べんきやう》はしてますよ。」

「でも學校《がくかう》を廢《や》めたさうな。」

富枝《とみえ》はふと思《おも》ひ附《つ》いて斯《か》う云つた。

「つまりね、妾《わたし》は商業《しやうばい》を始《はじ》めたんですお金《かね》を取《と》ることを始《はじ》めたもんだから學校《がくかう》も廢《よ》したやうな譯《わけ》なんです。」

赤兒《あかんぼ》には何故《なぜ》火《ひ》は熱《あつ》いかと云《い》つて聞《き》かしても分《わか》るものではない。この赤《あか》いものに觸《さわ》ると痛《いた》いと云ふ事《こと》だけを示《しめ》すより外《ほか》はないのと同《おな》じに、藝術趣味《げいじゆつしゆみ》を解《こ》くよりも、お伊豫《いよ》の日常耳《にちじやうみゝ》に慣《な》れてゐるやうな言葉《ことば》を探《さが》し出《だ》して極《ご》く簡單《かんたん》に斯《か》う云つて聞《き》かした。

お金《かね》を取《と》ると云ふことはお伊豫《いよ》にも能《よ》く聞《き》き分《わ》けられた。その商賣《しやうばい》をお伊豫《いよ》は聞《き》いた。

「昨日《きのふ》阿母《おつか》さんが見《み》てらしつた樣《やう》なものを、幾《いく》つも作《こしら》へてはお金《かね》を貰《もら》ふんです。」

富枝《とみえ》が斯《か》うは云ふもの、苦《くる》しい思《おも》ひがした。懸賞金《けんしやうきん》の若干《そくばく》を取《と》つた限り、書《か》いたものに就《つ》いてまだ一錢《せん》も得《え》た事《こと》がない、この先《さき》も雜誌《ざつし》などに出《だ》し〳〵して必《かなら》ず取《と》れるものか何《ど》うかはまだ覺束《おぼつか》ない事《こと》であつた。

それで初《はじ》めてお伊豫《いよ》は富枝《とみえ》の事業《しごと》の形《かたち》だけが漸《やうや》く分《わか》る氣《き》がされた。富枝《とみえ》が一人前《にんまへ》の働《はたら》きをする樣《やう》になつた事《こと》に就《つ》いての得《とく》心《しん》がゆくと同時《どうじ》に、安心《あんしん》も出來《でき》、尊敬《そんけい》の意《い》も起《おこ》つて來《き》た。學校《がくかう》を廢《や》めた事《こと》に就《つ》いてはもう聞《き》く必要《ひつえう》もなくなつた。

それでその商賣《しやうばい》は東京《とうきやう》に居《ゐ》なければ出來《でき》ないものか何《ど》うかとお伊豫《いよ》は又《また》たづねた。

富枝《とみえ》は苦《にが》く笑《わら》つて少時《しばらく》默《だま》つてゐる。

「その樣子《やうす》で阿母《おつか》さんにも分別《ふんべつ》があるで。」

とお伊豫《いよ》は決心《けつしん》のあるやうな顏附《かほつき》を見《み》せた。

祖母も最《も》う長《なが》くは生《い》きないにしても、命《いのち》のある間《うち》に是非《ぜひ》一度富枝《とみえ》を介抱《かいはう》にやらなければ濟《す》まないことなど繰《く》り返《かへ》した。

老人《ごしんぞ》の生《い》きてゐる間《あひだ》に富枝《とみえ》を逢《あ》はして、一日だけでもその傍《そば》に介抱《かいはう》の意《い》を致《いた》させないでは亡夫《ばうふ》へ對《たい》してお伊豫《いよ》の義務《ぎむ》は盡《つく》されないのである。

「今度《こんど》なども、お前《まへ》を連《つ》れて歸《かへ》る事《こと》を思《おも》ふて祖母《おばあ》さんは樂《たの》しんでる。今《いま》は番頭《ばんとう》夫婦《ふうふ》がゐるで生活《たつき》には不自由《ふじいう》はないが、妾《わたし》かて祖母《おばあ》さんの眞《しん》の親類《みより》と云《い》ふではなし、考《かんが》へても見《み》なさい、祖母《おばあ》さんはどんなもんに淋《さび》しいか。もう明《あ》けに暮《く》れに孫《まご》のことばかり云《い》ふてるがな。」

富枝《とみえ》はそゞろに涙《なみだ》を催《もよほ》した。然《さ》う云《い》ふお伊豫《いよ》も朝夕《てうせき》に見附《つ》けた老母の風《ふう》を思《おも》ひ出《いだ》して涙含《なみだぐ》んでゐた。

「何《なん》にもたよりは無《な》しなあ。」

とお伊豫《いよ》は斯《か》う云《い》つて鼻《はな》をかんだ。

お伊豫《いよ》は思《おも》ひ出《だ》した儘《まゝ》に祖母《そぼ》の平常《ふだん》の樣子《やうす》なども話《はなし》に出《だ》した。其《そ》れによつて富枝《とみえ》は祖母《そぼ》が綺麗《きれい》に髮《かみ》を剃《そ》つたおびくさんと云《い》ふ事《こと》や、齒《は》は前齒《まへは》が一本《ぽん》しきやない事《こと》、坐《すわ》つてゐる時《とき》でもお尻《しり》を端折《はしを》つてる事《こと》、坐《すわ》つてる間《あひだ》は兩手《りやうて》を膝《ひざ》の上《うへ》に組《く》んで眼《め》を瞑《つぶ》つて俯向《うつむ》き込《こ》んでゐることなぞが想像《さうざう》された。大層《たいそう》な佛敎信者《ぶつけうしんじや》で始終《しじう》お念佛《ねんぶつ》を唱《とな》へてゐるとお伊豫《いよ》は語《かた》つた。近所《きんじよ》に說《せつ》敎があるとさへ云《い》へば杖《つゑ》を突《つ》いて出《で》て行《ゆ》く。その步《あ》るく姿《すがた》を見《み》てゐると、まるで地面《ぢめん》の上《うへ》に額《ひたひ》がつきさうになつてゐるとお伊豫《いよ》は笑《わら》ひもした。

富枝《とみえ》は姉妹《きやうだい》の中《うち》でも自分《じぶん》よりは貴枝《きえ》を祖母《そぼ》に見《み》せ度《た》く思《おも》つた。奇麗《きれい》に着飾《きかざ》つた年の少い貴枝《きえ》を孫《まご》だと云《い》つて見《み》せて喜《よろこ》ばしたかつた。

「阿母《おつか》さんはあづまへも行《ゆ》きますか。」と聞《き》いた。お伊豫《いよ》は寄《よ》らなければならないかと云《い》つてゐた。

富枝《とみえ》は容易《ようい》に、お伊豫《いよ》と一所《しよ》に國《くに》へ歸《かへ》る事《こと》を誓《ちか》つた。その日《ひ》の內《うち》にお伊豫《いよ》は山尾《やまを》の方《はう》へ行《い》つた。

懸賞文藝當選

あきらめ

田村とし子

七十三

あづまから富枝《とみえ》の許《もと》へ端書《はがき》が來《き》た。受取《うけと》つた都滿子《つまこ》は先《さ》きに讀《よ》んで了《しま》つてから富枝《とみえ》に渡《わた》して、

「何《なん》だつて此樣《こんな》に富枝《とみえ》さんを呼《よ》ぶんだらう。行《ゆ》かなくつてもいゝ。」

と强《つよ》く云《い》つた。都滿子《つまこ》の云《い》ふ通《とほ》り端書《はがき》は富枝《とみえ》に來《き》てくれと云《い》ふ意味《いみ》のものだつた。

富枝《とみえ》は一時《じ》だけでも岐阜《ぎふ》へ行《ゆ》くと定《き》めてからは、出立《た》つまでに逢《あ》つて置《お》きたい人《ひと》の許《もと》へは急《きふ》に行《い》つておかなければならなかつた。好《い》い機會《しほ》に富枝《とみえ》はあづまへ行《い》つて來《こ》やうと思《おも》つた。序に自分《じぶん》がお伊豫《いよ》と一所《しよ》に今度《こんど》岐阜《ぎふ》へ行《ゆ》く事《こと》に定《き》めたことも都滿子《つまこ》に話《はな》した。都滿子《つまこ》は直《すぐ》に言葉《ことば》も出《で》ないほどに驚《おどろ》かされた。

「何《なん》で歸《かへ》るの。」

群《むら》り起《おこ》るやうな混亂《こんらん》した胸《むね》の中《うち》から、都滿子《つまこ》は一《ひ》と言《こと》僅《わづか》にもらした。

「阿母《おつか》さんは迎《むか》ひに來《き》たんですもの。」

「迎《むか》ひに來《き》たつて宜《い》いぢやないか。」都滿子《つまこ》は脣《くちびる》が引釣《ひきつ》つて思《おも》ふ樣《やう》に云《い》ふ事《こと》が出來《でき》なかつた。曾《かつ》て都滿子《つまこ》は富枝《とみえ》に岐阜《ぎふ》へ行《ゆ》けと云《い》つて怒《おこ》つた事《こと》があつた。都滿子《つまこ》が富枝《とみえ》を疑《うたが》つた時《とき》だつた。それを覺《おぼ》えてゐた富枝《とみえ》は思《おも》はず微笑《びせう》した。都滿子《つまこ》の記憶《きおく》にはなかつた。

「一旦《たん》は何《ど》うしても歸《かへ》らないと阿母《おつか》さんが氣《き》の毒《どく》だから。祖母《おばあ》さんが亡《な》くなるまで妾は岐阜《ぎふ》で暮《くら》さうと云《い》ふ考《かんが》へなの。」

「何《ど》うして阿母《おつか》さんが氣《き》の毒《どく》なの。」

都滿子《つまこ》はまるで喧嘩越《けんくわご》し

であつた。富枝《とみえ》は多《おほ》くも云《い》はずに、唯《たゞ》自《じ》分《ぶん》は然《さ》うしなければならない義理《ぎり》があるのだから其《そ》れ丈盡《だけつく》せば又東京《またとうきやう》へ歸《かへ》る事《こと》にして、丁度《ちやうど》阿母《おつか》さんの出《で》京て來《き》たを幸《さいは》ひに一所《しよ》に行《い》つてくると云《い》つた。都滿子《つまこ》は直《すぐ》に緑紫《ろくし》を呼《よ》んで富枝《とみえ》の決心《けつしん》を語《かた》つてまづその可否《かひ》を聞《き》いた。

「然《さ》うした方《はう》がよからう。」

緑紫《ろくし》は然《さ》う答《こた》へた。

都滿子《つまこ》は地團太《ぢだんだ》を踏《ふ》まぬばかりに富枝《とみえ》の田舍《ゐなか》へ行《ゆ》く事《こと》を承知《しやうち》しなかつた。

「富枝《とみえ》が行《い》くと云《い》ふんだからそれで話《はなし》はついてるぢやないか。」

緑紫《ろくし》には都滿子《つまこ》の意《い》がよく分《わか》らなかつた。都滿子《つまこ》は富枝《とみえ》のやりかけた事《こと》が徒勞《むだ》になると云《い》つて口惜《くや》しがつた。田舍《ゐなか》へ行《い》つたつて出來《でき》ない事《こと》はない。祖母を見送《みおく》るまで行《い》つてゝやうと云《い》ふのにお前《まへ》の承知不承知《しやうちふしやうち》を唱《とな》へる點《てん》はないぢやないかと云《い》つて緑紫《ろくし》はなだめた。

「富枝《とみえ》をこれだけにしたに就《つい》ては妾等《わたしたち》の世話《せわ》も考《かんが》へて貰《もら》はなくちやならない。富枝《とみえ》が岐阜《ぎふ》へ行《ゆ》けば祖母《おばあ》さんの壽命《じゆみやう》でも延《の》びるんですか。」

と都滿子《つまこ》は緑紫《ろくし》に食《く》つてかゝつた。

「富枝《とみえ》さんもよく思《おも》ひ切《き》つて田舍《ゐなか》へ行《ゆ》く氣《き》になつたてとね、妾《わたし》は人《ひと》の事《こと》でも折《せつ》角人《かくひと》に評判《ひやうばん》されながら無殘《むざ》々々捨《す》て、田舍《ゐなか》へなんぞ行《ゆ》くのかと思《おも》ふと口惜《くや》しい。」

と都滿子《つまこ》は齒切《はが》みをしないばかりであつた。都滿子《つまこ》が自分《じぶん》だけの理窟《りくつ》を云《い》つて怒《おこ》る時《とき》、例《いつ》も緑紫《ろくし》も富枝《とみえ》も聞《き》き流《なが》して反抗《さから》はないのが常《つね》だつた。富枝《とみえ》は好《い》い加減《かげん》にしてあづまへ行《い》つた。都滿子《つまこ》は富枝《とみえ》が暫《しば》くしてあづまと親《した》しむのも氣《き》に入《い》らなかつた。殊《こと》に貴枝に就《つ》いての騷《さわ》ぎのあつた後は富枝《とみえ》が何《なん》とも云《い》はずに相變《あいかは》らずあづまと往來《わうらい》をするのがこそばゆくて猶《なほ》いやに思《おも》はれた。都滿子《つまこ》は富枝《とみえ》を手《て》の中《うち》に握《にぎ》つて放《はな》したくない樣《やう》な氣《き》がされるのであつた。

懸賞文藝當選

あきらめ

田村とし子

七十四

箱根《はこね》以來《いらい》初《はじ》めての富枝《とみえ》の顏《かほ》を見《み》たお母《はゝ》は何故《なぜ》來《き》てくれなかつたかと恨《うら》んだり、芝《しば》居《ゐ》の評判《ひやうばん》を聞《き》く度《たび》に自分《じぶん》の事《こと》の樣《やう》に嬉《うれ》しかつたと喜《よろこ》んだりした。さうして毎日《まいにち》毎日《まいにち》富枝《とみえ》の噂《うはさ》をして暮《く》らしてゐたとの事《こと》だつた。

何《ど》うしたのか店《みせ》の女中《ぢよちう》が態々《わざ〳〵》富枝《とみえ》を覗《のぞ》きに來《き》た。逢《あ》つてよく知《し》つてる女《をんな》までが富枝《とみえ》が來《き》たと聞《き》くと物珍《ものめづ》らしさうにしてやつて來《き》た。この間芝居《あひだしばゐ》の總見《そうけん》の時《とき》初《はじ》めて富枝《とみえ》の事《こと》を女等《をんなたち》が知《し》つたので、今日は貴女《あなた》が珍《めづ》らしいのだらうとお母《はゝ》は笑《わら》つた。

貴枝《きえ》は何《なに》かの稽古《けいこ》に行《い》つて居《ゐ》なかつた。

「餘《あんま》り長《なが》らく富枝《とみえ》さんは見《み》ないから貴枝こうも逢《あ》ひたがるし、妾《わたし》も逢《あ》ひたし。」と云《い》つて

笑《わら》つてから、

「はがきを出《だ》して見《み》たんですよ。何日《いつか》中別《ちうべつ》になるなんて云《い》つてたけれど何《ど》うしましたね。」

と聞《き》いた。お父《ちゝ》はそれが氣《き》になつてゐたので、自分《じぶん》の感情《かんじやう》から好《い》い分別《ふんべつ》も與《あた》へなかつたのが苦《く》になつてならなかつた。富枝《とみえ》は今度《こんど》お伊豫《いよ》の出《で》て來《き》た事《こと》を話《はな》して祖母《そぼ》を見送《みおく》るまで岐阜《ぎふ》で暮《く》らす積《つも》りだと告別《こくべつ》した。お父《ちゝ》は意外《いぐわい》な顏《かほ》をした。

「そりや思《おも》ひがけない富枝《とみえ》さんが行《い》かなくとも何《ど》うかなりさうなもんぢやないか。」

お父《ちゝ》も斯《か》う云《い》つた。都満子《つまこ》と話《はなし》の合《あ》ひさうな言葉《ことば》であつた。

富枝《とみえ》も厭《いや》で東京《とうきやう》を捨《す》てるのではない、又《また》必《かなら》ず岐阜《ぎふ》へ行《ゆ》かなければならぬと云《い》ふ程《ほど》の切迫《せつぱく》した事情《じじやう》があるのでもない。行《ゆ》かなければ行《ゆ》かずにも濟《す》む場合《ばあひ》であつた。無論《むろん》醉興《すゐきやう》にして行《ゆ》くやうな土地《とち》でもなかつた。

富枝《とみえ》がお伊豫《いよ》と一所《しよ》に行《ゆ》かうと思《おも》ひ立《た》つたのは唯《たゞ》祖母《そぼ》に對《たい》する愛《あい》だけのものであつた。三十年《ねん》も一人《ひとり》の子《こ》に離《はな》れて淋《さび》しく暮《く》らした祖母《そぼ》は、名目《みやうもく》だけの緣《えん》を持《も》つた他人《たにん》の手《て》に獨《ひと》りして世《よ》を終《をは》らうとしてゐる。富枝《とみえ》を岐阜《ぎふ》へ招《よ》んだものはそれであつた。

「行《ゆ》かないでも濟《す》みさうなもんぢやないかね。」

とお父《ちゝ》は繰《く》り返《かへ》した。富枝《とみえ》は別《べつ》に祖母《そぼ》の樣子《やうす》なども話《はな》しやうともしなかつた。

「阿母《おつか》さんも上《あ》がるつて云《い》つてました。」

「お伊豫《いよ》さんも老《ふ》けたでせうね。」

斯《か》う云《い》つて田舍《ゐなか》になんぞゐる人《ひと》の氣《き》が知《し》れないと云《い》ふ樣《やう》な顏《かほ》をした。お父《ちゝ》の目《め》には富枝《とみえ》も氣《き》の知《し》れない人《ひと》の一人《ひとり》であつた。

お父《ちゝ》は思《おも》ひ出《だ》したやうに化粧籠《けしやうかご》の事《こと》を云《い》ひ出《だ》して、あれが緣《えん》になつて千萬次は出《だ》里《ざこ》に逢《あ》ふやうになつたと云《い》つた。富枝《とみえ》は興《きやう》を覺《おぼ》えた。富枝《とみえ》が歸《かへ》らうとする頃《ころ》になつて貴枝《きえ》は歸《かへ》つて來《き》た。お父《ちゝ》はすぐ、

「姉《ねえ》さんは岐阜《ぎふ》へ行《い》つて了《しま》ひなさるんだよ、お前《まへ》も當分《たうぶん》逢《あ》へないんだよ。」

と聞《き》かしてやつた。貴枝《きえ》は、

「さう。」

と云《い》つた限《ぎ》りであつた。さうして先日《せんじつ》の芝居《しばゐ》のおもしろかつた事《こと》をお世辭《せじ》のやうに富枝《とみえ》にではなくお父《ちゝ》に向《むか》つて話《はな》した。

「貴枝《きえ》ちやんはおもしろかつたの。」

貴枝《きえ》は點頭《うなづ》いてゐた。富枝《とみえ》は淋《さび》しくあづまを出《で》て麻布《あざぶ》の家に歸《かへ》つた。

田村とし子

七十五

宮枝《みやえ》が岐阜《ぎふ》へ行《ゆ》く事《こと》に不贊成《ふさんせい》の姉《あね》は、宮枝《みやえ》の顔《かほ》を見《み》ると直《す》ぐ其《そ》れを云《い》つて、自分《じぶん》がお伊豫《いよ》に話《はなし》をして、祖母《そぼ》が氣《き》の毒《どく》だと云《い》ふなら東京《とうきやう》へ引《ひ》き取《と》つても宜《い》いと云《い》つた。

「八十にもなつた祖母《おばあ》さんを汽車《きしや》へ乘《の》せる譯《わけ》には行《ゆ》かないでせう。」と宮枝《みやえ》は笑《わら》つた。都満子《つまこ》は宮枝《みやえ》を岐阜《ぎふ》へやるのが無暗《むやみ》に惜《を》しかつた。もう再《ふたゝ》び東京《とうきやう》へは出《で》られないものと思《おも》ふはせに騷《さわ》いだ。

「阿母《おつか》さんも無理《むり》に婆を伴《つ》れてゆくとは云《い》ひません。だけれ共《ども》、姉《ねえ》さんにして考《かんが》へたつて分《わか》るでせう、阿母《おつか》さんの死亡《なくな》る時《とき》あんなにして皆《みな》に頼《たの》んだのぢやありませんか。」

それだから今《いま》のお母《つか》さんが世話《せわ》をしてるので、祖母《おばあ》さんが今日《けふ》にも息《いき》を引取《ひきと》るのでもなからうからと都満子《つまこ》は又《また》云《い》つた。そんな事《こと》を爭《あらそ》ふのが宮枝《みやえ》は面倒《めんだう》だつた。

「それぢや宮枝《みやえ》さんは岐阜《ぎふ》の人《ひと》にならうつて云《い》ふのね。相當《さうたう》な良人《つれあひ》でも持《も》たせられゝば持《も》つ積《つも》りなの。」と少《すこ》し冷《ひや》かす樣《やう》にして都満子《つまこ》は宮枝《みやえ》の顔《かほ》を眺《なが》めた。宮枝《みやえ》には寧《むし》ろ滑稽《こつけい》であつた。

そこで宮枝《みやえ》は都満子《つまこ》の得心《とくしん》するやうに自分《じぶん》は何處《どこ》へ行《い》つても自分《じぶん》一箇《いつこ》で、一身上《いつしんじやう》の事《こと》にまでは祖母《おばあ》さんでも阿母《おつか》さんでも立入《たちい》らせるやうな事《こと》はしない。自分《じぶん》は唯《たゞ》祖母《そは》の介抱《かいはう》に行《ゆ》くだけのものだと云《い》つたけれ共都満子《つまこ》には其《そ》れが呑《の》み込《こ》めなかつた。昨夜《ゆうべ》お伊豫《いよ》を分《わか》らないと譏《そし》つた人《ひと》は今夜《こんや》自身《じしん》その轍《てつ》を履《ふ》んでゐた。

宮枝《みやえ》は手廻《てまは》りのものを片附《かたつ》けて荷物《にもつ》にする積《つも》りで自分《じぶん》の居間《ゐま》へ行《い》つた。もう短《みじか》い日《ひ》は暮《く》れかゝつて、生乾《なまがわ》きの干物《ほしもの》が重《おも》く軒《のき》の下《した》へ運《はこ》ばれる頃《ころ》であつた。宮枝《みやえ》は座敷《ざしき》へ入《はい》ると用意《ようい》してあつた火鉢《ひばち》の火《ひ》を掻《か》き起《おこ》した。

宮枝《みやえ》の現在《げんざい》の境遇《きやうぐう》に於《お》ける慾望《よくばう》や自由《じいう》は皆《みな》あきらめの蔭《かげ》に隱《かく》れてゐると云《い》ふ樣《やう》なのが、今《いま》の宮枝《みやえ》の心《こゝろ》の形《かたち》であつた。云《い》ひ度《た》いやうな不足《ふそく》もなかつた。お伊豫《いよ》の都合《つがふ》のいゝ時《とき》に手荷物《てにもつ》一《ひと》つ持《も》つて、まだ行《い》つた事《こと》のない岐阜《ぎふ》と云《い》ふ所《ところ》へ祖母《そば》に逢《あ》ひにゆき、又《また》その土地《とち》から離《はな》されるまではそれ丈《だけ》の年限《ねんげん》を其處《そこ》で送《おく》らうと云《い》ふ、それ限《ぎ》りの覺悟《かくご》だけであつた。暫時《しばらく》しておきそが客《きやく》が來《き》たと告《つ》げて行《い》つた。宮枝《みやえ》は出《で》て行《い》つた。

白《しろ》いボアーに頸を包《つゝ》んだ人《ひと》が格子《かうし》の外《そと》にゐた。宮枝《みやえ》は下駄《げた》を穿《は》いて又《また》外《そと》へ出《で》て見《み》た。それは染子《そめこ》だつた。染子《そめこ》は大磯《おほいそ》から眞直《まつすぐ》來《き》たと云《い》つた。

宮枝《みやえ》は取敢《とりあへ》ず自分《じぶん》の座敷《ざしき》へ入《い》れて冷《ひ》えた身體《からだ》を暖《あたゝ》めさせなどして。病後《びやうご》の染子《そめこ》は眼《め》が隈取《くまど》つて大《おほ》きかつた。瘦《や》せた手《て》を火鉢《ひばち》の上《うへ》に揃《そろ》へて染子《そめこ》は微笑《ほゝゑ》んでゐた。

「よく大磯《おほいそ》から來《き》ましたね。何誰《どなた》も何《なん》とも仰有《おつしや》らず。」

「お母樣《かゝさま》がお歸《かへ》りになりましたから、後《あと》からそつと參《まゐ》りましたの。お姉樣《ねえさま》をお迎《むか》ひに上《あ》がりましたの。」

染子《そめこ》は斯《か》う云《い》うて又微笑《またほゝゑ》んだ。身體《からだ》も十分《じうぶん》快《こゝろよ》くならない間《うち》に其様無理《そんなむり》してと富枝《とみえ》は半分《はんぶん》は呆《あき》れてゐた。

「それで今晩《こんばん》は何《ど》うなさるつもり。」と聞《き》くと、これから大磯《おほいそ》へ送《おく》つて頂《いたゞ》くのだと染子《そめこ》は澁《しぶ》りもせずに然《さ》う答《こた》へた。

懸賞文藝當選

あきらめ

田村とし子

七十六

お伊豫《いよ》はその日《ひ》は歸《かへ》らなかつたので、今夜《こんや》染子《そめこ》を家《うち》に泊《と》めさせやうか、それとも赤坂《あかさか》の邸宅《やしき》の方《はう》へ送《おく》らうかと富枝《とみえ》は苦勞《くらう》した。染子《そめこ》はどうしても大磯《おほいそ》へ歸《かへ》らなければ留守番《るすばん》のものが案《あん》じるからと云《い》つた。染子《そめこ》を一人《ひとり》大磯《おほいそ》へ歸《かへ》す譯《わけ》にもゆかなかつた。富枝《とみえ》はその晩《ばん》のうちに大磯《おほいそ》まで行《い》つて來《こ》なければならなくなつた。

「お約束《やくそく》ですのに、お姉様《あねえさま》はいつまで經《た》つてもお在《い》で下《くだ》さいませんもの。」

染子《そめこ》は恨《うら》みを云《い》つた。富枝《とみえ》は支度《したく》をして染子《そめこ》を伴《つ》れて家《うち》を出《で》た。

新橋《しんばし》まで行《ゆ》く俥《くるま》の上《うへ》は膝《ひざ》の中《なか》まで寒《さむ》かつたので、富枝《とみえ》は後《あと》からくる染子《そめこ》の方《はう》を幾度《いくたび》か見返《みかへ》つた停車場《ていしやば》へ下車《お》りた時《とき》は染子《そめこ》は寒《さむ》そうに風《かぜ》もなくコートの袖《そで》を折《を》つて小《ちひ》さな咳《せき》をしてゐた。停車場《ていしやぢやう》の時計《とけい》が間拔《まぬ》けて大《おほ》きく見《み》える程《ほど》構内《こうない》は人《ひと》の影《かげ》が少《すくな》くがらんとしてゐた。赤帽《あかぼう》が大勢《おほぜい》待合室《まちあひしつ》の暖爐《ストーブ》の前《まへ》に寄《よ》つてゐた。

暫時《しばらく》して兩人《ふたり》は又汽車《またきしや》に乘《の》つた。染子《そめこ》は富枝《とみえ》にしつかり寄添《よりそ》つてゐた。

「迎《むか》ひに來《こ》なくても行《ゆ》きますのに。貴女《あなた》は身體《からだ》は何《なん》ともありませんか。」

富枝《とみえ》は出來《でき》るだけ優《やさ》しく云《い》つた。染子《そめこ》の袖《そで》の中《なか》からその手《て》を取《と》らうとした時《とき》、染子《そめこ》の冷《つめ》たい手《て》に手袋《てぶくろ》のないことを初《はじ》めて知《し》つて、富枝《とみえ》は暫時《しばらく》その手《て》を自分《じぶん》の手《て》で暖《あたゝ》めてから、自分《じぶん》の手袋《てぶくろ》をその手《て》に嵌《は》めてやつて。染子《そめこ》は又嵌《または》められた手袋《てぶくろ》の上《うへ》から自分《じぶん》の手《て》を撫《な》でゝゐた。室《しつ》には二人《ふたり》の外《ほか》誰《だれ》もゐなかつた。染子《そめこ》は足《あし》を上《あ》げて腰掛《こしかけ》の上《うへ》に坐《すわ》つた。坐《すわ》る時《とき》汽車《きしや》の動搖《どうえう》で倒《たふ》れかゝつたのを富枝《とみえ》は右《みぎ》の手《て》を出《だ》して支《さゝ》へてやつた。其《そ》の時染子《そめこ》は微笑《ほゝゑ》んだ。

病氣《びやうき》の早《はや》く快《よ》くなつたことと、長《なが》い間《あひだ》逢《あ》はずにゐた事《こと》などを兩人《ふたり》は話《はな》した。けれど染《その》

懸賞文藝當選

あきらめ

田村とし子

七十七

昨夜《さくや》は染子《そめこ》が熱《ねつ》で苦《くる》しんだ爲《ため》に、富枝《とみえ》は殆《ほとん》ど夜《よ》を通《とほ》して眠《ねむ》らなかつた。然《さ》う云《い》ふ時《とき》看護婦《かんごふ》の有難味《ありがたみ》をつくぐと悟《さと》ることの出來《でき》るやうに富枝《とみえ》は感《かん》じた。

家《いへ》の人《ひと》は邸宅《やしき》へ知《し》らせると云《い》つて騷《さわ》いだ。その時《とき》も看護婦《かんごふ》はそれに及《およ》ばないからと云《い》つて靜《しづか》に制《せい》してゐた。烈《はげ》しい運動《うんどう》の爲《ため》に發作《ほつさ》した熱《ねつ》で病後《びやうご》の人《ひと》にはよく有《あ》り勝《が》ちの事《こと》だから心配《しんぱい》する程《ほど》の事《こと》はないと云《い》つた。

富枝《とみえ》にはその看護婦《かんごふ》の言《こと》葉《ば》がいかにも頼母《たのも》しく聞《き》きなされて自分《じぶん》の感謝《かんしや》の意《い》を表《あら》はす爲《ため》に、その人子《こ》は默《だま》つてゐる方《はう》が多《おほ》かつた。富枝《とみえ》はそれを不思議《ふしぎ》がつた。

大磯《おほいそ》へ着《つ》くと白《しろ》い服《ふく》を着《き》た看護婦《かんごふ》と東京《とうきやう》の邸《やしき》から從《つ》いて來《き》た女《をんな》とが構内《こうない》に待《ま》つてゐた。

「今《いま》、お邸《やしき》へ電報《でんぱう》を打《う》たうかと存《ぞん》じてをりましたところで御座《ござ》います。」

と下女《をんな》は云《い》つた。看護婦《かんごふ》は今日《けふ》夫人《ふじん》が歸《き》京《きやう》すると直《す》ぐ雇《やと》ひ入《い》れて大磯《おほいそ》へよこしたので、來《き》て見《み》ると病人《びやうにん》のゐないのに看護《かんご》婦《ふ》は驚《おどろ》いたとの事《こと》であつた。別莊《べつさう》の留守《るす》のものは皆《みな》染子《そめこ》は東京《とうきやう》の本邸《ほんてい》へ行《い》つたものだと思《おも》つてゐた。

「まだお一人《ひとり》の遠歩《とほある》きは宜《よろ》しくでございますまい。」

と職業《しよくげふ》だけに看護婦《かんごふ》は直《す》ぐ染子《そめこ》の脈《みやく》を見《み》た。染子《そめこ》と富枝《とみえ》は車《くるま》であつた。看護婦《かんごふ》も女《をんな》も車《くるま》と同《おな》じぐらゐの速《はや》さで歩《ある》いて來《き》た。大磯《おほいそ》は石《いし》も海《うみ》も松《まつ》も凡《すべ》てが黒《くろ》かつた。

兩人《ふたり》が櫻炭《さくらずみ》の匂《にほ》ひの傍《はた》に向《むか》ひあつて坐《すわ》つた時《とき》、飾《かざ》り棚《だな》の上《うへ》の置時計《おきどけい》が八時《じ》三十分《ぶん》のところを動《うご》いてゐた。富枝《とみえ》は染子《そめこ》の氣《き》分《ぶん》を氣《き》にしていろ〳〵とたづねた。

「大丈夫《だいぢやうぶ》。」

斯《か》く云《い》つて染子《そめこ》は蒼《あを》い顏《かほ》に微笑《ほゝゑ》んで見《み》せた。

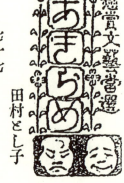

の人格《じんかく》まで推稱《すゐしよう》したい樣《やう》な氣《き》がした。

今日《けふ》も好《い》い天氣《てんき》であつた緣《えん》に閉《た》て切《き》つてある硝子《ガラス》戸《ど》を透《すか》して澄《す》んだ綠《みどり》の谷が流《なが》れる樣《やう》であつた。富枝《とみえ》は格別《かくべつ》眠《ねむ》たい氣《き》もしずに、却《かへつ》て神經《しんけい》が冴《さ》えたやうな心地《こゝち》であつた。染子《そめこ》は富枝《とみえ》の影《かげ》の見《み》えない時《とき》に呼《よ》んだ、呼《よ》ばれて富枝《とみえ》が行《い》つて見《み》る度《たび》に染子《そめこ》は不安《ふあん》の眼《め》で寢床《ねどこ》の近《ちか》くを見廻《みまは》してゐるのが常《つね》だつた。

「歸《かへ》らないで、折角《せつかく》お迎《むか》ひに行《い》つたんですから」

染子《そめこ》は斯《か》く云《い》つて賴《たの》んだその後《のち》は富枝《とみえ》は立《た》ちたい用《よう》があつても我慢《がまん》するやうにして枕元《まくらもと》に附《つ》いてゐた。看護婦《かんごふ》もその近《ちか》くに附添《つきそ》つてゐた。赤《あか》い時計《とけい》の紐が白《しろ》い服《ふく》の帶《おび》に色《いろ》を鮮《あざや》かにしてゐる。捲《ま》くり上《あ》げた筒袖《つゝそで》の中《なか》から太《ふと》い腕《うで》を出《だ》して看護婦《かんごふ》は甲斐々々《かひ〴〵》しく働《はたら》いてゐた。染子《そめこ》はもう起《お》きると云《い》つたのを看護婦《かんごふ》は堅《かた》く拒《こば》んで染子《そめこ》の望《のぞ》む通《とほ》りにさせなかつたので、染子《そめこ》は看護婦《かんごふ》に氣《き》の毒《どく》らしいほど不愉快《ふゆくわい》な顏色《かほつき》を見《み》せてゐた。

晝《ひる》になつて、暖《あたゝ》かい日《ひ》が一面《めん》にこの住居《すまひ》の上《うへ》を包《つゝ》んだ頃《ころ》になつてから看護婦《かんごふ》は庭内《ていない》だけ散歩《さんぽ》してもよいと染子《そめこ》に云《い》つた。富枝《とみえ》は染子《そめこ》を伴《つ》れて庭《には》の内《うち》を歩《ある》いた。染子《そめこ》の身體《からだ》にはもう全《まつた》く熱《ねつ》はなかつた。

歩《ある》きながら染小《そめこ》は、二人限《ふたりぎ》りで何處《どこ》かへ行《ゆ》きたい、自分《じぶん》には何《ど》うして別莊《べつさう》などがあるのだらうかと云《い》つた。

「自分《じぶん》の身體《からだ》が自由《じいう》になつてお姉樣《ねえさま》の在《ゐ》らつしやる所《ところ》へは何處《どこ》へでも行《ゆ》かれるやうになりたい。」

富枝《とみえ》はそれを聞《き》くと、あなたの樣《やう》な病《やまひ》を持《も》つた人《ひと》が不自由《ふじいう》な家《うち》に生《うま》れたら悲《かな》しいに違《ちが》ひない。今《いま》の身分《みぶん》を呪《のろ》つては濟《す》まねと敎《をし》へた。

「不自由《ふじいう》な家《うち》に生《うま》れてもお姉樣《ねえさま》が妾《わたし》に附《つ》いてゝ下《くだ》さいますわ。妾《わたし》は何《なん》にもいりませんの。お姉樣《ねえさま》が欲《ほ》しい。」

「上《あ》げたぢやありませんか。」

富枝《とみえ》は笑《わら》つた。染子《そめこ》は嬉《うれ》しさうな顏《かほ》であつた。染子《そめこ》は斯《か》うしてゐる間《ま》も富枝《とみえ》が戀《こひ》しかつた。

「妾《わたし》、お姉樣《ねえさま》の髮《かみ》の毛《け》になりたい。」

云《い》ひながら染子《そめこ》は富枝《とみえ》の房々《ふさ〳〵》した、日《ひ》の光《ひかり》できら〳〵してる髮《かみ》を見《み》た。

「あなたが髮《かみ》の毛《け》になつたら、妾《わたし》は每日《まいにち》頭痛《づつう》ばかりしてるでせう。」

「何故《なぜ》でございますの。」と染子《そめこ》は變《へん》な顏《かほ》をした。

「二人限《ふたりぎ》りで彼方《あつち》へ行《ゆ》きませう此方《こつち》へ行《ゆ》きませうつて引《ひ》つ張《ぱ》るでせうから。」

染子《そめこ》は聲《こゑ》を出《だ》して笑《わら》つた。その開《ひら》いた樣《やう》な染子《そめこ》の顏《かほ》が富枝《とみえ》には嬉《うれ》しかつた。

懸賞文藝當選

あきらめ

田村とし子

七十八

染子《そめこ》の兄《あに》と一所《しよ》に夫人《ふじん》はその日《ひ》の夕方《ゆふがた》見舞《みま》ひに來《き》た。

「昨日《きのふ》お歸《かへ》りになつたばかりで。」

と染子《そめこ》は母《はゝ》の來《き》たのが不平《ふへい》であつた。夫人《ふじん》は看護婦《かんごふ》から容態《ようだい》を聞《き》いて、昨日《きのふ》染子《そめこ》が何所《どこ》かへ出《で》た事《こと》を知《し》つた。それが富枝《とみえ》を態々《わざ／＼》東京《とうきやう》まで迎《むか》ひに行《い》つたのだと分《わか》つた時《とき》に、

「ほんとに妙《めう》な人《ひと》ですねえ」

と富枝《とみえ》へ對《たい》して氣《き》の毒《どく》らしく笑《わら》つた。

「貴女《あなた》の身體《からだ》は宜《い》いとして此方《こちら》がどんな御用《ごよう》がおありであつたかも知《し》れないぢやありませんか。」

と叱つた。

染子《そめこ》の兄《あに》は、夕飯《ゆふはん》に母《はゝ》の手《て》を煩《わづら》はして洋食《やうしよく》を拵《こしら》へてもらつた。それを食《た》べると、直《す》ぐ又《また》汽車《きしや》で東京《とうきやう》へ歸《かへ》つて了《しま》つた。

夫人《ふじん》は、何《なん》の爲《ため》にこれ程《ほど》にして染子《そめこ》が富枝《とみえ》を慕《した》ふのかと、今夜《こんや》は今《いま》までになく富枝《とみえ》へ對《たい》して注意《ちうい》の眼《め》が底光《そこびか》りつた。富枝《とみえ》は其《そ》れを知《し》つて不快《ふくわい》であつた。

染子《そめこ》には許嫁《いひなづけ》の良人《をつと》があると云《い》ふ事《こと》も、夫人《ふじん》の話《はなし》で富枝《とみえ》は今夜《こんや》初《はじ》めて知《し》つた。その人《ひと》は今《いま》獨逸《ドイツ》へ行《い》つてゐるとの事《こと》だつた來年《らいねん》歸朝《きてう》すると直《す》ぐ結婚《けつこん》させる積《つも》りだと其《そ》れでも夫人《ふじん》は親《した》しんで語《かた》つた。

「病氣《びやうき》があるので弱《よわ》りますと夫人《ふじん》の調子《てうし》は沈《しづ》んでゐた。

富枝《とみえ》は所謂《いはゆる》客待遇《きやくあしらひ》を受《う》けて鄭重《ていちよう》に奥《おく》まつた一室《ひとま》へ寢《やす》ませられた。

翌《あく》る朝《あさ》富枝《とみえ》が染子《そめこ》に逢《あ》つた時《とき》染子《そめこ》は泣寢入《なきねい》りをした樣《やう》にその眼《め》が腫《は》れぼつたかつた。起《お》きたのは富枝《とみえ》の方《はう》が早《はや》かつた。今日《けふ》東京《とうきやう》へ歸《かへ》る積《つも》りでその用意《ようい》をしてゐる所《ところ》へ染子《そめこ》は起《お》きて來《き》たので、昨夜《ゆうべ》富枝《とみえ》の寢《やす》ませられた室《へや》へ直《す》ぐ訪《たづ》ねに來《き》た。六疊《ろくでふ》の座敷《ざしき》の隅《すみ》に、富枝《とみえ》が疊《たゝ》んで積《つ》んだ夜具《やぐ》が揃《そろ》つた角《かど》を重《かさ》ねてゐた。座敷《ざしき》の窓《まど》の下《した》は大《おほ》きな畑《はたけ》で畑《はたけ》を越《こ》した彼方《かなた》に松林《まつばやし》が見《み》えてゐる。その松林《まつばやし》が今朝《けさ》は縞《しま》の布《ぬの》を張《は》つた樣《やう》な雨《あめ》に見《み》えがくれしてゐた。自然《しぜん》座敷《ざしき》も暗《くら》かつた。富枝《とみえ》は髪《かみ》も上《あ》げてしまつて、借《か》りてた着物《きもの》も脱《ぬ》いで疊《たゝ》んでしまつたところだつた。染子《そめこ》は富枝《とみえ》の改《あらた》まつた姿《すがた》を見《み》て座敷《ざしき》の中《なか》に動《うご》かずにゐた富枝《とみえ》は染子《そめこ》が寒《さむ》いであらうと窓《まど》を閉《し》めた。

「病氣《びやうき》はどんなです。昨夜《ゆうべ》は何《なん》ともありませんでしたか。」

富枝《とみえ》が斯《か》く言葉《ことば》をかけた時《とき》、染子《そめこ》は涙《なみだ》を落《おと》してゐた。富枝《とみえ》も默《だま》つてしまつた。少時《しばらく》して染子《そめこ》を呼《よ》んでる夫人《ふじん》の聲《こゑ》を聞《き》いて、富枝《とみえ》は染子《そめこ》の手《て》を引《ひ》いて其室《そこ》を出《で》やうとした。染子《そめこ》は壁《かべ》に寄《よ》りかゝつて泣《な》きだした。

それも聲《こゑ》を忍《しの》んで、時々《ときどき》、く、く、と云《い》

123 「あきらめ」『大阪朝日新聞』 明治44（1911）年3月20日

懸賞文藝當選

あきらめ

田村とし子

七十九

ふ押《おさ》へたやうな聲《こゑ》を出《だ》すだけだつたのが富枝《とみえ》には可憐《いぢら》しかつた。下女《をんな》は此室《こゝ》へ二人《ふたり》を迎《むか》ひに來《き》た。染子《そめこ》は涙《なみだ》を拭《ふ》きながら富枝《とみえ》に引《ひ》つ張《ぱ》られて母《はゝ》のゐる方《はう》へ行《い》つた。

富枝《とみえ》が丁寧《ていねい》に朝《あさ》の挨拶《あいさつ》をしてゐる間《あひだ》、夫人《ふじん》は不思議《ふしぎ》さうに染子《そめこ》の泣《な》いた顏《かほ》を眺《なが》めてゐた。

「お客樣《きやくさま》に御飯《ごはん》を差上《さしあ》げませう。」

夫人《ふじん》は優《やさ》しく染子《そめこ》に云《い》つた。染子《そめこ》はそれに返事《へんじ》をしなかつた。膳《ぜん》に向《むか》つても染子《そめこ》は箸《はし》を取《と》らなかつた。夫人《ふじん》はいろ〳〵に慰《なぐさ》めいたはりして染子《そめこ》の機嫌《きげん》を取《と》つてゐた。雨《あめ》は外《そと》を暗《くら》くして降《ふ》つてゐる。富枝《とみえ》は歸《かへ》らうとした。

初《はじ》め夫人《ふじん》は富枝《とみえ》を止《と》めやうとはしなかつた。けれ共《ども》餘《あま》り染子《そめこ》が富枝《とみえ》を慕《した》ふ爲《ため》に遂《つひ》氣《き》を惹《ひ》かれて、今日《けふ》一日も御迷惑《ごめいわく》でなければと云《い》つて大磯《おほいそ》にとゞまる事《こと》を勸《すゝ》めた。其《そ》の夫人《ふじん》の顏《かほ》に面白《おもしろ》くない色《いろ》の漂《たゞよ》つてゐるのが富枝《とみえ》には歴然《はつきり》と解《よ》まれた。富枝《とみえ》は折《をり》を見《み》て又訪《またたづ》ねるからと云《い》つて遂《つひ》に歸《かへ》ることにした。歸《かへ》る時《とき》染子《そめこ》の姿《すがた》が見《み》えないので家《いへ》の人《ひと》は方々《はう〴〵》を探《さが》した。富枝《とみえ》は玄關《げんくわん》に出《で》て染子《そめこ》を待《ま》つてゐた。やがて下女《をんな》が來《き》て、

「あちらのお座敷《ざしき》にいらつしやいます。」

と告《つ》げた、何《なに》をしてゐるかと夫人《ふじん》が聞《き》くと、疊《た》んだ夜着《よぎ》に寄《よ》りかゝつて泣《な》いておゐでの樣《やう》だと云《い》つた。富枝《とみえ》は昨夜《ゆふべ》自分《じぶん》の寢《やす》んだ暗《くら》い座敷《ざしき》を思《おも》ひ出《だ》して淋《さび》しかつた。夫人《ふじん》は直《す》ぐ見《み》に行《い》つたが再《ふたゝ》び獨《ひと》りで戻《もど》つてきて、

「失禮《しつれい》いたしますさうですから。」

と斷《ことわ》つた。富枝《とみえ》は車《くるま》で送《おく》られた。車《くるま》は邸宅《やしき》を廻《めぐ》つて松原《まつばら》の横《よこ》を走《はし》つた。別《べつ》邸内《ていない》の畑《はたけ》が見《み》えた。自分《じぶん》の寢《やす》んだ座敷《ざしき》の窓《まど》が白《しろ》く見《み》えてゐた。車《くるま》の幌《ほろ》は忽《たちま》ちにそれをかくして唯《たゞ》行《ゆ》く手《て》の廣《ひろ》い人道《じんだう》が見《み》ゆるばかりであつた。

東京《とうきやう》も雨《あめ》の日《ひ》であつた。富枝《とみえ》は車《くるま》で麻布《あざぶ》へ歸《かへ》つた。

岐阜《ぎふ》へ行《ゆ》くと云《い》つてるかと思《おも》へば、大磯《おほいそ》へ行《い》つた限《かぎ》り歸《かへ》つて來《こ》ず、呑氣《のんき》な人《ひと》だと云《い》つて富枝《とみえ》の事《こと》を都滿子《つまこ》は笑《わら》つてゐた。お伊豫《いよ》も山尾《やまを》から歸《かへ》つて來《き》てゐた。兄《あに》は、富枝《とみえ》が彼方《あつち》へ行《い》つて讀《よ》むやうな本《ほん》を揃《そろ》へておいてやつたと云《い》つた。

富枝《とみえ》の氣《き》は鬱《うつ》してゐた。お伊豫《いよ》の顏《かほ》を見《み》ると明日《あした》にも岐阜《ぎふ》へ行《ゆ》かうと云《い》つた、緑紫は當分《たうぶん》富枝《とみえ》にも逢《あ》ふ機會がなからうから一同《いちどう》で何處《どこ》かへ會食《くわいしよく》に行《ゆ》かうと云《い》つた。富枝《とみえ》はそれが厭《いや》であつた。兄夫婦《あにふうふ》はお伊豫《いよ》を連《つ》れて何處《どこ》かへ出《で》て行《い》

懸賞文藝當選

あきらめ

田村とし子

八十

おきそには反物《たんもの》をやる積《つも》りで富枝は銀座《ぎんざ》の小《ちい》さい呉服屋《ごふくや》に入《はい》つた。

銘仙《めいせん》一反《たん》に紫都子《しづこ》の着るやうな被布地《ひふぢ》の縮緬《ちりめん》を半反《はんたん》求めて、それを風呂敷《ふろしき》に包《つゝ》んで外《そと》に出《で》た。富枝は又電車《でんしや》で榛原《はいばら》まで行《い》つた。貴枝の欲《ほ》しいと云《い》つてた事を思《おも》ひ起《おこ》した富枝は、其所《そこ》で飾《かざ》りの扇子《せんす》を買《か》つた、四圓二十錢《せん》と云ふ二十錢《せん》の端《はした》が富枝の耳に異様《いやう》に響《ひゞ》いた。扇子《せんす》は後《あと》で誰《たれ》かに屆《とゞ》けて貰《もら》ふつもりに爲《し》た。田舍《ゐなか》へ行く自分《じぶん》に欲《ほ》しいものはなかつたが、何《なに》か祖母《そぼ》を喜《よろこ》ばせるものはないかと富枝は苦心《くしん》した。着物《きもの》と云へば唯暖《たゞあたゝ》かくさへあれば好《よ》い。珠数《じゆず》のいつた。雨《あめ》は小《こ》さく猶《なほ》降《ふ》つてゐる。

富枝は染子《そめこ》へ手紙《てがみ》を書《か》いた。

自分《じぶん》は當分《たうぶん》岐阜《ぎふ》へ祖母《そぼ》の看護《かんご》にゆく。東《とう》京《きやう》と大磯《おほいそ》でさへ逢《あ》ひがたいのに今度《こんど》は長《なが》い間《あひだ》お目《め》にかゝる折《をり》もあるまい。精々《せいぐ》附《つ》いてる人《ひと》の云《い》ふ事《こと》をよく聞《き》いて、病氣《びやうき》を早《はや》く癒《なほ》し安心《あんしん》をさせなければあなたは種《いろ》種《いろ》の人《ひと》に濟《す》まない事《こと》になる。自分《じぶん》は貴女《あなた》に離《はな》れてゐても貴女《あなた》の健康《けんかう》を思《おも》ふほかには何《なに》もない。と云《い》ふ樣《やう》な意味《いみ》であつた。

書《か》いて了《しま》ふと涙《なみだ》が封筒《ふうとう》の上《うへ》に落《お》ちた。

富枝は又《また》、學校《がくかう》時代《じだい》から染子《そめこ》のよこした手紙《てがみ》を全部《すつかり》纏《まと》めた。紫《むらさき》、白《しろ》、青《あを》、いろいろの紙箋《しせん》の上《うへ》に、戀《こひ》しいと云《い》ふ字《じ》が一《いつ》封毎《ぷうごと》にいろいろの形《かたち》の字《じ》で現《あらは》れてゐた。

富枝は少時《しばらく》それを讀《よ》んでゐた。纏《まと》めた手紙《てがみ》を小《ちひ》さい寄木《よせぎ》細工《ざいく》の箱《はこ》に收《をさ》めて、それに鍵《かぎ》をかけた、その箱《はこ》の上《うへ》に今《いま》の手紙《てがみ》を乘《の》せて富枝は長《なが》い間《あひだ》思《おも》ひに耽《ふけ》つてゐた。

おきそがお茶《ちや》でも差上《さしあ》げやうかと云《い》つてくれた。富枝は平常《ふだん》世話《せわ》になつた報酬《おれい》におきそに何《なに》か買《か》つて與《あた》へやうと云《い》ふ氣《き》が起《おこ》つた。茶《ちや》の間《ま》へ行《い》つて無徒話《むだばなし》をしてゐる間《うち》に富枝の氣分《きぶん》は少《すこ》し晴《は》れたので、富枝は傘《かさ》をさして買物《かひもの》に出《で》た。

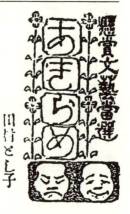

いのでも持《も》つて行《い》つてやらうかと思《おも》つて富枝《とみえ》は自身《じしん》可笑《をか》しかつた。漸《やうや》く思《おも》ひ附《つ》いて富枝《とみえ》は幼兒《をさなご》の被《かぶ》るやうな毛絲《けいと》の頭巾《づきん》を二《ふた》つ買《か》つた。坊《ばう》さんの頭《あたま》を思《おも》ひ出《だ》したからであつた。あとは鹽瀬《しほせ》によつて長《なが》く保《たも》つやうな菓子《くわし》を鑵詰《くわんづめ》にさした。年を老《と》ると食ひ慾《よく》の外《ほか》何《なに》もないと云《い》ふことを聞《き》いてゐたからであつた。その菓子《くわし》の爲《ため》に荷物《にもつ》は大《おほ》きく且《か》つ重《おも》くなつた。好《い》い工合《ぐあひ》に雨《あめ》は止《や》んだけれ共《ども》提《さ》げた片手《かたて》の傘《かさ》を持《も》ち扱《あつか》つて富枝《とみえ》は肩《かた》に凝《こ》りさへ覺《おぼ》ゑるやうであつた。漸《やうや》く電車道《でんしやみち》へ出《で》て、其所《そこ》から電車《でんしや》に乘《の》らうとした時《とき》、髮《かみ》を結《ゆ》ひに行《い》つた歸《かへ》りの千萬次《ちまじ》に逢《あ》つた。錆納戸《さびなんど》の絞《しぼ》つた襟半《えりはん》が能であつた。千萬次《ちまじ》は是非《ぜひ》家《うち》へ寄《よ》つてくれと云《い》つた。

「あなたにはもう、澤山《たくさん》にお禮《れい》をしたり云《い》つたりしなくちや成《な》らないんですから是非《ぜひ》寄《よ》つて下《くだ》さいよ。妾《わたし》はもうあれつ切《き》りあなたにお目《め》にかゝらずにゐるんで何《なん》だか借金《しやくきん》のある樣《やう》な氣《き》がしてるんですよ。」

と頼《たの》むやうに云《い》つてた。荷物《にもつ》があるから又今度《またこんど》と云《い》つて斷《ことわ》つても聞《き》かなつた。妾《わたし》が荷物《にもつ》を持《も》つて上《あ》げると云《い》つた。顏《かほ》や姿《すがた》を賣《う》る商賣《しやうばい》の人《ひと》にこんな大《おほ》きな荷物《にもつ》を持《も》たしては氣《き》の毒《どく》だとお腹《なか》の中《うち》で然《さ》う富枝《とみえ》は思《おも》つた。

「それにね、妾《わたし》はあなたに聞《き》いて戴《いたゞ》きたいことがあるんですよ。」

と云《い》つて艶麗《あでやか》に千萬次《ちまじ》は笑《ゑ》んだ。胸《むね》をめぐつたコートの襟《えり》は細《ほそ》かつた。長《なが》い裾《すそ》の下《した》から見《み》えた爪革《つまかは》はいかにも小《ちひ》さかつた。その爪革《つまかは》の上《うへ》に蛇《じや》の目《め》の傘《かさ》の頭《あたま》を突《つ》いて、柄《え》の方《はう》に兩方《りやうはう》の手《て》を重《かさ》ねてかけてゐた。富枝《とみえ》はその千萬次《ちまじ》の姿《すがた》が目《め》に殘《のこ》つた。何時《いつ》でも逢《あ》へるからと云《い》つて富枝《とみえ》は別《わか》れて了《しま》つた。

「あなたに、聞《き》いて戴《いたゞ》きたいことがある。」

千萬次《ちまじ》は斯《か》う云《い》つた。田里《たざと》との戀仲《こひなか》の事《こと》であらう。千萬次《ちまじ》は自分《じぶん》の戀《こひ》の唯一人《たゞひとり》の同情者《どうじやうしや》として富枝《とみえ》を頼母《たのも》しがつた。切《せつ》ない戀《こひ》に同情《どうじやう》してくれる人程《ひとほど》、千萬次《ちまじ》の眼《め》に粹《すゐ》に見《み》ゆるものはなかつた。富枝《とみえ》は聞《き》いて貰《もら》ひたいことがあると云《い》はれただけで十分《ぶん》だと思《おも》つた。兄夫婦《あにふうふ》はまだ歸《かへ》つてこなかつた。反物《たんもの》をおきそに渡《わた》した時《とき》、おきそは手《て》を突《つ》いて辭儀《じぎ》をした。

翌日《よくじつ》富枝《とみえ》はお卧隊と共《とも》に東京《とうきやう》を出立《でた》つた。その朝三輪から十二月の幾日《いくか》とかに日本《にほん》を去《さ》ると云《い》ふ端書《はがき》の知《し》らせがあつた。わざ〳〵知《し》らしてよこした書狀《しよじやう》は一枚《いちまい》の端書《はがき》であつた。それが月次《つきなみ》らしく富枝《とみえ》には感《かん》じられた。新橋《しんばし》の停車場《ていしやば》で泣《な》いて立《た》つた姉《あね》の姿《すがた》を富枝《とみえ》は眺《なが》めた。そして、この汽車《きしや》が大磯《おほいそ》を通過《す》ぎることを思《おも》つてゐるうちに汽車《きしや》は出《で》た。

（をはり）

靜岡の友

田村俊子

二三日内《にちうち》にと云《い》つてよこした日取《ひど》りから繰《く》つて見《み》て、丁度今日《ちやうどけふ》あたりは來《く》る日《ひ》かも知《し》れないと思《おも》つたので、私《わたし》は出際《でぎは》に若《も》し二人《ふたり》伴《づ》れの女客《をんなきやく》があつたら待《また》せて置《お》くようにと下女《げじよ》に云《い》ひ付《つ》けて外出《ぐわいしゆつ》した。用《よう》をすました歸途《かへりみち》に銀座《ぎんざ》の樂器店《がくきてん》へ寄《よ》つた爲《ため》豫想《おも》つたよりは手間《てま》が取《と》れて夕方頃《ゆうがたごろ》に歸《かへ》ると、障子《しやうじ》を開《あ》けて飛《と》び出《だ》して來《き》た下女《げぢよ》が、私《わたし》が出《で》ると間《ま》もなく十二時頃《じごろ》に二人《ふたり》連《づ》れの女《をんな》のお客《きやく》がお在《い》でになつたと告《つ》げた。沓脱《くつぬ》ぎに珍《めづ》らしい女《をんな》の下駄《げた》も見《み》えなかつたので待《ま》ち勞《くたび》れて二人《ふたり》は歸《かへ》つたのかと私《わたし》は思《おも》つた。靜岡《しづをか》の友《とも》には三年振《ねんぶ》りで逢《あ》ふと云《い》ふのに殘念《ざんねん》なことをしたと私《わたし》は僅《わづか》の用《よう》で外出《ぐわいしゆつ》したのを後悔《こうくわい》しながら奥《おく》へ入《はい》ると、火鉢《ひばち》の傍《そば》に新聞紙《しんぶんし》に包《くる》んだ大《おほ》きな包《つゝ》みが置《お》いてあつた。開《あ》けて見《み》るとそれは私《わたし》の好《す》きな「學校《がくかう》のぱん」だつた。Kさんのお土産《みやげ》だと思《おも》ひながら猶其邊《なほそこいら》の二《ふ》たつの座蒲團《ざぶとん》や雜誌《ざつし》の散《ち》らかつた疊《たゝみ》の上《うへ》をなつかしく私《わたし》は眺《なが》めた。

「もう長《なが》いこと待《ま》つたんで、えらお腹《なか》がすいたなんて。なんか取《と》つてきてもらい度《た》いなんて云《い》つたけれど、まだ來《き》たばかりでいつから此邊《こゝいら》のこと知《し》んねへからつて云《い》つたら、おやあ家《うち》のもんでも好《い》いなんて。それから鮭《さけ》の粕漬《かすづけ》をやいて御飯《ごはん》のくれたんでございますよ。」

静岡の友

下女《をんな》は後《うしろ》から入《はい》つてきて私《わたし》に斯《か》う話《はなし》した。

「もう何時《なんじ》でせう。」

斯《か》う云《い》つてＫさんが小《ちひ》さな時計《とけい》を出《だ》して見《み》る。

「お腹《なか》がすいちまつて困《こま》るわ。」

膝《ひざ》を崩《くづ》して靜岡《しづをか》の友《とも》の澁面作《じうめんつく》つた顔《かほ》が一所《いつしよ》にその時計《とけい》を覗《のぞ》く。

「なにか女中《ぢよちう》にそう云《い》つて取《と》つてきて貰《もら》ひませう。」

Ｋさんが明確《きつぱり》と云《い》つて二人《ふたり》で相談《さうだん》をした樣子《やうす》が私《わたし》によく想像《さうぞう》された。

「おいしいつて食《た》べて。」

私《わたし》は下女《をんな》に聞《き》いた。

「えらうまいつて。めしが少《すこ》し強《こわ》いなんて云《い》つてましたつたよ。」

私《わたし》は笑《わら》ひ出《だ》した。二人《ふたり》で我儘《わがまゝ》を云《い》つて、それでも空腹《くうふく》を充たすには珍味《ちんみ》過《す》ぎた粕漬《かすづけ》を突《つ》ついて、私《わたし》の不在《るす》に御飯《ごはん》を食《た》べた二人《ふたり》がいかにも懐《なつ》かしく親《したし》まれて私《わたし》はたゞころ〳〵と笑《わら》ひたかつた。

「惜《を》しいことをした。何時《なんじ》頃《ごろ》に歸《かへ》つたの。」

「歸《かへ》つたんぢやねへんで御座《ござ》いますよ。」

下女《げぢよ》は大《おほ》きな聲《こゑ》を出《だ》した。意外《いぐわい》なのと嬉《うれ》しかつたのでその聲《こゑ》が大《おほ》きく私《わたし》の耳《みゝ》に響《ひゞ》いたのかも知《し》れなかつた。

何《なん》でも肥大《ふと》つた方《はう》の人《ひと》が歸《かへ》る〳〵と云《い》ふのを脊《せい》の高《たか》い方《はう》の人《ひと》が、又逢《またあ》ふと云《い》つても大變《たいへん》だからもう少《すこ》し待《ま》ちませう〳〵と云《い》つてたそうである。Kさんが歸《かへ》ると云《い》ふのを靜岡《しづをか》の友《とも》がもう少《すこ》しと思《おも》つて待《ま》つたのであらう。二人《ふたり》は五重《ぢう》の塔《とう》を見《み》てくると云《い》つて出《で》かけたのだと今《いま》になつて下女《げぢよ》は話《はな》した。

私《わたし》は外《そと》へ驅《か》け出《だ》して見《み》た。角《かど》の銀杏《いてふ》の木《き》まで半町《はんちやう》ほど眞《ま》つ直《す》ぐの道《みち》には人《ひと》の姿《すがた》は見《み》えなかつた。私《わたし》は息《いき》を切《き》つて走《はし》りながら五重《ぢう》の塔《とう》のところまで行《い》つて見《み》た。二人《ふたり》が見《み》に行《ゆ》くと云《い》つた塔《とう》の頂《いたゞ》きに夕闇《ゆうやみ》が被《かぶ》つてゐた。二人《ふたり》の影《かげ》は見《み》えなかつた。

私《わたし》は家《うち》へ引返《ひきかへ》しながら、靜岡《しづをか》の友《とも》は小供《こども》を何所《どこ》へ預《あづ》けて來《き》たのだらうと思《おも》つた。去年生《きよねんうま》れたばかりの赤子《こども》を半日《はんにち》も打棄《うつちや》らかして置《お》いて何《ど》うするだらうと氣《き》を揉《も》んだ。入《はい》る時《とき》玄關《げんくわん》にお召《めし》の半《はん》コートが袖《そで》疊《だ》みにして壁《かべ》の方《はう》へ押《おし》つけてあるのに氣《き》が付《つ》いた。紅羽二重《べにはぶたい》の袖裏《そでうら》が一と筋線《すぢせん》をかいた樣《やう》に、薄暗闇《うすくらやみ》のもの丶中《なか》にちら〳〵してゐた。私《わたし》は相變《あひかは》らず若《わか》やいだ靜岡《しづをか》の友《とも》の樣子《やうす》が眼《め》に浮《うか》んだ。

もう室《へや》の中《なか》は電氣《でんき》の明《あか》りを頼《たよ》るほど四方《あたり》が暮《く》れかゝつてゐた。私《わたし》は腰《こし》が落付《おちつ》かないのでもう一度《いちど》外《そと》に出《で》て見《み》た。丁度《ちやうど》銀杏《いてふ》の木《き》の角《かど》を丈《たけ》の不平均《ふへいきん》な人《ひと》の姿《すがた》が二《ふ》たつ並《なら》んで曲《まが》つてきた。二人《ふたり》は段々《だん〳〵》暮《く》れの色《いろ》の中《なか》から自分《じぶん》の色《いろ》を鮮明《あざやか》にして近《ちか》づいて來《き》た。Kさんと靜岡《しづをか》の友《とも》であつた。門《もん》の外《そと》に立《た》つてゐる私《わたし》を見付《みつ》けると、

「まさ子《こ》さん。まさ子《こ》さん。」

とKさんが呼《よ》んだ。Kさんは例《いつも》のように袴《はかま》を穿《は》いてゐた。ほそく着物《きもの》を着《き》た脊《せい》の高《たか》い靜岡《しづをか》の友《とも》はその後《うしろ》から眞《ま》つ直《す》ぐな線《せん》のような恰好《かつかう》で歩《ある》いて來《き》た。銀杏返《いてふがへ》しの前髪《まへがみ》が小《ちい》さかつた。Kさんは私《わたし》の手《て》を掴《つか》むようにして、

「隨分《ずいぶん》待たせて。ひどい。」

と云《い》つた。靜岡《しづをか》の友《とも》は默《だま》つてゐた。

「すまなかつたわ。怒《おこ》つて。」

私《わたし》が斯《か》う靜岡《しづをか》の友《とも》に聞《き》くと、靜岡《しづをか》の友《とも》は、

「かう何《なん》だか、氣《き》が拔《ぬ》けちまつて。」

とさも興《きやう》のない樣《やう》な笑顔《ゑがほ》をしてKさんの顏《かほ》を見《み》た。


三人《さんにん》ながら高等女學校《かうとうちよがくかう》の全窓《どうそう》であつた。Kさんと靜岡《しづをか》の友《とも》は其《そ》れから大學《だいがく》を一所《いつしよ》に學《まな》んで一所《いつしよ》に卒《そつ》業《げふ》した。Kさんも靜岡《しづをか》の友《とも》も校中《かうちう》で評判《ひやうばん》の才媛《さいゑん》であつた。其《そ》の頃《ころ》何《ど》う云《い》ふ思想《しさう》から齎《もた》らしてきたのかよく三人《さんにん》ながら嫁入《よめい》りしない約束《やくそく》をしたものであつた。けれど靜岡《しづをか》の友《とも》は學校《がつかう》を卒業《で》ると直《す》ぐさる實《じつ》業家《げふか》へ嫁付《かたづ》いて了《しま》つた。私《わたし》は兎《と》に角《かく》、共《とも》に校中《かうちう》で秀才《しうさい》と歌《うた》はれたKさんは、共《とも》に手《て》を組《く》んで何《なに》か第一《だいいつ》回《くわい》の大學出《だいがくで》として新《あた》らしい目覺《めざ》ましいことを試《こゝろ》みたいと思《おも》つてゐたKさんは奮慨《ふんがい》して靜岡《しづをか》の友《とも》を怒《をこ》つた。

私《わたし》も靜岡《しづをか》の友《とも》から直接《ちよくせつ》に結婚《けつこん》のしらせも貰《もら》はなかつた。他《ほか》の人《ひと》から聞《き》いてKさんの許《ところ》へ遊《あそ》びに行《い》つた時《とき》、Kさんは靜岡《しづをか》の友《とも》の良人《をつと》と云《い》ふ人《ひと》を惡《わ》るく云《い》つて私《わたし》に話《はな》した。實業家《じつげふか》と云《い》つても確《しか》とした根據《こんきよ》のない地位《ちゐ》もない財産《ざいさん》もない人《ひと》の樣《やう》に私《わたし》は聞《き》いた。私《わたし》は其《そ》の良人《をつと》となつた人《ひと》の人格《じんかく》を思《おも》ふより、どうして靜岡《しづをか》の友《とも》が結婚《けつこん》をする氣《き》になつたのか其《そ》れが解《わか》らなかつた。然《そ》う疑《うたが》はせるほど靜岡《しづをか》の友《とも》は天才肌《てんさいはだ》な小供《こども》らしい、他《ほか》の人等《ひとたち》が結婚《けつこん》は無意義《むいぎ》だとか家庭《かてい》の人《ひと》になつた婦人《ふじん》の道《みち》を盡《つく》そうとか種々《いろ〳〵》云《い》つて論《ろん》じ合《あ》つてる時《とき》でも、靜岡《しづをか》の友《とも》はそんな自覺《じかく》さへない樣《やう》な顏《かほ》をして詩《し》と文《ぶん》にばかりに耽《ふけ》つてゐたからである。

結婚《けつこん》はしても夫婦《ふうふ》ながら友《とも》の方《はう》の生家《さと》にゐるとKさんは云《い》つた。そうして、

「私《わたし》が行《い》つてもエッチは逢《あ》つたことがない。」

と云《い》つて怒《おこ》つてゐた。

暫時經《しばらくた》つて私《わたし》は靜岡《しづをか》の友《とも》の許《ところ》へ行《い》つて見《み》た。生家《さと》と分《わか》れて一軒別《いつけんべつ》になつてからであつた。良人《りやうじん》は出《で》かけてあつた。色《いろ》の白《しろ》い脊《せい》は高《たか》くないようであつたが美《うつく》しい人《ひと》であつた。友《とも》は心持《こゝろもち》が惡《わ》るいとか云《い》つて寐《ね》てゐた。

どの部屋《へや》も亂雜《らんざつ》であつた。風通《ふうつう》の着物《きもの》たの紋付《もんつき》の羽織《にをり》だのが、その頃流行《ころはや》つたオリーブ色《いろ》の裾《すそ》まわしや紅絹《もみ》の裏《うら》などを見《み》せて其方此方《そつちこち》に引《ひ》つかゝつてゐた。友《とも》は起《お》きて來《き》て私《わたし》と對《むか》ひ合《あ》つていろ〳〵な話《はなし》をした。下《した》ばかり向《む》いた優《やさ》しい態度《たいど》が私《わたし》の心《こゝろ》をひきつけてゐた。然《しか》し餘《あま》り口數《くちかず》をきかない、兎《と》もすると默《だま》つて狹《せま》い庭《には》の隅《すみ》の青桐《あをぎり》の幹《みき》を見詰《みつ》めてゐるのが私《わたし》は隔《へだ》てられてゐるようで打解《うちと》けなかつた。

百名餘《ひやくめいあま》りの同窓《どうそう》のうちでこの友《とも》と私《わたし》ぐらゐ仲《なか》の好《よ》かつたのはなかつた。それは繪《ゑ》と文章《ぶんしやう》が好《す》きと云《い》ふのが二人《ふたり》の間《あひだ》を結《むす》び付《つ》けて、自然他《しぜんほか》の事情《じじやう》から各自《てんで》に親《した》しい友《とも》を持《も》つてはゐたけれ共《ども》、趣味《しゆみ》の同《おな》じなのが幼《をさな》い二人《ふたり》の仲《なか》を變《かは》らせなかつた。私《わたし》は胃《ゐ》が弱《よわ》いのでよく學校《がつかう》を休《やす》んだ、其《そ》の度友《たびとも》は手紙《てがみ》をよこした、それが何時《いつ》も何《なに》かの文章《ぶんしやう》によつて新《あた》らしく得《え》た文辭《ぶんち》を、お稽古半分《けいこはんぶん》書《か》き列《つら》ねては樂《たの》しみにやつたり取《と》つたりしたものであつた。其《そ》の頃《ころ》は今《いま》のように婦人雜誌《ふじんざつし》はなくて博文館《はくぶんくわん》から出《で》る少年世界《せうねんせかい》だの

靜岡の友

中學世界《ちうがくせかい》だのばかりであつた。二人《ふたり》ながら少年世界《せうねんせかい》に出《で》てゐた森田思軒《もりたしけん》の十五少年《せうねん》を讀《よ》んでおもしろがつてゐた。そして二人《ふたり》ながら作文《さくぶん》が巧《うま》かつた。そんな趣味《しゆみ》を解《かい》して話《はな》し合《あ》ふのはあの多數《おほぜい》の生徒《せいと》の中《なか》で二人《ふたり》より外《ほか》なかつたのである。學校《がくかう》を卒業《で》ても手紙《てがみ》の往復《わうふく》は欠《か》かしたことはなかつた。友《とも》が大學《だいがく》にゐる間《あひだ》によこした手紙《てがみ》ばかりも私《わたし》の藏《と》つておいた丈《だけ》で五十何通《なんつう》あつた。奇麗《きれい》な紙《かみ》に美《うつく》しい字《じ》で美《うつく》しい文章《ぶんしやう》を書《か》いては送《おく》つて來《き》た。暫時消息《しばらくたより》がないと云《い》つて恨《うら》みの文《ふみ》を誇大《こだい》に書《か》いて來《き》たり、何《なに》かその日《ひ》によつて聯想《れんさう》することがあつたと云《い》つては二通分《ふたとほりぶん》にしてまで長《なが》い手紙《てがみ》をよこしたりした。その間《あひだ》に友《とも》は母《はゝ》を失《うしな》つた。其《そ》の時《とき》だけは私《わたし》にばかり手紙《てがみ》を書《か》かせて餘《あんま》り彼方《あちら》からは美《うつく》しい文章《ぶんしやう》も見《み》せなかつた。

かうして牛込《うしごめ》と下谷《したや》に隔《へだ》つてゐた二人《ふたり》は滅多《めつた》に逢《あ》はずに手紙《てがみ》ばかり往復《わうふく》してゐた。私《わたし》がこの時逢《ときあ》つたのも一年振《いちねんぶ》り位《ぐらゐ》であつた。私《わたし》は嬉《うれ》しい心持《こゝろもち》は味《あぢは》はないで歸《かへ》つて了《しま》つた。

其《そ》の後《ご》は其《そ》れまでのように手紙《てがみ》をやる事《こと》もなかつた。友《とも》もよこしもしなかつた。それでも年《ねん》に一度《ど》ぐらゐ思《おも》ひ出《だ》したように受取《うけと》る手紙《てがみ》は情味《じやうみ》のこもつたものであつた。私《わたし》はこの友《とも》から受取《うけと》る手紙《てがみ》に限《かぎ》つて、十三四の繩飛《なわと》びの撰手《チヤンピオン》だつた時代《じだい》を思《おも》ひ出《だ》させてなつかしがらせてゐた。

Ｋさんは大學《だいがく》から出《で》る機關新聞《きくわんしんぶん》の編輯《へんしう》をしてゐた。新聞《しんぶん》が雜誌《ざつし》になつてからもその編輯長《へんしうちやう》をして相《あひ》變《かは》らず獨身《どくしん》でゐた。私《わたし》はＫさんにも滅多《めつた》に逢《あ》ふ機會《きくわい》を持《も》たなかつた。その時靜岡《ときしづをか》の友《とも》の消息《たより》をこの人《ひと》から聞《き》くこともなかつたが私《わたし》は他《た》の方面《はうめん》から靜岡《しづをか》の友《とも》の噂《うわさ》を幽《かす》に聞《き》くことがあつた。

其《そ》れも全《おな》じ出《で》の友人《いうじん》で文學士《ぶんがくし》の妻君《さいくん》になつてゐる人《ひと》であつた。私《わたし》は自分《じぶん》のやつてる或《あ》る仕事《しごと》の發展《はつてん》の行《ゆ》きがゝり上《じやう》、能《よ》くこの人《ひと》に逢《あ》ふことがあつた。この人《ひと》は靜岡《しづをか》の友《とも》のことを、物質上非常《ぶつしつじやうひじやう》に煩悶《はんもん》し

静岡の友

てゐるとか聞《き》いたと云《い》つて私《わたし》に話《はな》したことがあつた。

私《わたし》はそれを聞《き》いた時《とき》ひどく友《とも》の上《うへ》が悲《かな》しかつた。そうして稀《たま》に受取《うけと》る手紙《てがみ》の裏書《うらがき》の住所《ぢうしよ》が一寸《ちよい》〳〵變《かは》つてゐることを思《おも》ひ合《あ》はして何《なん》となく其《そ》の噂《うわさ》が滿更傍《まんざらはた》の妬《そね》みからばかりでもない樣《やう》に思《おも》はれた。學校《がくかう》にゐた時《とき》から奇麗《きれい》な粧《かざ》りをする人《ひと》であつた。顔《かほ》も美《うつく》しかつた。姿《すがた》も佳《よ》かつた。その頃女學生《ころぢよがくせい》に好《す》かれてゐた半古《はんこ》の畫風《ぐわふう》にそつくりの型《タイプ》をしてゐる人《ひと》であつた。その人《ひと》が物質的《ぶつしつてき》に苦《くるし》んで懊惱《あうのう》してゐるかと思《おも》ふと無殘《むざん》な氣《き》がされた。私《わたし》はその遣《や》る瀬《せ》ない思《おも》ひを抱《いだ》いてゐる友《とも》に逢《あ》つて深《ふか》い話《はなし》がして見《み》たいと思《おも》つた。然《しか》し思《おも》つただけで友《とも》の家《いへ》へは行《ゆ》きもしなかつた。何《なに》か苦《くる》しんでゐるそうだがと手紙《てがみ》に打《ぶ》つつけて書《か》く譯《わけ》にもゆかなかつた。私《わたし》は忘《わす》れたようになつて少時月日《しばらくつきひ》を經《ふ》らしてゐた。

丁度年始狀《ちやうどねんしじやう》さへ貰《もら》はなかつたその年《とし》の秋頃《あきごろ》、友《とも》は不意《ふい》に私《わたし》を尋《たづ》ねた。私《わたし》だけはこの人《ひと》も忘《わす》れ得《え》ないと見《み》えた。然《しか》しなつかしそうな顔《かほ》の表情《ひやうじやう》だけはしても「なつかしかつた。」とか、「しばらく逢《あ》はなくつて戀《こ》ひしかつた。」とか口《くち》に出《だ》して云《い》つたことのない人《ひと》であつた。この時《とき》も一寸思《ちよつとおも》ひ出《だ》して來《き》て見《み》たと云《い》ふ樣《やう》に輕《かる》い風《ふう》でKさんの噂《うわさ》などもした。

良人《をつと》は外國《ぐわいこく》へ一年《ねん》ばかり遊《あそ》びに行《い》つてゐて不在《るす》だつたのだそうて、一と月程《つきほど》以前に歸《かへ》つて來《き》たのだとこの時話《ときはなし》した。その間實家《あひだじつか》へ歸《かへ》つてゐたのだと云《い》つた。

私《わたし》はこの時友《ときとも》の粧《かざ》りの變《かは》つたのに眼《め》を張《は》つた。友《とも》は根《ね》の低《ひく》い細輪《ほそわ》の銀杏返《いてふがへ》しにして襟《えり》をぐつと披《ひら》いてゐた。くすんだ無地《むぢ》お召《めし》の袷《あはせ》に全《おな》じような羽織《はをり》を着《き》て、羽織《はをり》の紐《ひも》の金鎖《きんぐさり》がきら〳〵してゐた。左《ひだり》の手《て》に箝《は》めた彫《ほ》りの厚《あつ》い指環《ゆびわ》がいかにも重《おも》そうに私《わたし》の目《め》に映《うつ》つた。

友《とも》は學校《がつかう》から才媛《さいえん》の出《で》ることを話《はなし》して、その才媛《さいえん》の書《か》いたもの丶一とつ二たつを語《かた》つた。外國《ぐわいこく》のものを讀《よ》まなければ新《あた》らしい想《さう》は得《え》られないと云《い》ふ樣《やう》な事《こと》も感心《かんしん》した語氣《ごき》で云《い》つた。

「あなたは何《なに》か勉強《べんきやう》してゐるの。」

私《わかし》は聞《き》いて見《み》た。何《なに》もやつてゐないと友《とも》は答《こた》へた。そして別《べつ》に人《ひと》に遲《おく》れるのが悲《かな》しいとも考《かんが》へてゐない樣子《やうす》であつた。

結婚《けつこん》した人《ひと》は多《おほ》く其《そ》の良人《をつと》のことを親《した》しい人《ひと》に語《かた》るのが常《つね》だのに、この人《ひと》は決《けつ》して良人《をつと》のことを口《くち》にした事《こと》がない。何《なん》の爲《ため》に歐米《おうべい》へ行《い》つたのだか、又歸朝後《てうご》どんな事業《じげふ》の計畫《けいぐわく》をしてゐるのだか私《わたし》も聞《き》きもしなかつた。

其《そ》の冬《ふゆ》私《わたし》は友《とも》の家《いへ》を尋《たづ》ねた。

下女《げぢよ》が歸《かへ》つたとか云《い》つて、良人《をつと》の妹《いもうと》と云《い》ふ人《ひと》を相人《あひて》に友《とも》は勝手《かつて》を働《はたら》いてゐた。赤《あか》い手柄《てがら》をかけた丸髷《まるまげ》に結《ゆ》つて荒《あら》い縞《しま》の銘仙《めいせん》の羽織《はをり》の上《うへ》から赤《あか》い襷《たすき》をかけて、水道《すゐだう》の水《みづ》を冷《つ》めたくざあ〱云《い》はせながら米《こめ》を磨《と》いでゐた。客《きやく》のあるような賑《にぎ》やかな話聲《はなしごゑ》が奧《おく》の方《はう》でしてゐた。良人《りやうじん》は友《とも》と一所《いつしよ》に私《わつし》をもてなしてくれた。そして此《こ》の節《せつ》はある不平《ふへい》の爲《ため》に會社《くわいしや》を退《ひ》いてゐるとその良人《りやうじん》が私《わたし》に云《い》つた。その時《とき》友《とも》は二人《ふたり》して毎日《まいにち》〱雲《くも》右《ゑ》衛門《もん》を聞《き》きに行《い》つたり芝居《しばゐ》へ行《い》つたりばかりしてゐると私《わたし》に告《つ》げた。

私《わたし》は初《はじ》めてこの友《とも》の口《くち》から、友自身《しん》の生活狀態《せいくわつじやうたい》の一部《いちぶ》を漏《も》らされたように思《おも》つてはつとした。何《なに》故遊山《ゆゑゆうさん》にばかり耽《ふけ》つてこの事多《ことおほ》い日《ひ》を費《つひや》すのだらうか、それは富《とみ》が餘《あま》り暢氣《のんき》な生活《くらし》をしてゐると云《い》ふ事《こと》を表象《ひやうしやう》した言葉《ことば》とは私《わたし》に受取《うけと》れなかつたのである。そうして私《わたし》は結《ゆ》ひ立《た》ての髮《かみ》をばらつかした友《とも》の

静岡の友

顔《かほ》に寂《さび》しい影《かげ》をみとめ、友《とも》の良人《をつと》の美《うつく》しい眼《め》に、頻《しきり》に何《なに》かあがき拔《ぬ》いてあるものを求《もと》めようとする様《やう》に鋭《するど》さを感《かん》じたように思《おも》つた。

その暮《く》れに友《とも》の一家《か》は靜岡《しづをか》へ移《うつ》つて行《い》つたのである。

其《そ》の後《ご》私《わたし》は結婚《けつこん》した。靜岡《しづをか》の友《とも》は祝《いは》ひの手紙《てがみ》をよこした。昔《むかし》の追想《ついさう》などの交《ま》ぢつた長《なが》い手紙《てがみ》であつた。

私《わたし》はKさんのやつてる仕事《しごと》と私《わたし》のしてゐる事《こと》との連絡《れんらく》から又度々《またたび／＼》Kさんに逢《あ》ふようになつた。Kさんは大學《だいがく》の校内《かうない》に住《す》んでゐた。そして自分《じぶん》の編輯《へんしう》してる雜誌《ざつし》が婦人《ふじん》の手《て》ばかりによつて作《つく》られると云《い》ふ事《こと》が自慢《じまん》であつた。他《た》に類《るゐ》のない事《こと》によつて、讀《よ》む方面《はうめん》の範圍《はんい》は少《すく》なくとも雜誌《ざつし》は立派《りつぱ》だと云《い》つていつも誇《ほこ》つてゐた。

Kさんに逢《あ》ふ時《とき》必《かなら》ず靜岡《しづをか》の友《とも》の噂《うはさ》が出《で》た。

「天才《てんさい》を惜《を》しいことをした。」

Kさんは斯《か》う云《い》つて靜岡《しづをか》の友《とも》を弔《とむら》つた。そして靜岡《しづをか》の友《とも》を失《うしな》つてから遂《つひ》に其《そ》の人《ひと》に代《かは》る友《とも》を得《え》ないと溢《こぼ》した。Kさんは靜岡《しづをか》の友《とも》が縁付《えんづ》いてから全《まる》で人格《じんかく》の變《かは》つたことを口惜《くや》しがつてゐた。思想《しさう》の淺薄《せんぱく》な物質慾《ぶつしつよく》にばかり汲々《きう／＼》してゐる良人《をつと》に化《くわ》されて實《じつ》に虛榮《きよえい》の多《おほ》い人《ひと》になつたとKさんは靜岡《しづをか》の友《とも》が結婚《けつこん》してからもう六年《ねん》も經《た》つた今《いま》になつても、靜岡《しづをか》の友《とも》の良人《をつと》を持《も》つたことが口惜《くや》しく斷念《あきらめ》られないような愚痴《ぐち》を云《い》つた。

「逃《に》げてくればいゝのに。」

靜岡の友

Kさんはこんな自暴《やけ》を聞《き》かしたこともあつた。靜岡《しづをか》の友《とも》の良人《をつと》と云《い》ふ人《ひと》が友《とも》と心《こゝろ》が相觸《あひふ》れ相容《あひい》るゝの人《ひと》でない。必《かな》らず友《とも》には良人《をつと》に對《たい》する不平《ふへい》、家庭《かてい》の寂寞《せきばく》などの悲哀《ひあい》や怨恨《ゑんこん》が數々《かず〳〵》あるに違《ちが》ひない。それを親《した》しい自分《じぶん》たちにも打明《うちあ》けないと云《い》ふのがKさんには忌々《いま〳〵》しいのであつた。そしてその良人《をつと》と云《い》ふ人《ひと》が山師《やまし》的《てき》の人物《じんぶつ》だと云《い》ふ事《こと》をKさんは信《しん》じてゐた。然《さ》う云《い》ふ人《ひと》と共《とも》に埋《うづも》れ衰《おとろ》へてゆく友《とも》が忘《わす》られない恨《うら》みなのであつた。

「あの藝者《げいしや》のような風《ふう》を御《ご》らんなさい。エッチに同化《どうくわ》されたところを形《かたち》に示《しめ》してゐるのがあれだわ。」

Kさんは斯《か》う云《い》つた。

靜岡《しづをか》の友《とも》は良人《をつと》の愛《あい》に溺《おぼ》れてゐるのだらうと私《わたし》は思《おも》つた。けれど其《そ》れは女性《ぢよせい》として幸福《かうふく》なのである自分《じぶん》の才《さい》が家庭《かてい》の爲《ため》に消磨《せうま》されようとも、良人《をつと》の愛《あい》の續《つゞ》く爲《ため》に自分《じぶん》の容貌《ようぼう》が衰《おとろ》へさへしなければいゝと念《ねん》じ良人《をつと》と云《い》ふ名稱《めいしやう》の下《もと》にある男《をとこ》へ堅《かた》く寄《よ》り添《そ》つてその愛《あい》のみを仰《あほ》ぎ暮《く》らして行《ゆ》けるならばその人《ひと》の一生《いつしやう》は風《かぜ》の凪《な》いだ海《うみ》のようなものである。物質上《ぶつしつじやう》の苦《くる》しみを受《う》けたことがあるかも知《し》れない、六年《ねん》の歳月《さいげつ》を轉々《てん〳〵》放浪《はうらう》してゐたのに就《つ》けても思《おも》ひ合《あ》はされる。けれども靜岡《しづをか》の友《とも》は私達《わたしたち》に逢《あ》ふ時例《ときいつ》もそんな氣振《けぶ》りも見《み》せたことがなく豐富《ほうふ》な氣分《きぶん》ばかりを漂《たゞよ》はしてゐた。それは自分《じぶん》から良人《をつと》を輕《かろ》しめない用意《ようい》なのであらう。Kさんはそれを靜岡《しづをか》の友《とも》の見榮《みえ》、虚榮《きよえい》と云《い》ふ事《こと》にしてしまつてゐた。そしてKさんの眼《め》から見《み》た價値《かち》のない力《ちから》のない平凡《たゞ》な男子《だんし》に、自分等《じぶんら》の意味《いみ》のある友情《いうじやう》を奪《うば》はれたことが殘念《さんねん》で堪《たま》らないのであらう。私《わたし》は斯《か》う批判《ひはん》した。

靜岡《しづをか》へ行《い》つてから友《とも》は子供《こども》を産《う》んだ。女《をんな》の子《こ》であつた。結婚《けつこん》してから六年《ねん》も經《た》つのに小供《こども》がなかつ

靜岡の友

た、貰《もら》ひ子《こ》でもしようかと思《おも》つてゐたら靜岡《しづをか》へ來《き》てから子供《こども》が生《でき》たと云《い》つて友《とも》は嬉《うれ》しそうな女《をんな》らしい手紙《てがみ》を私《わたし》へよこした。そしてその子《こ》の名《な》を靜子《しづこ》と命名《つ》けたとあつた。

靜岡《しづをか》の友《とも》はKさんのやつてゐる雜誌《ざつし》へも時々《ときどき》寄稿《かう》すると云《い》つてよこした。Kさんは滅多《めつた》に掲載《けいさい》しもしないようであつた。友《とも》は又女學世界《またぢよがくせかい》などへもよく投書《とうしよ》するそうであつた。この節《せつ》は冴《さ》え返《かへ》つて文筆《ぶんひつ》に親《した》しんでゐる樣《やう》な風《ふう》であつた。

この頃《ころ》の事《こと》であつた。Kさんが朝鮮《てうせん》へ遊《あそ》びに行《い》つた時《とき》、傍《そば》を通《とほ》りながら靜岡《しづをか》へよらなかつたと云《い》つて恨《うら》みの手紙《てがみ》をKさんの許《もと》へよこしたそうである。その文體《ぶんたい》が美文調《びぶんてう》の厭《いや》なものだつたとKさんは笑《わら》つた。

「今《いま》になつてひとを戀《た》ひしいのなつかしいのつて何《なん》の感《かん》じもしやしない。」

Kさんは馬鹿《ばか》々々しいと云《い》ふ調子《てうし》だつた。

「この間《あひだ》も少《すこ》し冷淡《れいたん》だつたけれども改《あらた》まつた手紙《てがみ》をやつた。あなたは到底根本《とうていこんぽん》から出發《しゆつぱつ》し直《なほ》さなけりや駄目《だめ》だつて。あなたの舌《した》には始終飾《しじうかざ》りがある。妾《わたし》は虚榮《きよえい》は嫌《きら》ひだ、苦《くる》しいことがあるならはつきりと訴《うつた》へる方《はう》がいゝ、唯苦痛《たゞくつう》だとばかり云《い》つたつて同情《どうじやう》のしようがない、あなたは到底出立《とうていしゆつたつ》し直《なほ》さなけりや駄目《だめ》なんだ。つて手紙《てがみ》を出《だ》してやつた。」

私《わたし》は珍《めづ》らしく感《かん》じた。

「何《なに》が苦痛《くつう》なのでせう今《いま》になつて。」

「それは今《いま》の生活《せいくわつ》が苦痛《くつう》に違《ちが》ひないわ。それを判然《はんぜん》云《い》つてよこさない樣《やう》な人《ひと》だから駄目《だめ》だわ。」

靜岡の友

とKさんは云《い》つた。

友《とも》は又私《またわたし》の許《もと》へ手紙《てがみ》をよこした。それはKさんとあなたが逢《あ》つた度《たび》に、嘸衰《さぞおとろ》へた女哀《をんなあは》れな女《をんな》として私《わたし》の事《こと》が話題《わだい》に上《のぼ》るであらう。私《わたし》は三年間目白《ねんかんめじろ》で培《やしな》はれたある物《もの》の爲《ため》に、始終苦痛《しじうくつう》と悲哀《ひあい》を今《いま》の境涯《きやうかい》から釀《かも》しつゝあると云《い》ふような意味《いみ》のものであつた。そして終《をは》りの方《はう》に近《ちか》い内《うち》に沼津《ぬまづ》の控家《ひかへや》の方《はう》へ遊《あそ》びに來《き》ては何《ど》うかとあつた。

Kさんにこの手紙《てがみ》の話《はなし》をすると、

「控家《ひかへや》だつて、貸別莊《かしべつさう》でも借《か》りてるんぢやなくつて。」

と笑《わら》つた。

「東京《とうきやう》で戰《たゝか》へないやうな實業家《じつげふか》の癖《くせ》に控家《ひかへや》もないもんだわ。ね、苦痛《くつう》だの悲《かな》しいのと云《い》ふそばから控《ひかへ》家《や》なんて事《こと》を振《ふり》まわす。唯家《たゞうち》へ遊《あそ》びに出《で》ていらつしやいで澤山《たいさん》ぢやありませんか。だから彼《あ》の人《ひと》は駄《だ》目《め》よ、云《い》ふ事《こと》に少《すこ》しも眞《しん》がない、昔《むかし》は彼《あ》様《あ》ではなかつたんだけれど同化《どうくわ》してしまつたんだわ。」

私《わたし》もこの手紙《てがみ》だけは不快《いや》であつた。

それから幾日《いくにち》も經《た》たないのに、靜岡《しづをか》の友《とも》が二三日内《にちうち》に上京《じやうきやう》するそうだから、然《さ》うしたら二人《ふたり》して訪《はう》問《もん》しようと云《い》ふKさんからの手紙《てがみ》を私《わたし》は受取《うけと》つた。其《その》二三日内《にちうち》の訪問《はうもん》してくれる日《ひ》が今日《けふ》であつた。

三年振《ねんぶ》りにしては、その間《あひだ》出產《しゆつさん》と云《い》ふ大厄《だいやく》をすましたにしては、靜岡《しづをか》の友《とも》は變《かは》つた方《はう》ではなかつた。眉毛《まゆげ》に黛《まゆずり》ものぞかれたし、頰《はう》に白粉《おしろい》の痕《あと》も幽《かすか》であつたが、眼尻《めじり》の下《さ》がつて腫《は》れぼつたい眼《め》は昔《むかし》のように可愛《かあい》らしかつた。そうして昔《むかし》はのつぽうと云《い》ひ度《た》かつた脊《せい》が、今《いま》はどうしてもすらりと高《たか》いと

靜岡の友

云《い》い度《た》い様《やう》な格好《かつかう》であつた。

Kさんは、今其所《いまそこ》で飯田《いゝだ》さんに逢《あ》つたと云《い》つた。

飯田《いゝだ》さんも一所《いつしよ》の卒業《そつげふ》で首席《しゆせき》の人《ひと》であつた。この人《ひと》は年方《としかた》の弟子《でし》になつて蕉園《せうゑん》なぞと技《ぎ》を競《きそ》つた人《ひと》だけれ共展覧會《どもてんらんくわい》などでも蕉園《せうゑん》よりは賣《う》れない人《ひと》だつた。洋畫家《やうぐわか》と結婚《けつこん》して、その夫《をつと》に死《し》なれて今《いま》は五重《ぢう》の塔《たふ》の下《した》のある女流畫家《ぢよりうぐわか》の家《いへ》に寄宿《きしゆく》してゐた。今二人《いまふたり》がこの人《ひと》に逢《あ》ひさうな事《こと》であつた。けれど私《わたし》は奇遇《きぐう》だと思《おも》つた。

「あの人《ひと》は氣《き》の毒《どく》だね。」

遂《つひ》、この間《あひだ》も飯田《いゝだ》さんの許《とこ》へ行《い》つて泣《な》かされて來《き》た私《わたし》は、飯田《いゝだ》さんが毎朝《まいてう》々〵々良人《をつと》の墓《はか》へ參《まゐ》ることなぞを話《はな》して聞《き》かした。靜岡《しづをか》の友《とも》も一寸顏《ちよつとかほ》を眞目面《まじめ》にしてお氣《き》の毒《どく》だと云《い》つた。

Kさんは、

「どうでせう、あの口《くち》を曲《な》げ〳〵して息《いき》を引《ひ》いて口《くち》をきく樣子《やうす》は。變《かは》つたわねえ。」

斯《か》う云《い》つた限《き》りだつた。

三人《さんにん》は家《うち》へ入《はい》つた。三人鼎《さんにんかなへ》になつて新奇《しんき》に顏《かほ》を見合《みあは》せて見《み》ると別《べつ》に話《はなし》もなかつた。Kさんも用事《ようじ》の爲《ため》に歸《かへ》りたいと云《い》ひ出《だ》し、靜岡《しづをか》の友《とも》も晝間《ひるま》のうちは守《も》りの手《て》でおとなしくしてゐるけれ共《ども》、夜《よ》るは何《ど》うしても自分《じぶん》が抱《だ》かなければ泣《な》いて仕方《しかた》がないからと云《い》つて小供《こども》を思《おも》つて氣《き》が氣《き》でない風《ふう》であつた。

「半日餘《はんにちあま》りも待《ま》たせるんですもの。」

然《さ》う云《い》つて靜岡《しづをか》の友《とも》は、まだ其邊《そこいら》に散《ち》らかつてゐた雜誌《ざつし》を彼方此方《あちらこちら》見《み》てゐた。

靜岡の友

久《ひさ》し振《ぶ》りで三人歩《さんにんある》いて見《み》ようと云《い》ふので私《わたし》は二人《ふたり》を送《おく》つて出《で》た。外《そと》はすつかり暮《く》れて了《しま》つて寒《さむ》い風《かぜ》が皆《みんな》の頬《はう》をさらした。肩掛《かたかけ》を持《も》つて來《こ》なかつたKさんは私《わたし》の古《ふ》るいショールをして出《で》た。靜岡《しづをか》の友《とも》は毛皮《けがは》の襟巻《えりまき》を高《たか》く巻《ま》いてゐた。日暮里《にちぼり》から上野《うへの》まで山《やま》の手《て》電車《でんしや》に乗《の》るつもりで三人《さんにん》は停車場《ていしやば》へ行《い》つた。電車《でんしや》の來《く》るまでランプの薄《うす》暗《くら》い下《した》に三人《さんにん》はかたまつて立《た》つた。私《わたし》は小供《こども》の事《こと》を靜岡《しづをか》の友《とも》にたづねた。

「頭《あたま》が禿《は》げてゐるの。」

眼《め》をきよとんとさして腮《あご》をしやくつて小供《こども》らしく云《い》つたのが昔《むかし》の通《とほ》りであつた。私《わたし》は靜岡《しづをか》の友《とも》が故《こ》意《い》にこの小供《こども》らしさを保《たも》つてゆく樣《やう》にふと感《かん》じた。

「赤《あか》ん坊《ばう》の内《うち》に禿《は》げてゐると大《おほ》きくなつて毛《け》が濃《こ》くなるつて。」

私《わたし》が云《い》ふと、

「みんなが然《さ》う云《い》つて慰《なぐさ》めてくれるけれど。」

ねんばりと優《やさ》しい調子《てうし》で云《い》つた薄暗《うすくら》い影《かげ》で友《とも》は微笑《ほゝえ》んだ。Kさんはこの頃日本《ころにほん》が厭《いや》になつたから南《なん》洋《やう》へ飛《と》ぶと云《い》ふ事《こと》を口癖《くちくせ》にしてゐた。この時不意《ときふい》とKさんはそれを云《い》つた。

「日本《にほん》の人《ひと》の癖《くせ》に日本《にほん》が厭《いや》なんて。」

ねんばりと優《やさ》しい調子《てうし》で靜岡《しづをか》の友《とも》は又云《またい》つた。

「それよりか、二人《ふたり》で靜岡《しづをか》へ遊《あそ》びにいらつしやい。」

「遊《あそ》びに行《い》つたつて仕樣《しやう》がないわ。」

靜岡の友

靜岡《しづをか》の友《とも》の調子《てうし》と反對《はんたい》にKさんは突掛《つゝか》るような云《い》ひ方《かた》であつた。友《とも》は默《だま》つてゐた。少時《しばらく》して友《とも》は、

「藤田《ふぢた》（私《わたし》の良人《をつと》の姓《せい》）さんと御一所《ごいつしよ》に來《こ》ないこと。そりや實《じつ》に好《よ》い風景《ふうけい》よ。」

私《わたし》に斯《か》う云《い》つた。行《い》つてもいゝ樣《やう》な煮《に》え切《き》らない事《こと》を云《い》ふと、言葉《ことば》を盡《つく》して靜岡《しづをか》の友《とも》は勸《すゝ》めた。

「そんな所《ところ》へ行《い》つたり歸《かへ》つたりしてゐる暇《ひま》には、もつと遠《とほ》い所《ところ》へゆくわ。」

Kさんの眼許《めもと》に皮肉《ひにく》な皺《しわ》がよつた。いぢめて〳〵苛責《いぢ》めぬかれたと云《い》ふ悄氣《しよげ》た樣子《やうす》をして靜岡《しづをか》の友《とな》は口《くち》を噤《つぐ》んだ。其所《そこ》へ電車《でんしや》が來《き》て三人《さんにん》は乘《の》つた。甚《ひど》く混《こ》雜んでゐた爲《ため》入《い》り口《ぐち》の所《ところ》に又三人《またさんにん》はかたまつて立《た》つた。

電車《でんしや》の搖《ゆ》れる毎《ごと》に身體《しんたい》を揉《も》まれて立《た》つてゐる靜岡《しづをか》の友《とも》の樣子《やうす》が痛々《いた〳〵》し氣《げ》であつた。いろ〳〵と仝窓《どうそう》の人《ひと》の話《はなし》の出《で》たうちに私《わたし》はH《エッチ》さん（前《まへ》に云《い》つた文學士《ぶんがくし》の妻君《さいくん》）が一番順境《いちばんじゆんきやう》であらうと云《い》ふと、靜岡《しづをか》の友《とも》は、

「そうね。」

と云《い》つて氣《き》のない顏《かほ》をした。

上野《うへの》で下《お》りた時《とき》、停車場《ていしやば》を出《で》ながら三人《さんにん》は又飯田《またいいだ》さんの事《こと》を噂《うわさ》した。

「あの人《ひと》に逢《あ》つた時《とき》、直《す》ぐ私《わたし》は古《ふ》るい女《をんな》つて感《かん》じがした。」

Kさんは然《そ》う云《い》ひながら袴《はかま》の裾《すそ》を展《ひら》いて先《さ》きに立《た》つた。

「そうね。」

先刻《さつき》H《エッチ》さんの事《こと》を云《い》つた時《とき》と仝《おな》じ調子《てうし》で靜岡《しづをか》の友《とも》はそれに答《こた》へた。

夜《よ》るの町《まち》は奇麗《きれい》であつた。二階《かい》三階《かい》と立並《たちなら》んだ家《いへ》の中坐敷《なかざしき》の奥《おく》の凡《すべ》ての明《あか》りが外《そと》から見通《みとほ》された。街頭《がいとう》の灯《ひ》、電柱《でんちう》の灯《ひ》、露店《ろてん》の灯《ひ》が人々《ひとびと》の裾《すそ》や額《ひたひ》を赤《あか》く照《て》らしてゐた。

「繪《ゑ》だつて上手《じやうづ》なことは無《な》いわ。蕉園《せうゑん》の方《はう》がずつと上《うへ》だわ。」

「そりや然《そ》うね、あの人《ひと》の繪《ゑ》は何《なん》だか淋《さび》しくつて。蕉園《せうゑん》の方《はう》が派出《はで》だわね。」

Kさんの言葉《ことば》に靜岡《しづをか》の友《とも》は初《はじ》めて相槌《あひづち》打つた。

「東京《とうきやう》へ久《ひさ》し振《より》て來《き》てどんな感《かん》じがして。」

私《わたし》はそれを聞《き》いて見《み》た。もう前《まへ》から來《く》る人《ひと》も横《よこ》から來《く》る人《ひと》も衆人《みんな》奇麗《きれい》なので驚《おどろ》くと友《とも》は云《い》つた。

「それだけ田舍者《ゐなかもの》になるんだわね。」

私《わたし》の耳《み》にその聲《こゑ》が淋《さび》しかつた。今日《けふ》斯《か》うして三人《さんにん》が逢《あ》つた紀念《きねん》に靜子《しづこ》さんに玩具《おもちや》を送《おく》る事《こと》に決《き》めて三橋《みはし》の傍《わき》の手遊店《おもちや》へ向《む》いた。

「玩具《おもちや》なんかもう澤山《たくさん》。」

靜岡《しづをか》の友《とも》は私達《わたしたち》の後《うしろ》から聲《こゑ》をかけた。そして、

「靜岡《しづをか》のお嫁入《よめい》りつて、そりや妙《めう》なのよ。」

と思《おも》ひ出《だ》した調子《てうし》で、かう直《す》ぐと續《つゞ》けた。

「然《そ》う、見《み》たことがあるの。」

Kさんの此《こ》の時《とき》の聲《こゑ》が際立《きはだ》つて太《ふと》く響《ひゞ》いた。

「えゝ。後《あと》から從《つ》いて行《い》つて見《み》たの。」

静岡の友

　Ｋさんも静岡《しづをか》の友《とも》も私《わたし》も、揃《そろ》つて同《おな》いどしの二十七の暮《く》れであつた。三人《さんにん》は玩具屋《おもちや》へ入《はい》つた。十五圓位《ゑんぐらゐ》の正札附《しやうふだつき》の玩具《おもちや》が其所此所《そこここ》に轉《ころ》がつてゐた。誕生前《たんぜうまへ》の小供《こども》に何様《どんな》のが好《い》いか私達《わたしたち》には分《わか》らなかつた。静岡《しづをか》の友《とも》は、

「犬《いぬ》が好《す》き。」

と云《い》つた。そうして大概《たいがい》の玩具《おもちや》は、

「そんなのも有《あ》るわ。えゝ斯《か》う云《い》ふのもあるわ。」

と手《て》にも取《と》らなかつた。ブリキ製《せい》のものは危険《あぶない》と云《い》つて拒《こば》んだ。

「少《すこ》し位怪我《ぐらゐけが》したつて好《い》いわ。」

　私《わたし》が云《い》ふと。友《とも》は、

「だつて困《こま》るわ。」

と笑《わら》つた。Ｋさんは頻《しきり》に價相應《ねさうおう》のものを取出《とりだ》して見《み》せてゐたが、それも有《あ》るとか此所《こゝ》が危《あぶ》ないとか云《い》はれるので終《しま》ひに面倒臭《めんだうくさ》そうな顔《かほ》をして、精巧《せいこう》な品《しな》で、大人《おとな》でも欲《ほ》しそうな他《ほか》の玩具《おもちや》を見《み》て立《た》つてゐた。

「何《なん》だつて好《い》いぢやありませんか。」

自分《じぶん》で玩具《おもちや》を買《か》つて送《おく》らうと云《い》ひ出《だ》したＫさんは、又斯《またか》う云《い》つて抛《はう》り出《だ》したいような顔《かほ》をした。店《みせ》にゐた三十位《ぐらゐ》の女房《にようぼう》は根《こん》よく彼方此方《あつちこつち》と硝子戸《がらすと》を開《あ》けて私《わたし》に見《み》せてくれた。

　ふいと、ゴムの球《たな》のついて可成大《かなりおほ》きな狆《ちん》の玩具《おもちや》を見付出《みつけだ》した。そのゴム球《たま》を摑《つか》むと自然《ひとりで》に狆《ちん》が前《まへ》

靜岡の友

這《は》ひ出《だ》すような仕掛《しかけ》になつてゐた。

「丁度好《ちやうどい》いわ。犬《いぬ》だし、危《あぶな》くもないから。」

靜岡《しづをか》の友《とも》も、

「えゝ。これなら。」

と自分《じぶん》も手《て》にして眺《なが》めた。

「それが好《い》いわ。」

遠《とほ》くにゐたKさんは突然《いきなり》聲《こゑ》を出《だ》した。

釣錢《つり》をよこすに隨分《ずゐぶん》手間《てま》が取《と》れた。靜岡《しづをか》の友《とも》は迷惑《めいわく》そうに玩具《おもちや》の箱《はこ》を下《さ》げて、小供《こども》の事《こと》を案《あん》じたような言《こと》を漏《も》らしてゐた。

廣小路《ひろこうぢ》から電車《でんしや》に乘《の》つて歸《かへ》ると云《い》ふので三人《さんにん》は繋《つな》がつて軌道《きだう》の方《はう》へ出《で》た。

何《ど》うしたのか來《く》る電車《でんしや》も來《く》る電車《でんしや》も滿員《まんゐん》であつた。靜岡《しづをか》の友《とも》はその混雜《こんざつ》を押《お》して乘《の》るが堪《た》へられない樣《やう》な顏《かほ》をして眺《なが》めた。

「車《くるま》で歸《かへ》るわ。」

斯《か》う云《い》つた。Kさんもその方《はう》が好《い》いと云《い》つた。私《わたし》は四谷《よつや》の坂町《さかまち》まで――靜岡《しづをか》の友《とも》の宿《やど》つてゐる實家《じつか》――車《くるま》を極《き》めようとした。その車夫《しやふ》が馬鹿《ばか》々々しく高《たか》いことを云《い》ふので押問答《おしもんどう》をしてゐる内《うち》に靜岡《しづをか》の友《とも》は自分《じぶん》で車《くるま》を調《とゝの》へてそれに乘《の》らうとしてゐた。紅絞《べにしぼ》りの襦袢《じゆばん》の袖《そで》うら、着物《きもの》の振《ふ》りの赤《あか》いのが長《なが》く揃《そろ》つて、友《とも》の後姿《うしろすがた》が若《わか》かつた。

「左様《さやう》なら。」

私達《わたしたち》は車《くるま》の下《した》から聲《こゑ》をかけた。靜岡《しづをか》の友《とも》は、默《もく》して會釋《ゑしやく》した。いかにも落着《おちつ》かない心《こゝろ》の急《いそ》がれる氣《け》色《しき》が薄暗《うすくら》い車《くるま》の上《うへ》に動《うご》いて見《み》えた。直《す》ぐ車《くるま》は友《とも》を乘《の》せて切《き》り通《とほ》しの方《はう》へ曲《まが》つて走《はし》つた。

「何《ど》う感《かん》じて。」

それを見送《みおく》つてゐたKさんは歩《ある》き出《だ》しながら私《わたし》の方《はう》へ顔《かほ》を向《む》けた。私《わたし》には何《ど》うとも返事《へんじ》が出來《でき》なかつた。

飯田《いゝだ》さんの事《こと》なんぞより悲慘《ひさん》だと思《おも》ふわ。私《わたし》は。」

Kさんは然《さ》う云《い》つてから何《なに》か考《かんが》へてゐた。

「ミゼラブルだわ。」

其《そ》の言葉《ことば》が溜息《ためいき》を吐《つ》くのと一所《いつしよ》に出《で》た。私《わたし》は、よく金《きん》づくめにしてゐた靜岡《しづをか》の友《とも》の服装《なり》のことを考《かんが》へて、今日《けふ》はそんな點《てん》に貧《まづ》しかつたことを人惡《ひとわ》るく思《おも》ひ出《だ》しながら默《だま》つた儘《まゝ》でゐた。

「今《いま》、あの人《ひと》が獨《ひと》りになつたら私《わたし》は手《て》をひろげて迎《むか》へるのに。」

これはKさんの獨語《どくご》であつた。立派《りつぱ》に自己《じこ》と云《い》ふものを獨立《どくりつ》さしたKさんは、無暗《むやみ》と家庭《かてい》の人《ひと》が身《み》慘《じ》めに感《かん》じられてゐた。全《おな》じ趣味《しゆみ》に活《い》き全《おな》じ主張《しゆちやう》に働《はたら》かうとした唯一《ゆいいつ》の友《とも》が、此《こ》の間視《あひだみ》てきた朝鮮《てうせん》の婦人《ふじん》たちと全《おな》じような運命《うんめい》に服從《ふくじう》してゐるのがKさんには何《ど》うにも齒痒《はが》ゆくてならないのである。靜《しづ》岡《をか》の友《とも》がミゼラブルだと云《い》ふのはKさんの眼《め》から見《み》ただけのミゼラブルであるかも知《し》れない。私《わたし》も家庭《かてい》の人《ひと》であつた。Kさんは私《わたし》にそれ以上《いじやう》を説《と》きもしなかつた。

Ｋさんは風月《ふうげつ》のシユークリームが欲《ほし》しいと云《い》つた。私《わたし》はそれをＫさんと同宿《どうしゆく》のＳさんやＭさんにお土産《みやげ》にして送《おく》つた。Ｋさんはその箱《はこ》を持《も》つて江戸川行《えどかはゆき》の電車《でんしや》に乘《の》つた。

先刻《さつき》靜岡《しづをか》の友《とも》の言葉《ことば》のうちに、

「一寸《ちよつと》東京《とうきやう》へ來《く》るつて云《い》つても主人《あるじ》と一所《いつしよ》でなければ私《わたし》は來《こ》られないから。」

と云《い》つたのがあつた。例《れい》のねんばりした優《やさ》しい調子《てうし》であつた。

この人《ひと》が獨《ひと》りになつたら私《わたし》は手《て》を展《ひろ》げて迎《むか》へる、と云《い》つたＫさんは、何《なに》か日本《にほん》が厭《いや》になつて殖民地《しよくみんち》生活《せいくわつ》がし度《た》い、南米《なんべい》へ行《ゆ》くと云《い》つて騒《さわ》いでゐる人《ひと》である。

そんな事《こと》を思《おも》ひながら私《わたし》も歸《かへ》りが急《いそ》がれた。六時《じ》は主人《あるじ》の勤《つと》め先《さき》から戻《もど》る時間《じかん》であつた。私《わたし》も家《うち》までを車《くるま》に乘《の》つた。車《くるま》の上《うへ》は痲痺《しび》れるほど風《かぜ》の當《あた》りが冷《つ》めたかつた。車《くるま》の上《うへ》の靜岡《しづをか》の友《とも》は何所《どこ》からか聞《きこ》える小供《こども》の泣聲《なきごゑ》に耳《みゝ》を熱《ねつ》して、唯星《たゞほし》の影《かげ》ばかりを冷《つ》めたく眺《なが》めて行《ゆ》くであらうと思《おも》つて寂《さび》しかつた。

靜岡の友　終

藝界譚叢

帝國座出勤女優の豫評

田村とし子

帝國座《ていこくざ》へ出勤《しゆつきん》する女優《ぢよいう》がたの豫評《よひやう》をして貰《もら》ひたいと云《い》ふお頼《たの》みてあつた。

私《わたくし》も、傍《はた》から『止《よ》せばいゝのに』とか何《なん》とか云《い》はれながら憶面《おくめん》なく二三度《ど》も舞臺《ぶたい》へ出《で》た以上《いじやう》、これから舞臺《ぶたい》の人《ひと》として立《た》たうとする方々《かたがた》に對《たい》して勝手《かつて》な豫評《よひやう》を加《くは》へると云《い》ふのも誠《まこと》に氣《き》がひける。殊《こと》に自分《じぶん》が舞臺《ぶたい》に出《で》た時《とき》に受《う》けたいろ〳〵な評《ひやう》に對《たい》する感情《かんじやう》――そうした感情《かんじやう》を幾分《いくぶん》でも經驗《けいけん》した私《わたくし》には、餘《あま》り思《おも》ひ切《き》つた女優方《ぢよいうがた》の御評判《ごひやうばん》は出來《でき》ないかも知《し》れない。

唯《たゞ》、私《わたくし》は一回《くわい》卒業の女優方《ぢよいうがた》とは養成所《やうせいしよ》へ入所《にふしよ》の當《たう》初《しよ》に二た月《つき》ばかりを御《ご》一所《しよ》したので、少《すこ》しは皆《みな》さんの氣質《きしつ》に就《つ》いて知《し》つたこともある。又他日《またゝじつ》女優《ぢよいう》としての成功不成功《せいこうふせいこう》、其《そ》の人個人《ひとこじん》としての立場《たちば》、その人《ひと》の識見《しきけん》なぞに就《つ》いて多《た》少《せう》感《かん》じたこともありました。然《しか》し藝《げい》と云《い》ふ點《てん》では、その當時《たうじ》森《もり》さんが手《て》をもつて『霄《よい》は待《ま》ち』の三味線《さみせん》を教《をそ》はつたり、浪子《なみこ》さんが盲目《めくら》の足探《あしさぐ》りと云《い》ふ形《かたち》で踊《をど》りの足取《あしど》りをやつたりした事《こと》をもつて、今《いま》の女優方《ぢよいうがた》を律《りつ》する譯《わけ》には行《ゆ》きますまい。僅《わづか》二年《ねん》の間《あひだ》に皆《みな》さんは殆《ほと》んどミラクルとも云《い》ひ度《た》い程《ほど》の進歩《しんぽ》をしてゐらつしやる事《こと》であるし、又《また》、甞《かつ》て一回《くわい》も皆《みな》さんの試演《しえん》と云《い》ふものを拜見《はいけん》したことのない私《わたくし》が、輕々《かるがる》しく其《そ》の當時《たうじ》の皆《みな》さんの踊《をど》り振《ぶ》りぐらゐな點《ところ》で皆《みな》さんを恥《はぢ》しめた樣《やう》な御評判《ごひやうばん》も出來《でき》かねる。

それで、今度《こんど》のお頼《たの》みに就《つ》いて急《きふ》に私《わたくし》は皆《みな》さんの演技《えんぎ》の寫眞《しやしん》を拜見《はいけん》しました。拜見《はいけん》して私《わたくし》は圖《はか》らずこんな事《こと》を見出《みだ》した。

それは、最初《さいしよ》私《わたくし》が皆《みな》さんと御一所《ごいつしよ》してゐた頃《ころ》に、一人《ひとり》々々に就《つ》いて私《わたくし》の感《かん》じた或物《あるもの》が、矢張《やは》りいろ〳〵な役《やく》に扮《ふん》して寫《うつ》した其《そ》の寫眞《しやしん》の上《うへ》にもその感《かん》じた或物《あるもの》の面影《おもかげ》がめい〳〵に附《つ》いてまわつてゐた事《こと》てす。其所《そこ》て私《わたくし》は一種《しゆ》の興味《きようみ》て、其《そ》の頃《ころ》皆《みな》さん方《かた》に就《つ》いてどんな感《かん》じをもつてゐたか、又《また》一人《ひとり》々々に對《たい》してどんな觀方《みかた》をしてゐたかと云《い》ふ事《こと》をお話《はなし》する。

森りつ子

私《わたくし》は皆《みな》さんの中《うち》で、誰《たれ》よりも一番眞《ばんしん》の藝術家《げいじゆつか》になるであらうと思《おも》つてゐた人《ひと》が一人《ひとり》あつた。それは河村菊枝《かはむらきくえ》さんである。菊枝《きくえ》さんは色《いろ》は白《しろ》くはないが目鼻立《めはなだち》の立派《りつぱ》な脊《せい》の非常《ひじやう》に大《おほ》きな人《ひと》である。森《もり》さんも鈴木《すずき》さんも脊《せい》は及《およ》ばなかつた。普通以上《ふつういじやう》に脊《せい》の高《たか》い體格《たいかく》の丈夫《ぢやうぶ》な人《ひと》である。(この人《ひと》に匹敵《ひつてき》する脊丈《せたけ》や體格《たいかく》を持《も》つてゐたのは田中勝代《たなかかつよ》と云《い》ふ人《ひと》である、然《しか》し勝代《かつよ》さんは唯脊《たゞせい》の大《おほ》きい人《ひと》と云《い》ふだけに止《と》まつてゐた樣《やう》だ)菊枝《きくえ》さんは如何《いか》にも怜悧《れいり》な如何《いか》にも眞摯《まじめ》な人《ひと》で何《なに》をやるにも頭《あたま》から足《あし》の爪先《つまさき》まで力《ちから》の籠《こも》つてゐる様《やう》な人《ひと》であつた。

その時分《じぶん》丁度《ちやうど》九女八《くめはち》が『十種香《しゆかう》』を敎《をし》へてゐた。菊枝《きくえ》さんは鈴木德子《すゞきとくこ》さんと一所《しよ》に原《はら》、と白須賀《しらすか》をやつてゐた。その時《とき》九女八《くめはち》が私《わたくし》にかう云《い》つた事《こと》を覺《おぼ》えてゐる。

『小《ちい》さい方《はう》の人《ひと》は手先《てさき》だけて器用《きよ》ふばかりだが、大《おほ》きい方《はう》の人《ひと》は一とつ槍《やり》を突《つ》くにも如何《いか》にも力《ちから》が入《はい》る。』

鈴木《すゞき》さんは十年《ねん》も踊《をど》りをやつてゐた人《ひと》で菊枝《きくえ》さんはその頃初《ころはじ》めて踊《をど》りを習《なら》ひ始《はじ》めた人《ひと》である、又《また》、姉《あね》が妹《いもと》に別《わか》れると云《い》ふ一寸《ちよいと》した場《ば》の愁《うれ》ひを皆《みんな》がやつた事《こと》がある。その時姉《ときあね》になつて妹《いもと》に別《わか》れる臺詞《せりふ》を一生懸命《せうけんめい》に菊枝《きくえ》さんが云《い》つた時《とき》、私《わたくし》は聞《き》いてゐて我《わ》れ知《し》らず淚《なみだ》を落《おと》した事《こと》があつた。菊枝《きくえ》さんは其《そ》の時分《じぶん》からこれ程力《ほどちから》のある一とつのアートを持《も》つてゐた。他《ほか》の人《ひと》が出來《でき》もしないのに眞似《まね》の技巧《ぎこう》などをやつてゐる時菊枝《ときゝくえ》さんは唯眞《たゞま》つ直《す》ぐな力《ちから》を振《ふ》つてゐた。そうして他《ほか》の人《ひと》が役不足《やくふそく》で泣《な》いたりなぞしてゐる時《とき》、菊枝《きくえ》さんは濟《す》まして自分《じぶん》だけのものを隅《すみ》の方《はう》で研究《けんきう》してゐると云《い》ふ風《ふう》の人《ひと》であつた。

寫眞《しやしん》の上《うへ》にも矢張《やはり》それが現《あら》はれてゐる樣《やう》である。菊枝《きくえ》さんの扮《ふん》した男《をとこ》は飽《あく》まで男性《だんせい》になつてゐる。眞柴久吉《ましばひさよし》の威風堂々《ゐふうどう〳〵》としてゐること、曾我《そか》十郎《らう》では何處《どこ》までも女《をんな》にならずに優《やさ》しい男性《だんせい》が表現《へうげん》されてゐる。それでゐて奴小萬《やつこのまん》なぞは如何《いか》にも伊達藝《だてげい》者《しや》らしく、傘《かさ》を後《うしろ》に張《は》つた形《かたち》が可成大《かなりおほ》きい。かぶとを捧《さゝ》げた森《もり》さんの八重垣姫《やへかきひめ》の形《かたち》などは遠《とほ》く及《およ》ばない。僅《わづ》か寫眞《しやしん》の上《うへ》だけにも菊枝《きくえ》さんの眼《め》は活《い》きてゐる。指先《ゆびさき》に力《ちから》の筋《すぢ》が張《は》りきつてゐる。顏《かほ》の道《だう》具《ぐ》の大《おほ》きい故《せい》でもあらうが『熊野《ゆや》』の宗盛《むねもり》などは實《じつ》に立派《りつぱ》だと思《おも》つた。そうして此《こ》の人《ひと》には少《すこ》しも浮華《ふくわ》なところがなかつ

藝界譚叢

た。其《そ》の頃《ころ》、他《ほか》の權勢《けんせい》の爲《ため》に菊枝《きくえ》さんには多少《たせう》の壓迫《あつぱく》がある樣《やう》であつた。その鬱憤《うつぷん》が菊枝《きくえ》さんに眞《ま》面目《じめ》に藝《げい》を研《みが》かせたのかも知《し》れないと思《おも》ふ。私《わたくし》が最初感《さいしよかん》した通《とほ》り矢張《やは》り十一人《にん》の中《うち》では菊枝《きくえ》さんが藝術《げいじゆつ》によつて他《た》を壓服《あつぷく》する唯一《ゆいゝつ》の人《ひと》になるであらうと思《おも》ふ。

期《き》せずして人氣《にんき》を集中《しふちう》する人《ひと》は森律子《もりりつこ》さんである身分《みぶん》、位置《ゐち》、教育《けういく》、權能《けんのう》、斯《か》う云《い》ふものが十一人《にん》に秀《ひい》てゝゐるばかりでなく一體《たい》に華《はな》やかな浮々《うき〱》した態度《たいど》が、一見《けん》して人《ひと》を好《す》かしめる、又表情《またへうじやう》の多《おほ》い可愛《かあい》らしい人《ひと》であつた。一寸人《ちよつとひと》に觸《さは》られても擽《くすぐ》つたいと云《い》つて笑《わら》ひ、中村滋子《なかむらしげこ》と云《い》ふ人《ひと》に苛責《いぢ》められたと云《い》つては大泣《おほな》きをする（今《いま》では皆《みな》さん大人《おとな》になつてゐらつしやるから此樣《こんな》ことも有《あ》りますまい。）感情的《かんじやうてき》な、猜疑《さいぎ》などの少《すこ》しもない、上《うへ》の位置《ゐち》の人《ひと》には嫌遜《けんそん》な可愛《かあい》らしい人《ひと》であつた。この人《ひと》は非常《ひじやう》な人氣《じんき》の中《うち》に花《はな》の咲《さ》いた樣《やう》に暮《く》らして了《しま》ふ所《いは》謂女優《ゆるぢよいう》らしい人《ひと》になるのであらうと思《おも》つてゐた。藝《げい》によつて魅《み》せられると云《い》ふ事《こと》はこの人《ひと》には永久望《えいきうのぞ》まれない、教育《けういく》があり識見《しきけん》があり頭腦《づのう》の新《あた》らしい割合《わりあひ》に役者《やくしや》としての技藝《ぎげい》は伴《ともな》はないに違《ちが》ひない。その代《かは》り馬鹿氣《ばかげ》切《き》つた思《おも》ひ切《き》つた事《こと》はやれるかも知《し》れない。無邪氣《むじやき》な大膽《だいたん》な放恣《はうし》なところが喜劇《きげき》でこの人《ひと》を成功《せいこう》させてゐる樣《やう》に思《おも》ふ。山崎金子《やまさきかねこ》だの、比留間《ひるま》仙子《せんこ》などは寫眞《しやしん》を見《み》ただけでも可笑《をか》しく思《おも》

佐藤ちゑ子

はせる。然《しか》し踊《をど》りなぞの形《かたち》は付《つ》いてゐない。森《もり》さんは唯花《たゞはな》のやうな、表情《へうじやう》の美《うつく》しい、ブライトな女優《ぢよいう》と云《い》ふだけのものであらう。群《むら》がる人氣《にんき》の中《なか》で森《もり》さんは笑《わら》つてゐる役者《やくしや》である。菊枝《きくえ》さんは人氣《にんき》を顧《かへり》みずに藝《げい》に努力《どりよく》する方《はう》の人《ひと》である。

初瀬浪子《はつせなみこ》さんは珍《めづ》らしいほど顔立《かほだち》の整《とゝの》つた人《ひと》である。あの人《ひと》の鼻《はな》だの輪廓《りんかく》などは實《ほんと》に彫刻《てうこく》した樣《やう》である。上品《じやうひん》な傷《いた》ましく美《うつく》しい顔《かほ》だけにこの人《ひと》には人《ひと》を引付《ひきつけ》る樣《やう》な表情《へうじやう》がない。口《くち》を結《むす》んで目《め》を伏《ふ》せてゐるところにこの人《ひと》の限《かぎ》りない美《び》が見《み》られるので、この人《ひと》に口《くち》を大《おほ》きく開《あ》かしたり眼《め》を剝《む》かしたりしてはお仕舞《しまひ》である。森《もり》さんは然《そ》う云《い》ふ表情《へうじやう》で人《ひと》を笑《わら》はせ又喜《またよろこ》ばせることが出來《でき》るけれ共《ども》。浪子《なみこ》さんでは唯々《たゞ／＼》氣《き》の毒《どく》らしくなるばかりである。浪子《なみこ》さんの美《び》は凄《すご》い美《び》だからであらう。然《しか》しこの人《ひと》は女優《ぢよいう》として成功《せいこう》するだたらうと思《おも》つたことがあつた。

河村菊枝子

美《うつく》しいには實《じつ》に美《うつく》しいけれど演劇的《えんげきてき》の才《さい》は全《まつた》くない樣《やう》であつた。美《うつく》しい顔面《がんめん》を表情《へうじやう》によつて動《うご》かすと其《そ》の美《び》を傷《きづ》つけるのと同《おな》じに、この人《ひと》が舞臺《ぶたい》で手足《てあし》を動《うご》かすと、却《かへ》つて折角《せつかく》のいゝ姿《すがた》を損《そこな》つて了《しま》ふ方《はう》であつた。眞寫《しやしん》によつて見《み》てもこの人《ひと》の形《かたち》は凡《すべ》て作《つく》りつけの感《かん》がある。役《やく》についての精神《せいしん》も充實《じうじつ》させることの出來《でき》ないらしい人《ひと》である。唯寂《たゞさび》しいとステリックな、餘《あま》り身體《からだ》の動《うご》かないことでも演《や》つてゐたら、美《うつく》しいだけに見《み》られるかも知《し》れない。この人《ひと》の感情《かんじやう》は森《もり》さんの樣《やう》に柔《やは》らかでなかつた。調《と、の》つた美《び》ではこの人《ひと》が一番《ばん》である。然《しか》し私《わたくし》は最《さい》初感《しよかん》じた通《とほ》りこの人《ひと》に就《つ》いては技藝《ぎげい》の點《てん》で何《なに》も期《き》待《たい》することがない。

鈴木德子《すゞきとくこ》さんは請負師《うけおいし》の娘《むすめ》さんだけに、派出《はで》な贅《ぜい》澤《たく》な面白《おもしろ》い人《ひと》だつた。三《さ》味線《みせん》、踊《をど》り、鼓《つゞみ》、琴《こと》、なんでも出來《でき》る（これは村《むら》田《た》かく子さんと同《おな》じである）何《なん》でも上手《じやうづ》でそれが皆《みな》お孃《ぢやう》さん藝《げい》であつた。寫眞《しやしん》で見《み》ても何點《どこ》かお道樂《だうらく》の附《つい》てまわつてゐる。この人《ひと》は女優《ぢよいう》として立《た》つても踊《をど》りのお浚《さら》ひ以上《いじやう》のものは望《のぞ》むことが出來《でき》ないであらう、將來《しやうらい》の女優《アクトレス》と云《い》ふものゝ立場《たちば》を考《かん》がへ、惡戰苦鬪《あくせんくとう》しても男優《だんいう》の女形《をんながた》と云《い》ふ位置《ゐち》を奪《うば》つてやらうなどゝ云《い》ふ樣《やう》な大抱負《だいはうふ》は、この人《ひと》の夢《ゆめ》にも見《み》ないところである。お道樂《だうらく》で女優《ぢよいう》をしてゐますと云《い》ふ標本《ひやうほん》はこの人《ひと》である。

初瀬なみ子

佐藤《さとう》ちゑ子さんは一寸《ちよつと》印象《いんしやう》の深《ふか》い顏《かほ》で、又《また》劇《げき》才《さい》がある。惜《をし》しいことに如何《いか》にも小《ちい》さい。その頃《ころ》から泣《な》き方《かた》などはうまいものであつた。眞似《まね》をするのが上手《じやうづ》で器用《きよう》な質《たち》の人《ひと》であつたが、あの小《ちい》さな細《ほそ》い體《たい》格《かく》では大《おほ》きな舞臺《ぶたい》に立《た》つても十五六の娘以上《むすめいじやう》ののには扮《ふん》することが出來《でき》ないであらうと思《おも》はれる。品《ひん》の好《い》い鷹揚《おうやう》な人《ひと》であつたが痛々《いた〳〵》しい程虚弱《ほどきよじやく》なのがこの人《ひと》の發展《はつてん》を妨《さまた》げはしまいかと思《おも》はれる。中村滋子《なかむらしげこ》さんは、この玄人《くろうと》の姿《すがた》だなどゝ云《い》はれてゐた人《ひと》で我《が》の強《つよ》い下品《げひん》な人《ひと》であつた。虚榮《きよえい》の權化《ごんげ》は十一人中《にんちう》のこの人《ひと》である。姿《なり》も小《ちい》さい。女優《ぢよいう》と云ふものは藝者《げいしや》の向《むか》ふを張《は》るものと心得《こゝろえ》てゐる樣《やう》なのがこの人《ひと》である。ダンスの寫眞《しやしん》を見《み》ても厭《い》味《や》なこの人《ひと》の表情《へうじやう》が、その頃《ごろ》の私《わたくし》の感《かん》じをその儘《まゝ》に語《かた》つてゐる。

村田《むらた》かく子《こ》さんは敎《をし》へように由《よ》つて立派《りつぱ》な女優《ぢよいう》になれそうな人《ひと》であつた。賢《かしこ》い人《ひと》で熱心《ねつしん》に物《もの》を勵《はげ》む質《たち》であつたが、寫眞《しやしん》で見《み》てもこの人《ひと》の形《かたち》、意氣《いき》の具合《ぐあひ》に眞向《まつかう》に太刀《たち》を振《ふ》りかざした風《ふう》がうかゞはれ見得《みえ》も樣子《やうす》も作《つく》らず唯《たゞ》一生懸命《しやうけんめい》にやつてゐると云《い》ふ一本氣《ぽんき》にこの人《ひと》の價値《あたい》がある。年《とし》を老《と》るとこの人《ひと》は好《い》い役者《やくしや》になるであらう。

田中勝代《たなかかつよ》さん、白井《しらゐ》すみ代《よ》さん、この人等《ひとたち》はこの頃《ころ》一體《たい》に間拍子《まびやうし》のわるい人《ひと》であつた。少《すこ》しも調子《てうし》の取《と》れない人《ひと》であつたがこの人々《ひとびと》に對《たい》して別《べつ》に私《わたくし》

は云《い》ふ程《ほど》のこともない樣《やう》である。

藤間房子《ふぢまふさこ》と云《い》ふ人《ひと》は私《わたくし》の知《し》らない人《ひと》である。噂《うはさ》から推《お》して、この人《ひと》は三崎座《みさきざ》の達者《たつしや》な役者《やくしや》ぐらゐの程度《ていど》ではなからうかと考《かんが》へる。

新《あた》らしい時代《したい》の要求《えうきう》に應《おう》じて現《あら》はれた、代表的女優《だいへうてきぢよいう》と呼《よ》ばれる以上《いじやう》、皆《みな》さんは相應《さうおう》に女優《ぢよいう》と云《い》ふものに就《つい》て何等《なんら》かの思想《しさう》をもち、又藝術上《またげいじゆつじやう》多少《たせう》の識見《しきけん》もなくてはならない。私《わたくし》は皆《みな》さんがそれ〳〵の思想《しさう》をもつて、日比谷《ひびや》の大劇場《だいげきぢやう》にいろ〳〵の花《はな》を咲《さ》かせる時《とき》の近《ちか》づくのを樂《たの》しんでゐる。

私の女優を志した動機

現在の女優及び將來女優とならうとする者の覺悟

田村松魚氏夫人　田村露英女史

私《わたくし》が女優《ぢよいう》になつた動機《どうき》は何《なに》かとのお尋《たづ》ねですが、私《わたくし》は自《じ》分《ぶん》が女優《ぢよいう》だとも思《おも》つてゐませんし、また女優《ぢよいう》と云《い》ふ名稱《めいしやう》を附《ふ》せられるほどの資格《しかく》もありませんし、舞臺《ぶたい》の上《うへ》でそれほど動《うご》きもしないのですから、女優《ぢよいう》になつに動機《どうき》と云《い》ふ様《やう》なことを仰山《げふさん》にお話《はなし》するのも如何《いかゞ》かと思《おも》ひます。けれ共《ども》二三度《ど》舞臺《ぶたい》に乘《の》つたことは乘《の》りました。それは私《わたくし》が小説《せうせつ》などを書《か》いてゐる間《あひだ》に脚本《きやくほん》の方《はう》もやつて見《み》たいと思《おも》ひ出したからでした。私《わたくし》の幼少《ちいさ》い時《とき》は祖父《ぢゞい》が非常《ひじやう》な芝居《しばゐ》好《すき》きな人《ひと》だつた爲《ため》に、よく其《そ》の頃《ころ》の春木座《はるきざ》、久松座《ひさまつざ》などへは替《かは》り目《め》毎《ごと》に伴《つ》れてゆかれたものですし、母《はゝ》が又祖父《またぢゞい》と同様《どうやう》のお芝居《しばゐ》道樂《だうらく》で又藝《またげい》を見《み》る目《め》が随分肥《ずゐぶんこ》えてゐたのでよく皮《ひ》肉《にく》な評《ひやう》などをしてゐました。その爲《ため》に私《わたくし》も芝居《しばゐ》が好《す》きでした、脚本《きやくほん》を作《つく》つて見《み》たいと思《おも》い付《つ》いてからはよく一人《ひとり》でも出掛《でか》けておりましたが其《そ》の内《うち》に文士劇《ぶんしげき》と云《い》ふものが起《おこ》りました。丁度坪内博士《ちやうどつぼうちはかせ》が何《なに》かの雑誌《ざつし》に「脚本《きやくほん》を作《つく》るには何《ど》うしても一度《ど》舞臺《ぶたい》を蹈《ふ》まなければいけない。」と云《い》ふ事《こと》をお書《か》きになつたのを讀《よ》みました時《とき》で、成程脚本《なるほどきやくほん》を研究《けんきう》するにはいつそ一《ひ》と思《おも》ひに舞臺《ぶたい》の上《うへ》に立《た》ち、そうして舞臺《ぶたい》と云《い》ふものを實際《じつさい》に、はつきりと頭腦《あたま》のうちに疊《た》み込《こ》んで、奈落《ならく》のうす暗《くら》い空氣《くうき》にもふれて見《み》た方《はう》が宜《よ》いに違《ちが》ひないと感《かん》じたものですから、唯《たゞ》の藝人《げいにん》の仲《なか》間《ま》とは違《ちが》つて兎《と》に角《かく》文士劇《ぶんしげき》と云《い》ふ名《な》をよろこんで其《そ》の一座《いちざ》へはいりました。それに私《わたくし》は幼《ちいさ》い時《とき》には踊《おど》りを仕《し》込《こ》まれましたので、永《なが》い學校生活《がくかうせいくわつ》の爲《ため》に全《まる》で捨《す》てゝは了《しま》ひましたが、幾《いく》分《ぶん》かそれが舞臺《ぶたい》に私《わたくし》を上《のぼ》らせる自信《じしん》を手傳《てつだ》つたかと思《おも》ひます。そうして二三度《ど》舞臺《ぶたい》へ出《で》て失敗《しつぱい》だらけで過《す》ごしてゐる間《うち》に、脚本《きやくほん》の方《はう》はお留守《るす》になつて、俳優《はいいう》としての技藝《ぎげい》の方《はう》を重《おも》に研究《けんきう》して見《み》たいような氣《き》にもなりましたが、又《また》演劇《えんげき》と云《い》ふものがすべての藝術《げいじゆつ》のことで最《もつと》もむづかしいものだと云《い》ふことも切實《せつじつ》に知《し》ることも出來《でき》ました。何《なに》によつて舞臺《ぶたい》に立《た》たうとしたかと云《い》へばかうなのです。

江戸川の櫻

新時代《しんじだい》を作《つく》る爲《ため》に魁《さきがけ》したとか、新女優《しんぢよいう》の品性《ひんせい》を作《つく》るため人格《じんかく》を高《たか》く保《たも》たせるために犠牲《ぎせい》になつたとか云《い》つて舞臺《ぶたい》の人《ひと》となつたのとはちがつて、私《わたくし》のは此《こ》の後《のち》は兎《と》に角《かく》、舞臺《ぶたい》に上《のぼ》つた初《はじ》めの考《かんが》へは役者《やくしや》にならうとしたのではありませんでした。

次《つ》ぎのお尋《たづ》ねの「現在《げんざい》の女優《ぢよいう》及《およ》び將來女優《しやうらいぢよいう》たらんとするものゝ覺《かく》悟《ご》」これはもう識者《しきしや》のお説《せつ》があつて、新《あたら》しい女優《ぢよいう》の勃興《ぼつこう》した最初《はじめ》に散々《さん〴〵》云《い》ひ古《ふ》るされたことですから、今更《いまさら》、こと新《あた》らしく私《わたくし》などがお話《はなし》するほどの事《こと》もないかと思《おも》ひます。唯私《たゞわたくし》の經驗上《けいけんじやう》感《かん》じたことの一《ひ》とつ二《ふた》つを申《まう》して見《み》ませう

何藝《なにげい》によらず浮《うは》ついた心持《こゝろもち》でゐては上達《じやうたつ》する筈《はず》もなく、嚴《きび》しい師匠《しゝやう》は鞭《むち》で打《う》つても眞面目《まじめ》に藝道《げいだう》の上《うへ》に立たせると

155　「私の女優を志した動機」『新婦人』明治44（1911）年4月1日

30

云《い》ふ程《ほど》ですが、殊《こと》に現在《げんざい》の女優《ぢよいう》は藝術《げいじゆつ》の上《うへ》ばかりでなく、態度《たいど》も考《かんが》へもすべてが眞面目《まじめ》でなければなるまいと思《おも》ひます、華《はな》やかな劇場《げきぢやう》の空氣《くうき》のうちに生《い》きて、きび／＼と時代《じだい》の謳歌《おうか》をはつきりした調子《ちやうし》で眞正面《まとも》に受《う》け、又《また》あらゆる羨《うらや》みの的《まと》にもなつて活動《くわつどう》しようとするのですから、勢《いきほ》ひ浮華《ふくわ》になり勝《が》ちのことではありますが、それではなるまいと思《おも》ひます。この國《くに》では男優《だんいう》の女形《おんながた》と云《い》ふものが昔《むかし》から功《こう》をおさめてゐて、それが地位《ちゐ》の點《てん》からも藝《げい》の點《てん》からもある程度《ていど》までは進歩《しんぽ》してゐるのですから、例《たと》へ男優《だんいう》の女形《おんながた》を不必要《ふひつえう》と云《い》ふ聲《こゑ》が盛《さか》んであらうとも、永《なが》い間《あひだ》築《きづ》き上《あ》げた根強《ねづよ》いある物《もの》を、今《いま》新《あたら》しく生《うま》れた女優《ぢよいう》が直《たゞち》に崩《くづ》してかゝる事《こと》は出來《でき》ません。出來《でき》ませんが何時《いつ》かはそれを倒《たふ》して勝《か》たなければならないので同《おな》じ舞臺《ぶたい》の上《うへ》で男優《だんいう》の女形《おんながた》と云《い》ふものを沒落《ぼつらく》の運命《うんめい》に逢《あは》せなければならないのです。莚若《えんじやく》や宗《そう》十郎《らう》のゐる間《あひだ》は女優《ぢよいう》ば要《い》らないと云《い》ふてゐる世間《せけん》の聲《こゑ》が、つゞいて第《だい》二の莚若《えんじやく》や宗《そう》十郎《らう》を襲《おそは》ふようなことがあつては、強《つよ》い意《い》氣《き》やきつい決心《けつしん》をもつて現在《げんざい》新《あた》らしく立《た》つた女優《ぢよいう》の甲斐《かひ》がなからうと思《おも》ひます。一度《いちど》で倒《たふ》せないまでも、やがて男優《だんいう》の女形《おんながた》が滅《ほろ》びるまでの用意《ようい》たけも現在《げんざい》の女優《ぢよいう》の手《て》によつて作《つく》られなければならないのですから、人氣《じんき》を集《あつ》める手段《しゆだん》を考《かんが》へるとか、美《きれい》でさへあれば賣《う》れがいゝとか、花々《はなぐ》しい生《せい》活《くわつ》さへしてゐればいゝとかと云《い》つて、女優《ぢよいう》らしい派出《はで》な外《ぐわい》

31

見《けん》ばかりを作《つく》つてゐる時《とき》ではないと思《おも》ひます。殊《こと》に又日本《またにほん》には藝者《げいしや》と云《い》ふものがあつて、それが外國《ぐわいこく》の二三流《りう》あるひは其《そ》れ以下《いか》の女優《ぢよいう》どころを行《い》つてるのだそうですから、日《に》本《ほん》に起《おこ》るべき女優《ぢよいう》はまことに純潔《じゆんけつ》な、又自尊《またにそん》の強《つよ》いあくまで眞面目《まじめ》に藝《げい》一方《はう》を努力《どりよく》する人《ひと》にのみ限《かぎ》らねばならない譯《わけ》です。そうして新《あた》らしい藝術《げいじゆつ》の道《みち》を、女《をんな》の手《て》で新《あた》らしく切《き》り開《ひら》いて、男《をとこ》が女《をんな》の代《かは》りをしてゐた舞臺上《ぶたいじやう》に革命《かくめい》の旗《はた》を立《た》てる。——かう決心《けつしん》をし、又覺悟《またかくご》をしなければならない所《ところ》でありませう。第《だい》一に現《あらは》れた女優《ぢよいう》、即《すなは》ち現在《げんざい》の新《しん》女優《ぢよいう》は兎《と》に角犧牲者《かくぎせいしや》だと思《おも》ひます。この人《ひと》この生涯《しやうぐわい》を通《つう》じて、現在《げんざい》の聞《き》こえた男《だん》優《いう》の女形《をんながた》に取《と》つて代《かは》ることは到底覺束《たうていおぼつか》ないので、殊《こと》に永《なが》い間《あひだ》やつてさへゐれば何《ど》うにかなると云《い》ふ様《やうす》な空《くう》な考《かんが》へで何《なん》の覺《かく》悟《ご》もない様《やう》な人《ひと》であつたら、その人《ひと》は一《いつ》生舞臺《しやうぶたい》の隅《すみ》に縮《ち》まつて終《しま》ふだけのものでせう。つまり現在《げんざい》の女優《ぢよいう》は犧牲《ぎせい》を覺悟《かくご》して、眞面目《まじめ》に藝《げい》に努力《どりよく》しなければならないと思《おも》ひます。

將來女優《しやうらいぢよいう》にならうとする人《ひと》の覺悟《かくご》も同《おな》じことでせう。唯《たゞ》私《わたくし》は、中年《ちうねん》から女優《ぢよいう》を志《こゝろざ》すような人《ひと》はもう現《あらは》れない方《はう》がいいと思《おも》ひます。最初新《さいしよあた》らしい機運《きうん》に乘《じやう》じて現《あらは》れた女優《ぢよいう》——敎育《けういく》があり思想《しさう》のある女優《ぢよいう》でなければいけないと云《い》つて要《えう》求《きう》した時《とき》に現《あらは》れた女優《ぢよいう》は、中年《ちうねん》でも仕方《しかた》がなかつたのですが、それも唯路《たゞみち》を切《き》り展《ひら》くだけのもので犧牲《ぎせい》であるとしたら、次《つ》ぎに起《おこ》る女優《ぢよいう》は多少《たせう》とも其の路《みち》に木《き》を植《う》ゑるとか家《いへ》を建《た》てるとかする程《ほど》の技倆《ぎりやう》を示《しめ》さなければならないので、もう中年《ちうねん》から立《た》つ女優《ぢよいう》の必要《ひつえう》はないと思《おも》ひます。現在《げんざい》の女優《ぢよいう》が何《ど》うにかかうにか奮闘《ふんたう》して開展《かいてん》してゐるうちに充分《ぢうぶん》それだけの技倆《ぎりやう》を見《み》せ得《え》られるだけに幼少《ちいさ》い人《ひと》を養成《やうせい》した方《はう》がいゝと思《おも》ひます。帝國劇場《ていこくげきじやう》の技藝學校《ぎげいがくかう》が未《いま》だに中年《ちうねん》の女優《ぢよいう》を募集《ぼしふ》してゐる様《やう》ですが、其《そ》れよりも現在《げんざい》の女優《ぢよいう》、即《すなは》ち第《だい》一期《き》の女優《ぢよいう》（今第二期生《いまだいきせい》として稽古中《けいこちう》の人《ひと》は仕方《しかた》がないとして）だけにして中年《ちうねん》からの志望者《しばうしや》を募《つの》らないことにし、其《そ》の代《かは》り七年《ねん》八年乃至《ねんないし》十年《ねん》かゝつても宜《い》い様《やう》に修業年限《しうげふねんげん》を長《なが》くして富裕《ふゆう》な家《いへ》の十一二位《ぐらゐ》の子供《こども》を養《やう》成《せい》する企《くわだ》てをしたら何《ど》うであらうかと私《わたくし》は考《かんが》へてゐます。そうして今《いま》までの様《やう》に單《たん》に音樂舞踏《おんがくぶたう》ばかりの稽古《けいこ》でなく、

タカチスミレ

157　「私の女優を志した動機」『新婦人』明治44（1911）年4月1日

32

せめては、高等女學校《かうとうぢよがくかう》程度《ていど》の學課《がくくわ》をおさめられる丈《だけ》の用意《ようい》を設《もう》け、英學《えいがく》などは最《もつと》も程度《ていど》を高《たか》めて、そうして美意識《びいしき》を發達《はつたつ》させるように趣味《しゆみ》を富《と》ます様《やう》に養成《やうせい》して行《い》つて見《み》たらさぞ理想《りさう》なものが作《つく》られることと、思《おも》はれます。お話《はなし》が問題《もんだい》の外《ほか》になりましたが、兎《と》に角中年《かくちうねん》で將來女優《しやうらいぢよいう》とならうと考《かんが》へてゐる人《ひと》の覺悟《かくご》を云《い》ひましたら、矢張《やは》り現在《げんざい》の女優《ぢよいう》の難《なん》義《ぎ》な立場《たちは》をよく知《し》つて、華美《くわび》や贅澤《ぜいたく》なことや、浮華《ふくわ》なぞの念《ねん》をすつかり捨《す》てゝ獻身的《けんしんてき》の覺悟《かくご》を持《も》つて立《た》たなければいけないと考《かんが》へます。

小說家　田村松魚
同夫人　田村とし子

○

●史劇●　桐《きり》一葉《は》(とし子)。忠臣藏《ちうしんぐら》(松魚)。
●社會劇●　なし(とし子)。なし(松魚)。
●喜劇●　なし(とし子)。なし(松魚)。
●西洋劇●　ゼ、ロワー、デブス(とし子)。カーメン(松魚)。

○

●義太夫●　野崎《のざき》。壺坂《つぼさか》(とし子)。堀川《ほりかは》(松魚)。
●長唄●　勸進帳《かんしんちやう》(とし子)。賤機帶《しづはたおび》(松魚)。
●箏●　小督《こがう》(とし子)。なし(松魚)。
●西洋樂●　なし(とし子)。ドリームの曲《きよく》(松魚)。

美佐枝

田村としこ

（一）

美《み》佐《さ》枝《え》が風呂から上がると、母親の百《もゝ》音《ね》よりも一と足後れて芝居から歸つて來たをんな衆《しゆ》が、手拭を持つて來て鏡臺の傍《わき》へそつと置いた。

顏を拭きかけた手拭を頰《ほ》邊《ゝ》のところまで摺《ず》らした儘で美佐枝はその手紙の上書を窺《のぞ》

いたが、又、一座の中の誰かが艶書《つけぶみ》をよこしたのだらうと推量した。

「誰。」

「花之助さん。」

樂屋衣を着た儘の女《をんな》衆は、足を返しながら小聲で斯く云つて行つて了《しま》つた。

開封《あけ》て見ると、そう／＼人をぢらすもんぢやない。明日こそ必定《きつと》彼所へ稽古の歸り途に寄つてくれ。　紫幸さんばかり好い男かい人の氣も知らないで。と書いてあつた。

美佐枝はその手紙を傍へ抛《はう》つた。　恰《ちつう》ど、ガラ／＼玩具を破つて、中から何かしら出して了《しま》つた後のやうな氣持だつた。

紅を付《つ》けながら今年は丑紅を買ひ損《そこな》つたと然う思つた。　眉毛を剃《そ》りつけ過ぎて格好《かつかう》がをかしくなつたと其那《そんな》ことも鏡に向つて思ひながら、濃い眉を顰《しか》めたり開いたりして見た。

何時までも胸を露《はだ》げてゐたので、湯冷《ゆさ》めのような寒さを皮膚《はだ》に感じた。　周章《あわ》てゝ美佐枝は立上つた。　着物を着終つた時分。　お師匠さんが呼んでると云つて、下女が窓の下から聲をかけて行つた。

美佐枝は先刻の手紙を鏡臺の抽斗《ひきだし》へ押込んでおいて、友禪メリンスの鏡かけを引き下してから室《へや》を出た。　鏡の面の光りが包まれると、急に後方の壁が明るくなつて、其れへ寫つた籠の菜の花の影が鮮明《あざやか》に見えてゐた。

座敷へ行くと百音《も・ね》は小搔卷《こがいまき》を着て横臥《よこ》になつて居た。　美佐枝は其傍に聲もかけずに沈《ぢ》つと坐り込んだ。脂《あぶらぎ》切つた踵の裏の薄赤いのに小豆色の裾廻しが暖かさうに絡《から》んで、襦袢の振りの緋の色紅絹《もみ》裏《うら》の赤い色などが、半襟の黒繻子、袖口の黒繻子の艶に映り合つた、十七八の年頃を可愛らしく忍ばせてゐる。

何か氣に叶《い》らないことが有つて呼んだのだと、直ぐに起きない母の樣子で美佐枝は察した。肩を落しながらそつと溜息を吐くと、百音は眼を開いて美佐枝の樣子を見るやうな眼付をした。瞼《まぶた》が皺《しわ》んでゐるけれ共、大きな眼尻が心持よく釣つて張りを含《も》つてゐる。其れにぢつと見据ゑられて美佐枝は兩肱を窄《すぼ》ました。

「紫幸なんぞと何だつて巫山戲るんだい。先刻交代の見てる前でお前は何をしてゐたんだ。」

斯う云ひながら百音は起きた。顏一面の皺だが、輪廓の下豐《しもぶく》れの肉だけが萎びずに殘つてゐる。牛皮菓子のやうに白く滑々《すべ〳〵》と柔かく、ぼさりとした肉が兩の頰の下に、受口の小さな口許《くちもと》を挾んでゐる。この肉があるばかりに、六十幾《いくつ》歲の今になつても十六七の娘形になつて艶な可愛らしい笑ひ顏を見せることが出來るのだと、初めて逢ふ人を合點《うなづ》かせる。

百音はつく〴〵美佐枝を見てゐた。美佐枝は顏を赤くして下を向いてゐた。剃《そ》りつけた頸脚《えりあし》や鬢付油で固めつけた引つ詰めた髱《たぼ》を、淺黃繻子の襦袢の襟が緣《ふち》取つてゐる。

「役者を職業にしようつてものが役者珍らしくつて何うするんだ。今つからそんな身持でこれからの女優が出世できると思ふのか。踊つたり鏡を見るのばかりが役者の下稽古ぢやないせ。」

美佐枝は泣き出した。　膝の上で袂の先きを摑んでゐた手の上へ涙が止め度なく落ちて來る。　泣いてると云ふ事を悟られると猶叱言《こゞと》が烈しくなるので、美佐枝は涙を拭かずに沈としてゐるけれど、電氣の明りを受けた美佐枝の顏と膝との間に何か光つては消え、光つては消えする物のあるのを見て百音は泣いてるのを知つてゐた。

「些細《これんばかり》のことで泣くようなこつたら男に巫山戲《ふざけ》させられるんだ。　確實《しつかり》しなくちや可けない。」

美佐枝は叱られて頼りない樣弱い心の奥に、いろ〳〵な男を慕つた。　戀しい男の名を胸で呼んで息を詰めて居た。

「おい。　誰か——お茶を持つてきな。」

百音が聲を上げて——百音は舞臺で破れるような聲を出す比較《つりあひ》にこんな時如何にも聲を出し、辛《つら》そうにする——斯う呼ぶと、

「はーい。　只今。」

と云つた人が直ぐ六兵衛の湯呑に茶を汲んで持つて來た。

「お小言が。」

その人は美佐枝を見つつ百音に聞いた。

「まあ今晩は妾がお托《あづり》り申すで、孃さん。阿母んにお暇頂戴して彼方へおいであせ。」

斯う云ひながら美佐枝の手を取つて連れて立たせた。

「ひどいわ。交代さんは。」

自分の室へ來ると、隅の机の前で懷手した儘彼方向きに坐つて美佐枝は云つた。

「何がな。」

交代は立つてゐた。縞の糸織の短い羽織が前上りにぴんとしてゐる。燕脂《えんじ》にやけた眼の端が仇つぽく蔭を作つた。

「何がもないもんだわ。お蔭で叱られたんだわ。」

「えらいもんに腹立てゝ。」

歌代は笑つてゐた。美佐枝は怒りながら机を明りの方へ向けて、習字の手本を擴げて墨を磨り出した。其所へ女衆《をんな》のお京が黒衣《くろご》の縫ひかけと針箱を持つて入つて來た。お京と歌代は芝居の景氣の好いことだの、今度の狂言の師匠の役の出來榮えを賞めたりして話してゐた。美佐枝は默《だま》り切つてゐた。

（はや、上野の彼岸ざくら色づき候由）と、所々無骨に書いた漢字の交《ま》じつた手本の字を横目で見ながら半紙の白い上へ拙劣《へた》な字を美佐枝は書き列ねる。それから其の字を二た重文字にして見て又た二た重の間を綺麗に黒く染めて了つた。左の手だけは、ちやんと右の肱の下に支《か》つてゐた。

そんな事をしながら、男と少し戲談口を交へても直きに叱言を云ふ母親を馬鹿々々しいと考へた。

美佐枝が此家へ貰はれてこない前に、自分の踊りの稽古朋輩で小滿《こま》ちやんと云ふのがあつた。　自分が百音の娘分になつたと聞いて羨しがつて遂々小滿《しま》と云ふのも三崎座へ出て女役者の弟子になつたと後から聞いたが、それが今は新橋の藝妓になつて踊りの上手な爲に一流どころになつて評判な女になつたと、近頃實家へ歸ると親達がそんな噂をした。

市川百音と云へば女團州と云はれる明治での名人だ、その名を繼がうと云ふお前だから一生懸命になつて養母《おつか》さんに負けない樣な立派な役者にならなくつちや可けない。天下に一人の人になるんだ。　と云はれた。　藝妓になつた小滿ちやんなんぞは不憫なもんだと、その親達が話した。

「小滿ちやんは、どんなに贅澤をしてるんだらう。」

斯う思つて美佐枝は昔の友達が羨まれた。　役者だつて贅澤の出來ないとはない。　けれど阿母さんは贅澤は嫌ひだ。　役者が贅澤をするのは身を賣るからだと云つてる。指輪でも時計でも藝で買つたのでないから汚《けがら》はしひと云つてる。　其れが分らないと美佐枝はをかしく感じてゐる。

幾程《いくら》名人でも、堅つ苦しいことを云つても、彼樣安芝居を稼いでゐては價値はない。　阿母さんの一座の内に役者らしい男の役者があるだらうか、兎に角他で、上《い》等座を踏んでるのは紫幸さん位なもんだ。　藝だけで立派に女役者が立つていけるのだから阿母さんなんぞは始終歌舞伎邊りへ出てゐられそうなもんだ。　阿母さんより藝の出來ない女役者で好い舞臺を踏んでるものは澤山にゐる。

「そんなのはいゝ後楯《うしろだて》があるからでさ。」と誰かゞ笑つて話したことがある。自分の後楯は市川百音だ。自分も百音の名を繼いで小芝居ばかりを稼いで廻るように成るんぢやなからうかと美佐枝はそんな事まで考へる時がある

「字なんか下手だつていゝや、」

急に美佐枝は斯う云つて、紙の上を筆で眞つ黑に塗沫《なす》つた。

「何かお云ひなすつたの。」

鋏の音をさせながらお京は聞いた。

美佐枝は立つて唄ひながら踊り出した。

（ふじいゝのをしはあゝぶらゝねえゝはやあせをゝわたあゝる。）

「何ですね、お孃さん。」

お京は笑ひながら、踊る場所を廣くさせようとの注意で仕事を手にした儘後方へ居退つた。

「孃さんの脊《せ》丈《たけ》は大きいなあ。」

歌代が斯う云つた。

（のぼをりいゝぶうね、　ちん、ちん、ちん、ちん。　ち、ち、ちん、ちん、ちち。　ちて、と、つん、つん。つつ、とつん、つん、つ。」

（花あゝはあゝいゝろをいゝろををを。）

と歌代が唄ひ出すと美佐枝は止した。

「藤娘かなも。」

「そうなも。」

美佐枝が返事をすると、お京も歌代も笑ひ出した。　その笑ひ聲の消えないうちに、

「お賑《にぎや》かですね。」

と障子の外から聲をかけた人があつたが、室内《なか》に入らずに座敷の方へ素通《すどほ》りして了《しま》つた。珠江《たまえ》が來たと美佐枝は思つた。　お京も歌代もその聲の人を知つてゐた。

「珠江さんなも。」

と歌代が低い聲をすると、お京はその顔を見てもう一度笑つた。

「大家のお孃さんげなで、お師匠さんは甚《きつ》う贔屓しておいでますけと嘘だにな。」

「何なの。」

美佐枝は然ぅ云ひながらも、誰のことでも惡く云ひたがる人だと歌代を卑しんだ。

「これ」と云つて歌代は自分の片目を隱して見せたが、美佐枝には分らなかつた。

「お妾のことぢやありませんか。」

お京も小さな聲で、不思議そうにしてる美佐枝に敎へた。　その時、奥で百音が美佐枝を呼んだ。

「一緒に踊りを復習《さら》はさせられるんだよ、嫌さ彼の人は地がないから間が合はなくつて。」

立ちがけに美佐枝は文句を云つて行つた。

「御迷惑ねえ。遲く上がつて。」

珠江は斯う云ひながらお召の羽織を脱いで袖疊みにした。轉つた白羽二重の振りが博多の帶の結び尻のところに波を打つてゐた。扇子を持つてお辭儀をすると、疊の上に廂髮の前髮が搖れてピンの玉がきら〳〵と輝いた、

「歌代をお呼び。」

歌代は云ひ付かつて地を彈きに來た。

美佐枝の踊りは早くなり過ぎて、珠江の方は遲れてばかりゐる。そうすると、

「もつと落着いてやらないか。びつこ馬が駈け出しやしまいし。淺妻なんぞを然う踊つては仕方がないよ。」

と百音は美佐枝を叱り付ける。美佐枝は涙含《なみだぐ》みながら踊つてゐた。

「もう充分です。どうしても、頭腦《あたま》のある方はお進みがお早うございますなあ。」

と踊りを仕舞ふと百音は斯う賞めた。珠江は顏の汗を綺麗につけた白粉の上から半巾で押してゐた。歌代は地《ち》を彈《ひ》きながらお師匠さんの丹精で何うやら斯うやら淺妻が上がつたと感心をしてゐたが、濟んで了《しま》ふと美佐枝の顏を見て人の惡るそうな微笑をした。

魚は月下のあたりを踊つて見せませう。と云つて百音が立つと活動寫眞屋が來たと下女が知らせに來た。百音は直ぐに次ぎの座敷へ立つて行つた。

其の後で珠江は種々な話を爲た。務めて表情を失はない樣にとしてゐる樣な眼元や口付で、美佐枝の手を玩弄《おもちや》にしながら、遠くに坐つてゐる歌代にも話をしかけた。美佐枝はその指環の多い珠江の手を眺めてばかりゐた。

「この時代に應じた女優にならうと御勉強なさらなけりや駄目よ。英語なんかも少つとおやりになれば好いんですのに。」

と云つたがその意味が美佐枝には分らなかつた。この人は近い内に早稻田の女優學校へ入るのだと云つてた。

お京がお菓子を持つて來て、今度は活動へお染の人形振りを入れるんだと云つたのを機《しほ》にいろ〳〵な西洋物の活動寫眞の話が初まつたが、美佐枝は自分達の寫眞の外は何も知らなかつた。それを珠江は可笑がつた。

（二）

母親のお染に久松を付合ふため、目黒まで寫しに行つた美佐枝は、歸つてくると頭痛が爲《し》だしてその晩は熱も少しあつた。翌日《あくるひ》は崩《こは》れた髮をして二枚折の銀屏風の蔭に寢てゐた。

花見の客を滿載した電車の響きが重く代地《だいち》の裏通りを震動《ゆるが》してゐる。浮れ立つて一とつ方向《むき》へ集つてゆく人々の氣が、中心から溢れてこの靜な町へも微かに餘波を打ち被せてくるやうな物音が味はれる。不在が多いと見えて臺所口に向ひ合つた二三軒の家も皆寂然《ひつそり》閑として、時々家の前を通る音を沈めた車の音だの、子供に何か云ひ〳〵

行く低い年老つた聲だのが耳に入ると、美佐枝はその度に陰氣な心持が漲るやうで厭《いや》であつた。　外は花曇りで時々障子に映つた日影が消える。　華《はなや》かな色を含《も》つてゐた障子の紙も、銀屏風の内側も薄鈍《うすにぶ》い褐色に沈み込んで、周圍の空氣が急に冷えるやうに思はれる。美佐枝はその度に眼を瞑《つぶ》つた。　奥では人の聲は爲《し》ずに簞笥を開《あ》け閉《た》てする音ばかり喧騒《やかまし》く聞こえてゐた。

頭取が來て次狂言の相談をしてゐる樣だと思つてゐる内に、何所かの演藝記者が來て、今の狂言の寫眞を貰ひたいと言つてゐるのが聞こえた。　巻煙草の匂ひがして來たと思つてゐる頃から美佐枝はうと〳〵した。

「おい、大切にしなよ。」

蒲團の上から輕く押されて、美佐枝ははつきり目が覺めた。　黒縮緬の羽織を着た百音が、銀煙管を筒に差しながら、枕頭《まくらもと》に立つてゐた。

「藥を飲まなくつちや可けないぜ。」

「え」

百音は出て行つた。　美佐枝は起きて羽織を引つかけながら座敷の方へ出て見た。物を見詰めると眼が痛むほどまだ頭痛が止まず　にゐる。　足がふら〳〵して柱に身を支へなければ立つてゐられない樣子、太儀さ加減が、自分ながら病人染みて思はれた。長火鉢の前へ坐《すわ》ると平常《いつも》百音の布《し》いてる紫縮緬の座蒲團が二たつに折つて壁際に押付けてあつた。　其れを見ただけでも留在《るす》と云ふ感じが美佐枝を自由に息の付けるやうな淸々《せい〳〵》した氣分にさせる。

「お起きなすつたんですか。」

門口まで師匠を送つて行つたお京が、臺所へ行き際に聲をかけた。

「今日は芝居へ行かないの。」

「あなたが病氣だから。」

お京は箒を持つて來て座敷を掃きだした。開けひろげた障子の內から曇つたなりに暮れてゆく空が見える。庭の隅のまだ咲かない櫻の樹に垣根の外の軒燈の火が夕日のやうな影を見せて映つてゐた。

「隨分眠《ねむ》つたわね。」

美佐枝は蒼《あを》い顏をして外を見ながら云つた。下地《したぢ》の髷が横になつて後れ毛だらけの生際《はえぎは》に白粉が殘つてゐた。

「新派の役者衆が見えたのをご存じないでせう。」

「だれ」

美佐枝は一寸胸を騷がした。昨日黑目で落合《おちあつ》た新派俳優の中に結城と云ふのが居た。美佐枝に宜しく云つてくれと云つて歌代に言傳《ことつ》てを賴んだとか云ふので散々歌代に嘲弄《からか》はれた。今その男の優しかつた眼色を偲んでゐたので何となく氣が騷いだ。

「戀女房のお稽古を賴みに來たんですよ、光島つてんですと、女將《おやま》でせう。」

雜《ざつ》と緣側の廻りだけを掃いて了《しま》つてから箒の先を緣の角でとん〳〵と叩いてお京は

行つて了つた。

美佐枝はその男の顔姿をいろ〳〵と想像して見た。色は白いと定め、紫幸のように頬骨は出してゐないと定め結城より最つと美い服装《なり》をしてゐるに違ひないと云ひ、そしてその人はきつと眼鏡をかけてゐると定《き》めて了つた。最終《おしまひ》に自分が逢ふと直ぐその人を好くに定《きま》つてゐると思つて美佐枝はもう樂しみにした。自分がその人を懷愛《なつか》しんだ樣な顏をした時、男もそれを受けて嬉愛さうな笑顏をそつと送るそれを待つた。

美佐枝は鏡臺を持ち出して、お京に髮を結ばせた。

「毒ぢやありませんか。」

お京は心配さうな顏をして云つた。

軒の下には楓が薄暗《うすやみ》を攪げてゐた。鏡の内に映つた顏が植物の色の青さを含んで、空も鏡に寫つてゐた。美佐枝は暮れ切らない間《うち》に顏を剃《あた》つて了《しま》はうと思つた。

（三）

光島は一週間ばかり續けて稽古に來た。美佐枝は三吉の代りをさせられてゐた。眼も口も聲も、まだ一度も逢つたことのない初對面の人のであつたが美佐枝の嘗て思つた通り色も白かつた、美い服装《なり》もしてゐた、そして眼鏡をかけてゐた。美佐枝は今更不思議のやうにも感じた。

美佐枝は三吉になつて、拜《をが》みまする母樣《かゝさま》の抱きつくところになると、眞赤《まつか》になつて膝が萎縮《すく》んで居膝《ゐざ》ることが出來なかつた。

絹《やは》らかひ男の着物を通して、その肌の暖みが美佐枝の縋つた手に強く感じた時、美佐枝はそれが恐しかつた。纏繞《まつは》ることが出來ないでゐると、

「美佐枝さん擽《くすぐ》つたくて困ります。」

と光島が笑つた。百音もさすがに苦笑《にがわら》ひをしてゐたが、後で、

「何うして、あんな時平氣でやれないんだ。恥しいのかい。」

と鋭い眼をして聞かれた。

「氣がさすような事で藝が上達《あが》るか。」

と叱られた。

美佐枝さんにと云つて、光島は反物や帯止めなぞを能く寄越した。美佐枝が平生《ふだん》欲しいと思つてゐるやうな高價品《い・もの》ばかりであつた。

美佐枝は又、文藝倶樂部の寫眞版で、歌代が光島の馴染の藝者だと云つたのを見た時、その藝妓が庇髪にしてゐたところから、自分も庇髪にしたくてならなかつた。

前髪の突き出た髮は百音は大嫌《だいきら》ひだ。例もぐるりを引詰めた、樂屋銀杏《がくやいてふ》にばかりさせておく。どうかして光島さんの來るうちに一度そんな髮に結んで見たい。叱られても好い。

と思ひながら珠江の來た時に、美佐枝は無理に頼んで内密《ないしよ》で結つて貰つた。

「あなたは矢つ張り似合はない。」

珠江はマガレットにしてやつてから斯う云つた。珠江は珍らしく今日は銀杏返《いてふがへ》しにしてゐた。何に結つてゝも似合つて樣子が好いようなのが美佐枝は憎らしかつた。

「何故、こんな髮にして見たいの。仔細がありそうねえ。」

と珠江が云ふと、美佐枝は可笑しそうにして笑つた。

「年中同じ髮だから飽きるのよ。」

珠江は懷中から半紙を出して、油になつた手を拭いた。美佐枝は合せ鏡をして結《ゆ》ひ馴れない髮の恰好《かつかう》を見てゐたが、引つ詰めの癖が付いて額を覆ふ程にならない前髮《まへがみ》が恨めしいと思つた。

生憎其の日に光島は來なかつた。百音が出勤がけに其の髮を見付けると、

「何だい、其の頭髮は。止しておくれ、みつともない。」

直ぐその場でお京に解《ほど》いて貰はずにはゐられない樣な權幕《けんまく》をした。

「珠江さんが、結つてあげる結《ゆ》つてあげるつて云つたもんだから。」

珠江が歸つた後だつたので、美佐枝は斯う云ひ譯《わけ》をした。

來なかつたその日を初めにして、光島は稽古を仕舞ひ上げた積りと見えて其れ限り來なかつた。美佐枝は急に淋しさを覺えた樣に思つた。

時々稽古場にした離れ座敷へ行つては、その緣側に腰をかけて座敷に坐つた男の姿を思ひ偲んで戀ひしがつてゐた。そして美佐枝は母屋《おもや》の緣に立つて離れの方を眺めてゐると、必然《きつと》光島の吸つてゐた煙草の匂ひがしてくる樣な氣がしてゐた。夕暮れ時分唉

きかけた櫻の花を眺めてゐると、不意にこの匂ひが美佐枝の胸を震はしたので、光島の吸つた煙草の煙が濕《しめ》つぽい離れの中に染み込んでゐるのであらうと美佐枝は嬉しがつた。大切の寶でも秘《ひ》めておくように、人に悟られまいとする樣な身《み》振《ぶ》りで、よく離れの方を眺めてゐた。

座《ざ》が開《あ》いたら、光島の重ノ井を見に行かなければなるまいと百音が話すのを聞いて、美佐枝は喜んだが、光島の座の開かないうちに、百音親子は京都の芝居へ一と月ばかりを買はれることになつた。大阪の二流どころの役者と一座するので、二の變《かは》りか、三の變《かは》り目までと云ふ約束だつた。

話の定《きま》つた晩、美佐枝は床《とこ》へ入つてから光島に逢へないのが悲しくつて泣いた。翌日《あくるひ》から京都へ行つて直ぐ演《や》らなければならない所作《しぐさ》の稽古をさせられた。それが辛く思はれて美佐枝の覺えは惡るかつた。常磐津の連中が來た時、其の前に立つて合はさせられたけれども少しも出來なかつた。百音は、衆人《みんな》の前で。

「おい舞臺へかけるんだぜ。およし。」

と云つて中途で止めさせて了《しま》つた。美佐枝は恥を掻いたように思つた。常磐津の連中は唄も三味線も六人ながら女であつたが其の中で三味線の方に美しい娘がゐた。佐美枝は特にその人に極りが惡いように感じた。

その晩百音は癇癪の筋を額《ひたひ》に張つて三時間餘りも叱言《こゞと》を云つた揚句、二時過ぎる頃までも稽古を續けさせられた。

嚴しい母親の顏色に戒められながら、今夜は美佐枝は戰くほどの恐怖《こはさ》も覺えなかつた。男を思ひ續ける情が眼に閃《ひら》いて踊る手振が艶に見えたのを、傍に見てゐたお京は美佐枝の藝はめき〳〵上達《あが》ると思つて感心をしてゐた。百音は唯苦い顏をしてゐた。

歌代も京都へ従いてゆくのでこの頃は毎日通《かよ》つて來た。これが京都で一座する座頭の寫眞だと云つて、歌舞伎雜誌を持つて來て見せた。

治兵衞、勘平、お初、いろ〳〵に扮裝したその役者の寫眞が一と纏めになつて出てゐた。

上方役者は色ぽいと歌代は賞めて、

「こんどは旅だで、お周旋《とりもち》して上げう。」

と小聲で云つた。

「新派の方が好きだ。」

と美佐枝が云ふと

「結城か。」

と云つて歌代は獨りで笑つた。

光島さんを知らないいんだと美佐枝は人に見せられない秘藏《だいじ》なものを猶ぢつと抱へ込むような心持《こゝろもち》で、口を結んで思ふ人の名を云はずにゐる。歌代は戀馴れない娘を嘲弄《からか》ひ榮《は》えのすると云つた樣な笑ひ方で少時《しはらく》その顏を見てゐた。午後《ひろ》から兩人は買ひ物に出かけた。

朝からの雨が少し小止《をや》みになつて、門の柳が乾いた色に見えた。美佐枝は絣の合羽《かつぱ》を着て、朱蛇《しゆじや》の目の傘を歌代と合傘にして歩いた。泥濘《ぬかるみ》道が厚い雲の遮りから僅に漏れる日の光りを受けてきら／＼する。俯向いた眼にそれが入ると晴れたのかと思つて傘越しに美佐枝は空を見た。雨はばら／＼降つてゐた。電車通りへ出ると、百音の持藥なぞを買つたり、小間物店へ寄つて指環の直しを受取つたりして兩人は又家へ戻つた。

あなたが堅くつて師匠は仕合せだ、先の娘は浪花《なには》節《ぶし》語《かた》りとまで出來合つたりした。京都へ行つたら少し浮氣をした方がいゝと歌代が云つた。美佐枝は默つてゐた。

淺草橋のところで、黑の紋付で銀杏返《いてふがへ》しにした藝者が、車の幌《ほろ》を刎《は》ねて行つたので兩人は雨の止んだのに氣が付いた。

家へ歸ると、羽二重《はぶたへ》當てを拵へてゐるお京の傍で鏡を拭いてゐた百音が、

「光島がお前にと。」

と腮で火鉢の傍のものを示した。

美佐枝は默つて百音の顏を見た。外へ出なければよかつたと云ふ後悔が直ぐ胸を衝《つ》いた。

「もうあの人と逢ふ縁はないんだ。きつと。」

斯う考へた美佐枝は、涙で眼が開いてゐられなくなつた。開封《あけ》ようとした包みを其の儘にして合羽を脫ぎに玄關へ戻つて行つて、其所で涙を拭き取ると又座敷へ行つた。

黑塗の箱の中に夫婦《めをと》の豆人形《まめにんぎやう》が入《はい》つてゐる。

「それが光島の與れたものだつた。

「こんなもの。」

美佐枝の瞼の膨らんだのが、溢れる涙を危ふく堰《せ》いてるやうに見えた。

「人形かい。」

百音が首を延ばして云つた。

「おゝまあ可愛いゝの。」

と後から入つて來た歌代が仰山《ぎやうさん》に云つた。其れ限り誰も人形の事を云はなかつた。光島の事も云はなかつた。

その晩、旅《たび》行の準備《したく》をしてゐる時美佐枝はそつと行李の端《はじ》に光島に貰つた人形を入れてるのを百音に見られた。

百音は何とも云はなかつた。そして京都へ行つたら美いのを一とつ買はうと云つた美佐枝はほつとした顔の内に、無邪氣《むじやき》らしい笑《ゑ》みを作つた。歌代は顔をする道具を揃へながらそれを見てゐた。

明日《あした》新橋《しんはし》で逢ふ約束をして歌代が歸つて了ふと、百音も床に入《はい》つた。明日《あした》が一番だからと云つてお京は徹夜《よあかし》をするつもりである、美佐枝も寢なかつた。

夜るになつて又降り出した雨が止まずにゐる。樟腦の匂ひが濕つた部屋に籠つてゐる中で、美佐枝は人形を入れた行李に寄りかゝつて、晝間歌代の持つて來た歌舞伎雜誌の寫眞版を見てゐたが、ふつと自分が京都から歸つてくると、直ぐ光島に逢ふことが出來ると云ふ感じが湧いた。どうしてなのか其れは分らなかつたけれ共、美佐枝は嬉しそうにして雑誌の紙をひら／＼と片手で繰つた。（をはり）

小説

浮《うは》氣《き》

田村とし子

『一』

お縫《ねい》は寝床《ねどこ》をでると長火鉢《ながひばち》の前《まへ》に赤《あか》いメリンスの扱《しご》きを引《ひ》きずつた儘《まゝ》座《すは》り込《こ》んだ。

二階《にかい》の欄干《てすり》にお縫《ねい》の長襦袢《ながじゆはん》だの、板締《いたじ》め絹《きぬ》の下着《したぎ》だのがいつぱいに干《ほ》しひろげてある。その干物《ほしもの》の赤《あか》や紫《むらさき》に反射《はんしや》した晝《ひる》の日光《につこう》が、お縫《ねい》の熱《ねつ》ばんだ眼《め》に痛《いた》くしみた。

お縫《ねい》は太儀《たいぎ》そうに首《くび》を肩《かた》の上《うへ》に落《おと》すように曲《ま》げて、白梅《しらむめ》の十錢《せん》の袋《ふくろ》の破《やぶ》けた口《くち》へ煙管《きせる》の雁頸《がんくび》を突《つ》つ込《こ》んで引《ひ》きよせると、いやそうに、まづそうに口《くち》をねば〳〵させながら、吸《す》ひつけた煙草《たばこ》をのんだ。吸売《すいがら》を火鉢《ひばち》のふちで叩《はた》くたびに、根《ね》の抜《ぬ》けた島田《しまだ》の髷《まげ》がばく〳〵した。

階下《したた》の臺所《だいどころ》で此家《こ》の女房《にようばう》と大《おほ》きな聲《こゑ》で話《はな》しをしてゐる母親《はゝおや》の聲《こゑ》がはつきりと聞《き》こえる。お縫《ねい》はその呑氣《のんき》そうな調子《てうし》が無暗《むやみ》と自烈度《じれつた》くて身体《からだ》をゆすぶりたい程《ほど》ぢり〳〵した。

『おつかあ――――んつ』

と自暴《やけ》な聲《こゑ》で呼《よ》んだ。

『あい。』

柔《やさ》しい返事《へんじ》を聞《き》くとお縫《ぬい》はちよいと奇麗《きれい》な眼《め》をうごかして溜息《ためいき》した。

おそうは急《いそ》いで階子段《はしごだん》を上《あが》つてきた。いゝから揚《あ》げと菜《な》を煮付《につ》けたのを小《ちい》さな青《あを》い瀬戸《せと》の蓋物《ふたもの》に入《い》れて持《も》つてきた。お縫《ぬい》の何《なに》か云《い》ひそうな顔《かほ》を見《み》ると母親《はゝおや》は押《お》つぷせるやうに、

『階下《した》で下《くだ》すつたんだよ。』

と云《い》つて鼠入《ねずみい》らずの上《うへ》に蓋物《ふたもの》を乘《の》せた。お縫《ぬい》はいやな顔《かほ》をしながら默つてゐた。

六疊一《じやうひ》と間《ま》ぎりなので、成《な》る丈座敷《たけざしき》を廣《ひろ》く使《つか》ふようにと鼠入《ねずみい》らずも長火鉢《ながひばら》も邪魔物《じやまもの》のやうに隅《すみ》に押付《おしつ》けてあつた。簞笥《たんす》の横《よこ》には蓋《ふた》の仕切《しき》れない葛籠《つゞら》が並《なら》んでゐる。つゞらの上《うへ》に三味線《さみせん》を二挺《ちやう》引《ひ》つかけた儘《まゝ》三味線《さみせん》かけが立《た》てかけてある。釘《くぎ》がとれたぎり母子《おやこ》は金槌《かなづち》を階下《した》で借《か》りやう〳〵と云《い》つてその儘《まゝ》にしてゐた。

隣室《となり》も六疊《じやう》であつた。隣室《となり》の部屋《へや》には年《とし》の若《わか》い繪師《ゑし》が住《す》んでゐる。この二階《かい》二《ふ》た間《ま》を間貸《まが》りしてゐる階下《した》の稼業《しやうがい》は仕事師《しごとし》であつた。五番組《ごばんぐみ》の頭《かしら》をしてゐる家主《あるじ》は痘痕《あばた》だらけの醜男《ぶをとこ》だけれど女房《にようぼ》は色《いろ》の白《しろ》い、毛《け》の濃《こ》い、鼻《はな》の丸《まる》いのが疵《きず》だが粋《いき》の女《をんな》であつた。昔《むかし》は吉原《よしはら》の引手茶屋《ひきてぢやや》の女中《ぢよちう》だつたとよく自分《じぶん》でその頃《ころ》の話《はなし》をする。始終《しじう》入《い》れ歯《は》をかむ癖《くせ》があつた。

『もう少《すこ》しかうして置《お》くかい。』

母親《はゝおや》のおそうは蒲團《ふとん》を持《も》ち上《あ》げながら聞《き》いた。

『頭《あたま》が痛《いた》くつて仕樣《しやう》がないからもう少《すこ》し然《そ》うしておいてお呉《く》れ。寝《ね》るかもしれない。』

お縫《ぬい》はまづそうに、まだ煙草《たばこ》をのんでゐる。

お縫《ぬい》が水戸《みと》から歸《かへ》つて來《き》てからもう二《ふ》た月《つき》ほどになるけれ共《ども》、身体《からだ》の工合《ぐあひ》はちつともはつきりしなかつた。水戸の方からも押《お》しても歸《かへ》つてくるやうにと云《い》ふほどの嚴《きび》しいことも云《い》つてよこさなかつた。

『賣《う》れない藝者《げいしや》なんざ、然《そ》う欲《ほ》しいこともないんだらう。』

お縫《ぬい》は然《そ》う思《おも》つて、もう二十八も越《こ》そうとする自分《じぶん》の身体《からだ》を持《も》ちあぐねる。そうして自分《じぶん》で自分《じぶん》の身体《からだ》をくさらして、わざと病氣《びやうき》になるやうに病氣《びやうき》の中《なか》へ身体《からだ》を押《お》し込《こ》むやうにして寝《ね》てくらしてゐる。

3

歸《かへ》つた當座《たうざ》一日置《いちにちお》きに通《かよ》つてゐた、今川橋《いまがはばし》の婦《ふ》人科醫《じんくわゐ》のところへもお縫《ぬい》はもうこの頃《ころ》は行《ゆ》かなかつた。

「おそうも火鉢《ひばち》の傍《そば》へよつて煙草《たばこ》をのんだ。

「阿母《おつか》さん。行《い》つてくるんだらう。」

「あゝ。行《い》つてこなくつちや。」

二人《ふたり》は然《そ》う云《い》つて、たゞ煙草《たばこ》ばかりのんでゐる。

『氣《き》の毒《どく》だねえ。』

『仕方《しかた》がないやね。』

おそうは葛籠《つゞら》の前《まへ》へ座《すは》つて中《なか》を開《あ》けた。洗《あら》ひざらした浴衣《ゆかた》ばかり濕《しめ》つぽい匂《にほ》ひを含《ふく》んで重《かさ》なつてゐる。帶上《おびあ》げのきれだのお召《めし》の前《まへ》かけだのが押《お》し丸《まる》めて隅《すみ》つこに入《はい》つてゐた。

『その中《なか》にやなんにもないよ。』

お縫《ぬい》は單衣物《ひとへもの》にかさねた袷《あわせ》の裾《すそ》を引《ひ》きずつて傍《そば》へ來《き》た。傍《わき》の簞笥《たんす》を開《あ》けると、中《なか》からお召《めし》の長《なが》いコートと紋付《もんつき》の羽織《はをり》を出《だ》してしばらく考《かんが》へてゐたが、もう一《ひ》とつお召地《めしぢ》と博多《はかた》の腹合《はらあは》せ帶《なび》をぬき出《だ》して、そこへかさねてやつた。

『帶《おび》が五圓《えん》——五圓《えん》はむづかしいかねえ。』

お縫《ぬい》はもう一度《いちど》帶《なび》を取《と》り上《あ》げて見《み》たが。

『博多《はかた》が古《ふ》るいんだから。』

と云《い》つた。

『羽織《はをり》は七圓《えん》かすだらう。コートが三圓《えん》ぐらゐなもんだね。

ぢや、これだけかい。

『二十圓《えん》ぐらゐにふつかけて御《ご》らん』

『承知《しやうち》さ。』

縞《しま》の風呂敷《ふろしき》を出《だ》してそれに包《つゝ》んだ。そうして前垂《まへだ》れをかけ直《なほ》してその風呂敷《ふろしき》を右《みき》の脇《わき》にかい込《こ》むと。

『行《い》つてくるから、冷《ひ》えないやうに寢《ね》てゐなよ。』

5

と云《い》つておそうは出《で》て行《い》つた。

『阿母《おつか》さんも年《とし》を老《と》つて。』

と思《おも》ふとお縫《ぬい》はたまらなく悲《かな》しかつた。身体《からだ》こそ達者《たつしや》だけれども、自分《じぶん》の爲《ため》に年《ねん》が年中苦勞《ねんぢうくらう》の絶《た》えつこもない。外《ほか》の人《ひと》はみんないゝ旦那《だんな》を持《も》つて其《そ》れ相當《さうたう》に母親《おふくろ》に樂《らく》もさせ、芝居《しばゐ》の一《ひ》とつも月《つき》に一遍《いつぺん》は見《み》たりして面白《おもしろ》くくらしてゐるのもあるのに、自分《じぶん》の母親《おふくろ》は自分《じぶん》の持病《ぢびやう》の浮氣《うはき》なために、何時《いつ》も身《み》の定《きま》りやうもなく人《ひと》の二階《にかい》なんぞを間借《まが》りして質屋《しちや》の使《つか》ひ歩《ある》きばかりしてると思《おも》ふと、お縫《ぬい》は涙《なみだ》の出《で》るほど氣《き》の毒《どく》だつた。

お縫《ぬい》が男《をとこ》の爲《ため》に旦那《だんな》をしくぢつたり、男《をとこ》の爲《ため》にあるつたけを剝《ね》がれちまつても、お縫《ぬい》の母親《おふくろ》は文句《もんく》一《ひ》とつ云《い》つたとがない。お縫《ぬい》は旅《たび》を稼《かせ》いでゐるうちにある男《をとこ》との仲《なか》に出來《でき》た子供《こども》を、母親《おふくろ》に托《あづ》けつ放《はな》して何《な》んの仕送《しおく》りもしないで二年《ねん》も過《す》ごしたことがあつた。おそうはその子《こ》をどうやら斯《か》うやら人手《ひとで》に渡《わた》さず自分《じぶん》で育《そだ》てゝ可愛《かわい》がつたが、三《みつ》つになつて死《し》んだ。お縫《ぬい》はもう他《ほか》の男《をとこ》に浮身《うきみ》をやつして北海道《ほつかいだう》までわたり歩《あ》るいて行《い》つちまつた時《とき》だつた。

一人《ひとり》の親《おや》のことを思《おも》ふとお縫《ぬい》はもう浮々《うかく》としてはゐられないと考《かんが》へる時《とき》がある。鏡《かゞみ》を見《み》てもお縫《ぬい》は色《いろ》つやのわるい眼《め》のくぼんだ自分《じぶん》の顔《かほ》に愛想《あいそ》をつかして、もう二度《ど》とふつくりした艶《つや》のいゝ顔《かほ》は見《み》られないのかと思《おも》ふとつく〳〵悲《かな》しくなる。それでゐて、矢《や》つ張《ぱ》り東京《とうきやう》にかうしてゐる間《あひだ》も、階下《した》へ出入《ではい》りする鳶《とび》のものゝうちで様子《やうす》の好《い》いのを見《み》たり、隣室《となり》の奇麗《きれい》な女惚《なんなつほ》れのする繪師《ゑし》を見《み》たりする度《たび》に、一寸遊《ちよつとあそ》んで見《み》たいやうな浮《うは》ついた氣分《きぶん》になる。自分《じぶん》が見《み》て、

『ちよいと好《い》い。』

と云《い》ふ男《をとこ》と戯談《じやうだん》を云《い》つたりしてゐないでは、お縫《ぬい》は日《ひ》がおくれなかつた。

空《そら》がかつきりと晴《は》れでいゝお天氣《てんき》だつた。お縫《ぬい》は寢《ね》るのもいやであつた。然《さ》うかと云《い》つて外《そと》へ出《で》るのもいやであつた。座敷《ざしき》の内《うち》からぼんやりと外《そと》を見《み》てゐると、五月《ぐわつ》のお幟《のぼ》りの鯉《こい》の尾《を》ひれが時々《とき〴〵》向《むか》ふの家根《やね》の横《よこ》から見《み》える。欄干《てすり》の下《した》の梅《うめ》の木《き》に若葉《わかは》がみつしりと茂《しげ》つてゐた。お縫《ぬい》は欄干《てすり》へ出《で》た。そうして梅《うめ》の實《み》の小《ちいさ》なのが葉《は》の蔭《かげ》にかくれるやうにして幾《いく》つも〳〵生《な》つてゐるのを珍《めづ》らしそうに眺《なが》めてゐた。

『ねへさん。お寢《やす》み。』

奇麗《きれい》な娘《むすめ》が入口《いりぐら》の唐紙《からかみ》を開《あ》けて顔《かほ》を出《だ》した。階下《した》の家の貰《もら》ひ娘《むすめ》で、みんなが「つうちやん」と云《い》つて呼《よ》んでる。つゝるだかつゞまだかつゝねだかお縫《ねい》はまだ知《し》らなかつた。

『つうちやんですか。お入《はい》んなさい。』

と欄干《てすり》のところでお縫《ねい》は云《い》つて少《すこ》し笑《わ》つた。

つうちやんは欄干《てすり》のところまで歩《あ》るいてきた。

『お加減《かげん》は。』

と聞《き》いた。

つうちやんは結《ゆ》ひ立《た》ての島田《しまだ》を見《み》せに來《き》たのだ。序《ついで》に隣室《となり》の繪師《ゑし》をのぞきに來《き》たのだとお縫《ねい》はちやんと察《さつ》してつうちやんの顔《かほ》を見《み》た。つうちやんはほんとに色《いろ》が白《しろ》い。顔立《かほだち》はそんなによくないが、生際《はへぎは》が濃《こ》い富士額《ふじひたひ》で、頬《ほゝ》が丸《まろ》くふつくりしてゐる。襦袢《じゆはん》の襟《えり》でも前垂《まへは》れの紐《ひも》でも何《なん》でも赤《あか》い色《いろ》をつかつてゐる。その赤《あか》い色《いろ》を見《み》るとお縫《ねい》は無性《むしやう》にうらやましい。そのくせ自分《じぶん》の長襦袢《ながじゆはん》は緋《ひ》の紋縮緬《もんちりめん》で、自分《じぶん》のよつかゝつてゐる欄干《てすり》にひろげてある。

『十二も違《ちが》ふんだもの。』

お縫《ねい》はつうちやんを見《み》る度《たび》に、自分《じぶん》の老《ふ》けた年《とし》を考《かんが》へさせられるやうな氣《き》がして憎《にく》らしかつた。色《いろ》の白《しろ》い丸《まろ》ひ頬《ほゝ》を見《み》ると、引《ひ》つつねつてどもやり度《た》い程《ほど》いら〳〵した。

『髪《かみ》がよくできましたね。』

と空々《そらぐ》しくわざと賞《ほ》めた。

『そう。あたしは潰《つぶ》しが好《す》きなんだけど、阿母《おつか》さんがまだ年《とし》がいかないのに生意氣《なまいき》だつて云《い》ふから。』

つうちやんは斯《か》う云《い》ひながら自分《じぶん》の髪《かみ》をいぢつて見《み》こ、

『似合《にあ》はないわねえ。』

と笑《わら》ひながら云《い》つた。

『小娘《こむすめ》はほんとに、ぢやれ猫見《ねこみ》たいでいけすかない。』

7

お縫《ね》はそう思《おも》ひながらだまつて笑《わら》つてゐた。

『おとなりの先生《せんせい》はお留守《るす》。』

と小《ちい》さな聲《こゑ》で聞《き》いた。お縫《ねい》は、

『ほうら。』

とお腹《はら》の中《なか》で可笑《をか》しかつたが、何《なん》だかまた腹《はら》の立《た》つやうな氣《き》がした。

『どうですか。見《み》てらつしやいな。』

大《おほ》きな聲《こゑ》でつけ〳〵云《い》つてから、

『つうちやんは、いゝいゝお隣《さな》りの先生《せんせい》に岡惚《をかほ》れしてるんだねえ。よろしく。』

とわざとはしやいで云《い》つて笑《わら》つた。でもお縫《ねい》の眼《め》は意地《いぢ》わるそうに光《ひか》つた。

『いゝわ。ねへさん。ひどいわ。からかつてさ。』

つうちやんは。一寸態《ちよつとしな》をして手《て》を上《あ》げてお縫《ぬい》の肩《かた》を打《よ》つた。お縫《ねい》は肩《かた》を外《はづ》して彼方《むかふ》を向《む》きながら、

『お門《かど》がちがいませう。お身代《みがは》りなんぞはいやだよ。』

『いゝわ。ずいぶん姐《ねへ》さんは意地《いぢ》がわるいよ。大《おほ》きな聲《こゑ》してさあ。』

なんだい田舎《ゐなか》藝者《げいしや》のくせに。つうちやんは一寸然《ちよつとそ》う思《おも》つて馬鹿《はか》にしたやうな顔《かほ》をしてお縫《ねい》を見《み》た。**三味線《さみせん》だつて「ナノナ」が**やつとの癖《くせ》に、
つうちやんが自分《じぶん》を馬鹿《はか》にしたのをお縫《ねい》は直《す》ぐさとつた。

『小生意氣《こなまいき》な。』

然《そ》う思《おも》ひながらお縫《ねい》は座敷《ざしき》へ入《はい》つて火鉢《ひはち》の前《まへ》へ座《すは》つた。

『つうちやん。いらつしやい。』

隣《さな》りから優《やさ》しい男《をとこ》の聲《こゑ》がした。

お縫《ねい》は仕限《しき》りの唐紙《からかみ》を見《み》てから、忌々《いまいま》しそうな顔《かほ》をした。

つうちやんは欄干《てすり》へ寄《よ》つかゝつて、袖《そで》を腮《あご》のところへ持《も》つていつたなり恥《はづか》しそうな**風《よう》をして、にこ〳〵笑《わら》ひながらだまつて**

8

ゐた。お縫《ねい》はその樣子《やうす》を見《み》ると、胸《むね》がわくゝついた。

『呼《よ》ぶやつも呼《よ》ぶ奴《やつ》だね。』

お縫《ねい》は大《おほ》きな聲《こゑ》で然《そ》う云《い》つてやり度《た》い氣《き》がした。

『つうちやん、呼《よ》んでるぢやありませんか。』

上釣《うはづ》つた、大《おほ》きな聲《こゑ》でお縫《ねい》は云《い》つた。

『つうちやん。いらつしやい。』

男《をとこ》がまた呼《よ》んだ。

つうちやんは、默《だま》つて座敷《ざしき》を拔《ぬ》けて、お縫《ねい》には何《なん》とも云《い》はずにそつと唐紙《からかみ》を開《あ》けて隣室《となり》へ入《はい》つて行《い》つた。

お縫《ねい》は呆《あき》れた顏《かほ》をしてつうちやんの行《い》つた後《あと》を見《み》てゐた。

「二」

『もつと此方《こちら》へいらつしやい。』

男《をとこ》の聲《こゑ》が聞《き》こえる。

『よう。いゝものを見《み》せて上《あ》げないよ。』

男《をとこ》がまた云《い》つた。

お縫《ねい》はぢつと耳《みゝ》をすまして隣室《となり》の物音《ものおと》を聞《き》いてゐる。

『つうちやんには　疾《と》うから惚《ほ》れてるんだもの。氣《き》の毒《どく》だね。』

それは戯談《じつだん》のやうに男《をとこ》は笑《わら》ひながら云《い》つてる。お縫《ねい》は何故《なぜ》だか安心《あんしん》したやうな氣《き》がした。つうちやんの聲《こゑ》はちつとも聞《き》こえない。

『つうちやんのお婿《むこ》さんに成《な》りたいな。御亭主《ごていしゆ》になつてつうちやんに一寸貴方《ちよいとあなた》なんて云《い》つてもらひたい。』

『いやあだ。』

小《ちい》さな聲《こゑ》で云《い》つたつうちやんの聲《こゑ》が聞《き》こえると、お縫《ねい》は「へつ」と云《い》ひそうな眼《め》で隣《とな》りを見《み》た。

『兄《にい》さんのお嫁《よめ》さんは大勢《おほぜい》ゐるぢやありませんか。奇麗《きれい》な人《ひと》が毎日《まいにち》くるくせに。』

9

たつた今《いま》まで自分《じぶん》の前《まへ》で先生《せんせい》と云《い》つてた人《ひと》を、平氣《へいき》で「兄《にい》さん」なんて云《い》つてるのが馬鹿《ばか》々々しいほどお縫《ぬい》には癪《しやく》にさわつた。

『へえ。そんなにお嫁《よめ》さんがゐますか。どんなに。』

『いやつ。』

大《おほ》きな聲《こゑ》をしようとして、態《わざ》と聲《こゑ》を潜《ひそ》ました。

きつと男《をとこ》が傍《そば》へ寄《よ》つたんだらうとお縫《ぬい》はびくりとした。

十何年《なんねん》の間《あひだ》水《みづ》稼業《かげふ》をして色《いろ》にも戀《こひ》にも倦《う》じつくした身體《からだ》でゐながら、何だつてこんな乳臭《ちゝくさ》い女《をんな》や男《をとこ》のきやつ〳〵と云《い》つて騒《さわ》いでるのに素人臭《くさ》くはら〳〵氣《き》を揉《も》んで、聞《き》き耳立《みゝた》てたりするのかと思《おも》ふと自分《じぶん》ながら恥《はづか》しかつた。お縫《ぬい》は、

『あゝあ。』

と大《おほ》きな、隣《とな》りへ聞《き》こえるほどな欠伸《あくび》をして寢《ね》床《とこ》の上《うへ》へころがつた。

『ありやモデルぢやないか。』

『モデロつてなに？』

『モデルだよ。』

『何《なに》をするの。』

『繪《ゑ》のお手本《てほん》になりにくるんさ。』

『どんなことするの。』

『分《わか》らない人《ひと》だな、繪《ゑ》のお手本《こほん》さ。まあつうちやんが然《そ》うやつてるだらう。ちつとして二時間《にじかん》でも三時間《さんじかん》でも然《そ》うしてゐて貰《もら》ふのさ。其所《そこ》を此方《こつら》で寫生《しやせい》するのさ。』

『いゝお錢《あし》にでもなるのか。ねえ。』

『然《そ》うさ。つうちやんもモデルになれば好《い》い。』

『いやなこつた。妾《あたし》は藝者《けいしや》になるんだわ。』

『藝者《げいしや》よりいゝわ。モデルの方《はう》がいゝわ。お錢《あし》になるわ。』

『わあいだ。わだつて、男《をとこ》のくせに。』

『僕《ぼく》は男《をとこ》ぢやないんだよ。つうちやんもモデルにおなり。百圓《ゑん》も二百圓《ゑん》もとれるんだ。』

『うそ。そんなにお錢《あし》がとれてあんな服裝《なり》をしてゐますか。ほんとに汚《きた》ない風《ふう》をしてるんだもの。』

『つうちやんはお嬢《じやう》さんだからねえ。』

『ひと、お嬢《じやう》さんぢやないけれど、人《ひと》のところへ行《ゆ》くのにあんな服裝《なり》なんかしないよ。』

圖《づ》に乘《の》つてしやべつてるつうちやんの話《はなし》を聞《き》き〳〵、お縫《ぬい》は少《すこ》し落着《おちつ》いた氣持《きもち》になつて寢《ね》ころんでゐた。

『つうちやんはほんとに可愛《かわあ》い顔《かほ》をしてるね。』

『どうせ可愛《かわあ》い顔《かほ》よ。モデロ見《み》たいぢやないんですからね。』

『あれ、賞《ほ》めてるんぢやないか。』

『賞《ほ》めなくつたつていゝわ。可愛《かわあ》い顔《かほ》にきまつてるんですからね。』

つうちやんは、いきなり唐紙《からかみ》を開《あ》けてばた〳〵と階子段《はしごだん》を下《お》りて行《い》つた。お縫《ぬい》は一人《ひとり》で笑《わら》つてゐた。


『三』

母親《かはちや》が五圓《ゑん》紙幣《さつ》を三枚《まい》持《も》つて歸《かへ》つてきた。

11

お縫《ぬい》は髪《かみ》を解《と》いて貰《もら》つて銀杏返《いてうがへ》しに引《ひ》つつめて結《ゆ》つてもらつた。そうして夕方《ゆふがた》つうちやんを誘《さそ》つて湯《ゆ》に行《い》つた。

夜《よ》るになると久《ひさ》し振《ぶ》りでお縫《ぬい》は母親《はゝおや》と一所《いつしよ》に酒《さけ》を飲《の》んだ。三味線《さみせん》を持《も》ち出《だ》して弾《ひ》きたいだけ弾《ひ》いて、歌《うた》ひたいだけ歌《うた》つて騒《さわ》いだ。

仕事師《しごとし》の連中《れんちう》が二三人上《にんあが》つて來《き》た。階下《した》の息子株《むすこかぶ》になつてゐる「纒《まとい》」の竹《たけ》ちやんが「北州《ほくしう》」をやつた。お縫《ぬい》は居《ゐ》ずまひを崩《くづ》して赤《あか》いものをちら／＼させながら、薄化粧《うすげしやう》をした頸《ゑり》をぬき衣紋《えもん》にして、柱《はしら》によつかゝつて三味線《さみせん》を弾《ひ》いてる姿《すがた》が、みんなに好《い》い心持《こゝろもち》をさせるほど仇《あだ》つぽかつた。

お縫《ぬい》が此家《こゝ》へ歸《かへ》つて來《き》てからまだ一度《いちど》も三味線《さみせん》を持《も》つたことがない、だから誰《だれ》もお縫《ぬい》の腕《うで》を知《し》らなかつたけれ共《ども》、今夜《こんや》始《はじ》めて撥《ばち》の冴《さ》へを聞《き》いてみんな階下《した》の連中《れんちう》は感心《かんしん》をした。

『ねへさんは美《い》い聲《こゑ》だねえ。』

と云《い》ひながら階下《した》の女房《にようぼう》も上《あが》つて來《き》て、階子《はしご》の入《い》り口《くち》から顔《かほ》を出《だ》した。

『どうぞ此方《こつち》へおいでなすつて。』

母親《はゝおや》がお愛想《あいさう》を云《い》ふと、お縫《ぬひ》はよつかゝつた儘《まゝ》、一寸會釋《ちよいとえしやく》をして三味線《さみせん》をひいてゐた。

『みせすがゞきに風《かぜ》――かをる。すだあれえゝゝゝ、かゝげえて、ほとゝぎす。』

お縫《ぬひ》は竹《たけ》ちやんの聲《こゑ》に合《あ》はして、張《は》れるだけの聲《こゑ》を上《あ》げて唄《うた》つてゆく。竹《たけ》ちやんは行儀《ぎやうぎ》よく、前巾《まへはで》の狭《せま》い膝《ひざ》をそろへて膝《ひざ》の上《うへ》へ手《て》をついて首《くび》をふりながら唄《うた》つてる。

『竹《たけ》、こうの聲《こゑ》はちつともしないぢやないか。』

階下《した》のおかみさんが笑《わら》つた。

途中《とちう》で竹《たけ》ちやんはとう／＼止《や》めてしまつて、お縫《ぬひ》が一人《ひとり》で弾《ひ》きながら唄《うた》つた。

『いゝ藝《げい》だ。』

おかみさんがつく／″＼感心《かんしん》して、母親《はゝおや》の吸《す》ひつけて出《だ》した煙管《きせる》を受《う》けとりながら然《そ》う云つた。田舎《ゐなか》には惜《を》しいもんだが、年《とし》が年《とし》だからと内々《ない／＼》然《さ》う思《おも》ひながら。

大津繪《おほつゑ》だの、獨々逸《どゝいつ》だの、仕事師《しごとし》たちは好《い》い氣《き》になつて散々《さん／＼》うたつたりはやしたりする。

『お前《まへ》たちはなんだ。ねへさんに御祝儀《ごしゆうぎ》も出《だ》しもしないで、あべこべにお酒《さけ》を御馳走《ごちそう》になつてら。野郎《やらう》の面《つら》よごしだねえ。』

おかみさんが笑《わら》ひながら云《い》つてる。つうちやんが上《あが》つて來《き》た。

『ねへさん、この人《ひと》にも時々《ときぐ》さらつてやつて呉《く》れませんか。常盤津《ときわづ》を少《すこ》しばかりやらしたんですけれどね、ヽヽから不器用《ぶきよう》な質《たち》でね何《なに》をやらしても無駄《むだ》なんですよ。』

『妾《あたし》も藝者《げいしや》になるんだから。』

つうちやんが自慢《じまん》そうな顔《かほ》をする。

『少《すこ》し、ねへさんに仕込《しこ》んでおいたゞき。』

つうちやんは一寸《ちよいと》お辭儀《じぎ》をした。ふだん阿母《おつか》さん達《たち》がまだお縫《ぬひ》の手並《てなみ》を知《し》らないうちは三文藝者《さんもんげいしや》の田舍藝者《いなかげいしや》だのと云《い》つて惡《わ》る口《くち》を云《い》つたのをつうちやんは聞《き》いてたから、ほんとに然《さ》うかと思《おも》つてゐたが、今夜《こんや》がまた皆《みんな》が賞《ほ》めだしたので、つうちやんもねへさんをうやまい度《た》い樣《やう》な氣《き》になる。

お縫《ぬひ》はだまつて散々《さんぐ》三味線《さみせん》をひいてから止《よ》した。眼《め》のふちがぼうつと赤《あか》くなつてゐる。

お縫《ぬひ》は竹《たけ》ちやんを何《ど》うかして見《み》たい氣《き》がした。色《いろ》の白《しろ》い、初心《うぶ》な、仕事師《しごとし》にも似合《にあ》はず品《ひん》のいゝ面《おも》ざしが氣《き》に入《い》つてゐた。

竹《たけ》らやんは柄《がら》の小《ち》さな男《をとこ》だつた。

『お前《まへ》さんは聲《こゑ》もいゝし、間《ま》もいゝから、せつせとお遣《や》んなさいよ。妾《あたし》が遊《あす》んでるうちは毎晩稽古《まいばんけいこ》に來《き》てもいゝ。』

お縫《ぬひ》は竹《たけ》ちやんを見《み》て笑顔《えがほ》を作《つく》つた。

『へ。おだてちや厭《いや》だせ。いゝ聲《こゑ》なもんか。』

竹《たけ》ちやんは舌《した》つたらずの樣《やう》な調子《ちやうし》で云《い》つてる。お縫《ぬひ》にはそれがまた可愛《かあい》らしかつた。皆何所《みんなどこ》かへ行《い》つちまつて竹《たけ》ちやん一人《ひとり》殘《のこ》ればいゝのにと思《おも》つた。

『ねへさんに賞《ほ》められちや。竹兵衛《たけべゑ》何《なに》かをごんない。』

外《ほか》の仕事師《しごとし》が竹《たけ》ちやんを突《つ》つつく。

『はゝゝ。ねへさんにお世辭《せじ》を云《い》つてもらつて、お前《まへ》だまつてるのかい。握《にぎ》りこぶしぢやすまないよ。』

おかみさんが笑《わら》つてる。

13

『妾《あたし》や、ね、おかみさん、竹《たけ》ちやんに惚《ほ》れたんですよ。』

お縫《ぬひ》が然《さ》う云《い》ふと、みんながわつと囃した。竹《たけ》ちやんはあわてゝおかみさんを突《つ》き退《の》けて階下《した》へ下《お》りて行《い》つちまつた。

あとで皆《みんな》がわつと笑《わら》つた。

之れが機會《きつかけ》になつて男《をとこ》たちは階下《した》へおりて行《い》つた。おかみさんとつうちやんは殘《のこ》つてゐた。

『ねへさんは信州《しんしう》を嫁《かせ》いだことがあるんですか。』

とおかみさんが聞《き》いた。

『信州《しんしう》の方《はう》は一度《いちど》も。』

とお縫《ぬひ》は眞目面《まじめ》な顏《かほ》をして、火《ひ》鉢《はち》の方《はう》へすりよつて來《き》た。

『うちの親類《しんるゐ》で一軒信州《いつけんしんしう》で藝者《げいしや》家をやつてるものがあるんですよ。毎年仕入《まいねんしい》れに出《で》てきちや、家《うち》の世話《せわ》で一人《ひとり》や二人《ふたり》はきつと連《つ》れてゆくんですがね、今年《ことし》も若《わか》い子《こ》と。年《とし》がちつといつてゝも好《い》いから腕《うで》の達者《たつしや》なのを一人《ひとり》ほしいなんて云《い》つて來《き》てるんだけれどねえ。』

おかみさんはお縫《ぬひ》の顏《かほ》を見《み》ながら云《い》つた。

『あたしは、もう藝者《げいしや》は駄目《だめ》。素《す》つ堅氣《かたぎ》になつて內職《ないしよく》でもしやうかと思《おも》つてるんですもの。年《とし》を老《と》つちやこんな稼業《かぎやう》は駄目《だめ》ですね。』

『まだ〳〵ねへさんなんか稼《かせ》ぎ盛《ざか》りだね。きりやうは美《よ》し藝《げい》があるし。ねえ、阿母《おつか》さん。』

母親《はゝ》が笑《わら》つてゐた。

『いつたいこの阿母《おつか》さんは慾《よく》がないね、少《すこ》し阿母《おつか》さんがみつちくねへさんに稼《かせ》がせるといゝんだけれど。』

『この子《こ》には持病《ぢびやう》があるから困《こま》るんです。』

『浮氣《うはき》の持病《ぢびやう》なんか、阿母《おつか》さんの鞭《むち》の持《も》ちよう一《ひ》とつさ。惜《お》しいやね。もう今《いま》つから稼業《かぎやう》をすてるのは。』

お縫《ぬひ》は笑《わら》つてゐた。

『四』

おかみさんが下《お》りて行《い》つてしまふと、おそうは湯《ゆ》に行《ゆ》くと云《い》つて出《で》て行《い》つた。

お縫《ぬひ》は爪彈《つめび》きで、まだしばらく三味線《さみせん》を放《はな》さなかつたが、泣《な》きたいほど淋《さび》しくなつて三味線《さみせん》をやめた。そうしてぼつと洋燈《らんぷ》の灯《ひ》を見詰《みつ》めてゐると、唯陰氣《たゞいんき》で〳〵地獄《ぢごく》の底《そこ》へでも引《ひ》き込《こ》まれたやうにくさ〳〵した。

お縫《ぬひ》は手酌《てじやく》で殘《のこ》つてゐる酒《さけ》をのんだ。そうしてづき〳〵する頭《あたま》を押《おさ》へて仆《たほ》れかゝるやうに火鉢《ひはち》のふちへ寄《よ》りかゝつた。こんな時《とき》、甘《あま》いことを云《い》つてくれる男《をとこ》がほしかつた。

お縫《ぬひ》は隣《とな》りの男《をとこ》を思《おも》ひ出《だ》して呼《よ》んで見《み》やうかと思《おも》つたが、つうちやんなんぞを相手《あひて》にして嬉《うれ》しがつてる樣《やう》な男《をとこ》なんぞに、惚《ほ》れた顏《かほ》をするのも業腹《ごうはら》なやうな氣《き》がして、又《また》ぢつと考《かんが》へこんでゐた。

若《わか》い時《とき》、下谷《したや》で賣《う》りだした時分《じぶん》、今歌舞伎座《いまかぶきざ》でかなりに騷《さは》がれてるある役者《やくしや》と浮名《うきな》をながしたことを思《おも》ふと、あんなくだらない男《をとこ》なんぞに、のろい顏《かほ》を見《み》せるのも忌々《いま〳〵》しかつた。それでゐて、矢《や》つ張《は》り階下《した》の竹《たけ》ちやんなんぞよりは隣《とな》りの男《をとこ》の方《はう》が嬉《うれ》しい氣《き》がした。

お縫《ぬひ》はそんなことを思《おも》ひながら、昔自分《むかしじぶん》から惚《ほ》れぬいて苦勞《くらう》をした男《をとこ》を思《おも》ひ出《だ》して見《み》た。

東京《とうきやう》で稼《かせ》いでる頃《ころ》は大抵藝人《たいていげいにん》で苦勞《くらう》した。落語家《はなしか》、長唄《ながうた》の三味線彈《さみせんひ》き、役者《やくしや》なんぞはいゝところの若手《わかて》をずい分道樂《ぶんだうらく》した。

東京《とうきやう》を食《く》ひつめて小田原《をだはら》へ都落《みやこおち》して、其處《そこ》で一番深《いちばんふか》くなつたのは可成金持《かなりかねもち》の息子《むすこ》だつた。その人《ひと》を家《うち》へ引《ひ》き入《い》れるやうになつてから、お縫《ぬひ》は散々《さん〳〵》憂《う》き目《め》を見《み》た。

それからは田舍《ゐなか》から田舍《ゐなか》へと渡《わた》つて歩《あ》るいて、何所《どこ》へ行《い》つても抱《かゝ》への身《み》でそれ程《ほど》の我《わ》が儘《まゝ》も出來《でき》ない中《なか》から、矢《や》つ張《は》り惚《ほ》れた男《をとこ》がなくつては一日も送《おく》れなかつた。

一番忘《いちばんわす》れられないのは、お縫《ぬひ》が仙臺《せんだい》へ行《い》つた時《とき》、抱《かゝ》へ主《ぬし》は料理店《りようりてん》であつたが其所《そこ》の息子《むすこ》と深《ふか》くなつた時《とき》であつた。『梅暦《うめごよみ》』もどきでお縫《ぬひ》はおもしろいやうな飽氣《あつけ》ないやうな日《ひ》を送《おく》つた。その奇麗《きれい》な顏《かほ》がお　《ぬひ》には忘《わす》られなかつた。

『お縫《ぬひ》は面食《めんく》ひだつた。

こ
小供《ごも》までできたのは桐生《きりふ》にゐた頃《ころ》の賭博打《はくちうち》だつた。お縫《ぬひ》はその男《をとこ》のために隨分《ずゐぶん》ひどい目《め》にあつてゐる。

お縫《ぬひ》は昔《むかし》のそんなことを思《おも》ひながら。まだ〳〵面白《おもしろ》い目《め》がして見《み》たかつた。水戸《みと》へ行《い》つてからお縫《ぬひ》は浮身《うきみ》をやつした男《をとこ》は一人《ひと》もなかつた。

「前川《まへかは》さん。」

お縫《ねひ》は唐紙越《からかみご》しに聲《こゑ》をかけた。

留守《るす》だつたのか、隣《となり》では返事《へんじ》をしなかつた。お縫《ねひ》は簞笥《たんす》の前《まへ》へ行《い》つて襟《えり》のかゝつた手《て》ずれたお召《めし》の袷《あはせ》を着《き》かへて、上《うへ》から半《はん》コートを引《ひ》つかけると、先刻《さつき》母親《はゝおや》の置《お》いて行《い》つた紙幣《さつ》を帯《おび》の間《あひだ》へ捻《ね》ぢ込《こ》んで、そつと仕限《しき》りの唐紙《からかみ》を開《あ》けて入《はい》つた。

男《をとこ》は床《とこ》を敷《し》いて寝《ね》てゐた。洋燈《らんぷ》の灯《ひ》がほそくついてゐた。

『もうお寝《やす》み。一寸《ちよいと》お起《お》きなさいな。いゝ話《はなし》があるんだからさ。』

お縫《ねひ》は男《をとこ》の蒲團《ふとん》の上《うへ》から抑《お》して云《い》つた。男《をとこ》はおどろいた様《やう》に突然飛《いきなりと》びおきて蒲團《ふとん》の上《うへ》に堅《かた》く座《すは》ると、女《をんな》を見上《みあ》げながら、

『おどろかせるなあ。』

と云《い》つた。お縫《ねひ》は輕く笑《わら》つた。

『どうも失禮《しつれい》。前川《まへかは》さん、これから御飯《ごはん》を食《た》べに行《ゆ》かう。一所《いつしよ》においでなさいな。』

男《をとこ》はどう返事《へんじ》をしていゝのか分《わか》らないと云《い》ふ様《やう》な顔色《かほいろ》をして、頭《あたま》の後《うしろ》を平手《ひらて》でさすりながら。

『もう寝《ね》ちまつたんだから。』

と云《い》ひながら、洋燈《らんぷ》の明《あか》りをねぢつて明《あか》るくした。

『起《お》きりやいゝぢやないか。一寸《ちよいと》食《た》べに行《ゆ》かうよ。何《なん》でも奢《おご》らうぢやないか。妾《わたし》と一所《いつしよ》ぢやいけないの。ちよいと、』

お縫《ねひ》は、二十二三の男《をとこ》の若《わか》い頰《ほゝ》を突《つ》ついて遣《や》りたいほど、酔《よ》つて他愛《たあい》のない氣《き》が浮々《うか〳〵》とした。

『よう。交際《つきあつ》たつていゝぢやないか。』

お縫《ねひ》は男《をとこ》の手《て》を引《ひ》つぱつた。

『二人《ふたり》で一所《いつしよ》に出《で》るところを見《み》られたりするとよくないからなあ。』

男《をとこ》は煮《に》ゑ切《き》らない返事《へんじ》をしながら、時々《とき〳〵》お縫《ねひ》の酔《よ》つてる顔《かほ》を見《み》た。

『ぢや、別々《べつ〳〵》に出《で》ればいゝぢやないか。妾《あたし》は後《あと》から出《で》るからお前《まへ》さんは先《さ》きへ出《で》て角《かど》で待《ま》つておいで。いやかい。』

『僕《ぼく》、困《こま》るなあ。』

男《をとこ》が急《きふ》には立《た》ちそうもないのがお縫《ねひ》は自烈度《じれつた》くつて仕方《しかた》がなかつた。

『阿母《おつか》さんが歸《かへ》つてくるとまた面倒臭《めんだうくさ》いやね。よう。早《はや》くおしつたら。』

『あなたは醉《よ》つてるんだから。』

『醉《よ》つてたつていゝぢやないか。醉《よ》つてゐたつて大事《だいじ》な人《ひと》を見違《みちが》へやしないよ。』

お縫《ねひ》は大《おほ》きな聲《こゑ》で笑《わら》つた。

『ぢらすもんぢやない。先《さ》きへ出《て》て待《ま》つておいで。いゝかい。妾《あたし》は後《あと》から出《で》るから。』

男《をとこ》はうなづいた。お縫《ねひ》は又自《またじ》分《ぶん》の座《ざ》敷《しき》へ歸《かへ》つて來《き》た。何《なん》だか他《た》愛《あい》もなくお縫《ねひ》は嬉《うれ》しかつた。

しばらく經《た》つて男《をとこ》はそつと階《し》下《た》へおりて行《い》つた。

『おや。今時《いまじ》分《ぶん》からお出《で》かけ。』

と聲《こゑ》をかけたかみさんの聲《こゑ》がした。

『ちよいと。直《す》ぐ歸《かへ》ります。』

男《をとこ》の挨拶《あいさつ》した返事《へんじ》がはつきりしてゐた。

『中々《なかなか》、食《く》へないね。』

そう云《い》ひながらもお縫《ねひ》は前川《まへかは》の聲《こゑ》が身《み》にしみるやうな氣《き》がした。角《かど》で待《ま》つてるんだらうと思《おも》ふとお縫《ねひ》の腰《こし》は落付《おちつ》かなかつた。變《へん》に思《おも》はれてもいゝと覺悟《かくご》してお縫《ねひ》も直《す》ぐ後《あと》から階《し》下《た》へおりた
出《で》口《ぐち》の臺所《だいどころ》には誰《だれ》もゐなかつた。

外《そと》へ出《で》ると男《をとこ》は路《ろ》次《じ》の角《かど》で、彼方向《むかつむ》きに立《た》つてゐた。空《そら》が雲《くも》つて星《ほし》の影《かげ》も見《み》えなかつた。

『なか〳〵、女《をんな》つたらしだよ。この人《ひと》は。』

お縫《ねひ》は然《さ》う云《い》ひながら男《をとこ》の傍《そば》へ行《い》つた。男《をとこ》は默《だま》つてゐた。二人《ふたり》は通《とほ》りを一《ひ》とつ越《こ》した淺草《あさくさ》の公園《こうゑん》の入《い》り口《ぐち》へ向《むい》て歩《ある》いて行《い》つた。


『五』


お縫《ねひ》は昨夜《ゆふべ》おそく歸《かへ》つて來《き》た。階下《した》ではもう寢《ね》てしまつてゐたので二人《ふたり》で歸《かへ》つて來《き》たのを知《し》らなかつた。おそうは二人《ふたり》が上《あが》つてくると、また始《はじ》まつたなとそう思《おも》つた。

今朝《けさ》は十時《じ》を過《す》ぎてもお縫《ねひ》は起《お》きなかつた。眼《め》はとうに覺《さ》めてゐたのだけれ共《ども》、何《なん》となく起《お》きにくかつた。隣《とな》りの男《をとこ》が早《はや》く

17

おそうに斷《ことわ》つて外《そと》へ出《で》たのもお縫《ねひ》は知《し》つてた。

お縫《ねひ》は昨夜《ゆふべ》の自分《じぶん》のことを思《おも》ふと馬鹿《はか》らしくつて、つく〴〵身分《じぶん》の身体《からだ》がいやでならなかつた。

自分《じぶん》はいろ〳〵な事《こと》を云《い》つて男《をとこ》を困《こま》らせた。自分《じぶん》も醉《よ》つて云《い》ひたひ放題《はうだい》のことを云《い》つた。お縫《ねひ》は何《なん》だか母親《はゝおや》の手前《てまへ》も極《きま》りのわるい樣《やう》な心持《こゝろもち》で起《お》きづらかつた。

『身体《からだ》がわるいのかい。』

おそうは枕元《まくらもと》へ來《き》て然《さ》う聞《き》いた。

『あゝ、少《すこ》し。』

『男《をとこ》と遊《あそ》びまはれるくせに何《なん》だね。お起《お》きな。』

珍《めづ》らしくおそうは角《かど》の立《た》つたことを云《い》つた。

『自分《じぶん》の腕《うで》でする浮氣《うはき》なら何《なん》でもやるさ。情人《をとこ》を何百人《なんびやくにん》も持《も》たうとそりや勝手《かつて》だが、お前《まい》も少《すこ》し考《かんか》へたらどうだい。』

おそうは然《さ》う云《い》びながら座《すは》つた。

『男《をとこ》も男《をとこ》。何《なん》だいあんな書生《しよせい》ぽ。どこがいゝんだね。書生役者《しよせいやくしや》の下廻《したまは》りの出來損《できそこ》ない見《み》たいな。あんなものを追《お》つかけまわすなんて、十五や十六の小娘《こむすめ》ぢやあるまいし。いゝ年増盛《としまさか》りでよく恥《はづか》しくもない、あんまりだらしがなさ返《す》ぎるだらう。』

おそうはつけ〳〵と云《い》つた。

『何《なん》だね。見《み》つともない。惚《ほ》れやしないよ。あんなもんに。』

お縫《ねひ》は夜具《やぐ》の襟《えり》をかぶつて溜息《ためいき》した。

『夜《よ》る夜中《よなか》なんだつて一所《いつしよ》に歩《あ》るくんだい。』

『いゝぢやないか歩《あ》るいたつて。』

おそうは默《だま》つてしまつた。お縫《ねひ》は起《お》きなかつた。

阿母《おつか》さんの云《い》ふ通《とほ》り、あんまりだらしがないと思《おも》ふとお縫《ねひ》は自分《じぶん》の身体《からだ》の持つてきどころもない程《ほど》うんざりした。

お縫《ねひ》はまたうと〳〵としたと思《おも》ふと、つうちやんの聲《こゑ》で眼《め》がさめた。

『ねへさん、こんなハイカラが來《き》てるのよ。』

つうちやんはお縫《ねひ》のそばへ來《き》て、隣《となな》りを指《ゆび》さしながら小聲《こごゑ》でお縫《ねひ》に云《い》つた。お縫《ねひ》はちよいと厭《いや》な氣持《きもち》がした。

『ゐないんだらう。』

『兄《にい》さんはゐないんだけれどね、上《あが》つて待《ま》つてるつてずんく上《あが》りこんで來《き》てんの。』

『妬《や》けるんだね。つうちやんは。』

『戯談《じやうだん》ぢやないわ。あんな奴《やつ》。でもね阿母《おつか》さんが美《い》い女《をんな》だつてね、云《い》ふけれどね、よかないよ。』

『つうちやんほどの別嬪《べつぴん》がゐないからねえ。』

お縫《ねひ》は笑《わら》ひながら起《お》きた。臺所《だいどころ》へ顔《かほ》を洗《あら》ひにゆくのも極《きま》りがわるいので。髮《かみ》を結《ゆ》いながら湯《ゆ》に行《い》つてこようと思《おも》つた。

『呑氣《のんき》だね、ねへさんは。もうお晝《ひる》ぢやないか。』

『お晝《ひる》も晩《ばん》もないんだよ。』

お縫《ねひ》が髮結《かみゆひ》の道具《だうぐ》をまとめて、石鹸《しつばん》や手拭《てぬぐひ》を一所《いつしよ》にくるむとつうちやんを置《お》きつ放《はな》しで出《で》て行《い》つた。

三時間《じかん》もたつてお縫《ねひ》が歸《かへ》つてくると、臺所《だいどころ》にゐたつうちやんが、

『お歸《かへ》んなさい。まあよく出來《でき》たわねえ、いゝ恰好《かつかう》よ。ねへさんはほんとにいゝ髮《かみ》だわ、ちよいとまだ歸《かへ》らないのよ。』

立《た》てつゞけにかう云《い》つた。

『いゝぢやないか、人《ひと》のことなんぞ。』

『だつて、ねへさん、二人《ふたり》つ切《き》りで話《はなし》もしないで三時間《じかん》も四時間《じかん》もゐるんだもの。何《なに》をしてんだらうね。』

『歸《かへ》つてきたの。』

『兄《にい》さんはもう、さつき歸《かへ》つてきたんだよ。』

『へゝ。』

お縫《ねひ》はわざとぼけた顔《かほ》をして二階《にかい》へあがつた。

おそうが膳《ぜん》をこしらへて、火鉢《ひはち》で鯵《あぢ》をやいてゐた。お縫《ねひ》はだまつて鏡臺《きやうだい》を出《だ》してお化粧《つくり》をした。

『阿母《おつか》さん。夜芝居《よしばゐ》へでも行《い》つて見《み》やうかね。』

『いゝね。』

19

おつくりを濟《す》まして膳《ぜん》の傍《そば》へくると、

『昨夜《ゆふべ》の殘《のこ》りはちつともないのかい。』

とにつこりとお縫《ねひ》が笑《わら》つた。

『少《すこ》しあるよ。』

直《す》ぐわきの鼠入《ねずみい》らずから、燗徳利《かんさつくり》へ半分《はんぶん》ほど入《はい》つた酒《さけ》を出《た》しておそうは銅鈷《ごうこ》へ入《い》れた。つうちやんの云《い》つた通《とほ》り、隣《とな》りではことりとも音《おさ》がしなかつた。お縫《ねひ》は何《なん》となく氣《き》になつてならない樣《やう》な氣《き》がするのを、自分《じぶん》で馬鹿《ばか》〳〵しいと思《おも》つては外《ほか》の事《こと》にまぎらしてゐた。

食事《しよくじ》がすむとおそうは汚《よご》れものを持つて下《した》へおりて行《い》つた。お縫《ねひ》は僅《わづか》の酒《さけ》にいゝ心持《こゝろもち》になつて、欄干《てすり》のところへ出《で》て見《み》た。思《おも》ひがけなく、前川《まへかは》が隣《とな》りの欄干《てすり》のところから此方《こつち》へ顏《かほ》を出《だ》してにつと笑《わら》つた。お縫《ねひ》は澤《わけ》もなく憎《にく》い氣《き》がした。だまつて空《そら》を見《み》て立《た》つてゐた。

朝《あさ》から雲《くも》つてる空《そら》が、まだ降《ふ》るともつかず晴《は》れるともつかず雲《くも》つてゐる。もうこんなに日《ひ》が暮《く》れてるのかと思《おも》ふほどあたりが薄暗《うすぐら》かつた。

『今夜《こんや》、ちよいと出《で》ませんか。』

男《をとこ》が小《ちい》さい聲《こゑ》で云《い》つた。お縫《ねひ》は何故《なぜ》だかひやりとした。

『昨夜《ゆふべ》のお禮《れい》に今夜《こんや》はこつちで奢《おご》るから。』

『お客樣《きやくさま》なんでせう。』

『いゝえ。誰《だれ》もゐやしない。』

前川《まへかは》は妙《みやう》な顏《かほ》をした。その顏《かほ》が薄化粧《うすげしやう》したほど白《しろ》かつた。お縫《ねひ》は始《はじ》めてにつこり笑《わら》つた。

『出《で》てもいゝね。お前《まへ》さんはもう懲《こ》りてるんだらうと思《おも》つたんだけれど。』

お縫《ねひ》がそう云《い》ひながら、男《をとこ》の顏《かほ》をなまめかしくぢつと見《み》た。

『どうして。』

男《をとこ》もお縫《ねひ》の顏《かほ》を見《み》た。二人《ふたり》はちよつと笑《わら》つた。階子《はしこ》段《だん》を上《あが》つてくる足音《あしおさ》がしたので、お縫《ねひ》は、

『六時《じ》。』

とはつきりと云《い》つて中《なか》へ入《はい》つた。おそうが上《あが》つて來《き》た。

お縫《ねひ》が母親《はゝおや》の顔《かほ》を見《み》ると、うつかり夜芝居《よしばゐ》へ行《ゆ》かうなんて云《い》つたことを後悔《こうくわい》した。

『阿母《おつか》さん。つうちやんを一度《いちど》何所《どこ》かへ連《つ》れてつてやらなくつちやいけないね。何《なん》のかのつて階下《した》の世話《せわ》になつてるんだからね。』

『今夜《こんや》誘《さそ》つてもいゝぢやないか。』

『さうさね。』

お縫《ねひ》がしばらく考《かんが》へてゐたが、

『阿母《おつか》さんと二人《ふたり》で行《い》つておいでな。宮戸座《みやこざ》へ行きたいなんて云《い》つてたからね。あすこなら安《やす》くつていゝよ。妾《あたし》や行《ゆ》きたくもないし。昨夜《ゆふべ》少《すこ》しつかつて來《き》たんだから。』

お縫《ねひ》がわざと優《やさ》しく云《い》つた。

『ぢやあ然《さ》うしよう。』

おそうは階下《した》へ誘《さそ》ひに行《い》つた。直《す》ぐつうちやんが上《あが》つて來《き》た。

『ねへさん、有難《ありがた》う。ねへさんも行《ゆ》けばいゝのにねえ。』

『この次《つ》ぎ、二人《ふたり》で何所《どこ》かへ行《ゆ》かうよ。今夜《こんや》は阿母《おつか》さんをやりたいんだからねえ。』

つうちやんは又《また》あわてゝ下《お》りて行《い》つた。つうちやんが支度《したく》をするので大騒《おほさわ》ぎをやつてる間《あひだ》、隣《となり》の男《をとこ》も出《で》て行《い》つた。お縫《ねひ》が待《ま》ち合《あ》はせる場所《ばしよ》を云《い》つておかなかつたのが氣《き》になつた。何所《どこ》で待《ま》つてるつもりだらうと思《おも》ふと氣《き》が操《も》めた。それでもまだ時《じ》間《かん》が四時《じ》ちよつと過《す》ぎたばかりだつた。

おそうはそんなに早《はや》く行《い》かなくつても、開《あ》くのが六時《じ》だからと落着《おちつ》きはらつてるのに、つうちやんは銘仙《めいせん》の荒《あら》い着物《きもの》の上《うへ》に糸織《いとをり》の羽織《はをり》を着《き》て、眞《ま》つ白《しろ》に白粉《おしろひ》をつけて、二階《にがい》へ來《き》て待《ま》つてゐた。おかみさんも上《あが》つて來《き》てお縫《ねひ》に禮《れい》を云《い》つた。

『この子《こ》は、ほんとに芝居《しばゐ》つて云《い》ふとまるで氣違《きちが》ひ。』

と娘《むすめ》をにらみながら笑《わら》つた。

二人《ふたり》が出《で》て行《い》つちまふと、火鉢《ひはち》のところへ來《き》て煙草《たばこ》をのんでると誰《だれ》だか上《あが》つて來《き》てすつと隣《とな》りへ入《はい》つた。お縫《ねひ》はそつと唐紙《からかみ》をすかして覗《のぞ》いた。

『歸《かへ》つてきたの』

お縫《ねひ》は唐紙《からかみ》をがらりと開《あ》けて然《さ》う云《い》つた。

『おいでよ。』

男《おとこ》は絣《かすり》の袷羽《あはせは》織《をり》を着《き》てゐた。帽子《ぼうし》を持《も》つたまゝお縫《ねい》の座敷《ざしき》へ入《はい》つた。た。男《をとこ》はうなづきながら笑《わら》つた。

二人《ふたり》は、また前後《ぜんご》して家《うち》を出《で》た。

『六』

お縫《ねひ》も着物《きもの》を代《か》へて出仕度《でしだく》をした。六時《じ》までにはまだ三十分《ぷん》も間《ま》があつた。

『六時《じ》まで待遠《まちどほ》しいもんだから。』

男《をとこ》はやさしく笑《わら》つた。

ほんとにこの男《をとこ》は女《をんな》つたらしだ。とお縫《ねい》がまたつく〴〵思《おも》つた。然《そ》う思《おも》ひながらお縫《ねい》は男《をとこ》を自分《じぶん》の前《まへ》へ座《すわ》らせた。

『家《うち》ぢやつまらないね。出《で》かけようよ。』

お縫《ねい》は甘《あま》つたるい聲《こゑ》で云《い》っ

二人《ふたり》で公園《こうえん》をぶらつく頃《ころ》はもう日《ひ》がすつかり暮《く》れてゐた。池《いけ》の橋《はし》のところで二人《ふたり》は足《あし》を休《やす》めてゐた。活動小屋《くわつこうごや》のイルミネーションが奇麗《きれい》だつた。夕方時分《ゆうかたじぶん》から晴《は》れ上《あ》がつたので人《ひと》が随分出《ずいぶんで》てゐた。池《いけ》の橋《はし》の上《うへ》にもぽつ〳〵人《ひと》が足《あし》をとめてはあたりの明《あか》るいきら〳〵した景色《けしき》を眺《なが》めながら行《ゆ》く。

『とう〳〵こんな仲《なか》になつちやたんだね。』

お縫《ぬい》は淋《さび》しそうに笑《わら》つた。

『どうせ、ねへさんの玩具《おもちや》さ。』

男《をとこ》は媚《こ》びをつくつて、ながしめをしながら然《そ》う云《い》つた。

お縫《ぬい》は男《をとこ》のことを考《かんが》へた。

美術學校《びじゆつがつかう》を卒業《そつぎやう》したんだと云《い》つてるし、今《いま》も何所《どこ》とかから賴《たの》まれて繪端書《ゑはがき》を書《か》いてるとか云《い》つてるから、繪師《ゑし》には違《ちが》ひないんだらう。だけれど。女《をんな》にかけては随分手管《ずいぶんてくだ》を知《し》つてるし、凄《すご》い腕《うで》を持《も》つてる。ほんとに女《をんな》をまろめる術《じゆつ》を心得《こゝろゑ》てる女《をんな》つたらしだと思《おも》ふと、お縫《ぬい》がふいと厭氣《いやき》がさした。

初心《うぶ》な男《をとこ》がお縫《ぬい》は戀《こ》ひしかつた。

『お前《まい》さんは、余《よ》つ程《ほど》ゑらい女《をんな》に仕込《しこ》まれたんだね。』

と橋《はし》に寄《よ》つかゝりながら然《そ》う云《い》つた。男《をとこ》はだまつて笑《わら》つてゐた。

『お前《まい》さんが女《をんな》で食《た》べてゆかれるよ。立派《りつぱ》にさ。』

『女《をんな》で食《た》べてゆかれるんなら、その方《はう》がよう御座《ござ》んすね。面白《おもしろ》くつて、氣《き》が利《き》いてゝ、いゝ男《をとこ》で暮《く》らしてゆかれるからねね。』

男《をとこ》は然《そ》う云《い》つた。

『ねへさんだから然《そ》う云《い》つてくれるのさ。誰《だれ》がこんなものに。先《さ》きでいやだと云ふさ。』

男《をとこ》はいやらしく云《い》つた。お縫《ぬい》はもう別《わか》れて歸《かへ》りたくなつた。お縫《ぬい》はぼんやりと考《かんが》へ込《こ》んで池《いけ》の水《みづ》を眺《なが》めてゐた。

『行《ゆ》かうぢやないか。』

男《をとこ》がお縫《ぬい》の手《て》を握《に》らうとした。

『お止《よ》しよ。人《ひと》が見《み》らあね。いゝ年《とし》をして。』

『いゝぢやないか。誰《だれ》が文句《もんく》を云《い》ふんだらう。』

男《をとこ》はかまはずお縫《ぬひ》の傍《そば》へよると、お縫《ぬひ》はぷいと離《はな》れた。

『お止《よ》し。何《なん》だか頭痛《づつう》がして來《き》たから妾《あたし》や歸《かへ》るよ。』

『出《で》てきたばかりで歸《かへ》るの。何故《なぜ》。何《なに》か氣《き》にくはなかつたのかい。』

男《をとこ》がやさしく摺《す》り寄《よ》つてかう聞《き》いた。

『お前《まい》さんが余《あんま》り年《とし》か若《わか》くつて奇麗《きれい》だから、妾《あたし》が少《すこ》しきまりがわるいんだよ。』

お縫《ぬひ》は笑《わら》ひながら、さつさとある出《だ》した。

『いやになつたんだね。』

男《をとこ》が後《うしろ》から然《そ》う云《い》つた。お縫《ぬひ》はだまつて歩《ある》いて行《い》つた。前川《まへかは》は追《お》つてもこなかつた。


「七」


おそうは、自分《じぶん》のゐない留守《るす》にまた隣《となな》りの男《をとこ》と逢《あ》ふつもりぢやないかと思《おも》つて歸《かへ》つて來《き》て見《み》ると、お縫《ぬひ》は床《とこ》を敷《し》いて寝《ね》てゐた。隣《とな》りではゐない樣《やう》だつた。

『ねへさん有難《ありがた》う。ずいぶん面白《おもしろ》かつたの。木《き》の下《した》の藝者《げいしや》がほんとによかつた。いゝ女《をんな》だつたわ。ねね阿母《おつか》さん。』

つうちやんは「寒菊《かんぎく》」の筋《すぢ》を話《はなし》していつまでも〳〵饒舌《しやべ》つてゐた。お縫《ぬひ》はうるさくつて仕方《しかた》がなかつた。

それでも起《お》きてお土産《みやげ》のかきもち煎餅《せんべい》を食《た》べながら、つうちやんの話《はなし》を聞《き》いてゐた。

『そう寝《ね》てばかりゐちやいけないね。身体《からだ》がわるいのかい。』

おそうが心配《しんぱい》そうに聞いた。

『阿母《おつか》さんが出《で》るとすぐ寝《ね》ちやつたんだよ。頭痛《づつう》がするだけなんだから。』

其所《そこ》へおかみさんが上《あが》つて來《き》た。然《そ》うして芝居《しばゐ》の話《はなし》をおもしろがつて聞《き》いてる。つうちやんも笑《わら》つたり怒《おこ》つたりしながら一と幕一《まくひ》と幕《まく》の筋《すぢ》を話《はなし》した。お縫《ぬひ》はもう好《い》い加減《かげん》に下《お》りてくれゝばいゝのにと思《おも》つた。

『ねえ。おかみさん。信州《しんしう》の御親類《ごしんるゐ》ぢやそんなにお金《かね》をおだしなさるのは望《のぞ》みぢやないんでせうね。』

お縫《ぬひ》がふいと思《おも》ひ付《つ》いたやうに聞《き》いた。

『そりや玉《たま》しだいでね。いくらも張《は》りますよ。』

然《そ》う云《い》つてお縫《ねい》の樣子《やうす》を見《み》た。

『借金《しやつきん》が多《おほ》いんだから。』

と考《かん》へてゐたが、

『いつそ女郎《ぢよらう》にでもなつちまはうかね。』

と笑《わら》ひながら云《い》つた。

『お縫《わい》さんなら、またいくらでも相談《さうだん》に乘《の》りまさね。氣性《きしやう》も堅《かた》いし、藝《げい》はあるし、信州《しんしう》で一《ひ》とつ稼《かせ》ぐかね。』

『そりやゐね。浮氣《うはき》は浮氣《うはき》ですけれど、借金《しやつきん》を踏《ふ》むの、主人《しゆじん》に迷惑《めいわく》をかけるのなんてことが大嫌《だいきら》いですからね。浮氣《うはき》もむかしの樣《やう》な向《むか》ふ見《み》ずはやらないんですよ。』

お縫《ねい》が考《かんが》へてゐた。

『ひよつとすると、おかみさんに御相談《ごさうだん》を願《ねが》ひたいと思《おも》つてゐますから。』

『よござんすとも。ねへさんなら妾《あたし》やすゝめても行《い》つてお貰《もら》ひ申《まうし》たいんだから。この子《こ》もね何所《どこ》かへ預《あづけ》ようと思《おも》つてゐるんだけれど、まあ東京《とうけふ》へをいて一《ひ》と稼《かせ》ぎさせようかと思《おも》つてねえ。』

『えゝ、〱。初《はじ》めから田舍《ゐなか》の土《つち》をふむことはありやしない。東京《とうけふ》でやるこつてすよ。』

『浮氣《うはき》さへ封《ふう》じれば、ねへさんなんぞはまだ〱花《はな》が咲《さ》くわね。』

『もう駄目《だめ》ですわ。浮氣《うはき》もこりましたけれど。』

ご人《ふたり》が煙草《たばこ》を吸《す》いつけあつて、飲《の》んだりさしたりしてた。

おかみさんが下《お》りてしまふと、

『信州《しんしう》へゆく氣《き》かい。』

とおそうが聞《き》いた。

『いつそ信州《しんしう》の山《やま》の中《なか》へ行《い》つて見《み》ようかと思《おも》ふのさ。水戸《みと》の方《はう》をきれいにして、阿母《おつか》さんにももう苦勞《くらう》をさせない樣《やう》に、少《すこ》し余計《よけい》に借《か》りられるものなら借《か》りて。』

25

お縫がこゝ迄《まで》云つて、何《なん》だか無性にさびしくなつた。何所までを當どにするのかと思ふと、もう〳〵流れわたる自分の身体がくさ〳〵した。それでも、またどんな人《ひと》に見付《みつ》けられて四百五百の金《かね》がきれいに抜《ぬ》いてくれる人《ひと》がないでもないと思《おも》ふと、一生懸命《いつせうけんめい》に土地《とち》で稼《かせ》いで、腕《うで》つかぎり、根《こん》かぎり働《はたら》いて見《み》やうと云《い》ふ氣《き》にもなる。田舎《ゐなか》の大盡《だいじん》なぞは相手《あひて》にするのがつく〴〵厭《いや》と思《おも》ひながら、どうもそうしなければ自分《じぶん》の身体《からだ》の浮《うか》ぶ瀬《せ》がないんだと思《おも》ふと、ずいぶん味氣《あぢき》ない氣《き》がしてならなかつた。

つうちやんがまた上《あが》つてきた。

『ねへさん、竹《たけ》ちやんが上《あが》つてもよござんすかつて。』

『何《なに》か用《よう》。』

『なんだかね。先刻《さつき》上《あが》らうと思《おも》つたんだけれ共《ども》、ねへさん一人《ひとり》の様《やう》でしたから遠慮《ゑんりよ》して來《き》なかつたんですつて。』

『まあ。お上《あが》んなさいつて。』

竹《たけ》ちやんがそつと上《あが》つてきて、何《なに》か包《つゝ》みをわきへ置《お》くと、丁寧《ていねい》にお辭儀《じぎ》して、

『ねへさんのゐる間《あいだ》だけ、お稽古《けいこ》がしてもらいたいとおもつて。』

と極《きま》り惡《わ》るそうに云《い》つた、お縫《ぬい》は可愛《かあい》らしい人《ひと》だと思《おも》つた。

『改《あらた》まつて妙《めう》ね。いつでもおいでなさいな。其代《そのかは》り何時《いつ》なんどき何所《どこ》へ行《い》つちまうか分《わか》らないけれど。』

お縫《ぬい》は然《そ》う云《い》つて何《なん》だか胸《むね》がいつぱいになつた。

『一《ひ》とくだりも覺《おぼ》えりやいゝんだから。』

と包《つゝ》みを出《だ》した。

『これはなんなの。』

『ちよいと、印《しるし》なんですから。』

『お弟子《でし》入《い》りの印《しるし》なんだとさ。』

おそうが大笑《おほはら》いした。

『どうもお氣《き》の毒《どく》さま。』

お縫《ぬい》も笑《わら》つた。

『八』

お縫《ぬい》は早《はや》く起《お》きて階下《した》へ行《い》つておかみさんに相談《そうだん》した。晝過《ひるす》ぎになると、おかみさんは信州《しんしう》へ手紙《てがみ》を出《だ》したと云《い》つてつうちやんに云《い》つてよこした。

「お金《かね》も其《そ》れくらゐなら異存《いぞん》がないし、直《す》ぐにもきまるつておかみさんが云《い》ふから安心《あんしん》だよ。」

お縫《ぬい》は母親《はゝおや》に云《い》つた。

夕方一人《ゆうがたひとり》でゐると、前川《まへかは》が香水《かうすい》の匂《にほ》ひをさして入《はつ》てきた。お縫《ぬい》はいゝ心持《こゝろもち》はしなかつた。

昨夜《ゆうべ》はひどいね。年老《としと》つた女《をんな》つてものは我《わ》が儘《まゝ》なもんだと思《おも》つておどろいちやつた。

お縫《ぬい》はだまつてゐた。

『何《なに》が氣《き》にいらないんだか云《い》つたつていゝぢやないか。』

『氣《き》にいるもいらないもないんだよ。これが妾《あたし》の病氣《びやうき》さ。』

『仲《なか》を直《なほ》してくれないか。』

お縫《ぬい》は返事《へんじ》に困《こま》つた。男《をとこ》の顔《かほ》をたゞぢつと見《み》てゐた。男《をとこ》は何點《どこ》か元氣《げんき》のない、賴《たよ》りない風《ふう》をして俯向《うつむ》いてゐた。

『また其《そ》の内《うち》に何所《どこ》かへ行《ゆ》きませう。妾《あたし》は、いま貧乏《びんばう》してるんだからね。』

男《をとこ》はだまつて座敷《ざしき》の内《うち》を見《み》まはした。

『借金《しやつきん》はしよつてるし、これで浮氣《うはき》の沙汰《さた》どころぢやないんだけれど。』

『ねへさん、つうちやんを取持《とりも》つてくれないか。』

男《をとこ》は急《きう》に然《そ》う云《い》つた。お縫《ぬい》はいやな奴《やつ》だと思《おも》つた。

『あんな小《ちい》さなもの、罪《つみ》だよ、お前《まい》さんなんぞは腕《うで》があるんだからいくらも美《い》いのが物《もの》にならあね。』

お縫《ぬい》はもう話《はなし》をするのもいやだつた。其所《そこ》へつうちやんが上《あが》つて來《き》た。

『あら』

然《そ》う云《い》つて階子《はしご》の入《い》り口《くち》のところに立《た》つてゐた

27

『構《かま》はないからお入《はい》り。いゝんだよ。』

『つうちやん待《ま》つてました、お入《はい》りよ。』

お縫《ぬい》は男《をとこ》の顔《かほ》を馬鹿《ばか》にしたやうに見《み》た。

『いまね、ねへさんと夫婦《いつしよ》になる約束《やくそく》をしてるんだ。つうちやに後《あと》で文句《もんく》を云《い》はれると困《こま》るが、つうちやんに不服《ふく》がないかね。

男《をとこ》が眞目面《まじめ》くさつた顔《かほ》で聞《き》いてる。

『馬鹿《ばか》にしないよ。うそだわ。』

『ほんとうさ。ねへさんが僕《ぼく》に惚《ほ》れてるんだもの、是非《ぜひ》一所《いつしよ》になつてくれつて云《い》ふんだもの。』

お縫《ぬい》は汗《あせ》がながれる程《ほど》いやな氣持《きもち》だつた。

『ねえ、この人《ひと》は思《おも》いがけない程人《ほどひと》がわるいんだよ。阿母《おつか》さんも然《そ》う云《い》つてるわ。二階《にかい》の書生《しよせい》さんは初心《うぶ》な息子《むすこ》さんかと思《おも》つたら、ほんとに見《み》かけ倒《たほ》しだつて。妾《あた》、昨日《きのふ》すつかり聞《き》いちやつた。前川《まへかは》さんが女《をんな》つ食《く》ひなんだつさ。』

つうちやんは急《きう》にはね返《かへ》つてつけ〳〵云《い》ひ出《だ》した。

『誰《だれ》が云《い》つたんだい。そんなこと。』

さすがに人《ひと》の好《よ》さそうな若《わか》い顔《かほ》をして、前川《まへかは》が聞《き》き返《かへ》した。

『あなたを世話《せは》した人《ひと》さ。だからつうちやんも用心《ようじん》しなくつちやいけないつて云つてたよ。然《そ》う聞《き》いてからもう大嫌《だいきら》いだわ。』

『生意氣《なまいき》云《い》つてらあ。』

『そうさ。食《く》はれちやたまらないわ。ねえ、ねへさん。』

『何《なん》だい。やたらと恥《はづか》しがつたくせに。』

『いゝぢやありませんか。もう恥《はづか》しなんかがらないよ。』

『えらいよ。つうちやんはえらいさ。』

『あなたよりえらいよ。昨日《きのふ》そう聞《き》いてから、あんなハイカラが來《き》たから、あゝ、やつぱり然《そ》うなんだとちやんと察《さつ》しちやつた。』

『生意氣《なまいき》だな。』

前川《まへかは》は出《で》て行《い》つちまつた。

『いやな奴《やつ》だよ。ほんとにいけすかない。』お縫《ぬい》はつうちやんは利口《りこう》だと思《おも》つた。あんな男《をとこ》に食《く》はれて――ほんとに阿母《おつか》さんの云《い》ふ通《とほ》りだらしのない女《をんな》だと、お縫《ぬい》はふさぎ度《た》いほどいやな氣《き》がした。

『いゝ氣味《きび》だ。ねへさんの所《ところ》へなんか入《はい》りこんで來《き》やがつて、ねへさんも怒《おこ》つておやりよ。』つうちやんは笑《わら》つて云《い》つた。

『ねへさんは信州《しんしう》へ稼《かせ》ぎにゆくんですつてね。小母《おは》さんが好《い》い人《ひと》よ。今度《こんど》もきつと自分《じぶん》で出《で》てくるわ。妾《あたし》なんかそりや可愛《かあい》がつてくれるんだわ。家《うち》の阿母《おつか》さんより好《す》きだもの。』

『つうちやんも行《い》けはいゝのに。』

『ねへさんと一所《いつしよ》なら行《い》きたいね。それでは小母《おは》さんの家《うち》から出《で》た人《ひと》はみんな好《い》いお客《きやく》がついてね、そりや出世《しゆつせ》するんだわ。みよちやんなんか十九で行《い》つて、直《す》ぐ好《い》い旦那《だんな》がついてもう二十二で歸《かへ》つて來《き》たんだわ。立派《りつぱ》ななりして來《き》たわ。』

『若《わか》いうちでなくつちや駄目《だめ》さ。つうちやんなんぞはもう今《いま》の内《うち》が身《み》の定《き》めどきなんだから、藝者《けいしや》に出《で》ても半玉《はんぎよく》に出《で》ても利口《りこう》にしなくつちやいけないよ。浮氣《うはき》なんかする樣《やう》ぢや、ねへさん見《み》たいに年《とし》を老《と》つてもかうして矢《や》つ張《は》りかせいでなくつちや爲《な》らないんだからねえ。つうちやんは利口《りこう》だからいゝけれど。』

『えゝ妾《あたし》なんか浮氣《うはき》なんかしないわ。一生懸命《いつせうけんめい》にお客《きやく》を大切《だいじ》にするわ。おしやくに出《で》たつて、一本《いつぽん》になつたつて男《をんな》なんかにだまされないわ。男《をとこ》なんてお隣《となり》の見《み》たいなのが多《おほ》いんだもの。ねえ、ねへさん。』

お縫《ぬい》は唯《たゞ》うなづいて、額《ひたい》を抑《おさ》へてゐた。

夜《よ》るになると、階下《した》でつうちやんが三味線《さみせん》をさらつてゐた。お縫《ぬい》がそれを聞《き》きながら、これから利口《りこう》に世《よ》を渡《わた》らうと娘心《むすめごゝろ》にも覺悟《かくご》をしてるつうちやんが羨《うらやま》しくつてならなかつた。

然《そ》うして、信州《しんしう》の家《うち》では好《い》いお客《きやく》がつくと云《い》つてつうちやんの話《はなし》たのが、何《なん》だか賴《たの》もしくも思《おも》はれた。けれど、客《きやく》の機嫌氣《きげんき》褄《つま》を取《と》つて、好《す》きな男《をとこ》も持《も》たずに神妙《しんめう》に働《はたら》くのかと思《おも》ふとこの先《さ》きがつまらなく、監獄《かんごく》へでも投《な》げ込《こ》まれるほど辛《つら》い氣《き》もした

お縫《ぬい》は又一人《またひとり》で酒《さけ》を飲《の》んで考《かんが》へ込《こ》んでゐた。

夜《よる》おそく、前川《まへかは》は二三人《にん》の男《をとこ》だの女《をんな》を引《ひ》つ張《ぱ》つて歸《かへ》つて來《き》た。そうしてきやつ〳〵と騒《さわ》いで巫山戯《ふざけ》たり、歌《うた》を唄《うた》つたりして笑《わら》ひ合《あ》つてゐた。階下《した》からつうちやんが、

『うるさいでせうから、階下《した》へ入らつしやいつて阿母《おつか》さんが云《い》ひました。』

と迎《むか》ひに來た。

お縫《ぬい》は下《した》へも行《ゆ》かなかつた。お國言葉《くにことば》や田舎訛《ゐなかなま》りで、齒《は》の浮《う》くやうな戯談《じやうだん》を云《い》つたりして、どし〳〵と騒《さわ》ぐのを、寝《ね》ながらぢつとして聞《き》いてゐた。

『どうだい。田舎《ゐなか》ものゝ寄《よ》り集《あつま》りが、ハイカラが聞《き》いて呆《あき》れるぢやないか。土百姓《どひやくしやう》』

母親《はゝおや》のおそうは然《そ》う云《い》つて罵《のゝし》つた。

信州《しんしう》の藝者《げいしや》家の女將《をかみ》が來《き》たのは月《つき》の末《すゑ》だつた。

水戸《みと》と奇麗《きれい》に手《て》を切《き》つてお縫《ぬい》は信州《しんしう》へ抱《かゝ》へられて行《い》つた。

『ほんとにいゝお客《きやく》を見付《みつ》けてね。今度《こんど》は阿母《おつか》さんにもいゝ目《め》を見《み》せておやり。稼《かせ》げるだけ稼《かせ》いでね。妾《あたし》も嬉《うれ》しいよ、かうして世話《せは》して見《み》ればね。』

おかみさんが然《そ》う云《い》つた。

『浮氣《うはき》は妾《あたし》がさせやしない。』

藝者《げいしや》家の女將《をかみ》も然《そ》う云《い》つて笑《わら》つた。

お縫《ぬい》は島田《しまだ》にして、セルの上《うへ》に絽縮緬《ろちりめん》の羽織《はをり》を着《き》てゐた。

『押出《おしだ》しもいゝし。』

おかみさんが見送《みおく》つて云《い》つた。

隣《とな》りの部屋《へや》では、何時《いつ》かの晩《ばん》見《み》たいに女《をんな》が來《き》てさわいでゐた、そうしてお縫《ぬい》が出《で》る時《とき》、みんな顔《かほ》を出《だ》してひそ〳〵と囁《さゝや》き合《あ》つた。お縫《ぬい》は睨《にら》み返《かへ》してもやれない自分《じぶん》の弱點《よわみ》を思《おも》つてくやしかつた。（をはり）

私どもの夫婦間
田村とし子

主人《あるじ》は細君《さいくん》らしい細君《さいくん》が好《す》きです。

良人《をつと》の身《み》のまわりに就《つい》ては頭《つむり》の上《うへ》から足《あし》の先《さ》きまでも始《し》終注意《ぢうちうい》を怠《おこた》らない、柔順《じうじゆん》な、叮嚀《ていねい》な、それでゐて氣《き》が利《き》いて、眞面目《まじめ》で、良人《をつと》の笑《わら》ふ時《とき》には一所《いつしよ》に笑《わら》ひ、良人《りやうじん》の機嫌《きげん》のわるい時《とき》はいろ〱骨《ほね》を折《な》つて執《と》り成《な》して見《み》る、良人《をつと》の望《のぞ》むものはどんな困難《こんなん》をなしても調《とゝの》へる。親《しん》切《せつ》で、すべてに女《をんな》らしく優《やさ》しく、無抵抗《むていかう》な、良人《をつと》の顔色《がんしよく》を始終《しゞう》よんで、良人《をつと》の我《わ》が儘《まゝ》に對《たい》しては何所《どこ》までもお坊《ばつ》ちやん扱《あつか》ひに出《で》、また權威《けんゐ》に對《たい》しては、何所《どこ》までも下手《したて》に手《て》を支《つ》いてしなやかに出《で》る。

外《そと》で癪《しやく》にさはつたり腹《はら》の立《た》つことがあつた時《とき》は、細君《さいくん》は甘《あま》んじてその八つ當《あた》りを受《う》ける。一つや二たつはり仆《たほ》したり怒罵《どな》つたりしても默《だま》つて笑《わら》つてゐなければならない。無理《むり》なことを云《い》ひだしても、「然《さ》うです。然《さ》うです。」と應《おう》じてゐなければならない不眠症《ふみんしやう》で夜分《やぶん》寝《ね》られない様《やう》な時《とき》は、細君《さいくん》も不眠症《ふみんしやう》にかゝつた様《やう》な顔《かほ》をしてゐなければならない。

つまり良人の為にすべてを犠牲にしてかゝる様な女でなければ、主人《あるじ》の氣《き》には入《い》らない、主人《あるじ》はかうじた婦人《ふじん》を好《この》み、また愛《あひ》します。

男《をとこ》としたら、誰《たれ》しも細君《さいくん》としてはこんな婦人《ふじん》が好《す》きな筈《はず》です。

だのに、主人《しゆじん》はかうした資格《しかく》の一《ひ》とつをも、私の上《わたくしうへ》から得《う》ることが出來《でき》ません。

良人《をつと》の足袋《たび》が黒《くろ》くなつても、襯衣《しやつ》が汚《よご》れても、良人《をつと》自身《じしん》から云《い》はれるまで私《わたくし》は知《し》らずにゐる。上著《うはぎ》と下著《したぎ》と不揃《ぶぞろ》に著《き》てゐても、私《わたくし》はそれを目《め》に見《み》てゐながら外《ほか》のことを考《かんが》へてゐる。

良人《をつと》が行《い》つてしまつてから、

「あゝ、あんな風《ふう》に著物《きもの》を著《き》てゐたつけ。」と氣《き》が付《つ》くことがある。

私《わたし》はちつとも柔順でない。

またちつとも叮嚀《ていねい》でない。

私《わたくし》が一人《ひとり》住《や》みの人間《にんげん》なら一週間《しうかん》やそこら御飯《ごはん》を食《た》べなくてもゐられる樣《やう》な、無性《ぶしやう》なまけものなんですから、毎日《まいにち》〳〵のお肴《さかな》ごしらへさへ容易《ようい》の仕事《しごと》ぢやありません。

「今日《こんにち》は御用《ごよう》。」

つて八百屋《やほや》が來《き》たり、

「魚《さかな》やですが。」

つて魚《さかな》やが來《き》たりする度《たんび》に、うんざり、ひやりとする。

良人《をつと》の機嫌《きげん》のわるい時《とき》は自分《じぶん》も機嫌《きげん》のわるい顏《かほ》をしてゐる。

そうして女《をんな》らしくない。一々《いち〳〵》文句《もんく》、苦情《くじやう》、不平《ふへい》がついてまわる。無暗と抵抗する。反抗《はんこう》する。自分《じぶん》のいやな事《こと》は何《なん》としても應《おう》じない。自分《じぶん》の非常《ひじやう》に好《い》いと思《おも》ふことを良人《をつと》がいけないと云《い》つたり、自分《じぶん》がいけないと云《い》ふことを良人《をつと》が非常《ひじやう》に賞美《しやうび》したりする度《たび》に、自分《じぶん》の好尚《こうしやう》をもつとも趣味《しゆみ》のあることに解《かい》して良人をわからずやだと譏る。古《ふ》るい感《かん》じだなぞと云《い》つて自《じ》分《ぶん》が豪氣《ごうぎ》新《あた》らしがつた顏《かほ》をする。

良人《をつと》が我《わ》が儘《まゝ》なら、此方も負けない氣になつて我が儘をやる。

權威《けんゐ》をふりまわせば、自分《じぶん》も權威《けんゐ》をふりまわす。一《ひと》つ打《ぶ》たれゝば自分も良人を打たなくては承知しない。然《さ》うして何方《どつち》に理《り》があるかと云《い》ふことに就《つ》いては夜《よ》る夜中《よなか》でも大《おほ》きな聲《こゑ》で論《ろん》じ會《あ》ふ。どうしても良人《をつと》に負《ま》けない。外《ほか》の人《ひと》に負《ま》けても良人には負けたくないと云《い》ふのだから呆《あき》れる。

それで間食《かんしよく》が好《す》き。

「私《わたくし》は煙草《たばこ》やお酒《さけ》を飲《の》みませんから。」

と云《い》ふのでいろ〳〵と贅澤《せいたく》なお菓子《くわし》をならべる。自分《じぶん》の欲《ほ》しいものはずん〳〵買《か》ふ。經濟《けいざい》の都合《つがふ》で買《か》へもしなからうものなら、良人の傍だけでふくれた顏《かほ》をしてゐる。それで良人《をつと》の無駄《むだ》追《づか》ひについては中々《なか〳〵》口賢《くちかしこ》しく經濟論《けいざいろん》をやつて、少《すこ》しでも良人《をつと》の被服費《ひふくひ》に高價《かうか》なものがあると、大《おほい》に目《め》のかたきにする、自分《じぶん》のもので其《そ》れと匹敵《ひつてき》するものを買《か》はないうちは、幾度《いくど》でもその高價《かうか》なことを皮肉《ひにく》に云《い》ひきかせる。

少《すこ》し無理《むり》なことでも良人《をつと》が云《い》はうものなら、聲《こゑ》の調子《ちやうし》をかへて顏色《がんしよく》を變《か》へて詰《つ》めよつてゆく。そうして

「私《わたくし》は私《わたくし》で仕事《しごと》があるんだから。」

と直《す》ぐこれを楯《たて》にする。一體《いつたい》どんな仕事《しごと》を自分《じぶん》がするのかつ場末《はずゑ》の髮結《かみゆひ》さんに聞《き》かれても恥《はづか》しいのぢやないかと、自分《じぶん》

63

でも時々考《とき〴〵かんが》へる。

婦人中《ふじんちう》の婦人《ふじん》のやうな顔《かほ》をして良人《をつと》に對《たい》してゐる。家《うち》にあつて良人《をつと》の傍《かたはら》にゐる時《とき》だけは女王《によわう》の權識《けんしき》を備《そな》へやうとする。その癖《くせ》すぐ泣《な》く。「この涙《なみだ》はヒステリーで泣《な》く涙《なみだ》ぢやないんですから。」と斷《ことは》りがきして頻《しきり》に泣《な》く。

何《なに》を見《み》ても馬鹿《ばか》に見《み》えて仕方《しかた》がないと云《い》ふ様《やう》な超絶《てうぜつ》した顔《かほ》をしてすまし込《こ》むくせに、

中々やきもちをやく。

だから私《わたくし》は主人《あるじ》からお前《まへ》は妻《つま》たる資格《しかく》はないと云《い》はれてゐる。然《さ》う云《い》ふ時《とき》私《わたくし》は高慢不遜《かうまんふそん》な顔色《がんしよく》をして、「藝術家《げいじゆつか》ですもの。」とか云《い》ふ返事《へんじ》をしておさまりかへる。然《しか》し主婦《しゆふ》の任務《にんむ》、女《をんな》の操《みさを》、妻《つま》たる心得《こゝろえ》など、口《くち》で云《い》はせれば相應《さうおう》に云《い》ふ。筆《ふで》で書《か》かせれば相當《さうたう》に書《か》けます。

（をはり）

尤も涼しき演劇

松居松葉　島崎藤村　田村とし子
遅塚麗水　鰭崎英朋　後藤宙外
岡本綺堂　鳥居清忠　篠山吟葉
鏑木清方　正宗白鳥　岩田雨山

田村とし子

一これ迄《まで》観た芝居《しばゐ》の中別《うちべつ》に涼味《りやうみ》を感《かん》じたるものなし
一梅幸《はいこう》の眼《め》をいつも涼《すゞ》しい眼《め》と思《おも》ふ

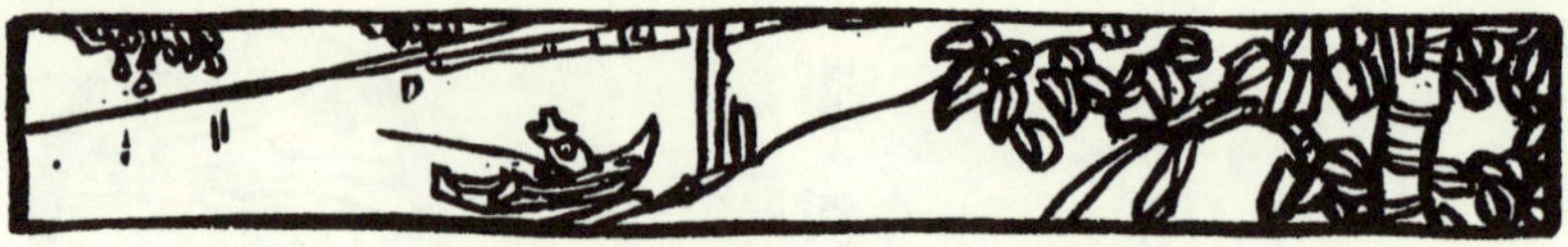

本門寺のさくら

田村とし子

大森《おほもり》の町《まち》は砂《すな》が立《た》つてゐた。透子《とほこ》は後《うしろ》へ手《て》をまはして疊《たゝ》んだ幌《ほろ》をひろげたが、幌《ほろ》に幾《いく》つも破《やぶ》れ目《め》のあるのを見《み》付《つ》けると又後《またうしろ》へ返《かへ》して洋傘《かふもり》をふかくさした。

谷津《たにづ》を先《さ》きに二《ふ》たつの車《くるま》は池上《いけがみ》まで眞《ま》つ直《す》ぐの道《みち》をかけた。縁《えん》の低《ひく》い呉服屋《ごふくや》だのかすりの紙《かみ》を干《ほ》した上《あが》り框《かまち》の煤《すゝ》けた家《いへ》なぞが田舍《ゐなか》の町《まち》らしかつた。その通《とほ》りのうちに町《まち》よりは少《すこ》し引《ひ》つ込《こ》んで杉《すぎ》の木《き》が二三本立《ほんた》つた中《なか》に木《き》の鳥居《とりゐ》も祠《ほこら》も露《むき》だしになつた神社《じんじや》があつた。その杉《すぎ》のおきどころ、鳥居《とりゐ》の朽《く》ちかゝつて曲《まが》つたかたち、神社《じんじや》と向《むか》ひあつた休《やす》み茶《ぢや》やに樺色《かばいろ》の蜜柑《みかん》の高《たか》くもり上《あ》がつてゐたのがふいと昔見《むかしみ》たある町《まち》の印象《いんしやう》を透子《とほこ》に思《おも》はせた。その町《まち》はまだ二人《ふたり》が結婚《けつこん》しない前《まへ》に二人《ふたり》して歩《あ》るいたことのある浦和《うらわ》の町《まち》であつた。これと同《おな》じやうに町《まち》の通《とほ》りへ向《む》いてむきだしになつた荒廢《くわうはい》した神《じん》社《じや》の裏手《うらて》にその時《とき》は白藤《しらふぢ》が咲《さ》いてゐた。

「よく似《に》た町《まち》を通《とほ》つて來《き》たわね。」

本門寺《ほんもんじ》へ着《つ》いたら良人《をつと》に斯《か》う云《い》つて見《み》ようと透子《とほこ》は車《くるま》の上《うへ》から先《さ》きへ行《ゆ》く良人《をつと》の帽子《はうし》を眺《なが》めながら思《おも》つた。

車《くるま》は本門寺《ほんもんじ》の石橋《いしはし》の手前《てまへ》でとまつた。

「本門寺《ほんもんじ》に普通《ふつう》の墓《はか》なんぞがあるのかね。」

丹塗《にぬ》りの門《もん》が半分隠《はんぶんかく》れて見《み》えるほど高《たか》い石段《いしだん》の上《うへ》を仰《あふ》ぎながらその宏大《くわうだい》なのに驚《おどろ》かされて谷津《たにづ》はかう云《い》つた。

透子《とほこ》もさう思《おも》つた。谷津《たにづ》は角《かど》の掛茶屋《かけぢや》で聞《き》いて見《み》た。その女《をんな》は寺内《じない》に澤山《たくさん》お墓《はか》があると云《い》つた。二人《ふたり》は安心《あんしん》したやうな顔《かほ》をして石段《いしだん》を上《のぼ》つた。まだ花《はな》のない躑躅《つゝじ》が老樹《らうじゆ》のみどりの陰《かげ》に葉《は》を青《あを》くして幾《いく》むらも石段《いしだん》に添《そ》つてゐた。

石段《いしだん》を上《あが》り切《き》るとつつきの樒《しきみ》を賣《う》つてゐる家《うち》へはいつて二人《ふたり》は花《はな》を買《か》つた。谷津《たにづ》はK先生《せんせい》の名《みやう》字《じ》を云《い》つてその墓《はか》の所在地《しよざいち》をお婆《ば》あさんにたづねた。

「お寺《てら》はどちらです。」

ざんぎりにした逹者《たつしや》さうな顔《かほ》をしたお婆《ば》あさんは困《こま》つた顔《かほ》で聞《き》き返《かへ》した。それぐ檀家《だんか》の寺《てら》の墓《はか》地《ち》を敷《し》いてあるので寺《てら》の名《な》がなくつてはとても分《わか》らないと云《い》つた。二人《ふたり》とも寺《てら》の名《な》がうろ覺《おぼ》えだつた。

「なんでも、淺草《あさくさ》のきく屋《や》橋《はし》のそばです。」

透子《とほこ》が云《い》ふとお婆《ば》あさんは、

「それぢや正覺寺《しやうがくじ》でせう。」

と考《かんが》へもしずに直《す》ぐ云《い》つた。お婆《ばあ》さんの聲《こゑ》は若《わか》い時修練《ときしうれん》された聲《こゑ》のやうな響《ひゞ》きに冴《さ》えがあつて美《うつく》しかつた。正覺寺《しやうがくじ》なら――と云《い》つて樒《しきみ》の花《はな》を始末《しまつ》してからお婆《ば》あさんは外《そと》に出《で》てきて寺内《じない》のずつと奥《おく》を指《ゆび》でさした。三人《にん》が立《た》つたところから眼《め》のゆくところに櫻《さくら》の花《はな》がこんもりと白く咲《さい》てゐた。その櫻《さくら》の枝《えだ》を前《まへ》にして反《そ》つた橋廊下《はしらうか》が白《しろ》い虹《にじ》のやうに横《よこ》に遮《さへぎ》つて見《み》えた。お婆《ば》あさんはその橋廊下《はしらうか》

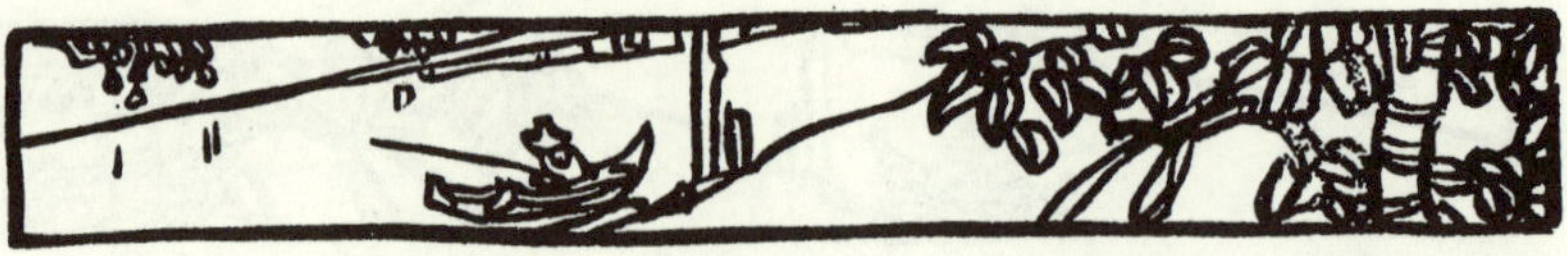

を二人《ふたり》に注意《ちうい》してから、

「あの下《した》を通《とほ》つてもう少《すこ》し奥《おく》まで行《ゆ》くと左《ひだり》へ下《お》りる石段《いしだん》がありますから、それをお下《お》りなすつて左《ひだり》側《がは》が正覺寺《しやうがくじ》の墓地《はち》です。」

二人《ふたり》は門《もん》の内《うち》へはいつた。今《いま》まで眼《め》の前《まへ》に縮《ちゞ》まつてゐた白《しろ》い塊《かたま》りが急《きふ》に此所《こゝ》でのび展《ひろ》がつた氣《き》のしたほど廣々《ひろ〴〵》と明《あか》るかつた。さうして一《ひ》と消《け》し艶《つや》を消《け》したやうな薄青磁色《うすせいじいろ》をしたどんよりした空《そら》の下《した》に、むらがる樣《やう》な澤山《たくさん》の櫻《さくら》が丁度昔《ちやうどむかし》の姫《ひめ》の前《まへ》かざしを幾《いく》つも〳〵集《あつ》めたやうな輪廓《りんくわく》を彼方此方《あちこち》に作《つく》つてゐた。その櫻《さくら》の間々《あひだ〳〵》に御堂《みだう》の朱《あけ》がこつくりと浮《う》いてゐた。

花《はな》は絶《た》えずちら〳〵と散《ち》つてゐた。散《ち》つた花《はな》をひどい埃《ほこり》を立《た》てながら竹帚《たかはゝき》で男《をとこ》が掃《は》いてゐた。二人《ふたり》は橋廊下《はしらうか》の下《した》を拔《ぬ》けて眞《ま》つ直《す》ぐに突《つ》き當《あた》つた。黒《くろ》い板塀《いたべい》の圍《かこ》みの外《そと》から新築《しんちく》の白木《しらき》の御堂《みだう》の上《うへ》が望《のぞ》まれた。橘《たちばな》の金《きん》の紋《もん》が白塗《しろぬ》りの壁《かべ》に光《ひか》つて見《み》えた。塀《へい》の前《まへ》には大《おほ》きな石《いし》が澤山《たくさん》にたてかけてあつた。石工《いしや》が二人《ふたり》三人《にん》鉢卷《はちまき》をして石《いし》を刻《きざ》んでゐた。二人《ふたり》は其所《そこ》からまた左《ひだり》に折《を》れて石段《いしだん》を下《お》りて行《い》つた。

お婆《は》あさんの教《をし》へた通《とほ》り左《ひだり》にも右《みぎ》にも墓《はか》が並《なら》んでゐた。崖《がけ》の上《うへ》の鬱蒼《うつさう》とした木《き》の茂《しげ》みが四方《はう》から影《かげ》をよせて、穴《あな》の底《そこ》のやうに墓地《はち》は冷《つ》めたく濕《しめ》つてゐた。二人《ふたり》はお婆《は》あさんの言葉《ことは》を頼《たよ》りに左《ひだり》の墓《は》地《ち》へ向《む》いて入《はい》つた。其所《そこ》に脊《せい》の低《ひく》い太《ふと》つた坊《ばう》さんが二人《ふたり》の石屋《いしや》に何《なに》か指圖《さしづ》しながら立《た》つてゐた。さうしてその傍《わき》に名《な》を彫《え》りつけた石碑《せきひ》が將棋仆《しやうぎだふ》しに重《かさ》なり合《あ》つて仆《たふ》してあつた。谷津《たにづ》は坊《ばう》さんに正覺寺《しやうがくじ》の墓地《はち》をたづねると坊《ばう》さんは自分《じぶん》の立《た》つた前《まへ》を示《しめ》して、

「其所《そこ》が正覺寺《しやうがくじ》です。」

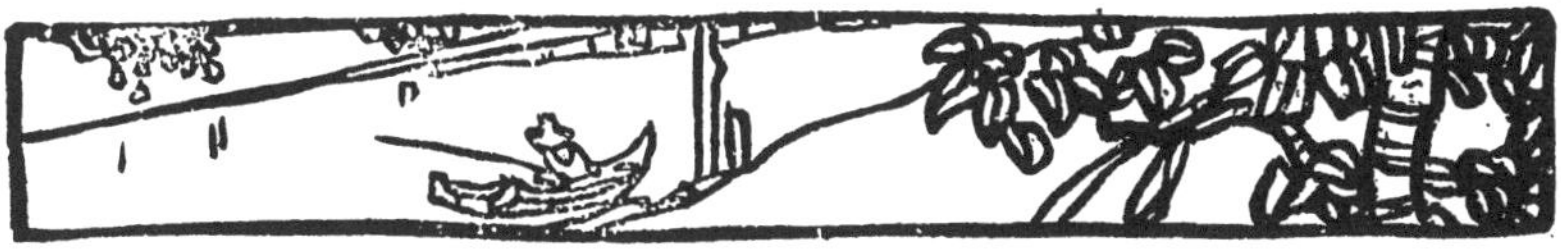

と云《い》つた。達磨《だるま》の眼《め》を少《すこ》し優《やさ》しくした樣《やう》な眼《め》が和《やはら》かく光《ひか》つてゐた。

正覺寺《しやうがくじ》の墓地《ぼち》は餘《あま》り廣《ひろ》くなかつた。百にも足《た》りないほどの石碑《せきひ》の數《かず》が直《す》ぐに眼《め》に入《はい》るくらゐであつた。さうして其《そ》の石碑《せきひ》も無縁《むえん》ぢやないかと思《おも》ふほど苔《こけ》が石碑《せきひ》の面《おもて》についた衝立《ついたて》のやうな四角《かく》なのが多《おほ》かつた。K先生《せんせい》の奥《おく》さんのお墓《はか》らしい構《かま》への石塔《せきたふ》は何《ど》う見渡《みわた》しても見《み》えなかつた。けれど二人《ふたり》は一《ひ》とつ〳〵石碑《せきひ》に彫《え》りつけた姓《せい》を讀《よ》んで探《さが》した。一《ひ》と側《かはぶ》二た側三側《みかは》――二十ほどづゝ並《なら》んだその間《あひだ》を夫婦《ふうふ》は戻《もど》つて見《み》たり覗《のぞ》き直《なほ》して見《み》たり幾度《いくど》も〳〵抜《ぬ》けたり歸《かへ》つたりしたがK先生《せんせい》の姓《せい》を彫《え》りつけた石碑《せきひ》は一《ひと》つもなかつた。

「聞《き》きちがひたんぢやなくて。」

透子《とほこ》は裾《すそ》を半《はん》コートの上《うへ》から摘《つま》みあげながら、身體《からだ》をぐな〳〵させて良人《をつと》に聞《き》いたが、谷津《たにづ》は慥《たしか》に先生《せんせい》は本門寺《ほんもんじ》へ移《うつ》したと云《い》はれたと云《い》つて承知《しようち》しなかつた。透子《とほこ》は坊《ばう》さんの傍《そば》へ行《い》つた。さうして縄《なは》で碁盤《ごばん》の目《め》のやうに地割《ぢわ》りをして其《そ》の目《め》のうちに一々姓《せい》を書《か》いた札《ふだ》を立《た》てゝある中《なか》へ入《はい》つてその姓《せい》を讀《よ》んで歩《あゆ》いた。

「この中《なか》にKと云《い》ふのはないでせうか。」

坊《ばう》さんに聞《き》いて見《み》た。

「此所《こゝ》は寺《てら》が違《ちが》ひます。正覺寺《しやうがくじ》は其所《そこ》だけです。」

「どうしてもその墓《はか》がないんですがね。」

谷津《たにづ》は靴《くつ》の音《おと》をさせながら彼方《かなた》の方《はう》から坊《ばう》さんに云《い》つた。

坊《ばう》さんは一所《しよ》に探《さが》してくれた。石屋《いしや》の若《わか》い方《はう》の男《をとこ》が正覺寺《しやうがくじ》の檀家《だんか》で寺《てら》の仕事《しごと》をしてゐるからと云《い》

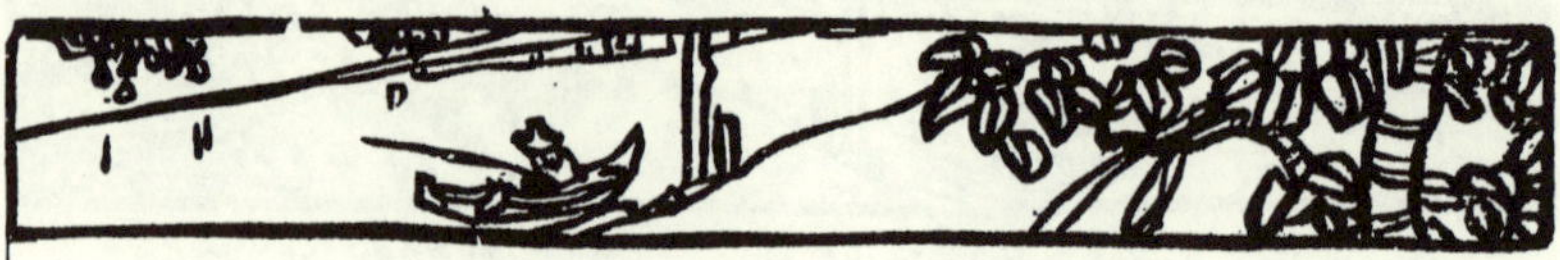

つてその男《をとこ》も一所《しよ》に探《さが》し始《はじ》めた。どうしても見付《みつ》からなかつた。坊《ばう》さんは寺《てら》が違《ちが》ふんぢやないかと云《い》つた。二人《ふたり》とも寺《てら》の名《な》に覺《おぼ》えは薄《うす》かつたけれ共《ども》去年《きよねん》葬儀《さうぎ》に列《つら》なつて其《そ》の寺《てら》の所在《しよざい》はよく知《し》つてゐた。それで二人《ふたり》はその寺《てら》の樣子《やうす》から門前《もんぜん》の構《かま》へ近所《きんじよ》の町並《まちな》みなどを話《はな》しすると、坊《ばう》さんは、

「やつぱり正覺寺《しやうがくじ》に違《ちが》ひないな。」

と云《い》つた。石屋《いしや》は印半纏《はんてん》の腕《うで》を組《く》んで鉢卷《はちまき》の手拭《てぬぐひ》のさきを尖《とが》らせて探《さが》してゐた。さうして分《わか》らない字《じ》があると「こりや何《なん》です。こりや何《なん》てんです。」つて皆《みんな》を呼《よ》んだ。坊《ばう》さんは戒名《かいみやう》が彫《ほ》つてあるかも知《し》れないが戒名《かいみやう》は何《なん》と云《い》ふのかと聞《き》いたけれ共《ども》二人《ふたり》とも覺《おぼ》えてゐなかつた。それでも透子《とほこ》は、

「たしか鷲《わし》と云《い》ふ字《じ》が一字《に》ありました。」

と思《おも》ひ出《だ》して云《い》つた。香奠返《かうでんがへ》しの蒸《む》し物《もの》につけてあつた紙《かみ》へ記《しる》した戒名《かいみやう》を透子《とほこ》はその儘《まゝ》に藏《しま》つて置いた。それを考《かんが》へ出《だ》していろ〳〵の文字《もじ》を心《こゝろ》の中《うち》で描《か》いて見《み》た。

「靈鷲院《れいしうゐん》――」

透子《とうこ》はそんな樣《やう》な氣《き》がした。坊《ばう》さん達《たち》は其《そ》れを賴《たよ》りに探《さが》さうとしたが谷津《たにづ》はK先生《せんせい》の名高《なだか》い文學《ぶんがく》者《しや》であること・身分地位《みぶんちゐ》を説明《せつめい》して、その奥《おく》さんの墓《はか》だから其《そ》れ相當《さうたう》なものが建《た》てゝある筈《はず》だと思《おも》ふが外《ほか》に寺内《じない》で別《べつ》に墓《はか》を建立《こんりふ》してある樣《やう》な一區劃《くゝわく》はないだらうかと聞《き》くと、

「なるほど、其《そ》れぢや然《さ》うでせう。地内《ぢない》の寺所《ちしよ》を特《とく》に買《か》つて建《た》てることはいくらでも出來《でき》るのだから、きつと然《さ》うに違《ちが》ひないだらう。」

と云《い》つた。然《しか》し其《そ》れを探《さが》すのは大變《たいへん》だと云《い》つた。

透子《とほこ》は木伊乃《みいら》のやうに默々《もくもく》と立《た》つた墓《はか》の前《まへ》に立《た》つて、自分《じぶん》には縁《えん》も因縁《ゆかり》もない人《ひと》の石碑《せきひ》に化《くわ》したその姓《せい》をぼんやりと見《み》てゐた。さうして此所《ここ》を吹《ふ》く風《かぜ》が死《し》んだ人《ひと》の肌《はだ》に觸《ふ》れてきたやうな冷《つめ》たさを思《おも》つた。谷津《たにづ》は透子《とほこ》を呼《よ》んだ。透子《とほこ》は褪紅色《たいこうしよく》の長襦袢《ながじゆばん》の先《さ》きを蹴立《けだ》しながら後《あと》からついて行《い》つた。谷津《たにづ》は、

「上《うへ》へあがつて其所等《そこら》をさがして見《み》よう。」

と云《い》つた。坊《ばう》さんも黑《くろ》い衣《ころも》の下《した》から白《しろ》い裾《すそ》を短《みじか》く出《だ》して手《て》を後《うしろ》で組《く》み合《あ》はせながら上《のぼ》つて行《い》つた。

二人《ふたり》はまた明《あか》るいところへ出《で》だ。石段《いしだん》を上《あが》つたところに立派《りつは》な石碑《せきひ》が二《ふ》たつあつたがK先生《せんせい》の姓《せい》ではなかつた。二人《ふたり》は一《ひ》とうねりして又正面《またしやうめん》の敷石《しきいし》へ出《で》た。この廣《ひろ》い境内《けいだい》を的《あて》もなく探《さが》すのは難儀《なんぎ》だと思《おも》つた。二人《ふたり》は暫時《しばらく》花《はな》の散《ち》る下《した》に立《た》つて考《かんが》へた。彼方《むかう》に祖師堂《そしだう》の裏手《うらて》の廻廊《くわいらう》が見《み》えた。そこに障子《しやうじ》が一枚《まい》人《ひと》の出入《ではい》りを思《おも》はせるやうに淋《さび》しく締《し》めてあつたのを見《み》ると、本門寺《ほんもんじ》の人《ひと》に聞《き》いて見《み》ればすぐ分《わか》るのにと透子《とほこ》は云《い》つた。谷津《たにづ》も、

「執務所《しつむじよ》へ行《ゆ》けば分《わか》るなあ。」

と云《い》つた。二人《ふたり》は寄附金額《きふきんがく》を書《か》き記《しる》した木標《もくへう》の下《した》に立《た》つてゐる寺男《てらをとこ》のやうなのを見付《みつ》けて其所《おこ》へ行《い》つた。谷津《たにづ》はその男《をとこ》に事務所《じむしよ》は何所《どこ》かと聞《き》いたがその男《をとこ》は分《わか》らなかつた。透子《とほこ》は散《ち》り蓮華《れんげ》のやうにひとつ〳〵白《しろ》い木蓮《もくれん》の花《はな》がいつぱいに散《ち》つた上《うへ》を踏《ふ》んで立《た》つてゐた。其所《そこ》へ傍《わき》の便所《べんじよ》から先刻《さつき》の坊《ばう》さんがひよつと出《で》て來《き》て、

「事務所《じむしよ》へ行《い》つたつて分《わか》りませんよ。」

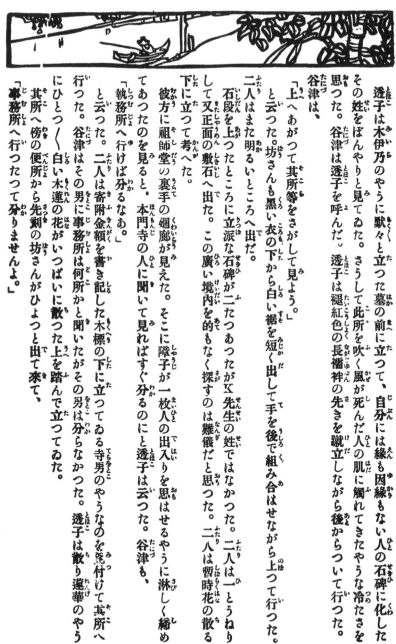

と云《い》つた。

「正覺寺《しやうがくじ》のことは矢張《やは》り正覺寺中《しやうがくじちう》のものでなけれりや分《わか》りません。」

と其《そ》の濃《こ》い眉《まゆ》を動《うご》かしたが、

「それぢやかうお爲《し》しなさい。」

と云《い》つて敎《をし》へてくれた。それは事務所《じむしよ》へ行《い》つてみなみの院《ゐん》はゐるかと聞《き》いて若《も》しゐると云《い》つたら其《そ》の人《ひと》にお聞《き》きなさいとの事《こと》だつた。みなみの院《ゐん》が正覺寺《しやうかくじ》のことを管理《くわんり》してゐるのだからと云《いつ》た。

「をるかをらんかを聞《き》いて、若《も》しをると云《い》つたら聞《き》いて御覽《ごらん》なさい。をらなければ他《ほか》のものに聞《き》いても分《わか》りませんよ。」

坊《ばう》さんはよの字《じ》に力《ちから》を入《い》れて念《ねん》を押《お》した。二人《ふたり》は禮《れい》を云《い》つて敎《をし》へられた通《とほ》り正面《しやうめん》の黑《くろ》い板塀《いたべい》の圍《かこ》みのうちに入《はい》つた。坊《ばう》さんは後《うしろ》から、

「みなみの院《ゐん》と云《い》ふんです。」と又《また》云《い》つた。

長《なが》い敷石《しきいし》を傳《つた》つてゆくと突《つ》き當《あた》りが十坪《つぼ》ばかりの土間《どま》であつた。その土間《どま》に汚《きたな》い薩摩下駄《さつまげた》が五六足順序《そくじゆんじよ》よく並《なら》んでゐた。床《ゆか》の高《たか》い大玄關《おほげんくわん》に球《たま》の二《ふ》たつ繋《つな》がつた鎖《くさり》の裝飾《さうしよく》の美《うつく》しい瓦《が》斯燈《とう》が眞中《まんなか》に下《さ》がつてゐた。谷津《たにづ》がいくら訪《おとな》つても誰《だれ》も出《で》てこなかつた。透子《とほこ》は後《うしろ》へ行《い》つて見《み》た。

其所《そこ》から子供《こども》を負《お》ぶつたり負《お》ぶはなかつたりした色《いろ》の眞《ま》つ黑《くろ》な子供達《こどもたち》が一人《ひとり》々く瓶《びん》に黑《くろ》ずんだ水《みづ》を入《い》れたのを大切《だいじ》さうに持《も》つて出《で》て行《い》つた。透子《とほこ》はそれを見《み》て何《なん》だらうと思《おも》つた。

すぐそれは甘茶《あまちや》だと解《わか》つた。今日《けふ》は四月《ぐわつ》の八日《か》であつた。

子供《こども》の出《で》てきたところから透子《とほこ》は中《なか》を覗《のぞ》いて見《み》た。其所《そこ》が賄所《まかなひじよ》のやうであつた。さうして白《しろ》い

前垂《まへだれ》をしめた料理人《れうりにん》らしい男《をとこ》が立《た》つてゐた。透子《とほこ》は良人《をつと》を呼《よ》んだ。谷津《たにつ》は其所《そこ》へ入《はい》つてその男《をとこ》に、

「みなみの院《ゐん》はおいでゝすか。」と聞《き》いた。

男《をとこ》は默《だま》つて奥《おく》へ聞《き》きに行《い》つた。直《す》ぐ小柄《こがら》の若《わか》い坊《ばう》さんが男《をとこ》と一所《しよ》に出《で》て來《き》た。鼠《ねずみ》いろりんずの被布《ふ》をその坊《ばう》さんは着《き》てゐた。

「Kさんのお墓《はか》はたしか五重《ぢう》の塔《たふ》の下《した》でした。」若《わか》い坊《ばう》さんは平《ひら》つたく目《め》鼻立《はなだち》の揃《そろ》つた顔《かほ》をして二人《ふたり》に然《さ》う云《い》ひながら踏《ふ》み板《いた》を傳《つた》つて臺所《だいどころ》へ行《い》つて、盤臺《はんだい》の蔭《かげ》に坐《すわ》つてゐる、もう一人《ひとり》の男《をとこ》に、

「あれは、植木《うゑき》やが知《し》つてるだらう。」

と聞《き》いた。蔭《かげ》の男《をとこ》は額《ひたひ》だけを見《み》せて何《なに》か云《い》つた。若《わか》い坊《ばう》さんは今《いま》の男《をとこ》に植木《うゑき》やを呼《よ》んで案内《あんない》をしてお上《あ》げと云《い》ひ付《つ》けた。二人《ふたり》が其所《そこ》を出《で》る時《とき》若《わか》い坊《ばう》さんは、

「お歸《かへ》りにお寄《よ》り下《くだ》さい。」

と挨拶《あいさつ》した。

二人《ふたり》は外《そと》に立《た》つて案内《あんない》する男《をとこ》の來《く》るのを待《ま》つてゐた。

「みなみの院《ゐん》て、名稱《な》が好《い》いわね。」

透子《とほこ》は洋傘《かうもり》に身體《からだ》を凭《もた》せながら輕《かる》く笑《わら》つた。

「順序《じゆんじよ》さへ經《へ》れば分《わか》るもんだ。」

谷津《たにづ》は然《さ》う云《い》つて感心《かんしん》してゐた。

賄所《まかなひじよ》の横《よこ》の坂《さか》から十八九の植木職人《うゑきしよくにん》が手桶《てをけ》を持《も》つて上《あ》がつて來《き》た。さうして二人《ふたり》を見《み》ると默《だま》つて先《さ》きに立《た》つた。さつきの墓地とはまるで方角違《はうがくちが》ひの寺内《じない》の右《みぎ》の方《はう》へ右《みぎ》の方《はう》へと男《をとこ》は步《あ》るいて行《い》つ

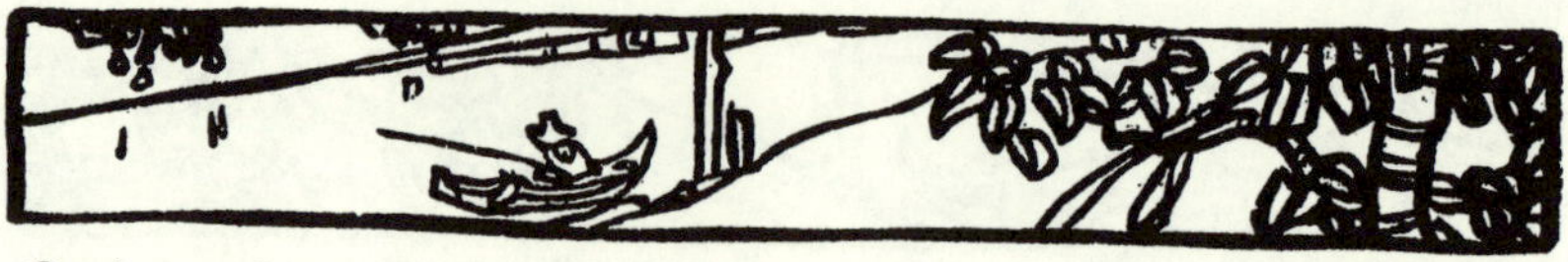

た。

祖師堂《そしだう》の正面《しやうめん》へ出《で》ると男《をとこ》は傍《わき》の井戸《ゐど》で水《みづ》を汲《く》んだ。井戸端《ゐどはた》の敷石《しきいし》の上《うへ》に散《ち》つた花《はな》がかさなつて吸《す》ひついてゐた。男《をとこ》が手桶《てをけ》を洗《すゝ》いだ水《みづ》を流《なが》すと溝《みぞ》のなかに溜《たま》つた泥《どろ》が浮《う》いて綺麗《きれい》な花片《はなびら》の上《うへ》に濁《にご》つた水《みづ》がかぶつた。

丁度《ちやうど》祖師堂《そしだう》のうちで鐘《かね》がなつた。

美術函《びじゆつばこ》のやうな硝子戸《がらすど》をはめた箱《はこ》の中《なか》で蠟燭《らふそく》の灯《とも》つてゐるのが珍《めづ》らしかつた。灯《ひ》のほのほがたんば鬼灯《ほうき》をぼつ〳〵と倒《さかさ》に吊るしてあるやうに見《み》えた。

二人《ふたり》はまた男《をとこ》の後《うしろ》から歩《ある》いた。植込《うゑこ》みを出外《ではづ》れて左《ひだり》へ折《を》れたとき、ふいと眼《め》の前《まへ》に五重《ぢう》の塔《たふ》が現《あらは》れたので二人《ふたり》はびつくりした。

この邊《へん》に櫻《さくら》はなかつた。たゞ濃緑《のうりよく》の杉《すぎ》の木立《こだち》が塔《たふ》の聳《そび》えて立《た》つた丘《をか》の下《した》を一帶《たい》にならしてゐた。さうして白《しろ》い雲《くも》のなかから日《ひ》が淡《あは》く塔《たふ》の上《うへ》に照《て》つてゐた。

男《をとこ》は塔《たふ》の下《した》に僅《わつか》ならんだ石碑《せきひ》の表《おもて》を見《み》ながら行《い》つた。廣《ひろ》く垣《かき》を圍《めぐ》らした一《ひ》と圍《かこ》ひの前《まへ》へ留《とま》ると男《をとこ》は二人《ふたり》を呼《よ》んだ。垣根《かきね》の内《うち》にK先生《せんせい》の奥《おく》さんの俗名《ぞくみやう》を書《か》きつけた木標《もくへう》が立《た》つてあつた。墓標《はかへう》の前《まへ》には桃《もゝ》や山吹《やまぶき》の花《はな》が供《そな》へてあつた。

今日《けふ》の一週忌《しうき》の忌日《きにち》に二人《ふたり》よりも先《さ》きに參《まゐ》つた人《ひと》の名刺《めいし》をつけて行《い》つた。これらの筒《つゝ》の花《はな》が水《みづ》にかわいてゐた。

二人《ふたり》も供《そな》へた花《はな》に名刺《めいし》をつけておいた。後《うしろ》の卒塔婆《そとは》の文字《もじ》に「靈鷲院何々《れいしうゐんなにく》」とあるのを見《み》て、まあよくこの戒名《かいみやう》を覺《おぼ》えてゐた、と透子《とほこ》は思《おも》つた。二人《ふたり》は水《みづ》を注《そゝ》いで墓標《はへう》を拜《をが》んだ。

谷津《たにづ》はK先生《せんせい》の家《いへ》に寄宿《きしゆく》をしてゐたころこの奥《おく》さんにはひどく世話《せわ》になつた。透子《とほこ》も奥《おく》さんをよく知《し》つてゐた。けれども二人《ふたり》ながら奥《おく》さんの昔《むかし》を思《おも》ふやうな事《こと》はちつとも云《い》はなかつた。五重《ぢう》の塔《たふ》の前《まへ》へ引《ひ》つかへしてくると、

221　「本門寺のさくら」『文章世界』明治44（1911）年7月15日

「この五重《ぢう》の塔《たふ》にはクランカルな懐《なつか》しみがないわねえ。」と透子《とほこ》は鮮《あざや》かな丹塗《にぬ》りの色《いろ》を見上《みあ》げながら通《とほ》つた。塔《たふ》は五階《かい》の屋根《やね》を大手《おほて》のやうに展《ひろ》げてうそぶいてゐた。

二人《ふたり》とも氣樂《きらく》な心持《こゝろもち》になつて境内《けいだい》をゆつくり歩《ある》いてから、門際《もんぎは》の休《やす》み茶屋《ぢやや》に腰《こし》をおろした。

空《そら》はやはり晴《は》れ上《あが》らなかつた。摺《す》り硝子《がらす》を一《ひ》とつ隔《へだ》てゝ刺《さ》すやうな弱《よわ》い日《ひ》が、ヴエールを被《き》せかけた樣《やう》に櫻《さくら》の花《はな》を包《つゝ》んでゐた。人《ひと》が二三人《にん》櫻《さくら》を見《み》ながらぶら〳〵してゐた。花《はな》はその人《ひと》たちの前《まへ》にもちら〳〵と靜《しづか》に散《ち》つてゐた。

透子《とほこ》はすぐ傍《そば》の日朝堂《につてうだう》の常提目《じやうだいもく》の太鼓《たいこ》を聞《き》きながら、花《はな》がうつとりと散《ち》つてゆくのを見《み》てゐると自分《じぶん》の勞《つか》れた神經《しんけい》が何《なに》かの響《ひゞ》きにふれて戰《よる》へるやうな氣《き》がした。

繪馬堂《ゑまだう》に、めの字《じ》とめの字《じ》の向《むか》ひ合《あ》つた繪馬《ゑま》の澤山《たくさん》上《あ》がつてゐるをのぞきながら二人《ふたり》は本門寺《ほんもんじ》の高《たか》い石段《いしだん》を下《お》りた。途中《とちう》で振《ふ》り返《かへ》つたとき櫻《さくら》は下《した》だけ半分門《はんぶんもん》にかくれてゐた。花《はな》の散《ち》るのが見《み》えなかつた。

二人《ふたり》はまた車《くるま》で大森《おほもり》へ歸《かへ》つた。

神社《じんじや》の前《まへ》まで來《く》ると透子《とほこ》は忘《わす》れてゐた浦和《うらわ》の町《まち》のことを再《ふた》び思《おも》つた。停車場《ていしやぢやう》へ着《つ》いたらきつとこの事《こと》を良人《をつと》に云《い》はうと決《き》めながら、のろい車《くるま》に搖《ゆ》られて行《い》つた。踏切《ふみきり》で汽車《きしや》の停滯《ていたい》のために長《なが》い間《あひだ》待《ま》たされて越《こ》すことが出來《でき》なかつた。やつと電車《でんしや》の發着所《はつちやくじよ》へ着《つ》いたけれども此所《こ》でも大森品川間《おほもりしながはかん》の電車《でんしや》が中々《なかなか》來《こ》ないので散々《さん〳〵》待《ま》たされた。

透子《とほこ》は懷中鏡《くわいちうかゞみ》を出《だ》して顏《かほ》の脂肪《あぶら》を拭《ふ》きとつた。さうして「なでしこ」で顏《かほ》を直《なほ》しながら鏡《かゞみ》に映《うつ》つた空《そら》の色《いろ》を見《み》て本門寺《ほんもんじ》の櫻《さくら》を思《おも》つてゐた。透子《とほこ》は浦和《うらわ》の町《まち》に似《に》た町《まち》のことを良人《をつと》に云《い》ふのを忘《わす》れてしまつてゐた。

文學號

現代四十文豪回答　明治文學界天才觀

我《わ》が國《くに》は一面武《めんぶ》の國《くに》なると共《とも》に、亦他面文《またためんぶん》の國《くに》なり、詩《し》の國《くに》なり、武人《ぶじん》として膽略無比《たんりやくむひ》、智謀縱横《ちぼうじうわう》の秀吉正成《ひでよしまさしげ》、賴朝《よりとも》を有《いう》せると共《とも》に、思想高遠《しさうかうゑん》、才華煥發《さいくわくわんぱつ》せる人丸《ひとまる》、紫式部《むらさきしきぶ》を有《いう》し山陽《さんやう》、馬琴《ばきん》を有《いう》せり、時明治《ときめいぢ》に至《いた》り、武力《ぶりよく》の進歩著《しんぽいちじる》しく文化《ぶんくわ》亦燦然《またさんぜん》として見《み》るべきものあり、武人《ぶじん》として古今無双《ここんぶさう》の巨人《きよじん》東郷平八郎《とうがうへいはちらう》を出《いだ》し、乃木希典《のぎきてん》を出《いだ》せり、亦曷《またいづく》んぞ文學界《ぶんがくかい》に於《おい》て之《これ》に比敵《ひつてき》すべき天才《てんさい》の士《し》なからんや、本社《ほんしや》は當代《たうだい》の諸文學者《しよぶんがくしや》に向《むか》ひ、左《さ》の數項《すうこう》に就《つ》きて質問《しつもん》を發《はつ》したるに、幸《さいはひ》にして多《た》數《すう》の回答《くわいたう》を得《え》たり。茲《こゝ》に謹《つゝし》んで諸名士《しよめいし》の厚意《かうい》を感謝《かんしや》す。

（順序不同）

一、貴下《きか》は明治年間《めいぢねんかん》に於《お》ける天才《てんさい》の文學者《ぶんがくしや》、若《も》しくは天才的傾向《てんさいてきけいかう》を有《いう》せる文學者《ぶんがくしや》として誰《たれ》々を御選定《ごせんてい》なさるや。

一。其御選定《そのごせんてい》の理由《りいう》、即《すなは》ち其文學者《そのぶんがくしや》は如何《いか》なる天才的特質《てんさいてきとくしつ》を有《いう》したるか。

一、貴下《きか》は如何《いか》なる動機《どうき》によりて文學者《ぶんがくしや》となられしか。

○　田村とし子

一、私《わたくし》は女《をんな》だから女流《ぢよりう》の方《かた》をあげる。歌人《かじん》としての與謝野晶子《よさのあきこ》さん。

一、別《べつ》に文學者《ぶんがくしや》とならうと思《おも》ひ立《た》つた動機《どうき》はなし。

＊　＊　＊　＊　＊

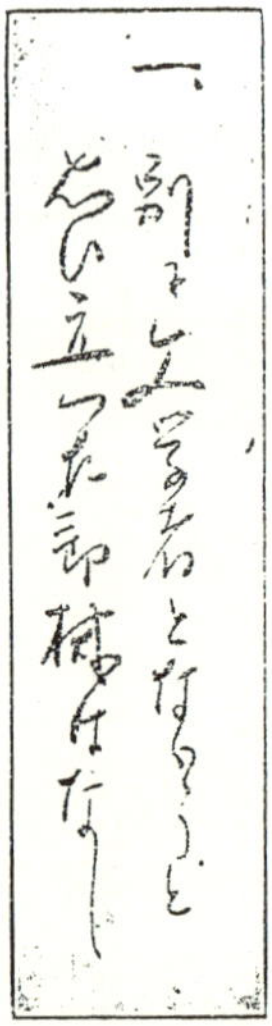

俊子女史筆跡

生血

田村とし子

一

安藝治《あきぢ》はだまつて顔《かほ》を洗ひに出て行つた。ゆう子はその足音を耳にしながら矢つ張りぼんやりと椽側に立つてゐた。紫紺縮緬をしぼつた單衣の裾がしつくりと踵《かゝと》を包んで褄先《つまさき》がしやくれて流れてゐる。

昨夜寝るとき引《ひ》き被《かつ》いだ薄ものをまだ剝ぎ切《き》らない様な空の光りの下に、庭の隅々の赤い花白い花がうつとりと瞼をおもくしてゐる。

ゆう子の椽から片足踏み出した足の裏へ、しめつた土から吹いてくる練絹《ねりぎぬ》のやうな風が、そつと忍ぶやうにしてさわつてゆく。

ゆう子は足許の金魚鉢を見た。ふつと、興の湧いたやうな顔をすると其所にしやがんで、

「紅しぼり――

緋鹿の子――
あけぼの――
あられごもん――」

と一とつ／＼指でさして金魚に名をつけた。明《あ》け方《がた》の空が鉢に映つて、白い光りがところどころ銀箔《ぎんぱく》を落したやうに水のおもてをちらつかしてゐる。緋鹿の子がお俠《きやん》に水をきつてついと走つた。

ゆう子は鉢のわきに並べてあつた紫のシネラリヤの花を、一とつ摘んで水の中にこぼした。眞つ赤な――まだ名を付けなかつた金魚が、小さなお壺口を花片にふれると、すぐ驚いたやうに大きな尾鰭を振り動かして底の方へ沈んでゆく。銀箔があちこちと、ちろ／＼と搖れた。

ゆう子は立てた膝の上へ左の腕をのせて、それへ右の肱をかつて掌で額をおさへた。垂れた頭《つむり》の重みに堪へないやうに手首が他愛なくしなつて見へる。眼尻のところへ拇指があたつて眼が險しくつれた。

――緋縮緬の蚊帳の裾をかんで女が泣いてゐる。男は風に吹きあほられる伊豫簾に肩の上をたゝかれながら、町の灯を窓からながめてゐる。男はふいと笑つた。そうして、

「仕方がないぢやないか。」

と云つた。――

生臭い金魚の匂ひがぼんやりとした。

何の匂ひとも知らず、ゆう子はぢつとその匂ひを嗅いだ。いつまでも、いつまでも、嗅《か》いだ。

「男の匂ひ。」

ふと思つてゆう子はぞつとした。そうして指先から爪先までちり／＼と何かゞ傳《つた》はつてゆく様に震へた。

「いやだ。いやだ。いやだ。」

刄を握つて何かに立向《たちむか》ひたい様な心持――昨夜からそんな心持に幾度自分の身體を摑みしめられるだらう。

ゆう子は片手を金魚鉢の中にずいと差入れて、憎いものゝやうに金魚をつかんだ。

「目ざしにしてやれ。」

然う思ひながら、素て着た單衣の襟を合はせた金のピンをぬきながら、摑んだ金魚を水から上げた。白金の線が亂れみだれるやうに硝子鉢の水がうごく。

胡麻粒のやうな目の玉をねらつてピンの先きを突きさすと、丁度手首のところで金魚は尾鰭をばた／＼させる。生臭い水のしぶきがゆう子の藤鼠色の帯へちつた。金魚をピンの奥へよせる時、ピンの尖きでゆう子は自分の人差指の先《さ》きを突いた。爪ぎはに、ルビーのやうな小さい血の玉がぽつとふくらんだ。

金魚の鱗が青く光つてゐる。赤いまだらが乾いて艶が消へた。金魚は上向《うへむ》きに口をぽんと丸くあけて死んでゐる。花の模様の踊り扇をひろげた様だつた尾鰭は、すぼんだやうにだらりと萎《しほ》れついてさがつてゐる。

ゆう子は其れをしばらく翳して見てゐたが、庭へ抛り投げてしまつた。丁度飛石の上へ乗つた金魚の骸《むくろ》へ、一と瞬きづゝ明けてゆく空の光りが、薄白く金魚をつゝんでは擴がるやうに四方へちらけてゆく。

ゆう子は座敷へはいつた。まだ消《け》さずにある電氣の光りが薄樺色の反射にみなぎつてゆう子の額を熱ばませる。ゆう子は窓の下の大きい姿見の前へ行つてぴつたり座ると、傷づいた人差指を口に含んだ。――ぢりりと滲み出すやうに涙が両の眼をあふれた。

ゆう子は袂を顔にあてゝ泣いた。泣いても、泣いても悲しい。然し、自分の頬をひつたりとなつかしい人の胸に押あてゝゐる時のやうな、そんな甘つたるさが涙に薄《うつ》すりと色を着《つ》けてながれる。

「いま指を含んだとき、自分の指に自分の唇のあたゝかさを感じた、それが何故かうも悲しいのであらう。」

ゆう子は然う思ひながら、喘《あへ》ぐやうに泣いた。

いくらでも泣ける。ありたけの涙が出きつてしまふと、ふつつと息が絶えるのぢやないか、息が絶へやうとして出るだけの涙が流れつくすのぢやないか。と思ふほど。泣くだけ泣いて、涙が出るだけ出て、蓮花《れんげ》に包まれて眠るやうに花の露に息をふさがれて死ぬるものなら嬉しからう。涙の熱さ！　たとへ肌がやきつくす程の熱い涙で身體を洗つても、自分の身體はもとに返らない。もう舊《もと》に返りはしない。――

ゆう子は唇を噛みながら、ふと顔を上げて鏡の肉を見た。物の形をはつきりと映したまま鏡のおもての光《ひか》りが搖がずにゐる。紫紺の膝がくづれて赤いものが見えてゐた。ゆう子は其れを凝《ぢつ》と見た。そのちりめんの一と重下《へした》のわが肌を思つた。

毛孔《けあな》に一本々々針を突きさして、こまかい肉を一《ひ》と片《ひら》づゝ抉りだしても、自分の一度侵《ひた》つた汚れは削《けづ》りとることができない。――

顔を洗ひに行つた安藝治が手拭をさげてかへつて來た。ゆう子を見るとだまつて隣りの部屋へはいつて行つた。何時の間にか女中が來てゐたと見えて、女と話する安藝治の聲がした。

女中は直ぐ床《とこ》を片付けに入《はい》つて來た。ゆう子を見ると笑ひ顔で挨拶したけれど、ゆう子は振向きもしなかつた。そうして、根深《ねぶか》く食《く》ひこんだやうな疲れた夢の覺《さ》めぎはのやうに、力のない身體をだらしもなく橫座《よこすわ》りしながら、頭をふつて小供のやうに蹴り上げた。

硝子戶を開《あ》け閉《た》てする宿屋の朝の掃除のやかましい音がひゞいてくる。電車のおとがぎひと鳴つて通つたとき、ゆう子はこの宿が大通《おほどほ》りの內に家並《やなみ》を向けてゐることを思ひだして恐しくなつた。此家《こゝ》を出るのに何所《どこ》から出たらいゝだらう、女中に賴んで裏口《うらぐち》から出して貰はうか、ゆう子はそんな事を考へながら袂から半紙をだして、細く引《ひ》き裂《さ》いて傷ついた指を卷いた。

二

二人は水色の洋傘と生《なま》つ白《しろ》いパナマの帽子をならべて、日盛《ひざか》りの町をあるいてゐた。まるで强烈な日光にすべての色氣《いろけ》を奪はれ盡してしまつたやうに、着くづれた皺だらけの二人の着物にあざやかな色彩《いろどり》も見えなかつた。熱《あつ》い日《ひ》に叩《はた》き立てられるやうに、やゝ、くざな恰好をして二人は眞晝の炎天をたゞ素直《すなほ》にあるいてゆく。焼《や》き鏝《こて》を當てられるやうに二人の頸元はぢり〳〵と照《て》らされる、白い足袋はもう乾き切つた埃で薄い代赭色《たいしやいろ》に染まつてゐる。

二人は路次をはいつた。

狹い庇間の下を風が眞つ直ぐに通して、地面が穴の底のやうに濕《しめ》つてゐる。井戶《ゐど》の向ふ向の家の眞《ま》つ暗《くら》な土間《どま》で、汚《よご》れた手拭を頸《くび》に捲きつけた女が機《はた》を織《を》つてゐた。二人は突き當りの石段を上《のぼ》つて行つた。上《のぼ》り切《き》ると、ゆう子は柵のところへ行つて向島の堤をながめた。

河《かは》も堤《どて》も熱さにうんざりしたやうに、金色《こんじき》の光りを投げだした儘何の影も動かさなかつた。透《す》き間《ま》もなく照《て》りこんだ夏の日光を、弾《はち》き返《かへ》すやうなトタン家根の上に、黒《くろ》い煙《けむ》りが這《は》ひ付《つ》いてる暑苦《あつくる》しい町並《まちなみ》を眼の先《さき》に見つけると、ゆう子は直ぐ眼《め》を眩《まぶ》しくさせて日蔭の方を振返《ふりかへ》つた。安藝治《あきち》は敷石の上に立つて、社《やしろ》の前《まへ》に鈴をがら〳〵云はせてゐる雛妓《おしやく》らしい娘の後姿を見てゐた。

聖天の御堂《みどう》の奥は黒《くろ》い幕をはつた樣に薄暗い。ところ〳〵器物《きぶつ》の銀の色が何かの暗示《あんじ》のやうに、神秘《しんぴ》めいて白く光つてゐる中に、蠟燭が大きな燭臺の輪をめぐつて何本も上下左右にちろ〳〵と灯つてゐる。それが丁度、今の炎天を呪ふ祈りの灯のやうに見える。荒行で斷食した坊さんが眼にだけ一念をひそめた輝きのやうな光りを、よわ〳〵した蠟燭の焔の先きに一とすぢ閃《ひらめ》かしてゐる。

其所に二三人の人の影が見えた。

二人は表の石段をおりた。ちつとも日蔭のない照りはしやいだ通りは、燒けた銅板をはり詰めたやうに見る目も吐く息も切《せつ》ない。ゆう子は洋傘を低くさした。

「もう別れなければ。もう別れなければ。」

ゆう子は幾度も然う思つた。男と離れて、昨夜の事を唯一人《たゞひとり》しみ〴〵と考へなければならないやうな焦慮《あせ》つた思ひもする。けれどゆう子は何《ど》うしても自分から男へ口がきけなかつた。兩手も兩足もきつい鐵輪《かなわ》をはめられたやうに、少しも身體が自由にならなかつた。

「自分に蹂躙された女が震へてゐる。口もきゝ得ずにゐる。そうして炎天を引ずり廻《まわ》されてゐる。女は何所まで附いてくるつもりだらう。」

だまつてる人は其樣ことを考へてゐるのぢやないかとゆう子は不意と思つた。ゆう子はそつと額の汗をふいた。

いまの雛妓らしい娘が二人を通り越してとつとゝ歩いてゆく。綸模樣の朱の日傘の下から、俯向いて衣紋《えもん》をぬいた細い頸筋が解けそうに透き通つて白々《しろ〴〵》と見える。荒い矢羽根がすりの紺すきやの裾掛けが、眞つ白な素足《すあし》をからんではほつれ、からんではほつれしてゆく。貝《かひ》の口《くち》にむすんだ紫博多の帶のかけがきりりと上をむいてゐる。

薄い長い袂が引ずるやうな、美しい初々《うゐ〳〵》しい姿をゆう子はぎらつく空の下でしみ〴〵と眺めた。そうして羨しかつた。かうして昨夜の身體をその儘炎天にさらして行く自分には、日光に腐爛してゆく魚《さかな》のやうな臭氣も思はれた。ゆう子は自分の身體を誰かに摘《つま》みあげて抛り出してもらい度いやうな氣がした。

二人はだまつて歩いて行く。廣い通りが盡きると、狹い裏通りへまがつた。

赤い風鈴を下げた氷屋が葭簀のかげを濡らしてゐる。ちやん〳〵の襦袢一枚て、黒い腕をだした女が小供に義太夫を教へてゐるのが、表からすつかり見えた家があつた。椽の低い小間物店から、熟《う》んだやうな油の匂いがした。安藝治が先きに立つて、蕎麥屋の裏から公園へ抜《ぬ》け道した。

きつい日に照《て》りつけられて、阿彌陀堂の赤い丹塗《にぬ》りの色が土器色に變つて見へた。龍頭觀音の噴水がぴたりととまつてゐた。如露《ちよろ》の水ほども落ちてゐなかつた。炎天に水を乾しつくされ、銅像の全身をきら〳〵と焦《や》きなぶられて高いところに据へられた觀音の立像を見上げてゐると、ゆう子は頭の髮の毛を火の炎でやき拂はれるやうな氣持がした。

潮染めの浴衣を着て赤い帶をしめた、眞つ白な顔をした女たちが、汗の足にまつはり付いたやうな浴衣の裾のわれ目から赤い蹴出しをちらつかして通つてゆく。肌をぬいて網襦《あみじゆ》袢《ばん》一とつになつた男が扇子を使ひながら通《とほ》つてゆく。水の出ない噴水のまわりにもいろ〳〵な人《ひと》が集つてゐた。

二人は然うした人だちにぢろ〳〵とながめられた。安藝治はそれを厭はしそうにして目を避けてゐた。ゆう子は然うした卑《いや》しい表情で自分たちを見て行く人と、今の自分と云ふものの上とにそれ程の隔だたりがあるやうに見へなかつた。いくらでも覗きたいほど自分を見せてやれと思つた。どうせ自分は、その人たちには珍らしくない矢つ張り腐つた肉に包まれてるやうな人間だと思つた。

安藝治はまた歩きだした。ゆう子は何となく自分の身體を何かに投げかけたいやうな氣がした。太《ふて》たことが云つて見たいやうな氣がした。然し矢つ張り男に口をきくのはいやであつた。

花屋敷の前の人混《ひとご》みを通つて、玉乘りの前までくると安藝治は、

「はいつて見やう。」

と云つてゆう子に構はずづん／＼入《はい》らうとした。ゆう子は默つて隨《つ》いてはいつた。

高い小屋がけの二階が眞つ暗だつた。柱も薄縁も蒲團も、寐汗でぬれたものを摑むやうな、粘つた濕り氣をふくんでゐる。

二階にはまばらに五六人ほど人がゐた。その人たちがみんな、又と見付け得られない賓ものに執着したやうな顔付をして、手欄《てすり》にしつかりとつかまつて下の演伎をながめてゐる。安藝治はさも居やすい所を見出したやうな様子で、薄い蒲團を腰の下に入《い》れた。そうしてゆう子の顔を見て微笑した。

何か鈴《れい》のやうなものがから／＼となつた。肉色《にくいろ》の襯衣を着た男の子が、太《ふと》い聲で次ぎの演技の口上《こうじやう》を云つてゐる。外《そと》に垂《た》れた廣告幕《こうこくまく》が少し上《あが》つたり下《さが》つたりする度に、表に立つた仰向いた人の顔がかくれて舞臺が薄暗くなる。小さな銀杏返しに引つ詰めて結いた、赤い

顏におしろいを塗つた女の子が桃色の襯衣を着て兩手を兩腋に挾んで四五人立つてゐる。それが紅白で綯つた輪をもつて玉に乘つてあるきだした。

輪を足から手へくゞらせたり、肩へ拔かしたりしながら乘つた玉をまわしてゆく。その白粉のついた小《ちい》さい耳《みゝ》のわきがゆう子は悲しかつた。ゆう子は後の、棧敷のやうな高いところへ行つて其所へ腰をかけながら、塗骨の扇子を帶からぬいた。扇《あふ》ぐときに生ぬるいやうな香水の匂ひがなつかしく泌みる。外へ垂れた幕がわづか上がる時、其所に群集した人の頭から後の池の面へかけて、投げつけたやうな鋭い晝の光りがゆう子の目にぱつと映る。演伎の間々にその藝を演じる娘たちや大きな男たちが、だまつて茫然とその外の群集を見てゐるのが、薄暗い小屋に倦怠《けんたい》の氣がしみ通つてゆく樣な氣がした。

ふと氣が付くと淺黃の袴をはいた振袖の娘が舞臺に現はれてゐた。大きなふつさりした潰しの島田に紫の鹿の子がかゝつてゐた。

その娘は臺の上に仰向に寢て足の先で傘をまわした。眞つ白な手甲が細い手首を括《くゝ》つてゐた。臺《だい》の兩脇に長い袂が垂れてゐた。窄《すぼ》んだ傘を足でひろげて、傘のふちを足に受けてくる〳〵と風車のやうにまわしてまわしぬく。その脛當ても眞つ白かつた。そうして小さな白足袋――淺黃繻子の男袴が時々ひだを亂して、垂れた長い袂が搖れる。その時の下座の三味線の、糸を手繰《たぐ》つては縺《もつ》らせ、縺《もつ》らせては手繰《たじ》りよせるやうな曲がゆう子の胸をきつと絞つた。

娘は臺《だい》から下《お》りるとにつこり笑つて會釋しながら直ぐ奥へ入《はい》つてしまつた。髱がつぶれてゐた。熨斗目《のしめ》の長い袖が目に殘つた。安藝治は他の人のやうに手摺《てす》りに縋りついて下を見てゐる。その細い頸筋をゆう子はぢつと見つめた。女の子の足の上へ澤山に桶を積み上げて、その上へのせた天水桶の中へ男の子がはいつたり、水藝をやつたりまだ／＼幾つもそれに似たことを幾人もの子が代る／＼やつてゐる。ゆう子は倦みつかれて自分の身體が汗の中へ溶け込んでゆくやうな氣持がした。自分は何か悲しまなければならないことがあつたのにと思ふ傍から、

「何うにてもなれ。何うにてもなれ。」

と云ひ度い氣がする。何所まで落ち込んで行つたところで、落ち込んだ先きには矢つ張り人の影は見える。——と思つてゆう子は小屋の中の人たちがなつかしかつた。淺黃繻子の男袴——それがゆう子の眼先をはなれなかつた。

安藝治は演伎が番組を繰り返して同じ事をやる様になつても歸らうと云はなかつた。ゆう子もこの小屋を出たくはなかつた。折角暗い巣《す》を見付けながら、又明るい光りを眞面に浴びるのは辛かつた。いつまでも、夜るになるまで居られるものならかうして居たいと思

つた。ゆう子は高いところに腰をかけて何も考へる力もなく、唯ぼんやりと半分は眠つてゐた。

蒸すやうな、臭い空氣が、時々ゆう子の身體を撫でまわしてゆく。ぱた〳〵とまばらな拍手が下の土間の方から、氣の無い響きを持つてくる。その間《あひだ》にゆう子はふと、かさつと云つた羽《は》搏《ばた》きのやうな音を耳近く聞いた。

うつとりしてゐた瞼がかつきりと反《そ》つたやうな氣がした。ゆう子は後を見まわしながら遂《つひ》立上つだけれども、何《なんに》も見えなかつた。

後向《うしろむ》きになつて、ゆう子は煤けた柱から、汚れが垢《あか》のやうに積つた薄緣《うすべり》をぢつと見た。ふと、その後の羽目板に、大きな魚の尾鰭のやうな黑いものの動いてるのが目に付いた。ゆう子はぢつとして其の動《うご》くものを眺めてゐた。動かなくなるとゆう子は扇子《せんす》でその黑いものをぢつと抑《おさ》へて見た。扇子をひく儘にその黑いものがだん〳〵羽目板の外へ引摺られて出てくる。何とも付かず一尺ほど引きてた時、その輪廓をぐるりと見て——それが蝙蝠の片々《かた〳〵》の翼だと知れた。

ゆう子はぱたりと扇子を落した。さうして驅けよるやうにして安藝治の坐つてゐる傍《そば》へ立つたが、安藝治は氣が付かなかつた。ゆう子は身體の血が冷え付いたやうな思ひをしながら、もう一度羽目板の方を振返つて見た。もう黑い翼は見えなかつた。その傍《わき》の壁の隙間から夕暮れらしい薄黄《うすき》いな日射《ひさ》しが流れこんでゐた。

二人は小屋を出た。もう白地の浴衣に水の底のやうな涼しい影が見える夕方になつてゐた。安藝治は矢つ張りだまつて歩いて行く。ゆう子は目眩《めま》いがするほど空腹《ひもじ》くなつたのに氣が付いた。男に默つて中途から別れて了はう。そんな事も考へながら、膝のうしろにべた〳〵と觸《さわ》る汗《あせ》にしみた着物が氣味がわるくてならなかつた。

「この女は何所まで附いてくるんだらう。」

男の樣子にそんな所が見えると、ゆう子が思つたとき、

「何か食《た》べなくちや。」

と男が云つた。

「私は歸りたい。」

「歸る？」

「ええ。」

男は又默つて歩いて行つた。二人は池《いけ》の橋《はし》を渡つて山へあがると、其所の端《はじ》の氷店の腰かけへ云ひ合はしたやうに腰をかけた。二人の前の植ゑ込みが打水の雫をちらしてゐた。

二人はまた何時までも〳〵其所を立たなかつた。

日の入《はい》る頃になつて汗を洗ひ流した連中が、折目の見える浴衣と着かへて、もう其方此《そちこ》

方と歩いてゐた。二人は一日の汗になへ切つた身體を叉仁王門から馬道の方へはこんだ。

二人は河岸をあるいて砂利置場から宵暗の被せかける隅田川の流れをながめた。

ゆう子はもう、自分の身體《からだ》を男が引《ひ》つ抱《か》へて何所へでもいゝから連れてつて來《く》れればいいと思ひながら砂利置場の杭《くひ》へよりかゝつた。

「蝙蝠が、淺黄繻子の男袴を穿いた娘の、生血《いきち》を吸つてる、生血《いきち》を吸つてる――」

男に手を取られてはつとした。その時人差指《ひとさしゆび》の先《さき》きに卷いてあつた紙がいつの間にか取れてしまつたのに氣が付いた。生臭《なまぐさ》い匂いがぷんとした――完――

かなしかった日《ひ》

田村とし子

愛子《あいこ》は唯《たゞ》悲《なか》しくって悲《かな》しくって仕《し》方《かた》がなかった。家《うち》の人《ひと》たちに見《み》付《つ》けられないやうに奥《おく》の長《なが》四疊《でふ》の坐《さ》敷《しき》に入《はい》って、唐紙《からかみ》をぴったりと閉《し》めきると、小《ちひ》さい胸《むね》をぎっと締《し》めつけられたやうに切《せつ》なくなって涙《なみだ》がほろ〳〵とこぼれた。愛子《あいこ》は長《なが》い袂《たもと》を顔《かほ》にあてながら、隅《すみ》の壁《かべ》に寄《よ》りかゝって泣《な》いた。いつまでもいつまでも泣《な》いてゐた。しまひには眼《め》のまはりが焦《こ》げ爛《たゞ》れるやうに熱《あつ》くなって、唇《くちびる》も腫《は》れ上《あ》がったやうな、何《なん》となく顔中《かほぢう》が重《おも》い心持《こゝろもち》になりながらそれてもまだ泣《な》いた。啜《すゝ》りあげる度《たび》に顔《かほ》をふるのでピンク色《いろ》をした花簪《はなかんざし》がお下《さ》げの髪《かみ》から肱《ひぢ》の横《よこ》へ落《お》ちて來《き》た。愛子《あいこ》は氣《き》が付《つ》いて泣《な》きながらそれを拾《ひろ》ひあげたが、いきなりその簪《かんざし》で眼《め》を拭《ふ》いた。ふっくりした羽二重《はぶたへ》の花片《はなびら》が滅《め》茶《ちや》滅茶《〳〵》になって汚《きた》ない水《みづ》の中《なか》へでも浸《つ》けたやうになって了《しま》った。

『お若《わか》どん。水道《すゐだう》の水《みづ》がこぼれてるよ。』

裏庭《うらには》からおみねの怒罵《どな》った聲《こゑ》がする。その聲《こゑ》を聞《き》くとあい子《こ》は又涙《またなみだ》が湧《わ》き出《で》た。

けれどもあい子《こ》は、此樣《こんな》にしておみねと別《わか》れるのが悲《かな》しいと云《い》ふ事《こと》を誰《だれ》にも知《し》られたくない

やうな氣《き》がした。自分《じぶん》にも分《わか》らないけれど、おみねは何《なん》とも思《おも》はないのに自分一人《じぶんひとり》が泣《な》くほどおみねを慕《した》ふと云《い》ふ事《こと》が恥《はつか》しかつた。自《じ》分《ぶん》が泣《な》いてるところを誰《だれ》かに見《み》られたら、

『どうしたの。何故《なぜ》泣《な》くの。』

ときっと聞《き》かれるに極《きま》ってる。その時《とき》おみねに別《わか》れるのが悲《かな》しいからとは云《い》へない。きっと皆《みんな》に笑《わら》はれる。何故《なぜ》と云《い》へばおみねが家《うち》から暇《ひま》をとつて田舎《ゐなか》へ歸《かへ》ると云《い》ふことを誰《だれ》も悲《かな》しいと云《い》つたものはない。婆《ば》あやでも、お母《かあ》様《さま》ても喜《よろこ》んでゐる。

それはおみねが嫁入《よめい》りをするのだから皆《みんな》がお目出度《めでた》いってよろこぶのだらうけれ共《ども》、それにしたって誰《だれ》も私《わたし》のやうに泣《な》くものはない。私一人《わたしひとり》がこんなに悲《かな》しいと云《い》ふのは極《きま》りが惡《わ》るい。泣《な》くのは止《よ》そう、止《よ》そうと思《おも》ひながら矢《や》つ張《ば》り泣《な》かずにはゐられない樣《やう》に胸《むね》がふさがってくる。おみねが初《はじ》めてあい子《こ》の家《うち》へ奉《ほう》公《こう》に來《き》たときは十三歳《さい》であった。眞《ま》っ赤《か》なはぢけた毛《け》を銀杏返《いてふがへ》しにして、荒《あら》い縞《しま》の木綿《もめん》の着物《きもの》を短《みじか》く着《き》てゐた。丁度冬《ちやうどふゆ》の眞中《まんなか》でおみねの手《て》はゆでたやうに眞《ま》っ赤《か》に腫《は》れてゐた。あい子《こ》はその手が氣味《きみ》がわるくって仕方《しかた》がなかった。そうして其《そ》れが霜《しも》やけだと言《い》ふことをお母様《かあさん》から聞《き》いた。あい子《こ》は六歳《むつつ》だつた。日曜《にちえう》々々にあい子《こ》はおみねを連《つ》れて上野《うへの》や日《ひ》比谷《びや》へ遊《あそ》びにゆくのが常《つね》になってゐた。おみねはお母様《かあさま》からお小遣《こづかひ》をお預《あづか》りして、そうして小《ち》さい御主人《ごしゆじん》をよく守《も》りをしながら面白《おもしろ》く日曜一日《にちえういちにち》を遊《あそ》ばせた。運動會《うんどうくわい》にも遠足《えんそく》にも學《がく》校《かう》の送《おく》りむかひも、琴《こと》のお伴《とも》も、小柄《こがら》にしまったおみねの身體《からだ》はあい子《こ》のすんなりした姿《すがた》のわきにきっと引添《ひつそ》ってゐないことはない。一人子《ひとりご》のあい子《こ》は、おみね一人《ひとり》が姉《あね》にも妹《いもと》にも友達《ともだち》にもなって、半時《はんとき》もはなれてゐてはならぬ相手《あひて》の女《をんな》だつた。

あい子《こ》のお附《つ》きと云《い》ふことでおみねは御奉公《ごほうこう》に上《あ》がったのだけれども、生《うま》れ付《つ》いて面倒《めんだう》の好《い》い、まめ〳〵した、好《よ》く働《はたら》いて少《すこ》しも御主《ごしゆ》人《じん》の意《い》にそむかない氣性《きしやう》が殊《こと》にみんなの氣《き》に入《い》って、おみねはお孃樣《ちやうさま》のお相手《あひて》の間々《あひだ〳〵》に、電話《でんわ》がかりから、簞笥《たんす》の鍵《かぎ》まで奥樣《おくさま》からあづけられるほど、年《とし》の少《わか》い割合《わりあひ》におもく用《もち》ゐられた。おみねはかうして七年越《ねんご》し、家内《うち》の人《ひと》たちに可愛《かあい》がられながら荒《あら》い小言《こごと》も滅多《めつた》に聞《き》かずに御奉公《ごほうこう》した。

おみねは嫁入《よめい》りの口《くち》がきまって今日《けふ》かぎりお暇《ひま》を頂《いたゞ》くことになった。さうして茨城《いばらき》の取手《とりで》と云《い》ふ田舎《ゐなか》の實家《じつか》へ歸《かへ》るのである。

先刻《さつき》女中部屋《ぢよちうべや》でおみねが行李《かうり》や包《つゝ》みをひろげてるところを覗《のぞ》いて、

『何故《なぜ》歸《かへ》るの。』

とあい子《こ》は聞《き》いた。分《わか》ってゐる事《こと》だけれども然《さ》う云《い》って聞《き》くより外《ほか》に云《い》ふことがなかったから然《さ》う云《い》って尋《たづ》ねたら、

『歸《かへ》りたくは御座《ござ》いませんけれども、仕方《しかた》が御座《ござ》いませんから。』

つておみねは突慳貪《つゝけんどん》に云《い》った。おみねがあんなに荒《あら》っぽい口《くち》をきいたのは初《はじ》めてだった。そうしておみねは唯《たゞ》わく〳〵したやうな顔《かほ》をして——そうだ、よく私《わたし》のお琴《こと》の迎《むか》ひがおそくなって息《いき》を切《き》らし〳〵驅《か》けてなんか來《き》た時《とき》のやうな顔《かほ》をしてゐるとあい子《こ》は思《おも》った——そんな樣《やう》な落着《おちつ》かない樣子《やうす》で、ろくにあい子《こ》の相手《あひて》にもならず自分《じぶん》だけでせつ〳〵と着物《きもの》を揃《そろ》へてゐた。あい子《こ》は其所《そこ》ではこんなに涙《なみだ》も出《で》なかった。そうして默《だま》って立《た》っておみねの爲《す》ることを眺《なが》めてゐた。

『土産《みやけ》ものも買《か》はなくっちゃならないし、あゝもう、何《なに》がなんだか滅茶苦茶《めちやくちや》だ。』

おみねはそんな事《こと》を云《い》ひながら、額《ひたひ》から鼻《はな》の先《さき》から流《なが》れるやうな汗《あせ》を浴衣《ゆかた》の袖《そで》でごし〳〵

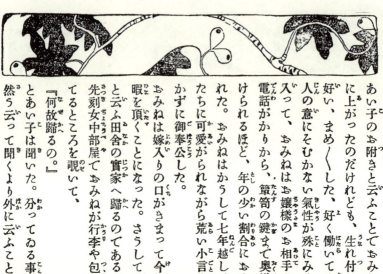

拭《ふ》いてゐた。おみねは今朝《けさ》島田《しまだ》に結《い》った。おみねは東京《とうきやう》の髪結《かみゆひ》さんの結《い》った島田《しまだ》で田舎《ゐなか》へ歸《かへ》るんだと云《い》ってたのしみにしてゐたつけとあい子《こ》は、おみねの高《たか》い島田《しまだ》を見《み》ながら思《おも》った。もうたぼも鬢《びん》も送《おく》れ毛《け》がさがってたぼどめが抜《ぬ》けそうになってゐた。髷《まげ》だけは油《あぶら》に光《ひか》って奇麗《きれい》だった。

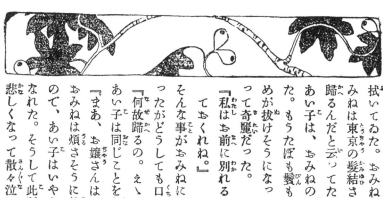

『私《わたし》はお前《まへ》に別《わか》れるのはいや。もつと家《うち》にゐておくれね。』

そんな事《こと》がおみねに云《い》ひたくって仕方《しかた》がなかったがどうしても口《くち》に出《で》なかった。

『何故《なぜ》歸《かへ》るの。えゝ。おみね。』

あい子《こ》は同《おな》じことを執拗《しつこ》くまた聞《き》いた。

『まあ、お孃《ちやう》さんは。』

おみねは煩《うる》さそうに然《さ》う云《い》ってあい子《こ》を見《み》たので、あい子《こ》はいやな心持《こゝろもち》になって其所《そこ》をはなれた。そうして此所《こゝ》の長四疊《ながでふ》へ入《はい》ると急《きふ》に悲《かな》しくなって散々《さん〴〵》泣《な》いた。

『私《わたし》はおみねが家《うち》へ歸《かへ》るのが悲《かな》しいって泣《な》いたと云《い》はれては恥《はづか》しい。おみねは泣《な》きもしないのに。私一人泣《わたしひとりな》くなんてみっともない』

あい子《こ》は幾度《いくど》も然《さ》う思《おも》った。

けれども矢《や》つ張《は》りあい子《こ》は淋《さみ》しかった。おみねが行《い》ってしまったら、自分《じぶん》は何所《どこ》へ行《ゆ》くのも一人《ひとり》だと思《おも》ふとつまらなくて仕方《しかた》がなかった。おみねをつかまへた限《ぎ》り離《はな》さずにおきたいほど、あい子《こ》はおみねに離《はな》れるのがいやだった。今年《ことし》の夏《なつ》は鎌倉《かまくら》へも行《ゆ》くまい。おみねが居《ゐ》なくてなにが面白《おもしろ》からう。いつそお母様《かあさま》にこんなに悲《かな》しいことをお話《はなし》しておみねを歸《かへ》さずにおいて頂《いたゞ》かうか。

あい子《こ》はいろ〳〵な事《こと》を思《おも》ってゐるうちに涙《なみだ》がいつともなく乾《かわ》いた。椽先《えんさき》に無花果《いちじく》の葉《は》がひろがって、青《あを》い乳首《ちゝくび》のやうな無花果《いちじく》の實《み》が、ところ〴〵から顔《かほ》をだしてゐる。この無花果《いちじく》はおみねと二人《ふたり》限《ぎ》りの

ものだった。赤《あか》い熟《う》んだのを見付《みつ》けるのを樂《たの》しみにしておみねが大切《だいじ》に棒《ぼう》で落《おと》しては水《みづ》で洗《あら》って籠《かご》へいれておく、そうしてこの椽側《えんがは》へ腰《こし》をかけて二人《ふたり》で食《た》べる。食《た》べながらあい子《こ》は學校《がくかう》のことなぞを話《はな》する、おみねは何《なに》がなんでもあい子《こ》を贔負《ひゐき》して、

『お孃樣《ちやうさま》のお琴《こと》はどなたよりも上手《じやうず》。お孃樣《ちやうさま》の御容貌《ごきりやう》はどなたよりもお綺麗《きれい》だ。お孃樣《ちやうさま》は級中《きふちう》でいつも一番《いちばん》なくらゐだから何《なん》でもお出來《でき》になる。』

と心《こゝろ》からかう思《おも》ってゐる。あい子《こ》もおみねにかう思《おも》はれるのが嬉《うれ》しかった。

そんな事《こと》を思《おも》ひながらあい子《こ》は無花果《いちじく》の木《き》をじっと見《み》た。暑《あつ》い眞晝《まひる》の日《ひ》が木《こ》の葉《は》の間々《あひだ〳〵》を透《す》いて、椽側《えんがわ》の簾《すだれ》に影《かげ》をおとしてゐる。鳳仙《ほうせん》花《くわ》の赤《あか》い色《いろ》やダリヤの海老茶色《えびちやいろ》が夏《なつ》の日《ひ》に乾《かは》き切《き》って、葉《は》の色《いろ》も埃《ほこり》で白《しろ》く見《み》えるのが暑苦《あつくる》しい。あい子《こ》は泣《な》いた眼《め》でそうした庭《には》をながめてゐると眼《め》がくら〳〵とした。そうして金《こん》色《じき》の輪《わ》が幾《いく》つも〳〵あい子《こ》の眼先《めさき》をさへぎった。

あい子《こ》はもう散々《さんざん》身體《からだ》を打《よ》ちはたかれたやうに疲勞《がつかり》として、座敷《ざしき》の疊《たゝみ》の上《うへ》に眼《め》をやっていつまでも寄《よ》りかゝった儘《なゝ》でゐた。

『日《ひ》がかげって晩《ばん》になるとおみねは歸《かへ》るんだ。今夜《こんや》はおみねが床《とこ》を敷《し》いてくれることも出來《でき》ないし、寐《ね》ながら有樂座《いうらくざ》のお話《はなし》も出來《き》ない。』

然《さ》う思《おも》ふと、自分《じぶん》がマントを着《き》ておみねと一《いつ》所《しよ》に有樂座《いうらくざ》の小供日《こどもび》へ、よく行《ゆ》き〳〵したことを思《おも》ひ出《だ》す。——なんとしてもおみねとは別《わか》れるのはいや。いつまでも一所《いつしよ》にゐたい。

——

『けれどおみねは歸《かへ》るのが嬉《うれ》しいんだらう。歸《かへ》るときまってから、少《ち》っとも私《わたし》に今《いま》までの樣《やう》に親切《しんせつ》にしてはくれなかったもの。お

みねだって家《うち》へ歸《かへ》って、私《わたし》のやうにお父様《とうさま》やお母様《かあさま》の傍《そば》にゐたいには違《ちが》ひない。だから嬉《うれ》しいのだらう。私《わたし》の泣《な》くのはよくない。いつものやうに笑《わら》ひながら仲好《なかよ》くお話《はなし》して、いろ〳〵なものを遣《や》ったりしよう。』

あい子《こ》は賢《かしこ》くそんなことも思《おも》った。けれど立《た》ってゆくのも厭《いや》だった。

蟬《せみ》がみん〳〵とないてる。お風呂《ふろ》を湧《わ》かすのと見《み》えて水道《すゐだう》の口《くち》からふき出《だ》す水《みづ》の音《おと》が瀧《たき》のやうに聞《きこ》える。おたかや婆《ば》あやの何《なに》か爭《あらそ》ってるやうな聲《こゑ》が時々《ときぐ》まじる。この座敷前《ざしきまへ》の庭《には》から庭裏《うらには》につゞいてゐるので勝手《かって》の物音《ものおと》が隨分《ずゐぶん》やかましくひゞいてくる。

『おみねは今何《いまなに》をしてるだらう。』

あい子《こ》は又《また》、おみねの傍《そば》へ行《い》って見《み》たいやうな氣《き》もした。丁度《ちやうど》、

『お孃様《ちやうさま》は何所《どこ》へゐらしったんだらう。』

緣側《えんがは》を然《さ》う獨言《ひとりごと》しながら誰《だれ》かゞ歩《あ》るいて來《き》た。その聲《こゑ》がおみねだと思《おも》った時《とき》、あい子《こ》はどうしたのか胸《むね》がどきりとした。壁《かべ》へ寄《よ》りかゝった儘《まゝ》じっと默《だま》ってゐるとおみねは知《し》らずに座敷《ざしき》の前《まへ》をずん〳〵通《とほ》り過《す》ぎやうとして、ふいと振《ふ》り向《む》いた。

『あらまあ、何《なに》してゐらっしゃるんで御座《ござ》います。』

おみねは莞爾《にっこり》と笑《わら》って入《はい》って來《き》た。

あい子《こ》の家《うち》へくる人《ひと》たちが、おみねの事《こと》をよく女中《ぢよちう》には惜《を》しい容貌《きりやう》だと云《い》って賞《ほ》めるが、ほんとにおみねは眉毛《まゆげ》の濃《こ》い鼻《はな》の高《たか》い小《ちひ》さな口《くち》をした顏立《かほだち》の好《い》い女《をんな》だった。田舍育《ゐなかそだ》ちには珍《めづ》らしいと云《い》って奥様《おくさま》も自慢《じまん》だった。

『奥様《おくさま》が御用《ごよう》でゐらっしゃいますって。おいで遊《あそ》ばせ。』

おみねは膝《ひざ》を突《つ》いて然《さ》う云《い》った。あい子《こ》はだまって下《した》を向《む》いてゐたが、出馴《でな》れた涙《なみだ》が猶豫《ゆうよ》もなく湧《わ》きだして思《おも》はずしやくり上《あ》げてしま

った。

『まあ。どう成《な》すって。お嬢様《ちやうさま》。お嬢様《ちやうさま》。どう成《な》さいましたの。』

おみねは驚《おどろ》いてあい子《こ》の傍《そば》へよったが、あい子《こ》は唯頭《たゞつむり》を振《ふ》って泣《な》いてゐる。

『御病氣《ごびやうき》で御座《ござ》いますか。』

おみねは心配《しんぱい》そうに聞《き》いた。

あい子《こ》は病身《びやうしん》でよく度々《たび〳〵》床《とこ》に就《つ》く。學校《がくかう》も一と月《つき》に四五日《にち》はきつと病氣《びやうき》の爲《ため》に休《やす》む。何所《どこ》が惡《わる》いと云《い》ふでもなく大概《たいがい》は腸胃《ちやうい》を痛《いた》めるぐらゐの事《こと》だけれども、身體《からだ》が虚弱《ひよわ》で痩《や》せてゐるので醫師《いし》の注意《ちうい》であい子《こ》は絶《た》えず服藥《ふくやく》してゐる。あい子《こ》の病氣《びやうき》の時《とき》は、殊《こと》にあい子《こ》は、

『おみね。おみね。』

と云《い》って慕《した》ふ。そうして枕元《まくらもと》で少女雑誌《せうぢよざつし》を讀《よ》んで貰《もら》ったり、話《はなし》をして貰《もら》ったりして喜《よろこ》ぶ。

『こんなに泣《な》いてゐらっしゃるのは御病氣《ごびやうき》なんだらう。またお腹《なか》でもお痛《いた》いのぢゃないかしら。』

おみねはかう思《おも》った。おみねは急《きふ》に悲《かな》しくなってしまった。

おみねは今《いま》の今《いま》まで、久《ひさ》し振《ぶ》りで家《うち》へ歸《かへ》ることや、家《うち》へ歸《かへ》ったら近所《きんじよ》へ人《ひと》がどんなに驚《おどろ》くだらうとか、弟《おとうと》や妹《いもと》たちはどんなに大《おほ》きくなってゐるだらうとか、お嫁入《よめい》りする先《さ》きの事《こと》を考《かんが》へたりして、お嬢様《ちやうさま》に別《わか》れて歸《かへ》るのがどんなに悲《かな》しからうかとも考《かんが》へてゐなかった。

おみねは嬉《うれ》しいことばかりを辿《たど》って悲《かな》しい方《はう》へはちっとも心《こゝろ》が振《ふ》り向《む》かなかった。それが、今《いま》お嬢様《ちやうさま》の泣《な》いてる姿《すがた》を見《み》ると、急《きふ》に長《なが》い年《とし》月《つき》馴《な》染《じ》みに馴《な》染《じ》んで

『おみね、おみね、』

と慕《した》はれたお嬢様《ちやうさま》にお別《わか》れ申《まを》して、遠《とほ》い鄕《さと》へ歸《かへ》るんだと云《い》ふことが目《め》の覺《さ》めたやうに思《おも》ひ付《つ》かれた。おみねは何《ど》うにも悲《かな》しくってならなかった。

三十四

245　「かなしかった日」『少女の友』明治44（1911）年9月5日

「お孃樣《ちやうさま》。」

と云《い》ひながら傍《そば》へ寄《よ》つて、

『お孃樣《ちやうさま》、御病氣《ごびやうき》などをなさらないやうに成《な》すつて下《くだ》さい。みねが歸《かへ》つてしまつてからお孃樣《ちやうさま》は達者《たつしや》におなりなすつたと云《い》ふ樣《やう》に、ねえお孃樣《ちやうさま》、あなたはお身體《からだ》がお弱《よわ》いんで御坐《ござ》いますから、あんまり御勉强《ごべんきやう》をなすつたり、御本《ごほん》をお讀《よ》みになつたりして何《なに》かに凝《こ》つたりしてお腦《なう》をおつかひになつてはいけません。よくお氣《き》をお付《つ》けになつて……みねは家《うち》へ歸《かへ》りましてもお孃樣《ちやうさま》の事《こと》だけは……。』

と云《い》ひかけて泣《な》いてしまつた。

『私《わたし》は病氣《びやうき》ぢやないんだけれど、………お前《まへ》の歸《かへ》るのが悲《かな》しくつて、悲《かな》しくつて………さつきから泣《な》いてばかりゐた。』

『えつ。何《なん》で御坐《ござ》いますつて。……まあ勿《もつ》體《たい》ないことを仰有《おつしや》つて下《くだ》さる。………私《わたし》はまあ、何《ど》うしよう。………』

おみねはぼろ〳〵と泪《なみだ》をこぼしながら、あい子《こ》の顏《かほ》をじつと見《み》た。

三十六

『さつきから、………あなたはお泣《な》きあそばして………まあ勿體《もつたい》ない………』

おみねはあい子《こ》を抱《だ》きしめて、奇麗《きれい》なお顏《かほ》へきゆつと自分《じぶん》の顏《かほ》を押《お》し當《あ》てたいと思《おも》つたが、主人《しゆじん》だと思《おも》ふとそれも出來《でき》なかつた。唯《たゞ》あい子《こ》の顏《かほ》をぢつと見《み》ながら熱《あつ》い涙《なみだ》を頰《ほゝ》に傳《つた》はらせてゐたが、

『こんな所《ところ》へ入《はい》つて、あなたはお一人《ひとり》で泣《な》いてゐらしつて………みねの歸《かへ》るのがあなたはそんなにお厭《いや》で御座《ござ》いますか。みねの歸《かへ》るのがあなたは………』

と云《い》ひ〳〵、もう堪《こら》へ切《き》れないと云《い》ふ樣《やう》に突《つ》つ伏《ぷ》しておみねは泣《な》いた。

『泣《な》いちやいやよ。みね。私《わたし》はもう泣《な》かなくつてよ。』

あい子は啜《すゝ》り泣《な》きしながらおみねの肩《かた》を押《お》した。

『そんなに遠《とほ》いところぢゃないんてせう。又《また》來《き》てくれるわね。又來《またき》ておくれ。私《わたし》はお前《まへ》が一番好《いちばんす》きなんだから……忘《わす》れずに又來《またき》ておくれ……』

『いゝえ、いゝえ、まあ勿體《りったい》ない。……私《わたし》はお孃樣《ちやうさま》にやさしくして頂《いたゞ》きました。私《わたし》はお孃樣《ちやうさま》に、それは〳〵御恩《ごおん》になって、もう〳〵こんなに……』

おみねは泣《な》きながら途切《とぎ》れ〳〵に云《い》ふのてはつきり聞《き》くことが出來《でき》ない。あい子《こ》は何《なん》となく恥《はづか》しいやうな氣《き》がして、もう泣《な》くまいと決《けつ》心《しん》しながら顔《かほ》を上《あ》げた。

『何《ど》うしたの。お前《まひ》たちは。』お母樣《かあさん》がいつの間《ま》にか此所《こゝ》へいらしって不思議《ふしぎ》そうな顔《かほ》をなすった。この聲《こゑ》を聞《き》くとおみねは、いきなり奥《おく》樣《さま》の着物《きもの》の裾《すそ》へしがみ付《つ》きながら

『お孃樣《ぢやうさま》が奥樣《おくさま》、みねが歸《かへ》るのが悲《かな》しいとおっしゃって……泣《な》いて下《くだ》さいました。』

おみねは今《いま》まてより一層聲《いつそうこゑ》を上《あ》げて泣《な》きだした。あい子《こ》はお母樣《かあさま》がなつかしかった。お母《かあ》樣《さま》のお顔《かほ》を見《み》ると急《きふ》に悲《かな》しい雲《くも》が何所《どこ》かへ吹《ふ》き拂《はら》はれたやうな淸《すゞ》しい氣《き》がした。あい子《こ》は先刻《さつき》からお母樣《かあさま》のお傍《そば》へ行《ゆ》かう〳〵とは思《おも》ってゐたが、お母樣《かあさま》のお傍《そば》で泣《な》くのがいやて我《が》慢《まん》して一人《ひとり》て此所《こゝ》に泣《な》いてゐたので、今《いま》お母《かあ》樣《さま》のお顔《かほ》を見《み》ると泣《な》いた顔《かほ》を恥《はづか》しそうにしてにつこりと笑《わら》った。

お母樣《かあさま》はあい子《こ》の傍《そば》へいらしったが、淚含《なみだぐ》んだ眼《め》てあい子《こ》の顔《かほ》をぢいっと御覽《ごらん》なすった。

『私《わたし》は奥樣《おくさま》、田舍《ゐなか》へは歸《かへ》りません。歸《かへ》りたくは御座《ござ》いません。お孃樣《ちやうさま》がこんなに心配《しんぱい》して下《くだ》さいますのに、私《わたし》はお孃樣《ちやうさま》とお別《わか》れ申《まを》して田舍《ゐなか》へ歸《かへ》るのはいやて御座《ござ》います。』

おみねは然《さ》う云《い》ひながらまだ泣《な》いてゐる。

『だってお前《まへ》、今更《いまさら》そんな事《こと》を云《い》って。』

奥様《おくさま》は慰《なぐさ》めるやうに云《い》った。

『いゝえ。田舎《ゐなか》へは手紙《てがみ》を出《だ》しておけば宜《よろ》しいんですから。私《わたし》はもう一生《しやう》お孃樣《ちやうさま》のお傍《そば》にをります、私《わたし》はお孃樣《ちやうさま》をお泣《な》かせ申《まを》しても田舎《ゐなか》へなんぞ歸《かへ》らうとは思《おも》ひません。』

『それは宜《よ》くない。お前《まへ》はまあそんなに取《と》り詰《つ》めてはいけない。少《すこ》しお靜《しづ》まり。泣《な》いたって仕方《しかた》がないぢやないか。』

奥様《おくさま》は優《やさ》しく仰有《おつしや》ったが、聲《こゑ》は涙《なみだ》にうるんでゐた。

『あいさんは泣《な》いたの。』

『えゝ。』

とはっきり云《い》ったが何《なん》となく悲《かな》しくなった。

あい子《こ》は又涙《またなみだ》が出《で》た。それを小《ち》さな指《ゆび》でそっと拭《ふ》いた。

『そうしてみねに田舎《ゐなか》へ歸《かへ》っちゃ可《い》けないなんて無理《むり》を云《い》って？』

『いゝえ。』

あい子《こ》は頭《つむり》を振《ふ》りながら云《い》った、お母樣《かあさま》はかすかにお笑《わら》ひになったが、

『よく仰有《おつしや》らなかったこと。みねはね、田舎《ゐなか》へ歸《かへ》る時《とき》が來《き》て歸《かへ》るんですからあなたは喜《よろこ》んで歸《かへ》して上《あ》げなければいけないんですよ。みねはもう妙齡《としごろ》になって大層良《たいへんい》いところへお嫁《よめ》にゆくためにお暇《ひま》をとるんですから、みねはこれから幸福《しあはせ》になるんです。あなたがみねを離《はな》すのはいやだと云《い》ふし、みねも田舎《ゐなか》へ歸《かへ》らないと云《い》ってこの儘《まゝ》お家《うち》にゐてごらんなさい。みねは折角《せつかく》の良《い》いお嫁入《よめい》りの口《くち》も駄目《だめ》になるし、田舎《ゐなか》で喜《よろこ》んでるお父樣《とうさま》もお母樣《かあさま》も、それこそ貴女《あなた》より泣《な》くでせう。お母樣《かあさま》もみねを歸《かへ》すのは殘《のこ》り惜《を》しいけれ共《ども》、けれど今《いま》まで能《よ》く働《はたら》いて家《うち》の爲《ため》に盡《つく》してくれたみねは、どんなにしても幸福《しあはせ》な身《み》にしてやりたい。あなたも然《さ》う思《おも》ふて

せう。だから田舎《ゐなか》へ歸《かへ》る時《とき》が來《き》てお嫁《よめ》に行《ゆ》く時《とき》の來《き》たおみねは、二人《ふたり》で行末《ゆくすゑ》を祝《いは》って心持《こゝろもち》よく歸《かへ》してやらなければいけないんです。そうしてね、みねの事《こと》はいつまでも忘《わす》れずに生涯《しやうがい》みねの幸福《しあはせ》を祈《いの》ってやりませう。』

おみねは、何《なに》か尊《たふと》いものに觸《ふ》れたやうに、いつの間《ま》にか容《かたち》を正《たゞ》して膝《ひざ》に手《て》を置《お》いてじっと奥樣《おくさま》の仰有《おつしや》ることを聞《き》いてゐた。

『縁《えん》があっておみねも長《なが》い間《あひだ》家《うち》にゐたのだから、お前《まへ》も時々《とき〴〵》家《うち》の事《こと》は思《おも》ひ出《だ》して東京《とうきやう》へくる事《こと》があったら家《うち》へ寄《よ》るやうにしておくれ。然《さ》うして機嫌《きげん》よく田舎《ゐなか》へ歸《かへ》っておくれ。お前《まへ》の立派《りつぱ》に大《おほ》きくなったのを兩親《りやうしん》たちが喜《よろこ》んでくれゝば私《わたし》も嬉《うれ》しい。』

『もう決《けつ》して御恩《ごおん》は、………奥樣《おくさま》に優《やさ》しくして頂《いたゞ》いたことは一生《いつしやう》忘《わす》れません。奥樣《おくさま》もお孃樣《ちやうさま》もいつまでたってもみねをお忘《わす》れあそばさずに………』

この上《うへ》、おみねには云《い》ふことが出來《でき》なかった。その晩《ばん》おみねは遂々《とう〳〵》田舎《ゐなか》へ歸《かへ》った。澤山《たくさん》の頂《いたゞ》き物《もの》を行李《かうり》いっぱいに詰《つ》めてもまだ餘《あま》った。あい子《こ》は淋《さび》しく床《とこ》に入《はい》ってみねの事《こと》を思《おも》った。けれど晝間《ひるま》のやうに無暗《むやみ》と泣《な》きたくはなかった。　そしてから思《おも》った。

『みねはほんとに家《うち》の爲《ため》を思《おも》ってくれた。私《わたし》の事《こと》も大事《だいじ》にしてくれた。そうして能《よ》く世話《わ》をしてくれた。私《わたし》はみねの一生《いつしやう》が幸福《しあはせ》のやうによく祈《いの》ってやりませう。みねもきっと私《わたし》の身體《からだ》を守《まも》ってくれるに違《ちが》ひない。人《ひと》と云《い》ふものはいくら一所《いつしよ》にゐたいと思《おも》っても別《わか》れて行《ゆ》かなければならない時《とき》がくれば仕方《しかた》がないんだ。　そして、今《いま》みねの歸《かへ》るのがみねの幸福《しあはせ》と云《い》ふなら猶更《なほさら》泣《な》いたりなんかしてはいけない。』

（をはり）

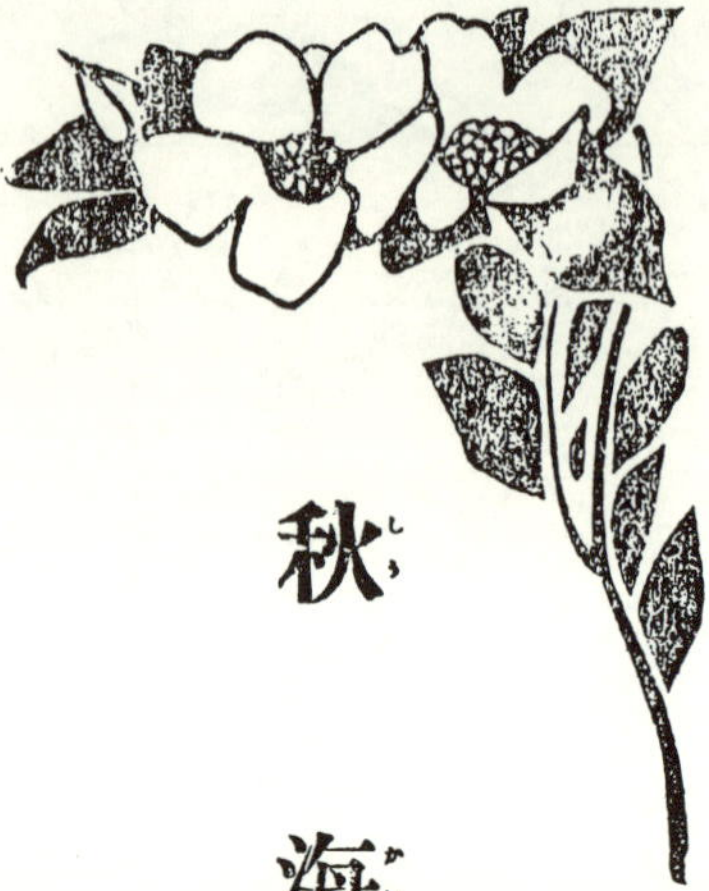

秋《しう》海《かい》棠《だう》

田村とし子

上

帝劇《ていげき》へ出《で》てる女優《ぢよいう》！　然《さ》う思《おも》ふと加美江《かみえ》は唯一圖《ただいちづ》に反感《はんかん》と嫉《しつ》妬《と》とで胸《むね》をもやされる。

『をかしな車《くるま》になんか乘《の》つて、紫《むらさき》のヴエールなんか被《き》て、藝《けい》なしどもがなんだ』

然《さ》うは云《い》つて見《み》るものゝ、今《いま》の自分《じぶん》の早稲田座《わせだざ》や、活動寫眞《くわつどうしやしん》なんかを稼《かせ》いでることを思《おも》ふと、それも引《ひ》かれものゝ小唄《こうた》で大《おほ》きな聲《こゑ》では云《い》へもしない、唯《たゞ》、賴《たの》みなのは自分《じぶん》の容貌《きりやう》これだけは帝劇《ていげき》の何某女《なにがしぢよ》でも向《むか》ふへ廻《まわ》したら、極《きま》りがわるくて自《じ》分《ぶん》へは顏《かほ》もむけられまいとそれのみが加美江《かみえ》の自慢《じまん》だ。

鏡《かゞみ》を見ては、これほどの眼《め》を、これほどの口付《くちつき》を、と自分《じぶん》ながら道具《だうぐ》の大《おほ》きな役者《やくしや》らしい立派《りつぱ》な顏《かほ》が嬉《うれ》しくなる、日本《にほん》の女優《ぢよいう》は鼻《はな》が何處《どこ》にあるか分《わか》らないなどゝ云《い》ふ惡口《わるくち》も、自分《じぶん》だけは立派《りつぱ》に見返《みかへ》してやれる、と思《おも》ふと加美江《かみえ》は自分《じぶん》の横顔《よこがほ》を合《あは》せ鏡《かゞみ》で寫《うつ》してしみ〴〵、希臘《グリーキ》の彫像《てうぞう》にでもありさうなすんなりと高《たか》い鼻付《はなつき》を何時《いつ》までも〳〵眺《なが》めこむことがある、ジユリエツトでも演《や》つたなら顔《かほ》だけでも幾萬《いくまん》の人《ひと》を引付《ひきつ》けることだらう、この間帝劇《あひだていげき》で一寸見《ちよつとみ》た何《なん》とか云《い》ふ女優《ぢよいう》のオフイリヤなんかは、顔《かほ》が少《ちい》さくて目《め》も鼻《はな》も何所《どこ》にあるのやら三階《がい》からではまるきり分《わか》らなかつた。

おびんづる様《さま》の小供《こども》のやうだつた、さうして私《わたし》は第《だい》一脊《せい》が高《たか》い、顔《かほ》の大《おほ》きい通《とほ》り脊《せ》も大《おほ》きい、手《て》も足《あし》も！、と思《おも》ふと加美江《かみえ》は、唯《ただ》わく〳〵と自分《じぶん》の役者《やくしや》らしく生《うま》れ付《つ》いた姿《すがた》や容貌《きりやう》を廣告隊《かうこくたい》で吹聴《ふいちやう》して歩《ある》いてもまだ足《た》りないほど、あらゆる世間《せけん》の人《ひと》たちに見《み》せつけてやり度《た》くなる、又《また》、自分《じぶん》の容貌《きりやう》を鏡《かゞみ》にうつす度《たび》に、どんな困難《こんなん》を排《はい》しても女優《ぢよいう》で名《な》を上《あ》げなければならぬ使命《しめい》でも帶《お》びた氣《き》になつて、一生劇界《いつせうげきかい》に身《み》を投《とう》じてやれるだけやり拔《ぬ》かなければならないと決心《けつしん》もする。然《しか》し、加美江《かみえ》が自身《じしん》で役者《やくしや》の顔《かほ》だと思《おも》ふだけ、素顔《すがほ》では唯間《ただま》の拔《ぬ》けた鼻《はな》の下《した》の長《なが》ひやうな顔《かほ》で、余《あま》り男《をとこ》の目《め》を惹《ひ》くやうなチヤーミングな顔《かほ》ではない、殊《こと》に加美江《かみえ》は自分《じぶん》で職《しよく》を求《もと》めなければならないと云《い》ふ苦《くる》しい運命《うんめい》を持《も》つてるのだから、自然《しぜん》贅澤《ぜんたく》な服裝《なり》も出來《でき》ず、美《うつく》しく裝《よそほ》ひ立《た》てることも出來《でき》ない、白粉《おしろい》で汚《よご》れた荒《あら》ひ銘仙《めいせん》の着物《きもの》なぞを着《き》て、減《へ》りすらした駒下駄《こまげた》なぞを穿《は》いで歩《ある》いてるところは、誰《たれ》が見《み》ても安《やす》い淫賣婦ぐらゐのところにしきや見當《けんたう》が付《つ》かない、自然《しぜん》知《し》り合《あ》ひの下《した》つ端《ぱ》の役者《やくしや》たちにも馬鹿《ばか》にされる。なまじ多少《たせう》教育《けういく》を受《う》けたいくらか品性《ひんせい》のことなぞも返《かへ》り見《み》なければならない様《やう》に教《をし》へ付《つ》けられた頭腦《あたま》が、人《ひと》の惡《わ》るい連中《れんぢう》たちに交《ま》ぢると憶病《おくびやう》になつて唯《ただ》氣《き》の好《よ》ささうな女《をんな》にしきや見《み》えない、人《ひと》のわるい男《をとこ》たちは好《い》い氣《き》になつて加美江《かみえ》を馬鹿《ばか》にする。加美江《かみえ》は舞台《ぶたい》を覺《おぼ》へるのと、生活費《せいくわつひ》を取《と》るのとの兩方《りやうはう》をかけて、種々《いろ〳〵》な役者《やくしや》たちの下《した》に使《つか》はれやうとしては何時《いつ》もそれが辛《つら》いので樂屋《がくや》の奉公《ほうこう》は續《つゞ》かなかつた。

中《なか》には財產《ざいさん》のある家《うち》のお娘《ぢやう》さん達《たち》で、長《なが》い袖《そで》のお召《めし》の着物《きもの》なぞを着《き》て、矢《や》つ張《は》り加美江《かみえ》と一所《しよ》に役者《やくしや》の下《した》に使《つか》はれてる物《もの》好奇《すき》な娘《むすめ》たちもあつた、役者《やくしや》の下廻《したまは》りは小使取《こづかひと》りにその娘《むすめ》をせしめやうとしては加美江《かみえ》なんぞは蹴飛《けと》ばしても一同《みんな》がその娘《むすめ》の機嫌《きげん》を取《と》りにかゝる。

加美江《かみえ》はそんな事《こと》で、何所《どこ》へ行《い》つても人《ひと》に立《た》てられる方《はう》へ廻《まは》つたことがない、顔《かほ》は自惚《うぬぼ》れるほど役者顔《やくしやがほ》であらうとも、貧《まづ》しい加美江《かみえ》の樣子《やうす》が、誰《たれ》の注意《ちうい》も起《おこ》さず、又誰《またたれ》も引立《ひきた》てゝくれやうともしなかつた、却《かへ》つて物《もの》を識《し》つて、少《すこ》しは藝術上《げいじゆつじやう》の話《はなし》なぞをする加美江《かみえ》を、みんなは、ハイカラの生意氣《なまいき》だとそしつた。

『相當《さうたう》の金《かね》さへあれば』

と云《い》ふ恨《うら》みは加美江《かみえ》が女優《ぢよゆう》にならうと思《おも》ひ立《た》つてから引《ひ》つき

りなしにその弱《よわ》い胸《むね》を刺《さ》してゐる、然《しか》し、人《ひと》の妾《めかけ》をしてもと云《い》ふ氣にもなれなかつた、どうかして一方《いつぱう》で正當《せいたう》な金《かね》を得《え》ながら、一方《いつぱう》で藝《げい》を研《みが》くと云《い》ふ好《い》い法《はふ》はないものかしらど考《かんが》へるが、この道《みち》に入《はい》つてはそんな餘裕《よゆう》のある悠長《ゆうちやう》な仕事《しごと》のあるものでもなかつた。まして凡《すべ》ての費《ひ》用《よう》を負擔《ふたん》して立派《りつぱ》に役者《やくしや》で立《た》てさしてやらうと云《い》ふやうな好奇《ものずき》心な人《ひと》も見付《みつ》からなかつた。

『いつそ女優《ぢよいう》なんぞは居《を》ひ切《き》らう。』

加美江《かみえ》は行詰《ゆきつ》まる度《たび》に然《さ》う思《おも》ふ。

『車《くるま》やでもいゝ、魚《さかな》やでもいゝ、食《た》べさしてくれる人《ひと》があつたら嫁《よめ》に行《ゆ》く。』

こんなことまで考《かんが》へることがあるけれども眞逆《まさか》に然《さ》うも行《ゆ》かなかつた、母親《はゝおや》と妹《いもと》とで手内職《てないしよく》をして生計《くらし》てるところへ行《い》つては少《すこ》しの金《かね》を無心《むしん》したり、活動《くわつどう》なぞを稼《かせ》いではどうやら日《ひ》を送《おく》りくヽ、他《た》の女優《ぢよいう》たちがそれ相當《さうたう》に好《い》い蔓《つる》を求《もと》めて、彼方此方《あつちこつち》に花《はな》を咲《さ》かせにかゝつてゐるのを眺《なが》めては、唯《たゞ》無暗《むやみ》とあせりぬく。

加美江《かみえ》は自分《じぶん》の熱《ねつ》した、飽《あ》くまでやり貫《ぬ》き度《た》いと云《い》ふ精神《せいしん》を説《と》いて歩《ある》いて、自分《じぶん》が女優《ぢよいう》として成功《せいこう》するまでの費用《ひよう》を借《か》りやうとして、その人《ひと》たちから散々《さんざん》に罵《のゝし》られたり、体《てい》よく刎《は》付《つ》けられたり、又《また》この志《こゝろざし》を聞《き》いた役者《やくしや》は加美江《かみえ》を無代《ただ》で働《はたら》かして、無代《ただ》で使《つか》つた。それでも加美江《かみえ》は執念《しうね》く、この道《みち》にじがみ付《つ》いて離《はな》れやうともしなかつた。

『いつそ田舎《ゐなか》をまはつてお歩《ある》きなさい。』

然《さ》う云《い》つてくれるものもあつた然《しか》し東都《とうと》の劇壇《げきだん》へ打《う》つて出《で》たい望《のぞ》みのある加美江《かみえ》は田舎《ゐなか》まはりなんぞをして、可惜《あつたら》、大事《だいじ》な名《な》を汚《よご》してしまふのがいやだつたこの容貌《きりやう》と、この教育《けういく》のある身《み》分《ぶん》とで、何所《どこ》か相當《さうたう》なところへ出《で》られない筈《はず》はないと思《おも》ひ込《こ》んでゐるのだから加美江《かみえ》は苦痛《くつう》を堪《こら》へても自分《じぶん》の身体《からだ》や名《な》は大切《たいせつ》に保《たも》たうと心《こゝろ》がけてゐた、世間《せけん》の人《ひと》たちが、こんなにして若《わか》い女《をんな》が役者《やくしや》の群《むれ》に交《ま》ぢつて怠慢《たいまん》に日《ひ》を送《おく》つてゐる女《をんな》の上《うへ》を、もう既《すで》に堕落《だらく》したものとして取《と》扱《あつか》つてゐることを加美江《かみえ》は氣《き》が付《つ》かないのだつた。さうして

帝劇《ていげき》へ出《で》てるひとたちでも、妾《めかけ》をしてるの、世話《せわ》をされてるのと聞《き》く毎《ごと》に、自分《じぶん》の無疵な身体《からだ》をひそかに誇《ほこ》つてゐた。さうして自分《じぶん》の身体《からだ》を清《きよ》く持《も》つて苦痛《くつう》と闘《たゝか》ふと云《い》ふことが、抑え切《き》れない自慢《じまん》たつた。

加美江《かみえ》はかうして自分《じぶん》の身体《からだ》を清廉《せいれん》に持《も》ちながら、食《た》べると云《い》ふことの爲《ため》には　小芝居《こしばゐ》に出《で》たり、活動《くわつどう》なんかを稼《かせ》ぐ、世《せ》間馴《けんな》れない、人《ひと》の好《い》い加美江《かみえ》はこんな矛盾《むじゆん》なことをしてそれで自分《じぶん》の身體《からだ》の清《きよ》く正《たゞ》しいことを世間《せけん》の人《ひと》に認《みと》められるつもりでゐるのだが、世間《せけん》の人《ひと》は然《さ》うはゆかない。こんな女一人《をんなひとり》の性行《せいこう》を一々《いち〳〵》目《め》にとめてそれを賞《ほ》めそやすやうな暇《ひま》な人間《にんげん》は一人《ひとり》もなかつた。

『あの女《をんな》は利口《りこう》ぢやない。』

加美江《かみえ》を知《し》つてるものは唯《たゞ》かう云《い》ふだけで、女優《ぢよいう》と賤業婦《せんげふふ》とを同《おな》じに見《み》てる世間《せけん》の人《ひと》たちは無論《むろん》振《ふ》り向《む》いても見《み》るものはない。

『そんな、はんばな事《こと》をしてるのは嘘《うそ》だよ、誰《たれ》にでも好《い》いから世話《せわ》になつて、少《すこ》し身體《からだ》を樂《らく》にして芝居《しばゐ》の方《はう》をやるとか、さもなけりや、そんな權識《けんしき》ぶつた事《こと》ばかり云《い》はないで、田舍《ゐなか》でも何《なん》でも稼《かせ》いでまはるさ、田舍《ゐなか》は廣《ひろ》いやね、どうせ帝劇《ていげき》なんぞは私《わたし》たちのお派《は》に合《あ》ふもんぢやなしさ、代議士《だいぎし》のお孃《ぢやう》さんたちとは生《うま》れから一所《いつしよ》にはならないやね。』

仲間《なかま》の女優《ぢよいう》でかう云《い》つてくれるのもあつたが、加美江《かみえ》はそれが口惜《くやし》しかつた。

『だけれど、あの女優《ぢよいう》たちがどれ程《ほど》の腕《うで》があるんだらう、私《わたし》たちは何《なん》の彼《か》のと云《い》つても、苦《くる》しみ〳〵して舞臺《ぶたい》を踏《ふ》んでるんだから、あの人《ひと》たちのお孃《ぢやう》さん藝《げい》とはまるで違《ちが》つてる、あの人《ひと》たちは唯《たゞ》、學校《がくかう》へ入《はい》つたと云《い》ふだけの事《こと》なんぢやないか私《わたし》だつてお金《かね》さへあれば、あんなものたちに負《ま》けやしないんだ。』

加美江《かみえ》はかう思《おも》ふと身體《からだ》がふるへる程《ほど》口惜《くや》しい、早稲田《わせだ》の某《ばう》博士《はかせ》にも、その人《ひと》が建設《けんせつ》した演劇《ゑんげき》の協會《きやうくわい》へ入《い》れて貰《もら》はうとして、費用《ひよう》がつゞかなくてはと云《い》つて断《ことは》られたことを思《おも》ふとしみ〳〵自分《じぶん》で生活《せいくわつ》しなければならない自分《じぶん》の運命《うんめい》を呪《のろ》ふ。さうして又貧《またまづ》しい自分《じぶん》のやうなものは例《たと》へ自分《じぶん》が眞面目《まじめ》で藝《げい》を研《みが》いてるにしても何所《どこ》でも相手《あひて》にしてくれない事《こと》を考《かんが》へると悲《かな》しくもあつた。

この二三日雨《あめ》が降《ふ》りつゞいて、羽織《はをり》を引《ひ》つかけてもまだ身體《からだ》の冷《ひ》えるやうな、彼岸前《ひがんまへ》の陽氣《やうき》に、加美江《かみえ》は袷《あはせ》の工面《くめん》も付《つ》かぬことをしみ〳〵と考《かんが》へた。古單衣《ふるひとへ》や、古《ふる》くなつたネル一枚《まい》では、冬物《ふゆもの》との入《い》れ替《か》へも覺束《おぼつか》なかつた、加美江《かみえ》はぼんやりと窓《まど》の際《きは》へ寄《よ》つて、婦人雜誌《ふじんざつし》の寫眞版《しやしんはん》に現《あら》はれてる、帝劇《ていげき》の女優《ぢよいう》の、金鎖《きんぐさり》や、襟《えり》どめに贅澤《ぜいたく》を見《み》せたその華美《はで》やかな服裝《なり》を眺《なが》めてゐた。

『全《おな》じ人間《にんげん》だのに』

かう思《おも》ふと溜息《ためいき》が知《し》らず〳〵出《で》た。

『加美江《かみえ》さんはゐますか。』

女《をんな》の聲《こゑ》でこの家《うち》の主人《しゆじん》に尋《たづ》ねてる聲《こゑ》がする。

『加美江《かみえ》さん、お客《きやく》さまですよ』

お神《かみ》さんが取次《とりつ》いでくれた。

女《をんな》は仲間《なかま》の香子《かうこ》だつた、座敷《ざしき》へ入《はい》つてコートを脱《ぬ》ぐと、セルの上《うへ》に絽縮緬《ろちりめん》の單衣《ひとへ》羽織《はをり》を着《き》て、其所《そこ》へしいゝやんと坐《すは》りながら、

『今日《けふ》は好《い》い話《はなし》で來《き》たのよ』

とにつこり笑《わら》つた、加美江《かみえ》は色艶《いろつや》のわるい顔《かほ》に微笑《ほゝゑ》みながら立《た》ち直《なほ》しもしなかつた。

『新《あた》らしい芝居《しばゐ》が出來《でき》るんでね、私《わたし》と花子《はなこ》は入《はい》ることになつたんだけれど、もう一人《ひとり》欲《ほ》しいつて云《い》ふの、加美江《かみえ》さんは無論《むろん》いゝわね』

『新《あた》らしいつて、誰《だれ》の芝居《しばゐ》』

『まあ今話《いまはな》すよ、座《ざ》が好《い》いぢやないか、有樂座《いうらくざ》だよお前《まへ》さん芝居《しばゐ》は西洋《せいやう》ものばかりよ、むづかしいにもむづかしいけれど其《そ》の代《かは》り高尙《かうせう》だから價値《かちよく》があるわ、女《をんな》は私《わたし》と花子《はなこ》と加美江《かみね》さんと、もう一人《ひとり》下《した》つ端《は》があればそれで揃《そろ》ふんだとさ、これがうまく行《い》つて續《つゞ》いてくれゝば、ほんとに實費《じつぴ》だつて私《わたし》なんかは要《い》らないよ、うまくいけばねえ。』

『有樂座《いうらくざ》で。』

加美江《かみえ》の胸《むね》は騷《さわ》いだ。西洋物《せいやうもの》ばかりと云《い》ふのも嬉《うれ》しかつた。何《なん》だかかう云《い》ふ機運《きうん》にめぐり合《あ》ひ度《た》いばかりに散々今《さんざんいま》まで苦勞《くらう》して來《き》たやうな氣《き》がするほど、香子《かうこ》の話《はなし》が嬉《うれ》しかつた。

『役者衆《やくしやしゆう》は誰《だれ》なの』

『座長《ざちやう》はね、新派《しんぱ》の五十嵐《いがらし》さんよ、あの人《ひと》は何《なに》しろ藝《げい》は好《い》いし、扮裝《なり》はうまいし、第《だい》一今《いま》の新派《しんぱ》の役者《やくしや》たちのやうにちつとも新《あた》らしい事《こと》をやろうなんて氣《き》のない人《ひと》たちとは違《ちが》つて、あの人《ひと》だけは、もう始終《しじゆう》、何《なに》か新《あた》らしい事《こと》、新《あた》らしことゝと考《かんが》へてる人《ひと》なんだからね、だから、今度自分《こんどじぶん》だけで新《あた》らしい芝居《しばゐ》を打《う》つて女優《ぢよいう》を使《つか》つてやろうと云《い》ふ氣込《きご》みなのよ、だから、稽古《けいこ》もね一《ひ》と月《つき》やるんだとさ、一と月《つき》だつて一年《ねん》だつて私《わたし》はもう稽古《けいこ》はするだけ好《い》いと思《おも》ふわ、さうしてね、立派《りつぱ》な芝居《しばゐ》を拵《こしら》へるんだつて。』

二人《ふたり》は活々《いき〳〵》した笑《わら》ひ顔《がほ》を見合《みあ》つてはつと息《いき》を吐《つ》いた。加美江《かみね》はもう自分《じぶん》が洋裝《やうさう》で舞臺《ぶたい》の眞中《まんなか》で非常《ひじやう》な表情《へうじやう》でもやつてる時《とき》のやうな心持《こゝろもち》になつて、唯《たゞ》わく〳〵した、一《ひ》と月《つき》でも一年《いちねん》でも、ほんとに香子《かうこ》さんの云《い》ふ通《とほ》り何年《なんねん》がゝりの稽古《けいこ》だつて好《い》い。

『さうして女優《ぢよゆう》はやつぱり好《い》い役《やく》をするでせう。』

『えゝ、今度《こんど》はね、女優《ぢよいう》にみんな主《おも》な役《やく》をつけさせてやらして見《み》るんだつて、だから望《のぞ》みがあるんだわ、今迄《いままで》のやうに何《なに》かしら端役《はやく》ばかりしきや女優《ぢよいう》にやらせないんぢや、ほんとに

馬鹿氣《ばかげ》てるね。』

『嬉《うれ》しいわねえ』

『これから私《わたし》と一所《いつしよ》に座長《ざちやう》のところへ一寸《ちよつと》行つておかなくちやいけないわ。然《さ》うしてもう明日《あした》から稽古場《けいこば》へ出《で》なけりや可《い》けないんだから。』

加美江《かみゑ》は困《こま》つた顔《かほ》をして俯向《うつむ》いてゐたが、

『私《あたし》、困《こま》つたわね着《き》てゆく着物《きもの》がないわ。』

『だから、こんな時《とき》ほんとに差支《さしつか》へるんだわ。』

香子《かうこ》は顔《かほ》をしかめて嫌《いや》な顔《かほ》をした。

『ないたつて、私《わたし》貸《か》して上《あ》げるものもないし。』

芝居《しばゐ》の周旋《しうせん》までしてやつて、その上着物《うへきもの》の世話《せわ》までさせられるもんか、と云《い》ふ様《やう》な顔《かほ》をしてだまつた。

『いゝえ、私《わたし》どんな都合《つがう》でもして出《で》かけますから、あなたに済《す》まないけれど一《ひ》と足先《あしさき》へ行《い》つてゝ下《くだ》さいな、折角《せつかく》來《き》ていただいてほんとに済《す》みませんけれどね。』

『ぢや然《さ》うして頂戴《てうだい》、それぢやね花子《はなこ》さんのところで待《ま》つてますから、其所《そこ》へ一時間《じかん》ばかりで入《い》らつしやい、其《そ》れより澤《たく》山《さん》に待《ま》たせちや私《わたし》もうゐないかも知《し》れませんよ。ゐなかつたら貴女《あなた》一人《ひとり》で座長《ざちやう》のところへ行《ゆ》く譯《わけ》にはいかないし、無論私《むろんわたし》が紹介《せうかい》して上《あ》げたんだから、私《わたし》がゐなけりや駄目《だめ》になつてしまうのよ。そのつもりで早《はや》くして下《くだ》さい、私《わたし》は貴女《あなた》でなくてもまた多勢女優《おほぜいぢよいう》の腕利《うでき》きで知《し》つてる人《ひと》もあるんだけれど、兎《と》に角《かく》あなたの平生《ふだん》の苦勞《くらう》を知《し》つてるし、先方《せんはう》でもあんまり品《ひん》行《かう》のわるいのは可《い》けないつてんで貴女《あなた》を私《わたし》が選《えら》んだんだから、そのつもりでゐて下《くだ》さらなくつちや何《なん》の甲斐《かひ》もありやしないわ。』

香子《かうこ》のお株《かぶ》が始《はじ》まつたと思《おも》ふと、加美江《かみえ》は一寸癪《ちよつとしやく》にさわつた例《いつ》なら、

『それぢやお頼《たの》みしませんから。』

と刎《は》ね付《つ》けたいところなんだけれども、持ち込《こ》まれた話《はなし》が話《はなし》だから加美江《かみえ》もそれに反抗《さから》ふほどの強味《つよみ》は持てなかつた、殊《こと》に先方《せんはう》で品行《ひんかう》のわるくないのをと所望《のぞん》だと云《い》ふのが加美江《かみゑ》は嬉《うれ》しかつた。

『きつと都合《つがふ》して行《ゆ》きますから、何分《なにぶん》お願《ねが》ひしますわ、すぐ行きます。』

『ぢや待《ま》つてますから。』

香子《かうこ》は歸《かへ》つて行《い》つた、座長《ざちやう》のところへ行《ゆ》くんだから羽織《はおり》もなければならず、この薄寒《うすさむ》いのに單衣《ひとへ》の白《しろ》つぽいのでも出《で》かけられなかつた、それに意地《いぢ》の惡《わ》るい香子《かうこ》の事《こと》だから、一時間《じかん》を過《す》ごしたらきつと其《そ》れを楯《たて》にとつて自分《じぶん》を座長《ざちやう》に紹介《せうかい》しないかも知《し》れない。然《さ》うして他《ほか》の人《ひと》を代《かは》りに入《い》れて自分《じぶん》を抛《はふ》り出《だ》すかも知《し》れないと思《おも》ふと、加美江《かみゑ》はくら〳〵した。香子《かうこ》は何《なん》に就《つ》けても直《す》ぐ服装《なり》のことを云《い》つて、それで人間《にんげん》の價値《かちよく》をきめるんだから、今日《けふ》も私《わたし》が行《ゆ》かずにゐたら、きつと、

『人《ひと》の前《まへ》へ着《き》て出《で》る着物《きもの》さへないんだから、乞食《こじき》も同樣《どうやう》だね交際《かうさい》は出來《でき》やしないわ。』

なんて云《い》ふに違《ちが》ひない。然《さ》う思《おも》ふと加美江《かみえ》は素晴《すば》らしい服裝《なり》で押《お》し出《だ》してやり度《た》いやうな氣《き》もした。

それでも、有樂座《いうらくざ》、西洋劇《せいやうげき》、女優《ぢよいう》に主《おも》な役《やく》をつける、と云《い》ふ事《こと》などが始《し》終《じゆう》その若《わか》い胸《むね》をそゝる樣《やう》にして嬉《うれ》しかつた。

どうしてそんな運《うん》が向《む》いて來《き》たかと云《い》ふ樣《やう》な感《かん》じもした

この機《き》を外《はづ》さずに、顔《かほ》と藝《げい》とを人《ひと》に認《みと》めて貰《も》らはなければ、もう二度《ど》とこんな場合《ばあひ》には遭《あ》へもしないと思《おも》ふほど其《そ》の心《こゝろ》がせまつた樣《やう》に思《おも》つた。

然《しか》し、今直《います》ぐと云《い》つて服裝《なり》を調《とゝの》へる費用《ひよう》の借《か》りどころもない加美江《かみえ》は、見《み》すく〳〵この運《うん》を逃《に》がすのも殘念《ざんねん》だけれどもこんな見窄《みすぼ》らしい風《ふう》をして人《ひと》の前《まへ》へ出《で》るほどの大膽《だいたん》な氣《き》にもなれなかつた、この座敷《ざしき》を貸《か》してるこの家《うち》の主人《しゆじん》にも話《はな》して見《み》やうかと思《おも》ひながら、室《へや》の代《だい》も大分滯《だいぶとゞこ》ほつてることを思《おも》ふと其《そ》れも云《い》ひ兼《か》ねた、然《さ》うかと云《い》つて着物《きもの》を貸《か》してくれるやうな人《ひと》も見當《みあた》らなかつた。

雨《あめ》はしと〳〵と簾《すだれ》の外《そと》にしぶきを立《た》てゝ降《ふ》つてゐる、この雨《あめ》の中《なか》雨着《あまぎ》もなしに歩《ある》きまはるのもいやだつた。加美江《かみね》は一時《じ》間《かん》がだん〳〵迫《せま》つてくることを思《おも》ひながら、さて立上《たちあが》る勇氣《ゆうき》もなかつた。

『入《はい》れなかつたらそれまでだ、又何《またなに》か好《い》い相談《さうだん》があるだらう今度《こんど》の事《こと》ばかりに限《かぎ》りはしまい。方々《はう〳〵》で新《あたら》しい芝居《しばゐ》を起《おこ》さう起《おこ》さうとしてるんだから又好《またい》いところから話《はなし》がないとも限《かぎ》らない。今度《こんど》は縁《えん》がないんだと思《おも》ひ切《き》つてしまはう。』

そんな思《おも》ひ切《き》りもついて加美江《かみえ》は雨《あめ》の降《ふ》るのをぢつと眺《なが》めてゐた。

下

加美江《かみえ》はとう／＼行《ゆ》かなかつた、夜《よ》るになると、さすがに折《せつ》角手《かくて》に入《はい》つたものを自分《じぶん》で捨《す》てゝ了《しま》つたやうな氣《き》がして殘《のこ》り惜《を》しかつた、手洋燈《てらんぷ》をつけた机《つくゑ》の上《うへ》で直接《ぢか》に自分《じぶん》から賴《たの》む手《て》紙《がみ》を座長《ざちやう》へ當《あ》てゝ書《か》いて見《み》たけれども、又思《またおも》ひ直《なほ》して止《よ》して了《しま》つた。

其所《そこ》へ演藝記者《えんげいきしや》の推野《しひの》がやつて來《き》た。例《いつ》のやうにいきなり其《そ》所《こ》へ胡座《あぐら》をかくと、

『今日《けふ》は上使《じやうし》だ。』

と云《い》つて、晝間香子《ひるまこうこ》の話《はなし》の通《とほ》りの事《こと》をこの人《ひと》が持《も》ち込《こ》んで來《き》た。この人《ひと》の話《はなし》には、座長《ざちやう》がよく加美江《かみゑ》の事《こと》を知《し》つてゐて、香子《こうこ》や花子《はなこ》なんぞはゐても居《ゐ》ないでも好《い》いので、唯加美江《たゞかみゑ》に是非《ぜひ》一生懸命《いつせうけんめい》にやつて貰《もら》ひ度《た》いと云《い》ふ傳言《ことづけ》だと云《い》ふことを聞《き》いて、加美江《かみえ》は晝間香子《ひるまこうこ》が、妙《みやう》に恩被《をんき》せがましく云《い》つたことの意味《いみ》がわかつたやうな氣《き》がした。自分《じぶん》の今困《いまこま》つてる事《こと》を話《はな》すると、推野《しひの》は
『妹《いもと》に話《はな》しておくから、妹《いもと》の着物《きもの》でも借《か》りてゆくさ。其の内《うち》座長《ざちやう》に僕《ぼく》が話《はな》して上《あ》げます。座長《ざちやう》の方《はう》も凡《すべ》て無報酬《むほうしう》の芝居《しばゐ》なんだから、そりやどうも眞《ほん》の實費位《じつひぐらゐ》なもんだらうけれどね。』

然《そ》う云《い》つてから推野《しひの》は、一寸《ちよと》加美江《かみえ》を見《み》て、

『座長《ざちやう》が君《きみ》の事《こと》をよく知《し》つてるつて云《い》ふのも、畢竟《ひつきやう》、僕《ぼく》があなたの事《こと》をいろ／＼と話《はな》したからなんさ、僕《ぼく》があなたを紹介《せうかい》したから座長《ざちやう》も非常《ひじやう》にあなたに望《のぞ》みをかけたやうな譯《わけ》さ。だからね、あなたも一生懸命《いつしやうけんめい》に、しつかり遣《や》らなけりやいけない。この芝居《しばゐ》をうまく遣《や》りこなすと、後々《のち／＼》の爲《ため》にもなるしいくらか名《な》も知《し》られるつてもんだから、僕《ぼく》は今度《こんど》の芝居《しばゐ》では貴女《あなた》を一番《ばん》に賞《ほ》めるつもりだ、見《み》ないうちから然《そ》う云《い》ふのも可笑《をか》しいけれども、あなたの藝《げい》に就《つ》いちや僕《ぼく》は平生《ふだん》から敬服《けいふく》してるけれども、書《か》く折《をり》がないさ、今度《こんど》はもう大《おほい》に提灯《てうちん》を持《も》つてあげる、提灯《てうちん》を持《も》つゝてのも語弊《ごへい》だが、何《なに》しろ大《おほい》に肩《かた》を入《い》れるつもりだからあなたも其《そ》の積《つも》りで、どんな大役《だいやく》を引受《ひきう》けるかもしれないが、死《し》に身《み》になつてやり給《たま》へ。』

推野《しひの》に一生懸命《いつしやうけんめい》に云《い》はれると、加美江《かみえ》は嬉《うれ》しい仝情者《どうじやうしや》の言葉《ことば》に胸《むね》がふるへる樣《やう》な氣《き》がする。そうして何時《いつ》も優《やさ》しい事《こと》を云《い》つて、一寸々々《ちよい／＼》訪《たづ》ねてくれたり、種々《いろ／＼》の自分《じぶん》の爲《ため》に計《はか》つてくれる事《こと》なぞを考《かんが》へて、加美江《かみゑ》は思《おも》はず顏《かほ》が赤《あか》くなつた。さうして自分《じぶん》が眞目面《まじめ》に品行《ひんかう》を好《よ》くして、散々苦《さん／＼くる》しみと鬪《たゝか》つて來《き》たことなぞを今更《いまさら》のやうに推野《しひの》に話《はなし》すると、推野《しひの》は、唯《たゞ》、ふん、ふん、と聞《き》いてゐた。

加美江《かみえ》は自分《じぶん》の運《うん》が一度《いちど》に開《ひら》ひたやうな氣《き》がした、有樂座《いうらくざ》で

自分《じぶん》が重《おも》な役《やく》をやる、女優《ぢよいう》の働《はたら》き振《ぶ》りを見《み》せる。そうして飽《あく》くまで美《うつく》しいところを見《み》せる、後《うしろ》にはかうして自分《じぶん》の爲《ため》に力《ちから》を入《い》れてくれる、劇評家《げきひやうか》がゐる。加美江《かみえ》は何事《なにごと》も理想通《りさうどほ》りに自分《じぶん》の路《みち》の展《ひら》けてゆくのがはつきりと見《み》えた。

『ほんとに折角《せつかく》かうして來《き》て頂《いただ》いて何《なに》も御馳走《ごちそう》もなくつて、その代《かは》り成功《せいこう》したら、ほんとにどんな御馳走《こちそう》でもしますわ。何《なん》でもあなたのお望《のぞ》み通《どほ》りなものを。』

推野《しひの》はだまつて笑《わら》つてゐた。

推野《しひの》が歸《かへ》ると、やがて使《つかひ》が來《き》て風呂敷包《ふろしきづゝ》みを置《お》いて行《い》つた。中《なか》にはざつとしたネルの單衣《ひとへ》に、帶《おび》が一《ひ》と筋入《すぢはい》つてゐた。

『こんなものなら自分《じぶん》ので間《ま》に合《あ》ふのに。』

加美江《かみえ》は苦笑《にがわら》ひした。けれどかうして心《こゝろ》に掛《か》けた親切《しんせつ》を加美江《かみえ》は今夜《こんや》に限《かぎ》つてしみ〴〵と感《かん》じられた。

翌日《よくじつ》加美江《かみえ》は借《か》りたものを又融通《またゆうづう》したりして、午頃《ひるごろ》に香子《かうこ》の服裝《なり》ぐらゐなものは調《とゝの》へて座長《ざちやう》のところへ一人《ひとり》して出《で》かけた。さうして其所《そこ》でも、これを死活《しくわつ》の問題《もんだい》にして一生懸命《いつしやうけんめい》になつてやつてくれと云《い》はれて、加美江《かみえ》は又今更《またいまさら》のやうに希望《のぞみ》に充《み》ちた胸《むね》をふるはした。

歸《かへ》つてくると又推野《またしひの》が來《き》てゐた。

『拜借《はいしやく》したものをね、又《また》いろ〳〵とやりくつて、ほんとに種《いろ》種《いろ》御親切《しんせつ》にすみませんでした。』

と云《い》ひ譯《わけ》のやうに加美江《かみえ》は云《い》つたけれども推野《しひの》はそんな事《こと》には頓着《とんちやく》もしてゐなかつた。

推野《しひの》が洋食《ようしよく》を奢《おご》ると云《い》ふので二人《ふたり》は出《で》かけた。切《き》り通《どほ》し下《した》の洋食屋《ようしよくや》へ二人《ふたり》は入《はい》つた。加美江《かみえ》は卷煙草《まきたばこ》を吸《す》ひながら、窓《まど》の上《うへ》にかゝつてる洋畫《ようぐわ》の額《がく》の評《ひやう》なぞをした。

『どんなものを出《だ》すんでせうね。』

『大凡《おほよそ》はきまつてるんだがね。』

『誰《だれ》のもの。』

『何《なん》でも非常《ひじやう》にむずかしいものをやるんだらう。』

推野《しひの》は曖昧《あいまい》なことを云《い》つてビールを飲《の》んでる。加美江《かみえ》もおつき合《あ》ひにコップに口《くち》をつけた。

『もう私《わたし》、早《はや》く舞臺《ぶたい》へ出《で》たい。』

『もう直《ぢ》き出《で》られるからいゝぢやないか。』

『一《ひ》と月《つき》もお稽古《けいこ》をするんですか、今《いま》から一と月《つき》のお稽古《けいこ》ぢや中々《なか〳〵》大變《たいへん》ね。』

『なに、一《ひ》と月《つき》たつて座《ざ》の都合《つがふ》で何《ど》うするか分《わか》りやしないさ。十日《とうか》ぐらゐの稽古《けいこ》で始《はじ》めるやうな事《こと》にならないとも限《かぎ》らないだらう。』

『ほんとに、貴方力《あなたちから》を入《い》れて下《くだ》さいね、私少《わたしすこ》し心細《こゝろぼそ》くなつちやつた。』

『氣《き》の弱《よわ》いことを云《い》つてらあ、女優中《ぢよいうちう》の位《ゐ》を占《し》めやうつて云《い》ふのに、そんな弱《よわ》い事《こと》を云《い》ふ様《やう》ぢや前途《ぜんと》思《おも》ふべしだね。』

『そりや、一生懸命《いつしやうけんめい》は一生懸命《いつしやうけんめい》なんですけれども、何《なに》しろ貴方《あなた》天下《てんか》分目《わけめ》のいくさなんですもの』

加美江《かみえ》は然《さ》う云《い》ひながらも何《なん》となく氣《き》が晴々《はれ〴〵》と嬉《うれ》しかつた。何時《いつ》も目の仇《かたき》にしてる帝劇《ていげき》の女優《ぢよいう》たちにも、いよ〳〵眞劍《しんけん》の對抗《たいかう》が出來《でき》ると思《おも》ふと胸《むね》が高鳴《たかな》りした。

『それに就《つ》けてもその人《ひと》は大切《たいせつ》だ。』

加美江《かみえ》はふと思《おも》つて推野《しひの》を見《み》た、推野《しひの》は二三杯《はい》のビールに醉《よ》つて眞《ま》つ赤《か》な顔《かほ》をしてゐた。長《なが》い髮《け》が額《ひたへ》に下《さが》つて、華美《はで》なネクタイが男《をとこ》の顔《かほ》を柔《やは》らげて若《わか》く見《み》えさせた。

加美江《かみえ》は今《いま》の劇評《げきひよう》なんぞをせる中《うち》で、推野《しひの》の若手《わかて》の新《あた》らしいと云《い》ふところが氣《き》に入《い》つた。

二人《ふたり》は戲談《じやうだん》も云《い》はず、默《だま》つて食《た》べてから此所《こゝ》を出《で》た、二人《ふたり》はしばらく池《いけ》の端《はた》から上野《うへの》の入《い》り口《くち》を散歩《さんぽ》して別《わか》れた、別《わか》れる時《とき》加美江《かみえ》は笑《わら》ひながら推野《しひの》に握手《あくしゆ》してさつさと廣小路《ひろこうぢ》の方《はう》へ行《い》つてしまつた。

加美江《かみえ》は何時《いつ》から稽古《けいこ》が始《はじ》まるのかと思《おも》つてそればかりを氣《き》にして待《ま》つたが、漸《やうや》く知《し》らせを貰《もら》つて、出《で》かけるやうになつたのはもう、巡査《じゆんさ》の服《ふく》も黑《くろ》くなつて、世間《せけん》の人《ひと》は袷《あはせ》になつた頃《ころ》だつた。

一番目《ばんめ》は飜譯《ほんやく》ものだつたけれども、加美江《かみえ》はそれへは出《で》るのではなかつた。そうして唯《たゞ》二番目《にばんめ》の今《いま》の若《わか》い作者《さくしや》の書《か》いた一と幕物《まくもの》の中《なか》へ、一寸《ちよつと》出《で》るだけであつた。加美江《かみえ》は役不足《やくふそく》も云《い》へないほどがつかりした。けれども女優《ぢよいう》は自分《じぶん》ばかりでなく、香子《こうこ》も花子《はなこ》も自分《じぶん》よりはもつと非道《ひど》い端役《はやく》だつた。

『馬鹿《ばか》にしてゐるわねえ、斷《ことわ》つてやらうかしら。』

香子《こうこ》は加美江《かみえ》を見《み》て口惜《くや》しそうに云《い》つた、けれど有樂座《いうらくざ》と云《い》ふことが皆《みんな》の胸《むね》に有《あ》つて、斷《ことわ》るのも惜《を》しかつた。ぶつ〳〵云《い》ひながら、一寸《ちよつと》した役《やく》に、やつぱり外《ほか》の人《ひと》の一日《いちにち》普《なみ》の稽古《けいこ》に連《つら》なつて欠伸《あくび》をしながら、その日《ひ》〳〵と送《おく》つて行《い》つた。

『それでも、女《をんな》のなかぢや、貴女《あなた》か一番《いちばん》いゝ役《やく》ぢやないか。始《はじ》めから然《そ》うは行《ゆ》かないさ、それにあの芝居《しばゐ》は續《つゞ》くらしいから、一座《ざ》をしてるうちには、段々《だん〳〵》好《い》い役《やく》もつくし、辛抱《しんばう》が肝腎《かんじん》だ。』

推野《しひの》は月並《つきなみ》なことを云《い》つて慰《なぐさ》めた。

加美江《かみえ》はこの芝居《しばゐ》が長《なが》くつゞいて、其《そ》れに由《よ》つて自分《じぶん》の地位《ちゐ》がきまるとも、はつきりは信《しん》じなかつたが、けれど今《いま》までの境遇《けうぐう》よりは、何《なん》となく據《よ》り所《こゝろ》の出來《でき》たやうな氣《き》かして日《ひ》を送《おく》るに樂《たの》しみであつた。

毎日《まいにち》〳〵推野《しひの》に逢《あ》つて、僅《わづか》の時間《じかん》の動作《しわざ》だけれども、その様子《やうす》を演《や》つて見《み》せたり、臺詞《せりふ》を云《い》つたりして、はしやいでくらした。

『帝劇《ていげき》の女優《ぢよいう》？あんな〻人《ひと》たちは駄目《だめ》よ。』

加美江《かみえ》は、推野《しひの》がその人《ひと》たちの噂《はなし》をすると顔色《かほいろ》を變《か》へて惡《わ》るく云《い》つた。

『けれど僕《ぼく》は桂子《けいこ》は好《す》きだね。姿《なり》は小《ちい》さいがどうして中々《なかなか》やる。技功《ぎこう》のあることはあの中《うち》で一番《いちばん》だ、さうして中々《なかなか》話《はな》せるもの。外《ほか》の連中《れんぢう》は訪問記者《はうもんきしや》が行《い》つて、碌《ろく》に返事《へんじ》一《ひ》とつ出來《でき》ないけれども、あれだけは中々《なかなか》氣燄《きえん》があるからね。僕《ぼく》は好《す》きだよ。』

こんな事《こと》を云《い》ふと、加美江《かみえ》は、その女《をんな》の顔《かほ》から形《かたち》を一《いち》一《いち》に批難《ひなん》して、推野《しひの》がだまるまでは譏《たし》りつゞけた。

『帝劇《ていげき》へ出《で》さへすりや、偉《えら》いもんだと推野《すひの》さんまでが思つてるんだ、何《なん》だあんなお玉杓子《たまじやくし》見《み》たいな女優《ぢよいう》が。』

加美江《かみえ》は然《さ》う思《おも》ひながら推野《しひの》にはだまつてゐた。

『自分《じぶん》だつて、今《いま》に此方《こつち》では默《だま》つてゝも彼方《あつち》からわい〳〵云《い》つてくるやうになるさ、そんな時《とき》は推野《しひの》なんかは下目《しため》に見《み》てやるんだ。』

加美江《かみね》は反感《はんかん》を持《も》つて胸《むね》にこんな事《こと》を考《かんが》へた。

あなたも、今《いま》に遣《や》りだすさ。何直《なにな》きだよ、一寸《ちよつと》一《ひ》とつ當《あ》てゝおけば後《あと》はもう造作《ぞうさ》もない人《ひと》だからね、然《さ》うなりや僕《ぼく》なんぞはあなたの前《まへ》へ出《で》たらお辭義《じぎ》ばかりしてるさ、敬意《けいい》を拂《はら》ふために。』

推野《しひの》は又《また》、加美江《かみえ》の胸《むね》を、見透《みす》かしたやうな顔《かほ》をしてから云《い》つた。

『あなたは顔《かほ》と云《い》ふ第《だい》一の資格《しかく》があるんだから樂《らく》だよ。その顔《かほ》だけが實《じつ》に寶《たから》だね、だからあなたが大《おほ》きい舞臺《ぶたい》をふんでかゝれるやうになれば、忽《たちま》ち賣《う》り出《だ》せるさ、外《ほか》のものは顔《かほ》も揃《そろ》つてゝもしない癖《くせ》にのさばり出《で》やうとするから無理《むり》だが、あなたのは、女優《ぢよいう》で成《せい》功《こう》しなければむしろ不《ふ》思議《しぎ》な位《くらゐ》さ』

推野《しひの》はこんな事《こと》を云《い》つた。

二人《ふたり》は逢《あ》つて別《わか》れる時《とき》は、必《かな》らず握手《あくしゆ》するやうな癖《くせ》をつけたそれが何《なん》の初《はじ》めとも加美江《かみえ》は氣付《きづ》かなかつたが、而《しか》し、一日《いちにち》推野《しひの》が訪《たづ》ねて來《こ》ない時《とき》は、加美江《かみえ》は芝居《しばゐ》の稽古《けいこ》も忘《わす》れて淋《さび》しかつた。

（をはり）

一體に慾が熾んになる

田村とし子

素《す》にセルを着《き》る心《こゝろ》もち、冷《ひ》え〳〵する足《あし》に足袋《たび》をはく心《こゝろ》もち、——さうです、私《わたし》は秋《あき》になると、淋《さび》しいとかうら悲《かな》しいとかいふよりも、先《ま》づ第《だい》一番《ばん》に物《もの》なつかしいといふ感《かん》じが致《いた》します。何《なん》となしに物《もの》にいそ〳〵と云《い》つたやうな、いそ〳〵した氣《き》持《も》ちになつて來《き》ます、夏《なつ》の間《あひだ》、身《み》も心《こゝろ》もうんざりとだらけきつてゐて、樂《たのし》みをするにも何《なに》をしやうにも氣乘《きの》りがしないでゐたのが、急《きふ》に蘇生《よみが》へつたやうに、まあ、暫《しばら》く忘《わす》れてゐた自分《じぶん》に久《ひさ》し振《ぶ》りに歸《かへ》つて來《き》たとでも申《まを》しませうか、しみ〳〵と書物《ほん》を讀《よ》んでみたり、物《もの》を書《か》いてみたり、親《した》しい友《とも》があれば會《あ》つて談《はな》してみたい、おしやべりがしてみたい、何《なん》でも物《もの》を食《た》べてみたい、それにあの、おしやれもしてみたい、出《で》あるきたくなる、お芝居《しばゐ》などへも行《い》つてみたい。と申《まを》しましたやうな具合《ぐあひ》。皆様《みなさま》はよく、暑中見舞《しよちうみまひ》などといふ事《こと》をなさるけれども、私《わたし》は夏《なつ》のうちはいつもつゐそんな氣《き》にもならないで過《す》ごして仕舞《しま》ひます。それが秋《あき》になりますと、妙《みやう》に物《もの》にそゝられるやうな、さうです、これと云《い》ふ事《こと》もなしに皆様《みなさま》へ手紙《てがみ》を上《あ》げたいやうな氣《き》になつて來《く》るんでございます。さうして、何《なん》でも人《ひと》と人《ひと》と寄《よ》り集《あつま》つて話《はな》しがしたいといつたやうな氣《き》が盛《さかん》になつて參《まゐ》ります。果物《くだもの》などに致《いた》しましても、夏《なつ》の物《もの》より秋《あき》の方《はう》に好《す》きなものが多《おほ》いと云《い》つたやうな具合《ぐあひ》。栗《くり》でも。柿《かき》でも。それに栗《くり》

などを茹《ゆ》でましても、自分《じぶん》の好《す》きな人達《ひとたち》と集《あつま》つて、好《す》きな話《はなし》でもしながら頂《いただ》きたいと云《い》つたやうな。獨《ひと》りで哀《あは》れな虫《むし》の音《ね》を聞《き》きながら悲《かな》しい思《おも》に耽《ふ》けつたり、月《つき》を眺《なが》めて物淋《ものさび》しい追想《つゐさう》をしたりすると云《い》ふ事《こと》は、あまり私《わたくし》は好《す》かない方《はう》でして、秋《あき》になると、一體《いつたい》に慾《よく》が盛《さか》んになつて來《く》るのかも知《し》れませんね。きつと。

それに、一體《いつたい》私《わたくし》は夏《なつ》は頭《あたま》がいつも明瞭《はつきり》いたしませんのです。それが秋《あき》になりますと、すつかり良《よ》くなりまして、物《もの》を書《か》くにも骨《ほね》が折《を》れないし、物《もの》を讀《よ》んでもよくわかるし、何《なに》かにつけて私《わたくし》は秋《あき》が嬉《うれ》しいんでございますよ。

文藝《ぶんげい》の影響《えいきやう》を受《う》けたる戀愛《れんあい》は崇高《すうかう》なり

田村俊子

戀《こひ》をするなら飽《あ》くまで空想的《くうさうてき》な美《うつ》くしいツリームな戀《こひ》がして見度《みた》い、實際《じつさい》の世《よ》にあつて、實際《じつさい》の人《ひと》に觸《ふ》れ實際《じつさい》の戀《こひ》をする位《くらゐ》なら、—最《もつと》も此《こ》んなのは戀《こひ》と云《い》ふ中《なか》に入《はい》らぬかも知《し》れぬが—寧《むし》ろしない方《はう》がましである。けれどこの世《よ》の中《なか》には、自分計《じぶんばか》りが、いくら然《さ》う思《おも》つて居《ゐ》ても、相手《あひて》の男《をとこ》が實際的《じつさいてき》で、婦人《ふじん》に對《たい》して夢《ゆめ》見《み》て居《ゐ》るドリーマがあるかといふに、そんな人《ひと》は萬《まん》が一もない、だから私達《わたくしたち》は物語《ものがたり》か戯曲《ぎきよく》によつて美《うつ》くしい戀《こひ》に接《せつ》して、それにあこがれて居《ゐ》るのが一番《ばん》の樂《たの》しみである。嘘《うそ》にも實際《じつさい》の人《ひと》を戀《こひ》して見樣《みやう》といふ樣《やう》な氣《き》は起《おこ》らない第《だい》一美《うつ》くしい戀《こひ》などは、戀《こひ》を自覺《じかく》する樣《やう》になつてからは駄目《だめ》である。年《とし》ならば十四か五、何《なん》となく人《ひと》なつかしさが戀《こひ》となつて、戀《こひ》とさとらで戀《こひ》するのが眞《しん》に美《うつ》くしい戀《こひ》である。もし肉《にく》などいふ感《かん》じが伴《とも》のふ樣《やう》になつては、決《けつ》して美《うつ》くしいものではない。よく世《よ》にあることだか、三十近《ちか》くまで獨身《どくしん》で居《ゐ》て、小說《せうせつ》も讀《よ》まず、芝居《しばゐ》も見ないといふ人《ひと》が、どうしたはづみにか、何《なん》人《ひと》を戀《こひ》して、それが成立《なりた》つて結婚《けつこん》したといふのは、何となく滑稽《こつけい》でいやらしい感《かんじ》がする。そんな經驗《けいけん》がある友人《いうじん》は、精神的戀愛等《せいしんてきれんあいなど》といふことは馬鹿《ばか》〳〵《ぐ》しい話《はなし》で、肉《にく》といふことを知《し》つて初《はじ》めて戀《こひ》の神秘《しんぴ》に觸《ふ》れるものだといつて居《ゐ》るが、私《わたし》はそれを聞《き》いて其人《そのひと》に對《たい》して氣《き》の毒《どく》でもあれば、をかしくも感《かん》じられた。年若《としわか》くて良人《をつと》をもつた婦人《ふじん》が、結婚當座《けつこんたうざ》は何《なん》ともなく三四年立《ねんた》つたあとで、初《はじ》めて良人《をつと》が懷《なつ》かしくなつたり慕《した》はしくなつたりするのは、精神的《せいしんてき》に良人《をつと》を戀《こひ》したので決《けつ》して肉《にく》からきたのではない。たとへ又良人《またをつと》に對《たい》して起《おこ》らずとも、他《た》の異性《ゐせい》に起《おこ》る精神的《せいしんてき》の戀《こひ》でも、それは美《うつ》くしいものである。

同《おな》じ女學校《ぢよがくかう》の空氣《くうき》に育《そだ》てられた人《ひと》でも、文藝《ぶんげい》に親《した》しみ戀物語《こひものがたり》に耽《ふけ》つた人達《ひとたち》は、夢《ゆめ》の樣《やう》な空想的《くうさうてき》な戀《こひ》ばかり描《えが》いて居《ゐ》るから、實際的《じつさいてき》な險呑《けんのん》な戀《こひ》は決《けつ》してしない、又戀《またこひ》がして見度《みた》くつても、自分《じぶん》の胸《むね》に考《かんが》へて居《ゐ》る樣《やう》なドリーマな戀《こひ》は、この現實《げんじつ》では得《え》られぬから、却《かへ》つて安心《あんしん》である。處《ところ》がこんな人達《ひとたち》は、どうしても戀《こひ》にあこがれる風《ふう》が見《み》えるから、教育者側《けういくしやがは》からは、品性《ひんせい》が出來《でき》て居《ゐ》ないとか、趣味《しゆみ》が下劣《げれつ》だとか云《い》つて、排斥《はいせき》されるが、私《わたし》は決《けつ》して、然《さ》うは思《おも》はない、第《だい》一戀《こひ》する處《ところ》が崇《すう》高《かう》で、美《うつ》くしい、だから若《わか》い人達《ひとたち》には、飽《あ》くまでも小《せう》說《せつ》を讀《よ》ませ、美《うつ》くしい戲曲《ぎゝよく》に接《せつ》せしめて、趣味《しゆみ》を廣《ひろ》く豐《ゆた》かにさせたら可《い》いと思《おも》ふ。

同性《どうせい》の戀《こひ》、これは世間《せけん》では色々《いろ〱》と非難《ひなん》があるが、私《わたし》は決《けつ》して非難《ひなん》すべきことではないと思《おも》ふ。むしろこの爲《ため》に墮落《だらく》といふ樣《やう》なことは免《まぬ》がれて、美《うつ》くしい精神的《せいしんてき》の戀《こひ》が成《な》り立《た》つと思《おも》ふ。最《もつと》も散々色《さん〲いろ》にすさんだ莫連女《ばくれんをんな》が、同性《どうせい》に戀《こひ》を求《もと》むる等《など》は、元《もと》より美《うつ》くしい精神《せいしん》より起《おこ》るものでないから、これは別問題《べつもんだい》である。

戀愛論終

小說

幸子の夫

田村とし子

幸子《かうこ》は今朝《けさ》、夫《をつと》に命《めい》ぜられたものを夫《をつと》の傍《そば》へ持《も》つて行《い》つたとき、夫《をつと》へ對《たい》してのその出《だ》し方《かた》が無躾《ぶしつけ》だつたと云《い》つて甚《ひど》く夫《をつと》に怒《おこ》られた。夫《をつと》はそれ限《ぎ》り幸子《かうこ》に言葉《ことば》もかけずに勤《つと》めるところへ出《で》て行《い》つてしまつた。

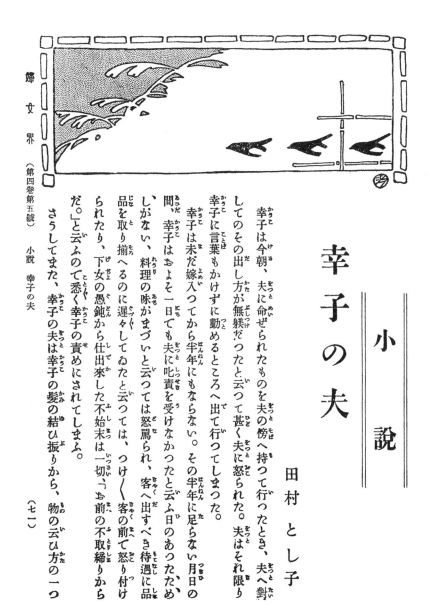

幸子《かうこ》は未《ま》だ嫁入《よめい》つてから半年《はんねん》にもならない。その半年《はんねん》に足《た》らない月日《つきひ》の間《あひだ》、幸子《かうこ》はおよそ一日《にち》でも夫《をつと》に叱責《しつせき》を受《う》けなかつたと云《い》ふ日《ひ》のあつたためしがない、料理《れうり》の味《あぢ》がまづいと云《い》つては怒罵《どな》られ、客《きやく》へ出《だ》すべき待遇《もてなし》に品《しな》品《じな》を取《と》り揃《そろ》へるのに遲々《ぐづぐづ》してゐたと云《い》つては、つけ〱客《きやく》の前《まへ》で怒《おこ》り付《つ》けられたり、下女《げぢよ》の愚鈍《ぐどん》から仕出來《しでか》した不始末《ふしまつ》は一切《いつさい》、「お前《まへ》の不取締《ふとりしま》りからだ。」と云《い》ふので悉《ことごと》く幸子《かうこ》の責《せ》めにされてしまふ。

さうしてまた、幸子《かうこ》の夫《をつと》は幸子《かうこ》の髮《かみ》の結《ゆ》ひ振《ふ》りから、物《もの》の云《い》ひ方《かた》の一つ

〱に就《つ》いて、衣服《きもの》の着方《きかた》、襦袢《じゆばん》の襟《えり》、好《この》みにまでも口《くち》を出《だ》して小言《こごと》を云《い》つた。

「お前《まへ》は實《じつ》によく笑《わら》ふ女《をんな》だ。えへゝら〱然《さ》う無暗《むやみ》と女《をんな》と云《い》ふものは笑《わら》ふもんぢやない。俺《おれ》の友達《ともだち》なんぞ來《き》てゐる時《とき》のお前《まへ》の態度《たいど》はまるで賣女《ばいぢよ》だ。交際《かうさい》つて事《こと》と、無暗《むやみ》と人《ひと》に媚《こ》びつくやうな如才《ぢよさい》なさとを混同《ごつちや》にしてるんだらう。白粉《おしろい》をべた〱くつつけたり、着物《きもの》の裾《すそ》を長《なが》く着《き》たり、實《じつ》に貴樣《きさま》の風《ふう》は淫賣《ゐんばい》と同《おな》じだ。もつと態度《たいど》を嚴肅《げんしゆく》にしろ。人《ひと》の細君《さいくん》らしくしろ。貴樣《きさま》は幾歳《いくつ》だ。」

かう云《い》つて幸子《かうこ》は夫《をつと》に毒付《どくづ》かれる。

派立《はで》に贅澤《ぜいたく》に、我《わ》が儘《まゝ》いつぱいに育《そだ》つた幸子《かうこ》は夫《をつと》の云《い》ひ草《ぐさ》が一々《いちいち》癪《しやく》にさわつた。さうしてこんな所《ところ》へ嫁《よめ》によこした母親《はゝおや》を恨《うら》み通《どほ》して恨《うら》まずにはゐられなかつた。

「お前《まへ》の樣《やう》な我《わ》が儘《まゝ》なものは、矢《や》つ張《ば》りお前《まへ》を子《こ》の樣《やう》に、孃《むすめ》の樣《やう》に可愛《かあい》がつてくれる人《ひと》でなければ嫁《や》られない。さうしてよく面倒《めんだう》を見《み》てくれて優《やさ》しく躾《しつけ》てくれるやうな――少《すこ》しは年《とし》を老《と》つてゝも道樂《だうらく》なんぞのない堅《かた》い人《ひと》に限《かぎ》る。」

と口癖《くちぐせ》に云《い》つて、然《さ》うして又其《またそ》の條件《でうけん》を人《ひと》に話《はな》して嫁入《よめい》りの口《くち》を賴《たの》んだりした。

幸子《かうこ》の今《いま》の夫《をつと》は親《おや》もなし兄弟《きやうだい》もなし、全《まつた》くの係累《けいるゐ》なしで、然《さ》うして年《とし》は幸子《かうこ》の二十歳《はたち》に對《たい》しては隨分《ずゐぶん》釣合《つりあ》はぬほどの年長《としうへ》だけれども、ある會社《くわいしや》につとめて月收《げつきふ》も多《おほ》く、四十近《ちか》くまで自分《じぶん》の醜《みにく》い顏付《かほつき》の爲《ため》に相當《さうたう》の妻《つま》も持《も》たなかつたと云《い》ふほどの道樂氣《だうらくぎ》もない堅《かた》い男《をとこ》であつた。その凡《すべ》てが幸子《かうこ》の母《はゝ》の氣《き》に入《い》つた。

「然《さ》う云《い》ふ人《ひと》なら、もうきつと子供《こども》のやうにこれの面倒《めんだう》を見《み》てくれるだらう。それならば安心《あんしん》して私《わたし》も娘《むすめ》を托《あづけ》ることが出來る。」

母親《はゝおや》は然《さ》う云《い》つて喜《よろこ》んだ。

嫁《よめ》に來《き》て見《み》るとその夫《をつと》は例《いつ》も苦《にが》い顏《かほ》を見せつゞけてゐて、唯《たゞ》氣難《きむづ》かしいことばかりを幸子《かうこ》に云《い》つた。幸子《かうこ》はそれでも務《つと》めて夫《をつと》の機嫌《きげん》を取《と》るやうにしてゐるけれども、其《そ》の機嫌《きげん》を取《と》らうとするのが却《かへ》つて夫《をつと》の氣《き》を惡《わる》くさせることなぞがあつた。

幸子《かうこ》は實家《さと》にゐて母親《はゝおや》に我儘《わがまゝ》を云《い》つたり、甘《あま》へたりする樣《やう》に、夫《をつと》にする人《ひと》にも甘《あま》へたり我儘《わがまゝ》を云《い》つたりしても好《い》いものだと思《おも》つてゐた。少《ちひ》さい時父《ときちゝ》を失《な》くした幸子《かうこ》は、慈愛深《ちあいふか》い年長《としうへ》の男《をとこ》をなつかしく頼母《たのも》しく連想《れんさう》することがあつた。さうして又《また》、今《いま》まで縋《すが》りついてゐた母親《はゝおや》の手《て》を離《はな》れてこの廣《ひろ》い世界《せかい》に突《つ》き放《はな》されたやうな不安《ふあん》を感《かん》じた時《とき》、幸子《かうこ》は唯《たゞ》ひたすらに夫《をつと》とした人《ひと》の身内《みうち》にかくれその手《て》に力《ちから》いつぱい縋《すが》りつかうとした。幸子《かうこ》はかうして現在《げんざい》の夫《をつと》の傍《かたはら》に唯《たゞ》うろ〳〵と引《ひ》き添《そ》つてゐた。その哀《あは》れな世間《せけん》を知《し》らぬ若《わか》い幸子《かうこ》を夫《をつと》は唯一突《たゞひとつ》きに自分《じぶん》の傍《そば》から引離《ひきはな》して、さうして凡《すべ》ての心《こゝろ》の至《いた》らない不眞面目《ふまじめ》な態度《たいど》ばかりを指摘《してき》して若《わか》い妻《つま》を責《せ》めることばかりをした。

簞笥《たんす》の抽斗《ひきだし》がいつも少《すこ》しづつ開《あ》いてゐるとか、朝讀《あさよ》み散《ち》らした新聞《しんぶん》が、自分《じぶん》の役所《やくしよ》から歸《かへ》つてくるまで其《そ》の儘《まゝ》に抛《は》り出《だ》してあつたとか、火鉢《ひばち》の掃除《さうぢ》が行《ゆ》き屆《とゞ》かないとか、夫《をつと》は何《なに》か知《し》ら幸子《かうこ》の輕忽《けいこつ》を一つても見出《みだ》さずには置《お》かないと云《い》ふ樣《やう》に目《め》を丸《まる》くして家内中《うちぢゆう》を詮索《せんさく》しまはつた。

幸子《かうこ》は瘦《や》せ細《ほそ》るほど、然《さ》う云《う》ふ自分《じぶん》の行《ゆ》き屆《とゞ》かない點《てん》から起《おこ》る不始末《ふしまつ》を夫《をつと》に氣付《きづ》かれまいとして日《ひ》がな一日《うちにち》、幼《をさ》ない浮世《うきよ》に馴《な》れない頭腦《あたま》をはたらかして家《いへ》の内《うち》を治《をさ》めやうと焦慮《あせ》り盡《つく》した。幸子《かうこ》は我儘《わがまゝ》に育《そだ》つた女《をんな》ではあつたが、夫《をつと》から受《う》ける叱責《しつせき》によつて自分《じぶん》の家庭《かてい》における屆《とゞ》かぬ勝《が》ちの缺點《けつてん》を、自分自身《じぶんじしん》判《はん》斷《だん》の仕得《しえ》るほど眼先《めさき》が見《み》え、又其缺點《またそのけつてん》を自《おのづ》から拾《ひろ》ひ出《だ》して撓《た》め直《なほ》し一とつても、夫《をつと》からの小言《こごと》を少《すく》くしやうと考《かんが》へるほど殊勝《しは》らしい考《かんが》へを持《も》つことの出來《でき》る女《をんな》であつた。

幸子《かうこ》は夫《をつと》が自分《じぶん》に對《たい》したとき、殆《ほとん》ど笑《わら》ひ顏《かほ》を見《み》せた事《こと》がなく例《いつ》も難《むづ》かしい顏《かほ》ばかりをしてゐる事《こと》も、それは自分《じぶん》がすべてに不注意《ふちうい》で細心《さいしん》に家庭《かてい》における自分《じぶん》の頭腦《あたま》を働《はたら》かすことが出來《でき》ない爲《ため》に、夫《をつと》が始終《しじう》自分《じぶん》を愚《ぐ》に見《み》、又氣色《またけしき》を損《そん》じてゐる爲《ため》に自分《じぶん》に對《たい》して心持《こゝろもち》の快《よ》い顏《かほ》を向《む》けることが出來《でき》ないからだらうと思《おも》つた。然《さ》う思《おも》つて幸子《かうこ》は凡《すべ》て夫《をつと》が禁《きん》じたことは飽《あ》くまでその命《めい》の儘《まゝ》に通《とほ》し、笑《わら》ふなと云《い》へば笑《わら》はない樣《やう》に務《つと》めるし、派出《はで》な風《ふう》をしてゐてはならぬと云《い》へば、出來《でき》るだけ質素《ちみ》に、又甲斐々々《またかひ〴〵》しい風《ふう》をする樣《やう》にと種々《いろ〳〵》苦心《くしん》したりした。

然《さ》うして唯柔順《たゞすなほ》に夫《をつと》の前《まへ》に服《ふく》してゆかうとした。幸子《かうこ》は美《うつく》しい髪《かみ》の毛《け》も滅多《めつた》に手入《てい》れもせず、鏡臺《きやうだい》に向《むか》つて化粧《けしやう》三昧《まい》をする事《こと》も止《と》めて、唯何《たゞなに》がなし外面《ぐわいめん》だけそわ〳〵と賢《かしこ》さうに働《はたら》く振《ふ》りだけもしてゐやうと務《つと》めだした。自分《じぶん》がべら〳〵とした風《ふう》をして髪《かみ》の事《こと》を氣《き》にしたり、お化粧《つくり》ばかりに氣《き》を取《と》られてゐるから家庭《かてい》の事《こと》がおろそかになり、又夫《またをつと》に對《たい》する凡《すべ》ての注意《ちうい》が屆《とゞ》かなくなるのだと夫《をつと》に怒《おこ》られるところから、幸子《かうこ》はすべて化粧《けしやう》、衣服《いふく》の事《こと》などを一切《さい》捨《す》てゝ、唯家庭《たゞかてい》の事《こと》ばかりに心《こゝろ》を集《あつ》めて夫《をつと》の機嫌《きげん》を迎《むか》へやうとした。

　さうして又幸子《またかうこ》の夫《をつと》は金錢《きんせん》を一切《さい》幸子《かうこ》の自由《じいう》にさせなかつた。一ヶ月《げつ》の經費《けいひ》を若干《いくら》と定《き》めた以外《いぐわい》に一錢《ぜん》でも費用《ひよう》の殖《ふ》える月《つき》があつた時《とき》には幸子《かうこ》は夫《をつと》に打《う》ち据《す》ゑられも仕兼《しか》ねないほどの小言《こごと》を受《う》けるにきまつてゐた。幸子《かうこ》には其《そ》れが非常《ひじやう》の苦痛《くつう》だつた。

「下女《げぢよ》を使《つか》ふのはお前《まへ》の勝手《かつて》なのだから、下女《げぢよ》の給金《きふきん》と云《い》ふものは主人《しゆじん》の手《て》からは出《だ》されない。凡《すべ》て定《さだ》めてある經費《けいひ》のうちからお前《まへ》の經濟《けいざい》の方法《はうはふ》で下女《げぢよ》を使《つか》ふなら使《つか》ふだけの費用《ひよう》を生《う》むが好《い》い。」

　幸子《かうこ》は夫《をつと》にかう云《い》ひ渡《わた》された時《とき》、唯啞然《たゞあぜん》とした。然《し》かもその夫《をつと》の定《き》めた一ヶ月《げつ》の經費《けいひ》は實《じつ》に少數《せうすう》の額《がく》であつた。

　幸子《かうこ》はそれを實家《じつか》の母親《はゝおや》に云《い》ひつけた。母親《はゝおや》はその經濟《けいざい》の方法《はうはふ》が餘《あんま》り切《き》り詰《つ》めたのに驚《おどろ》かされたが、然《しか》しそれは若《わか》い妻君《さいくん》の經濟《けいざい》の法《はふ》を少《すこ》しでもうまく遣《や》らせやうとする夫《をつと》の如才《ぢよさい》だらうと推察《すゐさつ》して多《おほ》くもそれに就《つ》いては云《い》はなかつた。然《さ》うして足《た》らないところは何時《いつ》も補《おぎな》ふやうにして月々《つき／＼》娘《むすめ》の手《て》へ少《すく》なくない金額《きんがく》が母《はゝ》の懷中《ふところ》からはぢき出《だ》された。

　幸子《かうこ》は切手《きつて》を買《か》ふにも、拔毛《ぬけげ》の玉《たま》を一つ買《か》ふにも困難《こんなん》した。それでも幸子《かうこ》は夫《をつと》と云《い》ふものは自分《じぶん》に種々《しゆ／＼》な事《こと》を敎《をし》へるものとして、よくその言葉《ことば》を守《まも》つてゐた。幸子《かうこ》は又《また》、すべて實家《じつか》にゐた頃《ころ》の友人《ともだち》との交際《かうさい》を一切《さい》夫《をつと》に嚴禁《げんきん》された。

　其《そ》れは女《をんな》と云《い》ふものは友達《ともだち》なんぞと交際《かうさい》しても、唯無駄《たゞむだ》な交際費《かうさいひ》が要《い》るばかりで何《なに》にも其《そ》れによつて得《う》ることなぞはないと云《い》ふのである。暇《ひま》つぶしをして下《くだ》らない事《こと》を笑《わら》ひ合《あ》つたり話《はな》し合《あ》つたりするだけのもので無意味《むいみ》きはまるものだと云《い》ふのである。

然《さ》う云《い》はれた時《とき》は幸子《かうこ》は悲《かな》しいほど物淋《ものさび》しかつた。自分《じぶん》が結婚《けつこん》をしたと云《い》ふ事《こと》を聞《き》いて祝《いは》つてくれた友人《いうじん》達《たち》にも、幸子《かうこ》は内密《ないしよ》て返《かへ》し事《ごと》をするやうな始末《しまつ》だつた友人《いうじん》を捨《す》てると云《い》ふ事《こと》は幸子《かうこ》には辛《つら》かつた。母親《はゝおや》から貰《もら》ふ小使《こづかひ》で手紙《てがみ》の往復《わうふく》だけも親《した》しい人達《ひとたち》とは絶《た》やすまいとした。その手紙《てがみ》を夫《をつと》が家《いへ》にゐる間《あひだ》に見《み》られて幸子《かうこ》は散々《さんぐ》怒《おこ》られた。

「ならぬと云《い》ふ事《こと》を何故《なぜ》お前《まへ》は隠《かく》してまでもする必要《ひつえう》があるまい。」

その言葉《ことば》が幸子《かうこ》には云《い》ふべからざる反感《はんかん》の情《じやう》を夫《をつと》に對《たい》して起《おこ》させた。幸子《かうこ》はその言葉《ことば》を今《いま》でも時々《ときぐ》思《おも》ひ出《だ》すと身體《からだ》の戰《ふる》ふほどいやな氣《き》がした。然《しか》し幸子《かうこ》は夫《をつと》の云《い》ふ通《とほ》りそんな事《こと》も止《や》めてしまつた。

幸子《かうこ》のふつくりしてゐた初々《ういく》しい頰《はゝ》はこけて、ぽつつりと花片《くわへん》のやうだつた唇《くちびる》も、唯《たゞ》この頃《ころ》は薄《うす》く引《ひ》きし

まつた限《き》りになつた。無邪氣《むじやき》だつた幸子《かうこ》の眼《め》は、絶《た》えず何《なに》かに脅《おびや》かされてゐる様《やう》に神經的《しんけいてき》に鋭《するど》く三角《さんかく》になつて底光《そこびか》つてゐる。幸子《かうこ》はさうして粗末《そまつ》な服裝《なり》をして、唯家《たゞいへ》の内《うち》で働《はたら》くことばかりを種々《いろ〳〵》と考《かんが》へてばかりゐるやうになつた。夫《をつと》の前《まへ》にゐる時《とき》の幸子《かうこ》は、少《すこ》しも落着《おちつ》きがなくつて、夫《をつと》が今《いな》にも何《なに》か缺點《けつてん》を見付《みつ》けて小言《こごと》を云《い》ひ出《だ》しはしないかとはら〳〵してゐる様子《やうす》がよく身《から》體《だ》の表面《へうめん》に現《あらは》れていぢけ切《き》つてしまつた。幸子《かうこ》はいつも夫《をつと》の前《まへ》でははつきりと顔《かほ》が上《あが》らなくなつてしまつた事《こと》を自身《じしん》氣《き》が付《つ》かないほど、夫《をつと》の小言《こごと》を恐《おそ》れることにばかり屈托《くつたく》してゐた。

無論《むろん》下女《げぢよ》は止《よ》してしまつた。兎《と》ても雇人《やとひにん》の費用《ひよう》までも主人《しゆじん》の定《き》めた經費《けいひ》のうちから生《う》むことは不可能事《ふかのうじ》であつたし、母親《はゝおや》に然《さ》う〳〵せがむ事《こと》は猶更《なほさら》出來《でき》なかつた。幸子《かうこ》が馴《な》れない臺所《だいどころ》の事《こと》からすべて家事《かじ》を自分一《じぶんひと》人《り》の力《ちから》で切《き》りまはすまでの苦心《くしん》は中々《なか〳〵》一通《ひととほ》りの事《こと》では

なかつたのである。けれど夫《をつと》はそれが當前《あたりまへ》だと云《い》ふ樣《やう》な顏《かほ》をして幸子《かうこ》に同情《どうじやう》らしい言葉《ことば》の一端《たん》も漏《も》れることてはなかつた。

「子供《こども》ても出來《でき》たら又經費《またけいひ》はふやしてやる。」夫《をつと》は然《さ》う云《い》つた。自分《じぶん》の夫《をつと》は唯財産《たゞざいさん》を作《つく》ることにばかり氣《き》を腐《くさ》らしてゐるのだ。吝嗇《しに》い事《こと》をして金《かね》を貯《た》めることにばかり心《こゝろ》を用《もち》ひてゐるだのだと云《い》ふ事《こと》が幸子《かうこ》には薄々《うす〳〵》合點《うなづ》かれないでもなかつた。實家《じつか》の母親《はゝおや》もそれを云《い》つた。

「ある財産《さいさん》も失《な》くしてしまふ樣《やう》な道樂《だうらく》な人《ひと》を夫《をつと》にしたとして考《かんが》へて御覽《ごらん》。お前《まへ》のは然《さ》うぢやない。ない財産《さいさん》をこれから夫婦《ふうふ》して作《つく》り上《あ》げてゆかうと云《い》ふのぢやないか。然《さ》う云《い》ふ堅《かた》い人《ひと》だからこそ安心《あんしん》して一生《しやう》を送《おく》ることが出來《でき》るんだよ。良人《をつと》に小言《こごと》を云《い》はれるのは當《あた》り前《まへ》だ。お前《まへ》は幸福《しあはせ》なんだよ。戯談《じやうだん》の一つも云《い》ふ樣《やう》な男《をとこ》だつたら、お前《まへ》は又外《またはか》の事《こと》で苦勞《くらう》をしなくちやならない、決《けつ》してぐづ〳〵云《い》ふ事《こと》はありません。私《わたし》も安心《あんしん》してゐられる。」

實家《さと》の母《はゝ》にかう云《い》はれて靜《しづか》にしてゐられると、幸子《かうこ》には離緣《りえん》と云《い》ふやうな事《こと》は恐《おそろ》しくて云《い》ひ出《だ》しもされなかつた。幸子《かうこ》は觀念《くわんねん》したやうな顏《かほ》の表情《へうじやう》を臺所《だいどころ》の隅《すみ》でバケツの水《みづ》にうつすこともある。然《さ》うして働《はたら》いた。幸子《かうこ》は外《そと》へなぞも滅多《めつた》に出《だ》されなかつた。夫《をつと》と一所《しよ》に步《ある》くと云《い》ふ樣《やう》な事《こと》も思《おも》ひも寄《よ》らなかつた。丸髷《まるまげ》に赤《あか》い手柄《てがら》をかけて美《うつく》しく化粧《けしやう》をした妻君《さいくん》が洋服《やうふく》の若《わか》い男《をとこ》と一所《しよ》に步《ある》いてゐるのを見《み》かけたりした時《とき》、自分《じぶん》もいつかは一度《ど》然《さ》う云《い》ふ樂《たの》しい境遇《きやうぐう》に身《み》を置《お》くことも出來《でき》るものと思《おも》つて樂《たの》しんだりした。然《しか》し幸子《かうこ》の運命《うんめい》は不具者《ふぐしや》か日蔭者《ひかげもの》の樣《やう》な、潤《うるほ》いのない、乾《かは》ききつた生活《せいくわつ》を與《あた》へて、美《うつく》しい可愛《かはい》らしい容貌《ようばう》も飾《かざ》ることさへなくつて過《す》ぎやうとしてゐる。冷《つめ》たい夫《をつと》の態度《たいど》、毒《どく》を持《も》つた夫《をつと》の言葉《ことば》、愛《あい》のない優《やさ》し味《あぢ》のない眼《め》を日《ひ》に幾度《いくど》となくぢつと浴《あ》びせられる毎《ごと》に、幸子《かうこ》は眞面目《まじめ》な家庭《かてい》の主婦《しゆふ》とか、嚴粛《げんしゆく》な人《ひと》の妻《つま》らしい態度《たいど》とか云《い》つて敎《をし》へられる夫《をつと》の言葉《ことば》を馬鹿《ばか》々々しく思《おも》つて反感《はんかん》を持《も》つこともないではない、時《とき》として幸子《かうこ》は夫《をつと》のゐないあひだ綺麗《きれい》にお化粧《けしやう》をして藏《しま》つてある指環《ゆびわ》を箝《は》めて見《み》て、奥様《おくさま》らしい風《ふう》をして茶《ちや》の間《ま》に坐《すわ》つて見《み》ることもある。然《さ》う云《い》ふ時《とき》、自分《じぶん》の品格《ひんかく》から云《い》つても又容貌《またようばう》や敎育《けういく》の程度《ていど》から云《い》つても、多《おほ》くの人《ひと》を使《つか》つてゐる可成《かな》りな家庭《かてい》の人《ひと》となつて、その主人《しゆじん》から甘《あま》い愛《あい》の言葉《ことば》を朝《あさ》に夕《ゆふ》に聞《き》かされゐだけの資格《しかく》があるやうな氣《き》がして、幸子《かうこ》はこんな家《いへ》の下女《げぢよ》のやうな妻君《さいくん》になつて氣難《きむづ》かしい夫《をつと》の顔《かほ》を恐《おそ》れ〳〵して暮《く》らすと云《い》ふ事《こと》がくだらなく思《おも》はれる。こんな事《こと》で自分《じぶん》の一生《しやう》は終《をは》つてしまふのかと思《おも》ふと、幸子《かうこ》は十人並《にんなみ》の自分《じぶん》の容貌《ようばう》をつく〴〵と惜《をし》んだ。幸子《かうこ》は蜜《みつ》のやうな甘《あま》い夫《をつと》の愛《あい》に醉《ゑ》ふことの出來《でき》ないのが辛《つら》く悲《かな》しいのであつた。然《さ》うして然《さ》う云《い》ふ蜜《みつ》のやうな愛《あい》を若《わか》い妻君《さいくん》に向《むか》つて注《そゝ》ぐことの出來《でき》ない人《ひと》に自分《じぶん》の身體《からだ》を捧《さゝ》げてしまつたことが口惜《くや》しくて仕方《しかた》がなかつた。

嫁入《よめい》つた當座《たうざ》非常《ひじやう》に愛《あい》してくれた夫《をつと》が、遊《あそ》びを初《はじ》めてその妻君《さいくん》が切《せつ》ない思《おも》ひをする話《はなし》を聞《き》いたことは屢々《しばしば》ある。然《しか》し、今《いま》の幸子《かうこ》は然《さ》うした時《とき》の苦痛《くつう》は、嫁《か》した當座《たうざ》抱擁《はうえう》して愛《あい》してくれたその甘《あま》さの報酬《はうしう》として拂《はら》つてもいゝくらゐに思《おも》はれた。何《なん》でも夫《をつと》の優《やさ》しさとか、甘《あま》やかして貰《もら》ふとか云《い》ふ事《こと》に幸子《かうこ》は飢《う》ゑ切《き》つた。幸子《かうこ》は唯《たゞ》引《ひ》きしまつた顔《かほ》をして、夫《をつと》の命《めい》の通《とほ》りに身《み》を處《しよ》しながらそんな思《おも》ひに惱《なや》され〳〵して物足《ものた》りない月日《つきひ》を送《おく》つた。

幸子《かうこ》は夫《をつと》へ對《たい》しての禮儀作法《れいぎさほふ》、そんな事《こと》も夫《をつと》の敎《をしへ》で心《こゝろ》を付《つ》けなければならなかつた。今朝《けさ》幸子《かうこ》はふとそんな嗜《たしな》みを忘《わす》れてぞんざいな樣子《やうす》をした爲《ため》に忽《たちま》ち夫《をつと》に怒《おこ》られた。夫《をつと》が出《で》てしまつてから幸子《かうこ》は何《なん》となく何時《いつ》もと違《ちが》つて不貞《ふて》た樣《やう》な大膽《だいたん》の心持《こゝろもち》になつて、夫《をつと》の怒《いか》りを買《か》つた自分《じぶん》のしたことに就《つ》いても省《かへり》みようともしなかつた。

幸子《かうこ》は疲《つか》れてしまつたのだ。幸子《かうこ》は半年《はんねん》ほど、自分《じぶん》の今《いま》まで育《そだ》てられて來《き》た躾《しつけ》とはまるで反對《はんたい》の躾《しつけ》に自分《じぶん》の身體《からだ》を縛《しば》らせて、氣《き》を揉《も》みぬいて來《き》た。幸子《かうこ》は自分《じぶん》の意識《いしき》もなく盲目滅法《めくらめつげふ》に自分《じぶん》を躾《しつけ》やうとする人《ひと》の前《まへ》に跪《ひざま》づいて、その人《ひと》が右《みぎ》し左《ひだり》する通《とほ》りに自分《じぶん》の身體《からだ》も右《みぎ》し左《ひだり》しやうとした。けれど其《そ》れは一時《じ》暗《やみ》の中《なか》から突然《とつぜん》出《で》て來《き》て光《ひかり》に眩《まどは》された時《とき》と同《おな》じで、幸子《かうこ》も眩《まどは》された間《あひだ》は自分《じぶん》の身體《からだ》を夫《をつと》となつた人《ひと》の意《い》志《し》の通《とほ》りに機械《きかい》のやうに動《うご》かしはしたが、その機械《きかい》はもう動《うご》かなくなつた。幸子《かうこ》は唯《たゞ》すべてが面倒《めんだう》になつて、何《ど》うでも好《い》いやうな氣《き》がした。この廣《ひろ》い世界《せかい》に夫《をつと》はなくとも母親《はゝおや》はなくとも自分一人《じぶんひとり》で歩《ある》かうと思《おも》へばいつでも歩《ある》き得《う》るやうな氣《き》がされてきた。然《さ》うして娘《むすめ》の頃《ころ》のやうに派手《はで》々々《〲》した氣儘《きまゝ》な生活《せいくわつ》にもう一度《いちど》返《かへ》るか、さもなければもつと若《わか》い自分《じぶん》を愛《あい》してくれるやうな人《ひと》の許《もと》へ嫁《とつ》ぎ直《なほ》したい——幸子《かうこ》はそんな事《こと》も考《かんが》へた。幸子《かうこ》は半年《はんねん》ほど自分《じぶん》を責《せ》め苛《さいな》んだ夫《をつと》に對《たい》して節操《せつさう》なんてことは無論考《むろんかんが》へないのが復讐《ふくしう》だと思《おも》ふほど、その心《こゝろ》が激《げき》してゐた。

然《しか》し、夕方夫《ゆふがたをつと》が歸《かへ》る頃《ころ》になると、何《なに》がなし幸子《かうこ》は逐《お》ひ立《た》てられるやうな氣《き》になつて家《いへ》の內《うち》を片付《かたづ》け出《だ》した。幸子《かうこ》は明日《あした》になると又晝《またひる》のやうな事《こと》を考《かんが》へるのだらう。（をはり）

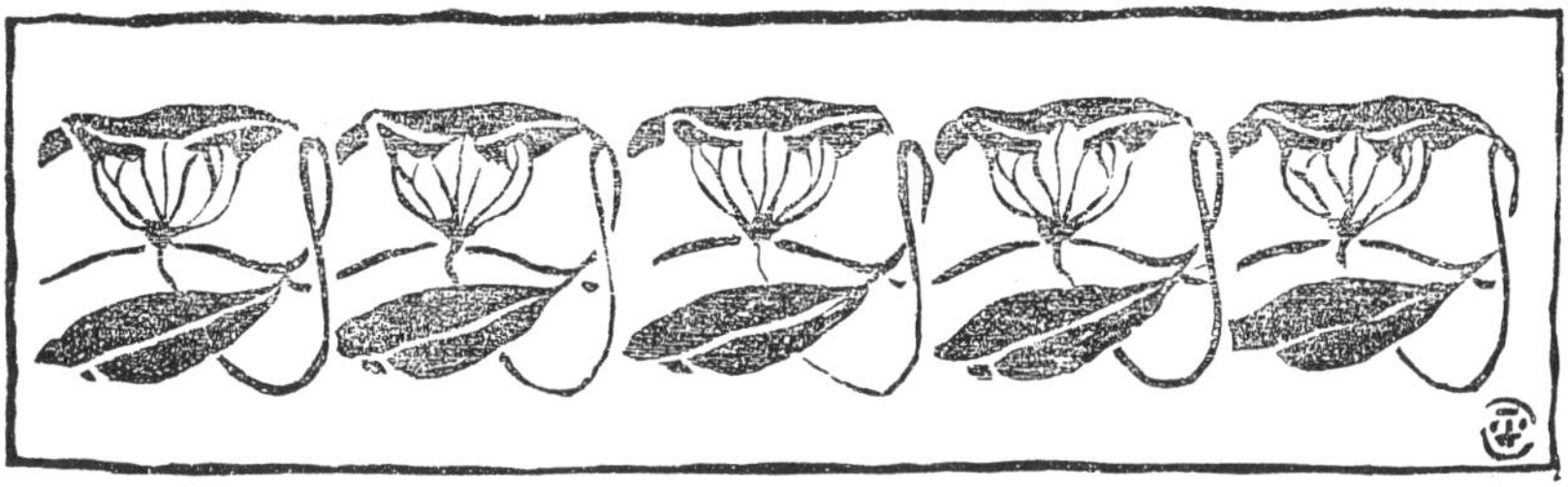

匂ひ

田村とし子

私《わたし》は幼少《ちいさ》い時《とき》から人《ひと》の身體《からだ》に纒《まと》ひついたり、大人《おとな》の身體《からだ》の上《うへ》へ自分《じぶん》の身體《からだ》を押着《おしつ》けるやうにしていいくつつけてゐる事《こと》が好《す》きだつた。

「ほんとにあなたはしつこい。」

私《わたし》はよく然《さ》う云《い》つて下女《げじよ》たちに蒼蠅《うるさ》がられた。

私《わたし》は座《すは》つてゐる若《わか》い下女《げじよ》の脊中《せなか》に凭《もた》れかゝつてその身體《からだ》から匂《にほ》つてくる溫《ぬく》い人肌《ひとはだ》のあたゝか味《み》をなつかしがつて、よくその下女《げじよ》の髮《かみ》をいぢつたりした。女《をんな》たちはみんな其《そ》れを鬱陶《うつとう》しがつて何處《どこ》かへ逃《に》げて行《ゆ》く。そうして私《わたし》がその膝《ひざ》に寄《よ》りかゝつたり腕《うで》に絡《から》んだりする度《たび》に下女《げじよ》たちは慳貪《けんどん》に私《わたし》を振《ふ》りはなした。始終《しじう》父母《ふぼ》の手《て》から突《つ》き放《はな》されてゐた私《わたし》は然《さ》うして勝手《かつて》の下女《げじよ》の後《あと》ばかり追《を》ひ歩《ある》いてゐた。

十六で私《わたし》を生《う》んだ私《わたし》の母《はゝ》は、養子《やうし》であつた私《わたし》の父《ちゝ》を嫌《きら》つて私《わたし》までを指《ゆび》で彈《はじ》くやうにして疎《うと》ましがつた。母《はゝ》は私《わたし》が五つ六つになるまで後髷《うしろまげ》の大《おほ》きな潰《つぶ》しに結《い》つてゐた。そうしてお艶《つや》さんと云《い》つた仲《なか》の好《い》い母《はゝ》の友達《ともだち》と一所《しよ》に

「松島《まつしま》やの眼《め》にしてやる。」

と云《い》つて私《わたし》の顏《かほ》に白粉《おしろひ》や黛《まゆずみ》をぬつて眼《め》を隈取《くまど》つたりして私《わたし》を泣《な》かせるまで玩弄《おもちや》にした。私《わたし》が物心《ものごゝろ》ついてからでも祖父《そふ》や母《はゝ》は我童《がどう》の出《で》勤る芝居《しばゐ》へ行《ゆ》くときは、銀杏《いてう》を染《そ》めぬいた縮緬《ちりめん》の浴衣《ゆかた》をわざ〳〵持《も》つて行《い》つて、中途《ちうと》で其れを着代《きか》へ直《なほ》させて祖父《そふ》は自慢《じまん》にしてゐた。私《わたし》の母《はゝ》は髮《かみ》を結《い》つてる間《あひだ》は髮《かみ》結《ひ》と芝居《しばゐ》の話《はなし》ばかりをしてゐた。化粧《けしやう》をしてゐる間《あひだ》はひゐきの役者《やくしや》から貰《もら》つた樂屋《がくや》で使《つか》ひ馴《な》らした眉刷毛《まゆはけ》を並《なら》べてよろこんでゐた。そうして仲《なか》の好《い》い友達《ともだち》がくるとひゐき役者《やくしや》の聲色《こはいろ》を使《つか》つて遊《あそ》んで

ゐた。私《わたし》が母《はゝ》の傍《そば》におかれる間《あひた》は唯玩弄《たゞおもちや》にされてる時間《じかん》だけで、私《わたし》は母《はゝ》に抱《だ》かれて涙《なみだ》ぐまれるやうな慈《じ》愛《あい》の頬《ほゝ》ずりなどをされたことは一度《ど》もなかつた。父《ちゝ》には猶更《なほさら》可愛《かあい》がられなかつた。私《わたし》の父《ちゝ》は私《わたし》が三歳のときに養家《やうか》を去《さ》つてしまつた。

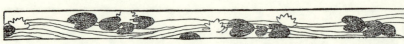

私《わたし》の祖父《そふ》はその頃《ころ》でも奇麗《きれい》な妾《めかけ》が一人《ひとり》ゐた。祖父《そふ》は自分《じぶん》の黒天鵞絨《くろびらうど》の蒲團《ふとん》をかさねた八丈《じやう》の夜《よ》着《ぎ》の下《した》に決《けつ》して孫《まご》の私《わたし》を抱《だ》いて寢《ね》てくれたことがなかつた。私《わたし》は祖父《そふ》の家《いへ》へ泊《とま》りにやられても何時《いつ》も奇《き》麗《れい》なおばさんと一所《しよ》に寢《ね》かされた。その人《ひと》はお瀧《たき》と云《い》つた。優《やさ》しい人《ひと》で夜《よ》るになると私《わたし》と綾取《あやと》りをしたり、千代紙《ちよかみ》で屛風《べうぶ》や衝立《ついたて》を拵《こしら》へて切《き》りぬいたあ、ね樣《さま》を飾《かざ》つて遊《あそ》んでくれたり、緋鹿《ひが》の子《こ》の切《き》れでお手玉《てだま》をこしらへたりした。けれど何《ど》うかすると私《わたし》の母《はゝ》の高慢《かうまん》な態度《たいど》に怒《おこ》つてゐたりした時《とき》などは、反感《はんかん》の目《め》で私《わたし》を憎《にく》んだ。私《わたし》が下女《げじよ》におくられて祖父《そふ》の家《いへ》へ行《い》つても其《そ》の人《ひと》は知《し》らん顏《かほ》して少《ち》つとも相手《あひて》にもなつてくれなかつた。そうして着物《きもの》を代《か》へて默《だま》つて出《で》て行《い》つてしまふことなぞがあつた。

私《わたし》は祖父《そふ》の肩幅《かたはゞ》のひろい頑疊《がんじやう》な大《おほ》きな姿《すがた》をながめると何《なん》となく私《わたし》は拒《たば》まれてゐるやうな氣《き》がして、その手《て》に自分《じぶん》の小《ちひ》さな手《て》を曳《ひ》かれやうと思《おも》つたこともなかつた。けれど祖父《そふ》は私《わたし》を可愛《かわい》がつた。何所《どこ》へでも私《わたし》を連《つ》れて出《で》た。途中《とちう》で私《わたし》の緋博多《ひはかた》の矢《や》の字《じ》がほどけたとき、祖父《そふ》は其れを上手《じやうづ》に結《むす》び直《なほ》してくれたことを覺《おぼ》えてゐる。そうして何《ど》うかするとお瀧《たき》の手《て》から私《わたし》を取《と》つて自《じ》分《ぶん》でお化粧《つくり》をしてくれたことがあつた。けれど祖父《そふ》は私《わたし》が人《ひと》の身體《からだ》に凭《もた》れることが好《す》きでお瀧《たき》の胸《むね》に抱《だ》かれたがつたりするのを見《み》ると、いつも、

「いやな子《こ》だ。」

と呟《つぶや》いてゐた。

私《わたし》は寢《ね》かされる時《とき》は誰《たれ》かしら傍《そば》にゐても、朝目《あさめ》を覺《さ》ました時《とき》はいつも一人《ひとり》で小《ちい》さな枕《まくら》をして寢《ね》てゐた。それが私《わたし》は欺《だま》されてゐた樣《やう》な氣《き》がして大人《おとな》の顏《かほ》を見《み》ると何《なに》かしら強《す》ねずにはゐられなかつた。

「寢起《ねお》きのわるい子は運《うん》がわるいつてね。」

私《わたし》の母《はゝ》は傍《そば》にゐる誰《たれ》かにそんな事《こと》を抛《ほう》りつける樣《やう》に云《い》ひながら、よく枕元《まくらもと》へ松葉《まつば》の先《さ》きに白《しろ》い乳首《ちゝくび》のやうな玉《たま》のついてゐる乾菓子《ひぐわし》をおいて行《い》つた。然《さ》う云ふ時私《ときわたし》の寢《ね》てゐる眼《め》の前《まへ》を通《とほ》つてゆく母《はゝ》の裾《すそ》はいつも長《なが》く亂《みだ》れてゐた。

そうして其《そ》の裾《すそ》の下《した》から、水淺黄色《みづあさぎいろ》の縮緬《ちりめん》がちら〳〵して、母《はゝ》の眞《ま》つ白《しろ》な素足《すあし》の踵《かゝと》が白《しろ》い脂肪《あぶら》をなすつた樣《やう》に、滑《すべ》こく丸《まる》く私《わたし》の眼《め》に殘《のこ》つたまゝ母《はゝ》の姿《すがた》が見《み》えなくなつてしまつたとき、私《わたし》は大《おほ》きな聲《こゑ》で泣《な》きだしたい程母《ほどはゝ》が戀《こひ》しかつた。けれど母《はゝ》は決《けつ》して私《わたし》の寢起《ねお》きの顏《かほ》に接吻《くちづけ》をしてくれるやうな優《やさ》し味《み》は私《わたし》に對《たい》して持《も》つてゐなかつた。私《わたし》の強《す》ねてゐる間《あひだ》は母《はゝ》は何《い》時《つ》までも構《かま》ひ付《つ》けなかつた。母《はゝ》が私《わたし》を珍《めづ》らしく連《つ》れて出《で》るやうな時《とき》、平生《へいぜい》から癇《かん》を昂《たかぶ》らされつけてゐる私《わたし》は一寸《ちよつと》した事《こと》に

も蟲《むし》をおこしてきつとぐづ〳〵云ふ。そんな時には、

「出《で》がらかい。」

然《さ》う云《い》ひつ放《はな》しで私《わたし》を置《お》いて出《で》て行《い》つてしまふやうな母《はゝ》であつた。私《わたし》の生《うま》れたときもう祖母《そぼ》は亡《な》くなつてゐた。

かうして私《わたし》は誰《たれ》からもほしいまゝな惡《あく》どい程《ほど》の愛着《あいぢやく》の手《て》に抱《だ》きしめられたり、皮膚《ひふ》をねぶられたりする樣《やう》な思《おも》ひをしたことがなかつた。私《わたし》は家《うち》のものゝ口《くち》から同《おな》じやうに、

「しつこい子だ。」

といはれて蒼蠅《うるさ》がられた。

私《わたし》は今《いま》でもそれだけは懷《なつか》しく思《おも》ひ出《だ》すことが出來《でき》る。薄《うす》い栗梅《くりうめ》のやうな地《ぢ》にあられ小紋《こもん》をおいた着物《きもの》に、おしろいの汚《よご》れの薄《うす》く染《し》みついた黑繻子《くろじゆす》の半襟《はんえり》のかゝつたお瀧《たき》の寢衣《ねまき》、それだけはいまでも人《ひと》の殘《のこ》した紀念《かたみ》のやうにその色《いろ》をなつかしいまぼろしの中《うち》に縺《もつ》れさせることが出來《でき》る。今日《けふ》になるまで人《ひと》の胸《むね》にしつかりと縋《すが》り着《つ》いて、甘《あま》い人肌《ひとはだ》のいきれに私《わたし》の眼《め》も口《くち》も溶《と》けこまして眠《ねむ》つたのは唯《たゞ》その栗梅《くりうめ》の小紋《こもん》の寢衣《ねまき》の胸《むね》ばかりだつた。

お瀧《たき》は私《わたし》と一所《しよ》に寢《やす》んでも何《なん》の話《はなし》もしない女《をんな》だつた。私《わたし》が何《なに》か晝間《ひるま》のことで幼《をさな》い頭《あたま》に殘《のこ》つてゐることを思《おも》ひ付《つ》いて喋《しやべ》りだしても、

「だまつて寢《ね》ませう。」

お瀧《たき》は然《さ》う云《い》つて、矢《や》つ張《ぱ》り私《わたし》の身體《からだ》に自分《じぶん》の手《て》をかけやうとはしなかつた。お瀧《たき》の細《ほそ》い瘦《や》せた兩手《りやうて》はいつも私《わたし》の小《ちひ》さい身體《からだ》と自分《じぶん》の——觀世水《くわんぜみづ》のやうに投《な》げだした華奢《きやしや》な身體《からだ》との間《あひだ》に何所《どこ》にかかくされてしまつてゐた。私《わたし》はそれを探《さぐ》つたこともなかつた。お瀧《たき》の胸《むね》にしつかりと取《と》り付《つ》いて溫《あたゝか》い肌《はだ》に自分《じぶん》の額《ひたひ》を埋《うづ》めながら、私《わたし》の足《あし》の先《さき》はお瀧《たき》の少《すこ》しざら付《つ》く着物《きもの》の地《ぢ》の上《うへ》をふまへてゐた。

私《わたし》はそんな時《とき》いつでも眠《ねむ》れなかつた。私《わたし》たちの隣《とな》りに厚《あつ》い蒲團《ふとん》をかさねて眠《ねむ》つてゐる祖父《そふ》も、お瀧《たき》も床《とこ》に入《はい》るとひつそりと默《だま》つてゐる。

枕元《まくらもと》にはきつと大《おほ》きな黑塗《くろぬ》り骨《ほね》の四角《かく》い行燈《あんどう》が灯《とも》つてゐた私《わたし》はその行燈《あんどう》がきらいであつた。有馬《ありま》の猫騷動《ねこそうどう》の芝居《しばゐ》を見《み》てから私《わたし》はその行燈《あんどう》を斜《なゝめ》にして横《よこ》の眞《ま》つ白《しろ》な紙《かみ》を見《み》つめてゐると、其所《そこ》に大《おほ》きな猫《ねこ》の顏《かほ》がうつる樣《やう》な氣《き》がして恐《こは》かつた。さうして祖父《そふ》の床《とこ》の方《はう》に寄《よ》せて立《た》てまはした屛風《べうぶ》の影《かげ》から、何《なに》か私《わたし》は白《しろ》いものゝちら〳〵したのを認《みと》めたやうな恐《おそろ》しさに襲《おそ》はれながら胸《むね》をわな〳〵させてお瀧《たき》の身體《からだ》に足《あし》ずりさせながらしがみ付《つ》くことがあつた。お瀧《たき》はそれでも眼《め》を閉《と》ぢた顏《かほ》を枕《まくら》の内側《うちかは》へ俯向《うつむ》けるやうにしてぢつとしてゐた。私《わたし》にはお瀧《たき》の動《うご》かないのがまた氣味《きみ》をわるがらせた。私《わたし》は何《ど》うかしてお瀧《たき》が眼《め》を覺《さ》ませばいゝと思《おも》つて、朝起《あさお》きてゆく時《とき》お瀧《たき》が私《わたし》の鼻《はな》をつまんでゆく樣《やう》に自分《じぶん》もお瀧《たき》の鼻《はな》をつまんで見《み》やうかと思《おも》ひながら、怒《おこ》られる樣《やう》な氣《き》がしてそれも出來《でき》なかつた。そんな時《とき》不意《ふい》と祖父《そふ》が口《くち》をきくことがあつた。床《とこ》に入《はい》つてから

一時間《じかん》も蒲團《ふとん》のはしも動《うご》かさなかつた祖父《ふ》が急《きう》に、

「小《ちい》さい方の重《かさ》ね重《ぢう》は何處《どこ》に入《はい》つてゐたかい。」

そんな思《おも》ひも付《つ》かないことを聞《き》いた。お瀧《たき》はきつと今迄《いままで》起《お》きてゐた人《ひと》のやうなはつきりした醒《さ》めた調子《てうし》で之れに返事《へんじ》した。私《わたし》にはいつも其《そ》れが不思議《ふしぎ》であつた。そうして物《もの》を云《い》ふお瀧《たき》の口元《くちもと》が薄暗《うすぐら》い明《あか》りの影《かげ》に小波《さゞなみ》を打《う》たせるやうにちら／＼と動《うご》くのを、私《わたし》は大《おほ》きな眼《め》を開《あ》いてぢつと見《み》てゐることがあつた。そんな時《とき》お瀧《たき》もやつぱり眼《め》を開《あ》いて私《わたし》の顏《かほ》をぢつと見《み》た。

お瀧《たき》は一體《たい》に靜《しづか》な女《をんな》だつた。稀《たま》に三味線《さみせん》を彈《ひ》くやうなことがあつてもお瀧《たき》は爪彈《つめび》きで、囁《さゝや》くやうな調《てう》子《し》で一人《ひとり》で唄《うた》つてゐた。祖父《そふ》と碁《ご》を打《う》つてゐるときでもお瀧《たき》はだまつてゐる方《はう》が多《おほ》かつた。其《そ》れでゐて私《わたし》の母《はゝ》がお瀧《たき》に反物《たんもの》などを送《おく》つても自分《じぶん》に氣《き》に入《い》らない物《もの》はお世辭《せじ》にも自分《じぶん》の身體《からだ》に着《つ》けやうとしなかつた。お瀧《たき》は紅梅色《こうばいいろ》が好《す》きで何《なん》にでもその色《いろ》をつかつてゐた。三十になつても丸髷《まるまげ》に紅梅色《こうばいいろ》の手柄《てがら》をかけて、芝居《しばゐ》の女形《をんながた》のやうに腮《あご》から頸筋《くびすぢ》へかけて際《きは》を付《つ》けるやうに濃《こ》くおしろいをつけてゐた。花《はな》の中《なか》でもお瀧《たき》は紅梅《こうばい》が好《す》きだつた。祖父《そふ》の家《いへ》に紅《あか》い梅《うめ》はなかつたけれど隣家《となり》の土藏《どぞう》の前《まへ》に咲《さ》く紅梅《こうばい》を塀越《へいご》しに祖父《そふ》の家《いへ》の湯殿《ゆどの》から見《み》ることができた。お瀧《たき》は紅梅《こうばい》の花《はな》の咲《さ》く頃《ころ》になると晝湯《ひるゆ》を立《た》てさせて風呂《ふろ》の窓《まど》からよくその花《はな》をながめてゐた。

その間《あいだ》にどんないきさつがあつたのか私《わたし》は知《し》らなかつたけれど私《わたし》の父《ちゝ》は私《わたし》が九才《こゝのつ》のときに再《ふたゝ》び和田《わだ》の家《いへ》の主人《しゆじん》になつたそうして小《ちい》さい妹《いもうと》が生れた。私《わたし》はその時分《じぶん》から祖父《そふ》の家《いへ》から學校《がつかう》に行《い》つたり踊《おど》りの稽古《けいこ》に通《かよ》つたりするやうになつた。私《わたし》は夜《よ》るになると今迄《いままで》のやうにお瀧《たき》と一所《しよ》に寢《ね》た。

それは私《わたし》が十才《とを》のときであつた。私《わたし》はある晩《ばん》ふいと目《め》が覺《さ》めた。菱《ひし》のふくらみからぽつと花片《はなびら》が割《わ》れたやうに、私《わたし》の眼は丹《たん》の色《いろ》をうつすりと流《なが》したやうな薄明《うすあか》りの影《かげ》に自然《しぜん》とぽつと開《ひら》いた。

私《わたし》はお瀧《たき》と脊中合《せなかあは》せに寢《ね》てゐたのに氣《き》が付《つ》いた。そうして私《わたし》の眼《め》の前《まへ》には祖父《そふ》の白髮《しらが》の頭《つむり》が括《くゝ》り枕《まくら》の底《そこ》の方《はう》に半分埋《はんぶんうづ》まつてゐるのがぼんやりと見《み》えた。私《わたし》は自分《じぶん》一人《ひとり》眞《ま》つ闇《くら》な夜中《よなか》にふいと眼《め》の覺《さ》めたと云《い》ふことが急《きう》に恐《おそ》しくなつてお瀧《たき》の脊《せ》中《なか》の方《はう》へ寢返《ねがへ》らうとしたとき、お瀧《たき》の身體《からだ》に接《せつ》してゐた私《わたし》の右《みぎ》の腕《あで》に、人《ひと》の身體《からだ》の波動《はどう》から受《う》けるやうな微《かす》かな搖《ゆすぶ》りを感《かん》じてゐた。私《わたし》はお瀧《たき》が眠《ねむ》りから覺《さ》めてゐるのだと思《おも》つて賑《にぎ》やかな急《きう》に明《あか》るくなつた心持《こゝろもち》がしながらお瀧《たき》の方《はう》を向《む》いてお瀧《たき》の冷《ひ》えた肩先《かたさき》に私《わたし》の前髮《まへがみ》を押《お》し着《つ》けたまゝ、私《わたし》は又《また》うと／＼と深《ふか》いところへ吸《す》い込《こ》まれてゆく樣《やう》に何時《いつ》の間《ま》にか眠《ねむ》つてしまつた。

私《わたし》はすぐ又目《まため》が覺《さ》めた。靜《しづか》に私《わたし》の身體《からだ》を動《うご》かしたやうな弱《よは》い感覺《かんかく》が、いま眠《ねむ》りから覺《さ》めたばかりの彈《はな》き返《かへ》してくれるやうな神經《しんけい》の中《うち》に影《かげ》を殘《のこ》してこまかく搖《ゆら》いでゐた。——私《わたし》はお瀧《たき》の方《はう》に抱《だ》きよせられてゐた。そうして私《わたし》の右《みぎ》の小《ちい》さい手《て》はお瀧《たき》の熱《ねつ》をもつた、脂肪《あぶら》のねばりに濡《ぬ》れた兩手《れうて》にしつかりと握《にぎ》られてゐた——

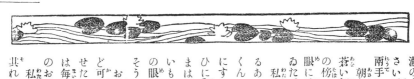

朝起《あさお》きてから、お瀧《たき》は血《ち》の道《みち》が起《おこ》つた日《ひ》のやうに蒼《あを》い顔《かほ》をして眼《め》に力《ちから》がなかつた。そうして私《わたし》が祖父《そふ》の傍《そは》にゐるときお瀧《たき》はその鋭《するど》くなつた乾《かは》いたやうな眼《め》に俄《にはか》に強《つよ》い光《ひか》りをみなぎらして私《わたし》の方《はう》を見《み》つめてゐた。

私《わたし》はお瀧《たき》のその目《め》がぴたりと私《わたし》の顔《かほ》に注《そゝ》がれてゐるあいだ、私《わたし》は何《ど》うして好《い》いか分《わか》らないほど肩《かた》がすくんで恐《こは》かつた。お瀧《たき》のだまつてゐる眼《め》の光《ひか》りが私《わたし》にすべて秘密《ひみつ》を守《まも》らせやうとして、何事《なにごと》かを無理《むり》強《じ》ひに強《し》ひてゐるやうに、私《わたし》の小《ちい》さい顔《かほ》を執念《しふね》く追《お》ひまはしてゐられるやうなのが、私《わたし》の小供心《こどもごゝろ》を恐《おそ》ろしいものに感《かん》じさせたのであらう。私《わたし》は何故《なぜ》だかお瀧《たき》の眼《め》を避《さ》けながら始終《しじう》お瀧《たき》の傍《そは》をはなれずにゐた。そうして私《わたし》はちつとも口《くち》を交《き》かなかつた。

お瀧《たき》はその時《とき》から私《わたし》の小《ちい》さな身體《からだ》が惱《なや》み疲《つか》れるほど可愛《かあい》がつた。お瀧《たき》は私《わたし》を赤兒《あかご》のやうに膝《ひざ》の上《うへ》に乘《の》せたり自分《じぶん》の乳房《ちぶさ》をわざと私《わたし》に含《ふく》ませたりした。私《わたし》は毎晩《まいばん》私《わたし》のほそい腕《うで》や肋《あばら》の骨《ほね》が粉々《こな〳〵》に碎《くだ》かれるほどのお瀧《たき》のきつい愛着《あいぢやく》の中《うち》に眠《ねむ》らされた。

私《わたし》は小《ちい》さい時《とき》から下女《げじよ》たちの惡《わ》るいことを見《み》ても其《そ》れを人《ひと》に告《つ》げるやうなお喋《しやべ》りの子供《こども》でなかつたのでよく下女《げじよ》にも馬鹿《ばか》にされた。私《わたし》はお瀧《たき》のことも誰《たれ》にも云《い》はうともしなかつた。

けれど私《わたし》はお瀧《たき》の傍《そは》にゐてはならないと云《い》ふやうなことが私《わたし》の幼《おさな》い頭《あたま》に始終《しじう》浮《うか》んでゐた。

「家《うち》へ行《い》かう。」

私《わたし》は庭《には》の楓《かへで》の木《き》に燒物《やきもの》の猿《さる》が長《なが》い手《て》をかけてゐるのを眺《なが》めながら、いつもよく其樣《そう》考《かんが》へた。そうして祖父《そふ》が大《おほ》きな身體《からだ》を屈《かゞ》めて、九太《た》夫《いふ》のかけてゐるやうな眼鏡《めがね》をかけて碁石《ごいし》をみがいてゐる傍《そば》へ行《い》つて、祖父《そふ》の頸筋《くびすぢ》の黑子《ほくろ》をいぢりながら、

「祖父《おぢい》さん。」

とわざ〳〵呼《よ》んで見《み》たこともあつた。お瀧《たき》がふと何《なに》か思《おも》ひ出《だ》したやうな顔《かほ》をして私《わし》を引《ひき》よせやうとする時《とき》、私《わたし》はその手《て》を無理《むり》にも振《ふ》り拂《はら》つて祖父《そふ》の脊中《せなか》にこびり付《つ》くこともあつた。

お瀧《たき》は然《さ》う云《い》ふ時《とき》何《なに》が何《なん》でも私《わたし》を自分《じぶん》の袖《そで》の中《なか》に抱《かゝ》へ込《こ》まなければならないと云《い》ふ樣《やう》に飛《と》びあるくばつたを押《おさ》え付けるやうにして私《わたし》の身體《からだ》を引《ひ》きちゞめた。

私《わたし》はそれでも矢《や》つ張《は》り、お瀧《たき》の冷《つ》めたい黑繻子《くろじゆす》の襟《えり》に取《と》り付《つ》いて、その襟元《えりもと》がだん〳〵溫《あたゝ》まつてくるとき私《わたし》は甘《あま》つたるい人《ひと》の肌《はだ》の匂《にほ》ひの中《うち》に眠《ねむ》つてゆくのがなつかしくつて、お瀧《たき》の傍《そば》がはなれられなかつた。

それが一と月《つき》ほど續《つゞ》いた。丁度觀音《ちやうどくわんのん》の年《とし》の市《いち》で晝過《ひるす》ぎの冷《つ》めたい空《そら》に、吹《ふ》けば消《き》えて了《しま》ひそうな淡《あは》い雪《ゆき》がちら〳〵と降《ふ》つた日《ひ》だつた。私《わたし》が學校《がくこう》の歸《かへ》りから稽古《けいこ》にまはつて、日《ひ》の暮《く》れ際《ぎは》に歸《かへ》つてくると、お瀧《たき》は姉《あね》と一所《しよ》に自分《じぶん》の荷物《にもつ》や道具《どうぐ》だけを纒《まと》めてゐた。土藏《くら》と茶《ちや》の間《ま》との間《あひだ》の長廊下《ながらうか》に積《つ》まれてあつ

たお瀧《たき》の持《も》ち道具《どうぐ》はもう玄關《げんくゐん》に荷作《にづく》りされて持《も》ち出《た》されてゐた。私《わたし》には何《ど》うしてお瀧《たき》がそんな仕度《したく》をしてゐるのか分《わか》らなかつた。荷物《にもつ》が片付《かたづ》くとお瀧《たき》の姉《あね》は車《くるま》の始末《しまつ》を雇人《やとひにん》の老婆《らうば》と相談《さうだん》してゐた。その間《あひた》にお瀧《たき》は私《わたし》に、嫁入《よめい》り口《ぐち》が急《きう》にきまつて今日《けふ》祖父《そふ》の許《もと》から暇《ひま》をとるのだと云《い》つた。そうしてお瀧《たき》は私《わたし》の顔《かほ》を眺《なが》めて笑《わら》つた。

お瀧《たき》は夜《よ》る明《あか》りが點《つ》いてから車《くるま》に乘《の》つて祖父《そふ》の家《いへ》を出《で》た。

「又《また》きつと遊《あす》びに來《き》ますよ。」お瀧《たき》は私《わたし》に然《さ》う云《い》つた。私《わたし》はその言葉《ことは》をはつきりと覺《おは》えてゐる。そうしてお瀧《たき》は祖父《そふ》に、

「長《なか》い間《あひた》お世話《せわ》になりまして――」と挨拶《あいさつ》してゐる時《とき》泣《な》いてゐた。私《わたし》が玄關《げんくわん》までお瀧《たき》にだまつて附《つ》いて行《い》つたとき、お瀧《たき》は襦袢《じゆばん》の袖《そで》で細《ほつ》そりした頬《ほう》を拭《ふ》いてゐた。私《わたし》は格子《かうし》のところから外《そと》の車《くるま》をながめた。家《いへ》の軒燈《けんとう》の硝子《がらす》にぼかしたやうに雪が薄《うす》くつもつてゐた。

私《わたし》はその晩《はん》洋燈《ラムプ》の暗《くら》い明《あか》りを見《み》ても涙《なみた》があふれた。そうして新《あた》らしい客《きやく》の蒲團《ふとん》のうちに一人《ひとり》で寢《ね》かされてから、私《わたし》は大人《をとな》が忍《しの》び泣《な》きをするやうに、祖父《そふ》に聞《き》かれまいとして夜着《よぎ》をかぶつていつまでもいつまでも泣《な》いてゐた。私《わたし》は何《ど》うしてだかお瀧《たき》を思《おも》つて泣《な》く、と云《い》ふことを誰《たれ》かに知《し》られたら、羞《はづ》かしい思《おも》ひをしなければならないと云《い》ふことを考《かんが》へてゐた。

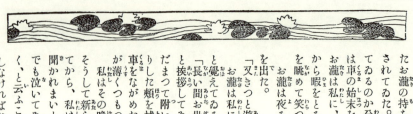

『ね』話《はなし》

田村とし子

日本《にほん》の芝居《しばゐ》も、昔《むかし》からずつと女《をんな》の役《やく》は女《をんな》がやり通《とほ》して來《き》てゐたのだつたら、もつと面白《おもしろ》い複雜《ふくざつ》な芝居《しばゐ》が殘《のこ》つてゐたのかも知《し》れませんね。

たゞ形《かたち》だけ女《をんな》を模《も》してゐたに過《す》ぎないやうな昔《むかし》の芝居《しばゐ》でも、よつぽど男《をとこ》が女《をんな》になるのにはむづかしかつたと見《み》えて、すべての役《やく》のうちで女形《をんながた》が一番《はん》むづかしいものだつたのだそうですね。女形《をんながた》のうちでも娘形《むすめがた》はもつとむづかしくつて、娘形《むすめがた》になるのには、荒事《あらごと》も道化《だうけ》も老《ふ》け役《やく》も、和事《わごと》も二枚目《まいめ》も何《なん》でもいけるのでなけりやほんとの娘形《むすめがた》は出來《でき》ないことになつてゐたのだそうですね。

道化《だうけ》のやれるぐらゐないきでなけりや思ひ切《き》つて仇氣《あどけ》ない娘《むすめ》にはなれないものとなつてゐたのだそうですが、昔《むかし》の女形《をんなが》と云《い》ふものはずい分苦《ぶんくる》しいかつたものと見《み》えます。そうして、あの通《とほ》り鬘下地《かつらしたぢ》で黒塗《くろぬ》りの高《たか》い木履《もくり》を穿《は》いて男衆《をとこしう》の肩《かた》につかまつてなよ〳〵と歩《ある》いたやうですが、すべて男《だん》優《いう》の女形《をんながた》と云《い》ふものが平生《へいぜい》にも女《をんな》の振《ふ》りを失《うしな》ふまいとつとめたと云《い》ふ事《こと》が、まあ云《い》はゞ藝術《げいじゆつ》に對《たい》する努力《どりよく》の一とつと云《い》つた風《ふう》だつたことを思《おも》ふと、馬鹿《はか》々々しくつていやになりますね。

そんなにして祖先《そせん》の女形《をんながた》の俳優《はいいう》たちが藝道《げいだう》に對《たい》して苦《くる》しんでくれたつても、そこから別《べつ》に舞臺上《ぶたいじやう》の女《をんな》と云《い》ふものに特殊《とくしゆ》な技藝《ぎげい》を殘《のこ》してくれた譯《わけ》でもないのですもの。たゞ、女《をんな》の鬘《かつら》をつけて美《うつく》しい女《をんな》になつたと云《い》ふまでの昔《むかし》の女形《をんながた》と云《い》ふものが、女《をんな》の悲《かな》しみ、怒《いか》り、よろこび、と云《い》ふ樣《やう》な單純《たんじゆん》な表情《へうじやう》だけを大《おほ》ざつぱに眞似《まね》して、それを形《かた》に殘《のこ》しておいてくれたと云《い》ふだけに過《す》ぎないんですもの。

もしそれが男優《だんいう》の女形《をんながた》でなく、ほんとうの女《をんな》ばかりで通《とほ》して來《き》たとしたら、もつと自然《しぜん》な、今《いま》の私《わたくし》たちにもつと近《ちか》づいた芝居《しばゐ》を殘《のこ》して貰《もら》へたのだつたらうと思《おも》ひますね。何《なん》十代《だい》となく唯形《たゞかた》ばかりを傳《つた》へて來《き》た男優《だんいう》の女形《をんながた》を、形《かたち》にも心理《しんり》にも洗練《せんれん》されたお國《くに》、洗練《せんれん》されたお國《くに》とつゞけて來《き》たなら、今頃《いまごろ》は帝劇《ていげき》の女優《ぢよいう》たちも「女優劇《ぢよいうげき》」と別《べつ》に銘《めい》を打《う》たせられるやうな不運《ふうん》な目《め》にも逢《あ》はずにすんだ事《こと》でせうと思《おも》ふと、平生《へいぜい》の起居《たちゐ》にも女《をんな》の樣子《やうす》をして、病氣《びやうき》の時《とき》にはきつと「血《ち》の道《みち》」だと云《い》つたと云《い》ふ樣《やう》な昔《むかし》の男優《だんいう》の女形《をんながた》の努力《どりよく》が、あんまり調子《てうし》つ外《はつ》れで無意味《むいみ》で馬鹿《はか》々々しいやうです。

そんな變態藝術《へんたいげいじゆつ》と云《い》はれるやうな男優《だんいう》の女形《をんながた》の殘《のこ》した片《かた》輪《わ》なお芝居《しばゐ》でも、重《しげ》の井《ゐ》だの、御殿場《こてんは》のお三輪《みわ》だの、吃又《ともまた》のお德《とく》、帶屋《おびや》のお半《はん》と云《い》ふやうなものを、三崎座《みさきざ》あたりの女優《ぢよいう》がやつてゐるのを覗《のぞ》くと、あゝ女《をんな》でなけりや駄目《だめ》だと思《おも》はせるほど、嫉妬《しつと》とか愛着《あいちやく》とか高潮《かうてう》な感情《かんじやう》を現《あら》はすところになつてくると、いかにもこまかい細《こまか》いデリケートな感《かん》情《じやう》をそつくりその儘《まゝ》に受《う》けとることが出來《でき》て、すべてが眞《しん》と云《い》ふ感《かん》じを起《おこ》させます。そうして女《をんな》の柔《やは》らかいやさしい線《せん》が顔《かほ》のさま〴〵な表情《へうじやう》に疲《つか》れてくると、それだけでももう充分深《じうぶんふか》い藝術《げいじゆつ》を辿《たど》つてゐるやうな魅《み》せられた氣《き》のすることがありますね。男《をとこ》のぎす〳〵した、一定《てい》した表情《へうじやう》だけを見《み》せてしまつてそれが引《ひ》つ込《こ》むとすぐけろりとしてゐられるやうな顔付《かほつき》や、大《おほ》きな咽喉《のど》ぼとけを見《み》せられてるよりは、それだけでも女《をんな》の方《はう》が感《かん》じが快《い》いやうです。

到底男《たうていをとこ》の眞似《まね》の出來《でき》ない女《をんな》の微妙《びみやう》な感情《かんじやう》、その微妙《びみやう》な感《かん》情《じやう》から現《あら》はれてくるこまかい〳〵動作《どうさ》、然《さ》う云《い》ふものをすべて等閑《なほざり》にした舊芝居《きうしばゐ》と云《い》ふものを、新《あた》らしい頭腦《づのう》をもつた女優《ぢよいう》が研究的《けんきうてき》に仕直《しなほ》して見《み》るのもきつと惡《わ》るいことぢやないと思《おも》ひますね。「時代劇《じだいげき》」「近松劇《ちかまつげき》」と云《い》ふものを保存《ほぞん》して行《ゆ》く以上《いじやう》、然《さ》うした方面《はうめん》からも今《いま》までの男優《だんいう》の女形《をんながた》と云《い》ふものゝ殘《のこ》した型《かた》を破《やぶ》つて、もつと進《すゝ》んだ劇《げき》を作《つく》つて見《み》ることも、新奇《しんき》に現《あら》はれた女優《ぢよいう》の試《こゝろ》みの一とつにしていゝ事《こと》だらうと思《おも》ひます。

所謂女性《いはゆるぢよせい》の複雜《ふくざつ》な心理表出《しんりへうしゆつ》を主《しゆ》にした西洋《せいやう》の芝居《しばゐ》、――現代劇《げんだいげき》、となつては到底男優《たうていだんいう》の女形《をんながた》は不必要《ふひつえう》だと云《い》つていいでせう。さうしてまた丁度《ちやうど》日本《にほん》の演劇《えんげき》の狀態《じやうたい》を逆《ぎやく》にしたやうなもので、次《つ》ぎ〳〵と代《だい》を追《お》つて現《あら》はれた名女優《めいぢよいう》たちの、仕上《しあ》げて仕上《しあ》げて仕上《しあ》げぬいた藝術《げいじゆつ》の影《かげ》をうかゞひながら、そのあとを追《お》つてゆく方《はう》が、新《あた》らしく現《あら》はれた女優《ぢよいう》たちにはもつとも近《ちか》しくつて又進《またすゝ》みよい方《はう》だらうと思《おも》はれますね。近《ちか》いところで自由劇場《じいうげきぢやう》で男《をとこ》のやつたマールよりは、文藝協會《ぶんげいけふくわい》で女《をんな》のやつたノラの方《はう》が賞贊《しやうさん》の凱歌《がいか》を上《あ》げたのを

見《み》ても。現代劇《げんだいげき》に於《お》ける女優《ぢよいう》と云《い》ふものゝ前途《ぜんと》に成功《せいこう》の途《うち》が、いち早《はや》く開《ひら》きかゝつたやうな氣《き》がします。又《また》、自覺《じかく》した女《をんな》とか、現代《げんだい》の教育《けういく》を受《う》けた科學的《くわがくてき》な頭腦《づのう》の發達《はつたつ》した婦《ふ》人《じん》とか云《い》ふやうな役《やく》を、日本《にほん》の歌舞伎劇《かぶきげき》で育《そだ》つた男《をとこ》の俳優《はいいう》にとても了解《れうかい》されやう筈《はづ》もないんですけれど、マールを演《や》つた男《をとこ》の女形《をんながた》は學問《がくもん》のあるむづかしい婦人《ふじん》を演《えん》じ出《だ》そうと思《おも》つて、無暗《むやみ》と聲《こゑ》を太《ふと》くしたもんですから、とう〳〵男《をとこ》の不自然《ふしぜん》な地聲《ぢごゑ》で押通《おしとほ》して了《しま》ひましたつけ。ノラにしたつて、夫《おつと》に甘《あま》へたり、無邪氣《むじやき》にはしやぐところなぞは、一寸河合《ちよつとかあひ》あたりの器用《きよう》にいけそうなところですが、自覺《じかく》してからがやつぱり男《をとこ》ぢや到底駄目《たうていだめ》ですからね。細《ほそ》い女《をんな》の地《ぢ》の聲《こゑ》を張《は》りつめて、激《げき》しきつた音調《おんてう》を思《おも》ひきつて響《ひゞ》かすからこそ、「自覺《じかく》」と云《い》ふ二字《じ》が殊《こと》に觀《み》てゐても胸《むね》にひゞくのです。あれを男《をとこ》が女《をんな》の作《つく》り聲《ごゑ》で感情《かんじやう》をみなぎらしたつて駄目《だめ》です。それから又無暗《またむやみ》と自覺《じかく》したのだからと云《い》つて聲《こゑ》を太《ふと》くすれば男《をとこ》の地聲《ぢごゑ》が出《で》て來《き》ます。其所《そこ》を技巧《ぎこう》でやられては味《あぢ》がぬけて了《しま》ひます。ノラが好評《かうひやう》であつたのも、殊《こと》に此所《こゝ》の利目《きゝめ》が目立《めだ》つたからなんでせう。女《をんな》の弱《よは》さと云《い》ふものはある程《てい》度《ど》まで男《をとこ》の女形《をんながた》にも現《あら》はすことは出來《でき》ますが、女《をんな》の強《つよ》さと云《い》ふものは到底男《たうていをとこ》の女形《をんながた》には現《あら》はすことが出來《でき》なからうと思《おも》ひます。

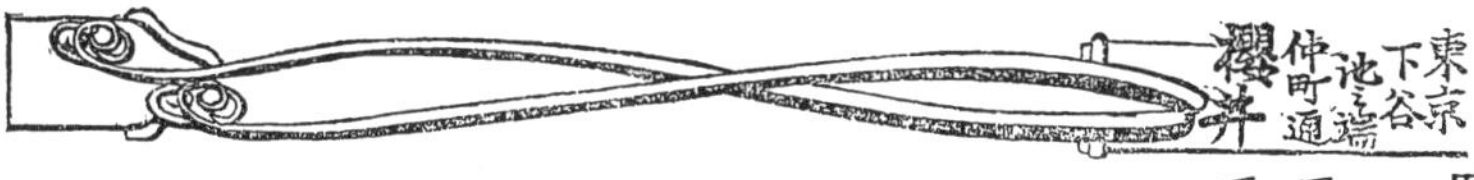

新派劇《しんはげき》の女形《をんながた》と女優《ぢよいう》、これは女形《をんながた》の方《はう》が勝《まさ》つてゐるやうですね。又《また》、新《あた》らしく出《で》てきた女優《ぢよいう》で、この方《はう》へ道《みち》を辿《たど》つてゆくやうな人《ひと》は到底《たうてい》お話《はなし》にもならない方《はう》でせう。

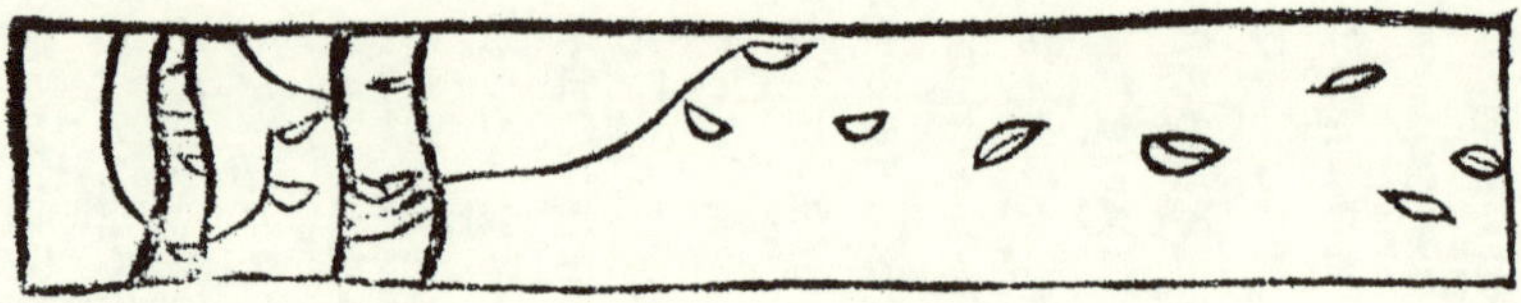

紫いろの唇

田村とし子

みね路《ぢ》は公園《こうゑん》の活動小屋《くわつどうごや》の前《まへ》をぶら〳〵あるいて行《い》つた。

毛《け》の擦《す》りきれてしまつたボーアの心《しん》だけが、でり〳〵と頸《くび》にあたつて丁度木綿《ちやうどもめん》の手拭《てぬぐひ》を一とすぢよれ〳〵にして巻《ま》き付《つ》けてるやうだ。そのボーアと着物《きもの》の襟《えり》の隙《すき》から風《かぜ》が染《し》みこんで、骨《ほね》のとがつた肩《かた》の上《うへ》あたりは皮膚《ひふ》を鉋《かんな》で削《けづ》りとられてゐるやうに冷《ひ》えついてる。みね路《ぢ》はもう一枚風呂敷《まいふろしき》でもいゝからこの上《うへ》から引《ひ》つ被《かぶ》りたいやうな氣《き》がしながら、兩方《りやうはう》の肩《かた》をぎゆつと寄《よ》せ合《あ》ふやうにしつかりと懐手《ふところで》をして――よく自分《じぶん》の身體《からだ》の中《うち》にこれだけの溫味《あたゝかみ》があると思《おも》ふやうな乳房《ちぶさ》のわきへ兩手《りやうて》を組《く》み合《あ》はじて、腮《あご》と口《くち》をボーアの中《なか》に埋《うづ》めこんでゐる。けれどボーアの中《なか》も自分《じぶん》の呼吸《いき》で濡《ぬ》れたところが風《かぜ》に凍《こほ》つてしまつて、まるで霜柱《しもばしら》でも立《た》つたやうに唇《くちびる》と頰《ほゝ》の肌《はだ》ざわりがひり〳〵と痛《いた》んでる。さうして綿《わた》の入《はひ》つてゐない新《しん》お召《めし》の薄《うす》つぺらな一枚《まい》の裾《すそ》も、風《かぜ》は砂《すな》をすくつて叩《はた》きつけながら、女《をんな》の兩足《りやうあし》へ足搔《あが》きのつかない様《やう》にその薄《うす》い裾《すそ》をくるりと巻《ま》きつけて見《み》たり、又《また》くるりと引《ひ》つ剝《ぱ》がす様《やう》に中間《なかま》へさらい上《あ》げたりして、その餘勢《よせい》を女《をんな》の横鬢《よこびん》のところへ持《も》つて行《い》つて抛《ほふ》りつけてる。二枚《まい》しきや纒《まと》つてゐない女《をんな》の脛《はぎ》は時々《ときどき》露《むき》だしになる。その膨《ふく》らつ脛《はぎ》は 鋸《のこぎり》 の目《め》を刻《きざ》み込《こ》まれたやうに肌《はだ》が皹《ひゞ》われてきた。

何所《どこ》の小屋《こや》ももう閉館《しま》つて、二たつ三つつ殘《のこ》して看板前《かんばんまへ》の灯《ひ》だけが、暗《くら》くなつた往來《わうらい》に薄赤《うすあか》い汚《し》

點《ぢ》をこぼしてゐる。男《をとこ》に蹴《け》られて倒《たふ》れかけてる女《をんな》の青《あを》い着物《きもの》赤い蹴出《けだし》し、胡粉《ごふん》でぬつた白《しろ》い脛《はぎ》、矢《や》口《ぐち》の渡《わた》しのお船《ふね》の眞《ま》つ赤《か》な衣裳《いしやう》、眞《ま》つ黒《くろ》に亂《みだ》れた髮《かみ》の根《ね》から何所《どこ》かにまつはつてちらりと飜《こぼ》れてゐる緋鹿《ひが》の子《こ》のきれ、女《をんな》の曲《まが》つた赤《あか》い口《くち》、——その看板繪《かんばんゑ》が暗《くら》い色《いろ》に包《つゝ》まれながら明《あか》りを受《う》けた部分《ぶぶん》だけ、毒々《どく〳〵》した色彩《しきさい》をぽつと浮《う》かしてゐる。みね路《ぢ》は通《とほ》りすがりに振返《ふりかへ》つて見《み》た。紫《むらさき》いろの燭光《しよくくわう》が高《たか》いところから、みね路《ぢ》の顏《かほ》の上《うへ》に流《なが》れてきた。

その時《とき》に男《をとこ》の外套《ぐわいとう》の袖《そで》がみね路《ぢ》の腕《うで》をかすつて通《とほ》つた。みね路《ぢ》は鳥《とり》が翼《つばさ》を振《ふる》ふやうに薄《うす》い袂《たもと》をぶる〳〵させて急《いそ》いで男《をとこ》の方《はう》に身體《からだ》を返《かへ》すと、男《をとこ》も片足《かたあし》を宙《ちう》に浮《う》かすやうにして女《をんな》の方《はう》を見《み》たが、女《をんな》が嗄枯《しやが》れた聲《こゑ》で、

「今晩《こんばん》は。」

と云《い》ひながら傍《そば》へ寄《よ》つてゆくと、又《また》ふいと彼方《あつち》をむいて肩《かた》を上《あ》げて歩《ある》きだした。

「どちらへ。」

みね路《ぢ》は追《お》つかけて然《さ》う云《い》つたが咽喉《のど》がつまつてしまつて聲《こゑ》がでなかつた。男《をとこ》は花屋敷《はなやしき》の方《はう》へ折《を》れてずん〳〵行《い》つてしまつた。みね路《ぢ》は男《をとこ》の後《うしろ》から大《おほ》きな石《いし》でも打《ぶ》つ付《つ》けてやり度《た》いやうに、いらいらしながら舌打《したう》ちした。

風《かぜ》に向《む》いて口《くち》を開《ひら》いたばかりに、咽喉《のど》がまた熱《ねつ》を盛《も》つてきて、擦《す》りむけた肉《にく》の上《うへ》を輕石《かるいし》でこすられてゆくやうに痛《いた》み始《はじ》めた。みね路《ぢ》はふところの中《なか》の手《て》で咽喉《のど》のまはりを撫《な》でた。耳《みゝ》の付根《つけね》の下《した》のぐり〳〵にさわると、其所《そこ》だけが燃《も》えてる火《ひ》の玉《たま》をつかむやうに熱《あつ》くなつてゐる。

眞直《まつす》ぐに十二階《かい》の横《よこ》に入《はひ》つて、さくらやの臺所口《だいどころぐち》からみね路《ぢ》はそつと上《あが》つた。茶《ちや》の間《ま》には誰《たれ》もゐ

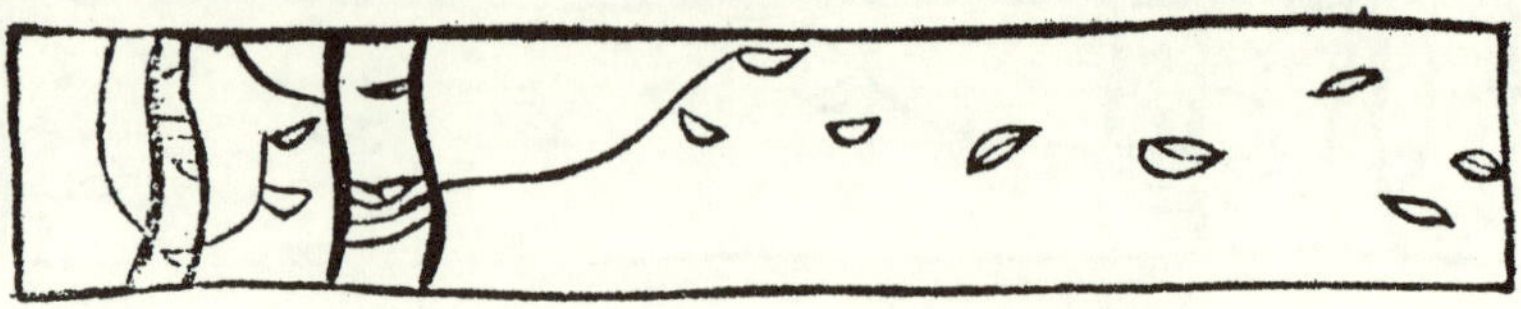

なかつた。長火鉢《ながひばち》の鐵瓶《てつびん》がおろしつ放《はな》しになつて、今炭《いますみ》をついだばかりのやうにみどりな炎をを立《た》てて火《ひ》がよくおこり掛《か》けてゐる。みね路《ぢ》は火《ひ》を見《み》ると急《きふ》に耳《みゝ》の根《ね》を引《ひ》きちぎられた樣《やう》に顔《かほ》の半面《はんめん》が痛《いた》くなつて、そうして止《と》め度《ど》もなく足《あし》の爪先《つまさき》が戰《ふる》へながら、すべての身體《からだ》中《ぢう》の血《ち》がみんな顔《かほ》から頭《あたま》の上《うへ》へのぼつて了《しま》つたやうにくら〳〵とした。

三尺《じやく》の入《い》り口《くち》の唐紙《からかみ》を開《あ》けて座敷《ざしき》の方《はう》から女中《ぢよちう》のおふぢが顔《かほ》を出《だ》して此方《こつち》を見《み》た。狹《せま》い額《ひたひ》と人《ひと》を馬鹿《ばか》にしてゐるやうな角《かど》のある小《ちひ》さな眼《め》が、斜《はす》つかけに唐紙《からかみ》の横《よこ》から見《み》えたと思《おも》つてゐるうちに、直《す》ぐまた引《ひ》つ込《こ》んだ。

「お客《きやく》なんだよ。」

みね路《ぢ》は然《さ》う思《おも》ひながら、火《ひ》鉢《ばち》のふちへ寄《よ》つかゝつた腕《かひな》の上《うへ》へ顔《かほ》を埋《うづ》めて隣《とな》りの樣子《やうす》を覗《うかゞ》ふ樣《やう》にぢつとしてゐた。少《すこ》したつて隣《とな》りの室《へや》で壓《お》しつけられるやうな女《をんな》の笑《わら》ひ聲《ごゑ》がしたと思《おも》ふと、直《す》ぐおふぢが茶盆《ちやぼん》をもつて、先刻《さつき》の唐紙《からかみ》のところから出《で》て來《き》た。

「今晩《こんばん》は。」

みね路《ぢ》が顔《かほ》を上《あ》げると、おふぢは何《なん》とも云《い》はずに長火鉢《ながひばち》のところへ來《き》て、すつかり火《ひ》の上《うへ》へ灰《はい》をかぶせて鐵瓶《てつびん》を乘《の》せてしまつた。

「意地《いぢ》がわるいねえ。おふぢさんは。」

みね路《ぢ》は身體《からだ》を起《おこ》しながら、おふぢの着物《きもの》の袖《そで》で膨《ふく》らまつた筒袖半纏《つゝそでばんてん》の横《よこ》を憎《にく》さうに見詰《みつ》めながら出《で》ない聲《こゑ》を搾《しぼ》るやうにして云《い》ふと、おふぢは振向《ふりむ》きもしないで臺所《だいどころ》へ行《い》つてしまつた。

「田舍《ゐなか》つぺい。」

みね路《ぢ》はどす黒《ぐろ》い紫《むらさき》が染《し》みついたやうな唇《くちびる》を嚙《か》みながら、鐵瓶《てつびん》をはづしてわざと火《ひ》をほじくつた隣室《となり》はひつそりしてゐる。茶《ちや》の間《ま》だけに點《つ》けた電氣《でんき》が柔《やは》らかい色《いろ》にお上《かみ》さんの赤《あか》い座蒲團《ざぶとん》を照《て》らしてゐる。茶簞笥《ちやだんす》の上《うへ》に飾《かざ》つた穴守樣《あなもりさま》の小《ちひ》さい御神燈《ごじんとう》の眞鍮《しんちう》ぶちが黄金色《こがねいろ》に光《ひか》つて、お燈明《とうみやう》の灯《ひ》が小指《こゆび》の爪《つめ》の先《さ》きのやうに可愛《かあゆ》らしくちら〳〵と灯《とも》つてゐる。その前《まへ》に積《つ》んである銀貨《ぎんくわ》を、みね路《ぢ》は勘定《かんぢやう》をしやうと思《おも》つて頸《くび》を長火鉢《ながひばち》の上《うへ》から向《むか》ふへ突《つ》きだした。

後《うしろ》から博多《はかた》の前掛《まへかけ》をしめた男《をとこ》がそつと入《はひ》つてきて、みね路《ぢ》の横《よこ》に中腰《ちうごし》になつて兩膝《りやうひざ》を火鉢《ひばち》のふちに押《おし》つけた。みね路《ぢ》は男《をとこ》を見《み》ると默《だま》つて笑《わら》つてボーアを取《と》つた。下《した》から白粉《おしろい》でふちを取《と》つたやうになつてる緋縮緬《ひぢりめん》の襦袢《じゆばん》の襟《えり》が出《で》ると男《をとこ》はそれをじつと見《み》た。

「しばらくねえ。」

然《さ》う云《い》はれた男《をとこ》は、丁寧《ていねい》に頭《あたま》を下《さ》げてから、腰《こし》から繡《ぬ》ひの切《き》れで出來《でき》てる卷莨入《まきたばこい》れを出《だ》して中《なか》から敷島《しきしま》を一本《ぽん》ぬくと、女《をんな》の方《はう》へ莨入《たばこい》れの口《くち》をむけて默《だま》つて出《だ》した。

「駄目《だめ》よ。いたゞけないの。」

みね路《ぢ》はかすれ〳〵の聲《こゑ》で然《さ》う云《い》つてから、自分《じぶん》の咽喉《のど》を指《ゆび》で叩《たゝ》いて見《み》せた。男《をとこ》は莨入《たばこい》れを中腰《ちうごし》の膝《ひざ》の上《うへ》に乘《の》せると、ゆつくりと卷莨《まきたばこ》に火《ひ》をつけて、それから鼻《はな》の頭《さき》が人《ひと》と云《い》ふ字《じ》に開《ひら》いたやうな平《ひら》つたい顏《かほ》を仰向《あふむ》けて莨《たばこ》を吸《す》ひだした。

「咽喉《のど》へくるやうになつたかなあ。幾歳《いくつ》だい。」

男《をとこ》は矢《や》つ張《ぱ》り仰向《あふむ》いた儘《まゝ》で然《さ》う云《い》つた。「馬鹿《ばか》にして。かゝ、かさぢやありませんよ。」

みね路《ぢ》はまた咽喉《のど》に何《なに》か引《ひ》つかゝつてる樣《やう》な聲《こゑ》で怒《おこ》るやうに荒《あら》つぽく云《い》つた。

男《をとこ》はだまつて笑《わら》つて、何時《いつ》までも〳〵一本《ぽん》の煙草《たばこ》を仰向《あふむ》きになつて吸《す》つてゐる。みね路《ぢ》はぷつぷつと總毛立《そうけだ》つた。ねずみ色《いろ》の粉《こな》をまぶしたやうな顔《かほ》の生地《きぢ》を明《あか》りにさらして、乾《かわ》き切《き》つた黄色《きいろ》い濁《にご》りのある白眼《しろめ》を斜《はす》にして男《をとこ》の顔《かほ》を見詰《みつ》めてゐた。

「この人《ひと》には二度《ど》呼《よ》ばれたことがある。」

然《しか》しそんな強味《つよみ》も今《いま》のみね路《ぢ》には何《なに》の役《やく》にも立《た》たない。

みね路《ぢ》はもう一と月《つき》も咽喉《のど》をわづらつてゐる。始《はじ》めは醫者《いしや》にも通《かよ》つたが、それも續《つゞ》かなくなつて今《いま》は唯打つ遣《ちや》りつ放《はな》しにしてある。惡血《あくけつ》が骨《ほね》の髓《ずゐ》を休《やす》みなしに腐《くさ》らしてゐるやうに、始終《しじう》うごめき廻《まは》つてゐる。小《ちひ》さな動物《どうぶつ》に、柔《やは》らかく肉《にく》と骨《ほね》の間《あひだ》を透《とほ》してぢく〳〵と蝕《なしば》まれてゐるやうに、みね路《ぢ》の身體《からだ》は懶《ものう》くつて倦怠《だ》るくて、然《さ》うしてうづ〳〵と性根《しやうね》のない痛《いた》みが身體《にくたい》の何所《どこ》とも云《い》はれずにはびこつてゐる。鼻《はな》の中《うち》がねばついたものを注射《ちうしや》されてゐるやうに鼻《はな》の穴《あな》が小《ちひ》さく腫《は》れふさがつて、唇《くちびる》の色《いろ》が染《し》みついたやうなどす黒《くろ》い紫《むらさき》を含《ふく》んできた。みね路《ぢ》はそれを氣《き》にしてよく前齒《まへば》で嚙《か》み〳〵したが、どうしても眞《ま》つ赤《か》なあざやかな血《ち》は唇《くちびる》のはじに滲《にじ》まなくなつた。

「病氣《びやうき》のなほるまで。」

然《さ》う云《い》つてさくらやからも斷《ことは》られた。

女《をんな》の顔《かほ》を見《み》ながら落着《おちつ》いて茶《ちや》の間《ま》に屈《かゞ》み込《こ》んでる男《をとこ》の樣子《やうす》を見《み》ると、みね路《ぢ》には嗄《しやが》枯れた自分《じぶん》の聲《こゑ》にも氣《き》がさして、あんまり思《おも》ひ切《き》つた口《くち》も聞《き》けなかつた。然《しか》し、今日《けふ》も友達《ともだち》からかりた絲織《いとり》の前《まへ》掛《かけ》を十五錢《せん》で屑《くづ》やに賣《う》つてしまつて、一日《にち》に一度《ど》の食《しよく》にあり付《つ》いたことを考《かんが》へると、男《をとこ》の懷中《ふところ》に手《て》を入《い》れても若干《いくらか》の金《かね》が欲《ほ》しかつた。

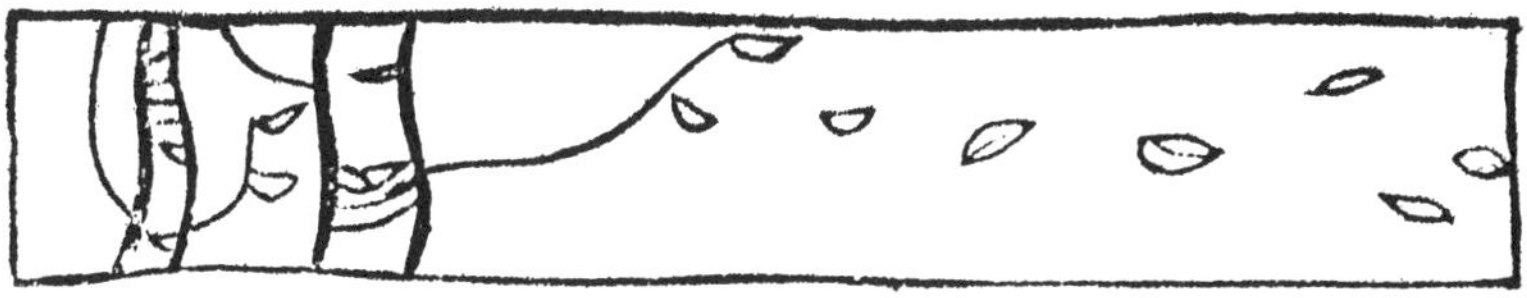

然《しか》してこの男《をとこ》の手《て》から自分《じぶん》の掌《て》へ、一《ひ》と片《なら》の銀貨《ぎんくわ》を乗《の》せられるまでの苦《くる》しい時間《じかん》を思《おも》ふと、若《わか》いみね路《ぢ》は病氣《びやうき》ですがれ切《き》つた自分《じぶん》の身體《からだ》にそれだけの考《かんが》へと力《ちから》を滿《み》たせるだけにもわな〱と胸《むね》が震《ふる》へる樣《やう》な氣《き》がした。みね路《ぢ》の眼《め》は引《ひ》つ切《き》りなしに瞬《またゝ》いてゐたが、俯向《うつむ》いてしまふと何《なんに》も云《い》はなかつた。

丁度《ちやうど》障子《しやうじ》の蔭《かげ》の梯子段《はしごだん》をそつと上《あが》つてゆく足音《あしおと》がした。すぐ其所《そこ》から茶《ちや》の間《ま》の方《はう》へ顏《かほ》をだしたおふぢが、小《ちひ》さい聲《こゑ》で男《をとこ》の名《な》を呼《よ》んだ。

男《をとこ》はだまつて茶《ちや》の間《ま》を出《で》ると、追《お》つかけるやうにまた梯子段《はしごだん》を上《のぼ》つて行《い》つた。

「何《なに》しに來《き》たの。お前《まへ》さんは。」

おふぢが然《さ》う云《い》ひながら、長火鉢《ながひばち》の前《まへ》に坐《すは》つて手《て》をあぶつた。みね路《ぢ》は返事《へんじ》をしなかつた。

「お上《かみ》さんは何《ど》うしたんだらう。」

おふぢが又然《またさ》う云《い》つて欠伸《あくび》をした。

「何所《どこ》へ行《い》つたの。」

「お湯《ゆ》さ。」

みね路《ぢ》の蒼《あを》ずんだ顏《かほ》と、おふぢの赤《あか》らんだ何《なに》かつぶ〱と吹出《ふきで》ものゝしてゐる顏《かほ》とが長《なが》い間見合《あひだみあ》つてゐた。

「容貌《きりやう》がわるくなつたよ。髮《かみ》の毛《け》が……まあ何《ど》うしたつてそんなに薄《うす》くなつたの。」

おふぢは片手《かたて》づゝ、掌《てのひら》と甲《かふ》とを引《ひ》つくり返《かへ》し〱してあぶりながら、眼《め》を上《うへ》の方《はう》へやつてみね路《ぢ》の生際《はえぎは》をながめてゐた。

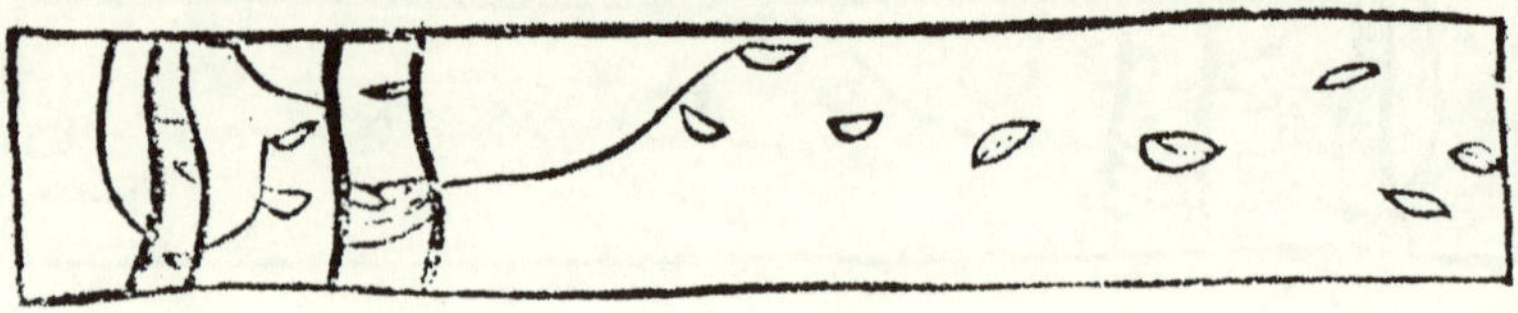

「あたし、對してゐるのよ。」

みね路《ち》は然《さ》う云《い》つてゐる間《うち》に何《なん》とも云《い》はれぬ悲《かな》しさが胸《むね》いつぱいになつて來《き》た、病氣《びやうき》が重《おも》くなつた果《は》てに、鐵道往生《てつだうわうじやう》でもしやうとしてゐる自分《じぶん》の姿《すがた》をふいと眼《め》に浮《うか》べた。

「ちつとも身體《からだ》はよくならないの。」

「あゝ。」

みね路《ち》は赤《あか》つちやけた髮《かみ》のばらついた頭《つむり》をがつくりと俯向《うつむ》けてゐたが、突然《いきなり》ふところから出《だ》した片々《かた〳〵》の手《て》で、おふぢの腕《うで》をつかむと、

「この熱《ねつ》――」

と云《い》つておふぢの顏《かほ》をどんよりした眼《め》でぢつと見《み》た。

「お止《よ》しよ。」

おふぢは狼狽《あわて》てその手《て》を振《ふ》り放《はな》した。

「まあひどいねえ。何《ど》うしたつてんだらう。」「急《きふ》に發《で》てきたの。」

みね路《ち》は其《そ》の手《て》で額《ひたひ》を押《おさ》へると火鉢《ひばち》のふちに突《つ》つ伏《ぷ》した。

「おみねさん、おみねさん。」

おふぢは無暗《むやみ》とみね路《ち》の身體《からだ》を搖《ゆすぶ》つたが、みねぢは起《お》きなかつた。

「お歸《かへ》りよ。よう。此所《こゝ》で病氣《びやうき》にでもなられちや困《こま》らあね。お上《かみ》さんの不在《るす》に私《わたし》が困《こま》るからさ。」

「あゝ。」

みね路《ち》は自分《じぶん》の身體《からだ》を何所《どこ》か遠《とほ》くの高《たか》いところへずつと運《はこ》ばれてゆく樣《やう》な氣《き》がした。だん〳〵遠《とほ》

くなつてゆく程《ほど》、自分《じぶん》の耳《みゝ》の周圍《まはり》で、こわや〳〵云《い》つてた騒々《さう〳〵》しい音《おと》も遠《とほ》のいてゆく——然《さ》うして四邊《あたり》が眞《ま》つ暗《くら》になつた。

「おい。しつかりお爲《し》。」

脊中《せなか》をきつく打たれて、みね路《ぢ》は目《め》が覺《さ》めたやうに顔《かほ》を上《あ》げた。自分《じぶん》の横《よこ》におふさと女將《おかみ》のおくめが立《た》つてゐた。

「何《ど》うしたんだね。だらしの無《な》い女《ひと》だね。さあさ歸《かへ》るんだよ。」

一寸《ちよつと》の間《ま》にみね路《ぢ》の身體《からだ》に粘《ねば》つた汗《あせ》が浮《う》いてゐた。額《ひたひ》を押《おさ》へた儘《まゝ》でゐたと見《み》えて、額《ひたひ》にも掌《てのひら》にも汗《あせ》がついてゐた。おくめは手《て》に持《も》つてゐた石鹼《しやぼん》と手拭《てぬぐひ》をおふぢに渡《わた》すと、火鉢《ひばち》の向《むか》ふに坐《すは》つて、湯《ゆ》吞《の》みに茶《ちや》をついでみね路《ぢ》に出《だ》してやつた。

「餘《よ》つ程《ほど》惡《わ》るいんだね。」

みね路《ぢ》はだまつて其《そ》の茶《ちや》を飲《の》んでゐたが、思《おも》ひだしたやうに頭《あたま》を振《ふ》つた。おくめはみね路《ぢ》の黄色《きいろ》つぽい荒《あら》い新銘仙《しんめいせん》の羽織《はおり》を見《み》ながら、長《なが》い煙管《きせる》に煙草《たばこ》をつめてから、火《ひ》をつけるときに眼《め》を上《あ》げてみね路《ぢ》の顔《かほ》を見《み》た。

「早《はや》くお歸《かへ》り。」

みね路《ぢ》は傍《わき》に置《お》いたボーアを取《と》つて、それを頭《あたま》に巻《ま》き付《つ》けた。いつもよりは心《こゝろ》が確乎《しつかり》とぴんと刎《は》ねを打《う》つて、氣《き》の利《き》いた戯談《じやうだん》の一つも云《い》へる様《やう》な開《ひら》いた氣分《きぶん》になつてきたやうに思《おも》つた。みね路《ぢ》は何《なん》とつかず白《しろ》い前齒《まへば》をだして笑《わら》つたが、おくめは不氣味《ぶきみ》さうに眼《め》を避《よ》けて口《くち》をきかなかつた。

それを見《み》るとみね路《ぢ》は餘計《よけい》、派出《はで》々々した態を作《つく》つて、せめて人好《ひとず》きのする様子《やうす》だけも人《ひと》の目《め》に

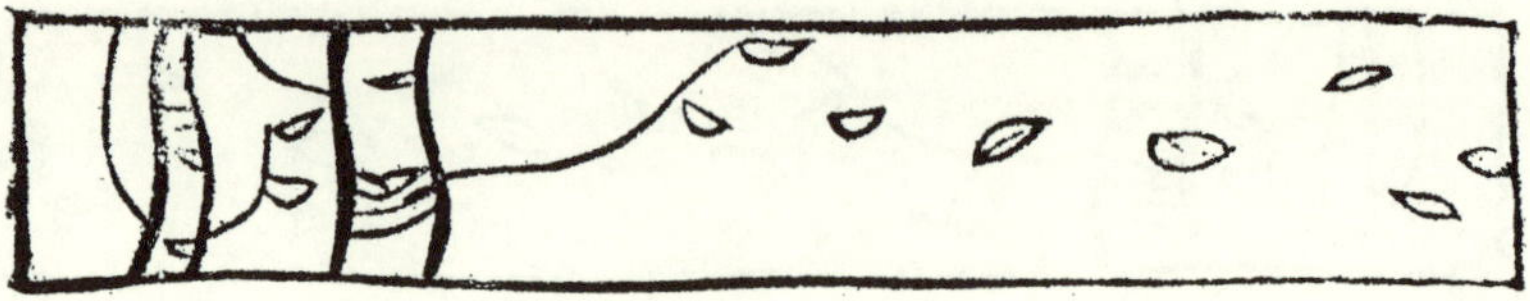

侘しく歸りたかつたが、すぐに氣分《きぶん》が黒《くろ》い雲《くも》でも被《かぶ》さつてくるやうに重苦《おもくる》しく、うつとりとして、矢張り物《もつ》を云《い》ふのも大儀《たいぎ》になつてゐた。みね路《ぢ》は默《だま》つて立《た》つた。いくらか借《か》りて歸《かへ》らうと思《おも》つたことも、ぴたりと蓋《ふた》をされたやうに口《くち》に出《で》なかつた。

臺所口《だいどころぐち》から外《そと》に出《で》ると、丁度向《ちやうどむか》ふの家《うち》の裏木戸《うらきど》から男《をとこ》と女《をんな》が出《で》て來《き》て、右方《みぎて》の拔《ぬ》け裏《うら》の方《はう》へ曲《まが》つて行《い》つた。表《おもて》へ出《で》るまでみね路《ぢ》は、寒《さむ》さに刺《さ》されて身體《からだ》の戦《ふる》えがやまなかつた。

男は可愛らしいもの

田村とし子

初春《はつはる》早々《さう〱》から憎《にく》まれ口《ぐち》は野暮《やぼ》だからお世辞《せいじ》だけを申上《まうしあ》げます。

新春《しんしゆん》の女《をんな》は無論《むろん》際立《きはだ》つて美《うつく》しいものだけれども、男《をとこ》でも少《すこ》しお屠蘇《とそ》の微醉《ほろゑひ》で紋付《もんつき》に袴姿《はかますがた》で近所《きんじよ》の門禮《かどれい》に廻《まは》つて歩《ある》いてゐる様子《やうす》はわるくないものです、門松《かどまつ》に笹《さゝ》と云《い》ふ青《あを》い景物《けいぶつ》に男《をとこ》の黒《くろ》いあざやかな羽織《はおり》の色彩《しきさい》が一寸配合《ちよつとはいがふ》よく見《み》せるからでせう。**春はらんぷ屋の亭主でも男振りが上つて見える。**

そうして始終酔《しじうよ》つてゐるから顔付《かほつき》がいつたいに浮《うは》つ調子《てうし》で色《いろ》つぽくなつてゐる。若《わか》い綺麗《きれい》な娘《むすめ》でも見《み》かけると、柔《やわ》らかい調《てう》子《し》で粋《すゐ》らしくからかつたりしながら行《ゆ》くところは、中々《なかなか》思《おも》ひがけない罪《つみ》を作《つく》つてゆく。春《はる》は其《そ》所等《こら》ぢう色街《いろまち》らしい空氣《くうき》が流《なが》れみなぎつて陽氣《やうき》なものだ。そこで、興《きよう》のさめるやうな皮肉《ひにく》や悪《わ》る口《くら》は一切《いつさい》さらりとお止《や》めにしてこんな事《こと》でもお話《はなし》しませう。

木枯の後

男《をとこ》は女《をんな》より愛敬があつて如才《じよさい》ない

それは初對面《しよたいめん》の時《とき》の感《かん》じが一番《ばん》よく其《そ》れを現《あら》はしてゐます。女《をんな》が初《はじ》めて人《ひと》に逢《あ》つたときは、妙《かう》に其《そ》の顔《かほ》の筋肉《きんにく》がしまつてちつとも唇《くちびる》もゆるめない。そうして馴染《なじ》みのある人《ひと》とばかり口《くち》もきゝ合《あ》つて初對面《しよたいめん》の人《ひと》の方《はう》は振《ふり》返《かへ》つても見《み》ないから、初《はじ》めて會《あ》つた人《ひと》は、場所《ばしよ》が場所《ばしよ》だと非常《ひじやう》にてれる。其所《そこ》へゆくと男《をとこ》は初《はじ》めて會《あ》つた人《ひと》も昔《むかし》から會《あ》つてる人《ひと》もそこに區別《くべつ》をおかずにすぐ打解《うちと》ける。殊《こと》にそれが美《うつく》しい女《ひと》でもあつた時《とき》には、まことにすべての表情《へうじやう》が露骨《ろこつ》になつてくる。そこで又《また》、

男《をとこ》は女《をんな》より罪《つみ》がなくつて、正直《しやうぢき》で、可《か》愛《わい》らしいものだと云《い》ふことが認《みと》め

られてくる

恐《おそ》らく女《をんな》が男《をとこ》に見惚《みと》れた顔《かほ》を見《み》たことがあると云《い》ふなら其《そ》れは、芝居《しばゐ》の舞臺《ぶたい》の上《うへ》で、扇子《せんす》を落《おと》しながらうつとりと花道《はなみち》の揚幕《あげまく》を見込《みこ》む女形《をんながた》の役者《やくしや》の顔《かほ》ぐらゐなものだが、男《をとこ》が女《をんな》に見惚《みと》れた顔《かほ》と云《い》ふやうなものは、中々《なか〳〵》實際《じつさい》に多《おほ》きを示《しめ》して、電車《でんしや》の中《なか》なぞでもちよく〳〵拜見《はいけん》する。まあ彼《あ》んな顔《かほ》をなさらないでも宜《よ》ささうなものだのに少々《せう》此方《こつち》の氣《き》がひけるほど妙《めう》な顔《かほ》をする人《ひと》がある。顔《かほ》の筋肉《きんにく》がすべて弛《たる》んでゐるのに目《め》にばかり「美《うつく》しいもんだなあ」と云《い》ふ思《おも》ひを集注《しふちう》しちまつてゐるから、瞳《ひとみ》が上釣《うはず》つて睫毛《まつげ》が倒《さかさ》になつたやうな空《そら》を睨《にら》んだすさまじい眼付《めつき》になつてる人《ひと》がある。もう一層感《いつそうかん》に堪《た》へてくると今《いま》にも**鼻の穴から噴水がふき出す**のぢやないかと・はらはらする樣なのもあります。女《をんな》は若《も》しそんな場合《はあひ》があるとすれば男《をとこ》とは反對《はんたい》にもつと濟《す》まし返《かへ》つてくるやうです。中《なか》中顔《なかかほ》の相《さう》をくづさない。眼付《めつき》なんぞも秋波《しうは》を湛《た》へて八《や》つ八《や》通《とう》りに變《か》へてお目《め》にかけたり、いろ〳〵の媚《こび》を現《あら》はす藝當《げいたう》をして見《み》せるが、男《をとこ》は一も二もなく相恰《さうがう》をくづして、何《なん》の遲疑《ちぎ》するところもなく**みつともない顔を發表**して了《しま》ふ。そこが男《をとこ》の偉大《ゐだい》なところで、又《また》、づぶ可愛《かわい》らしいところなんです。

男《をとこ》は女《をんな》より氣《き》が小《ちい》さい

男《をとこ》は、好《い》い氣《き》になつてお相手《あひて》をしてゐれば何所《どこ》までも野《の》方面《はうづら》なしに機嫌《きげん》をとらせて、増長《ぞうちやう》しますが、一とつぽんと頭《あたま》から浴《あ》びせかければ、直《す》ぐ小《ちい》さくなつておど〳〵してしまふ、お山《やま》の大將《たいしやう》で、家《うち》にゐれば大威張《おほゐば》りの子供《こども》が、外《そと》へ出《で》るとすぐよその餓鬼大將《がきだいしやう》にいぢめられてぴい〳〵と泣《な》くのと同《おな》じです。「何事《なにごと》も事情《じやう》はゆるさん。命じたことだけをして置《お》けばいゝんだ。何故《なぜ》命じた通《とう》りに行《おこな》はんのか。」なんて怒罵《どな》りつけて見《み》ても、奥《おく》さんが一《ひ》とつ威丈高《ゐたけだか》になると其《そ》れでと仕舞《しま》ひになつてしまふのは、方々《はう〳〵》の家庭《かてい》でよく見受《みう》ける。待合遊《まちあひあそ》び一《ひ》とつするにも**男は家へ對しては小心翼々**としてやつてゐる。奥《おく》さんが芝居《しば》へでかけるは大《おほ》びらだ。

私《わたくし》の知《し》つてる藝者《げいしや》でこんな事《こと》を云《い》つたものがある。男《をとこ》とお夕飯《ゆふはん》なんか食《た》べに行《い》つても、歸《かへ》りの勘定《かんぢやう》の拂《はら》ひやう一《ひ》とつでほんとに厭氣《いやき》がさしちまうのがある。蟇口《がまぐち》だか紙入《かみい》れだか出《だ》しかけてから、中《なか》からお金《かね》を出《だ》すのに何《なん》だか妙《めう》にぶる〳〵手《て》をふるはしてうぢ〳〵しながら拂《はら》つてるのがある。と云《い》ひましたが、それは吝嗇《けち》でうぢ〳〵してゐると云《い》ふことぢやないんです。つまり男《をとこ》は女《をんな》より氣《き》が小《ちい》さくつて神經質《しんけいしつ》ですから、女《をんな》が横《よこ》の方《はう》でぢろ〳〵してゐる前《まへ》でお金《かね》

「男は可愛らしいもの」『新婦人』明治45・大正元（1912）年1月1日　296

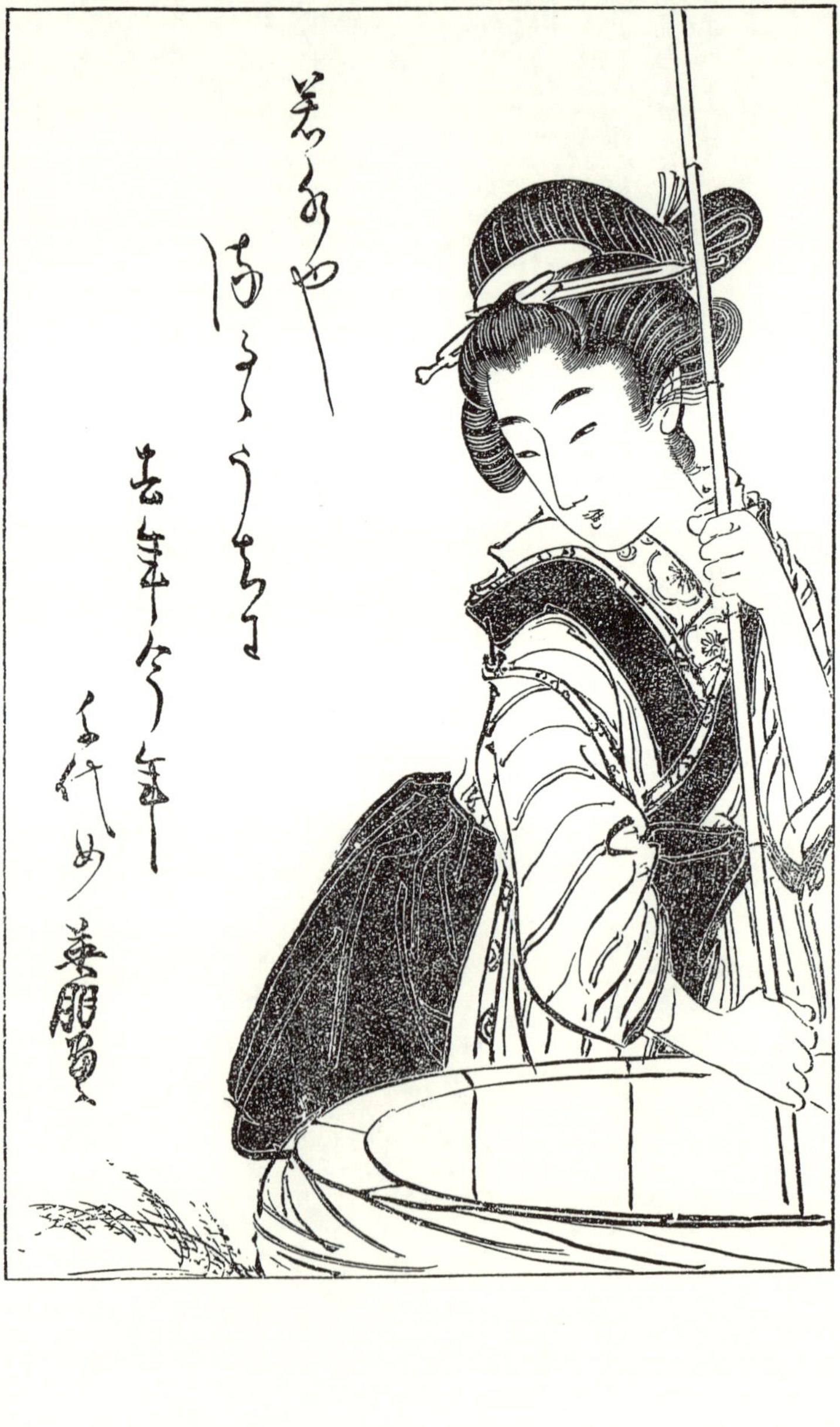

なだすんだから何《なん》となく、斯《か》う極《きま》りがわるくつて氣《き》がさしてぶる〳〵するんでせうね。其《そ》の女《をんな》は藝者《げいしや》ですから、ある場合《はあひ》においてのまだ〳〵男《をとこ》の氣《き》の小《ちい》さいのを證據立《しようこた》てる話《はなし》を幾《いく》つも聞《き》きましたが、それはどうも發表《はつぺう》する譯《わけ》にもゆきますまい、兎《と》に角男《かくをとこ》と云《い》ふものは美《うつく》しい女《をんな》の前《まへ》では可愛《かわい》らしいほど小膽《せうたん》なものです。

男《をとこ》は女《をんな》より中々《なか〳〵》ためかしが上《じやう》手《ず》である

男《をとこ》は構《かま》はないやうな風《ふう》でゐて中々《なか〳〵》しやれてゐます、揉《も》み上《あ》げの剃《そ》りやう一《ひ》とつでも中々《なか〳〵》文句《もんく》が多《おほ》い。「貴君《あなた》のお召《めし》と私《わたし》の著物《きもの》とうつかり襲《かさ》ねておいたもんですから、すつかり香水《かうすゐ》の匂《にほ》ひがうつつて了《しま》ひました。」なんて云《い》ふ場合《はあひ》には「いやらしくつて困《こま》るなあ」なんて云《い》ひながら、何《ど》うして中《なか》中電車《なかでんしや》の吊《つ》り革《がは》へぶら下《さ》がつて其《そ》の移《うつ》り香《が》を匂《にほ》はせやうと云《い》ふ寸法《すんぽふ》です。それも細君《さいくん》の移《うつ》り香《が》ぢやない新橋《しんばし》あたりのと云《い》ふ斷《ことわ》り書《が》きでも背中《せなか》へ附著《くつつけ》たいやうな心持《こゝろもち》でゐるところはほんとに邪氣《じやき》がない、繼《つ》ぎのある足袋《たび》は困《こま》るとか、上著《うはぎ》と下著《したぎ》の不揃《ふぞろ》は見《み》つともないとか奥《おく》さんと御一所《ごいつしよ》連れのときは、妻《さい》の顔《かほ》の白粉《おしろい》がはげやしないか、髪《かみ》の鬢《びん》が少《すこ》し仆《たほ》れて來《き》たとか、歩《ある》くときにあんまり長襦袢《ながじゆばん》の先《さ》きが出過《です》ぎるとか、其《そ》んなことにばかり氣《き》をくさらしてゐる。男《をとこ》も中々《なか〳〵》呑氣《のんき》ぢやない。あれで矢《や》つ張《は》りお友達《ともだち》が何《なに》か變《かは》つた服《な》装《り》でもすると、自分《じぶん》もやつて見度《みた》がつたり、五厘《りん》にも價《あたへ》しない腦味噌《なうみそ》を貯《たくは》へたお頭《つけり》を一圓《えん》五十錢《せん》づゝの高等理髪店《かうとうりはつてん》へ運《はこ》ぶところは、女《をんな》の髪結賃《かみゆいせん》はつく〴〵安《やす》いものだと感《かん》じさせます。然《そ》うした高《たか》い理髪床《かみゆいどこ》でなければ、自分《じぶん》の頭《あたま》は掃除《さうぢ》が出來《でき》ないと思《おも》ふのも、つまり男《をとこ》の率直《そつちよく》な態度《たいど》を現《あら》はしてゐるところなんです。

俺《おれ》の頭《あたま》は立派《りつぱ》な頭《あたま》だ、俺《おれ》の髯《ひげ》は美《うつく》しい髯《ひげ》だと思《おも》ひ込《こ》んでゐるのも、男《をとこ》の心《こゝろ》に狷介《けんくわい》のあとがなくつて物《もの》を僻《ひが》んで見《み》ると云《い》ふ事《こと》をしないからで、あなたの御樣子《ごやうす》はほんとに好《い》いと賞《ほ》められてずつとその氣《き》になるのも男《をとこ》の心《こゝろ》が清廉《せいれん》で淡泊《さつぱり》してゐるからなんです。男《をとこ》は我《わ》が儘《まゝ》でお坊《ぼつ》ちやんだから直《ぢ》きと、己惚《うぬぼ》れが強《つよ》いとか、押《お》しが強《つよ》いとか云《い》つて誤解《ごかい》を受《う》けますが、誠《まこと》に氣《き》の毒《どく》です。男《をとこ》と云《い》ふものは唯單純《たゞたんじゆん》な、可愛《かあい》らしいものに極《きは》めを付《つ》ける。一旦《いつたん》、あなた程美《ほどうつく》しいものはなく、あなた程私《ほどはたし》の心《こゝろ》をチャームしたものはないなんて騒《さわ》いだ女《をんな》も、倦《あ》きがくればずん〳〵捨《す》てちまふ。然《さ》うかと思《おも》ふと、一寸泣《ちよつとな》き顔《がほ》の愁《うれ》ひを女《をんな》から見《み》せられて又自分《またじぶん》の最《もつと》も愛《あい》する人《ひと》になるところ抔《など》は、もつとも能《よ》く男《をとこ》の可愛《かわい》らしい心持《こゝろもち》を發揮《はつき》してるところなんです。**私は男は好きです。**

（をはり）

その日

田村とし

お桂は男の濡れた唇を見つめながら襦袢の襟の間へ口を埋めて、ふところ手をしてゐる自分の指の先きを肉の食ひ切れるほど力いつぱいに嚙んだ。

外はしぐれてゐるのに窓の障子の上の方だけ軒に桃色のきれても干してあるやうに薄つすりと赤味が棚曳いてゐる。今しがた、かあゝ、と鴉が寒い時暮つ日を呟くやうな聲をして鳴きかけたが、かすかな羽搏きだけを殘して掠めたやうな影を障子に映して消へるやうに飛んで行つてから、今にもばら〳〵と落ちてくる雨の音をぢつとして待つてゐるやうに、座敷の外はすつかりねづみ色の流れに押包まれて何の響きも動きも見せずにひつそりとしてゐる。

薄い裾の中に足の先きをくるんで、男は肱枕をした儘、時々腫れぼつたい眼を開けて女の顔を見た。その度に女の眼は自分の眼と合つた。女は始終自分の顔を見てゐるのだなと思ふと、男はそこ恥しい氣持もして直ぐにその眼を閉ぢる。けれど閉ぢた瞼の外に、此方《こつち》を見詰めてゐる女の眼の光りが眞つ直ぐに透してゐることを思ふとやつぱり眩しい氣がして、一度瞑つた自分の眼の瞼毛が自身にも引つ切りなしにふるへてゐるやうに思はれた。火鉢の火から紫の焔がぽつぽと開くやうに燃えてゐる。お桂は自分の好きな男の顏を、輪廓から生際から、水色の襦袢の袖が隈をとつてゐる男の色の白い肱から、少し段のついてる高い鼻の横から、眼許の肉がこけてゐるけれ共口のまわりには豊くりした肉が押つけたやうにむつちりと高くなつてゐる頬から、口尻のところがぽつちり窪みを含んで其所だけに仇氣ない色をこぼしてゐるやうな薄い口許から、さんざ見て見て見盡して了ふと自分の眼に涙をもつてくるほと疲れてきた。お桂は男の顏が笑ふか怒るか、何うにでもいゝからその筋肉がちよつとでも動けばいゝと思ひながら、自分から何か云ひ出して男に口をきかせるのはいやだつた。男の眼がちよい〳〵開くたびに、自分の瞳子をその眼の中にとろけ込ましてやり度いと思ふやうに、唯ぢつと見てやるより所在がない。

いつまで二人は口をきかずにゐるだらう？

此家で逢ふ約束をして、此家へ來たのは女の方が先きだつた。

「どうしたの。」

後から來た男に、お桂は然う云つて――今坐つてゐるところから眼を上げて男の顏をちらと見た。男は何も云はなかつた。其れぎりお桂もなんにも云はない。さうして、男は外套を着たまゝ寢ころんで、意固地に口をあかずにゐる。

お桂は男の顔から目をはなして紫の焔をぢつと見まもつてゐるうちに、胸がぢり〳〵して來た。丁度逆上たときの齒莖のやうに身體ぢうの神經がむづ痒く、うづついて、脈管を破られるほど力いつぱいにぐる〳〵と身體を縛められたいやうな、手にさわるものは悉く觸覺のつよい掌の底の眞ん中へきゆつと摑み入れたいやうな、いら〳〵した氣分がお桂のみだらな血を潮のわくやうに荒びさせてくる。お桂は男の顔を見ながら、唯ぢつと自分の指を嚙みしめた。

男の方の感情はしぐれた空と同じやうに、冷めたくひつそりと靜にながれてゐる。女の顔によつて自分の心を彩られる華やかな色と云つたら、やつぱりその障子に映つてる紅葉の薄い影ぐらゐな、かすかな淡い色氣だつた。これぎり女が口をきかなければ、默つて歸つてしまへるほど、どうしたはづみか今の男の心には粘りがなかつた。

だまつてゐる男の眼の內に、他に物を思つてゐるやうな空ざまな色のたゞよつてゐるのをお桂もさつきから知つてゐた。斜から見をろすと、蔭を作つてゐる男の眉毛が殊に淋しい。――

「その女は○晝のあね樣のあたまのやうでせうと云つて後向きになつて、自分の潰しの髷を私に見せ申候。松葉いろの根がけをかけてゐたが、頸あしが馬鹿によくつて、一寸堀出しものだと思はせたつけ…………」

昨夜男からよこした手紙の中の文句を、お桂はふいと思つた。

「いけすかない」

大きな聲で云はうとしたが、何か重つ苦しくおさへ付けられてる樣で調子よく言葉がはぢき出なかつた。

お桂はいきなり男の傍へ居退《ゐざ》つていつて、男の片手をつかむと無理に引きおこさうとした。男は柔順に女の手に引《ひ》き上げられるやうに身體を横にして起きかへつた。骨のぬけたやうな男の柔らかな手答へがお桂の胸をふるはせてゐた。

——をはり——

二三日

田村俊子

十一月

二十四日

夕方平塚さんが見える。今日は黑い眼鏡がないので顏の上から受ける感じが明るい。話をしてゐる間に深味《ふかみ》のある張りをもつた眼が幾度も涙でいつぱいになる。この人を見ると、身體ぢう熱に燃えてゐて手をふれたら焦《こ》げたゞらされさうな感じがするでせう、とある人の云つた事を思ひだす。厚い脣の口尻に深い窪みを刻みつけて、眞つ白な象牙のやうな腕を袖口からだしながら手を腮のあたりまで持つていつて笑ふとき、一寸引き入れられる。私はこの人の聲も好《す》きだ。

新年號に何か書いてくれと云つて歸る。銀杏の木のところまで犬を連れて送つてゆく。明日正午までに雜司ヶ谷の長沼さんの家で逢ふ約束をして別れる。クリーム色の裾まはしと坊主襟の細い白い頸筋とがいつまでも私の眼に淋しく殘る。

夜、主人と鬪球をやつて三度ながら敗《ま》ける。

二十五日

主人が出社してから家を出る。

綿入れの上からぢり〳〵と熱い日がさして、雜司ヶ谷の道は汗ばむほど暖い。廣い野に一面鏡のかけらを散らしてあるやうに、春の日のやうなきら〳〵した反射の強い日光が、洋傘を持たなかつた私の額に照りつけて口が乾いてくる。日蔭にかくれた女の濡れた洗ひ髮にぢつと脣を押し付けたいやうな氣がする。

長沼さんの家は戸が閉《し》まつてゐた。姉妹ながら不在なのだらう。垣根のところで暫時考へたけれども約束の時間よりは二十分も過ぎてゐるので平塚さんももう來てしまつたのだらうと思つて引つ返す。眞つ直ぐに自分の家に歸る。一時。

犬の子を四つながら犬舎からだして見る。ずゞご玉のやうな緑色をした眼をしば〱させるのが、握りつぶしてやり度いほど可愛らしい。長い間のみを取つてゐたので頭が痛くなる。

夜る樽柿を持つて長沼さん來訪、今日は一時過ぎに谷中の研究所から歸ると間もなく平塚さんが來たとの事だつた。門口で立話をして直ぐに歸る。明日茅が崎の友人のところへ病氣の見舞に行くが一所に行きませんかと誘はれて、久し振りで海でも見やうかと云ふ氣になる。一日旅行を約束して別れる。

この髯《ひげ》は物になると賞《ほ》められたと云つて主人は鏡の前で磨《す》りきれたブラッシの毛のやうな髯をこすつて喜ぶ。あんまり結構でもないお道具ぞろいの中へもう一とつげちぐ〱を殖《ふ》やしたのは念入《ねんい》りなことだと云はうと思つたが、だまつてゐた。

二十六日

目の覺めたときは約束の六時より三十分過ぎてゐた。門をあけて外を見る。一面にかぶつた深い霧が何所《どこ》と云ふあてもなく薄い 挑色をふくんで、ぼやつと廣がつてゐる。紅葉の梢は、丁度綺麗な女が眠りの覺めない中に白《しら》んで來た窓をあけられてうつとりと眩《まぶ》しさうに明るい外に瞼《また》を上げたやうな媚いた色を見せてゐた。

長沼さんのやつて來たのは七時過ぎだつた。すぐ出かける。

汽車の中で、峯の頂きに引つかゝつてゐたクリーム色をした雲が、ペール を片手で剝《は》いでゆくやうにつうと頂きの半分を外《はづ》れて北の方へほつれかけてる富士を見る。半面に現はれた富士の雪はまだ淺かつた。

ちが崎は砂をつかんでは叩《はた》き付《つ》けてるやうな酷い風が吹いてゐた。亂暴な男の手に髮の根をつかまれて振り散らされるやうに、私の髮は前髮も髷も吹《ぶ》きつける風に引釣り上げられる。私は興をすつかりそがれてしまつて、長沼さんの知人のところまで走つてゆく車の中から、死人の腹のやうに冷めたい色をしたちが崎を顏を上げて見るのもいやになつた。

長沼さんの 知人の家で 一と休みしてから、南湖院で眼の療治をしてゐる「青鞜」の保持さんをたづねる。門を入《はい》るとき、すべてを 掛け離れた 松原の

301

奥の方に祠のやうな小さな建物のかくれてゐたのに直ぐ目が付く。硝子戸の扉が開き放しになつてゐたので中を覗くと清淨《きれい》な床板をはりつめた隅の方に白い布が片付けたやうに押しつけてあつて、その傍に並べた花立《はなたて》に白と黄の菊が分けて挿してある。――それは死亡室だと教へられる。然う聞いてから又振り向いて見ると白い菊が一本ひよろひよろと花瓶から花の先きを突《つ》きだしてゐるのだけが斜に見えた。私は何《なん》だか死んだ人たちの魂があの花の中に潜んでゐて、かうして生きた人たちの歩いてゆくのを頸をさし延ばして見送つてゐるのではないかと云ふ樣な氣がして、うんざりした。で保持さんとは別に話さない。保持さんは參觀者を遇するやうに病院の内を案内して見せてくれる。私は長い〳〵廊下を幾曲りもして、病室の一室一室をかたく閉《と》ざしこめた硝子戸の入り口や窓に一とつ〳〵種々な連想を編みながら歩いてゆくとき、何所《どこ》かしらの暗い隅に死の魔がぢつとうづくまつてゐて、かうして通つてゆく私たちの身體の上にもその冷たい影を落すことがありはしないかと思つて身體が寒かつた。

ある一室の前で、此室が獨歩の終焉した室だと云つて保持さんは記念建築でも示すやうな態度で指をさした。私は足をとめたが、ふと神の前に祈禱を上げやうとして、合掌をした時のやうな、敬虔な、冷たいもの〻透み徹つてゆく樣な氣分が私の心をしんとさせた。其室はコーナアの十號室だつた。

病院の構内の海氣室から海を見る。海はすさまじく風に荒れてゐる。水平線の際から波を打つてゐる海邊まで海の色は幾條にも境を印して、丁度五つ色數へられる。眞中あたりは毒を含んだ血の色を薄めて流したやうな赤い色に見える。烏帽子岩が遠くの方に琴の爪のやうな形をして小さく突きでゝゐる。

私は海氣室の腰かけに寄つかゝつて、雲の切れ目〳〵から覗いてゐる地色《ぢいろ》の空が濃い葉や薄い水色に變つて見立るのを眺めてゐるうちに、日蝕のやうな鈍《にぶ》い太陽の光りに瞼の上を押しつけられてゐるのがたまらなく淋しくなつた。そうして身體を捻ぢつては押倒されそうな風に呼吸を塞《つ》められながら、唯際涯もなく眞白に荒れ狂つてる波を見てゐると私はその波の中へ自分の小《ち》つぽけな身體を抛り込んでやり度いやうな、——風、と海と波濤の無際限な力《ちから》の前に何《なに》の雜作もなく私の身體をほろぼしてやり度いやうな、恐怖の反抗と云ふやうなものが私の頭にむら〳〵と上つてきた。

私はみんなに構はずずん〳〵馳けだした。風は私の裾も袂も頸卷も吹きちぎるやうに捲《ま》くし上げた。深い砂の中へづぶ〳〵と私の草履が窪み込んで自由にならない時幾度風に小突《こづ》き仆《たふ》されさうになつたか知れない。私は保持さんの室へもよらずに直ぐ病院をでた。……病院を圍んだ松原は轟轟と空にうなりを立てる烈しい風に圍繞されながらちつとも動搖を見せずに枯死したやうにぢつとしてゐる。丁度死の國の入り口を境界してゐる森のやうに、森の周圍には何か物があつてその大きな翼におほはれてゐる樣に、ひつそりと薄氣味わるく暗綠な色を集めてゐる。私はその風に動かない松原が不思議で、餘計にちが崎を私にいやなものにさせた。

路で黃色いしぼんだ花を見付ける。長沼さんはそれが月見草だと云ふ。私は初めて月見草を見た口紅もさせなくなつた三十の老《ふ》けた女の淋しさを思つて名ほど床しい感じがしなかつた。

何だか花やかな美しいものにしばらく遠ざかつて了つたやうな氣で東京に歸る。東京の明るい灯を見たときは子供のやうに嬉しかつた。

家へ歸ると主人は風が強かつたから心配をしてゐたと云はれる。平塚さんから手紙が來てゐた。犬の子を見る。又少し大きくなつてゐる。

二十七日

今日はちが崎の海が私の頭の中を黑い幻でいつぱいにしてゐてくさ〳〵する。何か花やかなきらきらした色彩に眼をひたと觸れたいやうな、大きなはしやいだ聲で物を云つて笑ひはぢけて見たい氣があるけれども、犬のほか相手がないので二階に引きこもる。

すつかり森の葉が落ちて、灰色に塗つた鐵骨《てつこつ》の建物の透間《すきま》を見るやうなところから、五重の塔の頭がぽつんと出《で》てきた。

森の梢に葉が青々と茂つてくるとあの塔の頭はかくれる。葉が凋落し盡すとあの堅い信仰のやうな塔の頭が又によつきりと現はれる。私はこの二

303

階から丁度それを六度眼で勘定をしたことになる。

人はよく眠つたやうな生活と云ふけれど、私のは始終眠いやうな生活だ。どろんとした眠い目を引つこすり〳〵して暮らしてゆくやうな月日が三年になる。倦《う》んでるのか麻痺《しび》れてゐるのか疲れてるのか私の心の瞼は始終重《おも》たい、いつそぐつすり寝轉《ねこ》げられるやうな生活がほしい――そんな事を考へてゐるうちにほんとに眠くなつて來る。裏の家で病人の傍を擦り足で通るやうなころん〳〵と云ふ音をさせて琴の稽古が始まる。

夜、おしるこを食《た》べに上野の廣小路まで出る星がちら〳〵してゐる。

新《しん》富《とみ》座《ざ》

田村とし子

一番目《はんめ》「梅鉢《うめはち》」

序幕《ちよまく》大評定《おほへうじやう》の場《は》で福助の本多安房の守はおちついてゐた使者《ししや》の中村萬右衛門《なかむらまんうゑもん》に使者《ししや》の口上《こうじやう》の主意《しゆい》を一々《いち〳〵》反駁《はんばく》して詰《なじ》つてゆく臺詞《せりふ》が、よく腹《はら》の中《なか》でその意味《いみ》をくだきながら云《い》つてるやうに聞《き》こえたのは感心《かんしん》だと思《おも》つた。右團次の萬右衛門はしやくれた顔《かほ》と三角《かく》に切《き》れ上《あ》がつたさもしい目付《めつき》が「小身《せうしん》ものより成《な》り上《あが》り、小身《せうしん》ものより成《な》り上《あが》り」と兎角《とかく》口癖《くちくせ》にしたがる、けち臭《くさ》い奸臣《かんしん》らしい男《をとこ》になつてゐたのは面白《おもしろ》かつた。

二幕目《まくめ》。雁童のおきみは可愛《かあい》らしい出來《でき》。津羽亭《つはてい》の場《は》の延二郎の高田善藏。少《すこ》し醉《よ》ひながら夢《ゆめ》の話《はなし》で萬右衛門《まんうゑもん》を諷《ふう》するところは馬鹿《ばか》にしてゐるやうで惡《わ》るい。それに萬右衛《まんゑ》門《もん》との意氣《いき》がちつとも合《あ》はないで擽《くすぐ》つたかつた。一味《み》に與《くみ》しなければ其《そ》れまでと云《い》つて徒黨《ととう》のものが大勢《おほぜい》現《あらは》れたとき後向《うしろむ》きになつて其《そ》れを制《せい》しながら『さすがは中村樣《なかむらさま》のお企《くわだ》てほどあつて恐《おそ》れ入《い》つたる云々《うんぬん》』の臺詞《せりふ》もあんまり早間《はやま》にあせつて了《じま》ふので、とつさの間《ま》の分別《ぶんべつ》が際立《きはだ》たない。

三幕目《まくめ》善藏内《ぜんざううち》の場《ば》では璃珏の長藏がちよいと味《あじ》のあるところを見《み》せる。珊瑚郎の知月は恐《おそろ》しい役者《やくしや》があるものだと思《おも》つた。こゝで延二郎の善藏が一寸《ちよい》〳〵こまかい藝《げい》を見《み》せるが、こんなお甘《あま》ひお芝居《しばゐ》では凝《こ》つた仕科《しぐさ》を見《み》せられるほど馬鹿《はか》らしくてたまらない。

金澤御殿《かなざはごてん》の能舞臺《のうぶたい》のところで、おはやしの散切《ざんぎ》り頭《あたま》がならぶのは、隨分無茶苦茶《ずゐぶんむちやくちや》だ。廻《まは》つて樂屋《がくや》で萬右衛門《まんうゑもん》が能衣《のうい》裳《しやう》のまゝで善藏《ぜんざう》に殺《ころ》されるのは華《はな》やかだ。延二郎の善藏が大《おほい》に澁《しぶ》がゝつた幕切《まくぎ》れを見《み》せた。大詰《おほづめ》は蛇足《だそく》だが道具《だうぐ》はよかつた。

中《なか》幕《まく》

上《じやう》、日《にち》蓮《れん》

これは誰《たれ》の十八番《はん》ものだとか、これは誰《たれ》のお得意《はこ》で當地《たうち》で十何年振《なんねんぶ》りの出《だ》し物《もの》だとか云《い》はれると、役者《やくしや》そのものよりは裏書《うらがき》の方《はう》に價値《ねうち》をつけられてしまつて、表慶館《へうけいくわん》に陳列《ちんれつ》してある國寶《こくほう》の名畫《めいぐわ》でも眺《なが》めるやうな、尊崇《そんすう》の念《ねん》で拜見《はいけん》すると云《い》ふやうな氣《き》になる。そこで其《そ》の氣《き》で拜見《はいけん》して見《み》たら梅玉の日蓮は、骨董屋《こつとうや》の二階《かい》にしまつてある一寸價《ちよつとね》の好《よ》い畫幅《ぐわふく》ぐらゐなところに（私《わたし》の淺識《せんしき》な眼《め》だけには）下落《げらく》してしまひました。

どつと起《おこ》つた雪《ゆき》おろしで小屋《こや》がくづされる。それを少《すこ》し下手《しもて》よりのところに斜《なゝめ》に立《た》つたまゝ輕《かろ》い驚《おどろ》きのこなしで小《こ》屋《や》の方《はう》を眺《なが》めてから片手《かたて》にさゝげた釋尊《しやくそん》の像《ざう》を片手《かたて》で禮拜《れいはい》しながらの幕切《まくぎ》れの形《かたち》だけは、さすがだと思《おも》はせたが、要《えう》するにそれだけでした。

顏《かほ》も慈悲《じひ》溫顏《おんがん》の相《さう》は見《み》えたが、日蓮《にちれん》と云《い》ふお坊《ばう》さんはもつと辛辣《しんらつ》な顏《かほ》をしてゐたんだらうと思《おも》ふ。自分《じぶん》の宗旨《しうし》の爲《ため》に他宗《たしう》をすべて敵《てき》にしてあらゆる壓迫《あつはく》のもとに所謂難行苦《いはゆるなんぎやうく》行《ぎやう》をして鬪《たゝか》つた人《ひと》なのだから、眼《め》を見《み》ただけでも氣《き》に打《う》たれるやうな、あれだけの佐渡《さど》の雪《ゆき》もとかし盡《つく》してしまふほどな熱烈《ねつれつ》な、信念《しんねん》のつよひ光《ひか》りがひそんでゐなければ面白《おもしろ》くないと思《おも》つた。梅玉《ばいぎよく》の日蓮《にちれん》は優《やさ》しい眼《め》をした豐《ゆたか》な頰《ほう》をした穢《きたな》いお坊《ばう》さんだけだつた。遠藤爲盛《ゑんどうためもり》との問答《もんどう》も氣《き》を負《お》ひすぎて上《うわ》つ調子《てうし》になる。「近頃《ちかごろ》そこつの行者《ぎやうじや》かな」もあゝ拍《へう》子《し》に乘《の》つて云《い》はれると厭味《いやみ》でたまらない。爲盛《ためもり》に簑《みの》を着《き》せてもらつて一寸辭儀《ちよつとじぎ》らしくうなづくのも、すべてこんな細《こま》かい仕科《しぐさ》にまで誇大《こだい》にした形《かたち》だけで表情《へうじやう》をおぎなつてゆかうとするのが私《わたし》なぞの眼《め》には厭味《いやみ》に勿體《もつたい》らしくつていやだ。日朗《にちらう》にすぐ鎌倉《かまくら》へ歸《かへ》れと云《い》ふところで、自分《じぶん》たちがこれ程《ほど》にして苦行《くぎやう》をするのも「一切衆生《さいしうじやう》を助《たす》けん爲《ため》ののぞみならずや」と云《い》ふ言葉《ことは》も、調子《てうし》にちつとも執着《しうちやく》がこもらず、唯《たゞ》張《は》つて云《い》つてしまつたと云《い》ふまでだつた。然《しか》しあの劇《げき》であの役者《やくしや》で、百尺《しやく》の雪《ゆき》の中《なか》に信仰《しんかう》の火團《くわだん》がころがつてゐる樣《やう》な日蓮《にちれん》を見《み》やうと思《おも》ふのが、こつちの勝手《かつて》違《ちが》ひなのかも知《し》れません。

○○福助の日朗はよく演《し》てゐた。花道《はなみち》で風《かぜ》に笠《かさ》をとられそうになつて、よろめく形《かたち》もよかつた。病苦《びやうく》と寒《さむ》さとで喘《あへ》ぐ苦《くる》しみもよく應《こた》へました。一心《しん》をこめて題目《だいもく》をとなへる調子《てうし》も、遙《はるか》に日蓮《にちれん》の聲《こゑ》を聞《き》いて「お師匠樣《しやうさま》」と思《おも》はずのび上《あが》るいきも心持《こゝろもち》よくやつてゐた。だゞ餘《あん》り鬘《かつら》のくりが際《きは》をとつて濃《こ》いので顔付《かほつき》がひどく憎體《にくてい》に見《み》えたのは、折角《せつかく》の哀《あわ》れを殺《そ》いで損《そん》だと思《おも》つた。もう少《すこ》し鬘《かつら》をでらして、毛《け》をもつと薄《うす》く、もう少《すこ》し伸《の》ばしでもしたら弱々《よわく》しげに哀《あわ》れに見《み》えて一層《そう》引《ひ》つ立《た》つたであらうと、餘計《よけい》な事《こと》を考《かんが》へてゐた。

下《げ》、紙《かみ》治《ぢ》

宗《そう》十郎《らう》はあんな踊《おど》りの上手《じやうづ》で、しかも女形《をやま》の出《で》でゐながら、延二郎《えんじらう》の治兵衞《ぢへゑ》ほどちつとも身體《からだ》がこなれなかつたの仕方《しかた》のないものです。

紙を書《か》いて渡《わた》してしまつてから炬燵《こたつ》に入《はい》つて泣《な》くまで

中橋本家喜《き》谷《たに》實母散《さん》

何《なん》となく醒《き》めた悲《かな》しみの味《あぢ》と云《い》ふやうなものが漂《たゞよ》つてゐたのは嬉《うれ》しかつた。「かなしい涙《なみだ》は目より出《い》で……」もさらさらと柔《やわら》かく云《い》つてしまつて、それで餘情《よじやう》があつた。おさんから始終《しじう》を聞《き》いて小春《こはる》の身受《みう》けの金《かね》を渡《わた》されてから、その金《かね》を手《て》にして喜《よろこ》ふ情《じやう》も大仰《おほげふ》でなくつて輕《かる》い味《あぢ》があつた。おさんが舅《しうと》に連《つ》れられて行《つ》つてしまつたあと、小供《こども》を膝《ひざ》であやす形《かたち》が心持《こゝろもち》脊《せ》が屈《かゞ》んでゐたので如何《いか》にも哀《あわ》れ氣《げ》に見《み》えたのもいゝ。小春《こはる》に小供《こども》を渡《わた》してから炬燵《こたつ》の上《うへ》に腰《こし》をかけて服紗《ふくさ》をあしらひに泣《な》いてる形《かたち》だけで、ほろりとさせるのもさすがに技藝《ぎげい》の功《こう》だと思《おも》はせる。それから、太兵衞《たへゑ》を殺《ころ》してから、恐《おそろ》しさに慄《ふる》えながら居退《ゐざ》つてくる小春《こはる》と身體《からだ》の打《ぶ》つ突《つ》かつたはづみに、ふいとしつかり抱《いだ》き合《あ》ふのはいかにも好《よ》かつた。そうして抱《いだ》き合《あ》つたまゝの間がかなり長《なが》い。その長《なが》く抱《いだ》き合《あ》つた間思《あひだおも》ひがけない人殺《ひとごろ》しと云《い》ふ大罪《だいざい》を犯《をか》してしまつたと自覺《じかく》した刹那《せつな》の、一時《じ》に戀《こひ》も女《をんな》も愛着《あいちやく》もすべてが消《き》へてしまつて唯自分《たゞじぶん》の生《せい》の恐怖《きやうふ》ばかりでいつぱいになつてる治兵衞《ぢへゑ》が現《あら》はれてゐたのは、えらいものだと感《かん》心《しん》をした。

○○福助のおさんはいかにもふつくりした好《い》いおさんでした炬燵《こたつ》の火《ひ》をふとんの裾《すそ》の方《はう》から見《み》て——鬼《おに》がすむか——で

劇評　帝劇一月興行

自分《じぶん》の胸《むね》を見《み》ながらの思《おも》ひ入《い》れの時《とき》、悋氣《りんき》の恥《はづ》かしさと云《い》ふやうな情《じやう》が見《み》えてじほらし氣《げ》だつた。「眞《し》じつの妹《いもうと》持《も》つたと……」もいかにもあきらめた調子《てうし》がいぢらしくひゞいて好《よ》かつた。五左《ざ》衛《ゑ》門《もん》を小突《こづ》きながら歸《かへ》つてくれと賴《たの》むのも楯《たて》はつきながらも何所《どこ》かに親《おや》に甘《あま》へた娘心《むすめごころ》がほのめくやうに思《おも》はれてなつかしい出來《でき》だつた。

雁童の小春は顔《かほ》のわるいのが損《そん》だつた。「何《なに》から云《い》はうぞ治兵衛《ぢへゑ》さん……」が少《すこ》し重《おも》かつたのは仕方《しかた》がない。治兵衛《ぢへゑ》が手紙《てがみ》を讀《よ》むのを行燈《あんどん》のわきに手《て》を突《つ》いて下《した》を向《む》きながら聞《き》いてゐる形《かたち》は好《い》い。おさんが尼《あま》になつたと云《い》はれて行燈《あんどん》の向《むか》ふへ、爪先《つまさき》を正面《こつち》にして泣《な》き仆《たほ》れるのもいゝ、出來《でき》から云《い》つたらいつたいに、おつとりした靜《しづか》な小春《こはる》だつた。小《こ》春《はる》らしい女《をんな》になつてゐたと云《い》つたらもう其《そ》れで充分《じうぶん》なのかも知《し》れない。

大切《おほぎ》りの所作《しよさ》では右團次の又五郎狐が達者《たつしや》に踊《おど》る。面踊《めんおど》りの三人上戸《にんじやうご》の中《うち》では笑《わら》ひ面《めん》が一番《はん》よかつた。

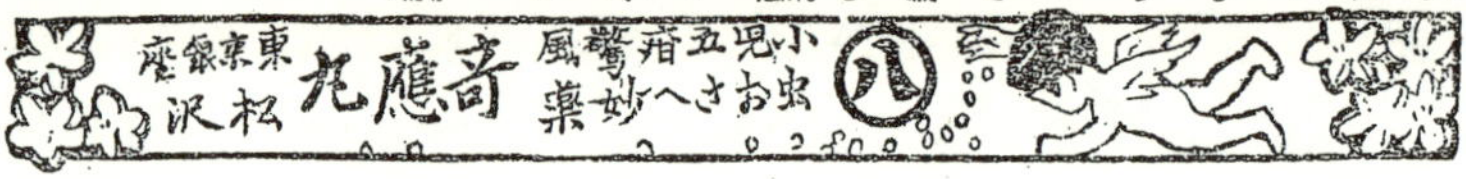

上方役者

田村こし子

静《し》いちやんは今朝《けさ》何時《いつ》までも寐《ね》てゐた。家《うち》のものは、昨夜《ゆべ》芝居《しばゐ》の閉場《はね》がおそく、歸《かへ》つて來《き》たのが十一時《じ》をまはつてゐたので、其《そ》れで今朝《けさ》は目《め》が開《あ》かないのだらうと思《おも》つて、静いちやんの部屋《へや》の前《ま》へは小《ちひ》さい妹《いもと》も行《い》かせないやうにして、そつくりさせておいたのだが、實《じつ》は静《し》いちやんは、何時《へつ》よりも早《はや》く床《とこ》の中《なか》では眼《め》が開《あ》いてゐたのだつた。

昨夜《ゆうべ》床《とこ》に入《はい》つてからも、まだ芝居《しばゐ》の噂《うはさ》がし足《た》りない樣《やう》な氣《き》がして、一所《しよ》のお座敷《ざしき》に寐《ね》る祖母《おばあ》さんにいつまでも／＼中幕《なかまく》の紙治《かゝち》の話《はなし》をした。

祖母《おばあ》さんは上方役者《かみがたやくしや》は嫌《きら》ひだから、

「そんな事《こと》を云《い》つて、お前《まい》にまあ五代目《だいめ》の紙治《かみち》を見《み》せたかつた。いくらあゝ云《い》ふお芝居《しばゐ》だつて上方役者《かみがたやくしや》のやうに然《さ》う無暗《むやみ》と甘《あま》つたるくつちや感心《かんしん》しないね。五代目《だいめ》はお前《まい》……」直《す》ぐ祖母《おばあ》さんが然《さ》う遮《さへぎ》つてくるので、静《し》いちやんは腹《はら》が立《た》つて、

「祖母《おばあ》さんは見《み》もしないで。」

と思《おも》ひながら、それでも――あの眼付《めつき》のいゝ事《こと》だけは云《い》はずに――水《みづ》の滴《た》れるやうな治兵衛《ちへゑ》だつたの、太兵衛《たへゑ》を殺《ころ》してからの治兵衛《ちへゑ》がほんとに／＼よかつたの、あんなに甘《あま》つたるくつてもちつとも厭味《いやみ》がないの、といろ／＼と讃辭《さんじ》をならべて見《み》た。

「まあ、音羽屋《おとはや》のやうないゝきな治兵衛《ちへゑ》はもう見《み》られないね。」

祖母《おばあ》さんは何《なん》と云《い》つても取《と》り合《あ》はないので、静《し》いちやんも默《だま》つて了《しま》つた。治兵衛《ちへゑ》がいゝ、いきだつて、治兵衛《ちへゑ》はいゝきぢや駄目《だめ》よ――と云《い》はうと思《おも》つたが、それよりは口《くち》をきかずに、ぢつと

夜着《よぎ》の襟《にり》のなかで、美《うつく》しい〳〵治兵衛《ちへゑ》のまぼろしを見詰《みつ》めてゐる方《はう》が嬉《うれ》しいと思《おも》つたのでよして了《しま》つた。

夜着《よぎ》のびろうどの襟《にり》がやはらかく、温《あたゝか》く静《し》いちやんの頰《はう》にさはると、それが今夜《こんや》はあの綺麗《きれい》な治兵衛《ちへゑ》の手《て》にすうと撫《な》でられたやうな氣《き》がして胸《むね》がをどつた。ぢつと眼《め》をつぶると、朱《しゆ》のふちの白《しろ》い行燈《あんどん》が浮《うか》んでくる。その傍《わき》に重《おも》さうな島田《しまだ》を俯向《うつむ》けて小春《こはる》が泣《な》いてゐる。治兵衛《ちへゑ》が――かはちやの治兵衛《ちへゑ》が波《なみ》のやうに搖《ゆ》れおちる文《ふみ》をひろげて

（長《なが》う添《そ》へと、かいてあるがな）

と身《み》を揉《も》んで泣《な》いた。飴《あめ》をねぢつては引《ひ》きのばし、引《ひ》きのばしては丸《まる》めるやうに、あの役者《やくしや》の身體《からだ》の線《せん》がうねと〳〵と、美《うつく》しく流《なが》れたりたるんだりして――まあ私《わたし》の胸《むね》の中《なか》まであの身體《からだ》の線《せん》と同《おな》じやうに美《うつく》しく流《なが》れたりたるんだりして――

静《し》いちやんは、眼《め》をあげて見《み》た。眼《ま》ぶたが熱《あつ》くなつてゐる。治兵衛《ちへゑ》の言葉《ことば》尻《たり》の、（けざな、けざな）と甘《あま》えたやうにすべつこく消《け》やして了《しま》ふやうな調子《てうし》が、静《し》いちやんの耳《みゝ》の底《そこ》にねばり付《つ》いてゐて、それが自分《じぶん》の心臓《しんざう》の奥《おく》までぢつと傳《つた》はつてくるやうな氣《き》がする。そうしてその（な）と云《い》つた調子《てうし》がお腹《なか》の中《なか》で響《ひゞ》いたと思《おも》つた時《とき》、静《し》いちやんは夜着《よぎ》の袖《そで》の中《なか》へ手《て》を入《い》れてぢつと夜着《よぎ》を抱《いだ》いた。

うと〳〵したのはもう三時《じ》も過《す》ぎた頃《ころ》だつた。静《し》いちやんはかうして、二燭《しよく》にした薄暗《うすくら》い電燈《でんとう》の影《かげ》できれいな治兵衛《ちへゑ》のまぼろしにあこがれてゐた。

それでゐて今朝《けさ》眼《め》の覺《さ》めたのは、祖母《おばあ》さんがまだ床《とこ》の中《なか》にゐる中《うち》だつた。眼《め》が覺《さ》めると静《し》いちやんは直《す》ぐ昨夜《ゆつべ》の治兵衛《ちへゑ》のことを思《おも》つた。やはらかい縞《しま》の治兵衛《ちへゑ》の着物《きもの》で、今《いま》まで静《し》いちやんの眼《め》をふさいでゐられたやうな心持《こゝろもち》だつた。それがだん〳〵遠《とほ》のいて行《い》つて、いゝ加減《かげん》なところまで治兵衛《ちへゑ》がはなれて立《た》つと、そこから静《し》いちやんの方《はう》を見《み》て、小《ちひ》さな赤《あか》い脣《くちびる》を少《すこ》し歪《ゆが》めながら笑《わら》つた。――と思《おも》つて静《し》いちやんは治兵衛《ちへゑ》の幻《まぼろし》を床《とこ》の中《なか》で追《お》つてゐた。

何《なん》だか起《お》きるのが太儀《たいぎ》だつた、起《お》きてみんなの平生《ふだん》の顔《かほ》を見《み》るのがいやだつた。阿母《おつか》さんはおさんのやうな服裝《なり》をして、あんな髮《かみ》をして、阿父さんも治兵衛《ちへゑ》のやうに髷《まげ》に結《い》つて綺麗《きれい》におしろいでもつけ

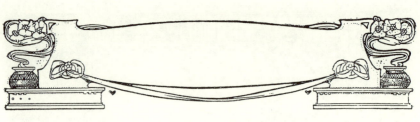

てゐればいゝのにと思《おも》つた。然《さ》う思《おも》つてから阿父《おとつ》さんの少《すこ》し禿《は》げ上《あ》がつた額《ひたひ》や、眞《ま》つ黑赤《くろあか》い大《おほ》きな額《ひたひ》付《つき》を考《かんが》へて靜《し》いちやんは可笑《をか》しくて〳〵たまらなくなつた。

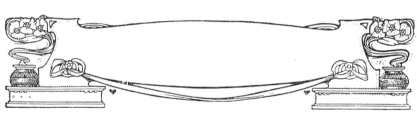

昨日《きのふ》新富《しんとみ》へ一所《しよ》にいつたお浦《うら》さんが何《なん》だか戀《こひ》しくて仕方《しかた》がなかつた。起《お》きたら直《す》ぐお浦《うら》さんのところへ行《い》つて見《み》やうかとも思《おも》ひながら、昨日《きのふ》新富《しんとみ》の桝《ます》で前《まへ》の方《はう》へ二人《ふたり》並《なら》んだ樣子《やうす》を考《かんが》へたりした。お浦《うら》さんの潰《つぶ》しはほんとに好《よ》く出來《でき》てゐた。少《すこ》うし右《みぎ》の鬢尻《びんたり》が下《さ》がつてはゐたけれども一の恰好《かつかう》つたらなかつた。それに襦袢《じゆばん》の襟《えり》の色《いろ》が着物《きもの》の茄子《なすび》色《いろ》のやうな地《ち》の色《いろ》に映《うつ》りがよくつて、昨日《きのふ》のお浦《うら》さんはいつもよりずつと容貌《きりやう》が上《あ》がつて見《み》えたつけ。

でもお浦《うら》さんは立花《たちばな》やの事《こと》ばかり云《い》つて、祖母《おばあ》さんと同《おんな》じやうに、

「上京役者《かみがたやくしや》はいけすかない。」

つて惡《わ》る口《くち》を云《い》つてゐた。私《わたし》がかはちやを賞《せ》めたら、ひさの事《こと》を贊《せい》ちやんなんて調戲《からか》つたからいやさ。でも何《なん》だか戀《こひ》しい。お浦《うら》さんだつて、實《じつ》は治兵衞《ぢへゑ》が氣《き》に入《い》つてゐたに違《ちが》ひない、でもこんな事《こと》を云《い》つたから、

「あの服紗《ふくさ》の色《いろ》を何《なに》かにつかひませうね」

つて。

靜《し》いちやんは、濃《こ》い水色縮緬《みづいろちりめん》の色《いろ》にぢつと抱《かゝ》へこまれたやうに、恍惚《うつとり》した。あの色《いろ》に絡《から》んだ治兵衞《ぢへゑ》の細《ほそ》い指《ゆび》、治兵衞《ぢへゑ》はあの服紗《ふくさ》でさん〴〵泣《な》いた。

「靜《し》いちやん、病氣《びやうき》かい。」

優《やさ》しい阿母《おつか》さんの聲《こゑ》が障子《しやうじ》の外《そと》からした。

「いゝえ、今《いま》起《お》きます。」

靜《シ》いちやんは斯《か》う返事《へんじ》してからは、思《おも》ひ直《なほ》したやうに床《とこ》をはなれて、先刻《さつき》女中《ぢよちう》が炬燵《こたつ》に火《ひ》を入《い》れて平《ふ》生着《だんぎ》をかけて行《い》つてくれたのを、急《いそ》いではがして引《ひ》つかけた。

「寐坊《ねばう》したね。」

茶《ちや》の間《ま》へ行《い》くと靜《し》いちやんは元氣《げんき》の好《い》い聲《こゑ》をして皆《みんな》に然《さ》う云《い》つた。でも皆《みんな》は、昨夜《ゆうべ》おそかつたからさ

云《い》つて何《なん》とも云《い》はなかつた。一人《ひとり》で御飯《ごはん》をすましてから、お茶《ちや》をのむ時《とき》、静《し》いちやんは、

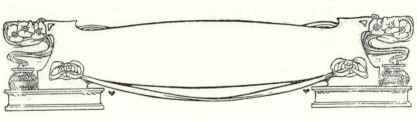

「小春《こはる》がくんで、のみやらうぞ。」

と頭《あたま》を振《ふ》つたので女中《ぢよちう》がころがつて笑《わら》つた。

静《し》いちやんは自分《じぶん》の部屋《へや》へはいると、治兵衛《ぢへゑ》の繪端書《ゑはがき》を出《だ》してながめて見《み》た。黒《くろ》い前垂《まへだれ》の少《すこ》し短《みじか》い治《ぢ》兵衛《へゑ》の恰好《かつかう》は、そんなによくとれてゐなかつたので物足《ものた》りない氣《き》がした。

静《し》いちやんは誰《たれ》かと思《おも》ふさま治兵衛《ぢへゑ》の話《はなし》をして見《み》たいのだけれども、誰《これ》も相手《あひて》がない。

矢《や》つ張《ば》りお浦《うら》さんに逢《あ》ひたいやうな氣《き》がして、行《い》つて見《み》やうかと思《おも》つてゐると、同《おな》じ友達《ともだち》のおのぶが遊《あそ》びに來《き》た。それは明日《あした》の市村座《いちむらざ》へ誘《さそ》ひに來《き》たので、二人《ふたり》は菊《きく》の字《じ》と云《い》ふひゐきを間《あひだ》にして切《き》つても切《き》れない仲宜《なかよ》しだつた。

静《し》いちやんは何時《いつ》になく憶劫《おつくふ》な氣《き》がして二長町《ちやうまち》の事《こと》を思《おも》ふのも張《に》り合《あ》ひのないやうな、熱《ねつ》のない氣持《きもち》がして默《だま》つてゐた。静《し》いちやんの小《ちひ》さな胸《むね》をいつぱいにしてゐる新《あた》らしい治兵衛《ぢへゑ》の面影《おかげ》が、静《し》いちやんの心《こゝろ》をよその芝居《しばゐ》に向《む》かせやうとさせなかつた。静《し》いちやんは自分《じぶん》の胸《むね》に思《おも》ひ染《し》みた治兵衛《ぢへゑ》の姿《すがた》を、其《そ》の儘《まゝ》抛《はふ》つて外《よそ》の役者《やくしや》の姿《すがた》を見《み》るのが何《なん》だか味氣《あぢき》ないやうな氣《き》がした。静いちやんはそんな暇《ひま》にもう一度《ど》治兵衛《ぢへゑ》の姿《すがた》が見《み》たいのだつた。

「御都合《ごつがふ》がわるくて。」

おのぶは懸念《けねん》さうに然《さ》う云《い》つて聞《き》いた。そうして菊《きく》の字《じ》の椀久《わんきう》がそりやいゝつて賞《ほ》めながら、ふつくりした頬《ほゝ》を少《すこ》し赤《あか》くした。おのぶの柔《やは》らかい手《て》は静《し》いちやんの手《て》を握《にぎ》つてゐた。其《そ》の手《て》に箝《は》めてる指《ゆび》環《わ》は静《し》いちやんのとお揃《そろ》ひの、菊《きく》を彫《ほ》つた二十二金《きん》で、裏《うら》に「五郎《らう》」と彫《ほ》つてあつた。にほひの眞珠《しんじゆ》は心持《こゝろもち》静《し》いちやんの方《はう》が大《おほ》きい。

静《し》いちやんは其《そ》の指環《ゆびわ》を見詰《みつ》めてゐると、何《なん》だか急《きふ》に濟《す》まない氣《き》がして、約束《やくそく》した戀人《こひびと》にそむいてよそに心《こゝろ》をうつしでも爲たやうな、懺悔《ざんげ》が身《み》を責《せ》めて静《し》いちやんは胸《むね》がいつぱいになつた。けれど矢《や》つ張《ば》り治兵衛《ぢへゑ》の面影《おかげ》を、自分《じぶん》の心《こゝろ》からはなして了《しま》ふのは惜《を》しかつた。

「いゝえ、行《い》かれてよ。」

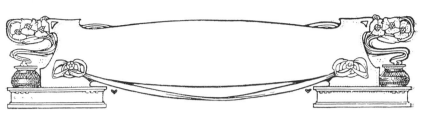

「嬉《うれ》しい、嬉《うれ》しいわね。」

おのぶは然《さ》う云《い》つてはしやいだけれども、靜《し》いちやんは餘《あま》り浮《う》かなかつた。おのぶは昨日《きのふ》の新富《しんとみ》の事《こと》を靜《し》いちやんに聞《き》いて見《み》た。靜いちやんは、

「つまらなかつたわ。」

と然《さ》う返事《へんじ》したぎり默《だま》つてゐた。おのぶは又明日《またあした》着《き》てゆく着物《きもの》の相談《さうだん》をしたり、髮《かみ》の事《こと》も聞《き》いたりしたけれども、靜《し》いちやんは何《ど》うでもいゝと思《おも》つた。いつもなら襦袢《じゆばん》の半襟《はんゑり》や菊《きく》のついたのをお揃《そろ》ひにしやうとか、簪《かんざし》も菊《きく》のつまみを一《ひ》とつ挿《さ》さうとか、いろ〳〵注文《ちうもん》をしあつて見物《けんぶつ》の前《まへ》の日《ひ》は一日《いちにち》そんな相談《さうだん》で日《ひ》を暮《く》らすのだけれども、今日《けふ》は靜いちやんには何《ど》うしてもそんな心《こゝろ》になれなかつた。着物《きもの》も髮《かみ》もおのぶの極《き》めた通《どほ》りにして　明日《あした》行《ゆ》くことだけはしつかりと約束《やくそく》した。

おのぶは、靜《し》いちやんの樣子《やうす》の違《ちが》つてゐるのが不審《ふしん》でならなかつた。何《なに》か自分《じぶん》の事《こと》で怒《おこ》られてゐるのぢやないかと思《おも》つて、いろ〳〵聞《き》かうとしても、靜《し》いちやんは頭《つむり》を振《ふ》つて、

「今日《けふ》は少《すこ》し心持《こゝろもち》がわるいもんだから。」

と云《い》つて、紙治《かみぢ》の繪端書《ゑはがき》や梅《うめ》のかんざしをおのぶに遣《や》つて了《しま》ふと、あとは默《だま》りこんでゐた。靜《し》いちやんの少《すこ》し崩《くづ》れた島田《しまだ》の前髮《まへがみ》が、物思《ものおも》ひの風情《ふぜい》らしく亂《みだ》れて白粉《おしろい》の殘《のこ》つた額《ひたひ》にふりかゝつてゐた。おのぶは、靜《し》いちやんは病氣《びやうき》なのぢやないかと思《おも》つて、若《も》し明日《あした》行《ゆ》かれないやうな事《こと》にでもなつたら、私《あたし》は一人《ひとり》でおもしろくない、と云《い》ひながら貰《もら》つた梅《うめ》のかんざしを弄《いぢ》つてゐた。銀《ぎん》いろの短册《たんざく》に「福助《ふくすけ》」とかいた處《ところ》を可愛《かあい》らしい口《くち》をしてふうと吹《ふ》いたりした。

「病氣《びやうき》になつたつて行《ゆ》くから大丈夫《だいぢやうぶ》よ。」

「ほんと。それとも何《なに》か心配《しんぱい》でもできて。」

靜いちやんは笑《わら》ひ出《だ》した。

「戀《こひ》わづらひよ。」

靜《し》いちやんは戲談《じやうだん》に然《さ》う云《い》つたのだけれども、何《なん》だか耻《はつ》かしい事《こと》を云《い》つたやうな氣《き》がして妙《めう》にてれた

おのぶは、

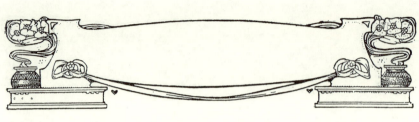

「菊《きく》…………」

と云《い》つてから、自分《じぶん》できやつと聲《こゑ》をだして靜《し》いちやんに獅嚙《しが》みついた。

「ね。嬉《うれ》しい。」

おのぶは息《いき》を詰《つ》めるやうにして然《そ》う云《い》つてから、急《きふ》にぱた〳〵と長《なが》い袂《たもと》を振《ふ》り散《ち》らかして歸《かへ》つて行《い》つた。明日《あした》はおのぶが靜《し》いちやんのところへ誘《さそ》ひにくる筈《はず》に約束《やくそく》したのだつた。おのぶが歸《かへ》つてしまふと、靜《し》いちやんは急《きふ》に淋《さび》しくなつて、おのぶのゐる間《うち》に、かはちやの事《こと》をもつと話《はな》してあの人《ひと》にも

「治兵衞《ちへゑ》はいゝわねえ。」

と云《い》はせるやうにすれば好《よ》かつたと思《おも》つた。けれど、お浦《うら》さんは立花《たちばな》、おのぶさんは菊《きく》、自分《じぶん》は——と思《おい》ふと靜《し》いちやんは、自分一人《じぶんひとり》上方《かみがた》の役者《やくしや》がいゝと思《おも》つたことをみんなに知《し》られるのも何《なん》だか面《おも》ないやうな、極《きま》りの惡《わ》るいやうな氣《き》もした。靜《し》いちやんはたゞ自烈《じれつ》たくて、じれつたくてならなかつた。

お浦《うら》さんもこなかつた。

靜《し》いちやんは芝居《しばゐ》へ行《い》つた翌日《あくるひ》はいつも斯《か》うしてぼんやりしてゐるのが癖《くせ》だつた。そうして眼《め》に殘《のこ》つた舞臺《ぶたい》の上《うへ》のはなやかな色《いろ》がだん〳〵と記憶《きおく》から消《き》えてゆくまで、靜《し》いちやんは何《なん》のお稽古《けいこ》も身《み》にしみなかつた。そうして朝《あさ》の寐覺《ねざ》めに淋《さび》しい涙《みだ》を浮《うか》べることもあつた。家内《うち》では祖母《おばあ》さんが一番《ばん》芝居好《しばゐず》きだつた。靜《し》いちやんは祖母《おばあ》さんのお相伴《しやうばん》でよく出掛《でか》けるのだつた。祖母《おばあ》さんはどんな芝居《しばゐ》を見《み》ても翌日《あくるひ》になつて靜《し》いちやんのやうに寂《さび》しさうな顏《かほ》をしてはゐなかつた。それが靜《し》いちやんには不思議《ふしぎ》なやうで、また羨《うらや》ましかつた。

「きつと、祖母《おばあ》さんは見《み》た時《とき》ぎりで忘《わす》れてしまふんぢやないかしら。」

靜《し》いちやんは然《さ》う思《おも》つて、翌日芝居《あくるひしばゐ》の噂《うはさ》をして見《み》ると、祖母《おばあ》さんは靜《し》いちやんよりも、もつと委《くは》しい役者《やくしや》の藝《げい》の細《こまか》い仕科《しぐさ》までを覺《おぼ》えてゐて、それを靜《し》いちやんに聞《き》かせたりした。けれど祖母《おばあ》さんは昨日《きのふ》芝居《しばゐ》へ行《い》つた事《こと》なんぞは十年《ねん》も前《まへ》に濟《す》んだやうな顏付《かほつき》をして、昨日《きのふ》の樂《たの》しみを追《お》ふやうな色《いろ》も見《み》せないのが靜《し》いちやんには、飽氣《あつけ》なくもあつた。

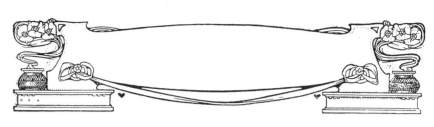

「祖母《おばあ》さんは、あれで芝居《しばゐ》が好《す》きつて云《い》ふのがをかしい。何《なに》がおもしろいんでせう。」

靜《し》いちやんは阿母《おつか》さんに然《そ》う云《い》つて聞《き》くこともあつた。祖母《おばあ》さんは若《わか》い時《とき》は、氣《き》に入《い》つた芝居《しばゐ》は同《おな》じものを二度《ど》も三度《ど》も見《み》に行《い》つたものだと云《い》はれて、靜《し》いちやんはおのぶと、

「二長町《ちやうまち》なら毎日《まいにち》行つてゐたいわねえ。」

と云《い》ひ合《あ》つて笑《わら》つたこともあつた。祖母《おばあ》さんも音羽屋《おとはや》びゐきだつた。

祖母《おばあ》さんと同《おな》じ芝居《しばゐ》を見《み》て、靜《し》いちやんには深《ふか》く彫《ゑ》り込《こ》まれたやうに殘《のこ》る役者《やくしや》の顏《かほ》や姿《すがた》が、祖母《おばあ》さんには水《みづ》でかいた程《ほど》の影《かげ》もとめないと云《い》ふのも靜《し》いちやんには不思議《ふしぎ》だつた。靜《し》いちやんは何《なに》かしら芝居《ば》《ゐ》を見るときつく胸《むね》に打《う》ち込《こ》まれたものがあつて、其《そ》れが消《き》えるまでは寂《さび》しい思《おも》ひをしなければならない様《やう》だつた。こんな煩《わづら》ひなしに祖母《おばあ》さんのやうに芝居《しばゐ》が見《み》られたら、ほんとに樂《らく》だらうと靜《し》いちやんはつく〴〵然《さ》う思《おも》ふ事《こと》があつた。

けれど祖母《おばあ》さんも若《わか》い時《とき》は、よくお友達《ともだち》とひゐき〳〵の役者《やくしや》の事《こと》で喧嘩《けんくわ》をしたりしたものだと話《はな》すのを聞《き》くと、祖母《おばあ》さんにもひゐきがあつて、其《そ》のひゐきの役者《やくしや》の事《こと》を思《おも》ふときは、私《あたし》のやうにこんなに涙《なみだ》が出《で》たりしたのかも知《し》れないと靜いちやんは察《さつ》したりした。一度《ど》祖母《おばあ》さんにそんな事《こと》を聞《き》いて見《み》やうと思《おも》ひながら、まだ聞《き》かずにあつた。

靜《し》いちやんはそんな事《こと》を考《かんが》へながら、ぼんやりと炬燵《こたつ》によつてゐる内《うち》に唯何《たゞなん》となく悲《かな》しくなつた。靜《し》いちやんは突伏《つゝぷ》してぢつとしてゐた。

小春《こはる》と治兵衛《ちへゑ》が思《おも》ひつめた顏《かほ》をして、死《し》なうと定《き》めてふら〳〵と何所《どこ》かへ出《で》ていつた。其《そ》の先《さ》きの悲《かな》しい二人《ふたり》の終《をは》りが、ふと靜《し》いちやんの胸《むね》を衝《つ》いたのだつた。あの綺麗《きれい》な小春《こはる》も死《し》んだのか。そうして治兵衛《ちへゑ》も――

靜《し》いちやんはあの氣《き》を失《うしな》つたやうな、美《うつく》しい治兵衛《ちへゑ》の眼《め》を考《かんが》へたとき、炬燵《こたつ》の上《うへ》でいつの間《ま》にか泣《な》いてしまつた。

（をはり）

2

魔

田村とし子

一

その青年と鴇子《ときこ》が手紙の往復をし始めたのは一と月ばかり前からであつた。その以前も鴇子《ときこ》の詩作がいろ〳〵な雑誌の上に現はれる度にいつも讃美をこめた青年の情緒の燃えつくやうな手紙をよこし〳〵してはゐたけれども、鴇子《ときこ》はつい返事をやる様なこともなかつた。青年は自作の戯曲の載つてゐる△△の雑誌を送つてよこしたりした。

（私はあなたの情熱の火にすべてを燒《や》き爛《たゞ》らされてしまつたやうな氣持がしてゐます、私の心臟のたゞれた痛み――私はそれに呼吸のいきの幽にふれることを思つてもふるえ上るやうな痛みを感じます――）

そんな事の書いてゐる手紙を讀むと、鴇子《ときこ》にはたゞ僅な手紙一本にも何かしらやる瀬ない思ひを漂《たゞよ》はせずにはゐられない文學好きな青年が見えるだけで、その他は何事もそら〳〵しかつた。鴇子《ときこ》は相手《あいて》にならない態度をとりながらも矢つ張りいたづらのやうに、

（あなたは一體《いつたい》どんなかたなんでせう、まだお若い方なんでせうね、私はおばあさん

です、もうおばあーさんなんです、あなたは可愛らしい坊ちやんでせう――、坊ちやんへのお愛想が上手にできるやうになつては女もつまらないものですねえ――）と書いてやつた事があつた。　青年からの手紙は殊にしげ〳〵くるやうになつて日、を續《つゞ》けて白の洋封が鴇子《ときこ》の机の上におかれる事もあつた。　さうしてこの頃は鴇子《ときこ》のことをよその小母さん、と云ふ宛名《あてな》にしてあつた。

（私はあなたがよその小母さんであることもそれ以上のこともみんな能く知つてゐるのです――私は恐しい宿命を思はされるほどあんまり私にはあなたが理解されすぎるのです――よその小母さん――然しそんな理由が私のこの憧れごゝろを抑えるのに何の役に立つでせうか、何の役にも立ちませぬ、かへつて私はその爲に色濃い幻影を生むばかりです……）

（私はゆるされるなら、私の全身をもう心からよその小母さんにさゝげてしまひたいのです、私はこんな失禮なことを申上げる私を憎いものとして、殘酷な目にあはせてやれと仰有るなら、私はどんな目にでもあはされます、――私はどんな目にでもあはれされます、私の生きたからだを切りきざまれても切りさいなまれても――唯一つ最後に呼ぶことさへ許して下されば……………）

そんな手紙の終《しま》ひにはきつと、まだ云ひ足りませぬ、云ひ足りませぬと、云ふやうなことが附けてあつた。

狹山春――青年の名は然う云ふ名であつた――鴇子《ときこ》はその名から青年の面影

4

を描かうとした事もあつた。けれどもその名によつて浮ぶ幻は、前髪に熨斗目《のしめ》の振袖をきた若衆姿であつた。上々吉彌おしろいかけねなし……………むかしの西鶴がそんな文句でも冠らせさうな…………さやましゆんさくと云ふ名が餘り綺麗すぎて美しい夢の中のやうな眉付よりほか浮んでこぬ、今の若い人にありさうな事實に近い姿はその名からでは思ひ付くことができなかつた。

一度こんな事があつた。それはよく晴れた眞晝であつたが、四谷の×橋の傍の停留場で鴇子《ときこ》が小川町行の電車を待つてゐたとき、同じやうに鴇子《ときこ》の傍に立つてゐた若い男があつた。その人は鴇子《ときこ》の顔に馴染みのある樣な笑ひを漏らしながら何か云ひかけるやうにその唇を動かしたけれども、鴇子《ときこ》が默つてゐたので男は恥ぢを含んだ眼の閃きを殘して顔をそむけて了つた。色の白い頰のふつくりした、五分刈りの頭に帽子はなかつた。さうして絣りの着物をその人は厚く着かさねてゐた。

後になつて、その邊が手紙をよこす青年のアドレスの近所であつたと氣付いてから、ふとその男が春作と云ふのだつたかも知れないと云ふ氣がした。鴇子《ときこ》の顔は雜誌に出《で》てゐた寫眞でよく知つてると云ふ事などもその青年からよこす手紙の中にあつた。その後からは鴇子《ときこ》が青年に向つて手紙を書くときは、停留場で見た若い男の樣子を想像して、その人にきめて了つてるやうな心持になることがあつた。さうしてその時は瞥《ちら》と見た若い男のふくらみのある白い頰を、時々なつかしく思ひ出すことがないで

5

もなかつた。

（僕は苦しくて〱たまりませぬ……）

（何事もどうかゆるして下さい、どうぞゆるして下さい、こんなくだらぬ事を申してたゞすみませぬ……）

手紙の中にある然う云ふ言葉の中から、鴇子《ときこ》は強ひても若い男の甘えたひゞきをふるひ上げやうとしたりした。

けれど、此方《こつち》からその云《い》ひ草《ぐさ》を可愛《かわ》いゝものにして、

（私はいまドロップを食べてゐます、その坊ちやんに一とつ、つまんでやりたくなつた……）

と云ふやうな二三行を交《ま》ぜた手紙をやつたとき、直ぐそれに乗つてまつはり付くやうなことを云つてよこすやうなことがあると、鴇子《ときこ》は嫌味《いやみ》で仕方がなくなつた。青年の手紙の中には何《ど》うかすると水つぽい嫌味《いやみ》の流《なが》れてゐることが鴇子《ときこ》に見え透かされた。

その青年から今日もまた手紙が來た。

丁度鴇子《ときこ》は鳥籠の掃除をしてゐた。今朝良人が出際に頼んで行つたことをいま思ひ出して、日射しも消えてしまつた夕方になつてから鴇子は軒の鳥籠をはづした、おろされながら籠の中の紅《べに》雀《どり》は、ちよろゝ、ちよろゝ、と忍び鳴きをしてゐた。田舎娘がいたづらに赤い色をつけてゐる様な小さい鳥は品わるい行作で宿り木に

とまつてゐた。

鵇子《ときこ》は小盥《こだらい》の中の冷めたい水に兩手をさらしながら、他《ほか》の籠にうつされて脅かされたやうに翼を窄めてゐる小鳥の方を、時々振返つて見た。　籠を洗つてしまふと、門のポストの開いた音がした。

下女の持つて來た封書をふところに入れておいて、鵇子は小鳥をもとの籠に入れてやつたり餌をくばつたりした。　さうして椽側に立つたまゝその手紙を讀んだ。　青年から來たこの手紙には、思ひ切つて打《ぶ》つ突《つ》けたやうに、また何の雜作もないやうに戀と云ふ文字がいくつも〳〵散らばつてゐた。

(私はよその小母さんを戀してゐたのです……

ゆるして下さい、私はあなたを戀してゐるのです……

名もいりませぬ、生命も要りませぬ、名よりも生命よりも私には戀が大切なのです

戀　戀　戀……

私の戀は、あなたの詩の上に現はれたあなたの思想から受ける興奮の變形なのです……

すべての物象も法則もこの戀を打消すだけの力を持つてゐませぬ……

私の戀はいつか知らずかうしてだん〳〵と募つてきました……

私はかう云ふことを申上げたと同時に死を覺悟せねばならぬことも知つてゐます……)

7

飛び〳〵に戀と云ふ字のあるところを拾つて見ると、こんな文句が拔きだされる。長い手紙であつた。さうして又まづい手紙の書きかただつた。自分でも

（こんな平凡なまづい手紙を差し上げると、折角の美しい幻影も破壞されるやうなものですけれども、私にはすべてが混亂してゐて字も何も書けないのです……）

とことわつてあつた。

こんな事を云つてよこして、何うしてくれと云ふのだらう――鴇子はかう思ひ詰めると退《の》つ引《び》きならない瀨戸際へ押しせまられたやうな當惑した氣持にもなつた。けれどまた、まだ〳〵強い男の息《いき》の力に騷ぎ立つて見たいと願つてゐる浮氣な血ではりきつてる部分を、巧みに探されてその上を輕く押してさわられたやうな小憎《こにく》い氣もされた。鴇子は片手をふところに差し入れて襦袢の襟先きをかたく握つてゐた。さうして暫らく、手紙の中の草書にくづした戀と云ふ字を見つめてゐた。

手紙はめづらしく卷紙に墨で書いてあつた。

けれど何時までもその手紙に拘泥してゐる樣な自分の樣子が鴇子《ときこ》は氣恥かしくなつた。鴇子《ときこ》は手紙から目をはなしてわざと笑つた。無暗《むやみ》とをかしいにして終《しま》はなければ胸の落着きやうのない感じがしたからだつた。さうして鴇子《ときこ》は自分の身體をひとつ所へぢつと据ゑてゐられなくなつた。

鴇子《ときこ》の調子はゴム製のはづみ玉のやうに輕くはづみ始めた。手紙を幾つにも折つてふところに入れてから、床の間の菊の花をもいで來たり、椽へ腮をのせてゐた犬の頸

を抱いたり、柱を指で叩きながら遠い〳〵空のなかへ走り込んでゆくやうな眼付で軒を見上げたりした

鴇子《ときこ》は今日の夕方、雑司ヶ谷の友達のところへ行く約束がしてあつた。けれど今日の鴇子《ときこ》の氣分は出《で》無性《ぶしやう》になつてゐたので行かないことに定《き》めてゐた。鴇子は不意とそれを思ひ付いて急に外へ出て見る氣になつた。温《ぬく》いものにそろ〳〵と胸の中を搔きまはされてゐるやうな落着かぬ心持を、外へ出て散《ち》らけてこなければ夫《をつと》にも逢ひたくなかつた。

鴇子《ときこ》は鏡の前へ行つて顔を直した。熱い湯でしぼつた手拭で顔をおさへたときに、蒸《む》されたやうな白粉の匂ひのかすかにしたのが懐《なつか》しい氣がした。鴇子《ときこ》は髪にも着物にも、強いローズの香水を一面《いちめん》にふりかけた。さうしてやはらかいコートを着て家を出た。

二

×の停車場から山の手の電車に乗つて、池袋でおりると雑司ヶ谷へ通ふ田甫道を鴇《とき》子《こ》は歩《ある》いて行《い》つた。細ながく東の方になびいてゐた赤い雲が吹き消されたやうに見えなくなつてから、急に熱のさめた銀盤の中を辿つてゆくやうに頰にあたる空氣が冷めたくなつた。森の梢の赤い葉、黄色い葉が、凋落の一瞬前を引きちゞまつてぢつと動

9

かずにでもゐるやうに僅な風のおのゝきさへも見せずにゐる。靜寂な、際限のない、銀色に塗りこめた廣い平野のところ〴〵に、薄赤いコスモスの花がひよろ高くもつれて中間に匹田絞りをちらしてゐる。鴇子は淋しい顔をしながら寒さのしみる臉をしばたゝいた。力強い男の手が自分の手を探《さぐ》らうとしてゐるやうなこそばゆい氣分がまだ鴇子の胸に消えきらずにゐる。鴇子は自分の胸から散る強い香水の匂ひをかぎながら下を向いてあるいてゐた。

雑司ヶ谷の方へ行く道を曲《まが》つてから、直ぐ右側の新しい家の前に鴇子は立つた、出《で》窓《まど》の硝子の中から見付けた女が急いで格子の方へまはつた。

「もういらつしやらないんぢやないかつて云つてましたの。」

利世子《りせこ》が然う云ひながら格子を開けた。巻子が窓を開けて其所から鴇子の方を視ながら笑つた。

洋畫をやつてる利世子が明日から赤城の方へ旅に出《で》るので今夜三人寄つて何か話をしやうと云ふ約束だつたのだけれども、わざ〳〵寄り合はうと約束して逢つた時は面白い話もなくつて別れるのがいつもの癖であつた。鴇子は疲れた目をして食卓に寄《よ》りかゝつてゐた。巻子は自分の仕事をしてゐる教會の内部の話や、傳道《でんだう》のために英米から來てゐる西洋婦人の勤勉なことなどを話してゐた。

「あの人たちは學問をする事を一とつの趣味に解してゐるのね。ミス××××なんかはバッサル大學《カレージ》を卒業して來て、宗教の爲めにいま日本語を勉強してゐるのよ。

尋常一年の讀本を持つてやつてるのよ。大きな仕事だわねえ。然うしてやつぱり凡てが世界的ね。傍にゐる私なんぞはほんとに小さなものだと思つてつく〴〵嫌になつてしまふ。」

こんな話をしても利世子《りせこ》も鴇子《ときこ》も興《きよう》に乗らないことを知つてゐる巻子は直きに止めてしまつた。

「淋しいつて？」

鴇子《ときこ》はこの間巻子から貰つた手紙のことを思ひ出してかう聞いた。鴇子《ときこ》は巻子がむいてくれた林檎をナイフで裁《た》ち割《わ》りながらそれをナイフの尖きに突きさしては口の中に入れた。さうして脂肪でねち〴〵した下腮の太《ふと》つた巻子の顔を見た。もう三十にならうとしてまだ未婚でゐるその人の鞠のやうにふくらんだ胸元《むなもと》や、小さい袖口に括り締められてる彈力のある赤味をもつた腕なぞをぢつと見てゐると、いつもながら鴇子は何も支《さゝ》へる力のない自分の身體の上へのしかゝつてくる重《おも》さを望むやうな壓迫を感じる。鴇子は何となく自分の脊筋が波のやうに搖れるやうな氣がした。鴇子の眼はくぼんで眼尻が紅《べに》をさしたやうに刻みをつけて釣《つ》れてゐた。

「今夜のあなたの顔はね、ばかに神經的よ。」

巻子は小さな初々しい眼の働きを見せながら鴇子《ときこ》の身體にぴたりと寄つてその手を取つた。巻子が鴇子《ときこ》に逢つたときは、きつとかうして鴇子《ときこ》の身體の何所かしらにその手を觸れてゐないではゐられないやうに別れるまで執拗くその肥滿つた身體を鴇

11

子にすりつけてゐる。鴇子はいつも然ぅ云ふ巻子の發作的の愛着の自由になつてゐた。

「私はねいつそ尼か救世軍にでも入《はい》らうかと思つてゐるの。ほんとうに。今の私の生活から比べたら尼の生活なんぞはなんでもない、」

巻子は聲に力を入れてゐた。

「あまになるんですつて。頭を剃つて。」

利世子は遠くの柱に寄りかゝつてゐた。さうして然《さ》ぅ聞いた。

「いつたい何うして日本の尼は頭を剃るんでせう。髪をおとすつて事は何の現はしなの。」

「禁欲の徴《しるし》ぢやありませんか――私は頭を剃ることぐらゐ何《なん》でもないと思ふ。とてもこんな欺いた苦しい生活はつゞけてゐられないんですもの――そりやあ私の生活は苦しいんですもの。」

巻子は然う云つて口を結んだ。巻子は何日中《いつかぢう》は南米へ行くと云つてゐた。それから又非常な金儲けがしたいと云つてゐた。宗教的でなくつて何か救世の大事業がやつて見たいとも云つてゐた。巻子は何時《いつ》逢つても少し話してゐるうちに直《ぢ》きに太《ふと》つた顔を倦《う》んだ血にみなぎらして眠い〳〵と云ふのが癖だつた。

吐きだしどころのない濁つた血が、だん〳〵體内を溶《とろ》かして行つて巻子の神經をにぶらせるのではないかとも思はれた。巻子の肩《かた》や股《もゝ》が鴇子にはうづく様に見えた。

12

利世子《りせこ》も鴇子《ときこ》もだまつてゐた。窓の障子の紙が紺、どさをかさねたやうに薄暗く暮《く》れてきた。利世子の妹がらんぷを點《つ》けて卓の上に載せて行つた。洋燈の蓋《かさ》の桃色絹の柔《やは》らかい色が、くすんだ人々の身の圍《まは》りに華やかな色を投げた。

「これからの一人の旅行は寂しいでせう。」

「然うでもありませんね。私はいつも一人ですから、いつだからと云つて然う一人で寂しいと思つたことはないんです。」

「私は放浪の旅を思ふけれど、けれど矢つ張り私には寂しいわ。私は何のかのと云つても生涯群《む》れの中に交《ま》ぢつてまご〳〵して暮らさなけりやならない人間に生れ付いてるのね。」

そんな聲が耳に入《はい》ると鴇子《ときこ》は氣の付いたやうに顔を上げて、みんなを見た。鴇子《ときこ》はいまふつと自分を死へ引《ひ》つ攫《さら》つてゆくやうな粘り強い執着のまぼろしに襲はれてゐた。あの青年は何時《いつ》かしら私の腕の筋肉《きんにく》を血の通はなくなつた手で、摑みしめることがあるのぢやないか。――もし、この世で凡ての誓ひがゆるされないなら海の底での始めてのキスに滿足しやうと血を狂はしてその青年に迫られるやうな事があつたら私はその時は何《ど》うしたらいゝのだらう――私はその時になつたら何所《どこ》でも好《い》い深い谷底の絶壁のそばまで引つ張つて行《い》つて、何《なに》も云はずに――ほんたうに突き落してやる。力いつぱい小突《こづ》きおとしてやる。――けれども若《も》しその時にあの青

13

年が私に最後の〇〇〇〇だけを叫んでさうして温和《をとな》しく突き落されて死んだなら――そんな事はありはしない。あの青年は自分の生に演劇的の色を塗つて見たいと思つて、その相方《あいかた》に私を選んだだけなのだ。少《すこ》し自分の顔の色が生《なま》つ白《しろ》いかどうかして芝居をやつてゐるのだ。相人《あいて》にならずにゐさへすれば手紙も來《こ》ないやうになるに違ひない。――然しその青年が女の媚《なまめ》いた肌の色を見ても直ぐ其の肌から血のふきでる程《ほど》な嚴しい亂打《らんだ》を想像するやうな肉の爲に酷《かこ》く荒びた男だつたら――鴇子《ときこ》は胸がふるえた。さうして男の皮膚の下をうねり流れてゐる淫《みだ》らな血液が白く膿《う》みかゝつたやうな冷めたいものに、ついと自分の指先が觸《ふ》れたやうにぞつとした。

鴇子《ときこ》は裸にされたやうな寒さを感じながら、友達の顔を見てさうして何《なん》ともつかず口を閉《と》ぢて笑つた。

「今夜はあなたはだんまり虫だわ。」

巻子が然う云つた。巻子の脂肪《あぶら》にぬれた冷《つ》めたい手が鴇子《ときこ》の指先をいぢつてゐた。

「今夜は少し疲れてゐるんですよ。然う見えるでせう。」

鴇子《ときこ》は然う云つてから、急に友達がなつかしくなつて三人の身體をぎゆつと抱き合はせ度いやうな氣がした。

「この儘宿《とま》りたくなつた。」

いつまでもいつまでも一緒にゐたいと鴇子《ときこ》は云ひたかつた。

「お宿《とま》んなさい。私も宿《とま》るから。その代り朝になるとあなただけ置いてきぼりよ。

14

甲野《かふの》さんは汽車に乗つちまふし。」

巻子は大きな聲で笑つた。鴇子《ときこ》はちよつとした今の友達の言葉が自分の望んだまゝに自由にさせるやうな返事でなかつたのが、つまらなくて淋しかつた。わざと戯談にした友達の言葉が何《なん》とも云へず恨めしかつた。

「歸りたくなつた。」

「ぢやあお歸んなさい。」

巻子はまた大きな聲で笑つた。鴇子《ときこ》はほんたうにコートの紐をむすんで歸り支度をした。

「ぢや、また逢ふわ。」

「ほんとに歸るんですか。」

「ほんとに歸るの。甲野さん。旅へ行つてから端書を下さる?。」

「然うですね。上げるかも知れませんけれど、でも上げなかつたら勘忍《かんにん》して下さい。」

二人は停車場まで鴇子《ときこ》を送つて來た。月の光りを一面に漂よはした廣い野は、丁度曉方《あけがた》の海面のやうであつた。別れるとき友達は鴇子《ときこ》の手を堅く握つたりした。

電車に乗つてから窓から振返ると、薄赤い停車場の明《あか》りの下に二人の顔が同じやうに薄赤く重《かさ》なり合つて此方《こつち》を見てゐた。鴇子《ときこ》は眼をはつきりと見張ることの出來ないほど神經が疲れてゐた。丁度自分の前に新聞紙でかこつたダアリヤを持つてゐる人が花を積み合はせた小口《こぐち》を此方に見せて腰をかけてゐた。鴇子《ときこ》はその濃《こ》い色彩の花片の上に、氣儘に自分の眼をうつとりと落着けてゐることの出來るのが嬉しかつた。

三

上野まで眞つ直ぐに乘り通して、明るい町を柔らかい裾を曳きずつて歩きたいやうな氣もしたのだけれども。例《いつも》の時刻に歸つて來てゐる夫《をつと》が時計の針を繰りながら自分の歸るのを待つてゐることを思ふと、鴇子《ときこ》は矢つ張り家の方へ淋しく引き付けられた。さうして鴇子《ときこ》の疲れてゐる神經に夫《をつと》の痩せた姿の輪廓だけがぽつと映《うつ》つてゐた。

鴇子は×の停車場で電車を下りた。坂を上つてゆくと、月の光りの中へ浸《ひた》し込《こ》まれてゐるやうな街燈の灯の下に、夫の類三が電車の線路の方を眺めて立つてゐた。その外套の姿に目が付くと鴇子《ときこ》は通せん棒をする樣に兩手をひろげながら息《いき》を詰《つ》めて夫《をつと》の方へ歩るいて行つた。そしてその手で輕るく類三の身體を抱いた。

「何所《どこ》へ行つたの。」

「甲野さんのところ。」

類三は鴇子《ときこ》と擦れ違ふやうにして反對の坂の下の方へ歩きだした。類三の何か云つた聲が向ふむきに響いて消えた。鴇子《ときこ》の耳には羽織の袖裏の甲《か》斐《ひ》絹《き》の擦れあふ音

16

がやさしく殘つた。

　鴇子《ときこ》はその後を一寸見送つてから又一人になつて家の方へ向つて歩いた。大きな寺院の土塀に引つ沿ふて自分の影を見詰めながら足を運《はこ》んでゐると、層をかさねて冷めたく沈んだ空氣の底から自分の名を呼ばれてゐるやうな物恐《ものお》びえのする氣持になつた。さうして誰かゞ耳の傍で囁きつゞけてゐるやうに、唇に發音の打つ突かる響きが鴇子《とゝこ》の耳元をくすぐる樣な神經的の感觸が鴇子《ときこ》の肌を粟立《あはだ》たせた。

　鴇子《ときこ》は自分の身體がかすかに慄えてゐるのを知つてゐた。足袋を穿《は》いてる足の底に冷めたいあぶらが絞りだされたやうに粘り流れてゐるのも覺えてゐた、鴇子《ときこ》は髮の毛を持つて引きずられるのに反抗する樣な、あがいた氣分で五六間驅《かけ》出した。他《ほか》に人の通つてゐない狹い通りに鴇子の足音ばかりが物を追ふやうにかた〳〵とひゞいた。意地になつて地面の下からも鴇子《ときこ》の下駄の音に調子を合はせながら槌でゞも叩き立てゝるやうに、その音が二倍にも三倍にもの大きさになつて血のさわいでる鴇子《ときこ》の心臓をおどろかした。鴇子は切迫した呼吸づかいをしながら又そろ〳〵と歩いた。さうして家へ歸つたらすぐ春作の手紙を見なければ、と思つた。

　障子を開けて茶の間へ入《はい》つたとき、電氣の光りの中へ逃げ込んだやうな眼をして鴇《とき》子《こ》は明《あか》るい座敷をなつかしさうに見まはした。其所《こゝ》には類三の夕飯をすました食卓

17

の上がまだ片付かずにあつた。　鴇子《ときこ》はすぐ自分の座敷にはいつて用箪笥の小抽斗からさつきの手紙をだして見た。

（あなたを戀してゐました）と云ふ意味の長い手紙は最前見た時の字と少しも變つてはゐなかつたが、唯戀と云ふ字の形の上に今の鴇子《ときこ》の眼には眩いやうな絢爛《けんらん》な光りが彩《いろど》られて見えてゐた。　さうして手紙をたぐる時の紙のふるえが男の咽び泣く聲のやうにも聞えた。

（あなたは眞實に死を覺悟してゐらつしやいますか。そんな事を仰有るあなたは鋭い刄物で身體を切りきざまれる以上の、もつと〳〵酷い殘酷な目にあはされるかもしれませんよ

燃えてる火へ手をつけたならあなたは身體ぢうを燒き盡されなければならないんです、あなたは私をほんとに分りもしないくせに、戀なんて、そんなことを仰しやつてはいけない、いけない、いけない、何事もだまつてゐらつしやい。だまつてゐらつしやい

あなたはきれいな夢を見て、ゐるんですけれどその夢はちきと恐しい事實になるのぢやありませんか、あなたのその戀には美しい幻影が引つ添つてゐるのぢやなくつて恐しい死が伴つてゐるのですよ

あなたの云つてゐらつしやるすべては、私は戯談だらうと思つてゐます、坊ちやんの遊戯が少し過ぎたのだらうと思つてゐます、あなたはもう決してあれ以上のこと

を私におつしやつてはいけないのです）
鴇子《ときこ》はこゝまで一氣《いつき》に書いてしまふと、ふいと肩の上から乘しかゝつてゐた魔がはなれたやうな、はなれる時に何かしら大きな聲で笑はれてその笑ひ聲ではつきりと目の覺《さ》めたやうな氣持がした。鴇子《ときこ》は自分も笑ひたくなつてペンを投げだした。若い頃にまた見たがる夢幻の中から作らへ上げた虹のやうな一句一句に、少しでも興奮されたやうな心持になつてペンを握りしめてこんな事を書いたことが、若い男と自分との對象を唯いや味にいや味にさせて何《ど》うにもならなくなつた。

鴇子《ときこ》は書きかけた手紙を机の抽斗に入れてしまつて茶の間の方に來た。下女の出してきた平常着《ふだんぎ》に着代《きか》へながら鴇子《ときこ》はわざと大きな聲で下女と無駄話をした。

類三《るゐざう》が口笛をふきながら歸つて來た。

類三《るゐざう》は鴇子《ときこ》が何所へ行つてもその出《で》た先《さ》きのすべてを聞かないでは濟まされなかつた。鴇子《ときこ》は卷子が尼になりたいと云つてゐたことを話した。

「結婚さへすりやすべて解決がつくのさ。」

類三《るゐざう》は煙草をのみながら然う云つて笑つた。

「頭を剃つてしまはう。」

何《なん》と云ふみじめな絶望の叫びだつたんだらう――――鴇子《ときこ》は友達の云つたことをいま意味もなく人に傳《つた》へてから、ふとそんな事が考へられた。さうして烈しい欲求のためにあの太《ふと》つた身體全體の血が動搖して渦卷きあがるやうな苦しさも思ひやられた。

卷子《まきこ》はいつも

「私は決してつまらない人たちの前で結婚と云ふ事は口にしない。 直ぐその人たちから誤解と侮蔑を受けるから。」

と云つてぢつと息《いき》を潜めるやうな顏をすることがある。 けれど矢つ張りあの人の精神はある滿足を強ひるために旋風《せんぷう》のやうに荒れ狂ふことがあるのだ。 そんな時宗教からでもなく救世の爲でもなくたゞ尼になりたいと叫ぶのであらう。 これほどの痛ましい聲を聞きながらあの時自分たちは靜にだまつてゐた。――別れるとき卷子の太つた顏は笑つてゐた――

鴇子《ときこ》はそんな事を考へながら類三の顏をながめてゐた。 上唇の上に短く摘《つ》んだ濃い髯をぢつと見守つてゐるうちに鴇子《ときこ》はふと夫《をつと》がなつかしくなつた。 夫と妻との僅な隔《へだ》りの間に絶えず通ひあつてゐる溫な息《い》吹《ぶき》、それが今鴇子《ときこ》の心の上に濡れた濕《しめ》りを含んだまゝふつと鮮かに吹きかけられたやうな融《と》け合つた氣分が感じられた。 鴇子《ときこ》は首をまげた儘矢つ張り夫《をつと》の顏をながめてゐた。

「好いものを見せて上げませう。」

鴇子《ときこ》は奥へ行つて春作から來た手紙をふところに入れて戻つて來た。

「よんで御らんなさい。」

鴇子《ときこ》は然う云つて、僅の時間に自分の肌のぬくもりに溫められた青年の手紙を類三に渡した。

20

だまつて其れを讀みかけた　三は、途中までくるとあとは讀まないでその手紙を傍《わき》へおいた。類三の顏に、隱さうとする人の秘密をうつかり覗いて了つたやうな人の好い表情が、現はれてゐた。二人は暫らくだまつてゐた。

「どう思つて。自分の妻君のところへこんな手紙の來たのをどう思つて。」

鴇子《ときこ》は戯れるやうに唇をちゞめて笑つた、

「なんともない」

然う云つた類三は笑はなかつた。お互の刹那の感情をそつと動かさずに過ごしてしまはうとする樣な、光りを忍ばした、然《さ》り氣《げ》のない眼色《まなざし》がぴたりと合ふと、すぐ又別々になつた。

「けれど、こんな事は何《なん》でもありやしない。ねえ然うでせう。私はこの手紙をあなたに見せて上げたくらゐですもの。」

鴇子《ときこ》は急に何事か打消《うちけ》さなければならないものがあるやうなあわてた氣持がした。

類三は鴇子《ときこ》の眼元《めもと》に平常《ふだん》見ることの出來ない色つぽいしほを見付《みつ》けてゐた。さうして、自分の身體の血がだん〳〵と強い酒の香氣のうちに浸みこんでゆくのをぢつと味はつてゐるやうな、だるさうな崩《くづ》れた素振《そぶ》りをその氣儘《きまゝ》な鴇子《ときこ》の居住《ゐずま》ひから捉へることも出來た。類三は淡《あは》い嫉妬をおこさずにゐられなかつた。

「女の胸にはひゐき役者が舞臺の上から眞《ま》つ直《す》ぐに視線を注《そゝ》いでくれた時と同じやうな蓮葉な浮《うわ》ついた心持をその男の手紙によつて受取つてゐるに違ひない。」

類三は然う思ふと「へつ」と云つて苦《にが》い一瞥を鴇子《ときこ》の面前《めんぜん》に投げつけてやり度いやうな反感《はんかん》がおこつてゐた。

「侮辱されてゐるのをお前は知らないのか。人を侮辱した手紙ぢやないか。」

類三は慳貪《けんどん》に然《さ》う云つた。

「お前《まい》の平生《ふだん》やつてゐる手紙の書きかたが悪るいんだ。お前はいつも小説でも書く氣になつて手紙を拵《こしら》へるんだから。」

さうして、引つ切りなしに何物かに悩亂されてゐるやうな鴇子《ときこ》のすべての表情を見てゐると、類三は焼《や》け銅《がね》でちり〳〵と露出した肉の上を焼きつまれてゆく様な思ひがした。

鴇子《ときこ》はだまつてゐた。さうして類三の顔に不快の色の漂つてゐるのを眺めてゐるうちに何《ど》うしたのか突拍子《とつぴやうし》もない大きな笑ひが胸の底を搖《ゆす》ぶり返し搖《ゆす》ぶり返しするやうなはしやいだ、あたけた、ふざけた、氣持になつた。

「だから何《ど》うだつて云ふんです。」

鴇子《ときこ》は然う云つてから物を開くやうな音を立てゝ笑つた。

「だから何《ど》うだとは何《なん》だ。」

「だから何《ど》うだつて云ふの。あとを云つて御らんなさい。」

鴇子《ときこ》は眼の端《ふち》を赤くして唇を乾かして笑ひつゞけてゐた。

「ぢきに動搖する女だ。」

類三の苦々しいやうに云つた言葉が、また、鴇子《ときこ》の擽《くすぐ》つたいところを一寸松葉《まつは》の先《さ》きで突《つ》ついた樣な思ひをさせた。

「え〻。私は誰とでも何時《いつ》でも心中の出來る女なんですもの。　あなたになんか、いつ、左樣ならを云ふか分りませんよ。」

鴇子《ときこ》はそんな事を云つてる間に、もう好《い》い加減色の薄くなつた愛の影の上をいろいろな繪の具で上塗りしやう上塗《うはぬ》りしやうとあせつてゐるやうな二人の間の毎日がちらりと頭《つむり》の中を過ぎて去つた。　鴇子《ときこ》は自分の眼の前に、明るい電燈の茶の間にはつきりと類三の姿を認《みと》めてゐながら、さつきの電車の中のやうに類三の瘦せた姿の輪廓だけがその揉み疲れた神經の中にぼんやりと映つた。

「春作と云ふ男は目の覺めるやうな美しい男であればい〻。　目の覺めるやうな。」

鴇子《ときこ》はそんな事を思ひながら、犬を呼びながら外に出た。　茶の間から見通しの玄關の障子に月の明《あか》りで格子の棧《さん》がうつつてゐた

（をはり）

おとづれ

田村とし子

夫《をつと》に連《つ》れられた光子《みつこ》が夫《をつと》の姉《あね》の家《うち》へ着《つ》いたのは夜《よ》るの十一時《じ》てあつた。

家《うち》のものたちは、もう皆寝《みんなやす》んでゐた。先刻《さつき》兩國《りやうごく》から出《だ》した電報《でんぱう》がつい今《いま》しがた來《き》たばかりのところて、その電報《でんはう》に起《おこ》されると、總領《そうりやう》の十九になる娘《むすめ》は火《ひ》などをおこしたり、夫婦《ふうふ》の寢床《ねどこ》を拵《こしら》へたりして待《ま》つてゐたのだつた。

その娘《むすめ》が手洋燈《てらんぷ》をつけて門《もん》を明《あ》けに出《で》て來《き》た。筒袖《つゝそで》の寢衣《ねまき》を着《き》たまゝであつた。光子《みつこ》はこの初對面《しよたいめん》の姪《めい》の前《まへ》に小《ちい》さくなつて、夫《をつと》の背《うしろ》に引《ひ》つ付《つ》くやうにして上《うへ》にあがつて行《い》つた。廣《ひろ》い八疊《でふ》の座敷《ざしき》にいつぱいにひろげた蒲團《ふとん》や、その中《なか》に雜魚寢《ざこね》をしてゐる小供《こども》たちの頭《つむり》が、玄關《げんくわん》の傍《わき》から薄暗《うすぐら》く見通《みとほ》されてゐた。茶《ちや》の間《ま》に入《はい》ると、其所《そこ》に兄夫婦《あにふうふ》の寢床《ねどこ》が延《の》べてあつた。兄《あに》は寢《ね》たきりで、起《お》きてこなかつたが、姉《あね》は寢《ね》衣《まき》の上《うへ》に平生《ふだん》の羽織《はをり》を引《ひ》つかけて火鉢《ひばち》の前《まへ》に座《すは》つてゐた。光子《みつこ》は初《はじ》めての挨拶《あいさつ》をする時《とき》その姉《あね》の顔《かほ》を見《み》て、夫《をつと》によく似《に》た、眼元《めもと》や腮《あご》のあたりに氣《き》が付《つ》いた。

「夜中《よなか》に花嫁《はなよめ》さんを引《ひ》つ張《ば》つてくるなんて、相變《あいかは》らずお前《まへ》もずぼら人間《にんげん》だね。」

姉《あね》は然《さ》う云《い》つて、薄暗《うすぐら》い隅《すみ》にゐる光子《みつこ》の方《はう》を見《み》て笑《わら》つた。娘《むすめ》は外《そと》の戸《と》じまりをして歸《かへ》つてくると、母《はゝ》に引《ひ》つ添《そ》ふて火鉢《ひばち》のところへ手《て》を出《だ》した。脊中《せなか》から腰《こし》へかけて、痩《や》せた長《なが》い線《せん》のやうなうねりが光子《みつこ》の眼《め》には、如何《いか》にもぶつきらぼうに見《み》えた。

夫《をつと》の精吉《せいきち》はその火鉢《ひばち》の前《まへ》へ洋服《やうふく》の胡座《あぐら》を組《く》んで、さも不遠慮《ぶえんりよ》にはしやいだ高笑《たかわら》ひをしたり、筒袖《つゝそで》を着《き》てる姪《めい》にからかつたり、

「兄《にい》さん、お起《おき》なさい。」

と聲《こゑ》をかけたりしてゐた。光子《みつこ》は仲間《なかま》外《はづ》れのやうに隅《すみ》の押入《をしい》れの前《まへ》に身體《からだ》を押《を》しつけながら、疲《つか》れた神《しん》經《けい》にうつゝてくる娘《むすめ》の顔《かほ》や、姉《あね》の様子《やうす》を、それでも東京生《とうきやううま》れの派出《はで》な自分《じぶん》に引《ひ》きくらべて一人《ひとり》して評《ひやう》をしてそつと眺《なが》めたりした。姉《あね》の蒼《あを》ずんだ顔《かほ》は何所《どこ》かぽつとりして、まだ老ひ込《こ》みを見《み》せないやうな張《は》りをその身體《からだ》のうちに支《さゝ》へてゐるやうなところがあつた。

身體《からだ》は水氣《すいき》でもあるやうに太《ふと》つてゐた。娘《むすめ》の顔立《かほだち》は何所《どこ》か骨々《ほねぼね》してゐながら、わるい容貌《きりやう》ではない様《やう》であつた。臺《だい》の上《うへ》においた洋燈《らんぷ》の光《ひか》りは隅《すみ》にゐる光子《みつこ》のところまでよくは届《とゞ》かなかつたので、二人《ふたり》の方《はう》からは光子《みつこ》の顔立《かほだち》や髮《かみ》の結《ゆ》ひやうが、はつきりと眼《め》に入《はい》らなかつた。娘《むすめ》は時々《ときどき》、珍《めづ》らしいものを覗《のぞ》くやうな眼《め》をして振返《ふりかへ》つて見《み》た。

「もつと此方《こつち》へ寄《よ》つたら好《い》いでせう。みんな家内《うちく》のものだから。」

姉《あね》は然《さ》う云《い》つてすゝめた。夫《をつと》はだまつてゐた。

一おそく來《き》たもんだなあ。」

兄《あに》は然《さ》う云《い》ひながら寝床《ねどこ》をはなれた。其所《そこ》には二才《ふたつ》になる赤兒《あかご》が寝《ね》かされてゐた。

「夜《よ》るになつてから急《きふ》に此方《こつち》へ來《き》て見《み》たくなつたもんですから。それに光子《みつこ》も千葉《ちば》へ行《い》つて早《はや》くみんなに逢《あ》ひ度《た》いなんと云《い》ひ出《だ》したし、それぢや直《す》ぐ行《い》かうつてことで、お驚《おどろ》かせしました。」

夫《つと》の然《さ》う云《い》つてゐる間《あひだ》、光子《みつこ》は兄《あに》と云《い》ふ人《ひと》を見《み》た。もう五十を越《こ》した、眼《め》にも髭《ひげ》にも相應《さうおう》の老《お》ひをはつ

ぎりと見《み》せてゐる、柔和《にうわ》らしい人《ひと》だつた。兄《あに》は優《やさ》しく光子《みつこ》に挨拶《あいさつ》した。光子《みつこ》は他人《たにん》の眼《め》で自分《じぶん》の外形《ぐわいけい》だけを見《み》やうとしてゐるやうな姉《あね》の冷《つ》めたい顔《かほ》や、それにこびり付《つ》いてる娘《むすめ》の横顔《よこがほ》から離《はな》れて、この兄《あに》のしやくれた頰《ほゝ》のくぼみに眼《め》を移《うつ》したとき、なつかしい氣《き》がした。光子《みつこ》が兄《あに》に對《たい》して何《なに》か云《い》つた言葉《ことば》が際立《きはだ》つて甘《あま》へたやうな親《した》しんだ調子《てうし》を持《も》つてゐた。

「こんなに遲《おそ》く上《あ》がつては、却《かへ》つてお兄《に》いさまの方《はう》で御迷惑《ごめいわく》でせうと私《わたし》が申《まを》しましたんですけれど。」

今《いま》まで口《くち》を閉《と》ぢてゐた光子《みつこ》は、兄《あに》だけにはこんな事《こと》も云《い》つた。それを聞《き》くと、兄《あに》も姉《あね》も夫《をつと》も笑《わら》つた。もう十二時《じ》を過《す》ぎてゐるからゆつくり明日《あした》話《はなし》をする事《こと》にして、寢《ね》た方《はう》が好《い》いと云《い》つて兄《あに》は直《す》ぐと寢床《ねどこ》にはいつた。夫《をつと》は故郷《こきやう》の兩親《りやうしん》の事《こと》、親戚《しんせき》の話《はなし》などを姉《あね》といつまでも交《か》はしてゐた。光子《みつこ》は娘《むすめ》に案内《あんない》されて夫婦《ふうふ》の爲《ため》に拵《こしら》へた臥床《ふしど》の方《はう》へ來《き》た。

部屋《へや》は四疊半《でふはん》で、小供《こども》の机《つくゑ》や鞄《かばん》や本箱《ほんばこ》がいつぱいに並《なら》んでゐた。夫《をつと》の話《はなし》で小供《こども》が六人《にん》ゐることは光子《みつこ》は知《し》つてゐた。光子《みつこ》は壁《かべ》にかけてあつた鏡《かゞみ》の前《まへ》へ行《い》つて自分《じぶん》の顔《かほ》を寫《うつ》して見《み》た。それを傍《わき》へよつた娘《むすめ》が覗《のぞ》くやうにして見《み》ながら親《した》しさうににつこりした。

「とんだお世《せ》話《わ》様《さま》ですわねえ。」

光子《みつこ》の調子《てうし》も柔《やは》らかゝつた。

「いゝえ。電報《でんぱう》を受取《うけと》つてから樂《たの》しみにして。」

娘《むすめ》は然《さ》う云《い》つた賢《さか》しさうな眼《め》を光《ひか》らせながら、初《はじ》めてこの叔母《をば》の顔《かほ》をぢろ〱と見《み》た。脊《せい》が光子《みつこ》よりも少《すこ》し高《たか》かつた。色《いろ》は黑《くろ》いけれどもしつかりした顔立《かほだち》が、光子《みつこ》の媚《なまめ》いたすべての色《いろ》をおしつけるやうに見《み》えた。

娘《むすめ》は二人《ふたり》の爲《ため》に寝衣《ねまき》を揃《そろ》へたりしてゐた。茶《ちや》の間《ま》の方《はう》の二人《ふたり》の話《はなし》は聲《こゑ》が低《ひく》くなつてゐて、此所《こゝ》までは聞《き》こえなかつた。光子《みつこ》はかうしてゐる間《ま》も夫《をつと》の傍《そば》をはなれてゐると云《い》ふ事《こと》が淋《さび》しかつた。然《そ》うして姉《あね》や姪《めい》などの前《まへ》も憚《はゞか》つて自由《じゆう》に夫《をつと》に口《くち》の利《き》けないのも頼《たよ》りなかつた。光子《みつこ》は默《だま》つて鏡《かゞみ》に向《むか》ひながら顔《かほ》を直《なほ》したり、髪《かみ》を直《なほ》したりしてゐた。娘《むすめ》はその白粉《おしろひ》をつけた光子《みつこ》の白《しろ》い顔《かほ》や、香水《かうすい》の匂《にほ》ひに心《こゝろ》をとられたやうに時々《ときどき》ぼんやりと鏡《かゞみ》の前《まへ》に立《た》つてゐる光子《みつこ》を見上《みあ》げた。光子《みつこ》の縮緬《ちりめん》の羽織《はをり》を着《き》た拔衣紋《ぬきえもん》にした後姿《うしろすがた》が、丁度《ちやうど》舞臺《ぶたい》に立《た》つた役者《やくしや》の姿《すがた》をでも思《おも》はせるやうな恰好《かくかう》に娘《むすめ》の眼《め》にうつつてゐた。

「さあ寝《ね》るよ。」

精吉《せいきち》はどか〳〵とこの部屋《へや》に入《はい》つて來《き》ながら然《さ》う云《い》つた。光子《みつこ》は振返《ふりかへ》つて夫《をつと》の顔《かほ》を見《み》ると微笑《びせう》した。そうして茶《ちや》の間《ま》までもう一度《ど》出《で》て行《い》つて兄夫婦《あにふうふ》にそれ〴〵挨拶《あいさつ》した。娘《むすめ》はまた洋燈《らんぷ》をもちながら光子《みつこ》を小《こ》用場《ようば》に案内《あんない》した。暗《くら》い、雨戸《あまど》のがさつな椽側《えんがは》はかなり長《なが》かつた。小用場《こようば》の小窓《こまど》から、月《つき》にうつすり照《て》らされてもや〳〵と一面《めん》に白《しろ》く見《み》える裏庭《うらには》の畑《はたけ》が見《み》えてゐた。

部屋《へや》へ戻《もど》るともう床《とこ》に入《はい》つてしまつた夫《をつと》は、小《ちい》さい聲《こゑ》で蒲團《ふとん》などの汚《きたな》いことを惡《わ》るく云《い》つて笑《わら》つた。そうして光子《みつこ》の木枕《きまくら》が低《ひく》くつて、小枕《こまくら》の堅《かた》いのを怒《おこ》つたりした。

「小學校《せうがくかう》の校長《かうちやう》ぐらゐぢや無理《むり》もないが。」

精吉《せいきち》は皮肉《ひにく》に云《い》つて、枕元《まくらもと》の自分《じぶん》の時計《とけい》を開《あ》けて見《み》た。

「もう一時《じ》だ。お前《まへ》も眠《ねむ》いだらう。」

光子《みつこ》は夫《をつと》のその言葉《ことば》を聞《き》くと、何《なん》となくがつかりしたやうな、譯《わけ》もなく恨《うら》めしいやうな氣《き》がしてだまつてゐた。それは、此家《こゝ》へ來《き》てからたつた一時間《じかん》か二時間《じかん》の間《あひだ》に、もう義理《ぎり》に對《たい》する務《つと》めと云《い》ふやうな、重《おも》い面倒《めんだう》な思《おも》ひをしたと云《い》ふことが、我《わ》が儘《まゝ》に育《そだ》つた光子《みつこ》には難《むづ》かしく應《こた》へたからであつた。そうして何所《どこ》か自分《じぶん》のまわりには圍《かこ》ひが出來《でき》て、その圍《かこ》ひの外《そと》に姉《ねえ》の眼《め》や娘《むすめ》の眼《め》の光《ひか》つてゐるやうなのが光子《みつこ》を味氣《あぢき》なからせたのだつた。一週間《しゆうかん》ばかり泊《とま》るつもりで伴《つ》れられて來《き》たのだけれども光子《みつこ》はもう明日《あした》にも東京《とうきやう》へ歸《かへ》りたいやうな思《おも》ひをして淋《さび》しく俯向《うつむ》いてゐた。

夫《をつと》の眼《め》には光子《みつこ》が雜草《ざつさう》の中《うち》にながれた花《はな》のやうに美《うつく》しく見《み》えた。光子《みつこ》のだまつてゐるのが、疲勞《ひらう》を見《み》せられてゐるやうで可憐《しほ》らしくもあつた。二人《ふたり》は暫《しばら》くかうして口《くち》を交《き》かなかつた。奥《おく》の方《はう》では寢相《ねさう》のわるい男《をとこ》の子《こ》を叱《しか》つてゐる、先刻《さつき》の娘《むすめ》の聲《こゑ》がしてゐた。

光子《みつこ》は心《こゝろ》を締《し》めてゐたのだけれども、眼《め》の覺《さ》めたときは、もう奥《おく》ではがや〳〵と騷《さわ》いでゐる聲《こゑ》がしてゐた。光子《みつこ》は起《お》きると直《す》ぐ一同《みんな》のゐる方《はう》へ思《おも》い切《き》つて出《で》て行《い》つた。五才《いつゝ》になる男《をとこ》の子《こ》が十三才《さい》になる姉《あね》に着物《きもの》を着《き》せて貰《もら》いながら、光子《みつこ》の方《はう》を見《み》ると恥《はづ》かしそうに女《をんな》の子《こ》の顏《かほ》へ摺《す》りついてしまつた。兄《あに》が箒《はうき》を持《も》つて茶《ちや》の間《ま》の掃除《さうぢ》をしてゐた。

臺所《だいどころ》に出《で》ると昨夜《ゆふべ》の娘《むすめ》が竈《かまど》の前《まへ》にしやがんでゐた。姉《あね》は赤兒《あかんぼ》に乳《ちゝ》を呑《の》ませながら十三才《さい》の子《こ》に負《お》ふはせると云《い》つて、騷々《さう〳〵》しい聲《こゑ》でその子《こ》の名《な》を幾度《いくど》も呼《よ》んでゐた。

光子《みつこ》はその中《なか》に立《た》つて何《なに》かしら手傳《てつだ》はないではゐられなかつた。臺所《だいどころ》の事《こと》は勝手《かつて》が分《わか》らなかつたので、姉《あね》が自分《じぶん》の懷中《ふところ》からはなしたがる赤兒《あかんぼ》を傍《そば》へ行《い》つて抱《だ》きとらうとした。

「まあ顏《かほ》でもお洗《あら》ひなさい。」

姉《あね》は然《さ》う云《い》つてゐたが、直《す》ぐ赤兒《あかんぼ》を光子《みつこ》に渡《わた》した。

白《しろ》い毛布《もうふ》に包《つゝ》んだ乳《ちゝ》の匂《にほ》いのする赤兒《あかご》を抱《だ》いて、光子《みつこ》は椽側《えんがは》を彼方此方《あちこち》と歩《ある》いてゐた。きめの密《こまか》い色白《いろじろ》な、毛《け》の濃《こ》い赤兒《あかご》の顔《かほ》は誰《だれ》にも似《に》ず美《うつく》しかつた。光子《みつこ》はそれだけに心《こゝろ》を惹《ひ》かれて、身體《からだ》のおもい赤兒《あかご》が光子《みつこ》の華奢《きやしや》な手《て》から落《お》ちやう〳〵とするのを、辛《や》つと抱《かゝ》へ上《あ》げては可愛《かあい》らしい眼《め》に唇《くちびる》を押付《をしつ》けて見《み》たりした。奥《をく》の座敷《ざしき》を掃《は》きだしてゐた兄《あに》が椽側《こんがは》から光子《みつこ》の方《はう》を見《み》ると、

「東京《とうきやう》の叔母《をば》さんが赤《あか》ちやんを抱《だ》いてゐなさるぜ。來《き》てごらん。」

と座敷《ざしき》の方《はう》にゐる子供《こども》にでも云《い》つてるやうな事《こと》を云《い》つて、其方《そつち》を見《み》た。其前《そのまへ》から先刻《さつき》の五《いつ》才になる子《こ》が顔《かほ》を出《だ》したが、小《ち》さい舌《した》をだして下唇《したくちびる》をなめるやうな顔付《かほつき》をすると、はにかんだやうな笑《わら》ひかたをして直《す》ぐ引《ひ》つ込《こ》んでしまつた。

弱《よわ》い洋燈《らんぷ》の灯《ひ》が底深《そこふか》く沈《しづ》んでゐたやうな、暗《くら》い陰潤《ゐんじゆん》してゐた昨夜《ゆうべ》の茶《ちや》の間《ま》は、いつぱいに朝《あさ》の日光《につくわう》が刺《さ》し込《こ》んでゐた。柱時計《はしらどけい》の音《おと》まで明《あか》るくはつきりと調子《てうし》を持《も》つて響《ひゞ》いてゐた。顔《かほ》の眞《ま》つ黒《くろ》な眼《め》の光《ひか》つた八《や》つになる男《をとこ》の子《こ》が椽側《えんがは》へ出《で》て來《き》てやんちやに足《あし》を投《な》げだしながら、竹馬《たけうま》の片々《かたく》の足《あし》を直《なほ》してゐた。この子《こ》は光子《みつこ》が今始《いまはじ》めて見《み》る子《こ》であつたが、先方《さき》は珍《めづ》らしい客《きやく》のあるやうな風《ふう》もしずに知《し》らん顔《かほ》をして光子《みつこ》の方《はう》を振向《ふりむ》いても見《み》ずにゐる。光子《みつこ》は傍《そば》へよつて、皮膚《ひふ》の一《ひ》と筋《すぢ》一《ひ》と筋《すぢ》に眞《ま》つ黒《くろ》な泥《どろ》のよごれた刻《きざ》み込《こ》んでゐるやうな、丸ゝ《まるく》した男《をとこ》の子《こ》の兩手《りやうて》の先《さ》きを上《うへ》からのぞいた。そうして何《なに》か云《い》はうとして微笑《びせう》が先《さ》きに唇《くちびる》の上《うへ》に微《かす》かに傳《つた》はつてきた時《とき》に、

「叔母《をば》さん、髮《かみ》をお結《むす》びなさい。」

と茶《ちや》の間《ま》から總領《そうりやう》の娘《むすめ》が聲《こゑ》をかけた。光子《みつこ》は赤兒《あかご》を抱《だ》いたまゝ茶《ちや》の間《ま》に入《はい》つてくると娘《むすめ》は指《ゆび》の長《なが》い痩《や》せた手《て》をずいと出《だ》して赤兒《あかご》を受《う》け取《と》つた。傍《そば》に十三の女《をんな》の子《こ》が髮結道具《かみゆひだうぐ》をならべて鏡《かゞみ》のおもてを拭《ふ》いてゐる

た。

光子《みつこ》が髪《かみ》をむすんでゐる間《あひだ》、姉《あね》も總領《そうりやう》の娘《むすめ》もわきに立《た》つて眺《なが》めてゐた。光子《みつこ》は鏡《かゞみ》の面《おもて》に時々《ときぐ》うつつてくる兩人《りやうにん》の顔《かほ》と眼《め》を見合《みあ》しては顔《かほ》を眞《ま》つ赤《か》にした。

「よく出來《でき》た、ねえ阿母《をつか》さん。」

「昨夜《ゆうべ》とは格好《かくかう》が違《ちが》つたやうな。」

兩人《ふたり》はそんな事《こと》を云《い》ひ合《あ》つた。赤兒《あかんぼ》は姉《あね》の手《て》に抱《だ》かれてゐた。そうして娘《むすめ》が特《とく》に出《だ》してきた香油《かうゆ》は一と瓶《びん》一圓《ゑん》以《い》上《じやう》するのだと光子《みつこ》に云《い》つた。

「どうせ、そんな高《たか》いものは、貰《もら》はんにや家《うち》なぞにはないこつた。」と云《い》つて姉《あね》は笑《わら》つた。

十三才《さい》になる子《こ》はボール製《せい》の折箱《をりばこ》を持《も》つて來《き》て、中《なか》からいろ／＼なリボンを出《だ》して光子《みつこ》に見《み》せた。線病《せんびやう》質《しつ》らしい頸《くび》のほそい、小《ちい》さな眼《め》の何所《どこ》か絶《た》へずおづ／＼してゐるやうな風《ふう》の見《み》える子《こ》であつた。今朝《けさ》光《みつ》子《こ》が起《お》きてから、「はい。はい。」と云《い》ふ心持《こゝろもち》の快《い》い、人《ひと》に氣《き》を焦《い》らさせぬと云ふやうな注意《ちうい》をもつた女《をんな》の子《こ》の返事《へんじ》を、幾度《いくど》も幾度《いくど》も耳《みゝ》にした。光子《みつこ》はその子《こ》の手《て》でひろげられる赤《あか》い色《いろ》淡紅色《ときいろ》の巾《はゞ》びろなリボンを、一《ひ》とつゞゝ手《て》にとつて眺《なが》めてやつた。

「この子《こ》はリボン氣狂《きちが》ひなんです。」

總領《そうりやう》の娘《むすめ》は傍《わき》から口《くち》をだした。

髪《かみ》を結《ゆ》へて了《しま》ふと、光子《みつこ》は禮《れい》を云《い》つて其所《そこ》を片付《かたづ》けやうとしたが、十三の子《こ》が、

「あたしも髪《かみ》を結《ゆ》ひますから。」

と云つて光子《みつこ》の坐《すわ》つたあとへ直《なほ》つて、一人《ひとり》で髪《かみ》をときはじめた。光子《みつこ》は外《そと》に出《で》て汲《く》み井戸《ゐど》の傍《わき》へ顔《かほ》を洗《あら》

ひに行《い》つた。

其所《そこ》に十六になる、中學《ちうがく》へ通《かよ》つてゐる男《をとこ》の子《こ》が立《た》つて顔《かほ》を洗《あら》つてゐた。總領《そうりやう》の娘《むすめ》が湯《ゆ》どのゝ方《はう》から金盥《かなだらひ》に湯《ゆ》を汲《く》んで運《はこ》んできた。

光子《みつこ》はお湯《ゆ》だけを使《つか》ふと、昨夜《ゆうべ》の寐間《ねま》へ入《はい》つて御園《みその》の粉《こな》で化粧《おつくり》をしながら、まだ寐《ね》てゐる夫《をつと》を起《おこ》して見《み》た。

「精吉《せいきち》、精吉《せいきち》、起《お》きないか。」

然《さ》う云《い》ふ姉《あね》の聲《こゑ》が襖《ふすま》の外《そと》でした。

光子《みつこ》は此所《こゝ》に入《はい》ると、もう奥《おく》へ出《で》て行《ゆ》くのが憶劫《おつくう》で、夫《をつと》の夜着《よぎ》の裾《すそ》の方《はう》にぐたりと身體《からだ》を横坐《よこすわ》らせたまゝ、ぼんやりと窓《まど》から見《み》える門《もん》のわきの汲《く》み井戸《ゐど》を眺《なが》めてゐた。

多《おほ》くの家族《かぞく》たちが交《かは》る〳〵其所《そこ》で顔《かほ》を洗《あら》つては引《ひ》つ返《かへ》して行《い》つた。光子《みつこ》の眉《まゆ》には累《わづら》はしい思《おも》ひがあつまつてゐた。

光子《みつこ》はまた「叔母《をば》さん〳〵」と呼《よ》ばれた。奥《おく》の坐敷《さしき》には火鉢《ひばち》に熾《おこ》つた火《ひ》を盛《も》り上《あ》げて、傍《わき》に客《きやく》の坐蒲團《さぶとん》が敷《し》いてあつた。其所《そこ》に赤兒《あかご》をあやしながら長《なが》い膝《ひさ》を折《を》つて兄《あに》が坐《すわ》つてゐた。光子《みつこ》は其所《そこ》に手《て》を突《つ》くと朝《あさ》の挨拶《あいさつ》を丁寧《ていねい》にのべて、赤兒《あかご》にお愛想《あいさう》あやしをしたりした。子供《こども》たちは茶《ちや》の間《ま》で茶椀《ちやわん》の音《おと》をやかましく立《た》てながら朝飯《あさめし》を食《た》べてゐた。

子供《こども》たちが學校《がくかう》の道具《どうぐ》を四疊半《でふはん》に取《と》りに行《ゆ》くと、そのうるさゝで精吉《せいきち》は起《おこ》されてしまつた。總領《そうりやう》の娘《むすめ》は町《まち》の女學校《ぢよがくかう》に通《かよ》つてゐた。それ〳〵に袴《はかま》をつけたり鞄《かばん》を抱《かゝ》へたりして玄關《げんくわん》を出《で》てゆく時《とき》、どの子供《こども》が早《はや》退《び》けにして來《く》ると云《い》ふやうな事《こと》を云《い》つてゐた。

「つね子《こ》（總領《そうりやう》の娘《むすめ》）だけ早《はや》く歸《かへ》つてこられんか。」

兄《あに》が聲《こゑ》をかけると光子《みつこ》も玄關《げんくわん》へ出《で》て行《い》つた。つね子《こ》は海老茶《えびちや》の袴《はかま》をはいて、長《なが》い羽織《はをり》の裾《すそ》を土間《どま》に引《ひ》きずらせながら、其所《そこ》にしやかんで下駄箱《げたばこ》から下駄《げた》を出《だ》してゐた。

「今日《けふ》はお晝《ひる》までゞ歸《かへ》つて來《き》ます。」

つね子《こ》は然《さ》う云《い》つてから光子《みつこ》の顏《かほ》を見《み》て笑《わら》つた。

「つね子《こ》は今日《けふ》は行《い》かんでもいゝのだけれど、まる〳〵缺席《けつせき》すると云《い》ふのはよくないと云《い》ふので。」

姉《あね》が然《さ》う云《い》ひながら出《で》て來《き》た。

「ほんとに學校《がくかう》へ行《ゆ》く時分《じぶん》は缺席《けつせき》するのが一番《ばん》いやですわね。」

光子《みつこ》は成《な》る丈打解《たけうちと》けるやうな言葉附《ことばつき》でつね子《こ》の顏《かほ》を見《み》ながら云《い》つた。つね子《こ》はお晝《ひる》から山《やま》の方《はう》へ遊《あそ》びに行《ゆ》くと云《い》つて出《で》て行《い》つた。

上《うへ》の子供《こども》たちが居《ゐ》なくなると、五《いつゝ》才になる子《こ》は一同《みんな》に甘《あま》へて後《あと》を追《お》つてあるいた。光子《みつこ》の傍《そば》へ坐《すわ》り込《こ》んで、

「これ、東京《とうきやう》の叔母《をば》ちやん。」

と父親《てゝをや》に聞《き》いたりした。

光子《みつこ》はこの子《こ》が好《す》きだつた。すべてが小《ちひ》さく整《とゝの》つた爪先《つまさき》や、頸《くび》の恰好《かくかう》を見《み》てゐると、一寸《ちよつと》さわつて惡戲《いたづら》でもしてやり度《た》いやうな可愛《かあい》らしさがあつた。光子《みつこ》が頭《つむり》を撫《な》でたり、指《ゆび》を玩弄《おもちや》にしたりしてやると、其《そ》の子《こ》は直《す》ぐに懷《なつ》いて膝《ひざ》の上《うへ》に凭《もた》れたり、光子《みつこ》の肩《かた》に寄《よ》りかゝつたりした。

「おい俺《おれ》の叔母《をば》さんだぞ。お前《まへ》の叔母《をば》さんぢやないんだぞ。」

精吉《せいきち》は然《さ》う揶揄《からか》つて、わざと光子《みつこ》の手《て》を引《ひ》つ張《ば》ると、男《をとこ》の子《こ》は泣面《べそ》をかいて、

「あたいの叔母《をば》ちやんだい。叔父《をぢ》ちやんのぢやないや。」

と怒《おこ》つたりするやうになつた。

「いやにいぢ〳〵した小供《こども》だ。生《うま》れ損《そくな》ひ見《み》たいな子《こ》だなあ。」

精吉《せいきち》は小聲《こごゑ》で光子《みつこ》に忌々《いま〳〵》しそうに云《い》つた。光子《みつこ》は笑《わら》ひながら、

「そんな事《こと》云《い》つて、きつと分《わか》るでせう。利口《りこう》そうな子《こ》だから。」

「おい。お前《まへ》の耳《みゝ》はつんぼか。」

精吉《せいきち》は又《また》然《さ》う云《い》つて男《をとこ》の子《こ》の耳《みゝ》を引《ひ》つ張《ば》つたりした。小供《こども》は耳《みゝ》をつかみながら、

「つんぼぢやないよ。」

と云《い》つてにや〳〵笑《わら》つてゐた、
夫婦《ふうふ》は其所《そこ》で朝《あさ》の膳《ぜん》を馳走《ちさう》になつた。姉《あね》のわざ〳〵煮《に》たと云《い》ふ鶉豆《うづらなめ》だの、丹精《たんせい》して漬《つ》けたと云《い》ふ白辣韮《しろらつきやう》だのがあつた。光子《みつこ》は何《ど》うしても飯《いひ》がすゝまなかつた。

「田舎《ゐなか》のものはまづいでせう。」

姉《あね》に然《さ》う云《い》はれるのが光子《みつこ》は當《あ》てつけられるやうで辛《つら》くも思《おも》はれてゐた。

兄《あに》も出勤《しゆつきん》してしまつた。

精吉《せいきち》は日向《ひなた》の椽《えん》に足《あし》を投《な》げだして畑《はたけ》とも庭《には》ともつかない廣《ひろ》い圍《かこ》ひのうちを眺《なが》めてゐた。兄《あに》の借着《かりぎ》の木綿《もめん》絣《かすり》の着物《きもの》に、黒《くろ》いメリンスの兵子帯《へこおび》をちよつきりと結《むす》んでゐるのが、光子《みつこ》の眼《め》には夫《をつと》の書生時代《しよせいじだい》の姿《すがた》を見《み》てゐるやうでなつかしかつた。男《をとこ》の子《こ》は叔父《をぢ》にからかはれながら、椽《えん》に投《な》げ出《だ》した足《あし》にからみ付《つ》いてゐた。

臺所《だいどころ》を片付《かたづ》けた姉《あね》は其所《そこ》へ來《く》ると、多《おほ》くの小供《こども》の一人《ひとり》々〱々の性格《せいかく》なぞを話《はな》した。總領《そうりやう》の娘《むすめ》が稀《まれ》な勉強家《べんきやうか》て、女學校《ぢよがくかう》ていつも首席《しゆせき》をしめてゐる自慢《じまん》なぞもあつた。

「この子《こ》はお醫者《いしや》さんかな。」

然《さ》う云《い》つて男《をとこ》の子《こ》の頭《あたま》を撫《な》てゝゐた。一番目《ばんめ》の男《をとこ》の子《こ》は技師《ぎし》、二番目《ばんめ》は軍人《ぐんじん》、然《さ》う定《き》めてあると云《い》つて姉《あね》は多《おほ》くの寶《たから》を兩《りやう》の手《て》に握《にぎ》つてゐるやうな表情《へうじやう》をした。

精吉《せいきち》は「うん。うん。」と空返事《そらへんじ》をしてゐた。

姉《あね》は又《また》、これ丈《だけ》の小供《こども》の爲《ため》に始終《しじゆう》健康《けんかう》を損《そこ》ねてゐることや、遂々《とう〳〵》下女《げぢよ》も置《お》かずに一人《ひとり》の手《て》てこれだけの家内《かない》の切《き》りもりをして來《き》たことなぞを、愚痴《ぐち》ともつかず、若《わか》いものへの敎訓《けうくん》ともつかず、二人《ふたり》に向《むか》つて話《はな》しつゞけた。

「私《わたし》はお恥《はづ》かしことだが一字《じ》も見《み》えんのですよ。それて小供《こども》の敎育《けういく》だけは何《ど》うても立派《りつぱ》にせにやならんと思《おも》つて、つね子《こ》も高等女學校《かうとうぢよがくかう》まて入《い》れたし、まもる（男《をとこ》の子《こ》）も中學《ちうがく》までやらせる事《こと》にしたし、其《そ》れ丈《だけ》の敎育《けういく》を與《あた》へてやれば、後《あと》はどうなつたからと云《い》つて安心《あんしん》が出來《でき》ますからなあ。これ丈《だけ》に仕上《しあ》げてくるのは大骨《おほぼね》だ、精吉《せいきち》なぞもちつと姉《あね》の手助《てだす》けをせんならんのだが――まあ今《いま》に、自分《じぶん》て子供《こども》を持《も》つて見《み》ると姉《ねえ》さんの骨折《ほねを》りが知《し》れる。」

姉《あね》はこんな事《こと》を云《い》つた。光子《みつこ》は默《だま》つて聞《き》いてゐた。奇麗《きれい》な彩《あさ》で織《を》り込《こ》まれた、華《はな》やかな新婚《しんこん》の夢《ゆめ》てうつとりしてゐる二人《ふたり》の胸《むね》は、まだ〳〵小供《こども》と云《い》ふ酷《むご》い現實《げんじつ》の前《まへ》に無理《むり》から覺《さ》まされやうとは思《おも》ひもよらない事《こと》であつた。姉《あね》の言葉《ことば》を聞《き》きながら、光子《みつこ》は夫《をつと》の日《ひ》の照《て》る横顔《よこがほ》の男《をとこ》らしい艶《つや》を眺《なが》めてゐた。精吉《せいきち》は自《じ》分《ぶん》の裾《すそ》の方《はう》から匂《にほ》つてくる光子《みつこ》のつけ馴《な》れた香水《かうすい》の香《か》をなつかしんでゐた。言葉《ことば》が切《き》れると姉《あね》は光子《みつこ》のお召《めし》の羽《は》織《をり》の襟先《えりさき》をつまんで、手《て》の中《うち》へ引《ひ》き上《あ》げるやうにしてぢつと眺《なが》めてゐた。

（完）

「黴」のお銀

田村とし子

近頃《ちかごろ》の作物《さくぶつ》に稀《まれ》なくらゐ、最《もつと》も巧《たく》みに描《ゑが》かれてゐると云《い》ふ「黴《かび》」のお銀《ぎん》に就《つ》いて、私《わたし》に何《なに》か云《い》へ、との御註《ごちう》文《もん》でございますが、私《わたし》なぞが拝見《はいけん》いたしましても、あの平凡《へいぼん》な特色《とくしよく》のない、際立《きはだ》つた感情《かんじやう》の見《み》えない女《をんな》を、よくまああの儘《まゝ》眞《ま》つ直《す》ぐに描《ゑが》かれたことだとおどろいたのです。それから先月號《せんげつがう》の「新潮《しんてう》」の皆様《みなさま》の御批評《ごひひやう》の中《なか》にてお銀《ぎん》が殊《こと》によく描《ゑが》かれてゐると御座《ござ》いますが、あの中《なか》で殊《こと》にお銀《ぎん》のよく描《ゑが》き現《あら》はれてゐるところを御《ご》指摘《してき》なすつた箇所《かしよ》で、私《わたし》なぞの感《かん》じたことゝは全然《まるで》反對《はんたい》に解釋《かいしやく》なすつてゐらつしやるのが御座《ござ》いました。大家《たいか》のお作《さく》を大家《たいか》がたが御批評《ごひひやう》なさいましたのに私《わたし》なぞの口《くち》を出《だ》すと云《い》ふのは、烏滸《をこ》がましいやうですけれ共《ども》、何故《なぜ》同《おな》じ書《か》き現《あら》はしたものを觀《み》た上《うへ》に、斯《か》う違《ちが》つた感《かん》じが得《え》られるのか、それが不思議《ふしぎ》でございましたから、それだけを申《まを》して見《み》ませう。

お銀《ぎん》と云《い》ふ女《をんな》は無教育《むけういく》ですが中々《なか／＼》小利口《こりこう》な女《をんな》だと思《おも》はれました。さうして利己《りこ》なところがあつてあんな關係《くわんけい》から夫婦《ふうふ》になつた笹村《さゝむら》と云《い》ふ男《をとこ》にもお銀《ぎん》は自分《じぶん》を失《うしな》つてまでも取《と》り着《つ》いてゐると云《い》ふやうな、女《をんな》らしい誠意《せいい》と云《い》ふやうなものをあの女《をんな》は現《あら》はしてゐません、笹村《さゝむら》の前《まへ》で平氣《へいき》で――むしろ其《そ》れを興味《きようみ》らしく昔自分《むかしじぶん》の關係《くわんけい》した男《をとこ》のことなぞを口《くち》にすると云《い》ふのからして、私《わたし》にはお銀《ぎん》と云《い》ふ女《をんな》が生半通《なまはんつう》な、ほんとうの情愛《じやうあい》と云《い》ふものを解《かい》してゐない薄《うす》つぺらな人間《にんげん》に思《おも》はれるのでした。さうして、昔《むかし》の關係《くわんけい》した礒谷《いそや》だの榮《さかえ》だのと云《い》ふ男《をとこ》のことなぞを、滿更《まんざら》惡《わる》い男振《をとこぶ》りではなかつた様《やう》

67

に云《い》つたり、その男《をとこ》たちが別《わか》れてからも自分《じぶん》の後《あと》を追《お》ひまはしたやうに笹村《さゝむら》に話《はな》すところなぞが、少《すこ》しても自分《じぶん》と關係《くわんけい》のあつた男《をとこ》は男振《をとこぶり》の好《よ》かつた樣《やう》に笹村《さゝむら》に云《い》つておき度《た》いと云《い》ふ、田舎《ゐなか》臭《くさ》い好《い》い女氣取《をんなきど》りの見得《みえ》つ張《ぱ》りが私《わたし》なぞには厭《いや》に思《おも》はせました。

　このつまらない見得《みえ》つ張《ぱ》りと無智《むち》な女《をんな》の負《ま》けじ根性《こんじやう》とが、お銀《ぎん》と云《い》ふ女《をんな》の全體《ぜんたい》に調子《てうし》を付《つ》けてゐます。子《こ》供《ども》を生《う》んでも笹村《さゝむら》との仲《なか》に出來《でき》た子供《こども》と云《い》ふなつかしい愛情《あいじやう》は少《ち》つともなくなつて、唯自分《たゞじぶん》の腹《はら》を痛《いた》めた子《こ》供《ども》と云《い》ふ考《かんが》へしきやない。宮詣《みやまゐり》の着物《きもの》が七十六錢《せん》の浴《ゆ》衣《かた》だと云《い》つて涙含《なみだぐ》むと云《い》ふのも、自分《じぶん》の生《う》んだ子《こ》に着《き》せる宮詣《みやまゐ》りの着物《きもの》が僅《わづ》かこんなものだと云《い》ふ悲《かな》しみなので、あんな乏《とぼ》しい中《なか》に出來《でき》た子供《こども》なのだから近所《きんじよ》への配《くば》りものとか何《なん》とかそんな見得《みえ》は打《う》つ捨《ちや》つて唯二人《たゞふたり》の仲《なか》に出來《でき》た子供《こども》と云《い》ふだけの女《をんな》の情《じやう》らしい懷《なつか》しさを含《ふく》んでくれると好《い》いと思《おも》ひますが、お銀《ぎん》にはそんな情《じやう》味《み》はちつともない。きれいな子《こ》だとか云《い》つて褒《ほ》めてるのも、私《わたし》には、唯《たゞ》お銀自身《ぎんじしん》の自慢《じまん》だけの事《こと》としきや受《う》け取《と》れませんでした。何所《どこ》を連《つ》れて歩《ある》いても引《ひ》け目《め》を取《と》らない奇麗《きれい》な子《こ》だと云《い》ふ、お銀《ぎん》の虚榮《きよえい》を滿足《まんぞく》さした喜《よろこ》びだけなのです。

　お銀《ぎん》はかう云《い》ふ心持《こゝろもち》ですべてに對《たい》してゐるのだと思《おも》ひます。後學《こうがく》の爲《ため》だとか云《い》つてお銀《ぎん》はよく人《ひと》の家庭《かてい》を見《み》たがる、さうしてお銀《ぎん》の狹《せま》い見地《けんち》から割《わ》り出《だ》した乏《とぼ》しい智識《ちしき》で、すべてを判斷《はんだん》したり缺點《けつてん》を上《あ》げようとしたり、師匠《ししやう》のお葬式《とむらひ》の時《とき》にも「おともらひが見《み》たい」と云《い》つてお銀《ぎん》は車《くるま》で駈《か》け付《つ》けて行《い》つたけれども間《ま》に合《あ》はなかつたと云《い》つて、笹村《さゝむら》に女《をんな》たちの衣服《いふく》の樣子《やうす》だけを聞《き》いたりするところなぞ、いかにも無識《むしき》な淺墓《あさはか》な女《をんな》がはつきりと現《あら》はれてゐると思《おも》ひました。さうして越《こ》した先《さ》き〳〵て直《ち》きと近所《きんじよ》の人《ひと》と懇意《こんい》になつたり、近所《きんじよ》の子供《こども》を連《つ》れて來《き》たりするところが、下層社會《かそうしやくわい》の女《によう》房《ばう》たちを聯想《れんさう》させるやうです。お銀《ぎん》の性質《せいしつ》がおとなしい方《はう》でなくつて蓮《はす》つ葉《ぱ》な浮《うは》つ調子《てうし》ですから何《ど》うかすると高等金棒《かうとうかなぼう》のやうな感《かん》じを持《も》たせます。從《したが》つて無邪氣《むじやき》とか可憐《かれん》とか云《い》ふ柔《やは》らかい同情《どうじやう》の起《おこ》るやうな心持《こゝろもち》も態《たい》度《ど》もお銀《ぎん》の上《うへ》から取《と》り得《う》ることが出來《でき》ませんでした。

お銀《ぎん》の性格《せいかく》は教育《けういく》されてゐないだけにある程度《ていど》まで生一本《きいつぽん》で出《で》てゐます。其爲《そのため》に正直《しやうぢき》だと思《おも》はせるやうなところはありますが、それが又《また》この女《をんな》の人《ひと》に負《ま》けまいとする我《わ》を強《つよ》めてゐて、時《とき》には反感《はんかん》の起《おこ》るやうなところがないでもありません。さうして子供《こども》の時《とき》から低級《ていきふ》な家《いへ》に養《やしな》はれて、今《いま》の文教《ぶんけう》の力《ちから》を殆《ほと》んど少《すこ》しも受《う》けることなしに、第《だい》三層《そう》あたりの實社會《じつしやくわい》の實生活《じつせいくわつ》から受《う》けた、極《ご》く低《ひく》い經驗《けいけん》を毎日《まいにち》味《あぢは》ひながら、書物以外《しよもついぐわい》、學校《がくかう》以内《いない》に小《ちひ》さな家庭《かてい》やら、亂雑《らんざつ》な不秩序《ふちつじよ》な近隣《きんりん》から親族《しんぞく》やらから受《う》ける刺撃《しげき》だの感化《かんくわ》だので、相應《さうおう》に智恵《ちゑ》づけられたお銀《ぎん》は、叔父《をぢ》さんが道樂《だうらく》をしてゐる時分《じぶん》に方々《はう〳〵》から集《あつま》つた手拭《てぬぐひ》を丹念《たんねん》に仕舞《しま》つておつて、其《そ》れを笹村《さゝむら》の家《いへ》で使《つか》つてゐたり、行方《ゆくへ》を失《うしな》はれた叔父《をぢ》さんよりはそれと一所《いつしよ》になくされた自分《じぶん》の着物《きもの》が惜《を》しかつたり、する心持《こゝろもち》に最《もつと》もよく現《あら》はれてゐると思《おも》ひました。笹村《さゝむら》と關係《くわんけい》の出來《でき》た初《はじ》め頃《ころ》に笹村《さゝむら》から珊瑚《さんご》の玉《たま》か何《なに》かを貰《もら》ふところで、すぐお銀《ぎん》はそれを簪屋《かんざしや》でふまして見《み》るわと云《い》ふやうな事《こと》を云《い》つてる。小《ちひ》さい時《とき》から世帯《しよたい》の苦勞《くらう》を見拔《みぬ》いて育《そだ》つてきたお銀《ぎん》には、こんな慘《いた》ましいさもしい樣《やう》な考《かんが》へが始終《しじゆう》はなれないのが、何《なん》だか私《わたし》には其所《そこ》だけが哀《あは》れで悲《かな》しいやうな氣《き》がしたのです。

笹村《さゝむら》と子供《こども》と三人《にん》で成田《なりた》へ行《ゆ》く時《とき》、プラットホームを歩《ある》いてゐた笹村《さゝむら》がお銀《ぎん》に「家鴨《あひる》のやうだ」と惡口《わるくち》を云《い》ふところがあります。お銀《ぎん》は唯輕《たゞかる》く「そんなに肥《ふと》つてゐて、」と聞《き》き返《かへ》してゐますがあの時《とき》のお銀《ぎん》には家鴨《あひる》と云《い》ふやうな醜《みにく》い形《かたち》の比喩《ひゆ》を夫《をつと》から聞《き》かせられても、其《そ》れを眞正面《まとも》に受《う》けないほどの、まだ〳〵自分《じぶん》の形《かたち》や恰好《かつかう》に己惚《うぬぼ》れを持《も》つてゐた。それが二人目《ふたりめ》の子供《こども》が出來《でき》る頃《ころ》から、お銀《ぎん》の身體《からだ》に疲勞《ひらう》と衰頽《すゐたい》が現《あら》はれてきて其《そ》れと一所《いつしよ》にこの女《をんな》の意地《いぢ》つ張《ぱ》りな、見得坊《みえばう》がだんだんと隠《かく》されて行《ゆ》くやうに思《おも》ひました。笹村《さゝむら》が旅《たび》から歸《かへ》つて來《き》た時《とき》、今迄《いまゝで》にない優《やさ》し味《み》がお銀《ぎん》の態度《たいど》に現《あら》はれてゐるところが最《もつと》も私《わたし》の心《こゝろ》を惹《ひ》いたのです。

こんなベッドの新《あた》らしみは長《なが》くは續《つゞ》かなかつた。枕紙《まくらがみ》に染《し》みついた女《をんな》の髮《かみ》の匂《にほ》ひの胸《むね》をつまらす時《とき》が直《ぢ》

69

きに來《き》た。笹村《さゝむら》が渇《かつ》えてゐた本《ほん》を枕元《まくらもと》で擴《ひろ》げるやうになると、解放《かいはう》された女《をんな》も長四疊《ながよでふ》の方《はう》で、のび／＼と手足《てあし》を伸《のば》して寢《ね》るのを淋《さみ》しがらなくなつた。

これが笹村《さゝむら》の旅《たび》から歸《かへ》つて來《き》た當座《たうざ》なのですが、此《こ》所《こ》にこの女《をんな》の我意《がい》を投《な》げた、笹村《さゝむら》に對《たい》しては初《はじ》めから強《つよ》い愛《あい》も感《かん》じてゐなかつたお銀《ぎん》が、だん／＼に夫《をつと》の方《はう》へ身體《からだ》を寄《よ》せかけてしまつて唯《たゞ》その肉《にく》をむさぼる儘《まんま》に任《まか》せてゐると云《い》ふやうな、慘酷《むご》い悲《かな》しみを感《かん》じたのです。

お銀《ぎん》はかうして段々《だん／＼》と夫《をつと》の手《て》にすべてを虐《しひた》げられて行《い》つて、唯夫《たゞをつと》の前《まへ》に媚《こ》びたりお世辭《せじ》を云《い》つたりするやうな臆病《おくびやう》な女《をんな》になつてゆきます。昔《むかし》と違《ちが》つて家庭《かてい》が相當《さうたう》に大《おほ》きくなればなるほど、お銀《ぎん》は夫《をつと》の權威《けんゐ》の前《まへ》に跪《ひざまづ》いて、夫《をつと》の御機嫌《ごきげん》をとる樣《やう》に女《をんな》になつてゆく樣《やう》です。それてお子供《こども》を入院《にふゐん》させる時《とき》に「子供《こども》にとメリンスの蒲團《ふとん》ぐらゐは新《あた》らしく拵《こしら》へてやらなければ」と云《い》ふ樣《やう》な見得《みえ》を云《い》つてるところか、娘時分《むすめじぶん》磯谷《いそや》からもらつた手紙《てがみ》を「背負《しよつ》上《あ》げの中《なか》なぞへ入《い》れておくと云《い》ふがお前《まへ》も然《さ》うか。」と笹村《さゝむら》に聞《き》かれて、自分《じぶん》も然《さ》うだつたと云《い》つてるところが、ほんとに背負《しよひ》上《あ》げに入《い》れてゐた譯《わけ》でもなかつたのだらうけれども、自分《じぶん》の戀物語《こひものがた》りに一寸《ちよつと》艶《つや》をつけやうと云《い》ふ樣《やう》な見《み》え透《す》いた技巧《ぎこう》を、今《いま》になつても繰返《くりかへ》してゐるところが、この女《をんな》の面目《めんもく》を實《じつ》によく現《あら》はしてゐると思《おも》ひました。

然《しか》しこんなお銀《ぎん》の見得《みえ》も哀《あは》れな思《おも》ひ出《で》になるやうな、芝居《しばゐ》の立見場《たちみば》で卒倒《そつたう》した慘《いた》ましい最後《さいご》には思《おも》はず涙《なみだ》が浮《うか》みました。男《をとこ》の嘴《くちばし》でもつて白《しろ》い皮膚《じふ》の上《うへ》にぶづ／＼と穴《あな》を穿《うが》たれたかと思《おも》ふやうなめちや／＼になつたお銀《ぎん》の身體《からだ》、さん／＼しやぶり盡《つく》されてしまつた亡びたやうなお銀《ぎん》の肉體《にくたい》、私《わたし》は其《そ》れをまざ／＼と目《め》に見《み》たやうな心持《こゝろもち》がいたしました。

久《ひさ》し振《ぶ》りで外《そと》を歩《ある》いて、好《す》きな天麩羅《てんぷら》を食《た》べたお銀《ぎん》は、芝居《しばゐ》の立見場《たちみば》へ入《はひ》つて華《はな》やかな見物席《けんぶつせき》や舞臺面《ぶたいめん》を見下《みおろ》すと、眼《め》が眩《くら》んで卒倒《そつたう》した。お銀《ぎん》はその時《とき》初《はじ》めて自分《じぶん》の身體《からだ》の駄目《だめ》になつたのに氣《き》が附《つ》いた。然《さ》うして人前《ひとまへ》も見得《みえ》も外聞《ぐわいぶん》も忘《わす》れて、コートについた埃《ほこり》も拂《はら》はずに、薬屋《くすりや》を探《さが》して歩《ある》いたと云《い》ふところを讀《よ》んで、私《わたし》はお銀《ぎん》と云《い》ふ女《をんな》の、今《いま》まで持《も》ち應《こた》へて來《き》た體力《たいりよく》や、精《せい》神《しん》の張《は》り詰《つ》めてゐた絲《いと》が、ふつッりと切《き》れて了《しま》つた悲《ひ》慘《さん》な最後《さいご》の、無言《むごん》の悔《く》いを聞《き》いたやうな氣《き》がしたのです。

お銀《ぎん》がまだ笹村《さゝなら》と關係《くわんけい》の出來《でき》ない頃《ころ》は、笹村《さゝなら》の留守《るす》に晝寢《ひるね》をしてゐて、笹村《さゝむら》が歸《かへ》つてくると、ついと起《お》き上《あが》つてにつてりともしないで横《よこ》つ坐《つわ》りに坐《すわ》つたと云《い》ふやうな、男《をとこ》をくつた太《ふて》たところがありました。蚊帳《かや》が小《ちひ》さくつて寢《ね》られないと云《い》ふところにも、世間《せけん》摺《ず》れのした人《ひと》の惡《わる》い皮肉《ひにく》がありました。さうして蓮《はす》の葉《は》な浮《うは》氣《き》な質《たち》のお銀《ぎん》は、絶《た》えず自分《じぶん》の周圍《しうゐ》から然《さ》う云《い》ふ仲間《なかま》を求《もと》めたり、人《ひと》の妾《めかけ》でもしてゐる樣《やう》な女《をんな》を友達《ともだち》にしたり、花牌《はな》を持《も》つことも知《し》つてゐたし酒《さけ》に醉《よ》ふことも覺《おぼ》えてゐた。さうして二度《ど》も三度《ど》も男《をとこ》に逢《あ》つたり別《わか》れたりして肉《にく》の荒《すさ》みかけてきたやうなお銀《ぎん》は、女《をんな》の色《いろ》と匂《にほ》ひで男《をとこ》を釣《つ》つたり遊《あそ》んだりして一生《いつしやう》をはしやいで暮《くら》さうと言《い》ふやうな、世《よ》の中《なか》の外面《ぐわいめん》にばかりおもしろく生《い》きようと云《い》ふ考《かんが》へがないでもなかつたのです。笹村《さゝむら》と關係《くわんけい》が出來《でき》てからでもお銀《ぎん》のこの心持《こゝろもち》は續《つゞ》いてゐました。お銀《ぎん》は何時《いつ》でも笹村《さゝなら》と別《わか》れようと思《おも》へば別《わか》れられるほど深《ふか》い考《かんが》へを笹村《さゝむら》に向《むか》つて持《も》つてるやうなところは少《ち》つともありませんでした。笹村《さゝなら》よりはもつと氣《き》の利《き》いた男《をとこ》をいくらでも相手《あひて》に出來《でき》るぐらゐな考《かんが》へてゐたらしい。

「私《わたし》が此處《こゝ》を出《で》るにしても、貴方《あなた》のことなど誰《だれ》にも云《い》やしませんよ。」

女《をんな》は別《わか》れる前《まへ》に、ある晩《ばん》、笹村《さゝむら》と外《そと》で飲《の》み食《く》ひをした歸《かへ》りに、暗《くら》い草原《くさはら》の小逕《こみち》を歩《ある》きながら、云《い》つた。女《をんな》は口《くち》に楊子《やうじ》を啣《くは》へて、兩手《りやうて》で、裾《すそ》をまくしあげてゐた。

「田舍《ゐなか》へも、暫《しばら》く居所《みところ》を知《し》らさせないでおきませうよ。」

笹村《さゝなら》は叢《くさむら》の中《なか》に跪坐《しやが》んで呆《あき》れたやうにお銀《ぎん》の樣子《やうす》を眺《なが》めてゐた。

「そんなに行詰《ゆきつま》つてるのかね。」

「だけど、もう何《なん》だか面倒《めんだう》くさいんですから――」

女《をんな》は棄鉢《すてばち》なやうな云《い》ひ方《かた》をした。

これがお銀《ぎん》のその頃《ころ》の笹村《さゝむら》に對《たい》する考《かんが》へて、又自分《またじぶん》の生《せい》の充實《じうじつ》の感興《かんきよう》なのでした。そのお銀《ぎん》はたうとう長《なが》い間男《あひだをとこ》の手《て》に引《ひ》き据《す》ゑられて、さうして、最後《さいご》に枯《か》れ盡《つ》した女《をんな》の殘生《ざんせい》を、其時に曝《さら》したと云《い》ふことが、慘《いた》ましい事實《じじつ》として、私《わたし》の頭《あたま》を何時《いつ》までも去らなかつたのです。

妙《めう》なところへ筆《ふで》がのびて來《き》ましたが、要《えう》するに外《ほか》の方《かた》がお銀《ぎん》の態度《たいど》から無邪氣《むじやき》とか可憐《かれん》とかをみとめられたところを、なぜ私《わたし》は一々《いち〳〵》皮肉《ひにく》に解釋《かいしやく》してゐたと云《い》ふに過《す》ぎないのです。私《わたし》はこの一篇《いつぺん》から教育《けういく》のない無智《むち》な女《をんな》の大體《だいたい》を見《み》ることが出來《でき》ただけでも教《をし》へられるところが多《おほ》かつたとぞんじます。

「左団次、猿之助、松蔦、勘弥、栄三郎、喜多村録郎、鈴木徳子」『演藝画報』明治45・大正元（1912）年4月1日

好《す》きな俳《や》優《しや》の好《す》きな藝《げい》（一）

左《さ》團《だん》次《じ》、猿《えん》之《の》助《すけ》、松《しやう》蔦《てう》、勘《かん》彌《や》、榮《えい》三郎《らう》、喜《き》多《た》村《むら》綠《ろく》郎《らう》、鈴《すゞ》木《き》德《とく》子《こ》、

田村とし子

旅《たび》なぞにゐて、その土地《とち》で興行《かうぎやう》をしてゐる旅役者《たびやくしや》の芝居《しばゐ》を見《み》たときなどに、些《ちよ》ツと好《すき》な役者《やくしや》だと思《おも》ふことがあツた

357 「左団次、猿之助、松蔦、勘弥、栄三郎、喜多村録郎、鈴木徳子」『演藝画報』明治45・大正元(1912)年4月1日

り、つまらない安芝居《やすしばゐ》で見《み》た四流五流《りう》などのところに、好《す》いた役者《やくしや》が出來《でき》るものです、始終《しよつちう》見《み》てゐる芝居《しばゐ》は、好《す》きな役者《やくしや》が、ある役《やく》の時《とき》に、ふいと嫌《きらひ》になッて了《しま》ッたり、嫌《きらひ》で嫌《きらひ》で爲方《しかた》のない役者《やくしや》が、ふとした顔《かほ》の表情《へうじやう》などで、ちよいと好《すき》になッたりすることがあります。

今《いま》の役者《やくしや》のうちで、誰《だれ》が好《すき》かと謂《い》へば、第一《だい》に左團次《さだんじ》です。昨日《きのふ》明治座《めいぢざ》を見《み》ましたが、大切《おほぎ》りのいろは新助《しんすけ》で、俠客《けうかく》みたいなものをします、その大詰《おほづめ》の傘《からかさ》のたての時《とき》に子供《こども》のいたづらみたいなことをしてゐたので猶々《なほく》好《すき》になりました。猿之助《ゑんのすけ》、松蔦《しようてう》も好《すき》です。これは自由劇場《じゆうげきじやう》でお馴染《なじみ》だからでせう。

勘彌《かんや》も好《すき》です、これは田村《たむら》が大好《だいすき》な爲《ため》に同化《どうくわ》された結果《けつくわ》です。

榮三郎《えいらう》も好《すき》の一人《にん》です。この人《ひと》の茫《ほ》ッとした、自分《じぶん》は役者《やくしや》なんだか何《な》んだか知《し》らずにゐるやうな態度《たいど》が好《すき》なのです。

新派《しんぱ》では喜多村《きたむら》が好《すき》です。この人《ひと》の顔《かほ》のしやくれたのが大好《だいすき》です。それと聲《こゑ》の銹《さび》のある含《ふく》むだやうなのが好《すき》です。喜多村《きたむら》の顔《かほ》がしやくれてゐるからッて、他《ほか》の人《ひと》の顔《かほ》のしやくれたのは好《すき》ぢやありません。

女優《ぢよいう》では鈴木徳子《すゞきとくこ》が好《すき》です。この人《ひと》を見《み》てゐると、ぎゆッと握《にぎ》りしめてやりたいやうに好《すき》です。

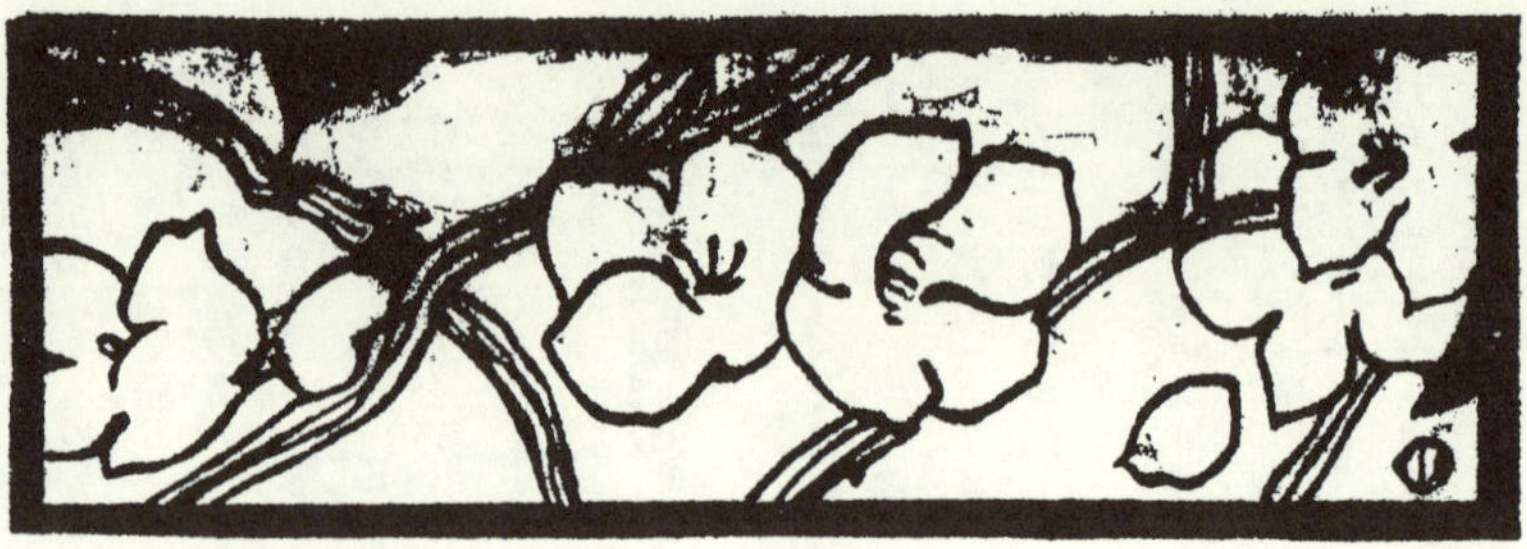

色彩《いろ》の美《うつく》しいものは旨《おい》しさう

田村とし子

私《わたし》は味《あぢ》めくらとでも云《い》ふんでせうか。ほんとうの舌《した》で味《あぢ》はう食物《しよくもつ》の味《あぢ》と云《い》ふものは私《わたくし》にはよく分《わか》らないんです。唯油《たゞあぶら》つ濃《こ》いものは嫌《きら》ひ甘《あま》いものが好《す》きと云《い》ふ單純《たんじゆん》なものなんですからお話《はなし》のしやうが御座《ござ》いませんね。

間食《かんしよく》の好《す》きな人間《にんげん》でお菓子《くわし》なら何《なん》でも頂《いたゞ》きます。一體《たい》に刺戟《しげき》の強《つよ》い食物《しよくもつ》は、食《た》べられないのですが、お菓子《くわし》なら上品《じやうひん》な甘味《あまみ》でさへあれば、どんなに甘《あま》つたるくつても頂《いたゞ》きます。そうして私《わたし》は色《いろ》によつて食物《たべもの》を好《す》き嫌《きら》ひしてゐるやうな

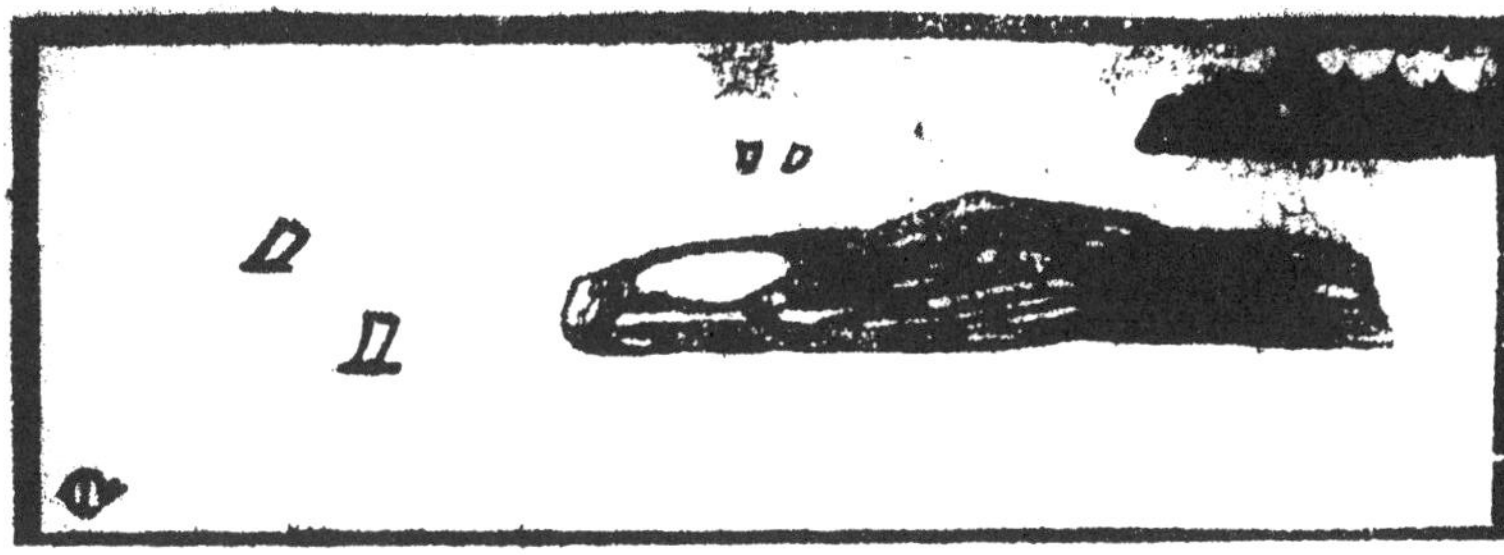

ところがあります。色《いろ》の美《うつく》しい爲《ため》に隨分《ずゐぶん》好きになつてるものがあります。お豆腐《とうふ》なぞも煮《に》たりいつたりしたのはちつとも頂《いたゞ》きませんけれど、夏《なつ》、氷《こほり》に冷《ひ》やした色《いろ》の白《しろ》いやつこを見《み》ますと、何《ど》うしても食《た》べずにはゐられなくなります。さうして食《た》べて見《み》ると、何《なん》とも云《い》へない涼《すゞ》しいおいしい味《あぢ》がするのです。

果物《くだもの》でも、蜜柑《みかん》だの苺《いちご》だのは色《いろ》の爲《た》めに好《す》いてるのです。蜜柑《みかん》の皮《かは》の黄色《きいろ》い色《いろ》を明《あか》りの下《もと》でしみ〴〵眺《なが》めて、いゝいゝ、おもちやにしてから、それから皮《かは》をむいて、一と房《ふさ》づゝむしつて、（あの房《ふさ》の軟《やはら》か味《み》のあるオレンヂ色《いろ》も一と皮包《かはつゝ》んだ雲《くも》の樣《やう》な薄《うす》い色《いろ》も好《す》きます。）筋《すぢ》を取《と》つてきれいにしてから、ちゆうと舌《した》で甘酸《あます》い味《あぢ》を吸《す》ふ時《とき》はいゝ心持《こゝろもち》です。苺《いちご》も牛乳《ぎうにう》の上《うへ》に赤《あか》い實《み》をおいて、その上《うへ》に眞白《まつしろ》なお砂《さ》糖《たう》をかけて、それを銀匙《ぎんさじ》で一つづゝすくつて食《た》べるのが好《す》きなのです。

お魚《さかな》でも白魚《しらうを》だの鯛《たい》だの針魚《さより》だのは、色《いろ》が綺麗《きれい》なのでおいしく頂《いたゞ》けるので、外《ほか》のものはあんまり好《この》みません。お菓子《くわし》なぞは殊《こと》に色《いろ》の綺麗《きれい》な爲《ため》につひ食《た》べたくつて〳〵仕方《しかた》が無《な》くなる時《とき》があります。

直接《ちよくせつ》に舌《した》の上《うへ》に乘《の》せて、其《そ》の食物《しよくもつ》の特色《とくしよく》の味《あぢ》を味《あぢ》はつて、その味《あぢ》だけを好《この》むとか嫌《きら》ふとか云《い》ふ樣《やう》な事《こと》が私《わたし》にはないんです。

＊　＊　＊　＊　＊

美《び》人《じん》脈《みやく》の二大《だい》典《てん》型《けい》

田村《むら》とし子

現代《げんだい》の各階級《かくかいきふ》において代表的美人と目《もく》されてゐる方《かた》たちを見ると、その多《おほ》くの美人の間《あひだ》には自《おのづか》らかつきりと二流《りう》に分《わか》れてゐる美《び》人脉《じんみやく》と云ふ様《やう》なものが見出される。つまり美人の型《けい》式《しき》に二様《やう》ある。一と口《くち》に云へば樂天的に悲觀的です。悲觀的《ひくわんてき》の方《はう》はすべて顔面が整つてゐて目鼻が彫刻《てうこく》したやうに纖細《せんさい》の美《び》を極《きは》めてゐる。そうして線が細《ほそ》く、毛《け》のさきで描《か》いたやうな輪廓《りんくわく》の緊張した筋肉《きんにく》が、何所《どこ》となく寂《さび》しい氣分《きぶん》を漂《たゞよ》はせてゐるやうな顔立です。樂觀的《らくくわんてき》の方《はう》は、目鼻《めはな》立ちが派出《はで》に出《で》て來《き》てゐると云ふよりも、むしろ表情美《へうじやうび》に富《と》んでゐる爲《ため》に自然と自ら口元に派出《はで》々々しい色彩《しきさい》を作つてゐると云つたやうな一寸瞼毛《まつげ》を動かしてもすぐその顔面に變化の現はれる深みのある顔です。頰《ほゝ》から腮《あご》へかけての皮膚《ひふ》が柔《やは》らかい肉《にく》の層《そう》を盛《も》り上げてゐるやうな所謂《いはゆる》チャーミングな顔立です。當時《たうじ》の貴《き》婦《ふ》人《じん》間について、多趣味多能《たしゆみたのう》な美人として並稱《へいしよう》されてをいでの江木夫人と日向夫人は、よくこの兩面《りやうめん》を代表してゐる美人だと思ひます。この二《に》型式《けいしき》の上にそれ〳〵の美が現はれてゐます。江木夫人の顔は全體が厚《あつ》ぼつたく出來てゐて、眉《まゆ》も目《め》も鮮《あざや》かで毛《け》も濃《こ》い日向夫人の方は皮膚も薄く、線も細く、靜的《せいてき》な顔面《がんめん》のやうにお見《み》受けします。それから帝劇《ていげき》の女優《ぢよいう》の中ていつも並んで唄《うた》はれてゐる律子さんと浪子さんが矢張この二《に》様式《やうしき》の上に兩面《りやうめん》の美を現はしてゐます。律子さんの眼には男のすべてを熔《と》かしつくす様な媚を持つてゐて、顔の筋肉が何《ど》所《こ》となくゆるんで弛《たる》みを持つてゐる。表情の自在な顔です。浪子さんの方はその整つた顔の美の中に、靜《しづ》かな水を湛《たゝ》へてゐるやうな眼をぢつと伏《ふ》せてゐる。日向夫人と同じやうに靜《せい》的《てき》な顔面です。近頃評判の藝妓の照葉《てるは》が浪子さん側《がは》の方《はう》の哀《あい》愁《しう》によつて美《び》を發輝するやうな顔立ですが、榮龍《えいりう》の方はぐつと明《あか》るくつて華《はな》やかです。この二様の美を對象《たいしやう》して見ると、殆《ほと》んど極端と極端の差ですが、美の優劣と云ふことに就いては容易に判じられない。動的《どうてき》の美《び》の方《はう》は所謂肉的の美で、また技巧《ぎこう》の美とも云へます。靜的《せいてき》の方は美が極《きはま》れば極《きはま》るほど崇高に傾いてゆく、九條武子姫などがこの極美《きよくび》の典型《てんけい》だと思ひます。前者の美は平面的で繪畫的て、後者の方は立體的で彫刻的です。前者の方に屬する美人に柴田環、後者の方に屬する美人に大倉夫人、野津夫人などがあります。然し何れが現代の人の好みにはまつてゐるかと云へば前者の方が現代的です。男性に對する美の印象は前者の方が殊に強いやうです。顔面の整つた美よりは、筋肉に弛みのある肉感的の美の方が男性にある物を強いるやうなところがあります。そうして何方《どつち》かと云ふと女から觀た美人については

このよく整つた靜的な美の方を擧《あ》げてゐるやうです。

まだ〳〵女の美については、自然美、人工美《じんこうび》、または、修養された女の美、無智な女の美といろ〳〵と識別《しきべつ》した特殊《とくしゆ》美もありませうが、此所には唯その二様に流れた大體の美人の典型《てんけい》と云ふやうなものに就てお話いたしました。實を云ふと私には美人を論ずる資格はないのです美を語るものはおのづから自身も美の人でなければいけないのですから。

田村松魚氏夫人とし子

あねの戀《こひ》

田村とし子

紅梅《こうばい》の木《き》の傍《そば》まで歩《ある》いてきた京子《きやうこ》は、手《て》をのばして丸窓《まるまど》の障子《しやうじ》を眞中《まんなか》からそつと開《あ》けると、其所《そこ》から座敷《ざしき》の中《うち》を覗《のぞ》いて見《み》た。

その座敷《ざしき》は昨日《きのふ》嫁入《よめい》りした姉《あね》の昔《むかし》の部屋《へや》であつた。周圍《まはり》の襖《ふすま》も、廊下《らうか》へ通《かよ》ふ開《ひら》き戸《ど》もきつちりと締《し》めきつてあるので部屋《へや》の中《なか》はこんもりと薄暗《うすぐら》かつた。そうして美《うつく》しい千代紙《ちよがみ》を貼《は》りつけたやうに隅《すみ》の衣桁《いかう》にたつた一枚《まい》嫁《とつ》ぐ仕度《したく》に着《き》代《が》へるまで姉《あね》の着《き》てゐた平常《ふだん》の長襦袢《ながじゆばん》が赤《あか》い裏《うら》をかへして擴《ひろ》げたまゝ引《ひ》つ掛《か》けたなりになつてゐた。桔梗《ききやう》紫《むらさき》の地《ぢ》に御《ご》所解模樣《しよどきもやう》の美《うつく》しい配色《はいしよく》が、褄先《つまさき》や袖《そで》の先《さ》きから滴《した》るやうに見《み》えた。

何所《どこ》か遠《とほ》くで吹《ふ》くやうな輕《かる》い風《かぜ》が、京子《きやうこ》の頸筋《くびすぢ》をすうと掠《かす》めていつた。京子《きやうこ》は暗《くら》い座敷《ざしき》から庭《には》の方《はう》に眼《め》を返《かへ》して、自《じ》分《ぶん》の足許《あしもと》に斜《なゝめ》に木《き》の影《かげ》を落《おと》してゐる黃昏《たそがれ》の日光《につくわう》を見詰《みつ》めてゐるうちに、何《ど》うしたのか譯《わけ》もなく悲《かな》しくなつた。梅《うめ》の花《はな》の匂《にほ》ひ、それが明《あか》るい甘《あま》さを含《ふく》んで柔《やは》らかい空氣《くうき》のうちに溶《と》け込《こ》んでいつた。その匂《にほ》ひを追《お》つてゐるうちに

「京《きやう》さん、何《なに》をしてゐるの。」

といつもの優《やさ》しい姉《あね》の聲《こゑ》で、ふいと呼《よ》ばれるやうな氣《き》がしたからだつた。京子《きやうこ》は姉《あね》にはなれて一人《ひとり》になつた自分《じぶん》を悲《かな》しく思《おも》ひながら、窓《まど》の障子《しやうじ》を開《あ》け放《はな》した儘《まゝ》、又庭《またには》の方《はう》へ歩《ある》いてきた。

男《をとこ》の兄弟《きやうだい》は多《おほ》くつても、姉《あね》と云《い》ふのは嫁《とつ》いだ人一人《ひとひとり》ぎりだつた。白木《しろき》へ行《ゆ》くにも、歌舞伎《かぶき》へ行《ゆ》くにも二人《ふたり》の姉妹《きやうだい》ははなれられない伴《つ》れであつた。そうして二人《ふたり》の仲《なか》には戀《こひ》と云《い》ふ恥《はつ》かしい祕密《ひみつ》までも漏《も》らし合《あ》つてゐた。

姉《あね》には戀人《こひびと》があつた。その人《ひと》はいま京都《きやうと》の大學《だいがく》に行《い》つてゐるのだけれども、突然《とつぜん》に姉《あね》の嫁《とつ》いでしまつた事《こと》はまだその人《ひと》の耳《みゝ》にははいらない筈《はず》だつた。京子《きやうこ》はいま、その京都《きやうと》にゐる、嘗《かつ》ては兄《あに》とも思《おも》つた人《ひと》の上《うへ》を深《ふか》く考《かんが》へてゐた。

それには姉《あね》が嫁《とつ》ぐまへに、自分《じぶん》に賴《たの》んだ手紙《てがみ》があつた。その手紙《てがみ》に何《なに》が書《か》いてあるかは京子《きやうこ》も知《し》らなかつたけれど、姉《あね》から渡《わた》された儘《まゝ》その手紙《てがみ》は京子《きやうこ》の机《つくゑ》の抽斗《ひきだし》にしまつてあつた。まだ京都《きやうと》へは送《おく》らずにあるのである。併《しか》し事實《じじつ》は、姉《あね》は京都《きやうと》の人《ひと》へ宛《あ》てゝ別《わか》れの手紙《てがみ》を書《か》いてそれを妹《いもうと》に賴《たの》んだりはしたけれ共《ども》、嫁《とつ》ぐに就《つ》いてそんなに悶《もだ》えたやうな顏《かほ》はしなかつたのである。姉《あね》が他《わき》へ嫁《かたづ》くやうになつたのは

突然《とつぜん》だつた。突然《とつぜん》だつたけれども、姉《あね》は両親《りやうしん》から先方《せんぱう》の様《やう》子《す》などを聞《き》かされた時《とき》却《かへ》つて嬉《うれ》しさうな表情《へうじやう》をして、さうして一人《ひとり》であの部屋《へや》に坐《すわ》つてゐた事《こと》を、京子《きやうこ》はそつと覗《のぞ》いて知《し》つてゐた。

姉《あね》はそれぎり京子《きやうこ》に向《むか》つて何《なん》にもかこつ様《やう》な風《ふう》も見《み》せなかつた。却《かへ》つて今迄《いままで》よりは浮々《うき〳〵》して、嫁入《よめい》る支度《したく》の為《ため》に母《はゝ》と一所《いつ》に夜《よ》を更《ふ》かしたりする時《とき》も、姉《あね》の顔《かほ》は唯《たゞ》いそ〳〵として笑《ゑ》みみなぎつた様《やう》に見《み》えた、そうして今迄《いままで》のやうに京子《きやうこ》と二人《ふたり》して京都《きやうと》の人《ひと》のところへ手紙《てがみ》なぞも送《おく》つたりしてゐた。それは何時《いつ》ものやうに他愛《たあい》のない事《こと》を書《か》いたものだつた。

「姉《ねえ》さんは、お嫁《よめ》にゆくつてことを知《じ》らして上《あ》げないの。」

京子《きやうこ》は然《そ》う云《い》つて聞《き》いたこともあつた。そんな時《とき》姉《あね》は顔《かほ》を赤《あか》くしながら、

「そんな馬鹿《ばか》なことを云《い》ふものぢやありませんよ。おしやべりねえ、貴女《あなた》は。」

と云《い》つて姉《あね》は終《しま》ひに怒《おこ》つたやうな聲《こゑ》を出《だ》して、ぷいと京子《きやうこ》の傍《そば》をはなれてしまふのだつた。京子《きやうこ》は姉《あね》に厭《いや》な顔《かほ》をされるのが悲《かな》しいので、たゞ默《だま》つて姉《あね》の様子《やうす》をぢつと見《み》てゐる様《やう》な人《ひと》になつた。二人《ふたり》は今《いま》までのやうに、人《ひと》の居《ゐ》ないところへ寄《よ》り合《あ》つて然《そ》うして、二人切《ふたりき》りでひそ〳〵と話《はなし》をするやうな事《こと》は、ふつつりとなくなつて了《しま》つた。そうして京都《きやうと》の人《ひと》も、妹《いもうと》の京子《きやうこ》も綺麗《きれい》に消《き》えてしまつた姉《あね》の胸《むね》の中《うち》には新《あらた》に何《なに》かしらが其處《そこ》に映《うつ》り初《そ》めてそうしてだん〳〵と色《いろ》を濃《こ》くしてゆくのであつた。

姉《あね》が一人《ひとり》して物《もの》を思《おも》つてゐる時《とき》、京子《きやうこ》は邪魔《じやま》にされて傍《そば》へは寄《よ》れなかつた。姉《あね》の睫毛《まつげ》の長《なが》い美《うつく》しい眼《め》は殊更《ことさら》に情《じやう》に富《と》んできて、そのふつくりした頬《はゝ》は、いつも〳〵戀人《こひびと》の前《まへ》にある時《とき》のやうに薄赤《うすあか》く色《いろ》を含《ふく》んでゐた。姉《あね》はよく笑《わら》ふ人《ひと》になつた。誰《たれ》にでも笑顔《ゑがほ》を見《み》せて、そうして下女《げぢよ》を相手《あひて》にしてもはしやぐ様《やう》なこともあつた。京都《きやうと》の人《ひと》への手紙《てがみ》は何時《いつ》の間《ま》に書《か》いたのか京子《きやうこ》は知《し》らなかつたが、それを渡《わた》された時《とき》、姉《あね》の顔《かほ》はお酒《さけ》にでも醉《よ》つてる人《ひと》のやうに晴々《はれ〴〵》としてゐた。

「あなたが手紙《てがみ》を出《だ》す時《とき》にね、一所《いつしよ》に封《ふう》じてだして頂戴《ちやうだい》よ。」

姉《あね》は然《そ》う云《い》つたぎりだつた。そうして二人《ふたり》は琴《こと》を合《あ》はして永《なが》い別《わか》れの記念《しるし》にした。

姉《あね》の縁談《えんだん》がまとまつてから京子《きやうこ》の方《はう》から京都《きやうと》の人《ひと》の事《こと》を云《い》ひ出《だ》す時《とき》は、姉《あね》はいつも耳《みゝ》をふさぐ様《やう》にして逃《に》げてしまつた。姉《あね》の方《はう》からは只《たゞ》手紙《てがみ》を渡《わた》した時《とき》に一と言其《ことそ》の人《ひと》の名《な》を云《い》つたばかりだつた。かうして姉《あね》はさも人生《じんせい》の幸福《かうふく》に足《あし》を踏《ふ》み入《い》れたやうな望《のぞ》みにあふれた顔《かほ》をして嫁《とつ》いで了《しま》つたのである。それは昨日《きのふ》の晝《ひる》であつた。

姉妹《きやうだい》がはなれ〴〵になる悲《かな》しみ、それだけは家《いへ》を出《で》るときの姉《あね》の顔《かほ》にはつきりと浮《うか》んでゐた。

「左樣《さやう》なら。」

然《そ》う云《い》つて京子《きやうこ》の手《て》を取《と》つたとき、振袖《ふりそで》の肩模樣《かたもやう》の鶴《つる》の羽《はね》に姉《あね》の涙《なみだ》の露《つゆ》がやどつたかとさへ思《おも》はれた。つやゝかな高《たか》髷《まげ》を後《うしろ》にしてみんなに別《わか》れて行《い》つてしまつた時《とき》の、その刹那《せつな》の衝《つ》かれたやうな悲哀《ひあい》を京子《きやうこ》は思《おも》ひ出《いだ》さずにゐられなかつた。

姉《あね》を戀《こひ》してゐたと云《い》ふ京都《きやうと》の人《ひと》がこれを聞《き》いたなら、その人《ひと》はどんなに悲《かな》しく思《おも》ふであらう。

――と京子《きやうこ》は今不意《いまふい》と、京都《きやうと》の人《ひと》の悲《かな》しみをしみ〴〵と考《かんが》へた。

姉《あね》の嫁《とつ》いでしまつた後《あと》の、自分《じぶん》の寂《さび》しさに引《ひ》き比《くら》べて、京子《きやうこ》は今迄《いままで》思《おも》ひ及《およ》ばなかつた京都《きやうと》の人《ひと》の悲《かな》しみを思《おも》ひやつた京子《きやうこ》はふと眼《め》の覺《さ》めたやうな心持《こゝろもち》がした。

「私《わたし》は聞《き》くことを忘《わす》れてゐた。姉《ねえ》さんは自分《じぶん》の心《こゝろ》が變《かは》つたやうに京都《きやうと》の人《ひと》に思《おも》はれて恨《うら》まれるやうな事《こと》があつた時《とき》に姉《ねえ》さんは何《なん》と云《い》ふのだらう。姉《ねえ》さんは、京都《きやうと》の人《ひと》にそむいて默《だま》つて他《よそ》へ嫁《い》つてしまつたのぢやないか。姉《ねえ》さんはその事《こと》に就《つ》いて私《わたし》に何《なん》とも云《い》はなかつた。私《わたし》はどんな顏《かほ》をされても無理《むり》にも姉《ねえ》さんの、心《こゝろ》の中《うち》を聞《き》いておかなけりやならなかつた。姉《ねえ》さんはこの戀《こひ》をあきらめるに就《つ》いてどんなに辛《つら》い思《おも》ひをしたのかも知《し》れなかつたのだから。」

けれど、嫁《とつ》ぐまでの姉《あね》の樣子《やうす》に然《そ》うした悲《かな》しみの影《かげ》と云《い》ふものはまるきり見《み》られなかつた。姉《あね》は唯《たゞ》自分《じぶん》の行先《ゆくさき》に恍惚《くわうこつ》とした華《はな》やかさを望《のぞ》むやうな眼色《まなざし》ばかりして暮《く》らしてゐたのだ。

「けれども、私《わたし》の姉《ねえ》さんは、そんな酷《むご》い情《なさけ》を知《し》らない人《ひと》ではない。」

京子《きやうこ》はいろ〳〵な事《こと》を思《おも》つて見《み》た。永劫《えいごふ》逢《あ》ひ逢《あ》ふ機《をり》のなくなつてしまつた姉《あね》と京都《きやうと》の人《ひと》との間《あひだ》に就《つ》いて、二人《ふたり》の戀《こひ》の一《ひ》と端《はし》でも見《み》せられてゐた京子《きやうこ》にはそれが限《かぎ》りない恨《うら》みのやうにも悲《かな》しまれた。

京子《きやうこ》は部屋《へや》へ入《はい》つて、姉《あね》から頼《たの》まれた手紙《てがみ》に添《そ》へて何《なに》かしら京都《きやうと》の人《ひと》に書《か》かないではゐられないやうな氣《き》がした。

「兄《にい》さんも悲《かな》しいでせう、私《わたし》も悲《かな》しい、けれど姉《ねえ》さんは矢《や》つ張《ぱ》り兄《にい》さんを思《おも》つてゐたのです。私《わたし》には然《そ》うしきや思《おも》はれない。」

こんな事《こと》を書《か》かうと思《おも》つて京子《きやうこ》は庭《には》から縁《えん》に上《あが》つた。昔《むかし》の姉《あね》の部屋《へや》は丸窓《まるまど》が明《あ》けさした儘《まゝ》になつて、薄《うつ》すりした夕暮《ゆふぐ》れの色《いろ》に包《つゝ》まれてゐた。

文藝に現はれたる好きな女と嫌ひな女

（九）　田村とし子

何《なに》を讀《よ》んでも何《なに》を見《み》ても好《す》きな女《をんな》と思《おも》ふのもなく嫌《きら》ひなといふのもこれなく候、唯《たゞ》十二三位《くらゐ》の時《とき》見《み》た芝居《しばゐ》で、誰《たれ》がかいたものか 何《なん》と云ふ藝題《げだい》か、それははつきり分《わか》りませんが、好《す》きな人《ひと》だと思《おも》つたのがあります。其《それ》は

▲「吉田御殿」の千姫　です、御殿《ごてん》の二階《かい》から大勢《おほぜい》の腰元《こしもと》等と一所《しよ》に町《まち》を通《とほ》る美《うつく》しい男《をとこ》を見《み》つけてはそれを手招《てまね》ぎすると云《い》ふことがその時分《じぶん》の私《わたし》の心《こゝろ》を嬉《うれ》しがらせた事《こと》を覺《おぼ》え居《をり》候

誓言

田村とし子

せい子《こ》は今朝《けさ》突然《とつぜん》良人《をつと》の家《いへ》を出《で》て、さうして手《て》荷物《にもつ》を一《ひ》とつ持《も》つた儘《まゝ》で私《わたし》のところへ訪《たづ》ねて來《き》たのである。せい子《こ》はもう良人《をつと》の家《うち》へは歸《かへ》らないと云《い》つてゐる。此篇《これ》は其《そ》のせい子《こ》の話《はなし》なのだ。聞《き》いて見《み》れば、〳〵世間《せけん》によくある我《が》の強《つよ》い女《をんな》の夫婦《ふうふ》喧嘩《けんくわ》の話《はなし》だけのものだけれど、その混亂《こんらん》した頭《あたま》の中《なか》から、纏《まとま》りの付《つ》かない事《こと》を瞼《まぶた》を眞《ま》つ赤《か》かにして話《はな》したのをその儘《まゝ》に斯《か》うして書《か》きつけて見《み》た。

昨日《きのふ》二人《ふたり》は鴻《こう》の臺《だい》へ遊《あそ》びに行《い》つたのです。

三年前《ねんまへ》、まだ二人《ふたり》が結婚《けつこん》をしない時分《じぶん》に其處《そこ》で一日《いちにち》暮《く》らしたことがあつたのでした。その時《とき》は丁度夏《ちやうどなつ》の初《はじ》めで市川《いちかは》には螢《ほたる》が飛《と》んでゐました。さうしてお互《たがひ》の手《て》が肩《かた》に觸《ふ》れたり頭髮《かみ》に觸《ふ》れたりする度《たび》に、二《ふた》人《り》の血《ち》のをのゝきが二人《ふたり》の心《こゝろ》の上《うへ》に感《かん》じ合《あ》ふやうな新《あた》らしい樂《たの》しみに醉《よ》つてゐたのでした。二人《ふたり》が食事《しよくじ》をした家《いへ》で、白粉《おしろい》をぬつた女《をんな》たちが兵士《へいし》を相手《あひて》にしてふざけてゐるのを見《み》たり聞《き》いたりしながら、二人《ふたり》の美《うつく》しい戀《こひ》を汚《よご》れた水《みづ》に浸《ひた》しけがされる樣《やう》な心持《こゝろもち》て、お互《たがひ》の愛《あい》を無言《むごん》の內《うち》にそつと守《まも》り合《あ》つてゐたりしたのでした。さうして夕闇《ゆふやみ》に螢《ほたる》を追《お》ひながら二人《ふたり》は市川《いちかは》を出《で》たのでした。

この頃《ごろ》一緒《いつしよ》に暮《く》らすやうになつた二人《ふたり》は、その思《おも》ひ出《で》をなつかしんで、其處《そこ》で今日《けふ》一日《いちにち》遊《あそ》んでこようと云《い》ふので出《で》かけたのでした。

二人《ふたり》は市川《いちかは》へ着《つ》きました。私《わたし》は停車場《ていしやば》前《まへ》の茶屋《ちやや》の横《よこ》を通《とほ》つた時《とき》、私《わたし》の肌《はだ》を締《し》めつけられるやうな嬉《うれ》しさにそゝられる氣分《きぶん》が浮《う》いたのでした。あの時《とき》、此處《こゝ》の女中《ぢよちう》に裏《うら》の草叢《くさむら》で螢《ほたる》を三つほどつかまへて貰《もら》つたのでした。十七位《くらゐ》な娘《むすめ》でしたが――私《わたくし》はそつとお菓子《くわし》の積《つ》んである横《よこ》から中《なか》を覗《のぞ》いて見《み》ましたがそれらしい面影《おもかげ》の殘《のこ》つてる女《をんな》も見《み》られませんでした。

「いやな處《ところ》だなあ」

あの人《ひと》は突然《とつぜん》、町《まち》を歩《ある》いてる時《とき》にかう云《い》ひました。

私《わたし》は其《そ》の邊《へん》の何《なん》に目《め》をやつても、それが悉《ことごと》く私《わたし》のなつかしい思《おも》ひ出《で》の蔭《かげ》に優《やさ》しくしをらしく瞬《またゝ》きをしてゐる様《やう》に思《おも》はれて、昔《むかし》の戀《こひ》の握手《あくしゆ》のぬくみが、私《わたし》の總身《そうしん》の神經《しんけい》に再《ふたゝ》びぴたと觸《ふ》れたのでした。それと共《とも》に、私《わたし》は連《つ》れ立《だ》つてゆくあの人《ひと》の姿《すがた》にも昔《むかし》の戀《こひ》に輝《かゞや》いた初々《うひ〳〵》しい瞳子《ひとみ》を時々《とき〴〵》投《な》げてゐたのでした。さうして私《わたし》は無言《むごん》でゐたのでした。その間《あひだ》にふと今《いま》の様《やう》な言葉《ことば》をあの人《ひと》の口《くち》から聞《き》いた私《わたし》はある物《もの》に見恍《みと》れてゐる矢先《やさ》きに、その物《もの》をぷいと眼《め》の前《まへ》から引《ひ》つ掬《さら》つて隱《かく》されたやうな氣《き》がしました。

「でも、思《おも》ひだすわねえ。」

私《わたし》の聲《こゑ》には自分《じぶん》ながら可愛《かあい》らしいほど、なつこい情緒《じやうしよ》が含《ふく》まれてゐるのでした。私《わたし》は無理《むり》にもあの人《ひと》の心《こゝろ》から追憶《つゐおく》の懐《なつか》しみを誘《さそ》ふやうに、首《くび》まで曲《ま》げて云《い》つたのですが、あの人《ひと》はそれには何《なん》の感《かん》じもない樣《やう》に默《だま》つてゐるのでした。

私《わたし》は生暖《なまあたゝ》かい地上《ちじやう》の日光《につくわう》の影《かげ》を見《み》つめながら、そこいらを飛《と》びかはつてゐる一匹《いつぴき》の蜂《はち》の、焦《こ》げ茶《ちや》の色《いろ》から晩春《ばんしゆん》の感《かん》じを追《お》つて歩《ある》いてゐました。さうして、昔《むかし》の戀人《こひびと》と、今《いま》からして連《つ》れて歩《ある》いてゐる人《ひと》とは別《べつ》のやうな趣《おもむ》きを見出《みいだ》して、私《わたし》は昔《むかし》の優《やさ》しかつた面影《おもかげ》の戀人《こひびと》にあこがれぬいてゐたのでした。

――昔《むかし》の戀人《こひびと》は、私《わたし》が夏《なつ》の日《ひ》に照《て》らされながら斯《か》うした野外《やぐわい》を歩《ある》いて行《ゆ》く〳〵のを心配《しんぱい》して、私《わたし》の白《しろ》い皮膚《ひふ》が、燒《や》きごてで燒《や》かれてゆく樣《やう》な傷《いた》ましい思《おも》ひがしてならないと云《い》つたものです。私《わたし》が夏《なつ》の熱《あつ》さに打《う》たれて喘《あへ》いてゐる時《とき》に、戀人《こひびと》は始終《しじゆう》その顏《かほ》から物案《ものあん》じらしい眉《まゆ》のひそみを見《み》せてくれました。――あの人《ひと》は腕組《うでぐ》みをしながら、さつさと歩《ある》いて行《ゆ》くのです。二人《ふたり》は眞間山《まゝさん》の方《はう》へ廻《まは》りました。

さうして手古奈《てこな》の祀《まつ》つてある社の中《なか》へ入《はひ》りました。碑《ひ》の歌《うた》を讀《よ》んだりしてから二人《ふたり》は社《やしろ》の前《まへ》の階段《かいだん》を上《あが》りました。あの人《ひと》はお堂《だう》の中《なか》へ入《はひ》つて行《ゆ》きました。丁度其處《ちやうどそこ》の茶番《ちやばん》のところに、色《いろ》の白《しろ》ひほんとうに目《め》の覺めるやうな美《うつく》しい、十七位《くらゐ》の坊《ばう》さんが坐《すわ》つてゐました。それとお婆《ばあ》さんが一人《ひとり》傍《わき》にゐて何《なに》か話《はなし》をしてゐるのでした。

私《わたし》はその美《うつく》しい坊《ばう》さんの顏《かほ》を見《み》てゐました。歌舞伎《かぶき》の花道《はなみち》からでも出《で》てきさうなその麗《うるは》しく鮮《あざや》かな目《め》元《もと》と口付《くちつき》をしてゐるのです。

「どうぞ、お入《はひ》り。」

その坊《ばう》さんは其處《そこ》に立《た》つてゐる私《わたし》の方《はう》を見《み》てお辭儀《じぎ》をしながら聲《こゑ》をかけました。丁度《ちやうど》その時《とき》御堂《おだう》の内《うち》をまはつてきたあの人《ひと》は、坊《ばう》さんが何《なに》か云《い》つてるのを聞《き》き咎《とが》めたやうに其方《そつち》を振《ふ》り向《む》いてから、すぐと茶番所《ちやばんしよ》の方《はう》へ出《で》てきました。

私《わたし》は入《はひ》らずにゐました。あまり御堂《おだう》の内《うち》が汚《きたな》いので私《わたし》は足袋《たび》をよごすのが厭《いや》だからだつたのです。坊《ばう》さんは寄附《きふ》をしてくれと云《い》つて半紙《はんし》をとぢた本《ほん》を持《も》つてきました。この若《わか》い坊《ばう》さんは少《すこ》し調子《てうし》が違《ちが》つてゐるのでした。その言葉《ことば》が少《すこ》しも普通《ふつう》の詞《ことば》になつてゐないのと、物《もの》を云《い》はうとするのに半分《はんぶん》しきや口《くち》から出《で》てこないのと、少《すこ》し舌《した》の縺《もつ》れるやうな調子《てうし》とで、私《わたし》はすぐ白痴《はくち》だと知《し》りました。お婆《ばあ》さんは傍《わき》から足《た》りない口《くち》を補《おぎな》つてゐるのでした。あの人《ひと》もそれに心《こゝろ》が付《つ》いたやうに、この坊《ばう》さんにいろ〱な事《こと》を聞《き》いてゐました。

私《わたし》たちが東京《とうきやう》だと聞《き》くと、その坊《ばう》さんは自分《じぶん》の姉《ねい》さんが烏森《からすもり》に藝妓《げいしや》をしてゐると云《い》ひました。時々《とき〱》行《ゆ》くけれども、來《き》てはいけないと云《い》つて怒《おこ》られるからもう行《ゆ》かずにゐると云《い》ひました。この姉妹《きやうだい》は此處《こゝ》の生《うま》れなのださうです。見《み》れば見《み》るほど美《うつく》しい顔《かほ》です。この人《ひと》の姉《あね》てはどんなにか奇麗《きれい》な藝者《げいしや》だらうとも思《おも》はれました。姉《あね》が藝者《げいしや》で白痴《はくち》の弟《おとうと》がかうした社《やしろ》に茶《ちや》の番《ばん》をしてゐると云《い》ふ事《こと》が、私《わたし》の興味《きようみ》を喚《よ》び起《おこ》してゐました。私《わたし》はしみじみとこの美《うつく》しい、汚《きたな》い衣《ころも》を着《き》てゐる美《うつく》しい坊《ばう》さんを見《み》てゐたのです。

お婆《ばあ》さんは この坊《ばう》さんにお嫁《よめ》の話《はなし》までをして揶揄《からか》つてゐました。坊《ばう》さんは下唇《したくちびる》をさげて齒莖《はぐき》をだしながら笑《わら》つてゐました。私《わたし》たちは少《すこ》しの金《かね》を納《をさ》めて眞《ま》間《ゝ》山《さん》の方《はう》へ上《あが》つてゆきました。私《わたし》はあの人《ひと》にこの坊《ばう》さんの珍《めづ》らしい美男《びなん》なことを繰《く》り返《かへ》し〳〵話《はな》して行《い》つたのです。

丁度《ちやうど》本山《ほんざん》の前《まへ》でお賽錢《さいせん》を上《あ》げてる時《とき》でした。

「お前《まへ》は彼處《あすこ》に立《た》つてる時赤《ときあか》い顔《かほ》をしてゐたのか。」

とあの人《ひと》が聞《き》くのです。それが私《わたし》には、何《なん》の意味《いみ》なのか少《すこ》しも分《わか》らなかつたのです。それて私《わたし》が默《だま》つてゐますと、今《いま》の坊《ばう》さんが私《わたし》の顔《かほ》を見《み》て、

「あの人《ひと》は眞《ま》つ赤《か》な顔《かほ》をしてゐる。」

と云《い》つて笑《わら》つたと云《い》ふのです、私《わたし》は社《やしろ》の外廓《そとくるわ》のところに立《た》つて、あの坊《ばう》さんの美《うつく》しい顔《かほ》に就《つい》ては興味《きようみ》的《てき》に眺《なが》めてもゐましたけれども、私《わたし》の顔《かほ》が赤《あか》くなる樣《やう》な何《なん》の刺戟《しげき》も承知《しやうち》も受《う》けた覺《おぼ》えはなかつたのです。それは、

「どうぞ、お入《はひ》り。」

と云《い》つた言葉《ことば》を聞《き》き違《ちが》へたのぢやないかと私《わたし》は思《おも》ひました。それて其《そ》の事《こと》をあの人《ひと》に云《い》ひますと、私《わたし》は非常《ひじやう》に怒《おこ》られました。

「お前《まへ》の耳《みゝ》は何《ど》うしてるんだ。」

あの人《ひと》はかう怒鳴《どな》りつけました。

あの人《ひと》の機嫌《きげん》はすつかり惡《わる》くなつて、其《そ》れからは私《わたし》が何《なに》を云《い》つても返事《へんじ》をしないのです。

さうして歸《かへ》ると云《い》ひました。それは異間の石《いし》の階段《かいだん》を下《お》りる時《とき》でした。私《わたし》は悲《かな》しくなりました。昔《むかし》、二人《ふたり》して戀《こひ》を囁《さゝや》いたこのなつかしい地《ち》へ、今日《けふ》また袖《そで》を並《なら》べて昔《むかし》の戀《こひ》を物語《ものがた》りに來《き》ながら、二人《ふたり》はしみじみした眼《め》と眼《め》さへ合《あ》はさないのです。

木《き》も空《そら》も、私《わたし》の思《おも》ひ出《で》の心《こゝろ》の底《そこ》には懷《なつ》かしい影《かげ》を投《な》げてゐながら、二人《ふたり》はそれをまだ語《かた》り合《あ》はうともしてはゐなかつたのです。過《す》ぎた戀《こひ》……去《さ》つてしまつた時《とき》……に就《つ》いて、新《あらた》に悲《かな》しい味《あぢ》は滴《したゝ》らうとも、私《わたし》には自分《じぶん》の初心《うぶ》な胸《むね》をふるはしたこの木《き》の蔭《かげ》に昔《むかし》の初戀《はつこひ》を振返《ふりかへ》つて見《み》て、さうして今《いま》の人《ひと》に私《わたし》の熱《あつ》い手《て》を與《あた》へて見《み》たかつたのです。

それがこれ程《ほど》の言葉《ことば》の行《ゆ》き違《ちが》ひから、今《いま》の人《ひと》を怒《おこ》らせて興味《きようみ》を失《うしな》つてしまつたと云《い》ふ事《こと》が私《わたし》には取《と》り返《かへ》しのつかない悲《かな》しみでした。私《わたし》はその思《おも》ひをこまぐ〵と話《はな》して、さうして譯《わけ》もなくあやまつて見《み》ましたが、駄目《だめ》でした。

あの人《ひと》はおもしろくないから歸《かへ》ると云《い》ひ張《は》つてゐます。私《わたし》は泣《な》いたのです。さうしてこの男《をとこ》を憎《にく》みました。この男《をとこ》が私《わたし》の昔《むかし》の戀人《こひびと》だつたと云《い》ふ事《こと》を、思《おも》ふにも腹《はら》が立《た》ちました。すべて、私《わたし》の優《やさ》しいなつかしい幻《まぼろし》を打《う》ち崩《くづ》さう打《う》ち崩《くづ》さうとするこの男《をとこ》の目《め》に見《み》えないあの力《ちから》が憎《にく》いのでした。

「私《わたし》が何《なん》の爲《ため》に顏《かほ》を赤《あか》くして立《た》つてゐる筈《はず》があらう。」私《わたし》はかう思《おも》つて、唯不機嫌《たでふきげん》に、怒罵《どな》り調子《てうし》で物《もの》を云《い》ふこの男《をとこ》が、一圖《いちづ》に憎《にく》くなつたのでした。私《わたし》は青麥《あをむぎ》のそよいて見《み》える畑道《はたけみち》に立《た》つて、ほろ〵落《お》ちてくる涙《なみだ》を拭《ふ》いてゐました。

181

「機嫌《きげん》を直《なほ》してゆつくり一日《いちにち》遊んで行《ゆ》きませう。ねえ然《さ》うしやうぢやありませんか。」

私《わたし》も一生懸命《いつしやうけんめい》に自分《じぶん》の感情《かんじやう》を抑《おさ》へ付《つ》けるやうにして斯《か》うなだめて見《み》ました。

「いやだ。」

あの人《ひと》は叩《たた》き付《つ》けるやうに一《ひ》と言《こと》云《い》つたばかりてした。

私《わたし》は大《おほ》きな聲《こゑ》て泣《な》きながら地面《ぢめん》の上《うへ》へぴたりと突《つ》つ伏《ぷ》してしまひ度《た》いやうな、唯《たゞ》ぢり／＼した心持《こゝろもち》になつたのてす。さうしてあの人《ひと》が斯《か》う云《い》ふ頑固《ぐわんこ》な態度《たいど》を見《み》せる時《とき》に、私《わたし》は發作的《はつさてき》にこの人《ひと》に手《て》をかけて小突《こづ》く癖《くせ》があるのてすが、今《いま》もそれが出《で》て私《わたし》はあの人《ひと》の胸《むね》に手《て》をかけるなりづうつと突《つ》き倒《たふ》すやうに押《お》し付《つ》けました。

「何《なに》をするんだ。」

「私《わたし》がこんなにあやまつてゐるんだから、もう其《そ》れていゝてせう。何《なに》が何《ど》うしたつてそんなにぷん／＼怒《おこ》るんてす。此處《こゝ》は何處《どこ》なんてす。なさけない人《ひと》ねえ。」

「いけない。いけない。」

あの人《ひと》は激發《げきはつ》する感情《かんじやう》のおさへやうのない樣《やう》な聲《こゑ》て怒鳴《どな》りつけました。

私《わたし》は何《ど》うかして二人《ふたり》が仲好《なかよ》くこの土《つち》を踏《ふ》んてせめては私《わたし》たちの一生《いつしやう》のある部分《ぶぶん》を色彩《いろど》つた華《はな》やかな戀《こひ》の時代《じだい》に歸《かへ》つて見《み》たいと云《い》ふ願《ねが》ひて心《こゝろ》がいつぱいになりました。私《わたし》はどんなにしてもあの人《ひと》の機嫌《きげん》を直《なほ》さなければならないと思《おも》ひました。私《わたし》はぢれつたい涙《なみだ》をこぼしながら、あの人《ひと》の身體《からだ》を無暗《むやみ》と突《つ》きました。

丁度《ちやうど》小間物《こまもの》の行商人《ぎやうしやうにん》のやうな男《をとこ》が私《わたし》たちの傍《わき》を通《とほ》つて行《い》つたのです。さうして少《すこ》し向《むか》ふへ行《い》つてから振返《ふりかへ》つて私《わたし》たちの方《はう》をながめてゐました。

「止《よ》せ。見《み》つともない。」

「それぢや當《あた》り前《まへ》にして遊《あそ》んで歸《かへ》りませう。さもなければあなた一人《ひとり》でお歸《かへ》りなさい。私《わたし》はいやです。」

「勝手《かつて》にしろ。」

あの人《ひと》は然《さ》う云《い》つて、ずん／＼歩《ある》き初《はじ》めました。

私《わたし》は丁度《ちやうど》棲垣《かなめがき》のところに立《た》つてゐたのです。その葉《は》を一とつづゝ捥《ちぎ》りながら、私《わたし》はいつまでも泣《な》いてゐました。かうした優《やさ》しみのない邪慳《じやけん》な言葉《ことば》は私《わたし》の昔《むかし》の戀人《こひびと》だつた男《をとこ》の口《くち》から出《で》てゐるのです。よしんば何《ど》れほどの粗忽《そこつ》な事《こと》を私《わたし》が爲《し》たとしても、この記念《かたみ》の土《つち》の上《うへ》で荒《あら》い言葉《ことば》を投《な》げるやうな素《そ》つ氣《け》のない事《こと》をすると云《い》ふ男《をとこ》が私《わたし》には恨《うら》めしく思《おも》はれたのでした。戀《こひ》のかたみを傷つた男《をとこ》のいつこくな心《こゝろ》持が私《わたし》には打《よ》つても斬《き》つても足《た》りない口惜《くや》しさなのでした。

それ限《き》り私《わたし》たちは物《もの》も云はずに停車場《ていしやば》へ引《ひ》つ返《かへ》しました。停車場《ていしやば》へ入《はひ》つてそこに集《あつま》つてるいろ／＼な人《ひと》の顔《かほ》を見《み》てゐるうちに、私《わたし》の胸《むね》はだん／＼に靜《しづか》になつてきました。私《わたし》は打《う》ち解《と》けて話《はな》をしかけやうとしましたが、あの人《ひと》は執念《しうねん》く無言《むごん》で、決《けつ》して私《わたし》に返事《へんじ》をしやうともしませんでした。

斯《か》うして私《わたし》たちはまだ日《ひ》の明《あか》るい内《うち》に歸《かへ》つてきて了《しま》つたのです。

私《わたし》は心持《こゝろもち》がわるいので髪《かみ》を洗《あら》ひました。夕食《ゆふしよく》をすましてからの事《こと》でした。あの人《ひと》は、

「何故《なぜ》斯《か》うお前《まへ》の態度《たいど》が一々《いち〳〵》氣《き》に食《く》はないんだらう。」

と私《わたし》に云《い》つたのです。さうして、

「一々《いち〳〵》反感《はんかん》が起《おこ》つて堪《た》へられない。」

とその聲《こゑ》に角《かど》をつけて、けん〳〵云《い》ふのです。私《わたし》は默《だま》つてゐました。私《わたし》は素直《すなほ》にあの人《ひと》の前《まへ》で默《だま》つてゐました。然《さ》うすると、あの人《ひと》は又《また》晝間の事《こと》を云《い》ひ出《だ》したのです。


自分《じぶん》には赤《あか》い顏《かほ》をしてゐるど聞《きこ》えた事《こと》が、どうしてお前《まへ》の耳《みゝ》には、お入《はひ》りと聞《きこ》えたのか、それが分《わか》らない内《うち》は面白《おもしろ》くないと云《い》ひ張《は》つてゐるのです。さうして、あの人《ひと》がお堂《だう》の内《うち》を見物《けんぶつ》してゐる時《とき》に、何故《なぜ》一所《いつしよ》に入《はひ》つて見《み》なかつたか。何故《なぜ》そんな勝手《かつて》な振舞《ふるまひ》をするのかと云《い》ふのです。

その時私《ときわたし》はふと斯《か》う云《い》ふ事《こと》を感《かん》じたのです。この男《をとこ》が私《わたし》の性格《せいかく》の上《うへ》に氣《き》に食《く》はないことがあるからと云《い》つて、私《わたし》はそれを強《し》ひても撓《た》め直《なほ》さなければならない務《つと》めと云《い》ふものを考《かんが》へなければならないのだらうか。私《わたし》の態度《たいど》によつて反感《はんかん》を起《おこ》されると云《い》はれて、私《わたし》はこの男《をとこ》の前《まへ》にはいつも縮《ちゞ》こまつてその氣《き》に觸れないやうな遠慮《ゑんりよ》を考《かんが》へなければならないのだらうか——

私《わたし》の態度《たいど》が誰《た》れにも彼《か》れにも反感《はんかん》を持《も》たせやうとも、私《わたし》の態度《たいど》は自分《じぶん》のものなのです。私《わたし》の性格《せいかく》が多《おほ》くの人《ひと》に爪《つま》はぢきをされやうとも嫌《きら》はれやうとも、私《わたし》の性格《せいかく》は自分《じぶん》のものなのです。特《とく》にあの人《ひと》の口《くち》から斯《か》う極《き》め付《つ》けられると云《い》ふ事《こと》は私《わたし》には強《つよ》い辱《はづか》しめです。

「赤《あか》い顔《かほ》をしてゐれば何《ど》うだつて云《い》ふんです。」私《わたし》は癇走《かんばし》つた聲《こゑ》で云《い》ひ返《かへ》しました。

「あなたの爲《ため》に私《わたし》はどんなに侮辱《ぶじよく》されるか知《し》れません。」

「あんな者《もの》に赤《あか》い顔《かほ》をしてゐると云《い》はれたのは侮辱《ぶじよく》ぢやないのか。」

あの人《ひと》は押戻《おしもど》すやうに斯《か》うしつゝこい返《かへ》しをしました。

私《わたし》が全《まつた》く赤《あか》い顔《かほ》をしてゐたとして、それを愚《おろか》な美《うつく》しい坊《ばう》さんが見咎《みとが》めて笑《わら》つたと云《い》ふ事《こと》に、どう侮辱《ぶじよく》的《てき》の意味《いみ》があるのでせう。私《わたし》にはどうしても分《わか》らないんです。私《わたし》は然《さ》う云《い》ふ事《こと》に就《つ》いて、さん〴〵爭《あらそ》ひました。

「兎《と》に角《かく》お前《まへ》の態度《たいど》が氣《き》に食《く》はない。嫌《きら》ひだ。實《じつ》にいやな女《をんな》だ。」

かう、づけ〳〵と云《い》ひ放《はな》つた時《とき》のあの人《ひと》の顔《かほ》の表情《へうじやう》――その眼尻《めじり》に刻《きざ》まれた殘忍《ざんにん》な皺《しわ》、結《むす》んでる口許《くちもと》の周圍《しうゐ》を色《いろ》づけてゐる冷《れい》笑《せう》の暗《くら》い蔭《かげ》――、その頬骨《ほゝぼね》は槌《つち》で打《う》ち碎《くだ》かうとも易《やす》々とは壞《こは》れさうにも見《み》えぬほど高《たか》く鋭《するど》く尖《とが》つてゐるのでした。さうしてその輪廓《りんくわく》の何處《どこ》と指《さ》して丸《まる》みを持《も》つた線《せん》なぞは見《み》られないほど、男《をとこ》の相《さう》は、とげ〳〵としてゐるのでした。私《わたし》はぢつと見詰《みつ》めてゐました。

二人《ふたり》が一所《いつしよ》に暮《く》らすやうになつてからまだ一年《ねん》と少《すこ》ししきや經《た》たないのですが、あの人《ひと》の顔《かほ》の上《うへ》にこれ程嫌惡《ほどけんを》の思《おも》ひを起《おこ》させる面影《おもかげ》をみとめた事《こと》はありませんでした。これが私《わたし》の戀人《こひびと》だつたのか。さうして今《いま》はお互《たがひ》の血《ち》と肉《にく》が二人《ふたり》の魂《たましひ》の内《うち》に溶《と》け合《あ》つて、そこから生《うま》れる新《あらた》な愛《あい》が私《わたし》たちの日《ひ》々を濃《こま》やかに色《いろ》彩《と》つてゐる二人《ふたり》の仲《なか》に、見交《みか》はされる顔《かほ》なのだらうかと思《おも》つた時《とき》に、私《わたし》は云《い》ひ様《やう》もない寂《さみ》しさにおそはれました。

「いつたいお前《まへ》とは氣《き》が合《あ》はないのだ。何《なに》かについて癪《しやく》にさはる。——いつそ別《わか》れてしまはう。」

あの人《ひと》は斯《か》う云《い》つたのです。

「お前《まへ》とは氣《き》が合《あ》はない、お前《まへ》の様《やう》なものと一所《いつしよ》にゐてはおれは何《なん》も出來《でき》ない。人間《にんげん》がくだらなくなるばかりだ。」とはあの人《ひと》の能《よ》く云《い》ひ〳〵してゐる言葉《ことば》なのでした。「何故《なぜ》です。」と私《わたし》が聞《き》いてもあの人《ひと》ははつきりした返事《へんじ》もしないのですが、よく斯《か》う云《い》つて一人《ひとり》で考《かんが》へてゐることがあつたのでした。

「別《わか》れやう。——」

これは初《はじ》めて聞《き》いた言葉《ことば》でした。別《わか》れる……私《わたし》は幾度《いくたび》繰《く》り返《かへ》してもこの言葉《ことば》の形《かたち》がはつきり私《わたし》の胸《むね》に映《うつ》つてこないほど驚《おどろ》きました。今《いま》こゝで別《わか》れやうと云《い》ひ切《き》るまでのその經過《けいくわ》に、私《わたし》と云《い》ふものが何《ど》うあの人《ひと》の頭腦《あたま》の中《なか》で動《うご》いてゐたものか夫《そ》れは私《わたし》には分《わか》りません。分《わか》りませんけれども、私自身《わしじしん》にしてはあの人《ひと》から捨《す》てると云《い》ふ意味《いみ》の別《わか》れ話《ばなし》を持《も》ち出《だ》させやうとは意外《いぐわい》な事《こと》なのでした。私《わたし》はたゞ、

「何故《なぜ》です。」

と押詰《おしつ》めるやうにして聞《き》いて見《み》ました。

「どうも氣《き》に入《い》らない。」

あの人《ひと》は斯《か》う云《い》つて俯向《うつむ》いてゐました。

私《わたし》の胸《むね》は洪水《こうずゐ》の押寄《おしよ》せてくるやうに、冷《つ》めたく、その癖《くせ》ひし〳〵と物《もの》が塞《ふさが》つてくるのでした。私《わたし》は歯《は》

を食《く》ひしめながらあの人《ひと》の顔《かほ》を唯《たゞ》何時《いつ》までも見詰《みつ》めてゐました。

「別《わか》れてくれないか。」

その聲《こゑ》はわざとらしい程落着《ほどおちつ》いたものでした。

「何故《なぜ》です。」

私《わたし》は又《また》かう問《と》ひ詰《つ》めて、さうしてぼんやりとあの人《ひと》の顔《かほ》を見《み》てゐました。

「けれど……」

私《わたし》は私《わたし》たちの愛《あい》について云《い》はうとしたのですがそれは止《よ》しました。さうして、

「あなたには別《わか》れられるのですか。」

と聞《き》いて見《み》ました。

「別《わか》れたいのだ。」

あの人《ひと》は當《あた》り前《まへ》の聲《こゑ》で靜《しづか》に云《い》ふのです。

「ほんとうの事《こと》を云《い》つてらつしやるんでせうね。戯談《じやうだん》ではないんでせうね。」

私《わたし》は斯《か》う云《い》ひながら、知《し》らず／＼あの人《ひと》の袂《たもと》を握《にぎ》つてゐました。

「ほんとうの事《こと》を云《い》つてるのだ。もうお前《まへ》と別《わか》れさへすればいゝ。お前《まへ》が出《で》てゆかなければおれが出《で》て行《ゆ》く。」

あの人《ひと》は遂《つひ》にこゝまで云《い》ひました。

私《わたし》は不意《ふい》とさきがけをされたと云《い》ふ氣《き》がしました。

さうして、私《わたし》より先《さき》にあの人《ひと》から思《おも》ひ切《き》られたと云《い》ふ事《こと》が癪《しやく》にさはりました。

「あなたは御自分《ごじぶん》の心《こゝろ》から私《わたし》と云《い》ふものが消《き》えてしまつたから、それで私《わたし》と云《い》ふものゝ形《かたち》までもあなたの目《め》の前《まへ》に見《み》まいとして其《そ》れて別《わか》れやうと仰有《おつしや》るんですか。」

「然《さ》うぢやない。愛《あい》がなくなつたから別《わか》れやうと云《い》ふのぢやない。」

「そんなをかしな事《こと》がありますか。」

「お前《まへ》に分《わか》らなければ其《そ》れていゝんだ。別《わか》れさへすればいゝんだ。」

「私《わたし》はいやです。」

私《わたし》は然《さ》う云《い》ひ切《き》つてしまふと、意久地《いくぢ》のない涙《なみだ》が絞《しぼ》りだされる様《やう》に溢《あふ》れてきたのでした。私《わたし》は何《なに》か云《い》はうとしても、涙聲《なみだごゑ》になつて言葉《ことば》がをのゝくのが氣《き》になつて、幾度《いくたび》その涙《なみだ》を聲《こゑ》と一所《いつしよ》に呑《の》みこんだか知《し》れません。さうして私《わたし》は涙《なみだ》を顔《かほ》の上《うへ》に流《なが》したまゝて、あの人《ひと》の顔《かほ》を見据《みす》ゑてゐました。

あの人《ひと》も少時《しばらく》だまつてゐました。

「卑怯《ひけふ》ぢやありませんか。ほんとに私《わたし》を愛《あい》してゐるのなら、何故《なぜ》あなたは別《わか》れるひまに私《わたし》を殺《ころ》さないんてす。あなたは私《わたし》を遠《とほ》のけておいて、さうしてまだ失《な》くなりきらない愛《あい》を其《そ》の間《ひま》に胡魔化《ごまくわ》さうとなさるんてす。卑怯《ひけふ》ぢやありませんか。

あなたは何《なに》がこはいんてす。私《わたし》の何所《どこ》がこはいんてす。」

かち私《わたし》は立《た》てつゞけました。

あの人《ひと》は私《わたし》に始終《しじゆう》壓迫《あつぱく》されるのだと云《い》つてゐました。さうして私《わたし》の態度《たいど》――それはどんな男《をとこ》にてもすぐ私《わたし》の身體《からだ》を投《な》げかけさうな崩《くづ》れた態度《たいど》なのださうです。――その態度《たいど》が絶《た》えずあの人《ひと》に反感《はんかん》をおこさせるのださうです。あの人《ひと》は其《そ》の壓迫《あつぱく》からのがれやうとして、反抗的《はんかうてき》にわざと私《わたし》を「いやな女《をんな》」だと云《い》つて罵《のゝし》るのです。然《さ》うなのです。私《わたし》にはその男《をとこ》らしくない卑怯《ひけふ》さが憎《にく》くつて堪《たま》りませんでした。

「それ程《ほど》私《わたし》の壓迫《あつぱく》を感《かん》じるなら、何故《なぜ》あなたはその壓迫《あつぱく》の下《もと》に服《ふく》さないんです。自分《じぶん》の愛《あい》する女《をんな》だとか戀《こひ》をした女《をんな》だとか云《い》ふ人《ひと》に何《ど》うしてあなたはそんな優《やさ》しくない反抗心《はんかうしん》を持つのです。その反抗心《はんかうしん》からあなたは始終《しじゆう》私《わたし》に侮辱《ぶじよく》を與《あた》へやう／＼となさるんです。あなたは「別《わか》れやう」と言《い》ふ言葉《ことば》が私《わたし》にとつてどんな侮辱《ぶじよく》だかと云《い》ふことは分《わか》つてゐらつしやるんでせう。」

私《わたし》は泣《な》いてしまひました。しばらくして、あの人《ひと》は斯《か》う云《い》ふ事《こと》を云《い》ひました。

「お前《まへ》に愛《あい》なんぞはないんだ。一所《いつしよ》にゐるのさへいやな位《くらゐ》な女《をんな》に愛《あい》も何《なに》もない。いやになつたから別《わか》れやうと云《い》ふのだ。」

その男《をとこ》の眼《め》の光《ひか》りに、空《そら》うそぶくと云《い》ふ樣《やう》な誇《ほこ》りの色《いろ》が見《み》えたのでした。

私《わたし》の身體《からだ》中《ぢう》の血《ち》がその瞬間《しゆんかん》に湧《わ》き上《あが》りました。

私《わたし》はこの男《をとこ》を殺《ころ》さう。殺《ころ》してしまへばそれていゝ――斯《か》う云《い》ふ殺伐《さつばつ》な氣分《きぶん》が私《わたし》の全體《ぜんたい》の上《うへ》に嵐《あらし》のやうに吹《ふ》きひろがつたのです。私《わたし》は自分《じぶん》の眼頭《めがしら》から血汐《ちしほ》の吹《ふ》きでるほど男《をとこ》の顔《かほ》を睨《にら》んだのでした。

「私《わたし》はあなたに別《わか》れるのはいやです。私《わたし》はまだあなたを愛《あい》してゐるんですから。」

私《わたし》は何《なに》ものかを嘲《あざけ》り〳〵かう云《い》ひました。私《わたし》はこれほどの侮辱《ぶじよく》を受《う》けながら、何《ど》うしても男《をとこ》の言葉《ことば》のやうに私《わたし》の方《はう》からも、「あなたには愛《あい》がない、だから別《わか》れやう。」と云《い》ふ一《ひ》と言《こと》が云《い》ひ得《え》ないのでした。今《いま》あの人《ひと》に云《い》つたその言葉《ことば》は私《わたし》の眞實《しんじつ》の心底《しんてい》なのです。然《しか》しそれを眞心《まごゝろ》の涙《なみだ》と聲《こゑ》とで云《い》ひ現《あら》はすのはいやなのでした。私《わたし》はさうした不思議《ふしぎ》な未練《みれん》を自《みづか》ら嘲《あざけ》りながら、

「……まだあなたを愛《あい》してゐるんですから。」

と云《い》つたのでした。

「唯《たゞ》意《い》味《み》もなく別《わか》れると云《い》ふのはいやです。殺《ころ》して下《くだ》さい。あなたも男《をとこ》でせうね——私《わたし》のあなたに對する愛《あい》はそれほど強《つよ》いのです。」

かう云《い》ひました時《とき》に、

「おれは理窟《りくつ》は大嫌《だいきら》ひだ。それが嫌《きら》ひなのだ。どつちの愛《あい》が強《つよ》いか強《つよ》くないか理窟《りくつ》で比較《ひかく》ができるのか。殺《ころ》して貰《もら》ひたけりや殺《ころ》してやらあ。けれど愛《あい》もなにもないお前《まへ》なんぞを殺《ころ》すのは馬鹿《ばか》々々しいから、自分《じぶん》の命《いのち》の方《はう》がほしいから。」

あの人《ひと》は乾《かわ》いた笑《わら》ひ聲《こゑ》を上《あ》げました。

「それ程《ほど》別《わか》れるのがいやなら今朝《けさ》からの事《こと》をすべてあやまれ。さうしてこれから決《けつ》しておれの言葉《ことば》には背《そ》向《む》かないと云《い》ふ誓《ちか》ひを立《た》てたら許《ゆる》してやる。」

何《なん》と云《い》ふ矛盾《むじゆん》した言葉《ことば》でせう。あの人《ひと》はかう云《い》ふ事《こと》を云《い》つたのです。

「卑怯《ひけふ》だ。」

私《わたし》は又《また》かう叫《さけ》びたくなりました。

「あやまる事《こと》なんぞは何《なんに》もありません。私《わたし》はあやまりません。何《なん》の爲《ため》にあなたにあやまるんです。私《わたし》はあなたにあやまらされるよりは殺《ころ》された方《はう》がいゝ。」

「別《わか》れやう。別《わか》れやう。おれはもう堪《たま》らない。實《じつ》に堪《たま》らない。」

「何《なん》だつて別《わか》れるんです……」

あの人《ひと》は立上《たちあが》りました。その羽織《はおり》の襟先《えりさき》を私《わたし》は摑《つか》んで引《ひ》き据《す》ゑたのでした。

「うるさいのは私《わたし》の方《はう》がうるさいのですよ。誰《だれ》の方《はう》からこんなうるさい問題《もんだい》を持《も》ちだしたんです。誰《だれ》の方《はう》から……。」

私《わたし》はその時《とき》打《う》たれたのでした。

「何《なん》だつて私《わたし》を打《う》つんです。どんな咎《とが》があつてあなたにそんな目《め》に逢《あ》はされるんです。」私《わたし》は自分《じぶん》ながら、自分《じぶん》の眼《まなこ》の逆釣《さかつ》るのが知《し》れたのでした。さうして私《わたし》の混亂《こんらん》してゐるいろ〳〵の感情《かんじやう》を、ただ一《ひ》と聲《こゑ》の叫《さけ》びによつてすべて晴《は》らし盡《つ》くして了《しま》はうとする樣《やう》に、

「あなたは何《なん》なのです。」

と聲《こゑ》をからして泣《な》いたのでした。

あの人《ひと》は私《わたし》の鏡臺《きやうだい》を足《あし》て蹴《け》つて鏡《かゞみ》のおもてを割《わ》つてしまひました。電燈《でんとう》の球《たま》へ丁度私《ちやうどわたし》の投《な》げつけた雑誌《ざつし》があたつて硝子《がらす》をこはしてしまひました。その破片《はへん》の散《ち》らばつてる疊《たゝみ》の上《うへ》て、私《わたし》はあの人《ひと》の髮《かみ》の毛《け》を挘《むし》り取《と》るやうに摑《つか》んでは引《ひ》きずり廻《まは》さうとしました。私《わたし》は自分《じぶん》の掌《てのひら》の骨《ほね》ぶしが滅茶《めちや》〳〵に叩《たゝ》き折《を》れるほど、あの人《ひと》の身體《からだ》を打《う》ち据《す》ゑました。あの人《ひと》を打《う》ち据《す》ゑる度《たび》に、私《わたし》の身體《からだ》は却《かへ》つてあの人《ひと》の頑丈な掌《て》てさん〴〵に叩《たゝ》きのめされるのでした。

「あやまれ。あやまれ。」

斯《か》う云《い》つてあの人《ひと》は私《わたし》の痩《や》せこけた肩《かた》を小突《こづ》くのです。尖《とが》つた腮《あご》を突《つ》きだして、卑《いや》しい表情《へうじやう》をもつた眼《め》て私《わたし》を睨《にら》みながら、顔《かほ》て拍子《ひやうし》をとる様《やう》にしてから云《い》ふのです。ほんとうに私《わたし》の眼《め》からは血《ち》の滴《したゝ》つてくるやうな熱《あつ》い、さうして痛《いた》い涙《なんだ》が流《なが》れました。

「何《なに》をあやまるんだい。あやまる様《やう》な口《くち》を持《も》つちや生《うま》れてこないんだ。」

私《わたし》は唾《つば》ても吐《は》きかけてやり度《た》いほどの、突《つ》つかけた心持《こゝろもち》がしながらこんな惡態《あくたい》を吐《つ》きました。

私《わたし》の左《ひだり》の袖付《そでつけ》は引《ひ》きちぎれて袖《そで》がぶら下《さ》がつてゐました。丁度夕方髮《ちやうどゆふがたかみ》を洗《あら》つてその瞼下げてゐたものですから、その毛《け》が引《ひ》き釣《つ》れたり、あの人《ひと》の手《て》で引《ひ》きぬかれたり、私《わたし》の耳《みゝ》や目《め》に蜘蛛《くも》の足《あし》のやうに引《ひ》つかゝつたりするのです。私《わたし》はその毛《け》がもや〳〵もや〳〵と、いきれた熱《ねつ》を含《ふく》んで顔《かほ》や頸《えり》に纏《まと》ひつくので猶更《なほさら》心《こゝろ》が逆上《ぎやくじやう》してゆくのでした。私《わたし》は手《て》あたり次第《しだい》に何《なに》もかも抛《はふ》りつけました。私《わたし》の脊中《せなか》の貝殼骨《かひがらぼね》の

とこるを、私《わたし》の身體《からだ》が微塵《みぢん》になるほどあの人《ひと》は足《あし》で蹴《け》すゑもたの

「私《わたし》はあなたを殺《ころ》すか。あなたに殺《ころ》されるかどつちかにしなければ厭《いや》だ。」

私《わたし》は然《さ》う云《い》つて叫《さけ》んでゐました。よく切《き》れる刃物《はもの》が手近《てぢか》にあつたら、その刃先《はさき》でぶつゝりとあの人《ひと》の身體《からだ》を突《つ》いたに違《ちが》ひないのです。私《わたし》の絶頂《ぜつちやう》の癇癪《かんしやく》と、私《わたし》を打擲《ちやうちやく》したり、あやまれと云《い》つて責《せ》めたりするその男《をとこ》の態度《たいど》に對《たい》する屈辱《くつじよく》と憎惡《ぞうを》とが、唯何《たゞなに》がなし鋭《するど》い刃《やいば》のやうなものをその憎《にく》い男《をとこ》の肉體《にくたい》に一《ひ》と突《つ》き突《つ》つ込《こ》んでやりさへすれば、それで私《わたし》の感情《かんじやう》も平《たひらか》になるのだと思《おも》はれたのでした。さもなければ、私《わたし》は殺《ころ》されたかつたのです。この男《をとこ》の手《て》によつて永久《えいきう》に負《ま》けてしまへばそれでもいゝのです。唯徒《たゞいたづ》らにこの男《をとこ》の口《くち》から罵《のゝし》られたり、生身《なまみ》の身體《からだ》を打擲《ちやうちやく》される侮辱《ぶじよく》に反抗《はんかう》する爭鬪《あらそひ》をいつまでも續《つゞ》けてゐるよりは、私《わたし》には一《ひ》と思《おも》ひに死《し》の手《て》で一方《いつぱう》を征服《せいふく》してしまつた方《はう》がどんなに心持《こゝろもち》が快《よ》いか知《し》れないと思《おも》ひ詰《つ》めたのでした。

ほんとうに、その最終《さいしう》の手《て》が下《くだ》るまでは、私《わたし》のこの怒《いか》りの感情《かんじやう》が弛《ゆる》む筈《はず》はないのです。私《わたし》は目《め》が眩《くら》むほどの切迫《せつぱく》した息《いき》づかひをしながら、あの人《ひと》の着物《きもの》の片端《かたはし》でも手《て》に觸《さは》るなり、すぐと全身《ぜんしん》の力《ちから》を握《にぎ》め絞《しぼ》つて、男《をとこ》の身體《からだ》を打《う》ち据《す》ゑやう打《う》ち据《す》ゑやうとあせるのでした。

「いゝ加減《かげん》にしておけ。」

あの人《ひと》は私《わたし》を力任《ちからまか》せに押《お》し伏《ふ》せました。

「私《わたし》はどうしてもあなたを殺《ころ》す。殺《ころ》す。殺《ころ》す。………」

私《わたし》は出《で》ない聲《こゑ》を張《は》りあげて呼《よ》びました。

「それぢやあ外《そと》へ行《ゆ》かう。」

あの人《ひと》は落着《おちつ》いた聲《こゑ》で然《さ》う云《い》いました。茶《ちや》の間《ま》の方《はう》へ出《で》てくると片隅《かたすみ》に若《わか》い下女《げぢよ》が突《つ》つ伏《ぷ》して泣《な》いてゐた樣《やう》です。私《わたし》はずん〳〵外《そと》へ出《で》ました。

「氣違《きちが》ひ見《み》たいな髮《かみ》をして外《そと》に出《で》るな。おい。髮《かみ》でも何《ど》うかして行《ゆ》かないか。」

あの人《ひと》は私《わたし》を呼《よ》びとめて然《さ》う云《い》ふのです。

「髮《かみ》がどうしたつて。——私《わたし》は眞《ほん》に貴郎《あなた》を殺《ころ》すか殺《ころ》されるかしなければやめないのです。ほんとに。」

張《は》り切《き》つた私《わたし》の聲《こゑ》は顫《ふる》へてゐました。私《わたし》は綿《わた》のてたちぎれかけた袖《そで》をぶら〳〵させた儘《まゝ》、亂《みだ》らし髮で外《そと》に出《で》たのです。

ちらほらと軒燈《けんとう》が幾軒《いくけん》も隔《へだ》つた處《ところ》に點《とも》つてるだけて、其邊《そこら》は人通《ひとどほ》りもなく眞暗《まつくら》てした。庭《には》を一《ひと》つ境《さかひ》にした隣《となり》の家《いへ》では靜《しづか》な音《おと》で琴《こと》をひいてゐました。あの人《ひと》は下女《げぢよ》に何《なに》か云《い》ひ乍《なが》ら後《あと》から出《で》てきました。

「まるで氣狂《きちが》ひだ。巡査《じゆんさ》に咎《とが》められたら何《ど》うするんだ。こゝは往來《わうらい》なんだぜ。」

私《わたし》はその卑怯《ひけふ》な言葉《ことば》を聞《き》いた時《とき》、私《わたし》の興奮《こうふん》しきつてる火《ひ》のやうな感情《かんじやう》の底《そこ》に、すつと冷《つ》めたい笑《わら》ひが一脉《いちみやく》かすかに流《なが》れて通《かよ》つたのでした。

「私《わたし》は外《そと》も家《うち》もないんです。往來《わうらい》の人《ひと》が見《み》たつて氣狂《きちが》ひと云《い》つたつて其樣《そんな》ことは構《かま》ひません。私《わたし》はあなたを殺《ころ》すか殺《ころ》されるかさへすればいゝんです。」

「くだらないぢやないか。」

あの人《ひと》はかう云《い》つて私《わたし》を宥《なだ》めるやうな和《やは》らかな調子《てうし》を見《み》せたのでした。

私《わたし》の脳《なう》のなかを狂《くる》ひまはつてゐたどす黒《くろ》い血《ち》が、その機《はずみ》に私《わたし》の脊髄《せきずゐ》から逆《ぎやく》にすうつと退《ひ》いていつたやうな、目《め》の醒《さ》めた心地《こゝち》がしたのでした。それと同時《どうじ》に、あの人《ひと》の人格《じんかく》と云《い》ふものをはつきりと目《め》の前《まへ》に露《あらは》にされたやうな心持《こゝろもち》もしたのでした。

「何《なん》がくだらないのでせう。私《わたし》にはこの事《こと》がどんなに大《おほ》きな問題《もんだい》なのか知《し》れないのです。あなたは私《わたし》と別《わか》れやうと仰有《おつしや》つたのぢやないんですか。」

「然《さ》うだ。然《しか》しまあ落着《おちつ》いてよく考《かんが》へて見《み》やうぢやないか。」

「何《なに》を考《かんが》へるんです。もう考《かんが》へることも何《なに》もありやしません。私《わたし》はあなたに殺《ころ》されるか殺《ころ》すかしなければ厭《いや》です。あなたはほんたうに卑怯《ひけふ》な方《かた》ですね。何《なん》の為《ため》に外《そと》へでたんです。」

「氣狂《きちが》ひのやうな事《こと》を云《い》ふな。」

あの人《ひと》は呟《つぶや》きながら又歩《またある》きだしました。

「私《わたし》は正氣《しやうき》で云《い》つてるんですよ。貴郎《あなた》が正氣《しやうき》で別《わか》れ様《やう》と云《い》つた通《とほ》りに私《わたし》も正氣《しやうき》で云《い》つてるんですから。」

「勝手《かつて》にしろ。」

あの人《ひと》は然《さ》う云《い》ふなり、右《みぎ》へ曲《まが》つて早足《はやあし》に行《い》つてしまひました。私《わたし》は其《そ》の後《うしろ》を追《お》ひながら通《とほ》りへ出《で》ましたが、あの人《ひと》の姿《すがた》も足音《あしあと》も聞《きこ》えないのでした。私《わたし》はそこに少時《しばらく》立《た》つてゐました。

私《わたし》の立《た》ちました其處《そこ》は土堤《どて》をくづした涯《がけ》になつてゐまして、すぐその向《むか》ふは汽車《きしや》の線路《せんろ》になつてゐるのでした。停車場《ていしやば》附近《ふきん》の構内《こうない》から石炭《せきたん》を燃《も》やしてゐる炎《ほのほ》の影《かげ》が、眞《ま》つ暗《くら》な闇《やみ》の中《なか》を蠟燭《らふそく》の裸火《はだかび》がちらついてゐる樣《やう》に、紅《くれなゐ》の輪《わ》をにじましてぽつと廣《ひろ》がつてゐました。曇《くも》つてゐるのと見《み》えて星《ほし》の光《ひかり》はどこにも仰《あふ》げませんでした。今《いま》の隣《となり》の家《いへ》の琴《こと》の音《ね》が微《かすか》に細《ほそ》いねを顫《ふるは》して私《わたし》の裾《すそ》の廻《まは》りに漂《たゞよ》つるゐるのでした。

私《わたし》の心《こゝろ》は悲《かな》しみの間《あひだ》に引《ひ》き緊《しな》つてゆくのでした。さうして、生温《なまぬる》い風《かぜ》が闇《やみ》の中《なか》に佇《たゝず》んでゐる私《わたし》を探《さぐ》り〱してそつと吹《ふ》き付《つ》けてゆくやうなその優《やさ》しい肌《はだ》ざはりにも、私《わたし》の胸《むね》は譯《わけ》もなく突《つ》き動《うご》かされるほど脆《もろ》くなつてゐたのでした。人《ひと》は斯《か》う云《い》ふ時《とき》に自殺《じさつ》でもするのではないかと思《おも》はれるやうに、打擲《ちやうちやく》された筋肉《きんにく》に力《ちから》を失《うしな》つてしまつた私《わたし》の身體《からだ》は、立《た》つてゐるにも堪《た》へられないほど疲《つか》れてしまつてゐました。私《わたし》の精神《せいしん》は丁度今《ちやうどいま》まで掴《つか》みしめられてゐた手《て》を急《きふ》に放《はな》されたやうにぼやけて、私《わたし》は物《もの》を思《おも》ふのさへ臆劫《おつくふ》ななかに、唯果敢《たゞはか》ない悲《かな》しみと淋《さび》しさとだけが感情《かんじやう》の輪廓《りんくわく》を色《いろ》どつて私《わたし》の胸《むね》の上《うへ》に被《かぶ》さつてゐるのでした。私《わたし》は土《つち》の上《うへ》にぺたりと坐《すわ》りました。さうして私《わたし》の袖附《そでつけ》の破《やぶ》れを見《み》てゐるうちに、私《わたし》は自分《じぶん》の一生《いつしやう》の破《やぶ》れの綿《わた》だと思《おも》ふとどれ程《ほど》そのちぎれかけた袖《そで》が悲《かな》しかつたか知《し》れませんでした。私《わたし》はやゝ少時《しばらく》其處《そこ》に坐《すわ》つてゐました。

「別《わか》れてしまはう。」

斯《か》うした考《かんが》へが、私《わたし》の朦朧《もうろう》とした心《こゝろ》の底《そこ》にぽつと色《いろ》を濃《こ》くして潜《ひそ》まつてゐるのでした。其一點《そのいつてん》が、私《わたし》の心《こゝろ》の全體《ぜんたい》に落着《おちつ》いた悲《かな》しみを擴《ひろ》げさせてゐるのでした。私《わたし》は袖《そで》を抱《かゝ》へて二度《にど》あの人《ひと》の家《いへ》へ入《はひ》りました。

座敷《ざしき》の内《うち》は以前《いつぜん》の通《とほ》り狼藉《らうぜき》としてゐるのです。下女《げぢよ》が電氣《でんき》の球《たま》を付《つ》け直《なほ》したまゝ、その下のところでぼんやりと坐《すわ》つてゐました。何《なに》を考《かんが》へてゐたのか壊《こは》れたものを片付《かたづ》けやうともしないでゐたらしいのでした。私《わたし》が中《なか》に入《はひ》つてゆくとこの若《わか》い下女《げぢよ》は私《わたし》の裾《すそ》につかまつて、然《さ》うして泣《な》きだしたのでした。

私《わたし》は自分《じぶん》の部屋《へや》へ入《はひ》つて、何《なん》と云《い》ふこともなく入用《いりよう》の品《しな》だけを集《あつ》めにかゝりました。さうして下女《げぢよ》に云《い》つて着物《きもの》を代《か》へました。その時《とき》私《わたし》は脱《ぬ》いだ着物《きもの》の袖《そで》のちぎれを、一生《いつしやう》縫《ぬ》はずにおかうと決《き》めて、その儘《まゝ》下女《げぢよ》に與《あた》へましたのでした。

机《つくゑ》の上《うへ》のアネモネの花《はな》は、紫《むらさき》、白《しろ》、赤《あか》と色《いろ》を交《ま》ぜて明《あか》りの蔭《かげ》に美《うつく》しさをあつめてゐました。紅《べに》のはひつた友禪《いうぜん》の私《わたし》の座蒲團《ざぶとん》——私《わたし》はこの上《うへ》に湯上《ゆあが》りのだらけた身體《からだ》を乗《の》せて、机《つくゑ》の上《うへ》に頬杖《ほゝづゑ》をつきながら、よくあの人《ひと》の歸《かへ》りを待《ま》つたものでした。——私《わたし》はその上《うへ》にぢつと坐《すわ》りながら、和《やは》らいだやさしい花《はな》の蔭《かげ》に瞳子《ひとみ》をなづけてゐるうちに、私《わたし》の胸《むね》はいつぱいに塞《ふさが》つてきて、さうして涙《なみだ》が一《ひ》と滴《しづく》、一《ひ》と滴《しづく》と熱《あつ》くなつて瞼《まぶた》の底《そこ》からこばれてくるのでした。

私《わたし》は戀《こひ》の昔《むかし》を思《おも》はずにはゐられなかつたのです。

私《わたし》だちが結婚《けつこん》するについても、あの人《ひと》の親達《おやたち》と私《わたし》どもの親達《おやたち》との間《あひだ》にむづかしい交渉《かうせふ》があつたのでした。私《わたし》の一人《ひとり》の姉《あね》の力《ちから》によつて漸《やうや》く二人《ふたり》の縁《えん》はまとまつたのでした。いまかうして別《わか》れるとなつて、私《わたし》は家《いへ》へは歸《かへ》れないのです。家《いへ》へ歸《かへ》つたなら又《また》うるさい仲裁《ちうさい》の口《くち》がはひつて私《わたし》の戻《もど》れと云《い》ふかもしれません。

「別《わか》れてくれ。」

かう云《い》ふ言葉《ことば》を男《をとこ》の口《くち》から聞《き》いた私《わたし》が、その男《をとこ》の前《まへ》に手《て》を突《つ》いてその言葉《ことば》を取消《とりけ》して貰《もら》ふことを願《ねが》ふのはいやです。私《わたし》はあの人《ひと》の傍《そば》をはなれてから、私《わたし》のあの人《ひと》に對《たい》する思《おも》ひの情《じやう》がやまないまでも一旦別《いつたんわか》れやうと云《い》ひ出《だ》されたあの人《ひと》の前《まへ》に再《ふたゝ》び私《わたし》の姿《すがた》を並《なら》べるのはいやです。いやです。あの人《ひと》の心《こゝろ》の上《うへ》にどんな思《おも》ひの色《いろ》が縺《もつ》れてゐやうとも、「別《わか》れやう。」と口《くち》から外《そと》にだしたその一《ひ》と言《こと》に對《たい》して、私《わたし》は女《をんな》の恥《はぢ》と云《い》ふことの果敢《はか》なさを思《おも》はずにはゐられないのです。

此家《こゝ》を出《で》てからの行《ゆ》く先《さ》き——そのことまでも私《わたし》の考《かんが》へがこまかく行《ゆ》き渡《わた》つてゆくのでした。今夜《こんや》にも此家《こゝ》を出《で》て、私《わたし》は誰《たれ》のところに行《ゆ》かう——私《わたし》は姉《あね》の家《うち》へも行《い》けないのでした。

私《わたし》の一度《いちど》萎《な》えた心持《こゝろもち》が、この時《とき》にびんと反《そ》りを打《う》つて立直《たちなほ》つてきました。私《わたし》は自分《じぶん》の行《ゆ》く先《さ》きと云《い》ふ事《こと》には目《め》を閉《ふさ》いて、さうして直《す》ぐ持《も》つて出《で》られる手《て》まはりのものだけを始末《しまつ》しやうとしました。

あの人《ひと》は歸《かへ》つてこないのです。

私《わたし》は小《ち》さい荷物《にもつ》を拵《こしら》へて其《そ》れをわきに置《お》きました。あの人《ひと》のゐない内《うち》に私《わたし》は出《で》て行《ゆ》けばいゝばかりに仕度《したく》をしたのでした、さうして手鏡《てかゞみ》を机《つくゑ》の上《うへ》において髮《かみ》をとかしました。

あの人《ひと》は歸《かへ》つてこないのです。

私《わたし》はどうしても、もう一度《いちど》あの人《ひと》に逢《あ》はなければならないと思《おも》ひました。逢《あ》つて私《わたし》は何《なに》を云《い》ふつもりなのだらう。

「あなたのお望《のぞ》みどほり別《わか》れて上《あ》げませう。」私《わたし》はあの人《ひと》の顔《かほ》を見《み》て、落着《おちつ》いた調子《てうし》で斯《か》う云《い》ふ事《こと》を聞《き》かせたかつたのです。

もう十二時《じ》を過《す》ぎました。私《わたし》は下女《げぢよ》に戸締《とじまり》をさせて先《さ》きへ休《やす》ませました。さうして私《わたし》は机《つくえ》の上《うへ》に身《から》體《だ》を寄《よ》せかけて、あの人《ひと》の足音《あしおと》が門《もん》のところに響《ひゞ》くのを待《ま》ちました。

破鏡《はきやう》——鏡《かゞみ》のわれた事《こと》がその悲《かな》しい成《な》り行《ゆ》きの占《うらな》ひをしたと云《い》ふのも不思議《ふしぎ》です。私《わたし》は斜《なゝめ》に一《ひ》と筋《すぢ》痕《び》をうねらせてる鏡《かゞみ》のおもてを見詰《みつ》めました。結婚《けつこん》した當時《たうじ》　大きな鏡《かゞみ》の此室《こゝ》に据《す》ゑられたのを珍《めづ》らしがつてあの人《ひと》はよくこの前《まへ》に坐《すわ》つて見《み》たものでした。私《わたし》がこゝでお化粧《けしやう》をしてゐる時《とき》には、きつと傍《そば》に立《た》つて眉刷毛《まゆはけ》の手ばしこく動《うご》くのを面白《おもしろ》がつたりしました。さうして鏡臺《きやうだい》の上《うへ》の一輪差《いちりんざ》しにはあの人の手《て》ていろ〳〵な花《はな》を挿《さ》しておいて貰《もら》ふのでした。それがあの人《ひと》の樂《たの》しみの一《ひ》とつだつたのです。二人《ふたり》の顔《かほ》はこの鏡《かゞみ》の面《おもて》に重《かさ》なり合《あ》つては映《うつ》つたのでした。その鏡《かゞみ》の面《おもて》は私《わたし》たちの運命《うんめい》を占《うらな》つて二《ふ》たつに割《わ》れてしまひました。

私《わたし》はいつたいあの人《ひと》の荒々《あら〳〵》しい感情《かんじやう》の爲《ため》には何時《いつ》も酷《ひど》い思《おも》ひをさせられてはゐるのでした。

私《わたし》が風邪《かぜ》などをひいても、あの人《ひと》は優《やさ》しく私《わたし》をいたはつて呉《く》れる事《こと》はしずに、「何故《なぜ》風邪《かぜ》をひくやうな事《こと》をするのだ。」と斯《か》う極《き》め付《つ》けるのが先《さ》きなのです。私《わたし》はその小言《こごと》が大嫌《だいきら》ひなのでした。——

私《わたし》は取《と》りとめもなくこんな事《こと》を考《かんが》へてゐました。私《わたし》の心《こゝろ》がだん〳〵と棚《たな》の置時計《おきどけい》の、、ちき〳〵と云《い》ふ音《おと》の中《なか》に吸《す》ひこまれて行《ゆ》くやうな氣《き》がしました。私《わたし》はその針《はり》の動《うご》きを見《み》てゐるうちに、良人《おつと》の歸《かへ》りのおそい時《とき》この時計《とけい》の針《はり》に指《ゆび》をついて蟲《むし》の這《は》ふやうに動《うご》いてゆくのを數《かぞ》へながら待《ま》ち焦《こが》れたことを思《おも》ひ出《だ》したのです。

脊骨《せぼね》から腕《うで》へかけての痛《いた》みが、棒《ぼう》の先《さ》きで突《つ》かれ始《はじ》めたやうにはつきりと痛《いた》みだしてきました。柔《やは》らかな座敷《ざしき》の火《ひ》に包《つゝ》まれて、かうして机《つくゑ》に寄《よ》りかゝつてゐる私《わたし》の身體《からだ》は、その痛《いた》みと勞《つか》れとで何時《いつ》ともなく熱《ねつ》がててゐるのでした。私《わたし》はうつ〳〵と眠《ねむ》つたのです。けれど、すぐ目《め》が覺《さ》めました。

私《わたし》は時計《とけい》を見《み》ました。もう二時《じ》を過《す》ぎてゐました。あの人《ひと》は歸《かへ》つてこないのです。一度《いちど》眠《ねむ》つた私《わたし》の精神《せいしん》はゆるみがでて、もう何《ど》うでもいゝと云《い》ふ樣《やう》な投《な》げた氣《き》になつてゐました。「あやまれ。」と云《い》ふなら素直《すなほ》にあやまつて、平和《へいわ》な、打《う》ちとけた笑《わら》ひを取《と》り交《か》はしたい。さうして私《わたし》のこの勞《つか》れた心持《こゝろもち》をあの人《ひと》の優《やさ》しい言葉《ことば》の内《うち》に休《やす》めたい。私《わたし》はあの人《ひと》の顏《かほ》を見《み》ないうちはこの身體《からだ》も心《こゝろ》も安《やす》まりはしない。それが苦《くる》しい。私《わたし》はあの人《ひと》に縋《すが》りついてあの人《ひと》の口《くち》から、

「可哀想《かはいさう》なことをした。」

とさへ云《い》つて貰《もら》へば、私《わたし》は舊《もと》のやうに輕々《かる〴〵》した、何《なに》を見《み》ても聞《き》いても浮々《うき〳〵》した心持《こゝろもち》に返《かへ》れるのだ。さうして懷《なつ》かしい涙《なみだ》に思《おも》ふさま咽《むせ》んで、あの人《ひと》の胸《むね》の内《うち》に顏《かほ》を埋《うづ》めたい。——

私《わたし》は斯《か》う云《い》ふことを考《かんが》へてゐました。あの人《ひと》と結婚《けつこん》してから、あの人《ひと》が二時頃《じごろ》までも歸《かへ》らずにゐると云《い》ふ樣《やう》なことはなかつたのです。私《わたし》はこの眞夜中《まよなか》に懷手《ふところで》をして何所《どこ》と云《い》ふ當《あ》てもなく逍遙《さまよ》つてゐるあの人《ひと》の姿《すがた》を思《おも》ひやつて、さうして何《なん》とも云《い》へない寂《さみ》しい思《おも》いにふさがれたのでした。

「ほんとうは私《わたし》が悪《わる》うございました。」

斯《か》う云《い》つていきなりあの人《ひと》の前《まへ》に手《て》を突《つ》いたなら、あの人《ひと》もきつと嬉《うれ》しさうに笑《わら》つてくれるに違《ちが》ひない。私《わたし》は自分《じぶん》の身體《からだ》をあの人《ひと》の前《まへ》に投《な》げだしてあの人《ひと》に手《て》を突《つ》いた時《とき》の、自分《じぶん》の美《うつく》しい姿《すがた》を考《かんが》へても見《み》るのでした。

私《わたし》はあの人《ひと》の書齋《しよさい》へ入《はひ》つてゆきました。せめてはあの人《ひと》の室《へや》の中《うち》にぢつと坐《すわ》つて見《み》たいのでした。あの人《ひと》の机《つくゑ》の抽斗《ひきだし》を開《あ》けたり、本箱《ほんばこ》に手《て》を付《つ》けたり、あの人《ひと》の好《す》きな、サランボー姫《ひめ》の鑄物《いもの》のおき物《もの》を抱《だ》いて見《み》たりしたのでした。さうしてあの人《ひと》の机《つくゑ》の上《うへ》に私《わたし》は自分《じぶん》の半身《はんしん》を、あの人《ひと》の手《て》に抱《だ》かれるやうな心持《こゝろもち》でよせかけたのでした。

あの人《ひと》は歸《かへ》つてこないのです。

何所《どこ》へ行《い》つたのだらう――私《わたし》はふと何《なに》かしら振返《ふりかへ》つて見《み》るやうな心持《こゝろもち》がしました。

この夜更《よふ》けに唯一人《たゞひとり》で歩《ある》いてゐる筈《はず》はなかつたのです。友達《ともだち》のところと云《い》つてもあの人《ひと》が泊《とま》り込《こ》むやうな親《した》しい人《ひと》もないのです。何所《どこ》へ行《い》つたのだらう――私《わたし》は何《なん》だか門《もん》のあたりにあの人《ひと》が立《た》つてゐて、態《わざ》と家《うち》へ入《はひ》らずにゐるのではないかと云《い》ふ樣《やう》な氣《き》がしました。

私《わたし》は立《た》つて行《い》つて門《もん》をあけて見《み》ました。恐《おそ》ろしい夜中《よなか》の闇《やみ》が私《わたし》の眼《め》の上《うへ》から壓《お》しふさがつてゐるばかりで、人《ひと》の影《かげ》なぞが見《み》えるものではありませんでした。私《わたし》は門《もん》をしめてから敷石《しきいし》の上《うへ》にいつまでも立《た》つてゐました。何時《いつ》からか吹《ふ》きだした風《かぜ》が雨戸《あまど》に烈《はげ》しい音《おと》を立《た》ててゐるのです。さうして門《かど》の櫻《さくら》が軒燈《けんとう》の小《ちひ》さな光《ひか》りの下《した》に塵屑《ごみくづ》のやうに散《ち》つてゐるのでした。

朝《あさ》まであの人《ひと》は歸《かへ》つて來《き》ませんでした。私《わたし》は夜《よ》が明《あ》けるまで唯《たゞ》あの人《ひと》を待《ま》ち盡《つく》したのでした。私《わたし》は昨《さく》晩《ばん》自分《じぶん》の拵《こしら》へておいた手荷物《てにもつ》を、不思議《ふしぎ》な事實《じじつ》の塊《かたま》りのやうな氣《き》がして、薄《うす》ら明《あか》るくなつてきた窓《まど》の下《した》て見詰《みつ》めてゐたのでした。——

「お早《はや》う。」あの人《ひと》は然《さ》う云《い》ひながら歸《かへ》つてきました。私《わたし》は何年《なんねん》も逢《あ》はずにゐた人《ひと》の顔《かほ》を振仰《ふりあふ》ぐやうに眺《なが》めました。あの人《ひと》の顔《かほ》は湯《ゆ》にても入浴《はひ》つてきたやうに光《ひか》りと綺麗《きれい》な艶《つや》をもつてゐました。さうして小楊枝《こやうじ》を歯《は》の先《さ》きでおもちやにしてゐました。私《わたし》はあの人《ひと》の口《くち》から酒《さけ》の息《いき》をかいだのでした。

「昨晩《さくばん》のお話《はなし》はどうなさるんです。あなたは別《わか》れてくれと仰有《おつしや》つたのですから、私《わたし》はそのつもりでお待《ま》ち申《まを》してゐました。」

私《わたし》はあの人《ひと》の言葉《ことば》の出《で》ない内《うち》にから云《い》つてしまひました。

「ぢや別《わか》れやう。」

あの人《ひと》は然《さ》う云《い》つたぎりて自分《じぶん》の部屋《へや》の方《はう》へ行《い》つてしまつたのです。私《わたし》はすぐあの人《ひと》の家を出《で》ました。

から話《はな》してから、せい子《こ》は私《わたし》に「あの人《ひと》の傍《そば》へはもう決《けつ》して戻《もど》らない。」と云《い》つて誓《ちか》つた。

せい子《こ》は何時《いつ》まで私《わたし》の二階《にかい》にゐるつもりだらう。（四月二十二日稿）

臭趣味

田村とし子

お話《はなし》はこんなところから始《はじ》まります。

それは丁度《ちやうど》私《わたくし》の淺草小學校《あさくさせうがくかう》の高等《かうとう》三年《ねん》の時《とき》でした。私《わたくし》の級《きふ》は男《をとこ》も女《をんな》も一所《しよ》で、女生《ぢよせい》は十八人《にん》ばかりしきやゐませんでしたが男生《だんせい》は三十八人《にん》からの人數《にんず》でした。それで女生《ぢよせい》は何時《いつ》も男生《だんせい》にいぢめられたり威張《ゐは》られたりするので口惜《くちを》しがつて、せめて學課《がくか》の成績《せいせき》だけでも男《をとこ》よりは良《よ》くして男生《だんせい》の方《はう》を見下《みさ》げてやらうと云《い》ふので、十八人《にん》ながら申合《まをしあ》はせて何《なん》でも學課《がくか》の出來《でき》るものが十八人《にん》に敎《をし》へて覺《おぼ》えつこをしたのです。それである時數學《ときすうがく》の宿題《しゆくだい》が出《で》たのです。

早速女生《さつそくぢよせい》の中《うち》の一人《ひとり》が家《うち》へ行《い》つてお父樣《とうさま》か誰《だれ》かに敎《をそ》はつて來《き》て、そうして女生《ぢよせい》みんなに敎《をし》へて呉《く》れたのです。數學《すうがく》の時間《じかん》になつて先生《せんせい》が昨日《さくじつ》の宿題《しゆくだい》の出來《でき》たものは「手《て》を上《あ》げて」と云《い》ふと、女生《ぢよせい》は殘《のこ》らず手《て》を上《あ》げたけれども、男生《だんせい》は一人《ひとり》も手《て》を上《あ》げなかつた。そうするとその先生《せんせい》が（腮髭《あごひげ》の眞《ま》つ黑《くろ》に生《は》へた玉井先生《たまゐせんせい》と云《い》ふ名《な》でした）男生《だんせい》はひなたい糞見《み》たいだと云《い》つて罵《のゝ》つたのです。

見《み》かけは干《ひ》からびて堅《かた》そうに見《み》えるが、眞《しん》が柔《やは》らかい、表面《へうめん》ばかりえらさうに見《み》えても意氣地《いくぢ》がない。女生《ぢよせい》は偉《えら》い感心《かんしん》だと云《い》つてほめられたのです。

私《わたくし》は偶然《ぐうぜん》そのひなた糞と云《い》ふ言葉《ことば》を覺《おぼ》へてゐましたがそれから大《おほ》きくなつていろ〳〵な男《をとこ》の人《ひと》と交際《かうさい》をしたり、近《ちか》しくしたりしてゐる内《うち》に、どの男《をとこ》も、どの男《をとこ》も、先生《せんせい》の所謂《いはゆる》ひなた糞のやうな男《をとこ》ばかりだつたと云《い》ふ事《こと》を感《かん》じたのです。

私《わたくし》は幼《おさ》い時《とき》から男《をとこ》の人《ひと》を好《す》いたものです。私《わたくし》には男《をとこ》の兄弟《けうだい》が一人《ひとり》もありませんし、私《わたくし》の父《ちゝ》と云《い》ふのが養子《やうし》で、道樂《だうらく》の强《つよ》かつた爲《ため》に祖父《そふ》との間《あいだ》が面白《おもしろ》くなくつて暫時《ざんじ》離《はな》れてをりました爲《ため》に、殆《ほと》んど私《わたくし》は女《をんな》ばかりの中《うち》に我《わ》が儘《まゝ》をして育《そだ》つたのです。その故《せい》か、幼《をさな》い時《とき》から誰《た》れ彼《か》れの差別《さべつ》なく男《をとこ》とさへ云《い》へばなつかしがつて甘《あま》へたものです。年頃《としごろ》になつても、男《をとこ》と云《い》ふ字《じ》のひゞきが、如何《いか》にも强《つよ》く、凛々《りん〳〵》と聞《きこ》えるやうで、髮《かみ》の短《みじか》い、袂《たもと》の詰《つま》つた、そうした男《をとこ》の外形《ぐわいけい》を見《み》たゞけでも快《こゝろよ》い胸《むね》をふるはしたものです。女學校《ぢよがくかう》に行《い》つてゐる時分《じぶん》でも私《わたくし》は男《をとこ》の先生《せんせい》によく甘《あま》えたもので、女《をんな》の敎師《けうし》には可愛《かあい》がられませんでしたが男《をとこ》の先生《せんせい》にはきまつて可愛《かあい》がられると云《い》ふ風《ふう》でした。十六七の時分《じぶん》の私《わたくし》は、かうして男《をとこ》さへ見《み》ればすぐその人《ひと》の妹《いもと》のやうな態度《たいど》をしたり、又父親《またちゝおや》に對《たい》する娘《むすめ》のやうな氣分《きぶん》になつたりして、男《をとこ》の太《ふと》い腕《うで》ぶしに縋《すが》りつくやうな甘《あま》へた心持《こゝろもち》で年長《ねんちやう》の男《をとこ》を見《み》てゐたのでした。

今《いま》になつても其《そ》の頃《ころ》の男《をとこ》に對《たい》する心持《こゝろもち》が續《つゞ》いてゐます。そうして矢《や》つ張《は》り男《をとこ》は好《す》きです。男《をとこ》に對《たい》して興味《きようみ》も趣味《しゆみ》も覺《おぼ》えるのです。そうして斯《か》う云《い》ふ風《ふう》に男《をとこ》に執着《しふちやく》し男《をとこ》を好《す》いてる間《あひだ》に、つく〴〵男《をとこ》と云《い》ふものはひなた糞だと云《い》ふことを感《かん》じたのです。

この頃《ごろ》ぢきに引《ひ》き合《あ》ひに出《で》る例《れい》の「人形《にんぎやう》の家《いへ》」のヘルマーなぞも、立派《りつは》なひなた糞なので、あのひなた糞なぞは殊《こと》におもしろいと思《おも》ひます。細君《さいくん》へ對《たい》する愛《あい》と云《い》ふ字《じ》だけで上《うは》つ皮《かは》を固《かた》めてゐたひなた糞が、その皮《かは》を破《やぶ》つた途端《とたん》にあんな悲劇《ひげき》が生《しやう》じたんだと思《おも》ふと、ほんとうに云《い》ふに云《い》はれない人生《じんせい》の味《あぢ》を覺《おぼ》えます。淸《きよ》き人格《じんかく》と云《い》ひ、美《うつく》しき感情《かんじやう》と云《い》ひ、漲《みなぎ》るやうな愛《あい》と云《い》ひ、男《をとこ》の云《い》ふそれは悉《こと〴〵》くひなた糞の上《うは》つ皮《かは》と思《おも》つた時《とき》はほんとに面白《おもしろ》いのです。大家《たいか》と云《い》ふ字《じ》で上《うは》つ皮《かは》を固《かた》めたひなた糞だの、外國《ぐわいこく》の文豪《ぶんがう》たちの著作《ちよさく》を讀《よ》んでその思想《しさう》だけで上《うは》つ皮《かは》を固《かた》めたひなた糞だの、自分《じぶん》への愛《あい》を女《をんな》に強《し》ひる爲《ため》には、女《をんな》の要求《えうきう》を一時《じ》的《てき》に上《うは》つ皮《かは》に固《かた》めつけたひなた糞だの、いろ〳〵と其邊《そこいら》にころがつてゐます。男《をとこ》の口《くち》から女《をんな》を解放《かいはう》せよと叫《さけ》んでも、その解放《かいはう》と云《い》ふ二字《じ》で上《うは》つ皮《かは》をかためたひなた糞では何《なん》にもなりません。

お前《まへ》を愛《あい》すると云《い》つても、その愛《あい》と云《い》ふ字《じ》で上《うは》つ皮《かは》を固《かた》めたひなた糞では仕方《しかた》がないのです。けれど世間《せけん》の男性《だんせい》と云《い》ふものは大抵《たいてい》このひなた糞が多《おほ》いと云《い》つてよろしいのです。若《わか》い世間馴《せけんな》れない女性《ぢよせい》は、其《そ》の美《うつく》しい大和草履《やまとざうり》のさきで、迂濶《うつか》りこのひなた糞を突《つ》つかけない注意《ちうい》をしなくちやならないと存《ぞん》じます。

然《しか》し私《わたくし》には——少《すくな》くとも　私一人《わたくしひとり》だけにはひなた糞であるが爲《ため》に男《をとこ》がおもしろく觀《み》られるのです。男《をとこ》と云《い》ふものがおもしろいのです。若《わか》い頃《ころ》は、どうかして其《そ》の人《ひと》の人格《じんかく》の前《まへ》に跪《ひざまづ》いて、その尊嚴《そんげん》な光《ひか》りに打《う》たれたなり死《し》んでもしまい度《た》いやうな眞《まこと》の男性《だんせい》らしい男《をとこ》にめぐり逢《あ》つて見《み》たいものだなぞと思《おも》つたものですが、この頃《ごろ》は、お知己《ちかづき》になつた方《かた》たちに近《ちか》づいて行《ゆ》く途中《とちう》で、あゝだれもひなた糞だつたと見付《みつ》けた時《とき》の、その瞬間《しゆんかん》の心持《こゝろもち》の方《はう》が餘《よ》つ程《ほど》興味《きようみ》があつておもしろくなつてきました。所謂《いはゆる》趣味《しゆみ》の墮落《だらく》でせう。呵《か》。

そうしてひなた糞と云《い》ふ意味《いみ》の中《うち》には、男《をとこ》の卑劣《ひれつ》と云《い》ふ事《こと》も含《ふく》まれてゐるのです。男《をとこ》の男《をとこ》らしいと云《い》ふのは體面《たいめん》だけで、内部《ないぶ》は女《をんな》よりももつと臆病《おくびやう》な弱《よわ》い心《こゝろ》を持《も》つてゐます。女《をんな》は自分《じぶん》の純《じゆん》な感情《かんにやう》な爲《ため》にはいつでも刃《やいは》を振《ふ》りかざす事《こと》が出來《でき》るけれども、男《をとこ》にはそんな事《こと》は出來《でき》ない。其《そ》の弱《よわ》いところが私《わたくし》にはおもしろいのです。

女《をんな》と云《い》ふ、もつとも感情《かんじやう》の高潮《かうてう》な、性《せい》のきはめて美《うつく》しい愛著《あいちやく》のきはめて強《つよ》い、時《とき》とすると千代紙《ちよかみ》のやうな色彩《しきさい》の美《うつく》しい濃《こま》やかな感情《かんじやう》になるかと思《おも》ふと、時《とき》とすると嵐《あらし》の中《うち》でも驅《か》けまわれるやうな荒《あら》い感情《かんじやう》になつたりするものに對《たい》して、男《をとこ》はそれを眞《ま》つ直《す》ぐに自分《じぶん》の抱擁《はうよう》の中《うち》に受《う》け入《い》れることが出來《でき》ないのです。そうして女《をんな》の不思議《ふしぎ》な性《せい》に對《たい》して驚《おどろ》いたり、手《て》に合《あ》はなくなると嘲《あざけ》つたり罵《のゝし》つたりして、自分《じぶん》のひなた糞をいよ〳〵發揮《はつき》してきます。男《をとこ》と云《い》ふものを靜《しづか》に觀《み》てゐると斯《か》う云《い》ふところが私《わたくし》にはおもしろくなつてくるのです。

名《な》だの、地位《ちい》だの愛情《あいじやう》、品格《ひんかく》、などの男《をとこ》の上《うは》つ皮《かは》をそつと引《ひ》き剝《む》いて、その下《した》から現《あら》はれたところの、殆《ほと》んど形體《けいたい》をなしてゐないやうな柔《やは》らかな、鼻持《はなもち》のならぬ臭氣《しうき》を發散《はつさん》する内部《ないぶ》を見付《みつ》けた時《とき》のその瞬時《しゆんじ》に、私《わたくし》の男《をとこ》に對《たい》する趣味《しゆみ》がもつとより深《ふか》く味《あぢ》はれるのです。

更衣

私《わたくし》より年下《とした》の男《をとこ》の人《ひと》も好《す》きです。今《いま》の若《わか》い男《をとこ》は丁度《ちやうど》ひなた糞に對《たい》する、姫糊の腐つたとでも云《い》ひ度《た》いやうな感《かん》じがしてなりません。見《み》たところから水《みづ》つぽくウジャジャケてゐて、酢《す》いやうな臭氣《しうき》のある、毛《け》とも付《つ》かない不思議《ふしぎ》なぼやけた樣子《やうす》青《あを》い毛《け》の生《は》へてゐるところは、現代《げんだい》の生若《なまわか》い、爛熟《らんじゆく》した文學《ぶんがく》だとか、頽廢《たいはい》した氣分《きぶん》だとか云《い》つて、まだ大人《おとな》にもなり切《き》らない内《うち》からさん〴〵色《いろ》に荒《すさ》んだやうな顔《かほ》付《つき》をしてゐる若《わか》い男《をとこ》をよく現《あら》はしてゐます。

私《わたくし》はこんな事《こと》を申《まを》しましても、男《をとこ》を惡《わ》るく云《い》つてる積《つも》りでお話《はなし》をしてゐるのではないのです。御承知《ごしようち》の通《とほ》り私《わたくし》には朝夕《あさゆふ》を一所《しつしよ》にしてゐる男《をとこ》の友達《ともだち》がありまして——世間竝《せけんな》みに申《まを》せば私《わたくし》の夫《をつと》――その人《ひと》から始終《しじう》ひなた糞なるところを見《み》せつけられてをります。私《わたくし》は感心《かんしん》してそのひなた糞の閃《ひらめ》きに打《う》たれてゐるやうな譯《わけ》です。そうして男性《だんせい》の上《うへ》から

こんなところまでを解剖《かいはう》してきながら、そのひなた糞趣味《しゆみ》の上《うへ》に猶心《なをこゝろ》をひきつけられてゐる程《ほど》、世《よ》の中《なか》の男性《だんせい》と云《い》ふものが私《わたくし》は好《す》きだと云《い》ふお話《はなし》をしたまでなのです。

離魂

田村とし子

夕方に、花柳の師匠の家から、今日お久の休んだのを心配して見舞ひを頼んでよこした師匠の言傳《ことづて》に茂吉がよつた。茂吉は門口に立つてゐて中々入《はい》らうとしないで、母親のおひろが何か云ふ度に、

「えゝ。えゝ。」

と挨拶をしてゐるのが聞こえた。

お久は、いま床の中で眼を覺ましたばかりだつた。何所《どこ》か重《おも》たい氣分がまだ瞼の上にふさがつてゐて、起きともないのだつたけれども、「それぢやあ、宜しくつて歸そうね。」

とおひろが此所へ聞きにくると、お久は何《なん》となく茂吉に逢つて見たくなつて床をてた。

赤のはいつた棒縞の羽織を引つかけて、お久は少しふら〱しながら、やつと床を出たやうなあどけない弱々しさを、曳きずつた裾のあたりに見せながら茶の間の方に出た。

茶の間にはもう電氣が點《つ》いてゐて、外の明りに壓されて羞らふやうな風情をもつたその薄い光りが、蒼い水の底を透かしてゐるやうな夕暮れの色の鏡のおもてから、お互に靜な色をうなづき合はせてゐた。

お久は其室《そこ》をぬけて入り口のところへ出て行くと、茂吉は格子の傍に引つ付くやうにして、袂の振りを此方へ向けながら横向きになつて立つてゐた。そうして爪で格子の棧へ渦卷を描くやうな事をしながら、頸を曲げてその自分の貝爪のところをぢつと見詰めてゐるのだつた。

「茂《もつ》ちやん。今日は。」

お久はがつかりした樣に笑ひながら、胸から先きを前へのめらせて然う聲をかけた。茂吉は矢つ張り爪の先きを格子の棧のところへ當《あ》てた儘、顏だけ此方へ向けて、何《なん》だか遠慮らしくお辭儀をした。

「どうして病氣になんかなつたんでせう。」

と云つて、考へごとでもする樣にその顏を俯向けて、着物の袵の端を片方の指で摘《つま》んだりしてゐた。

どうしても上からないと云ふ茂吉を、お久は女中のおうめにその手を引つ張つて貰つたりして漸く坐敷へ上げた。茂吉は青い色をした羽織の紐をいぢりながら皆《みんな》に引つ張られる儘に任せてゐると云ふ樣な、人の玩弄《おもちや》になりつけてる柔《やは》らかな物腰《ものごし》でゐた。お久はこの友達のすぐには逃げて行かない用心に、兩方の袖でしつかりと小《ちい》さな身體を押《おさ》へてゞも置《お》きたい氣がしながら、病床《ねとこ》のその儘な奥の座敷へ連れて來た。そうして茂吉の指と自分の指を綾《あや》にくませながら何《なん》と付《つ》かず立つたりした。

　おひろが茂吉に

「ゆつくり遊んでおいでなさいな。」

と聲をかけると、茂吉は羽織の襟をこきながら後《うしろ》へ拂つてから、丁寧に兩手を突いてお辭儀をした。

　茂吉は今日喜撰の稽古で、さん／＼お師匠さんに叱られたと云つた。淺黄繻子の襟の少し出た襟付と、その二《ふ》た重《へ》に筋のついた眞つ白な腮とが可愛らしい態《しな》を作つてゐた。そうして、

「えゝ。ほんとにねえ」。

と云ふ返事をする時は、薄い唇の口をわざと大きく開いて、片々の手で一寸自分の頭を撫でるやうな、十二の子供にしては大人《おとな》染《じ》みた所作をした。茂吉は背《せな》を屈《かゞ》め込んで、わざとらしく小《ちひ》さく縮《ちゞ》こまつて座《すは》つてゐるのだつた。

　おうめが來て電氣をひねつて行くと、茂吉はその色白な美しい顏を上げて、電氣の光りを眞面《まとも》にぢつと見詰めながら、お久の顏を見てにこりとした。

　その鼻の高い、眼に少し險をもつた、引緊つた顏から、この子の癖のだらしなく下唇を下《さ》げて笑つた面影が、ふとお久の胸に釣合《つりあひ》のとれない樣な感じを殘した。お久は然うとも、はつきりは自分で意識はしないのだつたけれ共、その好い容貌《きりやう》の顏立の中から、何か缺點《あら》を見付けたやうな人の惡るい事をして了つた心持がして、お久は茂吉に濟まない事をしたと思つた。それて目を外《そ》らして俯向きながら、自分のは

だけた胸の下から桃色の襦袢のはみでたしどけない襟の合せ目を見たり、惡戯《いたづら》のやうにその襦袢の胴をもつと引つ張りだしたりしてゐた。

何《なん》となく蒲團の中のぬくもりの甘つたるい匂ひが、まだ自分の身體のまわりに泌《し》みついてゐて、時々それが肌の匂ひと絡みあつてなつかしく仄《ほん》のりとお久の俯向いた胸の内から通つてゐた。お久はその匂ひを臭ぐと、丁度、たんば鬼灯の坊さんを指の先《さ》きで揉んでる時のやうな他愛のない氣になつて、誰にても甘へつきたい心持になるのだつた。

この頃のお久にはよくこんな事があつた。自分の色の白い、先《さ》きの丸い手の指をしみ〴〵と眺めて、自分ながらそれが何《なん》とも云へず可愛らしくなつたり、滑《すべ》つこい柔らかな自分の腕の皮膚などをぢつと何《い》時《つ》までも口の中に含んでゐて、その溫い舌の先《さ》きの唾《つば》に蒸《む》されて發散してくる肌の匂ひを、お久は自分でなつかしいものに感じたりする事があるのだつた。

お久はふいと其樣《そんな》いたづら事を思ひだしたので、茂吉に極《きま》りが惡るくなつて赤い顏をした。

お久はまた自分の指と茂吉の骨つぽい小さな指とを組み合はせて、茂吉の膝の上に自分の肱を突きながら、その濡れた唇の上を、右の人差指の先きで點を打つやうに一寸突《つ》いたりした。

茂吉は擽つたかつたと見えて、自分の掌で唇の上を痒そうに擦つてから、あどけない光りを眼の中にいつぱい漂はせて、お久の顏を見まわす樣にその瞳子《ひとみ》をくるりとまわすと、瞼毛に小波《さゞなみ》のやうなしほを作らせて笑ひ顏をした。

「茂《もつ》ちやん。」

お久は然う呼んで見た。

お久と茂吉は花川戸の師匠の家でも、毎日は顔を合はしてゐないのだつた。それに茂吉は父親《おやぢ》の半五郎に連《つ》れられて時々田舎へ興行に出かけるので稽古も續けてはこなかつた。師匠へ通《かよ》ひだすやうになつても茂吉は公園から稽古にくる雛妓たちに交《ま》ぢつてゐて、堅氣《かたぎ》な娘のお久とは然う馴染みてはなかつた。

茂吉は緞帳役者の伜だと云はれてよくみんなに苛められるのだつた。そうして茂吉の身體が何所ともなく臭いと云つていやがられた。

その臭ひは、丁度夏の頃に腐つた食物に染《し》みてる汗のねばりを思はせる臭氣《にほひ》だつた。張り物の胡粉《ごふん》の臭ひにも似てゐた。お弟子たちは茂吉が傍にくると、わざと袖口で鼻や、口をおさへて笑つた。

「お前さんの身體には何がくつゝいてゐるんだらうね。」

人の惡るい藝者たちは然う云ひながら、茂吉の裾をまくる様な惡戯《わるさ》をした。お久もそれを聞いて、茂吉の傍に行《い》つてわざ〳〵鼻をだして嗅いて見たりした。けれどもそんな時よりは、その日の都合で一所に稽古に立つてる時などに思ひがけず妙な臭氣が風に伴《つ》れて漂つてることがあつた。

「茂《もつ》ちやんのにほひがする。」

お久は然う思つて茂吉の顔を見るのだつた。お久は別にそのにほひを厭だとも思はなかつた。そうしてその臭氣《にほひ》のある茂吉の身體に、お久は癇《かん》の起つた小供のやうに手を觸れないではゐられなくなるのだつた。

「久ちやん。茂《もつ》ちやんの臭氣《にほひ》がうつりますよ。」

お久はみんなから然う云はれて、顔を赤くすることがあつた。

茂吉は人の中に交《まじ》つて物さへ云へば、遣《や》り込《こ》められると云ふことを知つてゐた。それを云ひ返《かへ》してやんちやを云つても、自分の身分では通《とほ》らないと云ふ事もちやんと知つてゐた。だから茂吉は、父親《おやぢ》の半五郎が人の前《まへ》に出る時のやうにいつも自分の身を縮《ちぢ》め込《こ》んで、唯、

「えゝ。えゝ。」

と云ふより他《ほか》の挨拶をした事がないのだつた。

「おれ達は乞食藝人だ。」

父親《おやぢ》に然う云はれる通り、茂吉も自分は乞食藝人の子だと云つて人の前《まへ》に坐《すは》つてゐる樣ないぢらしさを持つてゐるのだつた。幼い頭ではそれ迄判然《はつきり》とは考へてゐるのでもないのだけれ共、少しでも退《ひ》け身《み》のものは直ぐ爪はぢきをしやうとするかうした仲間同士の卑屈《ひくつ》な感情が、茂吉を苛《いぢ》め〳〵して、自然と誰にでも媚《こ》びつかうとするいぢらしさを、茂吉はその小供らしい無邪氣な心の上に始終漂えてゐるのだつた。

かうして誰の前《まへ》にでも大人《おとな》しくする樣に、茂吉はお久の前でもいぢらしげな眉付を見せてゐた。お久の

戯れる手の蔭に人形のやうになつてぢつとしてゐた。お久は茂吉の身體の何所《どこ》に手をやつても、茂吉が體も動かさずに大人《おとな》しくしてゐるのがおもしろくて仕方がなかつた。そうして、裸《はだか》にされた人形がまた着物を着せて貰ふまで、横にでも仰にでも抛りだされた儘になつて轉《ころ》がつてるのをふいと見付けて、可哀想になつた時のやうな心持て、お久は茂吉の白い額を見てゐた。

「茂《もつ》ちやんと仲好しになりたいわねえ。」

「えゝ。」

お久は茂吉の顔に兩手をあてゝ、その手と手の間に挾んだ茂吉の頬《はゝ》を、ぢつと締《し》めつけながら、だん〳〵に自分の前へ引きよせてくると、茂吉の額と自分の額とを押付けて見て笑つた。

「ひとが寝そべつてゐるところ、用さあある來とらへと、二階さあ打《よ》つちやげて、こりやまあ何《なん》たるところだあ。何所《どこ》もかもお光り申しておしやらくの櫛さあ見るやうに、塗りこべつた簞笥さあ……。」

茂吉は自分の顔《かほ》を、お久の手で掬《すく》はれるやうにされた儘、早口てこんな臺詞《せりふ》を云つた。

お久が笑ひながら手を放すと、茂吉は後へ手を突《つ》いて、あたりをきよろ〳〵見廻すやうな仕科《しぐさ》をした。

茂吉は思ひだした樣に、袂の中から起《お》き上《あが》り小法師《こぼし》を出してお久に見せた。赤い繪の具て目隈《めくま》をとつた暫《しばらく》の冠《かぶ》りものが目に付くとお久は手をだした。

茂吉は乾きかけた竹の裏の松脂《まつやに》を、自分の息《いき》であたゝめてからそれをお久の膝の前におくと、起き上り小法師はもんどりを一《ひ》とつ打《う》つて、冠《かぶ》りものゝ取れた下から目玉《めだま》の大きい小さな張子《はりこ》の役者の顔が、お久の方を面《めん》と向《む》いてひよつくりと現はれた。お久がそれを取上げて暫《しばらく》の冠《かぶ》りものをかぶせてゐる内に茂吉はもう一とつ、今度は傘の冠《かぶ》りものを出してお久にやつた。冠《かぶ》りものを取ると、下から紫の鉢巻をした助六の顔が出た。

お久は代り〳〵幾度も引つ繰り返さして笑つた。竹がもんどりを打つ時に、冠《かぶ》りもの丶取れる拍子につれてかちやと云ふおどけた可愛らしい、悪戯《いたづら》々々した音のひゞくのが、お久には可笑しくて堪らないのだつた。

お久は少し喧噪《はしやぎ》すぎて、今の笑ひのあと、急に目の端《ふち》の釣れる輕い目眩《めまひ》がした。お久は夜着の厚ぼつたい袖の上に片方の手をづいと延《の》ばして寄つかけると、其の上へ頭《つむり》を乘《の》せて興《きよう》ざめた幽な笑ひを殘した目で茂吉の顔を見てゐた。

「上げませう。」

茂吉は然う云つて、起《お》き上《あが》り小法師《こぼし》の冠《かぶ》りものをちやんと被せると、それを枕元の藥瓶の乘つてる丸盆の上に二たつ揃へて並べた。茂吉が片手を疊の上に支《つ》いて、腰を立てながら片手を前の方へ出した時、お久はその八つ口から手を入れて、雲に龍を畫てだした友禪の襦袢の長い袖を引つ張りだしたのだつた。そうして其の袖を自分の前の方へ手繰つてくると押繪の羽子板を抱くやうにしてしつかりと兩方の袖の中へ抱《かゝ》へこんだ。

「久《ちやあ》ちやん。」

茂《も》吉《きち》は立つたまゝ然う云つた。お久は蒲團の上に半分身體をのせて突伏《つぷ》してゐた。右の方へ長く流れた袖い振りの蔭から、お久の丸《まる》い、人形の土《つち》のやうな白さと滑《なめら》かさを持つた膝頭《ひざかしら》が少しばかりはみ出てゐた。

「えゝ。」

お久は顏を上げないで返事だけした。横に仆れた島田の前髷《まへまげ》がお久の點頭《うなづ》くはづみにがくりと動いた。お久の蒼白い虛弱な體質の血を想《おも》はせるやうな、ぞべ糸の樣にほそ〴〵した赤《あか》い毛が、お久の薄い耳朶《みゝたぼ》の上にかぶさつてゐて、其れがお久の身體の動《うご》きと一所におのゝき〳〵した。

「久《ちやあ》ちやん。」

茂《も》吉《きち》はまたお久を呼んだ。顏を仰向けて、靑い色の羽織の紐を茂吉は擽らしくいぢつてゐた。お久は袖の中から半分顏を上げて、茂吉の方を見た。赤くなつた眼の端か淚を含むほどお久はいきみ笑ひをしてゐるのだつた。

茂吉が歸つてしまつてから、お久はまた床の中に寐てゐた。日本橋の店《たな》から歸つてきたお久の父親が、

「久《ちやあ》こうや。」

と云つて此室《こゝ》へ見に來た時、お久は電氣の光りが目に沁《し》みて痛いと云つた。父親は電氣の球《たま》に淺黄色をした袋を持つてきてかぶせた。

お久はその袋の下に下《さ》がつてる赤い色の小さな房を眺めた。その房の蔭に茂吉がかくれてゐる氣がして――お久には忘れられなかつた。

櫻の花片が散々ながら、重《かさ》なり合つたりはなれたりする樣に、自分の指と茂吉の指が絡《から》んだり縺《もつ》れたりしてゐる感覺がいつまでもお久の指先の神經にひゞいてゐた。

夜《よ》一《ひ》と夜《よ》、溫いやはらかい夜着のうちに、しつくりと包まれてゐたお久の靜な眠りは、丁度、飾り鞠のかゞり糸をだん／＼とほぐし初めたやうに解《ほど》けてきて、そうして今、自然と目が覺めたのだつた。

目をあくと、お久はすぐ寐坊《ねばう》をしたと思つた。枕元の窓の戸はまだ開けずにあつたし、椽側の戸もこの座敷の前のところだけ二三枚引きのこしてあるので、座敷の內はまだ夜明けがたのやうに薄暗いけれども、何となく、明るい外の光りが遮られた雨戸を通して何《ど》んな隙間《すきま》からでもこの座敷の內を照らさうとしてゐた。

お久は窓の戸の節穴から漏れてくるくれなゐの光りの線を見上げた。そうして急《いそ》いで起きた。瞼毛の長い二た重瞼の上《うは》かはが、べにて一とすぢ描いたやうにぽつとりと腫れてゐた。

お久は座敷の隅の衣桁に引かゝつてゐる自分の平常着を外《はづ》してきて、それを足下《あしもと》におくと、ふわりと寐衣を脱いてしまつた。

うなだれた白い花の蔭を見るやうに、丸い肩から脊へかけておぼろに白い、はつきりしない肉の線が、しばらく薄暗い隅に屈《かゞ》まつてゐたが、やがてその上《かみ》の半身と下《しも》の半身とが紅《あか》いものに包まれていつて、そうしてお久の括り腮の下に、折熨斗《をりのし》の合《あは》せ目《め》のやうにきつちりと緋縮緬の襟がかさなり合つた頃は、屈《かゞ》んだり延《の》びたりする度に着物の兩方の長い袂が藻のやうに搖いてゐた。

お久は例《いつも》の板締めちりめんの帶を探したけれども邊《あた》りになかつた。お久は其所にかゝつてゐた母親の黒繻子の帶をはづして、それをほそい自分の身體に幾重もまわした。そうして脊中の上の方へちよきつと締め上げてむすんだ。

あかい襦袢の袖が長い着物の袂のなかから落ちてゐた。お久はその袖を振り散らかすやうにして素足て、ぴた／＼と椽側を踏んだ。椽をまわつて眞つ直ぐに勝手の方へ行かうとしながら、茶の間の前を通つた時障子の硝子から室のなかを覗いて見た。もう髮結が來たのだと見えて、結ひ立ての丸髷を合せ鏡してゐる母親の姿が射し込む日光を遮つた鏡臺の側面から見えてゐた。肩へかけた白い布《きれ》もとらずに、長い頸脚をあめのやうに捩《ね》ぢ向けた母親の肩の恰好がお久の目にうつつた。

「起きられたの。」

母親は優しい聲で然う云つて此方《こつち》を向《む》いた。水淺黄色のてがらが銀のやうにちらりと光つた。

臺所へ出ると、髪結のお初は女中のおうめの髪をとかしてゐるところだつた。お初は、

「寝坊《ねばう》ですね。」

と云つた。そうしてお久の髪を見た。

「こんだは大層おこわし成さいましたね。」

とも云つたけれども、お久は默つてゐた。お久の島田は横になつて前髷《まへまげ》が毛筋《けすぢ》で割つたやうに幾つにも割れてゐた。人形振りのお染の頭髪のやうに、結綿《ゆいわた》にかけた緋鹿の子のきれが片端《かたはじ》だけ、瓣づいて潰れた髮の上に落ちかゝつてゐた。

お久は今ふいと、寝坊《ねばう》をしてゐた自分を外《そ》ち除《の》けにして、てんでに油の匂ひをさせながら自分より先きに髪を結つてしまつたと云ふことが、何となく口惜しく、袂の先きで其邊《そこいら》のものを叩き立てゝもやり度い程《ほど》に自裂《じれつ》度《た》くなつたのだつた。上手なお初に平氣な顏をして、臭氣《にほひ》のする髪をとかして貰つてゐる下女の蒼く膨れた横顔も、お久は爪彈《つまはぢ》きしてやりたい樣に憎らしかつた。それて態と誰とも口を交かないてゐた。そうして竈の角《かど》のところに肱をかはせて、お釜の葢《ふた》の上に引窓から落ちてくる日の影が菱形になつて、だんだらを拵へてゐるのを茫然《ぼんやり》と見詰めてゐた。

その日の影が丁度煠《う》て玉子の黄味をながした樣な色だつた。お久はその色をぢつと見てゐるうちに何うしたのか自分の瞼の内がはの方でぐる〳〵と何かゞ回轉《まわ》つたやうな氣がした。それと一所にお久の胸のなかが、何か込《こ》みあげてくる樣にいつぱいになつた。お久は自分の眼を傍《わき》へ移そうと思つて他《ほか》を見た

そこには竈の磨き上げた銅壺の銅《あか》がぎら〳〵と光《ひか》つてゐた。お久はその光りに觸れると、

「あつ。」

と云つて痛いものにでも突かれた樣な叫びを立てゝ、竈の角に突《つ》つ伏《ぷ》してしまつた。それを誰も知らなかつた。

「吐きさうなんだよ。おうめ。おうめ。」

二人はその聲に驚いて、同じやうに後を振り向いて見た。お久は立つてゐられなくなつて上げ板の上に坐つてゐた。

おうめは金盥をお久の顏の下に持つてきて、その脊中を叩かうとするとお久はいけないと云つておうめの手を拂つた。金盥のなかには少量の黄いろい水がたまつただけで、外にはなんにも吐かなかつた。

お久はぢつと坐り込んだまゝ、金盥より少し前の方の上げ板の上を見つめてゐた。黒檀のやうに拭き込まれた板の色の、無地《むぢ》の艶が、お久の眼に快さと落着きを投げてゐた。かうして沈《ぢ》つとしてゐる內に今迄の苦しみがその板の色の蔭にだん〳〵と退《ひ》いてゆくのかとも思はれた。

「ほんとうに眞つ靑ですよ。」

おうめが然う云つた。母親が驚いて臺所に出てきた。お久はまた先刻《さつき》の寢床まで連《つ》れてゆかれて、大《たい》切に寢かされてしまつた。おうめが窓の戶を開《あ》けはじめた音が、橫になつたお久の胸に鋸をあてられる樣に、軋《きし》んだいやな響きをかよはせた。

醫者がくるまでお久は何《なんに》も知らずに眠つてゐた。

ゐや／＼と云ふ物音が遠くの方から次第に近づいて來たと思ふやうな夢と現の間に、女の聲の終《をしま》ひだけをはつきりと意識してお久は目を覺ました。その語尾の響きが目が覺めてからもづうんとお久の耳の底をいつまでも搖《ゆさ》ぶつてゐた。

母親と若い醫者が、お久の病床の傍に坐つてゐた。さうして醫者の冷《つ》めたい手がお久の左の手頸を輕くつかんでゐた。お久は自分の口の中の上顎と、眼の肉がはとだけが、火を啣《くは》へてゐるやうに熱くなつてゐると思ひながら、醫者に手傳《てつだ》はれて自分の帶をそつと解《ほど》かうとした。

母親のおひろが、それが自分の帶なのに氣が付くと醫者の後《うしろ》からお久の方を見て笑つたのだつた。お久も少し笑つた。お久には今朝それを締《し》めたときの記憶が、もう二た月も三月も前のことの樣に、遙かなことに思はれてならなかつた。

「あなた位のお年の頃によくある眩暈です。矢つ張り血の道見たいなものなんです。」

然う云ひながらお久の顔を覗き込んで醫者は微笑した。この男の息がお久の頬にかゝつた時、お久は長い睫毛《まつげ》の下でその娘々した眼の光りをおよがした。醫者はお久が何時頃《いつごろ》から身體が變つたのかと母親に聞いたりした。

母親のおひろはそれを聞くと自分の事のように顔を眞《ま》つ赤にして、小さな聲でそれを又お久にたづねたりした。お久はあわてゝ袖で顔をかくして默つてゐた。そうして幽に頭を振つた。絹《やは》らかい着物をしつくりと重《かさ》ねた醫者の胸が、仰に寢てゐたお久の顔の前にふさがつた時――、その冷《つ》めたさを含んだ絹の表の袂の先きがお久の開いた胸の肌に幽に觸れた時――、お久の神經は糸をひかれたやうに柔《やは》らかく震《ふる》へてゐるのだつた。

この若い醫者が坐を立つた時、お久は急に自分のまわりから賑やかなものを奪つて行かれる樣な心淋しい氣がした。疊を踏んでゆくその眞つ白な足袋の色を、うつとりした眼に懷かしいものを拾ふやうにして一と足づゝ追つて行つた。

お久は物思ひらしくばつちりと眼を開いて一《ひ》と所《ところ》をぢいと見詰めてゐた。好きな役者の美しい扮裝に醉つた瞬間の睑毛のおのゝきの樣に、その奇麗な眼許が何時《いつ》までもあこがれの潛《ひそ》みの蔭にしばたゝかれた。お久はおうめが來たらひゐきの人の寫眞を集めた寫眞帖を持つてきて貰はうと思つたりした。然う思つた拍子に先刻《さつき》のおうめの髮の臭《にほ》ひがまたお久の鼻を衝いて、お久はむかつく樣な厭な心持になつた。

お久はうつら〱してゐた。枕元の窓の障子に日がいつぱい射してゐるので、目を閉《ふさ》いでもその日の影が瞼の底にうつつてきら〱しかつた。眠りの中までその日の影がさしてくる樣であつた。こがねの樣なその日の色の影が夢の底まで透《す》き通つてきては、暗い眠りをちら〱と搖《ゆる》ぶられる樣な輕い妨げをした。お久は落着かない眠りの破れる度に、その日の影がうるさい〱と思つた。思ひながら、眩しい日の影の中に自分の夢の正體を明《あか》らさまに見てゐるやうな――赤い色紙をはりつめた中て赤い夢ばかりを見てゐるやうなうつら〳〵した心持て床の中にゐた。

お久はいまこんな夢を見てゐた。

昨夕茂吉が歸るとき、お久は茂吉の胸を突《つ》いて泣かしたことが氣になつて、それをあやまりに茂吉の家へ行かうとして台所から外へ出ると、裏の井戸が例《いつ》の何倍もの大きさになつてゐてお久には通《とほ》れないどうしても通ることが出來なくて泣いてる夢だつた。

障子の日影はすつかり消えて、室の中はいつたいに水淺黄色が流れてゐた。窓の外の櫻の花片《はなびら》の一とつ〳〵から冷《つ》めたい息《いき》を吹《ふ》つ込《こ》んでくるやうに、夕暮れの薄寒さが室のまはりに泌《し》み入《い》つてきた。衣桁の端に引つかゝつてるお久の羽織裏の紅羽二重《べにはぶたい》の蔭《かげ》にその底冷えの空氣がひそんでゐるかとも思はれるひつそりした室の中に、お久の三味線や、飾り棚の人形がお久の病ひの眠りをめぐつてひそやかな夕暮れの色を含《ふく》み初めたのだつた。

茶の間て布《きれ》を切《き》る鋏の音がした。

その途端にお久の目がふと覺めた。そうして又すぐ眠つてしまつた。夜着の襟から横向きに見えてゐるお久の半面は耳の付根《つけね》まで醉つてる人の樣に赤くなつてゐた。

それが丁度、昨夕茂吉が來た頃の時間だつた。お久はふつと、誰かの手に引き起されて立ち上つたや

うに、夜着を輕く剏ねて床を出た。そうして、

「だあれ。だあれ。」

と云ひながら茶の間の方に出て行つた。薄暗い色のにじんでる長火鉢の傍《わき》に、仕事のものが散《ち》らかつてゐるばかりで其室《そこ》には誰もゐなかつた。見えないものを無理に見やうとするお久の眼は、瞳子の開いた樣に据はつてゐた。

お久はぼんやりと鏡の前に坐《すわ》つた。そうして鏡台の抽斗を開《あ》けたり閉《し》めたりした。その時お久の耳に鴉の幾羽も集つた聲が耳を潰されるほどに聞えたのだつた。お久は兩方の耳をおさへながらすつと立つて、台所の方へ出て行《い》つた。台所にも誰もゐなかつた。

お久は手拭かけの横の壁の際にぴたと添つて立つた。そうして水口《みづぐち》の方をきよろ〳〵した眼で見た。水口のところは一尺程腰障子が開いてゐた。その時に先刻《さつき》から其所《そこ》に立つてでもゐたらしく、竹の杖のさきと一所《いつしよ》に年老つた男の顏がふいと此方《こつち》を覗いた。お久はその顏を見付《みつ》けると、

「あたしを呼んだのはこの人だつたんだ。」

と然う思つた。

お久はふら〳〵と其處《そこ》へ出て行つた。黑い帽子をかぶつた年老つた男の顏はすぐ引《ひ》つ込《こ》んでしまつた。お久はその後を追ふやうにずん〳〵台所の外にはだして出た。

台所の外は三軒の家の台所の庇間《ひあはひ》になつてゐて、今の男はその塀の傍を彼方向きになつて歩いてゐた。

その男は素足に草履を穿いてゐた。

お久は夢中にその男の後を追つて行つた。お久は自分の袖付《そでつけ》の上を誰かゞ摘《つま》んで、そうして引つ立てられて行《ゆ》くのだと思ひながら二三間先きを歩《ある》いて行《ゆ》くその男の後にせつせと従《つ》いて行《い》つた。

お久の眼の前に海の水のひろがつてくる様に、廣い野原が端《はじ》から端《はじ》へと擴がつてきた。男の姿は見えなくなつて、いくら歩いても、いくら歩いても、お久の足はだん／＼に後へ退《さ》がつてゆくのだつた。後《あと》退《ずさ》りしてゆくお久の身體の上に掩ひ被《かぶ》さるやうに、その廣々した野がだん／＼とお久の眼の前に塞つてくるのだつた。…………　…………

いま、台所からお久がはだして外に出た時、母親とおうめは夕食の仕度に其所に立つてゐたのだつた。おうめが聲をかけてもお久は返事もしずに眞つ直ぐに裏の井戸の傍まで行くと、その井戸のまわりをうろ／＼と廻つてゐた。

お久の身體は井戸の前でおうめの手に確《しつ》かりと抱きすくめられてゐた。

（四月十五日稿）

自由劇場と文藝協會（四十五年四月―五月）

『故　郷』（文藝協會第三回公演）

田村とし子

□

私はこの芝居を見てゐると、直ぐ佐藤紅緑さんの「日の出」を思ひだした。文藝協會の「人形の家」から思ひ付いて、帝劇の女優劇が「日の出」を演つて識者たちに笑はれたが、今度の「故郷」と云ふ脚本は、その舞臺技巧の盛んなところ、安つぽい涙を惜氣もなく誘ひだすところ、通俗な甘つたるいお芝居然としたところが、よく「日の出」と似てゐると思つた。

それにも拘はらず一般の看客の受けのよかつたのは無論として識者側からも賞賛されたのは、松井さんの新らしい技藝と、見物を貫き通すやうな射通すやうな藝術上の情熱とが、功をおさめたからなのだと云はなくつてはならない。

松井さんのマグダはもうあらゆる方面で賞めきつて了つて、この上何とも賞めやうもない次第だ。あの全身に張りきつた力、萬遍なく行き渡つた技藝の功、――松井さんの感情が高潮に達した時の音聲は今も私の胸をふるはしてゐる樣な氣がする。そうして長く曳いた服の裾を始終指の先きで演技の間々に氣にしては直し〳〵するほどの餘裕を持つてゐたのも驚いた一とつだつた。舞臺の上の自分の形と云ふ事に怠らず注意を持つてゐられる餘裕が、あれだけの長い演技の間に見出されると云ふのは、もう松井さんが立派な舞臺の人と成り了《おは》せた證據と云つてもいゝ。

然し慾には、餘り大膽に、餘り派出々々と演じやうとしたせいか、藝そのものがいかにも表面的だと思はれるやうなところがあつた。つまり、ぐいと掴んだある物を、その儘其所へ抛り投げたと云ふ樣な感じがないでもなかつた。複雜なマグダの性格が、さま〴〵な感情と共にいかにも安易《やす〳〵》とこの人の演技の間に變轉自在に繰り返されてゆくところは確かなものだつたが、然しその感情の表現があまり表面的に過ぎたやうなところがあつた。松井さんの張り過ぎた音聲の爲に、そんな感じがしたのかも知れませんでした。

それと三幕目のところで父親の前に坐つた形は甚く惡るかつた。父親がマグダの頭に手を置いて「病の父に平和を與へてくれ」と云つて頼むところです。びしやんと坐つて小《ちい》さくなつてしまつたところへ、服の裾ばかりが無暗と長く後へ曳いた形は見つともなかつた。

それと「歸つてこなければよかつた。」と叫ぶ形

417　「自由劇場と文芸協会（四十五年四月 - 五月）『故郷』（文芸協会第3回公演）」『シバヰ』明治45年・大正元（1912）年6月1日

——あれが如何にも兩手を擧げてゐながら見すぼらしかつたのは何のせいか私にも分らない。

然し何のかのと云つても現代一流の女優の名にはそむかない大出來でした。松井さんの平素の藝術に對する眞目面な努力と勉强とが、あれだけの技藝を築き上げたに對して、又評判を得たことに對して、いかにも痛快な味ひがありました。

林さんのマリーは餘り車輪すぎて時々脱線した。マグダが馬車から下《お》りるのを窓から見てゐるところで、嬉しさうに窓を叩くところがある。あすこで窓の書き割りが動いたのは亂暴です。さうして恰好がわるい。折角の美しい顔立も、松井さんのマグダに劣つて見えたのは技藝の差とは云ひながら氣の毒だつた。

都郷さんのフランチスカは大分惡るく云はれたやうだが、私は好くしてゐたと思つた。あの容貌であれだけに演つてのけたには何か知らそこに自信の大きなものがなくちやならない。確かに偉いところがあると思つた。

初の幕で興奮しながら何か云ふところは、つい其所《そこ》らの人たちには出來ない藝當だと思はせた。

男優では佐々木氏の牧師が、最もなつかしい人柄を現はしてゐた。いかにもよくはまつた柄《がら》が見よかつた。何《なん》でも型にとらはれないうちの初心な眞目面な藝と云ふものは、感激の涙をしぼらせるものだと、つくづくこの牧師を見て感じた。

まだ何かあつたやうだが、大分日が經つたので忘れたところがあるやうですから、唯記憶のまゝを書き付けました。最後にこの脚本からは何も敎へられるところがなかつたと云ふ事を申しておきます。

△晶子夫人

田村とし子

私は晶子さんと云ふ方には一度もお目にかゝつた事がないから、どんな御様子の方だかちつとも知らない。想像――と云つても私には想像もできない。大きな山の影を小さい動物が仰ぐやうなもので、とてもあのかたの人格などが遠くの私などには想像の出來るものでない。

人の噂ではいろ〳〵な事を聞く。それも、歌が一首三十何錢だとか。歌を頂きに行くとちやんと其の勘定をいかにも營利的に取引きするとか。今の御年輩でも平生に緋の襦袢の袖をちらつかせてゐるやうな方だとか。又黒いお顏にお化粧もなさらず髮の毛を氣違ひのやうにばら〳〵にさせてゐたお姿を、三越でお見上げしたとか、人と對話をなさる時は、物靜で、柔らかな優しい言葉の調子で物を云はれるとか。いかにも外面的に晶子と云ふかたを觀たやうな噂ばかりで、あのかたのほんとうの心の末端にふれたやうな批判的の噂を聞いたことがないから、猶更私には晶子と云ふかたに就いては唯偉いと思ふばかりで何も分りません。

かみがたで生れた方《かた》だから、絹糸を繰るやうなアクセントで、さうして花片のひた〳〵とふれるやうな發音で、なだらかに、美しくやさしく内氣《うちき》らしく物をおつしやるのではないかと想ふ。これだけはわかる。それから緋の襦袢の袖――これも晶子と云ふかたが好んでお着《つ》けになりさうな色だと思ふ。自分の身體の周圍にわざとらしくなまめかしい色を添へて、女の美の彩りを飾らうと云ふやうな外見的の意味でなく、單に赤い色そのものをお好みになつて、斷片的に身に付ける扱《しと》きとか襦袢の袖とかに、このかたの選んで着けられさうな色合《いろあひ》である。何かの雜誌で、あのかたがお居間《ゐま》の衣桁に、いろ〳〵色の美しい扱《しと》きや、帶、模樣のある衣服などを引つかけておいて、それを眺めて樂しむと云ふ樣なことの書いてあつたのを見たことがあつた。又もえぎ色の蚊帳を透かして、夜着の色や、眞つ白な肌の色などを眺めるのが快いと云ふやうなことも何かで見た。單純な平生の起居の上にも、御自分の趣味から作られた裝飾美や、きもの丶配色美によつて自分の周圍に繪のおもむきを見出し、又少しでも身につけたものの中から色彩の美を感じさせやうとしてそれを樂しんでゐられると云ふやうな優美なお人柄がそれによつてうかゞはれる。

さうして其の平凡な、生活の爲に仕事をしてゐられる樣な場合の一分一秒も、御自分の趣味で充實させやうとし、其の間にくゆらす煙草の煙りにもよい香を求め、物を書く時の瓦斯の灯一とつにも美しさを求めてゐられる晶子さんは、それと同時に、御自分の生そのものを華やかな光彩のある一篇の詩として作り上げやうとしてゐられるやうなところがあると想ふ。このかたの生活の上には美しい詩の薄ぎぬがかぶさつてゐて、その薄ぎぬて現實の社會と御自分の生活の上とを立派に區劃《くぎ》つてゐられるやうな氣がする。

私は歌はできないし、歌人の歌もあんまり氣にして讀む方ではないけれども、晶子さんの歌だけは大好きである。名優の舞臺上のはなやかな演技に引き付けられるやうな、眩《まばゆ》ひ美しい心持てよく晶子さんの歌をよむ。このかたの文字は活字にしてもその活字の一とつ〳〵に絢爛なあやが織り込まれてゐるやうにきれいだと思ふ。晶子さんの歌は一度目を通すともう眞ぐ覺え込んでしまふ。そうして何時ともなく覺えた歌を我れ知らず誦じてゐるやうなことがある。男の一流の歌人と云はれる人の歌とこのかたの歌と、その價値にどんな差があるのか何か知らないが、私にはこのかたの歌が、絶妙な音樂を聞いてる時の心持、きれいな芝居を觀てゐる時の心持と同じに、その言葉のあやに醉はされるやうなのが嬉しいのである。

七人のお子さんに對する母らしい態度、又は御良人に對する素直な妻らしい態度――御良人に對していつも處女の戀のやうな純な心を向けてゐられると云ふやうな初々《うゐ〳〵》しいお心持などに就いて――良妻賢母と云ふよりは賢妻良母と云ひたいやうに――この方が御良人と一所に世間的にお働きになつたり、又女らしく優しくこまやかに家政を御らんになると云ふやうな事については、唯私のやうな女は驚異の眼をみはるばかりである。このかたと師弟の關係のあるやうな人たちは、きつとこのかたを優しい情ぶかいかたと云ふだらうと思ふ。そうしてこのかたに對しては遂に叛《そむ》き去ることの出來ない親しいきづなを結び付けられるやうな和《やは》らいだ感情に浸されると云ふだらうと思ふ。藝術的權威のほかにある時のこのかたは、務めてもやさしい女人てゐられるやうな方《かた》てはないかと思はれる。

新しがつた若い女たちが、赤い酒をのみ青い酒をのみ煙草をくゆらして人眞似の藝術を論じてゐる時に、唯一人與謝野晶子と云ふ獨目の立場の上に明治の婦人中の婦人の誇りの瞳子をかゞやかし得るこのかたに對して、私ども同性はあくまで尊敬の意を拂はなければならないと思ふ。

△環さんと須磨子さん

田村とし子

私はどちらに就いても別に何と云つて取りたてゝ云ふこともない。柴田さんの歌劇はいつも拜見してゐる。おもしろいと思つて見る。柴田さんの聲はほんとに美しい聲だと思つてゐる。そうしてあのぶとうな身體の形が、いつ見てもちつとも曲《きよく》の現はれてこないことに感心をしてゐる。あの丸つこい少しも態《しな》のできない身體を、唯そのまゝに舞台の上に抛りだしてゐることに感心をしてゐる。

いつになつたらあのかたの形は見よくなるのだらう。今度のやすだらなぞでも、劍を逆手《さかて》にして提婆を切りかけるところがある。その手を提婆に押へられると、手を後《うしろ》にして正面を向いて片膝立ちをしてもがくやうな事をする。あの形は舊劇でよくやる形だ。あんな仕科《しぐさ》をしないでも、新らしい試みと云ふかどで、も一層大膽に自身でいろ〳〵心持を現はす形を工夫なすつたら宜からうと思ふ。其所まで手が届かないであんな仕科でも誰かに敎はるのなら、舊劇の型でも何でも仕方がないから、せめて其の形だけも、見よくする樣に修練されたらよからうと思ふ。歌劇と云ふものは、聲ばかりよくつて、仰向いて腰を落すやうな恰好で歌ふばかりぢや仕方がない、——のぢやないかと考へる。然し柴田さんのやうな女流の聲樂家がこの明治時代に現はれたからこそ、私たちは見た事も聞いた事もない歐劇と云ふものゝ大體を知ることが出來たので誠に有難いことだと思つてゐます。

松井須磨子と云ふ名を聞く度に、私は何だか神の皮肉ないたづらを見せられてゐる様な氣がする。

このかたには二三度逢つた。誠に可愛氣のある、感情の和らかな――もう年はいゝ加減だと云ふけれどもいかにも娘々した人である。このかたが天下の文藝協會をその双肩に荷つてゐる――と云ふやうな形勢になつてゐるのかと思ふと、何だか可愛想なやうな、天つ晴れなとでも云ひ度いやうな氣がする。なりにもふりにも構はずあまり大きくない身體を堅くして、石にかぢり付いても成功すると云つてるところを見ると、涙ぐみたくなるやうである。

松井さんの技藝――それは公演の回毎に進んでくる、いまに押しも押されもしない立派な女優になるに違いないと思つてゐる。

わからない手紙

田村とし子

私《わたし》はあれから家《うち》へ歸《かへ》つて、蚊帳《かや》のなかへはいると、しばらく仰向《あほむ》けになつたまゝで泣《な》いてゐました。私《わたし》はその時《とき》まで、ちよつとでも食《く》ひしめてゐる自分《じぶん》の齒《は》をゆるめると、直《す》ぐ胸《むね》の底《そこ》から涙《なみだ》が突《つ》き上《あ》げてきさうで、つき上《あ》げてきさうで仕方《しかた》がなかつたのです。

あの暗《くら》い花川戸《はなかはど》の河岸《かし》へはいつてから、ぶつきらぼうに私《わたし》はあなたに「結婚《けつこん》をおしなさいな」と云《い》ひましたね。言葉《ことば》の調子《てうし》がぶつきらぼうだつた通《とほ》りに、私《わたし》のあの時《とき》の心持《こゝろもち》もほんとにぶつきらぼうだつたんです。さうして私《わたし》は其《そ》の後《あと》をよく饒舌《しやべ》りましたつけ、あなたを妻《つま》にするに就《つ》いての先方《さき》の結婚《けつこん》の條件《でうけん》と云《い》ふやうなものを私《わたし》は仲人口《なかうどぐち》をきくお婆《ばあ》さんのやうによくあなたに饒舌《しやべ》つて聞《き》かせました。あなたは默《だま》つてゐらしつた。さうしてもう一度《ど》あの廣《ひろ》ひ暗闇《くらやみ》の通《とほ》りへ出《で》て、たゞ赤《あか》い色《いろ》の電燈《でんとう》を的《あて》に電車道《でんしやみち》に添《そ》つて歩《ある》いた時私《ときわたし》もだまつてしまひました。あなたは「悲《かな》しくなつちやつた。」と云《い》つた。私《わたし》はそれを聞《き》くと「あなたが悲《かな》しいより其《そ》れを話《はな》した私《わたし》の方《はう》がもつと悲《かな》しい。」と云《い》つたら「え、あなたが。」と云《い》つてあなたは私《わたし》の肩《かた》に手《て》をおいたでせう。――あの時《とき》私《わたし》の眼《め》の中《うち》は涙《なみだ》がいつぱいだつたんですよ。――さうして私《わたし》の肩《かた》に當《あ》てたあなたの手《て》の熱《ねつ》の感觸《かんしよく》が、未《いま》だに私《わたし》の單衣《ひとへ》の上《うへ》から肌《はだ》を透《とほ》してぢわ〳〵と感《かん》じてゐるやうな氣《き》がしてゐます。

私《わたし》はあなたを人《ひと》の妻《つま》にはさせ度《た》くない。いつまでもあなたを藝術《げいじゆつ》の上《うへ》に遊《あそ》ばせておきたい。いつまでもいつまでも一人《ひとり》で遊《あそ》ばせておきたいのです。私《わたし》はあなたが人《ひと》の妻《つま》になるのは悲《かな》しいのです。それを私《わたし》の方《はう》からあなたに「結婚《けつこん》をなさい。」と云《い》つたのぢやありませんか。

いつたい、昨日妹《きのふいもうと》さんがあなたの心持《こゝろもち》を聞《き》いてくれと云《い》つて頼《たの》みにいらしつた時間《じかん》と、あなたの遊《あそ》びにいらしつた時間《じかん》との間《あひだ》が、あんまりなさ過《す》ぎたのです、手《て》の裏《うら》を返《かへ》す時間《じかん》のゆとりもない程早急《ほどさつきふ》に、妹《いもうと》さんの歸《かへ》られたあとあなたの顔《かほ》を見《み》た私《わたし》は、隨分《ずゐぶん》まごつきました。其《そ》れにあなたは荒《あら》い浴衣《ゆかた》がけで樣子《やうす》の好《い》い風《ふう》をして、この間《あひだ》の約束《やくそく》の通《とほ》り、夜《よる》の吉原《よしはら》から淺草《あさくさ》へ遊《あそ》びにゆく積《つも》りで出《で》ていらしつたんだもの。私《わたし》はあなたの全體《ぜんたい》の調《てう》子《し》に感興《かんきよう》が充《み》ちてゐて、何《なに》か非常《ひじやう》な樂《たの》しみにそゝられてゐる樣《やう》な眼付《めつき》を見《え》ると、もう妹《いもうと》さんから頼《たの》まれた實際《じつさい》の問題《もんだい》をその儘《まゝ》あなたに打《ぶ》つ突《つ》ける氣《き》にはどうしてもなれなかつた。

何《なに》が面白《おもしろ》くつてこんなに興《きよう》がつた樣子《やうす》してゐるのかと思《おも》ふと、私《わたし》は堪《たま》らなくあなたが好《よ》かつたのです。一と足《あし》さきの自分《じぶん》の身體《からだ》の事《こと》なぞに頓着《とんぢやく》もなくはしやいだあなたの 唇《くちびる》の色《いろ》が、どんなに私《わたし》には美《うつく》しく見《み》えたでせう。——

私《わたし》は知《し》らん顔《かほ》をしてゐた。——

さうして二人《ふたり》はあの汚《きたな》い山伏町《やまぶしちやう》の夜店《よみせ》を歩《ある》いて一錢《せん》の繪扇《ゑあふぎ》を買《か》つたり、馬道《うまみち》の通《とほ》りで豆《まめ》しぼりの手拭《てぬぐひ》を買《か》つたり吉原《よしはら》の五十稻荷《いなり》でピラ〳〵の簪《かんざし》や、おみこしの玩具《おもちや》を買《か》ひました。あなたは赤《あか》い綱《たひ》の提灯《ちやうちん》が欲《ほ》しいと云《い》つて、あれを荷車《にぐるま》に乘《の》せて引《ひ》いて行《い》つたお婆《ばあ》さんの跡《あと》を追《お》つかけたりした。

けれど私《わたし》は、あなたに云《い》はなくつちやならない。聞《き》かなくつちやならないと云《い》ふ緊張《きんちやう》した眞面目《まじめ》な氣分《きぶん》が底《そこ》の方《はう》に沈《しづ》んでゐるので、時々《ときどき》、私《わたし》はあなたのお守《も》りをしてゐる樣《やう》な感《かん》じがして自分《じぶん》から遊《あそ》ぶと云《い》ふ氣《き》にはなれなかつたのです、土手《どて》から今戸橋《いまどばし》へ出《で》て、向《むか》ふ岸《ぎし》の渡《わた》し場《ば》の灯《ともしび》が、狐《きつね》の嫁入《よめい》りの火《ひ》のやうだと云《い》つて眺《なが》めましたね。そのあなたの足《あし》が私《わたし》の方《はう》に返《かへ》つた時《とき》、あなたは彼《あゝ》した思《おも》ひがけない事《こと》を私《わたし》の口《くち》から聞《き》いたのだつたでせう。

妹《いもと》さん自身《じしん》の口《くち》から結婚《けつこん》の事《こと》をあなたに云《い》つて、さうして大變《たいへん》に怒《おこ》られたのですつて。それはほんとに怒《おこ》られたのですつて。それでもう懲《こ》りて自分《じぶん》から云《い》ふのは恐《こは》いから私《わたし》から聞《き》いてくれと云《い》はれたその妹《いもうと》さんの心持《こゝろもち》が私《わたし》にはどんなに可愛《かあい》かつたでせう。私《わたし》は聞《き》いて上《あ》げると云《い》つて受《う》け合《あ》ひました。さうしてお故郷《くに》の御兩親《ごりやうしん》のお心《こゝろ》も休《やす》まる事《こと》なら、今度《こんど》の結婚《けつこん》に就《つ》いてどんなにしても姉《ねえ》さんが承知《しようち》する樣《やう》に私《わたし》は骨《ほね》を折《を》ると妹《いもうと》さんに誓《ちか》ひました。それにあなたを望《のぞ》んでると云《い》ふ人《ひと》が私《わたし》にも嬉《うれ》しい人《ひと》であつたからです。

けれど、私《わたし》は惜《を》しくつて仕方《しかた》がない。惜《を》しいのです。――其《そ》の話《はなし》をしてしまつてから、あなたも私《わたし》も默《だま》り込《こ》んでしまひましたね。山《やま》の手線《てせん》の停車場《ていしやば》で二人《ふたり》で一つづゝ買《か》つた同《おな》じ玩具《おもちや》を始末《しまつ》してゐた時《とき》、私《わたし》はあの玩具《おもちや》をそこいらへ抛《はう》り出《だ》してしまい度《た》いほど、興《きよう》が拔《ぬ》けてゐました。身體《からだ》も疲《つか》れてゐましたけれど。――人生《じんせい》と云《い》ふ恐《おそ》いおばさんの前《まへ》で、私《わたし》は私《わたし》の大事《だいじ》にしてゐる何《なに》もかもをみんな引《ひ》つたくられた樣《やう》な無殘《むざん》な氣《き》もした。

私《わたし》は馬鹿《ばか》な事《こと》を書《か》いてゐました。妹《いもうと》さんへ裏切《うらぎ》りをしてゐるやうな事《こと》を云《い》つてます。これぢや駄目《だめ》ぢやありませんか。私《わたし》はあなたに結婚《けつこん》をなさい。何《なに》も考《かんが》へずに結婚《けつこん》と云《い》ふ的《まと》へ唯《たゞ》まつしぐらにお進《すゝ》みなさいと云《い》はなくつちや可《い》けないのでした。先《さ》きの人《ひと》が文學者《ぶんかくしや》で遊《あそ》んで生活《せいくわつ》の出來得《できう》る人《ひと》と云《い》ふのも嬉《うれ》しい。さうしてあなたの畫《ゑ》が好《す》きだからと云《い》ふのも嬉《うれ》しい。結婚《けつこん》なさい。あなたが結婚《けつこん》をすれば、あなたのフアミイリ！はどんなに喜《よろこ》ぶかしれないのだから。

私《わたし》が何《なん》のかのと云《い》つてるのはこれは私一人《わたしひとり》の得手勝手《えてかつて》の感情《かんじやう》と云《い》ふものでした、けれど私《わたし》も一人身《ひとりみ》ではないのです。……

あゝ私《わたし》は淋《さび》しくつて仕樣《しやう》がない。私《わたし》の心《こゝろ》の持《も》つてゆきどころがなくなるのが悲《かな》しくつて淋《さび》しい。私《わたし》にはたつた一人《ひとり》のあなたなのだから。

何《なに》を書《か》いてゐるのか分《わか》りませんねえ。これぢや。

T

Cさま

ねあの夜《よ》ひとりになつてから寂《さび》しい心《こゝろ》を抱《いだ》いて止《と》めどもなくいろんな思《おも》ひに沈《しづ》みましたよ。涙《なみだ》が出《で》ると思《おも》ふとまるでほら穴《あな》みた樣《やう》になつたり、しやちこ張《ば》つてまるで中風《ちうふう》の人《ひと》か何《なん》ぞの心持《こゝろもち》がしたりしてね、まち〳〵してる中《うち》にあま戸《ど》が白《しろ》くなつてしまひました。あさがきたけれどやつぱり私《わたし》のこゝろはまつくらなの、妙《ゆう》にいろがあをちやけて今日《けふ》は涙《なみだ》もこゝろよくは流《なが》れません、けふの日《ひ》のしごとを考《かんが》へてみました、そして赤《あか》としろときとくろとの玉《たま》を一つづゝかぞへて四百六十二と二とね、それから三百三十三と、長《なが》いたまとを百六十とそこまでつゞりました、一つ〳〵にね、いろ〳〵なおもひをこめて數《かず》を間《ま》ちがひない樣《やう》に一所懸命《しよけんめい》になつたのですよ、そしたら妹《いもうと》がきました、來《き》てくれたと云《い》ふ感《かん》じがしました。ひとりぢやたまらなく自分《じぶん》をさいなむばかり

なのですもの、ほんとに助《たす》かつた様《やう》な氣《き》がしました。

夕方《ゆふがた》にね、おてがみを見《み》ました、ありがたう、ほんに相應《ふさは》しいいろずりの思《おも》ひがしました、妹《いもうと》も見《み》ました、そしてあなたがしみ〴〵おもつて下《くだ》さることを感《かん》じてゐます、うらぎりでも何《なん》でもないつて。

いまはねもうその翌《あ》くる日《ひ》ですよ。

生《うま》れてはじめて感《かん》ずる様《やう》な色《いろ》のさめた様《やう》なものやさしいあはれげなしつとりした心持《こゝろもち》でゐます胸《むね》の底《そこ》がしくしくいたみますけれど

Tさま

わたしの眼《め》も見《み》へぬほど大《おほ》きなものがきてぐい〳〵私《わたし》を引摺《ひきず》つていつてもう取返《とりかへ》しのつかぬ處《ところ》で私《わたし》のめをあけさした方《はう》が私《わたし》には樂《らく》でいゝのです。それぱかしきのふから考《かんが》へますある二人《ふたり》が生中思《なまなかおも》ひあつて暮《くら》した處《ところ》でその戀《こひ》もいつかは醒《さめ》るにきまつてる、さうした日《ひ》の寂《さび》しさは私《わたし》には死《し》よりもおそろしいおもひです。愛《あい》すが故《ゆゑ》に愛《あい》するものとは生活《せいくわつ》がしたくありませんしまいと思《おも》ふのです。はじめからはじめから藝術《げいじゆつ》に生《い》きる覺悟《かくご》かなぞであれば同《おな》じくるしみにも當《あて》があります、それで私《わたし》はいまもう思《おも》ひあきらめてさうし様《やう》と思《おも》つて見《み》るのですさみしいなら始《はじ》めからさみしい方《はう》がいゝのですかう思《おも》ふまでに築《きづ》いてはくづし〳〵何《なに》やら彼《か》やら思《おも》ひましたけれどたゞもだ〳〵して、ちつとも自分《じぶん》にもわかりません。

ね、私《わたし》は殊《こと》によつたら今度結婚《こんどけつこん》しやうと思《おも》ふのです、夫《それ》から先《さき》はしりません。あなた私《わたし》の心《こゝろ》は病氣《びやうき》をしてるかもしれませんから何《なに》かきかして下《くだ》さい、私《わたし》はもう澤山《たくさん》ですじつとしてゐてはたの人《ひと》のしたい様《やう》になりませう先《さき》は失戀《しつれん》した人《ひと》です、私《わたし》には戀《こひ》のローマンスもない悲《かな》しい女《をんな》です、お互《たがひ》にたゞ寂《さび》しい人間《にんげん》です。

私《わたし》はおそろしい氣《き》もしてゐます。

なんにも私《わたし》にはわからない。

何《なん》でもきゝますからあなたの云《い》ふことときかして下《くだ》さい。

ああ、かなしい、かなしい何《なん》ともしれずかなしいのです。

Tさま

C

岐阜長良川の鵜飼

簾の蔭から

田村とし子

私《わたし》の生活《せいくわつ》は比較的に自由《じいう》な生活《せいくわつ》である。私《わたし》の家庭《かてい》私《わたし》の夫《をつと》——それは少《すくな》くも私《わたし》に苦痛《くつう》を與《あた》へるだけの壓迫《あつぱく》は加《くは》へてはゐないのである。私《わたし》の家庭《かてい》は私《わたし》の心《こゝろ》が世間《せけん》に對《たい》してゐると同《おな》じ程度《ていど》に開《あ》けつ放《はな》しである。家庭《かてい》の門《もん》を閉《と》ざしてその中《なか》に秘《ひ》め込《こ》まなければならない。大切《たいせつ》なものは私《わたし》にはない。隨《したが》つて私《わたし》はその大切《たいせつ》なものによつて煩《はづら》はさるゝ束縛《そくばく》も顧慮《こりよ》もない。私《わたし》は自分《じぶん》の家庭《かてい》を考《かんが》へるのも外《ほか》のカフエーを考《かんが》へるのも同《おな》じである。放縦《はうじ》な私《わたし》は自分《じぶん》の家庭《かてい》をかく放縦《はうじう》に取扱《とりあつか》つてゐる。私《わたし》は敢《あ》へて家庭《かてい》を中心《ちうしん》とした樂《たの》しみを求《もと》めやうともしたことがない。

私《わたし》は又《また》、ある意味《いみ》において夫《をつと》よりもゝつと自身《じしん》に於《おい》ては親《した》しさを感《かん》じてゐる男性《だいせい》の友達《ともだち》を持《も》つてゐる。私《わたし》はそれ等《ら》の人《ひと》に對《たい》して自由《じいう》な手紙《てがみ》を書《か》く。さうして久《ひさ》しく不沙《ご》汰《た》し合《あ》つて男《をとこ》の友達《ともだち》に久《ひさ》し振《ぶ》りで逢《あ》つた時《とき》、なつかしいと思《おも》ふ心情《しんじやう》から私《わたし》は夫《をつと》の前《まへ》でその男《をとこ》の友達《ともだち》の頰《ほゝ》を扇子《せんす》で突《つ》いたりする事《こと》もできる。それ等《ら》の男性《だんせい》との交際《かうさい》——それは如何《いか》にも善《ぜん》なものであると私《わたし》は信《しん》じてゐるからである。私《わたし》が自身《じしん》の友達《ともだち》として、もつとも利益《りえき》のある、

信州木曾寢覺の床

又《また》もつとも趣味《しゆみ》の一致《ち》した人《ひと》を撰《えら》ぶ時《とき》、私《わたし》にはその性《せい》の上《うへ》に男女《だんぢよ》の差別《さべつ》を認《みと》めてゐないのである。

私《わたし》の夫《をつと》はそれに對《たい》して相當《さうたう》の理解《りかい》を持《も》つてゐてくれる。さうして文藝上《ぶんげいじやう》に就《つい》て私《わたし》どもは全然《ぜん〴〵》同《どう》一の見解《けんかい》を有《いう》してはゐないけれども、然《しか》し他方《たはう》においては可《か》なり親密《しんみつ》の一致《ち》がある。自己《じこ》の藝術《げいじゆつ》の爲《ため》には自然夫《しぜんをつと》との衝突《しようとつ》は免《まぬが》れないが、其《そ》の代《かは》り家庭的物質問題《かていてきぶつしつもんだい》に對《たい》しては私《わたし》はいつも夫《をつと》の意見《いけん》に從《したが》つてゐるからである。甘《あま》んじて從《したが》つてゐるからである。私《わたし》はそれ等《ら》の服從《ふくじう》は、私《わたし》の意志《いし》に何《なん》の强制《きやうせい》するところもないと信《しん》じてゐる。

さうして、私《わたし》が物質問題《ぶつしつもんだい》に對《たい》しては凡《すべ》て夫《をつと》の意見《いけん》に任《まか》せてゐると同時《どうじ》に、夫《をつと》も私《わたし》の藝術的自由《げいじゆつてきじいう》に就《つ》いては少《すこ》しも壓迫《あつぱく》を加《くは》へてはゐないのである。共同活動《きようどうくわつどう》の上《うへ》に、共同生活《きようどうせいくわつ》の上《うへ》に、私《わたし》どもはある理解《りかい》からそれ〴〵の權利《けんり》をお互《たがひ》に認《みと》め合《あ》つてゐるのである。

さうして又私《またわたし》どもの間《あひだ》には斯《か》う云《い》ふ約束《やくそく》がある。それは何《いづ》れかが他《た》に向《むか》つて新《あらた》な戀《こひ》を得《え》た時《とき》、二人《ふたり》は何時《なんどき》でも自由《じいう》に別《わか》れ去《さ》ると云《い》ふ約束《やくそく》である。然《しか》しそんな事《こと》は、いざと云《い》ふ場合《ばあひ》にはいろ〳〵な複雜《ふくざつ》した心《こゝろ》の要求《えうきう》から、然《さ》う無造作《むざうさ》にも行《ゆ》かないかも知《し》れない。唯《たゞ》お互《たがひ》の思想《しさう》なり感情《かんじやう》なりをお互《たがひ》の心《こゝろ》と心《こゝろ》に無理强《むりじ》ひに密着《くつ》けておかうと爲《し》ないでいつも自由《じいう》に引《ひ》きはなしておかうと云《い》ふ拘束《こうそく》のない氣分《きぶん》を求《もと》めて約束《やくそく》した言葉《ことば》であるかも知《し》れない。

安藝深山溪

兎《と》に角《かく》私《わたし》どもの間《あひだ》にはある程度《ていど》までは許《ゆる》し合《あ》ひ、了解《れうかい》し合《あ》つた自由《じいう》があるのである。

私《わたし》の生活《せいくわつ》は自由《じいう》である。

然《しか》しそれと同時《どうじ》に私《わし》の生活《せいくわつ》は無秩序《むちつじよ》である。

親族《しぞく》の安寧《あんねい》の爲《ため》に家庭《かてい》を設《しつら》へ、家庭《かてい》を樂園《らくゑん》として夫婦《ふうふ》の幸福《かうふく》、親族《しんぞく》の平和《へいわ》を樂《たの》しむ人《ひと》たちから考《かんが》へたなら、こんな無秩序《むちつじよ》な紛亂《ふんらん》した生活《せいくわつ》は唾棄《だき》しても足《た》りない樣《やう》に思《おも》ふかもしれない。妻《つま》らしい女性《ぢよせい》が家庭《かてい》を整理《せいり》して行《ゆ》くのでない以上《いじやう》、秩序《ちつじよ》ある生活《せいくわつ》は到底《たうてい》營《いとな》めないに定《きま》つてゐる金錢《きんせん》に就《つ》いて打算《ださん》のない私《わたし》は悉《ことごと》く不經濟《ふけいざい》な事《こと》をやつてゐる。男性《だんせい》が經濟《けいざい》などに就《つ》いて考慮《かうりよ》のないのは當《あた》り前《まへ》の話《はなし》なのである。秩序《ちつじよ》のない生活《せいくわつ》は其所《そこ》からも生《しやう》じてくるのである。

私《わたし》は自分《じぶん》の藝術的氣分《げいじゆつてききぶん》から起《おこ》る絶對《ぜつたい》の自由《じいう》がある意味《いみ》において、斯《か》うした下等社會《かとうしやくわい》のくつゝき合ひの夫婦《ふうふ》が厭氣《いやき》が差《さ》すまで一緒になつてゐて其所《そこ》に巢《す》を食《く》つてゐる樣《やう》な、劣等《れつとう》の生活《せいくわつ》狀態《じやうたい》になつて現《あらは》されてくる事《こと》を思《おも》ふと何《なん》とも云《い》へぬあさましさと苦痛《くつう》とを覺《おぼ》える。さうして私《わたし》は家庭《かてい》における妻《つま》の務《つと》めと云《い》ふ事《こと》に就《つ》いて心《こゝろ》の痲痺《しびれ》るまで考《かんが》へる。然《しか》しそれは何《なに》かに打《ぶ》つ突《つ》かつた時《とき》に生《しやう》ずる極《きま》りきつた問題《もんだい》で、私《わたし》は直《す》ぐ平素《へいそ》の私《わたし》に返《かへ》つてしまふ。さうして私《わたし》は夫の理解《りかい》に乘《じよう》じて再《ふたゝ》び放縦《はうじう》な生活《せいくわつ》に浸《ひた》つてゆくのであ

泉州堺大濱の夕陽

る。

私《し》にはこの生中《なまなか》な自由《いう》が今《いま》では却《かへ》つて時折《ときをり》に苦痛《くつう》をもたらしてくるばかりなのである僅《わづか》な自由《じいう》の隙《すき》から思想《しさう》の放縦《はうじう》は放縦《はうじう》を追《お》つて何所《とこ》まで落《お》ち込《こ》んでゆくかも計《はか》られないからである。私《わたし》にはそれが恐しいやうにも思《おも》はれるのである。

《つひ》に身動《みうご》きもならい、程《ほど》の絶對《ぜつたい》の束縛《そくばく》、私《わたし》はそれが欲《ほ》しくてならない。私《わたし》に飽《あ》くまで男《をとこ》の手《て》に服從《ふくじう》を強《し》ひられて見《み》たい。さうして利不盡《りふじん》な壓迫《あつぱく》を受《う》けた時《とき》、私《わたし》は始《はじ》めてそこに眞實《まこと》の自由《じいう》が見出《みいだ》されてくるかも知《し》れないと思《おも》つてゐる。私《わたし》の今《いま》の、生活《せいくわつ》は自由《じいう》な生活《せいくわつ》と云ふよりは、むしろ放縦《はうじう》な生《せい》活《くわつ》と云《い》ふにとゞまつてゐるのである。

青踏社《せいたふしや》の一部《ぶ》の人《ひと》は鴻《こう》の巣《す》へ行《い》つて強《つよ》い酒《さけ》を飲《の》んだり、吉原《よしはら》へ遊《あそ》びに行《い》つたりした事《こと》が一寸《ちよいと》した問題《もんだい》になつて、この樣《やう》に上《うは》つ調子《てうし》な「新《あたら》しがり」やに見《み》ると嫌惡《けんを》の感《かん》が募《つの》るばかりだ社會《しやくわい》の一團《だん》から追《お》ひ除《の》ける必要《ひつえう》があると云《い》はれたりしてゐる。

さうして強《つよ》い酒《さけ》を飲《の》むのは男《をとこ》の眞似《まね》をしてゐるのだと云《い》ふ人《ひと》もある。何《なに》も強い酒を飲《の》むのが男《をとこ》の眞似と云《い》ふ譯《わ》でもない。男《をとこ》で甘《あま》いものを好《す》く人《ひと》は女の眞似《まね》をしてゐると云ふ譯でもないだらうから。――然しあの若《わか》い

伊豆三島加茂川の群鴨

女《をんな》の人《ひと》たちは何《なに》を考《かんが》へて殊更《ことさら》に大《おほ》つぴらに酒《さけ》を飲《の》んだり、女《をんな》を買《か》つたりして遊《そ》ぶのでらう。奇行《かう》を衒《てら》つて自分《じぶん》たちの名《な》をひろめやうと云《い》ふ策《さく》からでもあるまい。酒《け》が好《す》きで〳〵仕方《しかた》がなくつて飲《の》むのだらうか。女《をんな》が好《す》きで好《す》きで仕方《しかた》がなくて、吉原《よしはら》まで出《で》かけたのだらうか。懐手《ふところで》をして銘酒屋《めいしゆや》を素見《ひやか》して歩《ある》いたところで、其《そ》れは唯人《たゞひと》の悪るい男性《だんせい》から下劣《れつ》な嘲笑《てうせう》を浴びせられるだけのものである。

あの若《わか》い女《をんな》の人《ひと》たちは男性《だんせ》と云《い》ふものを馬鹿《はか》にする心算《つもり》で　男性《だんせい》の向《むか》ふに廻《まは》つて負けずに強《つよ》い酒《あけ》を煽《あふ》るのかも知《し》れない。男性《だんせい》をおどかす心算《つもり》で吉原《よしはら》の貸座敷《かしざしき》などに平然《へいぜん》と押《お》し上《あが》つたのかも知《し》れない。長《なが》い髪《かみ》をたくはへて柔《やは》らかい皮膚《ひふ》をもつた女《をんな》が、いくら男《をとこ》の向《むか》ふを張《は》つても夫《そ》れは唯《たゞ》、皮肉《ひにく》な男性《だんせい》の笑《わら》ひを買《か》ふだけにとゞまるのである。

あの若《わか》い女《をんな》の人《ひと》たちは本當《ほんたう》にお孃《ちやう》さんだと思《おも》ふ。何《なん》と云《い》ふ可愛《かあい》らしい、さうして又男《またをとこ》を知《し》らないと云《い》ふ事《こと》を無邪氣《むじやき》に表白《へうはく》してしまつてる事《こと》だらう。男性《だんせい》をおどかすなら、又男《またをとこ》の度膽《どぎも》を引き抜《ぬ》かうと云《い》ふのなら、新橋《しんはし》一流《りう》の美妓《びぎ》にでゝも有頂天《うちやうてん》になられるやうな情事《じやうじ》を作《つく》らなくつちや駄目《だめ》である。吉原《よしはら》の貸座敷《かしざしき》へおづ〳〵一と晩《はん》ぐらゐ宿《とま》るぐらゐな事《こと》ではおもしろくない。それから又男《またをとこ》の文士《ぶんし》たちの行《ゆ》く鴻《こう》の巣《す》などへ行《い》つて強《つよ》い酒《さけ》を飲《の》むから男《をとこ》の眞似《まね》をすると云《い》はれるのである。居酒《ゐざか》やでゝもどぶろくを煽《あふ》りつけ

山城嵐峽

て大道《だいだう》を酔《よ》つて歩《ある》かなくちや男《をとこ》たちは徒かない。社會《しやくわい》の一隅《いちぐう》から追放《つゐはう》さうと云《い》ふ樣《やう》な侮蔑的批判《ぶべつてひはん》を受《う》けてゐるうちは駄目《だめ》である。然《さ》う云《い》ふ人《ひと》たちの所《ところ》を管《くだ》を巻いて歩《ある》き廻《まは》らなければ徹底《てつてい》しない。

兎《と》てもやるなら、男《をとこ》のやり得《え》ない事《こと》を遣《や》つて見《み》せるがいゝ。女《をんな》にしてやり得《え》ない事《こと》を遣《や》つたところで、其《そ》れは唯擯斥《ひんせき》と嘲弄《てうろう》とが殘《のこ》るばかりである丸《まる》つこくふつくりした肉《にく》に包《つゝ》まれた女《をんな》が、男《をとこ》の生活《せいくわつ》と同《おな》じ生活《せいくわつ》をして見《み》せたところで、其所《そこ》には唯女《たゞをんな》を知《し》りきつた男《をとこ》の愚弄《ぐろう》があるばかりである。

私《わたし》はこの頃《ごろ》、時々《とき〴〵》、男《をとこ》のさも男性《だんせい》らしく力強《ちからづよ》さうな嚴《いか》つい骨格《こつかく》を見《み》てゐると、その骨組《ほねぐみ》を粉《こな》みぢんに粉碎《ふんさい》してやり度《た》くなる事《こと》がある。さうして錆《さび》をもつたさも男性《だんせい》らしい太《ふと》い聲《こゑ》を聞《き》いてゐると、その聲《こゑ》の再《ふた》び出《で》ない樣《やう》に咽喉《のど》をひたりと塞《ふさ》いでしまひ度《た》い樣《やう》な氣《き》のする事《こと》がある。男《をとこ》の男《をとこ》らしい外形《ぐわいけい》の權力《けんりよく》と云《い》ふやうなものに魅《み》せられてくると、私《わたし》はかうした苦《くる》しい反抗《はんかう》に責《せ》められるのである。さうしていかにも極端《きよくたん》な兩性《りやうせい》の體現《たいげん》が不思議《ふしぎ》で可笑《をか》しくつてならなくなつたりする私《わたし》は同《おな》じ人間《にんげん》と名《な》の付《つ》くもので、さうして男性《だんせい》でも女性《ぢよせい》でもない一種怪偉《しゆくわいゐ》なものがこの世《よ》の中《なか》に飛びだしてきて、さうして男性《だんせい》と女性《ぢよせい》の間《あひだ》を永遠《えいゑん》に割《さ》いてしまつたらどんなに面白《おもしろ》からうと思《おも》つてゐる。

おわかさんの話

田村とし子

色《いろ》の白いおわかさんは、こまかい藍辨慶《あいべんけい》の單衣《ひとへ》もの丶胸《むね》をはだけて、撫《な》で付《つ》けたばかりの毛《け》のあつい丸《まる》髷《まげ》を少《すこ》し庇《かは》ふやうな首《くび》のあしらい方《かた》をして、亭主《ていしゆ》の煙管《きせる》の掃除《さうじ》をしながら話《はなし》をしてゐる。

「然う云ふ宿《やど》のことを商人宿《あきんどやど》つて云ひまさあね。お金《かね》のある商人《あきんど》の極《こ》くちみに一と月でも半月でも逗留《とうりう》しやうつて云ふ極《ご》く堅い家《うち》なんだね。一夜《や》大盡《たいじん》のパツ〳〵と遣《や》つちまつて後《あと》は空《から》つぽになるやうなのは來《こ》ない、ごく堅い家《うち》なのさ。兄《にい》さんや姉《ねえ》さんはよく一寸《ちよい》々熱海《あたみ》へ出かけるんだけど、あたしやてんから熱海《あたみ》へ行《い》くのが初めてなんだし、自分が病氣《びやうき》で兄さんに勸《すゝ》められて行く氣《き》にはなつたやうなもんの、地《ぢ》體温泉《たいおんせん》なんてものはどうもあたしや好《す》かないね。

兄《にい》さんは姉《ねえ》さんと違《ちが》つてあゝ云ふ優《やさ》しい人だから、彼方《あつち》へ行《い》つた晩なんかもあたしが寢られないで困《こま》つてゐるとね——寢《ね》られないんだよ、お湯《ゆ》の湧《わ》いてくるところが直ぐ傍《そば》にあるの。あたしは夜中《よなか》にほんとに何事《なにごと》かと思つてびつくりしたの。山でも崩《くづ》れてくる樣な音《おと》がするんですよ。それに初めての晩だから寢《ね》られやしないの。――兄《にい》さんは優《やさ》しいから「おわか寢られないか」なんて聞いてくれるけれど、姉《ねえ》さんの方はこつちで御機嫌《ごきげん》取るやうな譯《わけ》なんだから、ほんとにうるさいやね。それに一日經《た》てば一人前《ひとりまへ》二圓づゝはかゝつて行《い》くんだからね、いくら兄さんに連《つ》れてつて貰つたつて、そこはそら、勘定《かんぢやう》は割前《わりまへ》つて譯だから、氣《き》が氣ぢやないさ、此方《こつちや》あ、梅林《ばいりん》も海岸もあつたもんぢやありやしない。そりや好い景色《けしき》でね、心持《こゝろもち》は快《い》いのさ。それに容貌《きりやう》の美《い》い娘が同じ宿にゐてね、お金持《かねもち》の家《うち》だと見へておつ母《か》さんでも何《なん》でも當世づくめの服装《なり》をしてゐたがね。その娘が始終頸《しよつちうくび》へ半巾《はんけち》を卷いてるの。何所《どこ》かお惡《わ》るいんですかつて一度《いちど》聞いたら、その娘はるいれきなんだとさ。でもまあ餘つ程可愛いゝんだね、親《おや》たちは、だつてお前《まい》さん娘が先《さ》きに立つて――それや活潑《くわつぱつ》な歩きかたをする娘なの。――歩いてゆくのを、お父つさんとおつ母さんで方々《はうぐ》追ひまわして歩《ある》いてるの。あの風《ふう》を見て隨分姉さんと笑《わら》つたね。いかな事《こ》つたつて兩親揃《りやうしんそろ》つて娘の後を追《お》つかけて歩いてるんだもの。

あたしや、もう好い加減《かげん》にして歸り度いと思つたけれど、池《いけ》の端《ばた》の森忠《もりちう》さんが來《く》る約束なんだらう。それと京橋《きやうはし》の佐久間さんがね。後《あと》から來《く》る筈になつてるの。だから其れを待《ま》つて一日でも二日でも居てからせへから歸《かへ》らうと斯う思つてると、丁度《ちやうど》四日目の晩《はん》にその人たちが着《つ》いたのさ。これからが一件の話《はなし》なんだわね。

もう其《そ》の時《とき》は、實《じつ》に混《こ》んでたの。明《あ》いてるお座敷がないつて云ふ騷《さわ》ぎなんだらう。冬《ふゆ》の二月だからねえ。でもお馴染《なじみ》のこつたしするもんだから宿屋《やどや》の方でも算段《さんたん》して座敷を一とつ取《と》つておいてくれたんだねえところが其《そ》の座敷《ざしき》が、丁度宿屋《やどや》の玄關《げんくわん》見たいなところを上《あが》つて廊下《らうか》を眞《ま》つ直《す》ぐに行《い》つた突《つ》き當りの座敷《ざしき》で何處《どこ》の部屋へ行《い》くにも其の前《まへ》を通らなくつちや行《い》かれない座敷《ざしき》なんだね。どうも騷々《さうぐ》しくつて騷々しくつて寢《ね》られないつて譯なのさ。其の翌《あく》る日《ひ》。

それでどんな所《ところ》でもいゝから外《ほか》に明いた間《ま》はないだらうかつて聞いたところが、――お内儀《かみ》さんが出《で》てきてね。――いゝ女《をんな》なんだよ。どうもね何所《どこ》の華族《くわぞく》の奥さんかと思ふやうな品《ひん》のいゝね、何《なん》でも土地《とち》のお醫者《いしや》の娘だとか云つたつけ。――お内儀《かみ》さんが出て來て、あるには一と間御座《まござ》いますが、ちと御不便《ごふべん》でと斯う云ふのさ。不便《ふべん》でも何でもいゝから靜《しづ》かな所でさへありやあいゝつて――森忠《もりちう》つて男がまるで喜劇《きげき》に出る深澤《ふかざは》と云つたところなのさ。よく似《に》てゐて、肥《ふと》つてゝおつちよこちよいで、ほんとに笑《わら》はせる男《をとこ》でねえ。――然《さ》う云ふと、えゝもうお靜《しづか》は極《ご》くお靜《しづか》な部屋《へや》なんで御座いますが、つて云ふのさ。兎《と》に角《かく》行つて見やうつて出《で》て行《い》つたつけが、やがて歸《かへ》つて來て、「ほんとに人を馬鹿《ばか》にしてやがらあ。あんな好《い》い座敷《ざしき》が明《あ》いてる癖《くせ》にそれを取つときやがつて、あんな座敷《ざしき》へ通すなんて、達引《たてひき》のねえ奴《やつ》だ。」つて譯《わけ》で、すぐその座敷へ行く事にしたんだね。いゝ座敷《ざしき》でね、床《とこ》の間がちやんと付《つ》いて――、電氣《でんき》も點《つ》いてるし、十疊《でふ》の廣《ひろ》さだらう。丁度橋廊下《はしらうか》を渡つて、ずつと奥《おく》の離《はな》れ見たいなところなんさ。間《ま》は七間ばかり續いて――、隅《すみ》から二つ目の座敷なの。「森《もり》さんも漸《やうや》つと家が出來ていゝ鹽梅《あんばい》だ。早速引《ひ》つ越《こ》すかね。」つてんで、夜《よ》るの十二時位までもあたしの方へ來て饒舌《しやべ》つた揚句《あげく》、まあその座敷《ざしき》へ出て行《い》つたんだね。せへからあたし達《たち》も寢てしまつてとろ〳〵としたかと思《おも》ふとね。森忠さんがお前《まへ》さん、「れこだ〳〵」つて飛《と》び込《こ》んで來たものなの。今考《いまかんが》へると可笑《をか》しいけれど、森さんはどてらを引摺《ひけず》つてさ、佐久間《さくま》さんはお前《まい》さん洋傘《かさ》を持つてさ。れこだ〳〵つて（おわかさんは自分《じぶん》の兩手を腋《わき》の下《した》のところへ持《も》つて行つてぶら〳〵させた）怒鳴《どな》つてきたんだらう。二人《ふたり》ともまあ、まつさをな面《かほ》をしてさ。れこが出るつて騒《さわ》ぎなの。森さんも好《い》い加減冗談《かげんじやうだん》もんだつて皆《みな》で云つても、どうしても恐《こわ》くつてあの座敷へは歸《かへ》れないつて云ふの。

あの座敷へ入《はい》つた時、いきなりぞつとしたとさ。何《なん》とも彼《か》とも云ひ樣のないほどぞつとしたとさ。久しく明《あ》けない座敷だつたから疊《たゝみ》も妙に冷《つ》めたかつたんだらうさ。でもまあ寢《ね》たんだとさ。然《さ》うすると、もう陰氣《いんき》で〳〵仕樣《しやう》がないんだつて。ほら能《よ》く水の影が障子《しやうじ》に映《うつ》るとちら〳〵するだらう。丁度《ちやうど》あゝ云ふちら〳〵した影《かげ》が引《ひ》つきりなし障子へ射《さ》すんだとさ。何《なん》の影だらう何《なん》の影《かげ》だらうと思ひ〳〵眼《め》をつぶつてもさあ中々《なかく》寢《ね》られないつてんだ。ね。然《さ》うしてゐる間《うち》にふいつと壁《かべ》に血のはねてる痕《あと》を森忠が見付《みつ》けたんだつて。さあそれから夢中《むちう》で飛び出す、佐久間《さくま》さんは洋傘《かさ》を一とつ持つて飛《と》んで來《き》たんだつて云ふけれど、何《なん》と思つて洋傘《かさ》を持つて來たものかねえ。（こゝでおわかさんは引《ひ》つ繰《く》り返《か》つて笑つた。）大の男がお前《まい》さん二人《ふたり》で戰《ふる》へてるんだらう。せへから其《そ》の晩《はん》はあたし達の座敷《ざしき》へ泊《とま》つて、翌《あく》る日、女中に聞《き》くと「何《なんに》もそんな事は知《し》りません」つて云ふの。かくしてるんだわねえ。知《し》らばつくれて。其《そ》れにしたつて血《ち》のはねてる痕《あと》を何《ど》うして掃除《さうじ》しきれなかつたものかねえ。何《なに》かその座敷《ざしき》にはあつたには違《ちが》ひないんだね。せへから丁度その晩《ばん》さ。はなしかがありますから入《い》らしつて下さいつて主人《しゆじん》の方から云《い》つて來《き》たんだらう。何所《どこ》のお座敷だつて云つたら昨晩《ゆーべ》の一件の座敷《ざしき》さ。森さん達は騒々《さうぐ》しくつても矢《や》つ張《ぱ》り先《せ》の方がいゝつて又座敷替《ざしきが》へをしてしまつて其所《そこ》は明《あ》いたんさ。他《ほか》の人《ひと》たちはもし何か變事《へんじ》でもあるといけないから行《い》かない方がいゝつて誰《たあれ》も行かないんだらう。だけどあたしだけ聞《き》きに行《い》つたの。知《し》らないお客なんかは皆《みんな》聞きに來《き》てゐてよ。あたしは障子《しやうじ》の際《きは》のところへ座つて聞《き》いてゐたのさ。ほら、子供にお目出度《めでた》い名を付けるつて話《はなし》ね、壽限無々々々、あのお話をね年老《としと》つた話家《はなしか》がやつてゐたの。あたし何《なん》の氣なしに、ほんとに何《なん》の氣《き》なしに、不意《ふい》と横《よこ》を見たの。丁度《ちやうど》壁《かべ》の前のところに銀屏風《ぎんびやうぶ》が立てまわしてあつて其《そ》の前《まへ》ではなしをしてる、其の屏風《びやうぶ》の後《うしろ》があたしの座《すは》つてるところから斜《はす》に見えるんだね、其所《そこ》を不意《ふい》と何《なん》の氣なしに見《み》たんだよ。その陰《かげ》にね、ちやんと白綸子《しろりんず》の座蒲團《ざぶとん》が二枚、ちやあんと敷《し》いてあつたの。…………………

おわかさんは此所《こゝ》まで話すと、後《あと》は聞《き》き人《て》の顔《かほ》をぢつと見《み》て、ぱたりと話を止《や》めてしまつた。

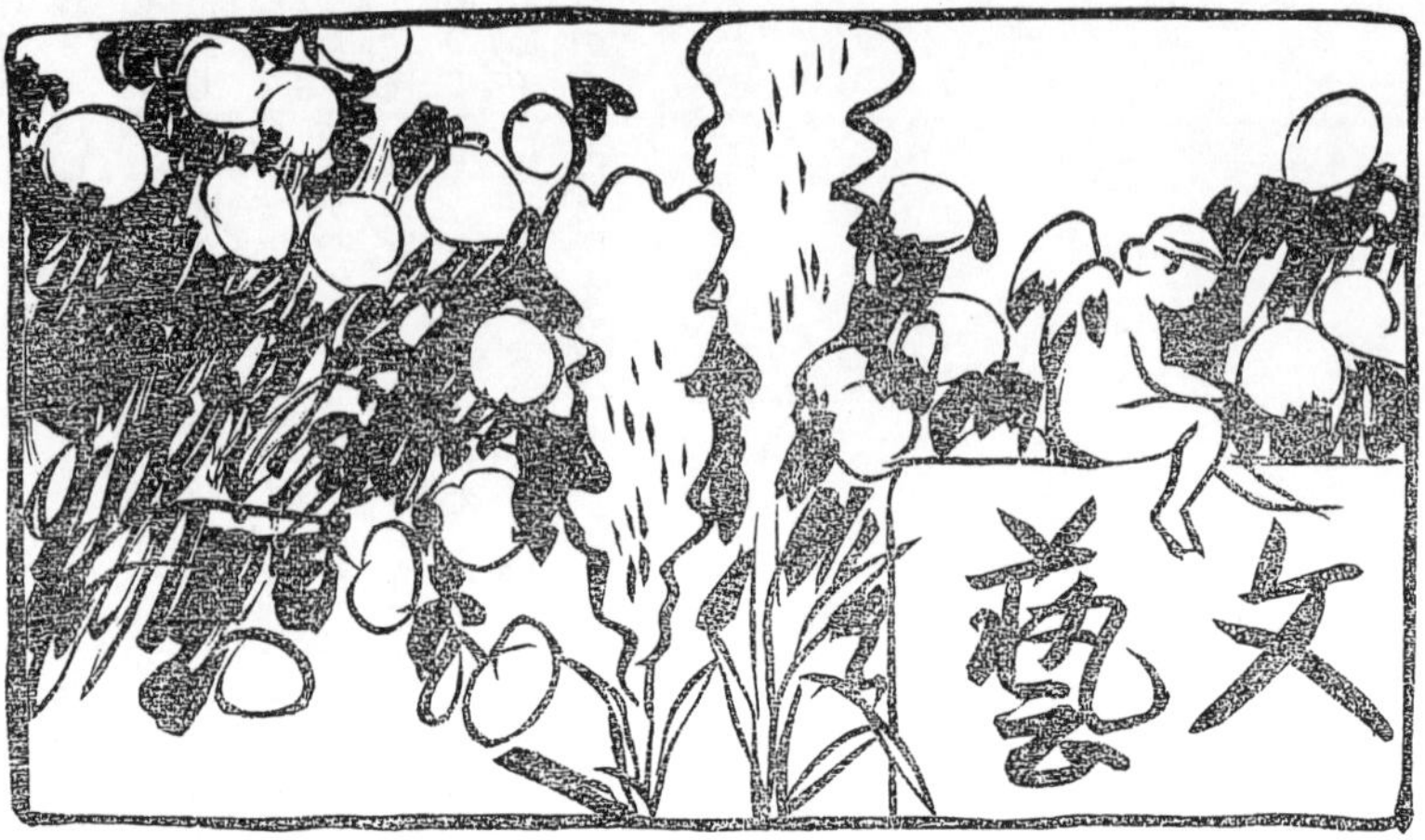

さよより

田村とし子

一　信

あいさま。

わたくしは今裏《いまうら》の垣根《かきね》の前《まへ》の小《ち》さい流《なか》れで足《あし》を洗《あら》つたところです。この水《みづ》は汀《みぎは》の草《くさ》におほはれて、底深《そこふか》くひそ〳〵と流《なが》れてゐるのです。夜《よ》るになるとこの流《なが》れのまわりに螢《はたる》が澤山《たくさん》にでますわたくしの部屋《へや》の窓《まど》から尾《を》を曳《ひ》く様《やう》に螢《はたる》が飛《と》んで來《き》て、そうして庭《には》の方《はう》へ、ほんとに小《ち》さな魂《たましひ》のやうな青白《あをじろ》い力《ちから》のない光《ひか》りをゆら〳〵させて通《とほ》り抜《ぬ》けたりするのです。

あゝ、わたくしは都《みやこ》の水《みづ》に映《うつ》る灯《ひ》のいろが見《み》たくつてたまりません。ちら〳〵と紅《べに》のいろに砕《くだ》けて流《なが》れる都《みやこ》の水《みづ》の灯《ひ》のいろ――巷《ちまた》の風《かぜ》に吹《ふ》きそよぐ川《かは》の水《みづ》――都乙女《みやこをとめ》、浴衣《ゆかた》の袖《そで》はどんなに派出《はで》々々と美《うつく》しいことでせう。――

あいさま。わたくしはこの休暇《きうか》にあなたに別《わか》れて斯《か》うして故郷《こきやう》へ歸《かへ》りました。秋《あき》がくれば、九月《ぐわつ》がくれば、わたくしはあなたに又《また》お目《め》にかゝれて、お互《たがひ》に別《わか》れてゐました間《あひだ》のいろ〳〵な事《こと》をお話《はな》しし合《あ》ふつもりでゐましたが、私《わたくし》はもう當分都《たうぶんみやこ》へは出《で》られない事《こと》になりました。あなたの住《す》まつてゐらつしやる東京《とうきやう》、なつかしい私《わたくし》の學校《がくかう》のある東京《とうきやう》、そこへはもう當分行《たうぶんゆ》かれない事《こと》になりました。當分《たうぶん》ではなく、もう何年經《なんねんた》つても東京《とうきやう》の土《つち》は踏《ふ》めないのかも知《し》れません。

あいさま。私《わたくし》はほんとに悲《かな》しい。あなたにもう何時《いつ》お目《め》にかゝれるか分《わか》らないのですもの。私《わたくし》は、私《わたくし》の兩親《りやうしん》や祖母様《おばあさま》から私《わたくし》がもう東京《とうきやう》へは出《で》られない話《はなし》を聞《き》かされました時《とき》に、私《わたくし》は自分一身《じぶんいつしん》の事《こと》ではなく他《よそ》のお話《はなし》でも聞《き》かされてゐる樣《やう》な氣《き》がしたのです。「おさよ」つて祖母様《おばあさま》やお父樣《とうさま》は私《わたくし》をお呼《よ》びなさりながらそのお話《はなし》をなすつたのだけれ共《ども》、私《わたくし》はほんとに他《よそ》の人《ひと》の身《み》の上《うへ》に起《おこ》つた話《はなし》のやうな空々《そらぐ》しい氣《き》がしましたのです。あいさま。私《わたくし》は何故《なぜ》東京《とうきやう》へは再《ふた》ゝび出《で》られないのでせう。何故《なぜ》この土地《とち》からもう再《ふた》ゝび東京《とうきやう》を向《む》いて出《で》られない事《こと》になつたのでせう。――私《わたくし》は結婚《けつこん》をしなければならないのです。

あなたもお驚《おどろ》きなさるでせう。私《わたくし》はせめて學校《がくかう》を卒業《そつげふ》するまでと思《おも》つて、それも願《ねが》つて見《み》ましたが駄目《だめ》でした。私《わたくし》はその話《はなし》を聞《き》いた日《ひ》一日《にち》、三疊《でふ》の掃《は》きだし窓《まど》の下《した》へ行《い》つて泣《な》きくらしました。兄樣《にいさん》が死亡《なくな》られた時《とき》、私《わたくし》はまだ七才《なゝつ》でしたから、それほどに切《せつ》ない悲《かな》しみは覺《おぼ》えてゐませんけれ共《ども》、今度《こんど》の悲《かな》しさはほんとに生《うま》れて初《はじ》めての悲《かな》しみでした。

結婚《けつこん》と云《い》ふ事《こと》に就《つ》いて私《わたくし》は何《なん》にも考《かんが》へてゐるのではありません。私《わたくし》には然《そ》う云《い》ふ事《こと》を考《かんが》へる餘裕《よゆう》もないのです。私《わたくし》は結婚《けつこん》と云《い》ふ二字《じ》を此所《こゝ》へ斯《か》うして書《か》いて見《み》て、この字《じ》が何《ど》う云《い》ふ意味《いみ》なのか、私《わたくし》にはそれすら分《わか》らないほど、唯《たゞ》ぼんやりと致《いた》してをります。唯悲《たゞかな》しいのはあなたにお目《め》に懸《かゝ》れなくなつたと刹那《せつな》に感《かん》じたその悲《かな》しみばかりで、今《いま》も私《わたくし》は其《そ》れを思《おも》いつめてばかりゐるのです。私《わたくし》は夜《よ》る寢《ね》られないと云《い》ふ事《こと》を生《うま》れて初《はじ》めて味《あぢは》ひました。そうして夜《よ》るなのか晝《ひる》なのかそれすら私《わたくし》には識別《しきべつ》がつかないのです。唯《たゞ》何《なん》だか日《ひ》となく夜《よる》となく白《しろ》と黑《くろ》の色《いろ》ばかりを見詰《みつ》めてゐるやうな心持《こゝろもち》です。私《わたくし》は自分《じぶん》なのかしらと時々《とき〴〵》ぢつと考《かんが》へたりしてゐます。さよと云《い》ふ女《をんな》は　私自身《わたくしじしん》なのかしらとしみ〴〵自分《じぶん》を振《ふ》り返《かへ》つて見《み》るやうな事《こと》をしてゐます。

私《わたくし》はいつまで斯《か》うして眞《ま》つ闇《くら》な中《なか》に座《すは》つてゐることでせう。あいさま。あなたが若《も》し私《わたくし》の傍《そば》にゐらしつて下《くだ》さるならばとつく〴〵あなたをお慕《した》ひしてゐます。私《わたくし》はあなたに何《なに》かしら敎《をし》へて頂《いたゞ》かなくつちやならない樣《やう》な氣《き》がしてゐるのです。私《わたくし》の身《み》の上《うへ》に斯《か》う云《い》ふ事《こと》が起《おこ》りましたとお話《はな》したら、あなたは　私《わたくし》に何《なん》と云《い》つて下《くだ》さるでせう。もう再《ふた》び、何《ど》うか云《い》ふ時機《じき》がくるまではお目《め》にかゝれなくなつた事《こと》を——あいさま。其《そ》ればかりを悲《かな》しんで下《くだ》さいまし。

さよ。

あいさま。

二信

あいさま。

私《わたくし》　はあなたのお手紙《てがみ》を、ほんとに待《ま》ちくらしました。もう今日《けふ》で六日目《かめ》になりますもの。あなたは東京《とうきやう》にはいらつしやらなかつたんですわね。然《そ》う。鹽原《しほばら》にいらつしやいますの。其所《そこ》まで手紙《てがみ》が廻《まは》つて行《ゆ》きましたのではこんなにおくれるのも無理《むり》がなかつたんですわね。私《わたくし》はそんな事《こと》を存《ぞん》じませんから、ほんとにお恨《うら》みしましてよ。だつて六日目《かめ》になつてもお手紙《てがみ》が頂《いたゞ》けないんですもの。

嬉《うれ》しい事《こと》を仰有《おつしや》つて下《くだ》さいましたわね。斯《か》うした大切《たいせつ》な事《こと》をよく聞《き》かしてくれたとおつしやるのね。――私《わたくし》のお友達《ともだち》はあいさま一人《ひとり》なのではありませんか。あなたは外《ほか》にお友達《ともだち》もおありだけれ共《ども》、私《わたくし》にはあなたより外《ほか》には一人《ひとり》もお友達《ともだち》がないのですもの。私《わたくし》はあなたより外《ほか》にはお話《はなし》したり聞《き》いて頂《いたゞ》いたりするお友達《ともだち》は一人《ひとり》もないのですもの。あゝなつかしいあいさま。あいさま。あいさま。私《わたくし》はあなたにお目《め》にかゝり度《た》い。お目《め》にかゝつてお話《はなし》がしたい。

よくいろ〳〵な事《こと》を聞《き》いて下《くだ》すつたことね。私《わたくし》はほんとに何《なん》と云《い》ふぼんやりでせう。何《ど》う云《い》ふ人《ひと》と結婚《けつこん》をするのかつて聞《き》いて下《くだ》すつたあなたは、ほんとにどこまで私《わたくし》を思《おも》つて下《くだ》さるのかと思《おも》つて、私《わたくし》は涙《なみだ》がこぼれました。私《わたくし》は結婚《けつこん》することばかりをお話《はなし》して、外《ほか》の事《こと》は何《なに》もお知《し》らせをいたしませんでしたわね。何《なん》と云《い》ふ迂闊《うくわつ》でせう。けれども、この前《まへ》の手紙《てがみ》を書《か》きました時《とき》に、私《わたくし》はほんとに轉動《てんどう》してゐたんです。いきなり私《わたくし》の頭《つむり》の上《うへ》へどしりと重《おも》い〳〵ものが押《お》し冠《かぶ》さつて、私《わたくし》が何《ど》うかして自分《じぶん》の心《こゝろ》に返《かへ》りたいと思《おも》つても、その重《おも》いものが私《わたくし》の心《こゝろ》の中《うち》まで冠《かぶ》さつてくる様《やう》なんですもの。

「お互《たがひ》の心《こゝろ》さへあるところまで解《かい》し合《あ》つてさへゐたならそれが一番幸福《ばんこうふく》だと私《わたくし》の姉《あね》は申《まを》しました。それにあなたは御養子《ごやうし》なのでせう。其《そ》の方《かた》はあなたとよく知《し》り合《あ》つた方《かた》なのではないのですか。まるで知《し》らない方《かた》？……」私《わたくし》はこのお手紙《てがみ》の中《なか》の句《く》を讀《よ》んで行《ゆ》きます内《うち》に、何《なん》だかおづ〳〵と暗《くら》いところから明《あか》るいところへ引《ひ》つ張《ぱ》つて行《ゆ》かれたやうな心持《こゝろもち》がしましたのです。ほんとにあなたははつきりした、そうして優《やさ》しい溫《あたゝか》いかたですわね。

――私《わたくし》はその人《ひと》をよく知《し》つてゐますの、私《わたくし》の親類《しんるゐ》のものなのですの。家《うち》と同《おな》じ百姓《ひやくしやう》ですの。東京《とうきやう》へ出《で》てゐて中學《ちうがく》だけはやりました人《ひと》！　あなた覺《おぼ》えてゐらつしやいますかしら。私《わたくし》が初《はじ》めて東京《とうきやう》へ出《で》て、そうして初《はじ》めてあなたと云《い》ふお友達《ともだち》ができて、——私《わたくし》はほんとにあの頃《ころ》はあなたばかりが頼《たよ》りでした。毎朝《まいあさ》あなたにお誘《さそ》ひして頂《いたゞ》いては學校《がくかう》へ行《ゆ》きましたつけ。あなたは弱《よわ》くつてよくお休《やす》みなさると、私《わたくし》は一人《ひとり》で歩《ある》いてゆく道《みち》がほんとに淋《さび》しくつて病氣《びやうき》のあなたの事《こと》ばかりを思《おも》い續《つゞ》けたものでしたわ。クラスの中《なか》でも皆《みな》さんがあなたを好《す》くので、あなたは隨分《ずゐぶん》お友達《ともだち》を持《も》つてゐらしつた。私《わたくし》はそれがいやで、あなたが外《ほか》の方《かた》のところへばかり行《い》つてゐらつしやると私《わたくし》は淋《さび》しくつて〳〵仕方《しかた》がありませんでした。私《わたくし》はとう〳〵あなたの外《ほか》にお友達《ともだち》を持《も》ちませんでした。小林《こばやし》さんは席《せき》が傍《そば》な爲《ため》に割合《わりあひ》に仲《なか》は好《よ》くしましたけれ共《ども》、心《こゝろ》からのお友達《ともだち》はあなた一人《ひとり》だけでした。私《わたくし》があなたに然《そ》う云《い》ふと、あなたは何時《いつ》でも笑《わら》つてばかりゐらしつたのね。何故《なぜ》でせう。あなたは私《わたくし》の云《い》ふ事《こと》を信《しん》じて下《くだ》さらなかつたのですかしら。——お話《はなし》がわきへ外《そ》れてしまいました。あれは私《わたくし》の東京《とうきやう》へ出《で》た年《とし》の最初《さいしよ》の冬《ふゆ》でした。私《わたくし》が上野《うへの》の停車場《ていしやば》へ母《はゝ》を送《おく》つて行《ゆ》かなければならなかつた日《ひ》に、丁度《ちやうど》あなたが私《わたくし》のお貸《かし》したノートを持《も》つて來《き》て下《くだ》さつて、然《そ》うして一所《いつしよ》に上野《うへの》へいらしつて下《くだ》さつた事《こと》があつたでせう。あの時《とき》母《はゝ》の傍《そば》に短《みぢか》い袴《はかま》を着《つ》けた書生《しよせい》がをりましたでせう。あなた、母《はゝ》にだけ挨拶《あいさつ》して下《くだ》すつたからお氣《き》がお付《つ》きにならなかつたかも知《し》れませんわ。それにその人《ひと》も離《はな》れてゐましたから。——その人《ひと》なんですの。故郷《くに》へ歸《かへ》つても往《い》つたり來《き》たりしてゐましたのですけれ共《ども》、その話《はなし》を聞《き》いてから、私《わたくし》は逢《あ》ひませんの。お互《たがひ》の心《こゝろ》を解《かい》し合《あ》ふつてことは何《ど》う云《い》ふ事《こと》なので御座《ござ》いませう。私《わたくし》にはその言葉《ことば》の意味《いみ》がわからないんですもの。然《そ》うでさへあれば幸福《かうふく》だとお姉樣《あねへさま》は御有《おつしや》るのですか。それは何《ど》う云《い》ふことなんでせうね。

私《わたくし》はね、その幸福《かうふく》と云《い》ふ字《じ》を見《み》てから、不幸《ふかう》つて字《じ》をふいと聯想《れんさう》しましたのよ。不幸《ふかう》な運命《うんめい》——と云《い》ふ樣《やう》な事《こと》も考《かんが》へたりしましたのよ。然《そ》うしたら私《わたくし》は自分《じぶん》が不幸《ふかう》な人間《にんげん》になつて、いろ〳〵と苦《くるし》いと思《おも》ひまする様《やう》な生活《せいくわつ》をするのぢやないかと思《おも》つたりして、何《なん》だか氣分《きぶん》がおもくなりましたの。人生《じんせい》の幸不幸《かうふかう》つてよく雜誌《さつし》なぞで見《み》る字《じ》ですわね。人間《にんげん》に生《うま》れて幸福《かうふく》な日《ひ》を送《おく》るのはいゝけれども不幸《ふかう》な日《ひ》を送《おく》るのは悲《かな》しいでせう。ね、あなたは然《そ》うお思《おも》ひになりませんか。そうしたら幸福《かうふく》な方《はう》を向《む》いて歩《ある》き度《た》いでせう。もし幸《かう》と不幸《ふかう》との分《わか》れる道《みち》がはつきりと付《つ》いてる所《ところ》へ立《た》つたなら、それは誰《だれ》だつて幸《さいわひ》の道《みち》を取《と》りますわね。だけど、もしその分《わか》れ道《みち》がはつきり分《わか》つてゐないで、何方《どつち》へ行《い》つたら幸福《かうふく》だらうと思《おも》ひ迷《まよ》ふやうだつたら何《ど》うしたらいゝでせう。其《そ》れは誰《だれ》が敎《をし》へてくれるのでせう。自分《じしん》にはその道《みち》が分《わか》らないものとしたら、それは誰《だれ》が敎《をし》へてくれるのでせう。

私《わたくし》はそんな事《こと》を考《かんが》へてゐましたら、何《なん》だか自分《じぶん》が其《そ》の幸《かう》と不幸《ふかう》の分《わか》れ道《みち》に立《た》つてゐる様《やう》な氣《き》がして來《き》ましたの。私《わたくし》は何《なん》だか恐《おそろ》しくなつて來《き》ましたの。心細《こゝろぼそ》くなつてきましたの。私《わたくし》は何《なん》だか早《はや》くどつちかの道《みち》を取《と》らなきやならない様《やう》なあせつた氣持《きもち》がして來《き》ましたのよ。あいさま。あなたは何《なんに》もお考《かんが》へにならない。？　え、あいさま。あなたは幸福《かうふく》な方《かた》ですわねえ。何《なんに》も考《かんが》へないのが幸福《かうふく》なのぢやないでせうか。私《わたくし》はこんなに考《かんが》へくらしたり泣《な》きくらしたりしてゐますわ。これが抑《そも〳〵》の不幸《ふかう》の初《はじ》めなのぢやないでせうか。

私《わたくし》はあなたにお目《め》にかゝりたい。とても手紙《てがみ》だけでは書《か》き切《き》れない氣《き》がするんですもの。私《わたくし》今朝《けさ》起《お》きました時《とき》に、庭《には》に咲《さ》いてる葵《あほひ》の花《はな》を見《み》ましたのよ。それは眞《ま》つ赤《か》に咲《さ》いてゐました。私《わたくし》はその色《いろ》をね、ほんとに久《ひさ》し振《ぶ》りで見《み》たやうな氣《き》がしましたの。そうして何《ど》うしてこんなに美《うつく》しい色《いろ》なのかしらと思《おも》つていつまでも〳〵立《た》つて眺《なが》めてゐましたの。そうしたら私《わたくし》は祖母《おばあ》様《さま》に叱《しか》られましたわ。「さよは何《なん》でぼんやりしてゐるのけ」つて。私《わたくし》はぼんやりしてるんですつてね。だけれ共《ども》、この頃《ごろ》私《わたくし》には何《なん》だかこの世《よ》の中《なか》の事《こと》が何《なに》も彼《か》も初《はじ》めて逢《あ》つた時《とき》のやうに珍《めづ》らしいんですもの。私《わたくし》は赤《あか》ん坊《ぼ》になつたのぢやないでせうか。然《そ》う思《おも》つて見《み》ると、私《わたくし》は學校《がくかう》で習《なら》つたことをみんな忘《わす》れてゐる樣《やう》な氣《き》がしますわ。そうしてね、あなたと遂先月《つひせんげつ》まで御一所《ごしよ》に學校《がくかう》へ行《い》つた事《こと》も、もう昔《むかし》の昔《むかし》の樣《やう》な氣《き》がしますわ。私《わたくし》は何《なん》だかひどく年《とし》でも老《と》つた樣《やう》な氣《き》もしますわ。赤《あか》ん坊《ぼ》になつたり、年《とし》を老《と》つたり、私《わたくし》は何《なに》を云《い》つてるのか分《わか》らない。あいさま。あなたはこの手紙《てがみ》を御《ご》らんになつたらきつと例《いつも》の樣《やう》にお笑《わら》いなさるでせう。私《わたくし》あなたの笑《わら》ふ顔《かほ》が見《み》たい。鹽原《しほばら》はいゝてせうね。福渡戸《ふくわたど》つてところ？　天狗岩《てんぐいわ》つてそんなに恐《おそ》ろしい岩《いわ》？　高尾《たかを》のお墓《はか》がありますの？

お姉様《あねへさま》によろしく。……ねえ、あいさま。こんな事申《ことまを》しては惡《わ》るいけれども、お姉様《あねへさま》は一度《ど》結婚《けつこん》なすつた方《かた》だつてあなた何時《いつ》か仰有《おつしや》つたわね。そのお姉様《あねへさま》が御《ご》一所《しよ》なの。

長《なが》い／＼お手紙《てがみ》いたゞき度《た》く、お願《ねが》ひに御座《ござ》候。

さ　よ。

あ　い　さ　ま。

三　信

私《わたくし》を幸福《かうふく》だと仰有《おつしや》るの。あいさま。

まあ私《わたくし》が幸福《かうふく》なら幸福《かうふく》だとして、何故《なぜ》あなたが不幸《ふかう》なんでせう。

あなたは私《わたくし》の心《こゝろ》が純潔《じゆんけつ》だとおつしやつてね。然《そ》うでせうか。私《わたくし》は自分《じぶん》ではちつとも自分《じぶん》の心《こゝろ》が清《きよ》いとも正《たゞ》しいとも思《おも》つてはゐませんの。あの手紙《てがみ》を見《み》て、あなたは笑《わら》ふどころぢやなくつて、却《かへ》つてお泣《な》きになつたんですつてね、お姉様《あねへさま》と。

何故《なぜ》でせう。それは私《わたくし》はちつとも世《よ》の中《なか》の事《たと》は存《ぞん》じませんのよ。世《よ》の中《なか》の事《こと》を知《し》らないのが幸福《かうふく》つて云《い》ふのは何《ど》う云《い》ふ譯《わけ》でせう。あなたは何《たん》でそんなに御自分《ごじぶん》を悲《かな》しんでゐらつしやるんでせう。私《わたくし》は自分《じぶん》の事《こと》は何《ど》うでもいゝ樣《やう》な氣《き》がして、あなたの今度《こんど》のお手紙《てがみ》が氣《き》になりだしました。

私《わたくし》にはあなたが不幸《ふかう》な方《かた》とは何《ど》うしても思《おも》へません。お父樣《とうさま》は高官《かうくわん》でゐらつしやるし、お姉樣《あねへさま》はお三人《にん》もゐらつしやるし、然《そ》うして揃《ぞろ》つてお美《うつく》しい方《かた》ばかり。――それはね私《わたくし》だつて、富《と》んでる人《ひと》や美《うつく》しい人《ひと》ばかりが幸福《かうふく》だとは申《まを》しませんけれ共《ども》、あなたの樣《やう》に、兄樣《にいさま》やお姉樣《あねさな》がおありで、賑《にぎ》やかな溫《あたゝか》い家《か》庭《てい》のうちに何《なに》も苦勞《くらう》もなさらずに生活《せいくわつ》してゐらつしやるのが幸福《かうふく》な生涯《しやうがい》でなくつて、何《なに》を幸福《かうふく》な生涯《しやうがい》と申《まを》しませう。其《そ》れを御自分《ごじぶん》で悲《かな》しいの不幸《ふかう》のと仰有《おつしや》るのは、何《ど》う云《い》ふ譯《わけ》なのでせう。あいさま。私《わたくし》は一人《ひとり》法師《はつち》の人間《にんげん》です。兄妹《きやうだい》もなければ友達《ともだち》もない淋《さび》しい一人《ひとり》法師《ぼつち》の人間《にんげん》です。私《わたくし》は賑《にぎ》やかなあなたの周圍《しうゐ》の事《こと》を思《おも》ふとほんとに羨《うらやま》しくてたまりません。だから私《わたくし》は淋《さび》しがりで直《ぢ》きと人《ひと》を戀《て》ひしがりますの。あなたのお手紙《てがみ》を拜見《はいけん》して、何《なん》だか私《わたくし》はあなたが今《いま》にも悲《かな》しい運命《うんめい》にとらはれる樣《やう》ないやな氣持《きもち》がしてなりません。

御自分《ごじぶん》から不幸《ふかう》の悲《かな》しいのと仰有《おつしや》るのはおよし遊《あそ》ばせよ。あいさま。あなたは私《わたくし》がいかにも自然《しぜん》に起臥《おきふし》して自然《しぜん》に生《い》きてゐるのが羨《うらやま》しいとお云《い》ひなさるけれども、あなたの生活《せいくわつ》は自然《しぜん》ではおありなさらないの。あなたはそんなに僞《いつは》りの多《おほ》い朝夕《あさゆふ》を送《おく》つてゐらつしやるんですか、何《ど》うしても？　私《わたくし》にはそんな事《こと》はほんととは思《おも》へませんわ。

私《わたくし》のたつた一人《ひとり》のお友達《ともだち》にそんな悲《かな》しいさだめがあるとは何《ど》うしても思《おも》へないんですもの。あいさまほんとうの事《こと》を聞《き》かして下《くだ》さいまし。何《なに》がそんなに悲《かな》しいのだか。私《わたくし》はこれ程《ほど》私《わたくし》の心《こゝろ》を打明《うちあ》げてゐますのに、あなたは何故《なぜ》打明《うちあ》けては下《くだ》さらないんでせう。あいさま。私《わたくし》はお恨《うら》みしますわ。

私《わたくし》は二三日《にち》少《すこ》し病氣《びやうき》をしてゐますの。この手紙《てがみ》も寐床《ねどこ》から起《お》きて書《か》いたんです。何所《どこ》がわるいと云《い》ふのでありませんけれど、何《なん》となく欝《ふさ》ぐと云《い》ふ樣《やう》な氣分《きぶん》なんですの。夜《よ》る寐《やす》まれなかつた爲《せい》ではないかと思《おも》つてゐます。誰《たれ》とも口《くち》をきゝたくないんですの。誰《たれ》とも逢《あ》ひたくないんですの。萩《はぎ》の花《はな》を見《み》ると唯《たゞ》悲《かな》しくつて〳〵涙《なみだ》がこぼれますの。何《ど》うしたと云《い》ふのでせうか。家《うち》の人《ひと》たちは大變《たいへん》忙《いそが》しがつてゐますわ。あゝ、あいさま。私《わたくし》はあなたにお目《め》にかゝり度《た》い。私《わたくし》がかうして寐《ね》てゐましても、誰《だれ》も何《なん》とも云《い》つてはくれません。

あいさま。

さよ。

四信

あなたのお心《こゝろ》は私《わたくし》には打明《うちあけ》られないと仰有《おつしや》るんですわね。あいさま。あなたは私《わたくし》を親友《しんいう》とは思《おも》つて下《くだ》さらないの。私《わたくし》はこれほどあなたを信《しん》じて、そうして思《おも》いくらしてゐるのよ、あなたは私《わたくし》を友達《ともだち》とも何《なん》とも思《おも》つて下《くだ》さらないんですね。あなたは私《わたくし》の單純《たんじゆん》なのが羨《うらやま》しいとおつしやる。私《わたくし》は單純《たんじゆん》な平凡《へいぼん》を女《をんな》ですけれども朋友《ほういう》の信誼《しんぎ》ぐらゐは分《わか》つてゐますつもりですわ。何故《なぜ》あなたの悲《かな》しい事《こと》を私《わたくし》にも知《し》らして下《くだ》さらないんです。あいさま。あなたは私《わたくし》を友達《ともだち》とは思《おも》つて下《くだ》さらない？　えゝ、あいさま。

友達《ともだち》の間《あひだ》つてつまらないものですわね。あなたのお手紙《てがみ》の中《うち》に斯《か》う云《い》ふ事《こと》がありました。「あなたは私《わたくし》に何《なん》でも打明《うちあ》けると仰有《おつしや》るけれども、あなたは私《わたくし》に打明《うちあ》けて下《くだ》さる事《こと》は、又誰《またたれ》にでも話《はなし》の出來《でき》る事柄《ことがら》なのではありませんか。私《わたくし》がもし、私《わたくし》の今《いま》の心《こゝろ》の中《うち》をあなたに打明《うちあ》けるとして、それはもう誰《だれ》にも聞《き》かせる事《こと》の出來《でき》ない事實《じじつ》なのです。私《わたくし》はあなたにだつてお話《はなし》は出來《でき》ない。私《わたくし》はあなたにさへ打明《うちあ》ける事《こと》のできないほどな恐《おそろ》しひ悲《かな》しい事實《じじつ》をもう知《し》つてしまつた汚《きたな》い人間《にんげん》です。さよさんの樣《やう》な純潔無垢《じゆんけつむく》な人《ひと》の前《まへ》には兎《と》ても〳〵話《はなし》のできない樣《やう》な恥《はづ》かしい事實《じじつ》を知《し》つてしまつた女《をんな》です。私《わたくし》は自分《じぶん》にどんな苦《くる》しい事《こと》があつても悲哀《ひあい》があつても、其《そ》れは誰《だれ》にも云《い》ふ事《こと》が出來《でき》ないのです。あなたは私《わたくし》をお友達《ともだち》だと思《おも》つて下《くだ》すつていろ〳〵とお話《はなし》をして下《くだ》さるけれ共《ども》、私《わたくし》にはあなたに私《わたくし》の心《こゝろ》をお話《はなし》する事《こと》は出來《でき》ません。私《わたくし》はあなたに恨《うら》まれても仕方《しかた》がありません。私《わたくし》だけであなたを私《わたくし》の美《うつく》しい友達《ともだち》だと思《おも》つて忘《わす》れずにゐるより仕方《しかた》がないのです……」何《なん》と云《い》ふ悲《かな》しいことを仰有《おつしや》るんでせう。

私《わたくし》の心《こゝろ》はこれつきりですから、何《なん》でもあなたはお話《はなし》が出來《でき》るのかも知《し》れないけれども、もしあなたと私《わたくし》とを取《と》り代《か》へた地位《ちゐ》においたら、きつと私《わたくし》はあなたに然《そ》うした事實《じじつ》をお話《はなし》するに違《ちが》ひないと思《おも》つてゐますわ。あなたは私《わたくし》が一人法師《ひとりぼつち》なのよりもつと淋《さび》しい境涯《きやうがい》だと仰有《おつしや》るのね。あなたはこの世界《せかい》にたつた一人《ひとり》だと仰有《おつしや》るのね。何故《なぜ》でせう。何故《なぜ》でせう。

あなたは私《わたくし》に早《はや》く結婚《けつこん》なさいと仰有《おつしや》るのね。もう嫌《いや》も應《おう》もなく親類《しんるゐ》寄《よ》つて支度《したく》をしてゐますの。私《わたくし》は御《ご》飯《はん》だよと云《い》はれてお膳《ぜん》の前《まへ》に座《すは》ると同《おんな》じに、結婚《けつこん》するんだよと云《い》はれて、私《わたくし》はそのお膳《ぜん》の前《まへ》に座《すは》らうとしてゐるやうなもんなのです。私《わたくし》はその事《こと》に就《つ》いては何《なんに》も考《かんが》へてはゐません。唯《たゞ》かうして心持《こゝろもち》が勝《すぐ》れずに寢《ね》てゐるばかり。いよ〳〵と云《い》ふ當日《たうじつ》には起《お》きられると云《い》つて家《うち》のものは私《わたくし》を打捨《うちや》らかしてゐますの當日《たうじつ》になつて起《お》きられるか何《ど》うだか知《し》れませんけれど、私《わたくし》は心持《こゝろもち》がわるい間《あひだ》はかうして寝《ね》てゐますわ。私《わたく》は何《なに》か考《かんが》へるのもいやなんですの。あなたは世《よ》の中《なか》が悲《かな》しいと仰有《おつしや》るけれど、私《わたくし》も世《よ》の中《なか》が悲《かな》しくつて仕方《しかた》がありません。もうこの頃《ごろ》は萩《はぎ》の花《はな》を見《み》ても悲《かな》しくはないのです。何《なん》だか小《ちい》さい悲《かな》しみが全體《ぜんたい》にひろがつてしまつた様《やう》な心持《こゝろもち》ですわ。私《わたくし》はほんとに單純《たんじゆん》な女《をんな》なのかも知《し》れません。

さ　よ。

あ　い　さ　ま。

五　信

東京《とうきやう》へお歸《かへ》りになりましたつてね。

お祝《いはひ》の品《しな》を有《あり》がたう。

學校《がくかう》のお友達同士《ともだちどうし》のお交際《つきあひ》で斯《か》う云《い》ふ事《こと》をして頂《いたゞ》いてはつて、家《うち》の人《ひと》たちは恐《おそ》れ入《い》つてゐます。

まだ寝《ね》てゐるかつて、何《なん》だか私《わたくし》はあなたに冷《ひや》かされでもした様《やう》な妙《みやう》な氣《き》がしました。私《わたくし》はもう起《お》きて働《はたら》いておりますの。

呑氣《のんき》に寝《やす》んではゐられない様《やう》な忙《いそが》しさなんですから。

いづれ又《また》お手紙《てがみ》を差上《さしあ》げます。

あなたも學校《がくかう》の方《はう》がお忙《いそが》しいでせう。皆《みな》さんにどうぞあなたから宜《よろ》しく、私《わたくし》はとう〳〵皆《みな》さんからはなれて仕舞《しま》いました。いづれ家《うち》の者《もの》からお禮《れい》を差上《さしあ》げると申《まをし》てゐました。

田舎の女

都の友へ

449　「お使ひの帰つた後」『青鞜』明治45・大正元（1912）年9月1日

お使ひの歸つた後

この頃、私の眼のまはりは始終ちか／＼してゐる。まるで瞼の底の方で小さな豆粒のやうな炎が消えたり燃えたりしてゐるやうである。

私は八の字ばかりよせてゐる。眉の間へ八の字をこしらへると、額からこめかみへかけての筋肉が引つ張られて緊張して快い心持だからである。

ぢつとしてゐると、時々私の呼吸は詰まつてくる、私は切なくなつて中間《ちうかん》に眼を据へる事が日に幾度あるか知れない。鏡を見てゐて、あんまり私の眼が私を見詰めるので私はこわくなつて、立上つて、死にそうにあは／＼胸を騒がせたり私の魂が何所かへ行つてしまつて、私の身體だけがぽかんとして壁に寄つかゝつてゐるのに氣が付いて、私は私の魂が何所へ行つてしまつたのかと思つて、方々をきよろ／＼見廻して探したりするやうな事もある。

外を歩いてゐると、あの空がいまにも石棺の蓋のやうにぴたりと落ちかゝつて來そうで、何うしても肩が縮まつてしまつて仰向くことが出來ない。そうして地面が波のやうに搖れる。私の膝から下は力があるやうでない。夜る出ると、其邊《そこいら》ぢうの灯が一とつ〳〵私の眼を刺すので、額のところが氷の塊を直かに押當てたやうにぴり〳〵痛みだしてくる。

この頃の私は、打たれたり叩たかれたり蹴られたりてし散々ひどい目に逢つた獸のやうに、暗い押入れの隅つこの方を向いて、喘いだり唸《うめ》いたり、のさばつたりして、のたり〳〵ごたり〳〵してゐる。私はこの日光を五分間見詰めてゐたら、きつと死ぬだらうと思つてゐる。だから恐しくつて、庭の方を振返ることが出來ないのである。

平塚さんが見えた時お約束したものもとても書けそうにないので弱つてゐると、又中野さんから御催促が來た。一枚でもい丶と平塚さんが云ひ置いて行つたからと思つて、一枚だけでも書かうと思ふが、矢つ張り書けない。何しろ瞼の底の方で消えたり燃ゑたりしてゐる小さな炎の爲に頭の中を掻きまわされてゐるのだから、時々自分が誰なのかさへ分らなくなる始末なので、書いたものは呂列が廻つてゐないので弱つてしまふ。

二十四日になつてしまつた。思い切つてお斷りをしやうと思いながら唐紙へ寄つか丶つてゐると、表が開いてしやつきりした女の人の聲で訪ふ聲がする。出て見ると原稿を取りに來たと云ふ。

十八九の娘さんで、根の拔けたやうな横仆しになつた銀杏返しがばら〳〵になつてゐる。

素足で、白飛白の帷子を着て　濃い臙色繻子と黄色つぽい模樣の一寸見えたものと腹合せの帯を小さく貝の口のやうにちよいと結んで、洋傘を開いて、新聞紙に包んだものを片手に抱へてゐる。顏が眞つ赤になつて汗をひどくかいてゐる。――私は何か云ひながら格子の棧の間から見えるこの娘さんの顏をぢつと見ると、美い容貌だつた。

美人だの、美しいのと云ふよりは美い容貌と云ひ度いやうな顏立をしてゐる。細おもてゞ顏が緊つて、鼻がほそく高くつて、眼がぴんと張りをもつて、險を含んでゐる。江戸藝者の俤を見るやうなすつきりした顏立だつた。

清元の紋の出てるけいしを抱へて、摘みの簪をさして、鬼灯をならしながら淺草の裏町を歩いて行く娘に、どうかすると、かう云ふ樣子の娘があるとも思つた。下町で生れて下町で育つた私は、この娘さんの顏がひどく氣に入つて、嬉しかつた。

『ちよいと立見をして行かうよ。』

斯う云つて手を引つ張り合つて一幕見の上り口をきやつ〱と馳け上つて行くお友達同士のやうな感じがして、私はまじくら〱とこの娘さんの顏をなつかしがりながら、格子の棧の間から見てゐた。

聞いて見たら『小林です』と云つた。

汗だけの身體で、初めての人のところへ上がるのは厭だつたと見えて、いくら勸めても上らずに歸つてしまつた。

私は後でいろ〳〵な事を考へてゐた。私が淺草小學校にゐる時分の友達は、みんな今の小林さんのやうな風をした娘ばかりだつた。引手茶屋の娘、仲店の娘銀花堂の娘、鶴吉樓の娘、生人形をこしらへる人の娘、かしぶとん屋の娘、質屋の娘――お山ちやん、いつちやん、おさくちやん、おえつちやん、菅井さん――、半襟のかゝらない着物を着てゐた生徒は一人もなかつた。そうして誰でも友禪の前垂をしめてゐた。私は高等三年になつてもお休みの時間にはあねさまを切り拔いて、色硝子の切れぱしを飾つて、伯母さんごつこをしてゐたものだつた。そうして學校の歸りにはきつと辨天山へ行つて遊んで來た――運動會には簪と根掛のお揃ひをする事にきまつてゐた。

『御師匠さんが來ましたから』

かう云つて迎ひに來られて、學課の途中から歸つてしまふ生徒は珍らしくなかつた。――友達同士喧嘩をすると、前垂で涙を拭いた昔がなつかしくなつて、私はいつまでもうつとりしてゐた。私は小林さんとあねさまを飾つて遊んで見たくなつた。青鞜社の社員で、編輯の手傳ひをして、あの美い寄貌の顏へ汗をかいて原稿を取りに歩かせたくないものだ。

鬼灯をならして、夕方になると眞つ白に白粉をつけて、襷を抜いて、忘れた合の手を友達のところへ浚いに行く町娘にしておきたいものだ。そうして藝者になつて、男ぎらいで賣り出したと云ふ樣な女にしたいものだ。

と云ふ樣な事を小林さんがお歸りになつてから考へてゐたので、猶何も書けなくなりました。一枚でも……と云ふお言葉に甘へて、

『青鞜の一週年をお祝いします。』

と云ふ眞底から出た一と言だけをお送りする事に致します。

次ぎにはきつと何か實のあるものを書いてお送りいたします。今度はこれで許して下さいまし

田　村　俊

微弱な權力

田村とし子

私《わたし》の自我的生活《じがてきせいくわ》！　けれど私《わたし》は決《けつ》して、そこに自分《じぶん》の眞《しん》の自由《じいう》と眞《しん》の自覺《じかく》と、さうして自信《じしん》と超越《てうえつ》とを見《み》いだしてゐるとは云《い》ひ得《え》ない。

私《わたし》の生活《せいくわつ》には、ある微弱《びじやく》な權力《けんりよく》が絶《た》えず從屬《じうぞく》してゆく。その微弱《びじやく》な權力《けんりよく》は私《わたし》の心《こゝろ》の兩翼《りやうよく》をいつも輕《かろ》く押《おさ》へ付《つ》けてゐる。私《わたし》がその微弱《びじやく》な權力《けんりよく》を拂《はら》ひ除《の》けやうと焦《せう》躁《さう》する時《とき》、——さうしてその權力《けんりよく》をかりにも拂《はら》ひ除《の》け得《え》たと信《しん》じた瞬間《しゆんかん》に、私《わたし》はわづかに、辛《や》つとそこに自我《じが》の影《かげ》と自己《じこ》の力《ちから》とを認《みと》めるだけのものなのである。微弱《びじやく》な權力《けんりよく》は、その瞬間《しゆんかん》をおいて又直《またたゞち》に私《わたし》の心《こゝろ》の兩翼《りやうよく》を執念《しふねん》ぶかく巧《たく》みに、その癖《くせ》輕《かろ》くぴたと押《おさ》へて了《しま》ふのである。

私《わたし》の心《こゝろ》はその微弱《びじやく》な權力《けんりよく》に向《むか》つて常《つね》に反抗《はんかう》しつゞけてゐるのである。その微弱《びじやく》な權力《けんりよく》を私《わたし》の心《こゝろ》は常《つね》に侮蔑《ぶべつ》しつゞけてゐるのである。

さうして、私《わたし》の心《こゝろ》の兩翼《りやうよく》に膠《にかは》のやうに粘《ねば》りついてはなれない微弱《びじやく》な權力《けんりよく》に對《たい》して、遂《つひ》に沈默《ちんもく》し、又殊更《またことさら》に服從《ふくじう》し、嘲弄《てうろう》し、放棄《はうき》し、超越《てうゑつ》し、して私《わたし》の日々《ひゞ》の生活《せいくわつ》は唯單純《たゞたんじゆん》にそれだけで過《す》ぎてゆくのである。然《し》かも私《わたし》の全生活《ぜんせいくわつ》の上《うへ》には、その權力《けんりよく》に對《たい》して自分《じぶん》が遂《つひ》に沈默《ちんもく》し果《は》てた狀態《じやうたい》の現《あらは》されてゐる方《はう》が多《おほ》いのである。

私《わたし》はこの薄《うす》い膜《まく》のやうに、私《わたし》の心《こゝろ》の上《うへ》を絕《た》えず臆病《おくびやう》に掩《おほ》ひ壓《あつ》するこの微弱《びじやく》な權力《けんりよく》が憎《に》くくつて仕方《しかた》がないのである。兎《と》もすると忍《しの》びやかに私《わたし》を主宰《しゆさい》し支配《しはい》しやうとするこの微弱《びじやく》な權力《けんりよく》が腹立《はらだた》しくつて仕方《しかた》がないのである。けれど私《わたし》にはこの微弱《びじやく》な權力《けんりよく》を何《ど》うする事《こと》も出來《でき》ないのである。私《わたし》の自由《じいう》の前《まへ》を黑紗《こくしや》を張《は》つたやうに遮《さへぎ》つてゐるこの微弱《びじやく》な權力《けんりよく》の蔭《かげ》から、私《わたし》の道德《だうとく》、私《わたし》の權利《けんり》、私《わたし》の藝術《げいじゆつ》、私《わたし》の理解《りかい》、私《わたし》の確信《かくしん》、そのすべてを支配《しはい》し制限《せいげん》しやうとする明《あきら》かな眼《まなこ》が、絕《た》えず注意《ちうい》を持つて光《ひか》つてゐる。

私《わたし》はその光《ひか》りの再《ふたゝ》び私《わたし》の心《こゝろ》の上《うへ》に襲《おそ》ひこない樣《やう》に消滅《せうめつ》させやうとあせりながら、私《わたし》は遂《つひ》にそれが出來得《できえ》ないのである。私《わたし》は自《みづか》ら侮《あなど》り嘲《あざ》けるその微弱《びじやく》な權力《けんりよく》を、私《わたし》の生活《せいくわつ》の上《うへ》から永久《えいきう》に打拂《うちはら》つてしまふ事《こと》が出來《でき》ないのである。

どうしても出來《でき》ないのである。

增長《ぞうちやう》した私《わたし》の自我《じが》を制限《せいげん》しやうとするには、餘《あま》りに微弱《びじやく》な權力《けんりよく》ぢやないか！　私《わたし》は斯《か》う心《こゝろ》の中《うち》で絕《た》えず叫《さけ》んでゐるより仕方《しかた》がない。權威《けんゐ》と云《い》ふ名《な》をもつて私《わたし》の喪心《さうしん》を犯《をか》さうとするなら、權力《けんりよく》と云《い》ふ重壓《ぢうあつ》をもつて私《わたし》の心《こゝろ》の上《うへ》に迫《せま》らうと云《い》ふなら、何故《なぜ》もつと大《おほ》きく、さうしてもつと强力《きやうりよく》に私《わたし》を强制《きやうせい》しないのか、何故《なぜ》もつと私《わたし》を蹂躪《じうりん》し足蹴《あしげ》にするほどの殘虐的壓迫《ざんぎやくてきあつぱく》を加《くは》へないのか、何故《なぜ》もつと强壓《きやうあつ》に私《わたし》を金縛《かなしば》りにしないのか、私《わたし》の頸《うなじ》をもつて地面《ぢめん》に摺《す》りつけるほどの絕對《ぜつたい》の服從《ふくじう》を私《わたし》に迫《せま》らないのか、——私《わたし》は斯《か》う云《い》つて、私《わたし》の生活《せいくわつ》の上《うへ》に自若《じじやく》として、その癖他愛《くせたあい》もなく、一《ひ》と重《へ》の遮斷《しやだん》の膜《まく》をはつてゐる微弱《びじやく》な權力《けんりよく》を睨《にら》みつめるよりほか仕方《しかた》がない。

嘗《かつ》て、私《わたし》は、この微弱《びじやく》な權力《けんりよく》の内《うち》におとなしく柔順《じうじゆん》に溢《あふ》るゝ樣《やう》な微笑《びせう》をもつて押《お》し包《つゝ》まれたことがあつたのであつた。その時《とき》の微笑《びせう》の影《かげ》が、今《いま》も私《わたし》の心《こゝろ》の底《そこ》に曉《あかつき》の月《つき》の光《ひか》りのやうに薄《うす》く、けれども色《いろ》は一點《てん》ふち取《ど》つたやうに際《きは》を見《み》せて鮮《あざや》かに殘《のこ》つてゐるのである。印《いん》せられたその微笑《びせう》の影《かげ》が、兎《と》もすると私《わたし》の心《こゝろ》に裏切《うらぎ》りをする。さうしてひそかに微弱《びじやく》な權力《けんりよく》の手《て》をとつて、私《わたし》の心《こゝろ》の兩翼《りやうよく》の上《うへ》にそつとおかしめる。

—

私《わたし》は微弱《びじやく》な權力《けんりよく》を私《わたし》の生活《せいくわつ》の上《うへ》から打《う》ち拂《はら》はうとするよりも、印《いん》せられたその微笑《びせう》の影《かげ》を私《わたし》の心《こゝろ》の底《そこ》から拭《ぬぐ》ひ去《さ》らなければ、眞實《しんじつ》の自我《じが》の生活《せいくわつ》は得《え》られないのであつた。

私《わたし》は印《いん》せられたその微笑《びせう》の影《かげ》を幾度《いくたび》拭《ぬぐ》ひ去《さ》らうとしたか知《し》れない。けれども、彫刻《てうこく》のおもてに水《みづ》を流《なが》すやうに、影《かげ》はちつとも洗《あら》ひ去《さ》られないのである。さうして、時《とき》に私《わたし》はその微笑《びせう》の影《かげ》がひそかに微弱《びじやく》な權力《けんりよく》の手《て》をとつて私《わたし》の心《こゝろ》の兩翼《りやうよく》の上《うへ》にその手《て》をおかせる時《とき》の感《かん》觸《しよく》を、私《わたし》はあるなつかしい意味《いみ》をもつて、素知《そし》らぬ思《おも》ひで味《あぢ》はつてゐる事《こと》もあるのである。

私《わたし》の心《こゝろ》の狀態《じやうたい》が然《さ》う云《い》ふやうな時《とき》にあるとき、少時《しばらく》

して私《わたし》の小《ちひ》さな自我《じが》はその微弱《びじやく》な權力《けんりよく》の内《うち》に眠《ねむ》りこけてしまふ。——

私《わたし》はこの自分《じぶん》の心《こゝろ》の所有《しよいう》の外《ほか》にあるやうな微笑《びせう》の影《かけ》に對《たい》する呪《のろ》ひと、どうしても征服《せいふく》することの出來《でき》ない微弱《びじやく》な權力《けんりよく》に對《たい》する自暴《じばう》とが、時《とき》として微弱《びじやく》な權力《けんりよく》の前《まへ》に地上《ちじやう》に額《ひたひ》を摺《す》り付《つ》けるやうな奴隷的《どれいてき》の屈從《くつじう》をわざと私《わたし》に試《こゝろ》みさせたり、又《また》は、子供《こども》の掌《てのひら》の上《うへ》に轉輾《てん〱》する手鞠《てまり》のやうに、その微弱《びじやく》な權力《けんりよく》の兩手《りやうて》の内《うち》に甘《あま》んじて玩弄《ぐわんろう》されやうとしたりして、自分《じぶん》の心《こゝろ》を衝動的《しようどうてき》に微弱《びじやく》な權力《けんりよく》に摺《す》りつけたりする。然《さ》う云《い》ふ自暴《じばう》のあとに私《わたし》は聲《こゑ》を上《あ》げて泣《な》く。

強情《がうじやう》な子供《こども》が惡《わ》るい事《こと》をして、母親《はゝおや》に叱《しか》られて、あやまれと云《い》はれて口惜《くや》し泣《な》きをしながらお辭儀《じぎ》をする時《とき》の心持《こゝろもち》と、同《おな》じやうな心持《こゝろもち》をもつて私《わたし》はたゞ駄々子《だゞっこ》のやうに泣《な》くのである。

私《わたし》が淋《さび》しい漂泊《へうはく》の一人《ひとり》旅《たび》を思《おも》ふのはこの時《とき》である。

私《わたし》は自分《じぶん》の小《ちひ》さな徹底《てつてい》しない自我《じが》を唯憐《たゞあは》れに思《おも》ふばかりである。この小《ちひ》さな自我《じが》と微弱《びじやく》な權力《けんりよく》とが愚人《ぐじん》の眼《め》と眼《め》のやうに意味《いみ》もなく終日睨《しうじつにら》み合《あ》ひ、さうして眼《め》に見《み》えないものに向《むか》つて絶《た》えず爭鬪《さうとう》しつゞける私《わたし》自身《しん》の生活《せいくわつ》をなさけないと思《おも》ふばかりである。

私《わたし》は憐《あは》れな滿足《まんぞく》の内《うち》に唯《たゞ》ぐうたらと眠《ねむ》りこけてしまふのはほんたうに厭《いや》である。藝術的憧憬《げいじゆつてきしようけい》から起《おこ》る私《わたし》の心《こゝろ》のさま〲の要求《えうきう》は、牢獄《らうごく》から空《そら》かける鳥《とり》を望《のぞ》むやうな窮極《きうきよく》した、あせつた思《おも》ひを抱《いだ》かせる。けれども私《わたし》は到底強《たうていつよ》くなれない女《をんな》である。一度囚《ひとたびとら》はれた手《て》を、何《なん》の苦《く》もなしに踏《ふ》み除《の》けて又舊《またもと》の囚《とら》はれのない天地《てんち》に復《かへ》ることの出來《でき》ない女《をんな》である。私《わたし》は唯泣《たゞな》いてるより仕方《しかた》がない。

私《わ》の自由《じいう》と云《い》ひ自覺《じかく》と云《い》ふのは、抑《おさ》へられた兩翼《りやうよく》を唯《たゞ》はた〱と打《う》ち戰《ふる》はしてゐると云《い》ふに過《す》ぎない。かうして自分《じぶん》の小《ちひ》さな自我《じが》を憐《あは》れむ自分《じぶん》の涙《なみだ》は、いつともなしに乾《かは》いて行《い》つて、今《いま》に、いつともなく、永遠《えいゑん》に微弱《びじやく》な權力《けんりよく》の内《うち》にこの小《ちひ》さな自我《じが》は眠《ねむ》つてしまふに違《ちが》ひないのである。

小《ちひ》さな自我《じが》の女《をんな》！　私《わたし》はより強《つよ》い女《をんな》にも、より弱《よわ》い女《をんな》にもなれない。

日《ひ》がかん〱と當《あた》つてゐる。草《くさ》も木《き》も花《はな》も鹽漬《しほづ》けにされたやうにぐなりと萎《しほ》れてうだつたやうになつてゐる。ちつとも風《かぜ》がない。蒸風呂《むしぶろ》に入《はい》つて蓋《ふた》をされてるやうに、ぢつとして坐《すわ》つてゐる身體《からだ》の皮膚《ひふ》から、汗《あせ》が唯《たゞ》ぢり〱ぢり〲と染《し》みだしてくる。斯《か》う云《い》ふ暑苦《あつくる》しい日《ひ》には、すさまじい雷《らい》が鳴《な》つて瀧《たき》のやうな雨《あめ》がざあと降《ふ》つてくると、熱《あつ》さの眩暈《めまひ》の後《のち》に瞼《まぶた》の奥《おく》が暗《くら》くなつてるやうな重《おも》たい氣《き》がすつかり洗《あら》はれて、快《い》い心持《こゝろもち》になるものである。

それと同《おな》じで、自分《じぶん》の生活《せいくわつ》の單調《たんてう》に倦《あ》き果《は》てゝ、絶《た》えず心《こゝろ》の上《うへ》にぢり〱した粘《ねば》つた汗《あせ》が浮《う》いてくるやうな苛々《いら〱》した、一切《さい》から杜絶《とぜつ》されてしまつたやうな苦《くる》しさに堪《た》へない時《とき》、誰《たれ》の顔《かほ》でも頭《あたま》でもいゝから、人間《にんげん》と名《な》の付《つ》く男《をとこ》の肉《にく》を、自分《じぶん》の掌《てのひら》の皮《かは》の裂《さけ》るほどぴしやりと打《ぶ》つて見《み》たら、嘸重《さぞおも》つ苦《くる》しい氣分《きぶん》が晴《は》れて周圍《しうゐ》に對《たい》する新《あた》らしい意味《いみ》が見出《みいだ》されることだらうと思《おも》ふ。まだ思《おも》ふだけで眞實《ほんたう》に打《ぶ》つたことがない。然《さ》うした氣分《きぶん》の起《おこ》つた時《とき》に、相手《あひて》の顔《かほ》を良人《おつと》の頰《ほゝ》に擬《ぎ》して見詰《みつ》めてゐることはあるけれども、まだ打《ぶ》つたことはない。

ノラが「馬鹿《ばか》」つて云《い》へたらどんなに快《い》い心持《こゝろもち》だらうと、彼方《むかう》を向《む》いて力《ちから》を入《い》れて云《い》つてる――男《をとこ》に向《むか》つて「馬鹿《ばか》」と大《おほ》きな聲《こゑ》で罵《のゝし》り得《え》た時《とき》の心持《こゝろもち》は、太陽《たいやう》を摑《つか》みひしやいだ樣《やう》な心持《こゝろもち》がするに違《ちが》ひない。毎日《まいにち》、毎日《まいにち》、男《をとこ》を罵《のゝし》り、男《をとこ》の肉體《にくたい》を女《をんな》のほそい手《て》で亂打《らんだ》すると云《い》ふ樣《やう》な、げんなりした、充實《じうじつ》した生活《せいくわつ》が送《おく》つて見《み》たいものである。

お梅《うめ》が峰吉《みねきち》を殺《ころ》した時《とき》は、たゞ癪《しやく》にさはつて、かつとした機《はずみ》に殺《ころ》してしまつたのだと云《い》ふけれども、癪《しやく》にさはつて、かつとした機《はずみ》に殺《ころ》してしまつた時《とき》の、その瞬間《しゆんかん》の高潮《かうてう》した感情《かんじやう》と、充實《じうじつ》した意氣《いき》とで、常《つね》に生《い》きてはゆかれないものだらうか。

癪《しやく》にさはると云《い》ふ事《こと》は日々《ひゞ》の生活《せいくわつ》の内《うち》にも幾度《いくたび》あるか知《し》れない。癪《しつく》にさはる度《たび》に、感情《かんじやう》の閃《ひらめ》くまゝに、打《ぶ》ち、罵《のゝし》り、蹴《け》り、傷《きやつ》け、さうして癪《しやく》にさはつた男《をとこ》を唯《たゞ》一突《ひとつ》きに突《つ》き殺《ころ》せるやうな女《をんな》になりたいものである。

親《した》しい女性同士《ぢよせいどうし》の友達《ともだち》が、同時《どうじ》にある男性《だんせい》の前《まへ》にある時《とき》、二人《ふたり》は男性《だんせい》に對《たい》して親和《しんわ》の樣子《やうす》を見《み》せ、爭《あらそ》つて媚《こび》をおくる。さうしてその男性《だんせい》の前《まへ》を去《さ》つた時《とき》は、二人《ふたり》は口《くち》を揃《そろ》へて、その男性《だんせい》の缺點《けつてん》を非難《ひなん》して笑《わら》ひ合《あ》ふものである。女性同士《ぢよせいどうし》の友達《ともだち》に信誼《しんぎ》のないのはこれである。女《をんな》が常《つね》に求《もと》めてゐるものは男《をとこ》である。女《をんな》は決《けつ》して女《をんな》を求《もと》めやうとはしないのである。

女の好む女

田村俊子

「女《をんな》の好《この》む女《をんな》」問題《もんだい》はかう云《い》ふのですが、この「女の」と云《い》ふ一般的《ぱんてき》の文字《もんじ》を「私の」と云《い》ふ個人的《こじんてき》の文字《もんじ》にかへてお話《はなし》させて頂《いたゞ》く事《こと》にいたします。私《わたくし》がこゝに何《ど》う云《い》ふ女《をんな》を好《す》くかと云《い》ふ事《こと》を申《まを》して見《み》たところて、それが一般《ぱん》に婦人《ふじん》と云《い》ふもの丶同性《どうせい》に對《たい》する好《この》みの代表《だいへう》になるか何《ど》うか分《わか》からないからなのであります。

女《をんな》が他《た》の女《をんな》と相知《あひし》る場合《ばあひ》は單《たん》に友人《いうじん》としてお互《たがひ》を撰《えら》び合《あ》ふ時《とき》ぐらゐなもので、他人《たにん》としての女性同士《ぢよせいどうし》の關《くわん》係《けい》は極《ご》く單純《たんじゆん》なものだと思《おも》ひます。男性《だんせい》が婚姻的《こんいんてき》又《また》はある興味的《きやうみてき》に女《をんな》に接《せつ》したり女《をんな》を欲求《よくきう》したり、愛情《あいじやう》の甘《あま》い眼《め》て女《をんな》を解釋《かいしやく》したり、女《をんな》に對《たい》する好《この》みが直《すぐ》に自己《じこ》の生活的内容《せいくわつてきないよう》になつたりする樣《やう》な場合《ばあひ》は、女性《ぢよせい》が女性《ぢよせい》を求《もと》める上《うへ》にあつては全然《まるで》ないと云《い》つてい丶。だから女《ぢよ》性同士《せいどうし》はいつも離《はな》れたところから、覺《さ》めた冷《つ》めたい理《り》智《ち》の眼《め》て批判的《ひはんてき》にお互《たがひ》を眺《なが》め合《あ》つてゐるのであります。それは、ふとした場合《ばあひ》に、お互の性《たがひのせい》の同《おな》じと云《い》ふ感念《かんねん》が言葉《ことば》の上《うへ》にも心持《こゝろもち》の上《うへ》にもある心安《こゝろやす》さを伴《ともな》ふやうな事《こと》もありますけれ共《ども》、それは一時的《じてき》て、在來《さいらい》の單《たん》純《じゆん》な關係《くわんけい》は相互《さうご》の間《あひだ》に忘《わす》れられない樣《やう》な印象《いんしやう》を殘《のこ》すことがなくつて濟《す》んでしまいます。ある一人《ひとり》の同性《どうせい》を捉《とら》へてきて、それを自分《じぶん》の心《こゝろ》に密着《みつちやく》させるまで引手繰《ひきたぐ》つてくると云《い》ふ樣《やう》な事《こと》はまるきりない。偶々《たまたま》相知《あひし》り合《あ》つた同性《どうせい》があつても、その間柄《あひだがら》は淡《あは》い色彩《しきさい》のうちに消《き》へて了《しま》ふのであります。

これほど同性同士《どうせいどうし》の間柄《あひだがら》が稀薄《きはく》なものであるにも拘《かゝ》はらず、大概《たいがい》の女《をんな》は「女《をんな》と云《い》ふものはいやなものだ。」と云《い》つてゐます。それが女性自《ぢよせいみづか》らを嘲《あざ》ける言葉《ことば》てなしに、眞實《しんじつ》に他《た》の同性《どうせい》を厭《きら》ふ時《とき》にかう云《い》ふ事《こと》を云《い》ふのであります。「女《をんな》と交際《つきあ》ふよりは男《をとこ》と交際《つきあ》ふ方《はう》がおもしろい」とは普通《ふつう》の女《をんな》からもよく聞《き》く言葉《ことば》なのであります。云《い》ひ代《か》へれば女《をんな》は同性《どうせい》を好《この》まないのです。同性同士《どうせいどうし》お互《たがひ》を好《す》かないのです。それは男性《だんせい》と云《い》ふものをお互《たがひ》の間《あひだ》に介在《かいざい》して、そこから生《しやう》じる嫉妬的反感《しつとてきはんかん》によつてお互同士《たがひどうし》を敵視《てきし》する場合《ばあひ》もありませうが、一とつは、異性《いせい》に對《たい》する時《とき》のやうに自然的流露《しぜんてきりうろ》の感情《かんじやう》の温《あた》かさをもつて女性同士《ぢよせいどうし》が僅《わづか》な瞬間《しゆんかん》にも相接《あひせつ》する事《こと》が出來《でき》ないからなのでもあります。

若《も》し普通《ふつう》の女《をんな》にして好《す》きな女《をんな》とか好《す》きな女《をんな》の型《かた》とか云《い》ふものがあるなら、それは取《と》りも直《なほ》さず自分自身《じぶんじしん》と云《い》つてい丶のであります。女《をんな》か自身理想《じしんりさう》の型《かた》を考《かんが》へ、そうしてそれを自身《じしん》に當《あ》て篏《は》めて形作《かたちづく》らうとするので、秋《あき》の花《はな》のやうな女《をんな》でありたい人《ひと》は楚々《そそ》として作《つく》り、眞《ま》つ赤《か》な薔薇《ばら》の花《はな》を好《この》む女《をんな》は、おのづから燃《もえ》るやうな輝《かゞや》かしい眼《め》の閃《ひらめ》きを持《も》つてゐるものであります。然《さ》うして各自《かくじ》に自《みづか》らの好《この》みに浸《ひた》つてゐる女《をんな》たちは、他《た》を顧《かへり》みた時《とき》にそこに最《もつと》も自分《じぶん》の嫌《きら》いな型《かた》の同性《どうせい》にばかり多《おほ》く出《で》つ逢《くは》す事《こと》になる。自分《じぶん》を程度《ていど》とし、自分《じぶん》を比較《ひかく》して、そこに自分《じぶん》よりは趣味《しゆみ》の低《ひく》い、美意識《びいしき》の劣《おと》つた同性《どうせい》ばかりを見《み》いだしてくる樣《やう》な事《こと》になる。女《をんな》か同性《どうせい》を侮蔑的《ぶべつてき》、冷嘲的《れいてうてき》に好《す》かないと云《い》ふのはかゝる點《てん》にもあるのであります。そうして偶《たま》に外形《ぐわいけい》においてゞも自分《じぶん》と同《おな》じ好《この》みの作《つく》りをした女《をんな》にても逢《あ》つた時《とき》は、自分《じぶん》の所有《しよいう》を奪《うば》はれたやうな氣《き》がして明《あき》らかに女《をんな》はその同性《どうせい》に對《たい》して嫉妬《しつと》を感《かん》じます。その嫉妬《しつと》が何《なに》かしら他方《たはう》において缺點《けつてん》を探《さが》さずにはおかない。――女《をんな》が同性《どうせい》に對《たい》する時《とき》の冷《ひやゝ》かな眼《め》は相互《さうご》の髮《かみ》の毛《け》一と筋《すぢ》一と筋《すぢ》にまで注《そゝ》がれてゆく。女《をんな》が同性《どうせい》と相對《あひたい》するのを好《この》まないのはこの爲《ため》であります。少《すこ》し經驗《けいけん》を持《も》つた女《をんな》は、男性《だんせい》の前《まへ》に出《で》る時《とき》と女性《ぢよせい》の前《まへ》に出《で》る時《とき》では必《かな》らず凡《すべ》ての容態《ようたい》を變《か》へてゐるのであります。かうして女《をんな》は同性《どうせい》を好《す》かないばかりでなく、最《もつと》も煩《はずら》はしいものとしてお互《たがひ》に遠《とほ》ざかり合《あ》つてゐるのであります。偶々見知《たまたまみし》り合《あ》つた相互《さうご》の間《あひだ》が單純《たんじゆん》な關係《くわんけい》であるのにも拘《かゝ》はらず、一々相互《さうご》から感受《かんじゆ》する批評的推測《ひひやうてきすゐそく》の煩雑《はんざつ》に堪《た》へられないで、女性《ぢよせい》同士《どうし》は兎《と》もするとお互《たがひ》を避け合《あ》つてゐるのであります。お互《たがひ》を忌《い》み嫌《きら》つてる同性《どうせい》の間《あひだ》には心底《しんそこ》からの親和《しんわ》と云《い》ふ様《やう》になつかしい氣分《きぶん》を見《み》付《つ》けだすてとは出來《でき》ないと云《い》つてい丶のてあります。お互《たがひ》を好《す》くとか好《す》かないとか云《い》ひ合《あ》ふほどの餘裕《よゆう》をもつて同性同士《どうせいどうし》は相《あひ》接《せつ》すると云《い》ふ樣《やう》な事《こと》をしないのてす

ところて、私《わたくし》は何《ど》うかと申《まを》しますと、私《わたくし》も同性《どうせい》の間《あひだ》に友人《いうじん》を持《も》てない一人《ひとり》てあります。然《しか》しそれは私《わたくし》が同性《どうせい》を厭《きら》ふのてはなくて、同性《どうせい》から嫌《きら》はれるのてあります。

私《わたくし》はどつちかと云《い》ふと女《をんな》を好《す》きます方《はう》てすが、同性《どうせい》からは始《し》終《じう》嫌《きら》はれてゐます。それは私《わたくし》が同性《どうせい》に對《たい》するといつも強《し》ひてもその女《をんな》の心持《こゝろもち》と云《い》ふものを赤裸々《せきら》にさせなければ濟《す》ませないからなのてあります。しつこく、その女《をんな》の隱《かく》してゐる感情《かんじやう》を發現《あらは》にさせやうとするのてす。技巧的《ぎかうてき》の笑《わら》ひなどを見《み》せると、私《わたくし》はそれにひしひしと皮肉《ひにく》を云《い》ひます。てすから同性《どうせい》は私《わたくし》の 傍《かたはら》に來《く》るのをいやがるのてあります。

秋にそうて行かばや末は小松川

私《わたくし》はそれが悲《かな》しくつて仕方《しかた》がないのてすが、同性《どうせい》は決《けつ》して私《わたくし》の前《まへ》に來《き》て、私《わたくし》の望《のぞ》むやうにすべてを露骨《ろこつ》にして相對《あひたい》してはくれません。どの女《をんな》もどの女《をんな》も、私《わたくし》の前《まへ》にくると自分《じぶん》は自分《じぶん》だけのものを守《まも》つてその一端《たん》でも私《わたくし》に明《あか》らさまにし樣《やう》とはしないのてあります。最後《さいご》にたつた一人《ひとり》の女《をんな》の友達《ともだち》が殘《のこ》りましたが、これさへも、その女《をんな》

が他《た》の男性《だんせい》の前《まへ》にある時《とき》の半分《はんぶん》も、私《わたくし》の前《まへ》に來《き》て眞實《しんじつ》を漏《も》らさない様《やう》になつてしまいました。

同性間《どうせいかん》ほど味《あぢ》も素《そ》つ氣《け》もないものはありません。現《げん》在《ざい》の自分《じぶん》の周圍《しうゐ》から好《す》きな女《をんな》を求《もと》めて見《み》ても、その女《をんな》の方《はう》では、私《わたくし》の前《まへ》に來《き》て自分《じぶん》の感情《かんじやう》を曝發《ばくはつ》させてもくれずに直《ぢ》きに影《かげ》を消《け》してしまいます。結局《けつきよく》私《わたくし》一人《ひとり》だけがその女《をんな》たちの前《まへ》で私自身《わたくしじしん》と云《い》ふものを明《あ》けつ放《ぱな》しにして、そうして馬鹿《ばか》にされた様《やう》な形《かた》で終《をは》つてしまふのであります。

かうして同性《どうせい》から嫌《きら》はれてる私《わたくし》はほんとに同性《どうせい》と云《い》ふものをよく知《し》らないのであります。自分《じぶん》の求《もと》めてゐる好《す》きな女《をんな》と云《い》つても、それに就《つ》いて自分《じぶん》の氣《き》に入《い》つた型《タイプ》を作《つく》ると云《い》ふ事《こと》も出來《でき》ない。然《そ》うかと云《い》つて私《わたくし》自身《じしん》に求《もと》めてるところのものをもつてそれを好《す》きな女《をんな》の型《かた》にすると云《い》ふ譯《わけ》にもいかない。それは私自身《わたくしじしん》に向《むか》つていろ〳〵求《もと》めてる所《もと》ろが多《おほ》い。けれどその求《もと》むるところのものに應《おう》じて作《つく》られた女性《ぢよせい》が此所《こゝ》に現《あら》はれたとして、私《わたくし》にはそうした女性《ぢよせい》も好《す》く氣《き》にはなれないからであります。一つを取《と》つて云《い》へば、私《わたくし》は絶《た》へず自分《じぶん》を強《つよ》く強《つよ》くと鞭《むちう》つてゐる人間《にんげん》なのである。がその強《つよ》い女《をんな》と云《い》ふものが私《わたくし》には好《す》きでないのである。自己《じこ》を強《つよ》く〳〵と鞭《むちう》つに就《つ》いては此所《こゝ》には云《い》ふ事《こと》の出來《でき》ないある内的《ないてき》の悲哀《ひあひ》が私自身《わたくしじしん》にあるのであるが、兎《と》に角《かく》私《わたくし》は強《つよ》い女《をんな》は嫌《きら》いなのである。弱々《よわ〳〵》として可愛《かあい》らしい女《をんな》が好《す》きなのである。そうすると自己《じこ》に求《もと》めらるところのものと他《た》に求《もと》めるところとが矛盾《むじゆん》してくる譯《わけ》である。

――と云《い》ふ様《やう》なもので、私等《わたくしら》ははつきりと斯《か》う云《い》ふ女《をんな》が好《す》きであると云《い》ふ事《こと》が云《い》へないのであります。まあ空想的《くうさうてき》に云《い》へば、大膽《だいたん》で、放恣《ほうし》で、誰《たれ》の前《まへ》にでも自分《じぶん》の心持《こゝろもち》を露骨《ろこつ》にしてゐる事《こと》の出來《でき》る、そのくせ極《ご》く眞《そつ》率《ちよく》な性格《せいかく》の女《をんな》、それでゐて感情《かんじやう》がいつも火《ひ》のやうに燃《も》えてゐる女《をんな》が、さもなければ何《なに》も知《し》らない無智《むち》な、可《か》愛《あい》らしい性情《せいじやう》をもつた、極《ご》く美《うつく》しい女《をんな》を好《す》きだとでも申《まを》しませうか。

史實《しじつ》に殘《のこ》つてゐる女《をんな》の内《うち》では、自分《じぶん》の貞操《ていさう》、自分《じぶん》の戀《こひ》、自分《じぶん》の藝術《げいじゆつ》、自分《じぶん》の天職《てんしよく》――それ等《ら》を自覺《じかく》して、そうしてそれをもつて一生《しやう》を貫《つらぬ》き通《とほ》した女《をんな》を好《す》きます。高位《かうゐ》にあつて、我《わ》が儘《まゝ》と我戀《わがこひ》と高慢《かうまん》とで押《お》し通《とほ》した女《をんな》。又《また》、自分《じぶん》の作歌《さつか》を上位《じやうゐ》の人《ひと》に賞《ほ》めそやされて、そうして好《い》い歌《うた》を詠《よ》まう／＼とそればかりを苦《く》にしながら二十《はたち》にもならない内《うち》に死《し》んでしまつた女《をんな》。又《また》、自《じ》分《ぶん》の容姿《ようし》の美《び》をもつて世界《せかい》の英雄《えいゆう》を伏《ふ》し靡《なび》けた女《をんな》。賢《けん》女面《ぢよづら》をぶら下《さ》げても、その賢女面《けんぢよづら》をもつて自分《じぶん》の主張《しゆちやう》を押《お》し通《とほ》した女《をんな》も好《す》きてす。後《のち》の世《よ》の人《ひと》を戰慄《せんりつ》させるやうな大罪《だいざい》を犯《をか》した女《をんな》も好《い》い。兎《と》に角《かく》その女《をんな》の生涯《しやうがい》に自分《じぶん》の力《ちから》で大《おほ》きな跡《あと》を印《いん》しつけた女《をんな》は好《す》きてあります。

けれど、然《そ》う云《い》ふ人《ひと》が今《いま》生《い》きてゐたとしても私《わたくし》はきつとその女《をんな》を好《す》かないかも知《し》れない。明日《あした》にも男《をとこ》と心《しん》中《ちう》するほどの切迫《せつぱく》につまつた女《をんな》なら、私《わたくし》はきつとおせつかいにその女《をんな》のところへ行《い》つて、一人《ひとり》よがりに同情《どうじやう》したり泣《な》いたりして、たまらなくその女《をんな》を好《す》くだらうとは思《おも》つてゐるけれども、何《なに》か強《つよ》い力《ちから》をもつて他《た》を壓《あつ》し他《た》を引《ひ》ずつて行《ゆ》くやうな女《をんな》は私《わたくし》には好《す》きにならうとは思《おも》へないやうな氣《き》がする。

私《わたくし》は女《をんな》は好《す》きてはあるけれども、まだ、「かう云《い》ふ女《をんな》が好《す》きだ」と云《い》つて叫《さけ》びを上《あ》げるやうな、私《わたくし》の豫期《よき》しない刺戟《しげき》をもつて打《ぶ》つ衝《つ》かつて來《き》たやうな女《をんな》を現在《げんざい》の自分《じぶん》の周圍《しうゐ》から見付《みつ》け出《だ》さないと云《ゆ》ふ事《こと》をお答《こた》へといたします。

悪寒

田村とし子

「なんでもいゝから私《わたし》の心《こゝろ》に觸《さは》つて貰《もら》ひたくないの。私《わたし》の心《こゝろ》にさはられるのが厭《いや》なの。」

あなたは斯《か》う云《い》つて何處《どこ》かへ行《い》つてしまつた。結婚《けつこん》の事《こと》も打《う》つ棄《ちや》らかして、私《わたし》も打《う》つ棄《ちや》らかして、あなたは何處《どこ》の山《やま》の奥《おく》へ行《い》つてしまつたんです。

あなたは何《なん》とかが崎《さき》とかから、たつた一枚《まい》の端書《はがき》を下《くだ》すつたばかりです。『海《うみ》ばかり眺《なが》めてゐる。力《ちから》つて美《うつく》しいもんですね。』こんな事《こと》があの端書《はがき》の中《なか》に書《か》いてありました。あなたはそんなにして海《うみ》の力《ちから》の美《うつく》しいのに惚《ほ》れ〴〵してゐらしつたんですか。……………然《さ》うではないでせう。あなたはもしか溫《あたゝか》い脣《くちびる》のやうな甘《あま》い魅力《みりよく》にその滑《なめら》かな純《じゆん》な血《ち》を悶《もだ》えさせて、さうして戀《こひ》の力《ちから》の美《うつく》しく大《おほ》きいのに恍惚《うつとり》してゐるのぢやないんですか。

あなたの端書《はがき》をおだしになつた何《なん》とかが崎《さき》とかには、あなたの大好《だいす》きなＹ《ワイ》さんが遊《あそ》びに行《い》つておいでのやうですね。あの端書《はがき》にこれから山《やま》の奥《おく》へ行《ゆ》くとありましたが、今頃《いまごろ》は何處《どこ》の山《やま》の奥《おく》で、自由《じいう》な戀《こひ》にあなたの初心《うぶ》な瞳子《ひとみ》をふるはしてゐる事《こと》かと思《おも》ふと、私《わたし》は自分《じぶん》のからだの中《なか》の血汐《ちしほ》が鹽《しほ》つぱくなつてくるやうな氣《き》がします。

あなたが居《ゐ》なくなつて了《しま》つた後《あと》の私《わたくし》は、浮世《うきよ》を寂《さび》しがつて、さうして矢《や》つ張《は》りあなたの事《こと》ばかり思《おも》つてゐます。あなたと云《い》ふ人《ひと》が懷《なつか》しいんです。あなたは何處《どこ》の山《やま》の奥《おく》で秋《あき》の氣《き》を味《あぢは》つておいでか知《し》らないけれど、東京《とうきやう》もすつかり秋《あき》になりました。淋《さび》しい風《かぜ》が庭《には》の草花《くさはな》の小《ちひ》さな葉《は》をこま／＼と吹《ふ》いて行《ゆ》きます。庭《には》の隅《すみ》の夏《なつ》の間《あひだ》一度《ど》も見《み》かけた事《こと》のなかつた草《くさ》の葉《は》が、ひらり／＼とさも自分《じぶん》だけで秋《あき》を受《う》けてると云《い》ふ樣《やう》な風《ふう》で俯向《うつむ》きながら風《かぜ》に搖《ゆ》られてるのを見付《みつ》けた時《とき》、私《わたし》は何《なん》となく、何處《どこ》かで秋《あき》の風《かぜ》に吹《ふ》かれてるあなたの袂《たもと》を見たやうな心持《こゝろもち》がしました。雨《あめ》ばかり降《ふ》りつゞけてゐましたが、今日《けふ》は午《ご》後《ご》になつて氣重《きおも》らしい日《ひ》の光《ひかり》が掃《は》きだし窓《まど》の簾《すだれ》の下《した》に靜《しづか》に斜《はす》に流《なが》れてゐました。

私《わたし》は毎日《まいにち》括《くゝ》り枕《まくら》を座敷《ざしき》から座敷《ざしき》へ持《も》ち歩《ある》いて、行《い》きなりに疊《たゝみ》の上《うへ》の彼方此方《あつちこつち》へごろり／＼と横《よこ》になつてゐます。お別《わか》れした晩《ばん》私《わたし》は頭《あたま》が惡《わ》るいと云《い》つてゐましたが、あれから私《わたし》の氣分《きぶん》は少《すこ》しも勝《すぐ》れないのです。私《わたし》は蒼《あを》い滑々《すべ／＼》した顏《かほ》をして、脣《くちびる》だけにかわいた赤味《あかみ》を持《も》つて、それは／＼いやな顏付《かほつき》をしてゐます。

私《わたし》は時々《ときどき》眼《め》を見据《みす》ゑて、指先《ゆびさき》まで冷《つ》めたくなつた手《て》をぐいと握《にぎ》りしめて、「わあつ」と大《おほ》きな聲《こゑ》が出《で》したくなつてくるんです。さうして、時々《とき／＼》、大波《おほなみ》がかぶつてくる樣《やう》は動悸《どうき》がどつきどつきと打《う》つてくるんです。然《さ》うすると私《わたし》は眞《ま》つ闇《くら》な底《そこ》の底《そこ》の方《はう》へだん／＼と自分《じぶん》の身體《からだ》が落《お》ち込《こ》んでゆく樣《やう》な心持《こゝろもち》がしてくるんです。私《わたし》は柱《はしら》へ摑《つかま》つて、柱《はしら》をぐい／＼搖《ゆす》ぶつたり、大手《おほて》を振《ふ》つて座敷《ざしき》の内《うち》を飛《と》んで歩《ある》いたりするんですよ。底《そこ》の方《はう》へ身體《からだ》が沈《しづ》んでゆくのが恐《おそろ》しくつて堪《たま》らなくなるんです。それでかうして氣《き》狂《ちが》ひじみて暴《あば》れるんですけれど、その暴《あば》れたあとは隨分苦《ずゐぶんくる》しい。身體《からだ》ぢうの精氣《せいき》がすつかり私《わたし》の眼《め》の底《そこ》から拔《ぬ》けて行《い》つちまつた樣《やう》な氣《き》がします。私《わたし》はへと／＼になつて疊《たゝみ》の上《うへ》へ突《つ》つ伏《ぷ》します。私《わたし》は何《なん》でも注視《ちうし》する事《こと》ができなくなりました。物《もの》をぢつと見詰《みつ》めてゐると、それが大《おほ》きな眞《ま》つ暗《くら》な陰影《かげ》になつて私《わたし》の眼《め》の上《うへ》に塞《ふさ》がつてくるんです。その陰《かげ》が私《わたし》の鼻孔《びこう》と口《くち》の上《うへ》とを封切《ふういん》をするやうにぴたりと密閉《みつぺい》するんです。然《さ》うするとこの動悸《どうき》が始《はじ》まつてくるんです。

私《わたし》は家《いへ》のなかをそろ／＼と這《は》ふ樣《やう》にして歩《ある》いてゐます。兎《と》てもせか／＼と動《うご》く事《こと》なんかは出來《でき》ません。それで家《いへ》のなかの壁《かべ》がうるさくつて／＼仕方《しかた》がない時《とき》があるんです。どうかしてこの壁《かべ》を突《つ》き崩《くづ》してやり度《た》いもんだと思《おも》ひ始《はじ》めると、私《わたし》はもうかつ／＼として來《き》ます。この間《あひだ》の朝《あさ》も、あるじの顏《かほ》を私《わたし》はふいと見《み》たんです。然《さ》うすると、あの鼻《はな》い尖《さ》きの丸《まる》いのが氣《き》になつて、氣《き》になつてどうしても削《けづ》らずには居《を》られない氣《き》がしてきたんです。私《わたし》は長《なが》い間《あひだ》鋭《するど》い小刀《ナイフ》の尖《さ》きの事《こと》を思《おも》ひつめてゐましたが、ちつと我慢《がまん》してる内《うち》に眼《め》がくら／＼してきました。私《わたし》は頻りと「ピラミッド、ピラミッド」つて云《い》つてましたが、掌《たなそこ》の内《うち》が冷《つ》めたい脂肪汗《あぶらあせ》でにちや／＼して來《き》て、さうして悪寒がしてほんとに困《こま》りました。ピラミッドつて口《くち》へ出《だ》して云《い》つて見《み》たら少《すこ》し氣分《きぶん》がをさまつたんです。餘《よ》つ程《ほど》私《わたし》の頭《あたま》は變《へん》になつてるんですね。

それでゐて私《わたし》はほんとに能《よ》く泣《な》きます。哀《あは》れつぽい影《かげ》を私《わたし》の着物《きもの》の襞襀《ひだ》にたるまして、縁側《えんがは》に立《た》つてはよくほろ／＼と泣《な》いてゐます。

あなたがよく、私《わたし》に旅《たび》をおしなさいと勧《すゝ》めたでせう。然《さ》う云《い》ふ時《とき》に私《わたし》はきつとこんな事《こと》を云《い》ひました。『私《わたし》はいつかしら遠《とほ》い／＼ところへ旅《たび》をする日《ひ》があると思《おも》つてゐる。その旅《たび》に出《で》ると私《わたし》はもう決《りつ》してこゝへは歸《かへ》つてこない――私《わたし》はその日《ひ》を待《ま》つてゐる、だから私《わたし》はちよいと出《で》て直《す》ぐ歸《かへ》つてくるやうな旅《たび》へは出《で》たくない。』つて云《い》ひましたね。私《わたし》はその遠《とほ》い／＼旅《たび》へ出《で》る日《ひ》がもう近《ちか》くなつて來《き》たやうな寂《さび》しい心《こゝろ》になつては泣《な》くんです。泣《な》かない時《とき》は疊《たゝみ》の上《うへ》にころ／＼轉《ころ》がつて、自分《じぶん》の心《こゝろ》の上《うへ》を、烏《からす》が嘴《くちはし》で魚《うを》の腸《はらわた》を突《つ》つ突《つ》くやうにさま／＼な嘴《くちはし》が來《き》て突《つ》つ突《つ》き散《ち》らし、ほじくり散《ち》らしするのをぢつと眺《なが》めてゐるのです。…………………あなたはお丈夫《じやうぶ》ですか。

あの晩《ばん》は、あなたの心《こゝろ》と私《わたし》の心《こゝろ》とがちつともそぐはないで、お互《たがひ》に意地《いぢ》の悪《わ》るい眼《め》を胸《むね》の底《そこ》に光《ひか》らしてるやうな他人行儀《たにんぎやうぎ》さでお別《わか》れして了《しま》ひました。又《また》あの晩《ばん》ほど私《わたし》はあなたを憎《にく》いと思《おも》つた事《こと》はありませんでした。あなたの前《まへ》に立《た》つて、あなたと云《い》ふものゝ全體《ぜんたい》から醜《みにく》いところばかりを掴《つか》みだしてやらうと云《い》ふ樣《やう》な心持《こゝろもち》で、私《わたし》はあなたに對《たい》してゐたのです。何故《なぜ》あんなにあなたか憎《にく》らしかつたのでせう。池《いけ》の端《はた》へ出《で》て、向《むか》ふの灯《あか》りを見《み》ながら二人《ふたり》が並《なら》んで立《た》つた時《とき》も、私《わたし》はあなたを幾度《いくたび》小突《こづ》き仆《たふ》してやらうと思《おも》つたか知《し》れませんでした。さうしてあなたの身體《からだ》が、あの晩《ばん》ほど私《わたし》に小《ちひ》さく見《み》えた事《こと》も今《いま》迄《まで》にありませんでした。

あなたはあの晩私《ばんわたし》にとう／＼何《なに》も云《い》はないであれ限《ぎ》りで何處《どこ》かへ行《い》つてしまひました。

『戀《こひ》と云《い》ふやうなこと？』

私《わたし》が斯《か》う云《い》つて聞《き》きかけたら、あなたは『え』と云《い》つたぎりで、いつまでも考《かんが》へながら歩《ある》いてゐたでせう。さうしてその後《あと》をとう／＼云《い》はないであの晩限《ばんぎ》りで別《わか》れてしまつた。

然《しか》し私《わたし》は知《し》つてますよ。一旦結婚《たんけつこん》しやうと決心《けつしん》したあなたが、又其《またそ》の結婚《けつこん》がいやになつて、さうして年老《としと》つた御兩親《ごりやうしん》にも反《そむ》いて、その事《こと》の爲《ため》に心配《しんぱい》してる妹《いもうと》さんも抛《はう》りだして、自分《じぶん》の心《こゝろ》に觸《さは》られないところまで何處《どこ》までゞも逃《に》げて歩《ある》くと云《い》つて何處《どこ》かへ行《い》つてしまつたあなたは、恐《おそ》らく今頃《いまごろ》はその大《たい》切《せつ》に圍《かこ》んでる御自分《ごじぶん》の心《こゝろ》を、そつくり其《そ》の儘《まゝ》に誰《たれ》かの胸《むね》の内《うち》にあづけてゐるに違《ちが》ひない。さうしてそれはＹ《ワイ》さんの胸《むね》に違《ちが》ひない。――自分《じぶん》の心《こゝろ》にさはられまいとして、力《ちから》いつぱい自分《じぶん》の周圍《しうゐ》を遮《さへぎ》つて、さうして或《あ》る一人《ひとり》の胸《むね》にその心《こゝろ》を包ませやうとしてゐるあなたの若《わか》さ、さうして鮮《あざやか》さが、私《わたし》には悲《かな》しく美《うつく》しい。………けれどこれは今別《いまわか》れてゐるあなたを思《おも》ひやつて斯《か》うした涙《なんだ》も浮《うか》べるのですけれど、大凡《おほよそ》然うであらうと見當《けんたう》を付《つ》けたあの晩《ばん》の私《わたし》は、その爲《ため》にあなたがたゞ憎《にく》かつたのです。

去年初《きよねんはじ》めて私《わたし》があなたに逢《あ》つた頃《ころ》、あなたはこんな手紙《てがみ》を私《わたし》によこしました。

今《いま》の私《わたし》と云《い》つたらたゞもう闇《くら》い色《いろ》にさ迷《まよ》つてゐるのです。私《わたし》は私《わたし》にとつていま恐《おそろ》しい問題《もんだい》を抱《いだ》いてゐるんです。昔《むかし》から今《いま》の、凡《すべ》ての人《ひと》、あらゆる書物《しよもつ》、然《さ》う云《い》ふものは近頃私《ちかころわたし》の頭《あたま》に漲《みなぎ》つてきたやうなこんな事《こと》を、ゐからさまに誰《たれ》も教《をし》へてはくれなかつたのです。こんがらがつてるこの頭《あたま》がその内《うち》に解釋《かいしやく》してくれるかも知《し》れないと思《おも》ふのですが、その時初《ときはじ》めて自分《じぶん》の歌《うた》ひ度《た》いと思《おも》ふ樣《やう》な世界《せかい》が私《わたし》の前《まへ》に開《ひら》けてくるのでせう。私《わたし》はよく知《し》つてゐます。今《いま》の私《わたし》には歌《うた》はうとする何物《なにもの》も持《も》つてはゐないのです。――――けれどこんな事《こと》は自然《しぜん》その人間一人《にんげんひとり》のことですからね。ね然《さ》うでせう。生《うま》れた時《とき》に私《わたし》は二人《ふたり》で出《で》てきはしなかつたのです。私《わたし》には孤獨《こどく》と云《い》ふ樣《やう》な事《こと》がちつとも不《ふ》思議《しぎ》とも思《おも》ひませんの、獨《ひと》りと云《い》ふ事《こと》は隨分《ずゐぶん》いゝ味《あぢはひ》で、芳烈《はうれつ》な高《たか》い匂《にほ》ひですわ。そりや色《いろ》はないかも知《し》れないけれど。

あなたは忘《わす》れたかも知《し》れないが、私《わたし》は斯《か》う云《い》ふあなたの手紙《てがみ》が取《と》つてあります。私《わたし》はこの手紙《てがみ》を見《み》てあなたは戀《こひ》の色彩《しきさい》のあるローマンスを自身《じしん》の上《うへ》に求《もと》めてゐるのだと思《おも》ひました。さうして多《おほ》くの男《をとこ》の友達《ともだち》を持ちながら、つひぞ今《いま》まで戀《こひ》を知《し》らずに來《き》たと云《い》ふあなたが、私《わたし》には小鳥《ことり》の手《て》飼《がひ》りのやうに柔《やは》らかく、可愛《かわ》ゆく懐《なつ》かしかつた。さうしてあなた自身《じしん》の藝術《げいじゆつ》が、あなたにさうした自超《じてう》して生活《せいくわつ》をつゞけさせたと云《い》ふ事《こと》も私《わたし》には嬉《うれ》しいのでした。嬉《うれ》しいのと同時《どうじ》に、私《わたし》は私《わたし》の蝕《むしば》まれた多《おほ》くの年齢《とし》を振返《ふりかへ》つて見《み》てどんなに恨《うら》めしく悲《かな》しく思《おも》つたか知《し》れませんでした。あなたと私《わたし》とは三歳《みつつ》しきや違《ちが》はないんです。

私《わたし》はあなたの手《て》を曳《ひ》いた時《とき》その純《じゆん》な血《ち》の脈打《みやくう》つのを、萠え初《はじ》めた草《くさ》の芽《め》を弄《まま》ぐるやうな快《こゝろよ》いなつかしい感《かん》じで味《あぢ》はつたりしました。あの郊外《かうぐわい》の家《いへ》で、獨《ひと》り居《ゐ》ると云《い》ふ情無《つれな》さがあなたに繪《ゑ》の具刷毛《ぐはけ》を強《し》ひ付《つ》けてゐると云《い》ふ樣《やう》な淋《さび》しい物憂《ものう》い風《ふう》をしてあなたが繪《ゑ》を描《か》いてる時《とき》などに、私《わたし》はよく行《ゆ》き合《あは》せました。私《わたし》の顔《かほ》を見《み》るといゝ加減《かげん》塗《ぬ》られた板《いた》をしまつて、あなたは直《す》ぐに私《わたし》を遊《あそ》ぶ相手《あひて》にしてしまひましたね。私《わたし》もあなたとはよく遊《あそ》びました。

劇場《げきぢやう》へゆき、展覧會《てんらんくわい》へゆき、カフエーへゆき、一錢《せん》の玩弄《おもちや》や千代紙《ちよがみ》を買《か》つて、買《か》ひ集《あつ》めてさうして遊《あそ》びましたね。丹色《たんいろ》と水色《みづいろ》の繪日傘《ゑひがさ》を買《か》つて、あなたには丹色《たんいろ》が似合《にあ》ひ、私《わたし》には水色《みづいろ》が似合《にあ》ふと云《い》つて、それを肩《かた》に擔《かつ》いで鏡《かゞみ》の前《まへ》に立《た》つたりしました。

おもちやを買《か》つて、なには踊《をど》りを見《み》て、十二階《かい》の窓《まど》の灯《あか》りが一《ひと》つづつ消《き》えてゆくのを魔宮殿《まきうでん》でも見《み》てゐる樣《やう》な心持《こゝろもち》で池《いけ》の傍《はた》に佇《たゝず》んだり、その池《いけ》の水《みづ》に雨《あめ》の足《あし》がぽち／＼と點《てん》を打《う》つのを見付《みつ》けて、二人《ふたり》ながら抱《だ》き合《あ》ひ度《た》いやうに悲《かな》しい〳〵心持《こゝろもち》になつたりしたある晩《ばん》もありました。

その頃《ころ》の私《わたし》にはあなたが何樣《どんな》に戀《こひ》しく親《した》しい人《ひと》であつたでせう。私《わたし》は唯子供《たゞこども》のやうになつてあなたと遊《あそ》びました。あなたと二人《ふたり》で顔《かほ》を突《つ》き出《だ》す場所《ばしよ》には唯自分共《たゞじぶんども》の悦樂《たのしみ》があるばかりでした。あなたと二人《ふたり》でならどんな所《ところ》でゞも口《くち》を開《あ》いて笑《わら》ふ事《こと》ができました。二人《ふたり》が歩《ある》いてゆく町《まち》には唯赤《たゞあか》い賑《にぎ》やかな色《いろ》が漲《みなぎ》つてゐるばかりでした。二人《ふたり》ながら行人《かうじん》の批評《ひゝやう》の眼《め》なぞをぬすみ見《み》した事《こと》もありませんでした。いつも子供《こども》らしいどよめきを自分《じぶん》の胸《むね》いつぱいに波立《なみた》たせながらあなたと二人《ふたり》で遊《あそ》んだのでした。あなたに逢《あ》はない間《あひだ》は私《わたし》はあなたの事《こと》を思《おも》ひながら、赤《あか》い麻《あさ》の葉《は》の千代紙《ちよがみ》を切《き》りこまざいて一人《ひとり》で遊《あそ》んでゐました。その麻《あさ》の葉《は》の色刷《いろず》りの中《なか》にはさま〴〵な懐《なつ》かしい私《わたし》の子供《こども》の時代《じだい》の幻《まぼろし》が織《お》り込《こ》まれてありました。子供時代《こどもじだい》の追懐《つゐくわい》には、いつも春《はる》の陽炎《かげろふ》のやうな、うら〳〵した、又《また》ぼやつとした、其《そ》の癖限《くせかず》りもなく明《あか》るいやうな、ふしぎな光《ひか》りが添《そ》つてゐるものですね。あなたも何時《いつ》かそんな事《こと》を云《い》つてゐたやうでしたね。

斯《か》うして私《わたし》にはあなたと云《い》ふ人《ひと》が忘《わす》れられない人《ひと》でした。あなたに逢《あ》はない間《あひだ》は私《わたし》はあなたを思《おも》つて淋《さび》しがつてゐた。あなたと一所《しよ》にゐられる間《あひだ》の私《わたし》は、臆面《おくめん》のない無邪氣《むじやき》な限《かぎ》りのない明《あか》るさの中《なか》に浸《ひた》つてゐられる子供《こども》になつてゐる事《こと》が出來《でき》ました。さもなければ恐《おそろ》しくある權威《けんゐ》を感《かん》じた一人《ひとり》の藝術《げいじゆつ》家《か》と云《い》ふやうな他《た》に對《たい》して思《おも》ひ上《あが》つた氣分《きぶん》を持《も》つてゐる事《こと》が出來《でき》ました。私《わたし》はすべてに向《むか》つて自分《じぶん》の女《をんな》と云《い》ふ事《こと》を忘《わす》れてゐる事《こと》が出來《でき》ました。自分《じぶん》の現在《げんざい》の生活《せいくわつ》からちよいと立越《たちこ》えてゐられる樣《やう》な感《かん》じが味《あぢ》はへたのも其《そ》の頃《ころ》でした。

私《わたし》は自分《じぶん》の周圍《しうゐ》から脱《のが》れて、さうしてあなたと二人《ふたり》限《ぎ》りの生活《せいくわつ》を初《はじ》めやうかとさへ思《おも》つてゐました。私《わたし》はあなたとさへ一所《しよ》に居《ゐ》たら、世間《せけん》を忘《わす》れた放縦《きまゝ》な生活《せいくわつ》が出來《でき》るに違《ちが》ひないと思《おも》つたからです。私《わたし》は二人《ふたり》で好《す》きなおもちや店《や》を開《ひら》いて、さうしてあなたは繪《ゑ》を描《か》き私《わたし》は筆《ふで》を持《も》つと云《い》ふ樣《やう》な樂《たの》しい生活《せいくわつ》を想像《さうざう》して見《み》たりしました。男《をとこ》と云《い》ふものから離《はな》れて、然《さ》うした女同士《をんなどうし》の氣散《きさん》じな生活《せいくわつ》を考《かんが》へ付《つ》くと、もう何《なん》となく私《わたし》の身體《からだ》は大《おほ》きな海《うみ》の眞中《まんなか》にでもゆら〱と乘《の》り出《で》たやうな好《い》い氣《き》がしたりしました。

けれどあなたはとう〱私《わたし》から離《はな》れてしまつた。普通《ふつう》の女《をんな》の友達《ともだち》と云《い》ふ終局《しうきよく》を私《わたし》に押《お》し付《つ》けて、さうしてあなたは私《わたし》を離《はな》れてしまつた。あの晩《ばん》あなたが憎《にく》かつたのも其《そ》れでした。

あの晩《ばん》あなたは、おもちやの事《こと》を考《かんが》へても厭《いや》だと云《い》つてましたね。あなたの眼《め》にはもう赤《あか》や青《あを》の單《たん》純《じゆん》な色《いろ》は映《うつ》らなくなつてゐました。

私《わたし》と手《て》を引《ひ》き合《あ》つて灯《あか》りの色《いろ》を喜《よろこ》んで遊《あそ》んで歩《ある》いた逐昨日《つひきのふ》の事《こと》が、あなたには馬鹿氣《ばかげ》た拵《こしら》へ物《もの》を見《み》せ付《つ》けてゐられたやうな氣《き》がしてゐたに違《ちが》ひない。清淨《しやうじやう》な眞《ま》つ赤《か》な生血《いきち》を盛《も》つたあなたの心臟《しんざう》を、一時《じ》に壓迫《あつぱく》した戀《こひ》の力《ちから》は、あなたを彼《あ》れほど物《もの》にい、、たゆたげな女《をんな》にしてしまつたのですね。あの姿《すがた》が今日《けふ》のあなたの自然《しぜん》さなのでせう。だが私《わたし》はあの時《とき》のあなたが憎《にく》かつたのです。

あなたは一時《じ》に瘦《や》せてゐました。あなたの着物《きもの》はあなたの身體《からだ》の上《うへ》にぴたりと合《あ》はないでぶか〳〵してゐました。あの着物《きもの》の上《うへ》から何處《どこ》を抑《おさ》へてもあなたの肉《にく》には觸《ふ》れないだらうと思《おも》ふ程《ほど》あなたの身《み》は小《ちひ》さく正體《しやうたい》なしに見《み》えてゐました。——私《わたし》は幾度《いくど》あなたを小突《こづ》き倒《たふ》さうと思《おも》つたか知《し》れなかつた。


さうしてあなたは私《わたし》に何《なに》も云《い》はずに終《しま》つた。唯《たゞ》一人《ひとり》で自分《じぶん》の思《おも》ひに絡《から》まり、自分《じぶん》の思《おも》ひを解《ほぐ》し、さうして自分《じぶん》の思《おも》ひを味《あぢは》はうと云《い》ふ樣《やう》に考《かんが》へ〳〵歩《ある》いてゐて、私《わたし》には何《なに》一《ひ》とつ自分《じぶん》の思《おも》ひらしいものを聞《き》かさうともしませんでした。私《わたし》も聞《き》き度《た》いとも思《おも》はなかつた。さうしてあなたが憎《にく》いと一所《しよ》に私《わたし》はどんなに自分《じぶん》を悲《かな》しんだか知《し》れません。あなたを私《わたし》の心《こゝろ》から失《な》くすと云《い》ふ事《こと》は、今《いま》の私《わたし》の悶《もだ》えの多《おほ》い生活《いくわつ》の一部《ぶ》をわづかに色彩《いろど》つてゐた赤《あか》い親《した》しい色《いろ》を滅《めつ》してしまふのと同《おな》じです。私《わたし》には一番《はん》藝術味《げいじゆつみ》の充《み》ちてゐた然《さ》うして一番《はん》自分《じぶん》の自由《じいう》な感情《かんじやう》の味《あぢ》はへた時間《じかん》——あなたと二人《ふたり》で笑《わら》ひながら歩《ある》きまはつた時間《じかん》と云《い》ふものを、私《わたし》の生活《せいくわつ》の上《うへ》から失《な》くしてしまふのかと思《おも》つた時《とき》私《わたし》は唯《たゞ》胸《むね》がいつぱいになつて了《しま》つた。あの晩《はん》の興味《きようみ》のなかつた事《こと》！　あなたは『いやな晩《はん》ね。何《なに》も彼《か》も濁《にご》つてゐるぢやありませんか。』つて云《い》ひました。さうして、

『誰《だあれ》もこないやうな山《やま》の奥《おく》へ行《ゆ》きます。今度《こんど》逢《あ》ふ時《とき》を樂《たの》しみな好《い》い時《とき》にしませう。』

然う云《い》つて別《わか》れてしまつた。——もう二《ふ》月經《つきたち》ましたね

　私《わたし》は又《また》、自分《じぶん》の現在《げんざい》の生活《せいくわつ》の上《うへ》にぴつたりと面《めん》と向《む》ける人間《にんげん》になりました。あなたがおもちやが厭《いや》になり千代紙《ちよがみ》が厭《いや》になり、さうして物《もの》に驚《おどろ》き物《もの》に喜《よろこ》んでゐた子供《こども》つぽさが馬鹿《ばか》々《〱》しくなつて了《しま》つたやうに、私《わたし》も赤《あか》い麻《あさ》の葉《は》の千代紙《ちよがみ》を手《て》に取《と》つても其《そ》れが唯《たゞ》の紙《かみ》と云ふ感《かん》じばかりしきや殘《のこ》りません。小女郎《こぢよらう》の扱《しご》きになりお七の蹴出《けだ》しになつて襞積《ひだ》を打《う》つやうな媚《なま》めかしさを、どうしてあの頃《ころ》私《わたし》の胸《むね》にまざ〴〵と映《うつ》してゐたのかと不思議《ふしぎ》に思《おも》ふほどに、あれが唯《たゞ》一枚《まい》のぱさつとした紙《かみ》なんです。あんなにして二人《ふたり》で買《か》ひ集《あつ》めた千代紙《ちよがみ》ものぞいて見《み》るのも厭《いや》になりました。千代紙《ちよがみ》の入《はい》つてゐるあの戸棚《とだな》を開《あ》けると、春雨《はるさめ》の降《ふ》つてる晝間《ひるま》、小屏風《こびやうぶ》を立《た》てゝあれさまを飾《かざ》つて遊《あそ》んだ自分《じぶん》の二十何年《なんねん》も前《まへ》の悲《かな》しい追憶《つゐおく》が暗《くら》い隅《すみ》にゆら〱と搖《ゆ》れる――のです。あなたに由《よ》つて子供《こども》の時代《じだい》のなつかしい情調《じやうてう》をその儘《まゝ》作《つく》つて遊《あそ》ぶ事《こと》の出來《でき》た私《わたし》は、あなたが居《ゐ》なくなると同時《いつしよ》に、その千代紙《ちよがみ》やおもちやの上《うへ》に悲《かな》しい追憶《つゐおく》ばかりをはつきりと印《しる》し付《つ》けて殘《のこ》されたやうなものなのでした。私《わたし》はそつとそのおもちやを手《て》に取《と》らうとして、遊《あそ》び友達《ともだち》の歸《かへ》つてしまつた後《あと》で一人《ひとり》でぽつんとおもちやを片付《かたつ》けてゐる時《とき》の私《わたし》の小《ちひ》ぽけなおたばこぼんの後姿《うしろすがた》をふと影《かげ》のやうに見付《みつ》けた事《こと》がありました。私《わたし》はあの戸棚《とだな》を時々《とき〴〵》そつと開《あ》けて見《み》ては又《ま》閉《し》めたりしてゐます。

　私《わたし》は又《また》あるじとぴつたりと顔《かほ》を合《あは》せる人間《にんげん》になりました。あなたの何時《いつ》も云《い》ふ樣《やう》に相變《あひかは》らずあるじは善《い》い人《ひと》でゐます。あの人《ひと》の肌《はだ》を裂《さ》いて見《み》たら葱《ねぎ》の枯《か》れつ葉《は》がいつぱいに詰《つ》まつてるだらうと思《おも》ふ樣《やう》な皮膚《のふ》の色《いろ》をして、痩《や》せた姿《なり》をして、自分《じぶん》だけの仕事《しごと》をこつ〳〵と務《つと》めてゐます。——この節《せつ》ほど私《わたし》がこのあるじに親《した》しみを持《も》つてる事《こと》は嘗《かつ》てありません。この頃《ごろ》の私《わたし》はこのあるじに眞實《ほんたう》によく親《したし》んでゐます。さうしてあの善人《ぜんにん》らしい相《さう》を眺《なが》めてゐて、私《わたし》は時々《ときどき》よく涙《なみだ》を流《なが》すのです。

私《わたし》はこの人《ひと》に優《やさ》しいしほらしい紫苑《しをん》の花《はな》のやうな女《をんな》を妻《つま》に持《も》たしてやり度《た》いと思《おも》ひます。若《わか》い晴《は》れ晴《は》れした、理窟《りくつ》などを云《い》ふ事《こと》の知《し》らない柔順《じうじゆん》な可愛《かあい》らしい女《をんな》を、この人《ひと》の傍《そば》に置《お》いてやり度《た》いと思《おも》ひます。然《さ》う思《おも》つて私《わたし》は時々《とき〴〵》泣《な》いてゐます。私《わたし》のどこまでも執拗《しつこ》い放縦《きまゝ》がこの善《い》い人《ひと》を苛《いぢ》め通《とほ》してゐる事《こと》を思《おも》ふと、私《わたし》はこの人《ひと》の顔《かほ》を見《み》て泣《な》かずにはゐられません。けれど何《ど》うする事《こと》も出來《でき》ません。

どうする事《こと》もできないどうする事《こと》できないと云《い》つて私《わたし》は私《わたし》の手足《てあし》を抛《はう》りだして、唯《たゞ》ぢたばた〳〵して涙《なみだ》をこぼしてゐるだけのものなんですね。あなたが今《いま》の私《わたし》を見《み》たら、『よく然《さ》うしてゐられる。』と云《い》ふでせう。ぢつと自分《じぶん》の心《こゝろ》を縮《ちゞ》めてしまつて、然《さ》うして眼《め》ばかり燃《も》えるやうにぴか〳〵させてゐる樣《やう》な私《わたし》の姿《すがた》です。あるじは其《そ》れを腕組《うでぐ》みをしてぼんやり立《た》つて眺《なが》めてゐます。私共《わたしども》夫婦《ふうふ》は隨分《ずゐぶん》とんちんかんな夫婦《ふうふ》だとは思《おも》ひませんか。

私《わたし》は自分《じぶん》の頭《あたま》の中《なか》で引《ひ》つ切《き》りなしにぐる〳〵廻《まは》つてゐるこの人《ひと》の顔《かほ》が、うるさくて〳〵仕方《しかた》がなくなると、自分《じぶん》の髪《かみ》の毛《け》を引《ひ》きむしつたりしますが、それでも眞正面《まとも》にこの人《ひと》の顔《かほ》を眺《なが》めた時《とき》はやつぱり温《あたゝか》いものを含《ふく》んだやうになつかしい氣《き》がします。

『何故《なぜ》私《わたし》を捨《す》てないのだらう。』私《わたし》はかう思《おも》つて、この辛抱強《しんばうづよ》いあるじの顔《かほ》を見詰《みつ》めてゐると、私《わたし》は身《から》體《だ》が慄《ふる》へるほど恐《おそろ》しくなつてくることがあります。かう云《い》ふ悩《なや》みはあなたに逢《あ》はない前《まへ》から私《わたし》の心《こゝろ》の上《うへ》に流《なが》れてゐたのです。それがあなたに逢《あ》つてから、ふと千代紙《ちよがみ》でかくされました。けれど又《また》、その悩《なや》みは色《いろ》を濃《こ》くして私《わたし》の心《こゝろ》の上《うへ》にまざ〱と現《あらは》れてきました。

淋《さび》しい風《かぜ》が吹《ふ》きますね。冷《つ》めたい水《みづ》の流《なが》れのやうな木《き》の葉《は》のさゞめきが、まあ何《なん》と云《い》ふ悲《かな》しい響《ひゞ》きを立《た》てるのでせう。私《わたし》はやつぱりあなたが懐《なつか》しい。――――けれど逢《あ》ひたくはない。ちつとも逢《あ》ひたくはない。ねえ、あなたもこの風《かぜ》の音《おと》を何處《どこ》かで聞《き》いておいでゞせう。さうしてあなたも淋《さび》しいでせう。――――あなたの傍《はた》からさはられまいとして大切《だいじ》に圍《かこ》んでるその心《こゝろ》が、つひに血《ち》を滴《した》らすまでに切《き》り破《やぶ》られたと氣《き》の付《つ》く時《とき》は、それはいつでせう？

いつか二人《ふたり》で話《はな》したやうに、金魚《きんぎよ》が池《いけ》の中《なか》で泳《およ》いでゐるやうに私《わたし》たちの心《こゝろ》もこの廣《ひろ》い世界《せかい》の眞中《まんなか》へ泳《およ》がして、さうして勝手氣儘《かつてきまゝ》に二人《ふたり》して尾鰭《をひれ》を振《ふ》つて遊《あそ》ばうと思《おも》つた事《こと》も、いつの間《ま》にか過《す》ぎてしまつて、さうして消《き》えてしまひました。

左樣《さやう》なら。…………

あなたはいつ歸《かへ》つてくるのです。もう歸《かへ》つてこないのですか？　あなたが歸《かへ》つてくるまでに、私《わたし》はこの氣《き》になつて仕方《しかた》のない壁《かべ》を突《つ》き破《やぶ》つてゐるだらうか。（九、一三）

名家の讀書時間

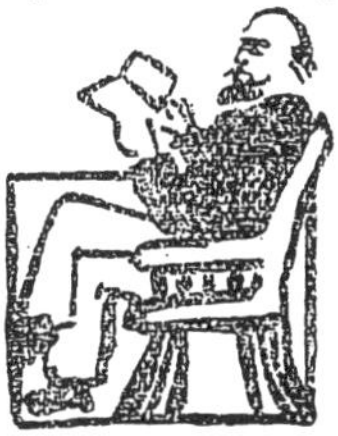

諸大家が、如何なる時間に讀書せらるゝか。之れを知るは興あることにして、また、世の讀書子の參考にもなるべしと思ひ、此に掲ぐることゝせり。御回答を賜はりし諸先生に對し茲に謹で感謝の意を表す。我が社の發せし文、左の如し。

粛啓時下益々御淸適之段奉大賀候毎度御芳情を荷ひ候事奉多謝候就ては又々恐縮の至に候得共讀書に如何なる時間を御選びに相成候や平生の御習慣を御洩し給はるの光榮を得て弊誌「讀書の友」十月號に掲載仕度存候此儀御枉諾被下來る廿三日迄に御教示の程偏に奉願上候　謹言

大正元年九月十七日

讀賣新聞社

田村俊子

私は別に讀書の爲に、一日中のある時間を特に撰ぶと云ふ事をした事が御座いません。又讀書と云ふ上にある閑散な意味を求めて、自ら讀書境の樂しさと靜かさと豐さを味はうとする爲に、特に讀書に親しむ時を待つて書物に接すると云ふ樣な事も御座いません。――讀み度いと思つてゐた書物が手に入ると、行き當りばつたりに直ぐ手にして讀みます。この貧弱な頭がちきからつぽになつてしまつて、何かしら頭腦の中に滿たさなくてはゐられない時がくると、晝でも夜でも朝でも、頭が昏迷して何を讀んでゐるか分らなくなるまで自分の求めて得た書物を讀み耽ります。書見に就いて自分の不識な事を露骨にした恥かしいお答へで御座います。

本《ほん》郷《がう》座《ざ》見《けん》物《ぶつ》

田村とし子

本郷座《ほんがうざ》は初日《しよにち》に小山内《をさない》さんのお招《まね》ぎを受《う》けて遊《あそ》び半分觀《はんぶんみ》たぎりでしたから、畫報社《ぐわはうしや》から本郷座評《ほんがうざひやう》をと云《い》ふお頼《たの》みを受《う》けた時《とき》から一度《ど》見《み》直《たほ》そうと思《おも》つてゐながら、とう〳〵暇《ひま》がなくそれに身體《からだ》が惡《わ》るかつたりして、仰《あふ》せを畏《かしこ》んで責任《せきにん》のある見物《けんぶつ》をする事《こと》が出來《でき》ませんでした。それでお斷《ことは》りしやうかと思《おも》つてゐる内《うち》に日限《にちげん》も迫《せま》つてしまつたので、今更《いまさら》そんな勝手《かつて》な事《こと》を御返事《ごへんじ》するのも社《しや》の方《はう》の御都合上御迷惑《ごつがふじやうごめいわく》な事《こと》でもあらうと考《かんが》へ、そこで評《ひやう》と云《い》ふではなく、唯初日《たゞしよにち》に八千代《やちよ》さんや薫《かほる》さんの奧《おく》さんたちと賑《にぎ》やかに見物《けんぶつ》した私《わたし》のおもしろさだけを書《か》いてお頼《たの》みに代《か》へる事《こと》にいたしました。誠《まこと》に我《わ》れ面白《おもしろ》さのいゝ氣《き》なお話《はなし》で、皆《みな》さんへも社《しや》の方《かた》へも申譯《まをしわけ》のない事《こと》ですか御免《ごめん》を願《ねが》つてちよいと書《か》き付《つ》ける事《こと》に致《いた》します。

第《だい》一の眞田《さなだ》は、なんでも幸村《ゆきむら》の閑居《かんきよ》の中途《ちうと》から見《み》たのでした。（番附《ばんづけ》がないので役《やく》の名《な》もよく分《わか》りませんからいゝ加《か》減《げん》なところで胡麻化《ごまか》します。何卒《どうぞ》おゆるしを。）いきなり棧《さ》敷《じき》へはいると、暗闇《くらやみ》の中《なか》から私《わたし》を覗《のぞ》いた八千代《やちよ》さんや留子《とめこ》さんと、久濶《しはらく》の挨拶《あいさつ》やら、芝居《しばゐ》の筋立《すぢだて》やらを聞《き》いてゐる内《うち》に、大概芝居《たいがいしばゐ》の方《はう》はお留守《るす》になつてゐたのと。突然《とつぜん》な舞臺《ぶたい》面《めん》が中々《なかなか》私《わたし》の頭《あたま》の中《なか》にしつくりと入《はい》つて來《こ》ないのとで、この閑《かん》居《きよ》の場《ば》も私《わたし》にははつきりとしませんでした。唯《たゞ》土器《かわらけ》の中《なか》で使者《ししや》の持《も》つてきた手《て》紙《がみ》を燃《も》やした火《ひ》が、まだひらひらと炎《ほのほ》を立《た》てゝゐるのを、幸村《ゆきむら》とひどく塗《ぬ》り立《た》てた壽美藏《すみぞう》の大助《だいすけ》とで呑《の》んだのが、火傷《やけど》でもしはしないかと一寸氣《ちよつとき》になつただけでした。その次《つ》ぎの幕《まく》も餘《あま》り面白《おもしろ》くはなかつたのです。松蔦《しようてう》のお雪《ゆき》が大助《だいすけ》の袴《はかま》の紐《ひも》をいぢりながら何《なに》か云《い》つてたのが寫實味《しやじつみ》があつて眼《め》に殘《のこ》つたゞけでした。こゝで庄屋《しやうや》の家《うち》へ仲間《ちうげん》になつて入《はい》りこんでる荒次郎《あらじらう》の某役《なうやく》が。呆然《ぼんやり》としてるのを八千代《やちよ》さんが見《み》て「荒次郎《あらじらう》は中《なか》幕《まく》でうんと見《み》せてやるぞと思《おも》つてるのかも知《し》れない」と云《い》つたのでをかしかつた。最後《さいご》の幕《まく》にくると松蔦《しようてう》のお雪《ゆき》の爲《す》る事《こと》だけが目《め》に付《つ》いて私《わたし》はひどく感心《かんしん》してゐました。「きらつしやりませ、きらつしやりませ」と云《い》つて馬《うま》の腹《はら》へ背中《せなか》を摺《す》り付《つ》けた時《とき》この娘《むすめ》の感情《かんじやう》がいかにも切《せつ》迫《ぱく》して一番《ばん》よく現《あら》はれてゐた。壽美藏《すみぞう》の大助《だいすけ》は父親《ちゝおや》と一所《しよ》に大阪《おほさか》へ行《ゆ》くのも迷惑《めいわく》ならお雪《ゆき》にかうして付《つ》き纏《まと》はれるの

大阪堂島座（白井權八）

も迷惑《めいわく》と云《い》つた樣《やう》で。あの儘馬《まゝうま》に乘《の》つて何所《どこ》か飛《と》んでもないところへ逃《に》げてゞも行《い》つて了《しま》ひそうな男《をとこ》に見《み》えた。左團次《さだんじ》の幸村《ゆきむら》はあれだけつて感《かん》じがした。幕切《まくぎ》れの一人《ひとり》の述懐《じゆつくわい》嗟嘆《さたん》が。ある派《は》の作者《さくしや》に限《かぎ》られたいつも同《おんな》じ舞臺技巧《ぶたいぎかう》をかうして見《み》せ付《つ》けられると云《い》ふうんざりさ加減《かげん》を起《おこ》させて、この人《ひと》の役《やく》まで一向《いつかう》つまらなく思《おも》はせて了《しま》つたのは仕方《しかた》がありません。

次《つ》きが「安宅關《あだかのせき》」です。八百藏《やをざう》の名調子《めいてうし》を樂々《らくらく》と聞《き》いてゐたその快《い》い心持《こゝろもち》は何《なん》とも云《い》へませんでした。まるで巨人《きよじん》の掌《てのひら》を我《わ》が目《め》の前《まへ》でぱつと開《ひら》かれたやうな、あの力《ちから》のはいつた強《つよ》い大《おほ》きな潑溂《はつらつ》とした八百藏《やをざう》の辨慶《べんけい》のおもしろさは、唯《たゞ》もう快《い》い心持《こゝろもち》と云《い》ふより外《ほか》に言葉《ことは》がありませんでした。芝居《しばゐ》を觀《み》るならこんなのに限《かぎ》ります。だが又《また》五郎《らう》の義經《よしつね》はまるで小僧《こぞう》つ子《こ》でした。左團次《さだんじ》の富樫《とがし》もまことに見劣《みおと》りがしていけませんでした。情《なさ》けのある人《ひと》とは見《み》えず。辨慶《べんけい》の繩《なわ》を解《と》いてからも「面倒《めんだう》くさい主從《しゆじう》の情誼立《じやうぎだ》てださあ〱通《とほ》つちまへ。」と亂暴《らんはう》な事《こと》を考《かんが》へてる人《ひと》のやうで甚《なはは》だよろしくありませんでした。辨慶《べんけい》の合圖《あひづ》の法螺《ほら》の音《おと》を主從《しゆじう》して聞《き》くところで、耳《みゝ》をすました形《かたち》のもつとも好《い》いと思《おも》つたのは壽美藏《すみざう》でした。

次《つ》ぎがお待兼《まちか》ねの「犧牲《ぎせい》」です。最初《さいしよ》はちつとも調子《てうし》が取《と》れなくつて困《こま》りましたが、その内《うち》にレンズの内《うち》にぴつたりと物《もの》の景情《けいじやう》が纒《まと》まつて入《はい》つて來《き》たやうな落付《おちつ》いた感《かん》じがして來《き》ました。「こんなものは買《か》へるのね」とか云《い》つて秀調《しうてう》のアデエルが蠟燭《らふそく》を父親《ちゝおや》の前《まへ》に抛《はう》りだした時《とき》に、左團次《さだんじ》のデユランはどんな表情《へうじやう》をするかと思《おも》つて待《ま》つてゐたのに、どうした機會《はづみ》かでその一瞬《しゆん》を見《み》のがしてしまつたのは殘念《ざんねん》でした。秀調《しうてう》のアデエルは綺麗《きれい》でしたつけ。人《ひと》の好《よ》さそうな愚圖《ぐづ》な姉《ねえ》さんらしく見《み》えました。三女のうちでは松蔦《しようてう》のテレエズは何《なん》と云《い》つても一番際立《はんきはだ》つて手柄《てがら》を上《あ》げてゐました。我《わ》が儘《まゝ》な、感情《かんじやう》の強《つよ》い、泣《な》きながらでも意地惡《いぢわ》るの事《こと》をしてやると云《い》つた調子《てうし》の癇《かん》の强《つよ》そうな娘《むすめ》が生《い》き〱と現《あら》はれてゐました。腰《こし》をかける時《とき》の身體《からだ》の調子《てうし》にまで然《さ》う云《い》ふ氣分《きぶん》を彈《はつ》ませてゐたのはさすがなものだと思《おも》ひました。左團次《さだんじ》のデユランは大《たい》した努力《どりよく》でやつてゐるのだと思《おも》つたら、何《なん》だか無暗《むやみ》と嬉《うれ》しくなつて、その感激《かんげき》が又《また》、劇中《げきちう》の人《じん》物《ぶつ》の老《らう》デユランの哀《あは》れな身《み》の上《うへ》にまで直接及《ちよくせつおよ》ぼして行《い》つたのは我《わ》れながらをかしかつた。終《をは》りの、火《ひ》をつけてしまつてから、心《こゝろ》の底《そこ》の方《はう》に大《おほ》きな覺悟《かくご》をしつかりと押《おさ》へ付《つ》けながらもおのづと感情《かんじやう》の擾亂《ぜうらん》するデユランの態度《たいど》は。結構《けつかう》な

ものだと思《おも》ひました。壽美藏《すみざう》の中《なか》の娘《むすめ》は間《ま》に合《あは》せに何所《どこ》から雇《やと》ひ入《い》れて來《き》たやうな女《をんな》だつた。

大切《おほぎり》の丸橋《まるはし》は、濠端《ほりはた》と家《うち》だけしきや見《み》ませんでした。舞臺《ぶたい》へかち〳〵あたる醉漢《よひどれ》の足取《あしど》りの下駄《げた》の音《おと》が耳《みゝ》に付《つ》いて困《こま》りました。犬《いぬ》が一番《はん》よく演《や》つてゐました。吠《ほ》え聲《こゑ》が實《じつ》に上手《じやうづ》で、花道《はなみち》で忠彌《ちうや》に足《あし》を踏《ふ》まれて「きやん〳〵〳〵」と鳴《な》き立《た》てるところは眞物《ほんもの》の犬《いぬ》とちつとも違《ちが》ひませんでした。家《うち》の場《は》では、秀調《しうてう》の女房《にようはう》の凄《すご》い美《うつく》しさが時々《ときぐ》毒婦《どくふ》のやうな感《かん》じを持《も》たせました。折角樂《せつかくたの》しみにしてゐた捕《と》りものの場《は》を見《み》なかつたのは何《なん》だか物足《ものた》りませんでしたけれど。時間《じかん》がおそくなつたのでこゝまでゞ歸《かへ》つてしまつたのです。これでお終《しま》ひです。

私の考へた一葉女史

田村俊子

一

この人《ひと》の小說《せうせつ》は私《わたし》がまだ肩上《かたあ》げをしてゐる頃《ころ》に大層《たいそう》崇拜《すうはい》して讀《よ》んだものでした。それで今《いま》斯《か》うして一葉《いちえふ》全集《ぜんしふ》を手《て》にして見《み》ると、何《なに》よりもまづ自分《じぶん》の昔《むかし》の初《う》心《ぶ》な情緒《じやうしよ》が忍《しの》ばれるのでした。自分《じぶん》の娘時代《むすめじだい》に着古《きふる》した着物《きもの》をふと、葛籠《つゞら》の底《そこ》から取《と》り出《だ》して、その匂《にほ》ひを再《ふたゝ》び嗅《か》いだやうな床《ゆか》しいおもむきがあるのでした。いかにも懷《なつか》しかつたのであります。十何年振《じふなんねんぶ》りで女史《ぢよし》の作品《さくひん》に再《ふたゝ》び觸《ふ》れた斯《か》う云《い》ふ私《わたし》の柔《やは》らかな感《かん》情《じやう》は、五年間《ねんかん》の日記《につき》を通《とほ》してその上《うへ》に現《あら》はれた女史《ぢよし》の姿《すがた》をも、やはり私《わたし》の往時《わうじ》の若《わか》やかな情調《じやうてう》を背景《はいけい》にしたなつかしい涙《なみだ》の内《うち》に引包《ひきつゝ》んでしまつて、唯《たゞ》あたゝかく樋口夏子《ひぐちなつこ》と云《い》ふ女性《ぢよせい》の全體《ぜんたい》を抱擁《はうえう》してしまつてるやうなところがありました。冷《つ》めたい理智《りち》の批《ひ》判《はん》のもとにこの女性《ぢよせい》を据《す》ゑて、樋口夏子《ひぐちなつこ》と云《い》ふ本體《ほんたい》を逆《ぎやく》にし眞《ま》つ直《す》ぐにし横《よこ》にして評論《ひやうろん》すると云《い》ふ事《こと》は私《わたし》には出來《でき》ないかも知《し》れません。久《ひさ》し振《ぶ》りで女史《ぢよし》の作品《さくひん》を讀《よ》み、日記《につき》を通讀《つうどく》してこゝに新《あらた》に私《わたし》の考《かんが》へた樋口夏子《ひぐちなつこ》は、ある程度《ていど》まで女史《ぢよし》の心持《こゝろもち》を理《り》解《かい》し又《また》同情《どうじやう》した涙《なだ》を聯絡《れんらく》にして、さうして私自身《わたしじしん》を結《むす》びつけてしまつた單《たん》に私《わたし》だけの樋口夏子《ひぐちなつこ》であるかも知《し》れませんから、ちよいとこれをお斷《ことわ》りしておきます。最初《さいしよ》の日記《につき》の、わか葉《は》かげ、わか草《くさ》、筆《ふで》すさび、蓬生《よもぎふ》日記《につき》、あたりまでに現《あら》はれてる女史《ぢよし》と云《い》ふものは、いかにも、可愛《かあ》らしい娘《むすめ》さんである。幼少《えうせう》の時《とき》から、讀《どく》書《しよ》から得《え》た智識《ちしき》と、和歌《わか》の師匠《ししやう》のところへ通《かよ》ひ馴《な》れて比較的《ひかくてき》多《おほ》くの他人《たにん》に交《まじ》らつた女史《ちよし》はその心《こゝろ》に多少《たせう》の練《れん》磨《ま》はあつた。けれどもまだ一向世間見《いつかうせけんみ》ずの初心《うぶ》な娘《むすめ》さんであつた。心《こゝろ》の上《うへ》にも亦形式《またけいしき》の上《うへ》にも上品《じやうひん》と云《い》ふ事《こと》ばかりを心《こゝろ》がけてゐたあの母親《はゝおや》から受《う》けた「女《をんな》はつゝましやかでなければならぬ。」と云《い》ふ事《こと》をモツトーとした、女大學的《をんなだいがくてき》の教育法《けういくはふ》が、根柢《こんてい》からこの人《ひと》を物《もの》に憶病《おくびやう》な物《もの》に羞《は》ぢらひ勝《が》ちの女《をんな》にしてゐると共《とも》に、この人《ひと》の幼《ちひさ》い時《とき》から妙齢《としごろ》になるまでの感情《かんじやう》は、あくまで純正《じゆんせい》で又《また》あくまで穏《おだ》やかで、さうして柔順《じうじゆん》に、可憐《かれん》に、薄倖《はくかう》者《しや》への慈悲《じひ》とか愛憐《あいれん》とか云《い》ふ事《こと》のみにその心《こゝろ》がやさしく、しをらしく育《はぐ》くまれてきた。さうして其《そ》の一面《いちめん》では父親《てゝおや》からは女《をんな》の子《こ》としては利發《りはつ》なものとして愛《あい》され師事《しじ》した女師匠《をんなししやう》からも聰明《そうめい》なものとして愛《あい》された小《ちひ》さい娘《むすめ》は、其《そ》れ等《ら》の人《ひと》から愛《あい》を受《う》くるその根本《こんぽん》の自身《じしん》の利發《りはつ》と云《い》ふ事《こと》を證據立《しようこだ》てる行《おこな》ひをした時《とき》をもつてもつとも樂《たの》しい、最《もつと》も満足《まんぞく》な時《とき》として過《す》ぐして來《き》た。即《すなは》ちむづかしいものを能《よ》く讀《よ》みてなし、又《また》うるはしい文字《もじ》を書《か》いて他《ひと》から賞《ほ》めらるゝ事《こと》を嬉《うれ》しいものゝ一とつにして、讀書《どくしよ》をいそしみ勉強《べんきやう》と云《い》ふ事《こと》を第一《だいいち》の手柄《てがら》にして育《そだ》つてきた。

かうして物堅《ものがた》い家庭《かてい》に長《ちやう》じた女史《ぢよし》には放縦《はうしよう》と云《い》ふ氣《き》分《ぶん》は何所《どこ》にも見出《みいだ》されない。「女《をんな》ではあるけれども學問《がくもん》をもつて身《み》を立《た》てる」と云《い》ふ堅固《けんご》な志《こゝろざ》しは、女史《ぢよし》を愛《あい》した父親《てゝおや》からも注《つ》ぎ込《こ》まれ、又自身《またじしん》にも然《さ》うした思《おも》ひ立《た》ちがあつたと同時《どうじ》に、この人《ひと》に一定《いつてい》の學校教育《がくかうけういく》を授《さづ》けてあつたら文學《ぶんがく》の道《みち》は取《と》らずに學校《がくかう》の一教師《いちけうし》になつて家内《かない》の活計《くわつけい》を助《たす》けるやうになつてゐたかも知《し》れないと思《おも》ふほど、この人《ひと》の妙齢《めうれい》の性情《せいじやう》は早熟《さうじゆく》してゐたけれども唯眞率《たゞしんそつ》で唯誠實《たゞせいじつ》であつた。自身《じしん》の心《こゝろ》を卑賤《ひせん》な事《こと》に抂《な》げない爲《ため》にはどんな單調《たんてう》な質素《しつそ》な生活《せいくわつ》にでも甘《あま》んじてゐる事《こと》の出來《でき》るやうな人《ひと》であつた。父親《てゝおや》を失《うしな》つて家計《けい》の困難《こんなん》を目《ま》の前《あた》りに見《み》るやうになつても、女史《ぢよし》はたゞ愚痴《ぐち》の多《おほ》い母親《はゝおや》を慰《なぐさ》め小《ちひ》さい妹《いもと》を養《やしな》つて、貧《まづ》しくとも純《じゆん》な幸福《かうふく》に母子三人《おやこさんにん》が浸《ひた》つてゐられさへすればと云《い》ふやうな事《こと》のみを望《のぞ》んでゐた。當時《たうじ》の女史《ぢよし》の根本觀念《こんぽんくわんねん》は學問《がくもん》の見識《けんしき》から得《え》た嚴正《げんせい》と誠實《せいじつ》であつた。そこに他日藝術《じつげいじゆつ》を生《う》みだしてくる樣《やう》な豪華《がうくわ》な心持《こゝろもち》とか、熱烈《ねつれつ》な放縱《はうしよう》な氣分《きぶん》とか、燃《も》え上《あ》がるやうな青春《せいしゆん》の歡樂《くわんらく》と云《い》ふやうなものは、まるきりこの人《ひと》の本然性《ほんぜんせい》から遠《とほ》く離《はな》れてゐた、唯《たゞ》この人《ひと》の小說《せうせつ》好《ず》きと云《い》ふ事《こと》と、その嗜欲《しよく》から絕《た》えず草双紙《くさざうし》、文學的書物《ぶんがくてきしよもつ》に親《した》しんでゐたと云《い》ふ事《こと》がこの人《ひと》に傳奇的《でんきてき》の精神《せいしん》を釀《かも》させてさうして、當時《たうじ》の女史《ぢよし》の純潔《じゆんけつ》な感情《かんじやう》に一點《いつてん》の霑《うるほ》ひを滴《したゝ》らせてゐたに過《す》ぎなかつた。

　かうして律義《りちぎ》な物堅《ものかた》い正直《しやうぢき》な女史《ぢよし》は、父親《てゝおや》が亡《な》くなつて家《いへ》が貧《まづ》しくなればなるほどむしろ、怯懦《けふだ》に近《ちか》いほど羞恥心《しうちしん》が深《ふか》くますく〜小心《せうしん》な女《をんな》になつていつた。假初《かりそ》めの事《こと》ではあるが、友達《ともだち》にもその和歌《わか》の詠草《えいさう》を安々《やすく〜》と見《み》せない樣《やう》なはにかみ深《ふか》い性質《せいしつ》は、久《ひさ》しく誰《だれ》の前《まへ》にも親《した》しく打開《うちひら》いた氣分《きぶん》になれない女《をんな》にしてゐた。さうして物質的《ぶつしつてき》に貧《まづ》しい自身《じしん》を他《た》の富裕《ふいう》な人々《ひとぐ〜》と對照《たいせう》せしめた時《とき》、それに當《あた》らせる爲《ため》にさまく〜な點《てん》から自身《じしん》に精神的《せいしんてき》の滿足《まんぞく》を强《し》ひつけなければ止《や》まない樣《やう》な習癖《しふへき》はこの人《ひと》にますく〜健全《けんぜん》な道義心《だうぎしん》を深《ふか》くさせ、いかなる窮乏貧困《きゆうばふひんこん》の中《なか》に在《あ》つても、美《うつく》しく濁《にご》りのない自己《じこ》をその貧困《ひんこん》した生活《せいくわつ》の中《なか》から見出《みいだ》す事《こと》をもつて唯一《ゆゐいつ》の誇《ほこ》りとしやうとした。自分《じぶん》の心《こゝろ》を道義的《だうぎてき》に全《まつた》くさせ、又正《またたゞ》しい道《みち》に自己《じこ》を導《みちび》く爲《ため》にはどんな所《ところ》からでも合理的《がふりてき》の敎訓《けうくん》を聞《き》かうとし、又《また》どんな書物《しよもつ》の上《うへ》からでも正義《せいぎ》の道《みち》を求《もと》めやうとした。富《と》めるものへ對《たい》してのある一種《しゆ》の反情《はんじやう》とは云《い》へ斯《か》う云《い》ふ一時《いちじ》の思想《しさう》はこの人《ひと》を若《わか》い女《をんな》には珍《めづ》らしいほどその情癖《じやうへき》を頑《かたく》ななものに爲《し》おほせてゐるところがある。この淸淨《しやうじやう》な志操《しさう》と、幼少《をさな》い時《とき》からの純正《じゆんせい》な感情《かんじやう》とから來《く》る頑固性《ぐわんこせい》と、年輩《としごろ》に似合《にあ》はずあるところまで貧《ひん》によつて訓練《くんれん》された意思《いし》とを持《も》つた女史《ぢよし》は、その聰明《そうめい》な性質《せいしつ》と相《あひ》まつて物《もの》の道理《だうり》、物《もの》の秩序《ちつじよ》と云《い》ふ事《こと》に殊《こと》に明《あき》らかな觀念《くわんねん》を有《いう》するやうになつた。臆病《おくびやう》らしいほどつゝましやかな態度《たいど》をもつて他《た》に接《せつ》する割合《わりあひ》に、和歌《わか》の師匠《しゝやう》の許《もと》にあつても事《こと》に對《たい》しての批判《ひはん》、直截《ちよくさい》と云《い》ふやうな果斷的行爲《くわだんてきかうゐ》には少《すこ》しもゆるみのないのを見《み》ても分《わか》るのである。

それて、當時《たうじ》の女史《ちよし》は一《ひ》と口《くち》に云《い》へば外見《ぐわいけん》は優《やさ》しくしをらしく餘《あま》りまた世間馴《せけんな》れはしてゐないが、その心《こゝろ》持《もち》だけは相當《さうたう》にしつかりと出來《でき》てゐると云《い》ふやうな娘《むすめ》であつた。さうして、常々文筆《つね〲ぶんしつ》にたづさはつてゐるところから、兎《と》に角生活《かくせいくわつ》を營《いとな》む料《れう》に、小説《せうせつ》を書《か》かうと志《こゝろざ》し、その世話《せわ》を賴《たの》む爲《ため》に、ある男性《だんせい》と近付《ちかづ》きになり、その男性《だんせい》を懷《なつか》しく思《おも》ひ初《はじ》めると同時《どうじ》に、この男《をとこ》を一生《いつしやう》の力《ちから》にして、一心《いつしん》に誠意《せいい》をもつて、一旦志《いつたんこゝろざ》した文學《ぶんがく》の道《みち》に立向《たちむか》はうと、しをらしく決心《けつしん》したところまでが、先《さ》きに云《い》つた「わか葉《ば》かげ」から「蓬生日記《よもぎふにつき》」までの間《あひだ》に現《あら》はれた女史《ちよし》のすべてゞある。

二

その當時《たうじ》の半井桃水《なからゐとうする》と云《い》ふ人《ひと》がどんな顏《かほ》かたちの人《ひと》であつたかは知《し》らないが、女史《ぢちし》の初對面《しよたいめん》の印象《いんしやう》は女史《ちよし》の感情《かんじやう》を亂《みだ》すほどに溫《あたゝか》い優《やさ》し氣《げ》な男性《だんせい》としてその胸《むね》にまざ〱と映《うつ》つた。殊《こと》にこの人《ひと》を介《かい》して自分《じぶん》の著作《ちよさく》が初《はじ》めて世《よ》に出《で》たと云《い》ふ恩義的《おんぎてき》の感謝《かんしや》が、猶更實直《なほさらじつちよく》な女《ちよ》史《し》としてこの人《ひと》を德《とく》とさせた。さうして窮迫逆運《きゆうはくぎやくうん》の最中《さいちう》に思《おも》ひがけなく人生《じんせい》の幸福《かうふく》な道《みち》がこの人《ひと》の手《て》にあつて自分《じぶん》の前途《ぜんと》に展《ひら》かれたと同時《どうじ》に、覺束《おぼつか》ない自分《じぶん》を其《そ》の途《みち》に導《みちび》いてくれる力強《ちからづよ》い手《て》はこの桃水《とうする》と云《い》ふ人《ひと》の所有《しよいう》であると感《かん》じた時《とき》。まだうら若《わか》い賴《たよ》りない女史《ちよし》の胸《むね》に不思議《ふしぎ》な皷動《こどう》の響《ひゞ》きを傳《つた》へずにはゐられない筈《はず》であつた。女史《ぢよし》はこの人《ひと》を師《し》としてなつかしみ兄《あに》として親《した》しみ、一向《ひたすら》その腕《うで》に縋《すが》りその優《やさ》しい心《こゝろ》に纏繞《まつは》らうとした。女史《ぢよし》の若《わか》い血潮《ちしほ》はこの時初《ときはじ》めて物恐《ものおそ》ぢ深《ふか》い頑《かたく》なゝ情癖《じやうへき》のうちに搖《ゆら》ぎ初《はじ》めたのであつた。蓬生日記《よもぎふにつき》の次《つ》ぎの日記《につき》から、しのぶぐさの前《まへ》までの日記《につき》、即《すなは》ち一月《ぐわつ》から四月《しわつ》までの唯四月《たゞよつき》の間《あひだ》だけが女史《ちよし》の短《みぢか》い生涯《しやうがい》の內《うち》において一番華《いちばんはな》やかな、情緒《じやうしよ》を含《ふく》んだ、優《やさ》しい動搖《どうえう》を帶《お》びた、感興限《かんきようかぎ》りない女史《ちよし》の生《ライフ》の一部《いちぶ》なのである。

新《あた》らしい靑年雜誌《せいねんざつし》の發行《はつかう》、其《それ》に自分《じぶん》も加《くは》はつて筆《ふで》を取《と》ると云《い》ふやうな一事實《いちじじつ》が、女史《ぢよし》に漲《みなぎ》るやうな活力《くわつりよく》を與《あた》へ、懷《なつか》しく思《おも》ふ桃水《とうする》と云《い》ふ人《ひと》との親密《しんみつ》の度《ど》もこの時《とき》が頂上《ちやうじやう》であつた。さうしてこの人《ひと》に導《みちび》かれて步《あゆ》む途《みち》

27

に際《さい》して女史《ちよし》はたゞ柔《やは》らかな純粋《じゆんすゐ》な處女《しよぢよ》の瞳子《ひとみ》をその周圍《しうゐ》に投《な》げてゐた。桃水《とうすゐ》から聞《き》く言葉《ことば》は女史《ちよし》の胸《むね》には悉《ことごと》く新《あた》らしく響《ひゞ》いた。桃水《とうすゐ》から受《う》ける敎《をし》へは今《いま》まで讀《よ》んだ何十卷《なんじふくわん》の書物《しよもつ》にも代《か》へられないほど女史《ぢよし》の心《こゝろ》を實際《じつさい》に引《ひ》き緊《し》めた。さうして花柳《くわりう》に遊《あそ》び馴《な》れたチヤームを持《も》つた男《をとこ》の待遇《たいぐう》は、女史《ぢよし》の異性《いせい》に對《たい》する初心《うぶ》な情緒《しよ》を一層《いつそう》しめやかに輕《かる》やかに抱擁《はうえう》してゐた。殊《こと》に雪《ゆき》の日の男《をとこ》のしどけない態度《たいど》、しどけない態度《たいど》の内《うち》から女《ちよ》史《し》を妹《いもと》あしらひにする懷《なつか》しい淸《きよ》らかな愛《あい》を湛《たゝ》へた男《をとこ》の外形的《ぐわいけいてき》の情味《じやうみ》は、女史《ちよし》の純潔《じゆんけつ》な心魂《しんこん》に美《うつく》しい色彩《しきさい》と寂《さび》しい陰翳《いんえい》とを綯《な》ひ交《ま》ぜにした不思儀《ふしぎ》な印象《いんしやう》を刻《きざ》み付《つ》けた、桃水《たうすゐ》と云《い》ふ人《ひと》が遊《あそ》び好《す》きな事《こと》や負債《ふさい》の多《おほ》い事《こと》などを聞《き》いた途端《とたん》に、まだ浮世《うきよ》馴《な》れない其《そ》の心核《しんかく》のやうな頑固《ぐわんこ》な女史《ぢよし》の性心《せいしん》はこの男《をとこ》と交際《かうさい》を絶《た》たうと一途《いちづ》に思《おも》ひ詰《つ》めさせるほど男《をとこ》を疎《うと》ましく思《おも》はせたけれども、それも一時《いちじ》で、女史《ちよし》の桃水《とうすゐ》に對《たい》する戀《こひ》と云《い》ふ觀念《くわんねん》は遂《つひ》に打碎《うちくだ》いて了《しま》ふ譯《わけ》にはいかなかつた。男《をとこ》の行爲《かうゐ》が女史《ちよし》の心《こゝろ》に多少《たせう》でも悶踩の痕《あと》を皺付《しわづ》ければ皺付《しわづ》けるほど、女《ちよ》史《し》の初心《うぶ》な異性《いせい》に對《たい》するある一種《いつしゆ》のなつかしみは思《おも》ひがけない血《ち》の動搖《どうえう》を女史《ちよし》に覺《おぼ》えさせるばかりであつた。

斯《か》うして桃水《とうすゐ》に對《たい》する嘗《かつ》て覺《おぼ》えない一種《いつしゆ》の感情《かんじやう》をそれを女史《ちよし》自《みづか》ら戀《こひ》と解釋《かいしやく》する事すらも恥《は》ぢながら矢張《やは》り女史《ちよし》はこの人《ひと》を思《おも》ひ惱《なや》む情《じやう》でその心《こゝろ》をいつぱいにしてゐた。この頃《ごろ》桃水《とうする》の機嫌《きげん》が惡《わる》いと云《い》つて之れを氣《き》にして、今日《けふ》こそはその心《こゝろ》を取《と》らうと思《おも》つて家《いへ》を出《で》ると云《い》ふところなぞは思《おも》はず涙《なみだ》を落《おと》させる。殊《こと》に哀《あは》れなのは、もはや桃水《とうすゐ》に對《たい》する自分《じぶん》の心情《しんじやう》が悲《かな》しくも戀《こひ》であると意識《いしき》する樣《やう》になつても、猶其《なほそ》れを頻《しき》りと自《みづか》ら否定《ひてい》してゐる女史《ちよし》の心持《こゝろもち》である。自分《じぶん》の周圍《しうゐ》から、自分《じぶん》の惱亂《なうらん》してる心《こゝろ》の底《てい》を睨《にら》みつめてゐる殘虐的《ざんぎやくてき》な多《おほ》くの眼《まなこ》に對《たい》する恐怖《きようふ》と、常《つね》に男女《だんぢよ》の戀愛《れんあい》つ一歩先《さ》きには地獄《ぢごく》の繪畫《くわいぐわ》を描《あか》いてゐる女史《ちよし》の純眞《じゆんしん》な精神《せいしん》は、世《よ》にも一人《ひとり》の懷《なつか》しい人《ひと》を其《そ》れ等《ら》の恐《おそろ》しさの渦《うづ》の中心《ちうしん》に潜在《せんざい》する戀《こひ》と云《い》ふものゝ眞中《たゞなか》に引《ひ》き寄《よ》せてくると云《い》ふ事《こと》は思《おも》つても悲《かな》しい事《こと》であつたに違《ちが》ひない。男《をとこ》に對《たい》する自分《じぶん》のなつかしみは正《たゞ》しく戀《こひ》であつたと直覺《ちよくかく》した刹那《せつな》女史《ぢよし》は唯《たゞ》地獄《ぢごく》の墮落《だらく》を夢《ゆめ》み、自分《じぶん》を取《と》り卷《ま》く殘虐的《ざんぎやくてき》の眼《まなこ》が忽《たちま》ち凄《すさま》じい冷嘲《れいてう》の笑《ゑ》みに變《かは》る事《こと》を思《おも》つて戰《をのゝ》いた女史《ぢよし》の、反《はん》省《せい》の苛責《かしやく》はあれ以上《いじやう》男《をとこ》からの情思《じやうし》を受《う》け入《い》れる事《こと》が出《で》來《き》ないほどに其《そ》の心《こゝろ》を緊縮《きんしゆく》さしてしまつた。殊《こと》に母親《はゝおや》の誤解《ごかい》和歌《わか》の師匠《ししやう》の皮肉《ひにく》、友人間《いうじんかん》の諷刺《ふうし》諫止《かんし》のうちに女史《ぢよし》はじつと自己《じこ》を衞《まも》つてあれほどの激情《げきじやう》を包《つゝ》んだ初《はつ》戀《こひ》をも自己《じこ》の外面《ぐわいめん》に抛《はふ》り出《だ》して了《しま》はねばならない時《とき》が直《す》ぐに女史《ぢよし》の心《こゝろ》の上《うへ》に來《き》たのであつた。かうして夢《ゆめ》のやうな温《あたゝか》ひ匂《にほ》ひ濃《こま》やかな情調《じやうてう》を漲《みなぎ》らした雪《ゆき》の日《ひ》を限《かぎ》りにして、女史《ぢよし》の初戀《はつこひ》は淡《あは》い形《かたち》のみを烟《けむ》りのやうに男《をとこ》の心《こゝろ》の上《うへ》にとゞめて、果敢《はか》なく終《をは》つてしまつたのであつた。

「しのぶぐさ」から以下《いか》二三の日記《につき》に、桃水《とうすゐ》を打《う》ち絶《た》えてからの心の空虚《くうきよ》の淋《さみ》しさが哀《あは》れにやさしく洩《も》らされてある。

三

吹風《ふくかぜ》のたよりはきかじ荻《をぎ》の葉《は》の
　みだれて物《もの》をおもひもぞする

かう云《い》ふ女史《ぢよし》の涙《なみだ》ぐんだ感情《かんじやう》は今迄《いまゝで》の頑《かたく》なゝ情癖《じやうへき》を寂《さみ》しくやはらげた。戀《こひ》を感《かん》じるほどに親《した》しんだ異性《いせい》との會合《くわいがふ》は、女史《ぢよし》の純潔《じゆんけつ》な心《こゝろ》を傷《きず》つけはしなかつたが一旦《たん》解《ほぐ》れた若《わか》い血《ち》は女史《ぢよし》のいつ、、、てくな胸《むね》の內《うち》まで優《やさ》しく浸《ひた》していつた、姦《かしま》しい女友達《をんなともだち》の誇張《こちやう》した世評《せひやう》におどろかされて、己《おの》れの清廉《せいれん》を表示《へうじ》する爲《ため》になつかしい人《ひと》を打棄《うちす》てやうとまで決心《けつしん》した過去《くわこ》の一徹《いつてつ》を、齒《は》を嚙《か》むまでに悔《く》い忍《しの》ぶほど、離《はな》れてからの人《ひと》を思《おも》ふ情《じやう》は女史《ぢよし》をすべてに物憂《ものう》い女《をんな》にしていつた。打《う》ち開《ひら》いて往來《ゆきゝ》も出來《でき》ぬほどに桃水《とうすゐ》と離《はな》れてからの女史《ぢよし》は味《あぢ》のない自身《じしん》の殘生《ざんせい》を眼《め》の前《まへ》にして眺《なが》めるやうに風《かぜ》にも月《つき》にも果敢《はか》ない涙《なみだ》を浮《うか》べずにはゐられない人《ひと》であつた。

「月日《つきひ》隔《へだ》てゝものくるほしきまでに思《おも》ひ亂《みだ》れたるを君《きみ》はさしもおぼさじかし、心《こゝろ》にもあらぬやうなる別《わか》れのその折《をり》はま〳〵いひさわがれたる人《ひと》ごとの辛《つら》さに何《なに》ごとを思《おも》ひ分《わ》くるいとまもなかりしを、今更《いまさら》に取《と》返へさまほしうおぼゆるぞかひなき、初《はじ》めより憎《にく》からざりし人《ひと》の然《し》かも情《なさけ》ふかうおもひやりのなみならざりしなど思《おも》ひ出《いづ》るまゝに、何故《なにゆゑ》にかくなりけん、身《み》はよしやさは大方《おほかた》のよにつまはじきされなんとも朝夕《あさゆふ》なれ聞《き》こえなましかば中々《なかなか》にいけるよのかひなるべきをなど取《とり》あつむれば、人《ひと》も我《わ》れもよの中《なか》さへもいとにくしかし。」

これは久《ひさ》し振《ぶ》りで桃水《とうすゐ》のところへ行《い》つた時《とき》その途中《とちう》での女史《ぢよし》の述懐《ちゆつくわ》である。桃水《たうする》の弟《おとうと》(?)が來《き》た時《とき》に、「兄《にい》さんへおみやげ。」と云《い》つて母親《はゝおや》が菓子《くわし》の包《つゝ》みを弟《おとうと》の歸《かへ》りしなに渡《わた》したのを、其《そ》れを打喜《うちよろこ》んで見《み》てゐたほど女《ぢよ》史《し》の戀《こひ》になやんだ心《こゝろ》は可愛《かは》ゆくやさしく、哀《あは》れにいぢらしく若《わか》くあたゝかに羞《は》ぢを帶《お》びていつまでも思慕《しぼ》の情《じやう》のうちにふるへてゐた。雪《ゆき》の日《ひ》の追懷《つゐくわい》に燃《も》えるやうな激情《げきじやう》に堪《た》へられなくなつて雪《ゆき》の上《うへ》におりて掌《てのひら》の雪《ゆき》をすくつて見《み》るやうな事《こと》もした。桃水《とうする》の下手《へた》な文章《ぶんしやう》の上《うへ》に明《あき》らかな批判《ひはん》もありながら、猶《なほ》其《そ》の著作《ちよさく》をなつかしんで夜《よ》一《ひ》と夜曉方《よあけがた》までも其《そ》の書《しよ》を放《はな》さず、「晝《ひる》の内《うち》だけはしばらく別《わか》れやう」と悲《かな》しい事《こと》を云《い》ふやうな一《ひ》と重《へ》の花片《はなびら》のやうな優《やさ》しい戀《こひ》にもたえたりした。

斯《か》う云《い》ふ感情《かんじやう》の變調《へんてう》は、女史《ぢよし》の窮迫《きゆうはく》した生活《せいくわつ》、貧《ひん》とたゝかひ、老母《らうぼ》小妹《せうまい》の先《さ》きに立《た》つて活計《くわつけい》の途《みち》を講《かう》じなければならないと云《い》ふ責任《せきにん》を感《かん》じた現實《げんじつ》の苦痛《くつう》の面《おもて》に一《いつ》時《じ》夢幻的《むげんてき》の情趣《じやうしゆ》を含《ふく》んで明《あか》るい光《ひか》りを投《な》げたのであつた。知己《しき》へ行《い》つて一圓《えん》の金《かね》を借《か》り質店《しちみせ》の軒《のき》をく潛《くゞ》ると云《い》ふ樣《さま》な乏《とぼ》しい生活《せいくわつ》のなかで、折々《をりをり》の戀《こひ》の追憶《つゐおく》に軟《かは》らかくその感情《かんじやう》を弄《なぶ》ぐられると云《い》ふ事《こと》は、女史《ぢよし》の情味的《じやうみてき》感興《かんきよう》に強《つよ》い色付《いろづ》けをしずにはおかなかつた。さうして貧窮《ひんきゆう》した生活裡《せいくわつり》にあつて、女史《ぢよし》の小《ちい》さな智的德的《ちてきとくてき》の自《じ》我《が》の間《あひだ》にはからずも斯《か》かる情的《じやうてき》の色《いろ》が一とすぢ動《うご》き初《はじ》めたと云《い》ふ事《こと》はやがて、女史自《ぢよしみづか》らに、おぼろげながら「自己《じこ》」と云《い》ふ意識《いしき》を生《しやう》じさせる因《もと》にもなつた。女史《ぢよし》はこの時《とき》に多《おほ》くを考《かんが》へた、生活《せいくわつ》と戀《こひ》とを引《ひ》き比《くら》べ、活計《くわいけい》と文學《ぶんがく》とを引《ひ》き比《くら》べ、自身《じしん》の心《こゝろ》と骨肉《こつにく》の心《こゝろ》との聯絡《れんらく》を考《かんが》へ、他《た》を捨《す》てゝ唯己《たゞおの》れの心《こゝろ》の力《ちから》の限《かぎ》りを喚《よ》び起《おこ》して見《み》やうとも努《つと》め、又世間《またせけん》の誤解《ごかい》を防《ふせ》ぐ為強《ためつよ》い愛着《あいちやく》の念《ねん》

31

を断《た》たうとする自制《じせい》の悲痛《ひつう》さに、それをひるがへして宗教的《しうけうてき》に遙《はる》か偉大《ゐだい》なものを求《もと》めようとし眞善美《しんぜんび》に接《せつ》しようとしたりした。窮迫《きゆうはく》からくる親戚《しんせき》の侮蔑《ぶべつ》とか、女《をんな》同士《どうし》の世渡《よわた》りであるが爲《ため》に他《た》から輕《かろ》しめを受《う》けると云《い》ふやうな反抗《はんかう》やら憤慨《ふんがい》やらが、覺束《おぼつか》なくも、自己《じこ》の超《てう》越《ゑつ》と云《い》ふ様《やう》な事《こと》も考《かんが》へさせた。

又《また》、自分《じぶん》の著作《ちよさく》に從事《じゆうじ》すると云《い》ふ事《こと》を命《いのち》の綱《つな》にして老母《らうぼ》や妹《いもと》から多《おほ》くを期待《きたい》される苦痛《くつう》は殊《こと》にこの人《ひと》を搾《しめ》木《き》にかけるやうな思《おも》ひをさせてゐた。自分《じぶん》の書《か》いたものに少《すこ》しの評判《ひやうばん》があつて作《さく》の註文《ちうもん》もあるにはあつたが女史《ちよし》の眞摯《しんし》な藝術的《げんじゆつてき》の良心《りやうしん》が中々《なか〳〵》多《おほ》くの作《さく》をこなさせなかつた、折角《せつかくたの》頼まれたものを筆《ふで》の鈍《にぶ》る爲《ため》に幾度《いくたび》か斷《ことわ》ると云《い》ふ様《やう》な事《こと》もして、母親《はゝおや》からは、「夏子《なつこ》　活智《はたらき》がないからだん〳〵困窮《こんきゆう》するばかりだ。」と罵《のゝし》ら　るやうな辛《つら》い思《おも》ひも味《あぢ》はねばならなかつた。

思《おも》ふ人《ひと》を忘《わす》れ得《え》ぬ心《こゝろ》の鬱憂《いうしつ》、この物憂《ものう》い思《おも》ひを抱《いだ》いて乏《とぼ》しい生活《せいくわつ》に迫《せま》られながら、母親《はゝおや》と妹《いもと》の貧《ひん》にまどつた哀《あは》れな姿《すがた》を目《ま》の當《あた》りに見《み》ながら、堅《かた》くなつた筆《ふで》を無《む》理《り》にも動《うご》かさねばならぬと云《い》ふ焦躁《いら〳〵》した氣分《きぶん》はやがて女史《ちよし》の全心《すべて》を疲勞《ひらう》させて行《い》つた。創作《さうさく》と生活《せいくわつ》の兎《と》ても兩立《りやうりつ》しない事《こと》を今更《いまさら》に考《かんが》へ、再《ふたゝ》び活計《くわつけい》の方法《はうはふ》を他《た》の途《みち》において講《かう》じなければならない煩《わづら》はしさやら、虚弱《きよじやく》な體質《たいしつ》の勝《すぐ》れない健康《けんかう》やら、一度《いちど》濕潤《しつじん》した情味《じやうみ》を吸收《きふしう》した、その胸《むね》が何事《なにごと》にも寂《さび》しみを齎《もた》らせずにはおかない憧憬的《しようけいてき》の懊惱《あうなう》やらで、女史《ちよし》の心《こゝろ》はこゝに來《き》て著《いちじる》しく逃《とう》避的《ひてき》になつた傾《かたむ》きが見《み》える。和歌《わか》の師匠《しゝやう》とも打《う》ち絶《た》えたのはこの時《とき》であつた。さうして女史《ちよし》の行爲《かうゐ》を支配《しはい》するあくまで根強《ねづよ》い道義的思想《だうぎてきしさう》は、この時《とき》においても、恋と貧に悩みながらも、矢張《やは》り常《つね》に自己《じこ》と云《い》ふものゝ中《なか》から美《うつく》しく潔《きよ》い玉《たま》のやうな精靈《せいれい》を探《さぐ》ることにはかりつとめてゐた、自分《じぶん》の情操《じやうさう》を美《うつく》しく汚《けが》れなく保《たも》たうとするところにこの人《ひと》の強《つよ》い根柢《こんてい》があつた。その無意味《むいみ》な結婚《けつこん》を極力《きよくりよく》拒《こば》んだのもそれであつた。

「霜柱《しもばしら》くづれなば又《また》立てなほさんのみ。」

斯《か》う云《い》ふ決心《けつしん》を抱《いだ》いて、自己《じこ》と云《い》ふものを他《た》から累《わづら》はされない爲《ため》に、自分《じぶん》の善《よ》しと認《みと》めて進《すゝ》まうとする道《みち》を遁《のが》られない爲《ため》に、金《かね》の爲《ため》に文《ぶん》を書《か》かねと云《い》ふ主義《しゆぎ》の爲《ため》に母子《おやこ》三人《にん》が餓《う》ゑない程度《ていど》の貧生活《ひんせいくわつ》に甘《あま》んじ、不安《ふあん》のうちにも目的《もくてき》を定《さだ》めて、ゆる／＼志《こゝろざ》す道《みち》を辿《たど》らうとして女史《ぢよし》は遂《つひ》に詞園を捨《す》てゝ、小《ちひ》さな駄菓子屋《だぐわしや》渡世《とせい》に就《つ》いた。

四

女史《ぢよし》の生活《せいくわつ》狀態《じやうたい》は變《かは》つた。

斯《か》う云《い》ふ落魄《らくはく》した境涯《きやうがい》を經《へ》なければならぬと云《い》ふ事《こと》は一に夏子《なつこ》の立《た》てた志《こゝろざし》が弱《よわ》いからであると云《い》ふ母親《はゝおや》の愚痴《ぐち》つぽい嘆《なげ》きをしみ／＼と、眞《ま》つ向《かう》に受《う》けなければならない女史《ぢよし》の苦痛《くつう》は、あの虛弱《きよじやく》な體質《たいしつ》を驅《か》つてあらゆる勞働《らうどう》を一身《いつしん》に引《ひ》き受《う》けて働《はたら》きだした。七月《ぐわつ》の暑《あつ》い最中《さなか》に店《みせ》を設《まう》くる爲《ため》め家《いへ》を尋《たづ》ね步《ある》く間《ま》でも、女史《ぢよし》の心《こゝろ》は唯疲《たゞつか》れて從《したが》つてくる弱《よわ》い妹《いもと》の上《うへ》と、店《みせ》を開《ひら》く料《しろ》に澤《たく》山《さん》でもない金子《きんす》を彼方《あつら》へ行《ゆ》き此方《こつち》へ行《ゆ》きして、調《とゝの》へ煩《わづら》ふ年老《としと》つた母親《はゝおや》の苦勞《くらう》のみを思《おも》ひ遣《や》る外《ほか》には何《なに》もなかつた女史《ぢよし》の眼《め》には自分《じぶん》の志《こゝろざ》す道《みち》の爲《ため》に自分《じぶん》の立《た》て通《とほ》す意地《いぢ》の爲《ため》にこの弱《よわ》い兩人《ふたり》を自分《じぶん》の犧牲《ぎせい》にしてゐる樣《やう》な情《なさ》けない思《おも》ひさへされたに違《ちが》ひない。炎天《えんてん》に重《おも》いものを脊負《せお》ひ汗《あせ》しづくになつて問屋《とんや》に通《かよ》ひ、質屋《しちや》に走《はし》り、恐《おそろ》しく自分《じぶん》に鞭《むち》を當《あ》てゝ力《ちから》の限《かぎ》り活動《はたら》いたのは、この弱《よわ》い犧牲者《ぎせいしや》に對《たい》する唯一《ゆゐいつ》の心盡《こゝろづく》しであつた。自己《じこ》の心《こゝろ》を累《わづら》はされないためには形《かたち》においての屈從《くつじゆう》はどれほどでも惜《を》しまなかつた。形《かたち》の屈從《くつじゆう》がこの弱《よわ》い兩人《ふたり》に對《たい》する慰安《ゐあん》ともなるなら猶更惜《なほさらを》しまないことであつた。濺《みなぎ》るやうなこの肉體《にくたい》の活力《くわつりよく》はやがて、又《また》この人《ひと》のすべてに渡《わた》る感覺《かんかく》を銳敏《えいびん》にさせた。新《あた》らしい生活《せいくわつ》がこの人《ひと》に新《あた》らしい事物《じぶつ》を供給《きようきふ》すると共《とも》に、銳《するど》くなつた敏感性《びんかんせい》は、眼《め》に觸《ふ》るゝもの耳《みゝ》に聞《き》くものゝ一切《いつさい》を悉《ことごと》く攝取《せつしゆ》しずにはおかなかつた。當時《たうじ》の境遇《きやうぐう》によつて發輝《はつき》された當時《たうじ》の銳《するど》い感受性《かんじゆせい》が、この人《ひと》の文學《ぶんがく》の上《うへ》に著《いちじる》しい効《かう》果《くわ》を現《あら》はし初《はじ》めたのは寧《むし》ろ當然《たうぜん》の事《こと》であつた。

かうして、女史《ぢよし》の眼《め》は唯《たゞ》ひたすらに現實《げんじつ》に向《むか》つて開《ひら》かれていつた。暗《くら》く寂《さみ》しい身《み》をまぎらす爲《ため》には、氣《ヽ》さ《ヽ》くに快活《くわいくわつ》になつて働《はたら》かねばならないと云《い》ふ慣性《ならはし》が、隨《したが》つて自己《じこ》の力《ちから》と云《い》ふものを眞實《しつじつ》に思《おも》はせ、志操《しさう》を抱《いだ》きながら貧《まづ》しい一文商《いちもんあきな》ひの境遇《きやうぐう》にうごめく我《わ》れと云《い》ふものをそこに見出《みい》だす時《とき》、思想《しさう》の高潔情《かうけつじやう》の清淨《しやうじやう》を理想《りさう》とする女史《ぢよし》の心《こゝろ》は、一種《いつしゆ》の反情《はんじやう》さへ帶《お》びて飽《あ》くまで自《じ》己《こ》を守《まも》らねばならぬと云《い》ふ自重自尊《じちようじそん》の念《ねん》が高《たか》まつてくるのは無理《むり》もなかつた。丁度《ちやうど》この當時《たうじ》が日清戰爭《につしんせんさう》の開《ひら》かれる前後《ぜんご》であつた、新聞《しんぶん》を媒《なかだち》にして國家《こくか》の風雲《ふううん》を望《のぞ》み、それに激發《げきはつ》された悲憤慷慨《ひふんかうがい》の感情《かんじやう》が、時《とき》に際《さい》して自尊自重《じそんじちよう》の感念《かんねん》とからまつて、日記《につき》のところ〴〵に散《ち》らばつてゐるのは面白《おもしろ》い。

かうして小說《せうせつ》を書《か》き、歌《うた》を詠み、駄菓子《だくわし》の問屋《とひや》に通《かよ》ひ、根據《こんきよ》のない一時的《いちじてき》の思想《しさう》とはいひながら國家《こくか》を患《うれ》ひ、吉原《よしはら》のよみうりの美音《びおん》を聞《き》くのを樂《たの》しみにし、木《も》綿《めん》の着物《きもの》に安《やす》んじて、女史《ぢよし》は兎《と》に角《かく》時《ダイム》に變化《へんくわ》のある生《せい》活《くわつ》をしばらく續《つゞ》けたのであつた。ひろく世間的《せけんてき》に眼《め》を配《くば》ると云《い》ふ事《こと》が、又《また》この人《ひと》に心《こゝろ》の寬容《くわんよう》を養《やしな》はせた正直《しやうぢき》一途《づ》な感情《かんじやう》から、然《さ》もないことにむか腹《ぱら》を立《た》てると云《い》ふ様《やう》な狹量《けふりやう》さがだん〴〵にとれてきた。女史《ぢよし》の境遇《きやうぐう》はしばらくの間《あひだ》その感情《かんじやう》と共《とも》に平和《へいわ》で順調《じゆんてう》であつた。

あらゆるうきよをつまはぢきせしも僞《いつは》り、あらゆるうきよにつまはぢきせられしも僞《いつは》り、おもへば、この戀《こひ》の誠《まこと》をしらざりしなり。うきよ行《ゆ》く處《ところ》として善《ぜん》人《にん》なからむ、はた又惡人《またあくにん》なからむ、萬人《ばんにん》に對《たい》しての處爲《しよゐ》はしらず、我《わ》が見《み》る眼《め》一とつにては何處《いづこ》いかなる處《ところ》にも至美至善《しびしぜん》なる人《ひと》はあるべし。我《わ》が滿足《まんぞく》を得《え》んと思《おも》はば、つねに滿足《まんぞく》ならぬほどになしたるぞよき。滿足《まんぞく》の上《うへ》に滿足《まんぞく》あらんやは。もちの夜《よ》くもりて月《つき》もかくるゝならひぞかし。

然《しか》し斯《か》く至《いた》つたやうな安靜《あんせい》な一時的《じてき》の安直《あんちよく》な自覺《じかく》も、やがて又打《またう》ち破《やぶ》られる時《とき》が來《き》た。

五

創作《さうさく》と生活《せいくわつ》と兩立《りやうりつ》しなかつた嘗《かつ》ての苦《くる》しみは、やがて、此處《こゝ》に來《き》て、創作《さうさく》と稼業《かげふ》とが同一《どういつ》の頭惱《あたま》の中《なか》で働《はたら》かない事《こと》を女史《ぢよし》は知《し》り初《そ》めた。朝早《あさはや》く問屋《とんや》への買《か》ひ出《だ》しに行《ゆ》き、夜《よ》るおそくまで筆《ふで》を取《と》ると云《い》ふやうな勞働《らうどう》は、しばらくにして女史《ちよし》の堪《た》へ得《え》ないところになつても來《き》た。折角作《せつかくさく》に集注《しふちう》してきた頭《あたま》も、直《す》ぐ商用《しやうよう》に振《ふ》り代《か》へなければならないと云《い》ふ煩《わづら》はしさは、次第《しだい》に女史《ちよし》の全心《すべて》を苛《い》ら立《た》たせてきた。然《し》かも努力《どりよく》の割合《わりあひ》に小物商《こものあきな》ひと云《い》ふものがはか〴〵しくは利益《りえき》も上《あ》げてこない事《こと》に其《そ》の心《こゝろ》が焦《ぢ》れてきた。僅《わづか》な金錢上《きんせんじやう》の利益《りえき》と、其《そ》れに費《つひや》す大切《たいせつ》な心《こゝろ》の一部《いちぶ》と、其《そ》れは、到底比較《たうていひかく》にもならないものであつたに違《ちが》ひない。女史《ちよし》の生活《せいくわつ》は又《また》は動搖《どうえう》しなければならなかつた。然《しか》し、嘗《かつ》て創作《さうさく》の苦《くる》しみと今日《こんにち》にも差支《さしつか》へる家計《かけい》の苦《くる》しみとに其《そ》の心《こゝろ》は疲《つか》らされて逃避的《とうひてき》に傾《かたむ》いて行《い》つた女史《ちよし》の思想《しさう》は、今又此所《いままたこゝ》で同《おな》じやうな場合《ばあひ》を繰《く》り返《かへ》す時《とき》になつて女史《ちよし》はあくまで過去《くわこ》の消極的《せうきよくてき》な考《かんが》へを反《はん》して世間的《せけんてき》に突進《とつしん》しようと云《い》ふ様《やう》な積極的《せききよくてき》の考《かんが》へを持《も》つてきた。戀《こひ》に惱《なや》んだ卑弱《ひじやく》の涙《なみだ》に初《はじ》めて世間《せけん》を見《み》た若《わか》い恐怖《きやうふ》とで逃避的《とうひてき》になつた往時《わうじ》の心弱《こゝろよわ》きは、その日《ひ》から今日《こんにち》までの世間的《せけんてき》の練磨《れんま》と絶《た》え間《ま》もなく活《はたら》きつゞけた盛《さか》んな體力《たいりよく》の餘波《よは》とで、一攫《いつくわく》千金《きん》の豪奢《がうしや》な夢《ゆめ》を見《み》るまでに豪放《がうはう》に近《ちか》いものに變《へん》じさせた。

弱《よわ》いものは常《つね》に率《ひき》ゐる一種《いつしゆ》の庇護性《ひごせい》とも云《い》ひ度《た》いやうな特質《とくしつ》が、ある期間《きかん》において女史《ちよし》を任侠的《にんけふてき》な強《つよ》いものに養《やしな》つてきたのは當然《たうぜん》であつた。女史《じよし》は此任侠的《このにんけふてき》な強《つよ》いある力《ちから》をもつて現實的《げんじつてき》に社會《しやくわい》の表面《へうめん》に打《よ》つ衝《つ》からうと云《い》ふ事《こと》を思立《おもひた》ちだした。自《みづか》ら投《とう》じた境遇《きやうぐう》とは云《い》へ一錢《せん》一厘《りん》の利益《りえき》の爭《あらそ》ひにおど〳〵しい貧生活《ひんせいくわつ》にしばらく壓迫《あつぱく》された。女史《ちよし》は、青春《せいしゆん》の血《ち》と共《とも》に漲《みなぎ》りきつた肉體《にくたい》の擴張力《くわくちやうりよく》と、自重自尊《じちようじそん》の驕慢的《けうまんてき》な心意《しんい》とでこの壓迫《あつぱく》を押《お》し退《の》けようと試《こゝろ》みだした。女史《ちよし》の所謂《いはゆる》「うきよに捨《す》もの〻一身《しん》を何所《いづこ》の流《なが》れにか投《な》げこむべき、學《がく》あり金力《きんりよく》ある人《ひと》によりておもしろくをかしくさわやかにいさましく世《よ》のあら波《なみ》をこぎ渡《わた》らんとて」、即《すなは》ち久佐賀《くさか》何某《なにがし》と云《い》ふ山師的《やましてき》の易者《えきしや》のところまで相場《さうば》をやつて見《み》ようと云《い》ふので出掛《でか》けて見《み》る事《こと》もしたのであつた。

又三宅龍子《またみやけたつこ》が和歌《わか》の家門《かもん》を起《おこ》すと云《い》ふ事《こと》を和歌《わか》の師匠《ししやう》から聞《き》いて、その反感《はんかん》から同門《どうもん》の田中《たなか》なにがしを引《ひ》つ張《ぱ》りだして龍子《たつこ》の家門《かもん》に當《あた》るだけの別派《べつぱ》を立《た》てよう

35

と云《い》ふ様《やう》な事《こと》にも奔走《ほんそう》して見《し》たりした。彼方此方《あちこち》と獨《どく》立《りつ》の傳手《つて》を求《もと》め、何《なに》か一事業《じげふ》の計畫《けいくわく》を試《こゝろ》みやうとしてもがき出《だ》したが社會《しやくわい》の表面《うはべ》へ打《ぶ》つ衝《つ》かつて見《み》るとさて想像《さうぞう》したやうにいくら自分《じぶん》の身體《からだ》を投《な》げだして見《み》たところで其《そ》れを抱《かゝ》へ入《い》れるだけの空隙《くうげき》は何所《どこ》にも見《み》いだされないものである。今更《いまさら》久佐賀《くさが》と云《い》ふ者《もの》が山師《やまし》であつたと心付《こゝろづ》いて心《こゝろ》の限《かぎ》り罵倒《ばたう》するところなぞは、まだ〳〵女史《ぢよし》の多《おほ》く現實《げんじつ》に面《おもて》を向《む》けてゐなかつた木蔭《こかげ》の花《はな》のやうな可憐《しをら》しさを殘《のこ》してゐるのだと思《おも》はせる。いきり立《た》つては見《み》たが無論《むろん》筆《ふで》を捨《す》てゝ他《た》の途《みち》に就《つ》くと云《い》ふ様《やう》な良《い》い方法《はうはふ》も見付《みつ》からない。自然《しぜん》一度《いちど》取《と》り上《あ》げた筆《ふで》の先《さ》きに一切《いつさい》を打任《うちまか》せるより仕方《しかた》がないと云《い》ふところに女史《ぢよし》の考《かんが》へは又戻《またもど》つて來《き》た。創作《さうさく》にすべてを集注《しふちう》する爲《た》には矢《や》つ張《ぱ》り煩《わづら》はしい店《みせ》の商《あきな》ひを打捨《うちす》てなければならない。さうして手廣《てびろ》く小說《せうせつ》を書《か》かうと思《おも》ひ立《た》つた即《すなは》ち金《かね》の爲《ため》には文《ぶん》は書《か》かないと云《い》ふ以前《いぜん》の女史《ぢよし》の主義《しゆぎ》も此窮極《このきゆうきよく》した考《かんが》への前《まへ》には撤回《てつくわい》しなければならなくなつて來《き》た。實際《じつさい》と想像《さうぞう》との食《く》ひ違《ちが》ひがかうして女史《ぢよし》の主張《しゆちやう》と行爲《かうゐ》とに矛盾《むじゆん》を生《しやう》じせさると云《い》ふ事《こと》に就《つ》いて女史《ぢよし》に明《あき》らかな憤懣《ふんまん》があつた。自棄《じき》な分子《ぶんし》の交《まじ》つた偏《へん》癖《ぺき》な社會觀《しやくわいくわん》はこの時《とき》から女史《ぢよし》の胸《むね》に宿《やど》り初《はじ》めたのであつた。人情紙《にんじやうかみ》の如《ごと》く薄《うす》くと、云《い》つた調子《てうし》の女史《ぢよし》の折《をり》〳〵の嗟嘆《さたん》は、社會《しやくわい》の表面《へうめん》へ出《で》ようとして其所《そこ》で幾多《いくた》の障礙《しやうげ》に出逢《であ》つた自分《じぶん》の弱《よわ》さを振返《ふりかへ》り見《み》る程度《ていど》をもつて世《よ》の中《なか》の强者《きやうしや》に對《たい》する反抗《はんかう》を一層高《いつそうたか》めたその叫《さけ》びてあつた。

六

女史《ぢよし》は店《みせ》を再《ふたゝ》び閉《と》ぢてしまつた。さうして一度《いちど》はその人《ひと》の浮薄《ふはく》、不品行《ふひんかう》、矯飾《けうしよく》を擯斥《ひんせき》した和歌《わか》の師匠《しゝやう》のところへも、又《また》しげ〳〵と通《かよ》ふ事《こと》になつた。作《さく》の傍《かたは》ら、今迄荒物《いまゝであらもの》の問屋《とひや》へ通《かよ》つた勞力《らうりよく》をもう一度《いちど》小石川《こいしかは》の和歌《わか》の師匠《ししやう》の方《はう》へ向《む》けて、其所《そこ》から月々僅《つき〴〵わづか》な報酬《はうしう》を得《う》ることに極《き》めもした。店《みせ》を廢《や》めると云《い》ふ事《こと》には母親《はゝおや》や妹《いもと》の商賣《しやうばい》に對《たい》する倦厭《けんえん》に手傳《てつだ》つてはゐたが、これに由《よ》つても固定《こてい》のない女《をんな》の生活《せいくわつ》の賴《たよ》りなさがそゞろに思《おも》はれて悲慘《ひさん》である。

　理性《りせい》の勝《か》つた女史《ぢよし》にこれらの省察《せいさつ》のない筈《はず》はなかつた。一と度斥《たびしりぞ》けたものに再《ふたゝ》び附《つ》き、一《ひ》と度正善《たびせいぜん》の道《みち》にそむくと觀《くわん》じて捨《す》てたものをも再《ふたゝ》び曖昧《あいまい》な觀念《くわんねん》のもとに拾《ひろ》はうとする自嘲《じてう》の苦痛《くつう》は、女史《ぢよし》の感情《かんじやう》をとげ〴〵と荒《あら》つぽいものにさせて來《き》た。反抗《はんかう》、反情《はんじやう》、惑亂《わくらん》、憎《ぞう》惡《を》、皮肉《ひにく》、それ等《ら》をもつて自分《じぶん》の周圍《しうゐ》にあたつた。自《じ》分《ぶん》の高《たか》い心《こゝろ》を尺度《しやくど》にして、その尺度《しやくど》にもり切《き》れぬ人々《ひと〴〵》を痛罵嘲笑《つうばてうせう》したり、心《こゝろ》は遠《とほ》く引《ひ》きはなしながら形《かたち》の上《うへ》だけで相手《あひて》に對《たい》して衝動的《しようどうてき》に突《つ》つかゝつてゆく樣《やう》な、俠《きやん》な態度《たいど》も女史《ぢよし》の上《うへ》に現《あら》はれて來《き》た。さうして久佐賀《くさか》何某《なにがし》を山師《やまし》だと云《い》つて嘲《あざ》けりながらもそれに多額《たがく》の金《きん》圓《ゑん》の調達《てうたつ》を押付《おしつ》けがましく頼《たの》んだり、又《また》、その頃《ころ》二三の優《やさ》しい文學者《ぶんがくしや》たちが自分《じぶん》に心《こゝろ》を傾《かたむ》けてゐる事《こと》をも知《し》りながら、それに自分《じぶん》の心《こゝろ》を密着《みつちやく》せさる事《こと》を恐《おそ》れて、所謂《いはゆる》お座《さ》なりの言葉《ことば》を隔《へだ》てにしてその人々《ひと〴〵》から遠《とほ》のいてゐたと云《い》ふやうな、外見《ぐわいけん》から見《み》るといかにも人《ひと》を嘲《てう》弄《ろう》した驕慢《けうまん》な態度《たいど》も、つまり女史《ぢよし》のこの曖昧《あいまい》な觀念《くわんねん》を自《みづ》から解決《かいけつ》したその變形《へんけい》の冷淡嘲弄《れいたんてうろう》に外《ほか》ならないのであつた。云《い》ひ換《か》へれば若《わか》かつた女史《ぢよし》は嘗《かつ》て身《み》の潔白心《けつぱくしん》の純粹《じゆんすゐ》を願《ねが》つて身《み》に粉飾《ふんしよく》もなく重《おも》い荷《に》を背負《せお》つて駄菓《だくわ》子《し》屋渡世《やとせい》夫でもしたのであつたが、社會《しやくわい》の冷《つめ》たく濁《にご》つた中心《ちうしん》は、これらの底《そこ》の底《そこ》まで潔《きよ》いものを決《けつ》して情《なさ》け深《ふか》くあたゝかに包含《はうがん》しはしなかつた。女史《ぢよし》は所謂凡《いはゆるぼん》俗《ぞく》の輿論《よろん》にも與《く》みし、人々《ひと〴〵》と同《おな》じく濁《にご》つた空氣《くうき》も吸《す》はなければならなかつた。その境《きやう》を逃《のが》れようとして逃《のが》れ得《え》なかつた女史《ぢよし》は、濁《にご》れるものゝ中《なか》に自《みづ》からの眼《め》をはつきりと開《ひら》けば開《ひら》くほど、その潔癖《けつぺき》な志操《しさう》からくる自《じ》己《こ》の明白《めいはく》な觀念《くわんねん》に省《かへ》りみて、自身《じしん》に潜在《せんざい》する美《うる》はしいものを蹂躙《じうりん》するか、對社會《たいしやくわい》の濁《にご》れるものを蹂躙《じうりん》するかしなければ濟《す》まなくなつてきたのは勿論《もちろん》であつた。女《ぢよ》史《し》は濁《にご》れるものに從《したが》ひながらその濁《にご》れるものを蹂躙《じうりん》しようとした。即《すなは》ち、女史《ぢよし》の他《た》を觀《み》る冷嘲《れいてう》も、冷遇《れいぐう》も、この蹂躙《じうりん》から來《こ》なければならない筈《はず》であつた。殊《こと》に、自分《じぶん》の善《ぜん》をもつてして他《た》の不善《ふぜん》に傷《きず》つけられた女史《ぢよし》の心《こゝろ》の損害《そんがい》は、他《た》の不善《ふぜん》に對《たい》する自身《じしん》の不善《ふぜん》の答《こた》へをまで

37

覺得《かくとく》させた、底《そこ》に憂憤《いうふん》の涙《なみだ》はありながら、當時《たうじ》の女史《ちよし》の外相《ぐわいさう》が世間《せけん》ずれた人《ひと》の悪《わる》い女性《によしやう》になつて人々《ひと〴〵》の眼《め》に映《うつ》つたのも、唯《たゞ》この呪咀《じゆそ》と反情《はんじやう》を帶《お》びた女史《ちよし》の高潮《かうてう》した感情《かんじやう》の反映《はんえい》に過《す》ぎないのであつた。

この蹂躙《じうりん》の意氣《いき》が、女史《ちよし》の筆《ふで》の上《うへ》にも呵成《かせい》の氣《き》を示《しめ》して、當時《たうじ》の女史《ちよし》の作《さく》の上《うへ》に生々《なま〳〵》した現實味《げんじつみ》をしるしづけた。「にごりえ」「たけくらべ」の傑作《けつさく》は、この當時《たうじ》の著《ちよ》であつた。

この時《とき》でも、荒波《あらなみ》のやうな女史《ちよし》の感情《かんじやう》の惑亂《わくらん》の蔭《かげ》になつかしい色《いろ》を靜《しづ》かに投《な》げてゐたものがあつた。それは忘《わす》れ得《え》ぬ過去《くわこ》の戀《こひ》のおもかげであつた。女史《ちよし》は度々《どゞ》桃水《とうする》に逢《あ》つてその人《ひと》の現時《げんじ》の境遇《きやうぐう》も幾度《いくたび》か目《め》にした。その度毎《たびごと》に女史《ちよし》の心《こゝろ》に強《つよ》く響《ひゞ》いたものは唯心魂《たゞしんこん》に刻《きざ》み付《つ》けられた桃水《たうする》と會合《くわいがふ》した最初《さいしよ》の感情《かんじやう》であつた。人知《ひとし》れず、その人《ひと》の心《こゝろ》に甘《あま》えなつかしんだ過去《くわこ》のおのれの情緒《じやうしよ》であつた。僅《わづ》かな年月《としつき》の間《あひだ》に激《はげ》しい打擲《ちやうちやく》と殘害《さんがい》とを受《う》けた往時《わうじ》の初心《うぶ》と可憐《かれん》に對《たい》する追憶《つゐおう》のなつかしみは、この戀人《こひびと》の往時《わうじ》のおもかげと共《とも》に女史《ちよし》の心《こゝろ》に消《き》えがたいまことの涙《なみだ》を覺《おぼ》えさせた。當時《たうじ》の女史《ちよし》の心《こゝろ》の影《かげ》のそれに潛《ひそ》めるものは、「にごりえ」のお力《りき》でもなく、わかれ道《みち》のお京《きやう》でもなくつて、むしろ、「たけくらべ」の美登利《みどり》であつた。女史《ちよし》は美登利《みどり》の上《うへ》にあらゆる親《した》しみと可愛《いと》しさと、しをらしさを托《かづ》けて、消《き》えがたい追《つゐ》憶《おく》のかなしみとなつかしみの涙《なみだ》の蔭《かげ》に、この美《うつく》しい少《せう》女《ちよ》を描《ゑが》いたのであつた。

七

かひなき女子《をなご》の何事《なにごと》を思《おも》ひ立《た》ちたりとも及《およ》ぶまじきをしれど、われは一日《にち》の安《やす》きをむさぼりて百世《せい》の憂《うれひ》を念《ねん》とせざるものならず、ふすか成《な》りといへども人《ひと》の一心《しん》を備《そな》へたるものが、我身《わがみ》一代《いちだい》の諸欲《しよよく》を殘《のこ》りなくこれに投《な》げ入《い》れて、生死《しやうし》いとはず、天地《てんち》の法《のり》にしたがひて働《はたら》かんとする時《とき》大丈夫《だいぢやうぶ》も愚人《ぐにん》も男《をとこ》も女《をんな》も、何《なん》のけぢめか有《あ》るべき。笑《わら》ふものは笑《わら》へ、そしるものはそしれわが心《こゝろ》はすでに天地《てんち》とひとつになりぬ。

斯《か》うして、遮《さへぎ》るものは突《つ》き退《の》け、圍《かこ》むものは切《き》り開《ひら》いて、女史《ちよし》はあくまで社會《しやくわい》の表面《へうめん》における勝利者《しようりしや》とならねばならなかつた。理想《りさう》もなく主義《しゆぎ》もなく、唯勝利者《たゞしようりしや》と云《い》ふ事《こと》のみにその望《のぞ》みをつながうとした。然《しか》し、こゝまで來《き》た女史《ちよし》の猛《たけ》り進《す》んだ意氣《いき》と充溢《ぢゆういつ》しきつた精神《せいしん》の力《ちから》とを一時《いちじ》に不安《ふあん》の間《うち》に押《お》し萎《すく》めさうとしたものが起《おこ》つてきた。それは女史《ちよし》の名聲《めいせい》が突然的《とつぜんてき》に盛《さか》んになつて一時《いちじ》に空前《くうぜん》な文界《ぶんかい》の人氣《にんき》を一人《ひとり》背負《しよ》つて立《た》つと云《い》ふ様《やう》な思《おも》ひがけない眼眩《めいけん》の光明《くわうみやう》であつた。

いかなる場合《ばあひ》にも自重《じちよう》の念《ねん》を失《うしな》はなかつた女史《ちよし》は、それと共《とも》に自身《じしん》の文學《ぶんがく》における自信《じしん》も亦強《またつよ》いものであつた。かうした名聲《めいせい》も女史《ちよし》にしては少《すこ》しもそれが偶然《ぐうぜん》だとは思《おも》ひ得《え》なかつたが、それにしても當時《たうじ》の文壇《ぶんだん》の大家《たいか》たちから「空前《くうぜん》の傑作《けつさく》」とか、眠《ねむ》つてゐたやうな文界《ぶんかい》に妖艶《えうえん》の花《はな》を咲かせて春風一時《しゆんぷういちじ》に來《む》たるが如《ごと》き全盛《ぜんせい》の舞臺《ぶたい》にしかへたのは君《きみ》の筆《ふで》の力《ちから》だとか、云《い》ふやうな讃辭《さんじ》は、其《そ》れに値《あたひ》するだけの自己《じこ》の技倆眞價《ぎりやうしんか》と云《い》ふ上《うへ》に、女史《ちよし》をして今更思《いまさらおも》ひ到《いた》らさせずにはおかなかつた。無暗《むやみ》と高嶺《たかね》の頂上《ちやうじやう》に押《お》し上《あ》げられて・多《おほ》くの文《ぶん》學者崇拜者《がくしやすうはいしや》からめざましく打《う》ち仰《あふ》がれた女史《ちよし》は、押《お》し上《あ》げられたその高嶺《たかね》の頂上《ちやうじやう》にあつて、ひそかに驚異《きやうい》と、不安不定《ふあんふてい》な悶躁《もだえ》のうちに自己《じこ》の影《かげ》を閉《と》ぢこめたのであつた。

おびたゞしい和歌《わか》の入門者《にふもんしや》、書店《しよてん》からの買收契約《ばいしうけいやく》かしましい上《うは》の空《そら》な小文學者《せうぶんがくしや》たちの訪問《はうもん》、又《また》は當時《たうじ》の大《たい》家《か》と云《い》はれた人々《ひとびと》の膝《ひざ》を屈《くつ》しての訪問《はうもん》、正太夫《しやうだいふ》と云《い》ふやうな、執拗《しつえう》な男《をとこ》の纏繞《てんねう》さうして、それ等《ら》の人々《ひとびと》の女《ぢよ》史《し》に對《たい》する眼《め》にはこと〳〵く意味《いみ》があつた。當時《たうじ》女史《ちよし》の向《むか》ふに廻《まは》つた若手《わかて》の文學者《ぶんがくしや》だちは、誰《だれ》も彼《かれ》も女史《ちよし》の爲《ため》に失戀《しつれん》をすると云《い》ふやうな騷《さわ》ぎであつた。

かうした思《おもひ》がけない全盛《ぜんせい》と得意《とくい》の壓迫《あつぱく》は、一旦女史《たんちよし》の張《はり》つめた感情《かんじやう》もきび〳〵した其頃《そのころ》の敏感《びんかん》も、一時的《いちじてき》にすつかり痲痺《まひ》させてしまつた。過去《くわこ》の失意《しつい》の苦味《くみ》を繰返《くりかへ》す時《とき》、現在《げんせい》の花《はな》のやうな我身《わがみ》の全盛《ぜんせい》に果敢《はか》ない悲《かな》しみさへ覺《おぼ》えた。女史《ぢよし》は多《おほ》くの讃嘆贊辭《さんたんさんじ》の前《まへ》に唯《たゞ》その自我《じが》を押《おし》おほめるばかりであつた。自分《じぶん》の崇拜者《すうはいしや》に對《たい》して唯《たゞ》その面《おもて》を柔《やは》らげるより外《ほか》の術《すべ》を知《し》らなかつた。

女史《ぢよし》はその心《こゝろ》を露骨《ろこつ》にする事《こと》をひたすら恐《おそ》れて、出來《でき》得《う》るだけ堪《た》へ得《う》るだけ自己《じこ》の本體《ほんたい》を多《おほ》くの人《ひと》の前《まへ》に小《ちひ》さく奥深《おくふか》くひそめやうとした。かねて期《き》した勝利《しようり》の上《うへ》に女史《ぢよし》は思《おも》ひがけなく面《おもて》を俯向《うつむ》けてかうしてわなく／＼と戰《ふる》へなければならなかつたが、然《しか》しこの一時《いちじ》の心《こゝろ》の現象《げんしやう》もやがて又《また》直《す》ぐに消《き》え去《さ》る時《とき》があつた、全盛《ぜんせい》の光《くわう》明《みやう》の眩《まぶ》しさに馴《な》れるに從《したが》つて、女史《ぢよし》自《みづか》ら賑《にぎ》やかな周《しう》圍《ゐ》からこの新《あた》らしい自己《じこ》の存在《そんざい》をはつきりと見出《みい》だした時《とき》、女史《ぢよし》の胸《むね》には何《なに》かは知《し》らずある大《おほ》きな強《つよ》い力《ちから》の手觸《てざは》りを感《かん》じずにはゐられなかつた。

八

かうして日記《につき》を通讀《つうどく》して、さて其《そ》れを繰《く》り返《かへ》して見《み》た。成《な》る程《ほど》一葉《えふ》と云《い》ふ人《ひと》は短《みじか》いわりに變化《へんくわ》の多《おほ》い境遇《きやうぐう》を經《へ》て來《き》たけれども、その境遇《きやうぐう》が常《つね》に糊口《ここう》と云《い》ふ事《こと》を因《もと》にした小《ちひ》さな自己《じこ》本位《ほんゐ》にあつたが爲《ため》に、さして、眞《しん》の人生《じんせい》に對《たい》する、又《また》、深《ふか》き藝術《げいじゆつ》に對《たい》するその人の思想《しさう》を極度まで發達《はつたつ》させてくるだけの問題《もんだい》には出逢《であ》はずに

濟《す》んでしまつた。その代《かは》り自我《じが》と云《い》ふものはいかなる場合《ばあひ》にも失《うしな》はなかつた。常《つね》に女《をんな》であると云《い》ふ謹愼《きんしん》から外形《ぐわいけい》では出過《です》ぎることも憚《はゞか》つてはゐたやうであつたが内《うち》に強《つよ》い自我《じが》と云《い》ふものは徹頭徹尾《てつとうてつび》失《うしな》はなかつた。唯《たゞ》それが窮迫《きゆうはく》した境遇《きやうぐう》のもとに、多《おほ》くは心《こゝろ》の底《そこ》で強《つよ》い自《じ》我《が》の燃《も》えてゐるのを、一葉《いちえふ》自《みづか》らひそかに見詰《みつ》めてゐたと云《い》ふに過《す》ぎないのであつた。

女史《ぢよし》の思考《しかう》すべき事《こと》、なすべき事《こと》はこれからなのではあるまいか、眞《しん》の自己《じこ》の改革《かいかく》はこの後《のち》にくるべきものではなからうか。人生《じんせい》における藝術《げいじゆつ》における一葉《いちえふ》の個《か》性的發揮《せいてきはつき》は此後《このゝち》になつて初《はじ》めて現《あら》はれてくるべきものではなからうか。もう一度《いちど》この花《はな》やかな得意《とくい》の時代《じだい》を去《さ》つた時《とき》の寂《さび》しみになつて、初《はじ》めて女史《ぢよし》は物《もの》の至善《しぜん》純理《じゆんり》を摑《つか》むべき大《おほ》きな問題《もんだい》に衝《つ》き當《あた》るのではなからうか。

けれども女史《ぢよし》の生《せい》はこゝまでゞ終《をは》つてしまつた。

明治の文壇及び劇壇に於て最も偉大と認めたる人物事業作品

明治は四十五年を以て其の終りを告げた。我々國民が總ゆる方面に於て今日の文明を完成したのは、全く此の年代に於てゞある。改元の初頭に當つて、我が藝術界の成し來つたところを回顧して其の價値を問ふのは徒爾のことではない。是れ此の問題を提げて諸家の高見を叩いた所以である。猶は我等の我儘なる乞ひを快く容れて回答を賜はりし諸家に深く感謝をする。

○

▼劇壇では團十郎

田村とし子

劇壇では、やつぱり團十郎が偉いと思ひます。あの人が亡くなつてから急に劇壇がばら〳〵になつて、彼方此方《あちちこちら》に大將が幾つも出來たのを見ても生前あの人の劇壇を統率してゐた力《ちから》はどんなに大きなものであつたかと思はせる。それだけでも、この俳優は大きいと思ひます。

文壇では――分りません。

○

留守宅

田村俊子

鵯鳥《ひよどり》が、きよ〳〵と聲《こゑ》を張《は》つて囀《さへづ》つてゐる。薔薇牡丹《ばらぼたん》が、くつきりと濃《こ》い桃色《もゝいろ》を、薄曇《うすぐも》つた光《ひか》りのない日《ひ》に向《む》けて驕《ほこ》らせてゐる。手水鉢《てうづばち》の手拭《てぬぐひ》が、風《かぜ》に煽《あふ》られて、淺黄《あさぎ》と白《しろ》とを染《そ》め分《わ》けた新《あた》らしい地色《ぢいろ》を裏《うら》に表《おもて》に返《かへ》してゐる。垣《かき》を越《こ》して、干物《ほしもの》をしてゐる下女《げぢよ》の襷《たすき》の赤《あか》いのがちら〳〵する。鉢植《はちうゑ》の楓《かへで》の青葉《あをば》が、風《かぜ》を受《う》けて葉尖《はさき》にさら〳〵と小波《さゞなみ》をよせる。

島子《しまこ》は恍然《につこり》と縁《えん》に立《た》つて眺《なが》めてゐた。

良人《をつと》の不在《るす》の寂《さび》しさを思《おも》ひながら、脫《ぬ》ぎ捨《す》てゝ行《い》つた平常着《ふだんぎ》を羽織《はおり》を襲《かさ》ねた儘《まゝ》衣紋竹《えもんだけ》にかけて、彼方此方《あちこち》と、新聞《しんぶん》や手紙《てがみ》や煙草盆《たばこぼん》などの散《ち》らかつた座敷《ざしき》を片付《かたづ》けて了《しま》ふと、犇《ひし》と寂《さび》しいのが胸《むね》に迫《せま》つて、今《いま》、出掛《でか》けたばかりの良人《をつと》の歸途《かへり》をもう待《ま》ち詫《わ》びるより他《ほか》には何《なん》の考《かんが》へもない程《ほど》、懷愛《なつか》しく戀《こひ》しく思《おも》はれる。

其《そ》れを紛《まぎ》らさうと、縁《えん》へ出《で》て見《み》たのであつたが、蟻一匹《ありいつぴき》這《は》ふのにも、良人《をつと》から示《しめ》されて何《なに》かな——微笑《ほゝゑ》まれる樂《たの》しさを思《おも》ふと、花《はな》に落着《おちつ》いてゐる蝶《てふ》の姿《すがた》も一人《ひとり》して茫然《ぼんやり》と眺《なが》めてゐるのが面白《おもしろ》くなくなる。朝《あさ》にも晩《ばん》にも、良人《をつと》の傍《そば》を離《はな》れずにゐられる事《こと》が出來《でき》たならゃと島子《しまこ》は思《おも》ひ迫《せま》つてゐた。

嫁入《よめい》つてから、まだ二《ふ》た月《つき》とはならぬので、勤《つと》めのある良人《をつと》の身體《からだ》は、日曜《にちえう》を除《のぞ》いた外《ほか》は例《いつ》も〱、朝《あさ》の十時頃《じごろ》から、午後《ごゞ》の四時頃《じごろ》までは不在《るす》と極《きま》つてゐる。今日《けふ》に初《はじ》めた事《こと》ではないのだが、島子《しまこ》は結婚《けつこん》の當時《たうじ》よりも、この頃《ころ》になつてからの良人《をつと》の不在《るす》を、ひどく寂《さび》しく感《かん》じるので、一日《いちにち》の中《うち》五時間《じかん》や六時間《じかん》の不在《るす》の間《ま》を、十年《ねん》二十年《ねん》離《はな》れて暮《くら》すかとまでに思《おも》ふのであつた。

何故《なぜ》なのかしら、と島子《しまこ》は自身《じしん》其《そ》れを解釋《かいしやく》して見《み》ようと、柱《はしら》によつて考《かんが》へる。

苗賣《なへうり》が近《ちか》くなつて遠《とほ》く聲《こゑ》が薄《うす》れてゆく。箱車《はこぐるま》の音《おと》ががら〱と地響《ぢひゞき》さして門《もん》の傍《そば》を過《す》ぎると思《おも》ふと、勝手口《かつてぐち》の處《ところ》でとまつて、かたんと蓋《ふた》を開《あ》ける音《おと》、つゞいて流《なが》し元《もと》の障子《しやうじ》が開《あ》いて、大根《だいこん》や株《かぶ》の青物《あをもの》を、踏《ふ》み板《いた》に置《お》く音《おと》がはつきりと聞《き》こえる。

下女《げぢよ》はと振《ふ》り返《かへ》ると、臺所《だいどころ》で何《なに》か云《い》つてる聲《こゑ》がする。何時《いつ》の間《ま》にか、干物《ほしもの》を濟《す》まして彼方《あつち》へ行《い》つたと見《み》えると、島子《しまこ》は又庭《またには》を眺《なが》めた。

鵯鳥《ひよどり》は、薄紅《うすべに》の嘴《くち》をあいて鳴《な》いてゐる。

花崎《はなざき》さんの新婚當時《しんこんたうじ》、自分《じぶん》が初《はじ》めて訪《たづ》ねて行《い》つて、一日《にち》も遊《あそ》びくらして歸《かへ》つて來《き》た事《こと》があつたが、矢張《やつぱ》り彼《あ》の方《かた》もあの當時《たうじ》は、良人樣《だんなさま》のお不在《るす》を寂《さび》しいと思《おも》つてゐらしつた頃《ころ》であつたかも知《し》れぬ。彼《あ》の日《ひ》は何《なん》の御用事《ごようじ》だつたか知《し》らないけれど、自分《じぶん》の居《ゐ》る間《あひだ》、良人樣《だんなさま》はお不在《るす》であつた。自分《じぶん》は學校時代《がくかうじだい》の心持《こゝろもち》でゐて、花崎《はなざき》さんも學校友人《がくかうともだち》の方《かた》として、其《そ》の時代《じだい》の話《はなし》や、他《ほか》の友《フレンド》の噂《うはさ》ばかりをしてゐたが、嘸《さぞ》、其《そ》の時《とき》は蒼蠅《うるさ》いと思《おも》つたに違《ちが》ひない。自分《じぶん》の今《いま》にしても、學校時代《がくかうじだい》の友人《ともだち》に逢《あ》つて、其《そ》の頃《ころ》の思出《おもひで》などを半日一日《はんにちいちにち》語《かた》り暮《くら》さうなどゝは思《おも》ふのも厭《いや》、其《そ》れよりはまだ寂《さび》しくとも、斯《か》うして一人《ひとり》でゐて、家事《かじ》の用務《ようむ》の段《だん》取《ど》りでも工夫《くふう》した方《はう》が樂《たの》しみだと思《おも》ふ。

寂《さび》しい良人《をつと》の不在《るす》の間《あひだ》、斯《か》うしたら良人《をつと》は喜《よろこ》ぶであらうか、彼《あ》あしたら良人《をつと》を慰《なぐさ》めることが出來《でき》るだらかうと、其樣《そん》なことでも思《おも》ふより他《ほか》には紛《まぎ》らしやうがないと思《おも》ふ。學校時代《がくかうじだい》のお友《とも》人《だち》に逢《あ》つて、昔《むかし》の話《はなし》などをして見《み》たところで嬉《うれ》しいとも思《おも》はれぬ。斯《か》うした寂《さび》しい思《おも》ひをしてゐる間《あひだ》に、若《も》し昔《むかし》の友《とも》でも訪《たづ》ねて來《き》たとしても、自分《じぶん》は其《そ》れを嬉々《きゝ》として迎《むか》へ樣《やう》と思《おも》ふ氣《き》には迚《と》てもなられない人《ひと》に逢《あ》ふよりは、一人《ひとり》で寂《さび》しい味《あぢ》を味《あぢ》はつて、一人心靜《ひとりこゝろしづか》に良人《をつと》の上《うへ》を思《おも》ふのが何《なに》よりも樂《たの》しみと思《おも》はれて。花崎《はなざき》さんも然《さ》うであつたに違《ちが》ひない。例《いつ》も活氣《くわつき》のあつた人《ひと》の樣《やう》にもなく、沈《しづ》んだ樣《やう》な顏色《かほいろ》をして、始終《しじゆう》自分《じぶん》に笑《わら》はされてゐるばかり、花崎《はなざき》さんからは物《もの》一《ひ》とつ云《い》ひかけるでもなかつた。結婚《けつこん》すると、誰《たれ》も斯《か》う一時《じ》に大人振《おとなぶ》るものかと思《おも》つたが……。

けれども山井《やまゐ》さんは、自分《じぶん》より一年《ねん》も前《さき》に結婚《けつこん》したけれど、この頃逢《ころあ》つた時《とき》、學校時代《がくかうじだい》が自分一生《じぶんいつしやう》の黄金時代《わうごんじだい》だと徹々《しみ〴〵》云《い》つてゐらしつた。其《そ》れは何故《なぜ》なのであらう、お友人《ともだち》に逢《あ》ふと、樂《たのし》

紅葉狩　細木原靜岐

かつた夢《ゆめ》を現實《げんじつ》に見《み》る樣《やう》な氣《き》がして、實《じつ》に懷《なつか》しいと仰有《おつしや》つた。自分《じぶん》は其樣《そんな》氣《き》にならうとは思《おも》はれぬ。今《いま》が、この時代《じだい》が、一生《しやう》の黄金時代《わうごんじだい》になるのぢやないかと思《おも》ふ。

昔《むかし》のお友人《ともだち》に逢《あ》つたところで、話《はなし》の趣味《しゆみ》が異《ちが》ふ樣《やう》で面白《おもしろ》いとも思《おも》はぬ。丸髷《まるまげ》に結《ゆ》つて、同窓會《どうそうくわい》へ出席《で》る人《ひと》は、丸髷姿《まるまげすがた》が友人《ともだち》に誇《ほこ》り度《た》くて行《い》つて見《み》るのだ。友《とも》を懷《なつか》しんで、友《とも》を忘《わす》れないので行《い》くのぢやない。良人《をつと》の位置身分《ゐちみぶん》を自慢《じまん》がしたくて出《で》て見《み》る。然《さ》うに違《ちが》ひない。一家《いつか》を持《も》つて、人《ひと》の妻《つま》となつた以上《いじやう》、昔《むかし》の友《とも》を忘《わす》れまいとしても、遂忘《つひわす》れずにはゐられぬ。忘《わす》れた友《とも》を忘《わす》れない顏《かほ》して同窓會《どうそうくわい》へ行《ゆ》く、これも矢張《やつぱ》り一種《いつしゆ》の虚榮《きよえい》なのであらう。自分《じぶん》は、同窓會《どうそうくわい》へなど出《で》て、お隣家《となり》同士《どうし》が挨拶《あいさつ》しあふ樣《やう》な事《こと》を、お互《たがひ》に云《い》ひ交《か》はすよりは、家《うち》にゐて良人《をつと》の衣服《きもの》でも縫《ぬ》つてゐた方《はう》が嬉《うれ》しい。逢《あ》ひたいとは思《おも》はぬ。同窓會《どうそうくわい》から同窓會《どうそうくわい》までは忘《わす》れてゐる友《とも》ぢやないか。未《いま》だに獨身《どくしん》でゐる人等《ひとたち》が寄《よ》り合《あ》つて、昔《むかし》を語《かた》り、今《いま》の上《うへ》を同境遇《どうきやうぐう》から意氣《いき》投《とう》じて語《かた》り會《あ》ふと云《い》つた樣《やう》な上《うへ》なら知《し》らぬこと、お互《たがひ》に相見《あひみ》たところで、

「まあ、貴女《あなた》もお變《かは》りなすつたつてねえ。一家《いつか》の主婦《しゆふ》となつて、どんなお心持《こゝろもち》がなすつて？。」

ぐらゐなこと。其《そ》の返事《へんじ》は、

「えゝ、別《べつ》に。矢張《やつぱ》り學校時代《がくかうじだい》はよかつたと思《おも》ひますわ。氣樂《きらく》で！。」

と云《い》ふ。其《そ》の實《じつ》は、自分《じぶん》の樣《やう》に、骨《ほね》は折《を》れても樂《たの》しさに滿々《みち〳〵》てゐる今《いま》の境遇《きやうぐう》を、さすがに嬉《うれ》しくないとばかりも思《おも》つてはゐないので、口《くち》だけを嫌《いや》さうに聞《き》かせる。其《そ》れで久濶《ひさしぶり》の言葉《ことば》は終《をは》つて了《しま》ふ。つまらないものだ。

既《すで》に結婚《けつこん》をした人《ひと》の許《ところ》へ、未《いま》だに獨身生活《どくしんせいくわつ》をしてゐる學校時代《がくかうじだい》のお友人《ともだち》が訪《たづ》ねてゆくと云《い》ふのは、或《あ》る意味《いみ》に於《おい》て迷惑《めいわく》の方《はう》かもしれぬ。結婚《けつこん》をしない人《ひと》は、妻《つま》となつてからの心情《こゝろ》に於《おい》ての思《おも》ひやりと云《い》ふものがない。妻《つま》となつた人《ひと》は、昔《むかし》の友《とも》に對《たい》して、主婦《しゆふ》となつてからの心持《こゝろもち》を說明《せつめい》して聞《き》かせると云《い》ふ譯《わけ》にも行《ゆ》かぬ。折角《せつかく》訪《たづ》ねて來《き》たものゝと思《おも》ふ點《ところ》から、いろ〳〵にして待遇《もてなし》をする、けれど其《そ》の間々《あひだ〳〵》に、心付《こゝろつ》いた家事《かじ》の用《よう》を、下女《げぢよ》に命令《いひつけ》るとか、自分《じぶん》が爲《す》るとかする。心《こゝろ》は自然《おのづ》と、良人《をつと》の上《うへ》や、舅《しうと》とか義姉妹《ぎきやうだい》とかの上《うへ》に散《ち》る。片々《かた〳〵》は唯一徇《たゞいちず》に疎々《うと〳〵》しくなつたとばかり人妻《ひとつま》となつた友《とも》を恨《うら》んで譏《そし》つたりする。結婚《けつこん》をして了《しま》ふと彼《あ》れだから厭《いや》だと憤慨《ふんがい》する。自分《じぶん》は嫁《か》しても彼樣《あゝ》はならない。良人《をつと》は良人《をつと》、友《とも》は友《とも》だと威張《ゐば》つたりする。けれ共《ども》、其《そ》の人《ひと》が結婚《けつこん》をして見《み》ると、始《はじ》めて同情《どうじやう》が出《で》て、良人《をつと》は良人《をつと》、友《とも》は友《とも》と威張《ゐば》つた人《ひと》が、良人《をつと》の爲《ため》に友《とも》が嫌《きら》いになつて了《しま》ふと云《い》ふことになるのであらう。

學校時代《がくかうじだい》の友人《ともだち》と云《い》ふもの程《ほど》、意味《いみ》の淺《あさ》いものはない。中年《ちうねん》になつてからの友人《ともだち》ほどつまらないものはないと思《おも》ふ。

結婚《けつこん》してから、友人《ともだち》の間《あひだ》の疎々《うと〳〵》しくなるのを批難《ひなん》するのは、批難《ひなん》する方《はう》が無理《むり》かもしれぬ。遠金《とほがね》さんが結婚《けつこん》した當時《たうじ》、伴坂《ともさか》

さんが訪《たづ》ねて行《ゆ》くと、家《うち》にゐながら不在《ふざい》だと斷《ことは》らせて逢《あ》はなかつたと云《い》つて、酷《ひど》く伴坂《ともさか》さんが怒《おこ》つたとか云《い》ふ話《はなし》を聞《き》いたが、良人《をつと》の用《よう》の都合《つがふ》で、自分《じぶん》の友《とも》に勝手《かつて》に逢《あ》ふと云《い》ふ譯《わけ》には行《ゆ》かなかつた場合《ばあひ》もあつたか知《し》れぬ。何方《どつち》も無理《むり》とは云《い》はれない事《こと》であらう。

島子《しまこ》はこんな事《こと》を考《かんが》へてゐた。縫《ぬ》ひかけの良人《をつと》の單衣《ひとへ》でも上《あ》げて了《しま》はうかと、座敷《ざしき》に入《はい》つて時計《とけい》を見《み》ると、もう十一時《じ》を過《す》ぎてゐる。針箱《はりばこ》や裁板《たちいた》を並《なら》べて、蒲團《ふとん》の上《うへ》にきちんと坐《すわ》つて、ふと傍《わき》を見《み》ると、用簞笥《ようだんす》の上《うへ》に、滿洲《まんしう》にゐる良人《をつと》の兄《あに》の許《ところ》へ送《おく》ると云《い》つて、新婚《しんこん》の寫眞《しやしん》を今朝《けさ》封《ふう》じた儘出《まゝだ》さずに置《お》いたのが乘《の》つてゐる。態々《わざ〳〵》と取《と》り下《おろ》して、封《ふう》じた糸目《いとめ》を解《と》いて、中《なか》から引《ひき》出《だ》して其《そ》の寫眞《しやしん》を見《み》る。

薄《うす》い生際《はへぎは》が濃《こ》くなつて、口許《くちもと》も緊《しま》つて、恥《はづ》かしい程《ほど》美人《びじん》に寫《うつ》つてゐると、島子《しまこ》は見《み》る度《たび》に微笑《びせう》する。袴羽織《はかまはおり》の良人《をつと》の姿《すがた》、凛《り》凛《り》しさはこの通《とほ》りと、懷愛《なつか》しくなつて、羽織《はおり》の紐《ひも》の横《よこ》に返《かへ》つて寫《うつ》つたのに手《て》を觸《ふ》れて見《み》る。島田《しまだ》の花笄《はなかふがひ》の花《はな》がよく寫《うつ》つてゐる。引裾《ひきすそ》の褄《つま》もよく揃《そろ》つてゐる。今日《けふ》寫眞《しやしん》を撮《と》りに行《ゆ》くのだと云《い》はれて、支度《したく》をして車《くるま》へ乘《の》せられた時《とき》の羞恥《はづか》しかつたこと。彼樣《あんな》に小《ちひ》さくなつて寫眞屋《しやしんや》へ入《はい》つたのは生《うま》れて始《はじ》めてだつたと、島子《しまこ》は其《そ》の時《とき》を繰《く》り返《かへ》して一人《ひとり》笑《わら》つた。

舊《あと》の通《とほ》りに、糸《いと》に封《ふう》じ目《め》を括《くゝ》つてゐると、門《もん》へ車《くるま》の停《とま》つた音《おと》がして、爽《さわ》やかな女《をんな》の聲《こゑ》が聞《きこ》える。

女《をんな》の客《きやく》とは珍《めづ》らしい。誰《たれ》であらう。水戸《みと》の姉《ねえ》さんは來月《らいげつ》でなければ來《こ》ない筈《はず》だがと、腰《こし》を浮《う》かして耳《みゝ》を濟《す》ますと、

「奥《おく》さんは？。」

と下女《げぢよ》に尋《たづ》ねてゐる聲《こゑ》がした。

聞《き》いた樣《やう》なと耳《みゝ》を傾《かたむ》けてゐると。

「花崎《はなざき》さんと仰有《おつしや》る方《かた》が、ゐらつしやいました。」

と、取次《とりつ》いで來《き》た。

「まあ、何《ど》うして！　お珍《めづ》らしいこと。」

島子《しまこ》は馳《か》け出《だ》すばかりにして玄關《げんくわん》へ行《い》つた。

「まあ。」

「妾《わたし》こそまあよ。何時《いつ》結婚《けつこん》なすつたの？　ほんとに、默《だんま》りで！ひどいぢやありませんか。」

「だつて。突然《いきなり》そんなに仰有《おつしや》らなくつてもいゝわ。つい〳〵延《の》びたんですから勘忍《かんにん》して頂戴《ちやうだい》。よくお分《わか》りになつてね。さあ、まあ、何卒《どうぞ》上《あが》つて頂戴《ちやうだい》。」

「上《あが》るなと仰有《おつしや》つても上《あが》つてよ。どうもすつかり、マダム振《ぶ》りは恐《おそ》れ入《い》りましたこと！　丸髷《まげ》がよく似合《にあ》ふのねえ。どうでせう、まあ！」

一人《ひとり》で燥《はしや》いで、花崎米子《はなざきよねこ》は島子《しまこ》に從《つ》いて奥《おく》へ通《とほ》る。相變《あひかは》らず濃《こ》い房々《ふさ〳〵》した毛《け》をハイカラにして、お納戸《なんど》色《いろ》のセルの上《うへ》に、藤《ふぢ》鼠《ねずみ》の絽《ろ》縮緬《ちりめん》の羽織《はおり》を被《き》てゐる。白《しろ》く花《はな》がつらを染《そ》め拔《ぬ》いた羽《は》二《ぶた》重《ゑ》の帶《おび》の前《まへ》に、細《ほそ》い金鎖《きんぐさり》がちら〳〵する。絹足袋《きぬたび》に勸《すゝ》められた

座蒲團《ざぶとん》を踏《ふ》んで。

「好《い》いお庭《には》ですねえ。」

と云《い》ひながら坐《すわ》る。

「お三人限《さんにんぎ》り？」

「えゝ。」

「まあ。お氣樂《きらく》ねえ。あなた、何《なんに》も用事《ようじ》がなくつて、却《かへ》つてお困《こま》りでせう。」

「何《ど》うして、朝《あさ》から晩《ばん》まで用《よう》だらけ！」

「おほゝゝゝ。」

米子《よねこ》は、半巾《はんかち》に口《くち》を抑《おさ》へて笑《わら》つた。

「あなたの結婚成《けつこんな》すつた事《こと》を、誰《だれ》から聞《き》いたとお思《おも》ひなすつて？。」

「分《わか》らないね。何誰《どなた》も御存《ごぞん》じない筈《はず》よ。」

島子《しまこ》は一寸考《ちよつとかんが》へて、

「悪事《あくじ》千里《り》ですもの。ほゝゝゝゝ。」

例《いつ》も賑《にぎ》やかな人《ひと》だと、島子《しまこ》は感心《かんしん》しながら、自分《じぶん》も笑《わら》つて、

「何誰《どなた》でせう。」

「方面違《はうめんちが》ひから聞《き》いたんですの。あなたの良人《ハズヴアンド》と同《おな》じ會社《くわいしや》へ勤《つと》めてる人《ひと》から聞《き》いたんですよ。」

「何誰《どなた》？」

「横井《よこゐ》。」

「あゝ。あの人《ひと》？」

「お宅《たく》へも來《き》ますか。宅《うち》へは毎日《まいにち》の様《やう》に御機嫌取《ごきげんと》りにやつて來《く》るんですよ。」

米子《よねこ》は華《はな》やかに笑《わら》つて見《み》せる。良人《をつと》よりは階級《かいきふ》が下《した》で、其様人《そんなひと》があつた様《やう》だと島子《しまこ》は微覺《うろおぼ》えの儘《まゝ》遂知《つひし》つた顔《かほ》をして了《しま》ふ。

「いゝえ。宅《うち》へは滅多《めつた》にゐらつしやらない様《やう》ですよ。あなたのお宅《うち》へおいでになるの？　浦田《うらた》さんと御懇意《ごこんい》？。」

「浦田《うらた》？　あら、妾《わたし》は、もう疾《と》うに浦田《うらた》とは別《わか》れて了《しま》つたんですよ。あなた御存《ごぞん》じないの？。」

「あら、何時《いつ》？。」

「去年《きよねん》の年末《すゑ》ですわ。」

「まあ。驚《おどろ》いてねえ。ぢや、一年《ねん》も御一緒《ごいつしよ》ぢやなかつたのね。」

米子《よねこ》は淋《さび》しい笑《ゑ》みを、眼許《めもと》に浮《うか》ばせて、其《そ》の癖口許《くせくちもと》は晴《は》れやかな愛驕《あいけう》を漂《たゞよ》はせてゐる。

「別《わか》れたのが驚《おどろ》いたの？」

「だつて、隨分《ずゐぶん》ぢやありませんか。お嫁《よめ》に行《い》つたばかしで！」

「行《い》つたばかりだから、別《わか》れて了《しま》たつんですわね。」

島子《しまこ》は、米子《よねこ》の顏《かほ》を染々《しみ〴〵》と見詰《みつ》める。

「あなた、大變《たいへん》、幸福《かうふく》ぢやなかつたんですか？　然《さ》うぢやなかつたの？」

「幸福《かうふく》なら、實家《じつか》へ戻《もど》りもしないでせう。不幸《ふかう》だから離縁《りえん》もして貰《もら》ふんですわ。」

「それぢや、今《いま》はお宅家《うち》にゐらつしやるの？」

「然《さ》う。好《い》い許《ところ》があつたら世話《せわ》をして下《くだ》さいな。」

米子《よねこ》は濟《す》ました顏《かほ》で島子《しまこ》を見《み》る。島子《しまこ》は呆《あき》れた顏《かほ》で米子《よねこ》を見《み》てゐる。

　結婚《けつこん》をしたばかしの、醜《みにく》い點《ところ》は少《すこ》しも良人《をつと》に見《み》せまいとの注意《ちうい》から、島子《しまこ》は美《うつく》しく粧《つく》つて、餘處《よそ》へ出《で》る時《とき》の化粧《けはい》を其《そ》のまゝにしてゐる。米子《よねこ》も美《うつく》しい、學校時代《がくかうじだい》の頃《ころ》から評判《ひやうばん》された美人《びじん》だけあつて、一旦人《いつたんひと》の妻《つま》になつた人《ひと》とも思《おも》はれない程《ほど》、初々《うい〳〵》しく處女《しよぢよ》の俤《おもかげ》を何點《どこ》かに微《ほの》めかして、再《ふた》び賣物《うりもの》にする花《はな》には極彩《ごくさい》色《しき》が施《ほどこ》されてゐる。昔《むかし》からの癖《くせ》ではあつたが、濃《こ》い眉毛《まゆげ》に入《い》らぬ黛《まゆずみ》を引《ひ》いてある。肉色《にくいろ》の白粉《おしろい》を刷《は》いた頬《ほゝ》の美《うつく》しさ、これで、又良人《またをつと》を選《えら》む事《こと》に苦心《くしん》をしてゐるのかと、島子《しまこ》の眼《め》は、米子《よねこ》の瞼毛《まつげ》の毛《け》の一本々々《いつぽん〳〵》にまで運《はこ》ばれる。

「寂《さび》しいでせうねえ。」

　島子《しまこ》は、一日《にち》の良人《をつと》の不在《るす》さへ斯《か》うなるものを、離《はな》れて了《しま》つた今日《けふ》この頃《ころ》、嘸頼《さぞたよ》り無《な》からうと思《おも》つたのである。

「ちつとも！　實《じつ》に晴々《せい〳〵》したものよ。獨身《ひとり》であるに限《かぎ》るわね。又《また》、浦田《うらた》を離縁《で》てから寂《さび》しいと思《おも》ふ樣《やう》な事《こと》で、別《わか》れられますかね。愛想《あいそ》を盡《つか》して出《で》て了《しま》つたんですもの。」

「好《よ》ささうな方《かた》だつたぢやありませんか。」

「然《さ》うねえ。」

と米子《よねこ》は笑《わら》ふ。

「何《ど》うして離縁《りえん》なぞをお取《と》りなすつたの？」

「ちつとも愛《あい》が無《な》いんですもの。」

「御良人《ごりやうじん》に？」

「はあ。」

「まあ、何《ど》うして？」

「何《ど》うしてつて、愛《あい》が無《な》いんですよ。愛《あい》して呉《く》れないんですよ。」

「何《ど》うしてゞせう。」

「ほゝゝ、愛《あい》がないもの仕樣《しやう》がないぢやありませんか。結婚《けつこん》してこの位不幸《くらゐふかう》なことはありやしないでせう。良人《をつと》の愛《あい》がないなんてねえ。」

「其《そ》れぢや、あなたの方《はう》には？」

「妾《わたし》の方《はう》も！　ほゝゝゞゝだから止《よ》して了《しま》つたの。」

島子《しまこ》は我《わ》れにもなく、溜息《ためいき》をする。

「ぢや、隨分不快《ずゐぶんふくわい》な日《ひ》をお送《おく》りなさつたのねえ。」

「結婚《けつこん》した日《ひ》から然《さ》うでしたわ。待合《まちあひ》や藝妓遊《げいしやあそ》びばかりしてるんですもの。荒《すさ》み切《き》つたいやな人間《にんげん》ね。妻君《さいくん》は床《とこ》の間《ま》へ飾《かざ》つておくもの〻様《やう》で實《じつ》に面白《おもしろ》くない。と斯《か》う云《い》ふ持論《ぢろん》を持《も》つてゐるんですもの。」

「まあ。そんな方《かた》？」

「妾《わたし》も隨分不幸《ずゐぶんふかう》な人間《にんげん》でせう。」

口《くち》で云《い》ふ程《ほど》、自分《じぶん》を悲《かな》しんでゐる様《やう》な調子《てうし》には島子《しまこ》には見《み》えない。何處《どこ》か浮々《うか〳〵》して、面白《おもしろ》さうに見《み》える。一旦嫁《いつたんか》した家《いへ》を出《で》て、また舊《もと》の獨身《どくしん》でゐる位《くらゐ》、悲慘《ひさん》なことはないと思《おも》ふのだが、其《そ》れを死《し》ぬ程《ほど》の辛《つら》さにも思《おも》ひ比《くら》べてゐないのであらうか。若《も》し自分《じぶん》が、今《いま》の良人《をつと》が其様《そんな》ことでも云《い》つて、夜宿《よどま》りしてなぞ遊《あそ》んで來《こ》られたら、必然《きつと》悲《かな》しみ死《し》にをして了《しま》ふに違《ちが》ひない。離《はな》れる位《くらゐ》なら、死《し》んで離《はな》れる。

この節《せつ》の女《をんな》は、嫁入《よめい》りするのと下駄《げた》を買《か》ふのと、同一《ひとつ》に考《かんが》へてゐる。氣《き》に入《い》らないと直《す》ぐ取《と》り代《か》へる。と笑《わら》つた人《ひと》があつたが、米子《よねこ》さんも其《そ》の方《はう》の仲間《なかま》かも知《し》れぬ。と島子《しまこ》は私《ひそ》かに考《かんが》へる。


茶《ちや》や、菓子《くわし》を命令《いひつけ》て、遊《あそ》んで行《ゆ》くやうに勸《すゝ》めると、又《また》、悠然《いうぜん》遊《あそ》ばして貰《もら》ひに來《く》ると云《い》ひながら、新婚《しんこん》の寫眞《しやしん》など見《み》て、落着《おちつき》顔《がほ》をしてゐる。世馴《よな》れた、場馴《ばな》れた擧動《そぶり》が、或《あ》る時《とき》は、人格《じんかく》をひどく落《おと》して見《み》せる。學校《がくかう》にゐた時《とき》はこれ程《ほど》の人《ひと》でも無《な》かつたのだが、矢張《やつぱ》り放蕩《どうらく》の良人《をつと》を持《も》つて、半年《はんとし》なり何《なん》なり幾分《いくら》か苦《く》勞《らう》した故《せい》なのかと、氣《き》の毒《どく》にもなつた。

「新婚《しんこん》の寫眞《しやしん》なんて、つまらないものだわ。妾《わたし》も眞面目《まじめ》な顔《かほ》して寫《うつ》したけれど、破《やぶ》いて了《しま》ひましたわ。いやなものねえ。」

自分《じぶん》の、忌《い》むべき過去《くわこ》を繰《く》り返《かへ》して、他人《ひと》の大切《たいせつ》な記念《きねん》までも損《そこ》ねた様《やう》な事《こと》を云《い》ふ。島子《しまこ》は默《だま》つて聞《き》いてゐた。

「立派《りつぱ》な方《かた》ね。これぢやお優《やさ》しいでせう。嘸貴女《さぞあなた》を大切《だいじ》に成《な》さるでせうねえ。」

ふと、妬《ねた》ましさうな色《いろ》が、其《そ》の眉《まゆ》を閉《と》ぢたが、直《す》ぐ晴《は》れたやうになつて。

「澤山《たくさん》に優《やさ》しくしてお貰《もら》ひあそばせよ。私《わたし》なんぞは、然《さ》うでないばつかりに、此様《こんな》出戻《でもど》りなんて、人《ひと》に惡《わ》る口《くち》を云《い》はれる様《やう》な身《み》になつたんですもの。」

さすがに、この言葉《ことば》だけは悲《かな》しげであつた。

「もう優《やさ》しくない良人《つれあひ》ばかりは、決《けつ》してもつものではないのねえ。貴女《あなた》なんかは幸福《かうふく》ですわ。」

「餘《あま》り然《さ》うでもないでせうけれど……………。」

と云《い》ひながら、自分《じぶん》に優《やさ》しい良人《をつと》の上《うへ》を、染々《しみ〴〵》嬉《うれ》しく思《おも》ふ。

何《ど》んな用事《ようじ》があつても、一旦歸《いつたんがへ》つて來《き》てから出掛《でか》けてくれる。出《で》ても淋《さび》しいだらうからと云《い》つて直《す》ぐ歸《かへ》つて來《く》る。出勤《しゆつきん》がけに頭痛《づつう》でもしてゐると云《い》ふ樣《やう》な時《とき》は、會社《くわいしや》から綺麗《きれい》な見舞《みまひ》の繪葉書《ゑはがき》を送《おく》つてよこす。繪葉書《ゑはがき》と一緒《しよ》に歸《かへ》つて來《き》たりして笑《わら》ふことがある。昨日《きのふ》は丸《ま》髷《げ》に結《ゆ》ふと云《い》つてゐたので、早《はや》く其《そ》の姿《すがた》が見《み》たいと云《い》つて、何時《いつ》もより一時《いちじ》間《かん》も早《はや》く歸《かへ》つて來《き》て、直《す》ぐ本郷座《ほんがうざ》へ連《つ》れて行《い》つて下《くだ》すつた。

「結婚《けつこん》をしたては、一寸一時《ちよつといちじ》誰《だれ》でも優《やさ》しいものよ。あんな浦田《うらた》でも、一寸當座《ちよつとたうざ》は優《やさ》しくして呉《く》れましたよ。」

島子《しまこ》はいやな氣《き》がして、俯向《うつむ》いて了《しま》ふ。

「矢張《やつぱ》り珍《めづ》らしいからなんでせう。段々《だんだん》飽《あ》きてくるのね。唯《たゞ》、飽《あ》きるのゝ早《はや》い人《ひと》と、いくらか遲《おそ》いのゝ違《ちが》ひだけ位《ぐらゐ》なものよ。妾《わたし》は今度《こんど》はね、老人《おぢいさん》の許《ところ》へ嫁《ゆ》くつもりなの。老人《としより》と結婚《けつこん》をする事《こと》に決《き》めてあるの。ほゝゝゝ、其《そ》れなら一生優《しやうやさ》しくして呉《く》れるでせうと思《おも》つて。好《い》いでせう。田奈谷《たなや》さんは大層《たいそう》お老人《としより》を良《ハスウ》人《アンド》にして、もう懲《こ》りたから、今度《こんど》は若《わか》い方《かた》になさるんだつて、矢張《やつぱ》り、今《いま》はお一人《ひとり》よ。餘《あん》り優《やさ》し過《す》ぎて、却《かへ》つて五月蠅《うるさ》いとか云《い》つてゐらしつたけれど、五月蠅《うるさ》い程優《ほどやさ》しい方《はう》がいゝと思《おも》ふわ。」

「貴女《あなた》なんぞは何方《どちら》なの？」

島子《しまこ》は默《だま》つて笑《わら》つた。

「今《いま》に見《み》てゐらつしやい。妾《わたし》は、六十歳《さい》ばかりの人《ひと》と結婚《けつこん》をしますから、ほゝゝゝ其《そ》れこそ貴女《あなた》吃驚《びつくり》なさるわ。」

島子《しまこ》も思《おも》はず釣込《つりこ》まれて笑《わら》ふ。

「餘《あん》りお爺《ぢい》さんね。其《そ》れでも、貴女《あなた》お似合《にあひ》なさらないわ。」

「そして、財産《ざいさん》があつて。妾《わたし》の理想《りさう》の良人《ハス》なんですよ。然《さ》う云《い》つたのが。もう宗旨代《しうしか》へにしましたの。」

「ほゝゝゝ。」

「然《さ》うしたら、貴女《あなた》毎日遊《まいにちあそ》びにゐらつしやい。妾《わたし》も毎日遊《まいにちあそ》びに出《で》て歩《ある》いて、一生我儘勝手《しやうわがまゝかつて》に暮《くら》して了《しま》ふんですの。」

「其《そ》れもいゝでせう。」

と冷淡《れいたん》に島子《しまこ》は云《い》つて退《の》ける。

「貴女《あなた》、お裁縫《しごと》をしてゐらしつたでせう。感心《かんしん》ね。其樣《そんな》こと成《な》すつて、時折《ときをり》は馬鹿《ばか》々々《ぐ》しく思《おも》ふ時《とき》がありやしませんか。」

「いゝえ。」

島子《しまこ》は怪訝《ふしぎ》に堪《た》へぬ面色《かほつき》で米子《よねこ》を見《み》た。

「妾《わたし》なんぞは、良人《をつと》の事《こと》を爲《す》る度《たび》に、何《なん》だか自分《じぶん》を辱《はづか》しめる樣《やう》な心持《こゝろもち》がしたものよ。其《そ》れと云《い》ふのも、彼樣《あんな》低《ひく》い人間《にんげん》だからだつた故《せい》なんでせう。妾《わたし》なんぞは、自分《じぶん》の事《こと》だつて、然《さ》う〱自《じ》分《ぶん》で手《て》をつけるのは厭《いや》だと思《おも》ふくらゐなんですもの。妻君《さいくん》と下《げ》女《ぢよ》と選《えら》むところがないなんて云《い》ふ樣《やう》な連中《れんちう》は、猶更眞平《なほさらまつぴら》ですわ。だから、今度《こんど》良人《をつと》を持《も》つたら、良人《をつと》の方《はう》で世話《せわ》をしてくれる樣《やう》な人《ひと》を探《さが》すつもり、妾《わたし》は然《さ》うなんですよ。」

島子《しまこ》は、米子《よねこ》に戯談《じやうだん》に其樣《そんな》ことを云《い》つてゐるのだらうと思《おも》つた。

「其《そ》れもいゝわね。」

と同《おな》じやうな挨拶《あいさつ》をしてゐる。

「良人《ハズバンド》のお歸《かへ》りは何時《なんじ》？　三時《じ》？　四時《じ》？」

「四時《じ》ですの。」

「其《そ》れまでは樂《らく》でせう。」

「えゝ。」

とは云《い》つたが、能《よ》くその意味《いみ》が島子《しまこ》には解《わか》らない。解《わか》らうとも思《おも》はずにゐる。

「だけれど、樂《たの》しみでせうね。貴女《あなた》の樣《やう》な御家庭《ごかてい》では！」

「えゝ。」

「面倒臭《めんどふくさ》いとは思《おも》はないの？」

「えゝ、其樣《そんな》ことはね、少《すこ》しもないのよ。」

「結構《けつこう》ね。貴女《あなた》の樣《やう》なのは、先天的《せんてんてき》に人《ひと》の妻君《さいくん》になれる樣《やう》に出《で》來《き》てゐるんですよ、きつと！　樣子《やうす》からして、もう立派《りつぱ》な夫人《おくさん》に出來上《できあが》つてゐるんですもの。」

「然《ざ》うでもないわ。」

と恥《はづか》しさうな顔《かほ》をする。

「まあ、末長《すゑなが》く、妾《わたし》のやうな運命《うんめい》にお遇《あ》ひなさらない樣《やう》と祈《いの》るわ。幸福《かうふく》にくらして頂戴《ちやうだい》。」

「有難《ありがた》う。」

と、一寸笑《ちよつとゑ》みが交《か》はされる。

「まあ、遊《あそ》んでゐらつしやいな夕方《ゆふがた》まで！　歸《かへ》つて來《き》ますから。」


「えゝ。妾《わたし》は、實《じつ》はこれからお演劇《しばゐ》行《ゆき》なんですよ。お誘《さそ》ひしたつて、あなた駄目《だめ》でせう。」

「えゝ、急《きふ》な事《こと》ぢや行《ゆ》かれませんわ。前《まへ》にお誘《さそ》ひして下《くだ》さると、一寸良人《ちよつとあるじ》に話《はな》しておいて……………。」

「ねえ。獨身《ひとり》は其處《そこ》だけ氣《き》が安《やす》いわね。何時《いつ》誘《さそ》はれても氣《き》が向《む》けば直《す》ぐ行《い》けますもの。だから、何《ど》うも悲觀《ひくわん》するわ。妾《わたし》なんぞは！」

「だつて仕方《しかた》がないわ。良人《をつと》の許《ゆる》しを受《う》けなけりや。」

「ですから其《そ》れを悲觀《ひくわん》するんですの。然《さ》う云《い》ふ時《とき》に我儘《わがまゝ》の出來《でき》るやうな、ね、其《そ》れにはお老人《としより》に限《かぎ》るんです。ほゝゝ。」

「氣樂《きらく》ねえ。」

島子《しまこ》は餘儀《よぎ》なく斯《か》う云《い》つた。

「何時《なんじ》でせう。」

金《きん》の女時計《めどけい》がするりと帶際《おびぎは》を辷《すべ》ると、きらりと金色《こんじき》が胸《むね》の邊《あた》りを飾《かざ》る。

「おや十二時《じ》を過《す》ぎましたよ。一時《じ》の開場《あき》だから、もう御暇《おいとま》しませう。」

「いゝぢやありませんか。お芝居《しばゐ》なんか何時《いつ》でも行《い》らつしやられるでせう。」

「今日《けふ》は、一寸《ちよつと》お約束《やくそく》があるんですの。」

米子《よねこ》は蓮葉《はすは》に立《た》つて、持《も》つて來《き》た風呂《ふろ》敷包《しきづゝ》みを解《と》くと、

「ほんのお印《しるし》。御良人《ごりやうじん》によろしく、度々《たびたび》、これからお邪魔《じやま》に上《あが》

りますつて然《さ》う云《い》つて頂戴《ちやうだい》、あなたもゐらつしやいな。先《せん》の家《うち》よ。」

と云《い》つた。玄關《げんくわん》を出《で》て、門《もん》まで送《おく》つて行《い》くと、米子《よねこ》は待《ま》たして置《お》いた車《くるま》に乘《の》つて、幌《ほろ》の内《うち》に美《うつく》しい顏《かほ》を隱《かく》して了《しま》ふ。

　昔《むかし》の友《とも》に逢《あ》つても、嬉《うれ》しくは思《おも》はないであらうと思《おも》つた島子《しまこ》は、不意《ふい》に昔《むかし》の友《とも》に訪《たづ》ねられて懷《なつか》しくはなかつたが、興《きよう》は覺《おぼ》えたのであつた。米子《よねこ》は屈托《くつたく》の無《な》ささうな顏《かほ》で、賑《にぎ》やかな態度《たいど》で歸《かへ》つて行《い》つた。

　良人《をつと》は、もう二時間《じかん》ばかりを經《た》たせると歸《かへ》つて來《く》る。今夜《こんや》は何處《どこ》かへ散歩《さんぽ》に行《ゆ》く約束《やくそく》だつたと思《おも》ふ。樂《たの》しさが胸《むね》に湧《わ》いて、島子《しまこ》はふいと鏡《かゞみ》の前《まへ》に立《た》つて見《み》た。

前髮《まへがみ》を掻《か》いて見《み》る。鬢《びん》を膨《ふく》まして見《み》る。斜《なゝめ》に髷《まげ》を映《うつ》して見《み》て頸脚《えりあし》の美《うつく》しいのを滿足《まんぞく》さうに暫時《しばし》眺《なが》めて見《み》る。

裾《すそ》がけをして、襟《えり》を付《つ》けて、袖《そで》を付《つ》ければもう仕立上《したてあ》がるのである。良人《をつと》が歸《かへ》られるまでに、綺麗《きれい》に縫《ぬ》ひ上《あ》げて了《しま》はうと、島子《しまこ》は裁板《たちいた》に對《むか》つた。

　鵯鳥《ひよどり》が囀《さへづ》つてゐる。薔薇《ばら》牡丹《ぼたん》が美《うつく》しい今朝《けさ》からかけた簾《すだれ》が捲《ま》き上《あが》つて、葭戸《よしど》に風《かぜ》が涼《すゞ》しくあるやうに思《おも》はれる。

もう、夏《なつ》になるのだと、庭《には》から空《そら》を仰《あふ》ぐと、雲《くも》が斷切《ちぎ》れ〳〵に飛《と》んで、薄《うす》い日射《ひざ》しが櫻《さくら》の青葉《あをば》を掠《かす》つてゐた。

島子《しまこ》は、もう米子《よねこ》の事《こと》を忘《わす》れてゐた。

（をはり）

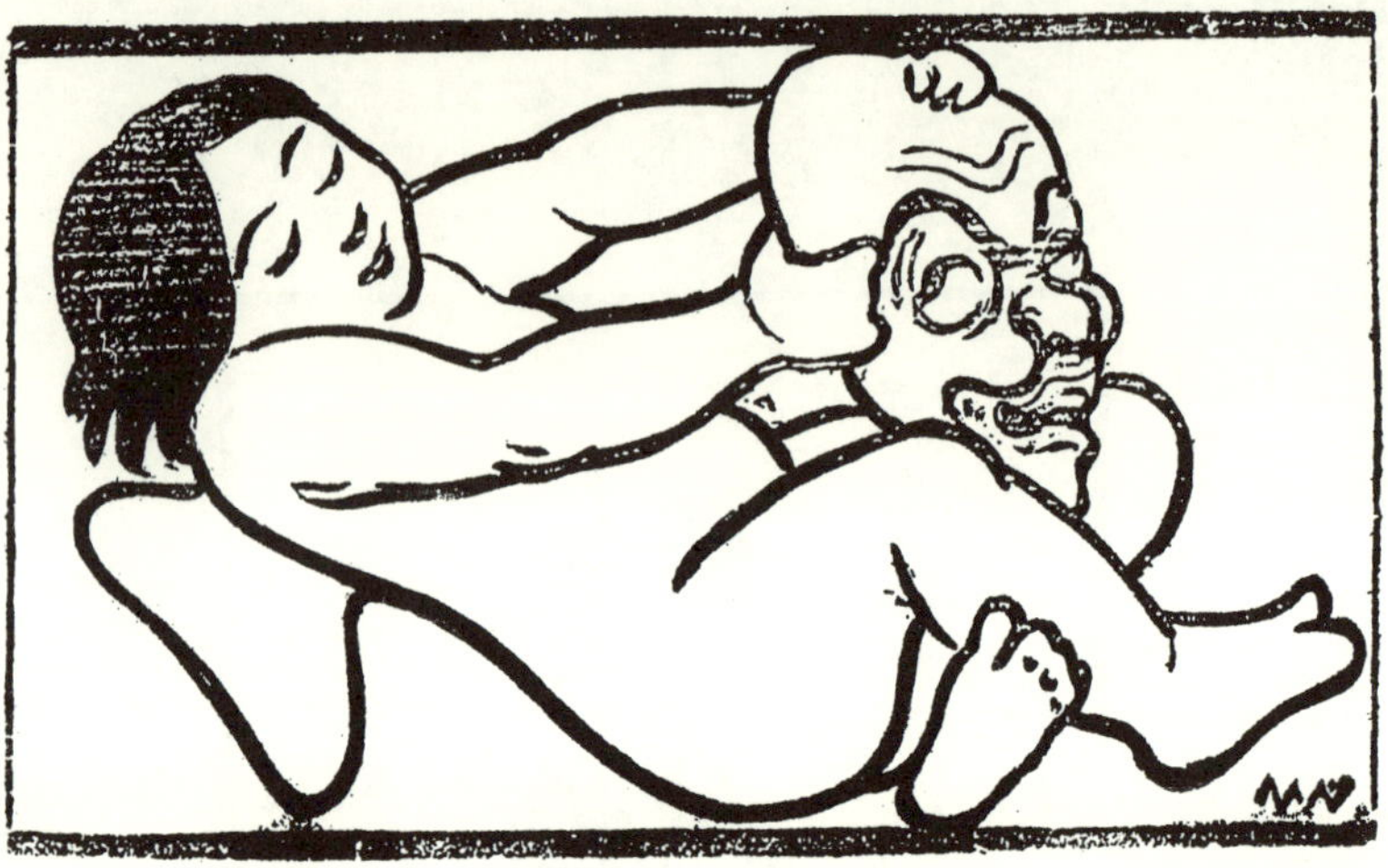

嘲弄

田村俊子

老博士は中々《なか〳〵》出てこなかつた。禮子《れいこ》はなつかしい人を待ち倦《あく》むと云ふやうな物に甘へた心持て、何《なに》がなし惡戯《いたづら》でもしてやりたく、そこいらを見廻してゐたが、艶消しの硝子障子のはいつた高い窓のところから、一と枝低く延びてゐる梅の樹のこまかく茂つた小《ちひ》さい葉の隙間《すきま》がくれに、おもちやの様な丸い梅の實が一とつ此方を向いて頭《あたま》をだしてゐるのを見付ると、禮子《れいこ》は椅子を立つて行《い》つてその梅の實を手を差出《さしだ》してもぎ取つた。丁度その時に正面に見える試演場の廊下を、女優のなす美《み》が兩袖をかさねて小《ちひ》さな帶をしめた側面を禮子《れいこ》の方に見せながら、その廊下に添つた右方のどの室かに入《はい》つて行くのがちらと禮子《れいこ》の目《め》にはいつた。

「ます美《み》さんだ。」

禮子は歡《よろこ》びの眼でその後《うしろ》を見送りながら、もぎ取つた梅の實を掌に握つて舊《もと》の椅子へ復《かへ》ると、禮子はそれを卓子の上に載《の》せながら、博士の足音の聞こえた途端に直ぐこれを隱そうと云ふ事をふと思つた。禮子はその刹那的の興味に心をいつぱい浮《う》はつかせながら、卓子の上に載《の》せた梅の實を賭《かけ》てもする樣にいつまでも見守つてゐた。

少《すこ》したつと、そゝくさとした博士の足音が扉の外に聞《き》こえた。禮子は氣會《きあひ》を計《はか》ることに心を緊《し》めながら、博士の手が扉にかゝつたその瞬間にいそいで梅の實を袂の中に入《い》れてしまつて然うして椅子を立つた。博士を迎へた禮子の顏は人知れぬ可笑《をかし》味《み》となつかしさの笑《ゑ》みとて、ちよつとしてもその顏面の隙間《すきま》から笑ひが突《つ》つ走《ぱし》りそうに見えてゐたけれども、

「や。」

と云つた老博士の顏は、柔《やわ》らかく澁味《しぶみ》をもつて人の笑みは觸《さは》らせない樣な嚴《いか》つい皺を深くさせてゐた。禮子の心はそれを見ると一時に平坦《へいたん》になつて改まつた。

「いよ／＼明日から通《かよ》つて御覽なさるか。」

博士は然う云つて腕組みをした。

博士が會長のこの演藝協會に、禮子《れいこ》が入《はい》ることに定《き》まつたのは嘗ての事であつた。その時に長い時間

博士と話し會つた禮子は、今日再び顔を會《あ》はせても別に變つた話もなかつた。

博士は禮子に向つての不安があつた。不安と云ふよりは不信があつた。それは禮子が文藝にたづさはつてゐる女で社會の表《おもて》にも立ち得る資格がありながら、それにも寄《よ》らず生徒並みになつてこの協會へ入《はい》らうとした事と、演劇に就いて初心でないと云ふ事と、この女の餘り若くない年齡《とし》との比較から、協會へ入《はい》つてからの後に賢《さか》しら立《た》つて若《わか》い女《ひと》たちを搔き廻すやうな邪魔をしはしないかと云ふやうな疑ひであつた。博士が禮子への演藝の注意に交ぢつて、こんな事がその言葉の後先《あとさき》に響《ひゞ》いてゐた。

「まあやつて御覽なさい。失望するから。」

博士は優しく云つて冷めたく笑つた。

禮子の心は一途《いちづ》であつた。禮子はこゝへ通《かよ》つて唯遊びさへすればいゝのであつた。今までやつてゐた文學を捨てゝもこれに付《つ》きたいと云ふのは、兎もするとその乏しい頭が文學にむづかしく強ひられる苦しさから免《のが》れて、好《す》きな舞臺の空氣の內に若《わか》い人たちと遊びたいばかりなのであつた。文學に深くその心を突《つ》き入《い》れゝば入れるほど禮子の智識だけでは兎ても解しきれないむづかしさに幾度か出《で》つ逢《くわ》した。それを解《と》いてくれるやうな人は禮子の周圍には一人もゐなかつた。禮子はその煩はしさと倦怠に疲れて、いつでも文學と離れることの出來るやうな焦《ち》れた氣分になつてゐた。そうして一度芝居の空氣のうちに浸つたことのある禮子はその面白《おもしろ》さを再び描くと、この苦《にが》い味《あぢ》の身にしみてきた文學を捨てることは、心《しん》の失《な》くなりかけた蠟燭を抛り出すよりも當然の事のやうに思つた。禮子は押《お》してこの協會へ入《い》れて貰ふことにした。その代り眞面目な女優の努《つと》めと云ふ事は少《すこ》しも考へてゐなかつた。演劇の上でも自分の力《ちから》がそれに適《かな》つてくるまでは、他《はた》からむづかしく強《し》いられるのはいやてあつた。自分の力以上《ちからいじやう》に自分を苦しめない程て、のんきに暗い樂屋の蔭て、紅色《べにいろ》の絹をなよめた樣な情調の内に思ひきり浸つて遊ぶことさへ出來ればそれていゝのてあつた。

最初博士が役爭《やくあらそ》ひと云ふ上に注意のあつた時も、禮子はこの考へを打明けてしまはうかと思つたのだけれ共、それは協會へ入《はい》つてからの勉强と云ふ事の上に誤解を帶《お》びられそうなので口を噤《つぐ》んてゐた。禮子は、博士が禮子に何か野心ても潜んてゐるやうに見《み》て取《と》つてる事が厭てはあつたが、それは長い間《あひだ》に自分の愚《おろか》な事が博士に知れる時があればそれて解《と》けてゆく事だと思つて何も云はずにゐた。

「非常に殘酷な性格の女なんぞはいゝだらう。」

博士が然う云つた時、禮子は妙にその感情がたかぶつて、生身《なまみ》なものを突《つ》き刺《さ》す心持を追想しながら眼を上げた。

やがて博士は禮子を伴《つ》れて試演場の事務室に導きながら、科目のうちに新らしく立廻りの稽古を挾むつもりだと云はれた。禮子はそれを聞くと、

「立まわりの稽古は嬉しい。」

と呟きながら一人て笑つた。時間割りを見ながらも、禮子は立廻りの稽古の時と能の稽古の時と博士の朗讀の時だけ出てくれゝばいゝと考へてゐた。

ます美はもう踊つた後であつた。禮子は女の小使からその住居を敎へてもらつて、歸り途に通りがゝりのます美《み》の間借《まが》りをしてる家の前《まへ》で聲をかけて見た。二階から下《お》りてきたます美《み》は、禮子を見ると驚いた眼色《まなざし》をして、その可愛らしい頰をちつと赤くした。

禮子はます美の部屋へ上《あ》がつていつた。往來へ向《む》いた小さな部屋の內に机も簞笥も並《なら》べてあつた。藤色裲のお召の袷の前か縫にすんなりと赤い裏を返《かへ》して引つかゝつてゐた。ます美《み》は落着かない物腰で物馴れない笑ひを浮べてゐたけれども、禮子は間近《まぢか》くこの人を見た好奇と、さのふまで演劇《しばゐ》をつゞけてゐたそのあとの疲れと淋しさを何所《どこ》か倦《だ》るい瞼のうちに潛めてゐるのを見付《みつ》けたなつかしさとて、膝と膝とを突《つ》き合《あ》はせて其の手を握つてゞもやり度いやうな熱した心持になつてます美《み》の顏を眺めた。

「しばゐの濟んだあとは淋しいもんでせう。」

「えゝ。今まで寢《ね》てゐましたの。」

ます美は平生着《ふだんぎ》を短《みぢか》く着て、平《ひら》つたい板のやうな脊中にめりんすの帶を小《ちひ》さくごづんと締《し》めてゐた。

「しばゐを演《や》つてる間は、朝中々《あるなかなか》起きられないんですよ。かうして寐てゐて天井を見詰めて、今日の芝居の事をいろ〳〵と考へてゝ、なか〳〵起《お》きられませんの。」

その床《とこ》のなかで、ます美《み》は舞臺の上の自分の美しい姿をちら〳〵と幻の間《あひだ》に搖《ゆら》かせながら、ゆうべの拍手の音を、自分の心臟の底から再び戰いひゞかせ、そうして更に耳に傳はつて來たその花の開《ひら》くやうな幽な拍手の音に限りもない誇りのよろこびを漲らせて、夜着《よぎ》の襟にその息《いき》をもひそめるのであらう。、ゆうべ舞臺の上て情熱に輝かしたあの眼の力《ちから》は、疲れの眠りと、寐覺《ねざ》めの倦《だ》るさとて、ふたゝ瞼毛《まつげ》の、しほに柔《やわ》らかく隱《かく》れ、時とすると今の世の一の女優とはやされるその功名の嬉しさに匂ひを含んだ涙さへ浮べる事もあるに違ひない。朝の床《とこ》のうちの寐覺めの靜かさは、どんなにこの人の昨夜の華《はな》やかなきらびやかな氣分をほんのりと押包《おしつゝ》んで霞のやうに烟らせる事てあらう。禮子はそんな事を思ひながら、默《だま》つて、うつとりしながらます美《み》を見てゐた。

ます美の聲は斯うして話てる間《ま》も凛々《りん／＼》と底《そこ》の力《ちから》をふるはして響いてゐた。脂肪《あぶら》の浮《う》いてる顔は、どこか呆《ぼ》やけてゐたけれども、擦《こす》つたあとの様に喰の赤くなつてる一《ひ》と重《へ》の眼が、斜《はす》に禮子の顔にその光りを投げる時、小《ちひ》さな花片のふと散るやうな優しさを見せた。話がはづんで腮のあたりが緊張してくると、舞臺で見るやうなあの小《ちひ》さく皮肉に纒《まとは》つた僻が、その顔の上にちら／＼と影を射した。

ます美《み》は協會の内部の噂や、今までの自分の生活なぞを薄い唇を小波《さゞなみ》のやうにひた／＼と顫はせながらこま／＼と禮子に語つた。禮子は何事にも親しみを含んでます美の云ふ事をよく聞いた。同じ女優の三《み》千子《ちこ》とその意氣《こゝろ》の合《あ》はない事も話のうちに出た。ます美《み》が腕で押《お》してゆくのを、三千子《みちこ》はその容貌といくらか出來た頭脳《あたま》とてます美《み》の押し行く先《さ》きを遮らうとしてゐる様な、二人の心の爭ひが聞いてる禮子の胸にゑがかれた。

「あなたの様なかたが生徒になるなんて嘘見《み》たいてすわ。ても私《わたくし》はお姉《ねへ》さんが出來《でき》たやうなもんてすからほんとに嬉しう御座いますわ。これからいろ／＼な事を教へて戴かなけりや。」

ます美《み》はこんな事を云ふ口《くち》の下《した》から、

「斯う云ふところは後《あと》から來《く》る人ほど損ですわ。前きの人にみんな好《い》い役を取られてしまひますから。隨分女優もいろんな人が來たんですけれど大抵一と月か二た月、三月ぐらゐで來《こ》なくなつてしまつた人もあるんです。ほんとに續かないんですよ。」

ます美《み》は少しの得意を鼻聲の內に捲《ま》き込《こ》めながら笑つて云つた。この後《あと》から來た女優と云ふものゝます美《み》の解釋の內に、自分も入《い》れてるのではないかと思つた時、禮子は好《い》い心持がしなかつた。好《す》きだと思ふ人と向ひ合つてる時は、無理にも自分からその人の態度の上にちやーむを見付《みつ》けだして置《お》いて、そうして一人《ひとり》で逆上《のぼせ》て嬉しがる癖のある禮子は、かうしてる間《あひだ》にも何《ど》うかするとます美を抱き締《し》めてども遣りたいやうに其の心が熱つぽく動いてゐた。そこを不意と諷刺されたやうなこの言葉を聞きつけると禮子の心は急にかぢかんで了《しま》つた。

禮子はあの可愛《かあい》らしいと思つてる口《くち》のなかゝら何か濕ひのある情を含んだ言葉は聞《き》かれないものかと思つたが、ます美《み》は眞目面《まじめ》くさつて、勉強の事だの堪忍の事だのを成功の秘訣とでも云ひ度いやうな口調で話するばかりであつた。

「私《わたくし》、これから劇場へ行《ゆ》く時なんかはあなたに連れてつて頂きますわ。ほんとに嬉しい。」

斯う云つたます美《み》の言葉だけは禮子にも嬉しかつた。

その晩家《うち》へ歸つた禮子は、まるで尖々《とげ〳〵》したものゝ突き出てゐる地上をよろ〳〵しながら歩《ある》き廻つてゐたと云ふ樣な氣分ばかりがその頭の内に殘つてゐた。禮子の胸にはたゞ石塊《いしころ》ばかりが詰《つ》め込《こ》まれて、其《そ》所《こ》から溫《あたゝか》いものゝ發散してくる隙間《すきま》もなかつた。禮子はおもく疲れて眠つてしまつた。

翌る日の午後になると禮子は時間と云ふものゝ制限に惱まされながら、遠い道《みち》を急いで協會へ行《い》つた。

禮子は博士の邸の方から入《はい》つて試演場へ行つた。其所に揃へてあつた赤い鼻緒の草履を穿《は》いて、人の集まつてゐる方へ歩《ある》いてゆくと、小使室から顏を出した男が禮子を呼んでそうして咎めた、生徒の入《はい》る門は別に附《つ》いてる事と、草履は自分で買つて持つてこなければいけないと云はれた。禮子は眞《ま》つ赤《か》になつて、今日だけ草履を貸して貰ふやうに賴むと小使の女房は、

「直ぐ表に草履は賣つてますがね。」

と云つて禮子の顏を見た。

生徒の控室を知らなかつた禮子は、昨日見た事務室へ脫いだ半コートを引つ掛けに行くと、其室に講師の米崎《よねざき》が腰をかけてゐた。前から禮子を知つてゐるこの人は、

「中々諦《あきら》められないと見えますね。」

と云ひながら小さな錐のやうに銳い眼で禮子の顏を見ながら聲をかけた。

禮子は初めて親しい人に出逢つた悦びて、打解けた表情を眉毛の尖《さ》きにまで漲らしながら、この人の

前に腰をかけて何かを多く話しやうとした。誰《たれ》かゞ、リヤ王の本と踊りの扇子を持つて來て禮子の前においた。禮子はそれに束修と一所に少しの金を挪つてからも、この人の前を立たうとしなかつたが、米崎が禮子の何時《いつ》までもこゝで相手にしてゐる事を憚るやうな、心の揺《ゆらめ》きを、その眼《め》のうちから看取《みと》ると、禮子はこの人に挨拶をして本と扇子を持つて教場の方へ行《い》つて見た。そこには若い男が大勢ゐた。女も二人ゐた。そうして臺詞を獨習したり、笑ひの稽古をしたり、唱歌をうたつたりするさま〴〵な聲が入《い》り亂れて、その餘韻から餘韻が次の室、前の廊下へ砂塵を吹き捲るやうに騒々しく押し擴がつていつた。禮子は其室に立つと、誰にでも馴染《なじ》んだ笑ひを見せやうとしてそれ等の人の顔を見まわたしたけれども、誰《たれ》も禮子《れいこ》を見て挨拶しやうとした人はなかつた。一人《ひとり》の友が漸く遠くから眞面目な顔でその頭《かしら》を下《さ》げたばかりであつた。禮子の笑へなくなつた顔は、急に顳顬《こめかみ》から頬へかけての皮膚の下に針金《はりがね》でも突《つ》込《こ》まれたやうな強張《こわば》つた感じがした。

若い親《した》しんだ人同士は指と指の觸れにも賑やかなはしやぎ笑ひをして、床板《ゆかいた》を踏みならす音の高ければ高いほどその踊り立つ心が滿足するやうに、輕い草履でどし〳〵と其の若い人たちは其邊《そこへら》を驅《か》けめぐつてゐた。その人たちの笑ひは禮子の心へも聯絡してくるやうな響きは持つてゐなかつた。禮子は取付《とりつ》き穗《ほ》のない淋しい心でその教場を出ると踊りの舞臺の方へ來て其所の硝子窓から、昨日梅の實《み》をもいだ應接室の窓の方を眺めた。午後の柔らかい若葉を撫てるやうななつかしい光線は、どこか沈んだ黄色味《きいろみ》を含んでちら〳〵と梅の樹のある一部の輪廓をぼかしてゐた。禮子はその光《ひか》りの内に心を蒸《む》されるやうな溫《あたゝ》かさを慕ひながら踊りの扇子とリヤ王の本を抱《かゝ》へたまゝていつまでも其所に立つてゐた。

「あなた、踊りの稽古におつきなさいますか。」

禮子の傍へ來て然う云つたのは博士の夫人であつた。禮子はその聲を聞《き》くと向き返つて丁寧《ていねい》に辭儀をしながら、

「はい。」

といかにも娘らしい言葉で返事した。禮子は此會《こゝ》へ來てから外の人たちと一所に踊りの稽古ばかりはやらない積りでゐたのであつたが、自分の生徒と云ふことがこの夫人の前でそんな我が儘の云へない樣な氣《き》咎《とが》めをさせて、柔順《すなほ》にその形《かたち》までをやはらげて夫人の前《まへ》に俯向いてゐた。夫人が室の外へ出てゆくと入《い》れ違ひに、白布で咽喉を卷いた踊りの師匠と三味線を持つた博士の娘がこの舞臺の上へあがつてきた。若い人たちは袴の下から着物の前を繕つたり、扇子で掌を打《たゝ》いたりしながら、前《まへ》へ行《ゆ》くものを後から目白押してわや／＼とこの舞臺の方へはいつて來た。

禮子はそれを振返つて眺めた時に、なんの機《はずみ》であつたか自分の年齡を指を折つて讀み直《なほ》して見たやうな白《しら》けた氣がしたのであつた。自分の老《ふ》け過《す》ぎた年齡をふと人々の前ではつきりと意識にのぼらせた禮子は、もう其所《そこ》に立交ぢつて扇子をひろげるのさへ氣恥かしく、自分を覗く周圍の眼の前《まへ》に自分の顏を曝《さら》すことさへ厭なことに思はれた。禮子は師匠にも博士の娘にも目を向けずに窓々はなれると眞つ直ぐに舞臺の外《そと》へ出て、隣りの教場内の腰かけのところに少時《しばらく》の間《あひだ》立つてゐた。

純粋な若い息《いき》は若い息《いき》をのみ吸ひ合はうとする協會の若い人たちの空氣が、年《とし》と云ふことは思はずにその胸にのみ絶へず鮮かな紅《べに》いろの絞りを散らしてゐるやうな禮子の若やいだ氣分を、たゞ頑固に打消してしまつた。その若い亂雜な人々の間に交ぢつて引つきりなしに凝結した自分を見守つてゐなければならないと云ふ苦《くる》しさとぎごちなさに、たゞ一日で禮子の神經は疲れてしまつた。そうしてその中から馴染みのない新米《しんまい》と云ふ哀れつぽい自分の姿を拾ひださなければならない痛ましさは、兎ても禮子を再び協會の門を潜《くゞ》らせまいとするほどに氣重《きおも》い氣分に其の心を閉《と》ぢさせたが、翌《あく》る日《ひ》になると禮子はもう一度あのかけ離れたまとゐの中に自分の縮《すく》んだ心を投げ入れて見やうと決めて、昨日よりは時間をおそく自分の家を出た。

暖《あたゝか》な乾いた外《そと》の空氣は、白く膨らんだ禮子の皮膚を袖口のそとから彈くやうに潜《ひそ》み込《こ》んできた。袷の裾がちりめんの長襦袢の褄としどけなく靡き合ふ度に、禮子の足取りは唯ゆるく流れるやうに駒下駄のうしろを辷らした。澄み徹つた明《あか》るい五月の空は、禮子の顏を振り向ける彼方此方《あちこち》に銀のやうな光りをきら〳〵と降らせてゐた。禮子の翳した洋傘の蔭にその銀色の光線は仄《ほの》かな紅《べに》を含んで、洋傘のふちから下を幽に染めてゐた。禮子はこの快い光りを瞼毛《まつげ》のさきに漂《たゞよ》はせて、その瞳《ひとみ》を羞ぢらはしてゆく樂しさを味ひながらも、日光などの照つた事のない樣な暗い格子のはまつた貧しい大久保の町を思いだすと、心は直《ぢ》きに滅入《めい》つた。

協會へはいると、大勢の人の唱歌の聲が聞こえた。禮子は門をくゞつてから草履を忘れたことに氣が付いたけれども、その日は足袋はだしてゐやうときめて草履を小使から借りることをよした。教場では元野と云ふのが生徒に音樂を敎へてゐるところであつた。皮膚に厚みのある豊かな顔を力《りき》ませて、この人は汗になりながら生徒の調《とゝ》のはない調子をやかましく云つて直してゐた。禮子が入《はい》つてゆくと寫眞で見た事のある女優の三千子《みち》が、だまつてその席を禮子の爲に詰めてくれた。三千子《みちこ》はその美しい顔を仰向けて、そうして美しい聲を思ふさま張り上げて歌つてゐた。

直《ぢ》きにこの課目はお終《しま》ひになつた。元野は室を出る時に、

「今日からお出かけてすか。」

と禮子に聲をかけた。禮子が立つてこの人に何か云はうとしてる間《ま》に元野は直ぐ行《い》つてしまつた。禮子の顔には言葉を殘した撓《たは》みが口許《くちもと》をふるはして、どこか極り惡るげな表情を浮《うか》べてゐた。

「お入《はい》りになつたんですつてね。」

三千子《みち》は禮子の隣りに來《き》てから云つた。

「えゝ。お仲間に入《い》れていたゞきます。」

禮子は斯う返事して三千子《みち》の顔を眺めたが、ます美《み》に逢つた時ほどの懐しみは浮ばなかつた。昨日見た他《ほか》の二人の女も三千子《みち》の傍に寄つて來た。禮子はその内の十六七の若い娘に、

「今の唱歌はおもしろさうですね。教へて下さいな。」

と云ふとその娘は禮子の顔を見ずに、三千《みち》子の方にその眼を走らせて默つてゐた。

「あゝ、私《わたし》もうそれは／＼嬉しくつて／＼仕方がない事があるかと思ふと、もう何《なに》もかも厭になつてほんとに失望のどん底の方に落《お》つこつてしまふやうな事があるの。」

三千《みち》子は二人を相手《あひて》に、其のから／＼した聲を大きくしてこんなことを云つた。

「ちよいと、あなたは何《なん》の花が好き。」

「私は眞つ赤な／＼黒く見える位な薔薇《ばら》の花が好き。」

「私は一番藤の花が好き。東京では藤い名所はどこにあるんでせう。」

然う云つたのはひどい國訛りの、容貌のわるいおとなしさうな女の人であつた。

禮子は默つて聞いてゐた。三千《みち》子は立つて何所《どこ》かへ行《い》つてしまつた。その國訛りのある女優はいを子と云つた。今度の試演の喜劇に田舍の老婆をやるのに違ひないと云つて、その人はその臺詞を机の前で、眼を時々空に据《す》はらせながら胸から先きを突きだして、獨りで稽古をやつてゐた。

今日は試演の役割りを定めるのだとか云つて、卒業してしまつた生徒たちがみんな協會へ集まつてゐた。禮子はつまらなくその神經を揺《ゆる》かせるのがいやで腰掛けから身體を動かさうともしずに、其所にあつた「建築師」をひろげて讀んでゐた。

「くづして下さいな。」

その聲と一所に禮子の眼の前に二十錢の銀貨が現はれたので、振返ると其れはます美《み》であつた。禮子は小《ちひ》さい錢《ぜに》を墓口から數へる間《ま》も、この人に媚びたい程ななつかしさで其の心を戰はした。禮子はます美を放すまいとしたけれ共、ます美《み》は直ぐ來《く》るからと云つて事務室の方へかけ出して行つた。禮子もます美の後《あと》を立つて行かうかと思ひながら、廊下でいろ〳〵な知らない人たちの顏を見る事が厭はしくて、又其所に腰を据へてしまつた。本に向つてゐる禮子の耳には、生《い》き〳〵した若い男たちの物を貫くやうな聲が方々《はう〴〵》から集まつて響いてきた。

鈴が鳴《な》ると、博士が眼鏡の内に穩かな笑ひをひそめて、寒さうな羽織の襞積《ひだ》を袖の下に窄ませながらはいつて來た。今度の試演に出《で》る博士の作した舞踊劇の、その最初のところに附く喜劇じみた一と場の役割りを、博士は朗《ほが》らかな音聲でそれ〳〵に決《き》めてゐた。そうして役を決《き》めた人たちに直ぐその臺詞《せりふ》を机の上でやらして見た。

博士はみんなを伴れて試演場の舞臺へ行つた。禮子もその後に隨いて、見物席のところから舞臺にのつた人々を眺めてゐた。禮子は成るたけ人々から離れてゐやうとして其の後《うしろ》の隅に腰をかけてゐると、此所《こゝ》は通り路で邪魔だからもつと前へ出てくれと小使に云はれて、禮子は追ひ立てられた。十歩ばかり前に出て渡《わた》りの上に腰をかけてゐると、其所では淺妻の背景を畫いてゐた髯のある畫工に、

「すこし。」

と云つて除《の》けられた。

三千子は與へられた其の役を、手の内に握つて抑抱へるやうな大切さうな眼の輝きをして、彼方を向いて些細なところの表情をして見たり、何か煩はしげに男の傍に行《い》つて物を云ひかけたりしてゐた。一《ひ》とつの中心に人々の眼も心もいつしよになつて集つてゐるその仲間《なかま》から外《はづ》れて、禮子はたゞ一人で前髪の毛にまで淋しさを宿らせて默然としてゐた。遠くから禮子を見る人はあつても、傍へ來て話をしやうと云ふ人はなかつた。ます美が稽古を見に入《はい》つて來たけれども、禮子の方へは寄らずに、今度の試演の舞臺を監督する男の生徒の傍《わき》へいつて腰をおろしてしまつた。禮子はます美《み》の傍《そば》へ行くのも恥ぢがましく物憂かつた。舞臺の稽古を見てゐる人は誰れも彼れもその拙ないのに笑ひの聲を上げてゐたけれども、禮子はそれを笑ふことも出來ないやうな神經の怯《おび》えと共に、身體までが固《かた》まつてゐた。

禮子はふいと歸らうと思つた。

自分のこゝろを小《ち》さな袋のうちに押し詰めて、そこからは些《ち》つとでも自分の心を覗かせまいとするやうな、この周圍から早く免《のが》れて歸らうと思つた。

これらの一團のうちに自分の身體を投じたからこそ、これらの人を標準にした心の平均から、自分の上に思ひがけなく權威を奪はれたやうな間拔《まぬ》けさ加減も覺えるのだけれども、こゝを離れてしまへばこれ等の人は自分の片手で壓《お》し付《つ》けても差支へはないのだと思つた。

禮子はもう今日《けふ》ぎりで協會へは來《こ》ない事にして歸らうと決《き》めた。

敎場へ行《い》つて風呂敷包みを取つてくると、禮子は博士にだけ挨拶して歸らうと思つて、その入口《いりくち》のところに凭れながら舞臺の方を眺めてゐた。ふと向ふから振返つて禮子を見付けた博士は、わざ〳〵禮子のところまで歩いて來て微笑みながら、

「あなたも此場《こゝ》へは出て下さい。賑やかなほどいゝんだから。これは誰れも仕出《しだ》し見たいなもんだから構ひません。丸髷がいゝか……何か一《ひと》つ思ひ付いたものを考へておいて。」

禮子はその博士の顏を打守りながら、

「えゝ、よろしう御坐います。」

と云つた。青い悲しみの流れが禮子の胸のなかをすつと冷《つ》めたくさせたやうな氣がした。

禮子は門を出る時に、常々知り合つた親しい文學者たちをその胸になつかしく思い出してゐた。それ等の人々が自分を親しいものに、又優しくあしらつて呉《く》れるその喜びを今新《あた》らしく思ひ返して、そうして涙ぐむほどにその心があたゝかく潤つた。

「あれが又《また》はいつた女優だ。」

昨日其所《そこ》の酒屋てから呼いてゐたその前《まへ》も、禮子は明日からは通らないのだと思つた時に、今までどこかに潜んでゐた自分の心がはつきりと自分の手のうちに返《かへ》つて來《き》たやうな氣がして、此の通りを歩いてゆく人々の顏を禮子は眞正面《まとも》に見《み》る事ができた。

禮子が何をしやうとも、それに頓着のない禮子の良人は三日目から禮子が協會へ行かなくなつた事を別に深くは聞かうともしなかつた。禮子は久し振りて自分と云ふものを取返したやうな嬉しさて、机の前に無徒《むだ》な日を送つてゐた。五六日經つと協會を卒業した男て演藝記者をやつてゐる小林と云ふのが禮子を訪ねてきた。

「折角所と人とを得たものだと思つて我々は喜んてゐるんてすから、是非お出かけなさいませんか。一日てもお休みになると矢つ張り博士の御機嫌がわるいてすから、然うすると却つて、失禮てすけれどもあなたのためにお成りならんやうなものてす。」

こんな事をその男は云つた。

「協會てあんまり親密らしうすると、何《ど》うも先生がたの御機嫌がわるいてす。てすからお目にかゝつても逐うと〳〵しう致して居ります。」

禮子はこの男に何《なん》にも云はなかつた。身體が疲れてゐるからそれが回復《なほ》ると又出かけますと云つて歸した。

禮子は博士のところへ手紙をだした。それは、折角協會へ入《い》れて頂いたけれども、もう再び舞臺は踏まないと云ふ事を誓ひにして、協會を退《ひ》くことに定めた。私の年はあんまり老《と》り逐ぎてゐた。私はやつばり筆にたづさはる人間だと考へた。と云ふやうな事であつた。舞臺を踏まないと云ふ誓ひは、なつかしい老博士へ對しての禮子の唯一とつの操であつた。禮子は手紙を書いてから、今度舞臺を踏むやうな時は、それは自分の周圍の何もかも打捨てゝ、旅役者にても交ぢるやうな落魄した境涯を送る時であらうと考へた。

如何なされ候にかと心にかゝり居候ところ御書面の趣實に御最千萬乍併小生は此度の御決心こそ却つて作家として大成せらるべき眞機縁と信じ居候深く賀し申候何れ八月九日に御入來の際口上にて可申陳候へどどう考へても小生には俳優といふことが筆より上とは不被存候多忙中ほんの御返しのみ如此候草々

これは博士からの返書であつた。禮子が博士への手紙に書いたほど、これから先き一心に文學に取り組ると云ふやうな熱をもつた考へが、今の禮子の胸のうちに燃えてるのではないのであつた。作家として大成と云ふ文字が、いかにも世馴れた、人間と云ふものを粗末にしない老博士の美しいお世辭のやうに禮子には思はれた。

（十、二十一）

子育地藏

(一)

秋江《あきえ》は明《あか》るい方《はう》へ鏡臺《きやうだい》を据《す》ゑてお粧《つく》りをした。さうして靜《しづか》な面《ほか》をして外《そと》を眺《なが》めた。白《しろ》、赤《あか》、桃《もゝ》色《いろ》と枝《えだ》を分《わ》けて奇《き》麗《れい》に鳳《ほう》仙《せん》花《くわ》の咲《さ》いてゐる庭《には》には、蜘《く》蛛《も》の絲《いと》のやうな雨《あめ》が降《ふ》つてゐた。拔《ぬけ》毛《げ》の纏《まと》ひついた箒《はうき》先《さき》が雨《あめ》に光《ひか》つて緣《えん》の下《した》から半《はん》分《ぶん》出《で》てゐるのが、美《うつく》しい軟《やはら》かにぬれた小《ちい》さな庭《には》の風《ふう》致《ち》を傷《きず》つけてゐるやうに見《み》えて秋江《あきえ》は憎《にく》らしい氣《き》がした。

蟬《せみ》は自《じ》分《ぶん》の聲《こゑ》で今《け》日《ふ》の日《ひ》和《より》を晴《は》らしてゐも

見《み》せると云《い》ふ風《ふう》に、雨《あめ》を衝《つ》いて一生懸命《しやうけんめい》にきしんだ聲《こゑ》で鳴《な》いてゐる。

それに誘《さそ》はれては時々《ときどき》漏《も》れる日射《ひざ》しが、何物《なにもの》にか負《ま》けてはすぐ閉ざゝれて、頼《たよ》り無《な》い雨《あめ》の日《ひ》で、暮《く》れて行《ゆ》きさうな空《そら》の氣色《けしき》を見《み》せて了《しま》ふ。秋江《あきえ》は覺束《おぼつか》ない眼《め》でそれを見《み》上《あ》げてゐた。

何處《どこ》からか郵便《いうびん》が來《き》た。下女《げぢよ》は秋江《あきえ》の後《うしろ》を通《とほ》つて主人《しゆじん》の居《ゐ》間《ま》へ郵便《いうびん》を持《も》つて行《い》つた。

其所《そこ》を片付《かたづ》けると秋江《あきえ》は良人《をつと》の居間《ゐま》を覗《のぞ》いて見《み》た。良人《をつと》の幸次《かうじ》は郵書《いうしよ》を擴《ひろ》げて傍《かたはら》に肱枕《ひぢまくら》して何《なに》か考《かんが》へ込《こ》んでゐる風《ふう》であつた。

秋江《あきえ》は言葉《ことは》をかけずに又自分《またじぶん》の坐《すわ》つてゐた所《ところ》へ戻《もど》つて新聞《しんぶん》を讀《よ》んだ。

もう社《しや》へ行《ゆ》く刻限《こくげん》であつた。幸次《かうじ》は薄《うす》い羽織《はおり》を引《ひ》つ掛《か》けて蝙蝠傘《かうもり》を持《も》つて出《で》かけて行《い》つた。門《もん》を出《で》やうとした時《とき》、

「今日《けふ》は涼《すゞ》しさうだね。」

と云《い》つて振返《ふりかへ》つて微笑《ほゝえ》んだ。その笑《わら》つた顏《かほ》が秋江《あきえ》には妙《めう》に寂《さび》しく感《かん》じられた。

秋江《あきえ》は主人《あるじ》の居間《ゐま》へ行《い》つて先刻《せんこく》來《き》た郵便《いうびん》を探《さが》した。郵書《てがみ》は封筒《ふうとう》と卷紙《まきがみ》とを別々《べつべつ》にして机《つくゑ》の上《うへ》に乘《の》せてあつた。秋江《あきえ》は

手《て》に取《と》つて見《み》た。　それは幸次《かうじ》の父親《ちゝおや》からの手紙《てがみ》であつた。名宛《なあて》も幸次《かうじ》と自分《じぶん》との二人《ふたり》名前《なまへ》にしてあつた。何故《なぜ》良人《をつと》は自分《じぶん》を呼《よ》んでこれを見《み》せなかつたのかと可笑《なか》しく思《おも》つた。　それは秋江《あきえ》には面識《めんしき》のない人《ひと》からでも、幸次《かうじ》は必《かなら》ず自分《じぶん》へ宛《あ》てゝ來《き》た手紙《てがみ》は秋江《あきえ》にも態々《わざ／＼》見《み》せてやるのが常《つね》になつてゐたからである。　まして秋江《あきえ》にも宛《あ》てゝ來《き》てあるものを何故《なぜ》何《なん》とも云《い》はずに出《で》て行《い》つたのかと、それが大《たい》した異常《いじやう》でもあるやうに秋江《あきえ》は胸《むね》を騒《さわ》がした。

然《しか》し手紙《てがみ》の文句《もんく》は何《たん》でもなかつた。　今度《こんど》幸次《かうじ》の弟嫁《おとうとよめ》が出産《しゆつさん》をしたと云《い》ふことの報知《しらせ》であつた。　弟嫁《おとうとよめ》はこれで四人《よにん》の子《こ》を産《う》んだのである。三人《さんにん》は女《をんな》の子《こ》であつた。今度《こんど》も樂《たの》しみにした甲斐《かひ》もなく又《また》女子《ななこ》であつたと云《い》ふ愚痴《ぐち》が一寸《ちよつこ》添《そ》へてあつた。

秋江《らきえ》は、嘗《かつ》て送《おく》られた寫眞《しやしん》に寫《うつ》つてゐる三人《さんにん》の小供《こども》を思《おも》ひ出《だ》した。どれも皆《みな》澁面《むつかし》い顏《かほ》をして短《みじか》く着物《きもの》を着《き》た田舍《ゐなか》の小供《こども》らしい、然《しか》し怜悧《かしこ》さうな眼付《めつき》をした母《はゝ》に能《よ》く似《に》た子《こ》であつた。それでゐて名前《なまへ》は三人《さんにん》ながら優雅《いうが》であつた。昔《むかし》の御殿女中《ごてんぢよちう》にでもありさうな奇麗《きれい》な名《な》がどの子《こ》にも付《つ》けてあつた。今度《こんど》のも櫻《さくら》の下《した》で歌《うた》でも詠《よ》みさうな優《やさ》しい名《な》が付《つ》くのであらうと想像《さうぞう》して秋江《あきえ》は打笑《うちゑ》ますにはゐられなかつた。

例《いつ》も小供《こども》の出産《しゆつさん》の時《とき》友禪《いうぜん》メリンスを一反分《たんずん》づゝ送《おく》つてやつてゐた。今度《こんど》は柄《がら》の好《い》い思《おも》ひ切《き》り派出《はで》な田舍《ゐなか》の人《ひと》の驚《おどろ》くやうなものを見立《みたて》て祝《いは》つてやらうと秋江《あきえ》はそんな事《こと》も考《かんが》へた。さうして手紙《てがみ》を茶《ちや》の間《ま》の狀差《じやうさし》に入《い》れた。

雨《あめ》は輕《かろ》く降《ふ》つてゐた。然《しか》し小晝頃《こひるごろ》には上《あが》りさうな空合《そらあひ》をして軒端《のきば》は明《あか》るく見《み》えた。秋江《あきえ》は少時《しばらく》この模樣《もやう》をうかゞつた。

「お天氣《てんき》になるだらうか。」

緣側《えんがは》へ拭掃除《ふきさうぢ》に來《き》た下女《げぢよ》に斯《か》う云《い》つて聞《き》いた。

「さうで御座《ござ》いますね。」

下女《げぢよ》も首《くび》を突出《つきだ》して軒《のき》から空《そら》を見上《みあ》げたけれど、空《そら》を見《み》たばかりで何《ど》うとも云《い》へなかつた。秋江《あきえ》は傘《かさ》をさして産衣《うぶぎ》を買《か》ひに出《で》た。

もう雨《あめ》の日《ひ》などは白地《しろぢ》の浴衣《ゆかた》もけば／＼しい位《くらゐ》な氣候《きこう》なので、池《いけ》の端《はた》へ出《で》た時《とき》は單衣《ひとへ》の袖《そで》に風《かぜ》が寒《さむ》いやうに思《おも》はれた。池《いけ》の中《なか》の蓮《はす》は、朽《く》ちた黄《き》色《いろ》を半分《はんぶん》以《い》上《じやう》染《そ》めかけてゐた。傘《かさ》を傾《かし》げて通《とほ》る人《ひと》の裾《すそ》が見《み》窄《すぼ》らしいほど冷氣《れいき》を思《おも》はせる。秋江《あきえ》は半開《はんびら》きの傘《かさ》の中《なか》に身體《からだ》を包《つゝ》むやうにして廣小路《ひろこうぢ》へ出《で》た。

仲町《なかちやう》へ入《はい》ると、よく小切《こぎ》れを買《か》ひに行《ゆ》く店《みせ》へはいつて秋江《あきえ》は友禪《いうぜん》の柄《がら》を選《よ》つた。

「黒地《くろぢ》はお高《たか》い割《わり》に持《も》ちますし、剝《は》げません。」と番頭《はんとう》は云《い》つた。長《なが》い袖《そで》に裁《た》つて拵《こしら》へなければ張合《はりあ》ひのないやうな、派出《はで》々々《〳〵》した媚《なま》めいたのばかりをひき出《だ》して見《み》せた。田舍《ゐなか》の人《ひと》を驚《おどろ》かすやうなのを選《え》るつもりで來《き》た秋江《あきえ》も、斯《か》うして一反《たん》を限《かぎ》つて買《か》ふとなると、つひ送《おく》つてやる方《はう》の人《ひと》の好《この》みが主《しゆ》になつて、唯《たゞ》赤氣《あかけ》澤山《たくさん》の模樣《もやう》の賑《にぎやか》な田舍《ゐなか》に向《む》きさうなのをばかり取《と》る氣《き》になつてゐた。自分《じぶん》が好《この》もしいと思《おも》つた柄《がら》もその趣味《しゆみ》が田舍《ゐなか》の誰《たれ》にもわからないであらうと察《さつ》した時《とき》は失望《しつばう》したやうな嘲《あざ》けつたやうな心持《こゝろもち》でそれを捨《す》てた。さうして上《うへ》の子《こ》にも着《き》せられると云《い》ふ思《おも》ひやりから平凡《へいぼん》な、鴇《とき》色《いろ》地《ぢ》に紫《し》紺《こん》や赤《あか》で花《はな》の模《も》様《やう》の出《で》た有《あ》りふれた友《いう》禪《ぜん》をぬき出《だ》して其《き》れに決《き》めた。

それでもその一《ひ》とつを多《おほ》くの中《うち》から拔《ぬ》いてかざした時《とき》は、何《ど》所《こ》かその品《しな》だけの特《とく》長《ちやう》があるやうで好《この》もしい柄《がら》にも見《み》られた。

「小《こ》供《ども》衆《しう》のおふだんもののはめりんすに限《かぎ》るやうでございます。」

と番《はん》頭《とう》は又《また》云《い》つた。買《か》つてゐる人《ひと》の小《こ》供《ども》の着《き》料《れう》と思《おも》つたのであらう。秋《あき》江《え》はそれを聞《き》いて胸《むね》のつまる感《かん》じがした。序《ついで》に買《か》ふやうな物《もの》も思《おも》ひ出《だ》せなかつた。秋《あき》江《え》は其《そ》所《こ》を出《で》ると廣《ひろ》小《こう》路《ぢ》から淺《あさ》草《くさ》行《ゆき》の電《でん》車《しや》に乘《の》つた。

秋《あき》江《え》は又《また》雷《かみなり》門《もん》で電《でん》車《しや》を下《お》りて公《こう》園《ゑん》の中《うち》へ入《はい》つて行《い》つた。外《そと》は晴《は》れてきた。雨《あめ》を吸《す》ひ込《こ》んで代《かは》りに日《につ》光《くわう》を吐《は》き出《だ》した空《そら》が高《たか》かつた。

銀《い》杏《てう》の樹《き》の先《さ》きがまだ煙《けぶ》つたところもあつて、仲《なか》店《みせ》の敷《しき》石《いし》はもう乾《かわ》きかけてゐた。蒸《む》し暑《あつ》い氣《き》が一時《じ》に肌《はだ》を襲《おそ》つたとき、秋《あき》江《え》はむつと汗《あせ》ばむほど逆《のぼ》上《せ》て、思《おも》はず濡《ぬ》れたあとのきらきらと光《ひか》る其《そ》所《こ》等《ら》を、痛《いた》いやうな眼《め》付《つき》をして眺《なが》めた。

簪《かんざし》屋《や》では銀《ぎん》色《いろ》が際《きわ》立《だ》つて外《ほか》の色《いろ》を壓《あつ》してきらついてゐる。人《にん》形《ぎやう》屋《や》の店《みせ》では赤《あか》い色《いろ》が外《ほか》の色《いろ》と統《とう》一して見《み》える。眞《ま》つ直《す》ぐに傍目《わきめ》もふらずに歩《ある》いてゆく秋江《あきえ》の眼《め》には時々《ときどき》此《この》二《ふ》た色《いろ》が眼《め》の側面《そくめん》を流《なが》れたやうに思《おも》はれた。

仁《に》王《わう》門《もん》の下《した》には白《しろ》い埃《ほこり》が赤《あか》い柱《はしら》を乾《かわ》かしてゐた。黄《き》色《いろ》い日《ひ》が石《いし》の外《そと》に斜《はす》かけに線《せん》をひいてゐた。自《じ》働《どう》電《でん》話《わ》の外《そと》圍《がこ》ひの淺黄《あさぎ》も粘《ねば》つた色《いろ》をして照《てら》されてゐた。石《いし》の道《みち》が盡《つ》きると土《つち》の乾《かわ》く蒸氣《いき》が秋江《あきえ》の裾《すそ》を蒸《む》して暑《あつ》かつた。すべて外《そと》の景色《けしき》が段々《だんだん》と濕《しめ》り氣《け》を取《と》り去《さ》られてゆく時《とき》、自分《じぶん》も日光《につくわう》に干《ほ》されてるやうに思《おも》つて餘計《よけい》暑《あつ》かつた。秋江《あきえ》は濡《ぬ》れた雨傘《あまがさ》を翳《さ》して一時《じ》の淩《しのぎ》にした。

觀音堂《くわんおんだう》を横《よこ》にして、秋江《あきえ》はその裏手《うらて》の子《こ》育《そだて》地《ぢ》藏《ざう》の前《まへ》で足《あし》をとめた。丁度《ちやうど》その時鼠《ときねづみ》つぽい單衣《ひとへ》に黑繻子《くろじゆす》の丸帶《まるおび》をせまく結《むす》んだ老女《としより》が地藏尊《ぢざうそん》のまはりをぢろ〱眺《なが》めながら手《て》を高《たか》くして參詣《おまゐり》をしてゐた、秋江《あきえ》の立止《たちどま》つたのに氣《き》が付《つ》くと、老女《としより》は紅《あか》い手柄《てがら》をかけた秋江《あきえ》の丸髷《まるまげ》をちらりと仰《あふ》いでそれなり歸《かへ》つて行《い》つた。網《あみ》の中《なか》の地藏菩薩《ぢざうぼさつ》は浴《あ》びたやうにまだ濡《ぬ》れてゐた。供《あ》がつた花《はな》も濡《ぬ》れ色《いろ》に涼《すゞ》しいそよぎを見《み》せてゐた。例《いつ》も線香《せんかう》を賣《う》つてゐるお婆《ばあ》さんは雨《あめ》の爲《ため》に今日《けふ》は出《で》てゐなかつた。秋江《あきえ》は通行人《つうかうにん》に注意《ちうい》した。誰《たれ》も秋江《あきえ》を珍《めづ》らしく見《み》る人《ひと》はなかつた。

秋江《あきえ》はざつと地藏尊《ぢざうそん》を拜《をが》むと直《す》ぐ引返《ひきかへ》して又雷門《またかみなりもん》から電車《でんしや》

に乗《の》つた。電《でん》車《しや》に乗《の》つてからもう少《すこ》し丁《てい》寧《ねい》に參《おま》拜《ゐり》すればよかつたと後《こう》悔《くわい》をした。通《つう》行《かう》の人《ひと》に氣《き》を兼《か》ねるやうな事《こと》ではほんとに信《しん》心《〲》をしてゐるのではないと秋《あき》江《え》は自《じ》分《ぶん》を責《せ》めた。

子《こ》育《そだて》地《ち》藏《ざう》へ時《とき》々《〲》參《おま》詣《ゐり》に行《ゆ》くやうになつたのは遂《つひ》この頃《ころ》のことなのだが、何《い》時《つ》も其《そ》所《こ》へ立《た》つ時《とき》は恥《はづか》しかつた。子《こ》供《ども》を欲《ほ》しいと思《おも》ふ望《のぞ》みを、そこに立《た》つ時《とき》は自《じ》分《ぶん》の知《し》らない多《おほ》くの世《せ》間《けん》の人《ひと》にまで吹《ふい》聽《てう》してゐる氣《き》がされた。そしてそれが辛《つら》いと思《おも》ふうと若《わか》い恥《はづ》かしさばかりでなく、小《こ》供《ども》を欲《ほ》しがる餘《あま》りにそんな迷《めい》信《しん》までも起《おこ》したと云《い》ふことも自《じ》分《ぶん》自《じ》身《しん》に恥《はづ》かしいのであつた。

恥《はづ》かしいと思《おも》ひながら秋《あき》江《え》は時《とき》々《〲》此《こ》所へ花《はな》や線《せん》

香《かう》を供《あ》げにくる。さうして石《いし》へ彫《ほ》つた地《ぢ》藏《ざう》尊《そん》の顏《かほ》を、生《い》きた目《め》できつと見《み》詰《つ》めて自《じ》分《ぶん》に一人《ひとり》の子《こ》寶《だから》を授《さづ》けられることを祈《いの》つてゐた。

秋江《あきえ》は人《ひと》に送《おく》る産《うぶ》衣《ぎ》の包《つゝ》みを抱《かゝ》へて、一年《ねん》おきに小《こ》供《ども》を産《う》む弟嫁《おとうとよめ》を羨《うらやま》しくうるさく思《おも》ひながら家《いへ》に歸《かへ》つた。

(二)

夕方《ゆふがた》幸次《かうじ》が歸《かへ》つてきた時《とき》、秋江《あきえ》は買《か》つておいた祝《いは》ひものを出《だ》して見《み》せた。幸次《かうじ》はそれを觸《さわ》つて見《み》た。

「小包《こづゝみ》にして送《おく》つてやらう。」

と云《い》つた。

「こんなのが却《かへ》つて氣《き》に入《い》るでせう。」と秋江《あきえ》は微《び》笑《しやう》した。幸次《かうじ》は下《げ》女《ぢよ》に水《みづ》をとらせて縁側《えんがは》で身體《からだ》を拭《ふ》いた。枯《か》れかゝつた朝顔《あさがほ》がそれでも電氣《でんき》の光《ひか》りを受《う》けたところだけ眞《ま》つ青《さを》な色《いろ》にこんもりと葉《は》が重《かさ》なつて見《み》えた。晩餐《ばんさん》を濟《す》ますと秋江《あきえ》はそれをのりいれに包《つゝ》んで水引《みづひき》をかけた。模様《もやう》の紅《べに》の色《いろ》があざやかに包《つゝ》み紙《がみ》の小口《こぐち》を飾《かざ》つて中《なか》のものが佳《い》い品物《しなもの》らしく思《おも》はせてゐる。幸次《かうじ》はそれを新聞紙《しんぶんがみ》にくるんで、油紙《ゆし》に確《しつ》かりと押《お》し包《つゝ》んだ。のりいれの上《うへ》へ鮮《くつ》明《きり》と濃《こ》い墨《すみ》で「お祝《いは》ひ」と優《やさ》しく書《か》いた秋江《あきえ》の字《じ》とは反對《はんたい》に、幸次《かうじ》は亂暴《らんばう》な筆《ふで》づかひで油紙《ゆし》の表《おも》書《てが》きを認《した》めた。

（165）　　紅

平生《いつも》なら秋江《あきえ》を連《つ》れて散歩《さんぽ》ながら郵便局《いうびんきよく》へ行《ゆ》かうと云《い》ふ場《ば》合《あひ》なのだが、今夜《こんや》は何《ど》うしたのか幸次《かうじ》は小包《こづゝみ》を其所《そこ》へ抛《はう》り出《だ》して、默《だま》つてゐた。秋江《あきえ》は少時《しばらく》良人《をつと》の誘《さそ》ふのを待《ま》つてゐたけれ共《ども》幸次《かうじ》は外出《ぐわいしゆつ》さしうな氣色《けしき》もなかつた。

「なみ（下《げ》女《ぢよ》の名《な》）に出《だ》させにやりませうか。」

秋江《あきえ》は斯《か》う聞《き》きながら良人《をつと》の傍《そば》へ行《い》つて小包《こづゝ》みを弄《もてあそ》ぶやうにした。　幸次《かうじ》は社《しや》から持《も》つて歸《かへ》つた雜誌《ざつし》を展《ひろ》げながら、

「うん。」

と云《い》つたばかりであつた。　秋江《あきえ》は下《げ》女《ぢよ》を呼《よ》んでそれを出《だ》させにやつた。

隣《となり》りの家根《やね》の上《うへ》にのぼつた月《つき》が此方《こつち》の庇合《ひさあひ》を覗《のぞ》いて縁側《えんがは》へ光《ひか》りをおいてゐる。秋江《あきえ》は縁《えん》に立《た》つて空《そら》を仰《あふ》いでゐた。紺《こん》地《ぢ》に雨絣《あめがすり》の單衣《ひとへ》は夜目《よめ》には派出《はで》ではなかつたが、頸《くび》の白粉《おしろい》をいつよりも濃《こ》く見《み》せてゐた。廿六の人《ひと》にしては長過《ながす》ぎる七寸《すん》五分《ぶ》の袖《そで》丈《たけ》も若《わか》やいだ脊《せい》の高《たか》い秋江《あきえ》の姿《すがた》には、それが可笑《をか》しく不釣合《ふつりあひ》にはなかつた。結婚《けつこん》當時《たうじ》の五年前《ねんまへ》の姿《すがた》も今《いま》の姿《すがた》も其《そ》れ程《ほど》の變《かは》りのないのが見《み》馴《な》れ切《き》つた幸次《かうじ》の眼《め》に今夜《こんや》は殊《こと》に認《みと》められた氣《き》がして幸次《かうじ》はぼんやりと座敷《ざしき》から秋江《あきえ》の立《た》つた後《うしろ》を眺《なが》めてゐた。

幸次《かうじ》の弟《おとうと》は故國《くに》にゐて兩親《りやうしん》を養《やしな》ふと云《い》ふ責任《せきにん》から幸次《かうじ》より

{167}　紅

も二年《ねん》早《はや》く嫁《よめ》を娶《と》つた。秋江《あきえ》には良人《をつと》の弟《おとうと》も嫁《よめ》も自分《じぶん》よりも皆《みな》年上《としうへ》であつた。幸次《かうじ》が秋江《あきえ》と結婚《けつこん》した時《とき》は弟嫁《おとうとよめ》はもう長女《ちやうぢよ》を一人《ひとり》生《う》んでゐた。

それが二番目《ばんめ》の小供《こども》をもうけた時《とき》には秋江《あきえ》も良人《をつと》と一所《しよ》に何《なに》か祝《いは》つてやらねばならない人《ひと》であつた。その時《とき》幸次《かうじ》は、

「遠《とほ》からず僕等《ぼくら》も、こんな水引《みづひき》をかけた物《もの》をお祝《いは》ひだつて彼《むか》方《ふ》から貰《もら》ふことになるんだらう。」

と云《い》つて笑《わら》つた。秋江《あきえ》の心持《こゝろもち》ではさう云《い》ふ時期《じき》のくるのを樂《たの》しんで待《ま》つ氣《き》ではなかつた。入浴《ゆ》に行《い》つても若《わか》い母親《はゝおや》が汗《あせ》を流《なが》して泣《な》き立《た》てられる小供《こども》の世話《せわ》をしてゐるのを見《み》て、

自分《じぶん》にはそんな厄介《やつかい》なものゝないのを密《ひそか》に喜《よろこ》んでゐた。小供《ども》の爲《ため》に髮《かみ》一《ひと》つ搔《か》き上《あ》げる暇《ひま》もない女《をんな》からの戒《いまし》めを受《う》けて足手《あして》纏《まと》ひになる子《こ》供《ども》は決《けつ》して欲《ほ》しくないと思《おも》つて暮《く》らした。秋江《あきえ》の假《かり》初《そ》めの願《ねが》ひは何《なん》の神《かみ》か佛《ほとけ》かによつて聞《き》き届《とゞ》けられてゐた。結婚《けつこん》してから五年《ねん》目《め》の今《いま》まで秋江《あきえ》は遂《つひ》に小《こ》供《ども》を産《う》まなかつた。

「もう五歳《いつゝ》の子《こ》があつてもいゝんだ。」

幸次《かうじ》はよく斯《か》う云《い》つて淋《さび》しがつた。

幸次《かうじ》の姉《あね》も子《こ》福者《ふくじや》であつた。秋江《あきえ》の姉《あね》は一人《ひとり》の男《をとこ》の子《こ》を産《う》んだ限《き》りであつた。さうして東京《とうきやう》に住《す》んでゐる幸次《かうじ》の姉《あね》は秋《あき》江《え》に子《こ》供《ども》のないのを弟《おとうと》に讓《ゆづ》つた。實《じつ》家《か》を相《さう》續《ぞく》してゐる秋《あき》江《え》の姉《あね》は何《い》時《つ》までも母《はゝ》にならずに若《わか》く暮《く》らす秋《あき》江《え》を喜《よろこ》んでゐた。

幸《かう》次《じ》の友《いう》人《じん》たちも小《こ》供《ども》無《な》しに奇《き》麗《れい》に暮《く》らす夫《ふう》婦《ふ》の上《うへ》を羨《うらやま》しがつてゐた。妻《さい》君《くん》の秋《あき》江《え》が嫁《よめ》入《い》つた當《たう》時《じ》から髮《かみ》一本《ほん》にも年《とし》を重《かさ》ねた衰《おとろ》へを見《み》せまいとして化《け》粧《しやう》三《さん》昧《まい》に無《む》邪《じや》氣《き》にはしやいで暮《く》らしてゐるのが、友《いう》人《じん》たちには例《いつ》も新《しん》婚《こん》の夫《ふう》婦《ふ》を見《み》せられるやうに思《おも》つて妬《ねた》みの種《たね》にもなつてゐた。然《しか》し幸《かう》次《じ》は淋《さび》しかつた。妻《つま》の年《とし》を老《と》らないと云《い》ふのは少《すこ》しも慰《なぐさ》めにならなかつた。外《み》見《え》は何《い》時《つ》も若《わか》くても幸《かう》次《じ》の胸《むね》にはもう五年《ねん》の月《つき》日《ひ》を繰《く》つてゐた。今夜《こんや》のやうに昔《むかし》と變《かは》らない若《わか》い姿《すがた》に稀有《りう》の眼《め》を張《は》るのも、それは秋江《あきえ》の装《つく》つたある一瞬時《しゆんじ》の姿《すがた》の作《つく》り方《かた》を見《み》た間《ま》に過《す》ぎなかつた。巡々《しゆん／＼》と年《とし》を越《こ》して齢《よはひ》を積《つ》んでゆく秋江《あきえ》の様子《やうす》を傍《そは》から眼《め》を離《はな》さず熟視《じゆくし》してゐるやうな幸次《かうじ》には五年《ねん》の歳月《さいげつ》が老《ふ》けさした秋江《あきえ》の思想《しさう》にも、又《また》眼《め》の働《にたら》きにも二十六と云《い》ふ事《こと》を合點《うなづ》かされてゐた。初《はじ》め秋江《あきえ》の年齢《こし》を知《し》らずにその人《ひと》に逢《あ》つたものは皆《みな》二十一二位《ぐらゐ》にしきや見《み》なかつた。それを自《じ》慢《まん》にするほど幸次《かうじ》の心《こゝろ》ももう浮《う》いてはゐなかつた。

さうして小《こ》供《ども》をもつた秋江《あきえ》が一時《じ》に老《ふ》けた姿《すがた》になつて、――

年《とし》よりは長《うへ》に見《み》えるほど――になつて窶《やつ》れ果《は》てゝも幸次《かうじ》は秋江《あきえ》に就《つ》いて何《なん》の淋《さび》しみはあるまいと思《おも》つた。一子《し》を得《え》られずに見《み》かけばかり若《わか》やいだ妻君《さいくん》に對《たい》してゐるよりは寧《むし》ろその方《はう》が生活《せいくわつ》に眞面目《まじめ》なところが生《しやう》じたゞけでも滿足《まんぞく》だと思《おも》つた。友人《いうじん》の妻君《さいくん》には四人《にん》も五人《にん》もの小《こ》供《ども》の母《はゝ》になつてそれを脊負《おぶ》つたり抱《だ》いたりしながら人《ひと》に應接《おうせつ》してゐるのをよく幸次《かうじ》は見《み》たことがある。秋江《あきえ》がそんな見慘《みじ》めな姿《すがた》になつても小《こ》供《ども》のある方《はう》が必《かなら》ず樂《たの》しみに違《ちが》ひないと思《おも》つた。妻《つま》は夫《をつと》の愛《あい》さへ變《かは》らなければそれが幸福《かうふく》なのである。小《こ》供《ども》に苛《さいな》まれて朝夕《あさゆふ》見《み》る影《かげ》もない姿《すがた》をしてゐやうともそれによつて却《かへつ》て夫《をつと》の自《じ》分《ぶん》が慰《なぐさ》められ満《まん》足《ぞく》されるとしたなら妻《つま》の秋江《あきえ》もその方《はう》が仕合《しあは》せと云《い》はなければならない筈《はづ》だと思《おも》つた。小供《こども》がうるさく妻《つま》がいぶせいと云《い》つて自分《じぶん》の家《うち》へ帰《かへ》る事《こと》を億劫《おつくふ》がる友人《いうじん》の心持《こゝろもち》が幸次《かうじ》には分《わか》らなかつた。かうして弟嫁《おとうとよめ》の出産《しゆつさん》の報知《しらせ》が幸次《かうじ》に小供《こども》を欲《ほ》しいと云《い》ふ望《のぞ》みを又《また》思《おも》ひ出《だ》させたのである。秋江《あきえ》にはその心持《こゝろもち》が解《よ》めてゐた。

家《いへ》の内《うち》は寂《しん》としてゐた。時々《ときぐ》床《とこ》の間《ま》の甕飼《かめが》ひの鈴蟲《すゞむし》が鳴《な》いてゐた。鈴蟲《すゞむし》は硝子《がらす》の金魚鉢《きんぎよばち》のやうなものゝ中《なか》に沙《すな》を盛《も》つていれてあつた。餌《ゑさ》をつけてやる板《いた》と板《いた》とを十字《じ》に組《く》み合《あ》

(173)　紅

はせたやうなものが其《そ》の中央《まんなか》を塡充《じつはい》に占《し》めてゐて、硝子《がらす》がめの周圍《まはり》は赤《あか》い紐《ひも》で交叉《あや》に括《くゝ》つてあつた。籠《かご》にいれて吊《つ》るしたとは違《ちが》つて、それが涼《すゞ》し氣《げ》には見《み》えなかつた。薄暗《うすぐら》い床《とこ》の間《ま》の隅《すみ》に電氣《でんき》の光《ひか》りが隈《くま》をつくつて明《あか》るく近《ちか》くを照《て》らした時《とき》でも少《すこ》しも夏《なつ》の夜《よる》に涼味《りようみ》をもたらすところはなかつた。殊《こと》に秋《あき》ぐちの冷《ひや》々《〱》した夜《よる》になつて座敷《ざしき》のうちからかれすがれた、其様《そんな》蟲《むし》の聲《こゑ》を聞《き》くのが悲《かな》しく幸次《かうじ》に感《かん》じられた。もう命《めい》を終《をは》らうとするものゝ聲《こゑ》を自《じ》分《ぶん》の坐《すわ》つてゐる座敷《ざしき》の中《なか》から聞《き》き出《だ》すのもいやであつた。幸次《かうじ》は振返《ふりかへ》つて少時《しばらく》床《とこ》の間《ま》の方《はう》を眺《なが》めてゐた。

「何所《どこ》かへ放《はな》してやつたら何《ど》うだい。」

秋江《あきえ》はまだ緣《えん》に立《た》つてゐた。良人《をつと》の言葉《ことは》を聞《き》くと直《す》ぐそれは鈴蟲《すゞむし》の事《こと》だと思《おも》つた。

「捨《す》てるのは可哀想《かはいさう》だわ。」

秋江《あきえ》は靜《しづか》な聲《こゑ》で云《い》つた。

「何所《どこ》で死《し》ぬのも同《おな》じぢやないか、せめて臨終《りんじゆう》に外《そと》の空氣《くうき》にふれさせてやれば好《い》い。」

「だけれど、それに露《つゆ》をふれさせると直《す》ぐ死《し》ぬんですつて。乾《かわ》いた上《うへ》へ置《お》いてやらないと可哀想《かはいさう》よ。」

幸次《かうじ》は默《だま》つて了《しま》つた。少時《しばらく》すると幸次《かうじ》は外《そと》へ出《で》て行《い》つた。

(175)　紅

秋江《あきえ》も一所《しよ》に出《で》たいやうな顔《かほ》をして送《おく》つて出《で》たが幸次《かうじ》は何《なん》とも云《い》はなかつた。

入《い》り違《ちが》ひに下女《げぢよ》が歸《かへ》つて來《き》た。秋江《あきえ》は座敷《ざしき》の眞中《まんなか》にぽつねんと坐《すわ》つて涙《なみだ》が湧《わ》くほどの悲《かな》しさを味《あぢ》はつた。そして遠慮《ゑんりよ》もなく出産《しゆつさん》の度毎《たびごこ》に知《し》らせをよこす田舍《ゐなか》の人《ひと》たちが恨《うら》めしい氣《き》もした。

秋江《あきえ》はいつも呼《よ》ぶ女按摩《をんなあんま》を下女《げぢよ》に呼《よ》ばせにやつた。身體《からだ》を揉《も》ませると云《い》ふのではなかつた。

子育地藏《こそだてぢざう》もこの按摩《あんま》から敎《をし》へられたので、もつと其《そ》れにも增《ま》して利益《きめ》のある神佛《しんぶつ》を尋《たづ》ねて見《み》やうと云《い》ふのであつた。秋《あき》

江《え》の望《のぞ》みに渇《かつ》した心持《こゝろもち》はそんな無智《むち》な女《をんな》の云《い》ふ事《こと》にまで耳《みゝ》を傾《かた》げさせるやうになつてゐた。さうして、

「そりやもう、ほんとに利《き》くんでございますとも。」

と首《くび》を下《さ》げて云《い》つた按摩《あんま》の言葉《ことは》が無量《むりやう》の力《ちから》を添《そ》へてくれるやうに秋江《あきえ》には頼母《たのも》しかつたのである。按摩《あんま》は稼業《かげふ》に出《で》てゐなかつたと云《い》つて下《げ》女《ぢよ》は歸《かへ》つた。秋江《あきえ》は落膽《がつかり》した。

（三）

幸《かう》次《じ》は遅《おそ》くなつて歸《かへ》つた。姉《あね》の子《こ》の八歳《やつ》になる八《や》重《へ》ちやんと云《い》ふのを連《つ》れて來《き》た。今夜《こんや》は宿《とま》つて叔母《をば》さんと寝《ね》るのだと云《い》つて嬉《うれ》しがつてゐた。秋江《あきえ》はつまらない氣《き》がした。

「叔父《をぢ》さんとおしるこ食《た》べてよ。活動《くわつどう》も見《み》てよ。」

八重《やへ》ちやんは然《さ》う云《い》つて買《か》つて貰《もら》つた簪花《かんざし》の箱《はこ》を中《なか》を開《ひら》いて秋江《あきえ》に見《み》せた。

「京橋《きやうばし》まで迎《むか》ひに行《い》つて。」

秋江《あきえ》は良人《をつと》の顔《かほ》を不滿《ふまん》さうに眺《なが》めた。

多《おほ》くの兄姉《きやうだい》の中《うち》で八重子《やへこ》は一番賢《ばんかしこ》い子《こ》であつたが、容貌《きりやう》は父《ちゝ》に似《に》ていゝ方《はう》ではなかつた。頬《ほゝ》の瘦《や》せた目《め》の大《おほ》きい少《すこ》しも可愛《かあい》らしいところのないのが秋江《あきえ》の愛《あい》を惹《ひ》かない一《ひと》つであつた。

此家《こゝ》へ來《き》て宿《とま》つたことなぞ一度《ど》もなかつたのに、今夜《こんや》は叔母《をば》さんと一所《しよ》に寝《ね》ると云《い》つたのが秋江《あきえ》にはお世辭《せじ》らしく高慢《かうまん》に聞《き》こえて憎《にく》らしかつた。

十五歳《さい》になる總領《そうりやう》は母《はゝ》親《おや》の手《て》傳《つだ》ひをするのに隨《ずゐ》分《ぶん》間《ま》に合《あ》つてゐて手《て》許《もと》を放《はな》すのが不《ふ》自《じ》由《いう》なほどになつてゐた。父《ちゝ》親《おや》の祕《ひ》藏《ざう》の男《をとこ》の子《こ》は十歳《さい》であつた。八《や》重《へ》子《こ》の下《した》は六歳《さい》の女《をんな》に四歳《さい》の男《をとこ》に今《こ》年《とし》生《うま》れの赤坊《あかんぼ》であつた。幼《をさな》いのは何《ど》れも頑是《ぐわんぜ》なく親《おや》たちの愛《あい》を集《あつ》めてゐたが眞中《まんなか》の八《や》重《へ》子《こ》は何方《どつち》つかずで何時《いつ》も仲間《なかま》外《はづ》れであつた。

それでゐてまだ八《やつ》歳では親《おや》の手《て》も相《さう》應《おう》にかゝつてゐた。母《はゝ》には朝《あさ》夕《ゆふ》小《こ》突《づ》かれてばかりゐて、兄妹《きやうだい》には苛《いぢ》められてばかりゐた。

その代《かは》り兄妹中《ぎやうだいちゆう》では一番《ばん》他人《たにん》によく懷《な》愛《つ》く子《こ》であつた。此《ご》家《か》の叔父《をぢ》叔母《をは》にも執拗《しつご》いほど纏《まご》ひついて兄妹《きやうだい》の誰《たれ》よりも大《おほ》騒《さわ》ぎをして慕《した》つてゐた。幸次《かうじ》も八重子《やへこ》は嫌《きら》ひであつた。秋《あき》江《え》が爪弾《つまはじ》きするだけ幸次《かうじ》もこの子《こ》をうるさがつてゐた。それにも拘《かゝ》はらず幸次《かうじ》は今夜《こんや》八重子《やへこ》を伴《つ》れて來《き》て宿《とま》らせるつもりでゐる。どんなにか良人《をつと》が小供《こども》と云《い》ふ可愛《かあい》らしいものゝ味《あぢ》に接《せつ》して見《み》たかつたかゞ想像《さうぞう》されて秋江《あきえ》は思《おも》はず小《ちひ》さな溜息《ためいき》をした。

それから秋江《あきえ》にはこんな事《こと》も想像《さうざう》された。それは幸次《かうじ》が姉《あね》

の家《いへ》に行《い》つて今度《こんど》の弟嫁《おとうとよめ》の出産《しゆつさん》を知《し》らした時《とき》、姉《あね》は眉《まゆ》をよせて、

「お前《まへ》のところは何《ど》うしたもんだらう。」

斯《か》う云《い》つたと云《い》ふ事《こと》も平生《ふだん》の姉《あね》の口癖《くちくせ》から推《お》して秋江《あきえ》には考《かんが》へられた。さうして良人《をつと》は子供《こども》がなくて淋《さび》しいと云《い》ふ事《こと》を訴《うつた》へ、姉《あね》はいつも邪魔《じやま》にしてるこの子《こ》を丁度《ちやうど》好《い》い位《くらゐ》に考《かんが》へて當分《たうぶん》は此家《こゝ》へ寄越《よこ》して置《お》く積《つも》りで幸次《かうじ》に連《つ》れさせたのだと云《い》ふ事《こと》まで秋江《あきえ》は冷《ひや》やかに想像《さうざう》した。秋江《あきえ》は冷淡《れいたん》な眼《め》をして八重子《やへこ》のする事《こと》を見《み》てゐた。

八重子《やへこ》は少《すこ》しも笑《わら》はない叔母《をば》の顔《かほ》を時々《とき〴〵》そつと見《み》た。小供《こども》

心《こゝろ》にもいかにも手持《てもち》ない素振《そぶ》りをして黙《だま》つて簪花《かんざし》を眺《なが》めたり花片《はなびら》にふうと氣息《いき》をかけたりしてゐた。

「お菓子《くわし》はないの。」

幸次《かうじ》は秋江《あきえ》に聞《き》いた。秋江《あきえ》は茶箪笥《ちやだんす》の戸棚《とだな》からガナ、の菓子《くわし》を出《だ》した。

「召《め》しあがれ。」

幸次《かうじ》にはその言葉《ことば》が意地惡《いぢわる》く聞《き》こえて不快《ふくわい》であつた。

「お食《あが》り」

幸次《かうじ》は直《す》ぐ優《やさ》しく斯《か》う云《い》つてやつた。八重子《やへこ》はその菓子《くわし》を上目《うはめ》で一寸《ちよつと》見《み》て直《す》ぐには手《て》を出《だ》さなかつた。そして小《ち》さな聲《こゑ》で。

「これ、西洋菓子《せいやうくわし》。」

と叔父《をぢ》に聞《き》いた。

「あゝ、澤山《たくさん》お食《あが》り。」

八重子《やへこ》は又叔母《またをば》を見《み》て、

「おうちにも此樣《こんな》の澤山《たくさん》あるわ」

と自慢《じまん》さうに云《い》つた。秋江《あきえ》は默《だま》つてゐた。幸次《かうじ》はこんな小《ちい》さな時《とき》からもう虚榮《きよえい》らしい言葉《ことは》を吐《は》くのを驚《おどろ》いて聞《き》いた。

八重子《やへこ》は二人《ふたり》が默《だま》つて自分《じぶん》を見《み》てゐるのが窮屈《きうくつ》なやうに、小《ちい》さな膝《ひざ》の間《あひだ》に兩手《りやうて》をさし込《こ》んで首《くび》を下《さ》げて恥《はづ》かしい風をした。筒袖《つゝそで》のメリンスの單衣《ひとへ》が軟《やはら》かく見《み》えた。

「唱歌《しやうか》でもおうたい。八重《やへ》ちやんは何年生《なんねんせい》だつけ。」

「あたしは尋常《じんじやう》一年《ねん》よ。この間學校《あひだがくかう》へ上《あ》がつたばつかりよ、叔父《をぢ》さんは忘《わす》れつぽいわ。」

八重子《やへこ》は大《おほ》きな聲《こゑ》で笑《わら》つた。小《ちい》さな口《くち》へ手《て》をやつて笑《わら》ふのを包《つゝ》む眞似《まね》をした。

幸次《かうじ》はもう八重子《やへこ》の相手《あひて》をしてゐるのが厭《いや》になつた。吸《す》つてやり度《た》いやうな可愛《かあい》らしい頬《ほゝ》を八重子《やへこ》はもたなかつた。甘《あま》えさせやうとするのには餘《あま》り年《とし》にも似《に》ず老《ま》せ過《す》ぎてゐた。淺草《あさくさ》の公園《こうゑん》を歩《ある》いた時《とき》はもう少《すこ》し小供《こども》つぽく思《おも》はれたのが、斯《か》うして坐《すわ》らしておくと小《こ》供《ども》と云《い》ふ賑《にぎ》やかな爛《らん》熳《まん》な氣《き》が少《すこ》しも八《や》重《へ》子《こ》の樣《やう》子《す》に現《あら》はれてゐなかつた。

「もうお寢《ね》。」

幸《かう》次《じ》は荒《あら》い聲《こゑ》でかう云《い》つた。

「叔《を》母《ば》さんと寢《ね》るの。えゝ、叔《を》父《ぢ》さん。」

秋《あき》江《え》は叔《を》父《ぢ》さんと寢《ね》た方《はう》がいゝと云《い》つて聞《き》かなかつた。幸《かう》次《じ》はお前《まへ》の床《とこ》へ入《い》れてやれと云《い》つた。

「あなたが連《つ》れてらしつたんぢやありませんか。妾《わたし》はもう小《こ》供《ども》は大《だい》嫌《きら》ひです。」

秋《あき》江《え》は興《こう》奮《ふん》したやうに力《ちから》いつぱいな調《てう》子《し》であつた。小《こ》供《ども》のないと云《い》ふ恨《うら》み、その小供《こども》のない自分《じぶん》を飽《あ》き足《た》らず思《おも》ふ良人《をつと》の心持《こゝろもち》を味氣《あぢき》なく察《さつ》したことなどが一時《じ》に秋江《あきえ》の胸《むね》をついた。

さうして自分《じぶん》は斯様《こんな》子供《こども》よりもつと美《うつく》しい、可愛《かあい》らしい神《かみ》の使《つかひ》のやうな子《こ》を産《う》んで良人《をつと》の兄妹《きやうだい》などの子供《こども》たちが肩《かた》を并《なら》べるのも恥《はづ》かしい思《おも》ひをさせてやる、とこんな反抗《はんかう》した心持《こゝろもち》が秋江《あきえ》の心《こゝろ》を騒《さわ》がした。

幸次《かうじ》は沈《しづ》んだ顔《かほ》をして腹這《はらば》ひのまゝ煙草《たばこ》をのんでゐた。

八重子《やへこ》はいつも一人《ひとり》で寝《ね》かされつけてると云《い》つたので、今夜《こんや》も幸次《かうじ》の傍《そば》へ大《おほ》きな寝床《ねどこ》をとつて其《そ》の中《なか》へ一人《ひとり》寝《ね》かした。

八重子《やへこ》は又《また》大《おほ》きな秋江《あきえ》の浴衣《ゆかた》を寝巻《ねまき》にさせられた。衣紋竹《えもんだけ》へ通《とほ》したやうな兩袖《りやうそで》の袖口《そでくち》を手《て》の先《さ》きから垂《た》らして長《なが》い袂《たもと》を引《ひ》きずつた姿《すがた》を見《み》た時《とき》は秋江《あきえ》も笑《わら》はずにはゐられなかつた。

誰《たれ》からも目《め》の敵《かたき》にされない八重子《やへこ》はいかにも氣《き》が安《やす》さうに、小鳥《ことり》が籠《かご》から放《はな》たれたやうに見《み》えた。秋江《あきえ》は不憫《ふびん》な氣《き》も起《おこ》つてゐた。

（四）

翌日《あくるひ》叔父《をぢ》の不在《るす》の間《あひだ》八重子《やへこ》は下女《げぢよ》の手傳《てつだ》ひをすると云《い》つてバケツを持《も》ち出《だ》したが、クラブ洗粉《あらひこ》の鑵《くわん》を返《かへ》して粉《こな》をこぼし

(187)　紅

たりして秋江《あきえ》に怒《おこ》られた。

午後《ひるから》はお下《さ》げだつた髮《かみ》を秋江《あきえ》は銀杏《いてふ》返《がへ》しにしてやつた。可《か》成《な》り大《おほ》きく結《ゆ》へた髷《まげ》を八《や》重《へ》子《こ》は手《て》で觸《さは》つて喜《よろこ》んで跳《は》ねまはつた。白《しろ》い丈長《たけなが》をかけて昨夜《ゆふべ》買《か》つて貰《もら》つた簪《かんざし》花を挿《さ》して、秋《あき》江《え》に連《つ》れられて湯《ゆ》に行《い》つた。歸《かへ》つてくると、

「おや、見《み》違《ちが》へるやうなお孃《ぢやう》さんになりましたね。」

と云《い》つて下《げ》女《ぢよ》は賞《ほ》めた。八《や》重《へ》子《こ》は秋江《あきえ》の上手《じやうず》な手《て》でお化粧《つくり》をしてもらつたからである。

「何處《どこ》か可《か》愛《あい》らしくなつたらう。」

と秋江《あきえ》も八《や》重《へ》子《こ》の顔《かほ》を見《み》直《なほ》した。八《や》重《へ》子《こ》は又《また》叔母《をば》の手《て》で友《いう》

禪《ぜん》縮《ちり》緬《めん》や無《む》地《ぢ》のタリンスなどの小切《こま》れでお手玉《てだま》を拵《こしら》へてもらつた。

欲《ほ》しい玩弄《おもちや》は皆自分《みんなじぶん》より下《した》の子《こ》のものになつてゐたし、喧嘩《けんくわ》をすればいつも自分《じぶん》が悪《わる》いものに決《き》められて泣《な》かされ通《とほ》してゐる八重子《やへこ》は、斯《か》うして可愛《かあい》がられると云《い》ふ程《ほど》ではなくとも、大人《おとな》からの好意《かうい》を自分《じぶん》一人《ひとり》が専《もつぱ》らにしてゐる心持《こゝろもち》は子供《こども》ながらも嬉《うれ》しくて仕方《しかた》がなかつた。お菓子《くわし》を食《た》べてゐる時《とき》傍《はた》から奪《うば》はれる恐《おそ》れもなかつた。頭《あたま》の簪《かんざし》を引《ひ》きちぎられる赤《あか》ん坊《ばう》の手《て》も叔母《おば》の家《うち》にはなかつた。八重子《やへこ》は大人《おとな》しく叔母《をば》の傍《そば》で遊《あそ》んでくらした。

(189)　紅

「今夜《こんや》はお歸《かへ》りなさいよ。」

秋江《あきえ》が云《い》つても八重子《やへこ》は頭《つむり》を振《ふ》つていやだと云《いつ》た。

幸次《かうじ》は例《いつも》よりも遲《おそ》く歸《かへ》つて來《き》た。不安《ふあん》な眼《め》で秋江《あきえ》は良人《をつと》を迎《むか》へたけれども、幸次《かうじ》は帽子《ばうし》を取《さ》りながらも嬉《うれ》しい顏《かほ》を押《おさ》へてゐることが出來《でき》ないらしい匆卒《あわた》だしいうちに莞爾《にこり》としてゐた。秋江《あきえ》は不氣味《ぶきみ》であつた。

「ちよいと見《み》てくれ。」

幸次《かうじ》は斯《か》う云《い》ひながら懷中《ふところ》から寫眞《しやしん》を出《だ》して秋江《あきえ》に見《み》せた。渡《わた》してから幸次《かうじ》は又《また》それを覗《のぞ》いて微笑《びせう》した。

「何家《どこ》の赤《あか》ん坊《ばう》。」

秋江《あきえ》は見《み》ながら聞《き》いた。寫《うつ》つてる子《こ》どもは産毛《うぶげ》の長《なが》い、お宮《みや》參《まゐ》りの祝着《いはひぎ》と見《み》えて裾模様《すそもやう》の着物《きもの》を着《き》てゐた。小《ちひ》さい目《め》を開《あ》いて乳《ちゝ》を呑《の》むやうな口付《くちつき》をして頬《ほゝ》を窄《すほ》めた顔《かほ》が可愛《かあい》らしく思《おも》はれた。椅子《いす》によりかゝらした赤兒《あかんぼ》は裾《すそ》の方《はう》が大《おほ》きく擴《ひろ》がり頭《かしら》の方《はう》が小《ちひさ》く寫《うつ》つてゐた。

「好《い》い兒《こ》だらう。」

幸次《かうじ》は自慢氣《じまんげ》に云《い》つた。

「好《い》い兒《こ》ね。何家《どこ》の。」

秋江《あきえ》は直《す》ぐ寫眞《しやしん》を良人《をつと》に返《かへ》した。幸次《かうじ》は又《また》それを電氣《でんき》の下《した》へ持《も》つて行《い》つて眺《なが》めつくした。

「この子《こ》を貰《もら》はうと思《おも》ふんだが何《ど》うだらう。」

秋江《あきえ》は返事《へんじ》をしなかつた。八重子《やへこ》は叔父《をぢ》にまつはつてその寫眞《しやしん》を自分《じぶん》も見《み》やうとすると、幸次《かうじ》は肱《ひぢ》で拂《はら》つて、

「うるさい。」

と怒罵《どな》つた。八重子《やへこ》は悄氣《しよげ》て坐《すわ》つて了《しま》つた。この寫眞《しやしん》の子《こ》の親《おや》は幸次《かうじ》の社友《しやいう》の知人《ちじん》で、この子《こ》を生《う》むと間《ま》もなく母親《はゝおや》は死亡《なくな》つた爲《ため》、外《ほか》に多勢《おほぜい》の子供《こども》を持《も》つ父《ちゝ》は一番手《ばんて》のかゝるこの子《こ》を他《ほか》へやつてもいゝとの事《こと》だつた。

「身分《みぶん》も素性《すじやう》もちやんと分《わか》つてるんだから安心《あんしん》だと思《おも》ふんだ。」

「女《をんな》の子《こ》。」

秋《あき》江《え》は聞《き》いた。

「女《をんな》の子《こ》ぢや駄《だ》目《め》か。」

幸《かう》次《じ》の懸《け》念《ねん》さうな顔《かほ》を見《み》ると秋《あき》江《え》は怒《おこ》ることも出《で》來《き》なかつた。

女《をんな》の子《こ》にも男《をとこ》の子《こ》にもてんで小《こ》供《ども》を貰《もら》ふと云《い》ふ事《こと》が秋《あき》江《え》には寝《ね》耳《みゝ》に水《みづ》の出《で》來《き》事《ごと》であつた。

そして何《なに》を其《そん》様《な》にしてまで小《こ》供《ども》と云《い》ふ事《こと》に焦《あ》慮《せ》るのかと思《おも》ふと馬《ば》鹿《か》々《〳〵》しいやうな腹《はら》立《だ》しいやうな思《おも》ひもされた。自《じ》分《ぶん》と云《い》ふものゝ存《そん》在《ざい》を良《をっ》人《と》から忘《わす》れられたやうにも思《おも》はれて口惜《くや》しかつた。

二十六歳《さい》と云《い》ふ自《じ》分《ぶん》の年齢《とし》が人《ひと》の子《こ》を育《そだ》てやうとする程《ほど》老《お》い込《こ》んだ断念《あきらめ》の年齢《とし》とは秋江《あきえ》自《じ》身《しん》には思《おも》へなかつたからである。けれ共《ども》幸次《かうじ》は今《いま》秋江《あきえ》がそんな恨《うら》みを抱《いだ》いてゐやうとは思《おも》はず、何時《いつ》よりも落着《おちつ》いた調子《てうし》合《あ》ひから推《お》して無論《むろん》貰《もら》ひ子《こ》と云《い》ふ事《こと》に秋江《あきえ》も賛成《さんせい》してゐるのであらうと考《かんが》へてゐた。

「もう決《き》めていらしつたの。」

「決《き》めやしないよ。今夜《こんや》中川《なかがは》とその子《こ》を見《み》に行《ゆ》くつもりにしてあるんだ。」

秋江《あきえ》は何《なん》にも逆《さから》はずにゐた。幸次《かうじ》は若《も》しその子《こ》が人《ひと》の力《ちから》では得難《えがた》いほど奇麗《きれい》な子《こ》であつたら、秋江《あきえ》も貰《もら》ふ氣《き》になり育《そだ》てる張合《はりあひ》もつくであらうと多寡《たくわ》を括《くゝ》つた。幸次《かうじ》は一時間《じかん》も早《はや》く乳《ちゝ》の匂《にほ》ひをする赤兒《あかんぼう》を抱《だ》いて見《み》たく、自《じ》分《ぶん》を父《ちゝ》と呼《よ》ばせやうとする子《こ》に逢《あ》ひたかつた。

よくも秋江《あきえ》の心持《こゝろもち》を聞《き》く事《こと》なしに直《す》ぐ又《また》出《で》て行《いつ》た。

「八重《やへ》ちやんは何《ど》うするんです。」

良人《をつと》の出《で》てゆく時《とき》秋江《あきえ》はこれだけ聞《き》いて見《み》た。

「歸《かへ》した方《はう》がいゝ、獨《ひと》りで歸《かへ》れるだらう。」

幸次《かうじ》の返事《へんじ》はかうであつた。

「電車《でんしや》に乘《の》つて一人《ひとり》で歸《かへ》るんだつて。」

(195)　紅

後《あと》で秋江《あきえ》は八重子《やへこ》を見《み》て嘲《あざ》けるやうな眼《め》をした。八重子《やへこ》は歸《かへ》るのは厭《いや》だと云《い》つた。

「勝手《かつて》に連《つ》れて來《き》ておいて又《また》勝手《かつて》に一人《ひとり》で歸《かへ》れなんて叔父《をぢ》さんはいやな人《ひと》ね。」

秋江《あきえ》は斯《か》く慰《なぐさ》めた。八重子《やへこ》を連《つ》れて秋江《あきえ》は近所《きんじよ》へ遊《あそ》びに出《で》た。

明日《あした》八重子《やへこ》を送《おく》り返《かへ》すと決《き》めた秋江《あきえ》はその時《とき》の土産《みやげ》にする積《つも》りで八重子《やへこ》の兄妹《きやうだい》へ一人《ひとり》々々《〳〵》の玩弄《おもちや》を買《か》ひとゝのへた。八重子《やへこ》には眞紅《しんく》の巾《はゞ》の廣《ひろ》いリボンを買《か》つて與《あた》へた。

兩人《ふたり》が歸《かへ》つて來《き》た時《とき》家《うち》の前《まへ》に車《くるま》があつた。それは幸次《かうじ》が赤《あか》兒《んぼう》を連《つ》れて乘《の》つて來《き》た車《くるま》だつた。

「貰《もら》つて來《き》たの。」

秋江《あきえ》はわざと呑氣《のんき》な顔《かほ》をして赤兒《あかんぼう》を覗《のぞ》いた。

赤兒《あかんぼう》は座敷《ざしき》の眞中《まんなか》に座蒲團《ざぶとん》を敷《し》いて寢《ね》てゐた。ミルクの瓶《びん》が蒲團《ふとん》に寄《よ》せかけてあつた。

幸次《かうじ》はその傍《そば》に兩手《りやうて》を突《つ》いて赤兒《あかんぼう》の一擧手《きよしゆ》一投足《こうそく》をうかゞつてる風《ふう》をしてゐる。

「大變《たいへん》なおできね。」

秋江《あきえ》は又《また》大《おほ》きな聲《こゑ》で斯《か》う云《い》つたのを幸次《かうじ》は制《せい》するやうに手《て》をあげた。

(197)　紅

「寝《ね》てゐるんだから。目《め》を覺《さ》ますといけない。」

「貰《もら》つて了《しま》つたんですか。」

「お前《まへ》に見《み》せに來《き》たんだ。」

秋江《あきえ》は濟《す》ました顔《かほ》をして八《や》重《へ》子《こ》と一所《しよ》に茶《ちや》の間《ま》へ入《はい》つた。時々《ときぐ》八《や》重《へ》子《こ》に調戯《からか》つたりして巫《ふ》山《さ》戯《け》てゐた。それが又《また》幸次《かうじ》の癪《しやく》に障《さは》つた。

「おい。」

幸次《かうじ》は秋江《あきえ》を呼《よ》んだ。その時《とき》赤兒《あかんぼう》は可《か》愛《あい》い叫《さけ》びを上《あ》げて泣《な》きだした。秋江《あきえ》はその傍《そば》へ行《ゆ》かずに茶《ちや》の間《ま》から覗《のぞ》いた。幸《かう》次《じ》が赤兒《あかんぼう》を抱《だ》き上《あ》げてミルクを含《ふく》ませやうとしてゐるのが見《み》えた。赤兒《あかんはう》は退《の》け反《そ》つて開《あ》いた口《くち》から赤《あか》い齒《は》莖《ぐき》をいつぱいに現《だ》してくゝと泣《な》いてゐる。秋江《あきえ》は手《て》を付《つ》けずに傍觀《ばうくわん》してゐた。

「何《ど》うかしないか。」

幸次《かうじ》は腹立《はらだ》たしい聲《こえ》で秋江《あきえ》を振返《ふりかへ》つたが秋江《あきえ》はそれでも默《だま》つて打捨《うつちや》らかしてゐた。幸次《かうじ》は立《た》つて赤兒《あかなはう》を搖《ゆす》つた。下《した》からおむつの巾《きれ》が摺《ず》り出《で》てゐた。見兼《みか》ねたやうに下女《げぢよ》は手《て》を出《だ》したが赤兒《あかんはう》は泣《な》き立《た》てるばかりであつた。

「今夜《こんや》一《ひ》と晩《ばん》も置《お》いて見《み》やうと思《おも》つたけれど、これぢや到底《たうてい》駄目《だめ》だ。」

幸次《かうじ》は呟《つぶや》いてゐた。

「お前《まへ》は小供《こども》を育《そだ》てやうと云《い》ふ氣《き》もしないんだね小供《こども》は要《い》らないのか。」

「人《ひと》の子《こ》なんぞ欲《ほ》しくないんですもの。」

「自分《じぶん》には小供《こども》がないぢやないか。せめて人《ひと》の子《こ》でも育《そだ》てろ。」

幸次《かうじ》は怒罵《どな》つた。

「子供《こども》を呪《のろ》ふやうな女《をんな》を家内《かない》にしてるのは嫌《いや》だ、お前《まへ》なんぞは賣女《ばいぢよ》になつた方《はう》がいゝ。」

秋江《あきえ》の眼《め》には涙《なみだ》が光《ひか》つたが何《なに》も云《い》はなかつた。

赤兒《あかんぼう》は電氣《でんき》の光《ひかり》に眼《め》を向《む》けて默《だま》つた。幸次《かうじ》はしつかりと抱《だ》きながらその顏《かほ》を見《み》た。さうしてその目《め》鼻《はな》立《だち》を熟視《じゆくし》して美《い》い子《こ》になるだらうかと疑《うたが》つた。それは今夜《こんや》逢《あ》つたこの子《こ》の父《ちゝ》も兄妹《きやうだい》もみな揃《そろ》つて目《め》と目《め》の離《はな》れた滑稽《こつけい》なタイプを持《も》つた顏《かほ》立《だち》をしてゐた事《こと》を思《おも》ひ出《だ》したからである。そして白痴《ばか》ではなからうか、とそれも考《かんが》へた。白痴《ばか》でないまでも兩親《りやうしん》の厄介《やくかい》ものになる子《こ》供《ども》では貰《もら》つた甲斐《かひ》がない、女《をんな》だけに容貌《きりやう》も美《うつく》しく温和《をとな》しいものに出來《でき》上《あが》つてくれゝばだけれ共《ども》、若《も》し然《さ》うでない時《とき》は自分等《じぶんたち》一生《しやう》の損害《そんがい》を招《まね》かなければならないと幸次《かうじ》は恐《おそ》れた。さうして貰《もら》ひ子《こ》をするのと賭博《とばく》をするのと同《おな》じ意《い》味《み》に考《かんが》へた事《こと》が幸《かう》次《じ》には疎《うと》ましかつた。不《か》具《た》者《わ》な子《こ》ほど可《か》愛《あい》いと云《い》ふ點《こころ》に眞《しん》の親《おや》子《こ》の情《じやう》味《み》があるので、利《り》によつて愛《あい》しもしやうし育《そだ》てもしやうと云《い》ふ位《くらゐ》なら人《にん》形《ぎやう》でも飾《かざ》つて樂《たの》しんでゐた方《はう》が遙《はるか》に賢《かしこ》い仕《し》方《かた》だと幸《かう》次《じ》は自《じ》分《ぶん》で苦《にが》々《〳〵》しくも思《おも》ひながら、それでも赤《あかん》兒《ばう》の頰《ほゝ》に指《ゆび》をふれてあやして見《み》た。赤《あかん》兒《ばう》は物《もの》に刺《さ》されたやうに怯《おび》えて又《また》泣《な》き初《はじ》めた。幸《かう》次《じ》はこの子《こ》供《ども》の身《から》體《だ》のうちに一《ひ》と滴《しづく》も自《じ》分《ぶん》たちの血《ち》の流《なが》れてゐない事《こと》を思《おも》ふと、かうして自《じ》分《ぶん》が抱《だ》きかゝへてゐるのすらまるで意《い》味《み》のないことに感《かん》じられた。

幸《かう》次《じ》は秋《あき》江《え》に云《い》ひ過《す》ぎたことをひどく悔《くや》んだ。そして妻《つま》の氣《き》を取《と》る爲《ため》ばかりでなく直《す》ぐに子《こ》供《ども》を返《かへ》さうと思《おも》つた。幸《かう》次《じ》が子《こ》供《ども》を連《つ》れて再《ふた》び先《せん》方《ぽう》へ出《で》ていつた後《あと》間《ま》もなく雨《あめ》が降《ふ》つて來《き》た。

秋《あき》江《え》はそれを見《み》送《おく》つてゐる内《うち》に何《い》時《つ》かしら自《じ》分《ぶん》も泣《な》いてゐた。あんなにまでして欲《ほ》しがる小《こ》供《ども》を何《な》故《ぜ》自《じ》分《ぶん》等《たち》の間《あひだ》には授《さづ》けられることが出《で》來《き》ないのかと思《おも》ふとそれが自《じ》分《ぶん》の罪《つみ》でゞもあるやうに恐《おそろ》しく悲《かな》しかつた。おできだらけの他人の小《こ》供《ども》を抱《だ》いて歸《かへ》つて來《き》た良《をつ》人《と》の姿《すがた》がいかにも果《は》敢《か》なくて秋《あき》江《え》は玄《げん》關《くわん》に立《た》つた儘《まゝ》久《ひさ》しい間《あひだ》泣《な》いてゐたのである。

幸《かう》次《じ》が再《ふた》び戻《もど》つて來《き》た時《とき》はもう隨《ずゐ》分《ぶん》夜《よ》が更《ふ》けてゐた。八《や》重《へ》子《こ》は昨夜《ゆふべ》の通《とほ》りにして寝《ね》かされてゐた。夫婦《ふうふ》は一《ひ》と言《こと》も云《い》はずに寝《しん》に就《つい》た。

時々《ときぐ》秋江《あきえ》のすゝり泣《な》くのを幸次《かうじ》は床《とこ》の中《うち》で聞《き》いてゐた。

（五）

翌日《あくるひ》秋江《あきえ》は八重子《やへこ》を連《つ》れて京橋《きやうはし》へ行《い》つた。夕方《ゆふがた》宅《うち》へ帰《かへ》つた時《ころ》は幸次《かうじ》はもう社《しや》から戻《もど》つてゐた。

「他《よそ》の子《こ》供《ども》にはもう懲《こ》り〳〵だ。」

幸次《かうじ》は妻《つま》の機嫌《きげん》をとるやうに斯《か》う云《い》つて笑《わら》つた。秋江《あきえ》はまだ淋《さび》しい顔《かほ》をしてゐた。

幸次《かうじ》は久《ひさ》し振《ぶ》りで今夜《こんや》は何處《どこ》かへ出《で》かけて見《み》やうと云《い》つた。

秋江《あきえ》は奇麗《きれい》に粧《よそほ》つてやがて連《つ》れ立《だ》つて出《で》た。秋江《あきえ》は淺草《あさくさ》へ行《ゆ》くと云《い》つた。幸次《かうじ》は淺草《あさくさ》の方《はう》へ行《ゆ》くことは進《すゝ》まない顔付《かほつき》をした。

「是非《ぜひ》觀音《くわんおん》さままで行《い》つて下《くだ》さい。」

と秋江《あきえ》は頼《たの》んだ。

斯《か》うして秋江《あきえ》に引《ひ》つ張《は》られて淺草《あさくさ》へ行《い》つた幸次《かうじ》は、やがて子《こ》育地《こだてぢ》藏《ざう》の前《まへ》へ立《た》たせられた。

其《そ》れが何《なん》の石佛《いしぼとけ》か幸次《かうじ》に分《わか》らなかつた。

「子《こ》育地《そだてぢ》藏《ざう》つて云《い》ふの。」

秋江《あきえ》は小《ちひ》さな聲《こゑ》で云《い》つた。袂《たもと》で口《くち》を押《おさ》へて少《すこ》し身體《からだ》を反《そ》らして笑《わら》つた姿《すがた》が初心《しよしん》らしかつた。

幸次《かうじ》は合點《うなづ》いて默笑《もくしやう》した。

「今夜《こんや》初《はじ》めてお參《まゐ》りするのか。」

「一寸々々《ちよい〳〵》一人《ひとり》して來《き》てゐたんです。」

兩人《ふたり》は又顏《またかほ》を見合《みあ》はして笑《わら》つた。

田舍《ゐなか》の弟《おとうと》の小供《こども》、京橋《きやうばし》の姉《あね》の小供《こども》、貰《もら》はうとした家《うち》の他《ほか》の小供《こども》などの話《はなし》が題《だい》になつて、兩人《ふたり》は公園《こうゑん》の中《うち》をぶら〳〵歩《ある》いた。

その三軒《げん》の小供《こども》たちが人數《にんずう》の半分《はんぶん》は皆持《みなも》て餘《あま》してゐるところが似寄《により》つてゐるのも可笑《をか》しかつた。

公園《こうえん》を出外《ではづ》れた時、小供《こども》を脊負《をぶ》つた男《をとこ》に兩人《ふたり》は出逢《であ》つた。幸《かう》

次《じ》は振返《ふりかへ》つて、
「僕《ぼく》もあゝして脊負《おぶ》つて歩《あ》るく。」
と云《い》つた。秋江《あきえ》は又《また》悲《かな》しかつた。そして心《こゝろ》の中《うち》で明日《あした》から
子育地《こそだてち》藏《ざう》へ日参《につさん》しやうと秋江《あきえ》は決《き》めた。——完——

『あきらめ』挿絵（野田九浦）

第１回

第２回

第３回

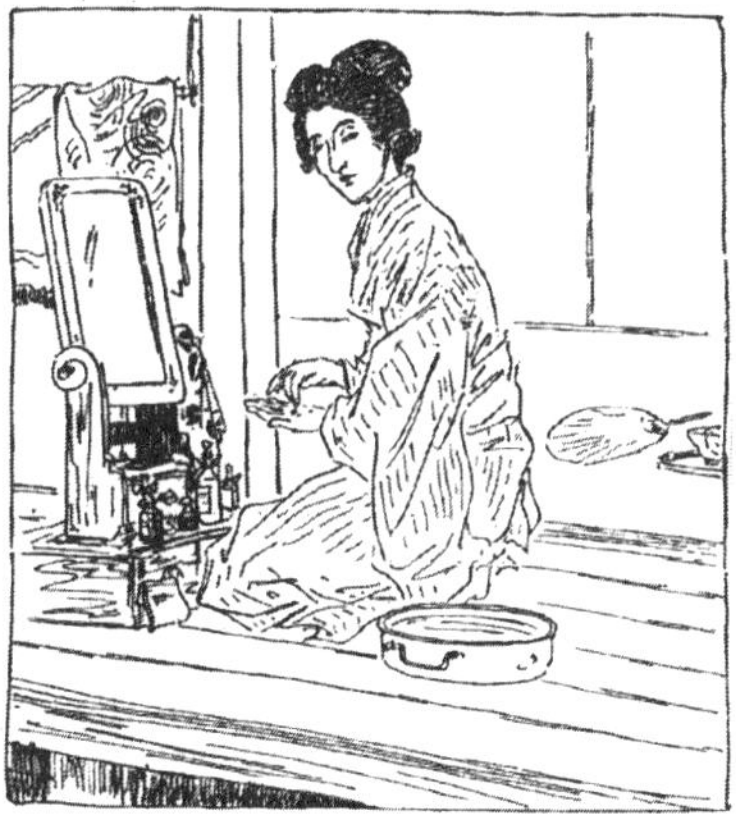

第４回

第５回

第７回

第６回

第１０回

第８回

第９回

第12回

第11回

第14回

第13回

第15回

第16回

第17回

第18回

第19回

第21回

第20回

第23回

第22回

第24回

第25回

第26回

第 27 回

第 28 回

第 29 回

第 30 回

第 31 回

第 32 回

第34回

第33回

第36回

第35回

第37回

第40回

第38回

第39回

第42回

第41回

第44回

第43回

第46回

第45回

第48回

第47回

第49回

第50回

第51回

第52回

第53回

第54回

第56回

第55回

第58回

第57回

第60回

第59回

第 61 回

第 62 回

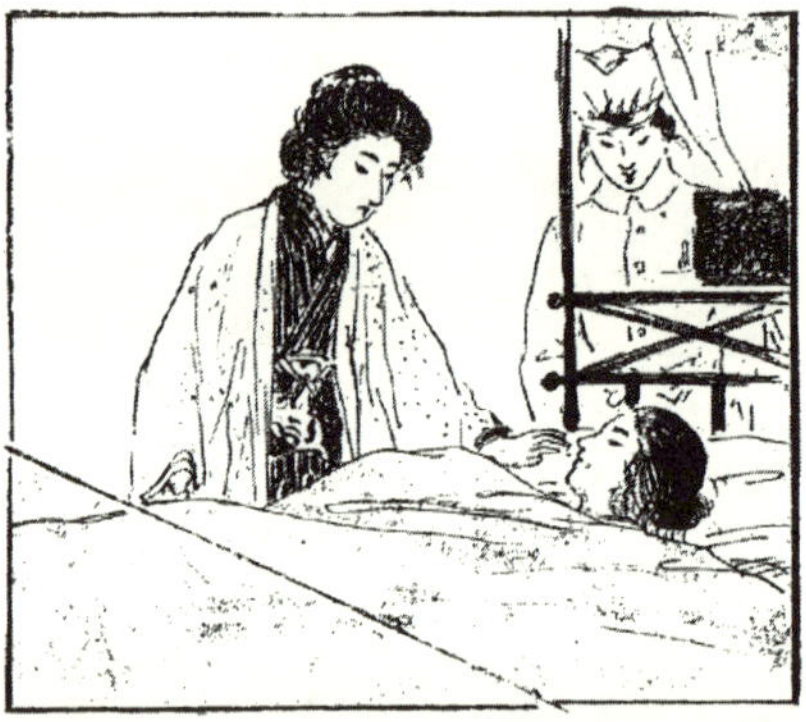

第 63 回

第 65 回

第 64 回

第 67 回

第 66 回

第 68 回

第 70 回

第 69 回

第71回

第72回

第73回

第74回

第75回

第76回

第 77 回

第 79 回

第 78 回

第 80 回

異同

〈凡例〉

一、単行本に収録された際の作品の異同を、修正・加筆、および誤字・脱字の訂正などまで含め、一覧を作成した。
一、旧字は原則として新字に改めて表記した。但し、「体」「體」「躰」は例外として原文のままに表記した。
一、同じ作品に頻発する異同（例・そうして→さうして）は一度のみ採用し、あとは省略した。
一、仮名遣い、俗字、異体字など、またルビは原文のままに表記した。
一、異同の箇所の表記に関しては、一段組の作品は「頁・行」二段組、三段組の作品は「頁・段・行」として記した。頁数は、本全集の頁数である。
一、以下、本異同の対象とした単行本の書誌を列記する。

『あきらめ』（金尾文淵堂、明治四四〈一九一一〉年七月一五日）
『紅』（桑弓堂、明治四五〈一九一二〉年一月五日）
『閨秀小説十二篇』（博文館、明治四五〈一九一二〉年三月二四日）
『誓言』（新潮社、大正二〈一九一三〉年五月一八日）
『恋むすめ』（牧民社、大正三〈一九一四〉年四月二〇日）

あきらめ（初出　→　『あきらめ』所収）

単行本の章は以下のように再編されている。

初出　→　**初版**

一、二→**一**／三～六→**二**／七～九→**三**／十、十一→**四**／十二～十五→**五**／十六～十八→**六**／十九、二十→**七**／二十一～二十三→**八**／二十四→**九**／二十五、二十六→**十**／二十七～三十→**十一**／三十一～三十三→**十二**／三十四～四十→**十三**／四十二～四十四→**十四**／四十五→**十五**／四十六～四十九→**十六**／五十～五十一→**十七**／五十二～五十三→**十八**／五十四～五十五→**十九**／五十六～五十七→**二十**／五十八～六十→**二十一**／六十一～六十三→**二十二**／六十四→**二十三**／六十五～六十六→**二十四**／六十七→**二十五**／六十八～六十九→**二十六**／七十～七十一→**二十七**／七十二→**二十八**／七十三～七十六→**二十九**／七十七～八十→**三十**

一

3頁・上・3　聞《きこ》𛀁てゐた。　→　聞《きこ》えてゐた。　（𛀁→え　以下省略）

3頁・中・1　理想《りさう》の園《ガーデン》　↓　理想《りさう》の園《ガーデン》
3頁・中・11　根柢《こんてい》を作《つく》つて。　↓　根柢《こんてい》を作《つく》つて、
3頁・中・19　寮《れう》の二階《にかい》で赤《あか》い色《いろ》　↓　寮《れう》の二階《かい》で、
赤《あか》い色《いろ》、
3頁・下・2　幼稚《をさな》なくて寄宿舎生活《きしゆくしやせいくわつ》をしてゐる、
↓　幼稚《をさな》なくての寄宿舎生活《きしゆくしやせいくわつ》は、
3頁・下・5　此校《ここ》　↓　此校《このかう》
3頁・下・8　学校《がくかう》を捨《す》つる　↓　学校《がくかう》を捨《す》てる
3頁・下・13　窓《まど》が白《しろ》い窓掛《まどかけ》に鎖《とざ》されてゐた。　↓　窓《まど》
に白《しろ》い窓掛《まどかけ》が下《お》りてゐた。
4頁・上・17　出来《でき》なかつた。　↓　出来《でき》なかつた。
（改行）

二

4頁・下・1　白手袋《しろてぶくろ》　↓　白子袋《しろてぶくろ》
4頁・下・3　自転車《じてんしや》　↓　自伝車《じてんしや》
4頁・下・8　食《は》み出して　↓　喰《は》み出《だ》して
5頁・上・6　功名者《こうみやうしや》。　↓　功名者《かうみやうしや》、
5頁・上・22　と云《い》ふ様《やう》な　↓　と云《い》ふやうな
5頁・上・24　なさいよね、荻生野《をぎふの》さん！」　↓　なさ
いよ、ね、荻生野《をぎふの》さん。」（改行）
5頁・中・13　妾《わたくし》だけは　↓　私《わたくし》だけは
5頁・中・14　妾《わたくし》は貴女《あなた》を　↓　私《わたくし》は貴女《あなた》を
5頁・中・15　妾だけは　↓　私《わたくし》だけは
5頁・中・25　歩《ほ》を早《はや》める。　↓　歩《ほ》を早《はや》めた。
5頁・下・11　思《おも》ひで眺《なが》める。　↓　思《おも》ひで眺《なが》めた。
5頁・下・15　息潰《いきん》だ声《こゑ》で「いらつしやあい。」　↓
息潰《いきん》だ声《こゑ》で。（改行）「いらつしあい。」（改行）

三

6頁・中・2　斯《か》く　↓　斯《か》う
6頁・中・2　おき其横鬢《そのよこびん》　↓　おきその横鬢《よこびん》
6頁・中・5　馳《は》せ戻《もど》つた　↓　かけ戻《もど》つた。
6頁・中・7　八百屋《やほや》の女房《かみさん》は葱《ねぎ》とキヤベツを揃《そろ》へて待《ま》
つてゐた。　↓　（削除）
6頁・中・10　日除《ひよ》け　↓　日除《ひよけ》
6頁・中・11　撒《ま》き出《だ》すと、　↓　撒《ま》きだすと
6頁・中・14　並《なら》んでゐる。　↓　並《なら》んでゐて、
6頁・中・23　振返《ふりかへ》つた、　↓　振返《ふりかへ》つた。
6頁・中・25　動《うご》いてゐる、　↓　動《うご》いてゐる。

四

7頁・上・6　涼《すゞ》し気《げ》に戦《そよ》いでゐた。　→　涼《すゞ》しさうに戦《そよ》いでゐた。

7頁・中・9　入浴《はい》つて？　→　入浴《はい》つて。

7頁・中・13　叩《たゝ》き込《こ》んでゐた、　→　叩《たゝ》き込《こ》んでゐた。

7頁・下・3　真《ま》つ黒《くろ》う髪《かみ》　→　真《ま》つ黒《くろ》な髪《かみ》

7頁・下・4　前髪《まへがみ》を、　→　前髪《まへがみ》を

7頁・下・5　潰《つぶ》してゐる。（改行）→　潰《つぶ》してゐる。

7頁・下・7　思《おも》つてゐた。　→　思《おも》つてゐる。

7頁・下・11　ですとさ。」　→　ですとさ。」（改行）

7頁・下・15　姉《ねゑ》さん　→　姉《ねえ》さん（以下省略）

8頁・上・6　してゐるの？」　→　してゐるの。」

8頁・上・9　露肌《はだ》かる。　→　露肌《はだ》かり、

8頁・上・17　富枝《とみゑ》は　→　都満子《つまこ》は

五

8頁・中・6　渡《わた》す。　→　渡《わた》した。

8頁・中・10　客《きやく》の高瀬梅雨《たかせばいう》は、　→　客《きやく》は、

8頁・中・13　間《あひだ》を通《とほ》つて、　→　間《あひだ》を通《とほ》つて

8頁・中・16　高瀬《たかせ》に挨拶《あいさつ》する。　→　客《きやく》に挨拶《あいさつ》する。

8頁・下・1　高瀬《たかせ》は、　→　客《きやく》は

8頁・下・2　ふわりと、　→　ふわりと

8頁・下・3　干燥《ひしや》げた様《やう》に　→　干燥《ひしや》げた様《やう》な

8頁・下・18　学校《がくかう》ぐらゐ　→　学校《がくかう》ぐらい

9頁・上・22　息《むすこ》であつた。　→　息《むすこ》であつた、

9頁・中・14　染谷夫婦《そめやふうふ》に、富枝《とみゑ》の上《うへ》を頼《たの》んで、　→　染谷夫婦《そめやふうふ》に富枝《とみゑ》の上《うへ》を頼《たの》んで

六

9頁・下・6　為遂《しと》げて、　→　為遂《しと》げて

9頁・下・7　帰郷《きゝやう》して、　→　帰郷《きゝやう》して

9頁・下・8　屢次《しば〳〵》　→　屢々《しば〴〵》

9頁・下・9　それを　→　これを

9頁・下・9　毫末《つゆ》おこらぬ、　→　毫末《つゆ》おこらぬ。

10頁・上・20　故郷《くに》　→　故国《くに》

10頁・中・3　気《き》に触《ふ》れて、　→　気《き》に触《ふ》れて

10頁・中・4　識《そし》る様《やう》な　→　識《そし》るような

10頁・中・4　済《す》むものなら、　↓　済《す》むものなら
10頁・中・9　女《をんな》の腹《はら》から、　↓　女《をんな》の腹《はら》から
10頁・中・10　出来《でき》たかと、　↓　出来《でき》たかと
10頁・中・11　喜《よろこ》ばせて　↓　よろこばせて
10頁・下・2　よく怠《おこた》つた。　↓　よく怠《おこた》つた、
10頁・下・18　名《な》を立《た》て様《やう》か　↓　身《み》を立《た》て様《やう》か

七

11頁・上・1　来合《きあ》はせたばかりに、梅雨《ばいう》も随行《ずゐかう》の一人《ひとり》に加《くは》へられた。　↓（削除）
11頁・上・3　梅雨《ばいう》と兄《あに》　↓　客《きやく》と兄《あに》
11頁・上・4　香水《かうすゐ》の匂《にほ》ひや、　↓　香水《かうすゐ》の匂《にほ》ひと、
11頁・上・5　襲《おそ》つてくる。　↓　襲《おそ》つてくる、
11頁・上・6　額髪《ひたひがみ》　↓　鬢尻《びんじり》
11頁・上・8　梅雨《ばいう》に　↓　客《きやく》に
11頁・上・12　附着《ひつつ》いたりしてゐる。　↓　附着《ひつつ》いたりしてゐた。
11頁・上・13　許《ところ》へ、ちよい〳〵出掛《でか》けるんだつて！」　↓　許《ところ》へちよい〳〵、出掛《でか》けるんだつて」
11頁・中・2　都満子《つまこ》の癖《くせ》だ、　↓　都満子《つまこ》の癖《くせ》だ。
11頁・中・3　お召《めし》の袖《そで》が、　↓　お召《めし》の袖《そで》が
11頁・中・5　「貴枝《きゑ》ちやんの許《ところ》へ？、何《なに》しに？、遊《あそ》びに行《ゆ》くの？」　↓　「貴枝《きゑ》ちやんの許《ところ》へ。何《なに》しに遊《あそ》びに行くの。」
11頁・中・9　真逆《まさか》！」　↓　真逆《まさか》。」
11頁・中・10　含《ふく》まれる。　↓　含《ふく》まれた。
11頁・中・12　兄《あに》と梅雨《ばいう》　↓　兄《あに》と客《きやく》
11頁・中・16　云《い》つた時《とき》　↓　と云《い》つた時《とき》
11頁・中・18　だけれど……」　↓　だけれど。」
11頁・中・23　定《き》まつてるわ、　↓　定《き》まつてる。
11頁・下・2　だつて、まだ子供《こども》だわ、兄《にい》さんが何《ど》う仕《し》様《やう》もないのに。と心《こころ》の中《うち》で考《かんが》へる。　↓　だつてまだ子供《こども》だ。兄《にい》さんが何《ど》う仕様《しやう》もないのにと心《こころ》の中《うち》で考《かんが》へる。
11頁・下・11　梅雨《ばいう》は洋杖《ステツキ》で、　↓　客《きやく》は洋杖《ステツキ》で
11頁・下・14　と云《い》ひながら、　↓　と云《い》ひながら
11頁・下・14　白《しろ》つぽい長襦袢《ながじゆばん》の裾《すそ》がはら〳〵と翻《こぼ》れる。　↓（削除）
11頁・下・17　乗《の》つて了《しま》ふ。　↓　乗《の》つた。
11頁・下・18　乗客《じようかく》の視線《しせん》が、　↓　乗客《じやうきやく》の視線《しせん》が

11頁・下・18　梅雨《ばいう》は得意《とくい》さうな顔《かほ》をして、緑紫《りよくし》の隣席《となり》に肩《かた》を聳《そび》やかしてゐる。腰《こし》をかけながら　→　客《きやく》は緑紫《りよくし》の隣席《となり》に腰《こし》をかけながら
11頁・下・21　対《むか》ひ合《あ》つた　→　対《むか》い合《あ》つた
12頁・上・2　態《しな》をする。　→　態《しな》をした。
12頁・上・4　姉《あね》はまた…思《おも》はずひやりとする。（〜13頁・下・5）　→　（削除）

八

13頁・下・9　梅雨《ばいう》が　→　客《きやく》が
13頁・下・13　ともせずに　→　ともしずに
13頁・下・13　梅雨《ばいう》は　→　客《きやく》は
13頁・下・14　蓋《ふた》をしながら、　→　蓋《ふた》をしながら
13頁・下・15　向《む》ける。（改行）　→　向《む》けた。
13頁・下・16　降《お》りて、　→　降《お》りると、
13頁・下・16　銀座《ぎんざ》の方《はう》へと歩《ほ》を運《はこ》ぶ。　→　銀座《ぎんざ》の方《はう》へむいた。
13頁・下・20　門《もん》を目指《めざ》して、　→　門《もん》を目指《めざ》して
13頁・下・24　いやな公園《こうゑん》だと思《おも》ふ。公園《こうゑん》は上野《うへの》が一番《ばん》だと遠《とほ》く懐愛《なつか》しんで見《み》る。何《なん》となく日比谷《ひびや》と云《い》ふとキンツル香水的《かうすゐてき》の香《か》がするやうだ、と一人《ひとり》して笑《わら》ふ。　→　（削除）
14頁・上・5　梅雨《ばいう》が横《よこ》に離《はな》れて、　→　客《きやく》は横《よこ》に離《はな》れて
14頁・上・11　お馴染《なじみ》のゐる……　→　お馴染《なじみ》のゐる。
14頁・上・13　思《おも》つてる　→　思《おも》つてゐる
14頁・上・16　横顔《よこがほ》を切《き》つたので、　→　富枝《とみゑ》の横顔《よこがほ》を切《き》つた。
14頁・上・17　車《くるま》が一台《だい》、もう四五軒《けん》先《さ》きを行《い》つてゐる。　→　車《くるま》が一台《だい》もう四五軒《けん》先《さ》きを走《はし》つてゐる。

九（初出は「八」と誤記）

14頁・下・3　イルミ子ーシヨンが目《め》を奪《うば》ふ。　→　イルミネーシヨンが遠《とほ》くの方《はう》でちら〳〵してゐる。
14頁・下・10　ある様《やう》に　→　あるやうに
14頁・下・14　伴《とも》はれる。　→　伴《とも》はれた。
15頁・上・2　梅雨《ばいう》は　→　客《きやく》は
15頁・上・6　と云《い》つて居《ゐ》る。　→　と云《い》つて居《ゐ》た。
15頁・上・7
「君《きみ》は初《はじ》めてかい。」

「初《はじ》めてゞす。」
と舌足《したた》らずの様《やう》な調子《てうし》をする。
「此点《こゝ》がいゝのさ。」
と緑紫《りよくし》は献立書《ビルフエア》を見《み》る。　→　（削除）
15頁・上・12　してゐる。（改行）　→　してゐる。
15頁・上・15　見《み》ゑる　→　見《み》えた
15頁・上・16　「ねゑ。兄《にい》さん。…顔《かほ》をしてゐる。
（〜15頁・中・9）　→　（削除）
15頁・中・15　声《こゑ》がする。　→　声《こゑ》がした。
15頁・中・20　席《せき》を占《し》める。　→　席《せき》を占《し》めた。
15頁・中・22　云《い》ひ度《た》そうな　→　云《い》ひ度《た》さうな
15頁・下・1　見詰《みつ》めてゐる。　→　見詰《みつ》めてゐた。
15頁・下・5　何《なん》ですか?」　→　何《なん》ですか」
15頁・下・8　笑《わら》ひを含《ふく》んで　→　笑《わら》ひを呑《ふく》んで
15頁・下・11　子クタイが　→　ネクタイが
15頁・下・14　「はあ、俳優学校《はいいうがくかう》ですか。」
眼《め》を外《ほか》にして、一寸句《ちよつとく》を切《き》る。
「何《ど》うにか斯《か》うにか、やつてる様《やう》です。」　→
「俳優学校《はいうがくかう》ですか。何《ど》うにか斯《か》うにかやつてる様《やう》です。」
15頁・下・18　其《そ》の時初《ときはじ》めて婦人《ふじん》の方《はう》に目《め》を配《くば》る。富枝《とみゑ》を視《み》て注意深《ちういぶか》さうに其《そ》の眼《め》が動《うご》かなくなる。　→　（削除）
15頁・下・21　御困難《ごこんなん》　→　困難《こんなん》
16頁・上・5　誂《あつら》へたもの　→　誂《あつら》へもの
16頁・上・6　フオクを揃《そろ》へて行《ゆ》く。　→　フオークを揃《そろへ》て行《い》つた。
16頁・上・10　高瀬《たかせ》　→　緑紫《りよくし》の伴《つれ》
16頁・上・11　夏菊《なつぎく》の花《はな》を、　→　夏菊《なつぎく》の花《はな》を
16頁・上・12　指《ゆび》で弾《はぢ》く。　→　指《ゆび》で弾《はぢ》いた。
16頁・上・13　又拾《またひろ》ひ上《あ》げて、　→　又拾《またひろ》ひ上《あ》げて

十

16頁・下・2　冴々《さゑ〴〵》とした　→　冴々《さゑ〴〵》した
16頁・下・7　垂《た》れる、　→　垂《た》れる。
16頁・下・19　合羽《かつぱ》を着《き》てゐる、　→　合羽《かつぱ》を着《き》てゐる。
16頁・下・20　結《い》つてる　→　結《い》つてゐる
16頁・下・21　としてゐる、　→　としてゐる。
16頁・下・25　所《とこ》まで。ね。」　→　所《とこ》までね。」
17頁・上・3　傘《かさ》と傘《かさ》が衝突《ぶつゝ》かつて　→　傘《かさ》が衝突《ぶつゝ》か

って
17頁・上・5　難渋《むづか》しくつて　→　むづかしくつて
17頁・上・8　艶《つや》をしてゐる、　→　艶《つや》をしてゐる。
17頁・上・9　瞼《まぶた》を張《は》つて、　→　瞼《まぶた》を張《は》つて
17頁・上・16　ちよいと、ちよいと、　→　ちよいとち
よいと、
17頁・上・20　屢叩《しばたゝ》かせる。　→　屢叩《しばたゝ》かせる、
17頁・中・7　しまつてゐる。　→　しまつてゐた。
17頁・中・9　「矢張《やつぱ》し、眼《め》は　→　「矢張《やつぱ》し眼《め》は
17頁・中・18　惚《ほ》れてる　→　惚《ほ》れてゐる
17頁・中・20　肱《ひぢ》を突《つ》く、　→　肱《ひぢ》を突《つ》く。
17頁・下・6　業平《なりひら》ん時《とき》　→　業平《なりひら》の時《とき》
17頁・下・10　四角《かく》に坐《すわ》つて　→　四角《かく》に座《すわ》つて
17頁・下・17　所《ところ》で立止《たちどま》る。　→　所《ところ》で立止《たちどま》ると、
17頁・下・23　威張《ゐば》つてゆく。　→　威張《ゐば》つてゆく、
18頁・上・1　向《むか》ふ側《がは》へ転る。　→　向《むか》ふ側《がは》へ移《うつ》て、

十一

18頁・中・1　「兄《にい》さん!宅《うち》へ行《い》つて?」　→　「兄《にい》さ
ん、宅《うち》へ行《い》つて。」
18頁・中・4　風《かぜ》、を伝《つた》はらせる。　→　風《かぜ》を伝《つた》はらせ
た。
18頁・中・5　「これから行《い》くの。お前《まい》は、今帰途《いまかへり》か
い?」　→　(削除)
18頁・中・14　歩《あ》るき初《はじ》める。　→　歩《ある》き初《はじ》める。
18頁・下・19　と思《おも》ひながら　→　と思《おも》ひながら、
18頁・下・20　歩《あ》るく。　→　歩《あ》るいた。
18頁・下・22　拗《す》ねた顔《かほ》をして、貴枝《きゑ》は　→　拗《すね》た顔《かほ》
をして、又貴枝《またきゑ》は
18頁・下・24　何故《なぜ》?、待《ま》つてたかい。」　→　待《ま》つて
たかい。」
19頁・上・4　何《なん》でもないのだ、　→　何《なん》でもないので
19頁・上・6　斯《か》う云《い》ふ。　→　斯《か》う云《い》つた。
19頁・上・21　肩《かた》に手《て》をやつて、　→　肩《かた》に手《て》をやつて
19頁・中・5　お先《さ》き!」　→　お先《さ》き。」
19頁・中・6　這入《はい》る。　→　這入《はい》つた。
19頁・中・8　「お帰《かへ》ん成《な》さい。　→　「お帰《かへ》んなさい、
19頁・中・10　顔《かほ》を出《だ》す。　→　顔《かほ》を出《だ》した。
19頁・中・11　抛《ほう》り出《だ》して、　→　抛《はう》り出《だ》して
19頁・中・18　直《す》ぐ察《さつ》する。　→　直《す》ぐ察《さつ》した。

19頁・中・19　行《い》つたの?」　↓　行《い》つたの。」
19頁・中・20　「阿母《おつか》さんですか。お店《みせ》ですよ。」　↓
「阿母《おつか》さんはお店《みせ》ですよ。」
19頁・中・21　在《い》らしつたのよ。婆《ば》あや!」肱《ひぢ》へ附《つ》けた
↓在《い》らしつたのよ。」婆《ば》あやは、肱《ひぢ》へ附《つ》けた
19頁・下・2　顔《かほ》に貴枝《きゑ》を　↓　顔《かほ》で貴枝《きゑ》を
19頁・下・5　入《はい》る。↓　入《はい》ると、
19頁・下・6　「おや。お在《い》で成《な》さいまし。」　↓
(削除)
19頁・下・7　流石《さすが》に、　↓　流石《さすが》に
19頁・下・7　婆《ば》あやは起《お》きる。　↓　婆《ば》あやは起《お》きた
が、
19頁・下・10　と婆《ば》あやは億劫《おつくう》さうに　↓　と億劫《おつくう》さ
うに
19頁・下・11　片附《かたづ》ける。忌々《いま〱》しいと云《い》ふのを顔《かほ》に出《だ》す。
↓片附《かたづ》けながらわざと面倒臭《めんだうくさ》さうな顔《かほ》をした。
19頁・下・13　婆《ば》あやは…久《ひさ》しである。(〜20頁・上・
7)↓貴枝《きゑ》は婆《ば》あやの後《うしろ》へまわつて「いゝ」をしながら、小《ちひ》さな拳固《げんこ》で打《ぶ》つまねをして緑紫《りよくし》の方《はう》を見《み》て笑《わら》つた。

十二

20頁・中・10　してゐる。↓　してゐた。
20頁・中・13　見通《みとほ》される。↓　見通《みとほ》された。
20頁・下・18　煙《けぶ》つてゐる。↓　煙《けぶ》つてゐた。
21頁・上・6　貴枝《きゑ》の手《て》を　↓　緑紫《りよくし》は貴枝《きゑ》の手《て》を
21頁・上・11　顔《かほ》を顰《しか》める。↓　顔《かほ》を顰《しか》めた。
21頁・上・23　云《い》ひ合《あ》つて、↓　云《い》ひ合《あ》つて
21頁・中・2　事《こと》を考《かんが》へる。↓　事《こと》を考《かんが》へた。
21頁・中・9　その下《した》から、↓　その下《した》から
21頁・中・14　取《と》り出《だ》す。↓　取《と》り出《だ》した。
21頁・中・22　「何所《どこ》に?」↓　「何所《どこ》に。」
21頁・下・4　「やつ、、とこで?」↓　「やつ、、とこで。」
21頁・下・5　「やつ、、とこ?何《なん》だい、そりやあ!」↓
「やつ、、とこ。何《なん》だいそりやあ。」
21頁・下・16　了《しま》ふ。↓　了《しま》つてゐる。
21頁・下・17　音《おと》がする。↓　音《おと》がした。
21頁・下・19　声《こゑ》も…返事《へんじ》を為《す》る。(〜22頁・上・
3)↓　声《こゑ》が声《き》こえるとすぐ、婆《ば》あやは麻布《あざぶ》の姉《ねへ》さん

が来《き》たと云《い》つて貴枝《きゑ》に知《し》らせた。貴枝《きゑ》はどうしやうと云《い》ふ様《やう》な顔《かほ》をしながら、

22頁・上・4　構《かま》はないの？」↓構《かま》はないの。

22頁・上・5　貴枝《きゑ》は緑紫《りよくし》に囁《さゝや》いた。↓緑紫《りよくし》に囁《さゝや》いた。

22頁・上・6　その言葉《ことば》を…態《わざ》と、（～22頁・上・15）↓（削除）

22頁・上・16　何故《なぜ》？」↓何故《なぜ》。」

22頁・上・17　と落着《おちつ》いて見《み》せる。↓さう云《い》つた緑紫《りよくし》はわざと貴枝《きゑ》の云《い》つた言葉《ことば》が解《わか》らないやうな顔《かほ》をして見《み》せた。

十三

22頁・中・1　婆《ば》あやに…なつてゐる。（～22頁・中・14）↓婆《ば》あやに挨拶《あいさつ》しながら、入《はい》つてきた富枝《とみゑ》は兄《あに》を見《み》ると思《おも》ひがけないと云《い》ふ顔《かほ》をして黙《だま》つて立《た》つた。さうして何所《どこ》となく二人《ふたり》の顔《かほ》に白《しら》けた色《いろ》の見《み》えたのが富《とみ》枝《ゑ》に極《きま》りの悪《わる》い思《おも》ひをさせた。

22頁・下・4　「学校《がくかう》が始《はじ》まつたから。」↓（削除）

22頁・下・6　貴枝《きゑ》は↓そう云《い》つて貴枝《きゑ》は

22頁・下・7　傍《そば》へ寄《よ》る。纏繞《まつは》り附《つ》いて其《そ》の手《て》を自分《じぶん》の肩《かた》にかける。↓傍《そば》へ寄《よ》り附《つ》いて姉《あね》の手《て》を自分《じぶん》の肩《かた》にかけたりしてまつわり付《つ》いた。

22頁・下・14　賞《ほ》めて、よ、姉《ねゑ》さん！」↓賞《ほ》めて、よ。」

22頁・下・16　畳《たゝみ》を…掛《か》けてくる。（～22頁・下・24）↓貴枝《きゑ》は緑紫《りよくし》のゐるのも忘《わす》れたやうな顔《かほ》をして、富枝《とみゑ》にばかり縋《すが》りつきながら、畳《たゝみ》をとん〳〵踏《ふ》んで小供《こども》の跳《は》ねる真似《まね》をしたり、富枝《とみゑ》が壁際《かべぎは》の衣桁《いかう》へコートを持《も》つて行《い》かうとすると、それを引奪《ひつたく》つて、自分《じぶん》で掛《か》けてきたりしてお世辞《せじ》をつかつた。

23頁・上・4　膝《ひざ》にもたれる。↓膝《ひざ》によりかゝつた。

23頁・上・9　と云《い》つて緑紫《りよくし》の方《はう》を見《み》る。↓と云《い》つて富枝《とみゑ》は緑紫《りよくし》の方《はう》を見《み》る。

23頁・上・12　だらうかと考《かんが》へる。↓だらうか、

23頁・上・13　かと思《おも》ふと、…帰《かへ》らうかな。」（～23頁・上・19）↓かと富枝《とみゑ》は二人《ふたり》の顔《かほ》を見比《みくら》べた。貴《き》枝《ゑ》の小《ちひ》さな身體《からだ》を鷲《わし》づかみにする大《おほ》きな手《て》が富枝《とみゑ》にふつと見《み》えた。

23頁・上・20　緑紫《りよくし》は献上《けんじやう》の巻帯《まきおび》をぐいと締《し》め直《なほ》して立上《たちあ》がる。↓　緑紫《りよくし》は帰《かへ》ると云《い》ひながら献上《けんじやう》の巻帯《なきおび》を締《し》め直《なほ》して立上《たちあ》つた。

23頁・上・24　眼《め》をやる。↓　眼《め》をやつた。

23頁・中・5　雷同《らいどう》して、↓　声《こゑ》を合《あ》はせて、

23頁・中・13　貴枝《きゑ》は　↓　富枝《とみゑ》を恐《おそ》れて貴枝《きゑ》は

23頁・中・15　十分恋《ぶんこひ》を語《かた》る価値《ねうち》があるのだらうか、と緑紫《りよくし》はその間《なか》で研究問題《けんきうもんだい》を作《こしら》へる。↓（削除）

23頁・中・17　帰《かへ》つて了《しま》ふ。↓　帰《かへ》つて了《しま》つた。

23頁・中・18　入来《いら》つしやるの？　↓　入来《いら》つしやるの。」

23頁・中・20　聞《き》く。↓　聞《き》いた。

23頁・中・23　云《い》ふ。↓　云《い》つた。

23頁・下・1　「何故《なぜ》…仰いでゐる。（～23頁・下・5）↓（削除）

23頁・下・6　「恐《こわ》くつて　↓　「妾《ひと》の手《て》を引《ひ》つ張《ぱ》つたり何《なん》かするんですもの、恐《こわ》くつて

23頁・下・10　富枝《とみゑ》の指《ゆび》を弾《はぢ》いて見《み》る。↓　泣面《べそ》をかくやうな口付《くちつき》をして、貴枝《きゑ》は富枝《とみゑ》の指《ゆび》を弾《はぢ》いた。

24頁・上・5　最《も》も妙齢《としごろ》↓　最《も》う妙齢《としごろ》

24頁・上・9　点頭《うなづ》いてゐる。↓　点頭《うなづ》いてゐた。

24頁・上・10　両親《りやうしん》が…涙含《なみだぐ》まれる。（～24頁・上・12）↓（削除）

十四

24頁・中・1　東《ひがし》に向《む》いた…流《なが》れてゐる。（～24頁・中・6）↓（削除）

24頁・中・7　帰《かへ》つてくる。↓　帰《かへ》つてきた。

24頁・中・10　尾《つ》いてくる。↓　尾《つ》いてきた。

24頁・下・2　目立《めだ》つ。↓　目《め》に立《た》つた。

24頁・下・3　「おや。富枝《とみゑ》さん。久《ひさ》しく見《み》ゑなかつたのね。」↓（削除）

24頁・下・5　お埒《らち》は坐《すわ》る。坐《すわ》ると　↓　お埒《らち》は坐《すわ》ると

24頁・下・6　抛《ほう》り出《で》てある貴枝《きゑ》の舞扇《まひあふぎ》を取《と》つて　↓　抛《ほう》り出《で》てる貴枝《きゑ》の踊《をど》り扇《あふぎ》を取《と》つて

24頁・下・7　ばた〳〵と扇《あふ》ぐ。↓　ばたばたと煽《あふ》いだ。

24頁・下・7　藍鼠《あゐねずみ》の絹縮《きぬちゞ》みの袖《そで》がべら〳〵と動《うご》く。（改行）↓（削除）

24頁・下・14　落《お》ちか、つてゐる。　↓　落《お》ちか、つてゐた。

24頁・下・15　富枝《とみえ》は…阿母《おつか》さん。」（〜24頁・下・18）　↓　（削除）

25頁・上・3　長火鉢《ながひばち》の傍《そば》へ坐《すわ》り込《こ》んだ女《をんな》を振返《ふりかへ》ると、　↓　お埒《らち》が女《をんな》にかう聞《き》くと、

25頁・上・5　黄金《きん》の延《の》べを　↓　女《をんな》は黄金《きん》の延《の》べを

25頁・上・5　二三度《どたゝ》叩《》く。　↓　二三度《どたゝ》叩《》いた。

25頁・上・6　揺《ゆ》れる。　↓　揺《ゆ》れた。

25頁・上・11　貴枝《きえ》が大《おほ》きな声《こゑ》を出《だ》す。　↓　貴枝《きえ》は大《おほ》きな声《こゑ》を出《だ》す。

25頁・上・16　首《くび》を下《さ》げる。　↓　首《くび》を下《さ》げた。

25頁・上・20　富枝《とみえ》は挨拶《あいさつ》をしただけで、何《なん》とも云《い》はずにゐる。　↓　（削除）

25頁・中・2　顔《かほ》をする。　↓　顔《かほ》をした。

25頁・中・4　と点頭《うなづ》きながら千万次《ちまじ》は改《あらた》めて富枝《とみえ》を見《み》る。　↓　と千万次《ちまじ》は煙草《たばこ》を喫《の》みながら富枝《とみえ》を見《み》た。

25頁・中・5　白粉《おしろい》つ気《け》も…と考《かんが》へる。（〜25頁・中・16）　↓　富枝《とみえ》は自分《じぶん》の作《つく》つたものを斯《か》う云《い》ふ人《ひと》だちに何《ど》うのかうのと云《い》はれるのがいやで黙《だま》つてゐた。自《じ》分《ぶん》でも誇《ほこ》りたい様《やう》な事《こと》だとも思《おも》つてゐないし、この人《ひと》だちにも豪《ゑら》いと感《かん》じられさうにもない事《こと》を仰山《ぎやうさん》に「豪《ゑら》いわねえ。」と賞《ほ》められたのが馬鹿《ばか》々〳〵しくて滑稽《こつけい》だつた。富枝《とみえ》は俯向《うつむ》いて苦笑《にがわら》ひした。

25頁・下・6　見《み》てゐる。　↓　見《み》てゐた。

25頁・下・7　留《と》まつた音《おと》がする。　↓　留《と》まる音《おと》がした。

25頁・下・11　「内儀《おかみ》さんは？」　↓　「内儀《おかみ》さんは。」

25頁・下・18　出《で》て行《ゆ》く。　↓　出《で》て行《い》つた。

25頁・下・19　ちらちらして。　↓　ちらちらして、

25頁・下・20　紋附《もんつき》も見《み》える。　↓　紋附《もんつき》も見《み》えた。

25頁・下・23　と千万次《ちまじ》の顔《かほ》を見《み》ると、男《をとこ》の子《こ》が云《い》ふ。　↓　と男《をとこ》の子《こ》が云《い》つてる。

25頁・下・24　代理《だいり》？」　↓　代理《だいり》。」

26頁・上・9　「まあ、ほ、、、、。」　↓　腰《こし》を低《ひく》めたらしい男《をとこ》の調子合《てうしあ》ひで帰《かへ》つてゆく。（削除）

26頁・上・11　千万次《ちまじ》が　↓　格子《かうし》が閉《し》まると千万次《ちまじ》が

26頁・上・12　戻《もど》つてくる。↓戻《もど》つてきた。

十五

26頁・中・2　戻《もど》つてくる　↓戻《もど》つてきた

26頁・中・5　養《は》母《ゝ》に云《い》ふ。↓養《は》母《ゝ》に云《い》つた。

26頁・中・10　行《い》くの？　↓行《い》くの。

26頁・中・13　この節《せつ》どんな？　↓この節《せつ》どんな。

26頁・下・6　と舌《した》を出《だ》す。↓と舌《した》を出《だ》した。

26頁・下・10　顔《かほ》を見詰《みつ》める。↓顔《かほ》を見詰《みつ》めた。

26頁・下・14　浮《うい》ついた人《ひと》　↓浮《う》はついた人《ひと》

26頁・下・17　危《あや》ふんで、↓危《あや》ぶんで

26頁・下・18　ある様《やう》な感《かん》じ　↓あるやうな感《かん》じ

26頁・下・24　然《さ》う考《かんが》へる　↓然《さ》う考《かんが》へた

27頁・上・6　お浚《さら》へなのよ。↓お浚《さら》ひなのよ。

27頁・上・8　と富枝《とみゑ》に阿《おも》ねる様《やう》な言葉附《ことばづき》で云《い》ふ。↓
と貴枝《きゑ》は富枝《とみゑ》に阿《おも》ねる様《やう》な言葉附《ことばつき》で云《い》つた。

27頁・上・9　「何処《どこ》で？」
と千万次《ちまじ》が問《き》く。↓（削除）

27頁・上・11　お月浚《つきざら》へ　↓お月浚《つきざら》ひ

27頁・上・14　「二十日《はつか》？」
と富枝《とみゑ》が聞《き》き直《なほ》す。
「𛀁、。」↓（削除）

27頁・上・18　と千万次《ちまじ》。↓と千万次《ちまじ》が聞《き》いた。

27頁・上・20　お組《くみ》をやる。↓お組《くみ》をやる、

27頁・上・24　衣裳《いしやう》は？　↓衣裳《いしやう》は。

27頁・中・12　男《をとこ》？」↓男《をとこ》。」

27頁・中・13　お師匠《しよ》さんの…「𛀁？」（～27頁・下・13）↓

それで学問《がくもん》がよく出来《でき》るんだつて。」
なつかしい名《な》を聞《き》くものだと富枝《とみゑ》は話《はなし》の方《はう》へ顔《かほ》を向《む》けた。さうして三輪《みわ》何《なん》と云《い》ふのか貴枝《きゑ》に尋《たづ》ねたけれども貴枝《きゑ》は知《し》らなかつた。顔《かほ》や姿《すがた》を聞《き》いても貴枝《きゑ》はたゝ
「美《い》い女《をんな》。」
と云《い》ふばかりだつた。
富枝《とみゑ》の知《し》つてる三輪《みわ》さんもよく女優《ぢよいう》になると云《い》つてゐた。学校《がくかう》を出《で》てから富枝《とみゑ》の許《ところ》へ度々《たびたび》来《く》るうちに緑紫《りよくし》と関係《くわんけい》があるやうなとを都満子《つまこ》が疑《うたが》つたので三輪《みわ》は怒《をこ》つて富枝《とみゑ》との交際《つきあひ》も止《や》めてしまつたが、富枝《とみゑ》にはその三輪《みわ》さんは忘《わす》れられない人《ひと》であつた。
私《わたし》の知《し》つてる三輪《みわ》さんぢやないかと富枝《とみゑ》が云《い》つたので皆《みんな》

が珍《めづ》らしさうな顔《かほ》をした。

27頁・下・18　こと云《い》つて　↓　ことを云《い》つて

27頁・下・21　幾歳《いくつ》ぐらゐ？　↓　幾歳《いくつ》ぐらゐ。

27頁・下・24　美《い》い女《をんな》！　↓　美《い》い女《をんな》。

28頁・上・1　ほんとうよ。　↓　ほんとうに。

28頁・上・3　話《はなし》をしてゐる。　↓　話《はなし》をしてゐた。

28頁・上・6　立《た》つてゆく。　↓　立《た》つて行《い》つた。

28頁・上・8　薄明《うすあか》るくなつてゐる。　↓　薄明《うすあか》るくなつた。

十六

28頁・中・1　「私《わたくし》は、皆様《みなさま》を御訪問申《ごはうもんまを》して、お話《はなし》を伺《うかゞ》うと云《い》ふ様《やう》な……柄《がら》ではない様《やう》で御座《ござ》います。」婦女世界《ふぢよせかい》の訪問記者《はうもんきしや》だと云《い》つて、仲司八重子《なかつかさやへこ》と云《い》ふ名《めい》刺《し》を通《つう》じさせた人《ひと》は、富枝《とみえ》の前《まへ》に俯向《うつむ》き勝《が》ちで、終《つひ》に此様《こんな》ことまで自分《じぶん》から云《い》ひ出《だ》してる。　↓

婦女世界《ふぢよせかい》の訪問記者《はうもんきしや》だと云《い》つて、仲司八重子《なかつかさやへこ》と云《い》ふ名刺《めいし》を通《つう》じさせた人《ひと》は、富枝《とみえ》の前《まへ》に俯向《うつむ》き勝《が》ちで、「私《わたくし》は、皆様《みなさま》を御訪問申《ごはうもんまを》して、お話《はなし》を伺《うかゞ》うと云《い》ふ様《やう》な……柄《がら》ではない様《やう》で御座《ござ》います。」と終《つひ》に此様《こんな》ことまで自分《じぶん》から云《い》ひ出《だ》してる。

28頁・下・19　払《はら》つてゐる。　↓　払《はら》つた。

29頁・上・5　開《ひら》かれてゐる。　↓　開《ひら》かれた。

29頁・上・6　「抱負《はうふ》… ないのです。」（～29頁・上・11）　↓　（削除）

29頁・上・13　乗《の》せてくる。　↓　乗《の》せてきた。

29頁・上・15　渡《わた》す、　↓　渡《わた》した。

29頁・上・18　仄見《ほのみ》ゆる。　↓　見《み》えて、

29頁・上・20　そよいでゐる、　↓　そよいでゐるのも涼《すゞ》しくはなかつた。

29頁・中・3　聞《きこ》える。　↓　聞《きこ》えた。

29頁・中・6　来《き》たのだ。　↓　来《き》たので

29頁・中・7　なつて了《しま》ふ。　↓　なつてゐる。

29頁・中・10　汗《あせ》だらけになつてゐる。　↓　汗《あせ》だらけだ。

29頁・中・18　「は。…と微笑《びせう》する。（～29頁・下1）

↓

捨《す》てやうとも思《おも》はないが場合《ばあひ》が悪《わ》るくなつて行《い》かずにはゐる。具図《ぐづ》々に止《や》めるやうになるのだらうと云《い》ふ様《やう》なとを富枝《とみえ》は無興味《むきようみ》な顔《かほ》して云《い》つた。

29頁・下・2　左様《さやう》でございましたね。学校《がくかう》の方《はう》　↓　然《しか》し学校《がくかう》の方《はう》

29頁・下・3　申《まを》しますまい？　↓　申《まを》しますまい。

29頁・下・5　態《わざ》と斯《か》う聞《き》く。　↓　女《をんな》の記者《きしや》は態《わざ》と斯《か》う聞《き》く。

29頁・下・6　さすがは職務《しやうばい》だ、自然談話《しぜんはなし》の中《うち》に　↓　何《なに》も纏《まとま》つた思想《しさう》があつて筆《ふで》を持《も》たうと思《おも》ひついたのでもないから将来《しやうらい》も作家《さくか》で立《た》つやら何《なに》やら分《わか》らないと云《い》つて富枝《とみえ》がまとまつた談話《だんわ》をしないので、自然《しぜん》の話《はなし》の中《うち》に

29頁・下・14　滔々《たう〳〵》と大気焔《だいきえん》で吐《は》き飛《と》ばしてやれ。と云《い》つた緑紫《りよくし》の言葉《ことば》を思《おも》ひ出《だ》して、勇気《ゆうき》のない自分《じぶん》が可笑《をか》しくなる。　↓　（削除）

29頁・下・17　ものですから、何《なに》か……それでは　↓　ものですから、それでは

29頁・下・23　今日《けふ》のお浚《さら》へ　↓　今日《けふ》のお浚《さら》ひ

30頁・上・1　なつてくる。　↓　なつてきた。

十七

30頁・中・9　騒《さわ》いでゐる。　↓　騒《さわ》いでゐるので、

30頁・中・14　弁解《いひわけ》をする。　↓　弁解《い、わけ》をした。

30頁・下・5　切《き》り上《あ》げにか、る。　↓　切《き》り上《あ》げにか、つた。

30頁・下・8　と云《い》つた…断《ことわ》る。（30頁・下・15）　↓　と富枝《とみえ》は断《ことは》つた。

31頁・上・9　入《はい》つてくる。　↓　入《はい》つた。

31頁・中・2　帰《かへ》りたくなつたのよ。　↓　帰《かへ》りたくなかつたのよ。

31頁・中・5　花沢《はなざわ》は紫都子《しづこ》のマシマローを、大概一人《たいがいひとり》で平《たひ》らげて了《しま》ふ。　↓　（削除）

31頁・中・9　と小《ちひ》さく云《い》ふ。絹絲編《レースあ》みの子クタイ　↓　花沢《はなざわ》の絹絲編《レースあ》みのネクタイ

31頁・中・12　「あら。何故《なぜ》でせう。」　富枝《とみえ》は済《す》ましてゐる。　↓　（削除）

31頁・中・14　入《はい》つてくる。　↓　入《はい》つてきた。

31頁・中・20　撫《な》で廻《まは》す。　↓　撫《な》で廻《まは》した。

31頁・下・1　「何《なに》？」…ものですぜ。」（〜31頁・下・9）　↓　（削除）

31頁・下・10　退《た》つて行《ゆ》く。　↓　退《た》つて行《い》つた。

31頁・下・17　そうぢやない　↓　さうぢやない

31頁・下・18　口真似《くちまね》をしてゐる。　↓　口真似《くちまね》をして

ゐるのが聞《きこ》えた。

十八

32頁・中・3　力《ちから》を養《やしな》へ……と申《まを》す　↓　力《ちから》を養《やしな》へと…
…申《まを》す

32頁・中・19　事《こと》なれば　↓　ことなれば

32頁・中・21　時《とき》は、↓　ときは、

32頁・中・21　御不本意《ごふほんい》の事《こと》　↓　御不本意《ごふほんい》のこと

32頁・中・22　又《また》、或《あ》る方《かた》へ　↓　また、或《あ》る方《かた》へ

32頁・中・23　惜《をし》む様《やう》なる　↓　惜《をし》む様子《やうす》なる

32頁・下・8　小野流《をのりう》で高等女学《かうとうぢよがく》の　↓　小野流《をのりう》で房田《ふさだ》
染子《そめこ》とかいてある、高等女学《かうとうぢよがく》の

32頁・下・21　其《そ》れから　↓　染子《そめこ》は今《いま》の文部次官《もんぶじくわん》の娘《むすめ》
であつた。（改行）其《そ》れから

33頁・上・10　富枝《とみえ》は思《おも》はず嫣然《にこり》とする。一寸手紙《ちよつとてがみ》に
接吻《キス》すると、↓　富枝《とみえ》は一寸手紙《ちよつとてがみ》に接吻《キス》すると、

33頁・上・11　引展《ひきの》ばす。↓　引展《ひきの》ばした。

33頁・上・18　引附《ひきつ》けられてるんです?、↓　引附《ひきつ》け
られてるんです。

33頁・上・20　声《こゑ》がした、↓　声《こゑ》がした。

33頁・上・22　静《しづ》かになつてゐる。↓　静《しづ》かになつて
ゐた。

33頁・上・23　そして其《そ》の…憧憬《あこが》れ切《き》つてゐる。（〜
33頁・中・7）↓　夕暮《ゆふぐ》れを吹《ふ》く秋《あき》の風《かぜ》のやうに何《なに》か
淋《さび》しいものが富枝《とみえ》の胸《むね》の底《そこ》を揺《ゆさ》ぶつては過《す》ぎた。富枝《とみえ》は
揺《ゆさ》ぶられる儘《まゝ》にその淋《さび》しいものに親《した》しまうとしてぢつと
机《つくゑ》によつてゐた。

十九

33頁・下・2　満員《まんゐん》になつてゐる。↓　満員《まんゐん》になつて
ゐた。

33頁・下・9　若《わか》い男《をとこ》が、↓　若《わか》い男《をとこ》が

34頁・中・5　富枝《とみえ》を呼《よ》ぶ。↓　富枝《とみえ》を呼《よ》んだ。

34頁・中・8　お弁当《べんたう》をね、↓　お弁当《べんたう》をね

34頁・中・26　貴枝《きえ》は声《こゑ》もかけずにゐる。↓　貴枝《きえ》は
姉《あね》を見《み》ても知《し》らん顔《かほ》をして声《こゑ》もかけずにゐた。

34頁・下・2　酷《ひど》いところ　↓　酷《ひど》いとろ

34頁・下・13　春弥《はるや》　↓　美《うつく》しいと評判《ひやうばん》の春弥《はるや》

34頁・下・24　連《つ》れられてくる。↓　連《つ》れられてきた。

34頁・下・25　団結《かたま》つてゐる。↓　団結《かたま》つてゐた。

35頁・上・2　眼《め》に映《うつ》る。　↓　眼《め》に映《うつ》つた。
35頁・上・10　坐《すわ》らせられる。　↓　坐《すわ》らせられた。
35頁・上・11　注《つ》いでくれる。　↓　注《つ》いでくれた。
35頁・中・4　眺《なが》めてゐる。　↓　眺《なが》めてゐた。
35頁・中・7　声《こゑ》が透《とほ》る。　↓　声《こゑ》が透《とほ》つた。

二十

35頁・下・1　眺《なが》めている。　↓　眺《なが》めた。
35頁・下・3　洗《あら》ひ髪《がみ》　↓　洗《あら》い髪《がみ》
35頁・下・6　浴衣《ゆかた》　↓　単衣《ひとへもの》
35頁・下・10　廊下《らうか》を向《むか》へと　↓　廊下《らうか》を向《むか》ふへと
35頁・下・11　引返《ひきかへ》してくる。　↓　引返《ひきかへ》してきた。
35頁・下・14　目《め》を向《む》ける。　↓　目《め》を向《む》ける、
36頁・上・3　此様《こんな》ところに?」　↓　此様ところ
に。」
36頁・上・4　声《こゑ》をかける。　↓　声《こゑ》をかけた。
36頁・上・5　隈取《くまど》つてゐる。　↓　隈取《くまど》つてゐた。
36頁・上・10　寄《よ》つてくる。　↓　寄《よ》つてきた。
36頁・上・12　現《あらは》れてくる。　↓　現《あらは》れた。
36頁・上・16　熱《ねつ》してくる。　↓　熱《ねつ》して、
36頁・上・19　躍《をど》つてくる。　↓　躍《をど》つてゐた。
36頁・上・22　顔《かほ》である。　↓　顔《かほ》であつた。
36頁・上・23　入《はい》らずにゐる。　↓　入《はい》らずにゐた。
36頁・中・5　通過《とほりす》ぎて了《しま》ふ。　↓　通過《とほりす》ぎて了《しま》つた。
36頁・中・8　繰《く》り返《かへ》して見《み》る。　↓　繰返《くりかへ》した。
36頁・中・13　湧《わ》き出《だ》してくる。　↓　湧《わ》き出《だ》したやう
に思つた。
36頁・中・15　其《そ》の…浮《うか》んでくる。（36頁・中・19）
↓（削除）
36頁・中・20　「懇意《こんい》な人《ひと》?」　↓　「懇意《こんい》な人《ひと》。」
36頁・下・9　盛《も》つてゐる。　↓　盛《も》つてゐた。
36頁・下・15　連《つ》れてくる。　↓　連《つ》れてきた。
36頁・下・23　斯《か》う云《い》ふ。　↓　斯《か》う云《い》つた。
37頁・上・11　不能《できない》のだ。　↓　できない。
37頁・上・14　踊《をどり》のお浚《さら》へ　↓　踊《をどり》のお浚《さら》ひ
37頁・上・19　性質《せいしつ》として富枝《とみえ》には　↓　富枝《とみえ》には
37頁・上・21　写《うつ》つてゐる。　↓　写《うつ》つてゐた。

二十一

37頁・中・1　「妾《わたくし》…お辞儀《じぎ》をする。（～37頁・中・5）　↓　（削除）
37頁・中・8　着《き》てゐる。　↓　着《き》てゐた。
37頁・下・2　顔《かほ》で見《み》てゐる、　↓　顔《かほ》で見《み》た。
37頁・下・3　鎖《くさり》が揺《ゆ》れて、　↓　鎖《くさり》が揺《ゆ》れて
37頁・下・4　護《まも》つてゐる。　↓　護《まも》つてゐた。
37頁・下・6　幅広《はゞびろ》い袴《はかま》の紐《ひも》に締《し》めた狭《せま》い胸廓《きやうくわく》が、展《ひら》いた袴《はかま》の裾《すそ》との調和《てうわ》を取《と》つて一段姿《だんすがた》を美《うつく》しくさせる。　↓　（削除）
37頁・下・11　眼《め》には見《み》ゆる。　↓　眼《め》には見《み》えた。
37頁・下・13　立《た》つてゐる。染子《そめこ》はさつと駆《か》け寄《よ》つて其《そ》の胸《むね》に　↓　立《た》つてゐた染子《そめこ》は其《そ》の胸《むね》に
37頁・下・17　と云《い》つたが、その語尾《ごび》が哀《あは》れに消《き》ゆる。　↓　と云《い》つた。
37頁・下・19　メーデンヘーアやアスパラカスが、　↓　メーデンヘーアが、
38頁・上・3　と其《そ》の肩《かた》に　↓　と富枝《とみゑ》は其《そ》の肩《かた》に
38頁・上・3　態々《わざ〳〵》…立《た》つた儘《まゝ》でゐる。（～38頁・上・11）　↓　（削除）
38頁・上・18　ほんとうに？、　↓　ほんとうに、
38頁・上・21　「まあ嬉《うれ》しい…下さらないの子。」（～38頁・下・1）　↓　染子《そめこ》は嬉《うれ》しさうに笑《わら》つた。かうして富枝《とみゑ》の傍《そば》にゐるとき、染子《そめこ》は身分《じぶん》（ママ）の自體中《からだぢう》（ママ）の血《ち》を富枝《とみゑ》の口《くち》にく、んで温《ぬく》められるほどなつかしかつた。そうして取《と》られた手《て》をいつまでも放《はな》すのがいやだつた。二人《ふたり》はぢつと手《て》を握《にぎ》つたま、暫時縁側《しばらくゑんがは》に立つてゐた。

二十二

39頁・上・1　ぱら〳〵と降《ふ》る、　↓　ぽち〳〵と降《ふ》つた。
39頁・上・4　障子《しやうじ》にも　↓　縁《ゑん》の硝子戸《がらすど》にも
39頁・上・5　思《おも》ひが為《さ》れる。　↓　思《おも》ひが為《さ》れた。
39頁・上・6　おつもり？　↓　おつもり。
39頁・上・7　と染子《そめこ》は口説《くど》く。白《しろ》い半巾《ハンケチ》を口《くち》の辺《あたり》に当《あて》て、ゐる。　↓　と染子《そめこ》は白《しろ》い半巾《ハンケチ》を口《くち》の辺《あたり》に当《あ》てながら云《い》つた。
39頁・上・11　燦《さん》とする。」　↓　燦《さん》とした。
39頁・中・11　半巾《ハンケチ》が眼《め》につく。紫《むらさき》の人《ひと》は机《つくゑ》に凭《もた》れて泣《な》いてゐる。　↓　染子《そめこ》は首《くび》を振《ふ》つた。富枝《とみゑ》の沈《しづ》んだ声《こゑ》が

悲《かな》しくつて長い睫毛《まつげ》のなかに溢《あふ》れてる涙《なみだ》をまばたきして
払《はら》ひながら、手《て》はぢつと握《にぎ》られたまゝで富枝《とみゑ》の顔《かほ》を振《ふ》り
仰《あほ》いで立《た》つてゐた。富枝《とみゑ》は染子《そめこ》を抱《だ》きながら室内《へや》へ入《はい》つ
て自分《じぶん》の机《つくゑ》の前《まへ》に坐《すわ》らせると染子《そめこ》は机《つくゑ》に凭《もた》れながら

39頁・中・14　突然《こない》に　↓　突然《いひなり》に

39頁・中・15　ですもの……　↓　ですもの」と云《い》っ
て泣《な》きだした。（改行）

39頁・中・16　暑中休暇《しよちうきうか》は…云《い》ひながら泣《な》く。（～39頁・下・2）　↓　（削除）

39頁・下・8　思《おも》ひ出《だ》す。　↓　思《おも》ひ出《だ》した。

39頁・下・8　無理《むり》に…思《おも》ひ出《だ》される。（～40頁・上・15）　↓

染子《そめこ》は富枝《とみゑ》を見《み》ると恋《こ》ひしいと云《い》つて泣《な》いてばかりゐた。
そして、其《そ》の晩《ばん》は染子《そめこ》と同《おな》じ床《とこ》の中《なか》に沙翁《さをう》のテンペスト
の話《はなし》を為《し》た。
「あのお話《はなし》のつゞきをその内《うち》にして上《あ》げませう。」
と云《い》ひながら富枝《とみゑ》が染子《そめこ》の濡《ぬ》れた半巾《ハンケチ》を取《と》つて涙《なみだ》のあと
に自分《じぶん》の唇《くちびる》をあてたのを染子《そめこ》は見《み》た。染子《そめこ》はやつと笑《わら》ふ
やうな顔《かほ》をして袖《そで》で頬《ほ》をふいた。さうして、

40頁・上・16　図書室《としよしつ》に　↓　学校《がくかう》にゐる頃《ころ》図書室《としよしつ》に

（＊）

40頁・上・18　眺《なが》めている。　↓　眺《なが》めていた。（＊）

二十三

40頁・下・1　泣《な》いてる。　↓　泣《な》いたり、（＊）

40頁・下・2　何《なに》か云《い》つてる。　↓　何《なに》か云《い》つたり、
（＊）

40頁・下・2　二階《かい》へ来客《きやく》が来《き》たやうな。　↓　二階《かい》へ
来客《きやく》が来《き》たり、（＊）

40頁・下・6　云《い》ひ出《だ》す。　↓　云《い》ひ出《だ》した。（＊）

40頁・下・9　斯《か》うしてゐても　↓　斯《か》うして向《むか》ひ合《あ》
つてゐても（＊）

40頁・下・10　やゝともすると沒《ぼつ》しかゝつて、　↓　直《す》
ぐ消《き》えがちで、（＊）

40頁・下・14　掌《て》のもの　↓　富枝《とみゑ》は掌《て》のもの（＊）

41頁・上・10　恍惚《うつとり》としてゐる。　↓　恍惚《うつとり》とした。

41頁・上・12　恋《こ》ひしいと自分《じぶん》を思《おも》つて、　↓　自分《じぶん》を
恋《こ》ひしがつて、

41頁・上・13　云《い》ふのだらうか。　↓　云《い》ふのだらうか、

41頁・上・15　情《こゝろ》をこめた手紙《てがみ》　↓　手紙《てがみ》

41頁・上・16　やらう、と急《いそ》いで自分《じぶん》の室《へや》へゆく。其人《そのひと》
↓やらう、と其人《そのひと》
41頁・上・18　紫姫人《むらさきひめ》。と書《か》き出《だ》して　↓　紫姫《むらさきひめ》へと
書《か》き出《だ》して
41頁・上・19　見度《みた》いと思《おも》ふ。　↓　見度《みた》いと思《おも》ふ、
41頁・上・21　夢《ゆめ》が見《み》たい。　↓　夢《ゆめ》が見《み》たい、
41頁・上・22　「ねゝ。ちよいと。」　↓　（削除）
41頁・上・23　と笑《わら》ひながら　↓　笑《わら》ひながら
41頁・上・23　這入《はい》つてくる。　↓　這入《はい》つてきた。
41頁・中・1　惚《ほ》れてるの？」（改行）と猶笑《なほわら》ふ。　↓
惚《ほ》れてるの。」
41頁・中・4　「をかしな事《こと》を云《い》ふわね。」　↓
「何故《なぜ》」
41頁・中・7　有《あ》るかしら、ゝ？　↓　有《あ》るかしら、
41頁・中・21　恋人《こひびと》？　↓　恋人《こひびと》。
41頁・下・1　もう少《すこ》し、紫《むらさき》の色《いろ》の影《かげ》を有形《そつくり》して　↓
もう少《すこ》し紫《むらさき》の色《いろ》の影《かげ》をそつくりして
41頁・下・2　口惜《くちを》しい　↓　口惜《くちをし》い
41頁・下・11　「望《のぞ》むところだね。　↓　「まつたくだ。
41頁・下・19　なつかしむ。　↓　なつかしんだ。

＊二十二、二十三に段落の並び替えあり。
初出
図書室…こともあつた。（40頁・上・16～40頁・中・15）　↓　奥で…気もされた。（40頁・下・1～40頁・下・15）　↓　「見て…入つてゐた。（41頁・上・1～41頁・上・9）
初版
「見て…入つてゐた。（81頁1～5行）　↓　奥で…気もされた。（81頁7行～82頁1行）　↓　図書室…こともあつた。（82頁2～12行）

二十四

42頁・中・1　「何故《なぜ》です？」　↓　「何故《なぜ》です。」
42頁・中・15　ゝ？書《か》くよ。きつと書《か》くよ。可《い》かん。お託《あつ》かりに為《し》ちまはうよ。　↓　（削除）
42頁・中・20　唾《つば》が飛《と》ぶ。　↓　唾《つば》が飛《と》んだ。
42頁・中・24　熱心《ねつしん》だね、頗《すこぶ》る！　↓　熱心《ねつしん》だね、
42頁・下・10　頭《あたま》の上《うへ》へ　↓　頭《あたま》の上《うへ》に
42頁・下・14　飜翻《ひら〳〵》する。　↓　ひら〳〵した。

42頁・下・17　学識《がくしき》のある何〳〵《なに〳〵》女史的《ぢよしてき》の方《はう》なんですか。
女学生上《ぢよがくせいあが》りのステーヂストラックと云《い》つた　↓
白粉《おしろい》をつけた役者《やくしや》がすきで堕落《だらく》した女学生上《ぢよがくせいあが》りと云《い》つた
43頁・上・3　如何《いか》にその凡《はん》ならざるかゞ推知《すゐち》されさう
なもんだね。　↓　（削除）
43頁・中・3　譏《そし》られてゐる。　↓　譏《そし》られてゐた。
43頁・中・5　想像《サポーズ》　↓　想像《さう〴〵》
43頁・中・6　何時頃《いつごろ》出《で》ませう。　↓　（削除）
43頁・中・8　「ずつと居《ゐ》て、僕《ぼく》と一所《しよ》するのさ。」
半田《はんだ》は礼《れい》のつもりで一寸首《ちよつとくび》を下《さ》げる。↓　（削除）
43頁・中・9　品《ひん》の好《い》い老婆《ばあや》が　↓　老婆《ばあや》が
43頁・中・20　色《いろ》に濡《ぬ》れる。　↓　色《いろ》に濡《ぬ》れた。

二十五

43頁・下・3　頭《あたま》に手《て》を乗《の》せて、　↓　（削除）
44頁・上・4　主人《あるじ》の朝菅《あさすげ》が、　↓　主人《あるじ》の朝菅《あさすげ》が
44頁・上・8　覗《のぞ》いて見《み》て、　↓　覗《のぞ》いて見《み》て
44頁・上・24　顔《かほ》を出《だ》す、そして、直《す》ぐ引込《ひきこ》める、　↓
顔《かほ》を出《だ》す。そして、直《す》ぐ引込《ひきこ》める。
44頁・中・17　持《も》つてくる。　↓　持《も》つてきた。
44頁・中・20　土耳其巻煙草《トルコまきたばこ》　↓　土耳其《トルコ》巻《ま》煙草《き》
44頁・中・21　入《はい》つてくる。　↓　入《はい》つてきた。
44頁・中・22　黄金《きん》の鎖《くさ》り紐《ひも》が游泳《およ》いでゐる、黄金《きん》を消《け》
した指環《ゆびわ》のダイヤが、細《ほそ》い小指《こゆび》に重《おも》さうに止《と》まつてゐる。
（改行）一同《みんな》の身辺《しんぺん》から発散《で》る光《ひか》りに射《い》られて、三輪《みわ》の
飾《かざ》らない姿《すがた》は片隅《かたすみ》に自若《じじやく》としてゐる。　↓　（削除）
44頁・下・4　子ルに、　↓　子ルに
44頁・下・6　そして、其《そ》の美《うつく》しい顔《かほ》を嫉《ねた》ましさうに一
瞥《べつ》する。↓　（削除）
44頁・下・8　来《き》たところ？　↓　来《き》たところ。
44頁・下・14　云《い》ふ意味《いみ》？、　↓　云《い》ふ意味《いみ》、
45頁・上・3　聞《き》いてゐる。↓　聞《き》いてゐた。
45頁・上・5　燈《ひ》のある座敷《ざしき》を明《あか》るく残《のこ》して、庭《には》は暮《く》れ
てしまふ。　↓　（削除）

二十六

45頁・中・1　養成《やうせい》ぢや、　↓　養成《やうせい》ぢや
45頁・中・6　してるのかね。今《いま》――　↓　」してるの
かね。今《いま》。
45頁・中・7　あります――ね、　↓　ありますしね。

45頁・中・15　畢竟《つまり》——仕出《しだ》し　↓　畢竟仕出《つまりしだ》し
45頁・下・23　女王《キング》　↓　女王《クイン》
46頁・上・8　上《あ》げさせて、美《い》い　↓　上《あ》げさせて美《うつくし》い
46頁・中・13　しながら　↓　為《し》ながら

二十七（初出は「二十六」と誤記）

46頁・下・1　「これが貴枝《きゑ》の字《じ》でなくつて、誰《だれ》の字《じ》だと云《い》ふの。子供《こども》の書《か》いた字《じ》ぢやないか。」　↓　富枝《とみゑ》は姉《あね》に気魂《けたたま》しく呼《よ》び覚《さ》まされて飛《と》びおきた。たゞ四辺《あたり》が真暗《まつくら》で、矢庭《やには》に自分《じぶん》の體《からだ》を騒擾《さうぜう》の渦《うづ》の中《なか》へ持《も》つてゆかれる様《やう》な驚《おどろ》きが富枝《とみゑ》をうろたへさせた。富枝《とみゑ》は真蒼《まつさを》な顔《かほ》をして其処《そこ》に立《た》つた。
46頁・下・5　なつてゐる。　↓　なつてゐた。
46頁・下・6　絹絲編《レースあ》みの手柄《てがら》　↓　絹絲編《レース》の手柄《てがら》
46頁・下・8　子ルの　↓　ネルの
46頁・下・9　裾《すそ》に絡《から》んでゐる。↓　裾《すそ》に絡《から》んでゐた。
46頁・下・11　「然《さう》…事《こと》があるもんか。」（〜47頁・中・18）　↓　心《こゝろ》が落着《おちつ》いてはつきりしてきた富枝《とみゑ》は自分《じぶん》の前《まへ》に立《た》つたその姉《あね》の顔《かほ》を見《み》た。そうして眼《め》を釣《つ》り上《あ》げた姉《あね》の様子《やうす》に気《き》が付《つ》くと昨夕《ゆふべ》緑紫《りよくし》が帰《かへ》らなかつたのでその為《ため》の姉《あね》の嫉妬《しつと》だと直《す》ぐに悟《さと》つた。始終《しじう》こんな事《こと》に慣《な》らされた富枝《とみゑ》はそれには驚《おどろ》きもしなかつたが、然《しか》し今緑紫《いまりよくし》の外套《ぐわいとう》の衣嚢《かくし》から出《だ》したと云《い》つて都満子《つまこ》に手紙《てがみ》を差《さ》しつけられた時《とき》は富枝《とみゑ》は何《ど》うしてい、か分《わか》らなかつた。その手紙《てがみ》の字《じ》は貴枝《きゑ》の字《じ》であつた。都満子《つまこ》は直《す》ぐにこれから東《あづま》へ行《い》つてくると云《い》つて騒《さわ》いだ。富枝《とみゑ》が東《あづま》へなんか行《い》つては可《い》けない、却《かへ》つて此方《こつち》が恥《はぢ》を掻《か》くやうなことがあつては悪《わ》るいと制《せい》しても、これが貴《き》枝《ゑ》の字《じ》でなくつてどうする、お前《まへ》が止《と》め立《だ》てする権利《けんり》はない、東《あづま》へ行《い》つて養母《おつか》さんに逢《あ》つて話《はなし》しなきや分《わか》らないと都満子《つまこ》は唇《くちびる》を白《しろ》くして身體《からだ》を震《ふる》はしながら怒鳴《どな》つた。二人《ふたり》はお互《たがひ》に息《いき》を切《き》らして争《あらそ》つた。
47頁・中・19　事実《じじつ》としたら　↓　事実《じじつ》としたら、
47頁・下・1　お離《はな》し。　↓　お放《はな》し。
47頁・下・2　肩《かた》を払《はら》ふ。　↓　肩《かた》を払《はら》つたので
47頁・下・2　横様《よこさま》に倒《たふ》れる。　↓　横様《よこさま》に倒《たふ》れた。
47頁・下・3　頭《あたま》を激《はげ》しく唐紙《からかみ》に打《う》ち附《つ》けたので、S巻《エスまき》が途端《とたん》に崩《くづ》れて頸筋《くびすぢ》へばらりとか、る。　↓　都満子《つまこ》は茶《ちや》の間《ま》へ駆《か》けて行《い》つた。
47頁・下・16　茶《ちや》の間《ま》の方《はう》へ駆《か》けて行《ゆ》く姉《あね》に追《お》ひ縋《すが》つて

富枝《とみ𛀁》は↓富枝《とみ𛀁》は姉《あね》に追《お》ひ縋《すが》つて
47頁・下・20　入《はい》つてくる。↓入《はい》つてきた。
48頁・上・3　其所《そこ》へ坐《すわ》る。↓其所《そこ》へ坐《すわ》ると、
48頁・上・5　行《ゆ》く。↓行《い》つた。
48頁・上・13　と云《い》つてはら〳〵涙《なみだ》を溢《こぼ》す。富枝《とみ𛀁》も何《なに》がなし涙含《なみだぐ》んで了《しま》ふ。↓と云《い》つて都満子《つまこ》は声《こゑ》を出《だ》して泣《な》いた。

二十八

48頁・中・1　「姉《ねえ》さんを馬鹿《ばか》にしてい、ものですか姉《ねえ》さん。平生《ふだん》の心持《こゝろもち》に復《かへ》つて見《み》て下《くだ》さいよ。」↓（削除）
48頁・中・6　可哀想《かあいさう》になる。↓可哀想《かあいさう》になつた。
48頁・中・8　そんなら、妾《わたし》を↓妾《わたし》を
48頁・下・4　外見《みつとも》ない？↓外見《みつとも》ない。
48頁・下・10　離《はな》してお呉《く》れよ。↓放《はな》してお呉《く》れよ。
48頁・下・13　持《も》つんだから……口惜《くや》しいよう。↓持《も》つんだから。
48頁・下・15　泣《な》いてゐる。↓泣《な》いた。
48頁・下・18　解《わか》つてよ。↓解《わか》つてゐる。
48頁・下・21　ぢやないのね𛀁、↓ぢやない。
48頁・下・24　泣続《なきつゞ》ける。↓泣続《なきつゞ》けてゐる。
49頁・上・1　冷めたい耳《みゝ》↓冷《つ》めたさうな耳《みゝ》
49頁・上・4　なつてくる。↓なつてきた。
49頁・上・5　ゐるので↓ゐるので、
49頁・上・5　富枝《とみ𛀁》は我《わ》れ知《し》らず安心《あんしん》の溜息《ためいき》がほつと漏《も》れる。朝寒《あささむ》の気《き》が急《きふ》に身《み》に染《し》みる。↓（削除）
49頁・上・7　寝室《ねま》へ行《ゆ》く。↓寝室《ねま》へ行《い》つた。（改行）
49頁・上・8　其室《そこ》…困《こま》らせてゐる。（〜49頁・上・10）↓其室《そこ》では目《め》を覚《さ》ました紫都子《しづこ》がおきそを困《こま》らせてゐた。
49頁・上・14　撫《な》で、やる。↓撫《な》で、やつた。
49頁・上・20　又気《またき》が附《つ》く。↓又気《またき》が附《つ》いた。
49頁・上・21　「妾《わたし》…行《ゆ》く。（49頁・上・23）↓おきそは急《いそ》いで富枝《とみ𛀁》の部屋《へや》へ羽織《はおり》を取《と》りに行《い》つた。
49頁・中・1　お入《はい》んなちやい子。↓お入《はい》んなちやい。
49頁・中・6　拾《ひろ》ひ上《あ》げる。↓拾《ひろ》ひ上《あ》げた。
49頁・中・12　確《たしか》に貴枝《き𛀁》の手《て》跡だ、姉《ねえ》さんは知《し》らないけ

れども妾《わたし》は手習《てなら》ひした紙《かみ》を見《み》て能《よ》く知《し》つてる。 ↓ 確《たしか》に貴枝《きゑ》の手跡《て》だ。

49頁・中・20　出来難《できがた》い程《ほど》、 ↓ 出来難《できがた》い程《ほど》

49頁・中・21　するよりは、 ↓ するよりは

49頁・中・24　絣《かすり》の羽織《はおり》を持《も》つてくる。（改行） ↓ 羽織《はおり》を持《も》つてきたので

49頁・下・2　突伏《つゝぷ》してゐる。 ↓ 突伏《つゝぷ》してゐた。

49頁・下・5　音《おと》がする。 ↓ 音《おと》がした。

二十九

50頁・上・2　両人《ふたり》を見《み》ると…と立《た》つてゐる。（～50頁・上・7） ↓ （削除）

50頁・上・10　笑《わら》つてる。 ↓ 笑《わら》つた。

50頁・上・10　兎《と》に角《かく》…義理《ぎり》を立《た》てる。（～50頁・上・15） ↓ 緑紫《りよくし》は都満子《つまこ》の様子《やうす》を見《み》て、持病《ぢびやう》が発作《ほつさ》したな、と思《おも》ゐながら、銘仙《めいせん》の袷《あはせ》の裾《すそ》を捲《まく》つて平然《へいぜん》と立《た》つてゐる。そうして、

50頁・中・1　「それが問題《もんだい》になつたのか。何所《どこ》へも行《い》つたのぢやないよ。飯島《いひじま》の許《ところ》 ↓ 「飯島《いひじま》の許《ところ》

50頁・中・3　飲《の》み過《す》ごしてね、 ↓ 飲《の》み過《す》ごして、

50頁・中・4　済《す》まなかつた。」 ↓ 済《す》まなかつた。」（改行）と頭《あたま》を下《さ》げた。

50頁・中・13　声《こゑ》を絞《しぼ》る。 ↓ 声《こゑ》を絞《しぼ》つた。

50頁・中・14　羽織《はおり》が辷《すべ》つて、富枝《とみゑ》の膝《ひざ》の前《まへ》に固《かた》まる。 ↓ （削除）

50頁・中・20　背向《そむ》ける。そして、 ↓ 背向《そむ》けて、

50頁・中・24　武者振《むしやぶ》りつく。 ↓ 武者振《むしやぶ》りつきながら、

50頁・下・3　手《て》を震《ふる》はせる。 ↓ 手《て》を震《ふる》はせた。

50頁・下・5　笑《わら》ふ。 ↓ わざと笑《わら》つた。

50頁・下・6　「ねゝ、…消《け》さうとする。（～50頁・下・7） ↓ （削除）

50頁・下・11　態《わざ》と反問《はんもん》する。 ↓ 緑紫《りよくし》は又《また》わざと聞《き》き返《かへ》した。

50頁・下・12　かく明《あきら》かにするには、 ↓ かう明《あきら》かにするには

50頁・下・18　ある楼上《ろうじやう》 ↓ 或《あ》る楼上《ろうじやう》

50頁・下・21　座《ざ》の中《なか》へ ↓ 座《ざ》の中《なか》に

50頁・下・24　眼《め》になつてゐる。 ↓ 眼《め》になつてゐた。

51頁・上・6　小突《こづ》いてゐる。 ↓ 小突《こづ》いた。

51頁・上・10　貴女《あなた》　→　貴君《あなた》

51頁・上・11　稍冷静《やゝれいせい》になつたと見《み》ゐて、都満子《つまこ》は良人《をつと》に嘲笑《てうせう》を与《あた》へる。　→　都満子《つまこ》は良人《をつと》に嘲笑《てうせう》を与《あた》へる程《ほど》冷静《れいせい》になつてきた。

51頁・上・13　しくしく泣《な》いて　→　泣《な》いて

51頁・上・19　「釣《つ》るもの…解《と》けか、つてる。（～51頁・上・24）　→　緑紫《りよくし》は斯《か》う云《い》つて静《しづか》に二人《ふたり》を見《み》た。

三十

51頁・中・1　弁解《べんかい》と聞《き》かせずに、言葉《ことば》のうちに自然嫌《しぜんけん》疑《ぎ》の晴《は》れるやうに緑紫《りよくし》は云《い》ひ廻《まは》す。　→　（削除）

51頁・中・2　そして、貴枝《きゑ》の驚《おどろ》く　→　緑紫《りよくし》は貴枝《きゑ》の驚《おどろ》く

51頁・中・5　聞《き》かせる。　→　聞《き》かせた。

51頁・中・6　友達《ともだち》を伴《つ》つて　→　友達《ともだち》を伴《つ》れて

51頁・中・7　益《くだ》らぬ手紙《てがみ》　→　無益《くだら》ぬ手紙《てがみ》

51頁・中・10　話《はなし》する終《を》はりに、　→　残《のこ》らず語《かた》つて終《を》はりに、

51頁・中・12　お前《まい》　→　お前《まへ》

51頁・中・15　と云《い》ふ。　→　と云《い》つて笑《わら》つた。

51頁・中・16　意《い》のない　→　愛《あい》のない

51頁・下・1　含《ふく》まれる。　→　含《ふく》まれてゐる。

51頁・下・2　都満子《つまこ》には夫《それ》が能《よ》く響《ひゞ》く。　→　都満子《つまこ》は忽《たちま》ち良人《をつと》の手《て》の上《うへ》に乗《の》つた。

51頁・下・4　嫉妬《しつと》は…そして、（～51頁・下・7）　→　嫉妬《しつと》はなくなつたが、然《しか》し、良人《をつと》を唆《そゝの》かす妹《いもうと》が打《う》ち叩《たゝ》きもしてやりたい程憎《ほどにく》かつた。

51頁・下・11　富枝《とみゑ》に云《い》ふ。　→　富枝《とみゑ》に云《い》つた。

51頁・下・11　良人《をつと》に対《たい》した嫉妬《しつと》が貴枝《きゑ》に向《むか》つて火焔《くわゑん》の燃《も》ゐ移《うつ》るやうに変《かは》つてゆく結果《けつくわ》、その胸《むね》を癒《い》やす為《ため》に、　→　都満子《つまこ》は燃《も》えつくほどに腹の立つその胸《むね》を癒《い》やす為《ため》に、

51頁・下・14　憚《はゞか》らずにゐる。　→　憚《はゞか》らなかつた。

51頁・下・15　言葉《ことば》も出《で》ずにゐる　→　言葉《ことば》も出《で》なかつた。

51頁・下・16　奥《おく》へ行《ゆ》く　→　奥《おく》へ行《い》つた。

51頁・下・21　信《しん》じて了《しま》ふ。　→　信《しん》じて了《しま》つてゐる。

51頁・下・22　浅慮《あさはか》なのに泣《な》いた。　→　浅慮《あさはか》なのがなさけなかつた。

52頁・上・4　他《た》の女《をんな》を思《おも》わぬと　→　他《ほか》に女《をんな》を持《も》た

ぬと
52頁・上・6　永久的《ゑいきうてき》ではない　↓　永《なが》くつゞくもの
ではなく
52頁・上・9　忘《わす》れてゐる。　↓　忘《わす》れてゐた。
52頁・上・12　涙《なみだ》が流《なが》れる。　↓　涙《なみだ》が流《なが》れた。
52頁・上・13　ある興味《きようみ》に　↓　一種《しゆ》の興味《きようみ》に
52頁・上・17　然《しか》も…話《はなし》する。（〜52頁・上・21）
↓　兄《あに》は貴枝《きゑ》の女《をんな》づくらない身體《からだ》を揉《も》むやうにして、そ
の身體《からだ》のうちの何所《どこ》かに潜《ひそ》んでゐる淫奔《いんぽん》な血《ち》を湧《わ》かせや
うとしたのぢやないか。それだのに兄《あに》は
52頁・上・22　巻《ま》いておこる　↓　巻《ま》いておこつた
52頁・中・3　聞《き》いた時《とき》　↓　聞《き》いた時《とき》、
52頁・中・3　信《しん》じるから　↓　信《しん》じるなら
52頁・中・8　論外《ろんぐわい》として、　↓　別《べつ》として、
52頁・中・13　感慨《かんがい》の涙《なみだ》に富枝《とみゑ》は石《いし》の様《やう》になつて、少時《しばらく》
は坐《すわ》つた切《ぎ》りでゐる。　↓　富枝《とみゑ》は少時《しばらく》は坐《すわ》つた切《ぎ》りで
ゐた。
52頁・中・16　聞《き》こゑる。　↓　聞《きこ》えた。
52頁・中・18　きその竈《かまど》　↓　おきその竈《かまど》

三十一
52頁・下・3　してゐる。　↓　してゐた。
52頁・下・4　迎《むか》への意《い》を伝《つた》へる。　↓　迎《むか》いの意《い》を伝《つた》
へた。
52頁・下・6　「是非…と思ふと、（〜53頁・上・
11）　↓　富枝《とみゑ》は行《い》く気《き》もなかつたので断《ことは》ると、
53頁・上・14　お友人間《ともだちかん》だつたと云《い》ふぢやありませんか。
↓（削除）
53頁・上・18　と半田《はんだ》に聞《き》かれる。　↓　と半田《はんだ》は聞《き》い
た。
53頁・上・20　「知《し》つてますよ…兄《あに》の顔《かほ》を見《み》た。（〜
54頁・上・13）↓矢張《やは》り今日《けふ》千早《ちはや》の所《ところ》へ用事《ようじ》があつて
行《ゆ》くのださうである。丁度《ちやうど》宜《い》い折《をり》だから荻生野女史《おぎふのぢよし》も呼《よ》
んでくれと云《い》ふ電話《でんわ》だつたので都合《つがふ》を聞《き》きに来《き》たのだと
云《い》つた。
「あの人《ひと》もね、愈々《いよ〳〵》朝菅《あさすげ》の一座《いちざ》へはいる事《こと》になつて次《つぎ》
興行《こうぎやう》あたりから大活動《だいくわつどう》をやるの。」
然《さ》う云《い》つた半田《はんだ》も嬉《うれ》しさうな顔《かほ》をした。
先日《このあひだ》一寸《ちよつと》顔《かほ》を逢《あ》はせたばかりの三輪《みわ》にゆつくり逢《あ》ひた
いとは富枝《とみゑ》も考《かんが》へてゐた。然《しか》し何《なに》かによつて殊更《ことさら》逢《あ》ふ機《き》

を作《つく》りでもしなければ、わざ〳〵お互《たが》ひ仝士《どうし》を訪《たづ》ね合《あ》ふのもおつくうな程二人《ほどふたり》の仲《なか》は長《なが》らく絶《た》えてゐるので、富《とみ》枝《ゑ》は今日《けふ》の半田《はんだ》の迎《むか》いを丁度好《ちやうどい》いとも考《かんが》へた。

「三輪《みわ》さんが行《ゆ》くなら。」

と富枝《とみゑ》は行《ゆ》くことにした。

富枝《とみゑ》が自分《じぶん》の室《へや》へ仕度《したく》に行《い》つた後《あと》で緑紫《りよくし》は三輪《みわ》の噂《うはさ》をした。半田《はんだ》が中々《なか〳〵》意志《いし》のしつかりした女《をんな》だと云《い》ふと、

「どうして。あれで男《をとこ》に脆《もろ》いんだ。」

と緑紫《りよくし》は笑《わら》つた。

「僕《ぼく》は親《した》しく交際《つきあ》つてよく知《し》つてる。」

半田《はんだ》が驚《おどろ》いた顔《かほ》をして坐蒲団《ざぶとん》の上《うへ》に足《あひ》をとめた時富枝《ときとみゑ》が丁度入《ちやうどはい》つてきた。富枝《とみゑ》は二人《ふたり》が今何《いまなに》を話《はなし》してゐたかゞ直《す》ぐに解《わか》つた。さうして冷《つ》めたい眼《め》で兄《あに》の顔《かほ》を眺《なが》めた。

富枝二人《とみゑふたり》が大森《おほもり》の千早《ちはや》の家《いへ》に着《つ》いた時《とき》はもう午《ひる》をすぎてゐた。

三十二

54頁・中・2　植《う》わつてゐる。　↓　植《う》はつてゐた。

54頁・中・8　並《なら》んでか、つてゐる。↓　並《なら》んでか、つて、

54頁・中・12　引《ひ》つ掛《か》つてゐる。　↓　引《ひ》つ掛《か》つてゐた。

54頁・下・1　拾《ひろ》ひ読《よ》みしてゐる。　↓　拾《ひろ》ひ読《よ》みしてゐた。

54頁・下・2　富枝《とみゑ》が来《く》る筈《はず》だと聞《き》いて、其《そ》れを待《ま》つ間《ま》の退屈凌《たいくつしの》ぎだ。　↓

富枝《とみゑ》を見《み》ると書物《しよもつ》から離《はな》れて軽《かる》く挨拶《あいさつ》した。そして完爾《にこり》ともしないで「塵泥《ちんでい》」の女主人公《ヒロイン》はい、役《やく》だと云《い》つた。

「読《よ》んで下《くだ》すつて。何《ど》う感《かん》じて。」

さう云《い》ひながら富枝《とみゑ》は三輪《みわ》の傍《そば》に坐《すわ》つて頬《ほ》ゝと頬《ほ》ゝとを並《なら》べた。袷《あはせ》の胸《むね》が汗滲《あせば》んで少《すこ》しむつとする。白《しろ》い日覆《ひおひ》の横《よこ》から硝子戸《ガラスど》に乾《かは》いた日光《につくわう》の色《いろ》が半《なか》ば届《とゞ》いてゐた。

「実《じつ》に好《い》いと思《おも》ひました。一寸《ちよつと》、土橋《どばし》の累《かさね》を当世《たうせい》で行《い》く所《ところ》があるけれど。」

二人《ふたり》は暫時《しばらく》「塵泥《ちんでい》」のことで語《かた》り合《あ》つた。それから富枝《とみゑ》は三輪《みわ》が芝居《しばゐ》へ出《で》るに就《つ》いていろ〳〵と聞《き》いたけれ共《ども》三輪《みわ》はそれには何《なに》も云《い》はなかつた。

54頁・下・5　隣室《りんしつ》では、主人《あるじ》の千早《ちはや》が来客《きやく》と語《かた》つてゐる。　↓　隣室《となり》で、

54頁・下・7　博士《はくし》だね。　↓　博士《はかせ》だね。（以下省略）

54頁・下・9　と千早《ちはや》が云《い》つてる。　↓　と千早《ちはや》が客《きやく》に云《い》つてる。

54頁・下・10　僕《ぼか》あ博士《はくし》　↓　僕《ぼか》は博士《はかせ》

55頁・上・1　気焔《きえん》を吐いてゐる。　↓　気焔《きえん》を吐いてゐるのが聞《きこ》えた。

55頁・上・2　其処《そこ》へ…なつた様《やう》に感《かん》じた。（～55頁・下・13）↓

二人《ふたり》は黙《だま》つて隣《とな》りの話《はなし》を聞《き》いてゐた。三輪《みわ》が富枝《とみゑ》の古《ふる》つぽい縞お召《しまめし》の肩《かた》を見《み》てゐる間《あひだ》、富枝《とみゑ》も三輪《みわ》の綺麗《きれい》な顔《かほ》を見《み》てゐた。

「たいへん静《しづか》ですね。」

千早《ちはや》が其所《そこ》から覗《のぞ》いて声《こゑ》をかけた。二人《ふたり》は顔《かほ》を見合《みあ》はしてたゞ微笑《びせう》した。

千早《ちはや》も半田《はんだ》も来合《きあ》はせてた客《きやく》も、皆一《みなひ》と所《ところ》へ寄《よ》ると「塵泥《ちんでい》」の話《はなし》が又出《またで》た。半田《はんだ》も読《よ》んで見ないと云《い》ふし、来《き》てゐる客《きやく》の為《ため》に千早《ちはや》がその畧筋《りやくすぢ》を語《かた》つた。

三十三

56頁・上・1　先《ま》づ富枝《とみゑ》の「塵泥《ちんでい》」が話題《わだい》の最初《さいしよ》に上《のぼ》る。
↓（削除）

56頁・下・6　帰《かへ》れと勧《すゝ》める、　↓　帰《かへ》れと勧《すゝ》める。

56頁・下・13　妹《いもうと》の話《はな》しする。　↓　妹《いもうと》に話《はな》しする。

57頁・上・11　解《と》けさせやうと、　↓　解《と》けるやうにと、

57頁・上・11　妹《いもうと》を伴《とも》ひに松原《まつばら》へ行《ゆ》く。　↓　妹《いもうと》を呼《よ》びに松原《まつばら》へ行《ゆ》く、

57頁・上・13　其《そ》の時《とき》は　↓　其時《そのとき》は

57頁・中・2　半田《はんだ》が読《よ》まなかつと云《い》ふので、千早《ちはや》が略筋《りやくすぢ》を話《はなし》する。　↓（削除）

57頁・中・6　云《い》つてる。　↓　云《い》つた。

57頁・中・7　「妹《いもうと》も…三輪《みわ》は笑《わら》つた。（～57頁・下・1）↓

客人《きやくじん》が独逸《どいつ》で見《み》たと云《い》ふ「サロメ」の話《はなし》から、今《いま》の新《しん》派劇《ぱげき》のつまらないこと、旧劇《きうげき》は矢張《やは》り保存《ほぞん》しておかなければならないことなどが語《かた》り交《か》はされた。女優《ぢよいう》の呼声《よびごゑ》ばかりが高《たか》くても真《ほんと》に伎倆《ぎりやう》のある立派《りつぱ》な女優《ぢよいう》の現《あらは》れるのはまだ〳〵遠《とほ》いことだなどとこの客《きやく》は三輪《みわ》を前《まへ》に置《お》いて云《い》つた。

57頁・下・2　顔《かほ》を見《み》た。　↓　顔《かほ》を見《み》てゐた。

三十四

58頁・上・1　大柄《おほがら》の紫《むらさき》矢筈《やはず》の袷《あはせ》　↓　富枝《とみゑ》は三輪《みわ》と連《つ》れだつて千早《ちはや》の家《いへ》を出《で》た。そうして今朝《けさ》からの話《はなし》を三輪《みわ》に聞《き》かして、余《あま》り気《き》になるから東《あづま》へ一寸寄《ちよつとよ》つて行《い》きたいと云《い》つたので、三輪《みわ》も一所《いつしよ》に来《き》た。格子《かうし》の外《そと》から覗《のぞ》くと大柄《おほがら》の紫《むらさき》矢筈《やはず》の袷《あはせ》

58頁・上・3　小倉通《をぐらとほ》しを食《た》べてゐる。　↓　何かつまんで食《た》べてゐた。

58頁・上・5　と格子《かうし》を開《あ》けた人《ひと》が声《こゑ》をかける。　↓　と声《こゑ》をかけると。

58頁・上・6　何誰《どなた》？　↓　何誰《どなた》。

58頁・上・7　出《で》てくる。　↓　出《で》てきた。

58頁・上・11　美《うつく》しく見《み》ゐる。　↓　美《うつく》しく見《み》えた。

58頁・上・13　「貴枝《きゑ》ちゃん…ぢつと見《み》る。（〜58頁・中・10）　↓

姉《あね》の姿《すがた》を見《み》ると貴枝《きゑ》は裾《すそ》を褰《か》げて下駄《げた》を突掛《つか》けながら土間《どま》へ下《お》りた。

お伴《つ》れがあるから、今夜《こんや》は悠然《ゆつくり》してゐられないと云《い》つて富枝《とみゑ》は貴枝《きゑ》の高髷《たかまげ》に結《ゆ》つた、水《みづ》の滴《た》れる様《やう》な姿《すがた》を見《み》た。

58頁・中・11　宿《と》まつて？　↓　宿《と》まつて。

58頁・中・13　ゐたは、何故《なぜ》？　↓　ゐたわ、何故《なぜ》。

58頁・中・14　顔《かほ》をする。　↓　顔《かほ》をした。

58頁・中・16　兄《にい》さんの許《ところ》へ、　↓　兄《にい》さんの所《ところ》へ

58頁・中・19　平気《へいき》でゐる。　↓　平気《へいき》であつた。

58頁・中・20　「出《だ》してよ。だつてねゑ、姉《ねゑ》さん。」と格子《かうし》へ脊《せ》を凭《もた》せる。鈴《すゞ》がちりんと鳴《な》る。　↓　（削除）

58頁・下・4　姉《ねゑ》さん読《よ》んで？　↓　姉《ねゑ》さん読《よ》んで。

58頁・下・8　踏《ふ》んでゐる。　↓　踏《ふ》んでゐた。

58頁・下・10　駄目《だめ》よ。」　↓　駄目《だめ》よ。」そのきつい富枝《とみゑ》の声《こゑ》が貴枝《きゑ》は恐《こは》かつた。

58頁・下・16　悪《わる》い事《こと》して？　↓　悪《わる》い事《こと》して。

58頁・下・17　「貴枝《きゑ》ちゃん…可《い》けないんですよ。（〜59頁・上・2）　↓

貴枝《きゑ》は悄然《しほれ》て俯向《うつむ》いた。頸筋《ゑりすぢ》に緋《ひ》の襦袢《じゆばん》の襟《ゑり》が濃《こ》い色《いろ》を彩《いろど》つてゐるのを見《み》ると、富枝《とみゑ》は可憐《いぢ》らしくて怒《おこ》れもしなかつた。

兄《にい》さんの云《い》ふ事《こと》を聞《き》くと貴枝《きゑ》ちやんの為《ため》にならないのだから、決《けつ》して兄《にい》さんを信《しん》じて云《い》ふ通《とほ》りになつてはいけない。怒《おこ》られてもいゝから兄《にい》さんには逃《に》げるやうにしなければ可《い》けないと富枝《とみゑ》は繰《く》り返《かへ》して云《い》つて聞《き》かした。

59頁・上・2　真実《ほんとう》に昨夜《ゆうべ》は　↓　ほんとうに昨夜《ゆふべ》は

59頁・上・7　富枝《とみえ》は初《はじ》めて安心《あんしん》する。外《そと》に待《ま》つてる三輪《みわ》を思《おも》ひ出《だ》す。　↓　（削除）

59頁・上・10　と聞《き》いたから、姉《ねえ》さんは甚《ひど》く心配《しんぱい》したの。其麼《そんな》ことはないのね。　↓　と聞《き》いたけれど其様《そんな》ことはないのね。

59頁・上・15　「兄《にい》さんも…ともしてゐない。（～59頁・上・20）　↓　富枝《とみえ》は貴枝《きえ》を子供《こども》だと思《おも》ふほど可愛《かあい》かつた。

59頁・上・21　富枝《とみえ》は其《そ》れだけ　↓　又来《またく》るからと富枝《とみえ》は其《そ》れだけ

三十五（以下四十一まで大幅に改稿あり、三十六、三十七、四十、四十一は該当なし）

59頁・中・1　「お貴枝《きえ》さん…話《はな》して行《ゆ》く。（～59頁・中・5）　↓　角《かど》へ出《で》ると三輪《みわ》が待《ま》つてゐた。二人《ふたり》は銀座通《ぎんざどほ》りをぶら〳〵歩《ある》いた。かうして肩《かた》を擦《す》れ合《あ》はして下駄《げた》を揃《そろ》へて行《ゆ》くのが富枝《とみえ》にはなつかしかつた。「何年振《なんねんぶ》りで一所《いつしよ》に歩《ある》くのでせう。」と三輪《みわ》も云《い》つた。

59頁・中・6　光《ひか》りと、洋館建《やうくわんだ》て　↓　光《ひか》りと洋館建《やうくわんだ》て

59頁・中・7　睨《にら》め合《あ》ひをしてゐる。　↓　睨《にら》め合《あ》ひをしてゐる

59頁・中・8　位置《いち》が低《ひく》く…笑《わら》つてゐる。（～63頁・中・22）↓
煉瓦通《れんぐわどほ》りを、様々《さま〴〵》な人《ひと》が影《かげ》を濃《こ》くして歩《あ》るいて行《ゆ》く。明《あか》るい絵葉書店《ゑはがきみせ》の前《まへ》に人《ひと》が集《あつま》つてゐた。
富枝《とみえ》はこの頃《ごろ》の自分《じぶん》のいろ〳〵な事《こと》に就《つ》いての感《かん》じを三輪《みわ》に語《かた》りたかつた。然《しか》し三輪《みわ》は昔富枝《むかしとみえ》を一人《ひとり》の話相手《はなしあひて》にして劇界《げきかい》へ立《た》つての抱負《はうふ》を語《かた》つたり、自分《じぶん》の感情《かんじやう》を富枝《とみえ》の前《まへ》には露《あらは》にしたやうにして今《いま》の富枝《とみえ》には対《たい》さなかつた。何所《どこ》か自分《じぶん》は自分《じぶん》の思《おも》ふ道《みち》を行《ゆ》くと云《い》つた様《やう》に深《ふか》い話《はなし》もなくつて其《そ》の場《ば》なりに済《す》ましてゐるのが富枝《とみえ》には飽《あ》き足《た》りなかつた。
富枝《とみえ》は三輪《みわ》が打解《うちと》けてゐないので斯《か》うお互《たがひ》の心持《こゝろもち》がはぐれ〳〵になつてゐるのだとも思《おも》はなかつた。昔《むかし》は二人《ふたり》ながら赤《あか》い色《いろ》と思《おも》つたものも、今《いま》では自分《じぶん》には紫《むらさき》に見《み》え

三輪《みわ》には黄色《きいろ》く見《み》えるほどに、二人《ふたり》の別《わか》れてゐた間《あひだ》の年月《としつき》がそれ〲に自分《じぶん》と云《い》ふものを作《つく》り上《あ》げてしまつたのだから仕方《しかた》がないとも思《おも》つた。さうして二人《ふたり》は余《あん》まり語《かた》りもしずに歩《ある》いて行《い》つた。

京橋《きやうばし》の停留場《ていりうぢやう》までくると三輪《みわ》は一所《いつしよ》に自分《じぶん》の家《うち》へ来《く》るやうに勧《す》めた。富枝《とみゑ》は其所《そこ》から電車《でんしや》に乗《の》つて浅草《あさくさ》の代地《だいち》の三輪《みわ》の家《うち》まで行《い》つて見《み》た。

三輪《みわ》の家《いへ》の近所《きんじよ》はもう寂寞《ひつそり》としてゐた。軒《のき》の灯《ひ》が三輪《みわ》の家《いへ》の戸閉《とじま》りした門《かど》を淋《さび》しく守《まも》つて、低《ひく》い垣根《かきね》に美男《びなん》鬘《かつら》の巻《ま》きついた葉《は》が蒼白《あをしろ》かつた。富枝《とみゑ》は三輪《みわ》に伴《つ》れられて家内《なか》へ入《はい》つた。仕事《しごと》が間《あひ》と見《み》えて、家《うち》の内《うち》は綺麗《きれい》に片附《かたづ》いてゐた。次《つ》ぎの座敷《ざしき》の床《とこ》の間《ま》に清水寺《きよみづでら》の清玄《せいげん》と桜姫《さくらひめ》を書《か》いた絵看板《ゑかんばん》が立《た》てか、つてゐるのが開《あ》いた唐紙《からかみ》の間《あひだ》から見《み》えた。絵《ゑ》の具《ぐ》の匂《にほ》ひがした。

富枝《とみゑ》は、桜姫《さくらひめ》の着物《きもの》の色《いろ》の赤《あか》に眼《め》を眩《まぶ》しくさせながら、三輪《みわ》に続《つゞ》いて上《あが》つた。三輪《みわ》の母親《はゝおや》は富枝《とみゑ》を見《み》ると久《ひさ》し振《ぶ》りだと云《い》つて喜《よろこ》んだ。富枝《とみゑ》も三輪《みわ》の母親《はゝおや》に逢《あ》ふのもなつかしかつた。

三輪《みわ》は富枝《とみゑ》を二階《にかい》へ上《あ》げておいて自分《じぶん》は直《す》ぐに下《した》へをりて行《い》つた。富枝《とみゑ》は三輪《みわ》の室《へや》らしい座敷《ざしき》の中《うち》を眺《なが》めた。

三十八

63頁・下・1　「ほそ〲と…済《す》まなく思《おも》ふ。（〜63頁・下・8）→（削除）

63頁・下・8　英国女優《えいこくぢよいう》のオルガ　→　机《つくゑ》の傍《わき》の壁《かべ》にオルガ

63頁・下・11　貼附《はりつ》けて机《つくゑ》の傍《わき》の壁際《かべぎは》に掛《か》けてある。→貼附《はりつ》けて掛《か》けてあつた。

64頁・上・2　解《わか》らずに見《み》る。→　解《わか》らずに見《み》た。

64頁・上・2　椿《つばき》の花《はな》に埋《うづ》まつてる点《ところ》からキヤミールだらうと想像《さうざう》する。→（削除）

64頁・上・12　占《し》めてゐる。→　占《し》めてゐた。

64頁・上・14　机《つくゑ》の傍《わき》に…撫《な》で、ゐる。（〜64頁・中・1）→（削除）

64頁・中・3　三輪《みわ》が呼《よ》ぶ。→　三輪《みわ》が呼《よ》んだ。

64頁・中・5　待《ま》つてゐる。→　待《ま》つてゐた。

64頁・中・6　「一所《しよ》に…富枝《とみゑ》は思《おも》ふ。（〜65頁・上・2）→富枝《とみゑ》は三輪《みわ》の出《だ》してくれた瀧縞《たきじま》の浴衣《ゆかた》を着《き》て、両人《ふたり》は台所《どころ》つゞきの湯殿《ゆどの》へ行《い》つた。

風呂《ふろ》の前《まへ》で弟子《でし》の丹吾《たんご》が火《ひ》を焚《た》きつけてゐた。この男《をとこ》は啞《おし》だつた。脊《せい》の小《ちひ》さい、色《いろ》の白《しろ》い眉毛《まゆげ》の濃《こ》い役者《やくしや》の舞台《ぶたい》顔《がほ》のやうな顔《かほ》をしてゐる綺麗《きれい》な男《をとこ》だ。真実《ほんとう》の年齢《とし》は三十六歳だと云《い》ふけれ共《ども》、二十二三位《ぐらゐ》より他《ほか》見《み》えない。三輪《みわ》の父親《ちゝおや》の弟子《でし》で今《いま》のところも丹吾《たんご》の手《て》一《ひと》つで職業《しようばい》をしてゐる様《やう》なものである。画《か》かせるには方法《はうはふ》があつて注文《ちうもん》の画《ゑ》の下図《したづ》をしてやらなければ丹吾《たんご》には筆《ふで》が下《くだ》せない。三輪《みわ》が父《ちゝ》に代《かは》つて今《いま》では下図《したづ》をしてやる、忽《たちま》ち天性《てんせい》の画《ぐわ》才《さい》を振《ふる》つて丹吾《たんご》は仕上《しあ》げる。不具者《かたわ》でなければ、看板画《かんばんか》きには惜《を》しいものだと三輪《みわ》は富枝《とみゑ》に話《はなし》ながら入《はい》る。丹吾《たんご》は丁寧《ていねい》に頭《あたま》を下《さ》げて出《で》て行《い》つた。

65頁・上・3　お入浴《はい》んなさい。　↓　お入《はい》んなさい。

65頁・上・4　出《で》やう… 感《かん》じた。（65頁・上・7）

↓

三輪《みわ》は後《おく》れた富枝《とみゑ》に云《い》ひながら真《ま》つ白《しろ》に脂肪《あぶら》を盛《も》つた上《かみ》の半體《はんたい》を湯漕《ゆぶね》に浮《う》かして、朦朧《もうろう》とした湯《ゆ》の中《なか》の灯《ひ》のまわりを見《み》つめてゐた。富枝《とみゑ》は三輪《みわ》を見《み》た。さうして三輪《みわ》の温《あたゝか》い肌《はだ》と自分《じぶん》の冷《ひ》えた肌《はだ》とが腕《うで》のところで僅《わづか》ふれた時《とき》、富枝《とみゑ》は異様《いやう》に恥《はづか》しかつた。

三十九

65頁・中・1　オルガ… 考《かんが》へてゐた。（～69頁・中・22）　↓

湯《ゆ》から上《あ》がると富枝《とみゑ》は、貴女《あなた》の肌《はだ》の色《いろ》はそれでも人間界《にんげんかい》を吹《ふ》いてる風《かぜ》に朝夕《てうせき》あたつてゐるのかと思《おも》ふと不思議《ふしぎ》だと云《い》つて笑《わら》つた。

「天女《てんによ》でせう。」

と云《い》つて三輪《みわ》も笑《わら》つた。

三輪《みわ》の母親《はゝおや》はすしなど取《と》つて富枝《とみゑ》をもてなした。さうして一時《いちじ》富枝《とみゑ》の兄《あに》の緑紫《りよくし》が毎日《まいにち》のやうに来《き》て困《こま》つたことがあつたと話《はなし》した。三輪《みわ》は黙《だま》つてゐたが富枝《とみゑ》は極《きま》りのわるい思《おも》ひをした。

然《しか》し自分《じぶん》はその兄《あに》の力《ちから》で生存《せいぞん》して行《ゆ》くのである。親《おや》の遺《のこ》したものは、僅少《わづか》なもので、自分《じぶん》が今日《けふ》までの食《た》べる費用《ひよう》だけにも当《あた》つてゐない。今《いま》になつて兄《あに》を卑《いや》しむやうなもの、、兄《あに》に由《よ》つて自分《じぶん》は今日《けふ》まで不足《ふそく》も感《かん》ぜずに、大学《だいがく》へも通《かよ》はして貰《もら》つてゐたのだと、然《さ》う思《おも》つて富《とみ》枝《ゑ》は甚《ひど》く落胆《がつかり》する。一度《ど》は染谷緑紫《そめやりよくし》と云《い》ふ小説家《せうせつか》が自分《じぶん》の兄《あに》だと云《い》つて自慢《じまん》をした事《こと》もあつたと富枝《とみゑ》は冷《つめ》たい汗《あせ》を催《もよほ》した。

富枝《とみゑ》は自分《じぶん》の思《おも》つたことを三輪《みわ》に語《かた》つて、さうして兄《あに》の手《て》を離《はな》れて自活《じくわつ》したいと云《い》つたが、三輪《みわ》はそれには何《なに》も答《こた》へなかつた。オルガ、子ザソールの写真版《しやしんばん》を見《み》て、この女優《ぢよいう》はサアフオーやカーメンを演《えん》じると余《あま》り妖艶《えうえん》で人《ひと》を魅《み》しすぎる為《ため》、政府《せいふ》からインモーラルだと云《い》つて興行《こうぎやう》を差《さ》しとめられたほどだとそんな話《はなし》をした。さうして何《なに》かに憧《あこが》れてゐるやうな捉《とら》えたいものがあつてそれを追《お》ふやうな眼《め》をしてぢつと考《かんが》へてゐた。浴衣《ゆかた》の上《うへ》に重《かさ》ねた荒《あら》い格子《かうし》のお召《めし》の袷《あはせ》も意気《いき》であつた。細《ほそ》い博多《はかた》の伊達巻《だてまき》がずるこけてゐた。

富枝《とみゑ》はその美《うつく》しい顔《かほ》を、自分一人唯《じぶんひとりたゞ》かうして無意味《むいみ》に眺《なが》めてゐるのが惜《を》しいと思《おも》つた。其《そ》れを云《い》ふと三輪《みわ》は富枝《とみゑ》の顔《かほ》を見《み》て一寸笑《ちよつとわら》つた。倦怠《だる》さうに机《つくゑ》の上《うへ》に投《な》げだした湯《ゆ》に熱《ほて》つた手《て》を、三輪《みわ》は反《そ》らしたり握《にぎ》つたりして、また何《なに》も話《はな》さなくなつた。

二人《ふたり》は何《なんに》もお互《たがひ》の胸《むね》に触《ふ》れるところもなくつて別《わか》れた。それでも帰《かへ》る時《とき》三輪《みわ》は電車《でんしや》の停留場《ていりうぢやう》まで送《おく》つて来《き》た。富枝《とみゑ》は自分《じぶん》と一所《いつしよ》にゐた間《あひだ》の三輪《みわ》が始終興《しじうきよう》のない顔《かほ》をしてゐたと云《い》ふ感《かん》じだけを残《のこ》して麻布《あざぶ》へ帰《かへ》つた。

四十二

69頁・下・1　お姉様恋《あねさまこひ》しさに病気《びやうき》して　↓　病気《びやうき》して

69頁・下・2　一人移《ひとりうつ》つてゐる。　↓　一人移《ひとりうつ》つてゐると云《い》ふ染子《そめこ》からの手紙《てがみ》が来《き》た。

69頁・下・2　今日《けふ》…なのも知《し》れない。（〜69頁・下・8）　↓　相変《あひかは》らずお姉様《あねさま》が恋《こ》いしいと云《い》ふ字《じ》がいくつも記してあつた。

69頁・下・9　吉桜金吾《よしざくらきんご》と云《い》ふ大和座附《やまとざつき》の作者《さくしや》　↓　大和座附《やまとざつき》の作者《さくしや》

70頁・上・2　演《えん》じられる事《こと》　↓　演《えん》じること

70頁・上・4　扮《ふん》する　↓　扮《ふん》する筈《はず》の

70頁・上・5　などと話《はなし》する。　↓　と伝《つた》へた。

70頁・上・12　吉桜《よしざくら》を　↓　この作者《さくしや》を

70頁・上・18　と逃《に》げてばかりゐる。　↓　と逃《に》げてゐた。

70頁・上・21　富枝《とみゑ》を侮《あなど》つた訳《わけ》でなく、緑紫《りよくし》と云《い》ふ兄《あに》を立《た》てる積《つも》りで吉桜《よしざくら》は云《い》ふ。　↓　と吉桜《よしざくら》は云《い》ふ。

70頁・中・4　方《はう》がい、。　↓　方《はう》がい、、

70頁・中・9　帰《かへ》る。　↓　帰《かへ》つた。

70頁・中・10　聞《き》かずにゐる。　↓　聞《き》かずにゐた。
70頁・中・11　黙《だま》つてゐる。　↓　黙《だま》つてゐた。
70頁・中・14　早《はや》く…嬉《うれ》しいわ。（～70頁・中・16）
↓　（削除）
70頁・中・17　と云《い》つてた。　↓　と嬉《うれ》しさうであつた。
70頁・中・18
「四面《はう〴〵》から、作《さく》を非難《けな》されるに定《きま》つてゐるが怒《おこ》つちや可《い》けないよ。」
と富枝《とみえ》に云《い》つた。　↓
四面《はう〴〵》から作《さく》を非難《ひなん》されるに定《きま》つてるが怒《おこ》つちや可《い》けないと云《い》つた。
70頁・中・20　富枝《とみえ》は…と書《か》いて見《み》る。（～70頁・下・12）　↓　（削除）
70頁・下・13　其《そ》れを懐《ふところ》にして外《そと》へ出《で》る。　↓　富枝《とみえ》は外《そと》へ出《で》た。
70頁・下・13　劃然《かつきり》と　↓　空《そら》が劃然《かつきり》と
70頁・下・17　熱《あつ》くなつてくる。　↓　熱《あつ》くなつた。
70頁・下・17　蝙蝠傘《かうもりがさ》に日除《ひよ》けをして行《ゆ》く人《ひと》の影《かげ》がそゞろ懐《なつ》かしまれる。　↓　（削除）

四十三

71頁・上・1　砂利《じやり》の道《みち》…眺《なが》めてゐる。（～72頁・中・23）　↓

富枝《とみえ》は田端《たばた》へ行《い》つた。

染子《そめこ》は髪《かみ》の根《ね》も括《く》ゝらずにばら〳〵に下《さ》げた儘附人《まゝつきびと》の女《をんな》に手《て》を曳《ひ》かれて門《もん》のところに立《た》つてゐた。羽織《はおり》の濃《こ》い葡萄《ぶだう》色《いろ》が秋《あき》の日《ひ》を受《う》けて強《つよ》い色《いろ》に見《み》えた。

染子《そめこ》は昨夜《ゆふべ》一《ひ》と夜中《よぢう》富枝《とみえ》のことばかり云《い》ひつゞけて少《すこ》しも寝《ね》なかつたと女《をんな》が云《い》つた。さうして這々《はひ〴〵》人形《にんぎやう》を持《も》ち出《だ》してきてそれを富枝《とみえ》のところへ染子《そめこ》の記念《かたみ》だと云《い》つて置《お》いて来《き》てくれと云《い》つて、泣《な》いて〳〵仕方《しかた》がなかつたと話《はなし》た。染子《そめこ》も昨夜《ゆふべ》はどうしてもその這々《はひ〴〵》人形《にんぎやう》が物《もの》を云《い》ひさうで、自分《じぶん》の思《おも》つてゐることを残《のこ》らずお姉様《あねえさま》に伝《つた》へてくれるやうに思《おも》はれて仕方《しかた》がなかつたと云《い》つて、懐中《ふところ》のなかからその人形《にんぎやう》を出《だ》して富枝《とみえ》に見《み》せた。

「おはまが昨夜気味《ゆふべきみ》をわるがつて。」

と染子《そめこ》は女《をんな》を見《み》て少《すこ》し笑《わら》つた。

染子《そめこ》の眼《め》は磨《と》ぎすました刃物《はもの》のやうな光《ひか》りをもつて顔《かほ》が底光《そこびか》りのする様《やう》に蒼白《あをじろ》かつた。

「ね、この人形《にんぎやう》の口《くち》が動《うご》きさうでせう。眼《め》がお姉様《あねえさま》を見《み》てゐませう。このお人形《にんぎやう》のなかに私《わたくし》の心《こころ》がはいつてゐるんです。お姉様《あねゑさま》が恋《こ》ひしいつて泣《な》きますのよ。」

染子《そめこ》は然《さ》う云《い》つて人形《にんぎやう》を撫《な》でた。富枝《とみゑ》はいきなり染子《そめこ》の手《て》を取《と》つて其《そ》の甲《かふ》に接吻《きつす》した。染子《そめこ》は赤《あか》い顔《かほ》をして富枝《とみゑ》の袖《そで》の内《うち》に顔《かほ》を埋《うづ》めながら、

「沢山《たくさん》して頂戴《ちやうだい》。」

と云《い》つた。

染子《そめこ》は富枝《とみゑ》が来《く》るまで自分《じぶん》の髪《かみ》に誰《だれ》にも手《て》を付《つ》けさせないと云《い》つて聞《き》かないので、かうして気狂《きちが》ひのやうにばら〳〵の髪《かみ》をしてゐるのだとおはまが云《い》つたので、富枝《とみゑ》はリボンで結《むす》んでやつた。そうして、いくら貴女《あなた》が私《わたし》を恋《こ》ひしがつてくれても、貴女《あなた》は貴女《あなた》、自分《じぶん》は自分《じぶん》と別々《べつ〳〵》にこの世《よ》の中《なか》に生《うま》れて来《き》たのがもう定《さだま》つた運命《うんめい》で、どうしたつて貴女《あなた》と一所《いつしよ》に住《す》んで一所《いつしよ》に生活《せいくわつ》する訳《わけ》には行《い》かないのだから、つまらない事《こと》なんぞを思《おも》つて夜《よる》も寝《ね》なかつたり身體《からだ》を悪《わ》るくしたり、御両親《ごりやうしん》に心配《しんぱい》をかけたりするやうなら、私《わたし》は貴女《あなた》の爲《ため》を思《おも》つてもう来《こ》ないことにする、と富枝《とみゑ》はしつかりと染子《そめこ》に云《い》ふと染子《そめこ》はもう泣《な》いた。

お母様《かあさま》もお父様《とうさま》も兄様《にいさま》も、誰《だ》れも彼《か》れも厭《いや》で〳〵唯《たゞ》お姉様《あねゑさま》一人《ひとり》だけが好《す》きなのだから離《はな》れてゐるのはいやだと云《い》つて泣《な》いてゐた。

「いくら好《す》きでも、私《わたし》は一生《いつしやう》かうして貴女《あなた》の傍《そば》にはゐられませんもの。」

それを聞《き》くと染子《そめこ》は黙《だま》つて窓《まど》掛《か》けの下《した》へ行《い》つてその上《うへ》へ突《つ》つ伏《ぷ》した。丁度後《ちやうどうしろ》のピアノ台《だい》から譜《ふ》の本《ほん》と一所《いつしよ》に金《きん》の留針《ピン》が辷《すべ》つて床《ゆか》のうへに爽《さわや》かな音《ね》を立《た》てた。

富枝《とみゑ》は此方《こつち》から染子《そめこ》の泣《な》く姿《すがた》を少時《しばらく》眺《なが》めてゐたが、染子《そめこ》はいつまでも泣《な》いてゐた。

富枝《とみゑ》は今夜《こんや》宿《とま》ることにして漸《や》つと染子《そめこ》の機嫌《きげん》を直《なほ》させると、一所《いつしよ》に裏庭《うらには》から外《そと》へ出《で》て見《み》た。

四十四

72頁・下・1　富枝《とみゑ》は染子《そめこ》を伴《つ》れて裏庭《うらには》から外《そと》へ出《で》て見《み》る　↓　（削除）

72頁・下・4　射《さ》してゐる。↓　射《さ》してゐた。

72頁・下・5　杉《すぎ》の並木《なみき》の上《うへ》に朽《く》ちた色《いろ》を見《み》せる。↓　杉《すぎ》の並木《なみき》がくれに朽《く》ちたやうな色《いろ》に見《み》えた。

72頁・下・6　其《そ》れを…通《とほ》り抜《ぬ》ける。（〜72頁・下・9）↓　（削除）

72頁・下・10　見渡《みわた》される。↓　見渡《みわた》された。

72頁・下・13　素足《すあし》の白々《しら〱》と冷《つめ》たさうなのを見《み》ながら云《い》ふ。　→　素足《すあし》の冷《つめ》たさうなのを見《み》ながら云《い》つた。

73頁・上・3　思《おも》はれる。　→　思《おも》はれた。

73頁・上・4　病気《びやうき》の故《せい》で…光《ひかり》を含《も》つ。（〜73頁・上・6）　→　（削除）

73頁・上・7　洗《あら》ひ髪《がみ》が顔《かほ》に　→　髪《かみ》が染子《そめこ》の青《あを》い顔《かほ》に

73頁・上・10　柔《やさ》しさを見《み》せてると富枝《とみゑ》は眺《なが》める。　→　やはらかい柔《やさ》しさを見《み》せてゐた。

73頁・上・12　「寂しい…御座いませんか。」（〜73頁・中・10）　→　（削除）

73頁・中・11　眺《なが》める。　→　眺《なが》めた。

73頁・中・17　煙筒《ゑんとう》が太《ふと》く、　→　煙筒《ゑんとう》が太《ふと》く

73頁・中・21　立《た》つてる。　→　立《た》つてた。

73頁・中・25　何所《どこ》かへ　→　何所《どこ》かへか

73頁・下・2　思《おも》はれる。　→　思《おも》はれた。

73頁・下・4　嘗《かつ》て上野《うへの》…気《き》がしてならない。（〜73頁・下・10）　→　（削除）

73頁・下・15　「染子《そめこ》さん…か、つてゐた。（〜73頁・下・24）　→　そうして又染子《またそめこ》がなつかしかつた。富枝《とみゑ》は染子《そめこ》の手《て》をひいた。染子《そめこ》は淋《さび》しさうに富枝《とみゑ》の眺《なが》める方《はう》を自分《じぶん》も眺《なが》めながら立《た》つてゐた。其所《そこ》の芝生《しばふ》から秋寒《あきさむ》い風《かぜ》がふいて二人《ふたり》の肌《はだ》を冷々《ひや〱》とさせた。

四十五

74頁・上・1　富枝《とみゑ》は柱《はしら》に凭《もた》れて寝起《ねおき》の顔《かほ》を恍惚《うつとり》とさせてゐる　→　（削除）

74頁・上・7　寝《ね》てゐた姿《すがた》を、　→　寝《ね》てゐた姿《すがた》を

74頁・上・8　今富枝《とみゑ》は奇異《ふしぎ》な夢《ゆめ》のやうに繰返《くりかへ》してゐる。　→　今富枝《とみゑ》は縁《ゑん》に立《た》つて奇異《ふしぎ》な夢《ゆめ》のやうに繰返《くりかへ》した。

74頁・上・10　沈《しづ》んでゐる、　→　沈《しづ》んでゐた。

74頁・上・11　赤《あか》や紫《むらさき》のダリヤの花《はな》を一《ひ》と掴《つか》みにして持《も》つた染子《そめこ》が浮《う》き出《だ》した様《やう》に其所《そこ》へ現《あらは》れる。　→　ダリヤの花《はな》の乱《みだ》れて咲《さ》いた前《まへ》に立《た》つて染子《そめこ》は花《はな》を摘《つ》んでゐた。

74頁・上・13　懐《なつか》しさうな笑《ゑ》みを送《おく》る。　→　笑《ゑ》みを送《おく》つたけれども、

74頁・上・16　弾《はぢ》いてゐる。　→　弾《はぢ》いてゐた。

74頁・中・7　入《はい》つて了《しま》ふ。　→　入《はい》つて了《しま》つた。

74頁・中・8　揺《ゆら》いで残《のこ》る。　→　揺《ゆら》いで残《のこ》つた。

74頁・中・11　見《み》せずにゐる、　↓　見《み》せずにゐた。
74頁・下・6　不思議《ふしぎ》なことを書《か》いた　↓　思《おも》ひきつ
たことを書《か》いた
74頁・下・14　違《ちが》ひない。　↓　違《ちが》ひないと思《おも》つた。
74頁・下・15　と思《おも》つた…考《かんが》へる。（〜74頁・下・
17）↓（削除）
74頁・下・19　映《うつ》つてゐる。　↓　映《うつ》つてゐた。
74頁・下・20　立《た》つてゐる　↓　立《た》つてゐた
74頁・下・20　其《そ》の手《て》を取《と》る。染子《そめこ》は真《ま》つ赤《か》になつて富《とみ》
枝《え》の顔《かほ》を仰《あふ》いでゐる。　↓　其《そ》の手《て》を取《と》りながら、
74頁・下・23　「何《ど》うして？」　↓　「何《ど》うして。」
74頁・下・24　と富枝《とみえ》は其《そ》の赤《あか》い　↓　と其《そ》の赤《あか》い
74頁・下・24　何所《どこ》かで遠《とほ》く銃《じう》の音《おと》がしてゐる。　↓
（削除）
75頁・上・5　同情《ふう》　↓　風情《ふう》
75頁・上・10　向《む》いてゐる。　↓　向《む》いてゐた。
75頁・上・12　其《そ》の肩《かた》を押《お》す。下《さ》げた髪《かみ》が　↓　其《そ》の
肩《かた》を押《お》すと染子《そめこ》の下《さ》げた髪《かみ》が
75頁・上・14　か、る。　↓　か、つた。
75頁・上・15　「一生《しやう》…握《にぎ》つてゐた。（〜75頁・上・
23）↓
眼《め》の瞼《ふち》に残《のこ》つた薄《うす》い白粉《おしろい》もしほらしかつた。息《いき》が機《はづ》んで
ゐるのか赤《あか》い唇《くちびる》を半開《なかばあ》けてゐた。
75頁・中・1　閃《ひらめ》いてゐる。　↓　閃《ひらめ》いてゐた。
75頁・中・8　骨《ほね》と皮《かは》ばかり　↓　骨《ほね》と皮《かは》ばかりに

四十六

75頁・下・1　翌日《あくるひ》の　↓　富枝《とみえ》は二日《ふつか》を田端《たばた》で過《す》ご
して翌日《あくるひ》の
75頁・下・1　帰《かへ》ると、　↓　帰《かへ》つてきた。
75頁・下・1　姉《あね》も誰《だれ》もゐなかつた。　↓　姉《あね》もゐなか
つた。
75頁・下・2　おきそが…ないから。」（〜76頁・
上・18）↓
自分《じぶん》が田端《たばた》に宿《とま》つてゐた間緑紫《あひだりよくし》も帰《かへ》らなかつたのださう
である。都満子《つまこ》はなんでも貴枝《きえ》を何所《どこ》かへ連《つ》れだしたに
違《ちが》ひないと非道《ひど》く怒《おこ》つて先刻《さつき》あづまへ出《で》かけたとおきそ
が告《つ》げた。
なんと、恥《はぢ》をさらしに啀《いが》み合《あ》つてくる方《はう》がい、と富枝《とみえ》は
然《さ》う思《おも》つた。

76頁・上・19　室《へや》へ入《はい》る　↓　室《へや》へ入《はい》つた。
76頁・上・23　なつてゐる。　↓　なつてゐた。
76頁・中・3　一昨日《をとつひ》の事《こと》が幻《おぼろ》に　↓　一昨日《をと、ひ》の事《こと》が朧《おぼろ》に
76頁・中・11　病的《びやうてき》のやうになつてゐる。　↓　ぼんやりした。
76頁・中・14　昨夜《ゆうべ》の寝不足《ねぶそく》　↓　毎晩《まいばん》の寝不足《ねぶそく》
76頁・中・15　うつ〳〵と　↓　うと〳〵と
76頁・中・16　昨夜《ゆうべ》の姿《なり》で彼方《むかふ》から　↓　彼方《むかふ》から
76頁・中・17　来《く》ればいいのに　↓　来《く》ればいいのに
76頁・中・18　近附《ちかづ》かずにゐる、　↓　近附《ちかづ》かずにゐる。
76頁・中・24　立《た》たうとすると、　↓　立《た》たうとすると
76頁・中・26　圧《お》し附《つ》けられた様《やう》で口中《こうちゆう》が乾《かわ》きにかわいてゐた。　↓　圧《お》し附《つ》けられてる様《やう》で口《くち》の中《なか》がかわいた。
76頁・下・3　見《み》てゐる。　↓　見《み》てゐた。
76頁・下・7　見《み》れませう。」　↓　見《み》えませう。」と笑《わら》つた。
76頁・下・8　「何《ど》うだか。」　↓　（削除）
76頁・下・12　何《ど》うしたとも、何《なん》とも　↓　何《ど》うしたとも何《なん》とも
76頁・下・17　眼《め》の端《はし》も、額《ひたひ》まで赤《あか》くなつゐる。　↓　眼《め》の端《は》しも額《ひたへ》まで赤《あか》くなつてゐた。
76頁・下・25　無言《むごん》でゐる。　↓　無言《むごん》でゐた。
77頁・上・1　突然《だしぬけ》なので富枝《とみゑ》が　↓　都満子《つまこ》は突然《だしぬけ》にそう云《お》つた。富枝《とみゑ》が
77頁・上・6　富枝《とみゑ》は八《や》つ當《あた》りだらうと気《き》にもかけずにゐる。　↓　（削除）
77頁・上・11　揃《そろ》つたもんだわね。」　↓　揃《そろ》つたもんだね。」と大《おほ》きな声《こゑ》で云《い》つた。
77頁・上・13　富枝《とみゑ》は呆気《あつけ》にとられた様《やう》に黙《だま》つてゐる。　↓　富枝《とみゑ》は八《や》つ当《あた》りだらうと思《おも》つてだまつてゐた。都満子《つまこ》はか、さにか、つて種々《いろ〳〵》な事《こと》を云《い》つた。

四十七

77頁・中・1　「急《きふ》に…妾《わたし》もさ。」（〜77頁・中・11）↓　急《きふ》に故郷《くに》へそう云《い》つてやつてお前《まへ》を呼《よ》ばせる。学校《がくかう》は止《や》めるし、夜宿《よどま》りはするし、ぶら〳〵遊《あす》んでゐて文学《ぶんがく》の研究《けんきう》が聞《き》いて呆《あき》れる、どうせそんな事《こと》をしてゐるうちに碌《ろく》

なことは仕出来《しでか》さないんだ、堕落《だらく》して了《しま》ふんだ。第一《だい》か
うして置《お》いてはお前《まへ》の為《ため》にも自分《じぶん》の為《ため》にもならないんだ
から国《くに》へ帰《かへ》してしまふ。兄《あに》の傍《そば》にはお前《まへ》をおく事《こと》は出来《でき》
ないのだ。と都満子《つまこ》はそれまで云《い》つた。
77頁・中・12　富枝《とみゑ》はついと立《た》つて、黙《だま》つて家《うち》を出《で》やう
とした。↓　富枝《とみゑ》は黙《だま》つて家《うち》を出《で》た。
77頁・中・14　「もう其《そ》の通《とほ》りだ。気《き》ばかり強《つよ》くなつて
……文学《ぶんがく》の研究《けんきう》が聞《き》いて呆《あき》れる。」↓　（削除）
77頁・下・6　聞《きこ》𛀁る。↓　聞《きこ》えた。
77頁・下・11　お嬢様《ちやうさん》お嬢様《ちやうさん》、と呼《よ》ぶ。↓　お嬢様《ちやうさま》お
嬢様《ちやうさま》と呼《よ》んだ。
77頁・下・13　「なに？　騒々《さう〴〵》しいね。」↓　（削
除）
77頁・下・21　早々《さつさ》と歩《ある》き出《だ》す。↓　早々《さつさ》と歩《ある》き出《だ》し
た。
78頁・上・4　濡《ぬ》れてゐる。↓　濡《ぬ》れてゐた。
78頁・上・21　事《こと》ですで、↓　事《こと》なら、
78頁・中・11　母親《はゝおや》が云《い》ふ。↓　母親《はゝおや》が云《い》ふ、

四十八

78頁・下・5　かも知《し》れない。↓　かも知《し》れない、
78頁・下・6　新聞記事《しんぶんきじ》が実《じつ》なのかも知《し》れない、↓
新聞記事《しんぶんきじ》が事実《じじつ》なのかも知《し》れない
79頁・上・5　現《あらは》されうな　↓　現《あらは》れさうな
79頁・上・14　薄《うつ》すりしてゐる。↓　薄《うつ》すりしてゐた。
79頁・上・24　味《あぢは》れなかつた。↓　味《あぢは》はれなかつた。
79頁・中・3　位置《ゐち》もない　↓　地位《ちゐ》もない
79頁・中・20　入《はい》つく行《ゆ》く。↓　入《はい》つた。
79頁・中・23　挨拶《あいさつ》をしてゐる。↓　挨拶《あいさつ》をしてゐた。
79頁・中・23　腰《こし》をかける。↓　腰《こし》をかけた。
79頁・下・2　耳《みゝ》に入《はい》る。↓　耳《みゝ》に入《はい》つた。
79頁・下・9　足下《あしもと》を眺《なが》めてゐる。↓　脚下《あしもと》を眺《なが》めて
ゐた。
80頁・上・9　腰《こし》をかける。↓　腰《こし》をかけた。

四十九

80頁・中・15　憶劫《おくくう》さうな足取《あしどり》をして其《そ》れへ乗《の》る　↓
憶劫《おつくう》さうな足取《あしどり》をして其《そ》れへ乗《の》つた。
80頁・下・17　遊《あそ》ばしてゐる。↓　遊《あそ》ばしてゐた。
80頁・下・20　紫都子《しづこ》は仰向《あふむ》く。↓　紫都子《しづこ》は仰向《あふむ》い

た。

80頁・下・22　「もうお寝《ね》なさいよ。世話《せわ》を焼《や》かさないで。」　↓　（削除）

80頁・下・24　ほつと息《いき》を吐《つ》いた。暗《くら》い中《なか》に　↓　ほつとしながら暗《くら》い中《なか》に

81頁・上・1　立《た》つてゐると　↓　立《た》つてゐると、

81頁・上・5　明瞭《はつきり》と見《み》ゐた。　↓　明瞭《はつきり》と見《み》える。

81頁・上・8　眼《め》を移《うつ》す。　↓　眼《め》を移《うつ》した。

81頁・上・14　入《はい》る。　↓　入《はい》つた。

81頁・上・15　押附《おしつ》けると、床《ゆか》の下地《したぢ》の中《なか》までも　↓　押附《おしつ》けるとどしんと地《ぢ》の中《なか》へ

81頁・上・23　覚《さ》めたばかりの自分《じぶん》は　↓　覚《さ》めたばかりの富枝《とみゑ》は

81頁・中・7　声《こゑ》もした、　↓　声《こゑ》もした。

五十

82頁・上・5　入《はい》るとき　↓　入《はい》らうとすると

82頁・中・4　床《とこ》へ　↓　床《とこ》に

82頁・下・5　云《い》つたから、　↓　云《いつ》てから、

82頁・下・14　黙《だま》つてゐる、　↓　黙《だま》つてゐた。

82頁・下・17　自分《じぶん》へ対《たい》して　↓　自分《じぶん》に対《たい》して

82頁・下・25　云《い》はずにゐる。　↓　云《い》はなかつた。

83頁・上・3　昨夜《ゆうべ》その明《あか》り　↓　昨夜《ゆふべ》の明《あか》り

五十一

83頁・中・3　抜《ぬ》けた身體《からだ》は、　↓　抜《ぬ》けた身體《からだ》は

83頁・中・8　顔《かほ》を合《あは》せた時《とき》、　↓　顔《かほ》を合《あは》せたが、

83頁・下・6　顔《かほ》を眺《なが》める。　↓　顔《かほ》を眺《なが》めた。

83頁・下・17　見《み》てもする。　↓　見《み》えもする。

84頁・上・4　時間《じかん》であつた。　↓　時間《じかん》であつた、

五十二

85頁・中・7　富枝《とみゑ》も　↓　貴枝《きゑ》も

85頁・中・12　斯《か》う云《い》ふ。　↓　斯《か》う云《い》つた。

85頁・中・15　「困《こま》るのよ。」　↓　（削除）

85頁・中・22　微笑《ほゝゑ》んでゐる、　↓　微笑《ほゝゑ》んでゐる。

85頁・中・24　見《み》ゐる。　↓　見《み》えた。

85頁・下・16　そして　↓　さうして

85頁・下・16　打見《うちみ》てゐる。　↓　打見《うちみ》てゐた。

85頁・下・20　辛《つら》かつたので、　↓　辛《つら》かつたので

85頁・下・24　気《き》にしてゐる。　→　気《き》にしてゐた。
86頁・上・14　しずにゐる。　→　しずにゐた。
86頁・上・18　そんは恥《は》づべき　→　そんな耻《は》づべき
86頁・上・19　と考《かんが》へてゐる。　→　と考《かんが》へてゐた。

五十三

86頁・中・1　聞《き》いてゐる。　→　聞《き》いてゐた。
86頁・中・10　富枝《とみゑ》は考《かんが》へる。　→　富枝《とみゑ》は考《かんが》へた。
86頁・中・11　と判断《はんだん》する。　→　と判断《はんだん》した。
86頁・下・2　皮肉《ひにく》に云《い》ふ。　→　皮肉《ひにく》に云《い》つた。
87頁・上・22　傭《やと》ふがいい　→　傭《やと》ふが宜《い》い
87頁・中・2　云《い》はないで、　→　云《い》はないで
87頁・中・9　上《うへ》へ返《かへ》つて、　→　上《うへ》へ返《かへ》つた。

五十四

88頁・上・2　お埒《らち》は勧《すゝ》める。　→　お埒《らち》は勧《すゝ》めた。
88頁・上・6　引留《ひきと》めておいて、　→　引留《ひきと》めておいて
88頁・中・18　云《い》ひ出《だ》す。　→　云《い》ひ出《だ》した。
88頁・中・18　傍《そば》とは違《ちが》つた　→　傍《そば》とは違《ちが》つて
88頁・中・19　美《うつく》しく見《み》ゑる。　→　美《うつく》しく見《み》えた。
88頁・中・25　思《おも》はれ。　→　思《おも》はれた。
88頁・中・26　簪花《かんざし》を買《か》つた、　→　簪花《かんざし》を買《か》つた。
88頁・下・3　両人《ふたり》で島田《しまだ》　→　両人島田《ふたりしまだ》
88頁・下・7　仰向《あふむ》いた、　→　仰向《あふむ》いた。
88頁・下・10　云《い》つてる、　→　云《い》つてる。
88頁・下・19　富枝《とみゑ》は商店《しやうてん》の硝子戸《ガラスど》に映《うつ》る姿《すがた》を見《み》ながら歩《ある》いてゆく。　→　（削除）
88頁・下・20　ショール　→　襟巻《ゑりまき》
89頁・上・4　笑《わら》ひ出《だ》す。　→　笑《わら》つたが、
89頁・上・6　云《い》ひ張《は》る。　→　云《い》ひ張《は》つた。
89頁・上・10　いぢつて見《み》る。　→　いぢつて見《み》た。
89頁・上・17　思《おも》つてゐた、　→　思《おも》つてゐた。
89頁・上・18　行《い》つた時《とき》　→　行《い》つた時《とき》、

五十五

89頁・下・3　繰《く》り返《かへ》してゐる。　→　繰《く》り返《かへ》してゐた。
89頁・下・5　簪花《かんざし》を　→　花簪《かんざし》を
90頁・上・8　取巻《とりま》いてゐる。　→　取巻《とりま》いてゐた。
90頁・中・19　と云《い》ふ様《やう》な　→　と云《い》ふ
90頁・中・20　両人《ふたり》の身服装《みなり》がこんな旅行《りよかう》に不相応《ふさは》しく

ないと認《みと》めなかつたので、大方誰《おほかただれ》か先《さ》きに箱根《はこね》へ行《い》つてゞもゐて、姉妹《きやうだい》が不意《ふい》に其所《そこ》へ行《ゆ》く途中《とちう》なのでもあらうかと推《すゐ》した様《やう》な眼《め》で、再《ふた》び二人《ふたり》を見《み》てゐる。　↓
（削除）

90頁・下・8　感《かん》じられる。　↓　感《かん》じられた。

90頁・下・23　感《かん》じてゐる。　↓　感《かん》じてゐた。

91頁・上・10　寒《さむ》いわね、箱根《はこね》は。　↓　寒《さむ》いわねえ箱根《はこね》は。

五十六

91頁・中・3　笑《わら》つてゐる。　↓　笑《わら》つた。

91頁・中・6　眺《なが》めてゐる。　↓　眺《なが》めてゐた。

91頁・中・13　と云《い》つて　↓　と云《いつ》て

91頁・中・14　遅《おそ》いのををかしがる。　↓　遅《おそ》いのををかしがつた。

91頁・下・9　膳《ぜん》に向《むか》ふ。　↓　膳《ぜん》に向《むか》つた。

91頁・下・16　下女《をんな》に話《はなし》する。　↓　下女《をんな》に話《はなし》した。

92頁・上・5　もんだのに。つて。　↓　もんだのに、つて。

92頁・上・8　森《しん》としてゐる　↓　森《しん》としてる。

92頁・上・13　下女《げぢよ》は　↓　富枝《とみえ》が聞《き》くと下女《げぢよ》は

92頁・上・19　猶今時分《なほいまじぶん》　↓　今時分《いまじぶん》

92頁・上・22　だらうのと　↓　だらうの、と

92頁・上・23　云《い》つてる。　↓　云《い》つた。

92頁・上・25　と笑《わら》つて云《い》ふ。　↓　（削除）

92頁・中・6　珍《めづ》らしく眺《なが》める。　↓　珍《めづ》らしく眺《なが》めた。

92頁・中・14　考《かんが》へる。　↓　考《かんが》へてる。

92頁・中・23　云《い》ひ出《だ》す。　↓　云《い》ひ出《だ》した。

五十七

93頁・上・1　寝《ね》られないと、　↓　寝《ね》られないと云つて、

93頁・上・2　動《うご》き返《かへ》つてゐる。　↓　動《うご》き返《かへ》つた。

93頁・上・7　蔭《かげ》を作《つく》る。↓　蔭《かげ》を作《つく》つて、

93頁・上・7　房《ふさ》が揺《ゆ》れる。　↓　ふさが揺《ゆ》れた。

93頁・中・7　痛《いた》いと怒《おこ》る。　↓　痛《いた》いと怒《おこ》つた。

93頁・中・19　泣《な》くであらうと考《かんが》へる。　↓　泣《な》くであらうのにと考《かんが》へた。

93頁・中・22　馴《な》れないで　↓　馴《な》れないで。

93頁・中・25　五歳《いつつ》の時《とき》に。　↓　五歳《いつつ》の時《とき》よ。

93頁・下・11　煙草火《たばこび》 → 煙草《たばこ》の火《ひ》
93頁・下・19　笑《わら》ふ。 → 笑《わら》つた。
94頁・上・3　眺《なが》めてゐる。 → 眺《なが》めてゐた。
94頁・上・3　下方《したはう》への傾斜《かた》いで → 下《した》の方《はう》へ傾斜《かし》
いだ
94頁・上・5　簪花《かんざし》を抜《ぬ》いてやる。 → 花簪《かんざし》を抜《ぬ》いて
やつた。
94頁・上・9　胸《むね》に染《し》みて → 胸《むね》に徹《し》みて

五十八

94頁・中・4　心持《こゝろもち》であつた、 → 心持《こゝろもち》であつた。
94頁・中・11　少時門《しばらくもん》を閉《と》ざすと云《い》つた様《やう》な山《やま》の形《かたち》が富《とみ》
枝《え》の心《こゝろ》を傷《いた》ましくさせる。 → （削除）
94頁・下・9　馳《か》けて行《い》つた、 → 馳《か》けて行《い》つた。
94頁・下・17　見《み》ゐる。 → 見《み》えた。
95頁・上・4　中腰《ちうごし》になつてゐる。 → 中腰《ちうごし》になつた。
95頁・上・23　大絣《おほがすり》の着物《きもの》に緋博多《ひはかた》の帯《おび》を揃《そろ》へて →
大絣《だいがすり》の着物《きもの》を
95頁・上・24　渡《わた》してから、 → 渡《わた》してから
95頁・中・1　新《あた》しい褌《ゆもじ》 → 新《あた》しい湯文字《ゆもじ》
95頁・中・2　行《い》つてやる。 → 行《い》つた。
95頁・中・17　やらうとして、 → やらうとして
95頁・中・18　来《き》て中《なか》から桃色縮緬《もゝいろちりめん》の扱《しご》きを出《だ》した。
→ 来《き》たが思《おも》ひ直《なほ》して中《なか》から緋《ひ》しぼりの扱《しご》きを出《だ》した。
95頁・中・22　巻《ま》き附《つ》けた。 → 巻《ま》いた。

五十九

96頁・上・2　帰《かへ》つてくる。 → 帰《かへ》つてきた。
96頁・上・3　貴枝《きえ》は先《さ》きへ → 貴枝《きえ》が先《さき》に
96頁・上・3　坐《すわ》る → 坐《すわ》ると
96頁・上・4　お埒《らち》は又《また》 → 又《また》
96頁・上・6　仕上《しあ》げる。 → 仕《し》た。
96頁・上・6　お埒《らち》は傍《そば》から口《くち》を添《そ》へて髪《かみ》は自分《じぶん》が撫《な》で
附《つ》けてやつた。 → （削除）
96頁・上・12　女《をんな》に云《い》ふ。 → 女《をんな》に云《い》つた。
96頁・上・16　注《あつ》めてゐる。 → 注《あつ》めてゐた。
96頁・中・7　菓子《くわし》を摘《つま》んで、 → 菓子《くわし》を摘《つま》んで
96頁・中・11　思《おも》つてゐたが → 思《おも》つてゐたら

六十

97頁・上・2　附《つ》けてゐる。　↓　附《つ》けてゐた。

97頁・上・12　眼《め》を　↓　眼《め》も

97頁・中・1　事《こと》にする。　↓　事《こと》にした。

97頁・中・18　挨拶《あいさつ》してから、　↓　挨拶《あいさつ》してから。

97頁・中・23　富枝《とみゑ》は笑《わら》ふばかりであつた。　↓　（削除）

97頁・下・8　と云《い》つた　↓　と云《い》つてから

97頁・下・12　眼《め》で笑《わら》ふ。　↓　眼《め》で笑《わら》つた。

97頁・下・22　これは富枝《とみゑ》の　↓　富枝《とみゑ》の

六十一

98頁・中・4　呼《よ》ばれた、　↓　呼《よ》ばれた。

98頁・中・11　黙《だま》つてゐる。　↓　黙《だま》つてゐた。

98頁・下・24　かけないと云《い》ふ。　↓　かけないと云《い》つた。

99頁・上・2　改《あらた》まられると　↓　改《あらた》まられると、

99頁・上・2　極《きま》りが悪《わ》るい。　↓　極《きま》りが悪《わ》るい、

99頁・中・7　よろしく。　↓　よろしく、

99頁・中・16　歩《ある》いて頻《しきり》に都満子《つまこ》を　↓　歩《ある》きながら頻《しきり》に姉《あね》を

六十二

99頁・下・11　挨拶《あいさつ》する。　↓　挨拶《あいさつ》した。

99頁・下・11　白《しろ》の襦袢《じゆばん》　↓　白《しろ》い襦袢《じゆばん》

100頁・上・4　い、ゑ、お動《うご》けに　↓　い、えお動《うご》け

100頁・上・11　妾《わたし》いま、　↓　妾《わたくし》、いま

100頁・上・12　富枝《とみゑ》も思《おも》はず微笑《びせう》しながら脳神経衰弱《なうしんけいすゐじやく》ではないかと聞《き》くと、その通《とほ》りの名《な》だと答《こた》へる。　↓　（削除）

100頁・上・17　声《こゑ》が何《なに》か　↓　声《こゑ》が

100頁・中・1　起《お》きてゐる。　↓　起《お》きてゐた。

100頁・中・9　辞儀《じぎ》をする。　↓　辞儀《じぎ》をした。

六十三

101頁・中・19　頼《たの》んだ、　↓　頼《たの》んだ。

101頁・下・8　帰《かへ》るのもあつた、　↓　帰《かへ》るのもあつた。

101頁・下・18　お相人《あひて》　↓　お相手《あひて》

六十四

102頁・下・20　顔《かほ》をしてゐる。　↓　顔《かほ》をしてゐた。

103頁・上・3　此処《ここ》に新《あたら》しく　↓　新《あたら》しく

103頁・上・17　分配《ぶんぱい》する　↓　おすそ分《わ》けする

103頁・上・23　残《のこ》りがまだ出《で》る　↓　残《のこ》りがある

103頁・中・4　思《おも》へた。」　↓　思《おも》へた。

103頁・中・10　詞戯《からか》ひ　↓　調戯《からか》ひ

103頁・中・20　密《ひそか》に考《かんが》へた。　↓　考《かんが》へてゐた。

六十五

103頁・下・4　出《で》て行《い》つた限《ぎ》りである。　↓　出《で》た限《ぎ》り
だつた。

104頁・上・9　なつてゐて、　↓　なつてゐて

104頁・上・13　私《わたし》は悲《かな》しい　↓　悲《かな》しい

104頁・上・16　と小説《せうせつ》のやうなことを云《い》つて　↓　斯《こ》
んなことを云《い》つて

104頁・上・20　お姉様《あねゑさま》、私《わたし》は　↓　私《わたくし》は

104頁・上・22　わやしく　↓　わやわや

104頁・中・3　をさせ申《まを》す　↓　おさせ申《まを》す

104頁・中・19　お安静申《おちつけまを》す　↓　お安静《おちつ》かせ申《まを》す

104頁・中・21　枝富《ゑとみ》は染子《そめこ》に逢《あ》はずに　↓　富枝《とみゑ》は染《そめ》
子《こ》に別《わか》れも告《つ》げずに

104頁・下・7　ない程古《ほどふる》ぼけた、　↓　ない程《ほど》。古《ふる》ぼけ
た

104頁・下・11　此処《ここ》に、自分《じぶん》は　↓　自分《じぶん》は

104頁・下・12　時代相当《じだいさうたう》　↓　時代相応《じだいさうおう》

104頁・下・20　出沙張《でしやば》つてる　↓　出娑婆《でしやば》つてる

104頁・下・21　富枝《とみゑ》は大胆《だいたん》に兄《あに》へ　↓　富枝《とみゑ》は兄《あに》へ

104頁・下・23　相人《あひて》のない　↓　相手《あひて》のない

六十六

105頁・中・1　塵泥《ちんでい》　↓　その内《うち》に塵泥《ちんでい》

105頁・中・1　非常《ひじやう》の大入《おほい》り　↓　非常《ひじやう》な大入《おほい》り

105頁・中・4　来《き》てゐると、　↓　来《き》てゐたと、

105頁・中・8　悲愁《ペツソ》　↓　哀愁《あいしう》

106頁・中・5　悦《よろこ》んだ、立《た》たうとすると、　↓　悦《よろこ》んで立《た》
たうとすると、

106頁・中・16　と都満子《つまこ》は云《い》つた。　↓　と都満子《つまこ》が云《い》
ふと、

106頁・中・20　と其処《そこ》で都満子《つまこ》は　↓　と半田《はんだ》が云《い》ふ
ので都満子《つまこ》は

106頁・中・20　勧《すゝ》めたけれ共《ども》、　↓　勧《すゝ》めたけれ共《ども》
106頁・下・5　窈艶《あでやか》な姿《なり》　↓　艶《つや》つぽい姿《なり》

六十七

107頁・上・10　欲《ほ》しかつたので　↓　欲《ほ》しかつたので、
107頁・中・5　忘《わす》られなかつたら、又《また》　↓　忘《わすれ》られなかつた。そうして又《また》
107頁・下・3　「そんなもの、　↓　「そんなもの
107頁・下・8　示《しめ》してゐる。　↓　示《しめ》した。
108頁・上・7　と云《い》つてやつた。　↓　と書《か》いた。

六十八

108頁・中・4　三日目《め》の夕方《ゆふがた》　↓　三日目《め》
108頁・中・6　緑紫《りよくし》の許《ところ》へ　↓　緑紫《りよくし》のところへ
108頁・中・6　客《きやく》があつて台所《だいどころ》ではおきそも　↓　客《きやく》があつて、おきそも
108頁・下・5　分《わか》つて、　↓　分《わか》つて
108頁・下・6　出来《でき》なかつた、　↓　出来《でき》なかつた。
108頁・下・18　前《まへ》に出《で》ると、　↓　前《まへ》に出《で》ると
109頁・上・6　生地《きぢ》の儘《まゝ》の　↓　生地《きぢ》の儘《まゝ》な
109頁・上・16　了《しま》ふまで　↓　しまふまで
109頁・中・5　驚《おどろ》かされる。　↓　驚《おどろ》かされた。
109頁・中・15　僅《ほん》の　↓　染谷《そめや》では僅《ほん》の
109頁・中・22　要《い》るもんだに。　↓　要《い》るものだに。

六十九

110頁・上・2　ことにした。　↓　ことにさせて
110頁・上・3　その晩《ばん》は湯《ゆ》をたてなかつたので富枝《とみえ》を附《つ》けて　↓　富枝《とみえ》を附《つ》けて
110頁・中・20　為《し》やはるので困《こま》る　↓　お為《し》やすで困《こま》る、
110頁・下・3　茶《ちや》が出《で》んで、　↓　茶《ちや》が出《で》んで
110頁・下・6　眼《め》が上《あ》がつて　↓　眼《め》があがつて
110頁・下・8　と云《い》つた。この話《はなし》には　↓　このはなしには
110頁・下・12　屢打《しばたゝ》かして　↓　屢打《しばたゝ》かして、
110頁・下・12　明瞭《はつきり》　↓　鮮明《はつきり》
111頁・上・8　廃《や》めたさうなで、　↓　廃《や》めたさうなで

七十

（異同なし）

七十一〔112頁〕

113頁・上・3　ありやせんが、　↓　ありませんが、
113頁・上・23　空《むな》しく明日《あした》に　↓　また明日《あした》に
113頁・下・3　寝《ね》るまでも、あんな没暁漢《わからずや》　↓　寝《ね》る
迄《まで》も、あんなわからずや
113頁・下・10　その若《わか》い女《をんな》　↓　若《わか》い女《をんな》

七十二

114頁・上・1　お伊予《いよ》は　↓　あくる日《ひ》お伊予《いよ》は
114頁・上・10　商業《しやうばい》　↓　職業《しやうばい》
114頁・下・1　黙《だま》つてゐる。　↓　黙《だま》つてゐた。
115頁・上・12　つきそうに　↓　つきさうに
115頁・上・13　笑《わら》ひもした。　↓　笑《わら》ひながら。
115頁・上・15　奇麗《きれい》に　↓　綺麗《きれい》に
115頁・上・21　富枝《とみえ》は容易《ようい》に、　↓　自分《じぶん》のしごとは
田舎《ゐなか》にゐても出来《でき》ることだからと云《い》つて、富枝《とみえ》は容易《たやす》く

七十三

115頁・中・3　渡《わた》して、　↓　渡《わた》した。
115頁・下・16　都満子《つまこ》の記憶《きおく》にはなかつた。　↓　（削
除）
116頁・中・11　都満子《つまこ》…のであつた。（116頁・中・
22）　↓　（削除）

七十四

116頁・下・14　富枝《とみえ》さんは　↓　富枝《とみえ》さんが
117頁・上・6　と聞《き》いた。　↓　（削除）
117頁・上・6　それが気《き》になつて　↓　それがこの間《あひだ》
から気《き》になつて
117頁・上・14　告別《こくべつ》した。　↓　告《つ》げると、
117頁・上・17　行《ゆ》かなくとも　↓　行《ゆ》かなくも
117頁・上・20　都満子《つまこ》と話《はなし》の合《あ》ひさうな言葉《ことば》であつた。
↓　（削除）
117頁・中・4　思《おも》ひ立《た》つたのは　↓　思《おも》ひ立《たつ》たのは

七十五

118頁・中・8　冷《ひや》かす様《やう》に　↓　冷《ひや》かすやうに
118頁・下・14　真直《まつすぐ》来《き》た　↓　真直《まつす》ぐ来《き》た

118頁・下・16　暖《あた》めさせなどして。　↓　暖《あた》めさせなどした。

七十六

119頁・中・15　見返《みかへ》つた　↓　見返《みかへ》つた。

119頁・下・1　寒《さむ》そらに風《かぜ》も　↓　寒《さむ》さうな風《ふう》も

119頁・下・15　箝《は》めてやつて。　↓　箝《は》めてやつた。

120頁・上・7　をりました　↓　おりました

120頁・上・9　雇《やと》ひ入《い》れて　↓　雇入《やとひい》れて

120頁・上・18　女《をんな》も車《くるま》と　↓　女《をんな》ものろい車《くるま》と

120頁・上・22　置時計《おきどけい》　↓　時計《おきどけい》

120頁・中・2　斯《か》く云《い》つて　↓　と斯《か》う云《い》つて

七十七

120頁・下・1　殆《ほとん》ど夜《よる》を　↓　夜《よる》を

121頁・上・4　閉《た》て切《き》つてある　↓　閉《た》て切《き》つた

121頁・上・16　帰《かへ》らないで、　↓　帰《かへ》らないで。

121頁・上・18　斯《か》く云《い》つて　↓　斯《か》う云《い》つて

121頁・中・13　染小《そめこ》は、　↓　染子《そめこ》は

七十八

122頁・上・4　と染子《そめこ》は　↓　染子《そめこ》は

122頁・中・14　との事《こと》だつた　↓　との事《こと》だつた。

122頁・中・16　積《つも》りだと其《そ》れ　↓　積《つも》りだと、それ

122頁・中・19　と夫人《ふじん》の調子《てうし》　↓　夫人《ふじん》の調子《てうし》

122頁・下・6　揃《そろ》つた角《かど》を　↓　揃《そろ》つて角《かど》を

122頁・下・7　大《おほ》きな畑《はたけ》で　↓　大《おほ》きな畑《はたけ》で、

122頁・下・13　動《うご》かずにゐた　↓　動《うご》かずにゐた。

122頁・下・18　斯《か》く言葉《ことば》を　↓　斯《か》う言葉《ことば》を

123頁・上・6　夫人《ふじん》は不思議《ふしぎ》さうに染子《そめこ》の　↓　夫人《ふじん》は染子《そめこ》の

七十九

123頁・中・1　初《はじ》め夫人《ふじん》は富枝《とみえ》を止《と》めやうとはしなかつた。けれ共余《どもあま》り染子《そめこ》が富枝《とみえ》を慕《した》ふ為《ため》に遂《つひ》気《き》を惹《ひ》かれて、今日《けふ》一日も御迷惑《ごめいわく》でなければと云《い》つて大磯《おほいそ》にとゞまる事《こと》を勧《すゝ》めた。　↓　夫人《ふじん》も当分《たうぶん》この通《とほ》り病気《びやうき》でろくな待遇《もてなし》もできないから、全快《ぜんくわい》した上《うへ》で又《また》ゆつくりと遊《あそ》びに来《き》て頂《いたゞ》く、と富枝《とみえ》の帰《かへ》るのを喜《よろこ》ぶ様《やう》にして云《い》つた。

123頁・中・7　富枝《とみえ》は折《をり》を見《み》て又訪《またたづ》ねるからと云《い》つて遂《つひ》

に帰《かへ》ることにした。　↓　（削除）
123頁・中・8　帰《かへ》る時《とき》　↓　帰《かへ》る時《とき》、
123頁・中・14　と告《つ》げた、　↓　と告《つ》げた。
123頁・下・16　帰《かへ》つて来《き》てゐた。兄《あに》は、　↓　帰《かへ》つて
来《き》てゐた、兄《あに》は
123頁・下・20　と云《い》つた、　↓　と云《い》つた。
123頁・下・21　機会《をり》　↓　機《をり》
124頁・上・1　猶降《なほふ》つてゐる。　↓　猶降《なほふ》つてゐた。
124頁・上・18　鍵《かぎ》をかけた、　↓　鍵《かぎ》をかけた。

八十

124頁・下・6　云《い》つてた事《こと》を　↓　云《い》つてたことを
124頁・下・7　扇子《せんす》を買《か》つた、四円《ゑん》二十銭《せん》と云《い》ふ二十銭《せん》
の端《はした》が富枝《とみゑ》の耳《みゝ》に異様《いやう》に響《ひゞ》いた。　↓　扇子《せんす》を買《か》つた。
124頁・下・9　後《あと》で誰《だれ》か　↓　後《あ》とで誰《だ》れか
124頁・下・10　貰《もら》ふつもりに為《し》た。　↓　貰《もら》はうとおも
つた。
124頁・下・16　珠数《ずゆず》のいい　↓　珠数《じゆづ》の好《い》い
125頁・中・10　聞《き》かなつた　↓　聞《き》かなつた。
125頁・中・17　艶麗《あでやか》に　↓　仇《あだ》つぽく
125頁・中・22　富枝《とみゑ》はその千万次《ちまじ》　↓　その千万次《ちまじ》
125頁・下・15　月次《つきなみ》らしく　↓　月並《つきなみ》らしく

静岡の友（初出　↓『紅』所収）

128頁・2　出《で》かけたのだと今《いま》になつて下女《げぢよ》は話《はな》した。
↓　出《で》かけたのだつた。
129頁・5　かう何《なん》だか　↓　もう何《なん》だか
129頁・9　嫁入《よめい》りしない　↓　結婚《けつこん》をしない
130頁・1　詩《し》と文《ぶん》にばかりに　↓　文学《ぶんがく》ばかりに
131頁・14　その時《とき》　↓　自然《しぜん》
131頁・17　行《ゆ》きがゝり上《じやう》　↓　行《ゆ》きがゝりから
131頁・17　友《とも》のことを、物質上非常《ぶつしつじやうひじやう》に煩悶《はんもん》してゐる
↓　友《とも》のことをお家《うち》が余《あま》り富裕《ゆたか》でない
132頁・13　だつたのだそうで、　↓　だつたのだが
132頁・15　抜《ひら》いてゐた　↓　抜《ぬ》いてゐた
133頁・15　初《はじ》めて　↓　其時初《そのときはじ》めて
133頁・15　生活状態《せいくわつじやうたい》　↓　生活《せいくわつ》
133頁・15　何故遊山《なにゆゑゆうざん》にばかり耽《ふけ》つてこの事多《ことおほ》い日《ひ》を費《つひや》す
のだらうか、それは富《とみ》が余《あま》り暢気《のんき》な生活《くらし》をしてゐると

云《い》ふ事《こと》を表象《ひやうしやう》した言葉《ことば》とは私《わたし》に受取《うけと》れなかつたのである。そうして私《わたし》は結《ゆ》ひ立《た》ての髪《かみ》をばらつかした友《とも》の顔《かほ》に寂《さび》しい影《かげ》をみとめ、友《とも》の良人《をつと》の美《うつく》しい眼《め》に、頻《しきり》に何《なに》かあがき抜《ぬ》いてあるものを求《もと》めようとする様《やう》に鋭《するど》さを感《かん》じたように思《おも》つた。　↓　友《とも》はいかにも呑気《のんき》な贅沢《ぜいたく》な生活《くらし》をしてゐると云《い》ふやうに、態《わざ》と頓狂《とんきやう》な笑《わら》ひを見《み》せたり仇気《あだけ》ない調子《てうし》をしたりしたけれ共《ども》、私《わたし》には結《ゆ》ひ立《た》ての髪《かみ》の鬢《びん》をばらつかした友《とも》の顔《かほ》が寂《さび》しかつた。

「我々《われ〳〵》の生活《せいくわつ》はたゞ金《かね》です。」

談話《はなし》の間《あひだ》に友《とも》の良人《をつと》は美《うつく》しい眼《め》を凝《こ》らして然《さ》う云《い》つた。

134頁・12　遂《つひ》に其《そ》の人《ひと》　↓　其《そ》の人《ひと》

134頁・12　友《とも》を得《え》ない　↓　友《とも》ができない

134頁・14　汲々《きふ〳〵》してゐる　↓　固《かた》まつてゐる

134頁・14　実《じつ》に虚栄《きよえい》の多《おほ》い　↓　虚栄《きよえい》の多《おほ》い

134頁・14　なつたとKさんは　↓　なつたと云《い》つて、Kさんは

135頁・2　悲哀《ひあい》や怨恨《あんこん》　↓　悲《かな》しみや怨《うら》み

135頁・8　女性《ぢよせい》　↓　女《をんな》

135頁・9　容貌《ようばう》　↓　容貌《きりやう》

135頁・9　しなければいゝ、と念《ねん》じ良人《をつと》と云《い》ふ名称《めいしやう》の下《もと》にある男《をとこ》へ堅《かた》く寄《よ》り添《そ》つてその愛《あい》のみを仰《あほ》ぎ暮《く》らして行《ゆ》けるならばその人《ひと》の一生《いつしやう》は風《かぜ》の凪《な》いだ海《うみ》のようなものである。　↓　しなければと、良人《をつと》の好《この》みの風俗《ふうぞく》を作《つく》つて男《をとこ》の機嫌《きげん》に逆《さか》らはないやうに務《つと》めてゆける優《やさ》しい可愛《かあい》らしい女《をんな》になれたのなら、友《とも》の生涯《しやうがい》はしあはせである。

135頁・11　物質上《ぶつしつじやう》の苦《くる》しみ　↓　良人《をつと》のためにいろいろな苦《くる》しみ

143頁・10　軌道《きだう》　↓　線路《せんろ》

143頁・14　宿《やど》つてゐる　↓　泊《とま》つてゐる

143頁・15　その車夫《しやふ》　↓　車夫《しやふ》

143頁・16　自分で車《くるま》を　↓　自分《じぶん》で別《べつ》に車《くるま》を

144頁・10　金《きん》づくめにしてゐた　↓　金《きん》づくめにしてゐる

144頁・13　立派《りつぱ》に自己《じこ》と云《い》ふ　↓　何《どう》にか自己《じこ》と云《い》ふ

美佐枝（初出　↓　『紅』所収）

159頁・1　いゝ、をんな衆《しゆ》が、手拭　↓　いゝ、をんな衆《しゆ》が手紙《てがみ》

160頁・4　斯く　↓　斯《か》う

160頁・6　寄つてくれ。　↓　寄《よ》つてくれ、

160頁・6　紫幸さんばかり　↓　紫幸《しかう》さんばかりが
160頁・9　付けながら　↓　付けながら、
160頁・10　其那《そんな》こと　↓　其様《そんな》こと
160頁・12　湯冷《ゆさ》めのような　↓　湯冷《ゆさ》めのやうな（よう
↓やう　以下省略）
160頁・13　時分。　↓　時分《じぶん》、
160頁・13　と云つて、　↓　と云《い》つて
160頁・16　包まれると、　↓　包《つゝ》まれると
161頁・1　脂《あぶらぎ》切つた　↓　脂《あぶら》ぎつた
161頁・1　暖かそうに絡《から》んで、　↓　暖《あたゝ》かさうに絡《から》んだ。
161頁・2　緋の色　↓　緋の色、
161頁・2　色などが、　↓　色《いろ》などが
161頁・2　映り合つた、　↓　映《うつ》り合《あ》つて
161頁・6　けれ共、　↓　けれ共《ども》
161頁・8　交代　↓　歌代《うたよ》（163頁・1、4は同じ）
161頁・13　出来るのだと、　↓　出来《でき》るのだと
162頁・4　沈として　↓　凝《ぢつ》として
162頁・6　泣くようなこつたら　↓　泣《な》くやうなこつた
から
162頁・8　頼りない様弱い　↓　頼《たよ》りない様《やう》な弱《よわ》い

162頁・11　比較《つりあひ》に　↓　比較《わりあひ》に、
162頁・12　声を出し、辛《つら》そうに　↓　声《こゑ》を出《だ》し辛《つら》さうに
162頁・16　見つつ　↓　見《み》ながら
162頁・17　お托《あづ》り申すで　↓　お預《あづか》り申《まを》すで
162頁・17　嬢さん。　↓　嬢《ぢやう》さん、
163頁・2　室へ来ると、　↓　室《へや》へ来《く》ると
163頁・10　好いことだの、　↓　好《い》いことだの
163頁・13　見ながら　↓　見《み》ながら、
163頁・13　書き列ねる。　↓　書《か》き列《つら》ねた。
164頁・2　芸妓になつて　↓　芸妓《げいしや》になつて、
164頁・9　小満ちゃんは、　↓　小満《こま》ちやんは
164頁・12　汚《けが》はしひ　↓　汚《けが》はしい
164頁・14　幾程《いくら》名人でも、　↓　幾程《いくら》名人《めいじん》でも
164頁・15　兎に角他で、　↓　兎《と》に角他《かくほか》で
164頁・16　いけるのだから　↓　いけるのなら
164頁・17　出てゐられそうな　↓　出《で》てゐられさうな
（そう↓さう　以下省略）
165頁・5　下手だつていゝや、　↓　下手《へた》だつていゝや。
165頁・6　斯う云つて、　↓　斯《か》う云《い》つて
165頁・10　し《いゝ》はあゝぶ《いゝ》らゝね《いゝ》えゝ　↓　し《いゝ》ばあゝぶ《いゝ》うゝ

ねえゝ

165頁・16　のぼをりいゝぶうね、　↓　のぼをりいゝぶうね。

165頁・16　ち、ち、ちん、ちん、ちち。　↓　ち、ち、ちん、ちん、ち、

165頁・16　つん、つん。つつ、とつん、つん、つ。　↓　つん。つんつと、つん、つん、つ。

165頁・18　いろををを　↓　いいいろををを

166頁・9　声をすると、　↓　声《こゑ》をすると

166頁・10　おいでますけと　↓　おいであすけど

166頁・13　「これ」　↓　「これ。」

166頁・17　嫌さ　↓　嫌《いや》さ、

167頁・3　転つた　↓　揃《そろ》つた

167頁・4　お辞儀をすると、　↓　お辞儀《じぎ》をすると

167頁・8　そうすると、　↓　さうすると。

168頁・2　玩弄《おもちや》にしながら。　↓　玩弄《おもちや》にしながら、

168頁・8　と云つたのを機《しほ》に　↓　と云《い》つたのを機《しほ》に、

169頁・2　日影が消える。　↓　日影《ひかげ》が消《き》えると、

169頁・3　沈み込んで、　↓　沈《しづ》み込《こ》んで

169頁・6　思つてゐる内に、　↓　思《おも》つてゐる内《うち》に

169頁・11　差しながら、　↓　差《さ》しながら

169頁・15　止まず　にゐる。　↓　止《と》まらずにゐる。

169頁・18　留在《るす》　↓　不在《るす》

170頁・12　見えたのを　↓　見《み》えたのを、

170頁・14　黒目で　↓　目黒《めぐろ》で

170頁・17　女将《おやま》　↓　女形《おやま》

170頁・18　了《しま》つてから　↓　了《しま》つてから、

171頁・2　顔姿　↓　顔《かほ》や姿《すがた》

171頁・3　出してゐないと定め　↓　出《で》てゐないと定《き》め、

171頁・3　違ひないと云ひ、　↓　違《ちが》ひないし、

171頁・6　嬉愛さうな笑顔をそつと送る　↓　嬉《うれし》さうな笑顔《ゑがほ》をそつと自分《じぶん》に送《おく》る――

171頁・15　今更不思議のやうにも感じた。　↓　今更《いまさら》それが不思議《ふしぎ》のやうであつた。

174頁・3　身振《みぶり》りで、　↓　身振《みぶ》りで

174頁・5　話すのを聞いて、　↓　話《はな》すのを聞《き》いて

174頁・9　話の定《きま》つた晩、　↓　話《はなし》の定《きま》つた晩《ばん》

174頁・11　連中が来た時、　↓　連中《れんぢう》が来《き》た時《とき》

174頁・12　百音は、衆人《みんな》の前で。　↓　百音《もゝね》は衆人《みんな》の前《まへ》で、

174頁・18　稽古を続けさせられた。　↓　美佐枝《みさえ》の稽古《けいこ》を続《つゞ》けた。
175頁・5　写真だと云つて、　↓　写真《しやしん》だと云《い》つて
175頁・7　色ぽい　↓　色《いろ》つぽい
175頁・15　云はずにゐる。　↓　云《い》はずにゐた。
176頁・8　浅草橋のところで、　↓　浅草橋《あさくさばし》のところで
176頁・8　芸者が、　↓　芸者《げいしや》が
176頁・8　刎《は》ねて行つたので　↓　刎《は》ねて行《い》つたので、
176頁・10　家へ帰ると、　↓　家《うち》へ帰《かへ》ると
176頁・16　考へた美佐枝は、　↓　考《かんが》へた美佐枝《みさえ》は
176頁・18　入《はい》つてゐる。　↓　入《はい》つてゐた。
177頁・3　膨らんだのが、　↓　膨《ふく》らんだのが
177頁・9　その晩、　↓　その晩《ばん》
177頁・9　準備《したく》をしてゐる時　↓　準備《したく》をしてゐる時《とき》、
177頁・15　するつもりである　↓　するつもりでゐる
177頁・16　夜る　↓　夜《よる》
177頁・16　籠つてゐる中で、　↓　籠《こも》つてゐる中《なか》で
177頁・17　寄りかゝつて、　↓　寄《よ》りかゝつて
178頁・1　分らなかつたけれ共、　↓　分《わか》らなかつたけれ共《ども》

本門寺のさくら（初出　↓　『紅』所収）
212頁・3　ゝ、かすりの紙《かみ》　↓　ゝ、やすりの紙《かみ》
212頁・8　神社《じんじや》の裏手《うらて》に　↓　神社《じんじや》の裏手《うらて》に、
212頁・11　云《い》つて見《み》ようと　↓　云《い》つて見《み》やうと
213頁・1　上《うへ》を仰《あふ》ぎながら　↓　上《うへ》を仰《あふ》ぎながら、
213頁・9　困《こま》つた顔《かほ》で聞《き》き　↓　斯《か》う云《い》つて聞《き》き
213頁・15　声《こゑ》のやうな響《ひゞ》き　↓　声《こゑ》のやうに、響《ひゞ》き
214頁・6　輪廓《りんくわく》を彼方此方《あちこち》に　↓　輪廓《りんくわく》を、彼方此方《あちこち》に
214頁・11　石工《いしや》が二人《ふたり》三人《にん》　↓　石工《いしく》が三人《にん》
214頁・13　欝蒼《うつさう》とした木《き》　↓　鬱蒼《こんもり》とした木《き》
214頁・14　影《かげ》をよせて、　↓　影《かげ》をよせて
214頁・17　たづねると坊《ばう》さん　↓　たづねると、坊《ばう》さん
215頁・6　間《あひだ》を夫婦《ふうふ》は　↓　間《あひだ》を、夫婦《ふうふ》は
215頁・6　直《なほ》して見《み》たり　↓　直《なほ》して見《み》たり、
215頁・8　聞《き》きちがひたんぢやなくて。　↓　聞《き》きちがへたんぢやなくて。
216頁・2　薄《うす》かつたけれ共《ども》　↓　薄《うす》かつたけれ共《ども》、
216頁・3　それで二人《ふたり》は　↓　二人《ふたり》は
216頁・3　門前《もんぜん》の構《かま》へ近所《きんじよ》の　↓　門前《もんぜん》の構《かま》へ、近所《きんじよ》の

216頁・5　腕《うで》を組《く》んで鉢巻《はちまき》の手拭《てぬぐひ》のさきを尖《とが》らせて探《さが》してゐた。↓腕《うで》を組《く》んで探《さが》してゐた。

216頁・16　然《さ》うでせう。↓然《さ》うでせう、

216頁・16　地内《ぢない》の寺所《ぢしよ》↓寺内《ぢない》の地所《ぢしよ》

217頁・7　ところへ出《で》た。↓ところへ出《で》た。」

218頁・3　と其《そ》の濃《こ》い眉《まゆ》を動《うご》かしたが、↓と行《ゆ》きさうにしてから、

218頁・5　ゐるかと聞《き》いて↓ゐるかと聞《き》いて、

218頁・18　であつた。さうして↓であつたさうして

219頁・7　知《し》つてるだらう。↓知《し》つてゐたらう。

219頁・18　墓地《ぼち》↓場所《ばしよ》

220頁・8　左《ひだり》へ折《を》れたとき、↓左《ひだり》へ折《を》れたとき。

220頁・15　名刺《めいし》をつけて行《い》つた。これら↓名刺《めいし》をつけて行《い》つたこれら

220頁・15　筒《つゝ》の花《はな》が水《みづ》に↓筒《つゝ》の花《はな》が、水《みづ》に

220頁・18　戒名《かいみやう》を覚《おぼ》えてゐた、↓戒名《かいみやう》を覚《おぼ》えてゐた。

221頁・5　刺《さ》すやうな↓射《さ》すやうな

221頁・10　のぞきながら↓のぞきながら、

221頁・11　花《はな》の散《ち》るのが↓花《はな》の散《ち》るのは

221頁・16　発著所《はつちやくじよ》↓発着所《はつちやくじよ》

221頁・19　透子《とほこ》は浦和《うらわ》の町《まち》に似《に》た町《まち》のことを良人《をつと》に云《い》ふのを忘《わす》れてしまつてゐた。↓（削除）

生血（初出↓『紅』所収）

223頁・2　瞳《かゝと》を包んで↓踵《かゝと》を包《つゝ》んで、

223頁・8　ふつと、↓ふと

224頁・7　シネラリヤの花を、↓シネラリヤの花《はな》を

224頁・8　真つ赤な――まだ↓真《ま》つ赤《か》なまだ

224頁・8　金魚が、↓金魚《きんぎよ》が

224頁・9　あちこちと、↓あちこちと

224頁・14　蚊帳↓蚊帳《かや》

225頁・3　知らず、↓知《しら》ず

225頁・9　そんな心持に↓そんな心持《こゝろもち》に、

225頁・16　ばた〳〵させる↓ばた〳〵させた

226頁・10　熱ばませる↓熱《ねつ》ばませた

226頁・10　座る↓坐《すわ》る

227頁・2　絶えるのぢやない↓絶《た》へるのじやない

227頁・6　返りはしない。――↓返《かへ》りはしない。

227頁・16　食《く》ひこんだやうな↓食《く》ひこんだやうな、

228頁・2　ぎひと↓きいと

228頁・5　考へながら　↓　考《かんが》へながら、
229頁・5　町並《まちなみ》を　↓　町並《まちなみ》を、
229頁・9　光つてゐる中に、　↓　光《ひか》つてゐる中《なか》に
229頁・10　それが丁度、　↓　それが丁度《てうど》
229頁・10　祈りの灯　↓　祈《いの》りの火《ひ》
230頁・12　初々《うゐ〳〵》しひ　↓　初々《うゐ〳〵》しい
230頁・16　尽きると、　↓　尽《つ》きると
231頁・1　襦袢一枚で、　↓　襦袢《じゆばん》一枚《まい》で
231頁・2　教へてゐるのが、　↓　教《をし》へてゐるのが
231頁・2　椽　↓　縁《えん》
231頁・3　先きに立つて、　↓　先《さ》きに立《た》つて
231頁・5　見へた　↓　見《み》えた
231頁・6　ぴたり　↓　ぴつたり
231頁・6　如露《ぢよろ》　↓　露如《ぢよろ》
231頁・6　乾しつくされ、　↓　乾《ほ》しつくされ
231頁・7　据へられた　↓　据《す》へられれ、
231頁・9　汗の足にまつはり付いたやうな浴衣　↓　汗《あせ》
で皮膚《はだ》にへばり付《つ》くやうな浴衣《ゆかた》
231頁・15　見へなかつた　↓　思《おも》へなかつた
232頁・2　投げかけたいやうな気がした。　↓　投《な》げつ
けたいやうな。
232頁・3　然し　↓　けれど
232頁・5　人混《ひとご》みを通つて、　↓　人込《ひとご》みを通《とう》つて
232頁・7　隧《つ》いてはいつた　↓　隨《つ》いてはいつた
232頁・8　蒲団も、　↓　蒲団《ふとん》も
232頁・9　ふくんでゐる　↓　ふくんでゐた
232頁・11　ながめてゐる　↓　ながめてゐた
232頁・12　様子で、　↓　様子《やうす》で
232頁・16　引つ詰めて結いた、　↓　引《ひ》つ詰《つ》めて結《い》つた
233頁・8　その芸を　↓　芸《げい》を
233頁・8　男たちが、　↓　男《をとこ》たちが
233頁・9　小屋に倦怠《けんたい》の気がしみ通つてゆく　↓　小屋《こや》
に猶更倦怠《なほさらけんたい》の気《き》を漲《みなぎ》らせる
233頁・14　ひろけて、　↓　ひろげて
234頁・5　積み上げて、　↓　積《つ》み上《あ》げて
234頁・6　水芸をやつたり　↓　水芸《みづげい》をやつたり、
234頁・7　やつてゐる。　↓　やつを。
234頁・12　見える。——　↓　見《み》える——
234頁・14　ゆう子もこの小屋を出たくはなかつた。折
角暗い巣《す》を見付けながら、又明るい光りを真面に浴び

るのは辛かつた。いつまでも、夜るになるまで居られるものならかうして居たいと思つた。ゆう子は高いところに腰をかけて何も考へる力もなく、唯ぼんやりと半分は眠つてゐた。　↓　そうして眠気《ねむけ》がさしたのか、手摺《てずり》の上《うへ》へ乗《の》せてた組《く》んだ腕《うで》へ、ひたと頭《つむり》を押《おし》つけてしまつた。ゆう子《こ》は男《をとこ》の姿《すがた》を見《み》たけれど、矢《や》つ張《ば》り黙《だま》つてゐた。そうして夢《ゆめ》の中《なか》のものを摑《つか》まうとするやうな気分《きぶん》におそはれながら、小《ちい》さい白粉《おしろい》の顔《かほ》や真《ま》つ赤《か》な襷《たすき》がだん〱大《おほ》きくひろがつて行《ゆ》く幻《まぼろし》の中《なか》に自分《じぶん》の額《ひたひ》も下《さ》がつてくる様《やう》な気《き》がした。

235頁・4　土間の方から、　↓　土間《どま》の方《はう》から

235頁・4　ゆう子はふと、　↓　ゆう子《こ》はふと

235頁・7　立上つだけれども、　↓　立上《たちあが》つたけれども

235頁・9　ふと、　↓　ふと

235頁・9　羽目板に、　↓　羽目板《はめいた》に

235頁・15　冷え付いたやふな　↓　冷《ひ》え付《つ》いたやうな

236頁・4　考へながら、　↓　考《かんが》へながら

236頁・14　云ひ合はしたやうに　↓　逃《に》げこんだやうに

236頁・15　立たなかつた　↓　動《うご》かなかつた

237頁・5　娘の、生血《いきち》を吸つてる、生血《いきち》を吸つてる　↓　娘《むすめ》の生血《いきち》を吸《す》つてる生血《いきち》を吸《す》つてる

秋海棠（初出　↓　『閨秀小説十二篇』所収「機運」）

（＊「機運」は「上」「下」なし）

250頁・下・2　唯、頼《たの》みなのは自分《じぶん》の容貌《きりやう》これだけ　↓　唯頼《たゞたの》みなのは自分《じぶん》の容貌《きりやう》、これだけ

251頁・上・1　立派《りつぱ》に見返《みかへ》してやれる　↓　立派《りつぱ》に云《い》ひ返《かへ》してやれる

251頁・上・7　まるきり分《わか》らなかつた。（改行）　↓　まるきり分《わか》らなくつて、

251頁・上・8　小供《こども》のやうだつた、　↓　小供《こども》のやうだつた。

251頁・上・9　手《て》も足《あし》も！、　↓　手《て》も足《あし》も！

251頁・上・22　淫売婦《ぢごく》　↓　淫売婦《いんばいふ》

251頁・下・4　憶病《おくびやう》になつて　↓　憶病《おくびやう》になつて、

251頁・下・7　取《と》るのとの両方《れうはう》を　↓　取《と》るのとの両方《れうはう》を

252頁・上・6　立派《りつぱ》に役者《やくしや》で立《た》てさしてやらう　↓　立《りつ》派《ぱ》な役者《やくしや》に仕《し》立《た》てさしてやらう

252頁・下・2　散々《さん〱》に罵《のゝし》られたり、体《てい》よく刎《は》ね付《つ》けられたり、又《また》　↓　散《さん〱》にに罵《のゝし》られたり、馬鹿にされたり體《てい》

よく刎《は》ね付《つ》けられたりした。又《また》

252頁・下・9　ものもあつた　↓　ものもあつた、

252頁・下・12　可惜《あつたら》、大事《だいじ》な名《な》を　↓　可惜大事《あつたらだいじ》の名《な》を

252頁・下・13　いやだつた　↓　いやだつた。

252頁・下・18　身体《からだ》　↓　身體《からだ》（253頁・上・2、253頁・上・3、253頁・上・5は同じ）

252頁・下・19　と心《こころ》がけてゐた、世間《せけん》の人《ひと》たちが、こんなにして若《わか》い女《をんな》が役者《やくしゃ》の群《むれ》に交《ま》ぢつて怠慢《たいまん》に日《ひ》を送《おく》つてゐる女《をんな》の上《うへ》を、もう既《すで》に堕落《だらく》したものとして取扱《とりあつか》つてゐることを加美江《かみえ》は気《き》が付《つ》かないのだつた。　↓　と心《こころ》がけてゐた。

253頁・上・1　世話《せわ》をされてるのと　↓　富豪《ふうがう》の世話《せわ》になつてる

253頁・下・5　なんぢやないか　↓　なんぢやないか、

253頁・下・15　身躰《からだ》の冷《ひ》える　↓　身體《からだ》の冷《ひ》える

253頁・下・18　覚束《おぼつか》なかつた、　↓　覚束《おぼつか》なかつた。

253頁・下・22　仝《おな》じ人間《にんげん》　↓　同《おな》じ人間《にんげん》

254頁・下・8　新《あた》らしこと、と　↓　新《あた》らしいこと、

254頁・下・16　唯《ただ》わく〱した、　↓　唯《たゞ》わく〱して、

255頁・上・2　『嬉《うれ》しいわねえ』　↓　『嬉《うれ》しいわねえ。』

255頁・上・7　困《こま》つたわね着《き》てゆく　↓　困《こま》つたわね、着《き》てゆく

255頁・下・2　選《えら》んだんだからそのつもりで　↓　選《えら》んだんだから、そのつもりで

255頁・下・5　癪《しゃく》にさわつた　↓　癪《しゃく》にさはつた。

255頁・下・9　持《も》てなかつた、殊《こと》に先方《せんはう》で品行《ひんかう》のわるくない　↓　持《も》てなかつた。殊《こと》に先方《せんはう》で品行《ひんこう》のわるくない

255頁・下・17　香子《こうこ》の事《こと》　↓　香子《かうこ》の事《こと》

256頁・上・15　感《かん》じもした　↓　感《かん》じもした。

256頁・上・22　気《き》にもなれなかつた、　↓　気《き》にもなれなかつた。

256頁・下・1　話《はな》して見《み》やう　↓　話《はな》して見《み》よう

256頁・下・3　云《い》ひ兼《か》ねた、　↓　云《い》ひ兼《か》ねた。

256頁・下・9　相談《さうだん》があるだらう　↓　相談《さうだん》があるだらう、

257頁・上・5　残《のこ》り惜《を》しかつた、　↓　残《のこ》り惜《を》しかつた。

257頁・上・9　演芸記者《えんげいきしゃ》の椎野《しひの》　↓　ある雑誌《ざつし》の演芸記者《えんげいきしゃ》をやつてる椎野《しゐの》

257頁・下・11　書《か》く折《をり》がないさ、　↓　書《か》く折《をり》がないさ。
257頁・下・11　持《も》つてあげる、　↓　持《も》つてあげる。
257頁・下・15　嬉《うれ》しい仝情者《どうじやうしや》　↓　嬉《うれ》しい同情者《どうじやうしや》
257頁・下・18　さうして　↓　そうして
258頁・上・15　出《で》かけた　↓　出《で》かけた、
259頁・上・10　加《か》美《み》江《ゑ》ほ今《いま》の劇評《げきひよう》なんぞをせる　↓　加《か》
美《み》江《え》は今《いま》の劇評《げきひやう》なんぞをする
259頁・上・12　此所《こゝ》を出《で》た、　↓　此所《こゝ》を出《で》た。
259頁・上・13　散歩《さんぽ》して別《わか》れた、　↓　散歩《さんぽ》して別《わか》れた。
259頁・上・17　なつたのはもう、巡査《じゆんさ》　↓　なつたのは、
もう巡査《じゆんさ》
259頁・下・5　口惜《くや》しそうに　↓　口惜《くや》しさうに
259頁・下・7　一日普《いちにちなみ》の稽古《けいこ》に　↓　一日並《いちにちなみ》の稽古《けいこ》に
259頁・下・22　あんな、人《ひと》たちは　↓　あんな人《ひと》たちは
260頁・上・22　あなたも、今《いま》に　↓　『あなたも、今《いま》に
260頁・下・1　造作《ざうさ》もない人《ひと》だからね、　↓　造作《ざうさ》もな
いんだからね、
260頁・下・12　揃《そろ》つてゞもしない　↓　揃《そろ》つてもゐない
260頁・下・19　癖《くせ》をつけた　↓　癖《くせ》をつけた、

匂ひ（初出　↓　『紅』所収）

275頁・6　なつかしがつて、　↓　なつかしがつて
276頁・上・20　肩幅《かたはゞ》のひろい　↓　肩幅《かたはゞ》のひろひ
276頁・下・23　出《で》るやうな時《とき》、　↓　出《で》るやうな時《とき》
278頁・上・12　爪弾《つめび》きで、囁《さゝや》く　↓　爪弾《つめび》きで囁《さゝや》く
278頁・下・8　菱《ひし》のふくらみ　↓　花《はな》のふくみ
278頁・下・8　割れたやうに、　↓　割《わ》れたやうに
278頁・下・14　恐《おそ》しくなつて　↓　恐《おそろ》しくなつて、
278頁・下・16　右《みぎ》の腕《うで》に、　↓　右《みぎ》の腕《うで》に
278頁・下・17　と思《おも》つて賑《にぎ》やか　↓　と思《おも》つて、賑《にぎ》やか
278頁・下・23　弾《はぢ》き返《かへ》してくれる　↓　弾《はぢ》き返《かへ》してくる
279頁・下・11　わざ〳〵　↓　態々《わざ〳〵》
280頁・上・24　知《し》られたら、　↓　知《し》られたら

紫いろの唇（初出　↓　『誓言』所収「紫色の唇」）

284頁・8　ひり〳〵と痛《いた》んでる　↓　ひり〳〵痛んでる。
284頁・9　裾《すそ》も　↓　裾を
284頁・12　その膨《ふく》らつ脛《ぱぎ》は　↓　その膨《ふく》らつ脛《ぱぎ》の肌は
284頁・12　肌《はだ》が煇《ひゞ》われて　↓　煇われて
284頁・14　二たつ三つつ残《のこ》して　↓　二たつ三つ残《のこ》した

285頁・1　赤《あか》い蹴出《けだし》し　→　赤《あか》い蹴出《けだ》し
285頁・5　高《たか》いところから、　→　高いところから
285頁・14　舌打《したう》ちした。　→　舌打《したうち》した。
286頁・3　そうして　→　さうして
287頁・1　火《ひ》をほじくつた　→　火をほじくつた。
287頁・6　後《うしろ》から博多《はかた》の　→　その時博多《はかた》の
288頁・2　総毛立《そうけだ》つた。　→　総毛立《そうけだ》つた、
288頁・7　うごめき廻《まは》つてゐる。小《ちひ》さな動物《どうぶつ》に、　→
うごめき廻つてゐるちひさな動物に、
288頁・14　断《ことは》られた。　→　断られた。――
288頁・16　然《しか》し、今日《けふ》も　→　然し今日も
289頁・1　みね路は病気《ぢびやうき》で　→　みね路の病気で
289頁・2　身體《からだ》にそれだけ　→　身體に、それだけ
290頁・6　赤《あか》つちやけた髪《かみ》　→　赤ちやけた髪
290頁・12　何《ど》うしたつてんだらう。」「急《きふ》に発《で》てきたの。」　→　何うしたつてんだらう。急に発《で》てきたの。」
291頁・6　さあさ帰《かへ》るんだよ。　→　さあ帰るんだよ。
291頁・10　余《よ》つ程《ぼど》　→　余程
291頁・11　思《おも》ひだしたやうに　→　思ひ出したやうに
291頁・15　頭《あたま》に巻《ま》き付《つ》けた。　→　頭に巻き付けた。
292頁・1　重苦《おもくる》しく、うつとり　→　重苦《おもくる》しくうつとり
292頁・2　なつてゐた　→　なつてきた。
292頁・4　右方《みぎて》の抜《ぬ》け裏《うら》の　→　右手の抜け裏の

その日（初出　→　『誓言』所収）

298頁・2　食ひ切れるほど　→　食ひ切れる程
298頁・4　時暮つ日　→　時雨つ日
298頁・6　ぱら〱　→　ばら〱
298頁・7　ねづみ色　→　ねずみ色
299頁・2　自分の眼の瞼毛が　→　自分の瞼毛が、
299頁・8　もつてくるほと　→　もつてくるほど
300頁・1　そうして　→　さうして
300頁・6　お桂のみだらな血　→　お桂の血
300頁・7　潮のわく　→　うしほのわく
300頁・7　自分の指　→　自分の脣
300頁・10　やつぱり　→　やつぽり
301頁・1　○画　→　歌麿
301頁・8　引きおこそうと　→　引きおこさうと

上方役者（初出　↓　『誓言』所収）

311頁・11　甘《あま》つたるくつちや　↓　甘つたるくちや
311頁・14　甘《あま》つたるくつても　↓　甘つたるくても
311頁・17　黙《だま》つて𛁁まつた　↓　黙つてしまつた（𛁁→し、以下省略）
312頁・13　そうして　↓　さうして（314頁・16、316頁・13、15、317頁・18は同じ）
312頁・14　夜着《よぎ》を抱《いだ》いた　↓　夜着を抱《だ》いた
312頁・17　床《とこ》の中《なか》にゐる中《うち》　↓　床の中にある中
313頁・9　上京役者《かみがたやくしや》　↓　上方役者
313頁・11　に違《ちが》ひない、　↓　に違《ちが》ひない。
313頁・13　つかひませうね」　↓　つかひませうね。」
314頁・10　憶劫《おつくふ》　↓　億劫《おつくふ》
315頁・22　妙《めう》にてれた〳〵　↓　妙にてれた〳〵。
316頁・22　見《み》せないのが静《し》いちやんには、　↓　見せないのが、静いちやんには
317頁・6　彫《ゑ》り込《こ》まれたやうに　↓　彫《ゑ》り込まれた様《やう》に
317頁・17　何所《どこ》かへ　↓　何処かへ

魔（初出　↓　『誓言』所収）

319頁・3　なつて日、　↓　なつて、日
319頁・11　ゆるされるなら、　↓　ゆるされるなら
319頁・18　狭山春　↓　狭山春作
322頁・10　あたなを　↓　あなたを
322頁・17　ことも知つて　↓　ことを知つて
323頁・1　飛び〳〵　↓　飛び〴〵
323頁・2　書きかただつた　↓　書きかたゞつた
323頁・18　椽　↓　縁
324頁・9　蒸《む》されたやうな　↓　蒸《む》された様な
328頁・16　あつたら私は　↓　あつたら、私は
328頁・17　行《い》つて、何《なに》も　↓　行《い》つて何《なに》も
329頁・1　最後の○○○○　↓　最後のひとこと
329頁・7　さうして　↓　そうして
330頁・6　ぢやあお帰んなさい　↓　ぢやお帰んなさい
332頁・9　反抗する様な　↓　反抗するやうな
333頁・4　字の形の上に今　↓　字の形の上に、今
333頁・5　彩《いろど》られて見えてゐた　↓　彩《いろど》られて見えた
333頁・8　かもしれませんよ　↓　かもしれませんよ。
333頁・10　ならないんです、　↓　ならないんです。
333頁・12　だまつてゐらつしやい　↓　だまつてゐらつ

しやい。
333頁・14　見て、ゐるんです、　→　見てゐるんです。
333頁・15　ぢやありませんか、　→　ぢやありませんか。
333頁・16　伴つてゐるのですよ　→　伴つてゐるのです
よ。
334頁・1　いけないのです）　→　いけないのです。）
334頁・5　また見たがる　→　まだ見たがる
334頁・7　いや味にいや味にさせて　→　いや味にさせ
て
334頁・14　類三《るゐざう》は　→　下類三は
335頁・2　口にしない。直ぐ　→　口にしない、直ぐ
336頁・1　読みかけた　三は　→　読みかけた類三は
336頁・2　隠そうとする　→　隠さうとする
336頁・2　覗いて了つたやうな人　→　覗いて了つたと
云ふやうな人
336頁・3　表情が、現はれて　→　表情が現はれて
336頁・8　光りを忍ばした、然《さ》り気《げ》のない　→　光りを
忍ばした然《さ》り気《げ》のない
336頁・18　浮《うい》ついた心持をその男　→　浮《うは》ついた心持を、
その男

338頁・7　眼の前に、明るい　→　眼の前の明るい

おとづれ（初出　→　『誓言』所収）

339頁・1　夜《よ》るの十一時　→　夜の十一時
339頁・5　門《もん》を明《あ》けに出《で》て来た。　→　門を明《あ》けに来た。
339頁・9　座《すは》つてゐた　→　坐つてゐた
339頁・13　線《せん》のやうなうねり　→　線のやうな身體付き
340頁・8　わるい容貌《きりやう》　→　わりにわるい容貌《きりやう》
340頁・17　逢《あ》ひ度《た》いなんと　→　逢ひ度いなんて
341頁・10　光子《みつこ》は知《し》つてゐた　→　光子も知つてゐた
341頁・12　親《した》しそうに　→　親しさうに
341頁・16　賢《さか》しそうな眼　→　賢しさうな眼
342頁・2　淋《さび》しかつた　→　さびしかつた
342頁・2　姪《めい》なぞの前《まへ》も　→　姪なぞの前を
342頁・4　白粉《おしろひ》をつけた光子《みつこ》の白《しろ》い顔《かほ》　→　白粉《おしろひ》をつけ
た顔《かほ》
342頁・6　役者《やくしや》の姿《すがた》をでも　→　役者の姿と
342頁・8　そうして　→　さうして（以下省略）
342頁・10　椽側《えんがは》　→　縁側（以下省略）
342頁・12　小《ちい》さい声《こゑ》で蒲団《ふとん》なぞ　→　小さい蒲団なぞ

342頁・18　務《つと》めと云《い》ふやうな、　↓　務めと云ふやうな
343頁・2　光《ひか》つてゐるやうなのが　↓　光つてゐるのが
343頁・3　味気《あぢき》なからせた　↓　味気《あぢき》ながらせた
343頁・9　姉《あね》　↓　姉娘
343頁・10　着《き》せて貰《もら》いながら　↓　着せて貰ひながら
343頁・10　恥《はづ》かしそうに　↓　恥かしさうに
343頁・15　はなしたがる　↓　はなしたがつてゐる
344頁・1　乳《ち》の匂《にほ》い　↓　乳の匂ひ
344頁・6　云《い》つて、其方《そつち》を見《み》た。　↓　云つて振返つた。
344頁・6　其前《そのまへ》から　↓　其室から
344頁・7　はにかんだやうな　↓　はにかんだ
344頁・8　直《す》ぐ引《ひ》つ込《こ》んで　↓　あわてゝ引込んで
344頁・9　刺《さ》し込《こ》んで　↓　射し込んで
344頁・12　今始《いまはじ》めて　↓　今初めて
344頁・13　泥《どろ》のよごれた　↓　泥のよごれを
344頁・16　お結《むす》びなさい　↓　お結ひなさい
345頁・9　線病質《せんびやうしつ》　↓　腺病質
345頁・10　絶《た》へず　↓　絶えず
345頁・16　髪《かみ》を結《ゆは》へて　↓　髪を結つて
346頁・4　化粧《おつくり》をしながら、　↓　化粧《おつくり》をしながら。
346頁・8　億劫《おつくう》　↓　億劫《おつくふ》
346頁・12　坐敷《ざしき》　↓　座敷
346頁・12　坐蒲団《ざぶとん》　↓　座蒲団
346頁・13　光子《みつこ》は其所《そこ》に手《て》を　↓　光子は手を
347頁・16　一寸《ちよつと》さわつて　↓　一寸さはつて
348頁・4　小供《こども》　↓　子供（以下省略）
348頁・4　子《こ》だなあ。　↓　子だ。
348頁・5　忌々《いま〱》しそうに　↓　忌々しさうに
348頁・6　事云《ことい》つて、きつと　↓　事云つてきつと
348頁・6　利口《りこう》そうな　↓　利口さうな
348頁・10　にや〱笑《わら》つてゐた、　↓　笑つてゐた。
348頁・11　白辣韮《しろらつきやう》　↓　白辣韮《しろらつきやう》
348頁・16　日向《ひなた》の椽《えん》　↓　日向《ひなた》の縁
348頁・17　ちよつきり　↓　ちよきり
348頁・18　椽《えん》に投《な》げ出《だ》した　↓　縁に投げ出した
349頁・18　香水《かうすい》の香《か》を　↓　香水を
349頁・19　引《ひ》き上《あ》げるやうにして　↓　引き上げるやうに

誓言（初出　↓　『誓言』所収）

366頁・3　聞《き》いて見《み》れば、世間《せけん》によくある我《が》の強《つよ》い女《をんな》の夫婦喧嘩《ふうふげんくわ》の話《はなし》だけのものだけれど、その混乱《こんらん》した頭《あたま》の中《なか》から、纏《まとま》りの付《つ》かない事《こと》を瞼《まぶた》を真《ま》つ赤《か》にして話《はな》したのをその儘《まゝ》に斯《か》うして書《か》きつけて見《み》た。　↓　（削除）

367頁・2　遊《あそ》んでこよう　↓　遊んでこやう

367頁・5　此処《こゝ》　↓　此所（以下省略）

368頁・5　今《いま》からして　↓　今かうして

368頁・7　昔《むかし》の恋人《こひびと》は、　↓　昔《むかし》の恋人《こひびと》は。

368頁・12　其処《そこ》　↓　其所（以下省略）

368頁・12　白《しろ》ひ　↓　白い

368頁・13　それとお婆《ばあ》さんが一人傍《ひとりわき》にゐて　↓　お婆さんが一人其の傍にゐて

368頁・13　話《はなし》をしてゐるのでした。　↓　話をしてゐました。

368頁・15　その麗《うるは》しく鮮《あざや》かな　↓　麗《うるは》しい鮮《あざや》かな

369頁・8　白痴《はくち》　↓　白痴《ばか》

369頁・15　美《うつく》しい坊《ばう》さん　↓　坊さん

369頁・16　お嫁《よめ》の話《はなし》まで　↓　お嫁の話なぞ

369頁・16　坊《ばう》さんは下唇《したくちびる》をさげて歯茎《はぐき》をだしながら　↓　坊さんはだまつてあの人の顔を見ながら

370頁・9　承知《しやうち》　↓　羞恥

371頁・8　今《いま》の人《ひと》　↓　あの人

371頁・13　あの力《ちから》　↓　ある力

371頁・14　怒罵《どな》り調子《てうし》　↓　怒鳴り調子

372頁・11　此処《こゝ》は何処《どこ》　↓　此所は何所

372頁・14　二人《ふたり》が仲好《なかよ》くこの土《つち》を踏《ふ》んで　↓　二人仲好くこの土を踏んで、

373頁・8　立《た》つてゐたのです。　↓　立つてゐたのです

373頁・8　挘《ちぎ》りながら　↓　挘《むし》りながら

373頁・14　だん〴〵に静《しづか》に　↓　だん〴〵静に

375頁・11　何処《どこ》　↓　何所

378頁・10　をのゝく　↓　おのゝく

378頁・16　何《なに》がこはい　↓　何がこわい

378頁・16　何所《どこ》がこはい　↓　何所がこわい

379頁・6　復《ふく》さない　↓　服《ふく》さない

380頁・4　いやなのでした。　↓　いやなのでした、

380頁・13　馬鹿《ばか》々々しいから、　↓　馬鹿々々しいから。

381頁・12　自分《じぶん》ながら、　↓　自分ながら

381頁・13　さま〳〵　↓　さま〴〵

382頁・2　硝子《がらす》をこはして　↓　硝子をこわして
384頁・10　庭《には》を一《ひと》つ境《さかひ》にした　↓　庭を一つ境にして
386頁・4　漂《たゞよ》つるゐるのでした。　↓　漂《たゞよ》つてゐました。
386頁・9　臆劫《おつくふ》ななかに　↓　億劫《おつくふ》なゝかに
386頁・15　潜《ひそ》まつてゐる　↓　潜《ひそ》まつてある
387頁・7　紅《べに》のはひつた　↓　紅のはいつた
387頁・8　身體《からだ》を乘《の》せて、　↓　身體を乘せて
387頁・11　こばれてくる　↓　こぼれてくる
387頁・15　口《くち》がはひつて私《わたし》の戻《もど》れ　↓　口がはいつて私に戻れ
389頁・3　休《やす》ませました。　↓　寐ませました。
390頁・16　寂《さみ》しい思《おも》い　↓　寂しい思ひ

離魂（初出　↓　『誓言』所収）

397頁・5　と挨拶をしてゐるのが聞こえた。　↓　と挨拶をしてゐた。
397頁・7　起きともない　↓　起きたくない
397頁・8　帰そうね。　↓　帰さうね。
398頁・6　そうして　↓　さうして（以下省略）
398頁・7　見詰めてゐるのだつた。　↓　見詰めてゐた。
398頁・12　端を片方の指で　↓　端の片方を指で
399頁・8　返事をする時　↓　返事をするとき
399頁・8　薄い唇の口　↓　薄唇の口
399頁・9　背《せな》を屈《かゞ》め込んで　↓　背中を丸く屈《かゞ》め込んで
399頁・9　座《すは》つてゐるのだつた。　↓　座《すは》つてゐた。
400頁・5　臭ぐ　↓　嗅ぐ
400頁・7　自分の色の白い、先《さ》きの丸い　↓　自分の、色の白い先《さ》きの丸い
400頁・14　痒そうに　↓　痒さうに
400頁・15　顔を見まわす　↓　顔を見まはす
400頁・15　くるりとまわすと　↓　くるりとまはすと
401頁・3　毎日は　↓　毎日
401頁・7　苛められるのだつた。　↓　苛められた。
401頁・9　染《し》みでる汗　↓　染《し》み出る汗
401頁・11　くつついてゐる　↓　くつゝいてゐる
401頁・13　嗅いで見たりした。　↓　嗅いで見たりした、
401頁・16　見るのだつた。　↓　見る事があつた。
402頁・1　小供　↓　子供（以下省略）
402頁・1　なるのだつた。　↓　なるのであつた。
402頁・12　持《も》つてゐるのだつた。　↓　持《も》つてゐた。

402頁・12　それ迄　↓　そんなところ迄
402頁・13　卑屈《ひくつ》な感情が、　↓　卑屈《ひくつ》な感情が
402頁・14　漂えてゐるのだつた。　↓　漂つてゐた。
403頁・2　大人《おとな》しく　↓　大人《おとな》くし
403頁・3　横にでも仰にでも　↓　横にでも仰向にでも
403頁・5　なりたいわねえ。　↓　なりたいわね。
403頁・11　自分の顔《かほ》を、　↓　自分の顔《かほ》を
403頁・13　起《お》き上《あが》り小法師《こぼし》　↓　飛《と》んだり跳《は》ねたり
403頁・15　起き上り小法師　↓　飛んだり跳ねたり
403頁・16　一《ひ》とつ打《う》つて、　↓　一《ひ》とつ打《う》つて
404頁・5　堪らないのだつた。　↓　堪らなかつた。
404頁・11　然う云つて、　↓　然う云つて
404頁・11　起《お》き上《あが》り小法師《こぼし》　↓　飛《と》んだり跳ねたり
404頁・13　引つ張りだしたのだつた。　↓　引つ張りだ
した。
405頁・5　「えゝ。」　↓　（削除）
405頁・11　含むほど　↓　含むほど、
406頁・9　椽側　↓　縁側（以下省略）
406頁・11　何となく、明るい外の光り　↓　明るい外の
昼の光り

406頁・11　照らさうとしてゐた。　↓　照らさうとして
ゐる様な、日光の犇めきが感じられた。
407頁・11　椽　↓　縁
408頁・9　叩き立てゞも　↓　叩き立てゝも
408頁・10　自裂度《じれつた》くなつたのだつた。　↓　自裂度《じれつた》くな
つてきた。
408頁・10　上手なお初に平気な顔をして、　↓　上手な
お初の手に、平気な顔をして
408頁・16　傍《わき》へ移そうと　↓　傍《わき》へ移さうと
408頁・16　他《ほか》を見た　↓　他《ほか》を見た。
409頁・5　吐きそうなんだよ。　↓　吐きさうなんだよ。
409頁・14　台所に出てきた。　↓　台所に出てきた、
410頁・6　上顎と、眼の内がは　↓　上顎と眼の内がは
410頁・8　笑つたのだつた。　↓　ちよいと笑つた。
410頁・15　自分の事のように　↓　自分の事のやうに
411頁・4　震《ふる》へてゐるのだつた。　↓　震《ふる》へてゐた。
411頁・5　自分のまわり　↓　自分のまはり
412頁・5　お久には通《とほ》れない　↓　お久には通《とほ》れない。
412頁・11　含《ふく》み初めたのだつた。　↓　含《ふく》み初めてゐた。
412頁・12　音がした。　↓　音がした。——

413頁・3　色のにじんでる　↓　色のにぢんでる
413頁・7　聞えたのだつた。　↓　騒々しく聞えた。
413頁・14　其処《そこ》　↓　其所《そこ》
413頁・16　庇間《ひさあひ》になつてゐて、　↓　庇間《ひさあひ》になつてゐた。
414頁・2　引つ立てられて行《ゆ》く　↓　引つ立てて行《ゆ》く
414頁・3　と思ひながら　↓　と思ひながら、
414頁・4　ひろがつてくる様に、　↓　ひろがつてくる
様に
414頁・5　退《さ》がつてゆくのだつた。　↓　退《さ》がつてゆく
様だつた。
414頁・6　塞つてくるのだつた。　↓　塞つてきた。
414頁・9　返事もしずに　↓　返事もせずに

さよより（初出　↓　『恋むすめ』所収）
438頁・1　小《ちい》さい　↓　少《ちひ》さい
438頁・5　夜《よ》るになると　↓　夜《よる》になると、
438頁・5　流《なが》れのまわり　↓　流《なが》れのまはり
438頁・5　沢山《たくさん》にでます　↓　沢山《たくさん》にでます。
438頁・6　尾《を》を曳《ひ》く様《やう》に　↓　尾《を》を曳《ひ》くやうに
438頁・10　灯《ひ》のいろ――　↓　灯《ひ》のいろ。――
438頁・11　川《かは》の水《みづ》――　↓　川《かは》の水《みづ》。――
438頁・11　都乙女《みやこをとめ》、　↓　都乙女《みやこをとめ》。――
438頁・12　ことでせう。――　↓　ことでせう。
438頁・13　あなたに別《わか》れて　↓　あなたに別《わか》れて、
439頁・1　お話《はな》しし合《あ》ふ　↓　お話《はな》し為合《しあ》ふ
439頁・3　行《ゆ》かれない事《こと》　↓　行《ゆ》かれないこと
439頁・6　事《こと》ではなく　↓　事《こと》ではなく、
439頁・7　聞《き》かされてゐる様《やう》な　↓　聞《き》かされるやうな
439頁・7　お父様は　↓　お父様が
439頁・8　なすつたのだけれ共《ども》　↓　なすつたのだけれ
ども
439頁・11　それも願《ねが》つて　↓　それを願《ねが》つて
439頁・13　ゐませんけれ共《ども》　↓　ゐませんけれども
439頁・15　結婚《けつこん》と云《い》ふ事《こと》　↓　結婚《けつこん》といふ事《こと》
439頁・15　私《わたくし》は何《なんに》も　↓　私《わたくし》は何《なん》にも
439頁・16　結婚《けつこん》と云《い》ふ二字《じ》　↓　結婚《けつこん》といふ二字《じ》
439頁・16　何《ど》う云《い》ふ意味《いみ》　↓　何《ど》ふいふ意味《いみ》
439頁・18　其《そ》れを思《おも》いつめて　↓　それを思《おも》ひつめて
440頁・1　そうして夜《よ》るなのか　↓　さうして夜《よる》なのか
440頁・3　さよと云《い》ふ女《をんな》　↓　「さよ」と云《い》ふ女《をんな》

440頁・5　真《ま》つ闇《くら》な中《なか》に座《すは》つて　↓　真闇《まつくら》な中《なか》に坐《すわ》つて
440頁・6　下《くだ》さるならばと　↓　下《くだ》さるならばと、
440頁・6　頂《いたゞ》かなくつちや　↓　頂《いたゞ》かなくちや
440頁・7　斯《か》う云《い》ふ事《こと》　↓　斯《か》ういふ事《こと》
440頁・8　何《ど》うか云《い》ふ時機《じき》　↓　何《ど》うかいふ時機《じき》
440頁・8　なつた事を――　↓　なつた事を、――
440頁・9　其《そ》ればかり　↓　そればかり
440頁・10　さよ。　↓　さよ
440頁・11　あいさま。　↓　あいさま
440頁・15　然《そ》う。　↓　然《さ》う、
441頁・2　おありだけれ共《ども》　↓　おありだけれども
441頁・6　何《なん》と云《い》ふぼんやり　↓　何《なん》といふぼんやり
441頁・9　何《なん》と云《い》ふ迂濶《うくわつ》　↓　何《なん》といふ迂濶《うくわつ》
441頁・11　心《こゝろ》の中《うち》　↓　心《こゝろ》の中《なか》
441頁・12　解《かい》し合《あ》つてさへゐたなら　↓　解《かい》し合《あ》つてゐ
さへしたなら、
441頁・13　其《そ》の方《かた》は　↓　その方《かた》は
441頁・13　まるで知《し》らない方《かた》?……」　↓　まるで知《し》らない方《かた》?。……――……」
441頁・17　知《し》つてゐますの、　↓　知《し》つてゐますの。

441頁・18　やりました人《ひと》!　↓　やりました人《ひと》。――
441頁・18　覚《おぼ》えてゐらつしやいますかしら。　↓　覚《おぼ》えてゐらつしやるかしら。
441頁・18　そうして　↓　さうして
442頁・1　お友達《ともだち》ができて、　↓　お友達《ともだち》ができて。
442頁・3　淋《さび》しくつて　↓　淋《さび》しくつて、
442頁・3　思《おも》い続《つゞ》けた　↓　思《おも》ひ続《つゞ》けた
442頁・4　あなたを好《す》くので、　↓　あなたを好《す》くので
442頁・5　外《ほか》の方《かた》のところへ　↓　外《ほか》のところへ
442頁・5　ゐらつしやると　↓　ゐらつしやると、
442頁・6　しましたけれ共《ども》　↓　しましたけれども
442頁・7　然《そ》う云ふと、　↓　然《さ》う言《い》ふと、
442頁・7　何時《いつ》でも　↓　何時《いつ》も
442頁・9　しまいました。　↓　しまひました。
442頁・10　来《き》て下《くだ》さつて、　↓　来《き》て下《くだ》すつて、
442頁・11　一所《いつしよ》に　↓　一緒《しよ》に
442頁・11　下《くだ》さつた　↓　下《くだ》すつた
442頁・12　あなた、母《はゝ》にだけ　↓　あなたは母《はゝ》にだけ
442頁・12　かも知《し》れませんわ。　↓　かも知《し》れませんけ
れど。――

442頁・14　ですけれ共《ども》、　↓　ですけれども、

442頁・15　何《ど》う云《い》ふ事《こと》なので御座《ござ》いませう。　↓　何《ど》ういふ事《こと》なのでございませう。

442頁・16　御有《おつしや》るのですか。　↓　仰有《おつしや》るのですか。

442頁・17　幸福《かうふく》と云《い》ふ字《じ》　↓　幸福《かうふく》といふ字《じ》

442頁・17　と云《い》ふ様《やう》な事《こと》　↓　といふ様《やう》な事《こと》

442頁・18　苦《くるし》いと思《おも》ひまする　↓　苦《くるし》い思《おもひ》をする

443頁・1　幸不幸《かうふかう》つてよく　↓　幸不幸《かうふかう》つて、よく

443頁・3　歩《ある》き度《た》いでせう。　↓　歩《ある》き度《た》いでせう?。

443頁・6　だつたら何《ど》う　↓　だつたら、何《ど》う

443頁・6　其《そ》れは　↓　それは

443頁・6　自分《じしん》　↓　自分《じぶん》

443頁・8　自分《じぶん》が其《そ》の幸《かう》と　↓　自分《じぶん》がその幸《かう》と

443頁・11　お考《かんが》へにならない。?　↓　お考《かんが》へになりませんの?。

443頁・15　真《ま》つ赤《か》に　↓　真赤《まつか》に

443頁・16　思《おも》つていつまでも　↓　思《おも》つて、いつまでも

443頁・18　だけれ共《ども》、この頃私《ごろわたくし》には　↓　だけども、この頃《ごろ》の私《わたくし》には

444頁・5　御《ご》らんになつたら　↓　ごらんになつたら

444頁・5　お笑《わら》いなさる　↓　お笑《わら》ひなさる

444頁・6　福渡戸《ふくわたど》つてところ?　↓　福渡戸《ふくわたど》つてところ?。

444頁・6　恐《おそ》ろしい岩《いわ》?　↓　恐《おそ》ろしい岩《いわ》?。

444頁・7　ありますの?　↓　ありますの?。

444頁・8　……ねえ、　↓　──ねえ、

444頁・8　こんな事申《ことまを》しては　↓　こんなこと申《まを》しては

444頁・8　悪《わ》るいけれども、　↓　悪《わる》いけれども

444頁・9　方《かた》だつてあなた　↓　方《かた》だつて、あなた

444頁・9　お姉様《あねへさま》が御《ご》一所《しよ》なの。　↓　お姉様《あねえさま》と御《ご》一緒《しよ》なの?。──

444頁・11　さよ。　↓　さよ

444頁・12　あいさま。　↓　あいさま

444頁・16　私《わたくし》は自分《じぶん》ではちつとも自分《じぶん》の心《こゝろ》が清《きよ》い　↓　私《わたくし》は自分《じぶん》の心《こゝろ》が清《きよ》い

445頁・3　何《ど》う云《い》ふ訳《わけ》　↓　何《ど》ういふ訳《わけ》

445頁・6　それはね私《わたくし》だつて、　↓　それはね、私《わたくし》だつて

445頁・7　申《まを》しませんけれ共《ども》、　↓　申《まを》しませんけれども、

445頁・7　あなたの様《やう》に、　→　あなたのやうに
445頁・8　生涯《しやうがい》でなくつて、　→　生涯《しやうがい》でなくつて
445頁・9　其《そ》れを御自分《ごじぶん》で　→　それを御自分《ごじぶん》で
445頁・9　何《ど》う云《い》ふ訳《わけ》　→　何《ど》ういふ訳《わけ》
445頁・14　起臥《おきふし》して自然《しぜん》に　→　起臥《おきふし》して、自然《しぜん》に
445頁・15　お云《い》ひなさる　→　お言《い》ひなさる
445頁・15　おありなさらないの。　→　おありなさらないの?。
445頁・16　ですか、何《ど》うしても?　→　ですか。何《ど》うしても!、
445頁・18　お友達《ともだち》にそんな　→　お友達《ともだち》に、そんな
445頁・18　あいさま　→　あいさま。
446頁・4　欝《ふさ》ぐと云《い》ふ様《やう》な　→　欝《ふさ》ぐといふ様《やう》な
446頁・7　云《い》つてはくれません。　→　云《い》つてくれません。
446頁・9　さよ。　→　さよ
446頁・10　あいさま。　→　あいさま
446頁・12　あなたのお心《こゝろ》　→　あいさま。あなたのお心《こゝろ》
446頁・13　あいさま。あなたは私《わたくし》を　→　あなたは私《わたくし》を
446頁・13　下《くだ》さらないの。　→　下《くだ》さらないの?。（改行）
446頁・13　思《おも》いくらしてゐるのよ、　→　思《おも》ひくらしてゐるのに、
446頁・14　下《くだ》さらないんですね。　→　下《くだ》さらないんですのね。
446頁・15　おつしやる。　→　おつしやるの?。
446頁・15　平凡《へいぼん》を女《をんな》　→　平凡《へいぼん》な女《をんな》
446頁・15　ですけれども　→　ですけれども、
446頁・17　下《くだ》さらない?え丶、あいさま。　→　下《くだ》さらない?。え?、あいさま。
447頁・1　斯《か》う云《い》ふ事《こと》　→　斯《か》ういふ事《こと》
447頁・2　あなたは私《わたくし》に　→　あなたが私《わたくし》に
447頁・4　お話《はなし》は出来《でき》ない。　→　お話《はなし》の出来《でき》ない。
447頁・5　ほどな恐《おそろ》しひ　→　ほどな、恐《おそろ》しい
447頁・5　前《まへ》には兎《と》ても　→　前《まへ》には、兎《と》ても
447頁・7　其《そ》れは　→　それは
447頁・8　下《くだ》さるけれ共《ども》、　→　下《くだ》さるけれども、
447頁・8　お話《はなし》する事《こと》は　→　お話《はなし》する事《こと》が
447頁・10　のです……」何《なん》と云《い》ふ悲《かな》しい　→　のです。——」何《なん》といふ悲《かな》しい

447頁・11　あなたはお話《はなし》が　↓　あなたにお話《はなし》が
447頁・11　知《し》れないけれども、　↓　知《し》れませんけれど、
447頁・16　前《まへ》に座《すは》ると　↓　前《まへ》に坐《すわ》ると
447頁・16　前《まへ》に座《すは》らうと　↓　前《まへ》に坐《すわ》らうと
447頁・18　当日《たうじつ》には起《お》きられる　↓　当日《たうじつ》には、起《お》きら
れる
447頁・18　打捨《うちや》らかしてゐますの　↓　打捨《うつちや》らかしてゐ
ますの。
448頁・1　何《どう》だか　↓　何《ど》うだか
448頁・2　いやなんですの。　↓　いやなんですもの。
448頁・5　さよ。　↓　さよ
448頁・6　あいさま。　↓　あいさま
448頁・15　あなたから宜《よろ》しく、　↓　あなたから宜《よろ》しく。
448頁・16　仕舞《しま》いました。　↓　仕舞《しま》ひました。

悪寒（初出　↓　『誓言』所収）

465頁・1　Y《ワイ》さん　↓　Vさん
465頁・10　降《ふ》りつゞけて　↓　降りつづけて
466頁・14　気《き》になつて、気《き》になつてどうしても　↓　気
になつて気になつて、どうしても
468頁・2　あなたか　↓　あなたが
468頁・3　池《いけ》の端《はた》へ出《で》て、　↓　池の端へ出て
468頁・14　Y《ワイ》さん　↓　Vさん
469頁・7　こんがらがつてる　↓　こんがらかつてる
470頁・6　芽《め》を弄《まさ》ぐるやうな　↓　芽を弄ぐる様な
470頁・14　一《ひと》つづつ　↓　一つづゝ
470頁・15　池《いけ》の傍《はた》　↓　池の端
471頁・2　その頃《ころ》　↓　其頃
473頁・2　あなたの身《み》　↓　あなたの身《からだ》
473頁・15　経《たち》ちましたね　↓　経《た》ちましたね。
476頁・7　何処《どこ》かで　↓　何所かで
476頁・10　二人《ふたり》で　↓　二人が

嘲弄（初出　↓　『誓言』所収）

513頁・4　これを隠そうと　↓　これを隠さうと
513頁・10　突《つ》つ走《ぱし》りそうに　↓　突《つ》つ走《ぱし》りさうに
514頁・10　苦しさから免《のが》れて、　↓　苦しさから免《のが》れて
514頁・12　礼子の智識　↓　礼子の知識
514頁・14　そうして　↓　さうして（以下省略）
514頁・16　当然の事のやうに　↓　当然のやうに

515頁・2　強《し》いられる　↓　強ひられる
515頁・6　帯《お》びられそう　↓　帯びられさう
515頁・10　妙にその感情が　↓　妙に感情が
516頁・2　ます美《み》は、礼子を　↓　ます美《み》は礼子を
516頁・5　赤い裏を返《かへ》して　↓　裏を返して
516頁・10　「え丶。今まで　↓　「え丶今まで
517頁・15　お姉《ねへ》さん　↓　お姉さん
518頁・3　三月　↓　三日
518頁・12　真日面《まじめ》くさつて　↓　真面目《まじめ》くさつて
518頁・14　ほんとに嬉しい。　↓　（削除）
518頁・15　礼子にも嬉しかつた　↓　礼子に嬉しかつた
519頁・2　詰《つ》め込《こ》まれて、　↓　詰《つ》め込まれて
519頁・5　草履を穿《は》いて、　↓　草履を穿《は》いて
520頁・3　相手にしてゐる事　↓　相手にしてゐること
520頁・7　顔を見まわした　↓　顔を見まはした
520頁・8　一人《ひとり》の友が　↓　一人《ひとり》の女が
521頁・14　もう其所《そこ》に立交ぢつて扇子をひろげるのさへ
気恥かしく、　↓　（削除）
521頁・15　厭なことに　↓　もう厭なことに
521頁・15　師匠にも博士の娘にも　↓　師匠に

522頁・2　絶へず　↓　絶えず
523頁・6　三千子《みち》が、　↓　三千子《みち》が
524頁・1　おもしろそう　↓　おもしろさう
524頁・9　おとなしそうな　↓　おとなしさうな
524頁・14　動かそうとも　↓　動かさうとも
525頁・7　寒そうな　↓　寒さうな
526頁・2　大切そうな眼　↓　大切さうな眼
527頁・15　礼子は真正面《まとも》に見《み》る　↓　真正面《まとも》に見《み》る
528頁・14　老《と》り遂ぎてゐた　↓　老《と》り過ぎてゐた
529頁・5　御最千万乍　↓　御尤千万乍
529頁・6　八日九日に　↓　八日か九日に

解題

長谷川啓

第二巻は、「田村とし子」の筆名で「あきらめ」を連載し文壇に再び登場、文学的再出発を果たし、本格的な作家活動を開始した時代の作品が収録されている。先にこの巻の世界を俯瞰すると、いかに田村俊子が近代日本の男性中心社会・良妻賢母思想・異性愛中心主義のあり方に異議・抵抗感を抱いている女性作家であったかを、あらためて痛感させられる。それは新しい女性解放の動向の影響を受けたばかりでなく、母親を通して江戸の町人文化を体得していたためでもあったかと思われる。ともあれ本巻は、一巻の内容・方法を引き継ぎ、三巻の斬新で成熟した開花を迎えるまでの過渡期的表象ゆえに、かえって新旧の文学表現が混在して多面的かつ多様性のある、豊饒な文学空間を紡ぎ出しているといえよう。俊子がなかなかの複眼の持ち主であることも、了解できる。後年のエッセイ「一とつの夢」（『文藝春秋』昭和一一年六月）で語った「男性の持たぬ境地、彼等の知らぬ世界を書くことにばかり一生懸命になり、「頽廃的な女の官能、女の感覚、女の悩み、女の恋愛と云ふやうなものばかりを書いた」始まりでもあった。

本巻には、明治四四（一九一一）年一月から翌年一一月にかけて発表した五十四篇が発表順（「子育地蔵」のみ例外）に収録されている。俊子二十七歳から二十八歳までの二年間分である。四四年といえば、前年の四三年には日本国家によって韓国併合が強行、大逆事件が策動され、この一月には大逆罪で幸徳秋水・管野スガ等一二名が処刑された年である。植民地支配と社会主義者弾圧によって、日本近代の資本主義国家が本格的に軌道に乗った時代であった。「冬の時代」とも云われる一方で前年あたりから大正デモクラシーが始動し、女性の地殻変動にも及んでいく。田村俊子の「あきらめ」連載開始はこの四四年の一月からで、同月に有島武郎が「或る女」（原題「或る女のグリンプス」）

を『白樺』に掲載し始め、九月には平塚らいてうが中心となって『青鞜』が創刊され、松井須磨子がイプセンの「人形の家」のノラを演じるなど、「新しい女」の登場の幕開けの時代となった年であった。俊子は創立したばかりの青鞜社の社員となっている。二度の女優体験も経た後の、作家としての再生の旅立ちであった。

あきらめ

明治四四（一九一一）年一月一日から三月二一日まで、『大阪朝日新聞』に八十回にわたって連載された長編小説。署名は「田村とし子」前年七月、夫田村松魚の勧めで同新聞の懸賞小説に「町田とし子」の名で応募、一一月一一日の発表によって二等当選し、一等の該当作品がなかったため首位となり賞金千円を獲得した出世作である。毎回、野田九浦の挿絵が入っているが、巻末にまとめて収録した。初刊単行本『あきらめ』は同年の七月一五日に金尾文淵堂から刊行され、島村抱月と森田草平が序文を書いており、草平は、美しき官能の匂いと細やかな神経、人物名の白粉臭さ、皮肉な観察と穿った心理解剖の豊かさを指摘している。また、この初刊本について、同年九月の『早稲田文学』「新書批評」では、作者の主観が旧型を脱し得ずに不徹底であり、新しき富枝の心持や世の中への態度がまだコンベンショナルを免れておらず、もう一歩というところで、伝習の前に頭を下げてしまうと批評している。大正四（一九一五）年三月二〇日には植竹書院からも、現代代表作叢書第七編として『あきらめ』が刊行されている。なお、生前には他に、三陽堂から同名で出版され（初版は大正四年三月二〇日、第六版は大正七〈一九一八〉年六月一〇日）、『現代日本文学全集56』（改造社　昭和六〈一九三一〉年三月一五日）に収められている。

初出「あきらめ」は、初刊単行本収録時に全面的に手直しされ、文の末尾の大部分を「る」から「た」に変更、三分の二を削除・加筆するなど、大幅な異同がある。そもそも新聞連載八十回分が初刊では三十章に分けられ、例えば初刊一章には連載時一・二回分、初刊二章には連載時三回から六回分が収められているが、初刊各章に配分された連載回数について、および本文の主な異同について巻末に一覧を付した。主人公は劇作家としてスタートしたばかりの女子学生・富枝だが、彼女をめぐる肉親の姉・都満子や妹・貴枝、先輩の三輪や後輩の染子など、女性たちの描写がかなり削除されており、甚だしいのが女優志願の三輪に関する場面である。とくに三十五回から四十二回までの八回分、初刊単行本では十三章に相当する部分がすっかり改稿され、三十六、三十七、四十、四十一回にいたってはそっくり削除されてしまっている。

作品のイメージ変更に関わる重要な削除部分のみ挙げておくと、まず、新聞連載時十八回の最後「恋人を思ふが如くに富枝は友の三輪に憧憬れ切つてゐる。」（二三三頁）。また、三十五回の「「あなたも兄には困らせられたんでせう。」」から「「と三輪は笑つた。」」（五九～六〇頁）までの中、とくに「富枝は唯其の情を身に滲まして胸の中で感謝する。／角の時計店へ、女が男に伴はれて入つて行く。男は女を悦ばし度いと思つてゐるのだらう。悦ばして貰ふ女の方では、買つて貰ふ指輪か時計の方が男よりも貴く思つてゐるに違ひない。と三輪はそんな事を思つてゐる。／「買つて貰ふよりは、自分で買つた方が好さゝうなものねえ。」（中略）「人の恩で飾るよりは、自分に力が無ければ裸体でゐる。」と三輪は笑つた」。

三十六回の「「何うしても自活するわ。三輪さん。」／富枝は突然に云ふ。／「然うなさい。」／と三輪は云つただけだ。（中略）丸髷の若い細君が、犇と良人に寄り添つて行く。ハイカラの令嬢が美しい書生を随へて行く。権威ある横目が両女を貫く。（中略）「弱い女流を引上げてやらうと云ふ様な、義侠を衒ふ点もあるやうだ。」（中略）「男に超然主義を取つても、一向利目はなさゝうね。矢つ張り女よりは偉いつもりでゐるからなんでせう。相人にしずにゐると自分を恐れてゐるからだと思ふんだから一寸始末がわるいのね。男には正面を切つて馬鹿にしてやるのが一番感じが早い」。（中略）これで、劇界になり、文芸界になり、特殊の功績を残したいと云ふ抱負があるのだから可笑しいと、話し合つてる。」（六〇～六二頁）。

三十七回の「「出雲の阿國ぢやないけれども、何か妾だけに劇界の女優として、一時代起したいと思つてゐるの。」／「遣つて頂戴。妾もこれでも文学史に何か留めなけりや置かないつもり。」／互に見た眼が輝く。」（六二頁）。さらに四十回の、「染谷さんは自分は嫌ひだけれども」から「今更後悔される。」まで（六七～六八頁）の中のとくに以下の部分。「或る物を見て嫌悪の念を起した時、例へれば今度のお貴枝さんの事に就いても、夫を或る種の研究材料にしてゐる兄さんに対して、唯嫌悪ばかりで其の眼を瞑つて了はずに、飽くまで其の避けたい眼を見開いて、疎ましい状態を熟々と見る様になさい、何程蛇が嫌いで、絵を見ても気絶する程の貴女でも、その蛇が何かに捲きついた或る題材となるべきものを目撃した時、捲き附かれたもの、苦痛の状態、又捲き附いたもの、悪辣な状態を、見るに堪へぬと云つて顔を背向けて了ふ様な事では、貴女は文の人とは云はれまい。芸術の為には、自分が蛇になつて捲き附いても、捲き附かれたもの、苦痛の状態を観察しなければならない時があるかも知れぬ。と三輪は論じる。（中略）富枝は三輪の云つたそんな言葉を、繰返し繰返してゐる。さうして、三輪が懐愛しくて仕方がなかつた。云はれた儘に今日も一日三輪の宅に宿ればよかつたと、今更後悔される。」

以上、女性の自立をめぐって、しかも夫に養われる妻やその予備軍を通しての近代結婚制度批判等が作品中最もうかがえる光景であり、「あきらめ」当選が時代の要請でもあること、いかに新しい女の時代の幕開けの巻頭にふさわしい作品であったかを伝える箇所だ。三輪の自立意識の強烈さ、女性差別の現実を踏まえた男性観、嫌悪すべきものをも見据えるという複眼の発想を持ったしたたかな芸術観が散見されるとともに、富枝自身の切実な自立志向と三輪への憧憬や敬慕の情が強く滲み出ている場面である。三輪と富枝の女優としてあるいは作家としての夢と抱負が語られ、自己実現の欲求の激しさが見られるところでもある。

だが、初刊単行本ではこれらの削除と引き替えに、二人の気持の齟齬が強調されたような加筆がなされているのである。初刊十三章（新聞連載三十四回～四十一回）の、「富枝はこの頃の自分のいろ〳〵な事に就いての感じを三輪に語りたかつた。然し三輪は昔富枝を一人の話相手にして劇界へ立つての抱負を語つたり、自分の感情を富枝の前には露にしたやうにして今の富枝には対さかつた。何所か自分は自分の思ふ道を行くと云つた様に深い話もなくつて其の場なりに済ましてゐるのが富枝には飽き足りなかつた。／富枝は三輪が打解けてゐないので斯うお互の心持がはぐれ〳〵になつてゐるのだとも思はなかつた。昔は二人ながら赤い色と思つたものも、今では自分には紫に見え三輪には黄色く見えるほどに、二人の別れてゐた間の年月がそれ〴〵に自分と云ふものを作り上げてしまつたのだから仕方がないとも思つた。さうして二人は余り語りもしずに歩いて行つた。」（巻末「異同」三十五回、六三三頁）の部分である。また、同章の、「富枝はその美しい顔を、自分一人唯かうして無意味に眺めてゐるのが惜しいと思つた。其れを云ふと三輪は富枝の顔を見て一寸笑つた。倦怠さうに机の上に投げだした湯に熱つた手を、三輪は反らしたり握つたりして、また何も話さなくなつた。／二人は何もお互の胸に触れるところもなくつて別れた。それでも帰る時三輪は電車の停留場まで送つて来た。富枝は自分と一所にゐた間の三輪が始終興のない顔をしてゐたと云ふ感じだけを残して麻布へ帰つた。」（巻末「異同」三十九回、六三五～六三六頁）の箇所だ。

これらの大幅な異同は、前記した引用の蛇の芸術論さながらに、自己の性まで逆手にとって女優願望を遂げようとする三輪に、富枝は違和感を抱きつつ作家としての自立を一時休止するという「あきらめ」の主題に絞ったためかと思われる。三輪の存在が富枝の夢と挫折に深く関わっており（拙稿「初出『あきらめ』を読む――三輪の存在をめぐって」『社会文学』二号〈一九八八年七月〉を参照）、そもそも三輪と紡ぐ夢、富枝自身の強烈な自立願望と作家的野望の表出場面を消去するためでもあったろう。しかしその結果、過激性は抑制され、初刊についての同時代評でも指摘されていたように、新しい女の自立志向や自己実現願望の強さのイメージがいささか希薄になり、同性愛の官能的な側面の方が前景化している。そして初刊単行本では、富枝と染子との愛の光景がさらに以下のように書き換え、加筆がおこなわれているのである。初刊の八章では、初出二十一回の終幕が「かうして富枝の傍にゐるとき、染子は自分の身体中の血を富枝の口にくゝんで温められるほどなつかしかつた。そうして取られた手をいつまでも放すのがいやだつた。」（巻末「異同」六二一頁）と修正、初出二十二回に相当する部分に「染子は首を振つた。富枝の沈んだ声が悲しくつて長い瞼毛のなかに溢れてる涙をまばたきして払ひながら、手はぢつと握られたまゝで富枝の顔を振り仰いで立つてゐた。富枝は染子を抱きながら室内へ入つて」「染子は富枝を見ると恋ひしいと云つて泣いてばかりゐた。そして、其の晩は染子と同じ床の中に沙翁のテンペストの話を為た。（中略）富枝が染子の濡れた半巾を取つて涙のあとに自分の唇をあてたのを染子は見た。」（巻末「異同」六二二頁）と加筆されている。また、初刊十四章では、初出四十三回に相当する部分が書き換えられた中に、「富枝はいきなり染子の手を取つて其の甲に接吻した。染子は赤い顔をして富枝の袖の内に顔を埋めながら、／「沢山して頂戴。」／と云つた。」（巻末「異同」六三八頁）とある。

この初出・新聞連載時四十三回には染子の病気が「脳神経衰弱」とあるが、初刊単行本では削除されている。初出では、四十三・六十二回も同病名が記され（四十二回で「一種の精神病」か、とある）、六十三回で「呼吸器病」（「小さな咳」とあるから肺結核とも考えられる）に罹っている。ところが初刊では「呼吸器病」で統一されている。この病名変更の背後には、前近代まで続いていた同性愛がタブー視され出した時代状況があるのではなかろうか。レズビアン・ラブが「性的精神病質」とか変態性愛とみなされるのを避けた方策だったように思う（「性的精神病質」はドイツの司法精神科医クラフト＝エビングの書名 *Psychopathia Sexuali* の訳、一八八六年刊行。日本では明治二七年に『色情狂篇』〈春陽堂〉、大正二年に『変態性慾心理』〈大日本文明協会〉などとして紹介された）。田村俊子は江戸時代から続いていた女の同性愛をこのような形で表現化し（拙稿「田村俊子と同性愛」新・フェミニズム批評の会編『大正女性文学論』〈二〇一〇年一二月〉参照）、日本近代の異性愛中心主義的傾向に、抵抗を示しているともいえる。染子との同性愛描写によって、少女小説的雰囲気さえ漂っているが、それらも含めて、まさしく女の時代にふさわしい小説であった。

富枝と染子の間に決定的な性愛関係があったと推定させる場面がある。初刊でも削除されていないが、「その美しい人一人を自分の思ひの儘にしたと云ふ誇りが湧いた」「染子は自分を恋し、その恋が遂げられた様な感じで今朝を過ごしてゐるのだらうかと富枝は再び昨夜の不思議なことをしみ〴〵と考へてゐた。」（四十五回）「「……お姉様が欲しい。／「上げたぢやありませんか。」」（七十七回）とあるからだ。その時、染子の「恋を知つた眼」を富枝は見つめているうちに上田秋成の物語を想起するが、坊さんが可愛がっていた小姓の死後も、死骸が腐っても骨を舐めたり肉を食べたり執着した凄い話とは（四十五回）、「雨月物語」巻之五「青頭巾」である。出典には、「ふところの璧をうばはれ、挿頭の花を嵐にさそはれしおもひ、泣に涙なく、叫ぶに声なく、あまりにも歎かせたまふままに、火に焼き、土に葬る事をもせで、瞼に瞼をもたせ、手に手をとりくみて日を経給ふが、終に心神みだれ、生きてありし日に違はず戯れつつも、其肉の腐り爛るるを吝みて、肉を吸ひ骨を嘗めて、はた喫ひつくしぬ。」とある。同時代作家の谷崎潤一郎（俊子より二歳下）も、同性愛がタブー視される日本の近代化には批判的であり、「青頭巾」を高く評価していた。

女優志願の三輪と作家としてスタートした富枝には、田村俊子自身の二つの夢を託し、二人に二様の人生を選択させている。志は同じであっても実現の方法は次第に変わっていく。三輪は父亡き後の看板業を継ぐだけで何の後ろ盾もないからこそ、したたかさも身につけ不退転の決意があるが、富枝は純粋で理想主義的で、いかにも女子学生らしく、これで押していくと挫折も必然で、この相違は後半の二人の生き方を決定していく重要な鍵となる。シスターフッドの関係にある三輪への憧憬が消えていくにつれて、染子へのレズビアン・ラブに拍車がかかり、物語は「あきらめ」へと傾斜していっているように見える。だが、この作品は富枝の魂の彷徨を描く青春小説でもあり、三輪の行方だけが要因ではない。もともと富枝は、故郷を捨てた両親の代わりに、卒業後は田舎の家の後継ぎとして帰省しなければならない身であった。

それが、懸賞の脚本が当選して上演されることが新聞で報道されたために女子大の教育方針に反すると大学側から忠告を受け、富枝は退学を考えるようになる。劇作家としての先達であり、学費・生活上でも世話になっていた姉の夫への不信から独立を志すが、作家として出発したばかりの富枝には不安がつきまとう。折しも、祖母の老化が進行し帰郷を促すために継母が上京してきて、作家として自立する目標は中断せざるを得なくなる。そうした外的状況が富枝を休止に追い込んでいるわけで、それが又、多くの女性が置かれた現実でもあった。「自分は男ではない。若い女である」という性差社会の無力感に襲われてもいる。

加えて、精神的拠り所を見失ったものの内的揺らぎがあるが、その一つに、日本の近代化への批判がある。東京の近代的都市化へと移行しつつある街並みや風俗がリアルに描写されているが、富枝は欧米化していく公園や建物、学校制度や博士号、軽薄な文学士や新聞記者、プラチナの鎖・ダイヤのカフスボタンをちらつかせる才子、工場の煙が競い合う工業化などに違和感さえ抱いている。そして、「何も彼もが覚醒された様なこの時代」「自分の驕つた時代」という時代認識の中で、一時は「昔に憧れて迷つて歩いてるのだろうか」「隠れた死に場所を探し廻つてゐるのぢやないか」と落ち込んでいるのだ。漠然とながら、目覚めたるものの悲哀に陥っている。だからこそ、継母のように素朴で勤勉な田舎人を認め、祖母への愛と介抱のために出立する決意をする。最後は自らも納得しての旅立ちであった。

ともあれ、初出「あこがれ」は、女たちのポリフォニー的世界を表出している。富枝はこの物語の語り手でもあるが、三輪と染子という「心の友」や肉親の姉妹など、女性たちへのまなざしは温かい。「妾」の噂のある三輪に対しても、それさえバネにして夢を遂げようとする彼女を偉いと思っているが、そもそも結婚制度内の妻と制度外の妾を格差づける近代の女性規範を越境しているように思われる。体が弱く、どんなに富枝を愛していても将来は婚約者と結婚しなければならない文部次官の令嬢・染子。妻の妹にさえ手を出す浮気性の夫に悩まされ嫉妬に狂いながらも、妻の座を抜け出そうともしないし、夫に依存して抜け出せない都満子。生母の死後、継母や養母を転々とし、誰にでも媚びて自分の意志を持てなくなり、娼婦性さえ兼ね備えた思春期の少女・貴枝。浮世の辛酸を嘗めつくし商売やり手の女将である貴枝の養母や、武士階級に生まれて芝居も役者も劇作家の価値も理解せず律儀に田舎の家を守る富枝の継母。さまざまな階層や立場の女性たちの生や発想が見据えられている。

対して、義妹の淫奔性を自分が引き出しておきながら、彼女のせいにして妻を騙そうとする緑紫の卑劣さをはじめとして、男性たちへの視線は辛辣で強烈な風刺が効いている。あきらかにこの世が男性中心社会であることを撃ち、男女両性の相剋という俊子のテーマが始動していることが了解できる。シスターフッド、レズビアン、フェミニズム、ジェンダーがまさに出揃った、新しい女の時代幕開けの象徴的な文学空間なのである。

静岡の友

明治四四（一九一一）年二月二日『新小説』（第一六年第二巻）に掲載された短編小説。署名は「田村俊子」。翌四五（一九一二）年一月五日、桑弓堂から刊行された『紅』に収録されている。その際の異同については、本巻の巻末に付した。高等女学校の同窓三人組は「嫁入り」しない約束をしていたが、大学まで進み天才肌と云われた一人が一番早く結婚。夫によって才能も無駄にし、静岡にまで移り住んだ友の行く末を語る。語り手である「私」は「良人の愛に溺れてゐるのだらう」と思い、それも「女性として幸福なの」だといい、「自分の才が家庭の為に消磨されようとも、良夫の愛の続く為に自分の容貌が衰へさへしなければいゝと念じ良夫と云ふ名称の下にある男へ堅く寄り添つてその愛のみを仰ぎ暮らして行けるならばその人の一生は凪の凪いだ海のやうなもの」だと言っているが、同じく結婚したものの苦みや風刺が漂っている。やがて夫好みのお洒落をし、ロマンティック・イデオロギーの果ての苦労・苦悩を抱え、さらに出産・育児で翻弄される親友を案じ、同情してもいる。この静岡の友に対して、女学校中の秀才といわれ大学にも進学して卒業後も大学の校内に住み、女性の手になる雑誌を編集している女友達Kは「立派に自己と云ふものを独立さ」せて独身を通し、新しい女であることを自認しているが、女性たちの苦悩を深く理解もせずに、韓国併合されたばかりの朝鮮へ遊びに行って当地の女性を運命に服従しているなどと断言したり、日本が嫌になって「植民地生活がし度い、南米へ行くと云つて騒いでゐる人」でもある。新しい女の単純で浅薄な側面も皮肉り、二様のタイプの女たちの生き方を見据えた作品だ。女性たちが抱えもつ矛盾にメスを入れている。なお、作中の女学校は東京府高等女学校、大学は日本女子大学校がモデル。また、Kはジャーナリストの小橋三四子、静岡の友は「女流戯曲家」の草分け大村嘉代子がモデル。前記した引用部分が、『紅』収録時には「良人の好みの風俗を作つて男の機嫌に逆らはないやうに務めてゆける優しい可愛らしい女になれたのなら、友の生涯はしあはせである」（巻末「異同」六五三頁）と、はっきり皮肉めいた表現になっているが、ともかくこの作品によって大村嘉代子は憤慨。岡本綺堂に私淑して戯曲家の道に邁進し、俊子とは絶縁状態になったという。

帝国座出勤女優の予評

明治四四（一九一一）年三月一日発行『新小説』（第一六年第三巻）に掲載されたエッセイ。署名は「田村とし子」。河村菊枝・森律子・鈴木徳子・中村滋子・初瀬浪子・佐藤ちゑ子等の女優評である。菊枝は最も評価されているが、総じて歯に衣着せぬ批評。女優経験のある俊子ならではの評。

私の女優を志した動機

明治四四（一九一一）年四月一日発行『新婦人』（第一年第一号）に掲載されたエッセイ。副題に、「現在の女優及び将来女優とならうとする者の覚悟」とある。署名は「田村松魚氏夫人　田村露英」。同号巻頭の「絵画及写真」欄では、「田村露英女史と筆蹟」の写真を掲載している。俊子の女優志願の動機は小説を書くうちに脚本も手がけたいと思ったからだと書かれている。祖父が大変な芝居好き、母親が芝居道楽だったので、幼少期から芝居見物し、芝居好きで脚本を作りたいと思っていたが、そのためには舞台に立った方が役立つと考え文士劇に入ったという。俊子の女優志願の理由とともに、芝居によって感性が育まれたことがわかる。女優の心得を説いた「男優の女形と云ふものを没落の運命に逢せ」「新らしい芸術の道を、女の手で新らしく切り開いて、男が女の代りをしてゐた舞台上に革命の旗を立てる」という言は、「あきらめ」の三輪の抱負を彷彿とさせる。

〈我が好む演劇と音楽〉

明治四四（一九一一）年五月一日発行『女子文壇』（第七年第六号　記念第百号）に掲載された「我が好む演劇と音楽」アンケートの回答文。夫田村松魚と一緒に回答。署名は「田村とし子」で、肩書きに、松魚は「小説家」、俊子は「同夫人」とある。

美佐枝

明治四四（一九一一）年五月一日発行『早稲田文学』（第六六号）に掲載された短編小説。署名は「田村としこ」。翌四五（一九一二）年一月五日刊行の『紅』に収録。その際の異同については、本巻の巻末に付した。女役者の師匠の養女になった娘の恋心を描く。

浮気

明治四四（一九一一）年六月一日発行『美藝画報』（第二巻第六号）に掲載された短編小説。署名は「田村とし子」。戸田塘仙の挿絵二枚が載っている。芸者として出世することに生き甲斐を抱けず、「惚れた男」に入れ込んでは転々と流れていく、芸者稼業の女性を描く。虚無的な心情も含めて、大正四（一九一五）年発表の「圧迫」の主人公に似ている。

私どもの夫婦間

明治四四（一九一一）年七月一日発行『新婦人』（第一年第四号）に掲載されたもの。署名は「田村とし子」。田村松魚の「友達づきあひ」も合わせて掲載されている。俊子は、夫に献身的な良妻を求める松魚の深層願望を読み、自分の、夫に従順ではなく無暗と抵抗する良妻賢母ならぬ悪妻・悪女ぶりを、誇張して書いている。松魚は、さすが米国帰りだけに女性蔑視もなく妻の読書好き等の長所も認め、自分たちの「簡易生活」には「模範細君も不必要」であること、「友達づきあい」のような夫婦関係なので妻は「女友達」だなどと語っている。松魚は幸田露伴門下の兄弟子なので、弟子同士の同棲のような、いわば学生結婚のような関係であったと思われる。

〔尤も涼しき演劇〕

明治四四（一九一一）年七月一日発行『美藝画報』（第二巻第七号）に掲載された「尤も涼しき演劇」アンケートの回答文。署名は「田村とし子」。岡本綺堂・島崎藤村・正宗白鳥等も回答を寄せている。

本門寺のさくら

明治四四（一九一一）年七月一五日発行『文章世界』（第六巻第一〇号）に掲載された短編小説。署名は「田村とし子」。翌明治四五（一九一二）年一月五日、桑弓堂刊行『紅』に収録される。その際の異同については、本巻の巻末に付した。作中の「K先生」は、俊子と夫の松魚が指事していた幸田露伴のことである。露伴の妻幾美子が明治四三（一九一〇）年四月八日に病没し、翌年四月八日の一周忌の墓参に、夫婦二人で墓参に出かけた時の話だ。本門寺の桜が白く咲き、俊子が好きな桜散る光景（松魚が「友達づきあい」で言及）も、二人の絆の回想とともに、しっとりと描出されている。この一周忌の様子について、塩谷賛は、「親戚の人々と本門寺へ詣でる。高い石段をのぼって山門にかかると、うららかな日で風もないのに本堂や祖師堂の前あたりの桜が散りつつある」と回想している（『幸田露伴』中央公論社、一九六五〈昭和四〇〉年七月～一九六八〈昭和四三〉年一一月）。本門寺は、池上本門寺（現・東京都大田区）のことで、露伴の墓石も境内にある。

〈明治文学界天才観〉

明治四四（一九一一）年八月一日発行『成功』（第二巻第二号）に掲載された「明治文学界天才観」アンケートの回答文。署名は「田村とし子」。「俊子女史筆蹟」として、回答葉書の一部が一緒に載せられている。天才及び天才的傾向をもつ文学者の回答として、自分は女性なので「女流」を挙げるといい、「歌人としての与謝野晶子」を選んでいる。島崎藤村・上田敏・田岡嶺雲・薄田泣菫等も回答を寄せている。

生血

明治四四（一九一一）年九月一日発行『青鞜』（第一巻第一号）に掲載された短編小説。署名は「田村とし子」。翌四五（一九一二）年一月五日刊行の『紅』に収録される。その際の異同については、本巻の巻末に付した。「あきらめ」解題で言及した植竹書院版『あきらめ』にも収められている。同時代評（無署名「九月の小説と劇」『三田文学』明治四四年一〇月）では、「女性の感覚」が躍如とし、「五感の働きのみによつて生きて行くセックス」を描くのに実に鮮やかな筆を持っていること、「『青鞜』の諸子が如何に感官的優勢に向つて競ひつ、あるか」が指摘されている。長沼智恵子の表紙装丁による『青鞜』創刊号には、巻頭の散文詩・与謝野晶子「そぞろごと」、平塚らいてう「元始、女性

は太陽であつた　青鞜発刊に際して」も掲載。新しい女たちの雑誌の誕生を十分に意識して書かれた「生血」は、時代のテーマでもある男女両性の相剋を取り上げ、生血を吸う〈男〉に憎悪を抱きはじめた女の生の存在感覚を象徴的に表現している。初めて性的関係をもった男性に憎悪を抱くいっぽうで惹かれていく女性の心身を、生臭い金魚の匂いや金魚の眼をピンで突く行為、汚れの意識、女の生血を吸う蝙蝠などのメタファーを駆使して表象。女性が性愛を媒介にして男性の支配下に組み敷かれていく男女の関係構造と、ようやくその現実に覚醒し始めた女性存在を表出している。

かなしかった日
明治四四（一九一一）年九月五日発行『少女の友』（第四巻第一一号）に掲載された少女小説。署名は「田村とし子」。あい子が六歳の時に、十三歳のおみねが、あい子専属の世話係として女中奉公に来て、あい子の姉となり妹となり友達ともなって半時とて離れることがなかった。その彼女がいよいよ嫁入りのために実家に帰ることになった時の、別れの悲しみにくれる少女の切ない心情と、主従の関係を越えた二人の絆の深さを伝える。

秋海棠
明治四四（一九一一）年一〇月一日発行『美藝画報』（第二巻第一〇号）に掲載された短編小説。署名は「田村とし子」。翌四五（一九一二）年三月二四日、博文館から刊行された『閨秀小説十二篇』に、「機運」と改題されて収録される。その際の異同については、本巻の巻末に付した。容貌が秀でて教育もあり、パトロンもたずに身を「清廉」に保って技芸を磨きながらも、なかなか役がつかない下積みの女優の焦り・藻掻き・苦しみを、捨てられないプライドとともに描く。劇界もまた男性中心的だが、連日励ましてくれる男の演芸記者の訪問を、いつか心待ちするようになる。

一体に欲が熾んになる

明治四四（一九一一）年一〇月一日発行『婦人乃鑑』（第一年第一〇号）「秋の感想」の一篇として掲載されたもの。署名は「田村とし子」。与謝野晶子も寄稿している。夏は「頭がいつも明瞭」ではないが、秋の季節になると意欲が盛んに湧いてくるという俊子の特色が語られている。

文芸の影響を受けたる恋愛は崇高なり

明治四四（一九一一）年一一月一日発行『女子文壇』（第七巻第一四号）「恋愛論」の一篇として掲載されたもの。生田長江が「恋愛と結婚と」を寄稿している。物語か戯曲、すなわちフィクションの世界の美しい恋に憧れているのが一番楽しみだという。精神的な恋愛を支持し、その意味で「同性の恋」は「美しい精神的の恋が成り立つ」といい、世間では同性の恋について非難しているようだが、決して非難すべきものではないと述べている。

幸子の夫

明治四四（一九一一）年一一月一日発行『婦女界』（第四巻第五号）に掲載された短編小説。署名は「田村とし子」。結婚というものの内実を抉り出した作品。我が儘に派手に育てられた若い女性が、母親の勧めによって、質素倹約勤勉に独り身を通してきた二十歳も年上の男性と結婚。家事や経済全般にわたって毎日小言を言われ続け、友人との交際まで禁じられてしまう夫の権力に従う妻。だが、やがて夫権への抵抗に目覚めていく妻の変貌を追跡している。

匂ひ

明治四四（一九一一）年一二月一日発行『新日本』（第一巻第一〇号）に掲載されたエッセイ。署名は「田村とし子」。翌四五（一九一二）年一月五日、桑弓社から刊行された『紅』に収録される。その際の異同については、本巻の巻末に付した。俊子の幼少期の体験が語られている。家つき娘の母は養子の父を嫌い、我が娘の俊子まで「疎まし」がり、「母の傍におかれる間は唯玩具にされてる時間」だけで、「慈愛の頬ずりなどをされたことは一度もなかつた」という。そのためか「下女」たちの背中にもたれかかり、その身体から匂ってくる人肌の温かみを懐かしがる子供であったと回想している。祖父も母親も芝居好きで、贔屓の役者の芝居見物には銀杏を染め抜いた縮緬の浴衣にわざわざ着替えるなど、江戸の町民文化と地続きのような家庭で生育していることが了解される。同性愛嗜好においても江戸期からのものが揺曳しているように思われる。祖父の「妾」がその初体験の相手であった。作中、「お瀧はその時から私の小さな身体が悩み疲れるほど可愛がつた」とあるように性的寵愛を受け、「私は甘つたるい人の肌の匂ひの中に眠つてゆくのがなつかしくつて、お瀧の傍がはなれられ」ず、彼女が「妾」を辞めて去って行った時には、「大人が忍び泣きをするやうに」泣いたと語っている。匂いにまつわる記憶、同性愛の原体験の記憶までが連想される。

『ね』話

明治四五（一九一二）年一月一日発行『演藝画報』（第六年第一号）に掲載。「女優と女形との価値（其二）」の一篇、他に田村成義、伊原青々園、松居松葉、小島孤舟など寄稿。署名は「田村とし子」。女性の役を男優の女形がつとめるという日本旧来の演劇を「変態芸術」として退け、「女の微妙な感情、その微妙な感情から現はれてくるこまかい〳〵動作」や「女の強さ」は、「到底男の女形に現はすことが出来なからう」と、新時代の劇壇における女優の地位を強く推進した評論。

紫いろの唇

明治四五（一九一二）年一月一日発行『女子文壇』（第八年第一号）に掲載。署名は「田村とし子」。大正二（一九一三）五月一八日、新潮社から刊行された短編集『誓言』に収録。その際の異同については、本巻の巻末に付した。病身となり、喉まで患い容貌まで変わった芸妓の、寄る辺なき孤独と貧窮の果てを描いた短編小説。

男は可愛らしいもの

明治四五（一九一二）年一月一日発行『新婦人』（第二年一月之巻）に掲載。署名は「田村とし子」。男性の社交性と正直さ、小心翼々たる面と率直さ、単純で可愛らしく好ましい等々、多面的に捉えた揶揄的男性評。俊子の悪女ぶりの一端がのぞかれる。

その日

明治四五（一九一二）年一月一日発行『青鞜』（第二巻第一号）に掲載。署名は「田村とし」。大正二（一九一三）年五月一八日、新潮社から刊行された短編集『誓言』に収録。その際の異同については、本巻の巻末に付した。刺激的な書き出しとともに、視られる女ではなく、まさに視る女を描いた短編小説。好きな男を「さんざ見て見て見尽くして了ふ」と、女から男に誘惑の手を出す女性の出現だ。これまでの男女の関係構造を転倒して、男性は受け身で女性が上位に立っている。

二三日

明治四五（一九一二）年一月一日発行『早稲田文学』（第七六号）に掲載。署名は「田村俊子」。前年一一月の日記

の一部。平塚らいてうからの『青鞜』への原稿依頼、家庭内の状況、長沼智恵子と茅ヶ崎の南湖院で治療する保持研子を見舞いに行く一日の旅など、私生活の様子と著者の心境がうかがえる。保持は、日本女子大学卒、『青鞜』の発起人。

新富座

明治四五（一九一二）年二月一日発行『演藝画報』（第六年第二号）に掲載。署名は「田村とし子」。新富座の一番目「梅鉢」（四幕）、中幕の上「日蓮」と下「紙治」を取り上げた劇評。子供の時から培われてきた芝居鑑賞眼が発揮されている。

上方役者

明治四五（一九一二）年二月一日発行『三越』（第二巻第二号）に掲載された短編小説。署名は「田村とし子」。大正二（一九一三）年五月一八日、新潮社から刊行された短編集『誓言』に収録。その際の異同については、本巻の巻末に付した。役者への恋煩いに罹った少女を描く。少女小説ともいえるだろう。

魔

明治四五（一九一二）年二月一日発行『早稲田文学』（第七五号）に掲載された短編小説。署名は「田村とし子」。大正二（一九一三）年五月一八日、新潮社から刊行された短編集『誓言』に収録。その際の異同については、本巻の巻末に付した。前記した植竹書院版『あきらめ』にも再録。俊子は女の自我の目覚めと精神の解放、ことに性の解放に視線を向けているが、この短編では夫婦の倦怠に忍び寄る恋の誘惑と、独身女性の「旋風のやうに荒れ狂う」孤独な性の欲望を表出している。夜の帰り道での妻の血の騒ぎとともに、女の内に潜む情念を「魔」と表現しているところも抜群だ。妻が夫に「あなたになんかいつ左様ならを云ふか分りませんよ」と、過激な挑戦をこころみている。

おとづれ

明治四五（一九一二）年三月一日発行『淑女かゝみ』（第二年三月の巻）に掲載された短編小説。署名は「田村とし子」。大正二（一九一三）年五月一八日、新潮社から刊行された短編集『誓言』に収録。その際の異同については、本巻の巻末に付した。夫の姉夫婦の家を突然訪れた時の、田舎の子だくさんな一家の反応と、妻の心の動きが捉えられている。俊子自身の体験かと推察される。

『黴』のお銀

明治四五（一九一二）年三月一日発行『新潮』（第一六巻第三号）に掲載。署名は「田村とし子」。徳田秋声の『黴』（新潮社、明治四五年一月）の女主人公お銀の人物像を詳細に分析した評論。お銀を「無邪気」とか「可憐」などと評する男性評論家への対抗意識からか、辛辣でさえある。なかなか奔放でしたたかだったお銀が「段々と夫の手にすべてを虐げられて」臆病な女になっていき、「夫の権威の前に跪い」て「最後に枯れ尽した女の残生」となっていることを鋭く指摘、フェミニズム批評にもなっている。

左団次、猿之助、松蔦、勘弥、栄三郎、喜多村緑郎、鈴木徳子

明治四五（一九一二）年四月一日発行『演藝画報』（第六年第四号）に掲載。「好きな俳優の好きな芸㈠」の一篇。小山内薫、岡本綺堂、相馬御風などの寄稿もある。署名は「田村とし子」。明治座の市川左団次（二代目）、自由劇場の市川猿之助（二代目）、市川松蔦（二代目）その他の歌舞伎役者と、帝国劇場の女優の鈴木徳子の演技についての俳優・

女優評。俊子の遊び心が横溢している。

色彩の美しいものは旨しさう

明治四五（一九一二）年四月一日発行『女子文壇』（第八年第四号）に掲載。「食味の感想」の一篇。小川未明、高村光太郎、木下杢太郎などの寄稿もある。署名は「田村とし子」。作家の味覚をテーマにしたエッセイ。味覚よりも色彩感覚を優先する自分の嗜好を語る。

美人脈の二大典型

明治四五（一九一二）年四月一日発行『新公論』（第二七年第四号　春期定期倍号）に掲載。「美人研究」の一篇。署名は「田村とし子」。田村俊子の写真が一枚載っている。楽観的美人と悲観的美人と「二流に分れてゐる美人脈」を提唱し、この「二形式」の代表例として帝国劇場女優の第一期生、森律子と初瀬浪子などを挙げている。

あねの恋

明治四五（一九一二）年四月一日発行『流行』（第九年第四号）に掲載。署名は「田村とし子」。京都の大学に行っている恋人を諦めて、突然に他家に嫁入りした姉を懐かしむ妹・京子の心境を描く少女小説。恋を自ら断念するが、夢と現実の隔絶を受けとめ、恋心を胸に秘めて嫁ぐ姉に、当時の一般の女性たちの生を重ねている。

〈文芸に現はれたる好きな女と嫌ひな女〉

明治四五（一九一二）年四月二八日発行『読売新聞』（第一二五六二号）に掲載。「文芸に現はれたる好きな女と嫌ひな女」アンケートの回答文。松井柏軒、正宗白鳥、松井須磨子も回答。署名は「田村とし子」。ここで言及される「吉田御殿」は、江戸時代の歴史人物・千姫（一五九七～一六六六）を主人公とした歌舞伎の芝居。初演は、明治二四（一八九一）年に寿座で行われる。町を通る美しい男を見つけては手招きする千姫を好むとは、規範の逸脱を願望する俊子らしいコメントだ。

誓言

明治四五（一九一二）年五月一日発行『新潮』（第一六巻第五号）に掲載。署名は「田村とし子」。末尾に「四月二十二日稿」と脱稿日が記されている。大正二（一九一三）年五月一八日、新潮社から刊行された短編集『誓言』に収録。その際の異同については、本巻の巻末に付した。また、『現代日本文学全集56』（改造社、昭和六〈一九三一〉年三月一五日）に再録。同時代評では、「女其の物を客観的に、露骨にさらけ出した」「優れた作」（XYZ「最近作家の批評と解剖」『新潮』大正元年一一月）と、評価されている。女性の新しい自我のかたちを「両性の相剋」関係の中で追究した短編小説で、夫に従順どころか自我を主張し、夫と争闘・対峙して別離も辞さない妻の像を過激に描出。「私の性格は自分のものなのです」という自己主張、「あの人の傍へはもう決して戻らない」という宣言は、夫権への抵抗を何よりも示している。夫婦の激しい争闘場面には、「炮烙の刑」に共通するマゾヒズム・サディズムの関係が垣間見られる。

臭趣味

明治四四（一九一一）年五月一日発行『新婦人』（第一年第五号）に掲載。署名は「田村とし子」。自らの男性観を展開したエッセイ。前掲した「男は可愛らしいもの」をより明確により皮肉や風刺を効かせて、痛烈・痛快な日本男性批判論となっている。二重にも三重にも転倒してみせ、直球・変化球を併せ持つ批評の芸がうかがえる。作中、「ひなた糞のやうな」男とあるが、タイトル「臭趣味」の「臭」はこの「糞」から来ている。

離魂

明治四五（一九一二）年五月一日発行『中央公論』（第二七年第五号）に掲載。署名は「田村とし子」。末尾に「四月十五日稿」と脱稿日が記されている。大正二（一九一三）年五月一八日、新潮社から刊行された『誓言』に収録。その際の異同については、本巻の巻末に付した。初潮をむかえる少女の心身の微動を描いた短編小説。異性の身体や匂いを感覚的に意識しはじめ、性に目覚めかけていくざわめきが初潮に繋がり、初潮の訪れが精神をも不安定にさせ夢遊病者のように離魂現象を引き起こす、思春期の少女のデリケートな心身の状態を活写している。初潮の訪れを暗示する赤系の色がメタファーとして象徴的に駆使されている。少女のセクシュアリティを見つめた秀作。

自由劇場と文芸協会（四十五年四月・五月）『故郷』（文芸協会第3回公演）

明治四五（一九一二）年六月一日発行『シバヰ』（第一巻第六号）に掲載された劇評。署名は「田村とし子」。同年五月、文芸協会第三回公演として有楽座で行われる。ズーダーマン原作『故郷』上演の合評の一篇。中村吉蔵、本間久雄、片上伸なども劇評を寄稿。ここで言及されている俳優は、松井須磨子（主人公・マグダ）、林千歳（マリイ）、都筑道子（フランチスカ）、佐々木積故郷（ヘフターデイング）。東京での公演後、内務省より上演禁止の通達があり、問題視された部分を書き換えて関西などで公演が行われた。公演に合わせて同年六月にズーダーマン原作、島村抱月訳・補『故郷』が金尾文淵堂より刊行された。

晶子夫人

明治四五（一九一二）年六月一日発行『中央公論』（第二七年第六号）に掲載。署名は「田村とし子」。「与謝野晶子論」（目次は「与謝野晶子女史論」）の一篇、長田秀雄、森林太郎、馬場孤蝶、佐佐木信綱も寄稿。「独自の立場の上に明治の婦人中の婦人の誇りの瞳子をかゞやかし得る」与謝野晶子に対して「尊敬の意」を表したエッセイ。晶子の「良妻賢母」ならぬ「賢妻良母」ぶりを披露。

環さんと須磨子さん

明治四五（一九一二）年七月一日発行『中央公論』（第二七年第七号）に掲載。署名は「田村とし子」。「松井須磨子と柴田環」の一篇。正宗白鳥、上司小剣、有島壬生馬、佐藤紅緑、岡田八千代などが寄稿。柴田環（三浦環）は、この時期、帝国劇場に所属していたオペラ歌手で、後年に国際的な名声を博する。「女流の声楽家」が明治に現れたことの意義を指摘し、須磨子の懸命さを評価している。

わからない手紙

明治四五（一九一二）年七月一五日発行『趣味』（第六巻第二号）に掲載。署名は「田村とし子」。書簡体形式で書かれた短編小説。シスターフッド的絆で結ばれている二人の女性の往復書簡。いつまでも「芸術の上で遊」ぶこともできず、結婚しなければならない女性の現実の悲哀が滲み出ている。

簾の蔭から

大正元（一九一二）年八月一日発行『女学世界』（第一二巻第一一号）に掲載。署名は「田村俊子」。自身の夫婦観、

実生活についてのエッセイ。逆に束縛を求めたくなるほど自由な夫婦関係と放縦な自己の生活を相対化している。また、青鞜社の若い女性たちの「上《うは》つ調子な「新《あたらし》がり」」を問う言及もある。今度は男性の骨格自体を「粉みぢんに粉砕したくなる」など、「男の男らしい外形の権力と云ふやうなものに魅せられてくると、私はかうした苦しい反抗に責められる」と、幾重にも捻った男性権力批判もうかがえる。

おわかさんの話

大正元（一九一二）年八月一日発行『新日本』（第二巻第八号）に掲載。署名は「田村とし子」。温泉場を題材とした短編小説を特集した「温泉スケッチ」の一篇。田岡嶺雲、中村星湖、水野葉舟なども寄稿。庶民の女の語りで、その語り口を駆使した怪談もの。

さよより

大正元（一九一二）年九月一日発行『淑女かゞみ』（第二年九月之巻）に掲載。署名は「田村とし子」。大正三（一九一四）年四月二十日、牧民社から刊行された短編集『恋むすめ』に収録。その際の異同については、本巻の巻末に付した。「さよ」という女性からシスターフッド的関係の友に宛てた書簡形式の小説。「わからない手紙」同様、結婚によって人生が決定していく女性の嘆きが主調音である。

お使ひの帰つた後

大正元（一九一二）年九月一日発行『青鞜』（第二巻第九号）に掲載。署名は「田村俊」（署名は本文の末尾に記載）。『青鞜』一周年に寄せた小品。青鞜社の小林歌津子が原稿取りに来て帰った後の所感が語られている。歌津子は「江戸芸者の俤」を見るような顔立ちで、「下町で生れて下町で育つた私」は気に入り、かつての町娘たちを想い出す。そして、青鞜社の社員よりも町娘にして、やがて「男ぎらいで売り出した」芸者にしたいなどと思う。男嫌いの芸者ということで、『青鞜』一周年に合わせている。さすがの技量だが、俊子自身の「新しい女」には、お侠な町娘や啖呵を切る芸者、江戸女の情念などの要素も含まれているかも知れない。

微弱な権力

大正元（一九一二）年九月一日発行『文章世界』（第七巻第一二号）に掲載。署名は「田村とし子」。自身の夫婦関係における夫権は微弱な権力だが、しかし、「私の心の両翼をいつも軽く押さへ付け」、しかも「執念ぶかく巧みに、その癖軽くぴたと押さへて了ふ」という。それに対して常に反抗し続けながらも、ついに沈黙・服従・嘲弄・放棄・超越せざるをえない。「私」の権利や芸術や確信等のすべてを支配し制限しようとし、牢獄・囚人意識を抱かせる権力。「簾の蔭から」における自由の実体を暴いている。なお、終末近くに言及している「お梅」とは、明治の芸者、花井お梅のこと。芸者の後、待合茶屋を経営したが意見の対立により、明治二〇（一八八七）年、番頭の八杉峰吉を刺殺、無期徒刑の判決を受けた。

女の好む女

大正元（一九一二）年九月一五日発行『婦人評論』（第一巻第一号）に掲載。署名は「田村俊子」。女性観・女性同士の友情に関するエッセイ。「微弱な権力」の最後尾「女性同士の友達に信誼のないのはこれである。女が求めてゐるのは常に男である。女は決して女を求めようとはしないのである。」に通じる内容である。同年同月に発表しているので、前エッセイの問題意識とつながったのであろう。女が同性を好まない理由を、反語的な意味合いもあってか以上のように述べつつ、自分は同性を好む方だが、むしろ同性から嫌われるのだという。それは女友達の隠している感情を発現しようとしたり、びしびし皮肉を言うからだと自己分析している。「静岡の友」を発表して大村嘉代子を失ったこととも関係あろうが、今度も唯一人残った女友達さえも自分よりも男性の方に真実をもらすようになったという。おそらく長沼智恵子のことに違いない。絶えず自分自身に強くあるよう鞭打っているが、しかし強い女は嫌いで、弱々として可愛らしい女が好きという、自分に求めるものと、他に求めるものとの矛盾についても自己解剖しているのだ。複雑・多面的な俊子像が、うかがえるところだ。

悪寒

大正元（一九一二）年一〇月一日発行『文章世界』（第七巻第一三号）に掲載。署名は「田村とし子」。末尾に「(九、一三)」と、脱稿日と思われる日付が記されている。大正二（一九一三）年五月一八日、新潮社から刊行された短編集『誓言』に収録。その際の異同については、本巻の巻末に付した。長沼智恵子への同性愛的な心情を書簡形式で綴った短編小説。高村光太郎との恋愛に走る智恵子を失う淋しさを語っているが、根底にあるのは田村松魚との「悶えの多い」夫婦生活であり、自分の心の上を烏嘴で突っつき散らすといった自虐的な表現など苦悩の深さが散見されるが、俊子にとって智恵子との交情は、芸術味に充ちた「自由な感情の味はへた時間」であった。宮本百合子の「伸子」における、主人公の素子に惹かれる心情を連想させる。智恵子との関係願望と切ない別れが告白されているが、しかし、その智恵子の心も又、いつか光太郎との関係によって「血を滴らすまでに切り破られる」ことも暗示されている。「私はいつかしら遠い〳〵ところへ旅をする日があると思つてゐる」ともあり、将来のカナダ行きを予感している気配だ。

〔名家の読書時間〕

大正元（一九一二）年一〇月五日発行『読書之友』（第九号）に掲載。署名は「田村俊子」。「名家の読書時間」アンケートの回答。上田敏、阿部次郎、幸田露伴なども回答している。読書の時間は計画的ではないが、知的欲求が興ってくると、昼夜を問わずに集中すると答えている。

本郷座見物

大正元（一九一二）年一一月一日発行『演藝画報』（第六年第一一号）に掲載。署名は「田村とし子」。言及されているのは、市川左団次（二代目）と小山内薫による「自由劇場」の公演。一座は他に市川八百蔵（八代目）、市川寿美蔵、坂東秀調（三代目）、市川男女蔵（四代目・三代目左団次）、市川松蔦（二代目）など。ストリンドベルク作、小山内薫訳「犠牲」が公演のメインであった。

私の考へた一葉女史

大正元（一九一二）年一一月一日発行『新潮』（第一七巻第五号）に掲載。署名は「田村俊子」。日記を含んだ『一葉全集』は博文館より、この年の五月に刊行されている。一〇月の『青鞜』には、日記について平塚らいてうが「女としての樋口一葉」を掲載するなど再評価が進んだ。俊子の文章も日記を通読しての感想で、かつて崇拝の対象であった一葉を、現在の作家となった自身の視点から読み解いたエッセイ。幸田露伴門下生時代、師から一葉を模範とするように師事され、一葉ばりの作風から出発したのだった。一葉の生と思想の足跡を内的経緯にそって考察、優れた一葉論になっている。一葉の辿りついた心境として、「さをのしづく」より「天地の法《のり》にしたがひて働かんとする時大丈夫も愚人も男も女も、何のけぢめか有るべき。笑ふものは笑へ、そしるものはそしれわが心はすでに天地とひとつになりぬ」を引用している。夏目漱石の「則天去私」さえ想起する境地である。

劇団では団十郎

大正元（一九一二）年一一月一日発行『新潮』（第一七巻第五号）に掲載。署名は「田村とし子」。「明治の文壇及び劇壇に於て最も偉大と認めたる人物事業作品」アンケートの回答。佐藤紅緑、戸川秋骨、岩野泡鳴なども回答。明治三六（一九〇三）年に没した市川団十郎（九代目）の気魄を賞讃している。

留守宅

大正元（一九一二）年一一月一日発行『淑女画報』（第一巻第八号）に掲載。署名は「田村俊子」。結婚したばかりの新妻の家庭に、学校時代の同窓生で離婚した友が訪ねてくる。自由な生活を望み、再婚相手は自由にしてくれる「おじいさん」がいいという。新婚家庭は夫の束縛さえ幸福に感じるが、この離婚した友は夫の留守宅に少しの異風を吹かせて、やがて平凡な一日に戻る。俊子にしては珍しく、平凡な一日をおくる新妻を描く視点に皮肉が感じられない。前掲の「微弱な権力」「女を好む女」での「女は決して女を求めない」という発言も、「留守宅」にみる同窓会にも欠席がちな妻たちも、実はこの背後には女性同士を分断する男の権力、男性中心社会の構造があることが糾弾されていない。あまりにも眠らされている女性たちに失望・絶望しているからだろうか。

嘲弄

大正元（一九一二）年一一月一日発行『中央公論』（第二七年第一一号）に掲載。署名は「田村俊子」。末尾に、「（十、二十一、）」と脱稿日が記されている。明治四五（一九一二）年の夏、田村俊子は、三たび女優を志し、坪内逍遥・島村抱月の文芸協会で稽古を始めるものの、僅か二日間で断念。『嘲弄』は、その顛末を描いた小説。大正二（一九一三）年、新潮社から刊行された短編集『誓言』に収録。その際の異同については、本巻の巻末に付した。「あきらめ」執筆後、自分の作家としての才能に自信喪失し、女優に逃避しようとしたが、嘲弄されるような疎外感を抱くだけだった。かえって文学行為を再確認し、自己回復する。「あきらめ」応募後から当選するまでの迷いが凝視されている。

子育地蔵

初出未詳。明治四五（一九一二）年一月五日、桑弓堂から刊行された『紅』に収録。子供のいない夫婦、とくになかなか産めない妻の辛さを描いた短編小説。俊子には子供がいなかったせいか、このようなテーマは珍しい。しかし、当時の結婚観からすれば子供を産むのは常識だったので、世間の眼を意識して、俊子は辛い思いをしたこともあったのではないか。そのためか、子供が欲しい夫に対して余裕を楽しんでいた妻も産みたいと思うようになる心理過程がリアリティをもって描出されている。義姉の娘を連れてきたり、同僚の赤ん坊をもらいかけたりする夫への苛立ち。妻は秘かに子育て地蔵を参拝し、破綻しかかった結婚生活もやがて夫婦で参拝するようになって回復する。妻よりも、日々世間の中で生きる夫の方が子供を切望し、それに従わざるをえない妻の辛さ・悲しみが際立つ仕掛けになっている。これも又、男性中心社会の悲劇であることを、切々と伝えてくれる好篇である。

田村俊子全集 第2巻

2012年8月20日 印刷
2012年8月31日 第1版第1刷発行
[監修] 黒澤亜里子
長谷川 啓
[発行者] 荒井秀夫
[発行所] 株式会社ゆまに書房
〒101-0047 千代田区内神田 2-7-6
tel. 03-5296-0491 / fax. 03-5296-0493
http://www.yumani.co.jp
[印刷] 株式会社平河工業社
[製本] 東和製本株式会社
落丁・乱丁本はお取り替えいたします。 Printed in Japan
定価：本体 19,000 円＋税 ISBN978-4-8433-3783-7 C3393